三國演義

補證本

（增订本·上）

[明] 罗贯中 ——————— 著

盛巽昌 ——————— 补证

上海书店出版社

SHANGHAI BOOKSTORE PUBLISHING HOUSE

序

　　盛巽昌先生是我的老朋友。二十多年前在上海图书馆里初次认识他时,他的诚恳、热情和博学就使我倾倒。以后凡得相遇,常常听他谈天说地,令人神旺。记得前年一起去孙权的故里富阳,去年又一起去拍摄电视剧《三国演义》的外景基地无锡参加学术研讨会,一路上就听他的一口杭州官话说古道今,使人几无插嘴之机。有之,则往往是我的一些好奇的提问而已。他的一肚皮的掌故和新闻,实在令人赞叹不已。以我这个孤陋寡闻的人看来,在目下的上海滩上,他是数得上的一个掌故大家了。

　　说起掌故,有的人只是把它用来茶余饭后消闲而已。当然,一般的掌故,有故事性、传奇性、趣味性,确实可以令人消暇、悦情。然而,它本身又是一门学问。它一旦与学术研究结合起来,就能显示出另有一番特别的光彩。而盛巽昌先生本身就是一位学术研究的能手。他自六十年代初于中国人民大学毕业后,在治太平天国史、儿童文学、谱牒学等诸多领域内都有出色的成绩。如今,他将工于掌故与学术研究两者结合起来,致力于名著《三国演义》圈里,于是就产生了这部别出心裁的"补正"之作。

　　《三国演义》一书,古人曾将它列为"四大奇书"之首。此书之奇,首先就表现在它是一种历史与文学的结合。它的成功,使得在中国的文化史上形成了一种可与二十四史并驾齐驱的"历史演义"体小说;而就内容本身而言,则又形成了一种不可小觑的"三国文化"。对于"历史演义"怎么看?对于"三国文化"怎么看?这里都关系到一个如何对待虚与实的问题。本来,《三国演义》一书,据现存最早的蒋大器所作的序说,所记的乃是"以平阳侯相陈寿传,考诸国史,自汉灵帝中平元年,终于晋太康元年之事",既注意"事纪其实",又"留心损益",是一部"庶几乎史"而又不是史的有虚有实的"历史演义"。后来清代的章学诚就说它是"七分事实,三分虚构"。面对着这样一部"虚实错杂"的作品,假如站在史学家重"实"的立场上,有的人就盲目地赞扬它忠于史实,"羽翼信史而不违"(张尚德《三国志通俗演义引》);有的人则指责它"与陈《志》不甚合","绝浅陋可嗤也"(胡应麟《少室山房笔丛》),甚至斥责它犯了"虚造事实"之忌而定为小说中之"下等"(解弢《小说话》)。反之,假如站在小说家重"虚"的立场上,则有的人又反过来埋怨《三国演义》"事太实则近腐",故"俚而无味"(谢肇淛《五杂俎》)。这真是使它左右为难,两面受责。至于作为一种"三国文化",它以《三国演义》小说为本体,又经历代民众不断地流传、丰富、发展和变化,其政治理想、伦理道德、军事策略、外交手段、宗教思想……对中华民族的大众心理影响至深。在历史上不少人曾将它奉为经典,从中吸取行动的准则。如一些农民军以此为学习战略战术的"秘书";就是清朝入关之先,也是"以翻译《三国演义》为兵略"(王嵩儒《掌故零拾》)。然同时有的人却认为《三国演义》所言皆虚妄鄙下,故竭力贬斥"三国文化"的价值和百般阻挠其传播。雍正间,有人因保举人才时引孔明不识马谡事,就被皇帝"责四十,仍枷示"(姚元之《竹叶亭杂记》)。这种倾向,竟也传到古代的朝鲜。据《朝鲜王朝实录》宣祖二年(1569)六月载,时《三国演义》刚传入时,君臣们就认为它所载之事"未见正史","甚多妄诞","杂驳无益,甚害义理"。后有名李植(1584—1647)者说,《三国演义》等演史之作,"流传既久,真假并行",致使陈寿《三国志》等"为演义所掩,人不复观",因此他竟要求"痛禁之,如秦代之禁书可也"(《泽堂别集》)。然而,历史却告诉人们的是,《三国演义》一书,以及由此而形成的"三国文化"犹如雪球一样,越滚越大,越来越深入人心。凡此种种,都说明了对于《三国演义》虚实真假问题需要有一个全面、正确的认知。而要获得全面、正确的认知就关系到两个问题:一个是要有科学的观点指导;另一个则是必须对《三国演义》一书的虚实问题作认认真真、确确切切、仔仔细细的梳理和分析。在这里,应该说后者是前者的基础。然而遗憾的是,从明到清几百年间,片面极端地埋怨《三国演义》太实太虚者有之,笼而统之地肯定《三国演义》有虚有实者有之,鸡零狗碎地指摘《三国演义》或虚或实者也有之,就是没有一个人对这部名著的虚实问题真正下一番工夫,作一次全面的调查!直到本世纪四十年代后,一些学者比之以前稍具规模地谈及《三国演义》的虚实问题。先是有人从三国史事出发,兼及《三国演义》虚实而陆续出现了诸如《三国人物新论》(祝秀侠)、《三国史话》(吕思勉)、《三国群雄之用人及其成功失败》(曾繁康)等一批著作,接着就有人从《三国演义》着眼,对其中的人物、故事、地名等略作考证,杂以趣谈,出现了诸如《三国闲话》(郑逸梅)、《漫话三国》(史之余)、《〈三国演义〉纵横谈》(丘振声),以及沈伯俊等所编的《三国演义辞典》和校理小说过程中的一些说明。这些论著多多少少地对《三国演义》的虚笔和实事作了耙梳和小考。但总的说来,尚无一书专注于《三国演义》的虚实问题,并加以全面、系统地考究。有之,则当自此《三国演义(补正本)》始。

顾名思义,盛先生的这部著作,就是从"补"和"正"两个角度切入,对《三国演义》一书从头到尾、逐回逐段地用历史的眼光加以过滤,从而在文与史之间进行沟通,在虚与实之间作出辨析。

先察其"补",似可略分为两类。一类是演义所载而于史实无,今补其渊源来由,以说明这类文化现象的形成过程。如貂蝉、周仓等人,于《三国志》中就未见其名。另一类是演义未载而于实则有,今即据实相补,以备研究,以供谈助。如关于王粲《登楼赋》所在地、关羽如何被杀等等。又如三国不见于史的若干战争描写,盛著则能详其渊源,像关羽白河截流水淹曹兵、刘备背汉水激励三军破曹操大军,盛著认定是由《史记·淮阴侯传》所载韩信故事移植而来。有关三国的名胜古迹,多为明清时期因《三国演义》风行始出现的,这是农耕社会的一种文化现象,故于《三国演义》中未见而在地方上随处可见。比如姜维墓。姜维当年在成都被杀,全家株连。此后晋朝一般也不会为他筑墓建祠的,故此墓来历显然有疑。《三国演义辞典》曾著录剑门关一处有姜维墓,而今盛著又另补三处。再如书中胪列大江南北有十处周瑜墓、八处鲁肃墓,对于时人认知、研究传统习俗和文化心理,也是有所裨益的。

再看其"正",即是以史之实,证文之虚。此为辨析《三国演义》虚实问题的关键所在。小说家为了艺术形象的塑造和传播一定的思想观念,往往要对客观的材料进行必要的加工,于是就会出现于实所无之"虚"和与史相悖之"假"。这对于历史学家来说往往难以容忍,而从文学家来看则为势之必然。盛著即在前人研究的基础上,对于这类问题一一加以梳理。如关于三国时代的兵器主要是矛与戟,并非有"十八般兵器";三国的旗帜标记只是颜色和图腾而无文字。再如《三国演义》中很少见有妇女形象,盛著据东汉婚姻习俗和王侯间的政治联姻,界定脍炙人口的二乔,不是孙策、周瑜的正妻,而只能是妾媵;刘备也并非因甘夫人死才娶孙权妹子的;当时甘夫人仍在,且已生阿斗,只是身份妾媵而已。另如马超其人,在演义中为蜀国堂堂正正的五虎上将,盛著却品评马超反复无常,降蜀汉以后,亦无所作为,只是因为作者的尊刘贬曹,才拔高的。又如小说一百二十回为突出孙皓之暴而叙陆抗被谪。盛著即于此力辩不确,在简叙陆抗之善始善终的同时,又引《世说》所载事实以说明陆氏为江东大族根深叶茂,孙皓对他虽有所忌,也无可奈何。又如盛著将《晋书》载陈式乃病死,与《三国演义》抹去陈式取武都、阴平两地功劳,而最后又以犯律处斩相比较,以证罗贯中有意诋贬陈寿。在所证的史实中,有不少材料实来之不易,非博学多识者能办到。也有一些史实,前人所记皆误,盛著就据搜检所得的最新材料予以一一纠正。如吕蒙此人,盛著查阅了多种方志,认为,他在元明间还多有祠庙。他的贬值和走向负面,也是始于《三国演义》的流传。又如吴国大将丁奉之墓,过去一般据光绪《华亭县志》而认为在华亭(今松江)新桥镇东市,郑逸梅《三国闲话》也称"在松江县庄镇西",盛著就据四十年前发掘的实证,以说明丁奉墓在"安徽省庐江县西门外龙子口"。当然,有些问题虽有疑点而一时难觅实证,盛著也就此提出了一系列的质疑,诸如周瑜的墓究竟在哪里? 三请诸葛亮的真意何在? 隆中对是否在隆中? 沙摩柯之"摩诃"何来? ……诸如此类,既可窥见作者的目光之敏锐,又可看清作者态度之慎重,真正能做到言必有据,有的放矢。

据上可见,盛巽昌先生在《三国演义》的文学与历史的交叉点上确实花了工夫,而且是从头至尾，踏踏实实地筛选了一遍。这番工作，对于研究《三国》这部历史演义的典范的虚实结合问题无疑是奠定了坚实的基础，对于理解"三国文化"的形成和发展、地位和价值也有重要的意义。另外值得一提的是，这部著作七百余则的补正，本身就包含着大量的历史知识和丰富的人物故事，文字又通俗活泼，读来饶有趣味，这样，就将学术问题大众化了。而"三国文化"本身就是一种大众文化，也只有将这种对于大众文化研究的学术性与通俗性、趣味性融为一体，才能更具学术的生命力，有力地推动"三国文化"的丰富和发展。

读罢全书，不能不觉得作者补正的七百余则短文可称洋洋大观。然掩卷而思，若以"集大成"三字来要求的话，尚觉得犹有未尽之处。据作者说，书中还有不少问题，如有关东吴家兵世袭制创立、蜀汉宗族嬗变，等等，因需要深化认识，暂未一一写入，而某些为人熟知的历史常识，以及地名、官制、年龄等错误，因多已为人论及，也多未予写入；另外一些民间传说、谚语熟句之类也未进行补正。其实，以后修订之时，对于前人的研究成果还是应当尽量加以吸取，这样才使这部著作更臻完善。另外，作者在以毛本《三国演义》为研究对象进行补正之时，也应适当注意不同《三国演义》版本的比较，特别是不能忽略明代"志传系统"的《三国演义》，因为其中有的人物和故事，对于毛本《三国演义》的成书也有关系，对于"三国文化"的形成也有影响，其中除了最突出的关索与花关索的问题之外，其他还有一些细小的问题也可提供和启发补正之用。总之，我期待着作者能以补正"集成"为目标，不断地予以修订增补，并将材料来源尽量注明出处，更增加其科学性和完整性。这样的话，我想这部《三国演义（补正本）》一定能成为本世纪"三国文化"研究中的一部难得的传世之作。

黄　霖

1995年2月写于

复旦大学中国语言文学研究所

续　序

　　时间过得真快,转眼间又过了十年。十余年来,我与盛先生偶有问候,但毕竟渐近老境,过往日少。去年9月,敝家乡嘉定举办盛况空前的全国性的科举文化学术讨论会,有幸又聆听了盛先生的高论。会间,他与出版社的先生一起说,《三国演义补证本》又增加了近300则内容,不日将出新版,嘱我将序也"补正"一二。

　　回家后,我翻检旧序,觉得已无话可说。这主要是这十年来,我于《三国演义》,荒疏已久,很难置喙,似乎要说的,十年前都说了。假如硬要补说的话,那就不得不说一句对盛先生的这种锲而不舍、精益求精的精神的钦佩! 十年前,我曾祈盛先生能再接再厉,朝着补证"集成"的目标前进。这句话说来容易做时难。十年来,盛先生却一步一个脚印地在走下去。粗看起来,他能补充的也只是区区300则,平均一个月也只是查得一、二则而已。然非过来人真不知其中的甘苦。这每一则,可以说都是从茫茫大海中捞出来的,假如借用曹雪芹的一句话,虽不敢说"字字看来皆是血",但确可称"十年辛苦不寻常"! 这比起时下凑几则常见的材料,编几个有趣的故事来,其难其易,真不可同日而语。然人心趋俗好易凑热闹,在一个商业化的、大众化的文化浪潮中,如盛先生如此这般的"补证",既无狂名可得,也无巨利能获,或许有点不合时宜,但学问本多"荒江野屋"之事,要有一种"勿寂与困之畏"的精神,与"朝市之显学"本是两条道上的车,其成败得失,只可与"智者"道也。

　　然而,学问之道无止境,"集成"补证之事也似无底洞。前不久,同事《三国志》研究专家吴金华先生告诉我说,《三国演义》往往误读正史而虚构故事的地方有不少。例如,《三国演义》第七十五回《吕子明白衣渡江》中的"白衣"一词,就被小说家误解了。这一回小说正文中写到:"蒙拜谢,点三万兵,快船八十余只,选会水者扮作商人,皆穿白衣,在船上摇橹,却将精兵伏于艪艫中。"后面又写到:"发白衣人,驾快船往浔阳江去。"这里写得很清楚,"白衣",就是指白色的衣服。这就不能不使人产生疑问:军人们扮作了商人,为什么都要穿"白衣"? "白衣"是某种保护色? 还是某种习俗所致? 其实,都不是。在《三国志·吕蒙传》中原文是这样的:"蒙至浔阳,尽伏其精兵艪艫中,使白衣摇橹,作商贾人服,昼夜兼行。"这里的"白衣"实际上是一个动词性短语,指脱去公服而穿便装。《东汉观记·赵孝传》:"每告归,常白衣步担。"

意思是说：赵孝每当告假探家时，常脱掉公服，换成便装，挑着行李步行而归。《三国志·吕蒙传》中那段话，也就是说吕蒙把所有的精兵隐伏在船舱里，使一部分士兵脱掉军装在船面上摇橹，并让这些士兵穿上商人的服装。所以，唐人杜佑《通典》把这段话改写成："伏甲于舟，使更衣为商人，以摇征棹。"这里的"白衣"就是"更衣"的意思。可惜，后来的一些学者往往把"白衣"误解为"白色衣服"，不要说小说家和民间的传说了。盛先生在前版《三国演义补正本》中其实也注意到了这段文字，并根据民间的传说注出了"吕蒙白衣庵遗址"在湖北洪湖县东的吕蒙口镇。在这个庵里，连吕蒙的塑像也穿上了白衣。显然，盛先生在这里作了"补"，却还没有去"证"。而据吴金华先生说，这类的例子还不止一个。当然，吴先生是研究古汉语的名家，又专攻《三国志》，就不难发现诸如此类的问题。如今用这类例子来要求盛先生，或许是过于苛刻，但从"高标准、严要求"来说，在"补证"之路上还是有上下探索的余地。盛先生的业绩已有目共睹，使我倾倒，我相信他还会一步一个脚印地走下去，在大海中捞出更多的宝贝来镶嵌在他的《三国演义补证本》上，让这部补证本在《三国演义》研究史上永远闪闪发光。

黄　霖

2007 年 1 月 2 日于

复旦大学中国语言文学研究所

三 国 杂 说

（一）《三国志》是史书，《三国演义》是小说。

历史不能戏说，戏说历史，历史也就会变成胡说；小说不能替代史书，玩弄小说，千变万换，也不会变为历史。

所谓《三国演义》七实三虚。通常认为"七实"是指《三国志》的含量七分，"三虚"乃是旁附衍生的三分。它本应视为"七实"是指全书主干，"三虚"才是由主干伸长、开发的弯叉、枝叶。其实亦不尽然，如从故事情节和文字而言，它应是"三实"、"七虚"。

本书制作，即自《三国志》（附裴注所引史书以及其他魏晋以来史书），并采撷有关三国文化，如典章制度、墓葬、文物等文字，印证《三国演义》，以《三国演义》敷扬《三国志》故事，两书合而为一，相得益彰。

（二）陈寿作《三国志》，以曹魏为正统。故《三国志·魏书》有"本纪"，并收纳东汉晚期各路军阀、域外民族为传，列入其中。

《三国志·魏书》比重最大，其次是《三国志·吴书》。

《三国志·魏书》以王沉《魏书》为蓝本，《三国志·吴书》因有韦昭《吴书》为据。两书编撰堪称翔实。蜀汉无史馆，前人亦未有编撰，全为陈寿搜集、编撰，常因短缺必备档案、记录，不足处甚多遗漏，如刘备进益州，转战长达三年，记述简略，后取汉中，又长达年余，却罕有文字；夷陵之战，蜀汉一线将帅名目，还得参见《吴书·陆逊传》；若干后期重要将帅，本可作列传者，如吴懿、冯习、胡济、陈式，失其行事，未能有传行世，或因钟会成都乱时，史馆被毁，档案散佚。

《三国志》以魏为正统，写以本纪；而与吴、蜀两书，无纪存传，且多存贬意，如以刘焉、刘璋列为《三国志·蜀书》开创篇，以刘繇、太史慈传，列于《三国志·吴书·妃嫔传》之前。《三国演义》秉承南宋朱熹理学尊蜀汉为正统说，大反《三国志》，尊刘贬曹，旗帜鲜明，字里行间处处是坚决站在刘备立场，以致附和刘备的黄巾汝南余党刘辟龚都亦非乱党，背信弃义、反复无常的马超，更是英武可采，可以圈点；为贬后主刘禅未能守祖宗基业，无中生有，编制他疑忌诸葛亮，为示荒淫，移植刘琰妻胡氏故事于后三十年，并为蜀汉灭亡责备，打造两烈女（李氏、崔氏）

殉国，以示皇帝气节不如弱女子。

《三国演义》为贬曹说，以致凡曹营名臣名将，或改造经历、贬其才能，如钟繇、杜袭、曹真、郭淮，或咒其临阵被诛，如史涣、韩浩、夏侯尚和秦朗。

（三）《三国志》文字清简，评述得体，人如其文，传如其人。为《三国演义》奠定得有相当成功的基础。

《三国演义》虽写得各路人马蜂起，千峰嶂好汉叠生，一流准一流角色有性格有形象者不下百十人，但作者仍着意抓住重点，写了三个半主角，即能始终前后相贯、呼应的曹操、关羽、诸葛亮和姜维。读《三国演义》只须绕着此三个半人，大致就能将一百二十回读遍了。但却要注意，作者为勾勒人物，据自己立场、观点，有很大修改，如曹操处处奸诈、阴险，仍不脱雄才大略，家庭生活也颇有情趣；关羽圣化，亦并非处处英武、刚强，仍在言行间时露刚愎、骄横处；诸葛亮虽为誉是全能，大小事了若指掌，但仍掩饰不了他非帅才，乃军师型的参谋，出师未捷，勉为其难。

《三国演义》一百回后即读姜维，在"六出祁山"后的"九伐中原"，以继承诸葛亮遗志，其忠诚可圈，但难掩饰其一意孤行，穷兵黩武，致使亡国亡身。

（四）读《三国志》，心态须持平常，不为书中人和事左右，有倾向性；读《三国演义》，要读好，读得有收益，则须持平常心理，不能先有框架、立场、概念；赞成什么，反对什么，歌颂谁，咒骂谁，须有第三只眼读。盖小说的魅力，极易感情转移，以致赞扬刘备，鄙视孙权，咒骂曹操，叹刘备东征夷陵之失利，责孙权偷袭江陵之无信、说曹操南征北战之无厌。

按，三国无义战，纷争有成败，但没有是非。成则为王，败则为寇，过分运用自己的感情投资，自会在自觉不自觉中，淡化自己应有的独立思维，被古人前人牵着鼻子走。天平有所倾斜，以致读歪读偏，了无收益。

（五）《三国演义》是以《三国志》故事为文化大背景，借史事，说伦理，评社会。它的主要角色行事也是七真三虚，甚至是七虚三真，是以几千年中国人的传统伦理，强化和改造历史人物为文化人物的，如曹操父子、诸葛亮、刘备、关羽、张飞、孙策、孙权、周瑜、鲁肃、魏延、吕布、袁绍、袁术、司马懿父子、刘禅等等。

这些人物在小说里，为了迎合农耕社会的正负潮流，被嬗化了，被改造了，从行为方式到历史角色所执持的心态意向、致思途径，都分别由政治人格嬗变为道德人格，成为人们所创造的爱憎分明模式。由此为衬托人与事，也创造了若干乌有人物。他们因与呼应，也颇有分量，如貂蝉、吴国太、乔国老和周仓。

（六）《三国演义》的固有特色，是写战争。

战争林林总总，大大小小，战中有战，战外有战，全武行，文战武打，武战文打，金鼓齐鸣，万马奔腾，每战不雷同，各如其面，是以诵读，百读不厌。

其中最为传颂的，是被说成定格三国的三次大战，即为曹操统一北方的袁曹官渡之战，趋向、形成天下三分的吴魏赤壁之战和鼎足三国的吴蜀夷陵之战。它都是战略决战，分别写出了惊天动地、气势磅礴。

《三国志》与三次大战仅是提供不甚清晰、且线条模糊的历史素材，而《三国演义》的大手笔，却绘出一幅壮伟辽阔的彩图。爬梳《三国志》纪传，可证三次战争原是以众克少、以守待攻的战略防御，但经《三国演义》形象思维地放大，改写为官渡之战袁绍的几十万人马、赤壁之战曹操的八十三万人马和夷陵之战刘备的七十五万人马，竟然都为对方劣势兵力，在运动中被打得落花流水。以弱胜强，以劣化优，以示战争并非全仗人多势众，还有政治、地理等种种因素，与读者传授了极其精彩、难以忘却的经典战例。

（七）三国时期近百年史（自汉末黄巾起事至晋统一中国），始终处在战争状态。

各路军阀纷争雄长、剑拔弩张，大部人力财力尽用于铁和血的竞争，这是一个自秦汉伊始，社会停滞、生产破坏，民众流离失所的特别时期。各家战争有兴无止，有始无终，层出不穷。连年战争，土地荒芜，人口骤减。三国时期是三千年中国史颇受创伤的时代，民穷国衰，而战争仍在继续。它的暂时画上休止符号，并非他因，而是粮食空匮，无以为继。早年曹操吕布的几次鏖战，后来曹操无奈地放弃汉中，以及诸葛亮多次北伐，功败垂成，都是出自粮食难以供应。食之者众，生之者寡。它也是三国迟迟难以一统的一个主要原因。

聪明的三国领导人多懂得发展生产，曹操民屯、司马懿军屯，以及诸葛亮渭南、邓艾淮南和姜维沓中等处屯田，其目的还是解决军粮。即使这样，却不为《三国演义》注意，盖《三国演义》着意于谋略、战争和人际斗心也。

（八）乱世出才俊。三国时期人才济济、英雄辈出。

三国领袖曹操、刘备和孙策孙权都是杰出、非常之人杰，也都是人才学大师。得人才者得天下。他们都是因拥有大批的优秀人才而割据立国的。曹操幕府之盛、将帅雄列，可谓第一。他拥有荀彧、荀攸、程昱、郭嘉、董昭、刘晔、贾诩、蒋济和司马懿等僚属，夏侯惇、夏侯渊、曹仁、曹洪、张辽、徐晃、乐进、张郃等帅才、将才；刘备能用人、更有识人，且能与麾下不同时空聚集文臣武将凝成一体。他非常地启用关张、赵云、诸葛亮、庞统、法正、魏延和黄权、刘巴、马忠等人。人尽其能，发挥最大的功能。

东吴人才辈出，将相如云，最有才能的当推周瑜、鲁肃、吕蒙和陆逊。四人都堪称是孙权时期卓越的政治家、军事家和谋略家。是将才，亦是帅才，其战略眼光是可与曹操、诸葛亮相伯仲，甚至有时还在他们之上。只是见于《三国演义》倾斜蜀汉，把他们边缘化了。

周瑜胸襟宽广，志向独立，坐断东南战未休，先后作出联刘抗曹、取荆州和两川的战略方针,在东吴最有威信,如不早死,三国史将重写。

鲁肃最有战略明智,最早认定天下南北抗衡,始终坚持合力抗曹,和则共存,不和则两毁,如不早死,关羽未必有荆州之失,刘备亦不必东征。

吕蒙是自行伍鹤立于群的将帅,知己知彼,善于把持军事火候;治军很有成效,是三国将帅讲究军纪难得的人才。

陆逊善于运用《孙子兵法》,学以致用,是三国时期的常胜将军,也有政治战略远见。有其父必有其子,儿子陆抗御晋,也是难得见有的将才、帅才。

读三国应识此四人的理念和行为。惜乎今论述三国人物,仍多聚集于曹操、诸葛亮、关羽,罕有对其他人众作缜密的分析和解剖。

(九)《三国志》评论人物颇见点睛,不愧为良史之笔。其中尤著者是曹操。

曹操确是非常时代之"非常之人",虽在字里行间道及他有阴谋家的奸诈、刻毒,但主体叙述仍着意于其政治家应执持的权术谋略,军事家运筹策划。这是历史人物——曹操。

《三国演义》虽以蜀汉为正统,仍奉曹操为"曹公",称"丞相"而不名,极显其文韬武略、从善如流、深得人心的才能,并未给与妖魔化,作人格行为的完全、彻底否定。这是小说人物曹操。

曹操作彻底否定的始见自元明杂剧评话。而至晚清民初尤剧,有如京剧,因影射现实,借古讽今,古为今用,曹操始定型为大白脸奸臣脸谱,完全妖魔化。这是戏剧曹操。

因此为曹操翻案,只能是舞台上跑官的曹操,京剧和若干有关主角为曹操的折子戏,如《衣带诏》、《逍遥津》、《捉放曹》、《击鼓骂曹》、《徐母骂曹》等骂曹戏,以及关羽戏、马超戏的曹操,但戏剧文化不是历史,不能替代历史。

曹操应有三个曹操。老子一气化三清,真身只能是《三国志》的曹操,它与小说曹操、戏剧曹操乃是三种不同文化的产品,都带有强烈的时代烙印,是不能作等值和相互变换的,也都有它不同的游戏法则。

历史曹操如翻案了,曹操将定格为绝对负面;小说曹操如翻案了,将会是另一个形象的曹操,只有戏剧曹操翻案,大白脸变幻为赤红脸,曹操才跳出污坑,尤是英明、伟大、光芒万丈。但它不是历史,不能替代史书,有悖于历史记实,也有悖于艺术基本规律。

(十)陈寿《三国志》一大创造,是以非常的史笔记述诸葛亮。

《三国志·蜀书·诸葛亮传》篇幅巨大,结构繁杂。还特别地编制了一份传主著作目录,突现了诸葛亮自归刘备后的政治思维和政治行为。这是他著史唯一的,也是其他纪传体史书罕有的。它也为后来的崇尚诸葛亮有世代贤臣的楷模,尤其是为诸葛亮文化奠定有木之根有水之源。

《三国志》诸葛亮出类拔萃的高大坐标,使他能在《三国演义》中大展宏图,潇洒自如。诸葛亮作为中华一人,千古鸿毛,从人格化、圣贤化走上神格化,其作俑者第一是陈寿,第二才是元明杂剧和罗贯中。

(十一)谈三国,也必识有两个诸葛亮。

历史诸葛亮是政治家,但非军事家、谋略家。文化诸葛亮才是全才、通才、世之奇才,方方面面都懂通,上知天文,下识地理,前知五百年,后知五百年,未出隆中就知天下三分,明知华容道走脱曹操,却为关羽做人情,初见魏延就定他日后必反,预测邓艾要飞渡阴平故立碑而警戒之,等等。他是神格化的最大的天才军事家,也是道教打造的全相"军师",全军之师父。

它都是有悖于《三国志》的。其实诸葛亮在辅佐刘备时,只是最称职、最能干的后勤大管家、秘书长。他没有在战争时运筹帷幄,决胜千里,《三国演义》只是把火烧赤壁的周瑜,转战益州的庞统和三年汉中奋战的法正等人功绩,全都移植和添加在他身上了。刘备死后,蜀中无大将,更缺统帅,他才勉为其难,"受任于败军之际,奉命于危难之间"。他缺少军事实践,不懂得战争的基本规律,因此初出祁山,主力马谡和偏师赵云都失利。《三国演义》说他"六出祁山",其实是"二出",而且也是败多胜少,以小国寡民挑起北伐战争。汉室不可兴,天时不能违。

诸葛亮的聪明,知易行难,乃在于有知人之明和自知之明;在于不断实践,总结经验,集思广益,可就在几次北伐后,逐步掌握战争规律时却病死了。所谓:

出师未捷身先死,常使英雄泪满襟。

(十二)关羽在《三国志》本不起眼。因为元明杂剧平话宣扬,走红了天地,也走红了此后的一千年,直至今天。

关羽是隋唐时期走上神坛,开始仅是寺院保安土地神,元明道教兴旺,就被捧为"大帝",遍及神州,那是靠传统文化层积起来的。华夏中国需要有信有义。信义是农耕社会人际最需要的底线。孔子只是读书人和上中层社会人士的"文圣"、"素王",而民间社会更需要打造一家义薄云天的全民神、信仰神和保护神,那就选择了关羽。因而关羽为多元崇拜,释道同奉,走遍全国和地球村。显然《三国演义》的塑造关羽,是起到扬波激浪功能的。

(十三)创业艰巨,守成不易。三国君主真是一代不如一代,难以克绍箕裘、五世其昌。一代创业,二代和二代后就走下坡路。魏国开朝曹丕以夺得皇位为快乐,毫无肩担重之感;二代以后,渐行渐远,以至此后相继出现的三个小皇帝,只能是依附司马氏的牵线木偶。孙权能治国平天下,但不能齐身治家,至使妻妾勃蹊,诸子斗法,孙霸孙和两败俱伤,孙亮是扶不起的聪明娃,诸葛恪远差似霍光,是个把别人看作傻子的聪明人,孙休是捡了一只皮夹子,孙皓是暴发户。暴发户做皇帝,十个有十个是暴君,昏庸之君。

后主刘禅不是暴君,也不是昏君,而是庸君。近朱者赤,近墨者黑。是他造就了一代贤相诸葛亮的大智大勇,鞠躬尽瘁。终阿斗之世,蜀汉小王国风平浪静,在贫弱里挣扎,在贫弱中灭亡。

(十四)老子英雄儿好汉。元明文化说血统论、血缘圈准血缘圈,仍讲究世族门第、阶级成分。这是农耕社会固有的传统文化心理。因为崇尚蜀汉,赞赏关张,《演义》竭力改造故事,打造人物,把两个史有其人书有其名,而又默默无为的平庸子弟捧出来。

他们就是关羽之子关兴、张飞之子张苞。仰仗父风,《三国演义》特意把他俩在刘备称帝后的蜀汉小国,大大地出了一阵威风。在东征、七擒孟获和北伐军中,像煞真有其事,有如乃父神威,所向披靡,有声有色。借《三国演义》刘备的话赞扬,那真是"虎父无犬子"。

这就是小说形象思维的魅力,为满足读者心理需要,即使史书上没有如此情事,也可以打造出这种虚无、莫名其妙的文化。

(十五)《三国演义》相当成功塑造了由历史人物嬗化为伦理人物,其中颇有建构,有别致性格的基本形象就是"三姓家奴"吕布。

文化吕布脱胎于历史吕布。但《三国志》和裴注史书记载的吕布,更有一层做主簿、熟悉《左氏春秋》的文士气。《演义》在拜董卓为干爸前,还添加了拜丁原为干爸,以显示此类之徒,最缺信义、唯利自图。在宣扬桃园兄弟共患难同生死时,配衬以吕布忘恩负义,利之所在,趋之若鹜,更能昭示本书之主题。

(十六)中国历史文化丰富多彩,故事极佳,其中颇能吸引眼球的一出就是三国故事。

明朝罗贯中定型,清朝毛宗岗父子加工润色的《三国演义》,乃是以三国史事为背景,用明朝文化、史事应用其间,诸如广泛运用十八般兵器和火炮、地雷,将明初鄱阳湖水战和明中叶的赣江樵舍火攻等故事运用于赤壁之战,写得天衣无缝、相当协调,显示出《三国演义》集各处之处,所执持的文化魅力。假作真时真亦假,人们反而把有明一代故事忘了。所以《三国演义》作为一种历史文化,是可以藏之名山,传之其人。

(十七)元明社会统治思想多渗透有道教文化,且多反映在杂剧平话。见于《三国演义》与《三国志》等史书有很大不同处,就是不少章回字里行间都写进了道教本土文化,如星占学、占卜学和现世报。

诸葛亮所以神机妙算,其中就是为道教神化,所谓驾东风、摆八卦阵、踏天罡,也只有如诸葛亮式半道半士才能运用自如。

《三国演义》应用道教理念,也着意于现世报,即恶人恶事必遭报应,有如曹操之死,乃是杀戮太多,以致病重时为冤魂追命,并以此殃及夏侯惇;关羽走麦城被杀害,以致凡参与杀害之人,大多被追命,不得善终,如吕蒙、潘璋、马忠,此处即使是后十多年尚有业绩的朱然,也得在夷陵之战为赵云刺死。

目　　录

三国演义

三
国
演
义

词曰：

滚滚长江东逝水，浪花淘尽英雄。是非成败转头空，青山依旧在，几度夕阳红。　白发渔樵江渚上，惯看秋月春风。一壶浊酒喜相逢。古今多少事，都付笑谈中。①

第一回　宴桃园豪杰三结义　斩黄巾英雄首立功

话说天下大势，分久必合，合久必分。周末七国分争，并入于秦；及秦灭之后，楚汉分争，又并于汉；汉朝自高祖斩白蛇而起义，一统天下，后来光武中兴，传至献帝，遂分为三国。推其致乱之由，殆始于桓、灵二帝。桓帝禁锢善类，崇信宦官。及桓帝崩，灵帝即位，大将军窦武、太傅陈蕃，共相辅佐；时有宦官曹节等弄权，窦武、陈蕃谋诛之，机事不密，反为所害。中涓自此愈横②。

建宁二年四月望日，帝御温德殿，方升座，殿角狂风骤起，只见一条大青蛇，从梁上飞将下来，蟠于椅上。帝惊倒，左右急救入宫，百官俱奔避。须臾，蛇不见了，忽然大雷大雨，加以冰雹，落到半夜方止，坏却房屋无数。建宁四年二月，洛阳地震。又海水泛溢，沿海居民，尽被大浪卷入海中。光和元年，雌鸡化雄。六月朔，黑气十余丈，飞入温德殿中。秋七月，有虹现于玉堂，五原山岸，尽皆崩裂。种种不祥，非止一端。帝下诏问群臣以灾异之由，议郎蔡邕上疏，以为蜺堕鸡化，乃妇寺

① **卷首词**

本词调寄"临江仙"。现存《三国演义》（以下简称《演义》）最早版本，明嘉靖壬午（1522）推出的《三国志通俗演义》（俗称："嘉靖本"，被学界认为最接近罗贯中原著或即是原著）本不载此词。此系清康熙年间毛宗冈父子校订《演义》时补入。盖此词出自杨慎（1488—1559）手笔。杨慎字升庵。明正德时状元，是当时被视为最有学问的读书人。嘉靖三年（1524）以坚持"大礼"之议，触犯由藩王迎为皇帝的明世宗，而被谪居云南永昌卫（保山）。他是文章全才，凡诗、词、曲无一不精。本词见自他写的《二十一史弹词》第三段《记秦汉》的一首开篇词。杨慎写这首词时，估计罗贯中已死去一个半世纪了。

② **宦官贪残横暴**

东汉末年是宦官势力的极盛时期。见于生理残缺和心理扭曲，他们比外戚更加贪残横暴。中央各官署概由宦官出任令、丞，由中官领禁兵。宦官的家族子弟多有出任地方州郡大吏，也有位至三公的，如宦官曹腾养子曹嵩（曹操父）官至太尉。宦官张让等霸占"京畿诸郡数百万膏腴美田"（《三国志·魏书·董卓传》引《典略》），侯览"前后请夺人宅三百八十一所，田百一十八顷，起立第宅十有六区"（《后汉书·侯览传》）。而灵帝自光和元年（178）公开卖官于西园，"入钱各有差，二千石二千万，四百石四百万，其以德次应选者，半之，或三分之一，于西园立库以贮之。或诣阙上书，占令长随县好丑

丰约有贾，富者则先入钱，贫者到官然后倍输。又私令左右卖公卿，公千万，卿五百万。"（《资治通鉴》卷五十七）。据《傅子》称："灵帝时榜门卖官，于是太尉段颎、司徒崔烈、太尉樊陵、司空张温之徒，皆入钱上千万下五百万以买三公。颎数征伐有大功，烈有北州重名，温有杰才，陵能偶时，皆一时显土，犹以货取位，而况于刘嚣、唐珍、张颢之党乎！"此中刘嚣是司隶校尉，"以党诸常侍，至位公辅"，唐珍和张颢分别是中常侍唐衡、张奉的兄弟。

③ 十常侍说

《演义》所列"十常侍"，实为凑合，并非为十人者。按"十常侍"之说，见自张钧上灵帝书，"窃唯张角所以能兴兵作乱，万人所以乐附之者，其源皆由十常侍多放父兄子弟婚亲宾客，典据州郡，辜榷财利，侵掠百姓，百姓之冤无所告诉，故谋义不轨，聚为盗贼，宜斩十常侍，县头南郊，以谢百姓"。当时为中常侍封侯的，有张让、赵忠、夏恽、郭胜、孙璋、毕岚、栗嵩、段珪、高望、张恭、韩悝和宋典等十二人。《演义》所列之封谞，虽系中常侍，但未见封侯；曹节，桓灵时已为中常侍，建宁元年(168)，因主谋杀害窦武、陈蕃，升为长乐卫尉，封育阳侯，任尚书令，是东汉以来权倾内外的最大宦官。曹死后，赵忠始为大长秋，侯览此时已死，封谞因与黄巾通，已诛。故所称"十常侍"，乃不同时，系泛称。

④ 不第秀才

不第秀才乃指没有功名的知识分子，即科举考试第一关还未中式者。东汉还未有科举制度。此处所称，当是《演义》采自元明杂剧常有的"不第秀才"。且东汉亦无"秀才"名号，所谓西汉地方辟举的"秀才"，东汉为避刘秀名讳，改称为"茂才"。

⑤ 太平要术

即《太平经》，一作《太平清领书》，系道家最早经典之一。全书分十部，每部十七卷，内容蕴含"以阴阳五行为象，而多巫觋杂语"（《后汉书·郎顗襄楷列传》），但也掺杂有提倡改造社会和创建太平世界的美好理想，如主张"人无贵贱，皆天所生"；"此财物乃天、地中之财"，"以共养人也"。取名有"太平"者，即通常所说的以"澄清大乱，功高德正，故号太平"（《云笈七籤》）。此书据史传，乃为东汉中期于吉所著，曾由其徒琅琊人宫崇献与顺帝，但被视为"妖妄不经"而否决。

⑥ 南华老仙乃庄子

南华老仙，即南华真人庄子。道教把他神化。陶弘景《真诰》卷十四谓师长桑公子，授以微言，隐于抱犊山中，服北育火丹，白日升天。后唐明皇李隆基崇道，天宝元年(742)二月，封庄子为"南华真人"；《庄子》亦诏称为《南华真经》。

干政之所致，言颇切直。帝览奏叹息，因起更衣。曹节在后窃视，悉宣告左右；遂以他事陷邕于罪，放归田里。后张让、赵忠、封谞、段珪、曹节、侯览、蹇硕、程旷、夏恽、郭胜等十人朋比为奸，号为"十常侍"③。帝尊信张让，呼为"阿父"。朝政日非，以致天下人心思乱，盗贼蜂起。

时巨鹿郡有兄弟三人：一名张角，一名张宝，一名张梁。那张角本是个不第秀才④，因入山采药，遇一老人，碧眼童颜，手执藜杖，唤角至一洞中，以天书三卷授之，曰："此名《太平要术》⑤。汝得之当代天宣化，普救世人。若萌异心，必获恶报。"角拜问姓名，老人曰："吾乃南华老仙也⑥。"言讫，化阵清风而去。角得此书，晓夜攻习，能呼风唤雨，号为"太平道人"。中平元年正月内，疫气流行，张角散施符水，为人治病，自称"大贤良师"。⑦角有徒弟五百余人，云游四方，皆能书符念咒。次后徒众日多，角乃立三十六方，大方万余人，小方六七千，各立渠帅，称为将军；讹言："苍天已死，黄天⑧当立；岁在甲子，天下大吉。"令人各以白土，书"甲子"二字于家中大门上。青、幽、徐、冀、荆、扬、兖、豫八州之人⑨，家家侍奉大贤良师张角名字。角遣其党马元义，暗赍金帛，结交中涓封谞，以为内应。角与二弟商议曰："至难得者，民心也。今民心已顺，若不乘势取天下，诚为可惜。"遂一面私造黄旗，约期举事；一面使弟子唐周，驰书报封谞。唐周乃径赴省中告变。帝召大将军何进调兵擒马元义，斩之；次收封谞等一干人下狱。张角闻知事露，星夜举兵，自称"天公将军"，张宝称"地公将军"，张梁称"人公将军"，申言于众曰："今汉运将终，大圣人出。汝等皆宜顺天从正，以乐太平。"四方百姓，裹黄巾从张角反者四五十万⑩。贼势浩大,官军望风而靡。何进奏帝火速降诏,令各处备御,讨贼立功,一面遣中郎将卢植、皇甫嵩、朱儁,各引精兵,分三路讨之。

且说张角一军,前犯幽州界分。幽州太守刘焉⑪,乃江夏竟陵人氏,汉鲁恭王之后也;当时闻得贼兵将至,召校尉邹靖⑫计议。靖曰:"贼兵众,我兵寡,明公宜作速招军应敌。"刘焉然其说,随即出榜招募义兵。

榜文行到涿县,引出涿县中一个英雄。那人不甚好读书,性宽和,寡言语,喜怒不形于色;素有大志,专好结交天下豪杰,生得身长七尺五寸⑬,两耳垂肩,双手过膝,目能自顾其耳,面如冠玉,唇若涂脂,中山靖王刘胜之后,汉景帝阁下玄孙:姓刘,名备,字玄德。昔刘胜之子刘贞,汉武时封涿鹿亭侯,后坐酎金失侯⑭,因此遗这一枝在涿县。

⑦ 张角起事中央寨所在地

相传张角起事在河北邢台市西北 35 公里的凌霄山上。因崇山峻岭,地势险要。张角起义时在此建立大本营,称中央寨。寨内遗迹甚多,有一天然水穴,口窄底宽,深约 15 米,传为张角惩治贪官污吏的水牢。北面有依山而造的三层台,传为张角点将台。山壁上刻有"大贤师坐中岩"六字。四面山坡,用片石砌垒的残屋断壁,星罗棋布(彭卿云主编《中国历代名人胜迹大辞典》,上海文艺出版社、香港三联书店 1995 年版第 99—100 页)。

⑧ 汉末三国崇拜黄色

黄,当时为民间流行色。后来代替汉朝的曹丕,取年号为黄初;孙权称王年号黄武,称帝后改号黄龙。东汉王朝自称"运应火德",而顶替"火德"应该是"土德";土属于中央,崇黄。张角等以自己为"黄天",那是要取汉代之,曹丕、孙权取年号含有"黄"字也是代汉之意。只有刘备,自视为汉家正宗,所以仍崇火德,不须用"黄"字表示"土德"。他用年号"章武",乃取自《尚书》:"天命有德,五服五章。"

⑨ 东汉十三州

东汉全国设十三州(不包括司隶校尉所辖),见下表:

州 名	治 所	附 注
司隶校尉	洛阳	
青 州	临淄(山东临淄)	
幽 州	蓟(北京大兴)	
徐 州	郯(山东郯城)	三国时迁彭城(江苏徐州)
冀 州	邺县(河北临漳)	三国时迁信都(河北冀县)
荆 州	汉寿(湖南汉寿)	东汉末迁襄阳。三国魏荆州治所新野,吴荆州治所江陵
兖 州	昌邑(山东金乡)	
豫 州	谯县(安徽亳州)	
凉 州	陇县(甘肃张家川)	三国时迁姑臧(甘肃武威)
益 州	雒县(四川广汉)	东汉末迁成都
并 州	晋阳(山西太原)	
交 州	广信(广西梧州)	三国时吴交州(龙编,越南河内)
雍 州	长安(陕西西安)	
广 州	广州	由交州分出
扬 州	历阳(安徽和县)	汉末迁寿春(安徽寿县),三国魏、吴分设扬州吴治所建业(江苏南京)

⑩ 天下无处不黄巾

张角等于汉熹平年间(172—177)创立太平道,奉事黄老道,所谓号为"太平道人"乃《演义》之说,实非。以黄巾为记,乃以黄天代苍天,认定黄帝时代是太平世界,要恢复黄帝世界。又因五行以土克火,天地玄黄,这也是太平道起事崇拜黄色的一个基因。汉中平元年(184),黄巾在全国大起事,主力有三:一是张角兄弟在冀州地区,占广宗(河北威县东)、下曲阳(河北晋县西),打败由北中郎将卢植和东中郎将董卓先后率领的军队。二是张曼成在南阳地区,攻占宛城,张死后,由赵弘等为帅。三是波才、彭脱率领的颍川地区黄巾军,转战在颍川、汝南、陈国(均在河南中部),屡败右中郎将朱儁、左中郎将皇甫嵩分别率领的军队。另在益州有马相、赵祗起事于绵竹,交州兵变执刺史、太守,自称"柱天将军",凉州北宫伯玉联络羌人起事,此路起事,"官吏讳言黄巾,以羌胡叛乱具奏,史官故不称作黄巾耳"(《华阳国志校补图注》)。

⑪ 刘焉未做过幽州太守

据《三国志·蜀书·刘二牧传》,刘焉以宗室仕州郡,先后出任雒阳令、冀州刺史、南阳太守和益州牧。从未出任过幽州太守,也从未与黄巾有争斗。此处为突出他的身份,把他拿来与黄巾沾边。

⑫ 邹靖曾攻打乌桓

邹靖是刘备第一个上司。邹靖确有其人,但非幽州太守所属。邹靖曾与公孙瓒抗御乌桓、鲜卑。据王粲记载,"公孙瓒与破虏校尉邹靖俱追别,靖为所围,瓒回师救救,胡即破散,解靖之围。乘胜穷追,日入之后,把炬逐北"(《太平御览》卷八百七十引《英雄记》)。由此或可推理,刘备在黄巾起事前后,有可能也参与攻打乌桓等战事。

⑬ 三国人的身材高度

刘备、关羽和张飞的身材高度,唯刘备有据,见《三国志·蜀书·先主传》,余无考。刘备身长七尺五,以一汉尺仅合今天之0.23米,则相当于今人的1.72米。此外见于《三国志》史传的,有东吴名将太史慈、陈武,他俩都是七尺七寸(1.77米),诸葛亮、赵云、彭羕、谯周、董袭、朱桓等,均系身长八尺(1.84米);满宠父子也均系八尺(1.84米);身长八尺三寸的是程昱;许褚和马腾,身长都是八尺余。由此推理,魏晋时期人的身材,通常有1.7米到1.8米。即和现在人等同。但三国时期似乎尚无巨无霸式的超等身材,即使超过2米也不见得有,否则也会被视为特异现象,而被陈寿等人注入正册的。三国也有矮身材。东吴朱然,史传记身材不满七尺(1.61米)。从《晋书·陆机传》称"陆机身长七尺",如从遗传因子推理,陆逊也不会高身材的。《初学记》引《魏书》说,"王粲、乐进并为人短小。"但不记身材高度,估计当也在七尺之下。曹操身材也

玄德祖刘雄,父刘弘。弘曾举孝廉,亦尝作吏,早丧。玄德幼孤,事母至孝。家贫,贩屦织席为业。家住本县楼桑村⑮。其家之东南有一大桑树,高五丈余,遥望之,童童如车盖。相者云:"此家必出贵人。"玄德幼时,与乡中小儿戏于树下,曰:"我为天子,当乘此车盖。"叔父刘元起奇其言,曰:"此儿非常人也!"因见玄德家贫,常资给之。年十五岁,母使游学,尝师事郑玄、卢植,与公孙瓒等为友。及刘焉发榜招军时,玄德年已二十八岁矣。

当日见了榜文,慨然长叹。随后一人厉声言曰:"大丈夫不与国家出力,何故长叹?"玄德回视其人:身长八尺,豹头环眼,燕颔虎须,声若巨雷,势如奔马。玄德见他形貌异常,问其姓名。其人曰:"某姓张,名飞,字翼德⑯。世居涿郡,颇有庄田,卖酒屠猪,专好结交天下豪杰。恰才见公看榜而叹,故此相问。"玄德曰:"我本汉室宗亲,姓刘,名备。今闻黄巾倡乱,有志欲破贼安民;恨力不能,故长叹耳。"飞曰:"吾颇有资财,当招募乡勇,与公同举大事,如何?"玄德甚喜,遂与同入村店中饮酒。正饮间,见一大汉推着一辆车子,到店门首歇了;入店坐下便唤酒保:"快斟酒来吃,我待赶入城去投军。"玄德看其人:身长九尺,髯长二尺;面如重枣,唇若涂脂,丹凤眼,卧蚕眉:相貌堂堂,威风凛凛。玄德就邀他同坐,叩其姓名。其人曰:"吾姓关,名羽,字长生,后改云长,河东解良人也。因本处势豪,倚势凌人,被吾杀了,逃难江湖五六年矣。今闻此处招军破贼,特来应募⑰。"玄德遂以己志告之。云长大喜。同到张飞庄

上，共议大事。

飞曰："吾庄后有一桃园⑱，花开正盛；明日当于园中，祭告天地，我三人结为兄弟，协力同心，然后可图大事。"玄德、云长齐声应曰："如此甚好。"次日，于桃园中备下乌牛白马祭礼⑲等项。三人焚香再拜而说誓曰："念刘备、关羽、张飞，虽然异姓，既结为兄弟，则同心协力，救困扶危；上报国家，下安黎庶；不求同年同月同日生，只愿同年同月同日死。皇天后土，实鉴此心。背义忘恩，天人共戮！"誓毕，拜玄德为兄，关羽次之，张飞为弟⑳。祭罢天地，复宰牛设酒，聚乡中勇士得三百余人，就桃园中痛饮一醉。

来日，收拾军器，但恨无马匹可乘。正思虑间，人报有两个客人，引一伙伴俏，赶一群马，投庄上来。玄德曰："此天佑我也。"三人出庄迎接。原来二客乃中山大商：一名张世平，一名苏双，每年往北贩马，近因寇发而回。玄德请二人到庄，置酒管待，诉说欲讨贼安民之意。二客大喜，愿将良马五十匹相送，又赠金银五百两㉑，镔铁一千斤，以资器用。玄德谢别二客，便命良匠打造双股剑。云长造青龙偃月刀㉒，又名"冷艳锯"，重八十二斤；张飞造丈八点钢矛㉓。各置全身铠甲。共聚乡勇五百余人，来见邹靖。邹靖引见太守刘焉。三人参见毕，各通姓名。玄德说起宗派，刘焉大喜，遂认玄德为侄。

不数日，人报黄巾贼将程远志统兵五万来犯涿郡。刘焉令邹靖引玄德等三人，统兵五百，前去破敌。玄德等欣然领军前进，直至大兴山下，与贼相见。贼众皆披发，以黄巾抹

属矮小，"姿貌短小，而神明英发"（《世说新语·容止篇》引《魏氏春秋》）。当然，也有重要人物史传未有确切记述身材尺寸，如孙权，但从刘备、张辽分别说他"长上短下"，看来且雷同于刘备的"垂手下膝"。他也至少是中等标准身材。

⑭ **巧妙的夺爵：坐酎金失侯**
西汉文帝（刘恒）计划削藩，剥夺王侯爵位。此间采取的一种措施，就是规定诸王侯每年八月参加祭祖庙（刘邦庙）献金饮酎（祭祀所用的一种优质酒），都要按各人封邑人口数献纳黄金助祭，以示心诚。如果所献黄金分量或成色不足，则将以违反礼制要免去王侯的爵位。这种措施，为以后的皇帝袭用。当时黄金用为装饰品，2016 年 3 月，在北京展出的西汉海昏侯国文物有重约 250 克金饼，含金量达 99%，上记有墨书题记。

⑮ **楼桑村**
在河北涿州市西南 7 公里处，与张飞家乡桃庄相距仅 1 公里。"楼桑在涿州东南，为汉昭烈故里"（《天府广记》）。现名大树楼桑，以区别当地秦家楼桑村、黄家楼桑村等。村中原建有刘备家庙，后废。现在大树楼桑村南 6 公里有楼桑庙村，即以昭烈帝名命名，庙始建于唐乾宁四年（897），今存庙碑。历代均有修葺。明弘治二年（1489）再修，多掺合元明平话杂剧，山门上嵌"敕建三义宫"，门内两侧两马房，分塑的卢马和赤兔马。前正殿为刘备，东西偏殿分别为关羽、张飞等木雕像，高 3 米许；后殿正殿供甘夫人、糜夫人和吴皇后，东偏殿供有诸葛亮、庞统、赵云等，西偏殿供所谓"少三义"刘禅、关兴、张苞。

⑯ **张飞应字益德**
《三国志·蜀书·张飞传》："张飞字益德。"梁章钜称：飞字益德甚明。《吕布传》注引《英雄记》《周瑜传》注引《吴录》及《杨戏传》张益德赞同。李商隐诗：益德冤魂终报主，亦是一证。钱大昕《金石文》跋尾续有金永安四年重修张先主庙碑，亦是益德。可见唐宋时人皆作"益德"。改称为"翼德"，乃是后人以字与名呼应，所以卢弼说："盖以'翼'与'飞'生义，皆妄人所为也。"

⑰ **关羽来历不明**
《三国志·蜀书·关羽传》说关羽，"河东解人也，亡命奔涿郡。"关羽在出奔涿州前的经历，因蜀汉史书残缺，陈寿修《蜀书》时，于关羽早年行事已不能寻得，以之语焉不详。可是他是传统文化的大红人，这段履历是不能从略的。因而关羽的出身就多笔记、小说杜撰。《三国志平话》说他："喜看《春秋左传》。观乱臣贼子传，便生怒恶。因本县官员贪财好贿，酷害黎民，将县令杀了，亡命逃遁，前往涿郡。"元杂剧《刘关张桃园三结义》说有州官臧一贵要起兵造反，"闻说关羽武艺过人，便命人请关羽前来，共商大事。关羽到了州衙，听说臧一贵要起兵反叛，心中愤怒，一剑砍到贼官杀死，逃了出来到涿州。"《演义》即采用前说。后清梁章钜《归田琐记》改作是杀了要抢民女的本县舅爷和县官，亦系蛇足之说。

⑱ **桃园遗迹**

刘备和张飞都是涿郡涿县(河北涿州)人。据清《涿州志》,刘备居城西南十五里大树楼桑村,张飞居县西南里许的桃庄。据《三国志·蜀书·关羽传》,他们和亡命来奔的关羽,早在汉中平元年(184)前一两年就相聚了,很大可能是为了对付北边的乌桓和鲜卑。所谓"桃园结义"源自元《三国志平话》,桃园就在州城南十五里张飞店,系张飞后来居住处,《涿州志》说,该地清末改为忠义店。当地确有桃林,还有一口与张飞有关的汉井,井旁立有"张桓侯故里"石碑和《汉桓侯古井碑记》,附近桃林,即传说的桃园结义旧址。另有张桓侯庙,清嘉庆进士方维甸有联:使君乃天下英雄,谊同骨肉;寿侯为人中神圣,美并勋名。民国樊增祥有《谒涿州张桓侯祠》:咫尺楼桑王气浮,英灵如虎视神州。蚕丛攻取偕诸葛,虎帐温柔伴夏侯。亦有雄威镇华夏,两看娇女建长秋。阆中更赛香花社,不废巴江万古流。

⑲ **乌牛白马祭典**

古中国盛大典礼,乃祭以灰黑色之牛、白色之马,沥血以溺天地。据《礼记·明堂经》:殷人即崇奉白马黑牛。《史记·苏秦传》:"刭白马而盟";《汉书·王陵传》:"高皇帝刑白马而刑国。"其他民族区亦同,见《辽史·地理书》,有称青牛白马祭天为契丹风俗。九世纪初,契丹人视白马青牛为祭祖先的必需品。据俄国汉学家巴第曾说,在整个远东地区白马受到特殊的尊敬,古代蒙古人盟誓时,即宰杀白马,剖为两半以作祭品。盖古人见识,由白马飞驰联想到太阳有如白驹,又由乌牛联想大地与乌牛密切。

⑳ **桃园结义乃虚构**

桃园结义不见于史传,但刘备与关羽、张飞恩结,多见于《三国志》有关各传。《先主传》说,刘备在涿郡"好交结豪侠,年少争附之"。《张飞传》说:"少与关羽俱事先主,羽年长数岁,飞兄事之。"《关羽传》:"先主于乡里合徒众,而羽与张飞为之御侮。""先主与二人寝则同床,恩若兄弟。而稠人广坐,侍立终日,随先主周旋,不避艰险。"按,三人之亲密,名闻敌国,《刘晔传》也说:"且羽与备,义为君臣,恩犹父子。"在汉末还盛行异姓兄弟的准血缘圈,此处结义的仪式,乃元明文化意蕴,辐射于小说者。故史传所述,即为编造桃园故事的张本。

㉑ **汉末三国通用五铢钱**

《演义》货币作银两,乃从明说。明嘉靖八年(1529),白银正式定为货币。按,东汉三国通用五铢钱。汉初平元年(190),董卓迁西京,"悉椎破铜人、钟虡,乃坏五铢钱。更铸为小钱,大五分,无文章,肉好无轮郭,不磨铠。于是货轻而物贵,谷一斛至数十万。自是后钱货不行"(《三国志·魏书·董卓传》)。尔后,吴、蜀汉建国,仍铸五铢钱以行世。

额㉔。当下两军相对,玄德出马,左有云长,右有翼德,扬鞭大骂:"反国逆贼,何不早降!"程远志大怒,遣副将邓茂出战。张飞挺丈八蛇矛直出,手起处,刺中邓茂心窝,翻身落马。程远志见折了邓茂,拍马舞刀,直取张飞。云长舞动大刀,纵马飞迎。程远志见了,早吃一惊,措手不及,被云长刀起处挥为两段。后人有诗赞二人曰:

> 英雄露颖在今朝,一试矛兮一试刀。
> 初出便将威力展,三分好把姓名标。

众贼见程远志被斩,皆倒戈而走。玄德挥军追赶,投降者不计其数,大胜而回。刘焉亲自迎接,赏劳军士。

次日,接得青州太守龚景牒文,言黄巾贼围城将陷,乞赐救援。刘焉与玄德商议。玄德曰:"备愿往救之。"刘焉令邹靖将兵五千,同玄德、关、张投青州来。贼众见救军至,分兵混战。玄德兵寡不胜,退三十里下寨。玄德谓关、张曰:"贼众我寡,必出奇兵,方可取胜。"乃分关公引一千军伏山左;张飞引一千军伏山右:鸣金为号,齐出接应。

次日,玄德与邹靖引军鼓噪而进。贼众迎战。玄德引军便退,贼众乘势追赶。方过山岭,玄德军中一齐鸣金,左、右两军齐出。玄德麾军,回身复杀,三路夹攻,贼众大溃,直赶至青州城下,太守龚景亦率民兵出城助战。贼势大败,剿戮极多,遂解青州之围㉕。后人有诗赞玄德曰:

> 运筹决算有神功,二虎还须逊一龙。
> 初出便能垂伟绩,自应分鼎在孤穷。

龚景犒军毕,邹靖欲回。玄德曰:"近闻

中郎将卢植与贼首张角战于广宗,备昔曾师事卢植㉖,欲往助之。"于是邹靖引军自回,玄德与关、张引本部五百人投广宗来。至卢植军中,入帐施礼,具道来意。卢植大喜,留在帐前听调。

时张角贼众十五万,植兵五万,相拒于广宗,未见胜负。植谓玄德曰:"我今围贼在此,贼弟张梁、张宝在颍川,与皇甫嵩、朱儁对垒。汝可引本部人马,我更助汝一千官军,前去颍川打探消息,约期剿捕。"玄德领命,引军星夜投颍川来。时皇甫嵩、朱儁领军拒贼,贼战不利,退入长社,依草结营。嵩与儁计曰:"贼依草结营,当用火攻之。"遂令军士每人束草一把,暗地埋伏。其夜大风忽起。二更以后,一齐纵火,嵩与儁各引兵攻击贼寨,火焰张天,贼众惊慌,马不及鞍,人不及甲,四散奔走。

杀到天明,张梁、张宝引败残军士夺路而逃,忽见一彪军马尽打红旗,当头来到,截住去路。为首闪出一将,身长七尺㉗,细眼长髯;官拜骑都尉;沛国谯郡人也,姓曹,名操,字孟德。操父曹嵩,本姓夏侯氏;因为中常侍曹腾之养子,故冒姓曹。曹嵩生操,小字阿瞒,一名吉利㉘。操幼时,好游猎,喜歌舞,有权谋,多机变。操有叔父,见操游荡无度,尝怒之,言于曹嵩,嵩责操。操忽心生一计:见叔父来,诈倒于地,作中风之状。叔父惊告嵩,嵩急视之,操故无恙。嵩曰:"叔言汝中风,今已愈乎?"操曰:"儿自来无此病;因失爱于叔父,故见罔耳。"嵩信其言。后叔父但言操过,嵩并不听。因此,操得恣意放荡㉙。时

㉒ **关羽用的不是青龙偃月刀**
关羽马上用的兵器,史传记载失佚。《三国志》有两处自侧面提及关羽的兵器:一是斩颜良,"(关羽)策马刺(颜)良于万众之中,斩其首还"(《关羽传》)。一是与鲁肃在益阳相会,"诸将军单刀俱会……(关)羽操刀起"(《鲁肃传》)。这大概系传统所界定关羽所执兵器的依据,因为刀尖也可"刺";"刺"而"斩"之,不就自明了吗?但东汉兵器,"戟制最盛,矛次之"(周纬:《中国兵器史稿》)。关羽之"刺"颜良,"刺"者只能是矛的功能,所谓"虽习长矛,将使不得以刺"(《三国志·魏书·武帝纪》);而不是刀,刀只能是"砍"、"斩"。此处"斩其首还",可解释为"拔短刀而斩其首"。至于单刀会之刀,那只是护身的佩刀。这是因为东汉末年护身短兵,已由刀替代了剑。而长柄大刀出现要迟至隋唐;青龙偃月刀还得再迟些,要在两宋才采用。南宋初期山东抗金英雄魏胜就是要用大刀。龚圣与《宋江三十六人赞》说,"大刀关胜,岂云长孙?云长义勇,汝其后昆!"可见,在此时始有关羽要用大刀之说。元关汉卿杂剧《关大王独赴单刀会》,就称关羽使用的是"明明三停偃月刀"。因此,到了《三国志平话》和元明杂剧时代,关羽就是挥舞大刀了。但这是小说家言,不足为信的。关于关羽的马上兵器,从三国流行长兵器只有长矛和戟判断,他也只能是其中之一了的。

㉓ **张飞丈八长矛**
长矛为汉魏常用手器,且多为丈八,约合今4.15公尺。矛又称为矟。《释名·释兵》:"矛长丈八曰矟,马上所持。"张揖《埤苍》:"矟,矛长一丈八尺。"又"矟"与"蛇"音贴近,所以"丈八矟",讹传为"丈八蛇矛"。《晋书·刘曜载记》,前赵勇将陈安"左手奋七尺大刀,右手执丈八蛇矛,近交则刀矛俱发"。在农耕社会几千年,长矛为主要冷兵器。清顾恩瀚说:"余幼时随宦颍州(安徽阜阳),附读于颍州营游击衙署,课暇,尝偕翁镇西将军之公子至教场观绿营兵丁操演,技艺纯熟。先演者为苗杆,搅动飞舞,成一大圆形,犹之长蛇飞舞,进刺退缩,迅疾若准。所谓苗杆者,即一丈数尺之青竹,竹根及杪,粗细均匀,外缠夏布,加漆,杆端有极锐之利刃,俗称为'苗子',盖即古之丈八蛇矛也。"

㉔ **黄巾并非仅是以黄巾抹额**
黄巾成员起自民间,多着长服。"灵帝建宁中,男子之衣,好为长服,而下甚短。"(《搜神记》卷六)"黄巾被服纯黄,不将尺兵,有长衣,翔行舒步。所至郡县,无不从。"(《续汉书·五行志》五刘昭注引《物理论》)所以凡黄巾者,还着黄色长服为记。

㉕ **刘备讨伐黄巾否**
刘备讨伐黄巾,见《三国志·蜀书·先主传》,"先主(刘备)率其属从校尉邹靖讨黄巾贼有功,除安喜尉。"但《典略》却称,"平原刘子平知备有武勇,时张纯反叛,青州被诏,遣从事将兵讨纯,过平原,子平荐备于从事,遂与相随,遇贼于野,备中创

阳死,贼去后,故人以车载之,得免。后以军功,为中山安喜尉。"按,原汉中山相张纯叛汉系中平四年(187),刘备以此始得一县尉。安喜尉是刘备自身而起的最初的官阶。由此或可推理刘备未参与讨伐黄巾,或讨伐黄巾未授官职。

㉖ 卢植乃大儒
卢植与郑玄均为大儒马融学生。自卢植始,卢氏世为涿州(晋太始年改称范阳)大族,据清《涿州志》,自晋至清,卢氏代代有功名显宦者。卢植故宅在州东十五里卢家涞,即刘备少年时读书处,《名胜志》称:"土地肥饶,子孙世居。"卢植因触犯董卓罢官,"以老病去位,隐居上谷军都山,初平三年(192)卒。"遗令薄葬。后曹操北征乌桓,路过涿州,亲自作书地方官:"故北中郎将卢植,名著海内,学为儒宗,士之楷模,乃国之桢干也。昔武王入殷,封商容之闾,郑丧子产,而仲尼陨涕。孤到此州,嘉其余风。《春秋》之义,贤者之后,有异于人。敬遣丞掾修坟墓,并致薄醊,以彰厥德。"(《续汉书》)

㉗ 曹操长相短小
曹操"身长七尺,细眼长髯"。如按汉一尺相当于今0.23米计,则曹操只有1.61米。足见曹操长相短小。虽系小说家言,亦有所据。所以曹操接见南匈奴使者,要找相貌魁梧,"眉目疏朗,须长四尺"的崔琰权充替身,自己甘作捉刀人侍候在旁。但他并不嫌自己的身材,在关中与韩遂军对阵,"秦、胡观者,前后重沓,公笑谓贼曰:'汝欲观曹公邪,亦犹人也'"(《三国志·魏书·武帝纪》引《魏书》)。

㉘ 曹操出生地
据文献,曹操系汉桓帝永寿元年(155)出生于城东南30里的沙土集。现沙土集西有义门寺遗址,是他幼年读书处。曹操举孝廉后,在城东6里甘家湾建宅。汉中平五年(188)曹操托病回乡,又在城东50里的谯令寺旧址处,"筑起精舍,读书射猎,闭绝宾客"(《太平御览》一百五十九引《魏略》)。曹操主政后,谯郡即为曹魏五都之一,也是南征的大本营。今城内所存地下兵道盘根错节,就是当时为军事需要所兴筑。

㉙ 曹操少年多假谲
曹操"少好谲诈,游放无度"(《曹瞒传》)。孙盛《异同杂语》也称,"武王少好侠,放荡不修行业。尝私入中常侍张让室,让觉之,乃舞手戟于庭,逾垣而出"《世说新语》称,"魏武少时,尝与袁绍好为游侠,观人新婚,因潜入主人园中,夜叫呼云:'有偷儿贼!'青庐中人皆出观。魏武入,抽刀劫新妇与绍还出,失道,坠枳棘中,绍不能得动,复大叫云:'偷儿在此!'绍遽迫自掷出,递以俱免。"

㉚ 曹操知遇于桥玄
曹操少年有机警,有权数。《演义》所说桥玄品评,源自《三国志·魏书·武帝纪》引《魏书》,"太尉桥玄,世名知人,睹

人有桥玄者,谓操曰:"天下将乱,非命世之才不能济。能安之者,其在君乎㉚?"南阳何颙见操,言:"汉室将亡,安天下者必此人也。"汝南许劭,有知人之名。操往见之,问曰:"我何如人?"劭不答。又问,劭曰:"子治世之能臣,乱世之奸雄也。"操闻言大喜。年二十,举孝廉,为郎,除洛阳北都尉。初到任,即设五色棒十余条于县之四门,有犯禁者,不避豪贵,皆责之。中常侍蹇硕之叔,提刀夜行,操巡夜拿住,就棒责之。由是内外莫敢犯者,威名颇震。后为顿丘令。因黄巾起,拜为骑都尉,引马步军五千,前来颍川助战。正值张梁、张宝败走,曹操拦住,大杀一阵,斩首万余级,夺得旗幡、金鼓、马匹极多。张梁、张宝死战得脱。操见过皇甫嵩、朱儁,随即引兵追袭张梁、张宝去了。

却说玄德引关、张来颍川,听得喊杀之声,又望见火光烛天,急引兵来时,贼已败散。玄德见皇甫嵩、朱儁,具道卢植之意。嵩曰:"张梁、张宝,势穷力乏,必投广宗去依张角。玄德可即星夜往助。"玄德领命,遂引兵复回。到得半路,只见一簇军马,护送一辆槛车:车中之囚,乃卢植也。玄德大惊,滚鞍下马,问其缘故。植曰:"我围张角,将次可破,因角用妖术,未能即胜。朝廷差黄门左丰前来体探,问我索取贿赂。我答曰:'军粮尚缺,安有余钱奉承天使?'左丰挟恨,回奏朝廷,说我高垒不战,惰慢军心;因此朝廷震怒,遣中郎将董卓来代将我兵,取我回京问罪。"张飞听罢,大怒,要斩护送军人,以救卢植。玄德急止之曰:"朝廷自有公论,汝岂可造次?"军士簇拥

卢植去了。

关公曰："卢中郎已被逮，别人领兵，我等去无所依，不如且回涿郡。"玄德从其言，遂引军北行。行无二日，忽闻山后喊声大震。玄德引关、张纵马上高冈望之，见汉军大败，后面漫山塞野，黄巾盖地而来，旗上大书"天公将军"㉛。玄德曰："此张角也！可速战！"三人飞马引军而出。张角正杀败董卓，乘势赶来，忽遇三人冲杀，角军大乱，败走五十余里。三人救了董卓回寨。卓问三人现居何职。玄德曰："白身。"卓甚轻之，不为礼。玄德出，张飞大怒曰："我等亲赴血战，救了这厮，他却如此无礼！若不杀之，难消我气！"便要提刀入帐来杀董卓。正是：人情势利古犹今，谁识英雄是白身？安得快人如翼德，尽诛世上负心人！毕竟董卓性命如何，且听下文分解。

太祖而异之，曰：'吾见天下名士多矣，未有若君者也！君善自持。吾老矣，愿以妻子为托。'由是声名益重。"桥玄还对曹操戏言："殂逝之后，路有经由，不以斗酒只鸡过相沃酹，车过三步，腹痛勿怪。"汉建安七年(202)，曹操东征，路经桥玄墓，他自作祭文亲奠："吾以幼年逮升堂室，特以顽鄙之姿，为大君子所纳。增荣益观，皆由奖助。"祭文中也提到这段戏言："虽临时戏笑之言，非至亲之笃好，胡肯为此辞乎？"（《魏武帝集》）

㉛ **三国军旗不写字**

张角旗号有"天公将军"，此乃《演义》写法。据史传，当时作战所用旗帜主要是以颜色为标志的，常见的是五色旗，旗呈单色或有图腾，用以指示将士辨别地形和敌方动态的。据诸葛亮《兵要》，有侦察敌情用白旗示意，先锋部队行军见沟坑揭黄旗，林薮揭青旗，街路揭白旗，水涧揭黑旗，野火揭赤旗；在安营时，也须在营的四方，高悬朱雀、白兽、玄武、青龙等为图腾旗；也有以色旗表示某支军队的。中军亦自制以颜色或图腾的旗帜。孙权就制作黄龙大旗，作为全军进退行止的标志。如《演义》以字大书于旗上，要在南宋初始才见有。

第二回　张翼德怒鞭督邮　何国舅谋诛宦竖

　　且说董卓字仲颖，陇西临洮人也，官拜河东太守，自来骄傲。当日怠慢了玄德，张飞性发，便欲杀之。玄德与关公急止之曰："他是朝廷命官，岂可擅杀？"飞曰："若不杀这厮，反要在他部下听令，其实不甘！二兄要便住在此，我自投别处去也！"玄德曰："我三人义同生死，岂可相离？不若都投别处去便了。"飞曰："若如此，稍解吾恨。"

　　于是三人连夜引军来投朱儁，儁待之甚厚，合兵一处，进讨张宝。

　　是时曹操自跟皇甫嵩讨张梁，大战于曲阳。这里朱儁进攻张宝。张宝引贼众八九万屯于山后。儁令玄德为其先锋，与贼对敌。张宝遣副将高升出马搦战，玄德使张飞击之。飞纵马挺矛，与升交战，不数合，刺升落马。玄德麾军直冲过去。张宝就马上披发仗剑，作起妖法。只见风雷大作，一股黑气，从天而降，黑气中似有无限人马杀来。玄德连忙回军，军中大乱，败阵而归，与朱儁计议，儁曰："彼用妖术，我来日可宰猪羊狗血，令军士伏于山头；候贼赶来，从高坡上泼之，其法可解。"玄德听令，拨关公、张飞各引军一千，伏于山后高冈之上，盛猪羊狗血①并秽物准备。次日，张宝摇旗擂鼓，引军搦战，玄德出迎。交锋之际，张宝作法，风雷大作，飞砂走石，黑气漫天，滚滚人马，自天而下。玄德拨马便走，张宝驱兵赶来。将过山头，关、张伏军放起号炮，秽物齐泼。但见空中纸人草马，纷纷坠地；风雷顿息，砂石不飞。张宝见解了法，急欲退军。左关公、右张飞，两军都出，背后玄德、朱儁一齐赶上，贼兵大败。玄德望见"地公将军"旗号，飞马赶来，张宝落荒而走。玄德发箭，中其左臂。张宝带箭逃脱，走入阳城，坚守不出。

　　朱儁引兵围住阳城攻打，一面差人打探皇甫嵩消息。探子回报，具说："皇甫嵩大获胜捷。朝廷以董卓屡败，命嵩代之。嵩到时，

① 鸡犬血破邪法

此处作猪羊狗血，按传统灵物迷信，准确地应作鸡犬血。古中国因鸡报晓、犬能守户，被视行使巫术灵物。盖鸡报晓鬼魅不攻自失，迎来光明。自先秦以来鸡为禳除最佳祭牲，"挂鸡于户，悬苇索其上"，以逐百鬼的习惯。所以《本草纲目》有鸡头可用于杀鬼、治蛊、禳恶、辟瘟（卷四）。磔犬可以御灾，汉代就有"正月白犬血辟除不祥"、"杀白犬以血题门户"。明清小说就多有以鸡犬血破邪。

张角已死,张梁统其众,与我军相拒,被皇甫嵩连胜七阵,斩张梁于曲阳。发张角之棺,戮尸枭首,送往京师②。余众俱降。朝廷加皇甫嵩为车骑将军,领冀州牧。皇甫嵩又表奏卢植有功无罪,朝廷复卢植原官。曹操亦以有功,除济南相,即日将班师赴任。"朱儁听说,催促军马悉力攻打阳城。贼势危急,贼将严政刺杀张宝,献首投降。朱儁遂平数郡,上表献捷。

时又黄巾余党三人,赵弘、韩忠、孙仲,聚众数万,望风烧劫,称与张角报仇。朝廷命朱儁,即以得胜之师讨之。儁奉诏,率军前进。时贼据宛城,儁引兵攻之,赵弘遣韩忠出战。儁遣玄德、关、张,攻城西南角,韩忠尽率精锐之众,来西南角抵敌。朱儁自纵铁骑二千,径取东北角。贼恐失城,急弃西南而回。玄德从背后掩杀,贼众大败,奔入宛城。朱儁分兵四面围定。城中断粮,韩忠使人出城投降,儁不许。玄德曰:"昔高祖之得天下,盖为能招降纳顺;公何拒韩忠耶?"儁曰:"彼一时,此一时也。昔秦、项之际,天下大乱,民无定主,故招降赏附,以劝来耳。今海内一统,惟黄巾造反;若容其降,无以劝善。使贼得利恣意劫掠,失利便投降:此长寇之志,非良策也。"玄德曰:"不容寇降是矣。今四面围如铁桶,贼乞降不得,必然死战。万人一心,尚不可当,况城中有数万死命之人乎?不若撤去东南,独攻西北。贼必弃城而走,无心恋战,可即擒也。"儁然之,随撤东南二面军马,一齐攻打西北。韩忠果引军弃城而奔。儁与玄德、关、张率三军掩杀,射死韩忠,余皆四散奔走。正追赶间,赵弘、孙仲引贼众到,与儁交战。儁见弘势大,引军暂退。弘乘势复夺宛城。

儁离十里下寨。方欲攻打,忽见正东一彪人马到来。为首一将,生得广额阔面,虎体熊腰,吴郡富春人也,姓孙,名坚,字文台,乃孙武子之后③。年十七岁时,与父至钱塘,见海贼十余人劫取商人财物,于岸上分赃。坚谓父曰:"此贼可擒也。"遂奋力提刀上岸,扬声大叫,东西指挥,如唤人状。贼以为官兵至,尽弃财物奔走。坚赶上,杀一贼。由是郡县知名,荐为校尉④。后会稽妖贼许昌造反,自称"阳明皇帝",聚众数万;坚与郡司马招募勇士千余人,会合州郡破之,斩许昌并其子许韶。刺史臧旻上表奏其功,除坚为盐渎丞,又除盱眙丞、下邳丞。今见黄巾寇起,聚集乡中少年及诸商旅,并淮、泗

② **张角墓地**
在河北定州市城西南七级村。墓丘长87米,宽70米,高3米,传为张角墓。该村张姓为大族,自称是张角后裔,维护古墓。日本侵华时,在墓地修筑炮台,出土过青铜剑等物。墓今存尚好。河北省文物保护单位。(彭卿云《中国历代名人胜迹大辞典》上海文艺出版社、香港三联书店1995年版第99页)

③ **孙坚故里和后裔**
孙坚乃孙武子之后,据《新唐书·宰相世系表》称,孙武有子孙明,"明食邑于富春,自是世为富春人"。按富春即今浙江富阳。孙坚故里在富阳王洲。王洲地在富春江,系江心一小岛,现已与江岸相连。王洲原名孙洲,因出了孙权故改称为王洲的。孙坚父子发迹后,从未还乡。近年该地将原土地庙改建为吴大帝庙,主神为孙权,辅以周瑜、鲁肃、张昭和周泰,并由费孝通、赵朴初分别书写"孙权故里"和"吴大帝故里"两石碑,附近且有所辟雄瓜田十亩,相传为孙坚父钟发祥处,现立有经济学者陶大镛书写"雄瓜田"石碑。孙坚后裔自东晋时由洛阳等地返回家园,现聚居于王洲东面的龙门镇,全镇1600余户,90%以上为孙姓。

④ **孙坚乃假署尉非校尉**
据《三国志·吴书·孙坚传》,孙坚十七岁,因斩海贼,府招署假尉;以郡司马讨许昌。此处以假尉改为校尉,实误。按署假尉,乃是暂代时代理县尉(县公安局长);校尉为高级军官,官阶略低于将军,秩分别为中二千石、二千石、比二千石,部属有司马、丞。又,别郡司马为别部司马之误。

⑤ 刘备早期履历档案

时　间	职　　务	附　注
中平四年(187)	随邹靖讨伐黄巾,有功,任安喜尉	旋去职
中平五年(188)	应大将军何进部招募,力战有功,任下密丞	复去官
中平六年(189)	以讨董卓,有功,授高唐尉、高唐令	
初平二年(191)	为贼破,投公孙瓒,表为别部司马	
	有战功,试守平原令,后授平原尉	
兴平元年(194)	随青州刺史田楷援徐州,为陶谦表为豫州刺史	陶谦死,奉戴为徐州牧
建安元年(196)	曹操表为镇东将军,封宜城亭侯	
	为吕布败,走归许,曹操表为豫州牧	
建安三年(198)	曹操攻灭吕布,还许,表为左将军	

精兵一千五百余人,前来接应。朱儁大喜,便令坚攻打南门,玄德打北门,朱儁打西门,留东门与贼走。孙坚首先登城,斩贼二十余人,贼众奔溃。赵弘飞马突槊,直取孙坚。坚从城上飞身夺弘槊,刺弘下马;却骑弘马,飞身往来杀贼。孙仲引贼突出北门,正迎玄德,无心恋战,只待奔逃。玄德张弓一箭,正中孙仲,翻身落马。朱儁大军随后掩杀,斩首数万级,降者不可胜计。南阳一路,十数郡皆平。

儁班师回京,诏封为车骑将军、河南尹。儁表奏孙坚、刘备等功。坚有人情,除别郡司马上任去了;惟玄德听候日久,不得除授。

三人郁郁不乐,上街闲行,正值郎中张钧车到。玄德见之,自陈功绩。钧大惊,随入朝见帝曰:"昔黄巾造反,其原皆由十常侍卖官鬻爵,非亲不用,非仇不诛,以致天下大乱,今宜斩十常侍,悬首南郊,遣使者布告天下,有功者重加赏赐,则四海自清平也。"十常侍奏帝曰:"张钧欺主。"帝令武士逐出张钧。十常侍共议:"此必破黄巾有功者不得除授,故生怨言。权且教省家铨注微名,待后却再理会未晚。"因此玄德除授定州中山府安喜县尉⑤,克日赴任。玄德将兵散回乡里,止带亲随二十余人,与关、张来安喜县中到任。署县事一月,与民秋毫无犯,民皆感化。到任之后与关、张食则同桌,寝则同床。如玄德在稠人广坐,关、张侍立,终日不倦。

到县未及四月,朝廷降诏,凡有军功为长吏者,当沙汰。玄德疑在遣中。适督邮行部至县,玄德出郭迎接,见督邮施礼。督邮坐于马上,惟微以鞭指回答。关、张二公俱怒。及到馆驿,督邮南面高坐,玄德侍立阶下。良久,督邮问曰:"刘县尉是何出身?"玄德曰:"备乃中山靖王之后,自涿郡剿戮黄巾,大小三十余战,颇有微功,因得除今职。"督邮大喝曰:"汝诈称皇亲,虚报功绩!目今朝廷降诏,正要沙汰这等滥官污吏!"玄德喏喏连声而退。归到县中,与县吏商议。吏曰:"督邮作威,无非要贿赂耳。"玄德曰:"我与民秋毫无犯,那得财物与他?"次日,督邮先提县吏去,勒令指称县尉害民。玄德几番自往求免,俱被门役阻住,不肯放参。

却说张飞饮了数杯闷酒,乘马从馆驿前过,见五六十个老人,皆在门前痛哭。飞问其故,众老人答曰:"督邮逼勒县吏,欲害刘公;我等皆来苦告,不得放入,反遭把门人赶打。"张飞大怒,睁圆环眼,咬碎钢牙,滚鞍下马,径入馆驿,把门人那里阻挡得住,直奔后堂,见督邮正坐厅上,将县吏绑倒在地。飞大喝:"害民贼!认得我么?"督邮未及开言,早被张飞揪住头发,扯出馆驿,直到县前马桩上缚住,攀下柳条,去督邮两腿上着力鞭打,一连打折柳条十数枝。玄德正纳闷间,听得县前喧闹,问左右,答曰:"张将军绑一人在县前痛打。"玄德忙去观之,见绑缚者乃督邮也。玄德惊问其故。飞曰:"此等害民贼,不打死等甚!"督邮告曰:"玄德公救我性命!"玄德终是仁慈的人,急喝张飞住手。傍边转过关公来,曰:"兄长建许多大功,仅得县尉,今反被督邮侮辱。吾思枳棘丛中,非栖鸾凤之所;不如杀督邮,弃官归乡,别图远大之计。"玄德乃取印绶,挂于督邮之颈,责之曰:"据汝害民,本当杀却;今姑饶汝命。吾缴还印绶,从此去矣⑥。"督邮归告定州太守,太守申文省府,差人捕捉。玄德、关、张三人往代州投刘恢,恢见玄德乃汉室宗亲,留匿在家不题。

却说十常侍既握重权,互相商议,但有不从己者,诛之。赵忠、张让差人问破黄巾将士索金帛,不从者奏罢职。皇甫嵩、朱儁皆不肯与,赵忠等俱奏罢其官。帝又封赵忠等为车骑将军,张让等十三人皆封列侯。朝政愈坏,人民嗟怨。于是长沙贼区星作乱;渔阳张举、张纯反:举称天子,纯称大将军⑦。表章雪片告急,十常侍皆藏匿不奏。

一日,帝在后园与十常侍饮宴,谏议大夫刘陶,径到帝前大恸。帝问其故,陶曰:"天下危在旦夕,陛下尚自与阉宦共饮耶!"帝曰:"国家承平,有何危急?"陶曰:"四方盗贼并起,侵掠州郡。其祸皆由十常侍卖官害民,欺君罔上。朝廷正人皆去,祸在目前矣!"十常侍皆免冠跪伏于帝前曰:"大臣不相容,臣等不能活矣!愿乞性命归田里,尽将家产以助军资。"言罢痛哭。帝怒谓陶曰:"汝家亦有近侍之人,何独不容朕耶!"呼武士推出斩之。刘陶大呼:"臣死不惜!可怜汉室天下四百余年,到此一旦休矣!"武士拥陶出,方欲行刑,一大臣喝住曰:"勿得下手,待我谏去。"众视之,乃司徒陈耽。径入宫中来谏帝曰:"刘谏议得何罪而受诛?"帝

⑥ **刘备鞭打督邮**

督邮,系郡太守属官,负责考察属县官吏、管制地方豪强。据《三国志·蜀书·先主传》称,刘备在安喜尉任上,"督邮以公事到县,先主求谒,不通,直入缚督邮,杖二百,解绶系其颈着马柳,弃官亡命。"同传引《典略》也称,乃是刘备闯进督邮所居舍舍,"遂就床缚之,将出到界,自解其绶以系督邮颈,缚之著树,鞭杖百余下,欲杀之;督邮求哀,乃释去之。"两说有异,莫衷一是。元《三国志平话》首创张飞鞭挞督邮事,称刘备在安喜县尉任上,受到定州太守侮辱,张飞大怒,乘夜杀了太守。朝廷派督邮崔廉查究,督邮便要捉拿刘备,又被张飞缚于系马桩上,打了一百大棒身死。刘、关、张就赴太行山落草为寇去了。

⑦ **渔阳张举、张纯本系汉官吏**

张举曾任太山太守,张纯曾任中山相,都是汉朝的地方高级官员,他们是在乌桓扰边影响下起事的。张纯对张举说:"今乌桓既畔,皆愿为乱,凉州贼起,朝廷不能禁。又洛阳人妻生子两头,此汉祚衰尽,天下有两主徵也。子若与吾共率乌桓之众以起兵,庶几可定大业。"(《后汉书·刘虞传》)张举称天子,张纯称弥天将军、安定王,屯聚肥如(辽宁辽阳),有众十余万。明年(188),幽州牧刘虞率辽东属国长史公孙瓒等讨伐。

⑧ **东汉地方官制简表**

地方	官名	职责	秩禄	附注
州	刺史	由巡行改为固定,掌州事务		全国十三州,都城所在地设司隶校尉
	牧		二千石	中平五年(188)改刺史为州牧
郡	太守		二千石	郡国相同。东都洛阳设河南尹
	丞(边郡为长史)	辅佐太守		
县	令、长		令千石、长三四百石	县国同
	丞	署文书、典知仓狱	二百石至四百石	长吏
	尉	主盗贼	二百石至四百石	长吏。百石之下,为少吏

⑨ **何进靠十常侍掌权**

据《后汉书·何进传》,何进家族和十常侍极为密切。张让子妇即是何后之妹。何后因妒鸩杀刘协(汉献帝)母王美人,"帝(灵帝)怒欲废后,宦官固请得止"。皇帝开始不答应,后因张让等"涕泣救解,各出家财千万为礼,和悦上意",始能解脱。何进家族本是寒门,所以苗说:"始共从南阳来,俱以贫贱依省内以致贵富,国家之事亦何容易,覆水不收,宜深思之,且与省内和也。"这是指何进家族乃是仗同乡宦官郭胜的推荐,使何进妹选入皇宫而后全族鸡犬升天的。

⑩ **蹇硕受遗诏**

汉灵帝要立皇子协为太子,但因何氏家族反对,未成。中平六年(189),灵帝病重"属协于蹇硕,硕既受遗诏"。当时蹇硕是新设的西园八校尉为首的上军校尉,拥有兵权。蹇硕与中常侍赵忠书,要求联合行动,捕诛何进。但中常侍郭胜是何进同乡人,"亲信何进"(《后汉书·何进传》),说服赵忠等"不从硕计,而以其书示进,进乃使黄门令收硕诛之。"蹇硕要把何进骗进宫去杀掉,目的意向是为立刘协做皇帝,但他是否有遗诏,却是一个

曰:"毁谤近臣,冒渎朕躬。"耽曰:"天下人民,欲食十常侍之肉,陛下敬之如父母,身无寸功,皆封列侯;况封谞等结连黄巾,欲为内乱:陛下今不自省,社稷立见崩摧矣!"帝曰:"封谞作乱,其事不明。十常侍中,岂无一二忠臣?"陈耽以头撞阶而谏。帝怒,命牵出,与刘陶皆下狱。是夜,十常侍即于狱中谋杀之;假帝诏以孙坚为长沙太守,讨区星。

不五十日,报捷,江夏平。诏封坚为乌程侯;封刘虞为幽州牧⑧,领兵往渔阳征张举、张纯。代州刘恢,以书荐玄德见虞。虞大喜,令玄德为都尉,引兵直抵贼巢,与贼大战数日,挫动锐气。张纯专一凶暴,士卒心变,帐下头目刺杀张纯,将头纳献,率众来降。张举见势败,亦自缢死。渔阳尽平,刘虞表奏刘备大功。朝廷赦免鞭督邮之罪,除下密丞,迁高堂尉。公孙瓒又表陈玄德前功,荐为别部司马,守平原县令。玄德在平原,颇有钱粮军马,重整旧日气象。刘虞平寇有功,封太尉。

中平六年夏四月,灵帝病笃,召大将军何进入宫,商议后事。那何进起身屠家;因妹入宫为贵人,生皇子辩,遂立为皇后,进由是得权重任⑨。帝又宠幸王美人,生皇子协。何后嫉妒,鸩杀王美人。皇子协养于董太后宫中。董太后乃灵帝之母,解渎亭侯刘苌之妻也。初因桓帝无子,迎立解渎亭侯之子,是为灵帝。灵帝入继大统,遂迎养母氏于宫中,尊为太后。

董太后尝劝帝立皇子协为太子。帝亦偏爱协,欲立之。当时病笃,中常侍蹇硕奏曰:"若欲立协,必先诛何进,以绝后患。"⑩帝然其说,因宣进入宫。进至宫门,司马潘隐谓进曰:"不可入宫。蹇硕欲

谋杀公。"进大惊,急归私宅,召诸大臣,欲尽诛宦官。座上一人挺身出曰:"宦官之势,起自冲、质之时;朝廷滋蔓极广,安能尽诛?倘机不密,必有灭族之祸:请细详之!"进视之,乃典军校尉曹操也。进叱曰:"汝小辈安知朝廷大事!"正踌躇间,潘隐至,言:"帝已崩。今蹇硕与十常侍商议,秘不发丧,矫诏宣何国舅入宫,欲绝后患,册立皇子协为帝。"说未了,使命至,宣进速入以定后事。操曰:"今日之计,先宜正君位,然后图贼。"进曰:"谁敢与吾正君讨贼?"一人挺身出曰:"愿借精兵五千,斩关入内,册立新君,尽诛阉竖,扫清朝廷,以安天下。"进视之,乃司徒袁逢之子、袁隗之侄:名绍,字本初,现为司隶校尉。⑪何进大喜,遂点御林军五千。绍全身披挂。何进引何颙、荀攸、郑泰等大臣三十余员,相继而入,就灵帝柩前,扶立太子辩即皇帝位。

百官呼拜已毕,袁绍入宫收蹇硕。硕慌走入御园,花荫下为中常侍郭胜所杀。硕所领禁军,尽皆投顺。

绍谓何进曰:"中官结党,今日可乘势尽诛之!"张让等知事急,慌入告何后曰:"始初设谋陷害大将军者,止蹇硕一人,并不干臣等事。今大将军听袁绍之言,欲尽诛臣等,乞娘娘怜悯!"何太后曰:"汝等勿忧,我当保汝!"传旨宣何进入。太后密谓曰:"我与汝出身寒微,非张让等焉能享此富贵?今蹇硕不仁,既已伏诛,汝何听信人言,欲尽诛宦官耶?"何进听罢,出谓众官曰:"蹇硕设谋害我,可族灭其家。其余不必妄加残害。"袁绍曰:"若不斩草除根,必为丧身之本。"⑫进曰:"吾意已决,汝勿多言!"众官皆退。次日,太后命何进参录尚书事,其余皆封官职。

董太后宣张让等入宫商议曰:"何进之妹,始初我抬举他。今日他孩儿即皇帝位,内外臣僚皆其心腹,威权太重,我将如何?"让奏曰:"娘娘可临朝,垂帘听政;封皇子协为王;加国舅董重大官,掌握军权;重用臣等:大事可图矣!"董太后大喜。次日设朝,董太后降旨,封皇子协为陈留王,董重为骠骑将军,张让等共预朝政。

何太后见董太后专权,于宫中设一宴,请董太后赴席。酒至半酣,何太后起身,捧杯再拜曰:"我等皆妇人也,参预朝政,非其所宜。昔吕后因握重权,宗族千口皆被戮。今我等宜深居九重;朝廷大事任大臣元老自行商议,此国家之幸也。愿垂听焉。"董后大怒曰:"汝酖死王美人,设心嫉妒。今倚汝子为君,与汝兄何进之势,辄敢乱言!吾敕骠骑断汝兄首,如反掌

谜。因此学者吕思勉说,"当时到底是灵帝因为他有兵权,把废嫡立庶的事属托他?还是他因兵权在手生出野心,想要废嫡立庶,诈称有灵帝遗命,我们现在也无从断定。"(《三国史话》)

⑪ 东汉司隶校尉拥有大权
东汉首都(洛阳)所在之州,设司隶校尉,部领三辅、三河、弘农七郡,主察举非法。"无所不纠,唯不察三公";可出席朝廷廷议,位在九卿之上,与御史大夫、尚书令会同并专席而席,"故京师号曰'三独坐'"。

⑫ 袁绍建议杀宦官
袁绍世代官僚,在京师时与权宦不和,结交朋友,又好游侠,是以为权宦所嫉。"中常侍赵忠谓诸黄门曰:'袁本初坐作声价,不应呼召而养死士,不知此儿欲何为乎?'"(《三国志·魏书·袁绍传》引《英雄记》)后来他由中军校尉升至的司隶校尉要职,亦由权宦免去,代以许相此人。所以他多次自说或派说客劝何进杀宦官,"绍使客张津说进曰:'黄门、常侍秉日久,又永乐太后与诸常侍专通财利,将军宜整顿天下,为海内除患。'进以为然,遂与绍结谋。"(《三国志·魏书·袁绍传》引《续汉书》)永乐太后即居永乐宫的董太后。

耳！”何后亦怒曰：“吾以好言相劝，何反怒耶？”董后曰：“汝家屠沽小辈，有何见识！”两宫互相争竞，张让等各劝归宫。何后连夜召何进入宫，告以前事。何进出，召三公共议。来早设朝，使廷臣奏董太后原系藩妃，不宜久居宫中，合仍迁于河间安置，限日下即出国门。一面遣人起送董后；一面点禁军围骠骑将军董重府宅，追索印绶。董重知事急，自刎于后堂。家人举哀，军士方散。张让、段珪见董后一枝已废，遂皆以金珠玩好结构何进弟何苗并其母舞阳君，令早晚入何太后处善言遮蔽：因此，十常侍又得近幸。

　　六月，何进暗使人酖杀董后于河间驿庭。举枢回京，葬于文陵。进托病不出。司隶校尉袁绍入见进曰：“张让、段珪等流言于外，言公酖杀董后，欲谋大事。乘此时不诛阉宦，后必为大祸。昔窦武欲诛内竖，机谋不密，反受其殃。今公兄弟部曲将吏皆英俊之士，若使尽力，事在掌握。此天赞之时，不可失也。”进曰：“且容商议。”左右密报张让，让等转告何苗，又多送贿赂。苗入奏何后云：“大将军辅佐新君，不行仁慈，专务杀伐。今无端又欲杀十常侍，此取乱之道也。”后纳其言。少顷，何进入白后，欲诛中涓。何后曰：“中官统领禁省，汉家故事。先帝新弃天下，尔欲诛杀旧臣，非重宗庙也。”进本是没决断之人，听太后言，唯唯而出。袁绍迎问曰：“大事若何？”进曰：“太后不允，如之奈何？”绍曰：“可召四方英雄之士，勒兵来京，尽诛阉竖。此时事急，不容太后不从。”进曰：“此计大妙！”便发檄至各镇，召赴京师。主簿陈琳曰：“不可。俗云‘掩目而捕燕雀’，是自欺也。微物尚不可欺以得志，况国家大事乎？今将军仗皇威，掌兵要，龙骧虎步，高下在心！若欲诛宦官，如鼓洪炉燎毛发耳。但当速发雷霆，行权立断，则天人顺之。却反外檄大臣，临犯京阙，英雄聚会，各怀一心：所谓倒持干戈，授人以柄，功必不成，反生乱矣。”何进笑曰：“此懦夫之见也！”旁边一人鼓掌大笑曰：“此事易如反掌，何必多议！”视之，乃曹操也。正是：欲除君侧宵人乱，须听朝中智士谋。不知曹操说出甚话来，且听下文分解。

第三回　议温明董卓叱丁原　馈金珠李肃说吕布

　　且说曹操当日对何进曰："宦官之祸，古今皆有；但世主不当假之权宠，使至于此。若欲治罪，当除元恶，但付一狱吏足矣，何必纷纷召外兵乎？欲尽诛之，事必宣露。吾料其必败也。"何进怒曰："孟德亦怀私意耶？"操退曰："乱天下者，必进也！"进乃暗差使命，赍密诏星夜往各镇去。

　　却说前将军、鳌乡侯、西凉刺史董卓，先为破黄巾无功，朝议将治其罪，因贿赂十常侍幸免；后又结托朝贵，遂任显官，统西州大军二十万，常有不臣之心。是时得诏大喜，点起军马，陆续便行；使其婿中郎将牛辅守住陕西，自己却带李傕、郭汜、张济、樊稠等提兵望洛阳进发①。卓婿谋士李儒曰："今虽奉诏，中间多有暗昧。何不差人上表，名正言顺，大事可图。"卓大喜，遂上表。其略曰：

　　　　窃闻天下所以乱逆不止者，皆由黄门常侍张让等侮慢天常之故。臣闻扬汤止沸，不如去薪；溃痈虽痛，胜于养毒。臣敢鸣钟鼓入洛阳，请除让等。社稷幸甚！天下幸甚！

　　何进得表，出示大臣。侍御史郑泰谏曰："董卓乃豺狼也，引入京城，必食人矣。"进曰："汝多疑，不足谋大事。"卢植亦谏曰："植素知董卓为人，面善心狠；一入禁庭，必生祸患。不如止之勿来，免致生乱。"进不听，郑泰、卢植皆弃官而去。朝廷大臣去者大半。进使人迎董卓于渑池，卓按兵不动。

　　张让等知外兵到，共议曰："此何进之谋也；我等不先下手，皆灭族矣。"乃先伏刀斧手五十人于长乐宫嘉德门内，入告何太后曰："今大将军矫诏召外兵至京师，欲灭臣等，望娘娘垂怜赐救。"太后曰："汝等可诣大将军府谢罪。"让曰："若到相府，骨肉齑粉矣，望娘娘宣大将军入宫，谕止之。如其不从，臣等只就娘娘前请死。"太后乃降诏宣进。进得诏便行，主簿陈琳谏曰："太后此诏，必是十常侍之谋，切不可去。去必有祸。"进曰："太后诏我，有何祸事？"袁绍曰："今谋

① 董卓由河东进军洛阳

汉中平六年(189)，当时为并州牧的董卓，"驻兵河东以观时日"。他与洛阳只相隔一条黄河，何进召外兵，他最近帝都，"卓得诏，即时就道"(《后汉书·董卓传》)。近水楼台先得月，他是唯一也是第一个到达洛阳的军头。又，当时没有"西凉"名称，当然也没有"西凉刺史"名目。

② 袁术率虎贲已在宫庭

袁术时为虎贲中郎将，统率虎贲宿卫，负责皇帝安全，兼管皇禁内廷警卫。何进为控制内廷，即命袁术选领温厚可靠的虎贲二百人，全副武装替代权宦控制的各黄门陛卫，它也包括南宫嘉德殿的青琐门。虎贲将士在何进死后焚青琐门，并非真意，目的乃是逼段珪等外逃。

已泄，事已露，将军尚欲入宫耶？"曹操曰："先召十常侍出，然后可入。"进笑曰："此小儿之见也。吾掌天下之权，十常侍敢待如何！"绍曰："公必欲去，我等引士护从，以防不测。"于是袁绍、曹操各选精兵五百，命袁绍之弟袁术领之。②袁术全身披挂，引兵布列青琐门外。绍与操带剑护送何进至长乐宫前。黄门传懿旨云："太后特宣大将军，余人不许辄入。"将袁绍、曹操等都阻住宫门外。何进昂然直入。至嘉德殿门，张让、段珪迎出，左右围住，进大惊。让厉声责进曰："董后何罪，妄以酖死？国母丧葬，托疾不出！汝本屠沽小辈，我等荐之天子，以致荣贵；不思报效，欲相谋害！汝言我等甚浊，其清者是谁？"进慌急欲寻出路，宫门尽闭，伏甲齐出，将何进砍为两段。后人有诗叹之曰：

汉室倾危天数终，无谋何进作三公。

几番不听忠臣谏，难免宫中受剑锋。

让等既杀何进，袁绍久不见进出，乃于宫门外大叫曰："请将军上车！"让等将何进首级从墙上掷出，宣谕曰："何进谋反，已伏诛矣！其余胁从，尽皆赦宥。"袁绍厉声大叫："阉官谋杀大臣，诛恶党者前来助战！"何进部将吴匡，便于青琐门外放起火来。袁术引兵突入宫庭，但见阉官，不论大小尽皆杀之。袁绍、曹操斩关入内。赵忠、程旷、夏恽、郭胜四个被赶至翠花楼前，剁为肉泥。宫中火焰冲天。张让、段珪、曹节、侯览将太后及少帝并陈留王劫去内省，从后道走北宫。时卢植弃官未去，见宫中事变，擐甲持戈，立于阁下。遥见段珪拥逼何后过来，植大呼曰："段珪逆贼，安敢劫太后！"段珪回身便走。太后从窗中跳出，植急救得免。吴匡杀入内庭，见何苗亦提剑出。匡大呼曰："何苗同谋害兄，当共杀之！"众人俱曰："愿斩谋兄之贼！"苗欲走，四面围定，砍为齑粉。绍复令军士分头来杀十常侍家属，不分大小尽皆诛绝，多有无须者误被杀死。曹操一面救灭宫中之火，请何太后权摄大事，遣兵追袭张让等，寻觅少帝。

且说张让、段珪劫拥少帝及陈留王，冒烟突火，连夜奔走至北邙山，约二更时分后面喊声大举，人马赶至；当前河南中部掾吏闵贡，大呼："逆贼休走！"张让见事急，遂投河而死。帝与陈留王未知虚实，不敢高声，伏于河边乱草之内。军马四散去赶，不知帝之所在。帝与王伏至四更，露水又下，腹中饥馁，相抱而哭；又怕人知觉，吞声草莽之中。陈留王曰："此间不可久恋，须别寻活路。"于是二人以衣相结，爬上岸边。满地荆棘，黑暗之中不见行路。正无奈何，忽有流萤千百成群，光芒照耀，只在帝前飞转。陈留王曰："此天助我兄弟也！"遂随萤火而行，渐渐见路。行至五更，足痛不能行，山冈边见一草堆，帝与王卧于草堆之畔。草堆前面是一所庄院。庄主是夜梦两红日坠于庄后，惊觉，披衣出户，四下观望，见庄后草堆上红光冲天，慌忙往视，却是二人卧于草畔。庄主问曰："二少年谁家之子？"帝不敢应。陈留王指帝曰："此是当今皇帝，遭十常侍之乱，逃难到此。吾乃皇弟陈留王也。"庄主大惊，再拜曰："臣先朝司徒崔烈之弟崔毅也。因见十常侍卖官嫉贤，故隐于此。"遂扶帝入庄，跪进酒食。

却说闵贡赶上段珪，拿住问："天子何在？"珪言："已在半路相失，不知何往。"贡遂杀段珪，悬头于马项下，分兵四散寻觅；自己却独乘一马随路追寻。偶至崔毅庄，毅见首级，问之，贡说详细。崔毅引贡见帝，君臣痛哭。贡曰："国不可一日无君，请陛下还都。"崔毅庄上止有瘦马一匹，备与帝乘。贡与陈留王共乘一马。离庄而行，不到三里，司徒王允、太尉杨彪、左军校尉淳于琼、右军校尉赵萌、后军校尉鲍信、中军校尉袁绍③，一行人众，数百人马接着车驾，君臣皆哭。先使人将段珪首级往京师号令，另换好马与帝及陈留王骑坐，簇帝还京。先是洛阳小儿谣曰："帝非帝，王非王，千乘万骑走北邙。"至此果应其谶。

车驾行不到数里，忽见旌旗蔽日，尘土遮天，一枝人马到来。百官失色，帝亦大惊。袁绍骤马出问："何人？"绣旗影里，一将飞出，厉声问："天子何在？"帝战栗不能言。陈留王勒马向前，叱曰："来者何人？"卓曰："西凉刺史董卓也。"陈留王曰："汝来保驾耶？汝来劫驾耶？"卓应曰："特来保驾。"陈留王曰："既来保驾，天子在此，何不下马？"卓大惊，慌忙下马，拜于道左。陈留王以言抚慰董卓，自初至终，并无失语。卓暗奇之，已怀废立之意。是日还宫，见何太后，俱各痛哭。检点宫中，不见了传国玉玺。

董卓屯兵城外，每日带铁甲马军入城，横行街市，百姓惶惶不安④。卓出入宫庭，略无忌惮。后军校尉鲍信来见袁绍，言董卓必有异心，可速除之。绍曰："朝廷新定，未可轻动。"鲍信见王允，亦言其事。允曰："且容商议。"信自引本部军兵，投泰山去了。

董卓招诱何进兄弟部下之兵，尽归掌握。私谓李儒曰："吾欲废帝立陈留王，何如？"李儒曰："今朝廷无主，不就此时行事，迟则有变矣。来日于温明园中，召集百官，谕以废立；有不从者斩之，则威权之行，正在今日。"卓喜。

次日，大排筵会，遍请公卿。公卿皆惧董卓，谁敢不到。卓待百官到了，然后徐徐到园门下马，带剑入席。酒行数巡，卓教停酒止乐，乃厉声曰："吾有一言，众官静听。"众官侧耳。卓曰："天子为万民之主，无威仪不可以奉宗庙社稷。今上懦弱，不若陈留王聪明好学，可承大

③ **西园八校尉**
刘宏(汉灵帝)创建新军，以小黄门蹇硕为上军校尉，统率其余七校尉，除中军校尉袁绍等外，其他是下军校尉鲍鸿、典军校尉曹操、助军左校尉赵融、佐军右校尉冯芳、左军校尉夏牟、右军校尉淳于琼。

④ **董卓入京仅三千军队**
董卓初进洛阳时，基干仅三千人。《九州春秋》说："卓初入洛阳，步骑不过三千，自嫌兵少，不为远近所服；率四五日，辄夜遣兵出四城门，明日陈旌鼓而入，宣言云：西兵复入至洛中。人不觉，谓卓兵不可胜数。"他后来大为扩军，其来源一是原何进、何苗统率的部队，二是执金吾丁原所部。"卓兵士大盛"(《后汉书·董卓传》)，于是行废立之举。

⑤ **丁原未为荆州刺史**
丁原时正自并州刺史任上调往京都洛阳，所将士均并州人，如吕布、张辽、张杨，乃是一支劲旅。丁原时因积极参与何进的召外兵谏太后诛灭宦官计划，"使武猛都尉丁原烧孟津，火照城中"(《后汉书·何进传》)，大见信任，升为执金吾，掌管京师和皇宫卫戍军队。

⑥ **蔡邕故事**
蔡邕其时并非侍中。按东汉光和元年(178)蔡邕以议郎诏对朝政得失，为中常侍程璜等陷害入狱。后与家属髡钳徙朔方，经卢植通疏始赦归，后又遭陷，乃亡命江海，先后达十二年。此时即自吴会或泰山返洛阳。

⑦ 卢植墓和后裔

范阳卢氏为世族大家，世居涿州。《涿州志》称："州东十五里，地名卢家涿，秦博士卢敖子孙世居于此。"（卷一）卢植墓在今涿州城东北卢家场村。近年整修，有两层：第一层为144平方米平台；第二层为祭台，平面为81平方米，中为方形卢植墓，墓左为卢植嫡裔韩国总统卢泰愚所写碑文。卢植宗族历魏晋至今，多有名人，至今已六十代。

⑧ 吕布未拜丁原为父

据《三国志·魏书·吕布传》，吕布与丁原并无"父子"关系。董卓进京，阴谋夺取丁原兵权。吕布早自丁原屯河内任骑都尉，"为主簿（掌管印信文书的属官），大见亲待"（《三国志·魏书·吕布传》）。"卓以布见信于原，诱布令杀原。"按，吕布原系"五原郡九原人也"，九原即今山西忻州。顾祖禹《读史方舆纪要》："九原城在山西忻山西，汉置京陵县属太原郡。师古曰：'即九原，汉末改置九原县，而陕西榆林卫西有九原废县，汉五原郡治，后汉末废。'故后王允也以吕布为太原郡人，引为乡里。民间传闻吕布为陕西绥德人，貂蝉为陕西米脂人，由此即俗称"米脂美女绥德汉"者。又吕布为主簿，必知书，其熟谙《左氏春秋》，见自他在徐州时，与琅琊相萧建说降书："昔乐毅攻齐，呼吸下齐七十余城，唯莒、即墨二城不下，所以然者，中有田单故也。布虽非乐毅，君亦非田单，可取布书与智者详共议之。"后吕布在白门向曹操乞降，也用《左氏春秋》典，"布曰：'齐桓舍射钩，使管仲相，今使布竭股肱之力，为公前驱，可乎？'"丁原并非荆州刺史，当时的荆州刺史为刘表。

⑨ 虎贲中郎将

中郎将之一。东汉三国常出现的统兵武官。后亦有为政务人员职衔，有右、左、南、北、羽林、虎贲等名称。为郎官率领者。虎贲中郎将，以统率虎贲宿卫，职责皇宫宿卫、杂务。东汉秩比二千石、三国时为第五品，通常在杂号将军位阶下，或同阶位。

位。吾欲废帝立陈留王，诸大臣以为何如？"诸官听罢，不敢出声。座上一人推案直出，立于筵前，大呼："不可！不可！汝是何人，敢发大语？天子乃先帝嫡子，初无过失，何得妄议废立！汝欲为篡逆耶？"卓视之，乃荆州刺史丁原也⑤。卓怒叱曰："顺我者生，逆我者死！"遂掣佩剑欲斩丁原。时李儒见丁原背后一人，生得器宇轩昂，威风凛凛，手执方天画戟，怒目而视。李儒急进曰："今日饮宴之处，不可谈国政；来日向都堂公论未迟。"众人皆劝丁原上马而去。

卓问百官曰："吾所言，合公道否？"卢植曰："明公差矣。昔太甲不明，伊尹放之于桐宫。昌邑王登位方二十七日，造恶三千余条，故霍光告太庙而废之。今上虽幼，聪明仁智，并无分毫过失。公乃外郡刺史，素未参与国政，又无伊、霍之大才，何可强主废立之事？圣人云：'有伊尹之志则可，无伊尹之志则篡也。'"卓大怒，拔剑向前欲杀植。侍中蔡邕⑥、议郎彭伯谏曰："卢尚书海内人望，今先害之，恐天下震怖。"卓乃止⑦。司徒王允曰："废立之事，不可酒后相商，另日再议。"于是百官皆散。

卓按剑立于园门，忽见一人跃马持戟，于园门外往来驰骤。卓问李儒："此何人也？"儒曰："此丁原义儿：姓吕，名布，字奉先者也⑧。主公且须避之！"卓乃入园潜避。

次日，人报丁原引军城外搦战。卓怒，引军同李儒出迎。两阵对圆，只见吕布顶束发金冠，披百花战袍，擐唐猊铠甲，系狮蛮宝带，纵马挺戟，随丁建阳出到阵前。建阳指卓骂曰："国家不幸，阉官弄权，以致万民涂炭。尔无尺寸之功，焉敢妄言废立，欲乱朝廷！"董卓未及回言，吕布飞马直杀过来。董卓慌走，建阳率军掩杀。卓兵大败，退三十余里下寨，聚众商议。卓曰："吾观吕布非常人也，吾若得此人，何虑天下哉！"帐前一人出曰："主公勿忧。某与吕布同乡，知其勇而无谋，见利忘义。某凭三寸不烂之舌，说吕布拱手来降，可乎？"卓大喜，观其人，乃虎贲中郎将⑨李肃也。卓曰:"汝将何以说之?"肃曰:"某闻主公有名马一匹,号曰'赤兔'⑩,日行千里。⑪须得此马,再用金珠,以利结其心。某更进说词,吕布必反丁原,来投主公矣。"卓问李儒曰:"此言可乎?"儒曰:"主公欲取天下,何惜一马!"卓欣然与之,更与黄金一千两、明珠数十颗、玉带一条。

李肃赍了礼物,投吕布寨来。伏路军人围住。肃曰:"可速报吕将军,有故人来见。"军人报知,布命入见。肃见布曰:"贤弟别来无恙!"布揖曰:"久不相见,今居何处?"肃曰:"现任虎贲中郎将之职。闻贤弟匡扶社稷,不胜之喜。有良马一匹,日行千里,渡水登山,如履平地,名曰'赤兔',特献与贤弟,以助虎威。"布便令牵过来看。果然那马浑身上下火炭般赤,无半根杂毛,从头至尾,长一丈;从蹄至顶,高八尺;嘶喊咆哮,有腾空入海之状。后人有诗单道赤兔马曰:

> 奔腾千里荡尘埃,渡水登山紫雾开。
>
> 掣断丝缰摇玉辔,火龙飞下九天来。

布见了此马,大喜,谢肃曰:"兄赐此龙驹,将何以为报?"肃曰:"某为义气而来,岂望报乎!"布置酒相待。酒酣,肃曰:"肃与贤弟少得相见,令尊却常会来。"布曰:"兄醉矣! 先父弃世多年,安得与兄相会?"肃大笑曰:"非也,某说今日丁刺史耳。"布惶恐曰:"某在丁建阳处,亦出于无奈。"肃曰:"贤弟有擎天驾海之才,四海孰不钦敬? 功名富贵,如探囊取物,何言无奈而在人之下乎?"布曰:"恨不逢其主耳。"肃笑曰:"'良禽择木而栖,贤臣择主而事。'见机不早,悔之晚矣。"布曰:"兄在朝廷,观何人为世之英雄?"肃曰:"某遍观群臣,皆不如董卓。董卓为人敬贤礼士,赏罚分明,终成大业。"布曰:"某欲从之,恨无门路。"肃取金珠、玉带列于布前。布惊曰:"何为有此?"肃令叱退左右,告布曰:"此是董公久慕大名,特令某将此奉献。赤兔马亦董公所赠也。"布曰:"董公如此见爱,某将何以报之?"肃曰:"如某之不才,尚为虎贲中郎将;公若到彼,贵不可言。"布曰:"恨无涓埃之功,以为进见之礼。"肃曰:"功在翻手之间,公不肯为耳。"布沉吟良久曰:"吾欲杀丁原,引军归董卓,何如?"肃曰:"贤弟若能如此,真莫大之功也! 但事不宜迟,在于速决。"布与肃约于明日来降,肃别去。

⑩ **吕布坐骑赤兔**

《三国志》正传(不包括裴注)唯一记载坐骑名字的,是"赤兔"。《吕布传》称:"布有良马曰赤兔。"由此,《曹瞒传》称:"时人语曰:人中有吕布,马中有赤兔。"取名赤兔,当是受大禹坐骑名飞兔影响,"飞兔者,神马之名也,日行三万里也"(《宋书》)"飞兔、要衰,古之骏马也"(《吕氏春秋·离俗》)"日行万里,驰若兔之飞,故以为名也"(《吕氏春秋》)周穆王有八骏,日行三万里,堪称"飞兔神马"。所以,袁珂以为:"飞兔"原良马的美名词,大概吕布的马叫赤兔亦由此而来。关于这匹马来历,近年承山西省社科院孟繁仁研究员实地考察后函告,说是此马乃吕布在山西定襄(东汉末为九原)东南15里丛蒙山的中霍村附近捕获的;在他制伏赤兔处的两方泉池,世代相传为"吕布池"。见于清雍正《定襄县志》称:"吕布池,在中霍村东。布捉龙马于此,故名。"明人且有诗咏其事,如曾诚《三霍清泉》:"吁嗟此蒙山,有泉出其麓。岂但一流清,三派皆生玉。灌溉一邑田,三农歌�足。浪说吕将军,捉马于池田。"

⑪ **日行千里**

《洛阳迦蓝记》称:河间王元琛"遣使向西域求名马,远至波斯国,得千里马,号曰追风赤骥。次有七百里者十余匹,皆有名字。以银为槽,金为锁镮。"(卷四·城西)

⑫ **董卓、吕布应早相识**

董卓能极有把握诱吕布杀丁原,吕布亦立即按董卓置杀丁,两人默契。因此如方诗铭教授说:"董卓曾在并州作战,又担任过并州刺史,吕布是五原九原人,五原郡属于并州,十分可能,两人之间不但认识而且具有较为密切的关系,否则吕布来自敌方营垒,而且属于丁原亲信,董卓为什么'爱信','行止常以(吕)布自卫',将自己的生命安全完全交付给吕布,应该即是最好的说明。"(《曹操·袁绍·黄巾》,上海社科院出版社1995年版,第20—21页)

⑬ **吕布拜董卓为父**
《三国志·魏书·吕布传》称,吕布刺杀丁原,归顺董卓;董卓"甚爱信之,誓为父子。"又称,王允等密谋诛董卓,商同吕布内应,"布曰:奈如父子何!允曰:君自姓吕,本非骨肉,今忧死不暇,何谓父子?"可见吕布拜董卓为父事,并非小说家言。质之曹嵩(曹操父)系中常侍曹腾养子;《刘封传》,刘备收养刘封为子,可见当时已有属于准血缘圈的义父子风习。

⑭ **东汉中央官制简表**

是夜二更时分,布提刀径入丁原帐中。原正秉烛观书,见布至,曰:"吾儿来有何事故?"布曰:"吾堂堂丈夫,安肯为汝子乎!"原曰:"奉先何故心变?"布向前,一刀砍下丁原首级,大呼左右:"丁原不仁,吾已杀之。肯从吾者在此,不从者自去!"军士散去大半。次日,布持丁原首级,往见李肃,肃遂引布见卓。卓大喜,置酒相待⑫。卓先下拜曰:"卓今得将军,如旱苗之得甘雨也。"布纳卓坐而拜之曰:"公若不弃,布请拜为义父⑬。"卓以金甲锦袍赐布,畅饮而散。卓自是威势越大,自领前将军事,封弟董旻为左将军、鄠侯,封吕布为骑都尉、中郎将、都亭侯。

李儒劝卓早定废立之计。卓乃于省中设宴,会集公卿,令吕布将甲士千余,侍卫左右。是日,太傅⑭袁隗与百官皆到。酒行数巡,卓按剑曰:"今上暗弱,不可以奉宗庙;吾将依伊尹、霍光故事,废帝为弘农王,立陈留王为帝。有不从者斩!"群臣惶怖莫敢对。中军校尉袁绍挺身出曰:"今上即位未几,并无失德;汝欲废嫡立庶,非反而何?"卓怒曰:"天下事在我!我今为之,谁敢不从!汝视我之剑不利否?"袁绍亦拔剑曰:"汝剑利,吾剑未尝不利!"两个在筵上对敌。正是:丁原仗义身先丧,袁绍争锋势又危。毕竟袁绍性命如何,且听下文分解。

部 门		官 名	职 责	秩 禄	附 注
五府	上公	太傅	无常职	万石	
		大将军	掌征伐	秩比三公	不常设
	三公	太尉	掌兵事,分领太常,光禄勋,卫尉	玉印紫绶万石	灵帝时,与大司马并置
		司徒(丞相)	掌民事,分领太仆、廷尉、大鸿胪卿	玉印紫绶万石	
		司空(御史大夫)	掌水土事,分领宗正、少府、司农卿	玉印紫绶万石	
		骠骑将军			不常设
		车骑将军		秩比三公	
		卫将军			不常设
九卿				犀印青绶中二千石	
		前后左右将军			不常设

部　门	官　名	职　责	秩　禄	附　注
	五官中郎将	主宿卫宫殿	犀印青绶比二千石	
	左右中郎将	主左右署郎		
	虎贲中郎将	主虎贲宿卫		
	羽林中郎将	主羽林郎、掌宿卫侍从		
	光禄大夫	掌顾问应对		
	侍　中	左右顾问应对		
	尚书令	掌文书	犀印黑绶千石	
	尚书仆射		犀印黑绶六百石	
	六曹尚书			
	侍　郎	文书起草	犀印黄绶四百石	每曹6人，共36人
	执金吾	主京师治安，天子出行为先导		
	将作大匠			
	司隶校尉			
	兰台令史	掌皇宫藏书		

第四回　废汉帝陈留践位 谋董贼孟德献刀

　　且说董卓欲杀袁绍，李儒止之曰："事未可定，不可妄杀。"袁绍手提宝剑，辞别百官而出，悬节东门，奔冀州去了。卓谓太傅袁隗曰："汝侄无礼，吾看汝面，姑恕之。废立之事若何？"隗曰："太尉①所见是也。"卓曰："敢有阻大议者，以军法从事！"群臣震

① 董卓履历档案表

时　　间	履　　历	附　　注
永康元年(167) 和后十余年	羽林郎、军司马	以州兵马掾转任
	郎　中	
	西域戊己校尉	坐事免
	并州刺史、河东太守	
中平元年(184)	东中郎将、持节	击黄巾、军败
中平二年(185)	中郎将	讨伐边章、韩遂
	破虏将军	
	封斄乡侯，邑千户	
中平五年(188)	前将军	围陈仓，击败韩遂
中平六年(189)	并州牧，驻兵河东	征为少府，不就
	司　空	入京，代刘弘为司空
初平元年(190)	太尉，领前将军事加节传斧钺虎贲，更封郿侯	
	相　国	在三公以上
初平二年(191)	太师，位在诸王侯之上	赵长安，还

② 别致的"门生故吏"
　　袁绍家族是"四世三公，门生故吏遍天下"。何谓"门生故吏"？"门生"，后来通行解释为学生，但东汉的门生，乃是泛指慕名投靠在门下的人，大凡是名望高的官，门生越多，代代做官，门生更

恐，皆云："一听尊命。"宴罢，卓问侍中周毖、校尉伍琼曰："袁绍此去若何？"周毖曰："袁绍忿忿而去，若购之急，势必为变。且袁氏树恩四世，门生故吏遍于天下②；倘收豪杰以聚徒众，英雄因之而起，山东非公有也。不如赦之，拜为一郡守，则绍喜于免罪，必无患矣。"伍琼曰："袁绍好谋无断，不足为虑；诚不若加之一郡守，以收民心。"卓

三国演义

从之,即日差人拜绍为渤海太守③。

九月朔,请帝升嘉德殿,大会文武。卓拔剑在手,对众曰:"天子暗弱,不足以君天下。今有策文一道,宜为宣读。"乃命李儒读策曰:

> 孝灵皇帝,早弃臣民;皇帝承嗣,海内侧望。而帝天资轻佻,威仪不恪,居丧慢惰:否德既彰,有忝大位。皇太后教无母仪,统政荒乱,永乐太后暴崩,众论惑焉。三纲之道,天地之纪,毋乃有阙?陈留王协,圣德伟懋,规矩肃然,居丧哀戚,言不以邪,休声美誉,天下所闻。宜承洪业,为万世统。兹废皇帝为弘农王,皇太后还政。请奉陈留王为皇帝,应天顺人,以慰生灵之望。

李儒读策毕,卓叱左右扶帝下殿,解其玺绶,北面长跪,称臣听命。又呼太后去服候敕。帝后皆号哭,群臣无不悲惨。阶下一大臣,愤怒高叫曰:"贼臣董卓,敢为欺天之谋,吾当以颈血溅之!"挥手中象简直击董卓。卓大怒,喝武士拿下:乃尚书丁管也。④卓命牵出斩之。管骂不绝口,至死神色不变。后人有诗叹之曰:

> 董贼潜怀废立图,汉家宗社委丘墟。
>
> 满朝臣宰皆囊括,惟有丁公是丈夫。

卓请陈留王登殿。群臣朝贺毕,卓命扶何太后并弘农王及帝妃唐氏于永安宫闲住,封锁宫门,禁群臣无得擅入。可怜少帝四月登基,至九月即被废。卓所立陈留王协,表字伯和,灵帝中子,即献帝也;时年九岁。改元初平。董卓为相国,入朝不趋,赞拜不名,剑履上殿,威福莫比。李儒劝卓擢用名流,以收人望,因荐蔡邕之才⑤。卓命征之,邕不赴。卓怒,使人谓邕曰:"如不来,当灭汝族。"邕惧,只得应命而至。卓见邕大喜,一月三迁其官,拜为侍中,甚见亲厚⑥。

却说少帝与何太后、唐妃困于永安宫中,衣服饮食,渐渐少缺;少帝泪不曾干。一日,偶见双燕飞于庭中,遂吟诗一首。诗曰:

> 嫩草绿凝烟,袅袅双飞燕。
>
> 洛水一条青,陌上人称羡。
>
> 远望碧云深,是吾旧宫殿。
>
> 何人仗忠义,泄我心中怨!

董卓时常使人探听。是日获得此诗,来呈董卓。卓曰:"怨望作诗,

众。袁家为汝南世族,自袁安在东汉章帝(刘炟)时就任司空、司徒(三公),以后袁敞、袁汤、袁逢父子公孙也都先后出任司空、司徒等官,当然依附者趋之若鹜了。"故吏",即是旧有的属员。两汉时三公就可以自己选择属员,并让这些属员出任中央和地方各级官员;所以一般要做官,便须先寻找主官,彼此相依,利害与共。它和后来隋唐的官员选拔,须由尚书省吏部选用是完全不同的。

③ 董卓信用士大夫

董卓为钓名窃誉计,信用士大夫,"卓素闻天下同疾阉竖,诛杀忠良,及其在事,虽行无道,而犹忍性矫情,擢用群士。""其染党锢者陈纪、韩融之徒,皆为列卿。幽滞之士,多所显拔,以尚书韩馥为冀州刺史、侍中刘岱为兖州刺史、陈留孔伷为豫州刺史、颍川张咨为南阳太守。卓所亲爱,并不处显职,但将校而已。"(《后汉书·董卓传》)按,关东诸镇多为董卓擢用,但士大夫多与董卓不合作,韩馥到官后即联合起兵声讨董卓。

④ 丁管故事似影射明燕王入京遇刺

丁管即丁官,但此丁官在废立事后,并未因进谏,相反却赞同董卓行为,见《三国志·董卓传》引《献帝起居注》,在读策后,"群臣莫有言,尚书丁官曰:'无祸汉室,丧乱弘多。昔祭仲废忽立突,《春秋》大其权。今大臣量宜为社稷计,诚合天一,请称万岁。'"此处变换,疑此段文字乃作者为明燕王朱棣靖难变至南京时有感而发。据《明史·连楹传》,当朱棣由南京金川门入城,

混在迎附者行列中的御史连楹，身藏利刃，叩见后猛冲上去，欲刺杀朱棣，当即为卫士砍死。《明史》同卷（卷一百四十一）《景清传》，又有御史大夫景清，明为归附，得授原官。某日早朝，景清怀利刃入宫，准备刺杀朱棣，被发觉，逮拿，他回答朱棣说："欲为故主报仇耳。"打造董卓连遭丁管、伍孚刺杀，或即影射此事。

⑤ 蔡邕是东汉最大的私人藏书家

两汉最大的藏书库是皇家的兰台，但私人图书收藏最多的是蔡邕。《后汉书·董祀妻传》称，蔡文姬说家原有藏书四千卷，她能记住的有四百余卷。蔡邕非常赏识学生王粲。他在生前就说："吾家书籍文章尽当与之。"这些藏书，后来很多就为王粲收藏。蔡邕学生遍天下，知名的还有阮瑀、路粹和顾雍。

⑥ 董卓亲厚蔡邕

据《后汉书·蔡邕传》，蔡邕被逼，不得已，就洛阳见董卓，即"署祭酒，甚见敬重。举高第，补侍御史，又转持书御史，迁尚书。三日之间，周历三台。迁巴郡太守，复留为侍中。初平元年，拜左中郎将，从献帝迁都长安，封高阳乡侯。"但蔡邕为董卓厚遇事，应在董卓废帝前夕。

⑦ 董卓杀唐姬

《后汉书·何皇后纪》称，汉中平六年(189)，董卓废少帝为弘农王，因进鸩杀何太后。但少帝之死却在翌年，乃因关东诸侯聚集声讨董卓，董卓命郎中令李儒进药酒毒死的。其妃唐姬遣归乡里，及李催破长安，洗掠关东，而遭俘获；李催逼逼娶为妻，未允诺，赖贾诩教免，后献帝下诏封为弘农王妃，安置于园中。

杀之有名矣。"遂令李儒带武士十人，入宫弑帝。帝与后、妃正在楼上，宫女报李儒至，帝大惊。儒以鸩酒奉帝，帝问何故。儒曰："春日融和，董相国特上寿酒。"太后曰："既云寿酒，汝可先饮。"儒怒曰："汝不饮耶？"呼左右持短刀白练于前曰："寿酒不饮，可领此二物！"唐妃跪告曰："妾身代帝饮酒，愿公存母子性命。"儒叱曰："汝何人，可代王死？"乃举酒与何太后曰："汝可先饮！"后大骂何进无谋，引贼入京，致有今日之祸。儒催逼帝，帝曰："容我与太后作别。"乃大恸而作歌。其歌曰：

> 天地易兮日月翻，弃万乘兮退守藩。
>
> 为臣逼兮命不久，大势去兮空泪潸！

唐妃亦作歌曰：

> 皇天将崩兮后土颓，身为帝姬兮命不随。
>
> 身死异路兮从此毕，奈何茕速兮心中悲！

歌罢，相抱而哭。李儒叱曰："相国立等回报，汝等俄延，望谁救耶？"太后大骂："董贼逼我母子，皇天不佑！汝等助恶，必当灭族！"儒大怒，双手扯住太后，直撺下楼；叱武士绞死唐妃⑦；以鸩酒灌杀少帝，还报董卓。卓命葬于城外，自此每夜入宫，奸淫宫女，夜宿龙床。尝引军出城，行到阳城地方，时当二月，村民社赛，男女皆集。卓命军士围住，尽皆杀之，掠妇女财物装载车上，悬头千余颗于车下，连轸还都，扬言杀贼大胜而回；于城门外焚烧人头，以妇女财物分散众军。

越骑校尉伍孚，字德瑜，见卓残暴，愤恨不平，尝于朝服内披小铠，藏短刀，欲伺便杀卓。一日，卓入朝，孚迎至阁下，拔刀直刺卓。卓气力大，两手抠住；吕布便入，揪倒伍孚。卓问曰："谁教汝反？"孚瞪目大喝曰："汝非吾君，吾非汝臣，何反之有？汝罪恶盈天，人人愿得而诛之！吾恨不车裂汝以谢天下！"卓大怒，命牵出剖剐之。孚至死骂不绝口⑧。后人有诗赞之曰：

> 汉末忠臣说伍孚，冲天豪气世间无。
>
> 朝堂杀贼名犹在，万古堪称大丈夫。

董卓自此出入常带甲士护卫。

时袁绍在渤海，闻知董卓弄权，乃差人赍密书来见王允。书略曰：

卓贼欺天废主，人不忍言；而公恣其跋扈，如不听闻，岂报
国效忠之臣哉？绍今集兵练卒，欲扫清王室，未敢轻动。公若
有心，当乘间图之。如有驱使，即当奉命。

王允得书，寻思无计。

一日，于侍班阁子内，见旧臣俱在，允曰："今日老夫贱降，晚间
敢屈众位到舍小酌。"众官皆曰："必来祝寿。"当晚王允设宴后堂，公
卿皆至。酒行数巡，王允忽然掩面大哭。众官惊问曰："司徒贵诞，
何故发悲？"允曰："今日并非贱降，因欲与众位一叙，恐董卓见疑，故
托言耳。董卓欺主弄权，社稷旦夕难保。想高皇诛秦灭楚，奄有
天下；谁想传至今日，乃丧于董卓之手：此吾所以哭也。"于是众官
皆哭。坐中一人，抚掌大笑曰："满朝公卿，夜哭到明，明哭到夜，
还能哭死董卓否？"允视之，乃骁骑校尉曹操也。允怒曰："汝祖宗
亦食禄汉朝，今不思报国而反笑耶？"操曰："吾非笑别事，笑众位
无一计杀董卓耳。操虽不才，愿即断董卓头，悬之都门，以谢天
下。"允避席问曰："孟德有何高见？"操曰："近日操屈身以事卓者，
实欲乘间图之耳。今卓颇信操，操因得时近卓。闻司徒有七宝刀
一口，愿借与操⑨入相府刺杀之。虽死不恨！"允曰："孟德果有是
心，天下幸甚！"遂亲自斟酒奉操。操沥酒设誓，允随取宝刀与之。
操藏刀，饮酒毕，即起身辞别众官而去。众官又坐了一回，亦俱
散讫。

次日，曹操佩着宝刀来至相府，问："丞相何在？"从人云："在
小阁中。"操径入。见董卓坐于床上，吕布侍立于侧。卓曰："孟德
来何迟？"操曰："马羸行迟耳。"卓顾谓布曰："吾有西凉进来好马，
奉先可亲去拣一骑赐与孟德。"布领命而出。操暗忖："此贼合
死！"即欲拔刀刺之，惧卓力大，未敢轻动。卓胖大不耐久坐，遂倒
身而卧，转面向内。操又思曰："此贼当休矣！"急掣宝刀在手，恰
待要刺，不想董卓仰面看衣镜中，照见曹操在背后拔刀，急回身问曰："孟德何为？"时吕布
已牵马至阁外。操惶遽，乃持刀跪下曰："操有宝刀一口，献上恩相。"卓接视之，见其刀长
尺余，七宝嵌饰，极其锋利，果宝刀也；遂递与吕布收了。操解鞘付布。卓引操出阁看马，
操谢曰："愿借试一骑。"卓就教与鞍辔。操牵马出相府，加鞭望东南而去。布对卓曰："适
来曹操似有行刺之状，及被喝破，故推献刀。"卓曰："吾亦疑之。"正说话间，适李儒至，卓以

⑧ **伍孚有否此人**

伍孚事迹，源于谢承《后汉书》，
或疑因与伍琼均系汝南人，均字
德瑜，乃为同一人。裴松之说，
"谢承记孚字及本郡则与琼同，
而致死事乃与琼异也。不知孚
为琼之别名，为别有伍孚也，盖
未详之。"清何焯说："孚与琼疑
是一人，因其被害时，人造此事
以归之耳，裴注中采谢承书，亦
致疑及此。"但也有学者视为两
人。惠栋据范晔《后汉书·董卓
传》："孚与琼为两人。"陈景云
说："城门校尉伍琼被杀，在关东
义兵初起卓未西迁之前，而《荀
攸传》载卓徙都后，攸与越骑校
尉伍琼等同谋刺卓事，垂就而
觉，则当日自有两伍琼。谢承所
记乃与荀攸同谋刺卓之人，故称
孚官悉与志合，则孚为琼之别名
无疑也。至两人名字并同者是，
犹同时有两刘岱皆字公山也。"
盖汉魏多同姓名，据侯康《三国
志补注》，姓名为伍琼者，同时尚
有"蔡中郎京兆樊惠渠颂有伍
琼，光和时为京兆县令"。

⑨ **董卓所用宝刀何来**

《古今刀剑录》说："董卓少时，耕
野得一刀，无文字，四面隐隐，作
山云文，削玉如泥。及卓贵，示
五官郎将蔡邕，邕曰此项羽之刀
也。"按此书乃宋人伪托南梁陶
弘景撰，或由此嬗化莫须有的曹
操献刀故事。

其事告之。儒曰："操无妻小在京,只独居寓所。今差人往召,如彼无疑而便来,则是献刀;如推托不来,则必是行刺,便可擒而问也。"卓然其说,即差狱卒四人往唤操。去了良久,回报曰："操不曾回寓,乘马飞出东门。门吏问之,操曰:'丞相差我有紧急公事',纵马而去矣。"儒曰:"操贼心虚逃窜,行刺无疑矣。"卓大怒曰:"我如此重用,反欲害我!"儒曰:"此必有同谋者,待拿住曹操便可知矣。"卓遂令遍行文书,画影图形,捉拿曹操:擒献者赏千金,封万户侯,窝藏者同罪。

且说曹操逃出城外,飞奔谯郡。路经中牟县为守关军士所获,擒见县令。操言:"我是客商,复姓皇甫。"县令熟视曹操,沉吟半晌,乃曰:"吾前在洛阳求官时,曾认得汝是曹操,如何隐讳!且把来监下,明日解去京师请赏。"把关军士赐以酒食而去。至夜分,县令唤亲随人,暗地取出曹操,直至后院中审究;问曰:"我闻丞相待汝不薄,何故自取其祸?"操曰:"'燕雀安知鸿鹄志哉!'汝既拿住我,便当解去请赏。何必多问!"县令屏退左右,谓操曰:"汝休小觑我。我非俗吏,奈未遇其主耳。"操曰:"吾祖宗世食汉禄,若不思报国,与禽兽何异?吾屈身事卓者,欲乘间图之,为国除害耳。今事不成,乃天意也!"县令曰:"孟德此行,将欲何往?"操曰:"吾将归乡里,发矫诏,召天下诸侯兴兵共诛董卓:吾之愿也。"县令闻言,乃亲释其缚,扶之上坐,再拜曰:"公真天下忠义之士也!"曹操亦拜问县令姓名。县令曰:"吾姓陈,名宫,字公台。老母妻子,皆在东郡。今感公忠义,愿弃一官,从公而逃。"操甚喜。是夜陈宫收拾盘费,与曹操更衣易服,各背剑一口,乘马投故乡来⑩。

⑩ 陈宫捉放曹莫须有

《世语》说,汉中平六年(189),曹操变易姓名,东归陈留,过中牟,为亭长拘送于县,"唯功曹心知是太祖,以世方乱,不宜拘天下雄儁,因白令释之。"此处无陈宫故事。按陈宫和曹操相识,应在汉初平三年(192),即曹操出任东郡太守后的十个月,因兖州牧刘岱为黄巾青州军所杀,陈宫作为曹操说客,赴兖州游说官员人众,拥戴曹操出任兖州牧。此后陈宫即隶曹操部下。汉兴平元年(194),曹操再次征徐州陶谦,陈宫与张邈和吕布合作,占据濮阳(山东兖州),联合抗曹。陈宫叛曹,也或因曹操杀名士边让,使兖州众人离心背德。

行了三日,至成皋地方,天色向晚。操以鞭指林深处谓宫曰:"此间有一人姓吕,名伯奢,是吾父结义弟兄;就往问家中消息,觅一宿,如何?"宫曰:"最好。"二人至庄前下马,入见伯奢。奢曰:"我闻朝廷遍行文书,捉汝甚急,汝父已避陈留去了。汝如何得至此?"操告以前事,曰:"若非陈县令,已粉骨碎身矣。"伯奢拜陈宫曰:"小侄若非使君,曹氏灭门矣。使君宽怀安坐,今晚便可下榻草舍。"说罢,即起身入内。良久乃出,谓陈宫曰:"老夫家无好酒,容往西村沽一樽来相待。"言讫,匆匆上驴而去。

操与宫坐久,忽闻庄后有磨刀之声。操曰:"吕伯奢非吾至亲,此去可疑,当窃听之。"二人潜步入草堂后,但闻人语曰:"缚而杀之,何如?"操曰:"是矣!今若不先下手,必遭擒获。"遂与宫拔剑直入,不问男女,皆杀之,一连杀死八口。搜至厨下,却见缚一猪欲杀。宫曰:"孟德心多,误杀好人矣!"急出庄上马而行。

行不到二里,只见伯奢驴鞍前鞒悬酒二瓶,手携果菜而来,叫曰:"贤侄与使君何故便去?"操曰:"被罪之人,不敢久住。"伯奢曰:"吾已分付家人宰一猪相款,贤侄、使君何憎一宿?速请转骑。"操不顾,策马便行。行不数步,忽拔剑复回,叫伯奢曰:"此来者何人?"伯奢回头看时,操挥剑砍伯奢于驴下⑪。宫大惊曰:"适才误耳,今何为也?"操曰:"伯奢到家,见杀死多人,安肯干休?若率众来追,必遭其祸矣。"宫曰:"知而故杀,大不义也!"操曰:"宁教我负天下人,休教天下人负我。"陈宫默然。

　　当夜行数里,明月中敲开客店门投宿。喂饱了马,曹操先睡。陈宫寻思:"我将谓曹操是好人,弃官跟他,原来是个狠心之徒!今日留之,必为后患。"便欲拔剑来杀曹操。正是:设心狠毒非良士,操卓原来一路人。毕竟曹操性命如何,且听下文分解。

⑪ **曹操未杀吕伯奢**
王沈《魏书》说,"太祖以(董)卓终必覆败,遂不就拜,逃归乡里,从数骑过故人成皋吕伯奢;伯奢不在,其子与宾客共劫太祖,取马及物,太祖手刃击杀数人",又西晋郭颁《世语》说:"太祖过伯奢。伯奢出行,五子皆在,备宾主礼,太祖自以背(董)卓命,疑其图己,手剑夜杀八人而去。"孙盛《杂记》说:"太祖闻其食器声,以为图己,遂夜杀之。既而凄怆曰:宁我负人,毋人负我。遂行。"三者动机行为均有异,但均未提及杀吕伯奢。《太平御览》卷四百七十八引梁祚《魏国统》说:"初,太祖过故人吕伯奢也,遂行。日暮,道逢二人,容貌威武,太祖避之路。二人笑曰:观君有奔惧之色,何也? 太祖始觉其异,乃悉告之。临别,太祖解佩刀与之曰:以此表吾丹心,愿二贤慎勿言。"所称与吕伯奢及其家人均无关系。

第五回 发矫诏诸镇应曹公 破关兵三英战吕布

① **卫弘其人**

据《三国志·魏书·卫臻传》，卫弘应作卫兹。"太祖之初至陈留。兹曰：'平天下者必此人也。'太祖亦异之，数诣兹议大事，从讨董卓，战于荥阳而卒。"《三国志·魏书·武帝纪》说，陈留太守张邈"遣将卫兹分兵随太祖。到荥阳汴水，遇卓将徐荣，与战不利，士卒死伤甚多。"卫兹即战死于此役。

② **李典乃是参加曹操讨伐黄巾**

李典随叔李乾讨伐黄巾的。李乾等本是乘氏(山东巨野附近)豪族，有宾客数千家。在参加曹操某团讨伐黄巾后，李乾父子死，李典才成为家族部曲领袖。曹操统一河北，为充实邺郡，他主动提出将部曲家族一万二千余口迁居邺郡。《演义》常以传统文化制作对称人物，以他与乐进行事对称，实者两人出身不同，殊途各异也。

③ **曹操或非夏侯氏之子**

曹操父曹嵩为中常侍曹腾养子，故《三国志·魏书·武帝纪》称"莫能审其生出本末"。吴佚名《曹瞒传》、晋郭颁《魏晋世语》均称"嵩，夏侯氏之子，夏侯惇之叔父，太祖于惇为从父兄弟。"所以陈寿作《三国志》于列传，则以夏侯惇、夏侯渊、曹仁、曹洪、曹休、曹真和夏侯尚为一卷，"是显以夏侯氏为宗室矣"(潘眉)。夏侯，史传称乃出于汉初夏侯婴之后，但

却说陈宫临欲下手杀曹操，忽转念曰："我为国家跟他到此，杀之不义。不若弃而他往。"插剑上马，不等天明，自投东郡去了。操觉，不见陈宫，寻思："此人见我说了这两句，疑我不仁，弃我而去。吾当急行，不可久留。"遂连夜到陈留，寻见父亲，备说前事，欲散家资招募义兵。父言："资少恐不成事。此间有孝廉卫弘①，疏财仗义，其家巨富，若得相助，事可图矣。"

操置酒张筵，拜请卫弘到家，告曰："今汉室无主，董卓专权，欺君害民，天下切齿。操欲力扶社稷，恨力不足。公乃忠义之士，敢求相助！"卫弘曰："吾有是心久矣，恨未遇英雄耳。既孟德有大志，愿将家资相助。"操大喜，于是先发矫诏，驰报各道，然后招集义兵，竖起招兵白旗一面，上书"忠义"二字。不数日间，应募之士，如雨骈集。

一日，有一个阳平卫国人，姓乐，名进，字文谦，来投曹操。又有一个山阳钜鹿人，姓李，名典，字曼成②，也来投曹操。操皆留为帐前吏。又有沛国谯人夏侯惇，字元让，乃夏侯婴之后；自小习枪棒；年十四从师学武，有人辱骂其师，惇杀之，逃于外方；闻知曹操起兵，与其族弟夏侯渊两个，各引壮士千人来会。此二人本操之弟兄③，操父曹嵩原是夏侯氏之子，过房与曹家，因此是同族。不数日，曹氏兄弟曹仁、曹洪，各引兵千余来助。曹仁字子孝，曹洪字子廉，二人弓马熟娴，武艺精通。操大喜，于村中调练军马。卫弘尽出家财，置

办衣甲旗幡。四方送粮食者,不记其数。

时袁绍得操矫诏,乃聚麾下文武,引兵三万,离渤海来与曹操会盟。操作檄文以达诸郡。檄文曰:

操等谨以大义布告天下:董卓欺天罔地,灭国弑君,秽乱宫禁,残害生灵,狼戾不仁,罪恶充积!今奉天子密诏,大集义兵,誓欲扫清华夏,剿戮群凶。望兴义师,共泄公愤,扶持王室,拯救黎民。檄文到日,可速奉行!

操发檄文去后,各镇诸侯,皆起兵相应:

第一镇,后将军、南阳太守袁术。

第二镇,冀州刺史韩馥。

第三镇,豫州刺史孔伷。

第四镇,兖州刺史刘岱。

第五镇,河内郡太守王匡。

第六镇,陈留太守张邈。

第七镇,东郡太守乔瑁。

第八镇,山阳太守袁遗。

第九镇,济北相鲍信。

第十镇,北海太守孔融。

第十一镇,广陵太守张超。

第十二镇,徐州刺史陶谦。

第十三镇,西凉太守马腾④。

第十四镇,北平太守公孙瓒。

第十五镇,上党太守张杨⑤。

第十六镇,乌程侯、长沙太守孙坚。

第十七镇,祁乡侯、渤海太守袁绍⑥。

诸路军马,多少不等,有三万者,有一二万者,各领文官武将,投洛阳来。

且说北平太守公孙瓒,统领精兵一万五千,路经德州平原县。正行之间,遥见桑树丛中,一面黄旗,数骑来迎。瓒视之,乃刘玄德也。瓒问曰:"贤弟何故在此?"玄德曰:"旧日蒙兄保备为平原县令,今闻大军过此,特来奉候,就请兄长入城

《汉书·夏侯婴传》称:"初,婴为滕令奉车,故号滕公,及曾孙颇尚主,主随外家姓孙,号孙公主,故滕公子孙更为孙氏。"是以夏侯婴早已绝后,质之曹操女(清河公主)嫁夏侯楙。夏侯渊子,亦娶曹操弟曹德女,"则谓嵩为夏侯氏之子者,敌国传闻,盖不足信"(何焯)。

④ **马腾从未出任西凉太守**

马腾从未出任西凉太守,更未参加会盟。几年后,他始应募参加讨伐氐羌,为州郡任用,积功升为军司马,后迁偏将军。按东汉凉州刺史所隶州府没有"西凉郡",当然不会有"凉州太守"。"西凉",始见于唐广德二年(764),凉州地入吐蕃后,当地土豪自宋初自置牧守,称为西凉府(甘肃武威)元至元十五年(1278)改为西凉州。由是元明杂剧小说常见有"西凉"。

⑤ **张杨没有参加讨伐董卓**

张杨原为并州刺史丁原部假司马,与吕布是同事,好朋友,"杨善与吕布善"(《三国志·魏书·张杨传》)。后与袁绍联手对付南匈奴。董卓封他为建义将军、河内太守。他没有参加会盟,讨伐董卓。

⑥ **讨伐董卓是十六路诸侯**

关东诸侯讨伐董卓的有十六路人马:刘岱、张超、乔瑁、袁遗、鲍信、曹操(原隶张邈)、张邈屯酸枣(河南延津东北),袁绍、王匡屯河内,孔伷屯颍川(河南禹县),袁术屯鲁阳(河南鲁山),孙坚(隶袁术)屯阳人(河南临汝西),韩馥留守邺城(河北临漳)供应粮草。还有西凉太守崔钧、青州刺史焦和与陈国相许玚三路人马。此处所谓关东十八路诸侯,其实还有五路诸侯未至,那就是陶谦、孔融、马腾、公孙瓒和张杨。各路诸侯乃以酸枣为最多,有十余万人众。据史传,关东诸侯,除孙坚、曹操、鲍信和王匡曾与董卓有兵戈相见,其余都不敢与董卓作正面交锋。又据《三国志·魏书·臧洪传》,首创声讨董卓的是广陵太守张超的功曹臧洪,是他通过张超会集刘岱、孔伷、张邈、乔瑁和张超等五人会盟的。臧洪由此被推为盟

主。按此间讨伐董卓有韩馥、刘岱、孔伷和袁绍等人均为董卓借朝廷名义任命，付以一方重任，现为讨伐主力，这使他更为恼火。

⑦ **关羽马弓手张飞步弓手**
《三国志·关羽传》："先主为平原相，以羽、飞为别部司马。"别部司马，军官名称。此处所作，乃采自元杂剧无名氏《张翼德单战吕布》《关云长单劈四寇》。按，汉无"弓手"，北宋县尉下始设弓手，用以捕贼事，有似今之武警队长。据《金史·章宗纪》，金始将弓手分设为"马弓手"、"步弓手"，元杂剧中沿袭，为《演义》采用。

⑧ **刘备未参加讨伐董卓**
刘备讨伐董卓，不见本传，仅裴注引《英雄记》："会灵帝崩，天下大乱，备亦起军从讨董卓。"当时刘备为高唐令，在关东诸侯讨伐董卓时，他在高唐（山东禹城西南）呆不下去，投奔了公孙瓒，尔后参与了公孙瓒发起的磐河界桥（河北威县东）大战。

⑨ **吕布封温侯的时间**
据《三国志·魏书·吕布传》，吕布杀害丁原，为董卓授为骑都尉，稍迁至中郎将，封都亭侯，后以刺杀董卓功，始进封为温侯。按，温侯，原为授王允爵，王因拒受而悬挂者。

⑩ **华雄应作叶雄，系孙坚所杀**
汉初平二年(191)关东诸侯组成联军讨伐董卓。《三国志·吴书·孙坚传》引《英雄记》称，"初坚讨董卓，到梁县之阳人。卓亦遣兵步骑五千迎之，陈郡太守胡轸为大督护，吕布为骑督，其余步骑将校都督者甚众。轸字文才，性急，预宣言曰：'今此行也，要当斩一青绶，乃整齐耳。'诸将闻而恶之。军到广成，去阳人城数十里。日暮，士马疲极，当止

歇马。"瓒指关、张而问曰："此何人也？"玄德曰："此关羽、张飞，备结义兄弟也。"瓒曰："乃同破黄巾者乎？"玄德曰："皆此二人之力。"瓒曰："今居何职？"玄德答曰："关羽为马弓手，张飞为步弓手⑦。"瓒叹曰："如此可谓埋没英雄！今董卓作乱，天下诸侯共往诛之。贤弟可弃此卑官，一同讨贼，力扶汉室，若何？"玄德曰："愿往。"张飞曰："当时若容我杀了此贼，免有今日之事。"云长曰："事已至此，即当收拾前去。"

玄德、关、张引数骑跟公孙瓒来⑧，曹操接着。众诸侯亦陆续皆至，各自安营下寨，连接二百余里。操乃宰牛杀马，大会诸侯，商议进兵之策。太守王匡曰："今奉大义，必立盟主。众听约束，然后进兵。"操曰："袁本初四世三公，门多故吏，汉朝名相之裔，可为盟主。"绍再三推辞。众皆曰："非本初不可。"绍方应允。次日筑台三层，遍立五方旗帜，上建白旄黄钺，兵符将印，请绍登坛。绍整衣佩剑，慨然而上，焚香再拜。其盟曰：

> 汉室不幸，皇纲失统。贼臣董卓，乘衅纵害，祸加至尊，虐流百姓。绍等惧社稷沦丧，纠合义兵，并赴国难。凡我同盟，齐心戮力，以致臣节，必无二志。有渝此盟，俾坠其命，无克遗育。
> 皇天后土，祖宗明灵，实皆鉴之！

读毕，歃血。众因其辞气慷慨，皆涕泗横流。歃血已罢，下坛。众扶绍升帐而坐，两行依爵位年齿分列坐定。操行酒数巡，言曰："今日既立盟主，各听调遣，同扶国家，勿以强弱计较。"袁绍曰："绍虽不才，既承公等推为盟主，有功必赏，有罪必罚。国有常刑，军有纪律，各宜遵守，勿得违犯。"众皆曰："惟命是听。"绍曰："吾弟袁术总督粮草，应付诸营，无使有缺。更须一人为先锋，直抵汜水关挑战。余各据险要，以为接应。"长沙太守孙坚出曰："坚愿为前部。"绍曰："文台勇烈，可当此任。"坚遂引本部人马，杀奔汜水关来。

守关将士，差流星马往洛阳丞相府告急。董卓自专大权之后，每日饮宴。李儒接得告急文书，径来禀卓。卓大惊，急聚众将商议。温侯⑨吕布挺身出曰："父亲勿虑。关外诸侯，布视之如草芥；愿提虎狼之师，尽斩其首，悬于都门。"卓大喜曰："吾有奉先，高枕无忧矣！"言未绝，吕布背后一人高声出曰："'割鸡焉用牛刀？'不劳温侯亲往，吾斩众诸侯首级，如探囊取物耳。"卓视之，其人身长九尺，虎体狼腰，豹头猿臂；关西人也，姓华，名雄⑩。卓闻言大喜，加为骁骑

校尉。拨马步军五万，同李肃、胡轸、赵岑星夜赴关迎敌。

众诸侯内有济北相鲍信，寻思孙坚既为前部，怕他夺了头功，暗拨其弟鲍忠，先将马步军三千，径抄小路，直到关下搦战。华雄引铁骑五百，飞下关来，大喝："贼将休走！"鲍忠急待退，被华雄手起刀落，斩于马下。生擒将校极多，华雄遣人赍鲍忠首级来相府报捷，卓加雄为都督。

却说孙坚引四将直至关前。那四将？第一个，右北平土垠人，姓程，名普，字德谋，使一条铁脊蛇矛；第二个，姓黄，名盖，字公覆，零陵人也，使铁鞭；第三个，姓韩，名当，字义公，辽西令支人也，使一口大刀；第四个，姓祖，名茂，字大荣，吴郡富春人也，使双刀。孙坚披烂银铠，裹赤帻，横古锭刀，骑花鬃马，指关上而骂曰："助恶匹夫，何不早降！"华雄副将胡轸引兵五千出关迎战。程普飞马挺矛直取胡轸。斗不数合，程普刺中胡轸咽喉，死于马下。坚挥军直杀至关前，关上矢石如雨。孙坚引兵回至梁东屯住，使人于袁绍处报捷，就于袁术处催粮。

或说术曰："孙坚乃江东猛虎；若打破洛阳，杀了董卓，正是除狼而得虎也，今不与粮，彼军必散。"术听之，不发粮草。孙坚军缺食，军中自乱，细作报上关来。李肃为华雄谋曰："今夜我引一军从小路下关，袭孙坚寨后，将军击其前寨，坚可擒矣。"雄从之，传令军士饱餐，乘夜下关。是夜月白风清。到坚寨时已是半夜，鼓噪直进。坚慌忙披挂上马，正遇华雄。两马相交，斗不数合，后面李肃军到，竟天价放起火来。坚军乱窜。众将各自混战，止有祖茂跟定孙坚，突围而走。背后华雄追来。坚取箭，连放两箭，皆被华雄躲过。再放第三箭时，因用力太猛，拽折了鹊画弓，只得弃弓纵马而奔。祖茂曰："主公头上赤帻射目，为贼所识认，可脱帻与某戴之。"坚就脱帻换茂盔，分两路而走。雄军只望赤帻者追赶，坚乃从小路得脱。祖茂被华雄追急，将赤帻挂于人家烧不尽的庭柱上，却入树林潜躲。华雄军于月下遥见赤帻，四面围定，不敢近前。用箭射之，方知是计，遂向前取了赤帻。祖茂于林后杀出，挥双刀欲劈华雄；雄大喝一声，将祖茂一刀砍于马下。杀至天明，雄方引兵上关。

程普、黄盖、韩当来寻见孙坚，再收拾军马屯扎。坚为折了祖茂，伤感不已，星夜遣人报知袁绍。绍大惊曰："不想孙文台败于华雄之手！"便聚众诸侯商议。众人都到，只有公孙瓒后至，绍请入帐列坐。绍曰："前日鲍将军之弟不遵调遣，擅自进兵，杀身丧命，折了许多军士；今

宿，又本受卓节度宿广成，秣马饮食，以夜进兵，投晓攻城。诸将恶惮轸，欲贼败其事，布等宣言'阳人城中贼已走，当追寻之，不然失之矣，'便夜进军。城中守备甚设，不可掩袭。于是吏士饥渴，人马疲惫，且夜至，又无堑垒。释甲休息，而布又宣言相惊，云'城中贼出来'。军众扰乱弃走，皆弃甲，失鞍马。行十余里，定无贼，会天明，便还，拾取兵器，欲进攻城。城守已固，穿堑已深，轸等不能攻而还。"按，华雄即死于此混乱中，故《三国志·吴书·孙坚传》称，"坚复相收兵，合战于阳人，大破卓军，枭其都督华雄等。"又，据《三国志集解》考证，宋本《三国志》华雄为叶雄之误植。故"斩华雄"亦应作"斩叶雄"。按，孙坚屡败董卓、吕布，据《后汉书·董卓传》，此次战后，"卓遣将李傕诣坚求和，坚拒绝不受，进军大谷，距洛九十里。卓自出与坚战于诸陵墓间，卓败走，却屯渑池，聚兵于陕。坚进洛阳宣阳城门。更击吕布，布复破走。坚乃扫除宗庙，平塞诸陵，分兵出函谷关，至新安、渑池间，以截卓后。"足见追击董卓、吕布之全貌。

① 叉手

叉手礼系唐以后的站礼,以左手中间三指握右手的大拇指。右手的四指伸直,稍近胸前,称为叉手,有以下事上"恭敬之意"。(见王曾瑜《潘家园书声》)

⑫ 关羽温酒斩华雄故事移植

温酒斩华雄事不见于史,据《陔余丛考》记《隋书·杨义臣传》:"汉王谅反,遣乔钟葵围代州,钟葵有将王拔,骁勇善战,义臣患之,募能当拔者,有车骑将军王思恩请当之。义臣曰:'壮士也。'因赐以卮酒,思恩望见拔,乃投觞于地,策马赴之,再往不克,为拔所杀。"似反其意而改编之。

者孙文台又败于华雄;挫动锐气,为之奈何?"诸侯并皆不语。绍举目遍视,见公孙瓒背后立着三人,容貌异常,都在那里冷笑。绍问曰:"公孙太守背后何人?"瓒呼玄德出曰:"此吾自幼同舍兄弟,平原令刘备是也。"曹操曰:"莫非破黄巾刘玄德乎?"瓒曰:"然。"即令刘玄德拜见。瓒将玄德功劳,并其出身,细说一遍。绍曰:"既是汉室宗派,取坐来。"命坐。备逊谢。绍曰:"吾非敬汝名爵,吾敬汝是帝室之胄耳。"玄德乃坐于末位,关、张叉手⑪侍立于后。

忽探子来报:"华雄引铁骑下关,用长竿挑着孙太守赤帻,来寨前大骂搦战。"绍曰:"谁敢去战?"袁术背后转出骁将俞涉曰:"小将愿往。"绍喜,便著俞涉出马。即时报来:"俞涉与华雄战不三合,被华雄斩了。"众大惊。太守韩馥曰:"吾有上将潘凤,可斩华雄。"绍急令出战。潘凤手提大斧上马。去不多时,飞马来报:"潘凤又被华雄斩了。"众皆失色。绍曰:"可惜吾上将颜良、文丑未至! 得一人在此,何惧华雄!"言未毕,阶下一人大呼出曰:"小将愿往斩华雄头,献于帐下!"众视之,见其人身长九尺,髯长二尺,丹凤眼,卧蚕眉,面如重枣,声如巨钟,立于帐前。绍问何人。公孙瓒曰:"此刘玄德之弟关羽也。"绍问现居何职。瓒曰:"跟随刘玄德充马弓手。"帐上袁术大喝曰:"汝欺吾众诸侯无大将耶? 量一弓手,安敢乱言! 与我打出!"曹操急止之曰:"公路息怒。此人既出大言,必有勇略;试教出马,如其不胜,责之未迟。"袁绍曰:"使一弓手出战,必被华雄所笑。"操曰:"此人仪表不俗,华雄安知他是弓手?"关公曰:"如不胜,请斩某头。"操教酾热酒一杯,与关公饮了上马。关公曰:"酒且斟下,某去便来。"出帐提刀,飞身上马。众诸侯听得关外鼓声大震,喊声大举,如天摧地塌、岳撼山崩,众皆失惊。正欲探听,鸾铃响处,马到中军,云长提华雄之头,掷于地上。其酒尚温⑫后人有诗赞之曰:

威镇乾坤第一功,辕门画鼓响冬冬。

云长停盏施英勇,酒尚温时斩华雄。

曹操大喜。只见玄德背后,转出张飞,高声大叫:"俺哥哥斩了华雄,不就这里杀入关去活拿董卓,更待何时!"袁术大怒,喝曰:"俺大臣尚自谦让,量一县令手下小卒,安敢在此耀武扬威! 都与赶出帐去!"曹操曰:"得功者赏,何计贵贱乎?"袁术曰:"既然公等只重一县令,我当告退。"操曰:"岂可因一言而误大事耶?"命公孙瓒且带玄德、关、张回寨。众官皆散。曹操暗使人赍牛酒,抚慰三人。

却说华雄手下败军,报上关来。李肃慌忙写告急文书,申闻董卓。卓急聚李儒、吕布等商议。儒曰:"今失了上将华雄,贼势浩大。袁绍为盟主,绍叔袁隗,现为太傅。倘或里应外合,深为不便,可先除之。请丞相亲领大军,分拨剿捕。"卓然其说,唤李傕、郭汜领兵五百,围住太傅袁隗家,不分老幼,尽皆诛绝⑬。先将袁隗首级去关前号令。卓遂起兵二十万,分为两路而来:一路先令李傕、郭汜引兵五万,把住汜水关,不要厮杀;卓自将十五万,同李儒、吕布、樊稠、张济等守虎牢关。这关离洛阳五十里。军马到关,卓令吕布领三万军,去关前扎住大寨。卓自在关上屯住。

流星马探听得,报入袁绍大寨而来。绍聚众商议。操曰:"董卓屯兵虎牢,截俺诸侯中路,今可勒兵一半迎敌。"绍乃分王匡、乔瑁、鲍信、袁遗、孔融、张杨、陶谦、公孙瓒八路诸侯,往虎牢关迎敌。操引军往来救应。八路诸侯,各自起兵。

河内太守王匡,引兵先到⑭。吕布带铁骑三千,飞奔来迎。王匡将军马列成阵势,勒马门旗下看时,见吕布出阵:头带三叉束发紫金冠,体挂西川红锦百花袍,身披兽面吞头连环铠,腰系勒甲玲珑狮蛮带;弓箭随身,手持画戟⑮,坐下嘶风赤兔马:果然是"人中吕布,马中赤兔"!王匡回头问曰:"谁敢出战?"后面一将,纵马挺枪而出。匡视之,乃河内名将方悦。两马相交,无五合,被吕布一戟刺于马下,挺戟直冲过来。匡军大败,四散奔走。布东西冲杀,如入无人之境。幸得乔瑁、袁遗两军皆至,来救王匡,吕布方退。三路诸侯,各折了些人马,退三十里下寨。随后五路军马都至,一处商议,言吕布英雄,无人可敌。

正虑间,小校报来:"吕布搦战。"八路诸侯,一齐上马。军分八队,布在高冈。遥望吕布一簇军马绣旗招飐,先来冲阵。上党太守张杨部将穆顺,出马挺枪迎战,被吕布手起一戟刺于马下。众大惊。北海太守孔融部将武安国,使铁锤⑯飞马而出。吕布挥戟拍马来迎。战到十余合,一戟砍断安国手腕,弃锤于地而走。八路军兵齐出,救了武安国,吕布退回去了。

众诸侯回寨商议。曹操曰:"吕布英勇无敌,可会十八路诸侯,共议良策。若擒了吕布,董卓易诛耳!"

⑬ **董卓诛杀袁隗时间**
据《三国志·魏书·袁绍传》,袁绍在董卓西走长安,还军延津,夺取冀州后。董卓为拉拢他,命执金吾胡毋班、将作大匠吴修持诏书前来,为袁绍使河内太守王匡杀了。由是董卓"乃悉诛绍宗族太傅隗等"。可见袁隗等是在关东军散后,跟随董卓到长安被杀的。

⑭ **王匡溃于河阳津**
见于史传,与董卓交锋除孙坚、曹操外,另一路诸侯是王匡。汉初平元年(190)春正月,"河内太守王匡,遣泰山兵屯河阳津(河南孟县西),将以图卓。卓遣疑兵若将于平阴(河南孟津东北)渡者,潜遣锐众从小平津北渡,绕击其后,大破之津北,死者略尽"(《三国志·魏书·董卓传》)。此或为《演义》所据,而其余诸侯皆无与参战事,《演义》叙说乃虚说。

⑮ **吕布兵器不是戟**
东汉、三国主要兵器有三:矛、短刀、戟。有史传记载的善于用戟的有典韦、张辽。吕布作战勇猛,人多畏之。但他不使用戟。《后汉书·董卓传》记吕布杀董卓,"布应声持矛刺卓,趣兵斩之",其据当出自《九州春秋》:"布素使秦谊、陈卫、李黑等伪作宫门卫士,持长戟侠叉卓卓,或又其马。卓惊呼布,布素施铠,于衣中持矛,即应声刺卓,坠于车。"可见吕布平时惯用矛,且阵战也是矛。《英雄记》称,吕布和郭汜在长安北门阵战,"汜、布乃独共对战,布以矛刺中汜,汜后骑遂前救汜。"至于辕门射戟,《三国志·魏书·吕布传》确记有"举弓射戟,正中小支",《董卓传》也有董卓拔"手戟掷布",但那是军帐装饰、礼仪的兵器。

⑯ **铁锤为宋兵器**
汉魏兵器似无有锤,或为宋时移植。近年据在河南小商桥东侧旧河床里发掘出五枚大铁锤,经专家考证,确认为宋代兵器。南宋绍兴十年(1140)岳家军在此用大铁锤挫败了金兀术精兵"铁浮图"。此出土的铁锤状若桃形,锤中有穴巢可按柄,表面涂有浓漆,每枚重约5公斤(《光明日报·史林》1997年4月8日)。

⑰ **同时代人夸关张**

《演义》称吕布英勇为第一，《三国志平话》有说张飞本领为三国第一，民间也有"一吕二赵三典韦，四关五马六张飞，七黄八许，九魏十姜维"之说。但据《三国志》，三国英雄武艺最为高强者，应首推关羽、张飞。他俩在当时威名已闻于敌国：周瑜说，"关羽、张飞熊虎之将"（《三国志·吴书·周瑜传》），程昱、郭嘉都异口同声地说，"关羽、张飞者，皆万人敌也"（《三国志·魏书·程昱传》、《郭嘉传》），刘晔说，"关羽、张飞勇冠三军而为将"（《三国志·魏书·刘晔传》）。这种评价，与他们同时代的其他勇将都是没有的。

正议间，吕布复引兵搦战，八路诸侯齐出。公孙瓒挥槊亲战吕布。战不数合，瓒败走。吕布纵赤兔马赶来。那马日行千里，飞走如风。看看赶上，布举画戟望瓒后心便刺。傍边一将，圆睁环眼，倒竖虎须，挺丈八蛇矛，飞马大叫："三姓家奴休走！燕人张飞在此！"吕布见了，弃了公孙瓒，便战张飞。飞抖擞精神，酣战吕布。连斗五十余合，不分胜负。云长见了，把马一拍，舞八十二斤青龙偃月刀，来夹攻吕布。三匹马丁字儿厮杀。战到三十合，战不倒吕布。刘玄德掣双股剑，骤黄鬃马，刺斜里也来助战。这三个围住吕布，转灯儿般厮杀。八路人马都看得呆了。吕布架隔遮拦不定，看着玄德面上，虚刺一戟，玄德急闪。吕布荡开阵角，倒拖画戟，飞马便回。三个那里肯舍，拍马赶来。八路军兵，喊声大震，一齐掩杀。吕布军马望关上奔走；玄德、关、张随后赶来⑰。古人曾有篇言语，单道着玄德、关、张三战吕布：

> 汉朝天数当桓灵，炎炎红日将西倾。
>
> 奸臣董卓废少帝，刘协懦弱魂梦惊。
>
> 曹操传檄告天下，诸侯奋怒皆兴兵。
>
> 议立袁绍作盟主，誓扶王室定太平。
>
> 温侯吕布世无比，雄才四海夸英伟。
>
> 护躯银铠砌龙鳞，束发金冠簪雉尾。
>
> 参差宝带兽平吞，错落锦袍飞凤起。
>
> 龙驹跳踏起天风，画戟荧煌射秋水。
>
> 出关搦战谁敢当？诸侯胆裂心惶惶。
>
> 跃出燕人张翼德，手提蛇矛丈八枪。
>
> 虎须倒竖翻金线，环眼圆睁起电光。
>
> 酣战未能分胜败，阵前恼起关云长。
>
> 青龙宝刀灿霜雪，鹦鹉战袍飞蛱蝶。
>
> 马蹄到处鬼神嚎，目前一怒应流血。
>
> 枭雄玄德掣双锋，抖擞天威施勇烈。
>
> 三人围绕战多时，遮拦架隔无休歇。
>
> 喊声震动天地翻，杀气迷漫牛斗寒。
>
> 吕布力穷寻走路，遥望家山拍马还。

倒拖画杆方天戟,乱散销金五彩幡。

顿断绒绦走赤兔,翻身飞上虎牢关。⑱

　　三人直赶吕布到关下,看见关上西风飘动青罗伞盖。张飞大叫:"此必董卓!追吕布有甚强处?不如先拿董贼,便是斩草除根!"拍马上关,来擒董卓。正是:擒贼定须擒贼首,奇功端的待奇人。未知胜负如何,且听下文分解。

⑱ **三英战吕布文化源流**

元至治《三国志平话》卷上《三战吕布》和元杂剧阙名《张翼德单战吕布》、郑德祖《三战吕布》;武汉臣亦有此剧,可见此题材在当时颇为吃香。由今存脉望馆钞校本的郑光祖杂剧,可见此剧是以张飞为主角,十八路诸侯都打不过吕布,但张飞出场,却把吕布打得丢盔卸甲,又得刘备、关羽助阵取得辉煌胜利。

虎牢关(河南荥阳汜水镇附近)系秦汉时期中原要隘之一。此地因南连嵩山,北濒黄河,唯西南有一深谷为西通洛阳要道。

第六回　焚金阙董卓行凶　匿玉玺孙坚背约

三国演义

① 被淡化了的黄巾再起事

董卓撤回长安,据史传称其真实原因,"卓以山东豪杰并起,恐惧不宁"(《三国志·魏书·董卓传》),时袁绍、袁术等各路军头"同时俱起兵众各数万"(《魏书·武帝纪》)。其实还有一个因素,乃白波军将南下威胁,断其洛阳通道。按,汉中平五年(188),在黄河河北和四川,黄巾余部发起再次大起事。主要有四支:一就是郭太在西河白波谷(山西襄汾)起事,称白波黄巾军。郭太病死,余部参与了汉朝内讧,即所谓是保汉献帝驾和李傕、郭汜的战争。二是青州张饶、徐州管亥等的黄巾大起事。其中管亥曾包围北海(山东昌乐);青州黄巾后为曹操击败改编,余部管承等坚持到汉建安十一年(206)。三是葛陂(河南新蔡西北)黄巾何仪、刘辟、黄劭、何曼和龚都等部,后助袁绍、刘备。汉建安六年,为曹操先后消灭。四是马相、赵祗在绵竹(四川德阳北)率众起事,攻下绵竹、雒县(广汉)、蜀郡(成都)、犍为(四川彭山东)。马相自称天子。

却说张飞拍马赶到关下,关上矢石如雨,不得进而回。八路诸侯,同请玄德、关、张贺功,使人去袁绍寨中报捷。

绍遂移檄孙坚,令其进兵。坚引程普、黄盖至袁术寨中相见。坚以杖画地曰:"董卓与我,本无仇隙。今我奋不顾身,亲冒矢石,来决死战者:上为国家讨贼,下为将军家门之私;而将军却听谗言,不发粮草,致坚败绩,将军何安?"术惶恐无言,命斩进谗之人,以谢孙坚。

忽人报坚曰:"关上有一将,乘马来寨中,要见将军。"坚辞袁术,归到本寨,唤来问时,乃董卓爱将李傕。坚曰:"汝来何为?"傕曰:"丞相所敬者,惟将军耳。今特使傕来结亲:丞相有女,欲配将军之子。"坚大怒,叱曰:"董卓逆天无道,荡覆王室,吾欲夷灭其九族,以谢天下,安肯与逆贼结亲耶!吾不斩汝,汝当速去,早早献关,饶你性命!倘若迟误,粉骨碎身!"

李傕抱头鼠窜,回见董卓,说孙坚如此无礼。卓怒,问李儒。儒曰:"温侯新败,兵无战心。不若引兵回洛阳,迁帝于长安,以应童谣。近日街市童谣曰:'西头一个汉,东头一个汉。鹿走入长安,方可无斯难。'臣思此言:'西头一个汉',乃应高祖旺于西都长安,传一十二帝;'东头一个汉',乃应光武旺于东都洛阳,今亦传一十二帝。天运合回。丞相迁回长安,方可无虞。"卓大喜曰:"非汝言,吾实不悟。"遂引吕布星夜回洛阳,商议迁都①。聚文武于朝堂,卓曰:"汉东都洛阳,二百余年,气数已衰。吾观旺气实在长安。吾欲奉驾西幸。汝等各宜促装。"司徒杨彪曰:"关中残破零落。今无故捐宗庙,弃皇陵,恐百姓惊动。天下动之至易,安之至难。望丞相鉴察。"卓怒曰:"汝阻国家大计耶?"太尉黄琬曰:"杨司徒之言是也。往者王莽篡逆,更始赤眉之时,焚烧长安,尽为瓦砾之地;更兼人民流移,百无一二。今弃宫室而就荒地,非所宜也。"卓曰:"关东贼起,天下播乱。长安有崤函之险;更近陇右,木石砖瓦,克日可办,宫室营造,不须月余。汝等再休乱言。"司徒荀爽谏曰:"丞相若欲迁都,百姓骚动不宁矣。"卓大怒曰:"吾为天下计,岂惜小民哉!"即日罢杨彪、黄琬、荀爽为庶民②。卓出上车,只见二人望车而揖,视之,乃尚书周毖、城门校尉伍琼也。卓问有何事,毖曰:"今闻丞相欲迁都长安,故来谏耳。"卓大怒曰:"我始初听你两个,保用袁绍;今绍已反,是汝等一党!"叱武士推出都门斩首③。遂下令迁都,限来日便行。

李儒曰:"今钱粮缺少,洛阳富户极多,可籍没入官。但是袁绍等门下,杀其宗党而抄其家资,必得巨万。"

卓即差铁骑五千,遍行捉拿洛阳富户共数千家,插旗头上,大书"反臣逆党",尽斩于城外,取其金赀。④李傕、郭汜尽驱洛阳之民数百万口,前赴长安。每百姓一队,间军一队,互相拖押;死于沟壑者,不可胜数。又纵军士淫人妻女,夺人粮食;啼哭之声,震天动地。如有行得迟者,背后三千军催督,军手执白刃,于路杀人。卓临行,教诸门放火,焚烧居民房屋,并放火烧宗庙宫府。南北两宫,火焰相接;长乐宫庭,尽为焦土⑤。又差吕布发掘先皇及后妃陵寝,取其金宝。军士乘势掘官民坟冢殆尽。董卓装载金珠缎匹好物数千余车,劫了天子并后妃等,竟望长安去了。

却说卓将赵岑,见卓已弃洛阳而去,便献了汜水关。孙坚驱兵先入。玄德、关、张杀入虎牢关,诸侯各引军入。

且说孙坚飞奔洛阳,遥望火焰冲天,黑烟铺地,二三百里,并无鸡犬人烟;坚先发兵救灭了火,令众诸侯各于荒地上屯住车马。曹操来见袁绍曰:"今董贼西去,正可乘势追袭;本初按兵不动,何也?"绍曰:"诸兵疲困,进恐无益。"操曰:"董贼焚烧宫室,劫迁天子,海内震动,不知所归:此天亡之时也,一战而天下定矣。诸公何疑而不进?"众诸侯皆言不可轻动。操大怒曰:"竖子不足与谋!"遂

② **杨彪、黄琬未罢官**
董卓拟迁都长安,多官持异议。太尉黄琬、司徒杨彪亦参与廷争,但他们在伍琼、周毖谏阻被杀后,放弃了己见。"而彪、琬恐惧,诣阜谢曰:'小人恋旧,非欲阻国事也,请以不及为罪。'董卓宽恕了他们,而且还让他们都担任了光禄大夫。

③ **周毖、伍琼被杀时间**
周毖、伍琼被杀乃是在关东诸侯群起兵时。据《三国志·魏书·董卓传》,"初,卓信任尚书周毖、城门校尉伍琼等,用其所举韩馥、刘岱、孔伷、张咨、张邈等出任州郡。而馥等至官,皆合兵将以讨卓,卓闻之,以为毖、琼通情卖己,皆斩之。"

④ **董卓热衷大杀掠大抄家**
董卓并非仅迁都时杀掠。董卓乃凉州军阀,野蛮更甚,进驻洛阳,亲临盛貌,心态极为不平,于是仰仗武力,奉行大杀掠、大抄洛阳富户之家。"是时,洛中贵戚室第相望,金帛财产家家殷积。卓纵放兵士,焚其庐舍,淫略妇女,剽虏资物,谓之'搜牢'。"(《后汉书·董卓传》)

⑤ **董卓焚书**
董卓焚洛阳事,据《隋书·牛泓传》称,图书之危自周至隋有五劫,其中之一劫即为董卓之乱。按,东汉前期诸帝好读书,兴办太学,在洛阳兰台积聚图书数以万千卷计,有写于竹片木简,或书写于缣帛,但在董卓彻底毁坏洛阳时,被其将士用以制作帷囊,贮藏掠夺来的金银珠宝,或用以生火做饭和取暖,致使书籍多被毁灭和散失;其中劫余残剩的极小部分,被汉廷官吏,装上七十余辆车,运到长安,时正允为司徒守尚书令,"及董卓迁都关中,允悉收敛兰台、石室图书秘纬要者以从。既至长安,皆分别条上。又集汉朝旧事所当施用者,一皆奏之。经籍具存,允有力焉"(《后汉书·王允传》)。不料后来李傕、郭汜等在长安城火并,混战中也几被烧毁殆尽。

自引兵万余,领夏侯惇、夏侯渊、曹仁、曹洪、李典、乐进,星夜来赶董卓。

且说董卓行至荥阳地方,太守徐荣出接。李儒曰:"丞相新弃洛阳,防有追兵。可教徐荣伏军荥阳城外山坞之旁;若有兵追来,可竟放过;待我这里杀败,然后截住掩杀。令后来者不敢复追。"卓从其计,又令吕布引精兵遏后。

⑥ 曹洪让马故事
《三国志·魏书·武帝纪》:"从弟洪,以马与太祖,得夜遁去。"王嘉《拾遗记》:"曹洪,武帝从弟,家盈产业,骏马成群。武帝讨董卓,夜行失马。洪以其所乘马让帝,其马号曰:'白鹄'。此马走时,唯觉耳中风声,足似不践地。至汴水,洪不能渡,帝引洪上马共济,行数百里,瞬息而至,马足毛不湿。时人谓为乘风而行,亦一代神骏也。谚曰:凭空虚跃,曹家白鹄。"

⑦ 徐荣术与曹操设伏
据《三国志·魏书·武帝纪》称:曹操追击董卓,"到荥阳汴水,遇卓将徐荣,与战不利,士卒死伤甚多。"此战曹操军是大伤元气的。后有魏缪袭《战荥阳》诗为证:"战荥阳,汴水陂,戎士愤,怒贯甲,驰阵未成,退徐荣,二万骑,堑åº平,戎马伤,六军惊,势不集众几倾,白日没,时晦冥,顾中牟,心屏营,同盟疑,计不成,赖我武皇万国宁。"但《后汉书·董卓传》却说:当董卓烧毁洛阳,"长沙太守孙坚亦率荆州诸郡兵讨卓,卓先遣将徐荣、李蒙四出掳掠,荣遇坚于梁,与战破坚。"两说不一,但称徐荣击败追军是一致的。关于徐荣之死,系李傕、郭汜洗掠三辅,进逼京师时,"王允之,乃遣卓故将胡轸、徐荣击之于新丰","荣战死,胡轸以众降,随军至长安"(《后汉书·董卓传》)。按,据《后汉书》,徐荣系鲜卑族。

布正行间,曹操一军赶上。吕布大笑曰:"不出李儒所料也!"将军马摆开。曹操出马,大叫:"逆贼!劫迁天子,流徙百姓,将欲何往?"吕布骂曰:"背主懦夫,何得妄言!"夏侯惇挺枪跃马,直取吕布。战不数合,李傕引一军从左边杀来,操急令夏侯渊迎敌。右边喊声又起,郭汜引军杀到,操急令曹仁迎敌。三路军马,势不可当。夏侯惇抵敌吕布不住,飞马回阵。布引铁骑掩杀,操军大败,回望荥阳而走。

走至一荒山脚下,时约二更,月明如昼。方才聚集残兵,正欲埋锅造饭,只听得四围喊声,徐荣伏兵尽出。曹操慌忙策马,夺路奔逃,正遇徐荣,转身便走。荣搭上箭,射中操肩膊。操带箭逃命,踅过山坡。两个军士伏于草中,见操马来,二枪齐发,操马中枪而倒。操翻身落马,被二卒擒住。只见一将飞马而来,挥刀砍死两个步军,下马救起曹操。操视之,乃曹洪也。操曰:"吾死于此矣,贤弟可速去!"洪曰:"公急上马!洪愿步行。"操曰:"贼兵赶上,汝将奈何?"洪曰:"天下可无洪,不可无公。"操曰:"吾若再生,汝之力也。"操上马,洪脱去衣甲,拖刀跟马而走。约走至四更余,只见前面一条大河阻住去路,后面喊声渐近。操曰:"命已至此,不得复活矣!"洪急扶操下马,脱去袍铠,负操渡水。才过彼岸,追兵已到,隔水放箭。操带水而走⑥。比及天明,又走三十余里,土岗下少歇。忽然喊声起,一彪人马赶来,却是徐荣从上流渡河来追。操正慌急间,只见夏侯惇、夏侯渊引数十骑飞至,大喝:"徐荣无伤吾主!"徐荣便奔夏侯惇,惇挺枪来迎。交马数合,惇刺徐荣于马下,杀散余兵⑦。随后曹仁、李典、乐进各引兵寻到,见了曹操,忧喜交集;聚集残兵五百余人,同回河内。卓兵自往长安。

却说众诸侯分屯洛阳。孙坚救灭宫中余火,屯兵城内,设帐于建章殿基上。坚令军士扫除宫殿瓦砾。凡董卓所掘陵寝,尽皆掩闭。于太庙基上草创殿屋三间,请众诸侯立列圣神位,宰太牢祀之。

祭毕，皆散。坚归寨中，是夜星月交辉，乃按剑露坐，仰观天文。见紫微垣中白气漫漫，坚叹曰："帝星不明，贼臣乱国，万民涂炭，京城一空！"言讫，不觉泪下。

　　傍有军士指曰："殿南有五色毫光起于井中。"坚唤军士点起火把，下井打捞。捞起一妇人尸首，虽然日久，其尸不烂，宫样装束，项下带一锦囊。取开看时，内有朱红小匣，用金锁锁着。启视之，乃一玉玺：方圆四寸，上镌五龙交纽；傍缺一角，以黄金镶之；上有篆文八字云："受命于天，既寿永昌。"坚得玺，乃问程普。普曰："此传国玺也。此玉是昔日卞和于荆山之下，见凤凰栖于石上，载而进之楚文王。解之，果得玉。秦二十六年，令良工琢为玺，李斯篆此八字于其上。二十八年，始皇巡狩至洞庭湖，风浪大作，舟将覆，急投玉玺于湖而止。至三十六年，始皇巡狩至华阴，有人持玺遮道，与从者曰：'持此还祖龙。'言讫不见，此玺复归于秦。明年，始皇崩。后来子婴将玉玺献与汉高祖。后至王莽篡逆，孝元皇太后将玺打王寻、苏献，崩其一角，以金镶之。光武得此宝于宜阳，传位至今。近闻十常侍作乱，劫少帝出北邙，回宫失此宝⑧。今天授主公，必有登九五之分。此处不可久留，宜速回江东，别图大事。"坚曰："汝言正合吾意。明日便当托疾辞归。"商议已定，密谕军士勿得泄漏。

　　谁想数中一军，是袁绍乡人，欲假此为进身之计，连夜偷出营寨，来报袁绍。绍与之赏赐，暗留军中。次日，孙坚来辞袁绍曰："坚抱小疾，欲归长沙，特来别公。"绍笑曰："吾知公疾：乃害传国玺耳。"坚失色曰："此言何来？"绍曰："今兴兵讨贼，为国除害。玉玺乃朝廷之宝，公既获得，当对众留于盟主处，候诛了董卓，复归朝廷。今匿之而去，意欲何为？"坚曰："玉玺何由在吾处？"绍曰："建章殿井中之物何在？"坚曰："吾本无之，何强相逼？"绍曰："作速取出，免自生祸。"坚指天为誓曰："吾若果得此宝，私自藏匿，异日不得善终，死于刀箭之下！"众诸侯曰："文台如此说誓，想必无之。"绍唤军士出曰："打捞之时，有此人否？"坚大怒，拔所佩之剑，要斩那军士。绍亦拔剑曰："汝斩军人，乃欺我也！"绍背后颜良、文丑皆拔剑出鞘。坚背后程普、黄盖、韩当亦掣刀在手。众诸侯一齐劝住。坚随即上马，拔寨离洛阳而去。绍大怒，遂写书一封，差心腹人连夜往荆州，送与刺

⑧ **传国玉玺何处去**

皇帝的印章称玺，是持最高权力的象征。而最著名的，就是秦始皇的传国玉玺。其玉出自蓝田，亦有称源自荆山，为卞和所献楚王，后归赵国的和氏璧，秦初列为帝皇传国玉玺，由李斯刻文"受命于天，既寿永昌"。它是刘邦入咸阳时由子婴（秦三世）处取得，改称为"传国玺"的。据元陶宗仪《南村辍耕录》记述，传国玺在东汉末年落入孙坚手里，尔后，袁术乘孙坚妻吴氏扶棺归里，把她掠为人质，攫取了传国玺。袁术死后，广陵太守徐璆也从其妻处夺取献与曹操。曹丕称帝时，且在玺侧刻了一行小字："魏受汉传国之玺"。这块传国玺由魏、西晋相传，经前赵、后赵，又落入前秦苻坚手；后苻坚为其部将姚苌所获，姚要他交出传国玺，苻说已送给东晋了，不确，其实此时玉玺下落不明了。姚苌要做皇帝，在他建立后秦国时，就伪造了一块"传国玺"；与此同时，后燕慕容垂伪造了一块"传国玺"，文曰："受命于天，既寿永昌"；东晋也伪造了一块"传国玺"，说是由冉闵部将蒋干送来，文曰："受天之命，皇帝寿昌"。后秦的"传国玺"，在刘裕灭后秦后携回建康（南京），东晋王朝知道是假的，将它毁了，而东晋那块"传国玺"，后来流入北齐，因为后燕那块"传国玺"，在亡国后已辗转落入北周。因而北周在灭北齐得到它后，也就毁了。后燕伪作的那块"传国玺"，经北周、隋、唐，一直传到五代的后唐，在后唐末帝李从珂为石敬瑭围困自焚死后，这块传国玺从此下落不明。也有说是毁了。北宋赵匡胤受禅后，就未见于记载传国玺说。虽然以后王朝，都说见有传国玺的发现，但都是时人应运而伪造的。

史刘表，教就路上截住夺之。

次日，人报曹操追董卓，战于荥阳，大败而回。绍令人接至寨中，会众置酒，与操解闷。饮宴间，操叹曰："吾欲始大义，为国除贼。诸公既仗义而来，操之初意，欲烦本初引河内之众，临孟津；酸枣诸将固守成皋，据敖仓，塞轘辕、太谷，制其险要；公路率南阳之军，驻丹、析，入武关，以震三辅：皆深沟高垒，勿与战，益为疑兵，示天下形势，以顺诛逆，可立定也。今迟疑不进，大失天下之望。操窃耻之！"绍等无言可对。既而席散，操见绍等各怀异心，料不能成事，自引军投扬州去了。公孙瓒谓玄德、关、张曰："袁绍无能为也，久必有变。吾等且归。"遂拔寨北行。至平原，令玄德为平原相，自去守地养军。兖州太守刘岱，问东郡太守乔瑁借粮。瑁推辞不与，岱引军突入瑁营，杀死乔瑁，尽降其众。袁绍见众人各自分散，就领兵拔寨，离洛阳，投关东去了。

却说荆州刺史刘表，字景升，山阳高平人也，^⑨乃汉室宗亲；幼好结纳，与名士七人为友，时号"江夏八俊"。那七人？汝南陈翔，字仲麟；同郡范滂，字孟博；鲁国孔昱，字世元；渤海范康，字仲真；山阳檀敷，字文友；同郡张俭，字元节；南阳岑晊，字公孝。刘表与此七人为友；有延平人蒯良、蒯越，襄阳人蔡瑁为辅。当时看了袁绍书，随令蒯越、蔡瑁，引兵一万来截孙坚。

⑨ 刘表非庸才

刘表，姓刘，但非汉室宗亲，是白手起家，当上荆州刺史的。汉灵帝中平六年(189)，刘表投靠了大将军何进，被发表为荆州刺史。他是带着几个随从到荆州上任的。在荆州，他在襄阳大族蔡瑁、中庐大族蒯良、蒯越全力相助下，杀了一批拥兵自强的土豪。后来又命黄祖射死前来侵犯的孙坚，收容了董卓余部张绣，挥兵南征，收复长沙、零陵、桂阳等三郡。势力范围北起汉水，南接五岭，方圆几千里。

坚军方到，蒯越将阵摆开，当先出马。孙坚问曰："蒯异度何故引兵截吾去路？"越曰："汝既为汉臣，如何私匿传国之宝？可速留下，放汝归去！"坚大怒，命黄盖出战。蔡瑁舞刀来迎。斗到数合，盖挥鞭打瑁，正中护心镜。瑁拨回马走，孙坚乘势杀过界口。山背后金鼓齐鸣，乃刘表亲自引军来到。孙坚就马上施礼曰："景升何故信袁绍之书，相逼邻郡？"表曰："汝匿传国玺，将欲反耶？"坚曰："吾若有此物，死于刀箭之下！"表曰："汝若要我听信，将随军行李任我搜看。"坚怒曰："汝有何力，敢小觑我！"方欲交兵，刘表便退。坚纵马赶去，两山后伏兵齐起，背后蔡瑁、蒯越赶来，将孙坚困在垓心。正是：玉玺得来无用处，反因此宝动刀兵。毕竟孙坚怎地脱身，且听下文分解。

第七回　袁绍磐河战公孙 孙坚跨江击刘表

却说孙坚被刘表围住，亏得程普、黄盖、韩当三将死救得脱，折兵大半，夺路引兵回江东。自此孙坚与刘表结怨。

且说袁绍屯兵河内，缺少粮草。冀州牧韩馥遣人送粮以资军用。谋士逢纪说绍曰："大丈夫纵横天下，何待人送粮为食！冀州乃钱粮广盛之地，将军何不取之？"绍曰："未有良策。"纪曰："可暗使人驰书与公孙瓒，令进兵取冀州，约以夹攻，瓒必兴兵。韩馥无谋之辈，必请将军领州事；就中取事，唾手可得。"绍大喜，即发书到瓒处。瓒得书，见说共攻冀州，平分其地，大喜，即日兴兵。绍却使人密报韩馥。

馥慌聚荀谌、辛评二谋士商议。谌曰："公孙瓒将燕、代之众，长驱而来，其锋不可当。兼有刘备、关、张助之，难以抵敌。今袁本初智勇过人，手下名将极广，将军可请彼同治州事，彼必厚待将军，无患公孙瓒矣。"韩馥即差别驾关纯去请袁绍。长史耿武谏曰："袁绍孤客穷军，仰我鼻息，譬如婴儿在股掌之上，绝其乳哺，立可饿死。奈何欲以州事委之？此引虎入羊群也！"馥曰："吾乃袁氏之故吏，才能又不如本初。古者择贤者而让之，诸君何嫉妒耶？"耿武叹曰："冀州休矣！"于是弃职而去者三十余人。独耿武与关纯伏于城外，以待袁绍。数日后，绍引兵至。耿武、关纯拔刀而出，欲刺杀绍。绍将颜良立斩耿武，文丑砍死关纯。绍入冀州，以馥为奋威将军，以田丰、沮授[1]、许攸、逢纪分掌州事，尽夺韩馥之权[2]。馥懊悔无及，遂弃下家小，匹马往投陈留太守张邈去了[3]。

① **奋威将军为沮授**

袁绍夺得冀州后，聘请原韩馥别驾、骑都尉沮授为从事。沮授提出，要他"横大河之北，合四州之地，收英雄之才，拥百万之众，迎大驾于西京，复宗庙于洛邑，号令天下，以讨未复，以此争锋，谁能敌之？比及数年，此功不难。"此实是最早的"挟天子以号令天下"版本。袁绍大喜，即任命沮授为监军、奋威将军。

② **袁绍人才多为韩馥旧部**

袁绍踞冀州，多接纳韩馥旧部，除沮授外，"魏郡审配、巨鹿田丰，并以正直不得志于韩馥，绍以丰为别驾，配为治中，及南阳许攸、逢纪、颍川荀谌，皆为谋主。"（《资治通鉴》卷六十《汉纪五十二》）

③ **韩馥下场**

韩馥是在袁绍未进邺城（冀州首府）时，要儿子持印绶去黎阳（河南浚县东北），送与袁绍的。袁绍进城后，没有对他怎么。但他的都官从事朱汉原先与韩怨恨，乘机又想讨好袁绍，派兵包围韩府，将韩子打断两腿。事后袁绍杀了朱汉，但韩馥由此发生恐

④ 公孙越系战死

据《三国志·魏书·公孙瓒传》
称，汉献帝被董卓押往长安后，
想东归洛阳，派刘和(刘虞子)出
武关去幽州找刘虞，途中为袁术
扣留；袁术命他写信与父亲。公
孙瓒知袁术有异志，阻止刘虞出
兵和他交好，刘虞不听。"瓒惧
术闻而怨之，亦遣其从弟越将千
骑诣术以自结"，"是时，术遣孙
坚屯阳城拒卓，(袁)绍使周昂夺
其处。术遣越与坚攻昂，不胜，
越为流矢所中死"。可见公孙越
是死在和袁绍作战中的。

⑤ 赵云出身

赵云，常山真定人，真定即今河
北正定县。裴注引《赵云列传》
说，"云身长八尺，姿颜雄伟，为
本郡所举，将义从吏兵诣公孙
瓒。"他没有在袁绍麾下为将。
真定赵氏在汉初是当地大宗族。
据康熙《正定府志》，当时还存
有赵子龙庙两座，今圮。

却说公孙瓒知袁绍已据冀州，遣弟公孙越来见绍，欲分其地。绍曰："可请汝兄自来，吾有商议。"越辞归。行不到五十里，道旁闪出一彪军马，口称："我乃董丞相家将也！"乱箭射死公孙越。从人逃回见公孙瓒，报越已死④。瓒大怒曰："袁绍诱我起兵攻韩馥，他却就里取事；今又诈董卓兵射死吾弟，此冤如何不报！"尽起本部兵，杀奔冀州来。

绍知瓒兵至，亦领军出。二军会于磐河之上：绍军于磐河桥东，瓒军于桥西。瓒立马桥上，大呼曰："背义之徒，何敢卖我！"绍亦策马至桥边，指瓒曰："韩馥无才，愿让冀州于吾，与尔何干？"瓒曰："昔日以汝为忠义，推为盟主；今之所为，真狼心狗行之徒，有何面目立于世间！"袁绍大怒曰："谁可擒之？"言未毕，文丑策马挺枪，直杀上桥。公孙瓒就桥边与文丑交锋。战不到十余合，瓒抵挡不住，败阵而走。文丑乘势追赶。瓒走入阵中，文丑飞马径入中军，往来冲突。瓒手下健将四员，一齐迎战；被文丑一枪刺一将下马，三将俱走。文丑直赶公孙瓒出阵后，瓒望山谷而逃。文丑骤马厉声大叫："快下马受降！"瓒弓箭尽落，头盔堕地；披发纵马，奔转山坡，其马前失，瓒翻身落于坡下。文丑急捻枪来刺。忽见草坡左侧转出一个少年将军，飞马挺枪，直取文丑。公孙瓒扒上坡去，看那少年：生得身长八尺，浓眉大眼，阔面重颐，威风凛凛，与文丑大战五六十合，胜负未分。瓒部下救军到，文丑拨回马去了。那少年也不追赶。瓒忙下土坡，问那少年姓名。那少年欠身答曰："某乃常山真定人也，姓赵，名云，字子龙⑤。本袁绍辖下之人。因见绍无忠君救民之心，故特弃彼而投麾下。不期于此处相见。"瓒大喜，遂同归寨，整顿甲兵。

次日，瓒将军马分作左右两队，势如羽翼。马五千余匹，大半皆是白马。因公孙瓒曾与羌人战，尽选白马为先锋，号为"白马将军"，羌人但见白马便走，因此白马极多。袁绍令颜良、文丑为先锋，各引弓弩手一千，亦分作左右两队；令在左者射公孙瓒右军，在右者射公孙瓒左军。再令麴义引八百弓手，步兵一万五千，列于阵中。袁绍自引马步军数万，于后接应。公孙瓒初得赵云，不知心腹，令其另领一军在后。遣大将严纲为先锋。瓒自领中军，立马桥上，傍竖大红圈金线"帅"字旗于马前。从辰时擂鼓，直到巳时，绍军不进。麴义令弓手皆伏于遮箭牌下，只听炮响发箭。严纲鼓噪呐喊，直取麴义。义军见严纲兵来，都伏而不动，直到来得至近，一声炮响，八百弓弩手一齐俱发。纲急待回，被麴义拍马舞刀，斩于马下，瓒军大败。左右两军，欲来救应,都被颜良、文丑引弓弩手射住。绍军并进,直杀到界桥边。麹义马到,先斩执旗将,把绣旗砍倒⑥。公孙瓒见砍倒绣旗,回马下桥而走。麹义引军直冲到后军,正撞着赵云,挺枪跃马,直取麹义。战不数合,一枪刺麹义于马下。⑦赵云一骑马飞入绍军,左冲右突,如入无人之境。公孙瓒引军杀回,绍军大败。

却说袁绍先使探马看时,回报麹义斩将搴旗,追赶败兵;因此不作准备,与田丰引着帐下持戟军士数百人,弓箭手数十骑,乘马出观,呵呵大笑曰:"公孙瓒无能之辈!"正说之间,忽见赵云冲到面前。弓箭手急待射时,云连刺数人,众军皆走。后面瓒军团团围裹上来。田丰慌对绍曰:"主公且于空墙中躲避!"绍以兜鍪扑地,大呼曰:"大丈夫愿临阵斗死,岂可入墙而望活乎!"众军士齐心死战,赵云冲突不入,绍兵大队掩至,颜良亦引军来到,两路并杀。赵云保公孙瓒杀透重围,回到界桥。绍驱兵大进,复赶过桥,落水死者,不计其数。袁绍当先赶来,不到五里,只听得山背后喊声大起,闪出一彪人马,为首三员大将,乃是刘玄德、关云长、张翼德。因在平原探知公孙瓒与袁绍相争,特来助战。当下三匹马,三般兵器,飞奔前来,直取袁绍。绍惊得魂飞天外,手中宝刀坠于马下,忙拨马而逃,众人死救过桥。公孙瓒亦收军归寨。玄德、关、张动问毕,瓒曰:"若非玄德远来救我,几乎狼狈。"教与赵云相见。玄德甚相敬爱,便有不舍之心。

却说袁绍输了一阵,坚守不出。两军相拒月余,有人来长安报知董卓。李儒对卓曰:"袁绍与公孙瓒,亦当今豪杰。现在磐河厮杀,宜假天子之诏,差人往和解之。二人感德,必顺太师矣。"卓曰:"善。"次日,便使太傅马日磾、太仆赵岐,赍诏前去。二人来至河北,绍出迎于百里之外,再拜奉诏。次日,二人至瓒营宣谕,瓒乃遣使致书于绍,互相讲和。二人自回京复命。瓒即日班师,又表荐刘玄德为平原相。玄德与赵云分别,执手垂泪,不忍相离。云叹曰:"某曩日误认公孙瓒为英雄;今观所为,亦袁绍等辈耳!"玄德曰:"公且屈身事之,相见有日。"洒泪而别。

却说袁术在南阳,闻袁绍新得冀州,遣使来求马千匹。绍不与,术怒。自此,兄弟不睦。又遣使往荆州,问刘表借粮二十万,表亦不与。术恨之,密遣人遗书于孙坚,使伐刘表。其书略曰:

前者刘表截路,乃吾兄本初之谋也。今本初又与表私议欲袭江东。公可速兴兵伐刘表,吾为公取本初,二仇可报。公取荆州,吾取冀州,切勿误也!

坚得书曰:"叵耐刘表,昔日断吾归路,今不乘时报恨,更待何年!"聚帐下程普、黄盖、韩当等商

⑥ 公孙瓒帅旗即牙旗

绣旗,即牙旗,为全军主帅的指挥旗。"凡军始出牙竿,必令完坚,若有折将军不利,牙门之竿,军之精也。"(《后汉书》李贤引《真人水经注》)是以旗在军在,旗倒军散。《三国志·魏书·袁绍传》引《英雄记》:"义遂破之,遂到瓒营,拔其牙门,营中余众,皆复散走。"

⑦ 虎将麹义非赵云所杀

麹义原系韩馥部将,从袁绍攻公孙瓒,"绍令麹义以八百兵为先登,强弩千张夹承之,绍自以步兵数万结陈于后。义久在凉州,晓习羌斗,兵皆骁锐。瓒见其兵少,便放骑欲陵蹈之。义兵皆伏楯下不动,未至数十步,乃同时俱起,扬尘大叫,直前冲突,强弩雷发,所中必倒,临陈斩瓒所署冀州刺史严纲甲首千余级。瓒军败绩,步骑奔走,不复还营。义追至界桥,瓒殿兵还战桥上,义复破之,遂到瓒营,拔其牙门,营中余众皆复散走"(《三国志·魏书·袁绍传》引《英雄记》)。《演义》即据此。"麹义后恃功而骄恣,绍乃杀之。"他并非死于赵云之手。

议。程普曰："袁术多许,未可准信。"坚曰:"吾自欲报仇,岂望袁术之助乎!"便差黄盖先来江边安排战船,多装军器粮草,大船装载战马,克日兴师。江中细作探知,来报刘表。表大惊,急聚文武将士商议。蒯良曰:"不必忧虑。可令黄祖部领江夏之兵为前驱,主公率荆襄之众为援。孙坚跨江涉湖而来,安能用武乎?"表然之,令黄祖设备,随后便起大军。

却说孙坚有四子,皆吴夫人⑧所生:长子名策,字伯符;次子名权,字仲谋;三子名翊,字叔弼;四子名匡,字季佐。吴夫人之妹,即为孙坚次妻,亦生一子一女:子名朗,字早安⑨;女名仁。坚又过房俞氏一子,名韶,字公礼。坚有一弟,名静,字幼台。坚临行,静引诸子列拜于马前而谏曰:"今董卓专权,天子懦弱,海内大乱,各霸一方;江东方稍宁,以一小恨而起重兵,非所宜也。愿兄详之!"坚曰:"弟勿多言。吾将纵横天下,有仇岂可不报!"长子孙策曰:"如父亲必欲往,儿愿随行。"坚许之。遂与策登舟,杀奔樊城。黄祖伏弓弩手于江边,见船傍岸,乱箭俱发。坚令诸军不可轻动,只伏于船中来往诱之;一连三日,船数十次傍岸。黄祖军只顾放箭,箭已放尽。坚却拔船上所得之箭,约十数万。当日正值顺风,坚令军士一齐放箭。岸上支吾不住,只得退走。坚军登岸,程普、黄盖分兵两路,直取黄祖营寨。背后韩当驱兵大进。三面夹攻,黄祖大败,弃却樊城,走入邓城。坚令黄盖守住船只,亲自统兵追袭。黄祖引军出迎,布阵于野。坚列成阵势,出马于门旗之下。孙策也全副披挂,挺枪立马于父侧。黄祖引二将出马:一个是江夏张虎,一个是襄阳陈生。黄祖扬鞭大骂:"江东鼠贼,安敢侵犯汉室宗亲境界!"便令张虎搦战。坚阵内韩当出迎。两骑相交,战三十余合,陈生见张虎力怯,飞马来助。孙策望

⑧ 孙坚妻吴夫人

吴夫人系孙坚在钱唐尉时所娶,生四男一女。建安七年(202)病死。据《三国志·孙破虏吴夫人传》:"早失父母,与弟景居。孙坚闻其才貌,欲娶之。吴氏亲戚嫌坚轻狡,将拒焉。坚甚以惭恨。夫人谓亲戚曰:何爱一女以取祸乎?如有不遇,命也。于是遂许为婚。"无有妹为孙坚次妻说。孙坚自有妾侍,《志林》说:"坚有五子策、权、翊、匡,吴氏所生,少子朗,庶生也,一名仁。"按,孙坚最少有三女,除嫁刘备之孙夫人,尚生有二女:一嫁曲阿弘咨;一嫁陈氏(《三国志·吴书·潘濬传》)。

⑨ 孙坚子女简表

名讳 项目	行　事	下　落	附　注
长子　孙策		为许贡家人杀伤,死	
女	曲阿弘哲妻。孙权姐		见《三国志·吴书·诸葛瑾传》
女	孙权姐,嫁与陈氏,女嫁与潘濬子潘秘		见《三国志·吴书·潘濬传》
次子　孙权	孝廉。即吴大帝		
三子　孙翊	孝廉。建安八年(203)丹阳太守	被部属杀害	
四子　孙匡	孝廉、茂才。未试用	病死	
子　孙朗	黄武元年(222)定武中郎将,违军令,被贬	乃庶生	见《三朝录》、虞喜《志林》
女	孙权送往石首,嫁与刘备。建安十八年(213)还吴		当系192年前所生

见,按住手中枪,扯弓搭箭,正射中陈生面门,应弦落马。张虎见陈生坠地,吃了一惊,措手不及,被韩当一刀,削去半个脑袋。程普纵马直来阵前捉黄祖。黄祖弃却头盔、战马,杂于步军内逃命。孙坚掩杀败军,直到汉水,命黄盖将船只进泊汉江。

黄祖聚败军,来见刘表,备言坚势不可当。表慌请蒯良商议。良曰:"目今新败,兵无战心,只可深沟高垒,以避其锋;却潜令人求救于袁绍,此围自可解也。"蔡瑁曰:"子柔之言,直拙计也。兵临城下,将至壕边,岂可束手待毙!某虽不才,愿请军出城,以决一战。"刘表许之。蔡瑁引军万余,出襄阳城外,于岘山布阵。孙策将得胜之兵,长驱大进。蔡瑁出马。坚曰:"此人是刘表后妻之兄也⑩,谁与吾擒之?"程普挺铁脊矛出马,与蔡瑁交战。不到数合,蔡瑁败走。坚驱大军,杀得尸横遍野。蔡瑁逃入襄阳。蒯良言瑁不听良策,以致大败,按军法当斩。刘表以新娶其妹,不肯加刑。

却说孙坚分兵四面,围住襄阳攻打。忽一日,狂风骤起,将中军"帅"字旗旗杆吹折。韩当曰:"此非吉兆,可暂班师。"坚曰:"吾屡战屡胜,取襄阳只在旦夕。岂可因风折旗杆,遽尔罢兵!"遂不听韩当之言,攻城愈急。蒯良谓刘表曰:"某夜观天象,见一将星欲坠。以分野度之,当应在孙坚。主公可速致书袁绍,求其相助。"刘表写书,问谁敢突围而出。健将吕公,应声愿往。蒯良曰:"汝既敢去,可听吾计:与汝军马五百,多带能射者冲出阵去,即奔岘山。他必引军来赶,汝分一百人上山,寻石子准备;一百人执弓弩伏于林中。但有追兵到时,不可径走;可盘旋曲折,引到埋伏之处,矢石俱发。若能取胜,放起连珠号炮,城中便出接应。如无追兵,不可放炮,趱程而去。今夜月不甚明,黄昏便可出城。"吕公领了计策,拴束军马。黄昏时分,密开东门,引兵出城。孙坚在帐中,忽闻喊声,急上马引三十余骑,出营来看。军士报说:"有一彪人马杀将出来,望岘山而去。"坚不会诸将,只引三十余骑赶来。吕公已于山林丛杂去处,上下埋伏。坚马快,单骑独来,前军不远。坚大叫:"休走!"吕公勒回马来战孙坚。交马只一合,吕公便走,闪入山路去。坚随后赶入,却不见了吕公。坚方欲上山,忽然一声锣响,山上石子乱下,林中乱箭齐发。坚体中石、箭,脑浆迸流,人马皆死于岘山之内;寿止三十七岁⑪。

吕公截住三十骑,并皆杀尽,放起连珠号炮。城中黄祖、蒯越、蔡瑁分头引兵杀出,江东诸军大乱。黄盖听得喊声震天,引水军杀来,正迎着黄祖。战不两合,生擒黄祖。程普保着孙策,急待寻路,

⑩ **蔡瑁为刘表后妻之弟**

据《后汉书·刘表传》,"表宠耽后妻。每信受焉。又妻弟蔡瑁及外甥张允并得幸于表。"《演义》所称不确,此处改作,足证刘表为依倚荆州蔡氏宗族,而与之结姻。盖后妻为蔡瑁之姐,足见此女为剩女、熟女或寡妇。

⑪ **孙坚死于凤林关**

孙坚中伏事,据《三国志·吴书·孙坚传》,汉初平三年(192),孙坚奉袁术命攻刘表,"单马行岘山,为(黄)祖军士所射杀。"它书记载稍异,《典略》称,"坚悉其众攻表,表闭门,夜遣将黄祖潜出发兵。祖将兵欲还,坚逆与战。祖败走,窜岘山中。坚乘胜夜追袭,祖部兵从竹木间暗射坚,杀之。"《英雄记》:"刘表将吕公将兵缘山向坚,坚轻骑寻山讨公。公兵下石,中坚头,应时脑出物故。"《演义》略同《英雄记》。按,孙坚中伏处乃凤林关,地在今湖北襄樊城南三公里。该地东临汉水,西倚岘山,北起观音山,南至观音阁,是一条狭长有2公里的长廊地带。黄祖于此设伏。

正遇吕公。程普纵马向前,战不到数合,一矛刺吕公于马下。两军大战,杀到天明,各自收军。刘表军自入城。孙策回到汉水,方知父亲被乱箭射死,尸首已被刘表军士扛抬入城去了,放声大哭。众军俱号泣。策曰:"父尸在彼,安得回乡!"黄盖曰:"今活捉黄祖在此,得一人入城讲和,将黄祖去换主公尸首。"言未毕,军吏桓阶出曰:"某与刘表有旧,愿入城为使。"策许之。桓阶入城见刘表,具说其事。表曰:"文台尸首,吾已用棺木盛贮在此。可速放回黄祖,两家各罢兵,再休侵犯。"桓阶拜谢欲行,阶下蒯良出曰:"不可!不可!吾有一言,令江东诸军片甲不回。请先斩桓阶,然后用计。"正是:追敌孙坚方殒命,求和桓阶又遭殃。未知桓阶性命如何,且听下文分解。

第八回

王司徒巧使连环计
董太师大闹凤仪亭

却说蒯良曰："今孙坚已丧，其子皆幼。乘此虚弱之时，火速进军，江东一鼓可得。若还尸罢兵，容其养成气力，荆州之患也。"表曰："吾有黄祖在彼营中，安忍弃之？"良曰："舍一无谋黄祖而取江东，有何不可？"表曰："吾与黄祖心腹之交，舍之不义。"遂送桓阶回营，相约以孙坚尸换黄祖。

孙策换回黄祖，迎接灵柩，罢战回江东，葬父于曲阿之原[①]。丧事已毕，引军居江都，招贤纳士，屈己待人，四方豪杰渐渐投之，不在话下。

却说董卓在长安，闻孙坚已死，乃曰："吾除却一心腹之患也！"问："其子年几岁矣？"或答曰："十七岁。"卓遂不以为意。自此愈加骄横，自号为"尚父"[②]，出入僭天子仪仗；封弟董旻为左将军、鄠侯，侄董璜为侍中，总领禁军。董氏宗族，不问长幼，皆封列侯[③]。离长安城二百五十里，别筑郿坞[④]，役民夫二十五万人筑之：其城郭高下厚薄一如长安，内盖宫室，仓库屯积二十年粮食；选民间少年美女八百人实其中，金玉、彩帛、珍珠堆积不知其数；家属都住在内。卓往来长安，或半月一回，或一月一回，公卿皆候送于横门外。卓常设帐于路，与公卿聚饮。一日，卓出横门，百官皆送，卓留宴，适北地招安降卒数百人到。卓即命于座前，或断其手足，或凿其眼睛，或割其舌，或以大锅煮之[⑤]。哀号之声震天。百官战栗失箸，卓饮食谈笑自若。又一日，卓于省台大会百官，列坐两行。酒至数巡，吕布径入，向卓耳边言不数句，卓笑曰："原来如此。"命吕布于筵

① 孙坚墓

据《三国志·吴书·孙策传》称"坚薨，还葬曲阿。"按，曲阿，即今江苏丹阳。《建康实录》说："太元元年(251)十一月，幸曲阿祭高陵"，据称孙权于赤乌八年(245)"遣校尉陈勋将屯田及作士三万人凿句容中道，自小其至云阳西城，通会市，作邸阁"，即开凿自今南京到句容的江南第一条运河，乃是便利于拜谒孙坚、孙策墓。于此，《丹阳图经》说："高陵(孙坚墓)在县西练塘乡吴陵港。"乾隆《丹阳县志》："吴高陵在县西四十五里吴陵港。"《读史方舆纪要》亦作此说。今人著作称丹阳城西4公里余司徒镇谭巷村之两墓，其中之一大墓即孙坚之高陵，当地文管部门已勘察确认。但唐陆广微《吴地记》则称，"盘门内东北二里，有后汉破虏将军孙坚坟，又有讨逆将军孙策坟"，宋元以来该地方志亦多从此说。据苏州博物馆考古组调查，历史相传的"孙坚、孙策墓"，今坐落于苏州盘门外青阳堤(今苏州第一丝厂院内)。该堤原系一个高出地面5米左

右、东、西长 40 米，南北长 20 米的土墩。在墓地西北 1 公里有武烈大帝孙坚庙。1981 年 3 月正式清理，发现有汉墓三座。其中两座经出土文物考证，极有可能是孙坚、吴夫人合葬墓和孙策墓（衣冠冢或由曲阿迁葬的墓冢）。旧时也有讹传孙坚墓在浙江富阳，如《水经》："浙江径富山西山，上有孙坚冢。"实误，盖孙氏父子，衣锦不还乡，安有死葬故乡的！

② 董卓自为太师拟称尚父

《三国志·魏书·董卓传》："卓至西京，为太师，号曰尚父。"汉制极品三公（司徒、司空、太尉）之上，特设有太傅，而无"太师"。董卓自尊为太师，位在太傅上。裴注《献帝纪》："卓既为太师，复欲称尚父，以问蔡邕。邕曰：'昔武王受命太公为师，辅佐周室以伐无道，是以天下尊之称为尚父。今公之功德诚为巍巍，宜须关东悉定，车驾东还，然后议之。'乃止。"可见董卓拟称尚父而未公布于众。

③ 董氏婴儿亦封列侯

范晔《后汉书·董卓传》称，"其子孙虽在髫龀，男皆封侯，女为邑君。""卓孙年七岁，爱以为己子，为作小铠甲，使骑驱骋马，与玉甲一具，俱出入以为麟驹凤雏，至杀人之子如蚤虫耳"（《太平御览》卷三百五十六引《董卓列传》）。"卓侍妾怀抱中子，皆封侯，弄以金紫。孙女名白，时尚未笄，封为渭阳君。于郿城东起坛，从广二丈余，高五六尺，使白乘轩金华青盖车，都尉、中郎将、刺史二千石在郿者，各令乘轩箄号，为白导从，之坛上，使兄子璜为使者授印绶"（《英雄记》）。

上揪司空张温下堂。百官失色。不多时，侍从将一红盘，托张温头入献。⑥百官魂不附体。卓笑曰："诸公勿惊。张温结连袁术，欲图害我，因使人寄书来，错下在吾儿奉先处，故斩之。公等无故，不必惊畏。"众官唯唯而散。

司徒王允归到府中⑦，寻思今日席间之事，坐不安席。到夜深月明，策杖步入后园，立于荼蘼架侧，仰天垂泪。忽闻有人，在牡丹亭畔长吁短叹。允潜步窥之，乃府中歌伎貂蝉⑧也。其女自幼选入府中，教以歌舞，年方二八，色伎俱佳，允以亲女待之。是夜允听良久，喝曰："贱人将有私情耶？"貂蝉惊跪答曰："贱妾安敢有私！"允曰："汝无所私，何夜深于此长叹？"蝉曰："容妾伸肺腑之言。"允曰："汝勿隐匿，当实告我。"蝉曰："妾蒙大人恩养，训习歌舞，优礼相待，妾虽粉身碎骨，莫报万一。近见大人两眉愁锁，必有国家大事，又不敢问。今晚又见行坐不安，因此长叹。不想为大人窥见。倘有用妾之处，万死不辞！"允以杖击地曰："谁想汉天下却在汝手中耶！随我到画阁中来。"貂蝉跟允到阁中，允尽叱出妇妾，纳貂蝉于坐，叩头便拜。貂蝉惊伏于地曰："大人何故如此？"允曰："汝可怜汉天下生灵！"言讫，泪如泉涌。貂蝉曰："适间贱妾曾言：但有使令，万死不辞。"允跪而言曰："百姓有倒悬之危，君臣有累卵之急，非汝不能救也！贼臣董卓，将欲篡位；朝中文武，无计可施。董卓有一义儿，姓吕，名布，骁勇异常。我观二人皆好色之徒，今欲用'连环计'，先将汝许嫁吕布，后献与董卓，汝于中取便，谍间他父子反颜，令布杀卓，以绝大恶。重扶社稷，再立江山，皆汝之力也。不知汝意若何？"貂蝉曰："妾许大人万死不辞，望即献妾与彼。妾自有道理。"允曰："事若泄漏，我灭门矣。"貂蝉曰："大人勿忧。妾若不报大义，死于万刃之下！"允拜谢。

次日，便将家藏明珠数颗，令良匠嵌造金冠一顶，使人密送吕布。布大喜，亲到王允宅致谢。允预备嘉肴美馔；候吕布至，允出门迎迓，接入后堂，延之上坐。布曰："吕布乃相府一将，司徒是朝廷大臣，何故错敬？"允曰："方今天下别无英雄，惟有将军耳。允非敬将军之职，敬将军之才也。"布大喜。允殷勤敬酒，口称董太师并布之德不绝。布大笑畅饮。允叱退左右，只留侍妾数人劝酒。酒至半酣，允曰："唤孩儿来。"少顷，二青衣引貂蝉艳妆而出。布惊问何人，允曰："小女貂蝉也。允蒙将军错爱，不异至亲，故令其与将军相见。"便命貂蝉与吕布把盏。貂蝉送酒与布，两下眉来眼去。允佯醉曰："孩儿央及将军痛饮几杯。吾一家全靠着将军哩。"布请貂蝉坐，貂蝉假意欲入。允曰："将军吾之至友，孩儿便坐何妨。"貂蝉便坐于允侧。吕布目不转睛的看。又饮数杯，允指蝉谓布曰："吾欲将此女送与将军为妾，还肯纳否？"布出席谢曰："若得如此，布当效犬马之报！"允曰："早晚选一良辰，送至府中。"布欣喜无限，频以目视貂蝉。貂蝉亦以秋波送情。少顷席散，允曰："本欲留将军止宿，恐太师见疑。"布再三拜谢而去。

过了数日，允在朝堂，见了董卓，趁吕布不在侧，伏地拜请曰："允欲屈太师车骑，到草舍赴宴，未审钧意若何？"卓曰："司徒见招，即当趋赴。"允拜谢归家，水陆毕陈，于前厅正中设座，锦绣铺地，内外各设帏幔。次日晌午，董卓来到。允具朝服出迎，再拜起居。卓下车，左右持戟甲士百余，簇拥入堂，分立两傍。允于堂下再拜，卓命扶上，赐坐于侧。允曰："太师盛德巍巍，伊、周不能及也！"卓大喜。进酒作乐，允极其致敬。天晚酒酣，允请卓入后堂。卓叱退甲士。允捧觞称贺曰："允自幼颇习天文。夜观乾象，汉家气数已尽。太师功德振于天下，若舜之受尧，禹之继舜，正合天心人意。"卓曰："安敢望此！"允曰："自古'有道伐无道，无德让有德，'岂过分乎！"卓笑曰："若果天命归我，司徒当为元勋。"允拜谢。堂中点上画烛，止留女使进酒供食。允曰："教坊之乐，不足供奉；偶有家伎，敢使承应。"卓曰："甚妙。"允教放下帘栊，笙簧缭绕，簇捧貂蝉舞于帘外。有词赞之曰：

原是昭阳宫里人，惊鸿宛转掌中身，只疑飞过洞庭春。
按彻《梁州》莲步稳，好花风袅一枝新，画堂香暖不胜春。

又诗曰：

红牙催拍燕飞忙，一片行云到画堂。
眉黛促成游子恨，脸容初断故人肠。
榆钱不买千金笑，柳带何须百宝妆。
舞罢隔帘偷目送，不知谁是楚襄王。

舞罢，卓命近前。貂蝉转入帘内，深深再拜。卓见貂蝉颜色美丽，便问："此女何人？"允曰："歌伎貂蝉也。"卓曰："能唱否？"允命貂蝉执檀板低讴一曲，正是：

④ 郿坞
董卓由鄠乡侯进封郿侯，"筑郿坞，高与长安城埒，积谷为三十年储"（《三国志·魏书·董卓传》）。郿坞，在今陕西眉县东北渭水附近。范晔《后汉书·董卓传》说："筑坞于郿，高厚七丈，号万岁坞。"高三丈五尺，厚亦三丈五尺，故曰高厚七丈也。《三辅黄图》记"长安城高三丈五尺"。可见当时董卓的僭越，由此必引为众矢之的。唐李贤《后汉书注》称："郿坞旧基高一丈，周围一里一百步。"可见到唐初尚见宏伟规模。

⑤ 董卓残杀山东兵俘虏
董卓的凉州军最具野蛮性，其野性也表现于残杀战俘。"董卓获山东兵，以猪膏涂布十余匹，用缠其身，然后烧之，先从足起"（《太平御览》卷二八〇引谢承《后汉书》卷四）。后太平天国酷刑"点天灯"，即与此雷同。

⑥ 董卓杀张温在于宿怨
汉中平三年（186），汉以司空张温为卫尉行车骑将军赴陇西讨伐边章、韩遂。时董卓为中郎将，因屡败。"温以诏书召卓，卓良久乃诣温。温责让卓，卓应对不顺。"当时别部司马孙坚劝张温杀董卓，"数卓三罪，劝温斩之"（《三国志·吴书·孙坚传》）。因张温不忍，未成。初平元年（190），董卓焚烧洛阳至长安，即以"太史望气，言当有大臣戮死者。故太尉张温时为卫尉，素不善卓，卓心怨之，因天有变，欲以塞咎，使人言温与袁术交关，遂笞杀之"（《三国志·魏书·董卓传》）。

⑦ 王允秘密组织力量讨董卓
何进主政时，提拔王允为河南

尹。据《后汉书·王允传》称,王允时在洛阳,以名士,为董卓倚重。初董卓迁都长安,但他本人仍留洛阳,"朝政大小悉委之于允,允矫情屈意,每相承附,卓亦推心,不生乖疑,故得扶持王室于危乱之中,臣主内外,莫不倚恃焉。"由此,王允曾以护羌校尉杨瓒和执金吾士孙瑞分别带兵出武关,"以讨袁术为名,实欲分路征卓,而后拨天子还洛阳,卓疑而留之。"虽然没有实现,但也未暴露目的。

⑧ 貂蝉形象的由来

貂蝉其人,不见于史传。其源盖出自《后汉书·董卓传》、《三国志·魏书·吕布传》,此中都有董卓、吕布好色:董卓荒淫,污秽汉宫,蓄养少妻;吕布贪恋闺情,在侍从董卓时,"卓又使布守中阁,而私与侍婢情通"(《后汉书·吕布传》)。所以清学者梁章钜说,"貂蝉事,隐据吕布传。"貂蝉名字,最迟即已流传于北宋。《李卓吾先生批评三国志》所引北宋理学家邵雍诗,"力斩乱臣凭吕布,舌诛逆贼是貂蝉。"盖采用以"貂蝉"命名,蕴含"有文采而不炳焕,外柔易而内刚劲"之意。据陶宗仪《南村辍耕录》和钱南扬《宋元戏文辑佚》,金代院本和宋元南戏的曲目,已见有貂蝉为主角的《刺董卓》、《貂蝉女》。《三国志平话》且以《王允献董卓貂蝉》、《水浸下邳擒吕布》为貂蝉故事构建了框架。元杂剧《锦云堂暗定连环计》完整地叙述貂蝉身世,"她本忻州木耳村人氏,任昂之女,小字红昌。因灵帝选入宫中,掌貂蝉冠来,故名貂蝉。后灵帝赐与丁建阳。当日吕布与建阳为

一点樱桃启绛唇,两行碎玉喷《阳春》。

丁香舌吐衡钢剑,要斩奸邪乱国臣。

卓称赏不已。允命貂蝉把盏。卓擎杯问曰:"青春几何?"貂蝉曰:"贱妾年方二八。"卓笑曰:"真神仙中人也!"允起曰:"允欲将此女献上太师,未审肯容纳否?"卓曰:"如此见惠,何以报德?"允曰:"此女得侍太师,其福不浅。"卓再三称谢。允即命备毡车,先将貂蝉送到相府。卓亦起身告辞。允亲送董卓直到相府,然后辞回。

乘马而行,不到半路,只见两行红灯照道,吕布骑马执戟而来,正与王允撞见,便勒住马,一把揪住衣襟,厉声问曰:"司徒既以貂蝉许我,今又送与太师,何相戏邪?"允急止之曰:"此非说话处,且请到草舍去。"布同允到家,下马入后堂。叙礼毕,允曰:"将军何故怪老夫?"布曰:"有人报我,说你把毡车送貂蝉入相府,是何意故?"允曰:"将军原来不知!昨日太师在朝堂中,对老夫说:'我有一事,明日要到你家。'允因此准备小宴等候。太师饮酒中间,说:'我闻你有一女,名唤貂蝉,已许吾儿奉先。我恐你言未准,特来相求,并请一见。'老夫不敢有违,随引貂蝉出拜公公。太师曰:'今日良辰,吾即当取此女回去,配与奉先。'将军试思:太师亲临,老夫焉敢推阻?"布曰:"司徒少罪。布一时错见,来日自当负荆。"允曰:"小女颇有妆奁,待过将军府下,便当送至。"布谢去。

次日,吕布在府中打听,绝不闻音耗;径入堂中,寻问诸侍妾。侍妾对曰:"夜来太师与新人共寝,至今未起。"布大怒,潜入卓卧房后窥探。时貂蝉起于窗下梳头,忽见窗外池中照一人影,极长大,头带束发冠:偷眼视之,正是吕布。貂蝉故蹙双眉,做忧愁不乐之态,复以香罗频拭眼泪。吕布窥视良久,乃出;少顷,又入,卓已坐于中堂;见布来,问曰:"外面无事乎?"布曰:"无事。"侍立卓侧。卓方食,布偷目窃望,见绣帘内一女子往来观觑,微露半面,以目送情。布知是貂蝉,神魂飘荡。卓见布如此光景,心中疑忌,曰:"奉先无事且退。"布怏怏而出。

董卓自纳貂蝉后,为色所迷,月余不出理事。卓偶染小疾,貂蝉衣不解带,曲意逢迎,卓心愈喜。吕布入内问安,正值卓睡。貂蝉于床后探半身望布,以手指心,又以手指董卓,挥泪不止。布心如碎。

卓朦胧双目，见布注视床后，目不转睛，回身一看，见貂蝉立于床后。卓大怒，叱布曰："汝敢戏吾爱姬耶！"唤左右逐出："今后不许入堂！"吕布怒恨而归，路遇李儒，告知其故。儒急入见卓曰："太师欲取天下，何故以小过见责温侯？倘彼心变，大事去矣。"卓曰："奈何？"儒曰："来朝唤入，赐以金帛，好言慰之，自然无事。"卓依言。次日，使人唤布入堂，慰之曰："吾前日病中，心神恍惚，误言伤汝，汝勿记心。"随赐金十斤，锦二十匹。布谢归；然身虽在卓左右，心实系念貂蝉。

卓疾既愈，入朝议事。布执戟相随，见卓与献帝共谈，便乘间提戟出内门，上马径投相府来；系马府前，提戟入后堂，寻见貂蝉。蝉曰："汝可去后园中凤仪亭边等我。"布提戟径往，立于亭下曲栏之傍。良久，见貂蝉分花拂柳而来，果然如月宫仙子，泣谓布曰："我虽非王司徒亲女，然待之如己出。自见将军，许侍箕帚，妾已平生愿足。谁想太师起不良之心，将妾淫污。妾恨不即死；止因未与将军一诀，故且忍辱偷生。今幸得见，妾愿毕矣。此身已污，不得复事英雄；愿死于君前，以明妾志！"言讫，手攀曲栏，望荷花池便跳。吕布慌忙抱住，泣曰："我知汝心久矣！只恨不能共语！"貂蝉手扯布曰："妾今生不能与君为妻，愿相期于来世。"布曰："我今生不能以汝为妻，非英雄也！"蝉曰："妾度日如年，愿君怜而救之！"布曰："我今偷空而来，恐老贼见疑，必当速去。"蝉牵其衣曰："君如此惧怕老贼，妾身无见天日之期矣！"布立住曰："容我徐图良策。"说罢，提戟欲去。貂蝉曰："妾在深闺，闻将军之名，如雷贯耳，以为当世一人而已；谁想反受他人之制乎！"言讫，泪下如雨。布羞惭满面，重复倚戟，回身搂抱貂蝉，用好言安慰。两个偎偎倚倚，不忍相离。

却说董卓在殿上，回头不见吕布，心下怀疑，连忙辞了献帝，登车回府；见布马系于府前；问门吏，吏答曰："温侯入后堂去了。"卓叱退左右，径入后堂中，寻觅不见；唤貂蝉，蝉亦不见。急问侍妾，侍妾曰："貂蝉在后园看花。"卓寻入后园，正见吕布和貂蝉在凤仪亭下共语，画戟倚在一边。卓怒，大喝一声。布见卓至，大惊，回身便走。卓抢了画戟，挺着赶来。吕布走得快，卓肥胖赶不上，掷戟刺布⑨。布打戟落地。卓拾戟再赶，布已走远。卓赶出园门，一人飞奔前来，与卓胸膛相撞，卓倒于地。正是：冲天怒气高千丈，仆地肥躯做一堆。未知此人是谁，且听下文分解。

养子，建阳将貂蝉配与吕布为妻，因黄巾贼作乱，在阵上失散"，"幸得落在老爷（王允）府中，如亲女一般看待"，后来受王允计"阴图董卓，重整朝纲"。按，"貂蝉"，系东汉王朝武官的帽冠，所谓"附蝉为文，貂尾为饰"。晋崔豹《古今注卷上》："貂蝉，胡服也。貂者，取其有文采而不炳焕，外柔易而内刚劲也。蝉，取其清虚识变也。在位者有文而不自耀，有武而不乐人，清虚自牧，识时而动也。"由此黎东方《细说三国》说："貂蝉如有其人，不可能是王允的丫环。貂蝉二字，原为汉朝后宫之内女官的官名（地位比妃嫔低得很多），不是人名，更不是姓貂名蝉。王允家中，不可能有这样的一个丫环。倒是董卓的家中可能有。《后汉书·董卓传》记载了他曾经'奸乱公主，妻略宫人'。"

⑨ 董卓抛戟与吕布私婢的时间倒置

据《三国志·魏书·吕布传》："卓性刚而褊，忿不思难，尝小失意，拔手戟掷布。布拳捷避之。为卓顾谢，卓意亦解。由是阴怨卓。卓常使布守中阁，布与卓侍婢私通，恐事发觉，心不自安。"是以非凤仪亭后抛戟也。又武人临阵所使用兵器，在平时多非随身携带，此小说家言，可见一斑。

第九回　除暴凶吕布助司徒
犯长安李傕听贾诩

却说那撞倒董卓的人，正是李儒。当下李儒扶起董卓，至书院中坐定。卓曰："汝为何来此？"儒曰："儒适至府门，知太师怒入后园，寻问吕布。因急走来，正遇吕布奔走，云：'太师杀我！'儒慌赶入园中劝解。不意误撞恩相。死罪！死罪！"卓曰："叵耐逆贼！戏吾爱姬，誓必杀之！"儒曰："恩相差矣。昔楚庄王'绝缨'之会，不究戏爱姬之蒋雄，后为秦兵所困，得其死力相救。今貂蝉不过一女子，而吕布乃太师心腹猛将也。太师若就此机会，以蝉赐布，布感大恩，必以死报太师。太师请自三思。"卓沉吟良久曰："汝言亦是，我当思之。"儒谢而出。

卓入后堂，唤貂蝉问曰："汝何与吕布私通耶？"蝉泣曰："妾在后园看花，吕布突至。妾方惊避，布曰：'我乃太师之子，何必相避？'提戟赶妾至凤仪亭。妾见其心不良，恐为所逼，欲投荷池自尽，却被这厮抱住。正在生死之间，得太师来救了性命。"董卓曰："我今将汝赐与吕布，何如？"貂蝉大惊，哭曰："妾身已事贵人，今忽欲下赐家奴，妾宁死不辱！"遂掣壁间宝剑欲自刎。卓慌夺剑拥抱曰："吾戏汝！"貂蝉倒于卓怀，掩面大哭曰："此必李儒之计！儒与布交厚，故设此计！却不顾惜太师体面与贱妾性命。妾当生噬其肉！"卓曰："吾安忍舍汝耶！"蝉曰："虽蒙太师怜爱，但恐此处不宜久居，必被吕布所害。"卓曰："吾明日和你归郿坞去，同受快乐，慎勿忧疑。"蝉方收泪拜谢。

次日，李儒入见曰："今日良辰，可将貂蝉送与吕布。"卓曰："布与我有父子之分，不便赐与。我只不究其罪。汝传我意，以好言慰之可也。"儒曰："太师不可为妇人所惑。"卓变色曰："汝之妻肯与吕布否？貂蝉之事，再勿多言，言则必斩！"李儒出，仰天叹曰："吾等皆死于妇人之手矣！"后人读书至此，有诗叹之曰：

> 司徒妙算托红裙，不用干戈不用兵。
>
> 三战虎牢徒费力，凯歌却奏凤仪亭。

董卓即日下令还郿坞，百官俱拜送。貂蝉在车上，遥见吕布于稠人之内，眼望车中。貂蝉虚掩其面,如痛哭之状。车已去远。布缓辔于土冈之上,眼望车尘,叹惜痛恨。忽闻背后一人问曰:"温侯何不从太师去,乃在此遥望而发叹?"布视之,乃司徒王允也。相见毕,允曰:"老夫日来因染微恙,闭门不出,故久未得与将军一见。今日太师驾归郿坞,只得扶病出送,却喜得晤将军。请问将军,为何在此长叹?"布曰:"正为公女耳。"允佯惊曰:"许多时尚未与将军耶?"布曰:"老贼自宠幸久矣!"允佯大惊曰:"不信有此事!"布将前事一一告允。允仰面跌足,半晌不语;良久,乃言曰:"不意太师作此禽兽之行!"因挽布手曰:"且到寒舍商议。"布随允归。允延入密室。置酒款待。布又将凤仪亭相遇之事,细述一遍。允曰:"太师淫吾之女,夺将军之妻,诚为天下耻笑。非笑太师,笑允与将军耳!然允老迈无能之辈,不足为道;可惜将军盖世英雄,亦受此污辱也!"布怒气冲天,拍案大叫。允急曰:"老夫失语,将军息怒。"布曰:"誓当杀此老贼,以雪吾耻!"允急掩其口曰:"将军勿言,恐累及老夫。"布曰:"大丈夫生居天地间,岂能郁郁久居人下!"允曰:"以将军之才,诚非董太师所可限制。"布曰:"吾欲杀此老贼,奈是父子之情,恐惹后人议论。"允微笑曰:"将军自姓吕,太师自姓董。掷戟之时,岂有父子情耶?"布奋然曰:"非司徒言,布几自误!"允见其意已决,便说之曰:"将军若扶汉室,乃忠臣也,青史传名,流芳百世;将军若助董卓,乃反臣也,载之史笔,遗臭万年。"布避席下拜曰:"布意已决,司徒勿疑。"允曰:"但恐事或不成,反招大祸。"布拔带刀刺臂出血为誓。允跪谢曰:"汉祀不斩,皆出将军之赐也。切勿泄漏!临期有计,自当相报。"布慨诺而去。

允即请仆射士孙瑞、司隶校尉黄琬商议。瑞曰:"方今主上有疾新愈,可遣一能言之人往郿坞请卓议事;一面以天子密诏付吕布,使伏甲兵于朝门之内,引卓入诛之,此上策也。"琬曰:"何人敢去?"瑞曰:"吕布同郡骑都尉李肃,以董卓不迁其官,甚是怀怨。若令此人去,卓必不疑。"允曰:"善。"请吕布共议。布曰:"昔日劝吾杀丁建阳,亦此人也。今若不去,吾先斩之。"使人密请肃至。布曰:"昔日公说布使杀丁建阳而投董卓;今卓上欺天子,下虐生灵,罪恶贯盈,人神共愤。公可传天子诏往郿坞,宣卓入朝,伏兵诛之,力扶汉室,共作忠臣。尊意若何?"肃曰:"我亦欲除此贼久矣,恨无同心者耳!今将军若此,是天赐也,肃岂敢有二心!"遂折箭为誓。允曰:"公若能干此事,何患不得显官?"

次日,李肃引十数骑,前到郿坞。人报天子有诏。卓教唤入,李肃入拜。卓曰:"天子有何诏?"肃曰:"天子病体新痊,欲会文武于未央殿,议将禅位于太师,故有此诏。"卓曰:"王允之意若何?①"肃曰:"王司徒已命人筑'受禅台',只等主公到来。"卓大喜曰:"吾夜梦一龙罩身,今日果得此喜信。时哉不可失②!"便命心腹将李催、郭汜、

① 董卓敬重王允

董卓进京,为收揽人心,解党锢之禁,对部属武人并无进升,而于朝廷若干官员,大为敬重,其中王允因为名士,素有朝望,大为敬重。所以《三国志·魏书·董卓传》引《献帝起居注》称,王允为司徒,"卓亦推信之,委以朝廷"。王允善于韬晦之术,董卓对他不作戒心,了无防备,于是始为所乘。

② 董卓未想做皇帝

董卓"结垒于长安城东以自居,又筑坞于郿,高厚七丈,号曰'万岁坞',积谷为三十年储。自云事成雄踞天下,不成守此,足以毕老"(《后汉书·董卓传》),观之可知其并非有做皇帝意向。《演义》所说,汉帝让位事,据同传称"(初平)三年四月,帝疾新愈,大会未央殿,卓朝服升车,既而马惊堕泥,还入更衣,其少妻止之,卓不从,遂行。"可见他是因皇帝病愈,从长安居住处前来朝贺的。

张济、樊稠四人领飞熊军三千守郿坞，自己即日排驾回京；顾谓李肃曰："吾为帝，汝当为执金吾。"肃拜谢称"臣"。卓入辞其母。母时年九十余矣，问曰："吾儿何往？"卓曰："儿将往受汉禅，母亲早晚为太后也！"母曰："吾近日肉颤心惊，恐非吉兆。"卓曰："将为国母，岂不预有惊报！"遂辞母而行。临行，谓貂蝉曰："吾为天子，当立汝为贵妃。"貂蝉已明知就里，假作欢喜拜谢。

卓出坞上车，前遮后拥，望长安来。行不到三十里，所乘之车，忽折一轮，卓下车乘马。又行不到十里，那马咆哮嘶喊，掣断辔头。卓问肃曰："车折轮，马断辔，其兆若何？"肃曰："乃太师应绍汉禅，弃旧换新，将乘玉辇金鞍之兆也。"卓喜而信其言。次日，正行间，忽然狂风骤起，昏雾蔽天。卓问肃曰："此何祥也？"肃曰："主公登龙位，必有红光紫雾，以壮天威耳。"卓又喜而不疑。既至城外，百官俱出迎接。只有李儒抱病在家，不能出迎。卓进至相府，吕布入贺。卓曰："吾登九五，汝当总督天下兵马。"布拜谢，就帐前歇宿。是夜，有十数小儿于郊外作歌，风吹歌声入帐。歌曰："千里草，何青青！十日卜，不得生！"歌声悲切。卓问李肃曰："童谣主何吉凶？"肃曰："亦只是言刘氏灭、董氏兴之意。"

次日侵晨，董卓摆列仪从入朝；忽见一道人，青袍白巾，手执长竿，上缚布一丈，两头各书一"口"字。③卓问肃曰："此道人何意？"肃曰："乃心恙之人也。"呼将士驱去。卓进朝。群臣各具朝服，迎谒于道。李肃手执宝剑，扶车而行。到北掖门，军兵尽挡在门外，独有御车二十余人同入。董卓遥见王允等各执宝剑立于殿门，惊问肃曰："持剑是何意？"肃不应，推车直入。王允大呼曰："反贼至此，武士何在？"两旁转出百余人，持戟挺槊刺之。卓衷甲不入，伤臂坠车，大呼曰："吾儿奉先何在？"吕布从车后厉声出曰："有诏讨贼！"一戟直刺咽喉，李肃早割头在手。吕布左手持戟，右手怀中取诏，大呼曰："奉诏讨贼臣董卓，其余不问！"将吏皆呼万岁。后人有诗叹董卓曰：

> 霸业成时为帝王，不成且作富家郎。
> 谁知天意无私曲，郿坞方成已灭亡。

却说当下吕布大呼曰："助卓为虐者，皆李儒也！谁可擒之？"李肃应声愿往。忽听朝门外发喊，人报李儒家奴已将李儒绑缚来献。王允命缚赴市曹斩之；又将董卓尸首，号令通衢。卓尸肥胖，看尸军士以火置其脐中为灯，膏流满地。百姓过者，莫不手掷其头，足践其尸。王允又命吕布同皇甫嵩④、李肃领兵五万，至郿坞抄籍董卓家产人口。

③ 布两头书"口"字
《幽明录》："董卓信巫，军中常有言祷祀求福。一日，从卓从布，仓卒与新布手巾。又求取笔，便提以书手巾上。如作两口，一口大，一口小，相累于巾上。授卓曰：'慎此也！'后卓为吕布所杀，后人乃知况吕布也。"

④ 皇甫嵩阿谀董卓
皇甫嵩与董卓始终不和。在讨伐黄巾时，董卓隶皇甫嵩麾下；但在出征韩遂时，皇甫嵩任左将军，董卓任前将军，由上下级改为同僚。《山阳公载记》称，"后卓征为少府并州牧，兵当属嵩，卓大怒。"汉初平元年（190），董卓进京，自为太师。皇甫嵩时任御史中丞，见到董卓，"拜于车下。卓问嵩：'义真服未乎？'嵩曰：'安知明公乃至于是！'卓曰：'鸿鹄固有远志，但燕雀自不知耳。'嵩曰：'昔与明公俱为鸿鹄，不意今日变为凤凰耳。'卓笑曰：'卿早服，今日可不拜也。'"

却说李傕、郭汜、张济、樊稠闻董卓已死，吕布将至，便引了飞熊军连夜奔凉州去了。

吕布至郿坞，先取了貂蝉。皇甫嵩命将坞中所藏良家子女，尽行释放。但系董卓亲属，不分老幼，悉皆诛戮。⑤卓母亦被杀。卓弟董旻、侄董璜皆斩首号令。收籍坞中所蓄，黄金数十万，白金数百万，绮罗、珠宝、器皿、粮食，不计其数。回报王允。允乃大犒军士，设宴于都堂，召集众官，酌酒称庆。

正饮宴间，忽人报曰："董卓暴尸于市，忽有一人伏其尸而大哭。"允怒曰："董卓伏诛，士民莫不称贺，此何人独敢哭耶！"遂唤武士："与吾擒来！"须臾擒至。众官见之，无不惊骇：原来那人不是别人，乃侍中蔡邕也。允叱曰："董卓逆贼，今日伏诛，国之大幸。汝为汉臣，乃不为国庆，反为贼哭，何也？"邕伏罪曰："邕虽不才，亦知大义，岂肯背国而向卓？只因一时知遇之感，不觉为之一哭，自知罪大。愿公见原：倘得黥首刖足，使续成汉史，以赎其辜，邕之幸也。"众官惜邕之才，皆力救之。太傅马日䃅亦密谓允曰："伯喈旷世逸才，若使续成汉史，诚为盛事。且其孝行素著，若遽杀之，恐失人望。"允曰："昔孝武不杀司马迁，后使作史，遂致谤书流于后世。方今国运衰微，朝政错乱，不可令佞臣执笔于幼主左右，使吾等蒙其讪议也。"日䃅无言而退，私谓众官曰："王允其无后乎？善人，国之纪也；制作，国之典也。灭纪废典，岂能久乎？"当下王允不听马日䃅之言，命将蔡邕下狱中缢死⑥，一时士大夫闻者，尽为流涕。后人论蔡邕之哭董卓固自不是，允之杀之亦为已甚。有诗叹曰：

董卓专权肆不仁，侍中何自竟亡身。

当时诸葛隆中卧，安肯轻身事乱臣！

且说李傕、郭汜、张济、樊稠逃居陕西，使人至长安上表求赦。王允曰："卓之跋扈，皆此四人助之；今虽大赦天下，独不赦此四人⑦。"使者回报李傕。傕曰："求赦不得，各自逃生可也。"谋士贾诩曰："诸君若弃军单行，则一亭长能缚君矣⑧。不若诱集陕人，并本部军马，杀入长安，与董卓报仇。事济，奉朝廷以正天下；若其不胜，走亦未迟。"傕等然其说，遂流言于西凉州曰："王允将欲洗荡此方之人矣！"众皆惊惶。乃复扬言曰："徒死无益，能从我反乎？"众皆愿

⑤ 董卓部属诛杀董卓家属
据《三国志·魏书·董卓传》，引《英雄记》，当董卓被杀喜讯传到郿坞，"旻、璜等及宗族老弱悉在郿，皆还，为其群下所砍射。卓母年九十，走至坞门曰：'乞脱我死'，即斩首。"可见，董卓之恶，国人同愤，遍及部属。

⑥ 蔡邕也许是自杀
《演义》叙蔡邕下狱被缢死。蔡邕之罪为伏尸痛哭。但据史书，伏尸哭祭乃两汉常见之事，并无因犯罪可诛之律。且蔡邕未伏尸，当董卓暴尸于市时，蔡邕在王允司徒府里参加宴会。据《后汉书·蔡邕传》，当提及董卓时，他只不过是"殊不意言之而叹，有动于色。"王允就此因便把他送交廷尉治罪处置，其意向是要定他罪。当时太尉马日䃅劝说，蔡邕"多识汉事，当续成后史"。但这样反触及王允之忌讳；《殷芸小说》称，"初，司徒王允数与邕会议，允词常屈，由是衔邕。及允诛董卓，乃收邕，众人争之，不能得。太尉马日䃅谓允：'伯喈忠骨，素有孝行，且旷世逸才，多识汉事，当定十志，今公杀之，海内失望矣。'允曰：'无蔡邕，独当无十志，何损。'遂杀之"。此说当是，可见王允心胸狭窄，且妒嫉心重，更因为王曾与董卓周旋，是不能让史家直笔见诸于书的。但蔡邕并未定罪，却先在狱中死了，看来是自杀。士可杀而不可辱。要不然怎么是"(王)允悔，欲止而不及"呢！据康熙《开封府志》，蔡邕死后，归葬陈留镇南三里桃花洞村，现为县级文物保护单位，也有称其墓在河南杞县和河南尉氏县东北。唐温庭筠有诗："古坟零落野花春，闻说

中郎有后身。今日爱才非昔日,莫抛心力作词人。"(《蔡中郎坟》)

⑦ 王允原赦凉州人

王允、吕布与丁原等人属于并州人集团,由于封闭社会的地域潜伏仇恨意识,稍有触动,即显报复行为。据《后汉书·王允传》,"允初议赦卓部曲,吕布亦数劝之。既而疑曰:此辈无罪从其主耳,今若名为恶逆而特赦之,适足使其自疑,非所以安之之道。""董卓将校及在位者多凉州人,允议罢其军。""时百姓讹言,当悉诛凉州人,遂转相恐动,其在关中者皆拥兵自守,更相谓曰:丁彦思、蔡伯喈但以董公亲厚并尚从坐,今既不赦我曹亦欲解兵,今日解兵,明日当复为鱼肉矣。"可见王允并非不赦凉州人,而固无切实措施,且贻误时日,致肇成民间谣传,以致引起李傕、郭汜之乱,悲哉!但也有认为,王允确拒绝李傕等乞求大赦,"尚书令王允以为以杀卓时已赦,今复求,一岁不可再赦"(谢承《后汉书》卷四见《太平御览》卷六五二)。

⑧ 贾诩说"一亭长能缚君"

此说见《三国志·魏书·贾诩传》,后范晔《后汉书》亦借用此语,"时显宗(明帝刘庄)为东海王,独对曰:'妖巫相劫,势无久立,其中有悔欲亡者。但外围急,不得走耳,宜小挺缓,令得逃亡,逃亡则一亭长足以擒矣。'"(《臧宫传》)

⑨ 牛辅好迷信

牛辅军是董卓最大一支嫡系军队。麾下将领有李傕、郭汜、董承、杨奉等。但牛辅为人凶残又懦怯。《三国志·董卓传》引《魏书》,"(牛)辅恇怯失守,不能自

从。于是聚众十余万,分作四路,杀奔长安来。路逢董卓女婿中郎将牛辅,引军五千人,欲去与丈人报仇,李傕便与合兵,使为前驱。四人陆续进发。

王允听知西凉兵来,与吕布商议。布曰:"司徒放心。量此鼠辈,何足数也!"遂引李肃将兵出敌。肃当先迎战,正与牛辅相遇,大杀一阵。牛辅抵敌不过,败阵而去。不想是夜二更,牛辅乘肃不备,竟来劫寨。肃军乱窜,败走三十余里,折军大半,来见吕布。布大怒曰:"汝何挫吾锐气!"遂斩李肃,悬头军门。次日,吕布进兵与牛辅对敌。量牛辅如何敌得吕布,仍复大败而走。是夜牛辅唤心腹人胡赤儿商议曰:"吕布骁勇,万不能敌;不如瞒了李傕等四人,暗藏金珠,与亲随三五人弃军而去。"胡赤儿应允。是夜收拾金珠,弃营而走,随行者三四人。将渡一河,赤儿欲谋取金珠,竟杀死牛辅,将头来献吕布。⑨布问起情由,从人出首:"胡赤儿谋杀牛辅,夺其金宝。"布怒,即将赤儿诛杀。领军前进,正迎着李傕军马。吕布不等他列阵,便挺戟跃马,麾军直冲过来。傕军不能抵当,退走五十余里,依山下寨,请郭汜、张济、樊稠共议,曰:"吕布虽勇,然而无谋,不足为虑。我引军守住谷口,每日诱他厮杀。郭将军可领军抄击其后,效彭越挠楚之法,鸣金进兵,擂鼓收兵。张、樊二公却分兵两路,径取长安。彼首尾不能救应,必然大败。"众用其计。

却说吕布勒兵到山下,李傕引兵搦战。布忿怒冲杀过去,傕退走上山。山上矢石如雨,布军不能进。忽报郭汜在阵后杀来,布急回战。只闻鼓声大震,汜军已退。布方欲收军,锣声响处,傕军又来。未及对敌,背后郭汜又领军杀到。及至吕布来时,却又擂鼓收军去了。激得吕布怒气填胸。一连如此几日,欲战不得,欲止不得。正在恼怒,忽然飞马报来,说张济、樊稠两路军马竟犯长安,京城危急。布急领军回,背后李傕、郭汜杀来。布无心恋战,只顾奔走,折了好些人马。比及到长安城下,贼兵云屯雨集,围定城池,布军与战不利。军士畏吕布暴厉,多有降贼者。布心甚忧。

数日之后,董卓余党李蒙、王方在城中为贼内应,偷开城门,四路贼军一齐拥入。吕布左冲右突,拦挡不住,引数百骑往青琐门外

呼王允曰："势急矣！请司徒上马，同出关去，别作良策。"允曰："若蒙社稷之灵，得安国家，吾之愿也；若不获已，则允奉身以死。临难苟免，吾不为也。为我谢关东诸公，努力以国家为念！"吕布再三相劝，王允只是不肯去。⑩不一时，各门火焰竟天，吕布只得弃却家小，引百余骑飞奔出关，投袁术去了。

李傕、郭汜，纵兵大掠。太常卿种拂、太仆鲁馗、大鸿胪周奂、城门校尉崔烈、越骑校尉王颀皆死于国难。贼兵围绕内庭至急，侍臣请天子上宣平门止乱。李傕等望见黄盖，约住军士，口呼"万岁"。献帝倚楼问曰："卿不候奏请，辄入长安，意欲何为？"李傕、郭汜仰面奏曰："董太师乃陛下社稷之臣，无端被王允谋杀，臣等特来报仇，非敢造反。但见王允，臣便退兵。"王允时在帝侧，闻知此言，奏曰："臣本为社稷计。事已至此，陛下不可惜臣，以误国家。臣请下见二贼。"帝徘徊不忍。允自宣平门楼上跳下楼去，大呼："王允在此！"李傕、郭汜拔剑叱曰："董太师何罪而见杀！"允曰："董贼之罪，弥天亘地，不可胜言！受诛之日，长安士民皆相庆贺，汝独不闻乎？"傕、汜曰："太师有罪；我等何罪，不肯相赦？"王允大骂："逆贼何必多言！我王允今日有死而已！"二贼手起，把王允杀于楼下⑪。史官有诗赞曰：

> 王允运机筹，奸臣董卓休。
>
> 心怀家国恨，眉锁庙堂忧。
>
> 英气连霄汉，忠诚贯斗牛。
>
> 至今魂与魄，犹绕凤凰楼。

众贼杀了王允，一面又差人将王允宗族老幼，尽行杀害。士民无不下泪。当下李傕、郭汜寻思曰："既到这里，不杀天子谋大事，更待何时？"便持剑大呼，杀入内来。正是：巨魁伏罪灾方息，从贼纵横祸又来。未知献帝性命如何，且听下文分解。

安。常把辟兵符，以铁质致其旁，欲以自强。见客，先使相者相之，知有反气与不，又筮知吉凶，然后乃见之。中郎将董越来就辅，辅使筮之，得兑下离上，筮者曰："火胜金，外谋内之卦也。"即时杀越。"由是，常自恐恐人。《演义》称牛辅为吕布所败，逃跑。据《三国志·魏书·董卓传》："其后辅营兵有夜叛出者，营中惊，辅以为皆叛，乃取金宝，独与素所厚胡赤儿等五六人相随，逾城北渡河，赤儿等利其金宝，斩首送长安。"

⑩ **王允吕布不相和合**
王允在诛董卓后初拟赦董卓部曲，吕布亦数劝之，但他最后仍予以严办，"吕布又欲以卓财物班赐公卿、将校，允又不从。而素轻布，以剑客遇之。布亦负其功劳，多自夸伐，既失意望，渐不相平"（《后汉书·王允传》）。

⑪ **王允并非当场被杀**
李傕、郭汜欲杀王允，因其同乡左冯翊宋翼、右扶风王宏在外。李郭乃征两人回京。"宏遣使谓翼曰：'郭汜、李傕以我两人在外，故未危王公。今日就征，明日俱族，计将安出？'翼曰：'虽祸福难量，然王命所不得避也。'宏曰：'义兵鼎沸，在于董卓，其党与乎！若举兵共讨君侧恶人，山东必应之，此转祸为福之计也。'翼不从，宏不能独立，遂俱就征下廷尉，傕乃收允及翼、宏并杀之"（《后汉书·王允传》）。王允家几为族诛。后汉献帝建都许昌，立王允衣冠冢于河南许昌城北之河畔堰口村西，而其真墓在家乡山西祁县西北十里的里村乡修善村西。清《祁县志》说："司徒王允墓，在县西北修善村西，长二十五步，阔二十步。"现尚有"王允之墓"碑，村后原有"王司徒祠"一座，今圮。现全村 400 户，都 1 800 口，王姓占 80%。

第十回　勤王室马腾举义　报父仇曹操兴师

却说李、郭二贼欲弑献帝，张济、樊稠谏曰："不可。今日若便杀之，恐众人不服；不如仍旧奉之为主，赚诸侯入关，先去其羽翼，然后杀之，天下可图也。"李、郭二人从其言，按住兵器。帝在楼上宣谕曰："王允既诛，军马何故不退？"李傕、郭汜曰："臣等有功王室，未蒙赐爵，故不敢退军。"帝曰："卿欲封何爵？"李、郭、张、樊四人各自写职衔献上，勒要如此官品。帝只得从之：封李傕为车骑将军、池阳侯，领司隶校尉，假节钺；郭汜为后将军、美阳侯，假节钺；同秉朝政；樊稠为右将军、万年侯；张济为骠骑将军、平阳侯，领兵屯弘农。其余李蒙、王方等各为校尉。然后谢恩，领兵出城。又下令追寻董卓尸首，获得些零碎皮骨，以香木雕成形体，安凑停当，大设祭祀，用王者衣冠棺椁，选择吉日，迁葬郿坞。临葬之期，天降大雷雨，平地水深数尺。霹雳震开其棺，尸首提出棺外。李傕候晴再葬，是夜又复如是。三次改葬，皆不能葬，零皮碎骨悉为雷火消灭①。天之怒卓，可谓甚矣！

且说李傕、郭汜既掌大权，残虐百姓；密遣心腹，侍帝左右，观其动静。献帝此时，举动荆棘。朝廷官员，并由二贼升降。因采人望，特宣朱儁入朝，封为太仆，同领朝政。

一日，人报西凉太守马腾、并州刺史韩遂二将②引军十余万，杀奔长安来，声言讨贼。原来二将先曾使人入长安，结连侍中马宇、谏议大夫种邵、左中郎将刘范三人为内应，共谋贼

① 董卓之头下落

董卓暴尸焚身，"后卓故部曲收所烧者灰，并以一棺棺之，葬于郿"（《三国志·魏书·董卓传》引《英雄传》）。而其头为吕布所取，吕布为李傕等击败出长安，"布以卓头系马鞍，走出武关"（《后汉书·董卓传》），他将董卓头送与袁术。事见《三国志·魏书·吕布传》。袁术致吕布书称"将军诛卓，送其头首，为术扫灭仇耻"。又李傕尊奉董卓"于朝廷省门外，为董卓作神坐，数以牛羊祠之"（《献帝起居注》）。盖此时多有为董卓建神祠。《北齐书·魏兰根传》说："丁母忧，将葬常山郡境；先有董卓祠，祠有柏树。兰根以卓凶逆无道，不应遗祠至今，乃伐柏树以为椁材，人或劝之不伐。兰根尽取之，了无疑惧。"

② 马腾韩遂是异姓兄弟

马腾、韩遂从未做过西凉太守、并州刺史，此乃小说家言。汉初平三年（192），两人率众至长安，为王朝封马为征西将军，韩为镇西将军，马屯郿县（陕西郿县），韩屯金城（甘肃兰州），后马腾进攻长安，败退还凉州（甘肃武威）。马韩之间，钩心斗角，时和时分。马腾"与镇西将军韩遂结为异姓兄弟，始甚相亲，后转以部曲相侵入，更为仇敌。腾攻遂，遂走，合众还攻腾，杀腾妻子，连兵不解"（《三国志·蜀书·马超传》引《典略》）。

党。三人密奏献帝，封马腾为征西将军，韩遂为镇西将军，各受密诏，并力讨贼。当下李傕、郭汜、张济、樊稠闻二军将至，一同商议御敌之策。谋士贾诩曰："二军远来，只宜深沟高垒，坚守以拒之。不过百日，彼兵粮尽，必将自退，然后引兵追之，二将可擒矣。"李蒙、王方出曰："此非好计。愿借精兵万人，立斩马腾、韩遂之头，献于麾下。"贾诩曰："今若即战，必当败绩。"李蒙、王方齐声曰："若吾二人败，情愿斩首；若吾战胜，公亦当输首级与我。"诩谓李傕、郭汜曰："长安西二百里盩厔山，其路险峻，可使张、樊两将军屯兵于此，坚壁守之；待李蒙、王方自引兵迎敌可也。"李傕、郭汜从其言，点一万五千人马与李蒙、王方。二人忻喜而去，离长安二百八十里下寨。

西凉兵到，两个引军迎去。西凉军马拦路摆开阵势。马腾、韩遂联辔而出，指李蒙、王方骂曰："反国之贼！谁去擒之？"言未绝，只见一位少年将军面如冠玉，眼若流星，虎体猿臂，彪腹狼腰；手执长枪，坐骑骏马，从阵中飞出。原来那将即马腾之子马超，字孟起，年方十七岁，英勇无敌。王方欺他年幼，跃马迎战。战不到数合，早被马超一枪刺于马下。马超勒马便回。李蒙见王方刺死，一骑马从马超背后赶来。超只做不知。马腾在阵门下大叫："背后有人追赶！"声犹未绝，只见马超已将李蒙擒在马上。原来马超明知李蒙追赶，却故意俄延；等他马近举枪刺来，超将身一闪，李蒙搠个空，两马相并，被马超轻舒猿臂，生擒过去。军士无主，望风奔逃。马腾、韩遂乘势追杀，大获胜捷，直逼隘口下寨，把李蒙斩首号令。

李傕、郭汜听知李蒙、王方皆被马超杀了，方信贾诩有先见之明，重用其计，只理会紧守关防，由他搦战，并不出迎。果然西凉军未及两月，粮草俱乏，商议回军。恰好长安城中马宇家僮出首家主与刘范、种邵，外连马腾、韩遂，欲为内应等情。李傕、郭汜大怒，尽收三家老少良贱斩于市，把三颗首级，直来门前号令。③马腾、韩遂见军粮已尽，内应又泄，只得拔寨退军。李傕、郭汜令张济引军赶马腾，樊稠引军赶韩遂，西凉军大败。马超在后死战，杀退张济。樊稠去赶韩遂，看看赶上，相近陈仓，韩遂勒马向樊稠曰："吾与公乃同乡之人，今日何太无情？"樊稠也勒住马答曰："上命不可违。"韩遂曰："吾此来亦为国家耳，公何相逼之甚也？"樊稠听罢，拨转马头，收兵回寨，让韩遂去了。

不提防李傕之侄李别，见樊稠放走韩遂，回报其叔。李傕大怒，便欲兴兵讨樊稠。贾诩曰："目今人心未宁，频动干戈，深为不便；不若设一宴请张济、樊稠庆功，就席间擒稠斩之，毫不费力。"李傕大喜，便设宴请张济、樊稠。二将忻然赴宴。酒半阑，李傕忽然变色曰："樊稠何故交通韩遂，欲谋造

③ **刘范在槐里被扑杀**
刘范为益州牧刘焉长子，与弟治书御史刘诞、奉车都尉刘璋都在长安为官，后刘焉托病召回刘璋。马腾起事，与刘氏兄弟等潜通，会事泄，刘范与马宇奔槐里马腾营，马腾军败，刘范、马宇在槐里被扑杀，刘诞亦在长安斩首。

④ **李傕如何杀樊稠**
樊稠因放纵韩遂，受到李傕猜疑。据《后汉书·董卓传》，李傕开府，仍同时加郭汜和樊稠开府，"与三公合为六府，皆参选举"。《献帝起居注》说："傕等各欲用其所举，若一违之，便忿恚恶怒，主者患之，乃以次第用其所举，先从傕起，汜次之，稠次之，三公所举，终不见用。"三人还将京都长安划为三区，分而治之。翌年，李傕仍因樊稠勇猛，且颇得部众欢心，假宴会醉酒时，命外甥骑都尉胡封于座上拉杀樊稠。"由是诸将各相疑异，傕、汜遂复理兵相攻。"（《后汉书·董卓传》）

⑤ 鲍信战死

汉初平二年(191)百万黄巾与曹操、鲍信战于寿联东境(河南台前附近),曹操"先与信出行战地,后步军末至,而卒与战遇,遂接战。信殊死战,以救太祖,太祖仅得溃围出,信遂没,时年四十一岁"(《三国志·魏书·鲍勋传》),同书《武帝纪》还称曹操"购求信丧不得,众乃刻木如信形状,祭而哭焉"。按,东汉末诸路军阀,唯鲍信最为曹操知己,曾面说曹操:"夫略不世出,能总英雄以拨乱反正者,君也。"(《鲍勋传》)由此,当曹操引兵西进追赶董卓时,只有鲍信率本部同往,在汴水(河南荥阳东北)与董卓部徐荣相遇,鲍信奋战受伤。

⑥ 曹操破青州黄巾

汉初平二年,青州黄巾军转向兖州,曹操被济北相鲍信等拥戴,出任兖州牧,主持对付黄巾军。在山东寿张击败黄巾军,但鲍信战死。翌年,这支黄巾军最终向曹操投降,"受降卒三十余万,男女百余万口,收其精锐者,号为青州兵"(《三国志·武帝纪》)。这支"青州兵",据方诗铭教授考证,他们没有参加官渡之战(否则曹操有雄厚的兵力了)。原因是此军无视纪律,"在曹操军中保持相对独立性,既可以不听从曹操的指挥,也可以不受军纪的约束,如果不加宽容,他们更可能再打出'黄巾'旗号。"(《曹操·袁绍·黄巾》,第254页)这里并未有朝廷下诏曹操讨伐。

⑦ 曹操自比为汉高祖、汉光武

据《三国志·许褚传》,许褚投奔曹操,"太祖见而壮之曰:'此吾樊哙也'。"按曹操常以西汉功臣勉励和比喻亲信臣僚,如荀攸随从辽东柳城南归,为嘉奖,曹操对荀攸说,"昔高祖使张子房自择邑三万户,今孤亦欲君自择所封焉"(《三国志·魏书·荀攸传》)。钟繇守关中后方基地,曾送马三千匹到官渡前线,曹操写信说,"得所送马,甚应其急。关右平定,朝廷无西顾之忧,是足下之勋也。昔萧何

反?"稠大惊,未及回言;只见刀斧手拥出,早把樊稠斩首丁案下④。吓得张济俯伏于地。李傕扶起曰:"樊稠谋反,故尔诛之。公乃吾之心腹,何须惊惧?"将樊稠军拨与张济管领。张济自回弘农去了。

李傕、郭汜自战败西凉兵,诸侯莫敢谁何。贾诩屡劝抚安百姓,结纳贤豪。自是朝廷微有生意。不想青州黄巾又起,聚众数十万,头目不等,劫掠良民。太仆朱儁保举一人可破群贼。李傕、郭汜问是何人。朱儁曰:"要破山东群贼,非曹孟德不可。"李傕曰:"孟德今在何处?"儁曰:"现为东郡太守,广有军兵。若命此人讨贼,贼可克日而破也。"李傕大喜,星夜草诏,差人赍往东郡,命曹操与济北相鲍信一同破贼。操领了圣旨,会合鲍信一同兴兵,击贼于寿阳。鲍信杀入重地,为贼所害⑤。操追赶贼兵直到济北,降者数万。操即用贼为前驱,兵马到处,无不降顺。不过百余日,招安到降兵三十余万、男女百余万口。操择精锐者,号为"青州兵",其余尽令归农⑥。曹操自此威名日重。捷书报到长安,朝廷加曹操为镇东将军。

操在兖州,招贤纳士。有叔侄二人来投操:乃颍川颍阴人,姓荀,名彧,字文若,荀绲之子也;旧事袁绍,今弃绍投操,操与语大悦,曰:"此吾之子房⑦也!"遂以为行军司马。其侄荀攸,安公达,海内名士。曾拜黄门侍郎,后弃官归乡,今与其叔同投曹操,操以为行军教授⑧。荀彧曰:"某闻兖州有一贤士,今此人不知何在。"操问是谁,彧曰:"乃东郡东阿人,姓程,名昱,字仲德。"操曰:"吾亦闻名久矣。"遂遣人于乡中寻问。访得他在山中读书,操拜请之。程昱来见,曹操大喜。昱谓荀彧曰:"某孤陋寡闻,不足当公之荐。公之乡人姓郭,名嘉,字奉孝⑨,乃当今贤士,何不罗而致之?"彧猛省曰:"吾几忘却。"遂启操征聘郭嘉到兖州,共论天下之事。郭嘉荐光武嫡派子孙,淮南成德人,姓刘,名晔,字子阳。操即聘晔至。晔又荐二人:一个是山阳昌邑人,姓满,名宠,字伯宁;一个是武城人,姓吕,名虔,字子恪。曹操亦素知这两个名誉,就聘

为军中从事。满宠、吕虔共荐一人，乃陈留平丘人，姓毛，名玠，字孝先。曹操亦聘为从事。又有一将，引军数百人来投曹操：乃泰山巨平人，姓于，名禁，字文则。操见其人弓马熟娴，武艺出众，命为点军司马。一日，夏侯惇引一大汉来见，操问何人，惇曰："此乃陈留人，姓典，名韦，勇力过人。旧跟张邈，与帐下人不和，手杀数十人，逃窜山中。惇出射猎，见韦逐虎过涧，因收于军中。今特荐之于公。"操曰："吾观此人容貌魁梧，必有勇力。"惇曰："他曾为友报仇杀人，提头直出闹市，数百人不敢近。只今所使两枝铁戟，重八十斤，挟之上马，运使如飞。⑩"操即令韦试之。韦挟戟骤马，往来驰骋。忽见帐下大旗为风所吹，岌岌欲倒，众军士挟持不定；韦下马喝退众军，一手执定旗杆，立于风中，巍然不动。操曰："此古之恶来也！"遂命为帐前都尉，解身上锦袄，及骏马雕鞍赐之。

　　自是曹操部下文有谋臣，武有猛将，威镇山东。乃遣泰山太守应劭⑪，往琅琊郡取父曹嵩。嵩自陈留避难，隐居琅琊；当日接了书信，便与弟曹德及一家老小四十余人，带从者百余人，车百余辆，径望兖州而来。道经徐州，太守陶谦，字恭祖，为人温厚纯笃，向欲结纳曹操，正无其由；知操父经过，遂出境迎接，再拜致敬，大设筵宴，款待两日。曹嵩要行，陶谦亲送出郭，特差都尉张闿将部兵五百护送。曹嵩率家小行到华、费间，时夏末秋初，大雨骤至，只得投一古寺歇宿。寺僧接入。嵩安顿家小，命张闿将军马屯于两廊。众军衣装都被雨打湿，同声嗟怨。张闿唤手下头目于静处商议曰："我们本是黄巾余党，勉强降顺陶谦，未有好处。如今曹家辎重车辆无数，你们欲得富贵不难，只就今夜三更，大家砍将入去，把曹嵩一家杀了，取了财物同往山中落草。此计何如？"众皆应允。是夜风雨未息，曹嵩正坐，忽闻四壁喊声大举。曹德提剑出看，就被搠死。曹嵩忙引一妾，奔入方丈后，欲越墙而走。妾肥胖不能出，嵩慌急，与妾躲于厕中，被乱军所杀。⑫应劭死命逃脱，投袁绍去了。张闿杀尽曹嵩全家⑬，取了财物，

镇守关中，足食成军，亦适当耳"(《三国志·魏书·钟繇传》)。又东曹掾毛玠曾以袁绍立幼不立长的家庭纠纷，而肇祸基业毁灭为训相谏，被誉为"此古所谓国之司直，我之周昌也"(《三国志·魏书·毛玠传》)。曹操也多以汉光武开国功臣勉励和比喻文武将吏，泰山太守吕虔治理有方，比之为寇恂、耿弇，李典、臧霸分别请以宗族部曲徙居邺郡，而称赞像耿纯。

⑧ 二荀非同时来奔

荀攸在董卓时因参与杀董事曾下狱，后在李傕、郭汜主政时期，又被安排为任城相。但他未上任。《三国志·魏书·荀攸传》称："攸以蜀汉险固，人民殷盛，乃求为蜀郡太守，道绝不得至，驻荆州。"曹操挟天子至许都，征荀攸来朝，始为尚书，后任军师，从此归入曹操幕下，时距荀彧投曹已有四年了。

⑨ 郭嘉不是曹操乡里人

据《三国志·魏书·郭嘉传》，郭嘉系颍川阳翟(河南禹县)人，现称县东的郭濂村，即郭嘉乡。传称村东原有郭氏祖庙，立有"郭嘉故里碑"及碑林，今圮。

⑩ 戟和典韦手器

汉末主体兵器已由戟、戈嬗递为矛，但护卫和军中、卫门仪仗仍多用戟。像董卓所掷与吕布的戟，曹操青年时在张让家舞戟，以及甘宁在宴会中"双戟舞"，此类戟并非是用以上阵的兵器，而是家中帐中陈设的。当时主帅大帐，也可有将士持戟护卫，如界桥战时的袁绍大营，与张辽在合肥相持的孙权。此中之戟，有短戟，也有长戟。战将护身也有佩带短戟的，如孙策求和使者严舆，"乃以手戟投之，立死"(《吴录》)；孙权乘马射虎，"投以双戟"(《三国志·吴书·吴主传》)。也有个别用以上阵作战的，如张辽、典韦，其中典韦耍双戟，系《三国志》为战将手器记述最为详细的。《典韦传》称，"韦好持大双戟与长刀等，军中为之语曰：'帐下壮士有典君，提一双戟八十斤。'"

① 应劭和《风俗通义》

应劭事见《后汉书》本传。按应劭一生勤于著述，著作涉及两汉典章制度，有《风俗通义》(原为三十一卷)、《汉官仪》、《礼仪故事》等，今存《风俗通义》十卷。据史传，当曹操等由琅邪郡进入泰山郡时，应劭派军队去郡界迎护，在未到时，陶谦密遣数千骑袭杀了曹嵩及其家族。

⑫ **曹嵩全家被杀**

《演义》据韦昭《吴书》，"曹公父于泰山被杀，归咎于谦。"但《应劭传》称："谦素怨嵩子操，数击之，乃使轻骑追嵩杀之。"《世语》称："嵩在泰山华县。太祖令泰山太守应劭送家诣兖州，劭兵未至，陶谦密遣数千骑掩捕。嵩家以为劭迎，不设备。谦兵至，杀太祖弟德于门中。嵩惧，穿后垣，先出其妾，妾肥，不时得出，嵩逃于厕，与妾俱被害，阖门皆死。"曹操有弟名曹德，《演义》作曹嵩弟。按曹嵩乃被杀于家居，当时未住宿在古寺。

⑬ **谯郡曹操宗族墓群**

曹嵩等被杀害后，归葬谯郡(安徽亳州)南郊董园村。此处乃东汉曹氏宗族墓葬区，周围5公里，俗称曹家孤冢。曹嵩墓在其南首，据《亳州志》："谯之城南有曹嵩冢。冢北原有碑，碑北有庙堂，庙北有二石阙双峙，高一丈六尺，橑栌与柱皆雕镂云炬。"今均不存。1974年至1977年，先后发掘有元宝坑一号墓、董家园村一号、二号墓、马园村二号墓，其中董园一号墓即曹嵩墓，为砖石结构，共有五室，全长13米，宽10.4米，高3.9米。出土有银缕玉衣和汉字砖等。

⑭ **曹操洗荡徐州**

曹操为报父仇，曾于汉初平四年(193)和兴平元年(194)两次征伐陶谦，所过之处，杀戮民众。有如《水经注》称："初平四年，曹操攻徐州破之，拔取虑、睢陵、夏丘等县，以其父避难，被害于此，屠其男女十万，泗水为之不流。自是数县，人无行迹。"

放火烧寺，与五百人逃奔淮南去了。后人有诗曰：

> 曹操奸雄世所夸，曾将吕氏杀全家。
> 如今阖户逢人杀，天理循环报不差。

当下应劭部下有逃命的军士，报与曹操，操闻之哭倒于地。众人救起。操切齿曰："陶谦纵兵杀吾父，此仇不共戴天！吾今悉起大军，洗荡徐州，方雪吾恨！"遂留荀彧、程昱领军三万守鄄城、范县、东阿三县，其余尽杀奔徐州来。夏侯惇、于禁、典韦为先锋。操令但得城池，将城中百姓尽行屠戮，以雪父仇。当有九江太守边让，与陶谦交厚，闻知徐州有难，自引兵五千来救。操闻之大怒，使夏侯惇于路截杀之。时陈宫为东郡从事，亦与陶谦交厚，闻曹操起兵报仇，欲尽杀百姓，星夜前来见操。操知是为陶谦作说客，欲待不见，又灭不过旧恩，只得请入帐中相见。宫曰："今闻明公以大兵临徐州，报尊父之仇，所到欲尽杀百姓，某因此特来进言。陶谦乃仁人君子，非好利忘义之辈。尊父遇害，乃张闿之恶，非谦罪也。且州县之民，与明公何仇？杀之不祥。望三思而行！"操怒曰："公昔弃我而去，今有何面目，复来相见？陶谦杀吾一家，誓当摘胆剜心，以雪吾恨。公虽为陶谦游说，其如吾不听何！"陈宫辞出，叹曰："吾亦无面目见陶谦也！"遂驰马投陈留太守张邈去了。

且说操大军所到之处，杀戮人民，发掘坟墓⑭。陶谦在徐州，闻曹操起军报仇、杀戮百姓，仰天恸哭曰："我获罪于天，致使徐州之民受此大难！"急聚众官商议。曹豹曰："曹兵既至，岂可束手待死，某愿助使君破之。"陶谦只得引兵出迎。远望操军，如铺霜涌雪，中军竖起白旗二面，大书"报仇""雪恨"四字。军马列成阵势，曹操纵马出阵，身穿缟素，扬鞭大骂。陶谦亦出马于门旗下，欠身施礼曰："谦本欲结好明公，故托张闿护送，不想贼心不改，致有此事。实不干陶谦之故，望明公察之！"操大骂曰："老匹夫！杀吾父，尚敢乱言！谁可生擒老贼？"夏侯惇应声而出。陶谦慌走入阵。夏侯惇赶来，曹豹挺枪跃马，前来迎敌。两马相交，忽然狂风大作,飞沙走石。两军皆乱,各自收兵。陶谦入城,与众计议曰:"曹兵势大难敌。吾当自缚往操营,任其剖割,以救徐州一郡百姓之命。"言未绝,一人进前言曰:"府君久镇徐州,人民感恩。今曹兵虽众,未能即破我城。府君与百姓,坚守勿出;某虽不才,愿施小策,教曹操死无葬身之地,"众人大惊,便问:"计将安出?"正是:本为纳交反成怨,那知绝处又逢生。毕竟此人是谁,且听下文分解。

第十一回　刘皇叔北海救孔融
吕温侯濮阳破曹操

却说献计之人，乃东海朐县人，姓糜，名竺，字子仲。此人家世富豪，尝往洛阳买卖，乘车而回，路遇一美妇人来求同载，竺乃下车步行，让车与妇人坐。妇人请竺同载。竺上车端坐，目不邪视。行及数里，妇人辞去。临别对竺曰："我乃南方火德星君也，奉上帝敕，往烧汝家。感君相待以礼，故明告君。君可速归，搬出财物。吾当夜来。"言讫不见。竺大惊，飞奔到家，将家中所有，疾忙搬出。是晚果然厨中火起，尽烧其屋①。竺因此广舍家财，济贫拔苦。后陶谦聘为别驾从事。当日献计曰："某愿亲往北海郡，求孔融起兵救援；更得一人往青州田楷处求救；若二处军马齐来，操必退兵矣。"谦从之，遂写书二封，问帐下谁人敢去青州求救。一人应声愿往，众视之，乃广陵人，姓陈，名登，字元龙。陶谦先打发陈元龙往青州去讫，然后命糜竺赍书赴北海，自己率众守城，以备攻击。

却说北海孔融，字文举，鲁国曲阜人也，孔子二十世孙，泰山都尉孔宙之子。自小聪明，年十岁时，往谒河南尹李膺，阍人难之，融曰："我系李相通家。"及入见，膺问曰："汝祖与吾祖何亲？"融曰："昔孔子曾问礼于老子，融与君岂非累世通家？"膺大奇之。少顷，太中大夫陈炜至。膺指融曰："此奇童也。"炜曰："小时聪明，大时未必聪明。"融即应声曰："如君所言，幼时必聪明者。"炜等皆笑曰："此子长成，必当代之伟器也。"自此得名。后为中郎将，累迁北海太守。极好宾客，常曰："座上客常满，樽中酒不空，吾之愿也。"在北海六年，甚得民心。

当日正与客坐，人报徐州糜竺至。融请入见，问其来意，竺出陶谦书，言："曹操攻围甚急，望明公垂救。"融曰："吾与陶恭祖交厚，子仲又亲到此，如何不去？只是曹孟德与我无仇，当先遣人送书解和。

① **火神烧糜竺家出自《搜神记》**此段故事源出自晋干宝《搜神记》，当是为赞糜竺不好色，为人正宗而善有善报。唯《搜神记》较为细致，刻画也佳："糜竺字子仲，东海朐人也。祖世货殖，家资巨万。常从洛归，未至家数十里，见路坎有一好新妇，从竺求寄载。行可二十余里，新妇谢去，谓竺曰：'我天使也。当往烧东海糜竺家。感君见载，故以相语。'竺因私请。妇曰：'不可得不烧。如此，君可快去，我当缓行。日中必火发。'竺乃急行归，达家，便移出财物。日中而火大发。"《演义》改"天使"为"南方火德星君"，乃是因明时道教兴旺也。按，糜通麋，见《三国志·蜀书·麋竺传》。

如其不从,然后起兵。"竺曰:"曹操倚仗兵威,决不肯和。"融教一面点兵,一面差人送书。

正商议间,忽报黄巾贼党管亥部领群寇数万杀奔前来。孔融大惊,急点本部人马,出城与贼迎战②。管亥出马曰:"吾知北海粮广,可借一万石,即便退兵;不然,打破城池,老幼不留!"孔融叱曰:"吾乃大汉之臣,守大汉之地,岂有粮米与贼耶!"管亥大怒,拍马舞刀,直取孔融。融将宗宝挺枪出马;战不数合,被管亥一刀砍宗宝于马下。孔融兵大乱,奔入城中。管亥分兵四面围城,孔融心中郁闷。糜竺怀愁,更不可言。

次日,孔融登城遥望,贼势浩大,倍添忧恼。忽见城外一人挺枪跃马杀入贼阵,左冲右突,如入无人之境,直到城下,大叫"开门"。孔融不识其人,不敢开门。贼众赶到壕边,那人回身连搠十数人下马,贼众倒退,融急命开门引入。其人下马弃枪,径到城上,拜见孔融。融问其姓名。对曰:"某东莱黄县人也,复姓太史,名慈,字子义。老母重蒙恩顾。某昨自辽东回家省亲,知贼寇城。老母说:'屡受府君深恩,汝当往救。'某故单马而来。"孔融大喜。

原来孔融与太史慈虽未识面,却晓得他是个英雄。因他远出,有老母住在离城二十里之外,融常使人遗以粟帛;母感融德,故特使慈来救。当下孔融重待太史慈,赠与衣甲鞍马。慈曰:"某愿借精兵一千,出城杀贼。"融曰:"君虽英勇,然贼势甚盛,不可轻出。"慈曰:"老母感君厚德,特遣慈来;如不能解围,慈亦无颜见母矣。愿决一死战。"融曰:"吾闻刘玄德乃当世英雄,若请得他来相救,此围自解。只无人可使耳。"慈曰:"府君修书,某当急往。"融喜,修书付慈。慈擐甲上马,腰带弓矢,手持铁枪,饱食严装,城门开处,一骑飞出。近壕,贼将率众来战。慈连搠死数人,透围而出。管亥知有人出城,料必是请救兵的,便自引数百骑赶来,八面围定。慈倚住枪,拈弓搭箭,八面射之,无不应弦落马③。贼众不敢来追。

太史慈得脱,星夜投平原来见刘玄德。施礼罢,具言孔北海被围求救之事,呈上书札。玄德看毕,问慈曰:"足下何人?"慈曰:"某太史慈,东海之鄙人也。与孔融亲非骨肉,比非乡党,特以气谊相投,有分忧共患之意。今管亥暴乱,北海被围,孤穷无告,危在旦夕。闻君仁义素著,能救人危急,故特令某冒锋突围,前来求救。"玄德敛容答曰:"孔北海知世间有刘备耶?"乃同云长、翼德点精兵三千,往北海郡进发。管亥望见救军来到,亲自引兵迎敌;因见玄德兵少,不以为意。玄德与关、张、太史慈立马阵前,管亥忿怒直出。太史慈却待向前,云长早出,直取管亥。两马相交,众军大喊。量管亥怎敌得云长,数十合之间,青龙刀起,劈管亥于马下。太史慈、张飞两骑齐出,双枪并举,杀入贼阵。玄德驱兵掩杀。城上孔融望见太史慈与关、张赶

② 孔融在都昌被围
据《三国志·吴书·太史慈传》,孔融在北海都昌城被围,时孔融为避黄巾余部风暴中。都昌城低兵寡,所以不得不求援于刘备。
③ 太史慈巧计突围
太史慈突围故事,史传另有一番叙述。据《三国志·太史慈传》,"于是严行蓐食,须明,便带鞬摄弓上马,将两骑自随,各作一的持之,开门直出。外围下左右人并惊骇,兵马互出。慈引马至城下堑内,植所持的各一,出射之,射之毕,径入门。明晨复如此,围下人或起或卧,慈复植的,射之毕,复入门。明晨复出如此。无复起者,于是下鞭马直突围中驰去。"

杀贼众,如虎入羊群,纵横莫当,便驱兵出城。两下夹攻,大败群贼,降者无数,余党溃散。

孔融迎接玄德入城,叙礼毕,大设筵宴庆贺。又引糜竺来见玄德,具言张闿杀曹嵩之事:"今曹操纵兵大掠,围住徐州,特来求救。"玄德曰:"陶恭祖乃仁人君子,不意受此无辜之冤。"孔融曰:"公乃汉室宗亲。今曹操残害百姓,倚强欺弱,何不与融同往救之?"玄德曰:"备非敢推辞,奈兵微将寡,恐难轻动。"孔融曰:"融之欲救陶恭祖,虽因旧谊,亦为大义。公岂独无仗义之心耶?"玄德曰:"既如此,请文举先行,容备去公孙瓒处,借三五千人马,随后便来。"融曰:"公切勿失信。"玄德曰:"公以备为何如人也? 圣人云:'自古皆有死,人无信不立。'刘备借得军或借不得军,必然亲至。"孔融应允,教糜竺先回徐州去报,融便收拾起程。太史慈拜谢曰:"慈奉母命前来相助,今幸无虞。有扬州刺史刘繇,与慈同郡,有书来唤,不敢不去。容图再见。"融以金帛相酬,慈不肯受而归。其母见之,喜曰:"我喜汝有以报北海也!"遂遣慈往扬州去了。

不说孔融起兵。且说玄德离北海来见公孙瓒,具说欲救徐州之事。瓒曰:"曹操与君无仇,何苦替人出力?"玄德曰:"备已许人,不敢失信。"瓒曰:"我借与君马步军二千。"玄德曰:"更望借赵子龙一行。"瓒许之。玄德遂与关、张引本部三千人为前部,子龙引二千人随后,往徐州来。④

④ 刘备的基本军队

刘备系随田楷援徐州的。当时,他只有很少的能战将士,"时先主自有兵千余人及幽州乌丸杂胡骑,又略得饥民数千人。既到,(陶)谦以丹杨兵四千益先主"(《三国志·蜀书·先主传》)。他是靠陶谦独立成军的。陶谦还表刘备为豫州刺史。此后,人们就称他为"刘豫州"。

⑤ 曹操两攻徐州

初平四年(193)秋曹操因父受害,攻打徐州,至彭城陶谦告急于公孙瓒所署青州刺史田楷;田楷与平原相刘备救之。这次"曹操军食亦尽,引兵还"(《资治通鉴》卷六十一《汉纪五十三》)。兴平元年(194),曹操复攻徐州,击败刘备,陶谦拟避走丹阳(安徽宣城),旋因陈留太守张邈叛,联手吕布,使曹操后园起火,曹操只得回去。《演义》并为一处。

却说糜竺回报陶谦,言北海又请得刘玄德来助;陈元龙也回报青州田楷欣然领兵来救;陶谦心安。原来孔融、田楷两路军马,惧怕曹兵势猛,远远依山下寨,未敢轻进。曹操见两路军到,亦分了军势,不敢向前攻城。⑤

却说刘玄德军到,见孔融。融曰:"曹兵势大,操又善于用兵,未可轻战。且观其动静,然后进兵。"玄德曰:"但恐城中无粮,难以久持。备令云长、子龙领军四千,在公部下相助;备与张飞杀奔曹营,径投徐州去见陶使君商议。"融大喜,会合田楷,为掎角之势;云长、子龙领兵两边接应。

是日,玄德、张飞引一千人马杀入曹兵寨边。正行之间,寨内一声鼓响,马军步军,如潮似浪拥将出来。当头一员大将,乃是于禁,勒马大叫:"何处狂徒! 往那里去?"张飞见了,更不打话,直取于禁。两马相交,战到数合,玄德掣双股剑麾兵大进,于禁败走。张飞当前追杀,直到徐州城下。城上望见红旗白字,大书"平原刘玄德",陶谦急令开门。玄德入城,陶谦接着,共到府衙。礼毕,设宴相待,一壁劳军。陶谦见玄德仪表轩昂,语言豁达,心中大喜,便命糜竺取徐州牌印,让与玄德。玄德愕然曰:"公何意也?"谦曰:"今天下扰乱,王纲不振,公乃汉室宗亲,正宜力扶社稷。老夫年迈无能,情愿将徐州相让。公勿推辞。谦当自写表文,申奏朝廷。"玄德离席再拜曰:"刘备虽汉朝苗裔,功微德薄,为平原相犹恐不称职。今为大义,故来相助。公出此言,莫非疑刘备有吞并之心耶? 若举此念,皇天不佑!"谦曰:"此老夫之实情也。"再三相让,玄德那里肯受。糜竺进曰:"今兵临城下,且当商议退敌之策。待事平之日,再当相让可也。"玄德曰:"备当遗书与曹操,劝令解和。操若不从,厮杀未迟。"于是传檄三寨,且按兵不动;遣人赍书以达曹操。

却说曹操正在军中与诸将议事,人报徐州有战书到。操拆而观之,乃刘备书也。书略曰:

> 备自关外得拜君颜,嗣后天各一方,不及趋侍。向者,尊父曹侯,实因张闿不仁,以致被害,非陶恭祖之罪也。目今黄巾遗孽扰乱于外;董卓余党盘踞于内。愿明公先朝廷之急而后私仇;撤徐州之兵,以救国难:则徐州幸甚,天下幸甚!

曹操看书,大骂:"刘备何人,敢以书来劝我! 且中间有讥讽之意!"命斩来使,一面竭力攻城。郭嘉谏曰:"刘备远来救援,先礼后兵,主公当用好言答之,以慢备心;然后进兵攻城,城可破也。"操从其言,款留来使,候发回书。正商议间,忽流星马飞报祸事。操问其故,报说吕布已袭破兖州,进据濮阳。原来吕布自遭李、郭之乱,逃出武关,去投袁术;术怪吕布反覆不定,拒而不纳。投袁绍,绍纳之,与布共破张燕于常山。布自以为得志,傲慢袁绍手下将士。绍欲杀之,布乃去投张杨,杨纳之。时庞舒在长安城中,私藏吕布妻小,送还吕布。李傕、郭汜知之,遂斩庞舒,写书与张杨,教杀吕布。布因弃张杨,去投张邈⑥。恰好张邈弟张超引陈宫来见张邈。宫说邈曰:"今天下分崩,英雄并起;君以千里之众,而反受制于人,不亦鄙乎! 今曹军征东,兖州空虚;而吕布乃当世勇士,若与之共取兖州,霸业可图也。"张邈大喜,便令吕布袭破兖州,随据濮阳。止有鄄城、东阿、范县三处,被荀彧、程昱设计死守得全⑦,其余俱破。曹仁屡战,皆不能胜,特此告急。操闻报大惊曰:"兖州有失,使吾无家可归矣,不可不亟图之!"郭嘉曰:"主公正好卖个人情与刘备,退军去复兖州。"操然之,即时答书与刘备,拔寨退兵。

且说来使回徐州,入城见陶谦,呈上书札,言曹兵已退。谦大喜,差人请孔融、田楷、云长、子龙等赴城大会。饮宴既毕,谦延玄德

⑥ 张邈、曹操由友成仇

曹操起兵讨董卓,乃是倚仗时为陈留太守的张邈相助。袁绍曾因与张邈不合事,命曹操杀张邈。曹操不答应。《三国志·魏书·张邈传》称:"绍使太祖杀邈,太祖不听,责绍曰:'孟卓(张邈字),亲友也,是非当容之。今天下未定,不宜自相危也。'邈知之,益德太祖。太祖之征陶谦,敕家曰:'我若不还,往依孟卓。'后还,见邈,垂泣相对。其亲如此。"张邈反曹,按史传称,乃是张邈害怕曹操毕竟会与袁绍拉拢,来打击自己。其实,他还是因原在他麾下的曹操,力量不断壮大,而影响、威胁他在山东的既得利益。

⑦ 荀彧、程昱坚守三郡

曹操征徐州,张邈、陈宫以兖州反,潜迎吕布。时东郡太守为夏侯惇,非曹仁。"太祖征陶谦,留惇守濮阳,张邈叛迎吕布,太祖家在鄄城,惇轻军往赴,适与布会,交战。布退走,遂入濮阳,袭得惇军辎重"(《三国志·魏书·夏侯惇传》)。而豫州刺史郭贡又率军几万威胁城下,经荀彧劝说,以为鄄城未易攻,遂引兵去。时陈宫自将兵取东阿(山东阳谷东北),部将氾嶷取范(河南范县)。范令勒允经程昱教说,没有动摇,并设伏杀死已在县城的氾嶷;东阿令枣祗率厉吏民,拒城坚守。

于上座，拱手对众曰："老夫年迈，二子不才，不堪国家重任。刘公乃帝室之胄，德广才高，可领徐州。老夫情愿乞闲养病。"玄德曰："孔文举令备来救徐州，为义也。今无端据而有之，天下将以备为无义人矣。"糜竺曰："今汉室陵迟，海宇颠覆，树功立业，正在此时。徐州殷富，户口百万，刘使君领此，不可辞也。"玄德曰："此事决不敢应命。"陈登曰："陶府君多病，不能视事，明公勿辞。"玄德曰："袁公路四世三公，海内所归，近在寿春，何不以州让之？"孔融曰："袁公路冢中枯骨，何足挂齿！今日之事，天与不取，悔不可追。"玄德坚执不肯。陶谦泣下曰："君若舍我而去，我死不瞑目矣！"云长曰："既承陶公相让，兄且权领州事。"张飞曰："又不是我强要他的州郡；他好意相让，何必苦苦推辞！"玄德曰："汝等欲陷我于不义耶？"陶谦推让再三，

玄德只是不受。陶谦曰："如玄德必不肯从，此间近邑，名曰小沛，足可屯军，请玄德暂驻军此邑，以保徐州。何如？"众皆劝玄德留小沛，玄德从之。陶谦劳军已毕，赵云辞去，玄德执手挥泪而别。孔融、田楷亦各相别，引军自回。玄德与关、张引本部军来至小沛，修葺城垣，抚谕居民。

却说曹操回军，曹仁接着，言吕布势大，更有陈宫为辅，兖州、濮阳已失，其鄄城、东阿、范县三处，赖荀彧、程昱二人设计相连，死守城郭。操曰："吾料吕布有勇无谋，不足虑也。"教且安营下寨，再作商议。

吕布知曹操回兵已过滕县，召副将薛兰、李封曰："吾欲用汝二人久矣。汝可引军一万，坚守兖州。吾亲自率兵前去破曹。"二人应诺。陈宫急入见曰："将军弃兖州，欲何往乎？"布曰："吾欲屯兵濮阳，以成鼎足之势。"宫曰："差矣。薛兰必守兖州不住。此去正南一百八十里泰山路险，可伏精兵万人在彼。曹兵闻失兖州，必然倍道而进，待其过半，一击可擒也。"布曰："吾屯濮阳，别有良谋。汝岂知之！"遂不用陈宫之言，而用薛兰守兖州而行。曹操兵行至泰山险路，郭嘉曰："且不可进，恐此处有伏兵。"曹操笑曰："吕布无谋之辈，故教薛兰守兖州，自往濮阳，安得此处有埋伏耶⑧？教曹仁领一军围兖州，吾进兵濮阳，速攻吕布。"陈宫闻曹兵至近，乃献计曰："今曹兵远来疲困，利在速战，不可养成气力。"布曰："吾匹马纵横天下，何愁曹操！待其下寨，吾自擒之！"

却说曹操兵近濮阳，下住寨脚。次日，引众将出，陈兵于野。操立马于门旗下，遥望吕布兵到。阵圆处，吕布当先出马，两边排开八员健将：第一个，雁门马邑人，姓张，名辽，字文远；⑨第二个，泰山华

⑧ **曹操识泰山险路乃借鉴刘裕故事**

曹操与吕布战于濮阳，但史未见有此记载，疑借用刘裕伐燕故事。东晋末，刘裕伐北燕，慕容超大将公孙五楼建议阻断大岘，不让刘裕入境，慕容超没有同意。《南史·宋高祖本纪》说："初谋是役，议者以为贼若严守大岘，军无所资，何能自反？帝曰：'不然，鲜卑性贪，略不及远，既幸其胜，且爱其谷，必будет引我，且亦轻战，师一入岘，吾何患焉。'及入岘，帝举首指天曰：'吾事济矣'。众问其故，帝曰：'师既过险，士有必死之志，余粮栖亩，军无匮乏之忧，胜可必矣。'"又五代晚期郭威部将王峻攻契丹，"王峻引兵趋晋州，听得晋州之南有个蒙坑田地，极是险峻可畏。王峻未到晋州之先，心下常怕此处田地为北汉据守难于进攻。及到蒙坑地面，见前锋已过，私自喜曰：'吾事济矣。'"(《五代周史平话》)

⑨ **早年张辽**

张辽原为郡吏，因武力过人，为并州刺史丁原用为从事，派往京都，隶何进，何进败，属董卓，董卓败，属吕布，授骑都尉。

三国演义

阴人，姓臧，名霸，字宣高⑩。两将又各引三员健将：郝萌、曹性、成廉、魏续、宋宪、侯成。布军五万，鼓声大震。操指吕布而言曰："吾与汝自来无仇，何得夺吾州郡？"布曰："汉家城池，诸人有分，偏尔合得？"便叫臧霸出马搦战。曹军内乐进出迎。两马相交，双枪齐举。战到三十余合，胜负不分。夏侯惇拍马便出助战，吕布阵上张辽截住厮杀。恼得吕布性起，挺戟骤马，冲出阵来。夏侯惇、乐进皆走，吕布掩杀，曹军大败，退三四十里。布自收军。曹操输了一阵，回寨与诸将商议。于禁曰："某今日上山观望，濮阳之西，吕布有一寨，约无多军。今夜彼将谓我军败走，必不准备，可引兵击之；若得寨，布军必惧。此为上策。"操从其言，带曹洪、李典、毛玠、吕虔、于禁、典韦六将，选马步二万人，连夜从小路进发。

却说吕布于寨中劳军，陈宫曰："西寨是个要紧去处，倘或曹操袭之，奈何？"布曰："他今日输了一阵，如何敢来！"宫曰："曹操是极能用兵之人，须防他攻我不备。"布乃拨高顺并魏续、侯成，引兵往守西寨。

却说曹操于黄昏时分，引军至西寨，四面突入。寨兵不能抵挡，四散奔走。曹操夺了寨。将及四更，高顺方引军到，杀将入来。曹操自引军马来迎，正逢高顺，三军混战。将及天明，正西鼓声大震，人报吕布自引救军来了。操弃寨而走⑪。背后高顺、魏续、侯成赶来，当头吕布亲自引军来到。于禁、乐进双战吕布不住。

操望北而行。山后一彪军出：左有张辽，右有臧霸。操使吕虔、曹洪战之，不利。操望西而走。忽又喊声大震，一彪军至：郝萌、曹性、成廉、宋宪四将拦住去路。众将死战，操当先冲阵。梆子响处，箭如骤雨射将来。操不能前进，无计可脱，大叫："谁人救我！"马军队里，一将踊出，乃典韦也，手挺双铁戟，大叫："主公勿忧！"飞身下马，插住双戟，取短戟十数枝，挟在手中，顾从人曰"贼来十步乃呼我！"遂放开脚步，冒箭前行。布军数十骑追至。从人大叫曰："十步矣！"韦曰："五步乃呼我！"从人又曰："五步矣！"韦乃飞戟刺之，一戟一人坠马，并无虚发，立杀十数人，众皆奔走。韦复飞身上马，挺一双大铁戟，冲杀入去。郝、曹、成、宋四将不能抵挡，各自逃去。典韦杀散敌军，救出曹操。众将随后也到，寻路归寨。看看天色傍晚，背后喊声起处，吕布骤马提戟赶来，大叫："操贼休走！"此时人困马乏，大家面面相觑，各欲逃生。正是：虽能暂把重围脱，只怕难当劲敌追。不知曹操性命如何，且听下文分解。

⑩ 臧霸非吕布部将

据《三国志·魏书·臧霸传》，臧霸为泰山豪族。亡命东海，陶谦拜为骑都尉，后"与孙观、吴敦、尹礼等并聚众，霸为帅，屯于开阳。太祖之讨吕布也，霸等将兵助布，既擒布，霸自匿"，是证臧霸确非隶属吕布。且在曹操东征吕布前，臧霸多与吕布寻仇，吕布与琅邪相萧建相通，而臧霸袭破萧建。吕布引兵来攻，"霸畏布钞暴，果登城拒守，布不能拔，引还下邳。霸后复与布和"（《三国志·吕布传》引《英雄记》）。

⑪ 曹操濮阳劫营失败

典韦救曹操事，出典见自《三国志·魏书·典韦传》："太祖（曹操）讨吕布于濮阳。布有别屯在濮阳西四五十里，太祖夜袭，比明破之。未及还，会布救兵至，三面掉战。时布身自搏战，自旦至日昳数十合，相持急。"此处出现的"合"，即《演义》及其他章回小说所称的"回合"。所谓"回合"，即两将交锋时，双方兵器碰撞，一次就是一个回合；如无击中，调转身子再斗，这算是又一回合了。这里说的"合"，乃是交锋的意思，是说吕布带领将士冲锋了几十次来回。

第十二回 陶恭祖三让徐州 曹孟德大战吕布

曹操正慌走间，正南上一彪军到，乃夏侯惇引军来救援，截住吕布大战。斗到黄昏时分，大雨如注，各自引军分散。操回寨，重赏典韦，加为领军都尉。

却说吕布到寨，与陈宫商议。宫曰："濮阳城中有富户田氏，家僮千百，为一郡之巨室；可令彼密使人往操寨中下书，言'吕温侯残暴不仁，民心大怨。今欲移兵黎阳，止有高顺在城内。可连夜进兵，我为内应。'操若来，诱之入城，四门放火，外设伏兵。曹操虽有经天纬地之才，到此安能得脱也？"吕布从其计，密谕田氏使人径到操寨。操因新败，正在踌躇，忽报田氏人到，呈上密书云："吕布已往黎阳，城中空虚。万望速来，当为内应。城上插白旗，大书'义'字，便是暗号。"①操大喜曰："天使吾得濮阳也！"重赏来人，一面收拾起兵。刘晔曰："布虽无谋，陈宫多计。只恐其中有诈，不可不防。明公欲去，当分三军为三队：两队伏城外接应，一队入城，方可。"

操从其言，分军三队，来至濮阳城下。操先往观之，见城上遍竖旗幡；西门角上，有一"义"字白旗。心中暗喜。

是日午牌，城门开处，两员将引军出战：前军侯成，后军高顺。操即使典韦出马，直取侯成。侯成抵敌不过，回马望城中走。韦赶到吊桥边，高顺亦拦挡不住，都退入城中去了。数内有军人乘势混过阵来见操，说是田氏之使，呈上密书。约云："今夜初更时分，城上鸣锣为号，便可进兵。某当献门。"操拨夏侯惇引军在左、曹洪引军在右，自己引夏侯渊、李典、乐进、典韦四将，率兵入城。李典曰："主公且在城外，容某等先入城去。"操喝曰："我不自往，谁肯向前！"遂当先领兵直入。

时约初更，月光未上。只听得西门上吹嬴壳声，喊声忽起，门上火把缭乱，城门大开，吊桥放落。曹操争先拍马而入。直到州衙，路上不见一人。②操知是计，忙拨回马，大叫："退兵！"州衙中一声炮

① 濮阳田氏伪降事
所谓田氏伪降诱曹操进城，不见史传。此类事他书实多见之。《旧唐书·郭子仪传》，"崔乾祐与麾下数千人走安邑，安邑百姓伪降。乾祐兵入将半，下悬门击之。乾祐未入，遂得脱身，东走。"(卷一百二十)

② 曹操有否进濮阳城
汉兴平元年(194)，吕布军屯濮阳，据《三国志·魏书·武帝纪》，曹操攻打濮阳，"布出兵战，先以骑犯青州兵。青州兵奔，太祖阵乱，驰突火出，坠马，烧左手掌。司马楼异扶太祖上马，遂引去。"是未进城，即遭火攻溃败，

响，四门烈火轰天而起；金鼓齐鸣，喊声如江翻海沸。东巷内转出张辽，西巷内转出臧霸，夹攻掩杀。操走北门，道傍转出郝萌、曹性，又杀一阵。操急走南门，高顺、侯成拦住。典韦怒目咬牙，冲杀出去。高顺、侯成倒走出城。典韦杀到吊桥，回头不见了曹操，翻身复杀入城来。门下撞着李典。典韦问："主公何在？"典曰："吾亦寻不见。"韦曰："汝在城外催救军，我入去寻主公。"李典去了。典韦杀入城中，寻觅不见；再杀出城壕边，撞着乐进。进曰："主公何在？"韦曰："我往复两遭，寻觅不见。"进曰："同杀入去救主公！"两人到门边，城上火炮滚下，乐进马不能入。典韦冒烟突火，又杀入去，到处寻觅。

却说曹操见典韦杀出去了，四下里人马截来，不得出南门；再转北门，火光里正撞见吕布，挺戟跃马而来。操以手掩面，加鞭纵马竟过。吕布从后拍马赶来，将戟于操盔上一击，问曰："曹操何在？"操反指曰："前面骑黄马者是他。"吕布听说，弃了曹操，纵马向前追赶。曹操拨转马头，望东门而走，正逢典韦。韦拥护曹操，杀条血路。到城门边，火焰甚盛，城上推下柴草，遍地都是火，韦用戟拨开，飞马冒烟突火先出。曹操随后亦出。方到门道边，城门上崩下一条火梁来，正打着操战马后胯，那马扑地倒了。操用手托梁推放地上，手臂须发，尽被烧伤。典韦回马来救，恰好夏侯渊亦到。两个同救起曹操，突火而出。操乘渊马，典韦杀条大路而走。直混战到天明，操方回寨。

众将拜伏问安，操仰面笑曰："误中匹夫之计，吾必当报之！"郭嘉曰："计可速发。"操曰："今只将计就计：诈言我被火伤，已经身死。布必引兵来攻。我伏兵于马陵山中，候其兵半渡而击之，布可擒矣。"嘉曰："真良策也！"于是令军士挂孝发丧，诈言操死。早有人来濮阳报吕布，说曹操被火烧伤肢体，到寨身死。布随点起军马，杀奔马陵山来。将到操寨，一声鼓响，伏兵四起。吕布死战得脱，折了好些人马；败回濮阳，坚守不出。是年蝗虫忽起，食尽禾稻。关东一境，每谷一斛直钱五十贯，人民相食③。曹操因军中粮尽，引兵回鄄城暂住。吕布亦引兵出屯山阳就食。因此二处权且罢兵。

却说陶谦在徐州④，时年已六十三岁，忽然染病，看看沉重，请麋竺、陈登议事。竺曰："曹兵之去，止为吕布袭兖州故也。今因岁

但《献帝春秋》乃称曹操已进城，"太祖围濮阳，濮阳大姓田氏为反间，太祖得入城。烧其东门，示无反意。及战，军败。布骑得太祖而不知是，问曰：'曹操何在？'太祖曰：'乘黄马走者是也。'布骑乃释太祖而追黄马者。门火犹盛，太祖突火而出。"由此可见，此火实为曹操自烧，以示决心，且因敌骑俘后不识而走脱。但此次惨败，据方诗铭教授认定，"主要原因，出于'青州兵'一触即退，打乱了曹操的作战部署。"（《曹操·袁绍·黄巾》第253页）

③ **人民相食**

自黄巾起义后，战祸纷起，中原生产大受破坏，人民相食成风。如此记录遍及史传。"汉末黄巾贼起，天下饥荒人民相食。"（《三国志·魏书·王昶传》）"江淮间空尽，人民相食"（《三国志·魏书·袁术传》），此处又可见自同书《司马朗传》："太祖与吕布相持于濮阳，朗乃将家还温，时岁大饥，人相食。"

④ **陶谦并未三让徐州**

刘备救陶谦，据《三国志·蜀书·先主传》，陶谦以丹杨兵四千与刘备，并表他为豫州刺史，屯小沛。此时无有让徐州事；及病危，对别驾麋竺说，"非刘备不能安此州也。"陶谦死后，麋竺等始迎刘备，刘备开始不同意，经陈登、孔融等说方才允诺。《演义》作陶谦三让，且将陈登、孔融等劝说，置之于刘备初进徐州时。元杂剧有《老陶谦三让徐州》，《三国志平话》也有吕布杀了董卓，逃出长安之后，有"老陶谦临死，三让徐州与玄德"句，《演义》或由此嬗化。

⑤ 孙乾为郑玄推荐

据《三国志·蜀书·孙乾传》，"刘备领徐州，辟为从事"，未提及何人荐举或自荐，但据同传裴注《郑玄传》"玄荐乾于州，乾被辟命，玄所举也。"当是。此时刘备在徐州又从郑玄学，很可能是孙乾找郑玄开介绍信的。

⑥ 陶谦葬处和家族

陶谦不得葬于黄河之原，据清康熙《太平府志》，陶谦死葬长江南岸当涂，"汉徐州牧陶谦墓在当涂丹阳乡北"。陶谦有子二，为商、应，均不仕。陶氏即聚居当涂，自汉至明，陶氏即为当涂望族。陶谦从孙陶基、陶基子陶璜和陶濬等人，均在东吴、晋做高官。他们的子孙在南朝和以后的唐宋，都有做高官的，其墓葬也都聚集于当涂横山、小朝山等处，其中包括明初为朱元璋重视的学士陶安墓。清乾隆《镇江府志》亦称，陶谦后裔"旧志云子孙繁衍，今之陶庄、义畲、蝬山，皆其后也"(卷二十八)。

⑦ 黄巾军延续二十年

曹操对付何仪等是在到洛阳迎天子许都前半年，即汉建安元年(196)二月，《三国志·魏书·太祖纪》称，"汝南、颍川黄巾何仪、刘辟、黄邵、何曼等，众各数万，初应袁术，又附孙坚。二月，太祖进军讨破之，斩辟、邵等，仪及其众皆降。"此处应作刘辟降(后又叛应袁绍)，其余人等被杀。按黄巾余部此时仍蔓延各州郡。且由中原和黄河流域进抵江南。有如建安七年吴郡太守朱治，"佐定东南，擒截黄巾余类陈败、万秉等"(《三国志·吴书·朱治传》)。据史传，直至建安十二年冬，山东地区仍有黄巾活动。它最少延续了二十年。

荒罢兵，来春又必至矣。府君两番欲让位与刘玄德，时府君尚强健，故玄德不肯受；今病已沉重，正可就此而与之，玄德不肯辞矣。"谦大喜，使人来小沛，请刘玄德商议军务。玄德引关、张带数十骑到徐州，陶谦教请入卧内。玄德问安毕，谦曰："请玄德公来，不为别事：止因老夫病已危笃，朝夕难保；万望明公可怜汉家城池为重，受取徐州牌印，老夫死亦瞑目矣！"玄德曰："君有二子，何不传之？"谦曰："长子商，次子应，其才皆不堪任。老夫死后，犹望明公教诲，切勿令掌州事。"玄德曰："备一身安能当此大任？"谦曰："某举一人，可为公辅：系北海人，姓孙，名乾，字公祐，此人可使为从事⑤。"又谓糜竺曰："刘公当世人杰，汝当善事之"。玄德终是推托，陶谦以手指心而死。众军举哀毕，即捧牌印交送玄德。玄德固辞。

次日，徐州百姓拥挤府前哭拜曰："刘使君若不领此郡，我等皆不能安生矣！"关、张二公亦再三相劝。玄德乃许权领徐州事；使孙乾、糜竺为辅，陈登为幕官；尽取小沛军马入城，出榜安民；一面安排丧事。玄德与大小军士，尽皆挂孝，大设祭奠。祭毕，葬于黄河之原⑥。将陶谦遗表，申奏朝廷。

操在鄄城，知陶谦已死，刘玄德领徐州牧，大怒曰："我仇未报，汝不费半箭之功，坐得徐州！吾必先杀刘备，后戮谦尸，以雪先君之怨。"即传号令，克日起兵去打徐州。荀彧入谏曰："昔高祖保关中，光武据河内，皆深根固本以制天下，进足以胜敌，退足以坚守，故虽有困，终济大业。明公本首事兖州，且河、济乃天下之要地，是亦昔之关中、河内也。今若取徐州，多留兵则不足用，少留兵则吕布乘虚寇之，是无兖州也。若徐州不得，明公安所归乎？今陶谦虽死，已有刘备守之。徐州之民既已服备，必助备死战。明公弃兖州而取徐州，是弃大而就小，去本而求末，以安而易危也。愿熟思之。"操曰："今岁荒乏粮，军士坐守于此，终非良策。"彧曰："不如东略陈地，使军就食汝南、颍川。黄巾余党何仪、黄劭等，劫掠州郡，多有金帛、粮食，此等贼徒，又容易破；破而取其粮，以养三军，朝廷喜，百姓悦，乃顺天之事也。"操喜，从之。乃留夏侯惇、曹仁守鄄城等处，自引兵先略陈地，次及汝、颍。⑦

黄巾何仪、黄劭知曹兵到，引众来迎，会于羊山。时贼兵虽众，都是狐群狗党，并无队伍行列。操令强弓硬弩射住，令典韦出马。何仪令副元帅出战，不三合，被典韦一戟刺于马下。操引众乘势赶过羊山下寨。次日，黄劭自引军来。阵圆处，一将步行出战，头裹黄巾，身披绿袄，手提铁棒，大叫："我乃截天夜叉⑧何曼也！谁敢与我厮斗？"曹洪见了，大喝一声，飞身下马，提刀步出。两下向阵前厮杀，四五十合，胜负不分。曹洪诈败而走，何曼赶来。洪用拖刀背砍计，转身一趱，砍中何曼，再复一刀，杀死。李典乘势飞马直入贼阵。黄劭不及提备，被李典生擒活捉过来。曹兵掩杀贼众，夺其金帛、粮食无数。何仪势孤，引数百骑奔走葛陂。正行之间，山背后撞出一军。为头一个壮士，身长八尺，腰大十围，⑨手提大刀，截住去路。何仪挺枪出迎，只一合，被那壮士活挟过去。余众着忙，皆下马受缚，被壮士尽驱入葛陂坞中。

却说典韦追袭何仪到葛陂，壮士引军迎住。典韦曰："汝亦黄巾贼耶？"壮士曰："黄巾数百骑，尽被我擒在坞内！⑩"韦曰："何不献出？"壮士曰："你若赢得手中宝刀，我便献出！"韦大怒，挺双戟向前来战。两个从辰至午，不分胜负，各自少歇。不一时，那壮士又出搦战，典韦亦出。直战到黄昏，各因马乏暂止。典韦手下军士，飞报曹操，操大惊，忙引众将来看。

次日，壮士又出搦战。操见其人威风凛凛，心中暗喜，分付典韦今日且诈败。韦领命出战；战到三十合，败走回阵。壮士赶到阵门中，弓弩射回。操急引军退五里，密使人掘下陷坑，暗伏钩手。次日再令典韦引百余骑出。壮士笑曰："败将何敢复来！"便纵马接战。典韦略战数合，便回马走。壮士只顾望前赶来，不提防连人带马，都落于陷坑之内，被钩手缚见曹操。操下帐叱退军士，亲解其缚，急取衣衣之，命坐，问其乡贯姓名。壮士曰："我乃谯国谯县人也，姓许，名褚，字仲康。向遭寇乱，聚宗族数百人，筑坚壁于坞中以御之。一日寇至，吾令众人多取石子准备，吾亲自飞石击之，无不中者，寇乃退去。又一日寇至，坞中无粮，遂与贼和，约以耕牛换米。米已送到，贼驱牛至坞外，牛皆奔走回还，被我双手掣二牛尾，倒行百余步。⑪贼大惊，不敢取牛而走。因此保守此处无事。"操曰："吾闻大名久矣，还肯降否？"褚曰："固所愿也。"遂招引宗族数百人俱降。操

⑧ **东汉无"截天夜叉"绰号**

汉魏时期民间不风行绰号，更无以"夜叉"命名。按，夜叉，一作药叉，出自梵文，为佛教东渐译语，乃佛门护法神天龙八部之一。唐宋佛教深入社会，武人好斗者以逞勇武，多以"夜叉"命名，如"飞天夜叉"，也有为时人所誉，如南宋初名将王德称"王夜叉"。此处出现有"截天夜叉"，亦佐证话本受影响，而超前移植也。

⑨ **许褚腰大十围**

三国人物身围，有记于史传者，著名仅许褚。《三国志·魏书·许褚传》称："长八尺余，腰大十围，容貌雄毅，勇力绝人。"此处所谓"围"，是古代计量圆周的约略单位，据《辞海》，它测称即是两手的拇指和食指合拢起来的长度，亦指两臂合抱的长度。但据《庄子·人间世》，"絜之百围"，释文引李注：径尺为围。又三围四围释文引崔注，围环八尺为一围，韵会云："五寸曰围，一抱曰围。"是古之称"围"竟有八尺至五寸之偏差，似无定位。所谓"十围"，虽无定数，但许褚身围粗壮，为三国战将别致者，当可无疑，是以特记于本传也。

⑩ **汉末坞堡**

坞堡者在东汉末中原板荡日，有如星罗棋布。世家大族通过血缘圈，以宗族为主体，坞垒丛壁，部勒家族，成为部曲，加以武装，或聚族以自保，或率宗而避难。许褚行为，就是一种常见的模式，"汉末，聚少年及宗族数千家，共坚壁以御寇"（《三国志·魏书·许褚传》）。田畴摆脱公孙瓒束缚，"畴得北归，率举宗族他附从数百人，扫地而盟曰：'君仇不报，吾不可以立于世！'遂入

徐无山中，营深险平敞地而居，躬耕以养父母。百姓归之，数年间至五千余家"（《三国志·魏书·田畴传》）。它为魏晋之际世家大族庄园形成作好基础。世族拥有部曲，必然为群雄青睐，曹操拉拢李典、许褚、田畴，孙权厚遇鲁肃、甘宁和吴中四大族；刘备重视糜竺、霍峻。三国领袖重视和依靠宗族坞堡士，是得以长期鼎立的一个原因。

① 许褚掣牛尾故事
见《三国志·魏书·许褚传》："褚乃出阵前，一手逆曳牛尾，行百余步，贼众惊，遂不敢取牛走。"此类勇夫，古仍多之，如唐末辛谠："少耕于野，有斗牛，众畏奔践，谠直前两持其角，牛不能动，久而不触，竟折其角，里人骇异，屠牛以饭谠。"（《新唐书》卷一九四《辛谠传》）

拜许褚为都尉，赏劳甚厚。随将何仪、黄劭斩讫。汝、颍悉平。

曹操班师，曹仁、夏侯惇接见，言近日细作报说：兖州薛兰、李封军士皆出掳掠，城邑空虚，可引得胜之兵攻之，一鼓可下。操遂引军径奔兖州。薛兰、李封出其不意，只得引兵出城迎战。许褚曰："吾愿取此二人，以为贽见之礼。"操大喜，遂令出战。李封使画戟向前来迎。交马两合，许褚斩李封于马下。薛兰急走回阵，吊桥边李典拦住。薛兰不敢回城，引军投巨野而去；却被吕虔飞马赶来，一箭射于马下，军皆溃散。

曹操复得兖州，程昱便请进兵取濮阳。操令许褚、典韦为先锋，夏侯惇、夏侯渊为左军，李典、乐进为右军，操自领中军，于禁、吕虔为合后。兵至濮阳，吕布欲自将出迎。陈宫谏："不可出战。待众将聚会后方可。"吕布曰："吾怕谁来？"遂不听宫言，引兵出阵，横戟大骂。许褚便出。斗二十合，不分胜负。操曰："吕布非一人可胜。"便差典韦助战，两将夹攻；左边夏侯惇、夏侯渊，右边李典、乐进齐到，六员将共攻吕布。布遮拦不住，拨马回城。城上田氏，见布败回，急令人拽起吊桥。布大叫："开门！"田氏曰："吾已降曹将军矣。"布大骂，引军奔定陶而去。陈宫急开东门，保护吕布老小出城。操遂得濮阳，恕田氏旧日之罪。刘晔曰："吕布乃猛虎也，今日困乏，不可少容。"操令刘晔等守濮阳，自己引军赶至定陶。

时吕布与张邈、张超尽在城中，高顺、张辽、臧霸、侯成巡海打粮未回。操军至定陶，连日不战，引军退四十里下寨。正值济郡麦熟，操即令军割麦为食。细作报知吕布，布引军赶来。将近操寨，见左边一望林木茂盛，恐有伏兵而回。操知布军回去，乃谓诸将曰："布疑林中有伏兵耳，可多插旌旗于林中以疑之。寨西一带长堤，无水，可尽伏精兵。明日吕布必来烧林，堤中军断其后，布可擒矣。"于是止留鼓手五十人于寨中擂鼓，将村中掳来男女在寨内呐喊，精兵多伏堤中。

却说吕布回报陈宫。宫曰："操多诡计，不可轻敌。"布曰："吾用火攻，可破伏兵。"乃留陈宫、高顺守城。布次日引大军来，遥见林中有旗，驱兵大进，四面放火，竟无一人。欲投寨中，却闻鼓声大震。正自疑惑不定，忽然寨后一彪军出。吕布纵马赶来。炮响处，堤内伏兵尽出：夏侯惇、夏侯渊、许褚、典韦、李典、乐进骤马杀来。吕布料敌不过，落荒而走。从将成廉，被乐进一箭射死。布军三停去了二停。败卒回报陈宫，宫曰："空城难守，不若急去。"遂与高顺保着吕布老小，弃定陶而走。曹操将得胜之兵，杀入城中，势如劈竹。张超自刎，张邈投袁术去了。山东一境，尽被曹操所得。安民修城，不在话下。

却说吕布正走，逢诸将皆回，陈宫亦已寻着。布曰："吾军虽少，尚可破曹。"遂再引军来。正是：兵家胜败真常事，卷甲重来未可知。不知吕布胜负如何，且听下文分解。

第十三回　李傕郭汜大交兵
杨奉董承双救驾

却说曹操大破吕布于定陶，布乃收集败残军马于海滨，众将皆来会集，欲再与曹操决战。陈宫曰："今曹兵势大，未可与争。先寻取安身之地，那时再来未迟。"布曰："吾欲再投袁绍，何如？"宫曰："先使人往冀州探听消息，然后可去。"布从之。

且说袁绍在冀州，闻知曹操与吕布相持，谋士审配进曰："吕布，豺虎也，若得兖州，必图冀州。不若助操攻之，方可无患。"绍遂遣颜良将兵五万，往助曹操。细作探知这个消息，飞报吕布。布大惊，与陈宫商议。宫曰："闻刘玄德新领徐州，可往投之。"布从其言，竟投徐州来。有人报知玄德。玄德曰："布乃当今英勇之士，可出迎之。"糜竺曰："吕布乃虎狼之徒，不可收留；收则伤人矣。"玄德曰："前者非布袭兖州，怎解此郡之祸。今彼穷而投我，岂有他心！"张飞曰："哥哥心肠忒好。虽然如此，也要准备。"

玄德领众出城三十里，接着吕布，并马入城，都到州衙厅上。讲礼毕，坐下。布曰："某自与王司徒计杀董卓之后，又遭傕、汜之变。飘零关东，诸侯多不能相容。近因曹贼不仁，侵犯徐州，蒙使君力救陶谦，布因袭兖州以分其势；不料反堕奸计，败兵折将。今投使君，共图大事，未审尊意如何？"玄德曰："陶使君新逝，无人管领徐州，因令备权摄州事。今幸将军到此，合当相让。"遂将牌印送与吕布。吕布却待要接，只见玄德背后关、张二公各有怒色。布乃佯笑曰："量吕布一勇夫，何能作州牧乎？"玄德又让。陈宫曰："'强宾不压主'，请使君勿疑。"玄德方止。遂设宴相待，收拾宅院安下。

次日，吕布回席请玄德，玄德乃与关、张同往。饮酒至半酣，布请玄德入后堂。关、张随入。布令妻女出拜玄德。玄德再三谦让。布曰："贤弟不必推让。"①张飞听了，瞋目大叱曰："我哥哥是金枝玉

① **吕布年龄大于刘备**

吕布在今天舞台上，是小白脸，英俊潇洒。京剧《三英战吕布》的刘关张都是长须拂肩，比起吕布来似乎年龄要大得多，这是不合历史的。吕布年龄不见于史，但据他早就追随丁原，在"战吕布"和后来《凤仪亭》时，已不见小了。汉兴平二年（195），吕布投奔徐州，《英雄记》称，"请(刘)备于帐中坐妇床上，令妇向拜，酌酒饮食，名备为弟"；致使在辕门射戟时，对袁术部将纪灵说，"玄德布弟也，弟为诸君所围，故

来救之"(《三国志·魏书·吕布传》)。当时刘备为三十五岁,吕布应该更大些。因此原先元郑德麟《虎牢关三战吕布》,明确吕布打扮,正是"三叉冠雉鸡翎"外加"三髭髯";元刻本《三国志平话》插图的"吕布刺董卓",那举剑砍董卓的吕布,也是挂有三绺长须的。

② 曹操官职前后有误

本书十回称曹操平定青州黄巾加镇东将军,此处又有此说。按建德将军乃杂号将军,阶位远低于镇东将军。据《三国志·魏书·武帝纪》,建安元年(196),曹操破汝南、颍川黄巾,二月"天子拜太祖建德将军,夏六月,迁镇东将军,封费亭侯"。小说家不慎将两官职所授顺序颠倒了。

叶,你是何等人,敢称我哥哥为贤弟!你来,我和你斗三百合!"玄德连忙喝住,关公劝飞出。玄德与吕布陪话曰:"劣弟酒后狂言,兄勿见责。"布默然无语。须臾席散,布送玄德出门,张飞跃马横枪而来,大叫:"吕布!我和你并三百合!"玄德急令关公劝止。

次日,吕布来辞玄德曰:"蒙使君不弃,但恐令弟辈不能相容。布当别投他处。"玄德曰:"将军若去,某罪大矣。劣弟冒犯,另日当令陪话。近邑小沛,乃备昔日屯兵之处,将军不嫌浅狭,权且歇马,如何?粮食军需,谨当应付。"吕布谢了玄德,自引军投小沛安身去了。玄德自去埋怨张飞不题。

却说曹操平了山东,表奏朝廷,加操为建德将军、费亭侯②。其时李傕自为大司马,郭汜自为大将军,横行无忌,朝廷无人敢言。太尉杨彪、大司农朱儁暗奏献帝曰:"今曹操拥兵二十余万,谋臣武将数十员,若得此人扶持社稷,剿除奸党,天下幸甚。"献帝泣曰:"朕被二贼欺凌久矣!若得诛之,诚为大幸!"彪奏曰:"臣有一计:先令二

纪　元	年　龄	官　爵	行　事	附　注
熹平四年(175)	二十岁	举孝廉·为郎		
		洛阳北部尉 顿丘令 议郎		坐妹夫宋奇案免官
中平元年(184)	二十九岁	骑都尉	以黄巾起事起用	
中平二年(185)	三十岁	济南国相	征还为东郡太守,不就,托疾还乡里	
中平五年(188)	三十三岁	八月,典军校尉		置西园八校尉
中平六年(189)	三十四岁	骁骑校尉 行奋武将军	为袁绍表荐,参加讨董	董卓进京
初平二年(191)	三十六岁	东郡太守 为鲍信等推荐衮州牧	为袁绍荐,讨伐黑山	
兴平二年(195)	四十岁	十月,拜衮州牧		
建安元年(196)	四十一岁	二月,建德将军 六月,镇东将军,封费亭侯,至洛阳,为假节钺、录尚书事,又领司隶校尉 十月,大将军,封武平侯 十一月,拜司空,行车骑将军		因袁绍不满为太尉,让出大将军
建安八年(203)	四十八岁	八月,冀州牧		
建安十三年(208)	五十三岁	丞相		废三公,设丞相、御史大夫

贼自相残害,然后诏曹操引兵杀之,扫清贼党,以安朝廷。"献帝曰:"计将安出?"彪曰:"闻郭汜之妻最妒,可令人于汜妻处用反间计,则二贼自相害矣。"帝乃书密诏付杨彪。

彪即暗使夫人以他事入郭汜府,乘间告汜妻曰:"闻郭将军与李司马夫人有染,其情甚密。倘司马知之,必遭其害。夫人宜绝其往来为妙。"汜妻讶曰:"怪见他经宿不归!却干出如此无耻之事!非夫人言,妾不知也。当慎防之!"彪妻告归,汜妻再三称谢而别。过了数日,郭汜又将往李催府中饮宴。妻曰:"催性不测,况今两雄不并立,倘彼酒后置毒,妾将奈何?"汜不肯听,妻再三劝住。至晚间,催使人送酒筵至,汜妻乃暗置毒于中,方始献入,汜便欲食。妻曰:"食自外来,岂可便食!"乃先与犬试之,犬立死。自此汜心怀疑。③

一日朝罢,李催力邀郭汜赴家饮宴。至夜席散,汜醉而归,偶然腹痛。妻曰:"必中其毒矣!"急令将粪汁灌之,一吐方定。汜大怒曰:"吾与李催共图大事,今无端欲谋害我,我不先发,必遭毒手。"遂密整本部甲兵,欲攻李催。

早有人报知催。催亦大怒曰:"郭阿多安敢如此!"遂点本部甲兵,来杀郭汜。两处合兵数万,就于长安城下混战,乘势掳掠居民。催侄李暹引兵围住宫院,用车二乘,一乘载天子,一乘载伏皇后,使贾诩、左灵监押车驾;其余宫人内侍,并皆步走。拥出后宰门,正遇郭汜兵到,乱箭齐发,射死宫人不知其数。李催随后掩杀,郭汜兵退,车驾冒险出城,不由分说,竟拥到李催营中。郭汜领兵入宫,尽抢掳宫嫔采女入营,放火烧宫殿。

次日,郭汜知李催劫了天子,领军来营前厮杀。帝后都受惊恐。后人有诗叹之曰:

> 光武中兴兴汉世,上下相承十二帝。
>
> 桓灵无道宗社堕,阉臣擅权为叔季。
>
> 无谋何进作三公,欲除社鼠招奸雄。
>
> 豺獭虽驱虎狼入,西州逆竖生淫凶。
>
> 王允赤心托红粉,致令董吕成矛盾。
>
> 渠魁殄灭天下宁,谁知李郭心怀愤。
>
> 神州荆棘争奈何,六宫饥馑愁干戈。
>
> 人心既离天命去,英雄割据分山河。
>
> 后王规此存兢业,莫把金瓯等闲缺。
>
> 生灵糜烂肝脑涂,剩水残山多怨血。

③ **李催、郭汜内讧起因为杀樊稠**

李催杀樊稠于座次,引起郭汜和诸将不安,转相疑贰,也许因此李催为拉拢郭汜,"催数请汜,或留汜止宿。汜妻惧催与汜婢妾而夺己爱,思有以离间之。会催送馈,妻乃以为药,汜将食,妻曰:'食从外来,倘或有故!'遂摘药示之,曰:'一栖不二雄,我固疑将军之信李公也。'他日催复请汜,大醉。汜疑催药之,绞粪汁饮之乃解。于是遂生嫌隙,而治兵相攻。"(《三国志·魏书·董卓传》引《典略》)此说《资治通鉴》也采用之。《演义》竟将这场大相斗、大破坏的功劳记在杨彪夫人名下,虽是小说家言,实不可取,盖群贼内讧,更危及社稷和民生也。

我观遗史不胜悲，今古茫茫叹《黍离》。

人君当守"苞桑"戒，太阿谁执全纲维。

却说郭汜兵到，李傕出营接战。汜军不利，暂且退去。傕乃移帝后车驾于郿坞，使侄李暹监之，断绝内使，饮食不继，侍臣皆有饥色。帝令人问傕取米五斛、牛骨五具，以赐左右。傕怒曰："朝夕上饭，何又他求？"乃以腐肉朽粮与之，皆臭不可食。帝骂曰："逆贼直如此相欺！"侍中杨琦急奏曰："傕性残暴。事势至此，陛下且忍之，不可撄其锋也。"帝乃低头无语，泪盈袍袖。

忽左右报曰："有一路军马，枪刀映日，金鼓震天，前来救驾。"帝教打听是谁。乃郭汜也，帝心转忧。只闻坞外喊声大起。原来李傕引兵出迎郭汜，鞭指郭汜而骂曰："我待你不薄，你如何谋害我！"汜曰："尔乃反贼，如何不杀你！"傕曰："我保驾在此，何为反贼？"汜曰："此乃劫驾，何为保驾？"傕曰："不须多言！我两个各不许用军士，只自并输赢。赢的便把皇帝取去罢了。"二人便就阵前厮杀。战到十合，不分胜负。只见杨彪拍马而来，大叫："二位将军少歇！老夫特邀众官来与二位讲和。"傕、汜乃各自还营。

杨彪与朱儁会合朝廷官僚六十余人，先诣郭汜营中劝和。郭汜竟将众官尽行监下。众官曰："我等为好而来，何乃如此相待？"汜曰："李傕劫天子，偏我劫不得公卿！"杨彪曰："一劫天子，一劫公卿，意欲何为？"汜大怒，便拔剑欲杀彪。中郎将杨密力劝，汜乃放了杨彪、朱儁，其余都监在营中。彪谓儁曰："为社稷之臣，不能匡君救主，空生天地间耳！"言讫，相抱而哭，昏绝于地。儁归家成病而死。自此之后，傕、汜每日厮杀，一连五十余日，死者不知其数。

④ **李傕信巫**
据《资治通鉴》："傕信巫觋厌胜之术，常以三牲祠董卓于省门外。"(卷六十一《汉纪五十三》)"傕性喜鬼怪左道之术，常有道人及女巫歌讴击鼓下神，祠祭六丁，符劾厌胜之具"(《三国志·魏书·董卓传》引《献帝起居注》)。

却说李傕平日最喜左道妖邪之术，常使女巫击鼓降神于军中。④贾诩屡谏不听。侍中杨琦密奏帝曰："臣观贾诩，虽为李傕腹心，然实未尝忘君，陛下当与谋之。"正说之间，贾诩来到。帝乃屏退左右，泣谕诩曰："卿能怜汉朝，救朕命乎？"诩拜伏于地曰："固臣所愿也。陛下且勿言，臣自图之。"帝收泪而谢。少顷，李傕来见，带剑而入。帝面如土色，傕谓帝曰："郭汜不臣，监禁公卿，欲劫陛下。非臣则驾被掳矣！"帝拱手称谢，傕乃出。

时皇甫郦入见帝，帝知郦能言，又与李傕同乡，诏使往两边解和。郦奉诏，走到汜营说汜。汜曰："如李傕送出天子，我便放出公卿。"郦即来见李傕曰："今天子以某是西凉人，与公同乡，特令某来劝和二公。汜已奉诏，公意若何？"傕曰："吾有败吕布之大功，辅政四年，多著勋绩，天下共知。郭阿多盗马贼耳，乃敢擅劫公卿，与我相抗，誓必诛之！君试观我方略士众，足胜郭阿多否？"郦答曰："不然。昔有穷后羿，恃其善射，不思患难，以致死亡。近董太师之强，君所目见也，吕布受恩而反图之，斯须之间，头悬国门。则强固不足恃矣。将军身为上将，持钺仗节，子孙宗族，皆居显位，国恩不可谓不厚。今郭阿多劫公卿，而将军劫至尊，果谁轻谁重耶?"李傕大怒，拔剑叱曰："天子使汝来辱我乎？我先斩汝头！"骑都尉杨奉谏曰："今郭汜未除，而杀天使，则汜兴兵有名，诸侯皆助之矣。"贾诩亦力劝，傕怒少息。诩遂推皇甫郦出。郦大叫曰："李傕不奉诏，欲弑君自立！"侍中胡邈急止之曰："无出此言！恐于身不利。"郦叱之曰："胡敬才，汝亦为朝廷之臣，如何附贼？'君辱臣死'，吾被李傕所杀，乃分也！"大骂不止。帝知之，急令皇甫郦回西凉。⑤

却说李傕之军，大半是西凉人氏，更赖羌兵为助。却被皇甫郦扬言于西凉人曰："李傕谋反，从之者即为贼党，后患不浅。"西凉人多有听郦之言，军心渐涣。傕闻郦言，大怒，差虎贲王昌追之。昌知郦乃忠义之士，竟不往追，只回报曰："郦已不知何往矣。"贾诩又密谕羌人曰："天子知汝等忠义，久战劳苦，密诏使汝还郡，后当有重赏。"羌人正怨李傕不与爵赏，遂听诩言，都引兵去。诩又密奏帝曰："李傕贪而无谋，今兵散心怯，可以重爵饵之。"帝乃降诏，封傕为大司马。傕喜曰："此女巫降神祈祷之力也！"遂重赏女巫，却不赏军将。骑都尉杨奉大怒，谓宋果曰："吾等出生入死，身冒矢石，功反不及女巫耶！"宋果曰："何不杀此贼，以救天子？"奉曰："你于中军放火为号，吾当引兵外应。"二人约定是夜二更时分举事。不料其事不密，有人报知李傕，傕大怒，令人擒宋果先杀之。杨奉引兵在外，不见号火。李傕自将兵出，恰遇杨奉，就寨中混战到四更。奉不胜，引军投西安去了。李傕自此军势渐衰。更兼郭汜常来攻击，杀死者甚多。

忽人来报："张济统领大军，自陕西来到，欲与二公解和；声言如不从者，引兵击之。"傕便卖个人情，先遣人赴张济军中许和。郭汜亦只得许诺。

张济上表，请天子驾幸弘农。帝喜曰："朕思东都久矣。今乘此得还，乃万幸也！"诏封张济为骠骑将军。⑥济进粮食酒肉，供给百官。汜放公卿出营。傕收拾车驾东行，遣旧有御林军数百，持戟护送。

銮舆过新丰，至霸陵，时值秋天，金风骤起。忽闻喊声大作，数百军兵来至桥上，拦住车驾，厉声问曰："来者何人？"侍中杨琦拍马上桥曰："圣驾过此，谁敢拦阻！"有二将出曰："吾等奉郭将军命，把守此桥，以防奸细。既云圣驾，须亲见帝，方可准信。"杨琦高揭珠帘。帝谕曰："朕躬在此，卿何不退？"众将皆呼"万岁"，分于两边，驾乃得过。二将回报郭汜，曰："驾已去矣。"汜曰："我正欲哄过张济，劫驾再入郿坞，你如何擅自放了过去？"遂斩二将，起兵赶来。

车驾正到华阴县，背后喊声震天，大叫："车驾且休动！"帝泣告大臣曰"方离狼窝，又逢虎

⑤ 皇甫氏是西凉大族
据《三国志·魏书·董卓传》引《献帝起居注》"天子以谒者仆射皇甫郦凉州旧姓，有专对之才"。顺治《华亭县志·人物五乡贤》，皇甫郦为皇甫嵩族子。皇甫家族世为凉州大族，自东汉皇甫棱度辽将军，有子皇甫旗扶风都尉，孙皇甫规度辽将军、皇甫节雁门太守，皇甫节孙即皇甫嵩。皇甫家族自东汉至隋，世代为凉州大族，由此可知皇甫郦于凉州军之影响也。

⑥ 张济封骠骑将军
张济与李傕、郭汜本是董卓婿牛辅部校尉（校尉本与中郎将同为比二千石），奉命进略陈留、颍川。回军时，因牛辅已死，无所归属，与董卓旧部樊稠合军进犯长安，得逞后，称镇东将军。据《后汉书·董卓传》，此处始为皇帝封为骠骑将军，演义称为己先逼封为骠骑将军，当误。

⑦ **徐晃两次封都亭侯**

徐晃为杨奉部将。杨奉原是山西黄巾白波余波，为牛辅招安，隶于李傕。徐晃早年亦应是白波军头目，本传说他，"为郡吏，从车骑将军杨奉讨贼有功，拜骑都尉。"此时因护驾有功，封都亭侯。后徐晃弃杨奉归曹操，于战延津，破袁绍大军有功，又封为都亭侯。盖先后封都亭侯，或史传记录有误，或因归曹时已不带有"都亭侯"。

⑧ **董承原系董卓部将**

董承系河间人(河北河间)，乃牛辅部曲。据《后汉书·董卓传》，牛辅死，董承随李傕进犯长安。李傕主政时以董承为安集将军。董承女嫁刘协(汉献帝)，当在此后事。裴松之说，"董承，汉灵帝母董太后之侄，于献帝为丈人。盖古无丈人之名，故谓之舅也。"所以《后汉书·何皇后纪》称："董承女为贵人。"由此可证董承之称舅，并非后世所称之妻妾兄妻辈，而为妻父辈。按，据《尔雅·释亲》，夫或妻称对方之父均可称舅。如《礼记·檀弓》："昔者吾舅死于虎。"此"舅"，即丈夫之父。隋唐后，"舅"始嬗递为妻之兄弟行。《演义》即从此说。

⑨ **白波军救驾**

白波军系黄巾余部，乃起自西河白波谷而得名。杨奉等原系白波军头目，后隶属牛辅。当时白波军等驻扎在就近的河东地区。白波军统帅之一的胡才，并非如《演义》说死于乱军，而是在汉建安二年(197)，在河东为怨家所杀。李乐亦非与李傕、郭汜等合流后为徐晃所杀，而是在河东病死。

口，如之奈何？"众皆失色。贼军渐近。只听得一派鼓声，山背后转出一将，当先一面大旗，上书"大汉杨奉"四字，引军千余杀来。原来杨奉自为李傕所败，便引军屯终南山下；今闻驾至，特来保护。当下列开阵势。汜将崔勇出马，大骂杨奉反贼。奉大怒，回顾阵中曰："公明何在？"一将手执大斧，飞骤骅骝，直取崔勇。两马相交，只一合，斩崔勇于马下。杨奉乘势掩杀，汜军大败，退走二十余里。奉乃收军来见天子。帝慰谕曰："卿救朕躬，其功不小！"奉顿首拜谢。帝曰："适斩贼将者何人？"奉乃引此将拜于车下曰："此人河东杨郡人，姓徐，名晃，字公明。"⑦帝慰劳之。杨奉保驾至华阴驻跸，将军段煨，具衣服饮膳上献。是夜天子宿于杨奉营中。

郭汜败了一阵，次日又点军，杀至营前来。徐晃当先出马。郭汜大军八面围来，将天子、杨奉困在垓心。正在危急之中，忽然东南上喊声大震，一将引军纵马杀来。贼众奔溃。徐晃乘势攻击，大败汜军。那人来见天子，乃国戚董承⑧也。帝哭诉前事。承曰："陛下免忧。臣与杨将军誓斩二贼，以靖天下。"帝命早赴东都。连夜驾起，前幸弘农。

却说郭汜引败军回，撞着李傕，言："杨奉、董承救驾往弘农去了。若到山东，立脚得牢，必然布告天下，令诸侯共伐我等，三族不能保矣！"傕曰："今张济兵据长安，未可经动。我和你乘间合兵一处，至弘农杀了汉君，平分天下，有何不可？"汜喜诺。二人合兵，于路劫掠，所过一空。杨奉、董承知贼兵远来，遂勒兵回，与贼大战于东涧。傕、汜二人商议："我众彼寡，只可以混战胜之。"于是李傕在左，郭汜在右，漫山遍野拥来。杨奉、董承两边死战，刚保帝后车出；百官宫人，符册典籍，一应御用之物，尽皆抛弃。郭汜引军入弘农劫掠。承、奉保驾走陕北，傕、汜分兵赶来。

承、奉一面差人与傕、汜讲和，一面密传圣旨往河东，急召故白波帅⑨韩暹、李乐、胡才三处军兵前来救应。那李乐亦是啸聚山林之贼，今不得已而召之。三处军闻天子赦罪赐官，如何不来；并拔本营军士，来与董承约会一齐，再取弘农。其时李傕、郭汜但到之处，劫掠百姓，老弱者杀之，强壮者充军。临敌则驱民兵在前，名曰"敢死军"，贼势浩大。李乐军到，会于渭阳。郭汜令军士将衣服物件抛弃于道。乐军见衣服满地,争往取之,队伍尽失。催、汜二军,四面混战,乐军大败。杨奉、董承遮拦不住,保驾北走。背后贼军赶来。李乐曰:"事急矣!请天子上马先行!"帝曰:"朕不可舍百官而去。"众皆号泣相随。胡才被乱军所杀。承、奉见贼追急,请天子弃车驾,步行到黄河岸边。李乐等寻得一只小舟作渡船。时值天气严寒,帝与后强扶到岸,边岸又高,不得下船,后面追兵将至。杨奉曰:"可解马缰绳接连,拴缚帝腰,放下船去。"人丛中国舅伏德挟白绢十数匹至,曰:"我于乱军中拾得此绢,可接连搜挈。"行军校尉尚弘用绢包帝及后,令众先挂帝往下放之,乃得下船。[10]李乐仗剑立于船头上。后兄伏德,负后下船中。岸上有不得下船者,争扯船缆,李乐尽砍于水中。渡过帝后再放船渡众人。其争渡者,皆被砍下手指,哭声震天。

　　既渡彼岸,帝左右止剩得十余人。杨奉寻得牛车一辆载帝至大阳。绝食,晚宿于瓦屋中,野老进粟饭,上与后共食,粗粝不能下咽。次日,诏封李乐为征北将军,韩暹为征东将军,起驾前行。有二大臣寻至,哭拜车前,乃太尉杨彪、太仆韩融也。帝后俱哭。韩融曰:"催、汜二贼,颇信臣言;臣舍命去说二贼罢兵。陛下善保龙体。"韩融去了。李乐请帝入杨奉营暂歇。杨彪请帝都安邑县。驾至安邑,苦无高房,帝、后都居于茅屋中;又无门关闭,四边插荆棘以为屏蔽。帝与大臣议事于茅屋之下,诸将引兵于篱外镇压。李乐等专权,百官稍有触犯,竟于帝前殴骂;故意送浊酒粗食与帝,帝勉强纳之。李乐、韩暹又连名保奏无徒、部曲、巫医、走卒二百余名,并为校尉、御史等官。刻印不及,以锥画之,全不成体统。

　　却说韩融曲说催、汜二贼,二贼从其言,乃放百官及宫人归。是岁大荒,百姓皆食枣菜[11],饿莩遍野。河内太守张杨献米肉,河东太守王邑献绢帛,帝稍得宁。董承、杨奉商议,一面差人修洛阳宫院,欲奉车驾还东都。李乐不从。董承谓李乐曰:"洛阳本天子建都之地。安邑乃小地面,如何容得车驾?今奉驾还洛阳是正理。"李乐曰:"汝等奉驾去,我只在此处住。"承、奉乃奉驾起程。李乐暗令人结连李催、郭汜,一同劫驾。董承、杨奉、韩暹知其谋,连夜摆布军士,护送车驾前奔箕关。李乐闻知,不等催、汜军到,自引本部人马前来追赶。四更左侧,赶到箕山下,大叫:"车驾休行!李催、郭汜在此!"吓得献帝心惊胆战。山上火光遍起。正是:前番两贼分为二,今番三贼合为一。不知汉天子怎离此难,且听下文分解。

---

⑩ 汉献帝下岸乘船处

据史念海称:陕县故城(河南陕县城东)十分陡峻,城下即黄河,路径确也难走。"这里河岸陡高,怎能上船渡过,当时恰好有一个宫人带了十匹绢,于是就用这十匹绢'连续为辇',系住献帝由高处缒下,才得上船。汉时以四丈为匹,十匹绢共长四十丈。这里所说的'连续为辇'是怎样解释的?辇是用人挽着而行的车子。下这样的陡岸,又在危急的时候,自然不会再摆乘辇的场面。只是用两股就只有五匹绢,也就是二十丈。五匹绢连结起来,除过结头,最多也只剩下十六、七丈。就十七丈来计算,折合为39.44米。现在这里仍是高岸,可是愈加陡峻,约计有 50 米。"(《河山集·二集》,三联书店 1981 年 5 月版第 181—182 页)。

⑪ 枣实桑椹为重要主食

三国前期荒乱之际北方多食枣实桑椹,虽将士亦视为重要主食,遑论民间,"袁绍之在河北,军人仰食桑椹"(《三国志·魏书·武帝纪》)。"袁绍军人皆资椹枣"(《晋书·食货志》)。孔融在北海亦同,"孔文举为东莱贼所攻,城欲破,其治中左承祖以官枣赋与战士"(《太平御览》卷九百六十五引《英雄记》)。所以汉帝刘协更同,《晋书·食货志》称他"既至安邑,御衣穿败,惟以野枣园菜以为糇粮。"

第十四回　曹孟德移驾幸许都
吕奉先乘夜袭徐郡

却说李乐引军诈称李傕、郭汜，来追车驾，天子大惊。杨奉曰："此李乐也。"遂令徐晃出迎之。李乐亲自出战。两马相交，只一合，被徐晃一斧砍于马下，杀散余党，保护车驾过箕关。太守张杨具粟帛迎驾于轵道。帝封张杨为大司马。杨辞帝，屯兵野王去了。

帝入洛阳，见宫室烧尽，街市荒芜，满目皆是蒿草，宫院中只有颓墙坏壁。命杨奉且盖小宫居住。百官朝贺，皆立于荆棘之中。诏改兴平为建安元年。是岁又大荒。洛阳居民，仅有数百家，无可为食，尽出城去剥树皮、掘草根食之。尚书郎以下，皆自出城樵采，多有死于颓墙坏壁之间者。汉末气运之衰，无甚于此。后人有诗叹之曰：

① 董承未有赴山东说
董承建议皇帝赴山东避难，乃小说家言。当时李傕、郭汜屯扎弘农，皇帝刘协流亡，渡河至安邑（山西夏县西北），且以为临时都城。据《三国志·魏书·武帝纪》，曹操从荀彧、程昱说，命扬武中郎将曹洪率兵西迎刘协，"卫将军董承与袁术将苌奴拒险，洪不得过。"是董承阻止曹操迎帝行动。

血流芒砀白蛇亡，赤帜纵横游四方。

秦鹿逐翻兴社稷，楚雎推倒立封疆。

天子懦弱奸邪起，气色凋零盗贼狂。

看到两京遭难处，铁人无泪也凄惶。

太尉杨彪奏帝曰："前蒙降诏，未曾发遣。今曹操在山东，兵强将盛，可宣入朝，以辅王室。"帝曰："朕前既降诏，卿何必再奏，今即差人前去便了。"彪领旨，即差使命赴山东，宣召曹操。

却说曹操在山东，闻知车驾已还洛阳，聚谋士商议。荀彧进曰："昔晋文公纳周襄王，而诸侯服从；汉高祖为义帝发丧，而天下归心。今天子蒙尘，将军诚因此时首倡义兵，奉天子以从众望，不世之略也。若不早图，人将先我而为之矣。"曹操大喜。正要收拾起兵，忽报有天使赍诏宣召。操接诏，克日兴师。

却说帝在洛阳，百事未备，城郭崩倒，欲修未能。人报李傕、郭汜领兵将到。帝大惊，问杨奉曰："山东之使未回，李、郭之兵又至，为之奈何？"杨奉、韩暹曰："臣愿与贼决死战，以保陛下！"董承曰："城郭不坚，兵甲不多，战如不胜，当复如何？不若且奉驾往山东避之。"①帝从其言,即日起驾,望山东进发。百官无马,皆随驾步行。

出了洛阳,行无一箭之地,但见尘头蔽日,金鼓喧天,无限人马来到。帝、后战栗不能言。忽见一骑飞来,乃前差往山东之使命也,至车前拜启曰:"曹将军尽起山东之兵,应诏前来,闻李傕、郭汜犯洛阳,先差夏侯惇为先锋,引上将十员,精兵五万,前来保驾。"帝心方安。少顷,夏侯惇引许褚、典韦等,至驾前面君,俱以军礼见。帝慰谕方毕,忽报正东又有一路军到。帝即命夏侯惇往探,回奏曰:"乃曹操步军也。"须臾,曹洪、李典、乐进来见驾。通名毕,洪奏曰:"臣兄知贼兵至近,恐夏侯惇孤力难为,故又差臣等倍道而来协助。"帝曰:"曹将军真社稷臣也!"遂命护驾前行。探马来报:"李傕、郭汜领兵长驱而来。"帝令夏侯惇分两路迎之。惇乃与曹洪分为两翼,马军先出,步军后随,尽力攻击。傕、汜贼兵大败,斩首万余。于是请帝还洛阳故宫。夏侯惇屯兵于城外。

次日,曹操引大队人马到来。安营毕,入城见帝,拜于殿阶之下。帝赐平身,宣谕慰劳。操曰:"臣向蒙国恩,刻思图报。今傕、汜二贼,罪恶贯盈;臣有精兵二十余万,以顺讨逆,无不克捷。陛下善保龙体,以社稷为重。"帝乃封操领司隶校尉、假节钺、录尚书事。

却说李傕、郭汜知操远来,议欲速战。贾诩谏曰:"不可。操兵精将勇,不如降之,求免本身之罪。"傕怒曰:"尔敢灭吾锐气!"拔剑欲斩诩。众将劝免。是夜,贾诩单马走回乡里去了[②]。次日,李傕军马来迎操兵。操先令许褚、曹仁、典韦领三百铁骑,于傕阵中冲突三遭,方才布阵。阵圆处,李傕侄李暹、李别出马阵前。未及开言,许褚飞马过去,一刀先斩李暹;李别吃了一惊,倒撞下马,褚亦斩之,双挽人头回阵。曹操抚许褚之背曰:"子真吾之樊哙也!"随令夏侯惇领兵左出,曹仁领兵右出,操自领中军冲阵。鼓响一声,三军齐进。贼兵抵敌不住,大败而走。操亲掣宝剑押阵,率众连夜追杀,剿戮极多,降者不计其数。傕、汜望西逃命,忙忙似丧家之狗;自知无处容身,只得往山中落草去了[③]。

曹操回兵,仍屯于洛阳城外。杨奉、韩暹两个商议:"今曹操成了大功,必掌重权,如何容得我等?"乃入奏天子,只以追杀傕、汜为名,引本部军屯于大梁去了。

帝一日命人至操营,宣操入宫议事。操闻天使至,请入相见。只见那人眉清目秀,精神充足。操暗想曰:"今东都大荒,官僚军民

② 贾诩脱离李傕事
据《三国志·魏书·贾诩传》,贾诩在李郭相争长安时,回家乡姑臧(甘肃武威)奔母丧事,此时正归来为李傕任命为宣义将军。贾诩随李傕东走,据《献帝纪》,贾于保护帝眷和大臣,颇有功力。他的出走,大概是随同至华阴,事后就留下来了,"是时将军段煨屯华阴,与诩同郡,遂去傕托煨。"

③ 曹操未与李傕、郭汜交锋
汉建安元年(196),曹操军占武平(河南鹿邑西北),拟渡河至安邑(山西夏县西北)迎天子,"乃遣曹洪将兵西迎,卫将军董承与袁术将苌奴拒险,洪不得进"(《三国志·魏书·武帝纪》)。时安邑朝廷诸将争权,韩暹攻董承,董承奔野王(河南泌阳)河内太守张杨处;张杨使董承修缮洛阳宫室,建杨安殿,迎天子还都。"韩暹矜功恃睢,干乱政事,董承患之,潜召兖州牧曹操,操乃诣阙贡献"(《后汉书·董卓传》)。但据《三国志·魏书·董昭传》,乃是议郎董昭假曹操书与此中实力最强的杨奉,"将军当为内主,吾为外援。今吾有粮,将军有兵,有无相通,足以相济,死生契阔,相与共之",在杨奉、董承等支持下,曹操几经周折方能率军来到洛阳。

皆有饥色，此人何得独肥？"因问之曰："公尊颜充腴，以何调理而至此？"对曰："某无他法，只食淡三十年矣。"操乃颔之。又问曰："君居何职？"对曰："某举孝廉。原为袁绍、张杨从事。今闻天子还都，特来朝觐，官封正议郎。济阴定陶人，姓董，名昭，字公仁。"曹操避席曰："闻名久矣！幸得于此相见。"遂置酒帐中相待，令与荀彧相会。忽人报曰："一队军往东而去，不知何人。"操急令人探之。董昭曰："此乃李傕旧将杨奉，与白波帅韩暹，因明公来此，故引兵欲投大梁去耳。"操曰："莫非疑操乎？"昭曰："此乃无谋之辈，明公何足虑也。"操又曰："李、郭二贼此去若何？"昭曰："虎无爪，鸟无翼，不久当为明公所擒，无足介意。"

操见昭言语投机，便问以朝廷大事。昭曰："明公兴义兵以除暴乱，入朝辅佐天子，此五霸之功也。但诸将人殊意异，未必服从；今若留此，恐有不便。惟移驾幸许都为上策。然朝廷播越，新还京师，远近仰望，以冀一朝之安；今复徙驾，不厌众心。夫行非常之事，乃有非常之功：愿将军决计之。"操执昭手而笑曰："此吾之本志也。但杨奉在大梁，大臣在朝，不有他变否？"昭曰："易也。以书与杨奉，先安其心。明告大臣，以京师无粮，欲车驾幸许都，近鲁阳，转运粮食，庶无欠缺悬隔之忧。大臣闻之，当欣从也。"操大喜，昭谢别，操执其手曰："凡操有所图，惟公教之。"昭称谢而去。④

操由是日与众谋士密议迁都之事。时侍中太史令王立私谓宗正刘艾曰："吾仰观天文，自去春太白犯镇星于斗牛，过天津，荧惑又逆行，与太白会于天关，金火交会，必有新天子出。吾观大汉气数将终，晋魏之地，必有兴者。"又密奏献帝曰："天命有去就，五行不常盛。代火者土也。代汉而有天下者，当在魏。"操闻之，使人告立曰："知公忠于朝廷，然天道深远，幸勿多言。"操以是告彧。彧曰："汉以火德王，而明公乃土命也。许都属土，到彼必兴。火能生土，土能旺木；正合董昭、王立之言。他日必有兴者。"操意遂决。

次日，入见帝，奏曰："东都荒废久矣，不可修葺；更兼转运粮食艰辛。许都地近鲁阳，城郭宫室、钱粮民物，足可备用。臣敢请驾幸许都，惟陛下从之。"帝不敢不从；群臣皆惧操势，亦莫敢有异议。遂择日起驾。操引军护行，百官皆从。

行不到数程，前至一高陵。忽然喊声大举，杨奉、韩暹领兵拦路。徐晃当先，大叫："曹操欲劫驾何往！"操出马视之，见徐晃威风凛凛，暗暗称奇；便令许褚出马与徐晃交锋。刀斧相交，战五十余合，不分胜败。操即鸣金收军，召谋士议曰："杨奉、韩暹诚不足道，徐晃乃真良将也。吾不忍以力并之，当以计招之。"行军从事满宠

④ 董昭为曹操重要幕僚
陈寿作《三国志·魏书》卷十四，所列曹操重要幕僚，属谋士型的有六人，其中董昭列在程昱、郭嘉之后，刘晔、蒋济和刘放之前。董昭为曹操决策，言必有中。建安三年（198）为河南尹、冀州牧，平袁尚后，又返曹操幕中，为司空军祭酒（首席谋士）。

⑤ 徐晃非满宠说降
满宠在兖州时为曹操召为从事，他是曹操迁都许昌的第一任许令，但非说徐晃降者。按徐晃随杨奉，多有为汉帝建勋，"李傕、郭汜乱长安也，晃说奉，令与天子还洛阳，奉从其计。天子渡河至安邑，封晃都亭侯。及到洛阳，韩暹、杨奉日争斗，晃说奉令归太祖，奉欲从之，后悔。太祖讨奉于梁，晃遂归太祖。"《三国志·魏书·徐晃传》是以徐晃早有归降意。他是主动率部投向曹操的。并非是曹操所"拔自亡虏"。曹操从来对被动投降者不重用，于俘虏多杀戮之。

曰："主公勿虑。某向与徐晃有一面之交，今晚扮作小卒偷入其营，以言说之，管教他倾心来降。"操欣然遣之。

是夜满宠扮作小卒，混入彼军队中，偷至徐晃帐前，只见晃秉烛被甲而坐。宠突至其前，揖曰："故人别来无恙乎？"徐晃惊起，熟视之曰："子非山阳满伯宁耶！何以至此？"宠曰："某现为曹将军从事。今日于阵前得见故人，欲进一言，故特冒死而来。"晃乃延之坐，问其来意。宠曰："公之勇略，世所罕有，奈何屈身于杨、韩之徒？曹将军当世英雄，其好贤礼士，天下所知也。今日阵前，见公之勇，十分敬爱，故不忍以健将决死战，特遣宠来奉邀。公何不弃暗投明，共成大业？"晃沈吟良久，乃喟然叹曰："吾固知奉、暹非立业之人，奈从之久矣，不忍相舍。"宠曰："岂不闻'良禽择木而栖，贤臣择主而事'？遇可事之主而交臂失之，非丈夫也！"晃起谢曰："愿从公言。"宠曰："何不就杀奉、暹而去，以为进见之礼？"晃曰："以臣弑主，大不义也。吾决不为。"宠曰："公真义士也！"晃遂引帐下数十骑，连夜同满宠来投曹操。⑤早有人报知杨奉。奉大怒，自引千骑来追，大叫："徐晃反贼休走！"正追赶间，忽然一声炮响，山上山下，火把齐明，伏军四出。曹操亲自引军当先，大喝："我在此等候多时，休教走脱！"杨奉大惊，急待回军，早被曹兵围住。恰好韩暹引兵来救，两军混战，杨奉走脱。曹操趁彼军乱，乘势攻击，两家军士大半多降。杨奉、韩暹势孤，引败兵投袁术去了。

曹操收军回营，满宠引徐晃入见。操大喜，厚待之。于是迎銮驾到许都⑥，盖造宫室殿宇，立宗庙社稷、省台司院衙门，修城郭府库；封董承等十三人为列侯。赏功罚罪，并听曹操处置；操自封为大将军、武平侯⑦；以荀彧为侍中、尚书令⑧，荀攸为军师，郭嘉为司马祭酒，刘晔为司空仓曹掾，毛玠、任峻为典农中郎将，催督钱粮，程昱为东平相，范成、董昭为洛阳令⑨，满宠为许都令，夏侯惇、夏侯渊、曹仁、曹洪皆为将军，吕虔、李典、乐进、于禁、徐晃皆为校尉，许褚、典韦皆为都尉；其余将士，各各封官。自此大权皆归于曹操：朝廷大务，先禀曹操，然后方奏天子。⑩

操既定大事，乃设宴后堂，聚众谋士共议曰："刘备屯兵徐

⑥ 许都古址

汉建安元年（196），曹操迁汉献帝于许昌，定名为许都。在城内建景福殿（今为许昌县委招待所），供汉献帝居住。后曹操在城东30里地营造宫殿，迁汉献帝居住，景福殿即成为曹操的丞相府。汉献帝所居处，即皇城。许昌古城，在城东三十里，相传曹操所筑，今有遗址（民国《许昌县志》）。即今张潘乡古城村。城早毁，有遗迹，此处见有一块四方形状的高地，本地人称"金銮殿"。村北古桥头对面的门道张村，就是当年的皇城北门。城西南有毓秀台遗址，高15米，坐地200米，为汉献帝祭天地之坛。今台下有藏兵洞遗址，相传系曹操时挖掘，洞高丈余，宽八尺，青砖砌成，由城北门内入口，毓秀台下出口。可容两行军士驰奔。现仍可见遗迹（王彪《中州风物记》）。

⑦ 曹操何时为丞相

此后《演义》即称曹操为丞相。按，曹操为丞相有三个特点：（一）他是两汉四百年最后一任丞相；（二）按理当朝有左、右丞相，即使汉初也是丞相、御史大夫、太尉等三公并列的，而他是唯独一相；（三）他是秦汉以来权势最为赫赫的一位丞相，所以元胡三省说，"操自以丞相，权权出于一矣。"但曹操并非在建安元年出任丞相。据《三国志·武帝纪》，建安元年，曹操挟天子迁都许昌时，担任司隶校尉，录尚书事。不久，恢复三公制，就假天子意自任为大将军，后让袁绍任大将军，自改任为司空，兼摄车骑将军。建安十三年（208），即曹操南征荆州前夕，才废除三公，任权倾中外的丞相。他不急于任丞相，正说明他的处世稳健。曹操任丞相，使全朝军政大权在名义上也归于一人之身。他其实已经替代了汉王朝主政。

⑧ 荀彧为侍中、尚书令

荀彧为曹操第一谋士，但因其家世、家族为汉显宦，至许都后，又与曹操为半隶属关系。据《三国志·魏书·荀彧传》："天子拜太祖大将军，进彧为汉侍中，守尚书令，常居中持重，太祖虽征伐在外，军国事皆与彧筹焉。"按汉侍中中侍从皇帝左右，出入宫廷，为皇帝首席顾问；守尚书令，为代理、总揽朝政第一把手。此或为荀彧此后心向汉室，反对曹操加公爵赐九锡，而为曹操所忌之伏笔。后范晔撰《后汉书》，乃为荀彧立传。为曹操圈里唯一汉臣者。

⑨ 范成无此人

此处范成、董昭并任洛阳令，不妥。曹操迁都后，建安三年(198)，以董昭为河南尹，而非是洛阳令，更无有范成此人。按，范成实出明刻本漏刻所致。据余氏双峰堂《批评三国志传·吕布月夜夺徐州》："程昱为东平相，屯兵范城，董昭为洛阳令。"但嘉靖元年本《三国志通俗演义》第二十八回《吕布月夜夺徐州》、《李卓吾先生批评三国志》、毛本《三国演义》第十四回均漏去"屯兵"二字，遂误为"程昱为东平相，范成、董昭为洛阳令。"由此出现史传和小说未有的"范成"。

⑩ 迁都许昌后曹操不再朝请

曹操迁都许昌后，汉帝形同虚设，曹操很少上朝。"献帝都许，守位而已，宿卫近侍，莫非曹氏，党旧恩戚，议郎赵彦尝为帝陈言时策，曹操恶而杀之，其余内外多见诛。操后以事入见殿中，帝不任其忿，因曰：'君能相辅则厚，不尔，幸垂恩相舍。'操失色，俯仰求出。旧仪，三公辅兵入庙，令虎贲执刃挟之。操顾左右汗流浃背，自后不敢复朝请"(《太平御览》卷九十二)。

州，自领州事；近吕布以兵败投之，备使居于小沛：若二人同心引兵来犯，乃心腹之患也。公等有何妙计可图之？"许褚曰："愿借精兵五万，斩刘备、吕布之头，献于丞相。"荀彧曰："将军勇则勇矣，不知用谋。今许都新定，未可造次用兵。彧有一计，名曰'二虎竞食'之计。今刘备虽领徐州，未得诏命。明公可奏请诏命实授备为徐州牧，因密与一书，教杀吕布。事成则备无猛士为辅，亦渐可图；事不成，则吕布必杀备矣：此乃'二虎竞食'之计也。"操从其言，即时奏请诏命，遣使赍往徐州，封刘备为征东将军、宜城亭侯，领徐州牧，并附密书一封。

却说刘玄德在徐州，闻帝幸许都，正欲上表庆贺。忽报天使至，出郭迎接入郡，拜受恩命毕，设宴管待来使。使曰："君侯得此恩命，实曹将军于帝前保荐之力也。"玄德称谢。使者乃取出私书递与玄德。玄德看罢，曰："此事尚容计议。"席散，安歇来使于馆驿。玄德连夜与众商议此事。张飞曰："吕布本无义之人，杀之何碍。"玄德曰："他势穷而来投我，我若杀之，亦是不义。"张飞曰："好人难做！"玄德不从。

次日，吕布来贺，玄德教请入见。布曰："闻公受朝廷恩命，特来相贺。"玄德逊谢。只见张飞扯剑上厅，要杀吕布。玄德慌忙阻住。布大惊曰："翼德何故只要杀我？"张飞叫曰："曹操道你是无义之人，教我哥哥杀你！"玄德连声喝退。乃引吕布同入后堂，实告前因；就将曹操所送密书与吕布看。布看毕，泣曰："此乃曹贼欲令我二人不和耳！"玄德曰："兄勿忧，刘备誓不为此不义之事。"吕布再三拜谢。备留布饮酒，至晚方回。关、张曰："兄长何故不杀吕布？"玄德曰："此曹孟德恐我与吕布同谋伐之，故用此计，使我两人自相吞并，彼却于中取利。奈何为所使乎？"关公点头道是。张飞曰："我只要杀此贼以绝后患！"玄德曰："此非大丈夫之所为也。"

次日，玄德送使命回京，就拜表谢恩，并回书与曹操，只言容缓图之。

使命回见曹操，言玄德不杀吕布之事。操问荀彧曰："此计不成，奈何？"彧曰："又有一计，名曰'驱虎吞狼'之计。"操曰："其计如何?"或曰:"可暗令人往袁术处通问,报说刘备上密表,要略南郡,术闻之,必怒而攻备;公乃明诏刘备讨袁术。两边相并,吕布必生异心:此'驱虎吞狼'之计也。"操大喜,先发人往袁术处;次假天子诏,发人往徐州。

却说玄德在徐州,闻使命至,出郭迎接;开读诏书,却是要起兵讨袁术。玄德领命,送使者先回。糜竺曰:"此又是曹操之计。"玄德曰:"虽是计,王命不可违也。"遂点军马,克日起程。孙乾曰:"可先定守城之人。"玄德曰:"二弟之中,谁人可守?"关公曰:"弟愿守此城。"玄德曰:"吾早晚欲与尔议事,岂可相离?"张飞曰:"小弟愿守此城。"玄德曰:"你守不得此城:你一者酒后刚强,鞭挞士卒;二者作事轻易,不从人谏。吾不放心。"张飞曰:"弟自今以后,不饮酒,不打军士,诸般听人劝谏便了。"糜竺曰:"只恐口不应心。"飞怒曰:"吾跟哥哥多年,未尝失信,你如何轻料我!"玄德曰:"弟言虽如此,吾终不放心。还请陈元龙辅之,早晚令其少饮酒,勿致失事。"陈登应诺。玄德分付已当,乃统马步军三万,离徐州望南阳进发。

却说袁术闻说刘备上表,欲吞其州县,乃大怒曰:"汝乃织席编屦之夫,今辄占据大郡,与诸侯同列;吾正欲伐汝,汝却反欲图我!深可为恨!"乃使上将纪灵起兵十万,杀奔徐州。两军会于盱眙。玄德兵少,依山傍水下寨。那纪灵乃山东人,使一口三尖刀,重五十斤。是日引兵出阵,大骂:"刘备村夫,安敢侵吾境界!"玄德曰:"吾奉天子诏,以讨不臣。汝今敢来相拒,罪不容诛!"纪灵大怒,拍马舞刀,直取玄德。关公大喝曰:"匹夫休得逞强!"出马与纪灵大战。一连三十合,不分胜负。纪灵大叫少歇,关公便拨马回阵,立于阵前候之。纪灵却遣副将荀正出马。关公曰:"只教纪灵来,与他决个雌雄!"荀正曰:"汝乃无名下将,非纪将军对手!"关公大怒,直取荀正;交马一合,砍荀正于马下。玄德驱兵杀将过去,纪灵大败,退守淮阴河口,不敢交战,只教军士来偷营劫寨,皆被徐州兵杀败。两军相拒,不在话下。

却说张飞自送玄德起身后,一应杂事,俱付陈元龙管理;军机大务,自家参酌。一日设宴,请各官赴席。众人坐定,张飞开言曰:"我兄临去时,吩咐我少饮酒,恐致失事。众官今日尽此一醉,明日都各戒酒,帮我守城。今日却都要满饮。"言罢,起身与众官把盏。酒至曹豹面前,豹曰:"我从天戒,不饮酒。"飞曰:"厮杀汉如何不饮酒!我要你吃一盏。"豹惧怕,只得饮了一杯。张飞把遍各官,自斟巨觥,连饮了几十杯,不觉大醉,却又起身与从官把盏。酒至曹豹,豹曰:"某实不能饮矣。"飞曰:"汝恰才吃了,如今为何推却?"豹再三不饮。飞醉后使酒,便发怒曰:"你违我将令,该打一百!"便喝军士拿下。陈元龙曰:"玄德公临去时,分付你甚来?"飞曰:"你文官,只管文官事,休来管我!"曹豹无奈,只得告求曰:"翼德公,看我女婿之面,且恕我罢。"飞曰:"你女婿是谁?"豹曰:"吕布是也。"飞大怒曰:"我本不欲打你;你把吕布来唬我,我偏要打你!我打你,便是打吕布!"诸人劝不住。将曹豹鞭至

① **张飞大意失徐州**

《三国志·魏书·吕布传》引《英雄记》称:"(吕)布水陆东下,军到下邳西四十里。(刘)备中郎将丹阳许耽夜遣司马章诳来诣布,言'张益德与下邳相曹豹共争,益德杀之,城中大乱,不相信。丹杨兵有千人屯西白门城内,闻将军来东,大小踊跃,如复更生。将军兵向城西门,丹杨军便开门内将军矣。'布遂夜进,晨到城下。天明,丹杨兵悉开门内布兵。布于门上坐,步骑放火,大破益德兵,获备妻子军资及部曲将吏士家口。"同治《徐州府志》亦作:"建安元年,备使司马张飞守下邳,飞杀下邳相曹豹,城中乱。吕布袭下邳,备中郎将许耽开门迎之,张飞败走。备闻之引还,比至下邳,兵溃,降于布。"(卷五)可知张飞失徐州,乃许耽和丹杨兵内应,非曹豹也。

② **张飞十八骑燕将源由**

张飞十八骑燕将当是《三国志平话》痕迹:张飞赴兖州,拟招安张表(梁)、张宝。刘备命他带五百军前去,"飞连声叫:'不用,不用!'玄德曰:'尔少将些军去。'飞曰:'我招些自愿去的军,如跟我去,得功者子孙永享国禄!'第一声,招得七人七骑;第二声,招得三人三骑;第三声,招得二人二骑。共招得一十三人。飞曰:'足矣!'"后在吕布攻小沛时,张飞向曹操借兵,"俺同十八骑赴睢水,见曹公,借军破吕布"。"至次日,张飞又引十八骑复出,与吕布交战。吕布曰:'贼将反覆数遭,必求救军!'温侯挡不住,张飞引十八骑撞出阵去。"按"十八骑"典出《晋书·石勒载记》:"遂招集王阳、夔安、支雄、冀保、吴豫、刘膺、桃豹、逯明等八骑为群盗,后郭敖、刘徵、刘宝、张曀仆、呼延莫、郭黑略、张越、孔豚、赵鹿、支屈六等又赴之,号为十八骑。"北宋就传说有五代初李存孝故事。南宋晚期名将孟珙"攻金信阳,(刘整)为前锋,亲纵骁勇十二人渡堑登城,擒其守,还报。珙大惊,以为唐李存孝率十八骑拔洛阳,今整所守更寡而取信阳,乃书其旌曰'赛存孝'。"(《元史·刘整传》)所以元关汉卿杂剧《邓夫人苦痛哭存孝》,有李存孝自称"自从跟着阿妈十八骑误入长安,大破黄巢",当亦出此。按,中华传统多重九,"天地之至数始于一,终于九焉"(《素问》),九者久也,起用"十八",当为合"二九"之旺数,更合社会心理,由是多采用。

五十,众人苦苦告饶方止。

席散,曹豹回去,深恨张飞,连夜差人赍书一封,径投小沛见吕布,备说张飞无礼;且云:玄德已往淮南,今夜可乘飞醉,引兵来袭徐州,不可错此机会。吕布见书,便请陈宫来议。宫曰:"小沛原非久居之地。今徐州既有可乘之隙,失此不取,悔之晚矣。"布从之,随即披挂上马,领五百骑先行;使陈宫引大军继进,高顺亦随后进发。小沛离徐州只四五十里,上马便到。吕布到城下时,恰才四更,月色澄清,城上更不知觉。布到城门边叫曰:"刘使君有机密使人至。"城上有曹豹军报知曹豹,豹上城看之,便令军士开门。吕布一声暗号,从军齐入,喊声大举。张飞正醉卧府中,左右急忙摇醒,报说:"吕布赚开城门,杀将进来了!"张飞大怒,慌忙披挂,绰了丈八蛇矛;才出府门上得马时,吕布军马已到,正与相迎。张飞此时酒犹未醒,不能力战①。吕布素知飞勇,亦不敢相逼。十八骑燕将②,保着张飞,杀出东门,玄德家眷在府中,都不及顾了。

却说曹豹见张飞只十数人护从,又欺他醉,遂引百十人赶来。飞见豹,大怒,拍马来迎。战了三合,曹豹败走。飞赶到河边,一枪正刺中曹豹后心,连人带马,死于河中。飞于城外招呼士卒,出城者尽随飞投淮南而去。吕布入城安抚居民。令军士一百人守把玄德宅门,诸人不许擅入。

却说张飞引数十骑直到盱眙来见玄德,具说曹豹与吕布里应外合,夜袭徐州。众皆失色。玄德叹曰:"得何足喜,失何足忧!"关公曰:"嫂嫂安在?"飞曰:"皆陷于城中矣。"玄德默然无语。关公顿足埋怨曰:"你当初要守城时说甚来?兄长分付你甚来?今日城池又失了,嫂嫂又陷了,如何是好!"张飞闻言,惶恐无地,掣剑欲自刎。正是:举杯畅饮情何放,拔剑捐生悔已迟。不知性命如何,且听下文分解。

第十五回　太史慈酣斗小霸王
　　　　　孙伯符大战严白虎

　　却说张飞拔剑要自刎，玄德向前抱住，夺剑掷地曰："古人云：'兄弟如手足，妻子如衣服。衣服破，尚可缝；手足断，安可续？'①吾三人桃园结义，不求同生，但愿同死。今虽失了城池家小，安忍教兄弟中道而亡？况城池本非吾有；家眷虽被陷，吕布必不谋害，尚可设计救之。贤弟一时之误，何至遽欲捐生耶！"说罢大哭。关、张俱感泣。

　　且说袁术知吕布袭了徐州，星夜差人至吕布处，许以粮五万斛、马五百匹、金银一万两，彩缎一千匹，使夹攻刘备。布喜，令高顺领兵五万袭玄德之后。玄德闻得此信，乘阴雨撤兵，弃盱眙而走，思欲东取广陵，比及高顺军来，玄德已去。高顺与纪灵相见，就索所许之物。灵曰："公且回军，容某见主公计之。"高顺乃别纪灵回军，见吕布具述纪灵语。布正在迟疑，忽有袁术书至。书意云："高顺虽来，而刘备未除；且待捉了刘备，那时方以所许之物相送。"布怒骂袁术失信，欲起兵伐之。陈宫曰："不可。术据寿春，兵多粮广，不可轻敌。不如请玄德还屯小沛，使为我羽翼。他日令玄德为先锋，那时先取袁术，后取袁绍，可纵横天下矣。"布听其言，令人赍书迎玄德回。

　　却说玄德引兵东取广陵，被袁术劫寨，折兵大半。回来正遇吕布之使，呈上书札，玄德大喜。关、张曰："吕布乃无义之人，不可信也。"玄德曰："彼既以好情待我，奈何疑之！"遂来到徐州。布恐玄德疑惑，先令人送还家眷。甘、糜二夫人见玄德，具说吕布令兵把定宅门，禁诸人不得入；又常使侍妾送物，未尝有缺。玄德谓关、张曰：

① 刘备说"妻子如衣服"

刘备从郑玄学儒，故移植有此语，唯不见于《三国志》诸纪传，盖刘备与关羽"恩若兄弟"而非兄弟也。《周易正义》"以夫妇有兄弟之义"，盖自血统言，兄弟为天伦，夫妻为人伦也。兄弟亲于妻子，更见自元代，《续西厢·升仙记》第四出法聪称："岂不闻'夫妻如衣服'？"元曲郑廷玉《楚昭公》第三折船小浪大，"须遣不着亲者下水"，昭公以弟为亲以妻为疏，昭公夫人亦曰："兄弟同胞共乳，一体而分，妾身乃是别姓不亲，理当下水。"当是。所以钱钟书更引以莎士比亚剧中一人闻妻死耗，旁人慰之曰："故衣敝矣，世多裁缝可制新好者。"又一剧中夫过听谗言，遣人杀妻，妻叹曰："我乃故衣，宜遭扯裂。"（《管锥篇》（一）中华书局1991年版第84页）按此句完整或出自五代钱镠《父王遗训》第五条："戒听妇言，勿伤骨肉。古云：妻妾如衣服，兄弟如手足，衣服破犹可新，手足断难再续。"

② 孙策攻祖郎的时间错位

孙策攻祖郎取胜，乃在他平定江东时事，《演义》提前了一年。按，祖郎系皖南泾县宗帅。据《江表传》，孙策向袁术索还旧部，袁术不肯，要他上丹阳吴景处募兵，在募得几百人带回时，"而为泾县大帅祖郎所袭，几致危殆，于是复往见术，术以坚余兵千余人还策。"孙策在渡江取江东诸郡，也乘胜攻皖南，"策尝攻祖郎，大为所围"（《三国志·吴书·程普传》）。祖郎此时系受袁术煽动。《三国志·吴书·孙辅传》引《江表传》称，袁术因孙策据江东，乃遣使与祖郎，命他煽动山越攻孙策。"策自率将士讨郎，生获之。策谓郎曰：'尔昔袭击孤，砍孤马鞍，今创军立事，除弃宿恨，唯取能用，与天下通material。非但汝，汝莫恐怖。'郎叩头谢罪，即破械，赐衣服，署门下贼曹，及军还，郎与太史慈俱在前导军，人以为荣。"由此亦可见孙策的宽厚、豪爽。

③ 朱治其人

朱治《三国志·吴书》有传，为孙坚旧部，初，孙坚死，朱治与孙策投奔袁术，时为吴郡（钱唐）都尉。后知袁术"政德不立"，乃劝孙策还平江（江苏苏州），又由曲阿（扬州）迎护策母弟（孙权）等。由此日见宠任，始为吴郡太守。东吴割据江东初期，就赐与娄（松江）、由拳（嘉兴）、无锡、毗陵（常州）四处为食邑。后又以故鄣（浙江安吉）为食邑。

④ 吕范精壮百人

吕范是地方豪强。《三国志·吕范传》："少为县吏，将私客百人归策。""私客"，即依附吕范的家客、家仆，也即部曲，乃是失去土地和生殖的平民投身于门者。此处《演义》写作"精壮"，稍见模糊。

⑤ 孙策未将传国玺抵押

据《后汉书·袁术传》"术有僭逆之谋，又闻孙坚得传国玺，遂拘坚妻夺

"我知吕布必不害我家眷也。"乃入城谢吕布。张飞恨吕布，不肯随往，先奉二嫂往小沛去了。玄德入见吕布拜谢，吕布曰："吾非欲夺城；因令弟张飞在此恃酒杀人，恐有失事，故来守之耳。"玄德曰："备欲让兄久矣。"布假意仍让玄德。玄德力辞，还屯小沛住扎。关、张心中不忿。玄德曰："屈身守分，以待天时，不可与命争也。"吕布令人送粮米缎匹。自此两家和好，不在话下。

却说袁术大宴将士于寿春。人报孙策征庐江太守陆康，得胜而回。术唤策至，策拜于堂下。问劳已毕，便令侍坐饮宴。原来孙策自父丧之后，退居江南，礼贤下士；后因陶谦与策母舅丹阳太守吴景不和，策乃移母并家属居于曲阿，自己却投袁术。术甚爱之，常叹曰："使术有子如孙郎，死复何恨！"因使为怀义校尉，引兵攻泾县大帅祖郎②，得胜。术见策勇，复使攻陆康，今又得胜而回。

当日筵散，策归营寨。见术席间相待之礼甚傲，心中郁闷，乃步月于中庭。因思父孙坚如此英雄，我今沦落至此，不觉放声大哭。忽见一人自外而入，大笑曰："伯符何故如此？尊父在日，多曾用我。君今有不决之事③，何不问我，乃自哭耶？"策视之，乃丹阳故鄣人，姓朱，名治，字君理，孙坚旧从事官也。策收泪而延之坐，曰："策所哭者，恨不能继父之志耳。"治曰："君何不告袁公路，借兵往江东，假名救吴景，实图大业，而乃久困于人之下乎？"正商议间，一人忽入曰："公等所谋，吾已知之。吾手下有精壮百人④，暂助伯符一马之力。"策视其人，乃袁术谋士，汝南细阳人，姓吕，名范，字子衡。策大喜，延坐共议。吕范曰："只恐袁公路不肯借兵。"策曰："吾有亡父留下传国玉玺，以为质当。"范曰："公路欲得此久矣。以此相质，必肯发兵。"三人计议已定。

次日，策入见袁术，哭拜曰："父仇不能报；今母舅吴景，又为扬州刺史刘繇所逼；策老母家小，皆在曲阿，必将被害。策敢借雄兵数千，渡江救难省亲。恐明公不信，有亡父遗下玉玺，权为质当⑤。"术闻有玉玺，取而视之，大喜曰："吾非要你玉玺，今且权留在此。我借兵三千、马五百匹与你，平定之后，可速回来。你职位卑微，难掌大权。我表你为折冲校尉、殄寇将军，克日领

兵便行。"策拜谢,遂引军马,带领朱治、吕范、旧将程普、黄盖、韩当等,择日起兵。

行至历阳,见一军到。当先一人,姿质风流,仪容秀丽,见了孙策,下马便拜。策视其人,乃庐江舒城人,姓周,名瑜,字公瑾。原来孙坚讨董卓之时,移家舒城,瑜与孙策同年,交情甚密,因结为昆仲。策长瑜两月,瑜以兄事策。瑜叔周尚,为丹阳太守,今往省亲,到此与策相遇。策见瑜大喜,诉以衷情。瑜曰:"某愿施犬马之力,共图大业。"策喜曰:"吾得公瑾,大事谐矣!"便令与朱治、吕范等相见。瑜谓策曰:"吾兄欲济大事,亦知江东有'二张'乎⑥?"策曰:"何为'二张'?"瑜曰:"一人乃彭城张昭,字子布;一人乃广陵张纮,字子纲。⑦二人皆有经天纬地之才,因避乱隐居于此。吾兄何不聘之?"策喜,即便令人赍礼往聘,俱辞不至。策乃亲到其家,与语大悦。力聘之,二人许允。策遂拜张昭为长史,兼抚军中郎将,张纮为参谋正议校尉:商议攻击刘繇。

却说刘繇字正礼,东莱牟平人也,亦是汉室宗亲,太尉刘宠之侄,兖州刺史刘岱之弟;旧为扬州刺史,屯于寿春,被袁术赶过江东,故来曲阿。当下闻孙策兵至,急聚众将商议。部将张英曰:"某领一军屯于牛渚,纵有百万之兵,亦不能近。"言未毕,帐下一人高叫曰:"某愿为前部先锋!"众视之,乃东莱黄县人太史慈也。慈自解了北海之围后,便来见刘繇,繇留于帐下。当日听得孙策来到,愿为前部先锋。繇曰:"你年尚轻,未可为大将,只在吾左右听命。"太史慈不喜而退。张英领兵至牛渚,积粮十万于邸阁。孙策引兵到,张英出迎,两军会于牛渚滩上。孙策出马,张英大骂,黄盖便出与张英战。不数合,忽然张英军中大乱,报说寨中有人放火。张英急回军。孙策引军前来,乘势掩杀。张英弃了牛渚,望深山而逃。原来那寨后放火的,乃是两员健将:一人乃九江寿春人,姓蒋,名钦,字公奕;一人乃九江下蔡人,姓周,名泰,字幼平。二人皆遭世乱,聚人在洋子江中,劫掠为生;久闻孙策为江东豪杰,能招贤纳士,故特引其党三百余人,前来相投。策大喜,用为军前校尉。收得牛渚邸阁粮食、军器,并降卒四千余人,遂进兵神亭。

之"。《三国志·吴书·孙坚传》引《山阳公载记》也称:"袁术将僭号,闻坚得传国玺,乃拘坚夫人而夺之。"但卢弼《三国志集解》以为:"袁术僭号在建安二年,是时孙策已遣将诣阜陵,迎母自曲阿,术安得而拘之。"尔后徐璆由袁术家属处"得其盗国玺,及还许上"(《后汉书·徐璆传》)。或系袁术伪作。见于孙皓降晋时,"送金玺六枚,无有玉,明其伪也"(《江表传》)。由是裴松之推测,如果按照虞喜《志林》所说,"则此玺今尚在孙门"。

⑥ 张昭张纮非周瑜推荐

张昭张纮乃是江北名士,均拒绝郡国举荐为茂才不应,避难江东者。他们为孙策礼请,与周瑜无关,而且孙策礼谦,亲自前往登门拜谒。《张昭传》有孙策自赴张昭家,并"升堂拜母";《孙策传》引《吴历》称,"张纮有母丧,策数诣纮,咨以世势。"

⑦ 张纮"广陵对"为孙策设计据江东

汉初平三年(192),孙策因父死,渡江寄居广陵(江苏扬州)。孙策数次拜谒张纮求教,最后张纮感动了,替他策划。张纮说:"昔周道陵迟,齐、晋并兴,王室已宁,诸侯贡职。今君绍先侯(孙坚)之轨,有骁武之名,若投丹杨,收兵吴、会,则荆、扬可一,仇敌可报。据长江,奋威德,诛除群秽,匡辅汉室,功业侔于桓、文,岂徒外藩而已哉?方今世乱多难,若功成事立,当与同好俱南济也。"(《三国志·吴书·孙策传》引《吴历》)。这是张纮的"广陵对",它为孙策兄弟今后战略提出最佳方案;此后他们的行动轨迹,大致是按照张纮所说进行的。孙策在隶袁术前已与张纮相识,并非周瑜推荐。

却说张英败回见刘繇，繇怒欲斩之。谋士笮融、薛礼劝免，使屯兵零陵城拒敌。繇自领兵于神亭岭南下营，孙策于岭北下营。策问土人曰："近山有汉光武庙否？"土人曰："有庙在岭上。"策曰："吾夜梦光武召我相见，当往祈之。"长史张昭曰："不可。岭南乃刘繇寨，倘有伏兵，奈何？"策曰："神人佑我，吾何惧焉！"遂披挂绰枪上马，引程普、黄盖、韩当、蒋钦、周泰等共十三骑，出寨上岭，到庙焚香。下马参拜已毕，策向前跪祝曰："若孙策能于江东立业，复兴故父之基，即当重修庙宇，四时祭祀。"祝毕，出庙上马，回顾众将曰："吾欲过岭，探看刘繇寨栅。"诸将皆以为不可。策不从，遂同上岭，南望村林。早有伏路小军飞报刘繇。繇曰："此必是孙策诱敌之计，不可追之。"太史慈踊跃曰："此时不捉孙策，更待何时！"遂不候刘繇将令，竟自披挂上马，绰枪出营，大叫曰："有胆气者都跟我来！"诸将不动。惟有一小将曰："太史慈真猛将也！吾可助之！"拍马同行。众将皆笑。

却说孙策看了半晌，方始回马。正行过岭，只听得岭上叫："孙策休走！"策回头视之，见两匹马飞下岭来。策将十三骑一齐摆开。策横枪立马于岭下待之。太史慈高叫曰："那个是孙策？"策曰："你是何人？"答曰："我便是东莱太史慈也，特来捉孙策！"策笑曰："只我便是。你两个一齐来并我一个，我不惧你！我若怕你，非孙伯符也！"慈曰："你便众人都来，我亦不怕！"纵马横枪，直取孙策。策挺枪来迎。两马相交，战五十合，不分胜负。程普等暗暗称奇。

慈见孙策枪法无半点儿渗漏，乃佯输诈败，引孙策赶来。慈却不由旧路上岭，竟转过山背后。策赶到，大喝曰："走的不算好汉！"慈心中自忖："这厮有十二从人，我只一个，便活捉了他，也吃众人夺去。再引一程，教这厮没寻处，方好下手。"于是且战且走。策那里肯舍，一直赶到平川之地。慈兜回马再战，又到五十合。策一枪搠去，慈闪过，挟住枪；慈也一枪搠去，策亦闪过挟住枪。两个用力只一拖，都滚下马来。马不知走的那里去了。两个弃了枪，揪住厮打，战袍扯得粉碎。策手快，掣了太史慈背上的短戟，慈亦掣了策头上的兜鍪。策把戟来刺慈，慈把兜鍪遮架[8]。忽然喊声后起，乃刘繇接应军到来，约有千余。策正慌急，程普等十二骑亦冲到，策与慈方才放手。慈于军中讨了一匹马，取了枪，上马复来。孙策的马却是程普收得，策亦取枪上马。刘繇一千余军，和程普等十二骑混战，迤逦杀到神亭岭下。喊声起处，周瑜领军来到。刘繇自引大军，杀下岭来。时近黄昏，风雨暴至，两下各自收军。

次日，孙策引军到刘繇营前，刘繇引军出迎。两阵圆处，孙策把

⑧ **太史慈与《神亭岭》**
《三国志·吴书·太史慈传》称，太史慈随孙策还吴（江苏苏州），"后刘繇亡于豫章，士众万余人，未有所附，命慈往抚焉。左右皆曰：'慈必北去不还。'策曰：'子义舍我，当复与谁。'饯送昌门，把腕别曰：'何时能还？'答曰：'不过六十日。'果如期而反。"但《吴历》乃作系太史慈在神亭战败，为孙策所获而归顺，"明日大请诸将，豫设酒食，立竿视影，日中而慈至。"此处从《吴历》。而太史慈败降处却从本传，糅合而一。文中所述之神亭，在今江苏镇江金坛县北。京剧有《神亭岭》（又名《少年立志》、《酣战太史慈》），并见有秦腔、滇剧和同州梆子等地方剧种。

枪挑太史慈的小戟于阵前，令军士大叫曰："太史慈若不是走的快，已被刺死了！"太史慈亦将孙策兜鍪挑于阵前，也令军士大叫曰："孙策头已在此！"两军呐喊，这边夸胜，那边道强。太史慈出马，要与孙策决个胜负，策遂欲出。程普曰："不须主公劳力，某自擒之。"程普出到阵前，太史慈曰："你非我之敌手，只教孙策出马来！"程普大怒，挺枪直取太史慈。两马相交，战到三十合，刘繇急鸣金收军。太史慈曰："我正要捉拿贼将，何故收军？"刘繇曰："人报周瑜领军袭取曲阿，有庐江松滋人陈武，字子烈，接应周瑜入去。吾家基业已失，不可久留。速往秣陵，会薛礼、笮融军马，急来接应。"太史慈跟着刘繇退军，孙策不赶，收住人马。长史张昭曰："彼军被周瑜袭取曲阿，无恋战之心，今夜正好劫营。"孙策然之。当夜分军五路，长驱大进。刘繇军兵大败，众皆四纷五落。太史慈独力难当，引十数骑连夜投泾县去了。

却说孙策又得陈武为辅，其人身长七尺，面黄睛赤，形容古怪。策甚敬爱之，拜为校尉，使作先锋，攻薛礼。武引十数骑突入阵去，斩首级五十余颗，薛礼闭门不敢出。策正攻城，忽有人报刘繇会合笮融⑨，去取牛渚。孙策大怒，自提大军竟奔牛渚。刘繇、笮融二人出马迎敌。孙策曰："吾今到此，你如何不降？"刘繇背后一人挺枪出马，乃部将于糜也。与策战不三合，被策生擒过去，拨马回阵。繇将樊能见捉了于糜，挺枪来赶。那枪刚搠到策后心，策阵上军士大叫："背后有人暗算！"策回头，忽见樊能马到，乃大喝一声，声如巨雷。樊能惊骇，倒翻身撞下马来，破头而死。策到门旗下，将于糜丢下，已被挟死。一霎时挟死一将，喝死一将，自此，人皆呼孙策为"小霸王"。

当日刘繇兵大败，人马大半降策。策斩首级万余。刘繇与笮融走豫章投刘表去了。

孙策还兵复攻秣陵，亲到城壕边，招谕薛礼投降。城上暗放一冷箭，正中孙策左腿，翻身落马。众将急救起，还营拔箭，以金疮药傅之。策令军中诈称主将中箭身死。军中举哀，拔寨齐起。⑩薛礼听知孙策已死，连夜起城内之军，与骁将张英、陈横杀出城来追之。忽然伏兵四起，孙策当先出马，高声大叫："孙郎在此！"众军皆惊，尽弃枪刀，拜于地下。策令休杀一人。张英拨马回走，被陈武一枪刺死，陈横被蒋钦一箭射死，薛礼死于乱军中。策入秣陵，安辑居民，移兵至泾县来捉太史慈。

却说太史慈招得精壮二千余人，并所部兵，正要来与刘繇报仇。孙策与周瑜商议活捉太史慈之计。瑜令三面攻县，只留东门放走；

⑨ **刘繇、笮融非各不相属**

据《三国志·吴书·孙策传》所引《江表传》称，"策渡江攻刘繇牛渚营，尽得邸阁粮谷战具，是岁兴平二年也。时彭城相薛礼、下邳相笮融依繇为盟主，礼据秣陵城，融屯县南，策击破之。"《三国志·吴书·刘繇传》也称此后刘繇奔丹徒(江苏镇江)，退扎彭泽(江西彭泽)。笮融杀薛礼，并杀豫章太守朱皓，刘繇进讨，为笮融打败，"更复招合属县，攻破融。融败走入山，为民所杀。"

⑩ **孙策诈死诱敌**

据《三国志·吴书·孙策传》引《江表传》，孙策重占牛渚屯，返回秣陵，"复下攻融，为流矢所中，伤股不能乘马，因自舆还牛渚营。或叛告融曰：孙郎被箭已死。融大喜，即遣将于兹乡策，策遣步骑数百挑战，设伏于后，贼出击之，锋刃未接而伪走，贼追入伏中，乃大破之，斩首千余级。策因往到融营，下令左右呼曰：孙郎竟云何！贼于是惊怖夜遁"。按此故事，《演义》常袭用，如曹操诳吕布、周瑜诳曹仁。

⑪ **太史慈所招山野之民为山越**

太史慈在皖南山中,自称丹阳太守,所招山野之民,实为山越。"慈因进住泾县,立屯府,大为山越所附。"(《三国志·吴书·太史慈传》)孙策厚待他,亦因他在山越里有很高威信。山越,是居住吴郡、会稽、丹杨、鄱阳、长沙、豫章等郡山区和依山而居的本地人,其中强宗骁帅,也多拥有宗族或部曲,不服东吴管辖;东吴自割据江东、建国的八十年间,对山越不断用兵、封锁、掠夺、补充兵源;孙权还以所掠夺的山越,与大族和将领恩赐为家兵和部曲,所以何兹全教授说:"吴国军队实以山越兵为主,故善战强悍。吴能划长江自守,与中原抗衡,即持此山越兵。"(《读史集》,上海人民出版社1982年第285页)

⑫ **孙策军军令整肃百姓拥护**

《三国志·孙策传》称孙策"渡江转斗,所向皆破,莫敢当其锋,而军令整肃,百姓怀之","策为人美姿颜,好笑语,性阔达听受,善于用人。是以士民见者,莫不尽心,乐为致死。"按孙策军纪严律,受到民众欢迎,这在当时各路军头里是罕有的(包括曹操、刘备)且本人又气度恢宏、谦恭下士,非常尊重有才德的知识分子,如张昭、张纮,所以能在江东很快打下基业。

离县二十五里,三路各伏一军,太史慈到那里,人困马乏,必然被擒。原来太史慈所招军大半是山野之民,⑪不谙纪律。泾县城头,苦不甚高。当夜孙策命陈武短衣持刀,首先爬上城放火。太史慈见城上火起,上马投东门走,背后孙策引军来赶。太史慈正走,后军赶至三十里,却不赶了。太史慈走了五十里,人困马乏。芦苇之中,喊声忽起。慈急待走,两下里绊马索齐来,将马绊翻了,生擒太史慈,解投大寨。策知解到太史慈,亲自出营喝散士卒,自释其缚,将自己锦袍衣之,请入寨中,谓曰:"我知子义真丈夫也。刘繇蠢辈,不能用为大将,以致此败。"慈见策待之甚厚,遂请降。

策执慈手笑曰:"神亭相战之时,若公获我,还相害否?"慈笑曰:"未可知也。"策大笑,请入帐,邀之上坐,设宴款待。慈曰:"刘君新破,士卒离心。某欲自往收拾余众以助明公,不识能相信否?"策起谢曰:"此诚策所愿也。今与公约:明日日中,望公来还。"慈应诺而去。诸将曰:"太史慈此去必不来矣。"策曰:"子义乃信义之士,必不背我。"众皆未信。

次日立竿于营门以候日影。恰将日中,太史慈引一千余众到寨。孙策大喜,众皆服策之知人。于是孙策聚数万之众,下江东,安民恤众,投者无数。江东之民,皆呼策为"孙郎"。但闻孙郎兵至,皆丧胆而走。及策军到,并不许一人掳掠,鸡犬不惊,人民皆悦,赍牛酒到寨劳军。策以金帛答之,欢声遍野。其刘繇旧军,愿从军者听从,不愿为军者给赏归农。江南之民,无不仰颂⑫。由是兵势大盛。策乃迎母叔诸弟俱归曲阿,使弟孙权与周泰守宣城。策领兵南取吴郡。

时有严白虎,自称"东吴德王",据吴郡,遣部将守住乌程、嘉兴。当日白虎闻策兵至,令弟严舆出兵,会于枫桥。舆横刀立马于桥上。有人报入中军,策便欲出。张纮谏曰:"夫主将乃三军之所系命,不宜轻敌小寇。愿将军自重。"策谢曰:"先生之言如金石,但恐不亲冒矢石,则将士不用命耳。"随遣韩当出马。比及韩当到桥上时,蒋钦、陈武早驾小舟从河岸边杀过桥里,乱箭射倒岸上军,二人飞身上岸砍杀。严舆退走。韩当引军直杀到阊门下,贼退入城里去了。策分兵水陆并进,围住吴城。

一困三日,无人出战。策引众军到阊门外招谕。城上一员神将,左手托定护梁,右手指着城下大骂。太史慈就马上拈弓取箭,顾军将曰:"看我射中这厮左手!"说声未绝,弓弦响处,果然射个正中，把那将的左手射透，反牢钉在护梁上。⑬城下城上人见者，无不喝采。众人救了这人下城。白虎大惊曰："彼军有如此人，安能敌乎！"遂商量求和。次日，使严舆出城，来见孙策。策请舆入帐饮酒。酒酣，问舆曰："令兄意欲如何？"舆曰："欲与将军平分江东。"策大怒曰："鼠辈安敢与吾相等！"命斩严舆。舆拔剑起身，策飞剑砍之，应手而倒，割下首级，令人送入城中。白虎料敌不过，弃城而走。

策进兵追袭，黄盖攻取嘉兴，太史慈攻取乌程，数州皆平。白虎奔余杭，于路劫掠，被土人凌操领乡人杀败，望会稽而走。凌操父子二人来接孙策，策使为从征校尉，遂同引兵渡江。严白虎聚寇，分布于西津渡口。程普与战，复大败之，连夜赶到会稽。

会稽太守王朗欲引兵救白虎，忽一人出曰："不可。孙策用仁义之师，白虎乃暴虐之众，还宜擒白虎以献孙策。"朗视之，乃会稽余姚人，姓虞，名翻，字仲翔，现为郡吏。朗怒叱之，翻长叹而出。⑭朗遂引兵会合白虎，同陈兵于山阴之野。两阵对圆，孙策出马，谓王朗曰："吾兴仁义之兵，来安浙江，汝何故助贼？"朗骂曰："汝贪心不足！既得吴郡，而又强并吾界！今日特与严氏雪仇！"孙策大怒，正待交战，太史慈早出。王朗拍马舞刀，与慈战不数合，朗将周昕，杀出助战；孙策阵中黄盖，飞马接住周昕交锋。两下鼓声大震，互相鏖战。忽王朗阵后先乱，一彪军从背后抄来。朗大惊，急回马来迎：原来是周瑜与程普引军刺斜杀来，前后夹攻。王朗寡不敌众，与白虎、周昕杀条血路，走入城中，拽起吊桥，坚闭城门。孙策大军乘势赶到城下，分布众军，四门攻打。王朗在城中见孙策攻城甚急，欲再出兵决一死战。严白虎曰："孙策兵势甚大，足下只宜深沟高垒，坚壁勿出。不消一月，彼军粮尽，自然退走。那时乘虚掩之，可不战而破也。"朗依其议，乃固守会稽城而不出。

孙策⑮一连攻了数日，不能成功，乃与众将计议。孙静曰："王朗负固守城，难可卒拔。会稽钱粮，大半屯于查渎。其地离此数十里，莫若以兵先据其内：所谓'攻其无备，出其不意'也。"策大喜曰："叔父妙用，定破贼人矣。"即下令于各门燃火，虚张旗号，设为疑兵，连夜撤围南去。周瑜进曰："主公大兵一起，王朗必然出城

⑬ **太史慈神箭参照**
《金史》卷一二四《郭虾蟆传》郭攻会州"城上有举手于悬风版者，虾蟆射之，手与版俱贯，凡射死数百人，夏人震恐，乃出降。"

⑭ **虞翻未劝王朗降**
虞翻劝王朗迎孙策，实无此事。据《三国志·吴书·虞翻传》："孙策征会稽，翻时遭父丧，衰绖诣府门，朗欲就之，翻乃脱衰入见，劝朗避策。朗不能用，拒战败绩。"又据裴注《王朗别传》称，虞翻乃是奉王朗命赴豫章(江西南昌)联络豫章太守华歆，商议共抗孙策的，因闻孙策兵向会稽，中途折回，但王朗已兵败南逃，"星夜追朗至候官，朗遣翻还。"

⑮ **孙策进军福州**
孙策经略江东事，据史传孙策曾下东冶(福建福州)，先征王朗，后平严白虎。据《三国志·吴书·孙策传》，"吴人严白虎等众各万余人，处处屯聚。吴景等欲先击破虎等，乃至会稽。策曰：'虎等群盗，非有大志，此成擒耳。'遂引兵渡浙江，据会稽，屠东冶，乃攻破虎等。"是先破王朗，尔后回师后再攻严白虎的。时严白虎屯军乌程(浙江吴兴)。《太平寰宇记》说："石城山在乌程县西三十里，山墟名云。昔乌程豪族严白虎于山下垒石为城，与吕蒙战，今山下有弩台、烽火楼之迹犹存。"又，据《三国志·魏书·王朗传》，王朗战败，"浮海至东冶。策又追之，大破之，朗乃诣策。"东冶，是孙策军行进最南处。《献帝春秋》也称，"孙策率军如闽、越讨朗。朗泛舟浮海，欲走交州，为兵所逼，遂诣军降"。孙策因王朗为士人领袖，"诘让而不害"。后曹操借天子命征召，王朗始被解脱。

来赶，可用奇兵胜之。"策曰："吾今准备下了，取城只在今夜。"遂令军马起行。

却说王朗闻报孙策军马退去，自引众人来敌楼上观望；见城下烟火并起，旌旗不杂，心下迟疑。周昕曰："孙策走矣，特设此计以疑我耳，可出兵袭之。"严白虎曰："孙策此去，莫非要去查渎？我引部兵与周将军追之。"朗曰："查渎是我屯粮之所，正须提防。汝引兵先行，吾随后接应。"白虎与周昕领五千兵出城追赶。将近初更，离城二十余里，忽密林里一声鼓响，火把齐明。白虎大惊，便勒马回走。一将当先拦住，火光中视之，乃孙策也。周昕舞刀来迎，被策一枪刺死。余众皆降。白虎杀条血路，望余杭而走。王朗听知前军已败。不敢入城，引部下奔逃海隅去了。孙策复回大军，乘势取了城池，安定人民。

不隔一日，只见一人将着严白虎首级来孙策军前投献。策视其人，身长八尺，面方口阔。问其姓名，乃会稽余姚人，姓董，名袭，字元代。策喜，命为别部司马。自是东路皆平，令叔孙静守之，令朱治为吴郡太守，收军回江东。

却说孙权与周泰守宣城，忽山贼窃发，四面杀至。时值更深，不及抵敌，泰抱权上马。数十贼众用刀来砍。泰赤体步行，提刀杀贼，砍杀十余人。随后一贼跃马挺枪直取周泰，被泰扯住枪拖下马来，夺了枪马，杀条血路，救出孙权。余贼远遁。周泰身被十二枪，金疮发胀，命在须臾。策闻之大惊。帐下董袭曰："某曾与海寇相持，身遭数枪。得会稽一个贤郡吏虞翻荐一医者，半月而愈。"策曰："虞翻莫非虞仲翔乎？"袭曰："然。"策曰："此贤士也。我当用之。"乃令张昭与董袭同往聘请虞翻。翻至，策优礼相待，拜为功曹⑯，因言及求医之意。翻曰："此人乃沛国谯郡人，姓华，名佗，字元化。真当世之神医也。当引之来见。"不一日引至。策见其人童颜鹤发，飘然有出世之姿。乃待为上宾，请视周泰疮。佗曰："此易事耳。"投之以药，一月而愈。策大喜，厚谢华佗。遂进兵杀除山贼，江南皆平。孙策分拨将士，守把各处隘口；一面写表申奏朝廷，一面结交曹操，一面使人致书与袁术取玉玺。

却说袁术暗有称帝之心，乃回书推托不还；急聚长史杨大将⑰、都督张勋、纪灵、桥蕤、上将雷薄、陈兰等三十余人商议曰："孙策借我军马起事，今日尽得江东地面；乃不思报本，而反来索玺，殊为无礼。当以何策图之？"长史杨大将曰："孙策据长江之险，兵精粮广，未可图也。今当先伐刘备，以报前日无故相攻之恨，然后图取孙策未迟。某献一计，使备即日就擒。"正是：不去江东图虎豹，却来徐郡斗蛟龙。不知其计若何，且听下文分解。

⑯ **孙策颇信任虞翻**
据《三国志·吴书·虞翻传》，孙策非常器重虞翻，"待以交友之礼，身诣翻第"。《江表传》称，孙策还写信与虞翻说："今日之事，当与卿共之，勿谓孙策作郡吏相待也。"孙策在据豫章后，拟派虞翻到许都，"卿博学洽闻，故前欲令卿一诣许，交见朝士，以折中国妄语儿。"他以虞翻留守会稽，"孤有征讨事，未得还府，卿复以功曹为吾萧何，守会稽耳。"将他比之为汉初萧何，足见是何等信任。后来，孙策伤死，孙权继位。孙策族兄定武中郎将孙暠，欲由乌程（浙江湖州）取会稽，闹割据。虞翻严厉警告孙暠，"讨逆（孙策）明府，不竟天年。今摄事统众，宜在孝廉（孙权），翻已与一郡吏士，婴城固守，必欲出一旦之命，为孝廉除害，唯执事图之"（《会稽典录》）。由此，孙暠计划没能得逞。

⑰ **长史杨大将为杨弘之误**
据《三国志·吴书·孙策传》："后术死，长史杨弘，大将张勋将其众欲就策。"或因作者据明刻本，衍字"弘"，由之误作为"杨大将"。

第十六回　吕奉先射戟辕门　曹孟德败师淯水

却说杨大将献计,欲攻刘备,袁术曰:"计将安出?"大将曰:"刘备军屯小沛,虽然易取,奈吕布虎踞徐州。前次许他金帛粮马,至今未与,恐其助备。今当令人送与粮食,以结其心,使其按兵不动,则刘备可擒。先擒刘备,后图吕布,徐州可得也。"术喜,便具粟二十万斛,令韩胤赍密书往见吕布①。吕布甚喜,重待韩胤。胤回告袁术。术遂遣纪灵为大将,雷薄、陈兰为副将,统兵数万,进攻小沛。玄德闻知此信,聚众商议。张飞要出战。孙乾曰:"今小沛粮寡兵微,如何抵敌?可修书告急于吕布。"张飞曰:"那厮如何肯来?"玄德曰:"乾之言善。"遂修书与吕布。书略曰:

> 伏自将军垂念,令备于小沛容身,实拜云天之德。今袁术欲报私仇,遣纪灵领兵到县。亡在旦夕,非将军莫能救。望驱一旅之师,以救倒悬之急,不胜幸甚!

吕布看了书,与陈宫计议曰:"前者袁术送粮致书,盖欲使我不救玄德也。今玄德又来求救。吾想玄德屯军小沛,未必遂能为我害;若袁术并了玄德,则北连泰山诸将以图我,我不能安枕矣。不若救玄德。"遂点兵起程。

却说纪灵起兵,长驱大进,已到沛县东南,扎下营寨。昼列旌旗,遮映山川;夜设火鼓,震明天地。玄德县中,止有五千余人,也只得勉强出县,布阵安营。忽报吕布引兵,离县一里西南上扎下营寨。纪灵知吕布领兵来救刘备,急令人致书于吕布,责其无信。布笑曰:"我有一计,使袁、刘两家都不怨我。"乃发使往纪灵、刘备寨中,请二人饮宴。

玄德闻布相请,即便欲往。关、张曰:"兄长不可去,吕布必有异心。"玄德曰:"我待彼不薄,彼必不害我。"遂上马而行。关、张随往。到吕布寨中入见。布曰:"吾今特解公之危,异日得志,不可相忘。"玄德称谢。布请玄德坐,关、张按剑立于背后。人报纪灵到。玄德大惊,欲避之。布曰:"吾特请你二人来会议,勿得生疑。"玄德未知

① **袁术未有送粟二十万与吕布**

袁术具粟二十万送吕布,不见于史传。袁术时在淮南,粮食已十分紧张,"袁术战士取给赢蒲"(《晋书·食货志》)。"袁术在江淮,取给蒲赢"(《三国志·魏书·武帝纪》),所以早已无余粮与吕布,当时"袁术畏吕布为己害,乃为子求婚布许之。"他仍是通过儿女结亲对付刘备的。可见允诺结亲在前,射戟在后。

其意，心下不安。纪灵下马入寨，却见玄德在帐上坐，大惊，抽身便回，左右留之不住。吕布向前一把扯回，如提童稚。灵曰："将军欲杀纪灵耶？"布曰："非也。"灵曰："莫非杀'大耳儿'乎？"布曰："亦非也。"灵曰："然则为何？"布曰："玄德与布，乃兄弟也。今为将军所困，故来救之。"灵曰："若此，则杀灵也。"布曰："无有此理。布平生不好斗，惟好解斗。吾今为两家解之。"灵曰："请问解之之法？"布曰："我有一法，从天所决。"乃拉灵入帐，与玄德相见。二人各怀疑忌。

布乃居中坐，使灵居左，备居右，且教设宴行酒。酒行数巡，布曰："你两家看我面上，俱各罢兵。"玄德无语。灵曰："吾奉主公之命，提十万之兵，专捉刘备，如何罢得？"张飞大怒，拔剑在手，叱曰："吾虽兵少，觑汝辈如儿戏耳。你比百万黄巾何如？你敢伤我哥哥！"关公急止之曰："且看吕将军如何主意，那时各回营寨厮杀未迟。"吕布曰："我请你两家解斗，须不教你厮杀。"这边纪灵不忿，那边张飞只要厮杀。布大怒，教左右："取我戟来！"布提画戟在手，纪灵、玄德尽皆失色。布曰："我劝你两家不要厮杀，尽在天命。"令左右接过画戟，去辕门外远远插定，乃回顾纪灵、玄德曰："辕门离中军一百五十步。吾若一箭射中戟小枝，你两家罢兵。如射不中，你各自回营安排厮杀。有不从吾言者，并力拒之。"纪灵私忖："戟在一百五十步之外，安能便中？且落得应允。待其不中，那时凭我厮杀。"便一口许诺。玄德自无不允。布都教坐，再各饮一杯酒。酒毕，布教取弓箭来。玄德暗祝曰："只愿他射得中便好！"只见吕布挽起袍袖，搭上箭，扯满弓，叫一声："着！"正是：弓开如秋月行天，箭去似流星落地。一箭正中画戟小枝，帐上帐下将校，齐声喝采[2]。后人有诗赞之曰：

② 吕布射戟处

吕布射戟解和事，见《三国志·魏书·吕布传》，吕布出兵救刘备，"(纪)灵等闻布至，皆敛兵不敢复攻。布于沛西南一里安屯，遣铃下请灵等，灵等亦请布共饮食。布谓灵等曰：'玄德，布弟也。弟为诸君所困，故来救之。布性不喜合斗，但喜解斗耳。'布令门候于营门中举一只戟，布言：'诸君观布射戟小支，一发中者诸君当解去，不中可留决斗。'布举弓射戟，正中小支。诸将皆惊，言'将军天威也！'明日复欢会，然后各罢。"如此详述，可见当时传播之广。现江苏沛县文化馆，建有六角亭，上悬匾额"射戟台"。亭柱两侧悬联："一弦飞矢鸣画戟；十万精兵卸征衣"，传称此即为吕布辕门射戟处。

温侯神射世间稀，曾向辕门独解危。

落日果然欺后羿，号猿直欲胜由基。

虎筋弦响弓开处，雕羽翎飞箭到时。

豹子尾摇穿画戟，雄兵十万脱征衣。

当下吕布射中画戟小枝，呵呵大笑，掷弓于地，执纪灵、玄德之手曰："此天令你两家罢兵也！"喝教军士："斟酒来，各饮一大觥！"玄德暗称："惭愧！"纪灵默然半晌，告布曰："将军之言不敢不听。奈纪灵回去，主人如何肯信？"布曰："吾自作书复之便了。"酒又数巡，纪灵求书先回。布谓玄德曰："非我则公危矣！"玄德拜谢，与关、张回。次日，三处军马都散。

不说玄德入小沛，吕布归徐州，却说纪灵回淮南见袁术，说吕布辕门射戟解和之事，呈上书信。袁术大怒曰："吕布受吾许多粮米，反以此儿戏之事，偏护刘备！吾当自提重兵，亲征刘备，兼讨吕布。"纪灵曰："主公不可造次。吕布勇力过人，兼有徐州之地。若布与备首尾相连，不易图也。灵闻布妻严氏有一女，年已及笄；主公有一子，可令人求亲于布。布若嫁女于主公，必杀刘备。此乃'疏不间亲'之计也。"袁术从之，即日遣韩胤为媒，赍礼物往徐州求亲。

胤到徐州见布，称说："主公仰慕将军，欲求令爱为儿妇，永结'秦晋之好'。"布入谋于妻严氏。原来吕布有二妻一妾：先娶严氏为正妻，后娶貂蝉为妾，及居小沛时，又娶曹豹之女为次妻。曹氏先亡无出，貂蝉亦无所出，惟严氏生一女，布最钟爱。当下严氏对布曰："吾闻袁公路久镇淮南，兵多粮广，早晚将为天子。若成大事，则吾女有后妃之望。只不知他有几子？"布曰："止有一子。"妻曰："既如此，即当许之。纵不为皇后，吾徐州亦无忧矣。"布意遂决，厚款韩胤，许了亲事③。

韩胤回报袁术，术即备聘礼，仍令韩胤送至徐州。吕布受了，设席相待，留于馆驿安歇。次日，陈宫竟往馆驿内，拜望韩胤。讲礼毕，坐定。宫乃叱退左右，对胤曰："谁献此计，教袁公与奉先联姻，意在取刘玄德之头乎？"胤失惊，起谢曰："乞公台勿泄。"宫曰："吾自不泄，只恐其事若迟，必被他人识破，事将中变。"胤曰："然则奈何？愿公教之。"宫曰："吾见奉先，使其即日送女就亲何如？"胤大喜，称谢曰："若如此，袁公感佩明德不浅矣。"宫遂辞别韩胤，入见吕布曰："闻公女许嫁袁公路，甚善；但不知于何日结亲？"布曰："尚容徐议。"宫曰："古者自受聘成婚之期，各有定例。天子一年，诸侯半年，大夫一季，庶民一月。"布曰："袁公路天赐国宝，早晚当为帝。今从天子例，可乎？"宫曰："不可。"布曰："然则仍从诸侯例？"宫曰："亦不可。"布曰："然则将从卿大夫例矣？"宫曰："亦不可。"布笑曰："公岂欲吾依庶民例耶？"宫曰："非也。"布曰："然则公意欲如何？"宫曰："方今天下，诸侯互相争雄。今公与袁公路结亲，诸侯保无有嫉妒者乎？若复远择吉期，或竟乘我良辰，伏兵半路以夺之，如之奈何？为今之计，不许便休；既已许之，当趁诸侯未知之时，即便送女到寿春，另居别馆，然后择吉成亲，万无一失也。"布喜曰："公台之言甚当。"遂入告严氏，连夜俱办妆奁，收拾宝马香车，令宋宪、魏续一同韩胤送女前去。鼓乐喧天，送出城外。

时陈元龙之父陈珪，养老在家，闻鼓乐之声，遂问左右。左右告以故。珪曰："此乃'疏不间亲'之计也。玄德危矣！"遂扶病来见吕布。布曰："大夫何来？"珪曰："闻将军死至，特来吊丧。"布惊曰："何出此言？"珪曰："前者袁公路以金帛送公，欲杀刘玄德，而公以射戟解之。今忽来求亲，其意盖欲以公女为质，随后就来攻玄德而取小沛。小沛亡，徐州危矣。且彼或来借粮，或来借兵，公若应之，是疲于奔命，而又结怨于人；若其不允，是弃亲而启兵端也。况闻袁

④ 张飞夺马事提前

刘备回小沛,"复合兵得万余人。吕布恶之,自出兵攻先主,先主败走归曹公。"(《三国志·蜀书·先主传》)《演义》称源自夺马,乃时间差。夺马发生于后,《演义》提前了。

⑤ 郭嘉有否劝杀刘备

《三国志·魏书》之《郭嘉传》、《武帝纪》均无此记载。西晋初《傅子》以为程昱、郭嘉劝曹操杀刘备,但同时期夏侯湛《魏书》所记,却为《通鉴》所引用之,且为本回采用。见《通鉴》卷六十二。

术有称帝之意,是造反也。彼若造反,则公乃反贼亲属矣,得无为天下所不容乎?"布大惊曰:"陈宫误我!"急命张辽引兵,追赶至三十里之外,将女抢归。连韩胤都拿回监禁,不放归去。却令人回复袁术,只说女儿妆奁未备,俟备毕便自送来。陈珪又说吕布,使解韩胤赴许都,布犹豫未决。

忽人报:"玄德在小沛招军买马,不知何意。"布曰:"此为将者本分事,何足为怪?"正话间,宋宪、魏续至,告布曰:"我二人奉明公之命,往山东买马,买得好马三百余匹。回至沛县界首,被强寇劫去一半。打听得是刘备之弟张飞,诈妆山贼,抢劫马匹去了④。"吕布听了大怒,随即点兵往小沛来斗张飞。玄德闻知大惊,慌忙领兵出迎。两阵圆处,玄德出马曰:"兄长何故领兵到此?"布指骂曰:"我辕门射戟,救你大难,你何故夺我马匹?"玄德曰:"备因缺马,令人四下收买,安敢夺兄马匹?"布曰:"你便使张飞夺了我好马一百五十匹,尚自抵赖?"张飞挺枪出马曰:"是我夺了你好马,你今待怎么?"布骂曰:"环眼贼,你累次渺视我!"飞曰:"我夺你马你便恼,你夺我哥哥的徐州,便不说了!"布挺戟出马,来战张飞,飞亦挺枪来迎。两个酣战一百余合,未见胜负。玄德恐有疏失,急鸣金收军入城。吕布分军,四面围定。玄德唤张飞,责之曰:"都是你夺他马匹,惹起事端,如今马匹在何处?"飞曰:"都寄在各寺院内。"玄德随令人出城至吕布营中,说情愿送还马匹,两相罢兵。布欲从之。陈宫曰:"今不杀刘备,久后必为所害!"布听之,不从所请,攻城愈急。玄德与糜竺、孙乾商议。孙乾曰:"曹操所恨者,吕布也。不若弃城走许都,投奔曹操,借军破布,此为上策。"玄德曰:"谁可当先破围而出?"飞曰:"小弟情愿死战。"玄德令飞在前,云长在后,自居于中,保护老小。当夜三更,乘着月明,出北门而走。正遇宋宪、魏续,被翼德一阵杀退,得出重围。后面张辽赶来,关公敌住。吕布见玄德去了,也不来赶,随即入城安民,令高顺守小沛,自己仍回徐州去了。

却说玄德前奔许都,到城外下寨,先使孙乾来见曹操,言被吕布追逼,特来相投。操曰:"玄德与吾兄弟也。"便请入城相见。次日,玄德留关、张在城外,自带孙乾、糜竺入见操,操待以上宾之礼。玄德备诉吕布之事。操曰:"布乃无义之辈,吾与贤弟并力诛之。"玄德称谢。操设宴相待,至晚送出。荀彧入见曰:"刘备,英雄也。今不早图,后必为患。"操不答。彧出,郭嘉入,操曰:"荀彧劝我杀玄德,当如何?"嘉曰:"不可。主公兴义兵,为百姓除暴,惟仗信义以招俊杰,犹惧其不来也。今玄德素有英雄之名,以困穷而来投,若杀之,是害贤也。天下智谋之士,闻而自疑,将裹足不前,主公谁与定天下乎?夫除一人之患,以阻四海之望,安危之机,不可不察。"⑤操大喜曰:"君言正合吾心。"次日即表荐刘备领豫州牧。程昱谏曰:"刘备终不为人之下，不如早图之。"操曰："方今正用英雄之时，不可杀一人而失天下之心。此郭奉孝与吾有同见也。"遂不听昱言，以兵三千、粮万斛送与玄德，使往豫州到任，进兵屯小沛，招集原散之兵攻吕布。

玄德至豫州，令人约会曹操。操正欲起兵自往征吕布，忽流星马报说：张济自关中引兵攻南阳，为流矢所中而死。济侄张绣统其众，用贾诩为谋士，结连刘表，屯兵宛城，欲兴兵犯阙夺驾。操大怒，欲兴兵讨之，又恐吕布来侵许都，乃问计于荀彧。或曰："此易事耳。吕布无谋之辈，见利必喜。明公可遣使往徐州，加官赐赏，令与玄德解和。布喜，则不思远图矣。"操曰："善。"遂差奉军都尉王则，赍官诰并和解书，往徐州去讫；一面起兵十五万，亲讨张绣，分军三路而行，以夏侯惇为先锋。军马至淯水下寨。贾诩劝张绣曰："操兵势大，不可与敌，不如举众投降。"张绣从之，使贾诩至操寨通款。操见诩应对如流，甚爱之，欲用为谋士。诩曰："某昔从李傕，得罪天下；今从张绣，言听计从，不忍弃之。"乃辞去。次日，引绣来见操，操待之甚厚。引兵入宛城屯扎，余军分屯城外，寨栅联络十余里。一住数日，绣每日设宴请操。

一日操醉，退入寝所，私问左右曰："此城中有妓女否？"操之兄子曹安民[6]知操意，乃密对曰："昨晚小侄窥见馆舍之侧有一妇人，生得十分美丽。问之，即绣叔张济之妻也。"操闻言，便令安民领五十甲兵往取之。须臾，取到军中，操见之，果然美丽。问其姓，妇答曰："妾乃张济之妻邹氏[7]也。"操曰："夫人识吾否？"邹氏："久闻丞相威名，今夕幸得瞻拜。"操曰："吾为夫人故，特纳张绣之降。不然，灭族矣。"邹氏拜曰："实感再生之恩。"操曰："今日得见夫人，乃天幸也。今宵愿同枕席。随吾还都，安享富贵，何如？"邹氏拜谢。是夜，共宿于帐中。邹氏曰："久住城中，绣必生疑，亦恐外人议论。"操曰："明日同夫人去寨中住。"次日，移于城外安歇，唤典韦就中军帐房外宿卫，他人非奉呼唤，不许辄入。因此内外不通，操每日与邹氏取乐，不想归期。张绣家人密报绣。绣怒曰："操贼辱我太甚！"便请贾诩商议。诩曰："此事不可泄漏。来日等操出帐议事，如此如此。"

次日，操坐帐中，张绣入告曰："新降兵多有逃亡者，乞移屯中军。"操许之。绣乃移屯其军，分为四寨，刻期举事。因畏典韦勇猛，急切难近，乃与偏将胡车儿商议。那胡车儿力能负五百斤，日行七百里，亦异人也[8]。当下献计于绣曰："典韦之可畏

⑥ **曹操诸弟**

曹操有兄弟多人，或因早死，不见事绩。此处曹操有侄安民，但未见有安民名字。据《三国志·魏书》卷二十《樊安公均传》"奉叔父蓟恭公彬后"和《东平灵王徽传》"奉叔父朗陵哀侯玉后"，操是有两弟：曹彬、曹玉。卢弼《三国志集解》称，"不知二人谁是安民之父"。按，据《三国志·魏书·武帝纪》曹操有弟曹德，《后汉书·宦者传》，又有弟曹疾。此两人是否即曹彬、曹玉，语焉不详，但曹操至少有两弟，足可无疑。

⑦ **曹操纳张济妻**

汉建安四年(199)，曹操南征，张绣降，"太祖纳济妻"(《三国志·魏书·张绣传》)。此即为京剧《战宛城》脚本。按，张济妻，后或即随曹操为妾。卢弼《三国志集解》在曹操妾周姬条注有"太祖纳济妻，史失其姓，俟考"，似又疑周姬实系张济妻者。盖周姬生子为樊侯曹均，曹操后与张绣联姻，即曹均娶张绣女，亦可为佐证。按曹操取张济妻，亦系为当时风行的取城夺地的游戏规则，即视掠夺、分配败降者家属财产为合理性。

⑧ **异人胡车儿**

《演义》称胡车儿为"异人"，无据。但胡车儿确有其人，或为触发张绣叛曹操一大基因。《三国志·魏书·张绣传》引《傅子》："(张)绣有所亲胡车儿，勇冠其军。太祖(曹操)爱其骁健，手以金与之。绣闻而疑太祖欲因左右刺之，遂反。"本段移作胡车儿盗典韦戟，也是小说家言。

者，双铁戟耳。主公明日可请他来吃酒，使尽醉而归，那时某便混入他跟来军士数内。偷入帐房，先盗其戟，此人不足畏矣。"绣甚喜，预先准备弓箭、甲兵，告示各寨。至期，令贾诩致意，请典韦到寨，殷勤待酒。至晚醉归，胡车儿杂在众人队里，直入大寨。

是夜，曹操于帐中与邹氏饮酒。忽听帐外人言马嘶，操使人观之，回报："是张绣军夜巡。"操乃不疑。时近二更。忽闻寨内呐喊，报说草车上火起。操曰："军人失火，勿得惊动。"须臾，四下里火起。操始着忙，急唤典韦。韦方醉卧，睡梦中听得金鼓喊杀之声，便跳起身来。却寻不见了双戟。时敌兵已到辕门，韦急掣步卒腰刀在手，只见门首无数军马，各挺长枪，抢入寨来。韦奋力向前，砍死二十余人。马军方退，步军又到，两边枪如苇列，韦身无片甲，上下被数十枪，兀自死战。刀砍缺不堪用，韦即弃刀，双手提着两个军人迎敌，击死者八九人。群贼不敢近，只远远以箭射之，箭如骤雨。韦犹死拒寨门，争奈寨后贼军已入，韦背上又中一枪，乃大叫数声，血流满地而死。死了半晌，还无一人敢从前门而入者。

却说曹操赖典韦当住寨门，乃得从寨后上马逃奔，只有曹安民步随。操右臂中了一箭，马亦中了三箭，亏得那马是大宛良马，熬得痛，走得快。刚刚走到淯水河边，贼兵追至，安民被砍为肉泥。操急骤马，冲波过河。才上得岸，贼兵一箭射来，正中马眼，那马扑地倒了。操长子曹昂，即以己所乘之马奉操。操上马急奔，曹昂却被乱箭射死。操乃走脱。路逢诸将，收集残兵[9]。

时夏侯惇所领青州之兵，乘势下乡劫掠民家，平虏校尉于禁即将本部军于路剿杀，安抚乡民。青州兵走回，迎操泣拜于地，言于禁造反，赶杀青州军马，操大惊。须臾，夏侯惇、许褚、李典、乐进都到。操言于禁造反，可整兵迎之。却说于禁见操等俱到，乃引军射住阵角，凿堑安营。或告之曰："青州军言将军造反，今丞相已到，何不分辩，乃先立营寨耶？"于禁曰："今贼追兵在后，不时即至。若不先准备，何以拒敌。分辩小事，退敌大事。"安营方毕，张绣军两路杀至，于禁身先出寨迎战，绣急退兵。左右诸将见于禁向前，各引兵击之，绣军大败，追杀百余里。绣势穷力孤，引败兵投刘表去了。曹操收军点将，于禁入见，备言青州之兵肆行劫掠，大失民望，某故杀之。操曰："不告我，先下寨，何也？"禁以前言对。操曰："将军在匆忙之中，能整兵坚垒，任谤任劳，使反败为胜。虽古之名将，何以加兹！"乃赐以金器一副，封益寿亭侯；责夏侯惇治兵不严之过。又设祭祭典韦。操亲自哭而奠之[10]，顾谓诸将曰："吾折长子、爱侄，俱无深痛，独号泣典韦也！"众皆感叹。次日，下令班师。

⑨ 曹操收编青州军后的山东黄巾

青州之兵，即曹操收编的山东黄巾，所以称"青州兵"。但山东黄巾一部归顺曹操，一部返回泰山。建安二年(197)，南败琅邪(山东临沂北)相萧建；建安十年，又进至济南(山东章丘西)、乐安(山东高青东南)，逼使曹操抽调夏侯渊率军前来讨伐。建安十二年黄巾又杀死济南王刘赟。由此可见，山东黄巾在为曹操击败后，仍甚活跃，也足证曹操收编的山东黄巾，只是一部分，而不是全部。

⑩ 典韦葬处

典韦死，曹操在舞阴(河南舞阴)开追悼会，"遣归葬襄邑"(《三国志·典韦传》)。襄邑(河南睢县)乃典韦为报刘氏恩之处。但也有作典韦葬柘皋(安徽巢县)。"柘皋镇西街后阳河冈下，旧有人掘土得碑，视之有篆文为典韦墓，填而掩"(《清道光巢县志》卷十九)。

不说曹操还兵许都。且说王则赍诏至徐州，布迎接入府，开读诏书：封布为平东将军，特赐印绶。又出操私书。王则在吕布面前，极道曹公相敬之意，布大喜。忽报袁术遣人至，布唤入问之。使言："袁公早晚即皇帝位，立东宫，催取皇妃早到淮南。"布大怒曰："反贼焉敢如此！"遂杀来使，将韩胤用枷钉了，遣陈登赍谢表，解韩胤一同王则上许都来谢恩；且答书于操，欲求实授徐州牧。操知布绝婚袁术，大喜，遂斩韩胤于市曹。陈登密谏操曰："吕布，豺狼也，勇而无谋，轻于去就。宜早图之。"操曰："吾素知吕布狼子野心，诚难久养。非公父子，莫能究其情，公当与吾谋之。"登曰："丞相若有举动，某当为内应。"操喜，表赠陈珪秩中二千石，登为广陵太守。登辞回，操执登手曰："东方之事，便以相付。"登点头允诺。

回徐州，见吕布。布问之，登言："父赠禄，某为太守。"布大怒曰："汝不为吾求徐州牧，而乃自求爵禄。汝父教我协同曹公，绝婚公路，今吾所求，终无一获，而汝父子俱各显贵。吾为汝父子所卖耳！"遂拔剑欲斩之。登大笑曰："将军何其不明之甚也！"布曰："吾何不明？"登曰："吾见曹公，言养将军譬如养虎，当饱其肉，不饱则将噬人。曹公笑曰：'不如卿言。吾待温侯如养鹰耳，狐兔未息，不敢先饱；饥则为用，饱则飏去。[11]'某问谁为狐兔。曹公曰：'淮南袁术、江东孙策、冀州袁绍、荆襄刘表、益州刘璋、汉中张鲁，皆狐兔也。'"布掷剑笑曰："曹公知我也！"正说话间，忽报袁术军取徐州。吕布闻言失惊。正是：

> 秦晋未谐吴越斗，婚姻惹出甲兵来。

毕竟后事如何，且听下文分解。

⑪ **南宋史弥远故事引语**
此说据《宋史·史弥远传》，绍定四年(1231)四月，南宋枢密院据赵范、赵葵奏拟犒赏擒戮李全有功将士赵必胜等二十九人，但丞相史弥远不肯重赏，"诛李全，复淮安，克盱眙，第功行赏，诸将皆望不次拔擢。或言于弥远。弥远曰：'御将之道，譬如养鹰，饥则依人，饱则飏去。'曹彬下江南，太祖未以使相与之。"

第十七回　袁公路大起七军　曹孟德会合三将

① 短命皇帝袁术

东汉末年，各地官吏割据自霸，各争雄长，很多人想做皇帝，但公开亮出皇帝相的只有袁术。汉建安二年(197)，袁术在寿春(安徽寿县)称帝，国号仲氏。"以九江太守为淮南尹。置公卿，祠南北郊"(《三国志·魏书·袁术传》)。枪打出林鸟，他必然成为众矢之的。不久，他就先后分别为吕布、曹操等击败，众叛亲离。此时，他写信与庶兄袁绍，要让位。"术归帝号于绍曰：'汉之失天下久矣，天子提挈，政在家门，豪雄角逐，分裂疆宇，此与周之末年七国分势无异，卒强者兼之耳。加袁氏受命当王，符瑞炳然。今君拥有四州，民户百万，以疆则无与比大，论德则无与比高。曹操欲扶袁拯弱，安能续绝命救已灭乎？'绍阴然之"(《三国志·魏书·袁术传》引《魏书》)。但袁术并未送出传国玺。他只做了几个月皇帝，死了。因时间短促，所以有关详细文字，包括所置官吏制度，均失佚。但其涉及至州县，见存记录有以周瑜为居巢长，鲁肃为东城长。周、鲁均拒绝，而投奔孙策。

② 冯方女为皇后

《三国志·魏书·袁术传》引《九州春秋》："司隶冯方女，国色也，避乱扬州，术登城见而悦之，遂纳焉，甚爱幸。诸妇害其宠，语之曰：'将军贵人有志节，当时时涕泣忧愁，必长见敬重。'冯氏以为然，后见术辄垂涕，术以有心志，益哀之。诸妇人因共绞杀，悬之厕梁，术诚以为不得志而死，乃厚加殡敛。"

却说袁术在淮南，地广粮多，又有孙策所质玉玺，遂思僭称帝号。大会群下，议曰："昔汉高祖不过泗上一亭长，而有天下。今历年四百，气数已尽，海内鼎沸。吾家四世三公，百姓所归。吾欲应天顺人，正位九五，尔众人以为何如？"主簿阎象曰："不可。昔周后稷，积德累功；至于文王，三分天下有其二，犹以服事殷。明公家世虽贵，未若有周之盛；汉室虽微，未若殷纣之暴也。此事决不可行。"术怒曰："吾袁姓出于陈，陈乃大舜之后。以土承火，正应其运。又谶云：'代汉者，当涂高也。'吾字公路，正应其谶。又有传国玉玺。若不为君，背天道也。吾意已决，多言者斩！"遂建号仲氏①，立台省等官，乘龙凤辇，祀南北郊。立冯方女为后②，立子为东宫。因命使催取吕布之女为东宫妃。却闻布已将韩胤解赴许都，为曹操所斩，乃大怒。遂拜张勋为大将军，统领大军二十余万，分七路征徐州。第一路，大将张勋居中；第二路，上将桥蕤居左；第三路，上将陈纪居右；第四路，副将雷薄居左；第五路，副将陈兰居右；第六路，降将韩暹居左；第七路，降将杨奉居右。各领部下健将，克日起行。命兖州刺史金尚为太尉，监运七路钱粮，尚不从。术杀之，以纪灵为七路都救应使。术自引军三万，使李丰、梁刚、乐就为催进使，接应七路之兵。

吕布使人探听得张勋一军从大路径取徐州,桥蕤一军取小沛,陈纪一军取沂都,雷薄一军取琅琊,陈兰一军取碣石,韩暹一军取下邳,杨奉一军取浚山,七路军马,日行五十里,于路劫掠将来,乃急召众谋士商议。陈宫与陈珪父子俱至。陈宫曰:"徐州之祸,乃陈珪父子所招,媚朝廷以求爵禄。今日移祸于将军,可斩二人之头献袁术,其军自退。"布听其言,即命擒下陈珪、陈登。陈登大笑曰:"何如是之懦也!吾观七路之兵,如七堆腐草,何足介意!"布曰:"汝若有计破敌,免汝死罪。"陈登曰:"将军若用愚夫之言,徐州可保无虞。"布曰:"试言之。"登曰:"术兵虽众,皆乌合之师,素不亲信。我以正兵守之,出奇兵胜之,无不成功。更有一计,不止保安徐州,并可擒袁术。"布曰:"计将安出?"登曰:"韩暹、杨奉,乃汉旧臣。因惧曹操而走,无家可依,暂归袁术。术必轻之,彼亦不乐为术用。若凭尺书结为内应,更连刘备为外合,必擒袁术矣。"布曰:"汝须亲到韩暹、杨奉处下书。"陈登允诺。

布乃发表上许都,并致书与豫州,然后令陈登引数骑,先于下邳道上候韩暹。暹引兵至,下寨毕,登入见。暹问曰:"汝乃吕布之人,来此何干?"登笑曰:"某为大汉公卿,何为吕布之人?若将军者,向为汉臣,今乃为叛贼之臣,使昔日关中保驾之功,化为乌有,窃为将军不取也。且袁术性最多疑,将军后必为其所害。今不早图,悔之无及!"暹叹曰:"吾欲归汉,恨无门耳。"登乃出布书。暹览书毕,曰:"吾已知之。公先回,吾与杨将军反戈击之。但看火起为号,温侯以兵相应可也。"登辞暹,急回报吕布。

布乃分兵五路:高顺引一军进小沛,敌桥蕤;陈宫引一军进沂都,敌陈纪;张辽、臧霸引一军出琅琊,敌雷薄;宋宪、魏续引一军出碣石,敌陈兰;吕布自引一军出大道,敌张勋。各领军一万,余者守城。吕布出城三十里下寨。张勋军到,料敌吕布不过,且退二十里屯住,待四下兵接应。

是时二更时分,韩暹、杨奉分兵到处放火,接应吕家军入寨,勋军大乱。吕布乘势掩杀,张勋败走。吕布赶到天明,正撞纪灵接应。两军相迎,恰待交锋,韩暹、杨奉两路杀来,纪灵大败而走。吕布引兵追杀,山背后一彪军到。门旗开处,只见一队军马,打龙凤日月旗幡,四斗五方旌帜,金瓜银斧,黄钺白旄,黄罗销金伞盖之下,袁术身披金甲,腕悬二刀,立马阵前。大骂吕布:"背主家奴!"布怒,挺戟向前,术将李丰挺枪来迎。战不三合,被布刺伤其手,丰弃枪而走。吕布麾兵冲杀,术军大乱。吕布引军从后追赶,抢夺马匹衣甲无数。袁术引着败军,走不上数里,山背后一彪军出,截住去路。当先一将,乃关云长也。大叫:"反贼还不受死!"袁术慌走,余众四散奔逃,被云长大杀了一阵。袁术收拾败军,奔回淮南去了。

吕布得胜,邀请云长并杨奉、韩暹等一行人马到徐州,大排筵宴管待。军士都有犒赏。次日,云长辞归。布保韩暹为沂都牧、杨奉为琅琊牧,商议欲留二人在徐州。陈珪曰:"不可。韩、杨二人据山东,不出一年,则山东城郭皆属将军也。"布然之,遂送二将暂于沂都、琅琊二处屯扎,以候恩命。陈登私问父曰:"何不留二人在徐州,为杀吕布之根?"珪曰:"倘二人协助吕布,是反为虎添爪牙也。"登乃服父之高见。

却说袁术败回淮南,遣人往江东,问孙策借兵报仇。策怒曰:"汝赖吾玉玺,僭称帝号,背反汉室,大逆不道。吾方欲加兵问罪,岂肯反助叛贼乎!"遂作书以绝之。使者赍书回见袁术,术看毕,怒曰:"黄口孺子,何敢乃尔! 吾先伐之!"长史杨大将力谏方止。却说孙策自发书后,防袁术兵来,点军守住江口。忽曹操使至,拜策为会稽太守,令起兵征讨袁术。策乃商议,便欲起兵。长史张昭曰:"术虽新败,兵多粮足,未可轻敌。不如遗书曹操,劝他南征,吾为后应。两军相援,术军必败。万一有失,亦望操救援。"策从其言,遣使以此意达曹操。

却说曹操至许都,思慕典韦,立祀祭之;封其子典满为中郎,收养在府。忽报孙策遣使致书。操览书毕,又有人报袁术乏粮,劫掠陈留。欲乘虚攻之,遂兴兵南征。令曹仁守许都,其余皆从征。马步兵十七万,粮食辎重千余车。一面先发人会合孙策与刘备、吕布。兵至豫州界上,玄德早引兵来迎,操命请入营。相见毕,玄德献上首级二颗。操惊曰:"此是何人首级?"玄德曰:"此韩暹[3]、杨奉之首级也。"操曰:"何以得之?"玄德曰:"吕布令二人权住沂都、琅琊两县,不意二人纵兵掠民,人人嗟怨。因此备乃设一宴诈请议事,饮酒间掷盏为号,使关、张二弟杀之,尽降其众。今特来请罪。"操曰:"君为国家除害,正是大功,何言罪也?"遂厚劳玄德,合兵到徐州界。吕布出迎,操善言抚慰,封为左将军,许于还都之时换给印绶。布大喜。操即分吕布一军在左,玄德一军在右,自统大军居中。令夏侯惇、于禁为先锋。

袁术知曹兵至,令大将桥蕤引兵五万作先锋。两军会于寿春界口。桥蕤当先出马,与夏侯惇战不三合,被夏侯惇搠死。术军大败,奔走回城。忽报孙策发船攻江边西面,吕布引兵攻东面,刘备、关、张引兵攻南面,操自引兵十七万攻北面。术大惊,急聚众文武商议。杨大将曰:"寿春水旱连年,人皆缺食[4],今又动兵扰民。民既生怨,兵至难以拒敌。不如留军在寿春,不必与战,待彼兵粮尽,必然生变。陛下且统御林军渡淮,一者就熟,二者暂避其锐。"术用其言,留李丰、乐就、梁刚、陈纪四人,分兵十万,坚守寿春。其余将卒并库藏金玉宝贝,尽数收拾,过淮去了。

却说曹兵十七万,日费粮食浩大,诸郡又荒旱,接济不及。操催军速战,李丰等闭门不出。操军相拒月余,粮食将尽,致书于孙策,借得粮米十万斛,不敷支散。管粮官任峻部下仓官王垕入禀操曰:"兵多粮少,当如之何?"操曰:"可将小斛散之,权且救一时之急。"垕曰:"兵士倘怨,如何?"操曰:"吾自有策。"垕依命,以小斛分散。操

③ 刘备未杀韩暹
《三国志·魏书·董卓传》称,"太祖乃迎天子都许。暹、奉不能奉王法,各出奔,寇徐、扬间,为刘备所杀。"但据《英雄记》,杨奉确在刘备宴席上被杀,而韩暹却是在走回并州(山西)时,为杼秋屯帅张宣宣杀死。

④ 寿春民穷乏食
袁术奢侈,民不聊生。在自封皇帝后,"荒侈滋甚,后宫数百,皆服绮縠,余粱肉,而士卒冻馁,江淮间空尽,人民相食。"(《三国志·魏书·袁术传》)《北堂书钞》卷一五六引谢承《后汉书》卷四《袁术传》:"袁术在寿春,百姓以桑椹干为饭。"

暗使人各寨探听，无不嗟怨，皆言丞相欺众。操乃密召王垕入曰："吾欲问汝借一物，以压众心，汝必勿吝。"垕曰："丞相欲用何物？"操曰："欲借汝头以示众耳。"垕大惊曰："某实无罪！"操曰："吾亦知汝无罪。但不杀汝，军必变矣。汝死后，汝妻子吾自养之，汝勿虑也。"垕再欲言时，操早呼刀斧手，推出门外，一刀斩讫。悬头高竿，出榜晓示曰："王垕故行小斛，盗窃官粮，谨按军法。"于是众怨始解。

次日，操传令各营将领："如三日内不并力破城，皆斩！"操亲自至城下，督诸军搬土运石，填壕塞堑。城上矢石如雨，有两员裨将畏避而回，操掣剑亲斩于城下，遂自下马，接土填坑。于是大小将士无不向前，军威大振。城上抵敌不住。曹兵争先上城，斩关落锁，大队拥入。李丰、陈纪、乐就、梁刚都被生擒，操令皆斩于市。焚烧伪造宫室殿宇，一应犯禁之物，寿春城中，收掠一空。商议欲进兵渡淮，追赶袁术。荀彧谏曰："年来荒旱，粮食艰难。若更进兵，劳军损民，未必有利。不若暂回许都，待来春麦熟，军粮足备，方可图之。"操踌躇未决。忽报马到，报说："张绣依托刘表，复肆猖獗；南阳、江陵诸县复反。曹洪拒敌不住，连输数阵，今特来告急。"操乃驰书与孙策，令其跨江布阵，以为刘表疑兵，使不敢妄动。自己即日班师，别议征张绣之事。临行，令玄德仍屯兵小沛，与吕布结为兄弟，互相救助，再无相侵。吕布领兵自回徐州。操密谓玄德曰："吾令汝屯小沛，是'掘坑待虎'之计也。公但与陈珪父子商议，勿致有失。某当为公外援。"话毕而别。

却说曹操引军回许都，人报："段煨⑤杀了李傕，伍习⑥杀了郭汜，将头来献。"段煨并将李傕合族老小二百余口活解入许都，操令分于各门处斩，传首号令，人民称快。天子升殿，会集文武，作太平筵宴；封段煨为荡寇将军，伍习为殄虏将军，各引兵镇守长安。二人谢恩而去。操即奏张绣作乱，当兴兵伐之。天子乃亲排銮驾，送操出师，时建安三年夏四月也。

操留荀彧在许都调遣兵将，自统大军进发。行军之次，见一路麦已熟，民因兵至逃避在外，不敢刈麦。操使人远近遍谕村人父老及各处守境官吏曰："吾奉天子明诏，出兵讨逆，与民除害。方今麦熟之时，不得已而起兵。大小将校，凡过麦田，但有践踏者，并皆斩首。军法甚严，尔民勿得惊疑。"百姓闻谕，无不欢喜称颂，望尘遮道而拜。官军经过麦田，皆下马以手扶麦，递相传送而过，并不敢践踏。操乘马正行，忽田中惊起一鸠。那马眼生，窜入麦中，践坏了一大块麦田。操随呼行军主簿，拟议自己践麦之罪。主簿曰："丞相岂可议罪？"操曰："吾自制法，吾自犯之，何以服众？"即掣所佩之剑，欲

⑤ 段煨其人

段煨原系董卓部中郎将。关东诸侯谋攻洛阳，董卓设防，段煨率军屯扎华阴(陕西华阴)。"在华阴时修农事，天子东迁，煨迎赍饷周急"(《后汉书·董卓传》)。《典略》也称"煨在华阴时，修农时，不虏略。天子东还，煨迎道贡遗周急"。建安二年(197)，皇帝下诏书令关中诸将段煨等讨伐李傕，夷三族。当段煨将李傕头送来许都，皇帝恨极了，下诏把它高高挂了示众。段煨后被征用为大鸿胪、光禄大夫。建安十四年，病死。

⑥ 五习杀郭汜

五习为郭汜部将。时郭汜引残军躲匿关中郿县(陕西郿)，为五习所袭，杀死。五习姓"五"，乃古姓，不得作"伍"。

自刎。众急救住。郭嘉曰："古者《春秋》之义，法不加于尊。丞相总统大军，岂可自戕？"操沉吟良久，乃曰："既《春秋》有'法不加于尊'之义，吾姑免死。"乃以剑割自己之发掷于地曰："割发权代首。"使人以发传示三军，曰："丞相践麦，本当斩首号令，今割发以代。"于是三军悚然，无不凛遵军令。后人有诗论之曰：

> 十万貔貅十万心，一人号令众难禁。
>
> 拔刀割发权为首，方见曹瞒诈术深。

却说张绣知操引兵来，急发书报刘表，使为后应。一面与雷叙、张先二将，领兵出城迎敌。两阵对圆，张绣出马，指操骂曰："汝乃假仁义无廉耻之人，与禽兽何异！"操大怒，令许褚出马，绣令张先接战，只三合，许褚斩张先于马下。绣军大败。操引军赶至南阳城下，绣入城，闭门不出。操围城攻打，见城壕甚阔，水势又深，急难近城。乃令军士运土填壕，又用土布袋并柴薪、草把相杂，于城边作梯凳。又立云梯，窥望城中。操自骑马，绕城观之。如此三日，传令："教军士于西门角上堆积柴薪，会集诸将，就那里上城。"城中贾诩见如此光景，便谓张绣曰："某已知曹操之意矣。今可将计就计而行。"正是：

> 强中自有强中手，用诈还逢识诈人。

不知其计若何，且听下文分解。

第十八回 贾文和料敌决胜
夏侯惇拔矢啖睛

却说贾诩料知曹操之意，便欲将计就计而行。乃谓张绣曰："某在城上，见曹操绕城而观者三日。他见城东南角，砖土之色新旧不等，鹿角多半毁坏，意将从此处攻进；却虚去西北上积草，诈为声势，欲哄我撤兵守西北。彼乘夜黑，必爬东南角而进也。"绣曰："然则奈何？"诩曰："此易事耳。来日可令精壮之兵，饱食轻装，尽藏于东南房屋内。却教百姓假扮军士，虚守西北。夜间，任他在东南角上爬城；俟其爬进城时，一声炮响，伏兵齐起，操可擒矣。"绣喜，从其计。早有探马报曹操，说张绣尽撤兵在西北角上，呐喊守城，东南却甚空虚。操曰："中吾计矣。"遂命军中密备锹镢、爬城器具。日间只引军攻西北角，至二更时分，却领精兵于东南角上爬过壕去，砍开鹿角。城中全无动静，众军一齐拥入。只听得一声炮响，伏兵四起。曹军急退。背后张绣亲驱勇壮杀来，曹军大败，退出城外，奔走数十里，张绣直杀至天明，方收军入城。曹操计点败军，折兵五万余人，失去辎重无数；吕虔、于禁俱各被伤。却说贾诩见操败走，急劝张绣遗书刘表，使起兵截其后路。表得书，即欲起兵。忽探马报："孙策屯兵湖口。"蒯良曰："策屯兵湖口，乃曹操之计也。今操新败，若不乘势击之，后必有患。"表乃令黄祖坚守隘口，自己统兵至安众县，截操后路。一面约会张绣。绣知表兵已起，即同贾诩引兵袭操。

且说操军缓缓而行，至襄城，到淯水，操忽于马上放声大哭。众惊问其故。操曰："吾思去年于此地折了吾大将典韦，不由不哭耳！"因即下令屯住军马，大设祭筵，吊奠典韦亡魂。操亲自拈香哭拜，三军无不感叹。祭典韦毕，方祭侄曹安民及长子曹昂，并祭阵亡军士，连那匹射死的大宛马也都致祭。次日，忽荀彧差人报说："刘表助张绣屯兵安众，截吾归路。"操答彧书曰："吾日行数里，非不知贼来追我。然吾计划已定，若到安众，破绣必矣。君等勿疑。"便催军行。至安众县界，刘表军已守险要，张绣随后引军赶来。操乃令众军黑夜凿险开道，暗伏奇兵。及天色微明，刘表、张绣军会合，见操兵少，疑操遁去，俱引兵入险击之。操纵奇兵出，大破两家之兵。曹兵出了安众隘口，于隘外下寨。刘表、张绣，各整败兵相见。表曰："何期反中曹操奸计！"绣曰："容再图之。"于是两军集于安众。

且说荀彧探知袁绍欲兴兵犯许都，星夜驰书报曹操，操得书心慌，即日回兵。细作报知张绣，绣欲追之。贾诩曰："不可追也，追之必败。"刘表曰："今日不追，坐失机会矣！"力劝绣，引军万余，同往追之。约行十余里，赶上曹军后队。曹军奋力接战，绣、表两军大败而还。绣谓诩曰："不用公言，果有此败。"诩曰："今可整兵再往追之。"绣与表俱曰："今已败，奈何复追？"诩曰："今番追去，必获大胜，如其不然，请斩吾首。"绣信之。刘表疑虑，不肯同往。绣乃自引一军往追，操兵果然大败，车马辎重连路散弃而走。绣正往前追赶，忽山后一彪军拥出，绣不敢前追，收军回安众。刘表问贾诩曰："前以精兵追退兵，而公曰必败；后以败卒击胜兵，而公曰必克：究竟悉如公言。何其事不同而皆验也？愿公明教我。"诩曰："此易知耳。将军虽善用兵，非曹操敌手，操军虽败，必有劲将为后殿，以防追兵；我兵虽锐，不能敌之也，故知必败。夫操之急于退兵者，必因许都有事。既破我追军之后，必轻车速回，不复为备。我乘其不备，而更追之，故能胜也。"刘表、张绣俱服其高见[1]。诩劝表回荆州，绣守襄城，以为唇齿。两军各散。

且说曹操正行间，闻报后军为绣所追，急引众将回身救应。只见绣军已退，败兵回告操曰："若非山后这一路人马阻住中路，我等皆被擒矣。"操急问何人。那人绰枪下马，拜见曹操，乃镇威中郎将，江夏平春人，姓李，名通，字文达。操问何来。通曰："近守汝南，闻丞相与张绣、刘表战，特来接应。"操喜，封之为建功侯，守汝南西界以防表、绣。李通拜谢而去。操还许都，表奏孙策有功，封为讨逆将军，赐爵吴侯。遣使赍诏江东，谕令防剿刘表。操回府，众官参见毕，荀彧问曰："丞相缓行至安众，何以知必胜贼兵？"操曰："彼退无归路，必将死战。吾缓诱之而暗图之，是以知其必胜也。"荀彧拜服。

郭嘉入，操曰："公来何暮也？"嘉袖出一书，白操曰："袁绍使人致书丞相，言欲出兵攻公孙瓒，特来借粮借兵。"操曰："吾闻绍欲图许都，今见吾归，又别生他议。"遂拆书观之，见其词意骄慢。乃问嘉曰："袁绍如此无状，吾欲讨之，恨力不及，如何？"嘉曰："刘、项之不敌，公所知也。高祖唯智胜，项羽虽强，终为所擒。今绍有十败，公有十胜，绍兵虽盛，不足惧也：绍繁礼多仪，公体任自然，此道胜也；绍以逆动，公以顺率，此义胜也；桓、灵以来，政失于宽，绍以宽济，公以猛纠，此治胜也；绍外宽内忌，所任多亲戚，公外简内明，用人唯才，此度胜也；绍多谋少决，公得策辄行，此谋胜也；绍专收名誉，公以至诚待人，此德胜也；绍恤近忽远，公虑无不周，此仁胜也；绍听谗惑乱，公浸润不行，此明胜也；绍是非混淆，公法度严明，此文胜也；

① 刘表未有与张绣联手抗曹事
刘表为荆州牧时，因屯治所在地南阳为袁术所据，后袁术走又为张绣所据，只得以襄阳为荆州州治，但未见有刘与张绣联手抗曹事。张绣叔张济与刘表对抗，战死。贾诩归张绣，诩说绣与刘表连和（《三国志·魏书·刘表传》）"诩南见刘表，表以客礼待之。诩曰：'表，平世三公才也'；不见事变，多疑无决，无能为也。"（同传引《傅子》）但此处无有张刘联手抗曹，刘表不从贾诩言，追而失败，然后张绣又从贾诩言，追而获胜，盖前后两次均是张绣也。

绍好为虚势，不知兵要，公以少克众，用兵如神，此武胜也。公有此十胜，于以败绍无难矣。"操笑曰："如公所言，孤何足以当之！"荀彧曰："郭奉孝十胜十败之说，正与愚见相合。绍兵虽众，何足惧耶！"嘉曰："徐州吕布，实心腹大患。今绍北征公孙瓒，我当乘其远出，先取吕布，扫除东南，然后图绍，乃为上计。否则我方攻绍，布必乘虚来犯许都，为害不浅也。"操然其言，遂议东征吕布。荀彧曰："可先使人往约刘备，待其回报，方可动兵。"操从之，一面发书与玄德，一面厚遣绍使，奏封绍为大将军、太尉[2]，兼都督冀、青、幽、并四州，密书答之云："公可讨公孙瓒，吾当相助。"绍得书大喜，便进兵攻公孙瓒。

且说吕布在徐州，每当宾客宴会之际，陈珪父子必盛称布德。陈宫不悦，乘间告布曰："陈珪父子面谀将军，其心不可测，宜善防之。"布怒叱曰："汝无端献谗，欲害好人耶？"宫出叹曰："忠言不入，吾辈必受殃矣！"意欲弃布他往，却又不忍，又怕被人嗤笑，乃终日闷闷不乐。一日，带领数骑去小沛地面围猎解闷，忽见官道上一骑驿马，飞奔前去，宫疑之，弃了围场，引从骑从小路赶上。问曰："汝是何处使命？"那使者知是吕布部下人，慌不能答。陈宫令搜其身，得玄德回答曹操密书一封。宫即连人与书拿见吕布。布问其故，来使曰："曹丞相差我往刘豫州处下书，今得回书，不知书中所言何事。"布乃拆书细看，书略曰：

奉明命欲图吕布，敢不夙夜用心。但备兵微将少，不敢轻动，丞相兴大师，备当为前驱，谨严兵整甲，专待钧命。

吕布见了，大骂曰："操贼焉敢如此！"遂将使者斩首，先使陈宫、臧霸结连泰山寇孙观、吴敦、尹礼、昌豨东取山东兖州诸郡，令高顺、张辽取沛城攻玄德，令宋宪、魏续西取汝、颍。布自总中军，为三路救应。

且说高顺等引兵出徐州，将至小沛[3]。有人报知玄德，玄德急与众商议。孙乾曰："可速告急于曹操。"玄德曰："谁可去许都告急？"阶下一人出曰："某愿往。"视之，乃玄德同乡人，姓简，名雍，字宪和，现为玄德幕宾。玄德即修书付简雍，使星夜赴许都求援。一面整顿守城器具。玄德自守南门，孙乾守北门，云长守西门，张飞守东门，令糜竺与其弟糜芳守护中军。原来糜竺有一妹，嫁与玄德为次妻，玄德与他兄弟有郎舅之亲，故令其守中军保护妻小[4]。高顺

② 曹操出让大将军与袁绍

汉建安元年（196）九月，曹操奉刘协（汉献帝）至许都，即为大将军。十月西征梁（河南汝州）杨奉后，为拉拢袁绍，"于是以袁绍为太尉，绍耻班在公下，不肯受。公乃固辞，以大将军让绍"（《三国志·魏书·武帝纪》）。按：太尉，为三公之一，东汉末加衔，已无实权，但位在大将军曹操班次下，故辞也。此处以大将军、太尉并列授与一人，实不明汉官制故。

③ 刘备兵夺吕布马引起战争

刘备投奔曹操，被授为豫州牧。又奉命返小沛收集散卒，给其军粮。"建安三年春，布使人赍金欲诣河内买马，为备兵所钞"（《三国志·蜀书·先主传》引《英雄志》）。由此引起吕布命高顺、张辽攻刘备。这场战争至少打了半年。八月，小沛陷，刘备单身走，妻子被俘。一个月后，刘备在梁国界与曹操亲率的征吕大部队相遇，一起东征。

④ 糜竺乃东海大族

糜为古国名。古糜国所在地在今湖北郧县五峰乡萧家河村，1990年在该村发掘古墓葬，随葬礼器体现了楚俗，证实了《左传》《春秋》记载春秋晚期楚灭糜国，此处或亦可佐证糜国人此后东走，有聚居于东海的。即以国名为姓。据《三国志·蜀书·糜竺传》，糜氏乃东海大族，"祖世货殖，僮客万人，财产巨亿"。糜氏还是大地主，他在郁州岛上拥有大地产，经营农业和畜牧业。"朐县东北海中有大洲，谓之郁州……古老传言，此岛上人皆先是糜家之隶。今有牛栏庄牧，犹枯（祀）祭之，呼曰糜郎。临祭之日，著犁铧，执耕鞭。"（《太平寰宇记》卷二十二）由

此，为徐州牧陶谦所聘，为陶谦立足徐州的一大支点。汉建安元年（196）刘备出征袁术，吕布偷袭徐州；刘备前后受困，"竺于是进妹于先主（刘备）为夫人，奴客二千，金银货币以助军资，于时困匮，赖此复振"。

⑤盲夏侯和三国绰号

夏侯惇中矢事，据《三国志·魏书·夏侯惇传》："太祖（曹操）自徐州还，惇从征吕布，为流矢所中，伤左目。"是夏侯惇中伤，非是援刘备，而是在牙氾吕布时，《演义》于此移植。夏侯惇此后即眇一目，绰号"盲夏侯"。事见《魏略》："时夏侯渊与惇俱为将军，军中号惇为盲夏侯。惇恶之，每照镜恚怒，辄扑镜于地。"按，三国时人也多有绰号，如以声价者有水镜、卧龙、凤雏；状貌者有大耳儿（刘备）、髯（关羽）、贾长头（贾逵）；武勇如飞将（吕布）、虎痴（许褚）；而黄巾、黑山诸领袖几都有绰号。《三国志·魏书·张燕传》引《典略》称："黑山、黄巾诸帅，本非冠盖，自相号字，谓骑白马者为张白骑，谓轻捷者为张飞燕，谓声大者为张雷公，其饶须者则自称于羝根，其眼大者自称李大目。"

⑥夏侯惇杀曹性乃杜伏威故事

此事虽不见史传，但为逞夏侯将军英勇，或采自《旧唐书·杜伏威传》故事。杜伏威与隋将陈稜阵战，"自出阵前挑战，稜将射中其额。伏威怒指之曰：'不杀汝，我终不拔箭。'遂驰之。稜部将走与其阵。伏威因人稜阵，大呼冲入，所向披靡，获所射者，使其拔箭，然后斩之。携其首复入稜军，奋击杀数十人，稜阵大溃，仅以身免"。

军至，玄德在敌楼上问曰："吾与奉先无隙，何故引兵至此？"顺曰："你结连曹操，欲害吾主，今事已露，何不就缚！"言讫，便麾军攻城。玄德闭门不出。次日，张辽引兵攻打西门。云长在城上谓之曰："公仪表非俗，何故失身于贼？"张辽低头不语。云长知此人有忠义之气，更不以恶言相加，亦不出战。辽引兵退至东门，张飞便出迎战。早有人报知关公，关公急来东门看时，只见张飞方出城，张辽军已退。飞欲追赶，关公急召入城。飞曰："彼惧而退，何不追之？"关公曰："此人武艺不在你我之下，因我以正言感之，颇有自悔之心，故不与我等战耳。"飞乃悟，只令士卒坚守城门，更不出战。

却说简雍至许都见曹操，具言前事。操即聚众谋士议曰："吾欲攻吕布，不忧袁绍掣肘，只恐刘表、张绣议其后耳。"荀攸曰："二人新破，未敢轻动。吕布骁勇，若更结连袁术，纵横淮、泗，急难图矣。"郭嘉曰："今可乘其初叛，众心未附，疾往击之。"操从其言，即命夏侯惇与夏侯渊、吕虔、李典领兵五万先行，自统大军陆续进发，简雍随行。早有探马报知高顺，顺飞报吕布。布先令侯成、郝萌、曹性引二百余骑接应高顺，使离沛城三十里去迎曹军，自引大军随后接应。玄德在小沛城中，见高顺退去，知是曹家兵至，乃只留孙乾守城，糜竺、糜芳守家，自己却与关、张二公提兵尽出城外，分头下寨，接应曹军。

却说夏侯惇引军前进，正与高顺军相遇，便挺枪出马搦战。高顺迎敌。两马相交，战有四五十合，高顺抵敌不住，败下阵来。惇纵马追赶，顺绕阵而走。惇不舍，亦绕阵追之。阵上曹性看见，暗地拈弓搭箭，觑得亲切，一箭射去，正中夏侯惇左目⑤。惇大叫一声，急用手拔箭，不想连眼珠拔出。乃大呼曰："父精母血，不可弃也！"遂纳于口内啖之。仍复提枪纵马，直取曹性。性不及提防，早被一枪搠透面门，死于马下⑥。两边军士见者，无不骇然。夏侯惇既杀曹性，纵马便回。高顺从背后赶来，麾军齐上，曹兵大败。夏侯渊救护其兄而走，吕虔、李典将败军退去济北下寨。高顺得胜，引军回击玄德，恰好吕布大军亦至，布与张辽、高顺分兵三路，来攻玄德、关、张三寨。正是：

啖睛猛将虽能战，中箭先锋难久持。

未知玄德胜负如何，且听下文分解。

第十九回　下邳城曹操鏖兵
白门楼吕布殒命

却说高顺引张辽击关公寨，吕布自击张飞寨，关、张各出迎战。玄德引兵两路接应。吕布分军从背后杀来，关、张两军皆溃，玄德引数十骑奔回沛城。吕布赶来，玄德急唤城上军士放下吊桥。吕布随后也到。城上欲待放箭，又恐射了玄德，被吕布乘势杀入城门。把门将士抵敌不住，都四散奔避。吕布招军入城，玄德见势已急，到家不及，只得弃了妻小①，穿城而过，走出西门，匹马逃难。吕布赶到玄德家中，糜竺出迎，告布曰："吾闻大丈夫不废人之妻子。今与将军争天下者，曹公耳。玄德常念辕门射戟之恩，不敢背将军也。今不得已而投曹公，惟将军怜之。"布曰："吾与玄德旧交，岂忍害他妻子？"便令糜竺引玄德妻小去徐州安置。布自引军投山东兖州境上，留高顺、张辽守小沛。此时孙乾已逃出城外，关、张二人亦各自收得些人马，往山中住扎。

且说玄德匹马逃难，正行间，背后一人赶至。视之，乃孙乾也。玄德曰："吾今两弟不知存亡，妻小失散，为之奈何？"孙乾曰："不若且投曹操，以图后计。"玄德依言，寻小路投许都。途次绝粮，尝往村中求食，但到处，闻刘豫州，皆争进饮食。一日，到一家投宿，其家一少年出拜，问其姓名，乃猎户刘安也。当下刘安闻豫州牧至，欲寻野味供食，一时不能得，乃杀其妻以食之。玄德曰："此何肉也？"安曰："乃狼肉也。"玄德不疑，乃饱食了一顿，天晚就宿。至晓将去，往后院取马，忽见一妇人杀于厨下，臂上肉已都割去，玄德惊问，方知昨夜食者，乃其妻之肉也②。玄德不胜伤感，洒泪上马。刘安告玄德

① 刘备娶过多少妻室

刘备颠沛二十多年，长期缺乏一处安居乐业的基地。据《三国志·蜀书·甘皇后传》，在汉兴平二年(194)，刘备驻居徐州小沛(江苏沛县)前，就"数丧嫡室"，甘氏是在小沛时娶的妾，他过去娶过多少妻子已无可考。大概在此后不久，他又娶妻。在刘备初掌徐州(下邳)时，因吕布偷袭下邳，妻子被虏，后虽送还，旋又为吕布部将高顺所败，"复虏先主妻子送布"(《三国志·蜀书·先主传》)。吕布被擒捉后，始归还。汉建安五年(200)，曹操东征徐州，打败刘备，"公尽收其众，虏先主妻子"(同上)，后因曹刘两方始终处于敌对状态，不再归还，而不知所终了。尔后，刘备似又再续娶妻子，建安十三年，刘备在当阳溃败，"先主弃妻子，与诸葛亮、张飞、赵云等数十骑走，曹公大获其人众辎重"(同上)。此处前后所述的刘备妻子，当都是正妻，但因无子，均佚姓氏、行事。她当非甘氏，也非糜竺妹，因为她们都未正名，不作为妻的。且据《三国志·蜀

书·赵云传》，"及先主为曹公所追于当阳长陂，弃妻子南走，云身抱弱子，即后主也，保护甘夫人，即后主母也，皆得免难。"可见刘备又一次地抛弃了妻子。质之曹仁弟曹纯"从征荆州，追刘备于长坂，获其二女辎重"（《三国志·魏书·曹仁传》），亦可一证。甘氏生前始终未立为正妻。刘备称皇帝，章武元年(221)立吴懿妹为皇后，翌年始追谥甘氏为"皇思夫人"。她的谥号"昭烈皇后"，还是在儿子刘禅做皇帝后，母以子贵而追封的。至于麋竺妹，她的名分要比甘氏高，"建安元年，吕布乘先主之出拒袁术，袭下邳，虏先主妻子。先主转军广陵海西，竺于是进妹于先主为夫人"（《三国志·蜀书·麋竺传》）。她大概鲜克有终，很早就失散了，就像后来孙权的妹子，虽名为夫人，却不能列入史传。

② **刘安杀妻是古食人陋俗遗习**
在世界各地旧多有食人习俗，但海外出自原始社会残余和复仇心理，与倾斜于宗教祭祀有关；当然也不排斥战争残酷，灾荒漫延，如白居易诗，"是岁江南旱，衢州人吃人"。但在此处却又是古中国伦理所致，以自己或以亲族血肉供奉高贵者以表示忠诚，多见自先秦，如介子推（《史记·晋世家》）、易牙（《韩非子·仁柄》）。刘安杀妻事，不见于史传。

③ **陈登参加攻打下邳**
曹操攻打下邳，广陵太守陈登"率郡兵为军先驱"。时登诸弟在下邳城中，布乃质执登三弟，欲求和同。登执意不挠，进围日急。布刺奸张弘，惧于后累，夜将登三弟出就登。布既伏诛，登以功加拜伏波将军。"（《三国志·魏书·吕布传》）

曰："本欲相随使君，因老母在堂，未敢远行。"玄德称谢而别，取路出梁城。忽见尘头蔽日，一彪大军来到。玄德知是曹操之军，同孙乾径至中军旗下，与曹操相见。具说失沛城、散二弟、陷妻小之事。操亦为之下泪。又说刘安杀妻为食之事，操乃令孙乾以金百两往赐之。军行至济北，夏侯渊等迎接入寨。备言兄夏侯惇损其一目，卧病未痊。操临卧处视之，令先回许都调理。一面使人打探吕布现在何处。探马回报云："吕布与陈宫、臧霸，结连泰山贼寇，共攻兖州诸郡。"操即令曹仁引三千兵打沛城，操亲提大军，与玄德来战吕布。

前至山东，路近萧关，正遇泰山寇孙观、吴敦、尹礼、昌豨领兵三万余，拦住去路。操令许褚迎战。四将一齐出马，许褚奋力死战，四将抵敌不住，各自败走。操乘势掩杀，追至萧关。探马飞报吕布。时布已回徐州，欲同陈登往救小沛，令陈珪守徐州。陈登临行，珪谓之曰："昔曹公曾言东方事尽付与汝，今布将败，可便图之。"登曰："外面之事，儿自为之。倘布败回，父亲便请麋竺一同守城，休放布入，儿自有脱身之计。"珪曰："布妻小在此，心腹颇多，为之奈何？"登曰："儿亦有计了。"乃入见吕布，曰："徐州四面受敌，操必力攻。我当先思退步。可将钱粮移于下邳，倘徐州被围，下邳有粮可救。主公盍早为计？"布曰："元龙之言甚善，吾当并妻小移去。"遂令宋宪、魏续保护妻小与钱粮，移屯下邳③，一面自引军与陈登往救萧关。

到半路，登曰："容某先到关探曹操虚实，主公方可行。"布许之。登乃先到关上，陈宫等接见。登曰："温侯深怪公等不肯向前，要来责罚。"宫曰："今曹兵势大，未可轻敌。吾等紧守关隘，可劝主公深保沛城，乃为上策。"陈登唯唯。至晚上关而望，见曹兵直逼关下，乃乘夜连写三封书，拴在箭上，射下关去。次日，辞了陈宫，飞马来见吕布曰："关上孙观等皆欲献关，某已留下陈宫守把。将军可于黄昏时，杀去救应。"布曰："非公则此关休矣！"便教陈登飞骑先至关，约陈宫为内应，举火为号。登径往报宫曰："曹兵已抄小路到关内，恐徐州有失。公等宜急回。"宫遂引众弃关而走。登就关上放起火来。吕布乘黑杀至，陈宫军和吕布军在黑暗里自相掩杀。曹兵望见号火，一齐杀到，乘势攻击。孙观等各自四散逃避去了。吕布直杀到天明，方知是计，急与陈宫回徐州。

到得城边叫门时，城上乱箭射下，糜竺在敌楼上喝曰："汝夺吾主城池，今当仍还吾主，汝不得复入此城也！"布大怒曰："陈珪何在？"竺曰："吾已杀之矣。"布回顾宫曰："陈登安在？"宫曰："将军尚执迷而问此佞贼乎？"布令遍寻军中，却只不见。宫劝布急投小沛，布从之。行至半路，只见一彪军骤至，视之，乃高顺、张辽也。布问之，答曰："陈登来报，说主公被围，令某等急来救解。"宫曰："此又佞贼之计也。"布怒曰："吾必杀此贼！"急驱马至小沛。只见小沛城上，尽插曹兵旗号，原来曹操已令曹仁袭了城池，引军把守。吕布于城下大骂陈登。登在城上，指布骂曰："吾乃汉臣，安肯事汝反贼耶！"布大怒，正待攻城，忽听背后喊声大起，一队人马来到，当先一将，乃是张飞。高顺出马迎敌，不能取胜，布亲自接战。正斗间，阵外喊声复起，曹操亲统大军冲杀前来。吕布料难抵敌，引军东走，曹兵随后追赶。吕布走得人困马乏，忽又闪出一彪军拦住去路，为首一将，立马横刀，大喝："吕布休走，关云长在此！"吕布慌忙接战。背后张飞赶到，布无心恋战，与陈宫等杀开条路，径奔下邳，侯成引兵接应去了。

关、张相见，各洒泪言失散之事。云长曰："我在海州路上住扎，探得消息，故来至此。"张飞曰："弟在芒砀山住了这几时④，今日幸得相遇。"两个叙话毕，一同引兵来见玄德，哭拜于地。玄德悲喜交集，引二人见曹操，便随操入徐州。糜竺接见，具言家属无恙，玄德甚喜。陈珪父子，亦来参拜曹操。操设一大宴犒劳诸将，操自居中，使陈珪居右，玄德居左，其余将士，各依次坐。宴罢，操嘉陈珪父子之功，加封十县之禄，授登为伏波将军。

且说曹操得了徐州，心中大喜，商议起兵攻下邳。程昱曰："布今止有下邳一城，若逼之太急，必死战而投袁术矣。布与术合，其势难攻。今可使能事者守住淮南径路，内防吕布，外当袁术。况今山东尚有臧霸、孙观之徒未曾归顺，防之亦不可忽也。"操："吾自当山东诸路。其淮南径路，请玄德当之。"玄德曰："丞相将令，安敢有违。"次日，玄德留糜竺、简雍在徐州，带孙乾、关、张引军往守淮南径路，曹操自引兵攻下邳。

且说吕布在下邳，自恃粮食足备，且有泗水之险，安心坐守，可保无虞。陈宫曰："今操兵方来，可乘其寨栅未定，以逸击劳，无不胜者。"布曰："吾方屡败，不可轻出。待其来攻而后击之，皆落泗水矣。"遂不听陈宫之言。过数日，曹兵下寨已定，操统众将至城下，大叫："吕布答话！"布上城而立。操谓布曰："闻奉先又欲结婚袁术，吾故领兵至此。夫术有反逆大罪，而公有讨董卓之功，今何自弃其前功，而从逆贼耶？倘城池一破，悔之晚矣。若早求降，共扶王室，当不失封侯之位。"布曰："丞相且退，尚容商议。"陈宫在布侧，大骂："曹操奸贼！"一箭射中其麾盖。操指宫恨曰："吾誓杀汝！"遂引兵攻

④ 张飞在芒砀山传闻

据《中州风物记》：在芒砀山主峰凤凰城沿山道西行。有四人环抱的银杏树，相传为张飞拴马处。在银杏树北峰为张飞寨，今存旧址，残壁断墙，寨中有泉，传为张飞饮马泉。按，张飞在芒砀山事，不见于史传，当是附会《演义》的山野传闻。盖芒砀山凤凰城本为汉文帝建，山城前还建有汉刘邦庙。筑城据山有兵镇守，此时尚有焉。

⑤ **吕布实不信任陈宫**

吕布信妻说胜过陈宫。《演义》中布妻对话已为删改，据《后汉书·吕布传》："布妻曰：'昔曹氏待公台如赤子，犹舍而归我。今将军厚公台不过于曹氏，而欲委全城，捐妻子，孤军远出乎？若一旦有变，妾岂得为将军妻哉！'布乃止。"

城。宫谓布曰："曹操远来，势不能久。将军可以步骑出屯于外，宫将余众闭守于内。操若攻将军，宫引兵击其背；若来攻城，将军为救于后。不过旬日，操军食尽，可一鼓而破。此乃掎角之势也。"布曰："公言极是。"遂归府收拾戎装。时方冬寒，分付从人多带绵衣。布妻严氏闻之，出问曰："君欲何往？"布告以陈宫之谋。严氏曰："君委全城，捐妻子，孤军远出，倘一旦有变，妾岂得为将军之妻乎？"布踌躇未决，三日不出。宫入见曰："操军四面围城，若不早出，必受其困。"布曰："吾思远出不如坚守。"宫曰："近闻操军粮少，遣人往许都去取，早晚将至。将军可引精兵，往断其粮道，此计大妙。"布然其言，复入内对严氏说知此事。严氏泣曰："将军若出，陈宫、高顺安能坚守城池？倘有差失，悔无及矣！妾昔在长安，已为将军所弃，幸赖庞舒私藏妾身，再得与将军相聚。孰知今又弃妾而去乎？将军前程万里，请勿以妾为念！"⑤言罢痛哭。布闻言愁闷不决，入告貂蝉。貂蝉曰："将军与妾作主，勿轻身自出。"布曰："汝无忧虑。吾有画戟、赤兔马，谁敢近我？"乃出谓陈宫曰："操军粮至者，诈也。操多诡计，吾未敢动。"宫出，叹曰："我等死无葬身之地矣！"

布于是终日不出，只同严氏、貂蝉饮酒解闷。谋士许汜、王楷入见布，进计曰："今袁术在淮南，声势大振。将军旧曾与彼约婚，今何不仍求之？彼兵若至，内外夹攻，操不难破也。"布从其计，即日修书，就着二人前去。许汜曰："须得一军引路，冲出方好。"布令张辽、郝萌两个引兵一千，送出隘口。是夜二更，张辽在前，郝萌在后，保着许汜、王楷杀出城去，抹过玄德寨。众将追赶不及，已出隘口。郝萌将五百人，跟许汜、王楷而去，张辽引一半军回来。到隘口时，云长拦住；未及交锋，高顺引兵出城救应，接入城中去了。

且说许汜、王楷至寿春，拜见袁术，呈上书信。术曰："前者杀吾使命，赖我婚姻，今又来相问，何也？"汜曰："此为曹操奸计所误，愿明上详之。"术曰："汝主不因曹兵困急，岂肯以女许我？"楷曰："明上今不相救，恐唇亡齿寒，亦非明上之福也。"术曰："奉先反复无信，可先送女，然后发兵。"许汜、王楷只得拜辞，和郝萌回来。到玄德寨边，汜曰："日间不可过。夜半吾二人先行，郝将军断后。"商量停当，夜过玄德寨。许汜、王楷先过去了，郝萌正行之次，张飞出寨拦路。郝萌交马，只一合，被张飞生擒过去，五百人马尽被杀散。张飞解郝萌来见玄德，玄德押往大寨见曹操。郝萌备说求救许婚一事，操大怒，斩郝萌于军门。使人传谕各寨，小心防守，如有走透吕布及彼军士者，依军法处治。各寨悚然。玄德回营，分付关、张："我等正当淮南冲要之处，二弟切宜小心在意，勿犯曹公军令。"飞曰："捉了一员贼将，曹操不见有甚褒赏；却反来唬吓，何也？"玄德曰："非也。曹操统领多军，不以军令，何能服人？弟勿犯之。"关、张应诺而退。

却说许汜、王楷回见吕布，具言袁术先欲得妇，然后起兵救援。布曰："如何送去？"汜曰："今郝萌被获，操必知我情，预作准备。若非将军亲自护送，谁能突出重围？"布曰："今日便送去，如何？"汜曰："今日乃凶神值日，不可去。明日大利，宜用戌、亥时。"布命张辽、高顺："引三千军马，安排小车一辆，我亲送至二百里外，却使你两个送去。"次夜二更时分，吕布将女以绵缠身，用甲包裹，负于背上，提戟上马。放开城门，布当先出城，张辽、高顺跟着。将次到玄德寨前，一声鼓响，关、张二人拦住去路，大叫："休走！"布无心恋战，只顾夺路而行，玄德自引一军杀来，两军混战。吕布虽勇，终是缚一女在身上，只恐有伤，不敢冲突重围。后面徐晃、许褚皆杀来，众军皆大叫曰："不要走了吕布！"布见军来太急，只得仍退入城。玄德收军，徐晃等各归寨，端的不曾走透一个。吕布回到城中，心内忧闷，只是饮酒。

　　却说曹操攻城，两月不下，忽报："河内太守张杨出兵东市，欲救吕布，部将杨丑杀之。⑥欲将头献丞相，却被张杨心腹将眭固所杀，反投犬城去了。⑦"操闻报，即遣史涣追斩眭固。因聚众将曰："张杨虽幸自灭，然北有袁绍之忧，东有表、绣之患。下邳久围不克，吾欲舍布还都，暂且息战，何如？"荀攸急止曰："不可。吕布屡败，锐气已堕。军以将为主，将衰则军无战心。彼陈宫虽有谋而迟。今布之气未复，宫之谋未定，作速攻之，布可擒矣。"郭嘉曰："某有一计，下邳城可立破，胜于二十万师。"荀彧曰："莫非决沂、泗之水乎？"嘉笑曰："正是此意。"操大喜，即令军士决两河之水。曹兵皆居高原，坐视水淹下邳。下邳一城，只剩得东门无水，其余各门都被水淹。众军飞报吕布。布曰："吾有赤兔马，渡水如平地，又何惧哉！"乃日与妻妾痛饮美酒。因酒色过伤，形容销减。一日，取镜自照，惊曰："吾被酒色伤矣！自今日始当戒之。"遂下令城中，但有饮酒者皆斩。

　　却说侯成有马十五匹，被后槽人盗去，欲献与玄德。侯成知觉，追杀后槽人，将马夺回。诸将与侯成作贺。侯成酿得五六斛酒，欲与诸将会饮，恐吕布见罪，乃先以酒五瓶诣布府，禀曰："托将军虎威，追得失马，众将皆来作贺。酿得些酒，未敢擅饮，特先奉上微意。"布大怒曰："吾方禁酒，汝却酿酒会饮，莫非同谋伐我乎？"命推出斩之。宋宪、魏续等诸将俱入告饶。布曰："故犯吾令，理合斩首。今看众将面，且打一百。"众将又哀告，打了五十背花，然后放归。众将无不丧气。宋宪、魏续至侯成家来探视，侯成泣曰："非公等，则吾死矣！"宪曰："布只恋妻子，视吾等如草芥。"续曰："军围城下，水绕壕边，吾等死无日矣。"宪曰："布无仁无义，我等弃之而走，何如？"续曰："非丈夫也。不若擒布献曹公。"侯成曰："我因追马受责，而布所

⑧ 吕布系被逼降

按，吕布在白门楼被捉，见《三国志·魏书·吕布传》"其将侯成、宋宪、魏续缚陈宫将其众降"，"兵围急，乃下降，遂生缚布。"《后汉书·吕布传》说："(侯)成愤惧，乃与诸将共执陈宫、高顺，率其众降"，"布与麾下登白门楼，兵围之急，令左右取其首诣操，左右不忍，乃下降"。足见吕布并非为部众所缚，乃是因部将背离或被俘后，受逼被缚的。但其是否于白门见缚，诸说不一。盖白门所在地，《元和郡县图志·河南道五》说："下邳城有三重，大城周回一十二里，中城周四里，吕布所守也，魏武帝擒布于白门；即大城之门也。小城累砖坚硬，周二里许。"宋武《北征记》："其南门曰白门。"《水经注》说："下邳城南门谓之白门，魏武擒陈宫于此。"宋白说："下邳中城南临白门楼。"近年调查称，白门楼系当时下邳城中一家酒楼，清康熙七年(1688)地震，下邳城沉陷，楼即湮没地下，无存。

⑨ 吕布诸将背叛一因

据《三国志·魏书·吕布传》引《英雄记》，吕布被俘后，"布谓太祖曰：'布待诸将厚也，诸将临急皆叛布耳。'太祖曰：'卿背妻，爱诸将妇，何以为厚？'布默然"。此条可为吕布溃败张本。足见吕布平素好色，名闻敌国。

⑩ 高顺在下邳被俘杀

吕布部将有将略者，首推高顺。但高顺不见信任。《三国志·魏书·吕布传》引《英雄记》称："布以魏续有外内之貌，悉夺高顺所将兵以与续，而续竟背之，亦见布之无谋也。"是高顺随吕布困守下邳时，实无部兵，孑身一人，于是轻易被俘。

倚恃者，赤兔马也。汝二人果能献门擒布，吾当先盗马去见曹公。"三人商议定了。是夜侯成暗至马院，盗了那匹赤兔马，飞奔东门来。魏续便开门放出，却佯作追赶之状。侯成到曹操寨，献上马匹，备言宋宪、魏续插白旗为号，准备献门。曹操闻此信，便押榜数十张，射入城去。其榜曰：

> 大将军曹，特奉明诏，征伐吕布。如有抗拒大军者，破城之日，满门诛戮。上至将校，下至庶民，有能擒吕布来献，或献其首级者，重加官赏。为此榜谕，各宜知悉。

次日平明，城外喊声震地。吕布大惊，提戟上城，各门点视。责骂魏续走透侯成，失了战马，欲待治罪。城下曹兵望见城上白旗，竭力攻城，布只得亲自抵敌，从平明直打到日中。曹兵稍退，布少憩门楼，不觉睡着在椅上。宋宪赶退左右，先盗其画戟，便与魏续一齐动手，将吕布绳缠索绑，紧紧缚住⑧。布从睡梦中惊醒，急唤左右，却都被二人杀散，把白旗一招，曹兵齐至城下。魏续大叫："已生擒吕布矣！"夏侯渊尚未信，宋宪在城上掷下吕布画戟来，大开城门，曹兵一拥而入。高顺、张辽在西门，水围难出，为曹兵所擒。陈宫奔至南门，为徐晃所获。

曹操入城，即传令退了所决之水，出榜安民。一面与玄德同坐白门楼上，关、张侍立于侧，提过擒获一千人来。吕布虽然长大，却被绳索捆作一团。布叫曰："缚太急，乞缓之！"操曰："缚虎不得不急。"布见侯成、魏续、宋宪皆立于侧，乃谓之曰："我待诸将不薄⑨，汝等何忍背反？"宪曰："听妻妾言，不听将计，何谓不薄？"布默然。须臾，众拥高顺至。操问曰："汝有何言？"顺不答。操怒，命斩之⑩。徐晃解陈宫至。操曰："公台别来无恙！"宫曰："汝心术不正，吾故弃汝。"操曰："吾心不正，公又奈何独事吕布？"宫曰："布虽无谋，不似你诡诈奸险。"操曰："公自谓足智多谋，今竟何如？"宫顾吕布曰："恨此人不从吾言！若从吾言，未必被擒也！"操曰："今日之事，当如何？"宫大声曰："今日有死而已！"操曰："公如是，奈公之老母妻子何？"宫曰："吾闻以孝治天下者，不害人之亲；施仁政于天下者，不绝人之祀。老母妻子之存亡，亦在于明公耳。吾身既被擒，请即就戮，并无挂念。"操有留恋之意，宫径步下楼，左右牵之不住。操起身，泣而送之，宫并不回顾。操谓从者曰："即送公台老母妻子回许都养老，怠慢者斩。"宫闻言，亦不开口，伸颈就刑，众皆下泪。操以棺椁盛其尸，葬于许都。后人有诗叹之曰：

> 生死无二志，丈夫何壮哉！
>
> 不从金石论，空负栋梁材。
>
> 辅主真堪敬，辞亲实可哀。
>
> 白门身死日，谁肯似公台？

　　方操送宫下楼时，布告玄德曰："公为坐上客，布为阶下囚，何不发一言而相宽乎？"玄德点头。及操上楼来，布叫曰："明公所患，不过于布，布今已服矣。公为大将，布副之，天下不难定也。"操回顾玄德曰："何如？"玄德答曰："公不见丁建阳、董卓之事乎[11]？"布目视玄德曰："是儿最无信者！"操令牵下楼缢之。布回顾玄德曰："大耳儿，不记辕门射戟时耶？"忽一人大叫曰："吕布匹夫，死则死耳，何惧之有！"众视之，乃刀斧手拥张辽至。操令将吕布缢死，然后枭首。后人有诗叹曰：

> 洪水滔滔淹下邳，当年吕布受擒时。
>
> 空余赤兔马千里，漫有方天戟一枝。
>
> 缚虎望宽今太懦，养鹰休饱昔无疑。
>
> 恋妻不纳陈宫谏，枉骂无恩大耳儿。

又有诗论玄德曰：

> 伤人饿虎缚休宽，董卓丁原血未干。
>
> 玄德既知能啖父，争如留取害曹瞒？

　　却说武士拥张辽至，操指辽曰："这人好生面善。"辽曰："濮阳城中曾相遇，如何忘却？"操笑曰："你原来也记得！"辽曰："只是可惜！"操曰："可惜甚的？"辽曰："可惜当日火不大，不曾烧死你这国贼！"操大怒曰："败将安敢辱吾！"拔剑在手，亲自来杀张辽。辽全无惧色，引颈待杀。曹操背后，一人攀住臂膊，一人跪于面前，说道："丞相且莫动手！"正是：

> 乞哀吕布无人救，骂贼张辽反得生。

毕竟救张辽的是谁，且听下文分解。

⑪ 王必进言吕布被杀

《三国志·魏书·吕布传》引《献帝春秋》，称建议杀吕布乃王必，"布缚急，谓刘备曰：'玄德，卿为坐客，我为执虏，不能一言以相宽乎？'太祖笑曰：'何不相语，而诉明使君乎？'意欲活之。命使宽缚。主簿王必趋进曰：'布，勍虏也。其众近在外，不可宽也。'太祖曰：'本欲相缓，主簿复不听，如之何？'是以吕布被杀。王必为曹操亲信，言听计从，后任为丞相府长史，治理许都日常事务。曹操有表称，"领长史王必，是吾披荆棘时吏也。忠能勤事，心如铁石，国之良吏也。蹉跌久未辟之，舍骐骥而弗乘，焉遑遑而更求哉？故教辟之，已署所宜，便以领长史统事如故"（《三国志·武帝纪》引《魏武故事》）。

第二十回　曹阿瞒许田打围　董国舅内阁受诏

① 关羽救张辽莫须有

关羽与张辽相厚，不见于史传，此处关羽救张辽更系小说家言，两人相知且多见自章回，其因有二：一是张辽是将才、帅才，曹操麾下英士如云，张辽乃是杰出者，与之相结，不辱关羽声誉；二张辽乃是雁门马邑（山西朔州）人，是关羽山西大同乡。且关羽亦被造作与徐晃亦相厚，其因当与张辽相同。

② 张辽并非被俘后降

《三国志·魏书·张辽传》，张辽原系丁原部从事，后隶董卓，董卓败，在吕布麾下，随吕布东奔徐州。吕布被俘杀后，"辽将其众降"。时张辽在鲁（曲阜），西南距下邳（江苏邳县之古邳镇）约三百余里，他没有与曹操直接对仗，而又主动归降，故见信用，否则如《演义》有若高顺、陈宫，当也在被杀之例。盖曹操对对抗之将俘虏后必杀无疑也。但据方诗铭教授考证，张辽系并州军事集团重要人物，有强劲武装，在吕布军中仍保持相对独立地位，招安张辽，有利于曹操对并州集团的拉拢。王沈《魏书》称曹操"取张辽、徐晃于亡虏之内"，此处"亡虏"也可解释失败后而降的。

③ 关羽好色

汉建安三年(198)，刘备和关羽等参加了曹操主持的围攻下邳吕布战役。吕布派

话说曹操举剑欲杀张辽，玄德攀住臂膊，云长跪于面前。玄德曰："此等赤心之人，正当留用。"云长曰："关某素知文远忠义之士，愿以性命保之。①"操掷剑笑曰："我亦知文远忠义，故戏之耳。"乃亲释其缚，解衣衣之，延之上坐。辽感其意，遂降②。操拜辽为中郎将，赐爵关内侯，使招安臧霸。霸闻吕布已死，张辽已降，遂亦引本部军投降，操厚赏之。臧霸又招安孙观、吴敦、尹礼来降，独昌豨未肯归顺。操封臧霸为琅琊相，孙观等亦各加官，令守青、徐沿海地面。将吕布妻女③④，载回许都。大犒三军，拔寨班师。路过徐州，百姓焚香遮道，请留刘使君为牧。操曰："刘使君功大，且待面君封爵，回来未迟。"百姓叩谢。操唤车骑将军车胄权领徐州。

操军回许昌，封赏出征人员，留玄德在相府左近宅院歇定。次日，献帝设朝，操表奏玄德军功，引玄德见帝。玄德具朝服拜于丹墀。帝宣上殿，问曰："卿祖何人？"玄德奏曰："臣乃中山靖王之后，孝景皇帝阁下玄孙，刘雄之孙，刘弘之子也。"帝教取宗族世谱检看，令宗正卿宣读曰：

孝景皇帝生十四子。第七子乃中山靖王刘胜。胜生陆城亭侯刘贞。贞生沛侯刘昂。昂生漳侯刘禄。禄生沂水侯刘恋。恋生钦阳侯刘英。英生安国侯刘建。建生广陵侯刘哀。哀生胶水侯刘宪。宪生祖邑侯刘舒。舒生祁阳侯刘谊。谊生原泽侯刘必。必生颍川侯刘达。

达生丰灵侯刘不疑。不疑生济川侯刘惠。惠生东郡范令刘雄。雄生刘弘。弘不仕。刘备乃刘弘之子也。

帝排世谱,则玄德乃帝之叔也。帝大喜,请入偏殿,叙叔侄之礼。帝暗思:"曹操弄权,国事都不由朕主。今得此英雄之叔,朕有助矣!"遂拜玄德为左将军、宜城亭侯。设宴款待毕,玄德谢恩出朝。自此人皆称为"刘皇叔⑤"。

曹操回府,荀彧等一班谋士入见曰:"天子认刘备为叔,恐无益于明公。"操曰:"彼既认为皇叔,吾以天子之诏令之,彼愈不敢不服矣。况吾留彼在许都,名虽近君,实在吾掌握之内,吾何惧哉!吾所虑者,太尉杨彪系袁术亲戚,倘与二袁为内应,为害不浅,当即除之。"乃密使人诬告彪交通袁术,遂收彪下狱,命满宠按治之。时北海太守孔融在许都,因谏操曰:"杨公四世清德,岂可因袁氏而罪之乎?"操曰:"此朝廷意也。"融曰:"使成王杀召公,周公可得言不知耶?"操不得已,乃免彪官,放归田里⑥。议郎赵彦愤操专横,上疏劾操不奉帝旨、擅收大臣之罪。操大怒,即收赵彦杀之。于是百官无不悚惧。

谋士程昱说操曰:"今明公威名日盛,何不乘此时行王霸之事?"操曰:"朝廷股肱尚多,未可轻动。吾当请天子田猎,以观动静。"于是拣选良马、名鹰、俊犬,弓矢俱备,先聚兵城外,操入请天子田猎。帝曰:"田猎恐非正道。"操曰:"古之帝王,春蒐、夏苗、秋狝、冬狩,四时出郊,以示武于天下。今四海扰攘之时,正当借田猎以讲武。"帝不敢不从,随即上逍遥马,带宝雕弓、金鈚箭,排銮驾出城。玄德与关、张各弯弓插箭,内穿掩心甲,手持兵器,引数十骑随驾出许昌。曹操骑爪黄飞电马,引十万之众,与天子猎于许田。军士排开围场,周广二百余里。操与天子并马而行,只争一马头;背后都是操之心腹将校,文武百官,远远侍从,谁敢近前。

当日献帝驰马到许田,刘玄德起居道旁。帝曰:"朕今欲看皇叔射猎。"玄德领命上马,忽草中赶起一兔,玄德射之,一箭正中那兔,帝喝采。转过土坡,忽见荆棘中,赶出一只大鹿。帝连射三箭不中,顾谓操曰:"卿射之。"操就讨天子宝雕

部将秦宜禄到淮南求救,"宜禄为吕布使诣袁术,术妻以汉宗室女。其前妻杜氏留下邳。布之被围,关羽屡请于太祖,求以杜氏为妻,太祖疑其有色,及城陷,太祖见之,乃自纳之。宜禄归降,以为铚长。及刘备走小沛,张飞随之,过谓宜禄曰:'人取汝妻,而为之长,及蚩蚩若是邪!随我去乎?'宜禄从之数里,悔欲还,飞杀之"(《献帝传》)。《三国志·蜀书·关羽传》引《蜀记》说:"曹公与刘备围吕布于下邳,关羽启公,布使秦宜禄求救,乞娶其妻,公许之。临破,又屡启于公。公疑其有异色,先遣迎看,因自留之,羽心不自安。"关羽因曹操食言,而产生又恨又惧心理。此后关羽随刘备至许都(河南许昌),"先主与公(曹操)会猎,羽欲于猎中杀公,先主为天下惜,不听,故羽常怀惧"(《华阳国志》卷六)。盖有此两因,加之"吾受刘将军厚恩,誓以共死,不可背之"(《三国志·蜀书·关羽传》),关羽必离曹操回归刘备。关羽乞取秦宜禄妻事,后人常误识为乞娶吕布妻,如明大学者杨慎、清学者俞樾(曲园)。且为好事者嬗化为关羽与貂蝉故事。

④ 关羽"月下斩貂蝉"

吕布家属下落如何,《三国志》等史书没有记载,因而就出了元无名氏杂剧《关大王月夜斩貂蝉》。后来人们据此推理编了《关公斩貂蝉》,说是水淹下邳,杀死吕布,张飞俘获了貂蝉,把她送给关羽。关羽夜读《春秋》,看到书中都是妖女误国,于是他便决意杀貂蝉。由此嬗变的,还有什么关羽敬重貂蝉大义,要放释,不料倚墙的青龙刀倒下,把她误杀;关羽以刀斩貂蝉影子以代身,不料却把人斩死了。《演义》明嘉靖原本也有"月下斩貂蝉"故事插入,毛宗冈父子修定时把它删除了。

⑤ 不见于史的刘皇叔

称刘备按汉家世系,是刘协(汉献帝)伯叔辈,但不见于史传。此说源自《三国志平话》,《演义》因强化刘备为正统而

移植,不可信。如此排谱,实太离谱。按汉献帝刘协是长沙定王刘发之后裔,从刘发到刘协是第十三代,而从他的兄弟中山靖王刘胜到刘备却是第十七代,如按谱系,刘备应该是汉献帝刘协的曾孙辈也。《三国志·蜀书·先主传》虽称他是"汉景帝子中山靖王胜之后也",此也是陈寿修《蜀书》时得自口碑,而无有实证。所以当刘备为皇帝,立宗庙,"祫祭高皇帝以下"。裴松之就说:"先主虽云出自孝景,而世数悠远,昭穆难明,既绍汉祚,不知何帝为元祖以立亲庙。"由是可证刘备连家族世系都搞不清楚,岂能与当今皇帝排辈称皇叔?

⑥ 杨彪后半生

杨彪罢官回乡里。建安四年(199)复起用为太常。十年免。据《后汉书·杨彪传》称,杨彪"见汉祚将终,遂称脚挛,不复行。"后来儿子杨修为曹操所杀,曹操见他问道,"你为什么怎样瘦?"杨彪答道:"愧无日磾先见之明,犹怀老牛舐犊之爱。"曹丕做皇帝,欲以杨彪为太尉,辞谢,乃授光禄大夫,待以宾客之礼。黄初六年(225)病死。杨氏为弘农(河南灵宝)大族,自杨震到杨彪四世都做过太尉。

⑦ 许田打围处

本事不见于史传。但打围应多有。《三国志·蜀书·关羽传》注引《蜀记》:"初刘备在许,与曹公共猎,猎中众散,羽备杀公,备不从。"今河南许昌许田村,传称系汉献帝与曹操射鹿处,有清滕子胡石碑"射鹿台"。《三国志》裴注引王隐《蜀记》记述关羽行事甚多,多不可信,但因其颇具生活气息,为罗贯中采用。

弓、金铍箭,扣满一射,正中鹿背,倒于草中。群臣将校见了金铍箭,只道天子射中,都踊跃向帝呼"万岁"。曹操纵马直出,遮于天子之前,以迎受之。众皆失色。玄德背后,云长大怒,剔起卧蚕眉,睁开丹凤眼,提刀拍马便出,要斩曹操。玄德见了,慌忙摇手送目,关公见兄如此,便不敢动。玄德欠身向操称贺曰:"丞相神射,世所罕及!"操笑曰:"此天子洪福耳。"乃回马向天子称贺,竟不献还宝雕弓,就自悬带。围场已罢,宴于许田⑦。宴毕,驾回许都,众人各自归歇。云长问玄德曰:"操贼欺君罔上,我欲杀之,为国除害,兄何止我?"玄德曰:"'投鼠忌器',操与帝相离只一马头,其心腹之人周回拥侍。吾弟若逞一时之怒,轻有举动,倘事不成,有伤天子,罪反坐我等矣。"云长曰:"今日不杀此贼,后必为祸。"玄德曰:"且宜秘之,不可轻言。"

却说献帝回宫,泣谓伏皇后曰:"朕自即位以来,奸雄并起。先受董卓之殃,后遭傕、汜之乱,常人未受之苦,吾与汝当之。后得曹操,以为社稷之臣,不意专国弄权,擅作威福,朕每见之,背若芒刺。今日在围场上身迎呼贺,无礼已极,早晚必有异谋。吾夫妇不知死所也!"伏皇后曰:"满朝公卿俱食汉禄,竟无一人能救国难乎?"言未毕,忽一人自外而入:"帝、后休忧,吾举一人,可除国害。"帝视之,乃伏皇后之父伏完也。帝掩泪问曰:"皇丈亦知操贼之专横乎?"完曰:"许田射鹿之事,谁不见之? 但满朝之中,非操宗族,则其门下。若非国戚,谁肯尽忠讨贼? 老臣无权,难行此事。车骑将军、国舅董承,可托也。"帝曰:"董国舅多赴国难,朕躬素知。可宣入内,共议大事。"完曰:"陛下左右皆操贼心腹,倘事泄,为祸不浅。"帝曰:"然则奈何?"完曰:"臣有一计。陛下可制衣一领,取玉带一条,密赐董承;却于带衬内缝一密诏以赐之,令到家见诏,可以昼夜画策,神鬼不觉矣。"帝然之。

伏完辞出,帝乃自作一密诏,咬破指尖,以血写之。暗令伏皇后缝于玉带紫锦衬内,却自穿锦袍,自系此带,令内史宣董承入。承见帝,礼毕,帝曰:"朕夜来与后说霸河之苦,念国舅大功,故特宣入慰劳。"承顿首谢。帝引承出殿,到太庙,转上功臣阁内。帝焚香礼毕,引承观画像。中间画汉高祖容像。帝曰:"吾高祖皇帝,起身何地? 如何创业?"承大惊曰:"陛下戏臣耳? 圣祖之事,何为不知? 高皇帝起自泗上亭长,提三尺剑,斩蛇起义,纵横四海,三载亡秦,五年灭楚,遂有天下,立万世之基业。"帝曰:"祖宗如此英雄,子孙如此懦弱,岂不可叹!"因指左右二辅之像曰:"此二人非留侯张良、酂侯萧何耶?"承曰:"然也。高祖开基创业,实赖二人之力。"帝回顾左右较远,乃密谓承曰:"卿亦当如此二人立于朕侧。"承曰:"臣无寸功,何以当此?"帝曰:"朕想卿西都救驾之功,未尝少忘,无可为赐。"因指所着袍带曰:"卿当衣朕此袍,系朕此带,常如在朕左右也。"承顿首谢。帝解袍、带赐承,密语曰:"卿归可细视之,勿负朕意。"承会意,穿袍系带,辞帝下阁。早有人报知曹操曰:"帝与董承登功臣阁说话。"操即入朝来看。

董承出阁,才过宫门,恰遇操来,急无躲避处,只得立于路侧施礼。操问曰:"国舅何来?"承曰:"适蒙天子宣召,赐以锦袍玉带。"操问曰:"何故见赐?"承曰:"因念某旧日西都救驾之功,故有此赐。"操曰:"解带我看。"承心知衣带中必有密诏,恐操看破,迟延不解。操叱左右:"急解下来!"看了半晌,笑曰:"果然是条好玉带!再脱下锦袍来借看。"承心中惧,不敢不从,遂脱袍献上。操亲自以手提起,对日影中细细详看。看毕,自己穿在身上,系了玉带,回顾左右曰:"长短如何?"左右称美。操谓承曰:"国舅即以此袍带转赐与吾,何如?"承告曰:"君恩所赐,不敢转赠,容某别制奉献。"操曰:"国舅受此衣带,莫非其中有谋乎?"承惊曰:"某焉敢?丞相如要,便当留下。"操曰:"公受君赐,吾何相夺?聊为戏耳。"遂脱袍带还承。承辞操归家,至夜独坐书院中,将袍仔细反复看了,并无一物。承思曰:"天子赐我袍带,命我细观,必非无意。今不见其踪迹,何也?"随又取玉带检看,乃白玉玲珑,碾成小龙穿花,皆用紫锦为衬,缝缀端整,亦并无一物。承心疑,放于桌上,反复寻之。良久倦甚。正欲伏几而寝,忽然灯花落于带上,烧着背衬。承惊拭之,已烧破一处,微露素绢,隐见血迹。急取刀拆开视之,乃天子手书血字密诏也。[8]诏曰:

> 朕闻人伦之大,父子为先;尊卑之殊,君臣为重。近日操贼弄权,欺压君父,结连党伍,败坏朝纲,敕赏封罚,不由朕主。朕夙夜忧思,恐天下将危。卿乃国之大臣,朕之至戚,当念高帝创业之艰难,纠合忠义两全之烈士,殄灭奸党,复安社稷,祖宗幸甚!破指洒血,书诏付卿,再四慎之,勿负朕意!建安四年春三月诏。

董承览毕,涕泪交流,一夜寝不能寐。晨起,复至书院中,将诏再三观看,无计可施。乃放诏于几上,沉思灭操之计。忖量未定,隐几而卧。忽侍郎王子服[9]至,门吏知子服与董承交厚,不敢拦阻,竟入书院。见承伏几不醒,袖底压着素绢,微露"朕"字。子服疑之,默取看毕,

⑧ 董承衣带诏可疑

衣带诏事系产生于汉建安五年(200)。《三国志·蜀书·先主传》称,"先主未出时,献帝舅车骑将军董承辞受帝衣带中密诏,当诛曹公"。《后汉书·献帝纪》也称:"五年春正月,车骑将军董承、偏将军王服、越骑校尉种辑受密诏,诛曹操"但此衣带诏并未传世,后人多以为史传捏造,吕思勉以为像董承这类人,说是"奉到什么衣带诏,说献帝叫他诛灭曹操之说,从董卓拥立之后,到曹操进京之前,这一班拥兵乱政的人的行径,献帝还领教得不足么,就是要除曹操,如何会付托董承呢? 这话怕靠不住吧?"《三国史话》也有认为是曹操独揽朝政,排挤异己的藉口(《三国志考证》)。

⑨ 王子服不得为侍郎

东汉侍郎为尚书令属吏。为尚书令下尚书所属。尚书之下设侍郎。尚书有五,每个尚书下设六个侍郎,侍郎秩四百石,是基层官吏(相当于处长、科长)。王子服不得为侍郎。《三国志·蜀书·先主传》注引,作"将军王子服"。又王子服,应作"王服"。

藏于袖中。呼承曰："国舅好自在，亏你如何睡得着！"承惊觉，不见诏书，魂不附体，手脚慌乱。子服曰："汝欲杀曹公，吾当出首。"承泣告曰："若兄如此，汉室休矣！"子服曰："吾戏耳。吾祖宗世食汉禄，岂无忠心？愿助兄一臂之力，共诛国贼！"承曰："兄有此心，国之大幸。"子服曰："当于密室同立义状，各舍三族，以报汉君。"承大喜，取白绢一幅，先书名画字；子服亦即书名画字。书毕，子服曰："将军吴子兰与吾至厚，可与同谋。"承曰："满朝大臣，惟有长水校尉种辑、议郎吴硕是吾心腹，必能与我同事。"

正商议间，家僮入报，种辑、吴硕来探。承曰："此天助我也。"教子服暂避于屏后。承接二人入书院坐定，茶毕，辑曰："许田射猎之事，君亦怀恨乎？"承曰："虽怀恨，无可奈何。"硕曰："吾誓杀此贼，恨无助我者耳！"辑曰："为国除害，虽死无怨。"王子服从屏后出曰："汝二人欲杀曹丞相，我当出首，董国舅便是证见。"种辑怒曰："忠臣不怕死。吾等死作汉鬼，强似你阿附国贼！"承笑曰："吾等正为此事，欲见二公，王侍郎之言乃戏耳。"便于袖中取出诏来与二人看。二人读诏，挥泪不止。承遂请书名。子服曰："二公在此少待，吾去请吴子兰来。"子服去不多时，即同子兰至，与众相见，亦书名毕。承邀于后堂会饮。

忽报："西凉太守马腾相探。"承曰："只推我病，不能接见。"门吏回报。腾大怒曰："我夜来在东华门外，亲见他锦袍玉带而出，何故推病耶？吾非无事而来，奈何拒我！"门吏入报，备言腾怒。承起曰："诸公少待，暂容承出。"随即出厅延接。礼毕坐定，腾曰："腾入觐将还，故来相辞，何见拒也？"承曰："贱躯暴疾，有失迎候，罪甚。"腾曰："面带春色，未见病容。"承无言可答。腾拂袖便起，嗟叹下阶曰："皆非救国之人也！"承感其言，挽留之，问曰："公谓何人非救国之人？"腾曰："许田射猎之事，吾尚气满胸膛；公乃国之至戚，犹自殢于酒色，而不思讨贼，安得为皇家救难扶灾之人乎？"承恐其诈，佯惊曰："曹丞相乃国之大臣，朝廷所倚赖，公何出此言？"腾大怒曰："汝尚以曹贼为好人耶！"承曰："耳目甚近，请公低声。"腾曰："贪生怕死之徒，不足以论大事！"说罢，又欲起身。承知腾忠义，乃曰："公且息怒，某请公看一物。"遂邀腾入书院，取诏示之。腾读毕，毛发倒竖，咬齿嚼唇，满口流血，谓承："公若有举动，吾即统西凉兵为外应。"承请腾与诸公相见，取出义状，教腾书名。腾乃以酒歃血为盟[10]，曰："吾等誓死不负所约！"指坐上五人言曰："若得十人，大事谐矣。"承曰："忠义之士，不可多得。若所与非人，则反相害矣。"腾教取《鸳行鹭序簿》来检看。检到刘氏宗族，乃拍手言曰："何不共此人商议？"众皆问何人。马腾不慌不忙，说出那人来。正是：

⑩ **马腾与衣带密诏无关**
据《三国志·蜀书·先主传》，接受衣带密诏的是董承、将军王子服和刘备。刘备旋即奉命讨伐袁术离开了。董承和王子服又找到长水校尉种辑、议郎吴硕和将军吴子兰等合谋。但此中无有马腾参与。此时马腾军营在三辅，屯于槐里（陕西兴平东南）。

　　本因国舅承明诏，又见宗潢佐汉朝。

　　毕竟马腾之言如何，且听下文分解。

第二十一回　曹操煮酒论英雄 关公赚城斩车胄

却说董承等问马腾曰："公欲用何人？"马腾曰："见有豫州牧刘玄德在此，何不求之？"承曰："此人虽系皇叔，今正依附曹操，安肯行此事耶？"腾曰："吾观前日围场之中，曹操迎受众贺之时，云长在玄德背后，挺刀欲杀操，玄德以目视之而止。玄德非不欲图操，恨操牙爪多，恐力不及耳。公试求之，当必应允。"吴硕曰："此事不宜太速，当从容商议。"众皆散去。次日黑夜里，董承怀诏，径往玄德公馆中来。门吏入报，玄德出迎，请入小阁坐定，关、张侍立于侧。玄德曰："国舅夤夜至此，必有事故。"承曰："白日乘马相访，恐操见疑，故黑夜相见。"玄德命取酒相待。承曰："前日围场之中，云长欲杀曹操，将军动目摇头而退之，何也？"玄德失惊曰："公何以知之？"承曰："人皆不见，某独见之。"玄德不能隐讳，遂曰："舍弟见操僭越，故不觉发怒耳。"承掩面而哭曰："朝廷臣子若尽如云长，何忧不太平哉！"玄德恐是曹操使他来试探，乃佯言曰："曹丞相治国，为何忧不太平？"承变色而起曰："公乃汉朝皇叔，故剖肝沥胆以相告，公何诈也？"玄德曰："恐国舅有诈，故相试耳。"于是董承取衣带诏令观之，玄德不胜悲愤。又将义状出示，上止有六位：一，车骑将军董承；二，工部侍郎王子服；三，长水校尉种辑；四，议郎吴硕；五，昭信将军吴子兰；六，西凉太守马腾。玄德曰："公既奉诏讨贼，备敢不效犬马之劳？"承拜谢，便请书名。玄德亦书"左将军刘备"，押了字，付承收讫。①承曰："尚容再请三人，共聚十义，以图国贼。"玄德曰："切宜缓缓施行，不可轻泄。"共议到五更，相别去了。

玄德也防曹操谋害，就下处后园种菜，亲自浇灌，以为韬晦之计。关、张二人曰："兄不留心天下大事，而学小人之事，何也？"玄德曰："此非二弟所知也。"二人乃不复言。一日，关、张不在，玄德正在后园浇菜，许褚、张辽引数十人入园中，曰："丞相有命，请使君便行。"玄德惊问曰："有甚紧事？"许褚曰："不知，只教我来相请。"玄德只得随二人入府见操。操笑曰："在家做得好大事！"唬得玄德面如

① **衣带诏押字者**

衣带诏押字者。据《华阳国志》等记载，有董承和种辑、吴子兰、王子服、刘备亦与同谋，"以将行，未发"。他当是没有来不及押字，就离开了。吴硕、马腾没有参与。

② 青梅煮酒无史据

故事源自《三国志·蜀书·先主传》:"是时,曹公从容谓先主曰:'今天下英雄,唯使君与操耳。本初之徒不足数也。'先主方食,失匕箸。"《华阳国志》也说:"会天震雷,先主曰:'圣人言,迅雷风烈必变,良有以也。一震之威,乃至于此也。'"仅此而已。但有否青梅煮酒,无史据。今河南许昌县委招待所旧有"青梅亭"遗址,原系台榭式圆形建筑,九级台阶,单檐六角凌云,琉璃瓦盖顶,四围曲环走廊,青龙抱柱。又有望梅亭,在安徽含山城西十里梅山。

③ 曹操禁酒说

曹操主政后,曾长期禁酒。《三国志·魏书·崔琰传》引张璠《汉纪》:"太祖制酒禁,而融(孔融)书啁啁。"《艺文类聚》卷七十二引《魏略》:"太祖禁酒,而人窃饮之,故难言酒,以白酒(浊酒)为贤者,清酒为圣人"。《魏书·徐邈传》称,建安十八年(213)时,曹操仍严禁制酒饮酒,"魏国初建,为尚书郎,时科禁酒,而邈私饮,校事赵达问以曹事。邈曰:中圣人。达白之太祖,太祖甚怒。渡辽将军鲜于辅进曰:平日醉客谓酒清者为圣人,浊者为贤人。邈性修慎,偶醉言耳。竟坐得免刑。"曹操禁酒,可能与粮食不足有关。此处饮酒青梅,当系小说家言。

土色。操执玄德手,直至后园,曰:"玄德学圃不易!"玄德方才放心,答曰:"无事消遣耳。"操曰:"适见枝头梅子青青,忽感去年征张绣时,道上缺水,将士皆渴。吾心生一计,以鞭虚指曰:'前面有梅林。'军士闻之,口皆生唾,由是不渴。今见此梅,不可不赏。又值煮酒正熟,故邀使君小亭一会。"玄德心神方定。随至小亭②,已设樽俎,盘置青梅,一樽煮酒。二人对坐,开怀畅饮③。

酒至半酣,忽阴云漠漠,骤雨将至。从人遥指天外龙挂,操与玄德凭栏观之。操曰:"使君知龙之变化否?"玄德曰:"未知其详。"操曰:"龙能大能小,能升能隐。大则兴云吐雾,小则隐介藏形,升则飞腾于宇宙之间,隐则潜伏于波涛之内。方今春深,龙乘时变化,犹人得志而纵横四海。龙之为物,可比世之英雄。玄德久历四方,必知当世英雄,请试指言之。"玄德曰:"备肉眼安识英雄?"操曰:"休得过谦。"玄德曰:"备叨恩庇,得仕于朝,天下英雄,实有未知。"操曰:"既不识其面,亦闻其名。"玄德曰:"淮南袁术,兵粮足备,可为英雄?"操笑曰:"冢中枯骨,吾早晚必擒之。"玄德曰:"河北袁绍,四世三公,门多故吏。今虎踞冀州之地,部下能事者极多,可为英雄?"操笑曰:"袁绍色厉胆薄,好谋无断,干大事而惜身,见小利而忘命,非英雄也。"玄德曰:"有一人名称八俊,威镇九州,刘景升可为英雄?"操曰:"刘表虚名无实,非英雄也。"玄德曰:"有一人血气方刚,江东领袖,孙伯符乃英雄也。"操曰:"孙策藉父之名,非英雄也。"玄德曰:"益州刘季玉,可为英雄乎?"操曰:"刘璋虽系宗室,乃守户之犬耳,何足为英雄?"玄德曰:"如张绣、张鲁、韩遂等辈,皆何如?"操鼓掌大笑曰:"此等碌碌小人,何足挂齿!"玄德曰:"舍此之外,备实不知。"操曰:"夫英雄者,胸怀大志,腹有良谋,有包藏宇宙之机,吞吐天地之志者也。"玄德曰:"谁能当之?"操以手指玄德,后自指:"今天下英雄,惟使君与操耳。"玄德闻言,吃了一惊,手中所执匙箸,不觉落于地下。时正值天雨将至,雷声大作。玄德乃从容俯首拾箸曰:"一震之威,乃至于此。"操笑曰:"丈夫亦畏雷乎?"玄德曰:"圣人迅雷风烈必变,安得不畏?"将闻言失箸缘故,轻轻掩饰过了。操遂不疑玄德。后人有诗赞曰:

　　勉从虎穴暂趋身,说破英雄惊杀人。
　　巧借闻雷来掩饰,随机应变信如神。

天雨方住,见两个人撞入后园,手提宝剑,突至亭前,左右拦挡不住。操视之,乃关、张二人也。原来二人从城外射箭方回，听得玄德被许褚、张辽请将去了，慌忙来相府打听，闻说在后园，只恐有失，故冲突而入。却见玄德与操对坐饮酒。二人按剑而立，操问二人何来。云长曰："听知丞相和兄饮酒，特来舞剑，以助一笑。"操笑曰："此非'鸿门会'，安用项庄、项伯乎？"玄德亦笑。操命："取酒与二'樊哙'压惊。"关、张拜谢。须臾席散，玄德辞操而归。云长曰："险些惊杀我两个！"玄德以落箸事说与关、张，关、张问是何意。玄德曰："吾之学圃，正欲使操知我无大志；不意操竟指我为英雄，我故失惊落箸。又恐操生疑，故借惧雷以掩饰之耳。"关、张曰："兄真高见！"

操次日又请玄德，正饮间，人报满宠去探听袁绍而回，操召入问之。宠曰："公孙瓒已被袁绍破了。"玄德急问曰："愿闻其详。"宠曰："瓒与绍战不利，筑城围圈，圈上建楼，高十丈，名曰'易京楼'，积粟三十万以自守。战士出入不息。或有被绍围者，众请救之，瓒曰：'若救一人，后之战者，只望人救，不肯死战矣。'遂不肯救。因此袁绍兵来，多有降者。瓒势孤，使人持书赴许都求救，不意中途为绍军所获。瓒又遗张燕，暗约举火为号，里应外合，下书人又被袁绍擒住。却来城外放火诱敌，瓒自出战，伏兵四起，军马折其大半。退守城中，被袁绍穿地，直入瓒所居之楼下，放起火来。瓒无走路，先杀妻子，然后自缢，全家都被火焚了④。今袁绍得了瓒军，声势甚盛。绍弟袁术，在淮南骄奢过度，不恤军民，众皆背反。术使人归帝号于袁绍。绍欲取玉玺，术约亲自送至，见今弃淮南，欲归河北。若二人协力，急难收复，乞丞相作急图之。"玄德闻公孙瓒已死，追念昔日荐己之恩，不胜伤感，又不知赵子龙如何下落，放心不下。因暗想曰："我不就此时寻个脱身之计，更待何时？"遂起身对操曰："术若投绍，必从徐州过。备请一军，就半路截击，术可擒矣。"操笑曰："来日奏帝，即便起兵。"

次日，玄德面奏君。操令玄德总督五万人马，又差朱灵⑤、路昭二人同行。玄德辞帝，帝泣送之。玄德到寓，星夜收拾军器鞍马，挂了将军印，催促便行。⑥董承赶出十里长亭来送。玄德曰："国舅宁耐，某此行必有以报命。"承曰："公宜留意，勿负帝心。"二人分别。关、张在马上问曰："兄今番出征，何故如此慌速？"玄德曰："吾乃笼中鸟、网中鱼，此一行如鱼入大海，鸟上青霄，不受笼网之羁绊也。"因命关、张催朱灵、路昭军马速行。

④ 公孙瓒等筑楼自焚

公孙瓒筑楼自保，其实还包括其部属。《太平寰宇记》卷六十六《鄚县》："易京城，《郡国志》云：城在鄚县西北三十里，后汉末公孙瓒筑京以自固，围堑十二里，以铁为门，诸将家家作楼，楼以千计，并高五六丈，寻为袁绍所攻，其楼皆陷焰。"是以公孙瓒率先筑楼，其部皆模仿之，尔后始有袁绍来攻，因划地自守，各不相顾而失败也。《演义》所说颠倒时间，且仅指公孙一人而已。又《英雄记》也说："瓒诸将家各作高楼，楼以千计。瓒作铁门，居楼上，屏去左右，婢妾侍侧，汲上文书。"

⑤ 朱灵择主

朱灵事迹，见《三国志·魏书·徐晃传》，"初，清河朱灵为袁绍将。太祖之征陶谦，绍使灵督三营助太祖，战有功。绍所遣诸将各罢归，灵曰：'灵观人多矣，无若曹公者，此乃真明主也。今已遇，复何之？'遂留不去。所将士卒慕之，皆随灵留。灵后遂为好将，名亚晃等，至后将军，封高唐亭侯。"

⑥ 刘备种菜为掩饰胸怀大志

曹操与刘备煮酒论英雄。事后，他也后悔失言。"公亦悔失言。"（《华阳国志》），刘备更甚，为掩饰胸无大志，后园学圃。"公使觇之，见其方披葱，使厮人为之，不端，正举杖击之。公曰：大耳翁末之觉也。其夜，先主急东行。"（《华阳国志》卷六《刘先主志》）是刘备已觉察曹操对他猜忌，不得不连夜逃走。盖此时袁术已死，刘备已不须出征。

时郭嘉、程昱考较钱粮方回,知曹操已遣玄德进兵徐州,慌入谏曰:"丞相何故令刘备督军?"操曰:"欲截袁术耳。"程昱曰:"昔刘备为豫州牧时,某等请杀之,丞相不听;今日又与之兵,此放龙入海、纵虎归山也。后欲治之,其可得乎?"郭嘉曰:"丞相纵不杀备,亦不当使之去。古人云:'一日纵敌,万世之患。'望丞相察之。"操然其言,遂令许褚将兵五百前往,务要追玄德转来。许褚应诺而去。却说玄德正行之间,只见后面尘头骤起,谓关、张曰:"此必曹兵追至也。"遂下了营寨,令关、张各执军器立于两边。许褚至,见严兵整甲,乃下马入营见玄德。玄德曰:"公来此何干?"褚曰:"奉丞相命,特请将军回去,别有商议。"玄德曰:"'将在外,君命有所不受。'吾面过君,又蒙丞相钧语。今别无他议,公可速回,为我禀复丞相。"许褚寻思:"丞相与他一向交好,今番又不曾教我来厮杀,只得将他言语回复,另候裁夺便了。"遂辞了玄德,领兵而回。回见曹操,备述玄德之言。操犹豫未决。程昱、郭嘉曰:"备不肯回兵,可知其心变矣。"操曰:"我有朱灵、路昭二人在彼,料玄德未必敢心变。况我既遣之,何可复悔?"遂不复追玄德。后人有诗叹玄德曰:

> 束兵秣马去匆匆,心念天言衣带中。
>
> 撞破铁笼逃虎豹,顿开金锁走蛟龙。

却说马腾见玄德已去,边报又急,亦回西凉州去了。玄德兵至徐州,刺史车胄出迎。公宴毕,孙乾、糜竺等都来参见。玄德回家探视老小,一面差人探听袁术。探子回报:"袁术奢侈太过,雷薄、陈兰皆投嵩山去了。术势甚衰,乃作书让帝号于袁绍。绍命人召术,术乃收拾人马、宫禁御用之物,先到徐州来。"玄德知袁术将至,乃引关、张、朱灵、路昭五万军出,正迎着先锋纪灵至。张飞更不打话,直取纪灵,斗无十合,张飞大喝一声,刺纪灵于马下,败军奔走。袁术自引军来斗。玄德分兵三路,朱灵、路昭在左,关、张在右,玄德自引兵居中,与术相见,在门旗下责骂曰:"汝反逆不道,吾今奉明诏,前来讨汝,汝当束手受降,免你罪犯。"袁术骂曰:"织席编屦小辈,安敢轻我!"麾兵赶来,玄德暂退,让左右两路军杀出。杀得术军尸横遍野,血流成渠,兵卒逃亡不可胜计[7]。又被嵩山雷薄、陈兰劫去钱粮草料。欲回寿春,又被群盗所袭,只得住于江亭,止有一千余众,皆老弱之辈。时当盛暑,粮食尽绝,只剩麦三十斛,分派军士,家人无食,多有饿死者。术嫌饭粗,不能下咽,乃命庖人取蜜水止渴。庖人曰:"止有血水,安有蜜水!"术坐于床上,大叫一声,倒于地下,吐血斗余而死。时建安四年六月也。后人有诗曰:

> 汉末刀兵起四方,无端袁术太猖狂。
>
> 不思累世为公相,便欲孤身作帝王。
>
> 强暴枉夸传国玺,骄奢妄说应天祥。
>
> 渴思蜜水无由得,独卧空床呕血亡。

袁术已死,侄袁胤将灵柩及妻子奔庐江来,被徐璆尽杀

⑦ **刘备未曾截袁术归路**

据《三国志·魏书·袁术传》:"术前为吕布所破,后为太祖所败,奔其部曲雷薄陈兰于潜山,复为所拒,忧惧不知所出。"《三国志·魏书·武帝纪》也称,"袁术自败于陈,稍困,袁谭自青州遣迎之。术欲从下邳北过,公遣刘备、朱灵要之。会术病死"。是袁术未经徐州,途中已病死。

之⑧。璆夺得玉玺，赴许都献于曹操。操大喜，封徐璆为高陵太守。此时玉玺归操。却说玄德知袁术已丧，写表申奏朝廷，书呈曹操。令朱灵、路昭回许都，留下军马保守徐州。一面亲自出城，招谕流散人民复业。

且说朱灵、路昭回许都见曹操，说玄德留下军马，操怒，欲斩二人，荀彧曰："权归刘备，二人亦无奈何。"操乃赦之。彧又曰："可写书与车胄，就内图之。"操从其计，暗使人来见车胄，传曹操钧旨。胄随即请陈登商议此事。登曰："此事极易。今刘备出城招民，不日将还，将军可命军士伏于瓮城边，只作接他，待马到来一刀斩之。某在城上射住后军，大事济矣。"胄从之。陈登回，见父陈珪，备言其事。珪命登先往报知玄德。登领父命，飞马去报，正迎着关、张，报说如此如此⑨。原来关、张先回，玄德在后。张飞听得，便要去厮杀。云长曰："他伏瓮城边待我，去必有失。我有一计，可杀车胄：乘夜扮做曹军到徐州，引车胄出迎，袭而杀之。"飞然其言。那部下军原有曹操旗号，衣甲都同。

当夜三更，到城边叫门。城上问："是谁？"众应是曹丞相差来张文远的人马。报知车胄，胄急请陈登议曰："若不迎接，诚恐有疑；若出迎之，又恐有诈。"胄乃上城回言："黑夜难以分辨，平明了相见。"城下答应："只恐刘备知道，疾快开门！"车胄犹豫未定，城外一片声叫："开门"，车胄只得披挂上马，引一千军出城。跑过吊桥，大叫："文远何在？"火光中只见云长提刀纵马，直迎车胄，大叫曰："匹夫安敢怀诈，欲杀吾兄！"车胄大惊，战未数合，遮拦不住，拨马便回。到吊桥边，城上陈登乱箭射下，车胄绕城而走。云长赶来，手起一刀砍于马下，割下首级提回，望城上呼曰："反贼车胄，吾已杀之。众等无罪，投降免死！"诸军倒戈投降，军民皆安。云长将胄头去迎玄德，具言车胄欲害之事，今已斩首。玄德大惊："曹操若来，如之奈何？"云长曰："弟与张飞迎之。"玄德懊悔不已，遂入徐州。百姓父老，伏道而接。玄德到府，寻张飞，飞已将车胄全家杀尽。玄德曰："杀了曹操心腹之人，如何肯休？"陈登曰："某有一计，可退曹操。"正是：

> 既把孤身离虎穴，还将妙计息狼烟。

不知陈登说出甚计来，且听下文分解。

⑧ **袁术妻小去何处**

徐璆原系东海相，在徵廷尉回京都途中，"为袁术所劫。术僭号，欲授以上公之位，璆终不能屈。"（《三国志·魏书·武帝纪》引《先贤行状》）袁术死后，徐璆取得玉玺，献与朝廷，拜卫尉、太常。袁术家属"术从弟胤、女婿黄猗等畏惧曹公，不敢守寿春，乃共舁术棺柩，扶其妻子及部曲男女，就刘勋于皖城"（《三国志·吴书·孙策传》引《江表传》）。但《三国志·孙策传》称，"术死，长史杨弘、大将张勋等将其众欲就(孙)策，庐江太守刘勋要击，悉虏之，收其珍宝以归"，与前述有异。《演义》潜山误植为嵩山，袁术家属为徐璆所害，非也。又称传国玺由徐璆交曹操，与《孙策传》有异。后来，孙策"自与周瑜率二万人步袭皖城，即克之，得术百工及鼓吹部曲三万余人，并术、勋妻子"（《江表传》）。袁术子袁燿后为东吴郎中，女为孙权之妾。

⑨ **陈登未献计斩车胄**

据《三国志·魏书·吕布传》引《先贤行状》称陈登在吕布伏诛后，在广陵太守任内。建安五年(200)，陈登在匡琦城（安徽当涂）为孙策所围多日，使功曹陈矫求救于曹操。故此处所谓为刘备献计事，实系《演义》炮制。又据《三国志·魏书·武帝纪》和先主、关羽等传，分别有"先主之袭徐州刺史车胄"字样，均未直接提及关羽杀车胄故事。

第二十二回　袁曹各起马步三军
关张共擒王刘二将

① 马融是东汉儒学宗师

马融师承曹大家(班昭),《后汉书》有传。马融墓有二(一)据郑逸梅说:扶风茂陵故城(陕西兴平县东北),县西南三十里有马融墓,俗称马连塚;(二)据《古今寰宇记》卷二十三什邡县,"马融墓在县西二十里,高三丈,汉顺帝时融为南郡太守死葬于此,有碑,字已摩没"。

② 刘备请郑玄作书

此事不见《后汉书》《三国志》以及他书记载。郑玄未做尚书,汉无尚书,此处可见《演义》成于明时,多采用明制,盖说书人疏于汉史也。按郑玄世居北海高密(今山东高密西南),其治学乃以古文经说为主体兼采今文经学遍注群经,为东汉末期一代经学大师。刘备在徐州时,曾随他就学。但郑玄有否应刘备请作书袁绍,不见于史传。此处郑玄一书,遂令袁绍相助,于理不合。汉建安五年(200)官渡大战前夕,袁绍逼他随军出征,病死于军营。后归葬乡亲。按刘备虽曾从公孙瓒以拒袁绍,但仍为袁绍器重。在其任徐州牧传檄天

却说陈登献计于玄德曰:"曹操所惧者袁绍,绍虎踞冀、青、幽、并诸郡,带甲百万,文官武将极多。今何不写书,遣人到彼求救?"玄德曰:"绍向与我未通往来,今又新破其弟,安肯相助?"登曰:"此间有一人,与袁绍三世通家,若得其一书致绍,绍必来相助。"玄德问何人。登曰:"此人乃公平日所折节敬礼者,何故忘之?"玄德猛省曰:"莫非郑康成先生乎?"登笑曰:"然也。"原来郑康成名玄,好学多才,尝受业于马融①。融每当讲学,必设绛帐,前聚生徒,后陈声妓,侍女环列左右。玄听讲三年,目不邪视,融甚奇之。及学成而归,融叹曰:"得我学之秘者,惟郑玄一人耳。"玄家中侍婢,俱通《毛诗》。一婢尝忤玄意,玄命长跪阶前,一婢戏谓之曰:"胡为乎泥中?"此婢应声曰:"薄言往愬,逢彼之怒。"其风雅如此。桓帝朝,玄官至尚书。后因十常侍之乱,弃官归田,居于徐州。玄德在涿郡时,已曾师事之,及为徐州牧,时时造庐请教,敬礼特甚。当下玄德想出此人,大喜,便同陈登亲至郑玄家中,求其作书。玄慨然依允,写书一封,付与玄德②。玄德便差孙乾,星夜赍往袁绍处投递。

绍览毕,自忖曰:"玄德攻灭吾弟,本不当相助;但重以郑尚书之命,不得不往救之。"遂聚文武官,商议兴兵伐曹操。谋士田丰曰:"兵起连年,百姓疲弊,仓禀无积,不可复兴大军。宜先遣人献捷天子,若不得通,乃表称曹操隔我王路,然后提兵屯黎阳,更于河内增益舟楫,缮置军器,分遣精兵,屯扎边鄙,三年之中,大事可定也。"谋士审配曰:"不然。以明公之神武,抚河朔之强盛,兴兵讨曹贼,易如

反掌。何必迁延日月?"谋士沮授曰:"制胜之策,不在强盛。曹操法令既行,士卒精练,比公孙瓒坐受困者不同。今弃献捷良策,而兴无名之兵,窃为明公不取。"谋士郭图曰:"非也。兵加曹操,岂曰无名?公正当及时早定大业。愿从郑尚书之言,与刘备共仗大义,剿灭曹贼。上合天意,下合民情,实为幸甚!"四人争论未定,袁绍踌躇不决。忽许攸、荀谌自外而入。绍曰:"二人多有见识,且看如何主张。"二人施礼毕,绍曰:"郑尚书有书来,令我起兵助刘备,攻曹操。起兵是乎? 不起兵是乎?"二人齐声应曰:"明公以众克寡,以强攻弱,讨汉贼以扶王室,起兵是也。"绍曰:"二人所见,正合我心。"便商议兴兵。先令孙乾回报郑玄,并约玄德准备接应。一面令审配、逢纪为统军,田丰、荀谌、许攸为谋士,颜良、文丑为将军,起马军十五万,步兵十五万,共精兵三十万,望黎阳进发。

分拨以定,郭图进曰:"以明公大举伐操,必须数操之恶,驰檄各郡,声罪致讨,然后名正言顺。"绍从之,遂令书记陈琳草檄。琳字孔璋,素有才名。灵帝时为主簿,因谏何进不听,复遭董卓之乱,避难冀州,绍用为记室。当下领命草檄,援笔立就。其文曰:

> 盖闻明主图危以制变,忠臣虑难以立权。是以有非常之人,然后有非常之事;有非常之事,然后立非常之功。夫非常者,固非常人所拟也。曩者强秦弱主,赵高执柄,专制朝权,威福由己。时人迫胁,莫敢正言,终有望夷之败。祖宗焚灭,污辱至今,永为世鉴。及臻吕后季年,产、禄专政,内兼二军,外统梁、赵,擅断万机,决事省禁,下陵上替,海内寒心。于是绛侯、朱虚,兴兵奋怒,诛夷逆暴,尊立太宗,故能王道兴隆,光明显融:此则大臣立权之明表也。

> 司空曹操:祖父中常侍腾,与左悺、徐璜并作妖孽,饕餮放横,伤化虐民;父嵩,乞丐携养,因赃假位,舆金辇璧,输货权门,窃盗鼎司,倾覆重器。操赘阉遗丑,本无懿德,獍狡锋协,好乱乐祸。

> 幕府董统鹰扬,扫除凶逆,续遇董卓,侵官暴国,于是提剑挥鼓,发命东夏。收罗英雄,弃瑕取用,故遂与操同咨合谋,授以裨师,谓其鹰犬之才,爪牙可任。至乃愚佻短略,轻进易退,伤夷折衄,数丧师徒。幕府辄复分兵命锐,修完补辑,表行东郡,领兖州刺史,被以虎文,奖蹙威柄,冀获秦师一克之报。而操遂承资跋扈,恣行凶忒,割剥元元,残贤害善:"故九江太守边让,英才俊伟,天下知名,直言正色,论不阿谄,身首被枭悬之诛,妻孥受灰灭之咎。自是士林愤痛,民怨弥重,一夫奋臂,举州同声。故躬破于徐方,地夺于吕布,彷徨东裔,蹈据无所。幕府惟强干弱枝之义,且不登叛人之党,故复援旌擐甲,席卷起征,金鼓响振,布众奔沮,拯其死亡之患,复其方伯之位,则幕府无德于兖土之民,而有大

下时,"绍答曰:刘玄德弘雅有信义,今徐州乐戴之,诚副所望也"(《献帝春秋》)。后刘备为曹操所败,"绍遣将道路奉迎,身去邺二百里,与先主相见"(《三国志·蜀书·先主传》),"备归绍,绍父子倾心敬重"(王沈《魏书》)。可见决非是郑玄一书就能决定袁绍态势的。

造于操也。后会銮驾反旆，群虏寇攻，时冀州方有北鄙之警，匪遑离局，故使从事中郎徐勋，就发遣操，使缮修郊庙，翊卫幼主。操便放志，专行胁迁，当御省禁，卑侮王室，败法乱纪，坐领三台，专制朝政。爵赏由心，刑戮在口，所爱光五宗，所恶灭三族。群谈者受显诛，腹议者蒙隐戮，百僚钳口，道路以目。尚书记朝会，公卿充员品而已。故太尉杨彪，典历二司，享国极位；操因缘眦睚，被以非罪，榜楚参并，五毒备至，触情任忒，不顾宪纲。又议郎赵彦，忠谏直言，义有可纳，是以圣朝含听，改容加饰。操欲迷夺时明，杜绝言路，擅收立杀，不俟报闻。又梁孝王，先帝母昆，坟陵尊显，桑梓松柏，犹宜肃恭；而操帅将吏士，

亲临发掘，破棺裸尸，掠取金宝③，至令圣朝流涕，士民伤怀。操又特置"发丘中郎将"、"摸金校尉"，所过隳突，无骸不露。身处三公之位，而行桀虏之态，污国害民，毒施人鬼，加其细政惨苛，科防互设，罾缴充蹊，坑阱塞路，举手挂网罗，动足触机陷，是以兖、豫有无聊之民，帝都有吁嗟之怨。历观载籍，无道之臣，贪残酷烈，于操为甚。

幕府方诘外奸，未及整训，加绪含容，冀可弥缝。而操豺狼野心，潜包祸谋，乃欲摧挠栋梁，孤弱汉室，除灭忠正，专为枭雄。往者伐鼓北征公孙瓒，强寇桀逆，拒围一年。操因其未破，阴交书命，外助王师，内相掩袭；会其行人发露，瓒亦枭夷，故使锋芒挫缩，厥图不果。今乃屯据敖仓，阻河为固，欲以螳螂之斧，御隆车之隧。幕府奉汉威灵，折冲宇宙，长戟百万，胡骑千群，奋中黄、育、获之士，骋良弓劲弩之势。并州越太行，青州涉济、漯，大军泛黄河而角其前，荆州下宛、叶而掎其后，雷震虎步，若举炎火以焫飞蓬，覆沧海以沃漂炭，有何不灭者哉！又操军吏士，其可战者，皆出自幽、冀，或故营部曲，咸怨旷思归，流涕北顾。其余兖、豫之民，及吕布、张杨之众，覆亡迫胁，权时苟从，各被创夷，人为仇敌。若回旆方徂，登高岗而击鼓吹，扬素挥以启降路，必土崩瓦解，不俟血刃。方今汉室陵迟，纲维弛绝，圣朝无一介之辅，股肱无折冲之势。方畿之内，简练之臣，皆垂头拓翼，莫所凭恃。虽有忠义之佐，胁于暴虐之臣，焉能展其节？又操持部曲精兵七百，围守宫阙，外托宿卫，内实拘执。惧其篡逆之萌，因斯而作。此乃忠臣肝脑涂地之秋，烈士立功之会，可不勖哉！操又矫命称制，遣使发兵。恐边远州郡，过听给与，违众旅叛，举以丧

③ 曹操发掘的梁孝王墓

梁孝王系汉文帝子刘武。文帝十二年(前168)封为梁孝王，都汴梁，后迁睢阳(河南商丘)，在位三十五年，平生好敛财，死时府库藏金有十余万斤。梁孝王葬于砀(河南永城)。《史记·索隐》引《述征纪》说，砀山"有梁孝王冢"。《水经注》卷七，"县有砀山……山有梁孝王冢，其冢斩山为廓，穿石为藏"。《太平寰宇记》："梁武王墓在县北五十里，高四丈，周四一里，砀山南岭上"。按梁孝王生前就开凿坟墓，先后达十九年，动员几万人。《曹操别传》："曹操引兵入砀，伐梁孝王冢，破棺收金宝万斤"。据光绪《永城县志》，明清时人有入洞者，尚有偶而拾得黄金的。据今考察，梁孝王墓在河南永城县东北65华里保安山(砀山南岭)前峰东麓半山腰，墓口朝东，以山为廓，凿石为墓，高4米，宽30米，周1华里。自被发掘后，当地民众称之为"梁孝王洞"。宋永城县令马永卿称，"仆尝与宿州知县邵渡洞游，入隧道中百余步，玉皇堂如五间七架屋许大，周回有石门子十许，上镌作内臣宫女状，中有大石柱四，所以悬棺，棺不复见矣。入时必用油圈以为烛，其中盛夏极凉如暮秋"。

名,为天下笑,则明哲不取也。

即日幽、并、青、冀,四州并进。书到荆州,便勒现兵,与建忠将军协同声势。州郡各整义兵,罗落境界,举武扬威,并匡社稷,则非常之功,于是乎著。其得操首者,封五千户侯,赏钱五千万。部曲偏裨将校诸吏降者,勿有所问。广宣恩信,班扬符赏,布告天下,咸使知圣朝有拘迫之难。如律令!

绍览檄大喜,即命使将此檄遍行州郡,并于各处关津隘口张挂。

檄文传至许都。时曹操方患头风,卧病在床,左右将此檄传进。操见之,毛骨悚然,出了一身冷汗,不觉头风顿愈④,从床上一跃而起,顾谓曹洪曰:"此檄何人所作?"洪曰:"闻是陈琳之笔。"操笑曰:"有文事者,必须以武略济之。陈琳文字虽佳,其如袁绍武略之不足何!"遂聚众谋士商议迎敌。孔融闻之,来见操曰:"袁绍势大,不可与战,只可与和。"荀彧曰:"袁绍无用之人,何必议和?"融曰:"袁绍土广民强,其部下如许攸、郭图、审配、逢纪皆智谋之士,田丰、沮授皆忠臣也。颜良、文丑,勇冠三军。其余高览、张郃、淳于琼等,俱世之名将。何谓绍为无用之人乎?"彧笑曰:"绍兵多而不整。田丰刚而犯上,许攸贪而不智,审配专而无谋,逢纪果而无用:此数人者,势不相容,必生内变。颜良、文丑,匹夫之勇,一战可擒。其余碌碌等辈,纵有百万,何足道哉!"孔融默然。操大笑曰:"皆不出荀文若之料。"遂唤前军刘岱、后军王忠,引兵五万打着"丞相"旗号,去徐州攻刘备。

④ 陈琳作檄的移位
陈琳为袁绍作书叱责曹操治愈偏头痛事,实系《演义》移植。《三国志·魏书·王粲传》称,"琳避难冀州,袁绍使典文章。袁氏败,琳归太祖。太祖谓曰:'卿昔为本初移书,但可罪状孤而已,恶恶止其身,何乃上及父祖邪?'"此处未提及他正患病。但陈琳之檄确与曹操偏头病治愈有关,虽然此非为袁绍所书檄。《典略》称:"琳作诸书及檄,草成呈太祖。太祖先苦头风,是日疾发,卧读琳所作,翕然而起曰:'此愈我病。'数加厚赐。"

⑤ 两刘岱和三国同姓名者
《三国志》所记有两刘岱,一是兖州刺史刘岱,此人早在汉初平三年(192),在东平(山东东平)抵抗黄巾时,被杀;一是本回提及的刘岱他在曹操任司空时,出任司空长史,从征伐有功,封列侯。此两刘岱都字公山,实乃风马牛不相及。按,汉魏时姓名因有字和号,所以多取单名,它常易姓名相同,三国时期所涉甚多。《三国演义》同名录,见下表

姓　名	行　　　事
刘　岱	
张　温	东汉大臣(八回);吴国使蜀汉官员(八十六回)
刘　巴	蜀汉尚书令,死于222年(八十二回);征南将军,随诸葛亮北伐(九十一回)
马　忠	吴潘璋部将(第七十七回);蜀汉镇南大将军(九十一回)
张　南	赤壁之战,为周泰刺死(三十三回);随刘备东征(八十一回)
胡　济	诸葛亮部主簿;主持汉中(一百十六回)
董　和	蜀汉官员,曹操庐江参军,为吕蒙俘
李　丰	袁术部,为曹军俘斩(十七回);李严子,为丞相长史(九十四回);魏中书令,参加诛司马师(一百九回)

原来刘岱旧为兖州刺史⑤,及操取兖州,岱降于操,操用为偏将,故今差他与王忠⑥一同领兵。操却自引大军二十万进黎阳拒袁绍。程昱曰:"恐刘岱、王忠不称其使。"操曰:"吾亦知

⑥ 王忠饥困吃人

"王忠,扶风人,少为亭长。三辅乱,忠饥乏啖人,随辈南向武关,值娄子伯为荆州遮迎北方客人;忠不欲去,因率等件逆击之,夺其兵,聚众千余人以归公。拜忠中郎将,从征讨。五官将(曹丕)知忠尝啖人,因从驾出行,令俳取冢间髑髅系著忠马鞍,以为欢笑。"(《三国志·魏书·武帝纪》引《魏武故事》)王忠后为扬武将军,都亭侯,是参与劝进曹操为魏公的一个主要大臣。

三国演义

非刘备敌手,权且虚张声势。"分付:"不可轻进,待我破绍,再勒兵破备。"刘岱、王忠领兵去了。曹操自引兵至黎阳。两军隔八十里,各自深沟高垒,相持不战,自八月守至十月。原来许攸不乐审配领兵,沮授又恨绍不用其谋,各不相和,不图进取。袁绍心怀疑惑,不思进兵。操乃唤吕布手下降将臧霸守把青、徐;于禁、李典屯兵河上;曹仁总督大军,屯于官渡;操自引一军,竟回许都。

且说刘岱、王忠引军五万,离徐州一百里下寨。中军虚打"曹丞相"旗号,未敢进兵,只打听河北消息。这里玄德也不知曹操虚实,未敢擅动,亦只探听河北。忽曹操差人催刘岱、王忠进战。二人在寨中商议,岱曰:"丞相催促攻城,你可先去。"王忠曰:"丞相先差你。"岱曰:"我是主将,如何先去?"忠曰:"我和你同引兵去。"岱曰:"我与你拈阄,拈着的便去。"王忠拈着"先"字,只得分一半军马,来攻徐州。

玄德听知军马到来,请陈登商议曰:"袁本初虽屯兵黎阳,奈谋臣不和,尚未进取。曹操不知在何处?闻黎阳军中无操旗号,如何这里却反有他旗号?"登曰:"操诡计百出,必以河北为重,亲自监督,却故意不建旗号,乃于此处虚张旗号。吾意操必不在此。"玄德曰:"两弟谁可探听虚实?"张飞曰:"小弟愿往。"玄德曰:"汝为人躁暴,不可去。"飞曰:"便是有曹操,也拿将来!"云长曰:"待弟往观其动静。"玄德曰:"云长若去,我却放心。"于是云长引三千人马出徐州来。时值初冬,阴云布合,雪花乱飘。军马皆冒雪布阵。云长骤马提刀而出,大叫王忠打话。忠出曰:"丞相到此,缘何不降?"云长曰:"请丞相出阵,我自有话说。"忠曰:"丞相岂肯轻见你!"云长大怒,骤马向前,王忠挺枪来迎。两马相交,云长拨马便走,王忠赶来。转过山坡,云长回马,大叫一声,舞刀直取。王忠拦截不住,恰待骤马奔逃,云长左手倒提宝刀,右手揪住王忠勒甲绦,拖下鞍鞒,横担于马上,回本阵来。王忠军四散奔走。云长押解王忠,回徐州见玄德。玄德问:"尔乃何人?现居何职,敢诈称'曹丞相'?"忠曰:"焉敢有诈?奉命教我虚张声势,以为疑兵。丞相实不在此。"玄德教付衣服酒食,且暂监下,待捉了刘岱,再作商议。云长曰:"某知兄有和解之意,故生擒将来。"玄德曰:"吾恐翼德躁暴,杀了王忠,故不教去。此等人杀之无益,留之可为解和之地。"张飞曰:"二哥捉了王忠,我去生擒刘岱来。"玄德曰:"刘岱昔为兖州刺史,虎牢关伐董卓时,也是一镇诸侯。今日为前军,不可轻敌。"飞曰:"量此辈何足道哉!我也似二哥生擒将来便了。"玄德曰:"只恐坏了他性命,误我大事。"飞曰:"如杀了,我偿他命。"玄德遂与军三千,飞引兵前进。

却说刘岱知王忠被擒,坚守不出。张飞每日在寨前叫骂,岱听知是张飞,越不敢出。飞守了数日,见岱不出,心生一计:传令:"今夜二更去劫寨。"日间却在帐中饮酒,诈醉,寻军士罪过，打了一顿，缚在营中，曰："待我今夜出兵时，将来祭旗！"却暗使左右纵之去。军士得脱，偷走出营，径往刘岱营中来报劫寨之事。刘岱见降卒身受重伤，遂听其说，虚扎空寨，伏兵在外。是夜张飞却分兵三路。中间使三十余人劫寨放火；却教两路军抄出他寨后，看火起为号夹击之。三更时分，张飞自引精兵，先断刘岱后路。中路三十余人，抢入寨中放火，刘岱伏兵恰待杀入，张飞两路兵齐出，岱军自乱，正不知飞兵多少，各自溃散。刘岱引一队残军夺路而走，正撞见张飞。狭路相逢，急难回避，交马只一合，早被张飞生擒过去。余众皆降。飞使人先报入徐州。玄德闻之，谓云长曰："翼德自来粗莽，今亦用智，吾无忧矣。"乃亲自出郭迎之。飞曰："哥哥道我躁暴，今日如何？"玄德曰："不用言语相激，如何肯使机谋？"飞大笑。

玄德见缚刘岱过来，慌下马解其缚曰："小弟张飞误有冒渎，望乞恕罪。"遂迎入徐州，放出王忠，一同管待。玄德曰："前因车胄欲害备，故不得不杀之。丞相错疑备反，遣二将军前来问罪。备受丞相大恩，正思报效，安敢反耶？二将军至许都，望善言为备分诉，备之幸也。"刘岱、王忠曰："深荷使君不杀之恩，当于丞相处方便，以某两家老小保使君。"玄德称谢。次日，尽还原领军马，送出郭外⑦。刘岱、王忠行不上十余里，一声鼓响，张飞拦路，大喝曰："我哥哥忒没分晓，捉住贼将如何又放了！"唬得刘岱、王忠在马上发颤。张飞睁眼挺枪赶来，背后一人飞马大叫："不得无礼！"视之乃云长也，刘岱、王忠方才放心。云长曰："既兄长放了，吾弟如何不遵法令？"飞曰："今番放了，下次又来。"云长曰："待他再来，杀之未迟。"刘岱、王忠连声告退曰："便丞相诛我三族，也不来了。望将军宽恕！"飞曰："便是曹操自来，也杀他片甲不回，今番权且寄下两颗头。"刘岱、王忠抱头鼠窜而去。云长、翼德回见玄德曰："曹操必然复来。"孙乾谓玄德曰："徐州受敌之地，不可久居，不若分兵屯小沛，守邳城，为掎角之势，以防曹操。"玄德用其言，令云长守下邳，甘、糜二夫人亦于下邳安置：甘夫人乃小沛人也，糜夫人乃糜竺之妹也。孙乾、简雍、糜竺、糜芳守徐州⑧。玄德与张飞屯小沛。

刘岱、王忠回见曹操，具言刘备不反之事。操怒骂："辱国之徒，留你何用！"喝令左右推出斩之。正是：

　　　　犬豕何堪共虎斗，鱼虾空自与龙争。

不知二人性命如何，且听下文分解。

⑦ **刘岱、王忠被俘事**
据《三国志·魏书·武帝纪》等称："遣刘岱、王忠击之，不克。"但未提被俘事。而据所引裴注《献帝春秋》："备谓岱等曰：'使汝百人来，其无如我！曹公自来，未可知耳！'"似两人确被俘，尔后释回。

⑧ **徐州州治在下邳**
此处徐州与下邳作为二地，实误。徐州为东汉州名，辖郡国五、县六十二，治所郯县（山东郯城），东汉末移治下邳（江苏邳县），三国时期移治彭城（徐州）。此时之徐州州治，当在下邳。

第二十三回　祢正平裸衣骂贼
　　　　　　吉太医下毒遭刑

① 张绣后半生

曹操因张绣降，解除后顾之忧，且在道义上提高了威望。得道者多助。汉建安四年(199)十一月，张绣从贾诩说，再度降曹，曹操极为高兴，"绣至，太祖执其手，与欢宴"；握住力劝投降的贾诩的手说："使我信重天下者，子也!"他拜张绣为扬武将军，并结成儿女亲家。张绣翌年参加官渡大战，又随曹操追破袁谭，立功，受禄为最，"复征邑凡二千户。是时天下户口减耗，十裁一失，诸将封邑未满千户者，而绣特多"(《三国志·魏书·张绣传》)。建安十二年，张绣随曹操远征乌桓，中途病死。一说系自杀，"五官将(曹丕)数因请会，发怒曰，'君杀吾兄，何忍持面视人邪!'绣心不自安，乃自杀"(《魏略》)。

② 贾诩谈兵处

据《三国志·魏书·贾诩传》，陈寿将贾诩评为"算无遗策，经达权变，其良、平之亚欤!"因为他言必有中，比之为汉初的张良、陈平。见在今河南许昌城北20里岗朱村，有贾诩住宅遗址，据

却说曹操欲斩刘岱、王忠，孔融谏曰："二人本非刘备敌手，若斩之，恐失将士之心。"操乃免其死，黜罢爵禄。欲自起兵伐玄德。孔融曰："方今隆冬盛寒，未可动兵，待来春未为晚也。可先使人招安张绣、刘表，然后再图徐州。"操然其言，先遣刘晔往说张绣。晔至襄城，先见贾诩，陈说曹公盛德。诩乃留晔于家中，次日来见张绣，说曹公遣刘晔招安之事。正议间，忽报袁绍有使至，绣命入，使者呈上书信。绣览之，亦是招安之事。诩问来使曰："近日兴兵破曹操，胜负何如?"使曰："隆冬寒月，权且罢兵。今以将军与荆州刘表，俱有国士之风，故来相请耳。"诩大笑曰："汝可便回见本初，道：'汝兄弟尚不能容，何能容天下国士乎!'"当面扯碎书，叱退来使。张绣曰："方今袁强曹弱。今毁书叱使，袁绍若至，当如之何?"诩曰："不如去从曹操。"绣曰："吾先与操有仇，安得相容?"诩曰："从操，其便有三：夫曹公奉天子明诏，征伐天下，其宜从一也。绍强盛，我以少从之，必不以我为重，操虽弱，得我必喜，其宜从二也。曹公王霸之志，必释私怨以明德于四海，其宜从三也。愿将军无疑焉。"绣从其言，请刘晔相见。晔盛称操德，且曰："丞相若记旧怨，安肯使某来结好将军乎?"绣大喜，即同贾诩等赴许都投降。绣见操，拜于阶下。操忙扶起，执其手曰："有小过失，勿记于心。"遂封绣为扬武将军①，封贾诩为执金吾使②。

操即命绣作书招安刘表。贾诩进曰"刘景升好结纳名流，今必得一有文名之士往说之，方可降耳。"操问荀攸曰："谁人可去?"攸

曰："孔文举可当其任。"操然之。攸出见孔融曰："丞相欲得一有文名之士，以备行人之选。公可当此任否？"融曰："吾友祢衡，字正平③，其才十倍于我。此人宜在帝左右，不但可备行人而已。我当荐之天子。"④于是遂上表奏帝。其文曰：

> 臣闻洪水横流，帝思俾乂；旁求四方，以招贤俊。昔世宗继统，将弘基业。畴咨熙载，群士响臻。陛下睿圣，篡承基绪，遭遇厄运，劳谦日昃。维岳降神，异人并出。窃见处士平原祢衡，年二十四，字正平，淑质贞亮，英才卓跞。初涉艺文，升堂睹奥。目所一见，辄诵之口；耳所暂闻，不忘于心。性与道合，思若有神，弘羊潜计，安世默识，以衡准之，诚不足怪。忠果正直，志怀霜雪，见善若惊，嫉恶若仇。任座抗行，史鱼厉节，殆无以过也。鸷鸟累百，不如一鹗。使衡立朝，必有可观。飞辩骋词，溢气坌涌；解疑释结，临敌有余。昔贾谊求试属国，诡系单于；终军欲以长缨，牵制劲越：弱冠慷慨，前世美之。近日路粹、严象，亦用异才，擢拜台郎，衡宜与为比。如得龙跃天衢，振翼云汉，扬声紫微，垂光虹霓，足以昭近署之多士，增四门之穆穆。钧天广乐，必有奇丽之观；帝室皇居，必蓄非常之宝。若衡等辈，不可多得。《激楚》《阳阿》，至妙之容，掌伎者之所贪；飞兔、騕袤，绝足奔放，良、乐之所急也。臣等区区，敢不以闻？陛下笃慎取士，必须效试，乞令衡以褐衣召见。如无可观采，臣等受面欺之罪。

帝览表，以付曹操，操遂使人召衡至，礼毕，操不命坐。祢衡仰天叹曰："天地虽阔，何无一人也！"操曰："吾手下有数十人，皆当世英雄，何谓无人？"衡曰："愿闻。"操曰："荀彧、荀攸、郭嘉、程昱，机深智远，虽萧何、陈平不及也。张辽、许褚、李典、乐进，勇不可当，虽岑彭、马武不及也。吕虔、满宠为从事，于禁、徐晃为先锋。夏侯惇天下奇才，曹子孝世间福将。安得无人？"衡笑曰："公言差矣。此等人物，吾尽识之：荀彧可使吊丧问疾，荀攸可使看坟守墓；程昱可使关门闭户，郭嘉可使白词念赋；张辽可使击鼓鸣金，许褚可使牧牛放马；乐进可使取状读招，李典可使传书送檄；吕虔可使磨刀铸剑，满宠可使饮酒食糟；于禁可使负版筑墙，徐晃可使屠猪杀狗；夏侯惇称为'完体将军'，曹子孝呼为'要钱太守'。其余皆是衣架、饭囊、酒桶、肉袋耳。"操怒曰："汝有何能？"衡曰："天文地理，无一不通；三教九流，无所不晓。上可以致君为尧、舜，下可以配德于

传，系贾诩与曹操谈兵法、治军处。附近有贾诩墓，墓门石刻有双虎衔环图像，保存尚好。

③ 祢衡的后裔

祢为古姓。出自《春秋公羊传·隐元年》："生称父，死称考，入庙称祢。"《周礼·文王世子》"其在军，则守于公祢。"疏："公祢，请迁主，载在齐车，随公行也。"祢，即祖宗牌位(柱)。祢衡后裔西晋末永嘉之乱，族迁朝鲜半岛。据2011年西安发现的"大唐故右威将军上柱国祢公墓志铭"。(祢军墓志)祢氏家族在百济国显赫，世代官居一品，唐显庆五年(660)，祢军、祢植兄弟，且在熊津政变，将逃亡的百济王解送唐将苏定方。祢植留住长安，祢军为右武卫泸川府折冲都尉派遣回百济。此后还以唐使赴日本，带回日本"大首望(望族)数十人"(第五批遣唐使)。祢军因功升授右领军卫中郎将兼检校熊津都督府司马和右威卫将军。

④ 孔融推荐祢衡

孔融曾因祢衡有才，多次向曹操称赞。而祢衡亦颇为高傲。"常称曰：'大儿孔文举，小儿杨德祖。余子碌碌，莫足数也。'"《后汉书·祢衡传》按时孔融年已四十(153年生)，祢衡仅二十(173年生)。两人为忘年交，情谊深切。

⑤《渔阳三挝》

《渔阳三挝》，当作《渔阳掺挝》，古鼓曲名。据《世说新语·言语》："祢衡被魏武谪为鼓吏，正月半试鼓，衡扬枹为《渔阳掺挝》，渊渊有金石声，四座为之改容。孔融曰：'祢衡罪同胥靡，不能发明王之梦'。魏武惭而赦之。"

⑥ 祢衡未做曹操使者

《演义》作曹操令祢衡为使招降刘表，实非。张衡《文士传》称，因祢衡"坐太祖（曹操）营门外，以杖捶地，数骂太祖。太祖敕外廊急具精马三匹并骑二人，谓（孔）融曰：'祢衡竖子，乃敢尔！孤杀之无异于雀鼠，顾此人素有虚名，远近所闻。今日杀之，人将谓孤不能容。今送与刘表，视卒当何如？'乃令骑以衡置马上，两骑扶送至南阳。"又《艺文类聚》载《平原祢衡传》称，因祢衡讽刺荀彧等人，"于是众人皆切齿，衡知众不悦，将南还荆州。装束临发，众人为祖道，先设供帐于城南"，为他送行，此说系更以祢衡自往荆州。

孔、颜。岂与俗子共论乎！"时止有张辽在侧，掣剑欲斩之。操曰："吾正少一鼓吏，早晚朝贺宴享，可令祢衡充此职。"衡不推辞，应声而去。辽曰："此人出言不逊，何不杀之？"操曰："此人素有虚名，远近所闻。今日杀之，天下必谓我不能容物。彼自以为能，故令为鼓吏以辱之。"

来日，操于省厅上大宴宾客，令鼓吏挝鼓。旧吏云："挝鼓必换新衣。"衡穿旧衣而入。遂击鼓为《渔阳三挝》⑤，音节殊妙，渊渊有金石声，坐客听之，莫不慷慨流涕。左右喝曰："何不更衣！"衡当面脱下旧破衣服，裸体而立，浑身尽露，坐客皆掩面。衡乃徐徐着裤，颜色不变。操叱曰："庙堂之上，何太无礼！"衡曰："欺君罔上，乃谓无礼。吾露父母之形，以显清白之体耳！"操曰："汝为清白，谁为污浊？"衡曰："汝不识贤愚，是眼浊也；不读诗书，是口浊也；不纳忠言，是耳浊也；不通古今，是身浊也；不容诸侯，是腹浊也；常怀篡逆，是心浊也。吾乃天下名士，用为鼓吏，是犹阳货轻仲尼，臧仓毁孟子耳。欲成王霸之业，而如此轻人耶？"时孔融在坐，恐操杀衡，乃从容进曰："祢衡罪同胥靡，不足发明王之梦。"操指衡而言曰："令汝往荆州为使⑥。如刘表来降，便用汝作公卿。"衡不肯往。操教备马三匹，令二人扶挟而行，却教手下文武，整酒于东门外送之。荀彧曰："如祢衡来，不可起身。"衡至，下马入见，众皆端坐。衡放声大哭。荀彧问曰："何为而哭？"衡曰："行于死柩之中，如何不哭！"众皆曰："吾等是死尸，汝乃无头狂鬼耳！"衡曰："吾乃汉朝之臣，不作曹瞒之党，安得无头？"众欲杀之，荀彧急止之曰："量鼠雀之辈，何足污刀！"衡曰："吾乃鼠雀，尚有人性，汝等只可谓之蜾虫。"众恨而散。

衡至荆州见刘表毕，虽颂德实讥讽，表不喜。令去江夏见黄祖。或问表曰："祢衡戏谑主公，何不杀之？"表曰："祢衡数辱曹操，操不杀者，恐失人望；故令作使于我，欲借我手杀之，使我受害贤之名也。吾今遣去见黄祖，使曹操知我有识。"众皆称善。时袁绍亦遣使至，表问众谋士曰："袁本初又遣使来，曹孟德又差祢衡在此，当从何便？"从事中郎将韩嵩进曰："今两雄相持，将军若欲有为，乘此破敌可也。如其不然，将择其善者而从之。今曹操善能用兵，贤俊多归，其势必先取袁绍，然后移兵向江东。恐将军不能御。莫若举荆州以附操，操必重待将军矣。"表曰："汝且去许都观其动静，再作商议。"嵩曰："君臣各有定分。嵩今事将军，虽赴汤蹈火，一唯所命。将军若能上顺天子，下从曹公，使嵩可也；如持疑未定，嵩到京师，天子赐嵩一官，则嵩为天子之臣，不复为将军死矣。"表曰："汝且先往观之，吾别有主意。"嵩辞表，到许都见操，操遂拜嵩为侍中，领零陵太守。荀彧曰："韩嵩来观动静，未有微功，重加此职，祢衡又无音耗，丞相遣而不问，何也？"操曰："祢衡辱吾太甚，故借刘表手杀之，何必再问。"遂遣韩嵩回荆州说刘表。嵩回见表，称颂朝廷盛德，劝表遣子入侍。表大怒曰："汝怀二心耶？"欲斩之。嵩大叫曰："将军负嵩，嵩不负将军。"蒯良曰："嵩未去之前，先有此言矣。"刘表遂赦之。

人报黄祖斩了祢衡。表问其故，对曰："黄祖与祢衡共饮，皆醉。祖问衡曰：'君在许都有何人物？'衡曰：'大儿孔文举，小儿杨德祖，除此二人，别无人物。'祖曰：'似我何如？'衡曰：'汝似庙中之神，虽受祭祀，恨无灵验。'祖大怒曰：'汝以我为土木偶人耶！'遂斩之。衡至死，骂不绝口。"刘表闻衡死，亦嗟呀不已，令葬于鹦鹉洲边[7]。后人有诗叹曰：

> 黄祖才非长者俦，祢衡珠碎此江头。
> 今来鹦鹉洲边时，惟有无情碧水流。

却说曹操知祢衡受害，笑曰："腐儒舌剑，反自杀矣。"因不见刘表来降，便欲兴兵问罪。荀彧谏曰："袁绍未平，刘备未灭，而欲用兵江汉，是犹舍心腹而顾手足也。可先灭袁绍，后灭刘备，江汉可一扫而平矣。"操从之。

且说董承自刘玄德去后，日夜与王子服等商议，无计可施。建安五年元旦朝贺，见曹操骄横愈甚，感愤成疾。帝知国舅染病，令随朝太医前去医治。此医乃洛阳人，姓吉，名太，字称平，众人皆呼为吉平，当时名医也。平到承府用药调治，旦夕不离，常见董承长吁短叹，不敢动问。时值元宵[8]，吉平辞去，承留住，二人共饮。饮至更余，承觉困倦，就和衣而睡。忽报王子服等四人至，承出接入。服曰："大事谐矣！"承曰："愿闻其说。"服曰："刘表结连袁绍，起兵五十万，共分十路杀来。马腾结连韩遂，起西凉军七十二万，从北杀来。曹操尽起许昌兵马，分头迎敌，城中空虚。若聚五家僮仆，可得千余人。乘今夜府中大宴，庆赏元宵，将府围住，突入杀之。不可失此机会！"承大喜，随即唤家奴各人收拾兵器，自己披挂绰枪上马，约会都在内门前相会，同时进兵。夜至二鼓，众兵皆到。董承手提宝剑，徒步直入，见操设宴后堂，大叫："操贼休走！"一剑剁去，随手而倒。霎时觉来，乃南柯一梦，口中犹骂"操贼"不止。吉平向前叫曰："汝欲害曹公乎？"承惊惧不能答。吉平曰："国舅休慌。某虽医人，未尝忘汉。某连日见国舅嗟叹，不敢动问；恰才梦中之言，已见真情，幸勿相瞒。倘有用某之处，虽灭九族，亦无后悔！"承掩面而哭曰："只恐汝非真心。"平遂咬下一指为誓。承乃取出衣带诏，令平视之，且曰：

⑦ **祢衡死葬鹦鹉洲**
祢衡原墓在湖北武昌城外江中鹦鹉洲上，相传黄祖子黄射在洲上宴会，有人献鹦鹉，祢衡即席写就《鹦鹉赋》，洲由此而得名，他被杀后亦葬于洲上。此洲在明末沉没。现位于汉阳堤外的鹦鹉洲，系清乾隆年间新淤积的一洲，原名补得洲，嘉庆年间改为鹦鹉洲。清光绪二十六年(1900)，重立祢衡墓，现仅存墓碑"汉处士祢衡墓"。今湖心岛上之墓为新建。

⑧ **元宵**
东汉三国时期，无元宵节，亦无举灯事。按此处与第69回提及许都元宵节大张灯火和第119回钟会于元宵节作乱，其时间定位均系元明杂剧平话，如《水浒》《西游记》等家言。相传唐明皇时才有元宵，时以正月十五日为上元，有观灯风俗，所以元宵节又名灯节。北宋尤盛，见孟元老《东京梦华录·元宵》。

⑨ 董承家奴庆童告密事

此事不见于史，实乃元明平话杂剧滥觞。其事或源出自《史记·淮阴侯传》，"其舍人得罪于(韩信)，信囚欲杀之，舍人弟上变告信欲反状于吕后，吕后欲召，恐其党不就，乃与萧相国谋，诈舍人从上所来，言稀已得死，列侯群臣皆贺。相国绐信曰：'虽疾，强入贺。'信人，吕后使武士缚信，斩之长乐钟室。"

"今之谋望不成者，乃刘玄德、马腾各自去了，无计可施，因此感而成疾。"平曰："不消诸公用心，操贼性命，只在某手中。"承问其故。平曰："操贼常患头风，痛入骨髓，才一举发，便召某医治。如早晚有召，只用一服毒药，必然死矣。何必举刀兵乎？"承曰："若得如此，救汉朝社稷者，皆赖君也！"

时吉平辞归，承心中暗喜，步入后堂。忽见家奴秦庆童同侍妾云英，在暗处私语，承大怒，唤左右捉下，欲杀之。夫人劝免其死，各人杖脊四十，将庆童锁于冷房。庆童怀恨，黄夜将铁锁扭断，跳墙而出，径入曹操府中，告有机密事⑨。操唤入密室问之。庆童云："王子服、吴子兰、种辑、吴硕、马腾五人，在家主府中商议机密，必然是谋丞相。家主将出白绢一段，不知写着甚的。近日吉平咬指为誓，我也曾见。"曹操藏匿庆童于府中。董承只道逃往他方去了，也不追寻。

次日，曹操诈患头风，召吉平用药。平自思曰："此贼合休！"暗藏毒药入府。操卧于床上，令平下药。平曰："此病可一服即愈。"教取药罐，当面煎之。药已半干，平已暗下毒药，亲自送上。操知有毒，故意迟延不服。平曰："乘热服之，少汗即愈。"操起曰："汝既读儒书，必知礼义。君有疾饮药，臣先尝之；父有疾饮药，子先尝之。汝为我心腹之人，何不先尝而后进？"平曰："药以治病，何用人尝？"平知事已泄，纵步向前，扯住操耳而灌之。操推药泼地，砖皆迸裂。操未及言，左右已将吉平执下。操曰："吾岂有疾？特试汝耳！汝果有害我之心！"遂唤二十个精壮狱卒，执平至后园拷问。操坐于亭上，将平缚倒于地。吉平面不改容，略无惧怯。操笑曰："量汝是个医人，安敢下毒害我？必有人唆使你来。你说出那人，我便饶你。"平叱之曰："汝乃欺君罔上之贼，天下皆欲杀汝，岂独我乎！"操再三磨问，平怒曰："我自欲杀汝，安有人使我来？今事不成，惟死而已！"操怒，教狱卒痛打。打到两个时辰，皮开肉裂，血流满阶。操恐打死无可对证，令狱卒揪去静处，权且将息。传令次日设宴，请众大臣饮酒。惟董承托病不来。王子服等皆恐操生疑，只得俱至。

操于后堂设席，酒行数巡，曰："筵中无可为乐，我有一人，可为众官醒酒。教二十个狱卒，与吾牵来！"须臾，只见一长枷钉着吉平，拖至阶下。操曰："众官不知，此人连结恶党，欲反背朝廷，谋害曹某。今日天败，请听口词。"操教先打一顿，昏绝于地，以水喷面。吉平苏醒，睁目切齿而骂曰："操贼！不杀我，更待何时！"操曰："同谋者先有六人，与汝共七人耶？"平只是大骂。王子服等四人面面相觑，如坐针毡。操教一面打，一面喷，平并无求饶之意。操见不招，且教牵去。

众官席散。操只留王子服等四人夜宴。四人魂不附体，只得留待。操曰："本不相留，争奈有事相问。汝四人不知与董承商议何事？"子服曰："并未商议甚事。"操曰："白绢中写着何事？"子服等皆隐讳。操教唤出庆童对证。子服曰："汝于何处见来？"庆童曰："你回避了众人，六人在一处画字，如何赖得？"子服曰："此贼与国舅侍妾通奸，被责诬主，不可听也。"操曰："吉平下毒，非董承所使而谁？"子服等皆言不知。操曰："今晚自首，尚犹可恕。若待事发，其实难容！"子服等皆言："并无此事！"操叱左右，将四人拿住监禁。次日，带领众人径投董承家探病，承只得出迎。操曰："缘何夜来不赴宴？"承曰："微疾未痊，不敢轻出。"操曰："此是忧国家病耳。"承愕然。操曰："国舅知吉平事乎？"承曰："不知。"操冷笑曰："国舅如何不知？"唤左右："牵来与国舅起病。"承举措无地。

须臾，二十狱卒推吉平至阶下。吉平大骂："曹操逆贼！"操指谓承曰："此人曾攀下王子服等四人，吾已拿下廷尉。尚有一人，未曾捉获。"因问平曰："谁使汝来药我？可速招出！"平曰："天使我来杀逆贼！"操怒教打，身上无容刑之处。承在座观之，心如刀割。操又问平曰："你原有十指，今如何只有九指？"平曰："嚼以为誓，誓杀国贼！"操教取刀来，就阶下截去其九指，曰："一发截了，教你为誓！"平曰："尚有口可以吞贼，有舌可以骂贼！"操令割其舌。平曰："且勿动手。吾今熬刑不过，只得供招，可释吾缚。"操曰："释之何碍！"遂命解其缚。平起身望阙拜曰："臣不能为国家除贼，乃天数也！"拜毕，撞阶而死。⑩操令分其肢体号令。时建安五年正月也。史官有诗曰：

汉朝无起色，医国有称平。

立誓除奸党，捐躯报圣明。

极刑词愈烈，惨死气如生。

十指淋漓处，千秋仰异名。

操见吉平已死，教左右牵过秦庆童至面前。操曰："国舅认得此人否？"承大怒曰："逃奴在此？即当诛之！"操曰："他首告谋反，今来对证，谁敢诛之？"承曰："丞相何故听逃奴一面之说？"操曰："王子服等吾已擒下，皆招证明白，汝尚抵赖乎？"即唤左右拿下。命从人直入董承卧房内，搜出衣带诏并义状。操看了，笑曰："鼠辈安敢如此！"遂命："将董承全家良贱尽皆监禁，休教走脱一个！"操回府，以诏状示众谋士商议，要废献帝，更立新君。正是：

数行丹诏成虚望，一纸盟书惹祸殃。

未知献帝性命如何，且听下文分解。

⑩ 吉平未参与董承诛曹

吉平确有其人，但其未与董承合谋。据史传，吉平（吉本）系汉建安二十三年（218）与耿纪等在许都聚事时始死。元杂剧有《相府院曹公勘吉平》（花李郎撰）。据《三国志平话》卷中《曹操勘吉平》，将其移植与董承同谋，始为《演义》采撷。

第二十四回　国贼行凶杀贵妃　皇叔败走投袁绍

① 董承谋泄和刘备杀车胄的时间错位

称董承谋泄被杀是在刘备据徐州杀车胄之后，此从《三国志·魏书·武帝纪》说。《关羽传》亦同。但《先主传》，却说刘备因董承谋泄诛死，始杀车胄，复夺徐州的。同书各传所叙时间相悖。《通鉴考异》界定"《蜀志》(《先主传》)误也。"对此清侯康持不同说："先主本与董承等密谋诛曹操，假使其谋未泄，必不先背曹操杀车胄，恐当以《先主传》为是，而余皆误也。"卢弼也以"就当日情执论，自以侯说为近"。其实，此事范晔《后汉书·袁绍传》早就作了纠正，他将刘备杀车胄时间定位于建安五年，即在那年春天董承被杀后不久。

② 董贵妃为董承之女

董贵妃，应作董贵人，东汉皇帝后宫，"六宫称号唯皇后，贵人。贵人金印紫绶，奉不过粟数十斛。又置美人、宫人、采女三等，并无爵秩，岁时赏赐充给而已。"（《后汉书·皇后纪》）所谓贵妃称号，始于南朝刘宋时，明朝沿用。又，董贵妃应为董承女，"董

却说曹操见了衣带诏，与众谋士商议，欲废却献帝，更择有德者立之。程昱谏曰："明公所以能威霸四方、号令天下者，以奉汉家名号故也。今诸侯未平，遽行废立之事，必起兵端矣。"操乃止。只将董承等五人并其全家老小，押送各门处斩，死者共七百余人①。城中官民见者，无不下泪。后人有诗叹董承曰：

> 密诏传衣带，天言出禁门。
>
> 当年曾救驾，此日更承恩。
>
> 忧国成心疾，除奸入梦魂，
>
> 忠贞千古在，成败复谁论！

又有叹王子服等四人诗曰：

> 书名尺素矢忠谋，慷慨思将君父酬。
>
> 赤胆可怜捐百口，丹心自是足千秋。

且说曹操既杀了董承等众人，怒气未消，遂带剑入宫，来弑董贵妃。贵妃乃董承之妹②，帝幸之，已怀孕五月。当日帝在后宫，正与伏皇后私论董承之事至今尚无音耗，忽见曹操带剑入宫，面有怒容，帝大惊失色。操曰："董承谋反，陛下知否？"帝曰："董卓已诛矣。"操大声曰："不是董卓，是董承！"帝战栗曰："朕实不知。"操曰："忘了破指修诏耶？"帝不能答。操叱武士擒董妃至。帝告曰："董妃有五月身孕，望丞相见怜！"操曰："若非天败，吾已被害；岂得复留此女，为吾后患！"伏后告曰："贬于冷宫，待分娩了，杀之未迟。"操曰："欲留此逆种为母报仇乎？"董妃泣告曰："乞全尸而死，勿令彰露。"操令取

白练至面前。帝泣谓妃曰："卿于九泉之下,勿怨朕躬!"言讫,泪下如雨,伏后亦大哭。操怒曰："犹作儿女态耶!"叱武士牵出,勒死于宫门之外。后人有诗叹董妃曰:

> 春殿承恩亦枉然,伤哉龙种并时捐。
> 堂堂帝主难相救,掩面徒看泪涌泉。

操谕监宫官曰："今后但有外戚宗族,不奉吾旨,辄入宫门者,斩。守御不严,与同罪。"又拨心腹人三千充御林军,令曹洪统领,以为防察。

操谓程昱曰："今董承等虽诛,尚有马腾、刘备亦在此数,不可不除。"昱曰："马腾屯军西凉,未可轻取,但当以书慰劳,勿使生疑;诱入京师,图之可也。刘备现在徐州,分布犄角之势,亦不可轻敌。况今袁绍屯兵官渡,常有图许都之心。若我一旦东征,刘备势必求救于绍,绍乘虚来袭,何以当之?"操曰:"非也。备乃人杰也,今若不击,待其羽翼既成,急难图矣。袁绍虽强,事多怀疑不决,何足忧乎?"正议间,郭嘉自外而入。操问曰:"吾欲东征刘备,奈有袁绍之忧,如何?"嘉曰:"绍性迟而多疑,其谋士各相妒忌,不足忧也。刘备新整军兵,众心未服,丞相引兵东征,一战可定矣。"操大喜曰:"正合吾意。"遂起大军二十万,分兵五路下徐州。

细作探知,报入徐州。孙乾先往下邳报知关公,随至小沛报知玄德。玄德与孙乾计议曰:"此必求救于袁绍,方可解危。"于是玄德修书一封,遣孙乾至河北③。乾乃先见田丰,具言其事,求其引进。丰即引孙乾入见绍,呈上书信。只见绍形容憔悴,衣冠不整,丰曰:"今日主公何故如此?"绍曰:"我将死矣!"丰曰:"主公何出此言?"绍曰:"吾生五子,唯最幼者极快吾意。今患疥疮,命已垂绝。吾有何心更论他事乎?"丰曰:"今曹操东征刘玄德,许昌空虚,若以义兵乘虚而入,上可以保天子,下可以救万民。此不易得之机会也,惟明公裁之!"绍曰:"吾亦知此最好,奈我心中恍惚,恐有不利。"丰曰:"何恍惚之有?"绍曰:"五子中惟此子生得最异,倘有疏虞,吾命休矣。"遂决意不肯发兵,乃谓孙乾曰:"汝回见玄德,可言其故。倘有不如意,可来相投,我自有相助之处。"田丰以杖击地曰:"遭此难遇之时,乃以婴儿之病失此机会,大事去矣!可痛惜哉!"跌足长叹而出。

孙乾见绍不肯发兵,只得星夜回小沛见玄德,具说此事。玄德大惊:"似此如之奈何!"张飞曰:"兄长勿忧。曹兵远来,必然困乏,乘其初至,先去劫寨,可破曹操。"玄德曰:"素以汝为一勇夫耳,前者捉刘岱时,颇能用计,今献此策,亦中兵法。"乃从其言,分兵劫寨。

且说曹操引军往小沛来,正行间,狂风骤至,忽听一声响亮,将一面牙旗吹折。操便令军兵且住,聚众谋士问吉凶。荀彧曰:"风从何方来?吹折甚颜色旗?"操曰:"风自东南方来,吹

承女为贵人,操诛承,而求贵人杀之,帝以贵人有妊,累为请,不能得。"(《后汉书·伏皇后纪》)按,此条嘉靖本亦称"妃乃董承亲女",为毛宗岗改。

③ **刘备未向袁绍求援**
据《三国志·袁绍传》,"建安五年(200),太祖自东征备。田丰说绍袭太祖后,绍辞以子疾,不许。丰举杖击地曰:'夫遭难遇之机,而以婴儿之病失其会,惜哉!'"此处无有刘备求援书事。且小沛往邺郡往返路程远超过许昌至小沛路程。

④ 风角东南主劫营

据《武经总要》，风角，以不同风力、风向的变化占卜人事。此处所称，乃小说家编造，《史记·天官书》称风向，"东南，民有疾疫，岁恶"。是东南风起，于军非吉利。东南，东方属木，南方属火，所以制造中军大旗于东南的必是青红色，此亦借星象学故弄玄虚。

⑤ 刘备遇曹军不战自走

据《三国志·魏书·武帝记》，曹操"东击备，破之，生擒其将夏侯博。备走奔绍，获其妻子。"但《先主传》所引裴注《魏书》乃称刘备闻曹操自来，不战而走。"是时，公（曹操）方有急于官渡，乃分留诸将屯官渡，自勒精兵征备。备初谓公与大敌连，不得东，而候骑卒至，言曹公自来。备大惊，然犹未信。自将数十骑出望公军，见麾旌，便弃众而走。"可见未有战事。

⑥ 袁谭与刘备

袁谭为刘备为豫州牧时所举茂才。刘备投奔，路经青州，不见于史，此乃小说添加。

⑦ 陈登空城计

陈登在平吕布后，加伏波等军衔，早已在广陵太守任上，"于是有吞灭江南之志"。孙策遣军攻陈登于匡琦城（安徽当涂），人数比他多十倍，陈登"闭门自守，示弱不与战，将士皆声，寂若无人"，然后乘其不备，出城偷袭，斩敌万计；不久，孙策又增兵来攻，陈登分军在城外设营，令夜晚起火，城上鼓噪，有若援军来到，敌军惊溃，又追斩万余。但他却调任东城太守，不久死去。陈登壮志未酬。后来曹操每临长江兴叹："恨不早用陈元龙（陈

折角上牙旗，旗乃青红二色。"或曰："不主别事，今夜刘备必来劫寨。"操点头。忽毛玠入见，曰："方才东南风起，吹折青红牙旗一面，主公以为主何吉凶？"操曰："公意若何？"毛玠曰："愚意以为今夜必主有人来劫寨。④"后人有诗叹曰：

> 吁嗟帝胄势孤穷，全仗分兵劫寨功。
>
> 争奈牙旗折有兆，老天何故纵奸雄？

操曰："天报应我，当即防之。"遂分兵九队。只留一队向前虚扎营寨，余众八面埋伏。是夜月色微明，玄德在左，张飞在右，分兵两队进发，只留孙乾守小沛。

且说张飞自以为得计，领轻骑在前突入操寨。但见零零落落无多人马，四边火光大起，喊声齐举，飞知中计，急出寨外。正东张辽、正西许褚、正南于禁、正北李典、东南徐晃、西南乐进、东北夏侯惇、西北夏侯渊八处军马杀来。张飞左冲右突，前遮后当。所领军兵，原是曹操手下旧军，见事势已急，尽皆投降去了。飞正杀间，逢着徐晃，大杀一阵，后面乐进赶到。飞杀条血路突围而走，只有数十骑跟定。欲还小沛，去路已断；欲投徐州、下邳，又恐曹军截住。寻思无路，只得望芒砀山而去。

却说玄德引兵劫寨，将近寨门，忽然喊声大震，后面冲出一军，先截去了一半人马。夏侯惇又到。玄德突围而走，夏侯渊又从后赶来。玄德回顾，止有三十余骑跟随，急欲奔还小沛，早望见小沛城中火起，只得弃了小沛。欲投徐州、下邳，又见曹军漫山塞野，截住去路。玄德自思无路可归，想："袁绍有言：'倘不如意，可来相投，'今不若暂往依栖，别作良图。"遂望青州路而走。正逢李典拦住，玄德匹马落荒望北而逃⑤，李典掳将从骑去了。

且说玄德匹马投青州，日行三百里，奔至青州城下叫门。门吏问了姓名，来报刺史，刺史乃袁绍长子袁谭。谭素敬玄德⑥，闻知匹马到来，即便开门出迎，接入公廨，细问其故。玄德备言兵败相投之意。谭乃留玄德于馆驿中住下，发书报父袁绍，一面差本州人马，护送玄德至平原界口。袁绍亲自引众，出邺郡三十里迎接玄德。玄德拜谢，绍忙答礼曰："昨为小儿抱病，有失救援，于心怏怏不安。今幸得相见，大慰平生渴想之思。"玄德曰："孤穷刘备，久欲投于门下，

奈机缘未遇。今为曹操所攻,妻子俱陷,想将军容纳四方之士,故不避羞惭,径来相投。望乞收录,誓当图报。"绍大喜,相待甚厚,同居冀州。

　　且说曹操当夜取了小沛,随即进兵攻徐州。糜竺、简雍守把不住,只得弃城而走。陈登献了徐州⑦,曹操大军入城。安民已毕,随唤众谋士议取下邳。荀彧曰:"云长保护玄德妻小,死守此城,若不速取,恐为袁绍所窃。"操曰:"吾素爱云长武艺人材,欲得之以为己用,不若令人说之使降。"郭嘉曰:"云长义气深重,必不肯降;若使人说之,恐被其害。"帐下一人出曰:"某与关公有一面之交,愿往说之。"众视之,乃张辽也。程昱曰:"文远虽与云长有旧,吾观此人,非可以言词说也。某有一计,使此人进退无路;然后用文远说之,彼必归丞相矣。"正是:

　　　　整备窝弓射猛虎,安排香饵钓鳌鱼。

　　未知其计若何,且听下文分解。

登)计,而令封豕养其爪牙"(《三国志·魏书·吕布传》引《先贤行状》)。他叹息没有听从陈登计,早日并吞江南,至有现在后患。

第二十五回　屯土山关公约三事　救白马曹操解重围

　　却说程昱献计曰："云长有万人之敌，非智谋不能取之。今可即差刘备手下投降之兵，入下邳见关公，只说是逃回的，伏于城中为内应。却引关公出战，诈败佯输，诱入他处，以精兵截其归路。然后说之可也。"操听其谋，即令徐州降兵数十，径投下邳来降关公，关公以为旧兵，留而不疑。

　　次日，夏侯惇为先锋，领兵五千来搦战。关公不出，惇即使人于城下辱骂。关公大怒，引三千人马出城，与夏侯惇交战。约战十余合，惇拨回马走。关公赶来，惇且战且走。关公约赶二十里，恐下邳有失，提兵便回。只听得一声炮响，左有徐晃，右有许褚，两队军截住去路。关公夺路而走，两边伏兵排下硬弩百张，箭如飞蝗，关公不得过。勒兵再回，徐晃、许褚接住交战。关公奋力杀退二人，引军欲回下邳，夏侯惇又截住厮杀。公战至日晚，无路可归，只得到一座土山①，引兵屯于山头，权且少歇。曹兵团团将土山围住。关公于山上遥望下邳，城中火光冲天，却是那诈降兵卒偷开城门，曹操自提大军杀入城中，只教举火以惑关公之心。关公见下邳火起，心下惊惶，连夜几番冲下山来，皆被乱箭射回。

　　捱到天晓，再欲整顿下山冲突，忽见一人跑马上山来，视之，乃张辽也。关公迎谓曰："文远欲来相敌耶？"辽曰："非也。想故人旧日之情，特来相见。"遂弃刀下马，与关公叙礼毕，坐于山顶。公曰："文远莫非说关某乎？"辽曰："不然。昔日蒙兄救弟，今日弟安得不救兄？"公曰："然则文远将欲助我乎？"辽曰："亦非也。"公曰："既不助我，来此何干？"辽曰："玄德不知存亡，翼德未知生死。昨夜曹公已破下邳，军民尽无伤害，差人护卫玄德家眷，不许惊扰。如此相待，弟特来报兄。"关公怒曰："此言特说我也！吾今虽处绝地，视死如归。汝当速去，吾即下山迎战。"张辽大笑曰："兄此言，岂不为天下笑乎？"公曰："吾仗忠义而死，安得为天下笑？"辽曰："兄今

① 关羽被困的土山

汉建安五年(200)，曹操东征徐州，关羽守下邳，出城被困于土山(今江苏邳县土山镇)，旋为曹操招降。现存土山东西长4公里，南北阔8公里。山下有小议堂村，相传因曹操在此议事而得名。山顶有关帝庙，清乾隆二十六年(1761)重建。

即死,其罪有三。"公曰:"汝且说我那三罪?"辽曰:"当初刘使君与兄结义之时,誓同生死。今使君方败,而兄即战死,倘使君复出,欲求兄相助,而不可复得,岂不负当年之盟誓乎?其罪一也。刘使君以家眷付托于兄,兄今战死,二夫人无所依赖,负却使君依托之重。其罪二也。兄武艺超群,兼通经史,不思共使君匡扶汉室,徒欲赴汤蹈火,以成匹夫之勇,安得为义?其罪三也。兄有此三罪,弟不得不告。"公沉吟曰:"汝说我有三罪,欲我如何?"辽曰:"今四面皆曹公之兵,兄若不降,则必死。徒死无益,不若且降曹公,却打听刘使君音信,如知何处,即往投之。一者可以保二夫人,二者不背桃园之约,三者可留有用之身。有此三便,兄宜详之。"公曰:"兄言三便,吾有

② **哪有关羽约法三章**

关羽"降汉不降曹",无有此事。按,有关此项事,《三国志》相近记载有三:(一)《武帝纪》:"(刘)备将关羽屯下邳,复进攻之,羽降";(二)《先主传》:"曹公尽收众人,虏先主妻子,并擒关羽以归";(三)《关羽传》:"曹公擒羽以归。"关羽归曹操有两个走势,一是因为刘备已走,小沛失守,孤立无援而"降";一是作战失败被俘而"降"。总之都是降。

三约。若丞相能从,我即当卸甲。如其不允,吾宁受三罪而死。"辽曰:"丞相宽洪大量,何所不容?愿闻三事。"公曰:"一者,吾与皇叔设誓,共扶汉室。吾今只降汉帝,不降曹操。二者,二嫂处请给皇叔俸禄养赡,一应上下人等,皆不许到门。三者,但知刘皇叔去向,不管千里万里,便当辞去②。三者缺一,断不肯降。望文远急急回报。"张辽应诺,遂上马。回见曹操,先说降汉不降曹之事。操笑曰:"吾为汉相,汉即吾也。此可从之。"辽又言:"二夫人欲请皇叔俸给,上下人等不许到门。"操曰:"吾于皇叔俸内,更加倍与之。至于严禁内外,乃是家法,又何疑焉!"辽又言:"但知玄德信息,虽远必往。"操摇首曰:"然则吾养云长何用?此事却难从。"辽曰:"岂不闻豫让'众人国士'之论乎?刘玄德待云长,不过恩厚耳。丞相更施厚恩以结其心,何忧云长之不服也?"操曰:"文远之言甚当,吾愿从此三事。"

张辽再往山上,回报关公。关公曰:"虽然如此,暂请丞相退军,容我入城见二嫂告知其事,然后投降。"张辽再回,以此言报曹操。操即传令退军三十里。荀彧曰:"不可,恐有诈。"操曰:"云长义士,必不失信。"遂引军退。关公引兵入下邳,见人民安妥不动,竟到府中来见二嫂。甘、糜二夫人听得关公到来,急出迎之。公拜于阶下曰:"使二嫂受惊,某之罪也。"二夫人曰:"皇叔今在何处?"公曰:"不知去向。"二夫人曰:"二叔今将若何?"公曰:"关某出城死战,被困土山,张辽劝我投降。我以三事相约,曹操已皆允从,故特退兵放我入城。我不曾得嫂嫂主意,未敢擅便。"二夫人问:"那三事?"关公将上项三事备述一遍。甘夫人曰:"昨日曹军入城,我等皆以为必死,谁想毫发不动,一军不敢入门。叔叔既已领诺,何必问我二人?只恐日后曹操不容叔叔去寻皇叔。"公曰:"嫂嫂放心,关某自有主张。"二夫人曰:"叔叔自家裁处,凡事不必问俺女流。"关公辞退,遂引数十骑来见曹操。操自出辕门相接。关公下马入拜,操慌忙答礼。关公曰:"败兵之将,深荷不杀之恩。"操曰:"素慕云长忠义,今日幸得相见,足慰平生之望。"关公曰:"文远代禀三事,蒙丞相应允,谅不食言。"操曰:"吾言既出,安敢失信?"关公曰:

③ **关羽未有携带刘备家眷**

汉建安五年(200),曹操在官渡战前东征徐州,"先主(刘备)败绩。曹以尽收其众,掳先主妻子,并擒关羽以归"(《三国志·蜀书·先主传》)。《武帝纪》也称,曹操东征刘备,"备奔走(袁)绍,获其妻子",两处均提及刘备妻子,此妻非甘夫人,因甘夫人为刘备在小沛所纳妾;此时她作为妾的身份低贱,是不须提及的。所以卢弼说,"刘备妻子再房于吕布,一房于曹操。为布房者,失而复得,为操房者,不知所终,史亦不解其姓氏"(《三国志集解·武帝纪》)。显然,关羽回归刘备,未曾携带刘备的家眷。

④ **关羽读书春秋楼**

现在河南许昌八里桥关帝庙内,系近代重建。相传此处乃曹操赐关羽之宅。春秋楼即以关羽夜读《左氏春秋》而得名。今楼内墙上有大幅画像,关羽骑马,曹操、张辽分立两侧,把酒为其饯行,且有楹联记此事:亦知吾故主尚存乎?从今后走遍天涯,再休言万钟千驷;曾许汝立功乃去耳,倘他日相逢歧路,岂敢忘杯酒绨袍。

⑤ **偏将军**

东汉三国置,第五品,与鹰扬、折冲、伏波、虎威、威远等杂号将军同等,通常有军功,可封为亭侯。所以关羽后来只能封以汉寿亭侯爵。

⑥ **曹操于降将一律厚待**

《三国志·蜀书·关羽传》有"曹公擒羽以归,拜为偏将军,礼甚厚"。《演义》由此嬗化为赐金赐银赠美女。实则,曹操厚待降将,尤其是主动率领部属前来的降将,所谓"取张辽、徐晃于亡虏之内,皆佐命立功,列为名将"(《三国志·魏书·武帝纪》引自《魏书》)。其初降时厚待并不亚于关羽,参见下所列表:

"关某若知皇叔所在,虽蹈水火,必往从之。此时恐不及拜辞,伏乞见原。"操曰:"玄德若在,必从公去;但恐乱军中亡矣。公且宽心,尚容缉听。"关公拜谢。操设宴相待。

次日,班师还许昌。关公收拾车仗,请二嫂上车,亲自护车而行③。于路安歇馆驿,操欲乱其君臣之礼,使关公与二嫂共处一室。关公乃秉烛立于户外,自夜达旦,毫无倦色。操见公如此,愈加敬服。既到许昌,操拨一府与关公居住。关公分一宅为两院,内门拨老军十人把守,关公自居外宅④。操引关公朝见献帝。帝命为偏将军⑤,公谢恩归宅。操次日设大宴,会众谋臣武士,以客礼待关公,延之上座。又备绫锦及金银器皿相送⑥,关公都送与二嫂收贮。关公自到许昌,操待之甚厚,小宴三日,大宴五日。又送美女十人,使侍关公,关公尽送入内门,令伏侍二嫂。却又三日一次,于内门外躬身施礼,动问:"二嫂安否?"二夫人回问皇叔之事毕,曰:"叔叔自便。"关公方敢退回。操闻之,又叹服关公不已。一日,操见关公所穿绿锦战袍已旧,即度其身品,取异锦作战袍一领相赠。关公受之,穿于衣底,上仍用旧袍罩之。操笑曰:"云长何如此之俭乎?"公曰:"某非俭也。旧袍乃刘皇叔所赐,某穿之如见兄面;不敢以丞相之新赐,而忘兄长之旧赐,故穿于上。"操叹曰:"真义士也。"然口虽称羡,心实不悦。

一日,关公在府,忽报:"内院二夫人哭倒于地,不知为何?请将军速入。"关公乃整衣跪于内门外,问:"二嫂为何悲泣?"甘夫人曰:"我夜梦皇叔身陷于土坑之内。觉来与糜夫人论之,想在九泉之下

降　将	降后初封	立功后封	原来身份
关　羽	偏将军	汉寿亭侯	
张　辽	中郎将、关内侯	偏将军	吕布部,以骑都尉领鲁相
张　郃	偏将军、都亭侯	平狄将军	袁绍部,宁国中郎将
徐　晃		裨将军,以破文丑功拜偏将军,旋封都乡侯	杨奉部,骑都尉,以护驾功封都亭侯
臧　霸	琅琊相	都亭侯、加威勇将军	陶谦部,骑都尉
文　聘	江夏太守、关内侯	延寿亭侯	刘表部
庞　德	立义将军、关门亭侯		马超部,中郎将、都乡侯

矣，是以相哭。"关公曰："梦寐之事，不可凭信。此是嫂嫂想念之故，请勿忧愁。"正说间，适曹操命使来请关公赴宴。公辞二嫂，往见操。操见公有泪容，问其故，公曰："二嫂思兄痛哭，不由某心不悲。"操笑而宽解之，频以酒相劝。公醉，自绰其髯而言曰："生不能报国家，而背其兄，徒为人也！"操问曰："云长髯有数乎？"公曰："约数百根。每秋月约退三五根。冬月多以皂纱囊裹之，恐其断也。"操以纱锦作囊，与关公护髯。次日早朝见帝，帝见关公一纱锦囊垂于胸次，帝问之。关公奏曰："臣髯颇长，丞相赐囊贮之。"帝令当殿披拂，过于其腹。帝曰："真美髯公[7]也！"因此人皆呼为"美髯公"。忽一日，操请关公宴，临散，送公出府，见公马瘦，操曰："公马因何而瘦？"关公曰："贱躯颇重，马不能载，因此常瘦。"操令左右备一马来，须臾牵至。那马身如火炭，状甚雄伟。操指曰："公识此马否？"公曰："莫非吕布所骑赤兔马乎？"操曰："然也。"遂并鞍辔送与关公[8]。关公再拜称谢。操不悦曰："吾累送美女金帛，公未尝下拜；今吾赠马，乃喜而再拜，何贱人而贵畜耶？"关公曰："吾知此马日行千里，今幸得之。若知兄长下落，可一日而见面矣。"操愕然而悔。关公辞去。后人有诗叹曰：

　　　　威倾三国著英豪，一宅分居义气高。
　　　　奸相枉将虚礼待，岂知关羽不降曹。

　　操问张辽曰："吾待云长不薄，而彼常怀去心，何也？"辽曰："容某探其情。"次日往见关公。礼毕，辽曰："我荐兄在丞相处，不曾落后？"公曰："深感丞相厚意。只是吾身虽在此，心念皇叔，未尝去怀。"辽曰："兄言差矣。处世不分轻重，非丈夫也。玄德待兄，未必过于丞相；兄何故只怀去志？"公曰："吾固知曹公待吾甚厚，奈吾受刘皇叔厚恩，誓以共死，不可背之。吾终不留此。要必立效以报曹公，然后去耳。"辽曰："倘玄德已弃世，公何所归乎？"公曰："愿从于地下。"辽知公终不可留，乃告退。回见曹操，具以实告。操叹曰："事主不忘其本，乃天下之义士也。"荀彧曰："彼言立功方去，若不教彼立功，未必便去。"操然之。

　　却说玄德在袁绍处，且夕烦恼。绍曰："玄德何故常忧？"玄德曰："二弟不知音耗，妻小陷于曹贼。上不能报国，下不能保家，安得不忧？"绍曰："吾欲进兵赴许都久矣。方今春暖，正好兴兵。"便商议破曹之策。田丰谏曰："前操攻徐州，许都空虚，不及此时进兵。今

⑦ 三国的美髯和光下巴

三国男子有美髯，其人特殊者史传必记之，此中有三个著名的，一是崔琰，"眉目疏朗，须长四尺"；一是太史慈，"美须髯"；一是关羽，"羽美须髯，故(诸葛)亮谓之髯"。另外如孙权紫髯，曹彰黄须，以色示异，也见于本本。但也有没有胡子的刘备。"初，先主与刘璋会涪时，(张)裕为璋从事，侍坐。其人饶须，先主嘲之曰：'昔吾居涿县，特多毛姓，东西南北皆诸毛也，涿令称曰：诸毛绕涿居乎！'裕即答曰：'昔有作上党潞长，迁为涿令者，去官还家，时人与书，欲署潞则失涿，欲署涿则失潞，乃署曰潞涿君。'先主无须，故裕以此及之"(《三国志·蜀书·周群传》)。"潞涿"与"露啄"谐音，就是说刘备光着嘴巴没有胡子。

⑧ 关羽不骑赤兔

《三国志》所记良马有名号者四，即曹洪坐骑"白鹄"(《武帝纪》)、曹操征宛城时坐骑"绝影"(《武帝纪》)、刘备飞越檀溪的坐骑"的卢"和吕布坐骑"赤兔"。此间以赤兔最著。此马《演义》写后为关羽坐骑。按，关羽坐骑不见于史传，元关汉卿《关大王独赴单刀会》称关羽坐骑是"千里追风驹"，郝经所记的是"赤骥"，但明初方孝孺《宁海关侯庙碑记》又作"宝刀白马提三军"，诸说不一。至《演义》始借用吕布赤兔马，从此以为定型。

白马(河南滑县东),为秦汉所置县,其北即濒黄河的白马津,夹河对岸即黎阳。后叙滑州界首黄河渡口,即此白马津。

徐州已破,操兵方锐,未可轻敌。不如以久持之,待其有隙而后可动也。"绍曰:"待我思之。"因问玄德曰:"田丰劝我固守,何如?"玄德曰:"曹操欺君之贼,明公若不讨之,恐失大义于天下。"绍曰:"玄德之言甚善。"遂欲兴兵。田丰又谏。绍怒曰:"汝等弄文轻武,使我失大义!"田丰顿首曰:"若不听臣良言,出师不利。"绍大怒,欲斩之,玄德力劝。乃囚于狱中。沮授见田丰下狱,乃会其宗族,尽散家财,与之诀曰:"吾随军而去,胜则威无不加,败则一身不保矣!"众皆下泪送之。

绍遣大将颜良作先锋,进攻白马。⑨沮授谏曰:"颜良性狭,虽骁勇,不可独任。"绍曰:"吾之上将,非汝等可料。"大军进发至黎阳,东郡太守刘延告急许昌。曹操商议兴兵抵敌。关公闻知,遂入相府见操曰:"闻丞相起兵,某愿为前部。"操曰:"未敢烦将军,早晚有事,当来相请。"关公乃退。操引兵十五万,分三队而行,于路又连接刘延告急文书。操先提五万军亲临白马,靠土山扎住。遥望山前平川旷野之地,颜良前部精兵十万,排成阵势,操骇然,回顾吕布旧将宋宪曰:"吾闻汝乃吕布部下猛将,今可与颜良一战。"宋宪领诺,绰枪上马,直出阵前。颜良横刀立马于门旗下,见宋宪马至,良大喝一声,纵马来迎。战不三合,手起刀落,斩宋宪于阵前。曹操大惊曰:"真勇将也!"魏续曰:"杀我同伴,愿去报仇!"操许之。续上马持矛,径出阵前,大骂颜良。良更不打话,交马一合,照头一刀,劈魏续于马下。操曰:"今谁敢当之?"徐晃应声而出,与颜良战二十合,败归本阵。诸将栗然。曹操收军,良亦引军退去。

操见连折二将,心中忧闷。程昱曰:"某举一人,可敌颜良。"操问是谁。昱曰:"非关公不可。"操曰:"吾恐他立了功便去。"昱曰:"刘备若在,必投袁绍。今若使云长破袁绍之兵,绍必疑刘备而杀之矣。备既死,云长又安往乎?"操大喜,遂差人去请关公。关公即入辞二嫂。二嫂曰:"叔今此去,可打听皇叔消息。"关公领诺而出,提青龙刀,上赤兔马,引从者数人,直至白马来见曹操。操叙说:"颜良连诛二将,勇不可当,特请云长商议。"关公曰:"容某观之。"操置酒相待。忽报颜良搦战,操引关公上土山观看。操与关公坐,诸将环立。曹操指山下颜良排的阵势,旗帜鲜明,枪刀森布,严整有威,乃谓关公曰:"河北人马如此雄壮!"关公曰:"以吾观之,如土鸡瓦犬耳。"操又指曰:"麾盖之下,绣袍金甲,持刀立马者,乃颜良也。"关公举目一望,谓操曰:"吾观颜良,如插标卖首耳。"操曰:"未可轻视。"关公起身曰:"某虽不才,愿去万军中取其首级,来献丞相。"张辽曰:"军中无戏言,云长不可忽也。"关公奋然上马,倒提青龙刀,跑下山来;凤目圆睁,蚕眉倒竖,直冲彼阵,河北军如波开浪裂。关公径奔颜良。颜良正在麾盖下,见关公冲来,方欲问时,关公赤兔马快,早已跑到面前。颜良措手不及,被云长手起一刀,刺于马下。忽地下马,割了颜良首级,拴于马项之下。飞身上马,提刀出阵,如入无人之境。河北兵将大惊,不战自乱,曹军乘势攻击,死者不可胜数,马匹器械,抢夺极多。关公纵马上山,众将尽皆称贺。公献首级于操前,操曰:"将军真神人也。"关公曰:"某何足道哉!吾弟张翼德,于百万军中取上将之头,如探囊取物耳。"操大惊,回顾左右曰:"今后如遇张翼德,不可轻敌。"令写于衣袍襟底以记之。

却说颜良败军奔回,半路迎见袁绍,报说被赤面长须使大刀一勇将匹马入阵斩颜良而去,因此大败。绍惊问曰:"此人是谁?"沮授曰:"此必是刘玄德之弟关云长也。"绍大怒,指玄德曰:"汝弟斩吾爱将,汝必通谋,留尔何用!"唤刀斧手推出玄德斩之。正是:

　　初见方为座上客,此日几同阶下囚。

　　未知玄德性命如何,且听下文分解。

第二十六回　袁本初败兵折将　关云长挂印封金

关羽斩了颜良，解了白马之围，就被封为汉寿亭侯。旧时关庙祭祀，都置有关羽印信。可就在"汉寿亭侯"印，闹出了不少常识性笑话。宋许观《东斋纪事》："绍兴中，洞庭渔人获一印，方仅二寸，制甚古，纽有连环四，两两相贯，上有一大环总之，盖所以佩也，渔者以为金，竟而讼于官，辨其文，乃寿亭侯印四字。关羽尝封汉寿亭侯，人疑必羽佩也，逐留长沙官库，官库吏见印上时有光焰，回白于官，乃遣人送荆门关羽祠中，光怪遂绝。"北宋洪迈《容斋四笔》也说，湖北荆门县玉泉山关将军庙，有"寿亭侯印"一方，直径四寸。他指出这是好事者伪造。元杂剧《寿亭侯怒斩关平》，也不作汉寿亭侯，其所以不用"汉"，或因生长于元季，不得言"汉"也。此为元明戏曲常见的常识误区。据称，明初南京地方官在鸡笼山建关庙，也称"汉前将军寿亭侯"，过了130年后，才订正为"汉前将军汉寿亭侯"。《演义》原本说，曹操"铸印送与关公。印文曰'寿亭侯印'。关羽不受。"后来曹操"遂教销印匠销去，别铸印文六字'汉寿亭侯之印'，再使张辽送去。公视之，笑曰：'丞相知吾意也。'遂拜受之。"弄巧成拙，幸喜毛宗冈把画蛇添足处删去了。当然，有汉寿亭侯，必有"汉寿亭侯"印。

却说袁绍欲斩玄德，玄德从容进曰："明公只听一面之词而绝向日之情耶？备自徐州失散，二弟云长未知存否？天下同貌者不少，岂赤面长须之人，即为关某也？明公何不察之？"袁绍是个没主张的人，闻玄德之言，责沮授曰："误听汝言，险杀好人。"遂仍请玄德上帐坐，议报颜良之仇。帐下一人应声而进曰："颜良与我如兄弟，今被曹贼所杀，我安得不雪其恨？"玄德视其人，身长八尺，面如獬豸，乃河北名将文丑也。袁绍大喜曰："非汝不能报颜良之仇。吾与十万军兵，便渡黄河追杀曹贼！"沮授曰："不可。今宜留屯延津，分兵官渡，乃为上策。若轻举渡河，设或有变，众皆不能还矣。"绍怒曰："皆是汝等迟缓军心，迁延日月，有妨大事！岂不闻'兵贵神速'乎？"沮授出，叹曰："上盈其志，下务其功。悠悠黄河，吾其济乎？"遂托疾不出议事。玄德曰："备蒙大恩，无可报效。意欲与文将军同行，一者报明公之德，二者就探云长的实信。"绍喜，唤文丑与玄德同领前部。文丑曰："刘玄德屡败之将，于军不利。既主公要他去时，某分三万军，教他为后部。"于是文丑自领七万军先行，令玄德引三万军随后。

且说曹操见云长斩了颜良，倍加钦敬，表奏朝廷，封云长为汉寿亭侯①，铸印送关公。忽报："袁绍又使大将文丑渡黄河，已据延津之上。"操乃先使人移徙居民于西河②，然后自领兵迎之。传下将令：以后军为前军，以前军为后军，粮草先行,军兵在后。吕虔曰:"粮草在先,军兵在后,何意也?"操曰:"粮草在后,多被劫掠,故令在前。"虔曰:"倘遇敌军劫去,如之奈何?"操曰:"且待敌军到时,却又理会。"虔心疑未决。操令粮食辎重沿河堑至延津。操在后军,听得前军发喊。急教人看时,报说:"河北大将文丑兵至,我军皆弃粮草,四散奔走。后军又远,将如之何?"操以鞭指南阜曰:"此可暂避。"人马急奔土阜。操令军士皆解衣卸甲少歇,尽放其马。文丑军掩至,众将曰:"贼至矣!可急收马匹,退回白马!"荀攸急止之曰:"此正可以饵敌,何故反退?"操急以目视荀攸而笑,攸知其意,不复言。

文丑军既得粮草车仗,又来抢马,军士不依队伍,自相杂乱。曹操却令军将一齐下土阜击之,文丑军大乱。曹兵围裹将来,文丑挺身独战。军士自相践踏,文丑止遏不住,只得拨马回走。操在土阜上指曰:"文丑为河北名将,谁可擒之?"张辽、徐晃飞马齐出,大叫:"文丑休走!"文丑回头见二将赶上,遂按住铁枪,拈弓搭箭,正射张辽。徐晃大叫:"贼将休放箭!"张辽低头急躲,一箭射中头盔,将簪缨射去。辽奋力再赶,坐下战马又被文丑一箭射中面颊,那马跪倒前蹄,张辽落地。文丑回马复来,徐晃急轮大斧截住厮杀。只见文丑后面军马齐到,晃料敌不过,拨马而回,文丑沿河赶来。忽见十余骑马,旗号翻翻,一将当头提刀飞马而来,乃关云长也。大喝:"贼将休走!"与文丑交马。战不三合,文丑心怯,拨马绕河而走。关公马快,赶上文丑,脑后一刀,将文丑斩下马来③④。曹操在土阜上,见关公砍了文丑,大驱人马掩杀。河北军大半落水,粮草、马匹,仍被曹操夺回。

云长引数骑东冲西杀,正杀之间,刘玄德领三万军随后到。前面哨马探知,报与玄德云:"今番又是红面长髯的斩了文丑。"玄德慌忙骤马来看,隔河望见一簇人马,往来如飞,旗上写着"汉寿亭侯关云长"七字。玄德暗谢天地曰:"原来吾弟果然在曹操处!"欲待招呼相见,被曹兵大队拥来,只得收兵回去。袁绍接应至官渡,下定寨栅。郭图、审配入见袁绍,

《新民晚报》2003年6月3日报道,中国艺术春季拍卖会见有镌印家方去疾所藏汉螭虎钮鲁玉印"臣充国"以及东汉瓦纽玉印"汉寿亭侯"。这两枚印章据考证均为当时之物无疑,但是否汉代名将赵充国和关羽遗印,更为引人关注。按,汉寿只是亭名,汉制县辖乡,乡辖亭,一亭为十里,一里有50—100户。《风俗通》称,"亭,留也。盖行旅宿会之所"。所以顾炎武《日知录》称,"以今度之,盖必有房舍"如今之公署。汉寿亭侯只是位在今湖北汉寿北面一块地方。因此,它是一种低于县侯、乡侯的爵位。

② **曹操于河北移民**

东汉后期,战争频繁,民多死亡流失,争夺劳动力也是曹操争战主题。曹操与袁绍战,在斩颜良后,"遂解白马围,徙其民,循河而西。"(《三国志·魏书·武帝纪》)这是曹操从袁绍河北地区迁移民众。后来曹操拟迁移江淮民众,也曾谈及;"太祖问蒋济曰:'昔孤与袁本初对官渡,徙燕、白马民,民不得走,贼亦不钞。今欲徙淮南民何如?'济曰:'是时兵弱贼强,不徙必失之。自破袁绍,北拔柳城,南向江汉,荆州交臂,威震天下,民无他志。然百姓怀土,实不乐徙,惧必不安。'"(《三国志·魏书·蒋济传》)

③ **谁斩文丑**

文丑非关羽所杀。《三国志·魏书·武帝纪》,曹操解白马围后,袁绍率军复渡河追射,到延津南,"公勒兵驻营南阪下,使登垒望之,曰:'可五六百骑。'有顷,复白:'骑稍多,步兵不可胜数。'公曰:'勿复白。'乃令骑解鞍放马。是时,白马辎重就道。诸将以为敌骑多,不如还保营。荀攸曰:'此所以饵敌,如何去之!'绍骑将文丑与刘备将五六千骑前后至。诸将复白'可上马。'公曰:'未也。'有顷,骑至稍多,或分趣辎重。公曰:'可矣。'乃皆上马。时骑不满六百,遂纵兵击,大破之,斩丑。"当时,曹军退到延津(古黄河渡口,今河南新乡东南),而白马(今河南

滑县东北）装运的辎重正在中途。文丑军企图抢夺，部众混乱，曹军乘机突击，大获胜利，杀了文丑。显然与关羽无关。而据《三国志》，此时关羽已离曹营投奔在袁绍处的刘备了。

④ 文丑墓
文丑后归葬。其墓在河南禹县三峰山西峰西南寨子医村，此村原名文家寨，相传为文丑后裔所筑寨定居。村东有文丑庙，庙今仍有瓦房二间，碑亭一座，村北有兴国寺。村东有大坡号称白马坡，相传为文丑被杀处。

⑤ 刘辟与龚都不同时
汉建安五年(200)袁绍与曹操在官渡相持时，原已归降曹操的黄巾余部，"汝南降贼刘辟等叛应绍，略许下。绍使刘备助辟，公使曹仁击破之。备走，遂破辟屯"(《三国志·魏书·武帝纪》)。建安六年，"绍遣先主将本兵复至汝南，与贼龚都等合，众数千人。曹公遣蔡阳击之，为先主所杀"(《三国志·蜀书·先主传》)。刘辟和龚都起事相隔一年。《演义》关羽讨伐事，不见于史，乃杜撰。

说："今番又是关某杀了文丑，刘备佯推不知。"袁绍大怒，骂曰："大耳贼，焉敢如此！"

少顷，玄德至，绍令推出斩之。玄德曰："某有何罪？"绍曰："你故使汝弟又坏我一员大将，如何无罪？"玄德曰："容伸一言而死。曹操素忌备，今知备在明公处，恐备助公，故特使云长诛杀二将，公知必怒。此借公之手而杀刘备也，愿明公思之。"袁绍曰："玄德之言是也，汝等几使我受害贤之名。"喝退左右，请玄德上帐而坐。玄德谢曰："荷明公宽大之恩，无可补报。欲令一心腹人，持密书去见云长，使知刘备消息。彼必星夜来到，辅佐明公，共诛曹操，以报颜良、文丑之仇，若何？"袁绍大喜曰："吾得云长，胜颜良、文丑十倍也。"玄德修下书札，未有人送去。

绍令退军武阳，连营数十里，按兵不动。操乃使夏侯惇领兵守住官渡隘口，自己班师回许都，大宴众官，贺云长之功。因谓吕虔曰："昔日吾以粮草在前者，乃饵敌之计也，惟荀公达知吾心耳。"众皆叹服。正饮宴间，忽报："汝南有黄巾刘辟、龚都⑤，甚是猖獗。曹洪累战不利，乞遣兵救之。"云长闻言，进曰："关某愿施犬马之劳，破汝南贼寇。"操曰："云长建立大功，未曾重酬，岂可复劳征进？"公曰："关某久闲，必生疾病，愿再一行。"曹操壮之，点兵五万，使于禁、乐进为副将，次日便行。荀彧密谓操曰："云长常有归刘之心，倘知消息必去，不可频令出征。"操曰："今次收功，吾不复教临敌矣。"

且说云长领兵将近汝南，扎住营寨。当夜，营外拿了两个细作人来。云长视之，内中认得一人，乃孙乾也。关公叱退左右，问乾曰："公自溃散之后，一向踪迹不闻，何为在此处？"乾曰："某自逃难，飘泊汝南，幸得刘辟收留。今将军为何在曹操处？未识甘、糜二夫人无恙否？"关公因将上项事细说一遍。乾曰："近闻玄德公在袁绍处，欲往投之，未得其便。今刘、龚二人归顺袁绍，相助攻曹。天幸得将军到此，因特令小军引路，教某为细作，来报将军。来日二人当虚败一阵，公可速引二夫人投袁绍处，与玄德公相见。"关公曰："既兄在袁绍处，吾必星夜而往。但恨吾斩绍二将，恐今事变矣。"乾曰："吾当先往探彼虚实，再来报将军。"公曰："吾见兄长一面，虽万死不辞。今回许昌，便辞曹操也。"当夜密送孙乾去了。次日，关公引兵出，龚都披挂出阵。关公曰："汝等何故背反朝廷？"都曰："汝乃背主之人，何反责我？"关公曰："我为何背主？"都曰："刘玄德在袁本初处，汝却从曹操，何也？"关公更不打话，拍马舞刀向前。龚都便走，关公赶上，都回身告关公曰："故主之恩，不可忘也。公当速进，我让汝南。"关公会意，驱军掩杀，刘、龚二人佯输诈败，四散去了。

云长夺得州县，安民已定，班师回许昌。曹操出郭迎接，赏劳军士。宴罢，云长回家，参拜二嫂于门外。甘夫人曰："叔叔两番出军，可知皇叔音信否？"公答曰："未也。"关公退，二夫人于门内痛哭，曰："想皇叔休矣！二叔恐我姊妹烦恼，故隐而不言。"正哭间，有一随行老军听得哭声不绝，于门外告曰："夫人休哭，主人现在河北袁绍处。"夫人曰："汝何由知之？"军曰："跟关将军出征，有人在阵上说来。"夫人急召云长，责之曰："皇叔未尝负汝，汝今受曹操之恩，顿忘旧日之义，不以实情告我，何也？"关公顿首曰："兄今委实在河北，未敢教嫂嫂知者，恐有泄漏也。事须缓图，不可欲速。"甘夫人曰："叔宜上紧。"公退，寻思去计，坐立不安。

原来于禁探知刘备在河北，报与曹操。操令张辽来探关公意。关公正闷坐，张辽入贺曰："闻兄在阵上知玄德音信，特来贺喜。"关公曰："故主虽在，未得一见，何喜之有？"辽曰："兄与玄德交，比弟与兄交何如？"公曰："我与兄，朋友之交也。我与玄德，是朋友而兄弟、兄弟而主臣者也，岂可共论乎？"辽曰："今玄德在河北，兄往从否？"关公曰："昔日之言，安肯背之？文远须为我致意丞相。"张辽将关公之言回告曹操。操曰："吾自有计留之。"

且说关公正寻思间，忽报有故人相访。及请入，却不相识。关公问曰："公何人也？"答曰："某乃袁绍部下南阳陈震也。"关公大惊，急退左右，问曰："先生此来，必有所为？"震出书一缄，递与关公，公视之，乃玄德书也。其略云：

> 备与足下自桃园缔盟，誓以同死，今何中道相违，割恩断义？君必欲取功名、图富贵，愿献备首级以成全功。书不尽言，死待来命。

关公看书毕，大哭曰："某非不欲寻兄，奈不知所在也。安肯图富贵而背旧盟乎⑥？"震曰："玄德望公甚切，公既不背旧盟，宜速往见。"关公曰："人生天地间，无始终者，非君子也。吾来时明白，去时不可不明白。吾今作书，烦公先达知兄长，容某辞却曹操，奉二嫂来相见。"震曰："倘曹操不允，为之奈何？"公曰："吾宁死，岂肯久留于此！"震曰："公速作回书，免致刘使君悬望。"关公写书答云：

> 窃闻义不负心，忠不顾死。羽自幼读书，粗知礼义。观羊角哀、左伯桃之事，未尝不三叹而流涕也。前守下邳，内无积粟，外无援兵，欲即效死，奈有二嫂之重，未敢断首捐躯，致负所托，故尔暂且羁身，冀图后会。近至汝南，方知兄信，即当面辞曹公，奉二嫂归。羽但怀异心，神人共戮。披肝沥胆，笔楮难穷。瞻拜有期，伏惟照鉴。

陈震得书自回。

关公入内告知二嫂，随即至相府拜辞曹操。操知来意，乃悬回

⑥ 关羽绘竹的文化现象

相传关羽在许都时，以竹为题，绘有一画，以表示自己气节。画面里矗立有两株风雨竹。人称"风雨竹碑"。在竹的枝叶里巧妙地含有一首五绝："不谢东君意，丹青独立名，莫嫌孤叶淡，终久不凋零。"现河北涿州、河南洛阳、四川奉节和上海松江都分别有此风雨石碑。它当然是后人伪作。这是一种关羽文化现象。

避牌于门。关公怏怏而回。命旧日跟随人役，收拾车马，早晚伺候；分付宅中，所有原赐之物，尽皆留下，分毫不可带去。次日，再往相府辞谢，门首又挂回避牌。关公一连去了数次，皆不得见。乃往张辽家相探，欲言其事。辽亦托疾不出。关公思曰："此曹丞相不容我去之意。我去志已决，岂可复留！"即写书一封，辞谢曹操，书略曰：

> 羽少事皇叔，誓同生死，皇天后土，实闻斯言。前者下邳失守，所请三事，已蒙恩诺。今探知故主现在袁绍军中，回思昔日之盟，岂容违背？新恩虽厚，旧义难忘。兹特奉书告辞。伏惟照察。　其有余恩未报，愿以俟之异日。

写毕封固，差人去相府投递；一面将累次所受金银，一一封置库中，悬汉寿亭侯印于堂上，请二夫人上车。关公上赤兔马，手提青龙刀，率领旧日跟随人役，护送车仗，径出北门。门吏挡之。关公怒目横刀，大喝一声，门吏皆退避。关公既出门，谓从者曰："汝等护送车仗先行，但有追赶者，吾自当之。勿得惊动二位夫人。"从者推车，望官道进发⑦。

⑦ 关羽不是从许都出走
关羽自斩颜良解东郡白马围后，即离营出走，"乃羽杀颜良，曹公知其必去，重加赏赐。羽尽封其所赐，拜书告辞，而奔先主于袁军"（《三国志·蜀书·关羽传》）。此说《三国志》相关的史传也略有所叙。当时袁绍主力进击阳武（河南原阳东南），曹操主力逼近官渡。曹操因渡河亲自指挥战斗，如歼灭文丑，可见他的大本营也必在前线无疑。由此关羽辞别，决不会是返师许都后的事。

却说曹操正论关公之事未定，左右报关公呈书。操即看毕，大惊曰："云长去矣！"忽北门守将飞报："关公夺门而去，车仗鞍马二十余人，皆望北行。"又关公宅中人来报说："关公尽封所赐金银等物，美女十人，另居内室。其汉寿亭侯印，悬于堂上。丞相所拨人役，皆不带去，只带原跟从人及随身行李，出北门去了。"从皆愕然。一将挺身出曰："某愿将铁骑三千，去生擒关某，献与丞相！"众视之，乃将军蔡阳也。正是：

> 欲离万丈蛟龙穴，又遇三千狼虎兵。

蔡阳要赶关公，毕竟如何，且听下文分解。

第二十七回　美髯公千里走单骑　汉寿侯五关斩六将

却说曹操部下诸将中，自张辽而外，只有徐晃与云长交厚，其余亦皆敬服。独蔡阳不服关公，故今日闻其去，欲往追之。操曰："不忘故主，来去明白，真丈夫也。汝等皆当效之。"遂叱退蔡阳，不令去赶。程昱曰："丞相待关某甚厚。今彼不辞而去，乱言片楮，冒渎钧威，其罪大矣。若纵之使归袁绍，是与虎添翼也。不若追而杀之，以绝后患。"操曰："吾昔已许之，岂可失信？彼各为其主，勿追也。"因谓张辽曰："云长封金挂印，财贿不以动其心，爵禄不以移其志，此等人吾深敬之。想他去此不远，我一发结识他做个人情。汝可先去请住他，待我与他送行。更以路费征袍赠之，使为后日记念。"张辽领命，单骑先往，曹操引数十骑随后而来。

却说云长所骑赤兔马，日行千里，本是赶不上；因欲护送车仗，不敢纵马，按辔徐行。忽听背后有人大叫："云长且慢行！"回头视之，见张辽拍马而至。关公教车仗从人，只管望大路紧行，自己勒住赤兔马，按定青龙刀，问曰："文远莫非欲追我回乎？"辽曰："非也。丞相知兄远行，欲来相送，特先使我请住台驾，另无他意。"关公曰："便是丞相铁骑来，吾愿决一死战！"遂立马于桥上望之。见曹操引数十骑，飞奔前来，背后乃是许褚、徐晃、于禁、李典之辈。操见关公横刀立马于桥上，令诸将勒住马匹，左右排开。关公见众人手中皆无军器，方始放心。操曰："云长行何太速？"关公于马上欠身答曰："关某前曾禀过丞相，今故主在河北，不由某不急去。累次造府，不得参见，故拜书告辞，封金挂印，纳还丞相，望丞相勿忘昔日之言。"操曰："吾欲取信于天下，安肯有负前言？恐将军途中乏用，特具路资相送。"一将便从马上托过黄金一盘。关公曰："累蒙恩赐，尚有余资。留此黄金，以赏战士。"操曰："特以少酬大功于万一，何必推辞？"关公曰："区区微劳，何足挂齿。"操笑曰："云长天下义士，恨吾福薄，不得相留。锦袍一领，略表寸心。"令一将下马，双手捧袍过来。云长恐有他变，不敢下马，用青龙刀尖挑锦袍披于身上，勒马回头称谢曰："蒙丞相赐袍，异日更得相会。"遂下桥

① 灞陵桥关羽挑袍处

相传关羽辞曹赴河北寻兄，出许昌，过灞陵桥（八里桥）时，为曹操追及。曹操赠以锦袍一领。桥因此得名。北宋苏轼游灞陵桥有诗：野水回堤浸柳条，道旁残碣记前朝；长髯勒马横刀处，万古英风灞陵桥。原桥由青石建构，桥身有盘龙相交的石雕栏杆，长50米。桥两头分立有明左良玉草书"汉关帝挑袍处"石碑、明滕之瑚楷书关羽《辞曹书》和相传为唐吴道子所绘《挑袍图》。其中《辞曹书》，乃采自《关帝圣迹图志》。民国《许昌县志》卷十七《艺文》，也辑录；还有所谓关羽的《谢曹孟德书》三通、《与张辽书》一通，实均为后人编造。关羽在许都有否居住、逗留，还是语焉不详的。

② 关羽在曹营几多时间

《演义》持模糊说。但据《三国志·武帝纪》，建安五年(200)春正月，曹操东击刘备，擒关羽。同年四月，曹操破文丑，还军官渡，"关羽亡归刘备"。从正月到四月，关羽在曹营三个多月。传统京剧《灞桥记》《收关平》和《曹营十二年》，均取"十二年"，当是艺人说法，不确。盖"十二"为通用吉祥数，如乐府《木兰辞》"策勋十二转"、"同行十二年"。

③ 廖化与黄巾无关

《三国志·蜀书·宗预传》附有《廖化传》，事迹简略。廖化是建安二十四年(219)在关羽麾下任主簿的。《演义》称他参加黄巾，后又以劫掠为生，不足信。

望北而去①。许褚曰："此人无礼太甚，何不擒之？"操曰："彼一人一骑，吾数十余人，安得不疑？吾言既出，不可追也。"曹操自引众将回城，于路叹想云长不已②。

不说曹操自回。且说关公来赶车仗，约行三十里，却只不见。云长心慌，纵马四下寻之。忽见山头一人，高叫："关将军且住！"关公举目视之，只见一少年黄巾③锦衣，持枪跨马，马项下悬着首级一颗，引百余步卒飞奔前来。公问曰："汝何人也？"少年弃枪下马，拜伏于地。云长恐是诈，勒马持刀问曰："壮士愿通姓名？"答曰："吾本襄阳人，姓廖，名化，字元俭。因世乱流落江湖，聚众五百余人，劫掠为生。恰才同伴杜远下山巡哨，误将两夫人劫掠上山。吾问从者，知是大汉刘皇叔夫人，且闻将军护送在此，吾即欲送下山来。杜远出言不逊，被某杀之，今献头与将军请罪。"关公曰："二夫人何在？"化曰："现在山中。"关公教急取下山。不移时，百余人簇拥车仗前来，关公下马停刀，叉手于车前问候曰："二嫂受惊否？"二夫人曰："若非廖将军保全，已被杜远所辱。"关公问左右曰："廖化怎生救夫人？"左右曰："杜远劫上山去，就要与廖化各分一人为妻。廖化问起根由，好生拜敬。杜远不从，已被廖化杀了。"关公听言，乃拜谢廖化。廖化欲以部下人送关公，关公寻思："此人终是黄巾余党，未可作伴。"乃谢却之。廖化又拜送金帛，关公亦不受。廖化拜别，自引人伴投山谷中去了。

云长将曹操赠袍事告知二嫂，催促车仗前行。至天晚，投一村庄安歇。庄主出迎，须发皆白，问曰："将军姓甚名谁？"关公施礼曰："吾乃刘玄德之弟关某也。"老人曰："莫非斩颜良、文丑的关公否？"公曰："便是。"老人大喜，便请入庄。关公曰："车上还有二位夫人。"老人便唤妻女出迎。二夫人至草堂上，关公叉手立于二夫人之侧。老人请公坐，公曰："尊嫂在上，安敢就坐。"老人乃令妻女请二夫人入内室款待，自于草堂款待关公。关公问老人姓名，老人曰："吾姓胡，名华，桓帝时曾为议郎，致仕归乡。今有小儿胡班，在荥阳太守王植部下为从事。将军若从此处经过，某有一书寄与小儿。"关公允诺。次日早膳毕，请二嫂上车，取了胡华书信，相别而行，取路投洛阳来。

前至一关，名东岭关。把关将姓孔，名秀，引五百军兵在岭上把守。当日关公押车仗上岭，军士报知孔秀，秀出关来迎。关公下马，与孔秀施礼。秀曰："将军何往?"公曰："某辞丞相，特往河北寻兄。"秀曰："河北袁绍，正是丞相对头。将军此去，必有丞相文凭。"公曰："因行期慌迫，不曾讨得。"秀曰："既无文凭，待我差人禀过丞相，方可放行。"关公曰："待去禀时，须误了我行程。"秀曰："法度所拘，不得不如此。"关公曰："汝不容我过关乎?"秀曰："汝要过去，留下老小为质。"关公大怒，举刀就杀孔秀。秀退入关去，鸣鼓聚军，披挂上马，杀下关来，大喝曰："汝敢过去么?"关公约退车仗，纵马提刀，竟不打话，直取孔秀，秀挺枪来迎。两马相交，只一合，钢刀起处，孔秀尸横马下。众军便走。关公曰："军士休走。吾杀孔秀，不得已也，与汝等无干。借汝众军之口，传语曹丞相，言孔秀欲害我，我故杀之。"众军俱拜于马前。关公即请二夫人车仗出关，望洛阳进发。

早有军士报知洛阳太守韩福。韩福急聚众将商议，牙将孟坦曰："既无丞相文凭，即系私行。若不阻挡，必有罪责。"韩福曰："关公勇猛，颜良、文丑俱为所杀。今不可力敌，只须设计擒之。"孟坦曰："吾有一计：先将鹿角拦定关口，待他到时，小将引兵和他交锋，佯败诱他来追。公可用暗箭射之。若关某坠马，即擒解许都，必得重赏。"商议停当，人报关公车仗已到。韩福弯弓插箭，引一千人马排列关口，问："来者何人?"关公马上欠身言曰："吾汉寿亭侯关某，敢借过路。"韩福曰："有曹丞相文凭否?"关公曰："事冗不曾讨得。"韩福曰："吾奉丞相钧命，镇守此地，专一盘诘往来奸细。若无文凭，即系逃窜。"关公怒曰："东岭孔秀，已被吾杀，汝亦欲寻死耶?"韩福曰："谁人与我擒之?"孟坦出马，轮双刀来取关公。关公约退车仗，拍马来迎。孟坦战不三合，拨回马便走，关公赶来。孟坦只指望引诱关公，不想关公马快，早已赶上，只一刀砍为两段。关公勒马回来，韩福闪在门首，尽力放了一箭，正射中关公左臂。公用口拔出箭，血流不住，飞马径奔韩福，冲散众军。韩福急走不迭，关公手起刀落，带头连肩斩于马下。杀散众军，保护车仗。

关公割帛束住箭伤，于路恐人暗算，不敢久住，连夜投汜水关来。把关将乃并州人氏，姓卞，名喜，善使流星锤，原是黄巾余党，后投曹操，拨来守关。当下闻知关公将到，寻思一计，就关前镇国寺④中，埋伏下刀斧手二百余人，诱关公至寺，约击盏为号，欲图相害。安排已定，出关迎接关公。公见卞喜来迎，便下马相见。喜曰："将军名震天下，谁不敬仰! 今归皇叔，足见忠义。"关公诉说斩孔秀、韩福之事。卞喜曰："将军杀之是也。某见丞相，代禀衷曲。"关公甚喜，同上马过了汜水关，到镇国寺前下马。众僧鸣钟出迎。

原来那镇国寺乃汉明帝御前香火院，本寺有僧三十余人。内有一僧，却是关公同乡人，法名普净。当下普净已知其意，向前与关公

④ 镇国寺说

中国最早寺院，当推相传建于东汉明帝永平十年(68)的洛阳白马寺，此为明帝朝唯一所见的佛寺。按，寺名"镇国"，当源起自北朝，隋文帝时见有寺院名"镇国寺"者，由皇帝敕赐寺匾。《演义》中之镇国寺，或系移植，为写普净也。又汜水关(荥阳西汜水镇)，即虎牢关，唐初因避李虎讳改为汜水关，因旁有汜水经过也。

⑤ 卞喜飞锤

飞锤即俗称之流星锤。系明人兵器。《武备志》，记有三种明代手掷带索式飞锤，其中双流星锤，绳索长5尺，在绳索两端各系一个六角形铁锤，作为主战手器，用时即投掷出去杀伤对手。单流星锤乃作为暗器，绳索长约15尺，一端为锤，另端套于手，便于偷袭。

⑥ "真天人也"渊源

"天人"有多解，如以人称，见《庄子·天下》："不离于宗，谓之天人。"乃指道行、品德高尚者，亦指特别有才智者。《三国志·魏书·邯郸淳传》裴注引《魏略》："淳归，对其所知叹（曹）植之材，谓之天人。"但将帅的超卓的文韬武略、勇冠三军，时也用之。《东观记》称："上（刘秀）率禹等击王郎横野将军刘奉，大破之。上过禹营，禹进炙鱼，上餐啗，劳勉吏士，威严甚厉。众皆窃言，刘公真天人也。"曹仁在江陵，两次孤身直入敌围，分别救出部将牛金等人，于是在城的长史陈矫"乃叹曰：'将军真天人也。'"（《三国志·魏书·曹仁传》）

问讯，曰："将军离蒲东几年矣？"关公曰："将及二十年矣。"普净曰："还认得贫僧否？"公曰："离乡多年，不能相识。"普净曰："贫僧家与将军家只隔一条河。"卞喜见普净叙出乡里之情，恐有走泄，乃叱之曰："吾欲请将军赴宴，汝僧人何得多言！"关公曰："不然，乡人相遇，安得不叙旧情耶？"普净请关公方丈待茶。关公曰："二位夫人在车上，可先献茶。"普净教取茶先奉夫人，然后请关公入方丈。普净以手举所佩戒刀，以目视关公，公会意，命左右持刀紧随。卞喜请关公于法堂筵席。关公曰："卞君请关某，是好意，还是歹意？"卞喜未及回言，关公早望见壁衣中有刀斧手，乃大喝卞喜曰："吾以汝为好人，安敢如此！"卞喜知事泄，大叫："左右下手！"左右方欲动手，皆被关公拔剑砍之。卞喜下堂，绕廊而走，关公弃剑，执大刀来赶。卞喜暗取飞锤⑤，掷打关公，关公用刀隔开锤，赶将入去，一刀劈卞喜为两段。随即回身来看二嫂，早有军人围住，见关公来，四下奔走。关公赶散，谢普净曰："若非吾师，已被此贼害矣。"普净曰："贫僧此处难容，收拾衣钵，亦往他处云游也。后会有期，将军保重。"关公称谢，护送车仗，往荥阳进发。

荥阳太守王植，却与韩福是两亲家。闻得关公杀了韩福，商议欲暗害关公，乃使人守住关口。待关公到时，王植出关，喜笑相迎。关公诉说寻兄之事。植曰："将军于路驱驰，夫人车上劳困，且请入城，馆驿中暂歇一宵，来日登途未迟。"关公见王植意甚殷勤，遂请二嫂入城。馆驿中皆铺陈了当。王植请公赴宴，公辞不往；植使人送筵席至馆驿。关公因于路辛苦，请二嫂晚膳毕，就正房歇定。令从者各自安歇，饱喂马匹，关公亦解甲憩息。却说王植密唤从事胡班听令曰："关某背丞相而逃，又于路杀太守并守关将校，死罪不轻。此人武勇难敌，汝今晚点一千军围住馆驿，一人一个火把，待三更时分，一齐放火，不问是谁，尽皆烧死。吾亦自引军接应。"胡班领命，便点起军士，密将干柴引火之物搬于馆驿门首，约时举事。胡班寻思："我久闻关云长之名，不识如何模样，试往窥之。"乃至驿中，问驿吏曰："关将军在何处？"答曰："正厅上观书者是也。"胡班潜至厅前，见关公左手绰髯，于灯下凭几看书。班见了，失声叹曰："真天人也！"⑥ 公问何人，胡班入拜曰："荥阳太守部下从事胡班。"关公曰："莫非许都城外胡华之子否？"班曰："然也。"公唤从者于行李中取书付班。班看毕，叹曰："险些误杀忠良！"遂密告曰："王植心怀不仁，欲害将军，暗令人四面围住馆驿，约于三更放火，今某当先去开了城门，将军急收拾出城。"关公大惊,忙披挂提刀上马,请二嫂上车,尽出馆驿。果见军士各执火把听候。关公急来到城边,只见城门已开。关公催车仗急急出城,胡班还去放火。关公行不到数里,背后火把照耀,人马赶来,当先王植大叫:"关某休走!"关公勒马,大骂:"匹夫!我与你无仇,如何令人放火烧我?"王植拍马挺枪,径奔关公,被关公拦腰一刀,砍为两段,人马都赶散。关公催车仗速行,于路感胡班不已。

行至滑州界首,有人报与刘延,延引数十骑出郭而迎。关公马上欠身而言曰:"太守别来无恙!"延曰:"公今欲何往?"公曰:"辞了丞相,去寻家兄。"延曰:"玄德在袁绍处,绍乃丞相仇人,如何容公去?"公曰:"昔日曾言定来。"延曰:"今黄河渡口关隘,夏侯惇部将秦琪据守,恐不容将军过渡。"公曰:"太守应付船只若何?"延曰:"船只虽有,不敢应付。"公曰:"我前者诛颜良、文丑,亦曾与足下解厄,今日求一渡船而不与,何也?"延曰:"只恐夏侯惇知之,必然罪我。"关公知刘延无用之人,遂自催车仗前进。到黄河渡口,秦琪引军出,问:"来者何人?"关公曰:"汉寿亭侯关某也。"琪曰:"今欲何往?"关公曰:"欲投河北去寻兄长刘玄德,敬来借渡。"琪曰:"丞相公文何在?"公曰:"吾不受丞相节制,有甚公文!"琪曰:"吾奉夏侯将军将令,守把关隘,你便插翅也飞不过去!"关公大怒:"你知我于路斩戮拦截者乎?"琪曰:"你只杀得无名下将,敢杀我么?"关公怒曰:"汝比颜良、文丑若何?"秦琪大怒,纵马提刀,直取关公。二马相交,只一合,关公刀起,秦琪头落。关公曰:"当吾者已死,余人不必惊走。速备船只,送我渡河。"军士急撑舟傍岸,关公请二嫂上船渡河。渡过黄河,便是袁绍地方。关公所历关隘五处,斩将六员⑦。后人有诗叹曰:

> 挂印封金辞汉相,寻兄遥望远途还。
> 马骑赤兔行千里,刀偃青龙出五关。
> 忠义慨然冲宇宙,英雄从此震江山。
> 独行斩将应无敌,今古留题翰墨间。

关公于马上自叹曰:"吾非欲沿途杀人,奈事不得已也。曹公知之,必以我为负恩之人矣。"

正行间,忽见一骑自北而来,大叫:"云长少住!"关公勒马视之,乃孙乾也。关公曰:"自汝南相别,一向消息若何?"乾曰:"刘辟、龚

⑦ **关羽有否过五关**

关羽过五关事,史传记载极简,不见本传,仅《三国志·蜀书·先主传》,"(袁)绍遣先主将兵与(刘)辟等略许下,关羽亡归先主"。稍详见《世语》,"关羽既得先主在绍军,遂封书辞操,间行迁道奔河北,中途颇为关隘守将所阻,羽皆以智力应付之,卒会先主于汝、郑间"。当时,袁绍军主力屯河南阳武,不必渡黄河北上,所以清梁章钜说,"鄙意公所渡处,当在官渡相近。考官渡一水之鸿沟通,即在荥阳之东南,则与绍之前军在阳武亦相会也"(《三国志考证》)。《演义》所称五关,其地理位置虽都在今河南境,但却迂回曲折:第一关东岭关,据说就在现禹县西北60里的白沙村,这里的颍河河谷,形成了天然的关隘;第二关洛阳关,是指洛阳南由香山、西山对峙的伊阙;第三关汜水关(唐称),见前述,即虎牢关,现荥阳县西北;第四关荥阳关,现荥阳县东北;第五关是黄河渡口畔的滑州白马坡(现滑县东北),因此按地理方位,关羽行行是在一个方圆百里圈里打转转。察其渊源,当来自《三国志平话》中卷《云长千里独行》一节,但文中仅有"过千山万水"字样,未涉及具体城关。又元佚名杂剧也有《关云长千里独行》,《曲录》未录,今存脉望馆抄校本。

都自将军回兵之后，复夺了汝南，遣某往河北结好袁绍，请玄德同谋破曹之计。不想河北将士，各相妒忌，田丰尚囚狱中，沮授黜退不用，审配、郭图各自争权，袁绍多疑，主持不定。某与刘皇叔商议，先求脱身之计，今皇叔已往汝南会合刘辟去了。恐将军不知，反到袁绍处，或为所害，特遣某于路迎接将来。幸于此得见！将军可速往汝南，与皇叔相会。"关公教孙乾拜见夫人。夫人问其动静，孙乾备说："袁绍二次欲斩皇叔，今幸脱身往汝南去了。夫人可与云长到此相会。"二夫人皆掩面垂泪。关公依言，不投河北去，径取汝南来。正行之间，背后尘埃起处，一彪人马赶来。当先夏侯惇，大叫："关某休走！"正是：

六将阻关徒受死，一军拦路复争锋。

毕竟关公怎生脱身，且听下文分解。

第二十八回　斩蔡阳兄弟释疑　会古城主臣聚义

　　却说关公同孙乾保二嫂向汝南进发，不想夏侯惇领三百余骑从后追来。孙乾保车仗前行。关公回身，勒马按刀问曰："汝来赶我，有失丞相大度。"夏侯惇曰："丞相无明文传报。汝于路杀人，又斩吾部将，无礼太甚。我特来擒你，献与丞相发落！"言讫，便拍马挺枪欲斗。只见后面一骑飞来，大叫："不可与云长交战！"关公按辔不动。来使于怀中取出公文，谓夏侯惇曰："丞相敬爱关将军忠义，恐于路关隘拦截，故遣某特赍公文，遍行诸处。"惇曰："关某于路杀把关将士，丞相知否？"来使曰："此却未知。"惇曰："我只活捉他去见丞相，待丞相自放他。"关公怒曰："吾岂惧汝耶？"拍马持刀，直取夏侯惇。惇挺枪来迎。两马相交，战不十合，忽又一骑飞至，大叫："二将军少歇！"惇停枪问来使曰："丞相叫擒关某乎？"使者曰："非也。丞相恐守关诸将阻挡关将军，故又差某驰公文来放行。"惇曰："丞相知其于路杀人否？"使者曰："未知。"惇曰："既未知其杀人，不可放去。"指挥手下军士，将关公围住。关公大怒，舞刀迎战。两个正欲交锋。阵后一人飞马而来，大叫："云长、元让，休得争战！"众视之，乃张辽也。二人各勒住马，张辽近前言曰："奉丞相钧旨：因闻知云长斩关杀将，恐于路有阻，特差我传谕各处关隘，任便放行。"惇曰："秦琪是蔡阳之甥，他将秦琪托付我处。今被关某所杀，怎肯干休！"辽曰："我见蔡将军，自有分解。既丞相大度，教放云长去，公等不可废丞相之意。"夏侯惇只得将军马约退。辽曰："云长今欲何往？"关公曰："闻兄长又不在袁绍处，吾今将遍天下寻之。"辽曰："既未知玄德下落，且再回见丞相，若何？"关公笑曰："安有是理！文远回见丞相，幸为我谢罪。"说毕，与张辽拱手而别。于是张辽与夏侯惇领军自回。

　　关公赶上车仗，与孙乾说知此事。二人并马而行。行了数日，忽值大雨滂沱，行装尽湿。遥望山冈边有一所庄院，关公引着车仗，到彼借宿。庄内一老人出迎。关公具言来意。老人曰："某姓郭，名常，世居于此。久闻大名，幸得瞻拜。"遂宰羊置酒相待，请二夫人于后堂暂歇。郭常陪关公、孙乾于草堂饮酒，一边烘焙行李，一边喂养马匹。至黄昏时候，忽见一少年，引数人入庄，径上草堂。郭常唤曰："吾儿来拜将军。"因谓关公曰："此愚男也。"关公问何来，常答曰："射猎方回。"少年见过关公，即下堂去了。常流泪言曰："老夫耕读传家，止生此子，不务本业，惟以游猎为事。是家门不幸也！"关公曰："方今乱世，若武艺精熟，亦可以取功名，何云不幸？"常曰："他若肯习武艺，便是有志之人。今专务游荡，无所不为，老夫所以忧耳。"关公亦为叹息。至更深，郭常辞出。关公与孙乾方欲就寝，忽闻后院马嘶人叫。关公急唤从人，却都不应，乃与孙乾提剑往视之。只见郭常之子倒在地上叫唤，从人正与庄客厮打。公问其故，从人曰："此人来盗赤兔马，被马踢倒。我等闻叫唤之声，起来巡看，庄客们反来厮闹。"公怒曰："鼠贼焉敢盗吾马！"恰待发作，郭常奔至，告曰："不肖子为此歹事。罪合万死。奈老妻最怜爱此子，乞将军仁慈宽恕！"关公曰："此子果然不肖！适才老翁所言，真'知子莫若父'也。我看翁面，且姑恕之。"遂分付从人看好了马，喝散庄客，与孙乾回草堂歇息。

次日，郭常夫妇出拜于堂前，谢曰："犬子冒渎虎威，深感将军恩恕。"关公令："唤出，我以正言教之。"常曰："他于四更时分，又引数个无赖之徒，不知何处去了。"关公谢别郭常，奉二嫂上车，出了庄院，与孙乾并马，护着车仗，取山路而行。不及三十里，只见山背后拥出百余人。为首两骑马：前面那人，头裹黄巾，身穿战袍，后面乃郭常之子也。黄巾者曰："我乃天公将军张角部将也！来者快留下赤兔马，放你过去。"关公大笑曰："无知狂贼，既从张角为盗，亦知刘、关、张兄弟三人名字否？"黄巾者曰："我只闻赤面长髯者名关云长，却未识其面。汝何人也？"公乃停刀立马，解开须囊，出长髯令视之。其人滚鞍下马，脑揪郭常之子，拜献于马前。关公问其姓名。告曰："某姓裴，名元绍。自张角死后，一向无主，啸聚山林，权于此处藏伏。今早这厮来报：'有一客人骑一匹千里马，在我家投宿。'特邀某来劫夺此马。不想却遇将军。"郭常之子拜伏乞命。关公曰："吾看汝父之面，饶你性命！"郭子抱头鼠窜而去。

公谓元绍曰："汝不识吾面，何以知吾名？"元绍曰："离此二十里，有一卧牛山，山上有一关西人，姓周，名仓，两臂有千斤之力。板肋虬髯，形容甚伟。原在黄巾张宝部下为将，张宝死，啸聚山林①。他多曾与某说将军盛名，恨无门路相见。"关公曰："绿林中非豪杰托足之处，公等今后可各去邪归正，勿自陷其身。"元绍拜谢。正说话

① **周仓其人**

周仓不见于史传。元《三国志平话》叙述有诸葛亮北伐掌管木牛流马运粮的偏将周仓者。元末说唱词话《花关索传》有关羽父子入川，关索在成都活捉守军元帅周仓，周仓情愿伏事关羽，刘备遂得西川之地。两处均可视为小说家言。元鲁贞汉寿亭侯碑亦有"乘赤兔兮从周仓"，或即由此而来。鲁迅《小说旧闻钞》引用《山西通志》称："周将军仓，平陆人，初为张宝将，后遇关公于卧牛山，遂相从，于樊城之役，生擒庞德，后守麦城死之。"清《平陆县志》亦同；《顺德府志》称"与参军王甫同死"，又称："周仓守麦城殉难，墓在霍庄东北。"均据《演义》。溯其史源，或出自《三国志·吴书·鲁肃传》，鲁肃与关羽在益阳相会故事。但近年也有著作论证周仓确有其人。据《运城地区古今名人传》(山西运城地区地方志办公室编，1985年出版)内称，周仓系山西平陆西祁村人，少时家贫，靠从解州盐池担贩私盐谋生。后参加黄巾军，平陆坡底乡的黄河对岸黄巾寨，即是当年他的驻扎处。在西祁村后来还盖了规模宏伟的周仓庙(俗呼"周爷庙")。广西荔浦也有周仓庙，有联：当蜀吴魏之交，扰攘一时能择主；附刘关张而后，偏裨千古竟传名。

间，遥望一彪人马来到，元绍曰："此必周仓也。"关公乃立马待之。果见一人，黑面长身，持枪乘马，引众而至。见了关公，惊喜曰："此关将军也！"疾忙下马，俯伏道旁，曰："周仓参拜。"关公曰："壮士何处曾识关某来？"仓曰："旧随黄巾张宝时，曾识尊颜。恨失身贼党，不得相随。今日幸得拜见，愿将军不弃，收为步卒，早晚执鞭随镫，死亦甘心。"公见其意甚诚，乃谓曰："汝若随我，汝手下人伴若何？"仓曰："愿从则俱从，不愿从者听之可也。"于是众人皆曰："愿从。"关公乃下马至车前禀问二嫂。甘夫人曰："叔叔自离许都，于路独行至此，历过多少艰难，未尝要军马相随，前廖化欲相投，叔既却之，今何独容周仓之众耶？我辈女流浅见，叔自斟酌。"公曰："嫂嫂之言是也。"遂谓周仓曰："非关某寡情，奈二夫人不从。汝等且回山中，待我寻见兄长，必来相招。"周仓顿首告曰："仓乃一粗莽之夫，失身为盗，今遇将军，如重见天日，岂忍复错过！若以众人相随为不便，可令其尽跟裴元绍去，仓只身步行跟随将军，虽万里不辞也！"关公再以此言告二嫂。甘夫人曰："一二人相从，无妨于事。"公乃令周仓拨人伴随裴元绍去。元绍曰："我亦愿随关将军。"周仓曰："汝若去时，人伴皆散，且当权时统领，我随关将军去，但有住扎处，便来取你。"元绍怏怏而别。周仓跟着关公，往汝南进发。

行了数日，遥见一座山城。公问土人："此何处也？"土人曰："此名古城，数月前有一将军，姓张，名飞，引数十骑到此，将县官逐去，占住古城。招军买马，积草屯粮，今聚有三五千人马，四远无人敢敌。"关公喜曰："吾弟自徐州失散，一向不知下落，谁想却在此！"乃令孙乾先入城通报，教来迎接二嫂。

却说张飞在芒砀山中，住了月余。因出外探听玄德消息，偶过古城，入县借粮，县官不肯，飞怒，因就逐去县官，夺了县印，占住城池，权且安身。当日孙乾领关公命，入城见飞。施礼毕，具言："玄德离了袁绍处，投汝南去了。今云长直从许都送二位夫人至此，请将军出迎。"张飞听罢，更不回言，随即披挂持矛上马，引一千余人，径出北门。孙乾惊讶，又不敢问，只得随出城来。关公望见张飞到来，喜不自胜，付刀与周仓接了，拍马来迎。只见张飞圆睁环眼，倒竖虎须，吼声如雷，挥矛望关公便搠。关公大惊，连忙闪过，便叫："贤弟何故如此？岂忘了桃园结义耶？"飞喝曰："你既无义，有何面目来与我相见！"关公曰："我如何无义？"飞曰："你背了兄长，降了曹操，封侯赐爵。今又来赚我，我今与你拼个死活！"关公曰："你原来不知。我也难说，现放着二位嫂嫂在此，贤弟请自问。"二夫人听得，揭帘而呼曰："三叔何故如此？"飞曰："嫂嫂住着，且看我杀了负义的人，然后请嫂嫂入城。"甘夫人曰："二叔因不知你等下落，故暂时栖身曹氏。今知你哥哥在汝南，特不避险阻，送我们到此，三叔休错见了。"糜夫人曰："二叔向在许都，原出于无奈。"飞曰："嫂嫂休要被他瞒过了。忠臣宁死而不辱，大丈夫岂有事二主之理！"关公曰："贤弟休屈了我。"孙乾曰："云长特来寻将军。"飞喝曰："如何你也胡说？他那里有好心，必是来捉我！"关公曰："我若捉你，须带军马来。"飞把手指曰："兀的不是军马来也！"

② 张飞三通鼓

先秦皆有击鼓进击，如"一鼓作气，再鼓而衰，三而竭"（《左传·庄公十年》）。张飞擂鼓也有所据。据《通典》卷一四九引《卫公兵法》："夫军城及野营，行军在外，日出日没时挝鼓四槌，三百三十三槌为一通；鼓声止，角声动，吹十二声为一迭，角声止，鼓声动。如此三角三鼓而毕之。"可见鼓击鼓声乃是指进攻前的听觉信号。

③ 关羽未斩蔡阳

斩蔡阳有两说。据《三国志·魏书·武帝纪》，汉建安六年(201)，曹操"遣蔡阳击(龚)都，不利，为都所破"。《三国志·蜀书·先主传》说："(袁)绍遣先主将本兵复至汝南，与贼龚都等合，众数千人。曹公遣蔡阳击之，为先主所杀。"两说不一，但均与关羽无关。按此时关羽尚在曹操处。《三国志·蜀书·关羽传》等均未载此事。《演义》乃采自《三国志平话》卷中《关公斩蔡阳》一节，又元杂剧亦有关汉卿《关大王单刀会》，有称"战鼓才斩了蔡阳，血溅在沙场上"。又有《斩蔡阳》，今佚。

④ 古城会源于平话杂剧

古城会不见于史传。所谓有古城会，乃源自元戏剧平话。元杂剧《千里独行》说，古城原为叛将张虎镇守。刘备、张飞设计攻破了他所摆的"胡周阵"，占领了古城，招兵买马，广积粮草。后来关羽也来到了古城。《三国志平话》说，张飞占领古城，自称"无姓大王"。一天，刘备、赵云路过古城附近，遇到原守将巩固，才知道张飞下落，就赶去相会，不久关羽也来了。按，有关落草为

关公回顾，果见尘埃起处，一彪人马来到，风吹旗号，正是曹军。张飞大怒曰："今还敢支吾么？"挺丈八蛇矛便搠将来。

关公急止之曰："贤弟且住，你看我斩此来将，以表我真心。"飞曰："你果有真心，我这里三通鼓②罢，便要你斩来将。"关公应诺。须臾，曹军至，为首一将，乃是蔡阳，挺刀纵马，大喝曰："你杀吾外甥秦琪，却原来逃在此！吾奉丞相命，特来拿你！"关公更不打话，举刀便砍。张飞亲自擂鼓。只见一通鼓未尽，关公刀起处，蔡阳头已落地③。众军士俱走。关公活捉执认旗的小卒过来，问取来由。小卒告说："蔡阳闻将军杀了他外甥，十分忿怒，要来河北与将军交战。丞相不肯，因差他往汝南攻刘辟，不想在这里遇着将军。"关公闻言，教去张飞前告说其事。飞将关公在许都时事细问小卒，小卒从头至尾说了一遍，飞方才信。

正说间，忽城中军士来报："城南门外，有十数骑来的甚紧，不知是甚人。"张飞心中疑虑，便转出南门看时，果见十数骑轻弓短箭而来。见了张飞，滚鞍下马，视之，乃糜竺、糜芳也。飞亦下马相见。竺曰："自徐州失散，我兄弟二人逃难回乡。使人远近打听，知云长降了曹操，主公在于河北；又闻简雍亦投河北去了。只不知将军在此。昨于路上遇见一伙客人，说有一姓张的将军如此模样，今据古城。我兄弟度量必是将军，故来寻访。幸得相见。"飞曰："云长兄与孙乾送二嫂方到，已知哥哥下落。"二糜大喜，同来见关公，并参见二夫人。飞遂迎请二嫂入城。至衙中坐定，二夫人诉说关公历过之事，张飞方才大哭，参拜云长。二糜亦俱伤感。张飞亦自诉别后之事，一面设宴贺喜④。

次日，张飞欲与关公同赴汝南见玄德。关公曰："贤弟可保护二嫂暂住此城，待我与孙乾先去探听兄长消息。"飞允诺。关公与孙乾引数骑奔汝南来。刘辟、龚都接着。关公便问："皇叔何在？"刘辟曰："皇叔到此住了数日，为见军少，复往河北袁本初处商议去了。"关公怏怏不乐。孙乾曰："不必忧虑。再苦一番驱驰，仍往河北去报知皇叔，同至古城便了。"关公依言，辞了刘辟、龚都，回至古城，与张飞说知此事。张飞便欲同至河北。关公曰："有此一城，便是我等安身之处，未可轻弃。我还与孙乾同往袁绍处，寻见兄长，来此相会。

三国演义

贤弟可坚守此城。"飞曰:"兄斩他颜良、文丑,如何去得?"关公曰:"不妨。我到彼,当见机而变。"遂唤周仓问曰:"卧牛山裴元绍处,共有多少人马?"仓曰:"约有四五百。"关公曰:"我今抄近路去寻兄长,汝可往卧牛山招此一枝人马,从大路上接来。"仓领命而去。关公与孙乾只带二十余骑投河北来。将至界首,乾曰:"将军未可轻入,只在此间暂歇。待某先入见皇叔,别作商议。"关公依言,先打发孙乾去了。遥望前村有一所庄院,便与从人到彼投宿。庄内一老翁携杖而出,与关公施礼。公具以实告。老翁曰:"某亦姓关,名定。久闻大名,幸得瞻谒。"遂命二子出见,款留关公,并从人俱留于庄内。

且说孙乾匹马入冀州,见玄德,具言前事。玄德曰:"简雍亦在此间⑤,可暗请来同议。"少顷,简雍至,与孙乾相见毕,共议脱身之计。雍曰:"主公明日见袁绍,只说要往荆州说刘表共破曹操,便可乘机而去。"玄德曰:"此计大妙。但公能随我去否?"雍曰:"某亦自有脱身之计。"商议已定。次日,玄德入见袁绍,告:"刘景升镇守荆襄九郡,兵精粮足,宜与相约,共攻曹操。"绍曰:"吾尝遣使约之,奈彼未肯相从。"玄德曰:"此人是备同宗,备往说之,必无推阻。"绍曰:"若得刘表,胜刘辟多矣。"遂命玄德行。绍又曰:"近闻关云长已离了曹操,欲来河北,吾当杀之,以雪颜良、文丑之恨。"玄德曰:"明公前欲用之,吾故召之,今何又欲杀之耶?且颜良、文丑比之二鹿耳;云长乃一虎也。失二鹿而得一虎,何恨之有?"绍笑曰:"吾实爱之,故戏言耳。公可再使人招之,令其速来。"玄德曰:"即遣孙乾往召之可也。"绍大喜从之。玄德出,简雍进曰:"玄德此去,必不回矣。某愿与偕往,一则同说刘表,二则监住玄德。"绍然其言,便命简雍与玄德同行。郭图谏绍曰:"刘备前去说刘辟,未见成事;今又使与简雍同往荆州,必不返矣。"绍曰:"汝勿多疑,简雍自有见识。"郭图嗟呀而出。

却说玄德先命孙乾出城回报关公,一面与简雍辞了袁绍,上马出城。行至界首,孙乾接着,前往关定庄上。关公迎门接拜,执手啼哭不止。关定领二子拜于草堂之前。玄德问其姓名,关公曰:"此人与弟同姓。有二子:长子关宁,学文;次子关平,学武。"关定曰:"今愚意欲遣次子跟随关将军,未识肯容纳否?"玄德曰:"年几何矣?"定曰:"十八岁矣。"玄德曰:"既蒙长者厚意,吾弟尚未有子,今即以贤郎为子,若何?"关定大喜,便命关平拜关公为父⑥,呼玄德为伯父。玄德恐袁绍追之,急收拾起行。关平随着关公,一齐起身,关定送了一程自回。

关公教取路往卧牛山来。正行间,忽见周仓引数十人带伤而来。关公引他见了玄德,问

寇、建寨称王,全是元明小说平话塑造的一种理想模式。古城,即今河南确山县北。

⑤ 简雍不得在袁绍处
简雍事迹见《三国志》卷三十八《简雍传》,简雍为刘备涿州同乡,"少与先主有旧,随从周旋。"简雍在袁绍处,不见于史传,似《演义》添加,盖简随刘备,不得中途改投袁绍,再回归刘备,不合逻辑。简雍在刘备处,"常为谈客,往来使命。"

⑥ 关平非义子
关平事迹仅见于《三国志·蜀书·关羽传》。史传未称其为义子,当是。按,元明戏剧小说,多有宣扬父子的准血缘圈。正史如《宋史·岳飞传》亦称岳云为义子(其实,岳云为岳飞前妻刘氏所生,时岳飞为十六岁)。盖关平能随父作战荆襄,可推论其死时或在二十上下。据《关帝圣迹图志》等说,关平生于汉光和元年(178)五月十三日,此说纯属捏造,因关羽娶妻当在建安三年(198)攻陷徐州后之事也。

其何故受伤。仓曰："某未至卧牛山之前，先有一将单骑而来，与裴元绍交锋。只一合，刺死裴元绍，尽数招降人伴，占住山寨。仓到彼招诱人伴时，止有这几个过来，余者俱惧怕，不敢擅离。仓不忿，与那将交战，被他连胜数次，身中三枪。因此来报主公。"玄德曰："此人怎生模样？姓甚名谁？"仓曰："极其雄壮，不知姓名。"于是关公纵马当先，玄德在后，径投卧牛山来。周仓在山下叫骂，只见那将全副披挂，持枪骤马，引众下山。玄德早挥鞭出马，大叫曰："来者莫非子龙否？"那将见了玄德，滚鞍下马，拜伏道旁，原来果然是赵子龙。玄德、关公俱下马相见，问其何由至此。云曰："云自别使君，不想公孙瓒不听人言，以致兵败自焚。袁绍屡次招云，云想绍亦非用人之人，因此未往，后欲至徐州投使君，又闻徐州失守，云长已归曹操，使君又在袁绍处。云几番欲来相投，只恐袁绍见怪。四海飘零，无容身之地。前偶过此处，适遇裴元绍下山来，欲夺吾马，云因杀之，借此安身。近闻翼德在古城，欲往投之，未知真实，今幸得遇使君。"玄德大喜，诉说从前之事。关公亦诉前事。玄德曰："吾初见子龙，便有留恋不舍之情。今幸得相遇。"云曰："云奔走四方，择主而事，未有如使君者。今得相随，大称平生，虽肝脑涂地无恨矣！"当日就烧毁山寨，率领人众，尽随玄德前赴古城。张飞、糜竺、糜芳迎接入城，各相拜诉。二夫人具言云长之事。玄德感叹不已。

于是杀牛宰马，先拜谢天地，然后遍劳诸军。玄德见兄弟重聚，将佐无缺，又新得了赵云[7]，关公又得了关平、周仓二人，欢喜无限，连饮数日。后人有诗赞之曰：

当时手足似瓜分，信断音稀杳不闻。

今日君臣重聚义，正如龙虎会风云。

时玄德、关、张、赵云、孙乾、简雍、糜竺、糜芳、关平、周仓部领马步军校，共四五千人。玄德欲弃了古城，去守汝南，恰好刘辟、龚都差人来请。于是遂起军往汝南驻扎，招军买马，徐图征进。不在话下。

且说袁绍见玄德不回，大怒，欲起兵伐之。郭图曰："刘备不足虑。曹操乃劲敌也，不可不除。刘表虽据荆州，不足为强。江东孙伯符，威镇三江，地连六郡，谋臣武士极多，可使人结之，共攻曹操。"绍从其言，即修书，遣陈震为使，来会孙策。正是：

只因河北英雄去，引出江东豪杰来。

未知其事如何，且听下文分解。

[7] 赵云何时归刘备

《三国志·蜀书·赵云传》称："本属公孙瓒，瓒遣先主为田楷拒袁绍，云遂随从为先主主骑。"可见他是汉初平二年(191)调拨于刘备麾下担任主骑(侍卫长)的，当时刘备正任平原相。但《赵云别传》却称，建安五年(200)，袁绍称冀州牧，刘备因失徐州，前来投奔，"先主就袁绍，云见于邺。"盖此时公孙瓒已失败，所率兵马、地域均为袁绍所有，故有此说。但两者有时间差，未知以何者为确证。

第二十九回　小霸王怒斩于吉
碧眼儿坐领江东

却说孙策自霸江东,兵精粮足。建安四年,袭取庐江,败刘勋。使虞翻驰檄豫章,豫章太守华歆投降。自此声势大振,乃遣张纮往许昌上表献捷。曹操知孙策强盛,叹曰:"狮儿难与争锋也!"遂以曹仁之女许配孙策幼弟孙匡,两家结婚。留张纮在许昌。孙策求为大司马,曹操不许,策恨之,常有袭许都之心。于是吴郡太守许贡,乃暗遣使赴许都,上书于曹操,其略曰:

> 孙策骁勇,与项籍相似。朝廷宜外示荣宠,召还京师,不可使居外镇,以为后患。

使者赍书渡江,被江防将士所获,解赴孙策处。策观书大怒,斩其使,遣人假意请许贡议事。贡至,策出书示之,叱曰:"汝欲送我于死地耶!"命武士绞杀之。贡家属皆逃散。有家客三人,欲为许贡报仇,恨无其便。一日,孙策引军会猎于丹徒之西山,赶起一大鹿,策纵马上山逐之。正赶之间,只见树林之内,有三个人持枪带弓而立。策勒马问曰:"汝等何人?"答曰:"乃韩当军士也,在此射鹿。"策方举辔欲行,一人拈枪望策左腿便刺。策大惊,急取佩剑从马上砍去,剑刃忽坠,止存剑靶在手。一人早拈弓搭箭射来,正中孙策面颊,策就拔面上箭,取弓回射,放箭之人应弦而倒。那二人举枪向孙策乱搠,大叫曰:"我等是许贡家客,特来为主人报仇!"策别无器械,只以弓拒之,且拒且走,二人死战不退。策身被数枪,马亦带伤。正危急之时,程普引数人至,孙策大叫:"杀贼!"程普引众齐上,将许贡家客砍为肉泥。[1]看孙策时,血流满面,被伤至重,乃以刀割袍,裹其伤处,救回吴会养病[2]。后人

① 孙策为许贡客所杀伤细节有似李嗣昭故事

《三国志·吴书·孙策传》引《江表传》:"贡奴客潜民间,欲为贡报仇。猎日,卒有三人,即贡客也。策问尔等何人,答云'是韩当兵,在此射鹿耳。'策曰:'当兵吾皆识之,未尝见汝等。'固射一人,应弦而倒。余二人怖,急便举弓射,策中颊,后骑寻至,皆刺杀之。"按,此故事与五代李嗣源之死互为昆仲。《旧五代史·李嗣昭传》,后唐李嗣昭与梁战,"嗣昭设伏于故营,贼从伏发,击之殆尽,余三人匿于墙墟间,嗣昭环马而射之,为贼矢中脑。嗣昭箙中矢尽,拔贼矢于脑,射贼一发而殪。嗣昭日暮还营,所伤血流不止,是夜卒。"

② 孙策死与于吉无关

《三国志·吴书·孙策传》称:"先是策杀贡,贡小子与客亡匿江边,策单骑出,卒与客遇,客击伤策。创甚。……至夜卒。"由此观之,所谓于吉故事,当在此时之前,与孙策死无关及。按,孙策此时,因广陵太守陈登招诱严白虎余党,将图袭吴郡,正从

有诗赞许家三客曰：

孙郎智勇冠江湄，射猎山中受困危。

许客三人能死义，杀身豫让未为奇。

却说孙策受伤而回，使人寻请华佗医治，不想华佗已往中原去了。止有徒弟在吴。命其治疗，其徒曰："箭头有药，毒已入骨。须静养百日，方可无虞；若怒气冲激，其疮难治。"孙策为人最是性急，恨不得即日便愈。将息到二十余日，忽闻张纮有使者自许昌回。策唤问之。使者曰："曹操甚惧主公，其帐下谋士亦俱敬服。惟有郭嘉不服。"策曰："郭嘉曾有何说？"使者不敢言。策怒，固问之，使者只得从实告曰："郭嘉曾对曹操言主公不足惧也，'轻而无备，性急少谋，乃匹夫之勇耳，他日必死于小人之手。'"策闻言，大怒曰："匹夫安敢料吾！吾誓取许昌！"遂不待疮愈便欲商议出兵。张昭谏曰："医者戒主公百日休动，今何因一时之忿，自轻万金之躯？"正话间，忽报袁绍遣使陈震至。策唤入问之，震具言袁绍欲结东吴为外应，共攻曹操。策大喜，即日会诸将于城楼上，设宴款待陈震。

饮酒之间，忽见诸将互相耳语，纷纷下楼。策怪问何故。左右曰："有于神仙者，今从楼下过，诸将欲往拜之耳。"策起身凭栏观之，见一道人身披鹤氅，手携藜杖，立于当道，百姓俱焚香伏道而拜。策怒曰："是何妖人？快与我擒来！"左右告曰："此人姓于，名吉③，寓居东方，往来吴会，普施符水，救人万病，无有不验。当世呼为神仙，

西线返回，将还击陈登，其为许贡客所杀，当无疑，故赵翼《廿二史札记》称，"孙策出行，为许贡客所射，中创而死，《江表传》、《志林》、《搜神记》皆以为策杀道士于吉之报，寿传策传，独以为妖妄，削而不书，亦见其有识"（卷六）。赵翼所见是。

③ **于吉何许人也**

《演义》所述于吉故事，源自《三国志·吴书·孙策传》所引《江表传》、《搜神记》等。见于吉来历不明，今人著作有多说：一说他是个从事传教的道士，代天宣化，普救众人，很有点名气。一说早在汉顺帝时（126—144）就有了吉此人在民间传授《太平经》，这个被杀的于吉，乃是冒名顶替的假于吉。一说他是个游方道士或者是江湖医生。一说是他是中途失败的农民领袖乔装为道士的。诸说不一，扑朔迷离，但史书里确有其人，只是他的本来面目不清楚罢了。按"于吉"应作"干吉"。《后汉书》卷三十《襄楷传》有"干吉"；南宋刻本《三国志》也作"干吉"，但此后刻本误为"于吉"。

未可轻渎。"策愈怒，喝令："速速擒来，违者斩！"左右不得已，只得下楼，拥于吉至楼上。策叱曰："狂道怎敢煽惑人心？"于吉曰："贫道乃琅琊宫道士，顺帝时曾入山采药，得神书于曲阳泉水上，号曰《太平青领道》，凡百余卷，皆治人疾病方术。贫道得之，惟务代天宣化，普救万人，未曾取人毫厘之物。安得煽惑人心？"策曰："汝毫不取人，衣服饮食，从何而得？汝即黄巾张角之流，今若不诛，必为后患！"叱左右斩之。张昭谏曰："于道人在江东数十年，并无过犯，不可杀害。"策曰："此等妖人，吾杀之何异屠猪狗！"众官皆苦谏，陈震亦劝。策怒未息，命且囚于狱中。众官俱散，陈震自归馆驿安歇。

孙策归府，早有内侍传说此事与策母吴太夫人知道。夫人唤孙策入后堂，谓曰："吾闻汝将于神仙下于缧绁，此人多曾医人疾病，军民敬仰，不可加害。"策曰："此乃妖人，能以妖术惑众，不可不除。"夫人再三劝解。策曰："母亲勿听外人妄言，儿自有区处。"乃出唤狱吏取于吉来问。原来狱吏皆敬信于吉，吉在狱中时，尽去其枷锁；乃策唤取，方带枷锁而出。策

访知大怒，痛责狱吏，仍将于吉械系下狱。张昭等数十人连名作状，拜求孙策，乞保于神仙。策曰："公等皆读书人，何不达理？昔交州刺史张津，听信邪教，鼓瑟焚香，常以红帕裹头，自称可助出军之威，后竟为敌军所杀。此等事甚无益，诸君自未悟耳。吾欲杀于吉，正思禁邪觉迷也。"吕范曰："某素知于道人能祈风祷雨。方今天旱，何不令其祈雨以赎罪？"策曰："吾且看此妖人若何。"遂命于狱中取出于吉，开其枷锁，令登坛求雨。

吉领命，即沐浴更衣，取绳自缚于烈日之中。百姓观者，填街塞巷。于吉谓众人曰："吾求三尺甘霖，以救万民，然我终不免一死。"众人曰："若有灵验，主公必然敬服。"于吉曰："气数至此，恐不能逃。"少顷，孙策亲至坛中下令："若午时不雨，即焚死于吉。"先令人堆积干柴伺候。将及午时，狂风骤起，风过处，四下阴云渐合。策曰："时已近午，空有阴云而无甘雨。正是妖人！"叱左右将于吉扛上柴堆，四下举火。焰随风起，急见黑烟一道，冲上空中，一声响亮，雷电齐发，大雨如注。顷刻之间，街市成河，溪涧皆满，足有三尺甘雨。于吉仰卧于柴堆之上，大喝一声，云收雨住，复见太阳。于是众官及百姓共将于吉扶下柴堆，解去绳索，再拜称谢。孙策见官民俱罗拜于水中④，不顾衣服，乃勃然大怒，叱曰："晴雨乃天地之定数，妖人偶乘其便，你等何得如此惑乱！"掣宝剑令左右速斩于吉。众官力谏，策怒曰："尔等皆欲从于吉造反耶！"众官乃不敢复言。策叱武士将于吉一刀斩头落地。⑤只见一道青气，投东北去了。策命将其尸号令于市，以正妖妄之罪。

是夜风雨交作，及晓，不见于吉尸首。守尸军士报知孙策，策怒，欲杀守尸军士。忽见一人从堂前徐步而来，视之却是于吉。策大怒，正欲拔剑砍之，忽然昏倒于地。左右急救入卧内，半晌方苏。吴太夫人来视疾，谓策曰："吾儿屈杀神仙，故招此祸。"策笑曰："儿自幼随父出征，杀人如麻，何曾有为祸之理？今杀妖人，正绝大祸，安得反为我祸？"夫人曰："因汝不信，以致如此，今可作好事以禳之。"策曰："吾命在天，妖人决不能为祸，何必禳耶？"夫人料劝不信，乃自令左右暗修善事禳解。

是夜二更，策卧于内宅。忽然阴风骤起，灯灭而复明，灯影之下，见于吉立于床前。策大喝曰："吾平生誓诛妖妄，以靖天下。

④ **孙策因于吉出自妒嫉**

孙策年轻，缺乏大度，他杀于吉，并非仅是于吉有"妖术"，而是于吉深得人心，其影响将威胁他的地位。《搜神记》称："孙策欲渡江袭许，与于吉俱行。时大旱，所在燋厉。策催诸将士使速引船，或身自早出督切，见将吏多在许侧，策因此激怒，言：'我为不如吉邪，而先趋务之？'便使收吉。"（卷一）与此相似，有研读《左传》学者高岱，为士林最，因得罪孙策，"策果怒，以为轻己，乃囚之。知交及时人皆露坐为请。策登楼，望见数里中填满。策恶其收众心，遂杀之。"（裴注引《吴录》）

⑤ **于吉求雨故事**

《搜神记》又称，孙策捉拿于吉至，"呵问之曰：'天旱不雨，道路艰涩，不时得过，故自早出，而卿不同忧戚，安坐船中作鬼物态，败吾部伍，今当相除。'令人缚置地上暴之，使请雨；若能感天日中雨者，当原赦，不尔行诛。俄而云气上蒸，肤寸而合，比至日中，大雨总至，溪涧盈溢，将士喜悦，以为吉必原，并往庆慰，策遂杀之。"北齐颜子推《还冤记》亦作："遂收吉，转置日中，令其降雨，如不能者，便当受诛。俄顷之间，云雨滂沛。未及移师，州涧涌溢。时并来贺吉免其死。策转忿恚，意竟杀之。

⑥ **孙策死为于吉追杀**

北齐颜子推《还冤记》又称："因是策颇愍，常每仿佛见吉。复出射猎，为刺客所伤，治疗将差，引镜自窥，镜中见吉，顾则无之，如是再三，遂扑镜大叫，疮皆崩裂，须臾而死。"

⑦ **孙策开托孤之篇**

孙策临死托孤于张昭，其事典自《三国志·吴书·孙策传》。《张昭传》也称："策临亡，以弟权托昭；昭率群僚立而辅之。"《吴历》称，"策谓昭曰：'若仲谋不任事者，君便自取之。正复不克捷，缓步西归，亦无所虑。'"汉魏时期，多风行此术，后如刘表、刘备和曹丕父子。

⑧ 孙策妻乔夫人

《三国志·吴书·周瑜传》:"时得桥公二女,皆国色也。策自纳大桥,瑜纳小桥。"《江表传》还说:"策从容戏瑜曰:'桥公二女虽流离,得吾二人作婿,亦足为欢。'""乔"本作"桥"(汉魏无"乔"姓,"乔"姓始于北周改"桥"为"乔"),说乔夫人("大桥")为孙策夫人,当误。一则原文用"时得"、"纳",又用"虽流离",纳妾狎色,足见是小妾定居,二则孙策为长子,至此二十四岁尚未有妻,且父死更应有正妻,早撑门庭,奉养穷母,扶育弟子,三则孙策与大桥同室最多亦仅两年,见于史传的,就有一子三女,亦可足证,早有妻妾,三则门第,桥公及普通民人,女儿亦系民人,难以匹配。周瑜之与小桥,当亦可作如是观。

⑨ 孙策墓

孙策葬处不见史传,盖其死于丹徒(镇江),必葬于附近处。《丹徒县志》说,"吴长沙桓王孙策墓,旧志在城南"。据今人考察,丹阳市西4公里余司徒镇的谭巷村地的吴王坟,即为孙策葬处。所谓孙策葬于谭巷墩下自然村东北侧的墩里,今此墩民称墩下墩。墩高21.2米,呈馒头形,墩上面约四亩余,其附近大坟村即孙坚葬处,今已为本地文管部门勘探确认。《三国志·吴书·周瑜传》也说孙策死:"(周)瑜将兵赴丧,遂留吴。"《吴门表隐》称,周瑜有故宅在苏州景德路城隍庙,或是当时住宅。元末高启五言古诗《吴桓王墓》原注:"在盘门外三里,政和间,村民发之,得金玉甚多。相传吴长沙桓王孙策所葬也。"《姑苏前志》:"宋政和六年,村民发冢,其砖侧皆有'万岁永藏'四篆字;得金玉奇器甚多,东西银栖,初若樊花,良久化为腐土,并金搔头十数枚,金握臂二,悉皆如新。一瓦薰炉,与近世陆墓所制略似,而箱底灰炭犹存。碑石断阙,厪宗'中平年'三字。州将遽命掩之。所得古物,尽归朱勋家'。"(《高青丘集》)由是郑逸梅《三国闲话》说:"孙

汝既为阴鬼,何敢近我?"取床头剑掷之,忽然不见。吴太夫人闻之,转生忧闷。策乃扶病强行,以宽母心。母谓策曰:"圣人云:'鬼神之为德,其盛矣乎!'又云'祷尔于上下神祇。'鬼神之事,不可不信。汝屈杀于先生,岂无报应?吾已令人设醮于郡之玉清观内,汝可亲往拜祷,自然安妥。"策不敢违母命,只得勉强乘轿至玉清观。道士接入,请策焚香。策焚香而不谢,忽炉中烟起不散,结成一座华盖,上面端坐着于吉。策怒,唾骂之,走离殿宇。又见于吉立于殿门首,怒目视策。策顾左右曰:"汝等见妖鬼否?"左右皆云:"未见。"策愈怒,拔佩剑望于吉掷去,一人中剑而倒;众视之,乃前日动手杀于吉之小卒,被剑斫入脑袋,七窍流血而死。策命扛出葬之。比及出观,又见于吉走入观门来。策曰:"此观亦藏妖之所也!"遂坐于观前,命武士五百人拆毁之。武士方上屋揭瓦,却见于吉立于屋上,飞瓦掷地。策大怒,传令逐出本观道士,放火烧毁殿宇。火起处,又见于吉立于火光之中。策怒归府,又见于吉立于府门前。策乃不入府,随点起三军,出城外下寨,传唤众将商议,欲出兵助袁绍夹攻曹操。众将俱曰:"主公玉体违和,未可轻动,且待平愈,出兵未迟。"是夜,孙策宿于寨内,又见于吉披发而来。策于帐中叱喝不绝。

次日,吴太夫人传命召策回府,策乃归见其母。夫人见策形容憔悴,泣曰:"儿失形矣!"策即引镜自照,果见形容十分瘦损,不觉失惊,顾左右曰:"吾奈何憔悴至此耶!"言未已,忽见于吉立于镜中。策拍镜大叫一声,金疮迸裂,昏绝于地。⑥夫人令扶入卧内。须臾苏醒,自叹曰:"吾不能复生矣!"随召张昭等诸人及弟孙权至卧榻前,嘱付曰:"天下方乱,以吴越之众,三江之固,大可有为。子布等幸善相吾弟⑦。"乃取印绶与孙权曰:"若举江东之众,决机于两阵之间,与天下争衡,卿不如我;举贤任能,使各尽力以保江东,我不如卿。卿宜念父兄创业之艰难,善自图之。"权大哭,拜受印绶。策告母曰:"儿天年已尽,不能奉慈母。今将印绶付弟,望母朝夕训之。父兄旧人,慎勿轻怠。"母哭曰:"恐汝弟年幼不能任大

事,当复如何?"策曰:"弟才胜儿十倍,足当大任。倘内事不决,可问张昭;外事不决,可问周瑜。恨周瑜不在此,不得面嘱之也。"又唤诸弟嘱曰:"吾死之后,汝等并辅仲谋。宗族中敢有生异心者,众共诛之。骨肉为逆,不得入祖坟安葬。"诸弟泣受命。又唤妻乔夫人⑧谓曰:"吾与汝不幸中途相分,汝须孝养尊姑。早晚汝妹入见,可嘱其转致周郎,尽心辅佐吾弟,休负我平日相知之雅。"言讫,瞑目而逝。年止二十六岁⑨。后人有诗赞曰:

> 独战东南地,人称小霸王。
> 运筹如虎踞,决策似鹰扬。
> 威镇三江靖,名闻四海香。
> 临终遗大事,专意属周郎。

孙策既死,孙权哭倒于床前。张昭曰:"此非将军哭时也。宜一面治丧事,一面理军国大事。"权乃收泪。张昭令孙静理会丧事,请孙权出堂,受众文武谒贺⑩。孙权生得方颐大口,碧眼紫髯。昔汉使刘琬入吴,见孙家诸昆仲,因语人曰:"吾遍观孙氏兄弟,虽各才气秀达,然皆禄祚不终。惟仲谋形容奇伟,骨格非常,乃大贵之表,又享高寿,众皆不及也。"且说当时孙权承孙策遗命,掌江东之事,经理未定,人报周瑜自巴丘提兵回吴。权曰:"公瑾已回,吾无忧矣。"原来周瑜守御巴丘,闻知孙策中箭被伤,因此回来问候。将至吴郡,闻策已亡,故星夜来奔丧。当下周瑜哭拜于孙策灵柩之前。吴太夫人出,以遗嘱之语告瑜。瑜拜伏于地曰:"敢不效犬马之力,继之以死!"少顷,孙权入。周瑜拜见毕,权曰:"愿公无忘先兄遗命。"瑜顿首曰:"愿以肝脑涂地,报知己之恩!"权曰:"今承父兄之业,将何策以守之?"瑜曰:"自古得人者昌,失人者亡。为今之计,须求高明远见之人为辅,然后江东可定也。"权曰:"先兄遗言,内事托子布,外事全赖公瑾。"瑜曰:"子布贤达之士,足当大任。瑜不才,恐负倚托之重,愿荐一人以辅将军。"权问何人,瑜曰:"姓鲁,名肃,字子敬,临淮东川人也。此人胸怀韬略,腹隐机谋。早年丧父,事母至孝。其家极富,

策墓在苏州盘门外青阳堤,为光绪丙申、丁酉间所发现,上书汉破虏将军孙坚吴夫人子讨逆将军策之墓。按孙氏父子墓在苏州,唐《吴地记》便有作此说。《洪氏三庚志》说:"盘门外大冢,绍兴二年,秋雨溃圮,牧童入其间,得铜器数种,持卖于市,乡人往观圮处,盖其隧道,有石刻隶书云:大吴长沙桓王之墓,赤乌三年。凡十二字,知府沈揆亟命掩塞,仍立石表共所,滕晟为记。"又《太平御览》引《异苑》说,"余姚县仓封闭完密,而年年辄大损耗,后伺之,乃是富阳县桓王陵上双石龟所食,即断毁龟口,于是无复亏减。"此乃传说,孙策未回葬家乡,且富阳乡土各志也未见记载。

⑩ **孙权继位已是青年**

汉灵帝光和四年(182)孙权生于下邳。他从来没有回到故里(吴郡富春,今浙江富阳市)。建安元年(196),孙策据江东五郡(会稽、吴郡、丹杨、豫章、庐陵),这时,他十五岁,就任阳羡(江苏宜兴)长。五年后,即比他大六七岁的哥哥孙策因伤死时,他已是二十岁了。当时孙策子尚是婴儿。

⑪ **刘晔未有劝鲁肃投靠郑宝事**

刘子扬,即刘晔。刘晔劝鲁肃投靠郑宝,见《吴书·鲁肃传》,时郑宝在巢湖聚义万人,刘有书相招,但据《魏书·刘晔传》,刘在席上火并郑宝,并接管其众投奔庐江,与刘勋联手,可见刘未有与鲁肃相约,或虽有相约亦系与鲁共同对付郑宝,故梁章钜称,"是晔本非郑宝党与,岂有劝鲁肃从宝之事宜,为温公(司马光)所不取也。"

⑫ **鲁肃未推荐诸葛瑾**

据《三国志·吴书·诸葛瑾传》,推荐诸葛瑾非鲁肃。按,诸葛瑾"汉末避乱江东。值孙策卒,孙权姐婿曲阿弘咨见而异之,荐之于权,与鲁肃等并见宾待"。鲁肃虽也在孙策死后,由周瑜赴曲阿(江苏丹阳)礼请,但从时空差度,他可能比诸葛瑾到位还要迟些日子。

三
国
演
义

⑬ **张纮、张昭同理政事**

孙权早期颇尊重两人——张纮、张昭。《江表传》称："初，权于群臣多呼其字，唯呼张昭曰张公，纮曰东部，所以重二人也。"张纮称"东部"，源出自张纮的官职，他劝曹操不得乘人之丧伐之，"曹公从其言，即表权为讨虏将军，领会稽太守；曹公欲令纮辅权内附，出纮为会稽东部都尉。"

⑭ **东吴支柱：顾陆朱张**

东吴孙氏集团前期有两个支柱，一是淮南大族；二是江东世族。淮南大族终因缺乏地利，中道衰落。东吴中后期主要靠的是江东世族，其中有代表性的就是顾、陆、朱、张。孙权称吴王时，亲拜顾雍老母于堂前，而顾雍任丞相长达十九年之久；并以侄女（孙策女）分别嫁陆逊、顾劭（顾雍子）、朱纪（朱治子）。陆逊家族共出二相五侯，将军十余人；朱治在吴郡三十一年，领娄（上海松江）、由拳（浙江嘉兴）、无锡、毗陵（江苏常州）四地租税，"公族子弟及吴四姓多出仕郡，郡吏常以千数"（《三国志·吴书·朱治传》）。

⑮ **孙策所据江东六郡**

扬州所辖六郡（江南六郡），其中除九江郡，其余均为孙策军渡江后攻取，孙策又分豫章郡为卢陵郡，是为江东六郡。

尝散财以济贫乏。瑜为居巢长之时，将数百人过临淮，因乏粮，闻鲁肃家有两囷米，各三千斛，因往求助，肃即指一囷相赠，其慷慨如此。平生好击剑骑射。寓居曲阿，祖母亡，还葬东城。其友刘子扬欲约彼往巢湖投郑宝，肃尚踌躇未往⑪。今主公可速召之。"权大喜，即命周瑜往聘。

瑜奉命亲往，见肃叙礼毕，具道孙权相慕之意。肃曰："近刘子扬约某往巢湖，某将就之。"瑜曰："昔马援对光武云：'当今之世，非但君择臣，臣亦择君。'今吾孙将军亲贤礼士，纳奇录异，世所罕有。足下不须他计，只同我往投东吴为是。"肃从其言，遂同周瑜来见孙权。权甚敬之，与之谈论，终日不倦。一日，众官皆散，权留鲁肃共饮至晚，同榻抵足而卧，夜半，权问肃曰："方今汉室倾危，四方纷扰。孤承父兄余业，思为桓、文之事，君将何以教我？"肃曰："昔汉高祖欲尊事义帝而不获者，以项羽为害也。今之曹操可比项羽，将军何由得为桓、文乎？肃窃料汉室不可复兴，曹操不可卒除。为将军计，惟有鼎足江东，以观天下之衅。今乘北方多务，剿除黄祖，进伐刘表，竟长江所极而据守之。然后建号帝王，以图天下，此高祖之业也。"权闻言大喜，披衣起谢。次日，厚赠鲁肃，并将衣服帏帐等物赐肃之母。肃又荐一人见孙权，此人博学多才，事母至孝，复姓诸葛，名瑾，字子瑜，琅琊南阳人也⑫。权拜之为上宾。瑾劝权勿通袁绍，且顺曹操，然后乘便图之。权依言，乃遣陈震回，以书绝袁绍。

却说曹操闻孙策已死，欲起兵下江南。侍御史张纮谏曰："乘人之丧而伐之，既非义举，若其不克，弃好成仇。不如因而善遇之。"操然其说，乃即奏封孙权为将军，兼领会稽太守；即令张纮为会稽都尉，赍印往江东。孙权大喜。又得张纮回吴，即命与张昭同理政事⑬。

郡　名	治　所	太　守	附　　注
会　稽	山　阴	孙　策	击败土豪，俘原太守王朗
吴　郡	吴	朱　治	为丹杨都尉朱治攻取
丹　杨	曲　阿	吴　景	由舅吴景回任
豫　章	南　昌	孙　贲	原太守华歆降
卢　陵	西　昌	孙　辅	
卢　江		孙　河	击走原太守刘勋

张纮又荐一人于孙权，此人姓顾，名雍，字元叹，乃中郎蔡邕之徒，其为人少言语，不饮酒，严厉正大。权以为丞，行太守事⑭。自是孙权威震江东⑮，深得民心。

且说陈震回见袁绍，具说："孙策已亡，孙权继立，曹操封之为将军，结为外应矣。"袁绍大怒，遂起冀、青、幽、并等处人马七十余万，复来攻取许昌。正是：

　　江南兵革方休息，冀北干戈又复兴。

未知胜负若何，且听下文分解。

第三十回　战官渡本初败绩　劫乌巢孟德烧粮

却说袁绍兴兵望官渡进发，夏侯惇发书告急。曹操起军七万，前往迎敌，留荀彧守许都。绍兵临发，田丰从狱中上书谏曰："今且宜静守以待天时，不可妄兴大兵，恐有不利。"逄纪谮曰："主公兴仁义之师，田丰何得出此不祥之语！"绍因怒，欲斩田丰。众官告免。绍恨曰："待吾破了曹操，明正其罪！"遂催军进发，旌旗遍野，刀剑如林。行至阳武，下定寨栅。沮授曰："我军虽众，而勇猛不及彼军；彼军虽精，而粮草不如我军。彼军无粮，利在急战；我军有粮，宜且缓守。若能旷以日月，则彼军不战自败矣。"绍怒曰："田丰慢我军心，吾回日必斩之。汝安敢又如此！"叱左右："将沮授锁禁军中①，待我破曹之后，与田丰一体治罪！"于是下令，将大军七十万，东西南北，周围安营。连络九十余里。

细作探知虚实，报至官渡②，曹军新到，闻知皆惧。曹操与众谋士商议。荀攸曰："绍军虽多，不足惧也。我军俱精锐之士，无不以一当十。但利在急战。若迁延日月，粮草不敷，事可忧矣。"操曰："所言正合吾意。"遂传令军将鼓噪而进。绍军来迎，两边排成阵势。审配拨弩手一万，伏于两翼；弓箭手五千，伏于门旗内：约炮响齐发。三通鼓罢，袁绍金盔金甲、锦袍玉带，立马阵前。左右摆列着张郃、高览、韩猛、淳于琼等诸将，旌旗节钺，甚是严整。曹阵上门旗开处，曹操出马，许褚、张辽、徐晃、李典等各持兵器，前后拥卫。曹操以鞭指袁绍曰："吾于天子之前，保奏你为大将军，今何故谋反？"绍怒曰："汝托名汉相，实为汉贼，罪恶弥天，甚于莽、卓，乃反诬人造反耶！"

① 沮授只是削去兵权

沮授乃是大将之才。他原是袁绍监军，因为郭图所谮，所部监军被分为三部，由沮授和郭图、淳于琼各典一军。当袁绍要渡黄河作战时。沮授力谏："胜负变化，不可不详。'今宜留屯延津，分兵官渡，若其克获，还迎不晚，设其有难，众弗可还。'绍弗从。"（《魏书·袁绍传》引《献帝传》)袁绍没有听从，乃告以病假，"绍恨之，乃省其所部兵属郭图。"他因被拒离职，袁绍也就削去他的仅有兵权，留在军中，但未锁禁军中。

② 官渡古战场

官渡（河南中牟县官渡桥村），南依牟山，北临官渡河。现该地区尚有当时有关的地名，如双方交战的逐鹿村、汉井营、曹操驻军和储粮草的曹公垒、草场村；官渡村外10公里霍庄村袁绍冈相传是袁绍屯兵处。1992年，官渡古战场开辟为旅游区，整个景区占地12平方公里，由风景区、模拟古战场景区、三国古迹保护区和汉风街等几部分组成。

③ **曹操与袁绍均筑土山**

通常以袁军筑土山以射曹营不确。《三国志·魏书·于禁传》，"后从还官渡，太祖与绍连营，起土山相对。绍射营中，士卒多死伤，军中惧。禁督守土山力战，气益奋。"可见是双方均筑土山。

④ **发石车——早期的大炮**

发石车，即原始的大炮。春秋已采用之。《左传·桓公五年》孔颖达疏："贾逵以檐为发石，一曰飞石。"《说文》建大木置石其上，发其机以追敌。据《后汉书·袁绍传》："(曹操)乃发石车击绍楼，皆破，军中呼为霹雳车。"李贤注："以其发石声震烈，呼为霹雳，即今之抛车也。"按李贤所称唐时抛车，"以大木为床，下按四独轮，上建双胜，胜间横栝，中立独竿，首如桔棒状。其竿高下、长短、大小以城为准。首以窠盛石，大小多少随竿力所制，人挽其端而投之。其车推转逐便而用之，亦可埋脚著地，逐便而用，其旋风四脚，亦可随事而用，谓之抛车。"(《通典》卷一六〇)因今之"炮"，本作"砲"。"砲者，抛也"。《文选》潘岳《闲居赋》称："砲石雷骇"，李善注："砲石，今之抛石也。"《新唐书·李密传》，"以机发石，为攻城械，号将军砲"。均意同。

⑤ **官渡之战曹操军数并非处绝对劣势**

官渡之战是被界定为以少胜多的古战役模式。通常曹军被定为仅是袁军十分之一的兵力。据《三国志·魏书·袁绍传》，袁绍据四州，有众数十万，"简精卒十万，骑万匹，将攻许"《世语》也称，"绍步卒五万，骑八千。"如此推论，曹军兵力有限。不确。

操曰："吾今奉诏讨汝！"绍曰："吾奉衣带诏讨贼！"操怒，使张辽出战。张郃跃马来迎。二将斗了四五十合，不分胜负，曹操见了暗暗称奇。许褚挥刀纵马直出助战，高览挺枪接住。四员将捉对儿厮杀。曹操令夏侯惇、曹洪各引三千军，齐冲彼阵；审配见曹军来冲阵，便教放起号炮，两下万弩并发，中军内弓箭手一齐拥出阵前乱射。曹军如何抵敌，望南急走。袁绍驱兵掩杀，曹军大败。尽退至官渡。

袁绍移军逼近官渡下寨。审配曰："今可拨兵十万守官渡，就曹操寨前筑起土山，令军人下视寨中放箭。操若弃此而去，吾得此隘口，许昌可破矣。"绍从之，于各寨内选精壮军人，用铁锹土担，齐来曹操寨边垒土成山。曹营内见袁军堆筑土山，欲待出去冲突，被审配弓弩手当住咽喉要路，不能前进。十日之内，筑成土山五十余座，上立高橹，分拨弓弩手于其上射箭。曹军大惧，皆顶着遮箭牌守御。土山上一声梆子响处，箭下如雨，曹军皆蒙楯伏地，袁军呐喊而笑。③曹操见军慌乱，集众谋士问计。刘晔进曰："可作发石车以破之。"操令晔进车式，连夜造发石车数百乘，分布营墙内，正对着土山上云梯。候弓箭手射箭时，营内一齐拽动石车，炮石飞空，往上乱打④。人无躲处，弓箭手死者无数。袁军皆号其车为"霹雳车"，由是袁军不敢登高射箭。审配又献一计，令军人用铁锹暗打地道，直透曹营内，号为"掘子军"。曹兵望见袁军于山后掘土坑，报知曹操，操又问计于刘晔。晔曰："此袁军不能攻明而攻暗，发掘伏道，欲从地下透营而入耳。"操曰："何以御之？"晔曰："可绕营掘长堑，则彼伏道无用也。"操连夜差军掘堑。袁军掘伏道到堑边，果不能入，空费军力。

却说曹操守官渡，自八月起，至九月终，军力渐乏，粮草不继。意欲弃官渡退回许昌，迟疑未决，乃作书遣人赴许昌问荀彧。彧以书报之；书略曰：

> 承尊命，使决进退之疑。愚以袁绍悉众聚于官渡，欲与明公决胜负，公以至弱当至强，若不能制，必为所乘，是天下之大机也。绍军虽众，而不能用，以公之神武明哲，何向而不济？今军实虽少，未若楚、汉在荥阳、成皋间也。公今画地而守，扼其喉而使不能进，情见势竭，必将有变。此用奇之时，断不可失。惟明公裁察焉。

曹操得书大喜，令将士效力死守。绍军约退三十余里，操遣将出营巡哨，有徐晃部将史涣获得袁军细作，解见徐晃。晃问其军中虚实，答曰："早晚大将韩猛运粮至军前接济，先令我等探路。"徐晃便将此事报知曹操。荀攸曰："韩猛匹夫之勇耳。若遣一人引轻骑数千，从半路击之，断其粮草，绍军自乱。"操曰："谁人可往？"攸曰："即遣徐晃可也。"操遂差徐晃将带史涣并所部兵先出，后使张辽、许褚引兵救应。当夜韩猛押粮车数千辆解赴绍寨，正走之间，山谷内徐晃、史涣引军截住去路。韩猛飞马来战，徐晃接住厮杀，史涣便杀散人夫，放火焚烧粮车。韩猛抵当不住，拨回马走，徐晃催军烧尽辎重。袁绍军中望见西北上火起，正惊疑间，败军报来粮草被劫，绍急遣张郃、高览去截大路。正遇徐晃烧粮而回，恰欲交锋，背后许褚、张辽军到，两下夹攻，杀散袁军。四将合兵一处，回官渡寨中。曹操大喜，重加赏劳。又分军于寨前结营，为掎角之势。

却说韩猛败军还营，绍大怒，欲斩韩猛，众官劝免。审配曰："行军以粮食为重，不可不用心提防。乌巢乃屯粮之处，必得重兵守之。"袁绍曰："吾筹策已定，汝可回邺都监督粮草，休教缺乏。"审配领命而去。袁绍遣大将淳于琼，部领督将眭元进、韩莒子、吕威璜、赵睿等，引二万人马守乌巢。那淳于琼性刚好酒，军士多畏之；既至乌巢，终日与诸将聚饮。

且说曹操军粮告竭⑤，急发使往许昌，教荀彧作速措办粮草，星夜解赴军前接济。使者赍书而往，行不上三十里，被袁军捉住，缚见谋士许攸。那许攸字子远，少时曾与曹操为友，此时却在袁绍处为谋士。当下搜得使者所赍曹操催粮书信，径来见绍，曰："曹操屯军官渡，与我相持已久，许昌必空虚。若分一军星夜掩袭许昌，则许昌可拔，而操可擒也。今操粮草已尽，正可乘此机会，两路击之。"绍曰："曹操诡计极多，此书乃诱敌之计也。"攸曰："今若不取，后将反受其害。"谈话间，忽有使者自邺郡来，呈上审配书。书中先说运粮事，后言："许攸在冀州时，尝滥受民间财物，且纵令子侄辈多科税⑥，钱粮入己。今已收其子侄下狱矣。"绍见书大怒曰："滥行匹夫，尚有面目于吾前献计耶！汝与曹操有旧，想今亦受他财贿，为他作奸细，啜赚吾军耳！本当斩首，今权且寄头在项。可速退出，今后不许相见。"许

据裴松之分析。"魏武初起兵，已有众五千，自后百战百胜，败者十二三而已矣。但一破黄巾，受降卒三十余万，余所吞并，不可悉记；虽征战损伤，未应如此之少也。夫结营相守，异于摧锋决战。本纪云：'绍众十余万，屯营东西数十里。'魏太祖虽机变无方，略不世出，安有以数千之兵，而得逾时相抗者哉？以理而言，窃谓不然。绍为屯数十里，公能分营与相当，此兵不得甚少，一也。绍若有十倍之众，理应当悉力围守，使出入断绝，而公使徐晃等击其运车，公又自出击淳于琼等，扬旌往还，会无抵阂，明绍力不能制，是不得甚少，二也。诸书皆云公坑绍众八万或云七万。夫八万人奔散，非八千人所能缚，而绍之大众皆拱手就戮，何缘力能制之？是不得甚少，三也。将记述者欲以少见奇，非其实录也。"据《三国志》有关史传，似曹操兵力，在救白马围时"后少不敌"（《武帝纪》）；但相峙官渡时，"时公（曹操）兵不满万，伤者十二三"，恐误。盖此时曹操军不断增添，如汝南李通军、宛城张绣军和幽州鲜于辅军等。《三国志·魏书·李典传》称，"时太祖与袁绍相拒官渡；典率宗族及部曲输谷帛供军。"《钟繇传》也称："公与绍相持，繇为司隶，送马二千余匹以给军。"足见其势盛，故今人估计，当时官渡前线的曹操自率的精兵或可称仅万人，但另外还有满宠（汝南太守）、夏侯渊（颍州太守）以及上述李通、张绣、鲜于辅等军，其总人数当在 4 万人以上；而对峙的袁绍大军 12 万人（内骑兵1.8万人），却在官渡决战前的白

马、南坂坡和其他遭遇战中损失。因此当乌巢焚粮时，袁军在人数上已不占绝对优势了。唯粮少，是大忌，"虽比战斩将，然众少粮尽，士卒疲乏"(《武帝纪》)。

⑥ 审配家财亦万计

审配亦是冀州望族，敛积家财万计，并非清白。"袁氏政宽，在职势者多畜聚。太祖(曹操)破邺，籍没审配等家财物赀以万数"(《三国志·魏书·王修传》)。他与许攸当也是门户之争，并非以清治浊也。

⑦ 许攸是曹操好友

许攸少年时就与曹操、袁绍相好。他曾参加王芬集团"冀州刺史王芬、南阳许攸、沛国周旌等连结豪杰，谋废灵帝，立合肥侯"(《三国志·魏书·武帝纪》)。当时还通知在谯郡(安徽亳州)家乡的曹操参加，曹操拒绝了。说他们"造作非常，欲望必克，不亦危乎!"后事败，王芬自杀，许攸逃亡。

⑧ 乌巢非屯粮处

曹操与袁绍相持于官渡。以在乌巢截粮车取胜。"又遣奇兵袭击绍运车，大破之。尽焚其谷。太祖与绍相持日久，百姓疲乏，多叛应绍，军食乏。会绍遣淳于琼等将兵万余人，北迎运车，沮授说绍可遣将蒋奇别为支军为表，以断曹公之钞。绍复不从，琼宿乌巢，去绍军四十里，太祖留曹洪守，自将步骑五千，候夜前往攻琼，绍遣骑救之，败走，破琼等悉斩之。"(《三国志·魏书·袁绍传》)乌巢，在河南延津，乃淳于琼粮队夜宿乌巢时，遭突然袭击。

攸出，仰天叹曰："忠言逆耳，竖子不足与谋!吾子侄已遭审配之害，吾何颜复见冀州之人乎?"遂欲拔剑自刎。左右夺剑劝曰："公何轻生至此!袁绍不纳直言，后必为曹操所擒。公既与曹公有旧，何不弃暗投明?"只这两句言语，点醒许攸，于是许攸径投曹操。后人有诗叹曰：

> 本初豪气盖中华，官渡相持枉叹嗟。
> 若使许攸谋见用，山河争得属曹家?

却说许攸暗步出营，径投曹寨，伏路军人拿住。攸曰："我是曹丞相故友⑦，快与我通报，说南阳许攸来见。"军士忙报入寨中。时操方解衣歇息，闻说许攸私奔到寨，大喜，不及穿履，跣足出迎。遥见许攸，抚掌欢笑，携手共入。操先拜于地，攸慌扶起曰："公乃汉相，吾乃布衣，何谦恭如此!"操曰："公乃操故友，岂敢以名爵相上下乎!"攸曰："某不能择主，屈身袁绍，言不听，计不从。今特弃之，来见故人，愿赐收录。"操曰："子远肯来，吾事济矣。愿即教我以破绍之计。"攸曰："吾曾教袁绍以轻骑乘虚袭许都，首尾相攻。"操大惊曰："若袁绍用子言，吾事败矣!"攸曰："公今军粮尚有几何?"操曰："可支一年。"攸笑曰："恐未必。"操曰："有半年耳。"攸拂袖而起，趋步出帐曰："吾以诚相投，而公见欺如是，岂吾所望哉!"操挽留曰："子远勿嗔，尚容实诉。军中粮实可支三月耳。"攸笑曰："世人皆言孟德奸雄，今果然也。"操亦笑曰："岂不闻'兵不厌诈'!"遂附耳低言曰："军中止有此月之粮。"攸大声曰："休瞒我，粮已尽矣。"操愕然曰："何以知之?"攸乃出操与荀彧之书以示之曰："此书何人所写?"操惊问曰："何处得之?"攸以获使之事相告。操执其手曰："子远既念旧交而来，愿即有以教我。"攸曰："明公以孤军抗大敌，而不求急胜之方，此取死之道也。攸有一策，不过三日，使袁绍百万之众，不战自破，明公还肯听否?"操喜曰："愿闻良策。"攸曰："袁绍军粮辎重，尽积乌巢⑧，今拨淳于琼守把。琼嗜酒无备。公可选精兵，诈称袁将蒋奇领兵到彼护粮，乘间烧其粮草辎重，则绍军不三日将自乱矣。"操大喜，重待许攸，留于寨中。

次日，操自选马步军士五千，准备往乌巢劫粮。张辽曰："袁绍屯粮之所，安得无备?丞相未可轻往，恐许攸有诈。"操曰："不然。许攸此来，天败袁绍。今吾军粮不给，难以久持，若不用许攸之计,是坐而待困也。彼若有诈,安肯留我寨中?且吾亦欲劫寨久矣。今劫粮之举,计在必行,君请勿疑。"辽曰:"亦须防袁绍乘虚来袭。"操笑曰:"吾已筹之熟矣。"便教荀攸、贾诩、曹洪同许攸守大寨,夏侯惇、夏侯渊领一军伏于左,曹仁、李典领一军伏于右,以备不虞。教张辽、许褚在前,徐晃、于禁在后,操自引诸将居中,共五千人马,打着袁军旗号。军士皆束草负薪,人衔枚,马勒口,黄昏时分,望乌巢进发。⑨是夜星光满天。

且说沮授被袁绍拘禁在军中,是夜因见众星朗列,乃命监者引出中庭,仰观天象。忽见太白逆行,侵犯牛、斗之分,大惊曰:"祸将至矣!"遂连夜求见袁绍。时绍已醉卧,听说沮授有密事启报,唤入问之。授曰:"适观天象,见太白逆行于柳、鬼之间,流光射入牛、斗之分,恐有贼兵劫掠之害。乌巢屯粮之所,不可不提备。宜速遣精兵猛将,于间道山路巡哨,免为曹操所算。"绍怒叱曰:"汝乃得罪之人,何敢妄言惑众!"因叱监者曰:"吾令汝拘囚之,何敢放出!"遂命斩监者,别换人监押沮授。授出,掩泪叹曰:"我军亡在旦夕,我尸骸不知落何处也!"后人有诗叹曰:

> 逆耳忠言反见仇,独夫袁绍少机谋。
> 乌巢粮尽根基拔,犹欲区区守冀州。

却说曹操领兵夜行,前过袁绍别寨,寨兵问是何处军马。操使人应曰:"蒋奇奉命往乌巢护粮。"袁军见是自家旗号,遂不疑惑。凡过数处,皆诈称蒋奇之兵,并无阻碍。及到乌巢,四更已尽,操教军士将束草周围举火,众将校鼓噪直入。时淳于琼方与众将饮了酒,醉卧帐中,闻鼓噪之声,连忙跳起问:"何故喧闹?"言未已,早被挠钩拖翻。睦元进、赵叡运粮方回,见屯上火起,急来救应。曹军飞报曹操,说:"贼兵在后,请分军拒之。"操大喝曰:"诸将只顾奋力向前,待贼至背后,方可回战。"于是众军将无不争先掩杀,一霎时,火焰四起,烟迷太空。睦、赵二将驱兵来救。操勒马回战,二将抵敌不住,皆被曹军所杀,粮草尽行烧绝。淳于琼被擒见操,操命割去其耳鼻手指,缚于马上,放回绍营以辱之⑩。

却说袁绍在帐中,闻报正北上火光满天,知是乌巢有失,急出帐召文武各官,商议遣兵往救。张郃曰:"某与高览同往救之。"郭图曰:"不可。曹军劫粮,曹操必然亲往;操既自出,寨必空虚。可纵兵先击曹操之寨,操闻之必速还。此孙膑'围魏救韩'之计也。"张郃曰:"非也,曹操多谋,外出必为内备,以防不虞。今若攻操营而不拔,琼等见获,吾属皆被擒矣。"⑪郭图曰:"曹操只顾劫粮,岂留兵在寨耶!"再三请劫曹营。绍乃遣张郃、高览引军五千,往官渡击曹营;遣蒋奇领兵一万,往救乌巢。

且说曹操杀散淳于琼部卒,尽夺其衣甲旗帜,伪作淳于琼部下败军回寨。至山僻小路,正遇蒋奇军马。奇军问之,称是乌巢败军奔回,奇遂不疑,驱马径过。张辽、许褚忽至,大喝"蒋奇休走!"奇措手不及,被张辽斩于马下,尽杀蒋奇之兵。又使人当先伪报云:"蒋奇已自杀散乌巢兵了。"袁绍因不复遣人接应乌巢,只添兵往官渡。

却说张郃、高览攻打曹营,左边夏侯惇,右边曹仁,中路曹洪,一齐冲出。三下攻击,袁军大败。比及接应军到,曹操又从背后杀来,四下围住掩杀,张郃、高览夺路走脱。袁绍收得乌巢败残军马归寨,见淳于琼耳鼻皆无,手足尽落。绍问:"如何失了乌巢?"败军告说:"淳于琼醉卧,因此不能抵敌。"绍怒,立斩之。郭图恐张郃、高览回寨证对是非,先于袁绍前谮曰:"张郃、高览,见主公兵败,心中必喜。"绍曰:"何出此言?"图曰:"二人素有降曹之意,今遣击寨,故意不肯用力,以致损折士卒。"绍大怒,遂遣使急召二人归寨问罪。郭图先使人报二人云:"主公将杀汝矣。"及绍使至,高览问曰:"主公唤我等为何?"使者曰:"不知何故。"览遂拔剑斩来使。郃大惊,览曰:"袁绍听信谗言,必为曹操所擒,吾等岂可坐而待死?不如去投曹操。"郃曰:"吾亦有此心久矣。"于是二人领本部兵马,往曹操寨中投降。夏侯惇曰:"张、高二人来降,未知虚实。"操曰:"吾以恩遇之,虽有异心,亦可变矣。"遂开营门命二人入。二人倒戈卸甲,拜伏于地。⑫操曰:"若使袁绍肯从二将军之言,不至有败。今二将军肯来相投,如微子去殷,韩信归汉也。"遂封张郃为偏将军、都亭侯,高览为偏将军、东莱侯,二人大喜。

却说袁绍既去了许攸,又去了张郃、高览,又失了乌巢粮,军心皇皇。许攸又劝曹操作速进兵;张郃、高览请为先锋,操从之。即令张郃、高览领兵往劫绍寨。当夜三更时分,出军三路劫寨,混战到明,各自收兵,绍军折其大半。荀攸献计曰:"今可扬言调拨人马,一

⑪ **张郃以巧变为称**
陈寿作《三国志·魏书》卷十七,列张辽、乐进、于禁、张郃和徐晃为一卷,称之为"太祖建兹武功,而时之良将、五子为先"。其中张郃"以巧变为称"。张郃很有见地,官渡相持,"郃说绍曰:'公(曹操)虽连胜,然勿与曹公战也,密遣轻骑钞绝其南,则兵自败矣。'绍不从之。"(《汉晋春秋》)此处提出以重兵救乌巢,亦是高明处。郃后降曹操,乃是一大转机,"绍众于是大溃"。

⑫ **荀攸接纳张郃、高览降**
时曹操亲赴乌巢烧粮未归,留营主持者为荀攸、曹洪,"郃之来,洪疑不敢受,攸谓洪曰:'郃计不用,怒而来,君何疑?'乃受之。"(《三国志·魏书·荀攸传》)

⑬ **曹操学汉光武毁书**
据《三国志·魏书·武帝纪》:"尽收其辎重图书珍宝,虏其众。公收绍书中,得许下及军中人书,皆焚之。"曹操说,"当绍之强,孤犹不能自保,而况众人乎"(《魏氏春秋》)!此处曹操乃借鉴汉光武帝故事。汉光武帝在河北消灭曾比他强大得多的王郎后,就将缴获的本部将吏私通王郎的书信,不予翻阅,一律销毁,以致人心大安。但据《三国志·魏书·赵俨传》引《魏略》,则称曹操入邺城,搜查逢纪衙门。"太祖北拒袁绍,时远近无不私遗笺记,通意于绍者。俨与领阳安太守李通同治,通亦欲遣使。俨为陈绍必败意,通乃止。乃绍破走,太祖使人搜阅纪记室,唯不见通书疏,阴知俨必为之计,乃曰:'此必赵伯然也'。"此事裴松之以为与本传相悖,"若故使人搜阅,知其有无,则非

所以安人情也。疑此语为不然"。其实，前者破绍，乃汉建安五年(200)冬十月焚乌巢粮，绍众虽大溃，但仍据有河北诸州，尚有实力。后者乃建安九年八月，占领邺城，前后相隔四年，盖此时情况不同，故《魏略》说是。

⑭ 沮授倡导"挟天子以令诸侯"

汉兴平二年(195)，献帝渡河居安邑(山西夏阳西北)。诸侯争向问安。袁绍也派使者朝见，"绍遣颍川郭图使焉。图还说绍迎天子都邺，绍不从"(《三国志·魏书·袁绍传》)。一作迎天子策为沮授建议，《献帝传》："沮授说绍曰：'将军累叶辅弼，世济忠义。今朝廷播越，宗庙毁坏，观诸州郡外托义兵，内图相灭，未有存主恤民者。且今州城粗定，宜迎大驾，安宫邺都，挟天子而令诸侯，畜士马以讨不庭，谁能御之！'绍悦，将从之。郭图、淳于琼曰：'汉室陵迟，为日久矣，今欲兴之，不亦难乎！且今英雄据有州郡，众动万计，所谓秦失其鹿，先得者王。若迎天子以自近，动辄表闻，从之则权轻，违之则拒命，非计之善者也。'授曰：'今迎朝廷，於义人也，又于时宜大计也，若不早图，必有先人者也。夫权不失机，功在速捷，将军其图之！'绍弗能用。"据《后汉书·袁绍传》，沮授之建议，乃在兴平二年冬，献帝为李傕等所追于曹阳，"沮授说绍迎天子"。是说且在郭图之前。裴松之据《献帝传》，界定"沮授之计则与本传违也"。陈寿云以为郭图为沮授之误植。其实，沮授、郭图先后劝说袁绍，盖郭图虽曾持异议，但自河东归来，亦认同此说。又，此说在袁绍军中，多认为出自田丰，见《三国志·魏书·武帝纪》裴注。由此可见袁绍谋士们多有此见识，惜乎袁绍不用。按，"挟天子以令天下"，原句系出自《战国策·司马错论伐蜀》。当时秦惠王要扩充疆域，召集臣下商议。张仪主张远交近攻，亲魏善楚伐韩，借辅周为名，取其九鼎，"挟天子以令天下，天下莫敢不听"。张仪建议后来未采纳，但作为纵横权术，后世多加应用。

路取酸枣、攻邺郡；一路取黎阳，断袁兵归路。袁绍闻之，必然惊惶，分兵拒我。我乘其兵动时击之，绍可破也。"操用其计，使大小三军，四远扬言。绍军闻此信，来寨中报说："曹操分兵两路，一路取邺郡，一路取黎阳去也。"绍大惊，急遣袁谭分兵五万救邺郡，辛明分兵五万救黎阳，连夜起行。曹操探知袁绍兵动，便分大队军马，八路齐出，直冲绍营。袁军俱无斗志，四散奔走，遂大溃。袁绍披甲不迭，单衣幅巾上马；幼子袁尚后随。张辽、许褚、徐晃、于禁四员将引军追赶袁绍，绍急渡河，尽弃图书、车仗、金帛，止引随行八百余骑而去。操军追之不及，尽获遗下之物。所杀八万余人，血流盈沟；溺水死者，不计其数。操获全胜，将所得金宝缎匹，给赏将士。于图书中检出书信一束，皆许都及军中诸人与绍暗通之书。左右曰："可逐一点对姓名，收而杀之。"操曰："当绍之强，孤亦不能自保，况他人乎？"遂命尽焚之，更不再问⑬。

却说袁绍兵败而奔，沮授因被囚禁，急走不脱，为曹军所获，擒见曹操。操素与授相识。授见操，大呼曰："授不降也！"操曰："本初无谋，不用君言⑭，君何尚执迷耶？吾若早得足下，天下不足虑也。"因厚待之，留于军中。授乃于营中盗马，欲归袁氏。操怒，乃杀之。授至死，神色不变。操叹曰："吾误杀忠义之士也。"命厚礼殡殓，为建坟安葬于黄河渡口，题其墓曰"忠烈沮君之墓"。后人有诗赞曰：

> 河北多名士，忠贞推沮君。
> 凝眸知阵法，仰面识天文。
> 至死心如铁，临危气似云。
> 曹公钦义烈，特与建孤坟。

操下令攻冀州。正是：

> 势弱只因多算胜，兵强却为寡谋亡。

未知胜负若何，且看下文分解。

第三十一回　曹操仓亭破本初　玄德荆州依刘表

却说曹操乘袁绍之败，整顿军马，迤逦追袭。袁绍幅巾单衣，引八百余骑，奔至黎阳北岸，大将蒋义渠出寨迎接。绍以前事诉与义渠，义渠乃招谕离散之众，众闻绍在，又皆蚁聚，军势复振，议还冀州。军行之次，夜宿荒山。绍于帐中闻远远有哭声，遂私往听之。却是败军相聚，诉说丧兄失弟、弃伴亡亲之苦，各各捶胸大哭，皆曰："若听田丰之言，我等怎遭此祸！"绍大悔曰："吾不听田丰之言，兵败将亡，今回去，有何面目见之耶？"次日，上马正行间，逢纪引军来接。绍对逢纪曰："吾不听田丰之言，致有此败。吾今归去，羞见此人。"逢纪因谮曰："丰在狱中闻主公兵败，抚掌大笑曰：'果不出吾之料！'"袁绍大怒曰："竖儒怎敢笑我？我必杀之！"遂命使者赍宝剑先往冀州狱中杀田丰。

却说田丰在狱中，一日，狱吏来见丰曰："与别驾贺喜。"丰曰："何喜可贺？"狱吏曰："袁将军大败而回，君必见重矣。"丰笑曰："吾今死矣！"狱吏问曰："人皆为君喜，君何言死也？"丰曰："袁将军外宽而内忌，不念忠诚。若胜而喜，犹能赦我；今战败则羞，吾不望生矣。"狱吏未信。忽使者赍剑至，传袁绍命，欲取田丰之首，狱吏方惊。丰曰："吾固知必死也。"狱吏皆流泪。丰曰："大丈夫生于天地间，不识其主而事之，是无智也。今日受死，夫何足惜！"乃自刎于狱中。后人有诗曰：

> 昨朝沮授军中失，今日田丰狱内亡。
>
> 河北栋梁皆折断，本初焉不丧家邦！

田丰既死，闻者皆为叹惜。

袁绍回冀州，心烦意乱，不理政事。其妻刘氏劝立后嗣。绍所生三子：长子袁谭，字显思，出守青州；次子袁熙，字显奕，出守幽州；三子袁尚，字显甫，是绍后妻刘氏所生，生得形貌俊伟，绍甚爱之，因此留在身边。自官渡兵败之后，刘氏劝立尚为后嗣，绍乃与审配、逢纪、辛评、郭图四人商议。原来审、逢二人，向辅袁尚；辛、郭二人，向辅袁谭。四人各为其主。当下袁绍谓四人曰:"今外患未息,内事不可不早定,吾将议立后嗣。长子谭,为人性刚好杀;次子熙,为人柔懦难成;三子尚,有英雄之表,礼贤敬士,吾欲立之。公等之意若何?"郭图曰:"三子之中谭为长,今又居外,主公若废长立幼,此乱萌也。今军威稍挫,敌兵压境,岂可复使父子兄弟自相争乱耶?主公且理会拒敌之策,立嗣之事,毋容多议。"袁绍踌躇未决。忽报袁熙引兵六万自幽州来,袁谭引兵五万自青州来,外甥高干亦引兵五万自并州来,各至冀州助战。绍喜,再整人马来战曹操。

① 占候学制造曹操是真人

汉魏奉行占候学,由此据星象变异制造能人杰士,所谓"故汉法常以岁星候人主。当有圣主起至此州,以致中兴"(《三国志·蜀书·先主传》)。由此制造曹操"其锋不可当。至是凡五十年,而公破绍,天下莫敌矣"(《魏书·武帝纪》)。

② 袁尚岂能射死史涣

据史传,史涣久随曹操,从未隶属于徐晃,其任中领军职位还高于徐晃之偏将军。此处所称隶属,或据《三国志·魏书·徐晃传》。"与史涣斩眭固于河内","又与史涣击袁绍运车于故市"。史涣更非袁尚所属杀。他是病死的。《三国志·魏书·夏侯惇传》引王沈《魏书》称"史涣字公刘。少任侠,有雄气。太祖初起,以客从,行中军校尉,从征伐,常监诸营,见亲信,转拜中领军。十四年薨。"

③ 仓亭之战的"十面埋伏"

此战所谓"十面埋伏"乃是据元杂剧韩信九里山故事围困项羽故事虚构。此中曹军十队人马统师,均随意为之,如夏侯惇时为河南尹,在许都或洛阳,夏侯渊时在颍川太守任上。有记录直接参加官渡之战的仅乐进、于禁(守延津、与袁军长期相扼)、徐晃(与史涣在延津附近)和曹洪(在密县附近)等人。

时操引得胜之兵,陈列于河上,有土人箪食壶浆以迎之。操见父老数人,须发尽白,乃命入帐中赐坐,问之曰:"老丈多少年纪?"答曰:"皆近百岁矣。"操曰:"吾军士惊扰汝乡,吾甚不安。"父老曰:"桓帝时,有黄星见于楚、宋之分,辽东人殷馗善晓天文,夜宿于此,对老汉等言:'黄星见于乾象,正照此间,后五十年,当有真人起于梁、沛之间。'今以年计之,整整五十年。袁本初重敛于民,民皆怨。丞相兴仁义之兵,吊民伐罪,官渡一战,破袁绍百万之众,正应当时殷馗之言,兆民可望太平矣。①"操笑曰:"何敢当老丈所言?"遂取酒食绢帛赐老人而遣之。号令三军,如有下乡杀人家鸡犬者,如杀人之罪。于是军民震服,操亦心中暗喜。

人报袁绍聚四州之兵,得二三十万,前至仓亭下寨。操提兵前进,下寨已定。次日,两军相对,各布成阵势。操引诸将出阵,绍亦引三子一甥及文官武将出到阵前。操曰:"本初计穷力尽,何尚不思投降?直待刀临项上,悔无及矣!"绍大怒,回顾众将曰:"谁敢出马?"袁尚欲于父前逞能,便舞双刀飞马出阵,来往奔驰。操指问众将曰:"此何人?"有识者答曰:"此袁绍三子袁尚也。"言未毕,一将挺枪早出。操视之,乃徐晃部将史涣也。两骑相交,不三合,尚拨马刺斜而走,史涣赶来,袁尚拈弓搭箭,翻身背射,正中史涣左目,坠马而死②。袁绍见子得胜,挥鞭一指,大队人马拥将过来混战。大杀一场,各鸣金收军还寨。

操与诸将商议破绍之策。程昱献"十面埋伏"之计,劝操:"退军于河上,伏兵十队,诱绍追至河上;我军无退路,必将死战,可胜绍矣。"操然其计,左右各分五队。左:一队夏侯惇、二队张辽、三队李典、四队乐进、五队夏侯渊;右:一队曹洪、二队张郃、三队徐晃、四队于禁、五队高览。中军许褚为先锋。次日,十队先进,埋伏左右已定③。至半夜,操令许褚引兵前进，伪作劫寨之势。袁绍五寨人马一齐俱起，许褚回军便走，袁绍引军赶来，喊声不绝。比及天明，赶至河上，曹军无去路。操大呼曰："前无去路，诸军何不死战！"众军回身奋力向前，许褚飞马当先，力斩十数将，袁军大乱。袁绍退军急回，背后曹军赶来。正行间，一声鼓响，左边夏侯渊，右边高览，两军冲出。袁绍聚三子一甥，死冲血路奔走。又行不到十里，左边乐进，右边于禁杀出，杀得袁军尸横遍野，血流成渠。又行不到数里，左边李典，右边徐晃，两军截杀一阵。袁绍父子胆丧心惊，奔入旧寨，令三军造饭。方欲待食，左边张辽，右边张郃，径来冲寨。绍慌上马，前奔仓亭，人马困乏，欲待歇息，后面曹操大军赶来，袁绍舍命而走。正行之间，右边曹洪，左边夏侯惇，挡住去路。绍大呼曰："若不决死战，必为所擒矣！"奋力冲突，得脱重围，袁熙、高干皆被箭伤，军马死亡殆尽④。绍抱三子痛哭一场，不觉昏倒，众人急救，绍口吐鲜血不止，叹曰："吾自历战数十场，不意今日狼狈至此，此天丧吾也！汝等各回本州，誓与曹贼一决雌雄！"便教辛评、郭图火急随袁谭前往青州整顿，恐曹操犯境；令袁熙仍回幽州，高干仍回并州，各去收拾人马以备调用。袁绍引袁尚等入冀州养病，令尚与审配、逢纪暂掌军事。

却说曹操自仓亭大胜，重赏三军，令人探察冀州虚实。细作回报，绍卧病在床，袁尚、审配紧守城池，袁谭、袁熙、高干皆回本州。众皆劝操急攻之。操曰："冀州粮食极广，审配又有机谋，未可急拔。现今禾稼在田，恐废民业，姑待秋成后取之未晚。"正议间，忽荀彧有书到，报说："刘备在汝南得刘辟、龚都数万之众，闻丞相提军出征河北，乃令刘辟守汝南，备亲自引兵乘虚来攻许昌。丞相可速回军御之。"操大惊，留曹洪屯兵河上，虚张声势，操自提大兵往汝南来迎刘备。

却说玄德与关、张、赵云等引兵欲袭许都，行近穰山地面，正遇曹兵杀来，玄德便于穰山下寨。军分三队：云长屯兵于东南角上，张飞屯兵于西南角上，玄德与赵云于正南立寨。曹操兵至，玄德鼓噪而出。操布成阵势，叫玄德打话。玄德出马于门旗下，操以鞭指骂曰："吾待汝为上宾，汝何背义忘恩？"玄德曰："汝托名汉相，实为国贼！吾乃汉室宗亲，奉天子密诏，来讨反贼！"遂于马上朗诵衣带诏。操大怒，教许褚出战，玄德背后赵云挺枪出马，二将相交三十合，不分胜负。忽然喊声大震，东南角上云长冲突而来，西南角上张飞引军冲突而来，三处一齐掩杀⑤。

④ 仓亭之战伤亡不详

仓亭（山东阳谷境），津渡名，为黄河渡口。按有关仓亭战役，仅见于《三国志·魏书·武帝纪》，汉建安"六年夏四月，扬兵河上，击绍仓亭军，破之。绍归，复收散卒，攻定诸叛郡县。"由此，可见仓亭战役乃曹操出兵攻打仓亭的一次规模不大的战役，袁绍父子并未参加，也未见有伤亡详况。袁绍仍未损失实力，他仍有兵力安定河北。如《演义》说。古代战争习惯于虚报对方死伤人数，"破贼文书，旧以一为十，及（国）渊上首级，如其实数"（《三国志·魏书·国渊传》）。所以虚报，实乃当时战将之通病，此叙仓亭之战记述从简也。

⑤ 刘备两翼布阵乃学李牧事

按此战细节不见于史传，或见自《史记·廉颇蔺相如列传》，内称赵将李牧守边，"多为奇阵"，此奇阵即"张左右翼击之"，即不将主力按常规集中于中军为"正兵"，而将主力集中于两翼发动进攻为"奇兵"。

曹军远来疲困，不能抵当，大败而走。玄德得胜回营。

次日，又使赵云搦战。操兵旬日不出。玄德再使张飞搦战，操兵亦不出。玄德愈疑。忽报龚都运粮至，被曹军围住，玄德急令张飞去救。忽又报夏侯惇引军抄背后径取汝南，玄德大惊曰："若如此，吾前后受敌，无所归矣！"急遣云长救之。两军皆去。不一日，飞马来报，夏侯惇已打破汝南，刘辟弃城而走，云长现今被围。玄德大惊。又报张飞去救龚都，也被围住了。玄德急欲回兵，又恐操兵后袭。急报寨外许褚搦战，玄德不敢出战。候至天黑，教军士饱餐，步军先起，马军后随，寨中虚传更点。玄德等离寨约行数里，转过土山，火把齐明，山头上大呼曰："休教走了刘备！丞相在此专等！"玄德慌寻走路，赵云曰："主公勿忧，但跟某来。"赵云挺枪跃马，杀开条路，玄德掣双股剑后随。正战间，许褚追至，与赵云力战，背后于禁、李典又到。玄德见势危，落荒而走。听得背后喊声渐远，玄德望深山僻路，单马逃生。捱到天明，侧首一彪军冲出，玄德大惊，视之，乃刘辟引败军千余骑，护送玄德家小前来，孙乾、简雍、糜芳亦至，诉说："夏侯惇军势甚锐，因此弃城而走。曹兵赶来，幸得云长当住，因此得脱。"玄德曰："不知云长今在何处？"刘辟曰："将军且行，却再理会。"行到数里，一棒鼓响，前面拥出一彪人马，当先大将乃是张郃，大叫："刘备快下马受降！"玄德方欲退后，只见山头上红旗麾动，一军从山坞内拥出，为首大将乃高览也。玄德两头无路，仰天大呼曰："天何使我受此窘极耶！事势至此，不如就死！"欲拔剑自刎。刘辟急止之曰："容某死战，夺路救君。"言讫，便来与高览交锋，战不三合，被高览一刀砍于马下。玄德正慌，方欲自战，高览后军忽然自乱，一将冲阵而来，枪起处，高览翻身落马。视之，乃赵云也。玄德大喜，云纵马挺枪，杀散后队，又来前军独战张郃。郃与云战三十余合，拨马败走。云乘势冲杀，却被郃兵守住山隘，路窄不得出。正夺路间，只见云长、关平、周仓引三百军到。两下夹攻，杀退张郃，各出隘口，占住山险下寨。玄德使云长寻觅张飞。原来张飞去救龚都，龚都已被夏侯渊所杀；飞奋力杀退夏侯渊，迤逦赶去，却被乐进引军围住。云长路逢败军，寻踪而去，杀退乐进，与飞同回见玄德。人报曹军大队赶来，玄德教孙乾等保护老小先行，玄德与关、张、赵云在后，且战且走。操见玄德去远，收军不赶。

玄德败军不满一千，狼狈而奔。前至一江，唤土人问之，乃汉江也。玄德权且安营。土人知是玄德，奉献羊酒，乃聚饮于沙滩之上。玄德叹曰："诸君皆有王佐之才，不幸跟随刘备。备之命窘，累及诸君。今日身无立锥，诚恐有误诸君。君等何不弃备而投明主，以取功名乎？"众皆掩面而哭。云长曰："兄言差矣。昔日高祖与项羽争天下，数败于羽，后九里山一战成功，而开四百年基业。胜负兵家之常，何可自隳其志？"孙乾曰："成败有时，不可丧志。此离荆州不远，刘景升坐镇九郡⑥，兵强粮足，更且与公皆汉室宗亲，何不往投之？"玄德曰："但恐不容耳。"乾曰："某愿先往说之，使景升出境而迎主公。"玄德大喜，便令孙乾星夜往荆州，到郡入见刘表⑦。礼毕，刘表问曰："公从玄德，何故至此"？乾曰："刘使君天下英雄，虽兵微将寡，而志欲匡扶社稷。汝南刘辟、龚都素无亲故，亦以死报之。明公

⑥ **刘表据有七郡非九郡**

刘表据九郡误。东汉时荆州辖七郡、州治在南阳。刘表据荆州，州治在襄阳，后曹操分南郡部分，增设襄阳、章陵两郡，始有荆州九郡。此处超前。附荆州于赤壁战后三家分割表。

郡　名	郡治所在地与所辖县	附　　注
南　郡	江陵(湖北江陵)	吴、魏各设郡，曹操设襄阳郡，后吴以南郡之江陵借与刘备
零　陵	泉陵(湖南零陵)辖十三县	属刘备
桂　阳	郴县(湖南郴州)辖十一县	属刘备
武　陵	临沅(湖南常德)	属刘备
长　沙	临湘(湖南长沙)	属刘备，刘备据有四郡，仅能立足，不能发展，所以提出借江陵
江　夏	沙羡(湖北武昌西南)辖十四县	吴、魏各设郡
襄　阳	由南郡分出	属曹操
章　陵	由南郡分出	属曹操
南　阳	宛城(河南南阳)辖三十七县	属曹操

与使君同为汉室之胄，今使君新败，欲往江东投孙仲谋。乾僭言曰：'不可背亲而向疏。荆州刘将军礼贤下士，士归之如水之投东，何况同宗乎！'因此使君特使乾先来拜白，惟明公命之。"表大喜曰："玄德，吾弟也，久欲相会而不可得；今肯惠顾，实为幸甚。"蔡瑁潜曰："不可。刘备先从吕布，后事曹操，近投袁绍，皆不克终，足可见其为人。今若纳之，曹操必加兵于我，枉动干戈。不如斩孙乾之首以献曹操，操必重待主公也。"孙乾正色曰："乾非惧死之人也。刘使君忠心为国，非曹操、袁绍、吕布等比。前此相从，不得已也。今闻刘将军汉朝苗裔，谊切同宗，故千里相投。尔何献谗而妒贤如此耶！"刘表闻言，乃叱蔡瑁曰："吾主意已定，汝勿多言！"蔡瑁惭恨而出。刘表遂命孙乾先往报玄德，一面亲自出郭三十里迎接。玄德见表，执礼甚恭；表亦相待甚厚。玄德引关、张等拜见刘表，表遂与玄德等同入荆州，分拨院宅居住。

却说曹操探知玄德已往荆州投奔刘表，便欲引兵攻之。程昱曰："袁绍未除，而遽攻荆襄，倘袁绍从北而起，胜负未可知矣。不如还兵许都，养军蓄锐。待来年春暖，然后引兵先破袁绍，后取荆

⑦ **刘表并非守土之犬**

汉建安六年(201)，曹操迎立汉献帝于许都(河南许昌)。很多军阀方才懂得个中道理，其中一个是荆州刘表。这年，刘表派步骑万人攻打西鄂(河南南阳东北)，西鄂长杜袭带领五十余人坚守，有时还出击，临阵杀死敌军几百人；杜袭部众也死亡三十多人。他带领全城吏民突围撤至摩陂(河南郏县东北)。杜袭在西鄂的阻击，拖延了荆州军进程，他们见前途渺茫，就回师了。《九州春秋》记录了一个故事：当杜袭率领全城男女守城时，南阳功曹柏孝长也在城里，"闻兵攻声，恐惧，入室闭户，牵被覆头。"半天后，才稍稍露头，天明，侧立而听。两天后，敢于出门打听消息，四五天后，竟也跑到城头上拿起盾牌参加战斗。他对杜袭说："勇气是可以锻炼出来的。"

襄，南北之利，一举可收也。"操然其言，遂提兵回许都。至建安七年春正月，操复商议兴兵。先差夏侯惇、满宠镇守汝南，以拒刘表；留曹仁、荀彧守许都；亲统大军前赴官渡屯扎。

且说袁绍自旧岁感冒吐血症候，今方稍愈，商议欲攻许都。审配谏曰："旧岁官渡、仓亭之败，军心未振，尚当深沟高垒，以养军民之力。"正议间，忽报曹操进兵官渡，来攻冀州。绍曰："若候兵临城下，将至壕边，然后拒敌，事已迟矣。吾当自领大军出迎。"袁尚曰："父亲病体未痊，不可远征。儿愿提兵前去迎敌。"绍许之，遂使人往青州取袁谭，幽州取袁熙，并州取高干，四路同破曹操。正是：才向汝南鸣战鼓，又从冀北动征鼙。未知胜负如何，且听下文分解。

第三十二回　夺冀州袁尚争锋　决漳河许攸献计

　　却说袁尚自斩史涣之后,自负其勇,不待袁谭等兵至,自引兵数万出黎阳,与曹军前队相迎。张辽当先出马,袁尚挺枪来战,不三合,架隔遮拦不住,大败而走。张辽乘势掩杀,袁尚不能主张,急急引军奔回冀州。袁绍闻袁尚败回,又受了一惊,旧病复发,吐血数斗,昏倒在地。刘夫人慌救入卧内,病势渐危。刘夫人急请审配、逢纪直至袁绍榻前,商议后事。绍但以手指而不能言。刘夫人曰:"尚可继后嗣否?"绍点头。审配便就榻前写了遗嘱。绍翻身大叫一声,又吐血斗余而死。后人有诗曰:

　　　　累世公卿立大名,少年意气自纵横。

　　　　空招俊杰三千客,漫有英雄百万兵。

　　　　羊质虎皮功不就,凤毛鸡胆事难成。

　　　　更怜一种伤心处,家难徒延两弟兄。

　　袁绍既死,审配等主持丧事。刘夫人便将袁绍所爱宠妾五人,尽行杀害,又恐其阴魂于九泉之下再与绍相见,刀髡其发,刺其面,毁其尸:其妒恶如此。袁尚恐宠妾家属为害,并收而杀之。审配、逢纪立袁尚为大司马将军,领冀、青、幽、并四州牧,遣使报丧。此时袁谭已发兵离青州,知父死,便与郭图、辛评商议。图曰:"主公不在冀州,审配、逢纪必立显甫为主矣,当速行!"辛评曰:"审、逢二人必预定机谋,今若速往,必遭其祸。"袁谭曰:"若此当何如?"郭图曰:"可屯兵城外,观其动静。某当亲往察之。"谭依言。郭图遂入冀州,见袁尚,礼毕,尚问:"兄何不至?"图曰:"因抱病在军中,不能相见。"尚曰:"吾受父亲遗命,立我为主,加兄为车骑将军[1]。目下曹军压境,请兄为前部,吾随后便调兵接应也。"图曰:"军中无人商议良策,愿乞审正南、逢元图二人为辅。"尚曰:"吾亦欲仗此二人早晚画策,如何离得?"图曰:"然则于二人内遣

① 袁谭自称车骑将军

按汉制,车骑将军为朝廷高官(时曹操兼任车骑将军),据《三国志·魏书·武帝纪》称,袁绍死,"小子尚代,谭自号车骑将军,屯黎阳。"同书《袁绍传》亦称,审配等"奉尚代绍位,谭至,不得立,自号车骑将军,由是谭、尚有隙。"

一人去,何如?"尚不得已,乃令二人拈阄,拈着者便去。逢纪拈着,尚即命逢纪赍印绶,同郭图赴袁谭军中。纪随图至谭军,见谭无病,心中不安,献上印绶。谭大怒,欲斩逢纪。郭图密谏曰:"今曹军压境,且只款留逢纪在此,以安尚心。待破曹之后,却来争冀州不迟。"谭从其言,即时拔寨起行,前至黎阳,与曹军相抵。谭遣大将汪昭出战,操遣徐晃迎敌。二将战不数合,徐晃一刀斩汪昭于马下。曹军乘势掩杀,谭军大败。谭收败军入黎阳,遣人求救于尚。尚与审配计议,只发兵五千余人相助。曹操探知救军已到,遣乐进、李典引兵于半路接着,两头围住,尽杀之。袁谭知尚止拨兵五千,又被半路坑杀,大怒,乃唤逢纪责骂。纪曰:"容某作书致主公,求其亲自来救。"谭即令纪作书,遣人到冀州致袁尚。尚与审配共议,配曰:"郭图多谋,前次不争而去者,为曹军在境也。今若破曹,必来争冀州矣。不如不发救兵,借操之力以除之。"尚从其言,不肯发兵。使者回报,谭大怒,立斩逢纪,议欲降曹。

早有细作密报袁尚。尚与审配议曰:"使谭降曹,并力来攻,则冀州危矣。"乃留审配并大将苏由固守冀州,自领大军来黎阳救谭。尚问军中:"谁敢为前部?"大将吕旷、吕翔兄弟二人愿去。尚点兵三万,使为先锋,先至黎阳。谭闻尚自来,大喜,遂罢降曹之议。谭屯兵城中,尚屯兵城外,为掎角之势。不一日,袁熙、高干皆领军到城外,屯兵三处,每日出兵与操相持。尚屡败,操兵屡胜。至建安八年春二月,操分路攻打,袁谭、袁熙、袁尚、高干皆大败,弃黎阳而走。操引兵追至冀州,谭与尚入城坚守;熙与干离城三十里下寨,虚张声势。操兵连日攻打不下。郭嘉进曰:"袁氏废长立幼,而兄弟之间权力相并,各自树党,急之则相救,缓之则相争。不如举兵南向荆州,征讨刘表,以候袁氏兄弟之变;变成而后击之,可一举而定也。"操善其言,命贾诩为太守,守黎阳;曹洪引兵守官渡。操引大军向荆州进兵。

谭、尚听知曹军自退,遂相庆贺。袁熙、高干各自辞去。袁谭与郭图、辛评议曰:"我为长子,反不能承父业;尚乃继母所生,反承大爵。心实不甘。"图曰:"主公可勒兵城外,只做请显甫、审配饮酒,伏刀斧手杀之,大事定矣。[2]"谭从其言。适别驾王修自青州来,谭将此计告之。修曰:"兄弟者,左右手也。今与他人争斗,断其右手,而曰我必胜,安可得乎?夫弃兄弟而不亲,天下其谁亲之?彼谗人离间骨肉,以求一朝之利,愿塞耳勿听也!"谭怒,叱退王修,使人去请袁尚。尚与审配商议,配曰:"此必郭图之计也。主公若往,必遭奸计;不如乘势攻之。"袁尚依言,便披挂上马,引兵五万出城。袁谭见袁尚引军来,情知事泄,亦即披挂上马,与尚交锋。尚见谭大骂,谭亦骂曰:"汝药死父亲,篡夺爵位,今又来杀兄耶!"二人亲自交锋,袁谭大败。尚亲冒矢石,冲突掩杀。谭引败军奔平原,尚收兵还。袁谭与郭图再议进兵,令岑璧为将,领兵前来。尚自引兵出冀州。两阵对圆,旗鼓相望。璧出骂阵,尚欲自战,大将吕旷拍马舞刀,来战

② **郭图建议刀斧手预伏杀袁尚**
此即鸿门宴之故技也,亦见自先秦史籍。《演义》却一成不变,多次用之,以后还有鲁肃为单刀会关羽设伏、周瑜为宴请刘备设伏(京剧为《黄鹤楼》)。马超为说客李恢设伏,出此下策,如同一辙,其实此乃农耕社会兵家单向思维定势,多属莫须有也。

岑璧。二将战无数合，旷斩岑璧于马下。谭兵又败，再奔平原。审配劝尚进兵，追至平原。谭抵当不住，退入平原，坚守不出。尚三面围城攻打。谭与郭图计议。图曰："今城中粮少，彼军方锐，势不相敌。愚意可遣人投降曹操，使操将兵攻冀州，尚必还救。将军引兵夹攻之，尚可擒矣。若操击破尚军，我因而敛其军实以拒操。操军远来，粮食不继，必自退去。我可以仍据冀州，以图进取也。"谭从其言。问曰："何人可为使？"图曰："辛评之弟辛毗，字佐治，见为平原令。此人乃能言之士，可命为使。"谭即召辛毗，毗欣然而至。谭修书付毗，使三千军送毗出境，毗星夜赍书往见曹操。

时操屯军西平伐刘表，表遣玄德引兵为前部以迎之。未及交锋，辛毗到操寨。见操礼毕，操问其来意。毗具言袁谭相求之意，呈上书信。操看书毕，留辛毗于寨中，聚文武计议。程昱曰："袁谭被袁尚攻击太急，不得已而来降，不可准信。"吕虔、满宠亦曰："丞相既引兵至此，安可复舍表而助谭？"荀攸曰："三公之言未善。以愚意度之：天下方有事，而刘表坐保江、汉之间，不敢展足，其无四方之志可知矣；袁氏据四州之地，带甲数十万，若二子和睦，共守成业，天下事未可知也。今乘其兄弟相攻，势穷而投我；我提兵先除袁尚，后观其变，并灭袁谭，天下定矣。此机会不可失也。"操大喜，便邀辛毗饮酒，谓之曰："袁谭之降，真耶诈耶？袁尚之兵，果可必胜耶？"毗对曰："明公勿问真与诈也，只论其势可耳。袁氏连年丧败，兵革疲于外，谋臣诛于内；兄弟谗隙，国分为二；加之饥馑并臻，天灾人困；无问智愚，皆知土崩瓦解。此乃天灭袁氏之时也。今明公提兵攻邺，袁尚不还救，则失巢穴；若还救，则谭踵袭其后。以明公之威，击疲惫之众，如迅风之扫秋叶也。不此之图，而伐荆州。荆州丰乐之地，国和民顺，未可动摇。况四方之患，莫大于河北。河北既平，则霸业成矣。愿明公详之。"操大喜曰："恨与辛佐治相见之晚也！"即日督军还取冀州。玄德恐操有谋，不敢追袭，引兵自回荆州。

却说袁尚知曹军渡河，急急引军还邺，命吕旷、吕翔断后。袁谭见尚退军，乃大起平原军马，随后赶来。行不到数十里，一声炮响，两军齐出：左边吕旷，右边吕翔，兄弟二人截住袁谭。谭勒马告二将曰："吾父在日，吾并未慢待二将军，今何从吾弟而见逼耶？"二将闻言，乃下马降谭。谭曰："勿降我，可降曹丞相。"二将因随谭归营。谭候操军至，引二将见操，操大喜，以女许谭为妻③，即令吕旷、吕翔为谋。谭请操攻取冀州。操曰："方今粮草不接，搬运劳苦，我由济河，遏淇水入白沟，以通粮道，然后进兵。"令谭且居平原。操引军退屯黎阳，封吕旷、吕翔为列侯，随军听用。郭图谓袁谭曰："曹操以女许婚，恐非真意。今又封赏吕旷、吕翔，带去军中，此乃牢笼河北人心，后必终为我祸。主公可刻将军印二颗，暗使人送与二吕，令作内应。待操破了袁尚，可乘便图之。"谭依言，遂刻将军印二颗，暗送与二吕。二吕

③ **曹操以子与袁谭通婚**

据《三国志·魏书·武帝纪》说，曹操因袁谭乞援，由西平还。建安八年(203)"冬十月，到黎阳，为子整与谭结婚。"袁谭当即送女完婚。后曹操包围邺城，袁谭乘机获取多地，"公遗谭书，责以负约，与之绝婚，女还，然后进军。"十年春，在南皮（河北南皮），阵斩袁谭，"诛其妻子"。

受讫，径将印来禀曹操。操大笑曰："谭暗送印者，欲汝等为内助，待我破袁尚之后，就中取事耳。汝等且权受之，我自有主张。"自此曹操便有杀谭之心。

且说袁尚与审配商议："今曹兵运粮入白沟，必来攻冀州，如之奈何？"配曰："可发檄使武安长尹楷屯毛城，通上党运粮道；令沮授之子沮鹄守邯郸，遥为声援。主公可进兵平原，急攻袁谭。先绝袁谭，然后破曹。"袁尚大喜。留审配与陈琳守冀州，使马延、张颚二将为先锋，连夜起兵攻打平原。谭知尚兵来近，告急于操。操曰："吾今番必得冀州矣！"正说间，适许攸自许昌来，闻尚又攻谭，入见操曰："丞相坐守于此，岂欲待天雷击杀二袁乎？"操笑曰："吾已料定矣。"遂令曹洪先进兵攻邺，操自引一军来攻尹楷。兵临本境，楷引军来迎。楷出马，操曰："许仲康安在？"许褚应声而出，纵马直取尹楷。楷措手不及，被许褚一刀斩于马下。余众奔溃，操尽招降之，即勒马取邯郸。沮鹄进兵来迎，张辽出马与鹄交锋，战不三合，鹄大败，辽从后追赶。两马相离不远，辽急取弓射之，应弦落马。操指挥军马掩杀，众皆奔散。于是操引大军前抵冀州。曹洪已近城下。操令三军绕城筑起土山，又暗掘地道以攻之。审配设计坚守，法令甚严。东门守将冯礼，因酒醉有误巡警，配痛责之。冯礼怀恨，潜地出城降操。操问破城之策，礼曰："突门内土厚，可掘地道而入。"操便命冯礼引三百壮士，黄夜掘地道而入。

却说审配自冯礼出降之后，每夜亲自登城点视军马。当夜在突门阁上，望见城外无灯火。配曰："冯礼必引兵从地道而入也。"急唤精兵运石击突闸门；门闭，冯礼及三百壮士，皆死于土内。操折了这一场，遂罢地道之计，退军于洹水之上，以候袁尚回兵。袁尚攻平原，闻曹操已破尹楷、沮鹄，大军围困冀州，乃掣兵回救。部将马延曰："从大路去，曹操必有伏兵。可取小路，从西山出滏水口去劫曹营，必解围也。"尚从其言，自领大军先行，令马延与张颚断后。早有细作去报曹操。操曰："彼若从大路上来，吾当避之；若从西山小路而来，一战可擒也。吾料袁尚必举火为号，令城中接应。吾可分兵击之。"于是分拨已定。

却说袁尚出滏水界口，东至阳平，屯军阳平亭，离冀州十七里，一边靠着滏水。尚令军士堆积柴薪干草，至夜焚烧为号。遣主簿李孚扮作曹军都督，直至城下，大叫："开门！"审配认得是李孚声音，放入城中，说："袁尚已陈兵在阳平亭，等候接应；若城中兵出，亦举火为号。"配教城中堆草放火，以通音信。孚曰："城中无粮，可发老弱残兵并妇人出降，彼必不为备；我即以兵继百姓之后出攻之。"配从其论。次日，城上竖起白旗，上写"冀州百姓出降"。操曰："此是城中无粮，教老弱百姓出降，后必有兵出也。"操教张辽、徐晃各引三千军马，伏于两边。操自乘马、张麾盖至城下，果见城门开处，百姓扶老携幼，手持白旗而出。百姓才出尽，城中兵突出。操教将红旗一招，张辽、徐晃两路兵齐出乱杀，城中兵只得复回。操自飞马赶来，到吊桥边，城中弩箭如雨，射中操盔，险透其顶。众将急救回阵。操更衣换马，引众将来攻尚寨，尚自迎敌。时各路军马一齐杀至，两军混战，袁尚大败。尚引败兵退往西山下寨，令人催取马延、张颌军来。不知曹操已使吕旷、吕翔去招安二将;二将随二吕来降,操亦封为列侯。即日进兵攻打西山,先使二吕、马延、张颌截断袁尚粮道。尚情知西山守不住,夜走滥口。安营未定,四下火光并起,伏兵齐出,人不及甲,马不及鞍,尚军大溃,退走五十里。势穷力极,只得遣豫州刺史阴夔至操营请降。操佯许之④,却连夜使张辽、徐晃去劫寨,尚尽弃印绶、节钺、衣甲、辎重,望中山门逃。

操回军攻冀州,许攸献计曰:"何不决漳河之水以淹之?"操然其计,先差军于城外掘壕堑,周围四十里。审配在城上见操军在城外掘堑,却掘得甚浅。配暗笑曰:"此欲决漳河之水以灌城耳。壕深可灌,如此之浅,有何用哉!"遂不为备。当夜曹操添十倍军士,并力发掘。比及天明,广深二丈,引漳水灌之,城中水深数尺;更兼粮绝,军士皆饿死⑤。辛毗在城外,用枪挑袁尚印绶衣服,招安城内之人。审配大怒,将辛毗家属老小八十余口,就于城上斩之,将头掷下。辛毗号哭不已。审配之侄审荣,素与辛毗相厚,见辛毗家属被害,心中怀忿,乃密写献门之书,拴于箭上,射下城来。军士拾献辛毗,毗将书献操。操先下令:如入冀州,休得杀害袁氏一门老小;军民降者免死。

次日天明,审荣大开西门,放曹兵入。辛毗跃马先入,军将随后,杀入冀州。审配在东南城楼上,见操军已入城中,引数骑下城死战。正迎徐晃交马,徐晃生擒审配,绑出城来。路逢辛毗,毗咬牙切齿,以鞭鞭配首曰:"贼杀才! 今日死矣!"配大骂辛毗:"贼徒! 引曹操破我冀州,我恨不杀汝也!"徐晃解配见操。操曰:"汝知献门接我者乎?"配曰:"不知。"操曰:"此汝侄审荣所献也。"配怒曰:"小儿不行,乃至于此!"操曰:"昨孤至城下,何城中弩箭之多耶?"配曰:"恨少! 恨少!"操曰:"卿忠于袁氏,不容不如此。今肯降吾否?"配曰:"不降! 不降!"辛毗哭拜于地曰:"家属八十余口,尽遭此贼杀害,愿丞相戮之,以雪此恨!"审配曰:"吾生为袁氏臣,死为袁氏鬼,不似汝辈谗谄阿谀之贼! 可速斩我!"操教牵出。临受刑,叱行刑者曰:"吾主在北,不可使吾面南而死!"乃向北跪,引颈就刃。后人有诗叹曰:

> 河北多名士,谁如审正南!
> 命因昏主丧,心与古人参。
> 忠直言无隐,廉能志不贪。
> 临亡犹北面,降者尽羞惭。

④ **曹操佯许袁尚投降**
此又示曹操高明处。据《史记·淮阴侯传》,韩信攻齐,乘齐王已听郦生言投降而不设备,"遂渡河,齐已听郦生,即留纵酒,罢备汉守御。信因袭齐历下军,遂至临菑"。后初唐李靖、李勣即循韩信策,《旧唐书·李勣传》,"今诏使唐俭至彼,其必弛备,我等随后袭之,此不战而平贼矣",《李靖传》亦称:"此兵机也,时不可失,韩信所以破齐也,如唐俭等辈,何足可惜,督军疾进。师至阴山,逼其斥候,千余帐皆俘以随军,颉利见使者大悦,不虞官兵至也。"

⑤ **曹操在决漳河水后大败袁尚**
《演义》作袁尚溃败后曹操始决漳河水,实为时间错位。据《三国志·魏书·袁绍传》,建安九年(204),曹操决漳河之水灌城"自五月至八月,城中饿死者过半,尚闻邺急,将兵万余人救之"。《武帝纪》同,唯救援时间作"七月",想必在七月后,又围攻近月,然后始破城的。

据曹丕《典论》称,曹丕自我介绍,在董卓大乱时,"余时年五岁,上(曹操)以世方扰乱,教余学射,六岁而知射,又教余骑马,八岁而能骑射矣。以时之多故,每征,余常从。"又说因受曹操影响,"余是以少诵诗、论,及长而备历五经、四部、史、汉、诸子百家之言,靡不毕览。"所以《三国志·魏书·文帝纪》评"文帝(曹丕)天资文藻,下笔成章,博闻强识,才艺兼该。"由此他曾对王朗说,"生有七尺之形,死唯一棺之土,唯立德扬名,可以不朽,其次莫如著篇籍。"钟嵘《诗品》界定曹丕诗为中品,列在曹植之下,曹操之上。

审配既死,操怜其忠义,命葬于城北。众将请曹操入城。操方欲起行,只见刀斧手拥一人至,操视之,乃陈琳也。操谓之曰:"汝前为本初作檄,但罪状孤,可也;何乃辱及祖、父耶?"琳答曰:"箭在弦上,不得不发耳。"左右劝操杀之。操怜其才,乃赦之,命为从事。

却说操长子曹丕,字子桓,时年十八岁。丕初生时,有云气一片,其色青紫,圆如车盖,覆于其室,终日不散。有望气者密谓操曰:"此天子气也,令嗣贵不可言。"丕八岁能属文,有逸才,博古通今,善骑射,好击剑⑥。时操破冀州,丕随父在军中,先领随身军,径投袁绍家下马,拔剑而入。有一将当之曰:"丞相有命,诸人不许入绍府。"丕叱退,提剑入后堂。见两个妇人相抱而哭,丕向前欲杀之。正是:

> 四世公侯已成梦,一家骨肉又遭殃。

未知性命如何,且听下文分解。

第三十三回　曹丕乘乱纳甄氏　郭嘉遗计定辽东

　　却说曹丕见二妇人啼哭，拔剑欲斩之。忽见红光满目，遂按剑而问曰："汝何人也？"一妇人告曰："妾乃袁将军之妻刘氏也。"丕曰："此女何人？"刘氏曰："此次男袁熙之妻甄氏也。因熙出镇幽州，甄氏不肯远行，故留于此。"丕拖此女近前，见披发垢面。丕以衫袖拭其面而观之，见甄氏玉肌花貌，有倾国之色。遂对刘氏曰："吾乃曹丞相之子也。愿保汝家，汝勿忧虑。"遂按剑坐于堂上。

　　却说曹操统领众将入冀州城，将入城门，许攸纵马近前，以鞭指城门而呼操曰："阿瞒，汝不得我，安能入此门？"操大笑。众将闻言，俱怀不平。操至绍府门下，问曰："谁入此门来？"守将对曰："世子在内。"操唤出责之。刘氏出拜曰："非世子不能保全妾家，愿献甄氏为世子执箕帚。"操教唤出，甄氏拜于前①。操视之曰："真吾儿妇也！"遂令曹丕纳之②。曹既定冀州，亲往袁绍墓③下设祭，再拜而哭，其哀。顾谓众官曰："昔日吾与本初共起兵时，本初问吾曰：'若事不辑，方面何所可据？'吾问之曰：'足下意欲若何？'本初曰：'吾南据河，北阻燕、代，兼沙漠之众，南向以争天下，庶可以济乎？'吾答曰：'吾任天下之智力，以道御之，无所不可。'此言如昨，而今本初已丧，吾不能不为流涕也！"众皆叹息。操以金帛粮米赐绍妻刘氏。乃下令曰："河北居民遭兵革之难，尽免今年租赋。"一面写表申朝，操自领冀州牧。

　　一日许褚走马入东门，正迎许攸。攸唤褚曰："汝等无我，安能出入此门乎？"褚怒曰："吾等千生万死，身冒血战，夺得城池，汝安敢

① 曹操拟纳甄氏

甄氏为河北无极大宗族，世代簪缨，自甄邯为东汉大将军始，"世吏二千石"（《三国志·魏书·甄皇后传》）。袁绍与之结亲，实含有政治联姻之义。曹操为曹丕迎娶甄氏，亦当是。此处从《三国志》裴注《魏略》，梁章钜以为"此史氏之饰辞也"，可谓中的。因曹操原拟自娶，《世说·惑溺篇》称："曹公之屠邺也，令疾召甄，左右白：'五官中郎将（曹丕）已将去。'公曰：'今年破贼正为奴。'"由是王渔洋有咏官渡诗：别驾亡来事已非，夕阳官渡客行稀；袁家新妇应惆怅，滕与陈王赋宓妃。盖城破家亡，举城皆为奴婢，甄氏岂能幸免？诗人悯其情哀其遇也。据《后汉书·孔融传》："初，曹操攻屠邺城，袁氏妇子多见侵掠，而操子丕纳袁熙妻甄氏，是以可佐证曹军将士入城，大肆掳掠，其中有袁绍，以及审配等家族妇女财产，足见汉魏将士，攻城略地，掳掠之风盛貌。

② 甄氏与曹植《洛神赋》无关

汉建安七年（202），曹操占邺城（河北临漳）。是年，甄氏二十三

岁,曹丕十八岁,而曹植仅十二岁。以年龄计,曹植此时还未懂男女情事。叔嫂间年龄大有差距,且见之于史传,两人可谓风马牛不相及,但传诸后世,却嬗化为情意绵绵的兄弟夺爱三角闹剧。其因当出自唐李善所注《昭明文选》。内称,曹植在甄后死后所写的《洛神赋》,原名《感甄赋》,乃为怀念甄氏而作;称之为《洛神赋》乃是魏明帝曹叡(甄氏之子)所改。由此还编造在甄后赐死后,曹丕还戏弄来朝的曹植,故意赐与甄后的睡枕,以及甄后成为洛水之神与曹植天上人间两相会的情事。盖此种内容创造,实系隋唐传奇模式所建构。

③ **袁绍墓**

《三国志补注》引《冢记》:"袁绍墓,在临漳县西北十八里。绍为冀州牧,卒葬此。"

④ **曹操杀许攸**

据《魏略》,杀许攸者为曹操。"及后得冀州,攸有功焉。攸自恃勋劳,时与太祖戏,每在席,不自限齐,至呼太祖小字,曰:'某甲,卿不得我,不得冀州也。'太祖笑曰:'汝言是也。'然内嫌之。其后从行出邺东门,顾谓左右曰:'此家非得我,则不得出入此门也。'人有白者,遂见收之。"此指有人打了小报告,曹操杀了许攸,其实他是才情显出,又深知曹操早年隐事,遭忌而被杀的。

⑤ **汉末户口减耗**

据《晋书·地理志》:"至桓帝永寿三年(157),一千六十七万七千九百六十户,五千六百四十八万六千八百五十六口。"《通典·食货典》、《通志·食货略》同。但因战争连年和由此而生的饥

夸口!"攸骂曰:"汝等皆匹夫耳,何足道哉!"褚大怒,拔剑杀攸④,提头来见曹操,说:"许攸如此无理,某杀之矣。"操曰:"子远与吾旧交,故相戏耳,何故杀之?"深责许褚,令厚葬许攸。乃令人遍访冀州贤士。冀民曰:"骑都尉崔琰,字季珪,清河东武城人也。数曾献计于袁绍,绍不从,因此托疾在家。"操即召琰为本州别驾从事,因谓曰:"昨按本州户籍,共计三十万众,可谓大州。⑤"琰曰:"今天下分崩,九州幅裂,二袁兄弟相争,冀民暴骨原野。丞相不急存问风俗,救其涂炭,而先计校户籍。岂本州士女所望于明公哉?"操闻言,改容谢之,待为上宾⑥。

操已定冀州,使人探袁谭消息。时谭领兵劫掠甘陵、安平、渤海、河间等处,闻袁尚败走中山,乃统军攻之。尚无心战斗,经奔幽州投袁熙。谭尽降其众,欲复图冀州。操使人召之,谭不至。操大怒,驰书绝其婚,自统大军征之,直抵平原。谭闻操自统军来,遣人求救于刘表。表请玄德商议。玄德曰:"今操已破冀州,兵势正盛,袁氏兄弟不久必为操擒,救之无益。况操常有窥荆、襄之意,我只养兵自守,未可妄动。"表曰:"然则何以谢之?"玄德曰:"可作书与袁氏兄弟,以和解为名,婉词谢之。"表然其言,先遣人以书遗谭。书略曰:

> 君子违难,不适仇国。日前闻君屈膝降操,则是忘先人之仇,弃手足之谊,而遗同盟之耻矣。若冀州不弟,当降心相从。待事定之后,使天下平其曲直,不亦高义耶?

又与袁尚书曰:

> 青州天性峭急,迷于曲直。君当先除曹操,以卒先公之恨。事定之后,乃计曲直,不亦善乎?若迷而不返,则是韩卢、东郭自困于前,而遗田父之获也。

谭得表书,知表无发兵之意,又自料不能敌操,遂弃平原,走保南皮。曹操追至南皮。时天气寒肃,河道尽冻,粮船不能行动。操令本处百姓敲冰拽船,百姓闻令而逃。操大怒,欲捕斩之。百姓闻得,乃亲往营中投首。操曰:"若不杀汝等,则吾号令不行;若杀汝等,吾又不忍。汝等快往山中藏避,休被我军士擒获。"百姓皆垂泪而去。

三国演义

袁谭引兵出城，与曹军相敌。两阵对圆，操出马以鞭指谭而骂曰："吾厚待汝，汝何生异心耶？"谭曰："汝犯吾境界，夺吾城池，赖吾妻子，反说我有异心耶！"操大怒，使徐晃出马，谭使彭安接战。两马相交，不数合，晃斩彭安于马下。谭军败走，退入南皮。操遣军四面围住。谭着慌，使辛评见操约降。操曰："袁谭小子，反覆无常，吾难准信。汝弟辛毗，吾已重用，汝亦留此可也。"评曰："丞相差矣！某闻'主贵臣荣，主忧臣辱'。某久事袁氏，岂可背之？"操知其不可留，乃遣回。评回见谭，言操不准投降。谭叱曰："汝弟现事曹操，汝怀二心耶？"评闻言，气满填胸，昏绝于地。谭令扶起，须臾而死。谭亦悔之。郭图进曰："来日尽驱百姓当先，以军继其后，与曹操决一死战。"谭从其言。当夜尽驱南皮百姓，皆执刀枪听令。

次日平明，大开四门，军在后，驱百姓在前，喊声大举，一齐拥出，直抵曹寨。两军混战，自辰至午，胜负未分，杀人遍地。操见未获全胜，弃马上山，亲自击鼓。将士见之，奋力向前，谭军大败。百姓被杀者无数。曹洪奋威突阵，正迎袁谭，举刀乱砍，谭竟被曹洪杀于阵中[7]。郭图见阵大乱，急驰入城中。乐进望见，拈弓搭箭，射下城壕，人马俱陷。操引兵入南皮，安抚百姓。忽有一彪军来到，乃袁熙部将焦触、张南也。操自引军迎之。二将倒戈卸甲，特来投降。操封为列侯。又黑山贼张燕引军十万来降，操封为平北将军[8]。下令将袁谭首级号令，敢有哭者斩。头挂北门外，一人布冠衰衣，哭于头下。左右拿来见操。操问之，乃青州别驾王修也，因谏袁谭被逐，今知谭死，故来哭之[9]。操曰："汝知吾令否？"修曰："知之。"操曰："汝不怕死耶？"修曰："我生受其禄，今亡而不哭，非义也。畏死忘义，何以立世乎？若得收葬谭尸，受戮无恨。"操曰："河北义士，何其如此之多也！可惜袁氏不能用；若能用，则吾安敢正眼觑此地哉！"遂命收葬谭尸，礼修为上宾，以为司金中郎将。因问之曰："今袁尚已投袁熙，取之当用何策？"修不答。操曰："忠臣也。"问郭嘉，嘉曰："可使袁氏

饿、灾荒和疾疫，此后一百年间，人口递降。建安八年(203)，"是时天下户口减耗，十裁一在"(《三国志·魏书·张绣传》)。《晋书·山涛传》也有称："自初平之元，讫于建安之末，三十年中，万姓流散，死亡略尽，斯乱之极也。"据史传，刘备家乡涿郡在曹丕称帝时，"今涿郡领户三千，孤寡之家，参居其半"(《三国志·魏书·崔林传》)，仅为汉永和五年(140)的三十四分之一；在许都附近的鄢陵，"旧五六万，闻今裁有数百"(《晋书·庾峻传》)。冀州户口为北部诸地之首，由此后来曹丕还打算"徙冀州士家十万户实河南"(《三国志·魏书·辛毗传》)。

⑥ 崔琰长相威仪

据《三国志·魏志·崔琰传》："琰声姿高畅，眉目疏朗，须长四尺，甚有威重。"曹操曾借之为接见外宾替身，"魏武将见匈奴使，以形陋，不足怀远国，使崔季珪(琰)代当之，自捉刀立床头。事毕，使间谍问曰：'魏王何如？'使曰：'魏王雅望非常，然床头捉刀人乃英雄也。'王闻之，驰杀此使。"(《殷芸小说》)

⑦ 袁谭被杀时窘态

"明年正月，急攻之，谭欲出战，军未合而破，谭被发驱驰，追者意非恒人，趋奔之。谭坠马顾曰：咄儿过我，我能富贵汝。言未绝口，头已断地。"(《后汉书·袁绍传》)

⑧ 黑山军活动二十年

黑山军起事于汉中平二年(185)。领袖原系张牛角。张燕，原姓褚，因为轻捷如飞燕，故军号为飞燕，和张牛角联合作战。张牛角战死后，改姓张。"其后人众寝广，常山、赵郡、中山、上党、河内诸山谷皆相通，其小帅孙轻、王当等，各以部众从燕，众至百万，号曰黑山。"(《三国志·魏书·张燕传》)黑山系太行山东一座山，南至河内修武，北至邺城，绵亘几百里，"冈陇绵延，与太行山相接"；"石色苍黑，巉岩峻壁，曲洞回溪，盘行缭绕"(《读史方舆纪要》)。由此被作为根据地，故称黑山军。张燕起事后不久降汉，

曾支持公孙瓒与袁绍争夺冀州，为袁绍击败。汉建安十年(205)，张燕归顺曹操，"遣使求佐王师，拜平北将军，率众诣邺。"黑山军共活动了二十年。

⑨ **官场风行的哭故主**

此处记王修哭袁谭事。按东汉三国多有为故主哭，为长者哭。如《演义》蔡邕哭董卓，脂习哭孔融，与此同时有田畴哭刘虞并袁尚，尔后还有司马孚、陈泰哭曹髦。此处之哭虽违禁令，但最后却仍不责备，并为时人赞赏。它由政治人格嬗递为道德人格，成为一种发扬忠义的伦理文化。盖此等之哭有多元意蕴交错：(一)怀恩报恩；(二)有愧疚处；(三)惋惜、遗恨。它因不带有传媒的煽动性威胁当权者地位，相反且可由此表现当权者的宽宏大度。

⑩ **乌桓触的讹传**

此处系《演义》误植。按《三国志·魏书·袁绍传》，"(袁)熙、尚为其将焦触、张南所攻，奔辽西乌丸。触自号幽州刺史"。而破句为"奔辽西，乌丸触自号幽州刺史"，故也。焦触、张南旋即降曹操，封列侯，后事不详。《演义》称他们死于赤壁之战，乃小说家言。

⑪ **高干先降后叛**

《三国志·魏书·袁绍传》称，袁绍死后，袁谭、袁尚和曹操相持于黎阳，"谭遣郭援、高干于略取河东，太祖使使钟繇率关中诸将讨之"(《三国志·魏书·庞德传》)。在曹操占邺郡后，"高干以并州降，复以干为刺史"(《三国志·魏书·袁绍传》)。建安十年(205)，高干叛，"执上党太守，举兵守壶口关(山西长治北)。"曹操遣乐进、李典讨代，未拔。翌年，曹操亲征。今壶关县东南一百公里、坂长三里盘曲如羊肠，古今一状，由是途中作有乐府《苦寒行》:北上太行山，艰哉何巍巍！羊肠坂诘屈，车轮为之摧。树木何萧瑟，北风声正悲！熊罴对我蹲，虎豹夹路啼。溪谷少人民，雪落何霏霏！延颈长叹息，远行多所怀。

降将焦触、张南等自攻之。"操用其言，随差焦触、张南、吕旷、吕翔、马延、张颚各引本部兵，分三路进攻幽州。一面使李典、乐进会合张燕，打并州，攻高干。

且说袁尚、袁熙知曹兵将至，料难迎敌，乃弃城，引兵星夜奔辽西投乌桓去了。幽州刺史乌桓触⑩，聚幽州众官，歃血为盟，共议背袁向曹之事。乌桓触先言曰："吾知曹丞相当世英雄。今往投降，有不遵令者斩！"依次歃血，循至别驾韩珩。珩乃掷剑于地，大呼曰："吾受袁公父子厚恩，今主败亡，智不能救，勇不能死，于义缺矣！若北面而降曹，吾不为也！"众皆失色。乌桓触曰："夫兴大事，当立大义。事之济否，不待一人。韩珩既有志如此，听其自便。"推珩而出。乌桓触乃出城迎接三路军马，径来降操。操大喜，加为镇北将军。

忽探马来报："乐进、李典、张燕攻打并州，高干守住壶关口，不能下。"操自勒兵前往。三将接着，说干拒关难击。操集众将共议破干之计⑪⑫。荀攸曰："若破干，须用诈降计方可。"操然之，唤降将吕旷、吕翔，附耳低言如此如此。吕旷等引军数十，直抵关下，叫曰："吾等原系袁氏旧将，不得已而降曹。曹操为人诡谲，薄待吾等。吾今还扶旧主，可疾开关相纳。"高干未信，只教二将自上关说话。二将卸甲弃马而入，谓干曰："曹军新到，可乘其军心未定，今夜劫寨，某等愿当先。"干喜，从其言，是夜教二吕当先，引万余军前去。将至曹寨，背后喊声大震，伏兵四起。高干知是中计，急回壶关城，乐进、李典已夺了关。高干夺路走脱，往投单于⑬。操领兵拒住关口，使人追袭高干。干到单于界，正迎北番左贤王⑭。干下马拜伏于地，言："曹操吞并疆土，今欲犯王子地面，万乞救援，同力克复，以保北方。"左贤王曰："吾与曹操无仇，岂有侵我土地？汝欲使我结怨于曹氏耶！"叱退高干。干寻思无路，只得去投刘表。行至上洛，被都尉王琰所杀，将头解送曹操。操封琰为列侯。

并州既定，操商议西击乌桓。曹洪等曰："袁熙、袁尚兵败将亡，势穷力尽，远投沙漠。我今引兵西击，倘刘备、刘表乘虚袭许都，我救应不及，为祸不浅矣。请回师勿进为上。"郭嘉曰：

"诸公所言错矣。主公虽威震天下,沙漠之人,恃其边远,必不设备。乘其无备,卒然击之,必可破也。且袁绍与乌桓有恩,而尚与熙兄弟犹存,不可不除。刘表坐谈之客耳,自知才不足以御刘备,重任之,则恐不能制,轻任之,则备不为用。虽虚国远征,公无忧也。"操曰:"奉孝之言极是。"遂率大小三军,车数千辆,望前进发。但见黄沙漠漠,狂风四起,道路崎岖,人马难行。操有回军之心,问于郭嘉。嘉此时不伏水土,卧病车上。操泣曰:"因我欲平沙漠,使公远涉艰辛,以至染病,吾心何安?"嘉曰:"某感丞相大恩,虽死不能报万一。"操曰:"吾见北地崎岖,意欲回军,若何?"嘉曰:"兵贵神速。今千里袭人,辎重多而难以趋利;不如轻兵兼道以出,掩其不备。但须得识径路者为引导耳。"遂留郭嘉于易州养病,求乡导官以引路。

　　人荐袁绍旧将田畴⑮深知此境,操召而问之,畴曰:"此道秋夏间有水,浅不通车马,深不载舟楫,最难行动。不如回军,从卢龙口越白檀之险,出空虚之地,前近柳城,掩其不备,蹋顿可一战而擒也。"操从其言,封田畴为靖北将军,作乡导官,为前驱。张辽为次,操自押后,倍道轻骑而进。田畴引张辽前至白狼山,正遇袁熙、袁尚会合蹋顿等数万骑前来。张辽飞报曹操,操自勒马登高望之,见蹋顿兵无队伍,参差不整。操谓张辽曰:"敌兵不整,便可击之。"乃以麾授辽。辽引许褚、于禁、徐晃分四路下山,奋力急攻,蹋顿大乱。辽拍马斩蹋顿于马下,余众皆降。袁熙、袁尚引数千骑投辽东去了。

　　操收兵入柳城⑯,封田畴为柳亭侯,以守柳城。畴涕泣曰:"某负义逃窜之人也,蒙厚恩全活,为幸多矣;岂可卖卢龙之寨,以邀赏禄哉!死不敢受侯爵。"操义之,乃拜畴为议郎。操抚慰单于人等,收得骏马万匹,即日回兵。时天气寒且旱,二百里无水,军又乏粮,杀马为食,凿池三四十丈方得水。操回至易州,重赏先曾谏者;因谓众将曰:"孤前者乘危远征,侥幸成功。虽得胜,天所佑也,不可以为法。诸君之谏,乃万安之计,是以相赏。后勿难言。"操到易州时,郭嘉已死数日,停柩在公廨⑰。操往祭之,大哭曰:"奉孝死,乃天丧吾也!"回顾众官曰:"诸

我心何怫郁? 思欲一东归,水深桥梁绝,中路正徘徊。迷惑失故路,薄暮无宿栖。行行日已远,人马同时饥。担囊行取薪,斧冰持作糜。悲彼《东山》诗,悠悠令我哀。(《乐府诗集》)极写征讨之艰巨。

⑫ **马超讨伐高干立功**
马超系讨伐高干出人头地的。汉建安十一年(206),因高干、郭援叛,司隶校尉钟繇奉命讨伐,马超奉父命任钟繇的督军从事出征平阳(山西临汾东),"讨郭援,为飞矢所中,乃以囊囊其足而战,破斩援首"(《三国志·蜀书·马超传》引《典略》)。因此大功,马超被任命为徐州刺史,后任谏议大夫。在马腾由关中至都城任卫尉后,他留驻关中,以偏将军统率马腾旧部。

⑬ **高干往投单于**
高干出奔匈奴单于于境,见《后汉书·袁绍传》:建安"十一年,曹操自征干,干乃留其将守城,自诣匈奴求救,不得,独与数骑亡,欲南奔荆州,上洛都尉捕斩之。"按,匈奴此时早已分为南匈奴、北匈奴。

⑭ **北番左贤王**
左贤王,为匈奴贵族爵号,仅次于单于。东汉后期南匈奴单于呼厨泉奉命入朝。此时匈奴分为两部,南匈奴已归服(北匈奴西走,后居住欧洲东部),被汉王朝迁移至山西北部雁门、云中地区,曾应召率中原与白波军杨奉等,讨伐李郭之乱。又南匈奴单于留居许都,曹操为之分为五部,以左右贤王率领。此处称"北番左贤王"不实。"北番",乃是明人称北方少数民族泛号。

⑮ **田畴是刘虞旧将**
据《三国志·魏书·田畴传》,田畴二十二岁就为刘虞推荐为从事,因刘虞为公孙瓒所杀,他拒绝与公孙瓒合作,率宗族数百进入徐无山中(天津蓟县北),"营深险平敞地而居,躬耕以养父母。百姓归之,数年间至五千余家。"也

有称他在徐无山（天津蓟县地区）隐居，所以徐无山后称为田盘山（盘山）。袁绍父子曾多次要他出来做官，全都谢辞了，"袁绍数遣使招命，又即授将军印，因安辑所统，畴皆拒不受。"又田畴后仍辞官爵不就，终老盘山。盘山《感花寺碑》："魏太和中，无终县民田畴兹焉营办其地。"据今人考察，盘山玉石庄多有田姓居民。

⑯ 碣石在哪里

汉建安十二年(205)，曹操北征乌桓，回军途中写下了"东临碣石，以观沧海"诗篇。古碣石在何地，有几说。一是临榆说，可能就是现今山海关镇南，即今北戴河海滨金山嘴。二是昌黎说，在县境北面的大碣石山。三是沉海说，在临榆地区，现已沉于大海。1982 年，距山海关十余里贴靠渤海的绥中县万家乡墙子里村石碑地和贺家村黑头山所勘察的秦汉建筑遗址，当为秦始皇东巡的"碣石宫"，也是古代举行观海和重大礼俗活动的胜地，与今天界定"碣石"位置提供了新的依据。

⑰ 郭嘉随征后病死

郭嘉未曾在易州(河北易县)养病。据《三国志·魏书·郭嘉传》，郭嘉随曹操北征至易州，建议以"轻兵兼道以出，掩其不意。太祖(曹操)乃密出卢龙塞，直指单于庭。""自柳城还，疾笃，太祖问疾者交错。及薨，临其丧，哀甚"。可见郭嘉是随远征白狼山，参与破乌丸战役的。但所谓郭嘉有遗计，乃《演义》移植，其实此计出自曹操。《三国志·魏书·武帝纪》："初，辽东太守公孙康恃远不服。及公破乌丸，或

君年齿，皆吾等辈，惟奉孝最少⑱，吾欲托以后事。不期中年夭折，使吾心肠崩裂矣！"嘉之左右，将嘉临死所封之书呈上，曰："郭公临亡，亲笔书此，嘱曰：'丞相若从书中所言，辽东事定矣。'"操拆书视之，点头嗟叹，诸人皆不知其意。次日，夏侯惇引众人禀曰："辽东太守公孙康，久不宾服，今袁熙、袁尚又往投之，必为后患。不如乘其未动，速往征之，辽东可得也。"操笑曰："不烦诸公虎威，数日之后，公孙康自送二袁之首至矣。"诸将皆不肯信。

却说袁熙、袁尚引数千骑奔辽东。辽东太守公孙康，本襄平人，武威将军公孙度之子也。当日知袁熙、袁尚来投，遂聚本部属官商议此事。公孙恭曰："袁绍在日，常有吞辽东之心。今袁熙、袁尚兵败将亡，无处依栖，来此相投，是鸠夺鹊巢之意也。若容纳之，后必相图；不如赚入城中杀之，献头与曹公，曹公必重待我。"康曰："只怕曹操引兵下辽东，又不如纳二袁使为我助。"恭曰："可使人探听：如曹兵来攻，则留二袁；如其不动，则杀二袁，送与曹公。"康从之，使人去探消息。

却说袁熙、袁尚至辽东，二袁密议曰："辽东军数万骑，足可与曹操争衡。今暂投之，后当杀公孙康而夺其地，养成气力而抗中原，可复河北也。"商议已定，乃入见公孙康。康留于馆驿，只推有病，不即相见。不一日，细作回报："曹操兵屯易州，并无下辽东之意。"公孙康大喜，乃先伏刀斧手于壁衣中，使二袁入。相见礼毕，命坐。时天气严寒，尚见床榻上无裀褥，谓康曰："愿铺坐席。"康瞋目言曰："汝二人之头，将行万里，何席之有！"尚大惊。康叱曰："左右何不下手！"刀斧手拥出，就坐席上砍下二人之头，用木匣盛贮，使人送到易州来见曹操。时操在易州按兵不动，夏侯惇、张辽入禀曰："如不下辽东，可回许都。恐刘表生心。"操曰："待二袁首级至，即便回兵。"众皆暗笑。忽报辽东公孙康遣人送袁熙、袁尚首级至，众皆大惊。使者呈上书信，操大笑曰："不出奉孝之料！"重赏来使，封公孙康为襄平侯、左将军。众官问曰："何为不出奉孝之所料？"操遂出郭嘉书以示之。书略曰：

今闻袁熙、袁尚往投辽东，明公切不可加兵。公孙康久畏袁氏吞并，二袁往投必疑。若以兵击之，必并力迎敌，急不可

下；若缓之，公孙康、袁氏必自相图：其势然也。

众皆踊跃称善。操引众官复设祭于郭嘉灵前。亡年三十八岁，从征十有一年，多立奇勋。后人有诗赞曰：

> 天生郭奉孝，豪杰冠群英。
>
> 腹内藏经史，胸中隐甲兵。
>
> 运谋如范蠡，决策似陈平。
>
> 可惜身先丧，中原梁栋倾。

操领兵还冀州，使人先扶郭嘉灵柩于许都安葬。

程昱等请曰："北方既定，今还许都，可早建下江南之策。"操笑曰："吾有此志久矣！诸君所言，正合吾意。"是夜宿于冀州城东角楼上，凭栏仰观天文。时荀攸在侧，操指曰："南方旺气灿然，恐未可图也。"攸曰："以丞相天威，何所不服？"正看间，忽见一道金光，从地而起。攸曰："此必有宝于地下。"操下楼令人随光掘之。正是：

> 星文方向南中指，金宝旋从北地生。

不知所得何物，且听下文分解。

说公遂征之，尚兄弟可禽也。公曰：'吾方使康斩送尚、熙首，不烦兵矣。'九月，公引兵自柳城还，康即斩尚、熙及速仆丸等，传其首。诸将或问：'公还而康斩送尚、熙，何也？'公曰：'彼素畏尚等，吾急之则并力，缓之则自相图，其势然也。'"急则相合，缓则相图。后来曹操令徐晃等在战胜关羽后按兵不动，与此计异曲同工。

⑩ 曹操痛惜郭嘉早死

据《魏书·郭嘉传》，汉建安十二年(207)，郭嘉病死。曹操大为痛惜，"谓荀攸等曰：诸君年皆孤辈也，唯奉孝最少，天下事竟欲以后事属之，而中年夭折，命也。"盖是年荀攸五十岁，荀彧五十八岁，程昱六十六岁，曹操也已五十二岁，而郭嘉为三十八岁。

第三十四回　蔡夫人隔屏听密语　刘皇叔跃马过檀溪

① 铜雀台

赤壁大战后两年，曹操始先后在邺城西北隅筑铜雀和金虎、冰井等三台(今河北临漳县西南三台村)。其中铜雀台是主体建筑，高33米，因楼阁最高处有一只3米高的铜雀而得名。汉建安十五年(210)，铜雀台告竣，当时周瑜已死。建安十七年，曹操登台，命曹丕、曹植等分别作《登台赋》。赋中的"揽二桥于东南兮，乐朝夕之与共"，显然不是指桥公两女。邺城是汉建安九年曹操破袁绍后任冀州牧的所在地。尔后，千百年间由于漳河泛滥，邺城旧址已荡然无存。铜雀台在明末也为漳河冲毁，至今仅残存高5米的台基。建安十八年，又在铜雀台南一百米建有金虎台，台高26米，台上有殿阁一百余间；翌年在铜雀台北百米处，建冰井台，高26米，也有殿阁一百余间。后赵时，石虎改金虎台为金凤台。

② 曹操有多少儿子

据《三国志・魏书》，曹操共有二十六子(其中九子早死)。此处称有五子，或是指大夫人所生的丕、彰、植、熊和已在从征张绣时被杀死的长子曹昂。他们都在《演义》有关回目中出现，其余诸子名讳，包括早慧的曹冲都未有出现，由是上说"有五子"。

③ 曹操屯田

曹操早有屯田积谷意识，他说，"夫定国

却说曹操于金光处掘出一铜雀，问荀攸曰："此何兆也?"攸曰："昔舜母梦玉雀入怀而生舜。今得铜雀，亦吉祥之兆也。"操大喜，遂命作高台以庆之。乃即日破土断木，烧瓦磨砖，筑铜雀台①于漳河之上。约计一年而工毕。少子曹植进曰："若建层台，必立三座：中间高者，名为铜雀；左边一座，名为玉龙；右边一座，名为金凤。更作两条飞桥，横空而上，乃为壮观。"操曰："吾儿所言甚善。他日台成，足可娱吾老矣!"原来曹操有五子②，惟植性敏慧，善文章，曹操平日最爱之。于是留曹植与曹丕在邺郡造台，使张燕守北寨。操将所得袁绍之兵共五六十万，班师回许都，大封功臣。又表赠郭嘉为贞侯，养其子奕于府中。复聚众谋士商议，欲南征刘表。荀彧曰："大军方北征而回，未可复动。且待半年，养精蓄锐，刘表、孙权，可一鼓而下也。"操从之，遂分兵屯田③，以候调用。

却说玄德自到荆州，刘表待之甚厚。一日，正相聚饮酒，忽报降将张武、陈孙在江夏掳掠人民，共谋造反。表惊曰："二贼又反，为祸不小!"玄德曰："不须兄长忧虑，备亲往讨之。"表大喜，即点三万军与玄德前去。玄德领命即行，不一日来到江夏。张武、陈孙引兵来迎。玄德与关、张、赵云出马在门旗下，望见张武所骑之马，极其雄骏。玄德曰："此必千里马也。"言未毕，赵云挺枪而出，径冲彼阵。张武纵马来迎，不三合，被赵云一枪刺落马下，随手扯住辔头，牵马回阵。陈孙见了，随赶来夺。张飞大喝一声，挺矛直出，将陈孙刺死。众皆溃散。玄德招安余党，平复江夏诸县，班师而回④。表出郭迎接入城，设宴庆功。酒至半酣，表曰："吾弟如此雄才，荆州有倚赖也。但忧南越不时来寇，张鲁、孙权皆足为虑。"玄德曰："弟有三将，足可委用：使张飞巡南越之境，云长拒固子城，以镇张鲁，赵云拒三江，以当孙权，何足虑哉！"表喜，欲从其言。蔡瑁告其姊蔡夫人曰："刘备遣三将居外，而自居荆州，久必为患。"蔡夫人乃夜对刘表曰："我闻荆州人多与刘备往来，不可不防。今容其居住城中，无益，不若遣使他住。"表曰："玄德仁人也。"蔡氏曰："只恐他人不似汝心。"表沉吟不答。

次日出城，见玄德所乘之马极骏，问之，知是张武之马。表称赞不已，玄德遂将此马送与刘表。表大喜，骑回城中。蒯越见而问之，表曰："此玄德所送也。"越曰："昔先兄蒯良，最善相马，越亦颇晓。此马眼下有泪槽，额边生白点，名为'的卢'，骑则妨主⑤。张武为此马而亡，主公不可乘之。"表听其言。次日请玄德饮宴，因言曰："昨承惠良马，深感厚意。但贤弟不时征进，可以用之，敬当送还。"玄德起谢。表又曰："贤弟久居此间，恐废武事。襄阳属邑新野县，颇有钱粮，弟可引本部军马于本县屯扎，何扣？"玄德领诺。次日谢别刘表，引本部军马径往新野⑥。方出城门，只见一人在马前长揖曰："公所骑马，不可乘也。"玄德视之，乃荆州幕宾伊籍，字机伯，山阳人也。玄德忙下马问之，籍曰："昨闻蒯异度对刘荆州云：'此马名的卢，乘则妨主。'因此还公，公岂可复乘之？"玄德曰："深感先生见爱。但凡人死生有命，岂马所能妨哉！"籍服其高见，自此常与玄德往来。

玄德自到新野，军民皆喜，政治一新。建安十二年春，甘夫人生刘禅。是夜有白鹤一只，飞来县衙屋上，高鸣四十余声，望西飞去。临分娩时，异香满室。甘夫人尝夜梦仰吞北斗，因而怀孕，故乳名阿斗⑦。此时曹操正统兵北征，玄德乃往荆州，说刘表曰："今曹操悉兵北征，许昌空虚，若以荆、襄之众，乘间袭之，大事可就也。"表曰："吾坐据九郡足矣，岂

之术，在于强兵足食，秦人以急农兼天下，孝武以屯田定西域，此先代之良式也"（《曹操集》）。因此当枣祗、韩浩倡议屯田，就在建安元年十月，于许都募民屯田，并以任峻为典农中郎将主持其事。"于是州郡例置田官，所在积谷。征伐四方，无运粮之劳"（《三国志·魏书·武帝纪》引《魏书》）。建安五年，又据国渊建议，"明功课之法，五年中仓廪丰实。百姓竞劝乐业"（《三国志·魏书·国渊传》）。建安十八年，采纳司马懿的建议，在淮南和关中等处实行军队屯田。据《晋书》称，屯田者自备耕牛，则收获时公私分对分；借用官牛的，公取六分自留四分。曹操屯田于后世颇有影响，今河南许昌地区多有当年屯田遗址。如许昌蒋官池乡的辛集沟，是枣祗募民屯田处，今枣祗寨北有枣祗河，即是当年屯田开凿；鄢陵西南十里的马栏村，是韩浩屯田处，过去曾发掘有贮粮的地仓。许昌与襄城交界处的论城是任峻屯田的兵营处。今西起襄城屯田坡，东经繁城入颍水，尚存任峻所挖掘的运粮河故道，本地人称为"铜底铁帮运粮河"。

④ **张武、陈生非刘备所杀**

据《三国志·魏书·刘表传》裴注引司马彪《战略》，刘表初任荆州刺史时，"江夏贼张虎、陈生拥众据襄阳，表乃使（蒯）越与庞季单骑往说降之，江南遂悉平"。时刘表初至荆州，驻扎宜城。但《演义》第七回却作为黄祖部将，为孙策、韩当所杀。此处又称降后复叛，为刘备讨平，不见史传，当系假托移植。

⑤ **的卢马说**

据传世伯乐《相马经》说："马白额入口至齿者，名曰'榆雁'，一名'的卢'，奴乘客死，主乘弃市，凶马也。"按刘备坐骑称"的卢"见东晋裴启《语林》："庾公（庾亮）乘马有的卢，殷浩劝公卖马。庾公曰：'卖之，必有买者，即复害其主，宁可不安己而移于他人哉？昔孙叔敖杀两头蛇，以为后人，古之美谈，效之，不

亦达乎!"《白氏六帖》卷二十九亦称:"庾亮有的卢,殷浩以不利主,劝卖之。亮曰:'己所不欲,不施于人。'"

⑥ 刘备屯扎樊城非新野

《三国志·蜀书·先主传》:刘表"以上宾礼待之,益其兵,使屯新野"。《演义》当以此敷扬。实误,当作与襄阳一水之隔樊城,据《世说新语》:"刘备之初奔刘表,屯于樊城。表左右欲因会取备。备觉,如厕便出。"即称刘备在樊城。裴松之注:《世语》曰:"备屯樊城,刘表礼焉,惮其为人,不甚信用。"此条为《世说新语》佚文,按当时刘备驻地主要是樊城,新野为北上用兵驻扎地。

⑦ 误将阿升作"阿斗"

阿斗,即蜀汉后主刘禅小名。汉魏人多喜以"阿"字与名相冠,如阿瞒(曹操)、阿蒙(吕蒙)。但据考证,"阿斗"系"阿升"误称。按"阿斗"之称,《三国志·蜀书》仅见于一处,即孟达劝刘封降魏书,"自立阿斗为太子已来,有识之人相为寒心"(《刘封传》)。但据《三国志·魏书·明帝纪》引《魏略》,在魏国"露布天下并班告益州"的文告中说,"(诸葛)亮外慕立孤之名,而内贪专擅之实,刘升之兄弟守空城而已"。此刘升之,即指刘禅。清陈景云认为,阿斗之"斗"系误植,"斗当作升,后主一字升之"(据卢弼《三国志集解》)。按刘备原先有义子刘封,所以生子取名禅。取字升之,乃源出《汉书·武帝纪》,"登封泰山,至于梁父,然后升禅肃然。据段注《说文解字》,"禅,即古禅字",封禅升之,所以为刘禅取字升之,由此也可称"阿升"了。见于古人行书"升"、"斗"形体相近,后世多有误会。近人陈寅恪就晚唐韦庄《秦妇吟》有"一斗黄金一升粟",为时人以"斗粟"、"升粟"争论不一,指出:"斗"、"升"两字古人在书写里差别至微,很容易使人认"斗"为"升"、认"升"为"斗"。又说"一斗黄金一斗粟"犹是唐人常语,不足为奇。由此,他从巴黎图书馆馆藏 P3780、P3953

可别图?"玄德默然。表邀入后堂饮酒。酒至半酣,表忽然长叹,玄德曰:"兄长何故发叹?"表曰:"吾有心事,未易明言。"玄德再欲问时,蔡夫人出立屏后,刘表乃垂头不语。须臾席散,玄德自归新野。至是年冬,闻曹操自柳城回,玄德甚叹表之不用其言。

忽一日,刘表遣使至,请玄德赴荆州相会。玄德随使而往,刘表接着,叙礼毕,请入后堂饮宴,因谓玄德曰:"近闻曹操提兵回许都,势日强盛,必有吞并荆、襄之心。昔日悔不听贤弟之言,失此好机会。"玄德曰:"今天下分裂,干戈日起,机会岂有尽乎?若能应之于后,未足为恨也。"表曰:"吾弟之言甚当。"相与对饮。酒酣,表忽潸然泪下。玄德问其故,表曰:"吾有心事,前者欲诉与贤弟,未得其便。"玄德曰:"兄长有何难决之事?倘有用弟之处,弟虽死不辞。"表曰:"前妻陈氏所生长子琦,为人虽贤,而柔懦不足立事;后妻蔡氏所生少子琮⑧,颇聪明。吾欲废长立幼,恐碍于礼法;欲立长子,争奈蔡氏族中皆掌军务,后必生乱;因此委决不下。"玄德曰:"自古废长立幼,取乱之道。若忧蔡氏权重,可徐徐削之,不可溺爱而立少子也。"表默然。原来蔡夫人素疑玄德,凡遇玄德与表叙论,必来窃听。是时正在屏风后,闻玄德此言,心甚恨之。玄德自知语失,遂起身如厕。因见己身髀肉复生,亦不觉潸然流涕。少顷复入席。表见玄德有泪容,怪问之。玄德长叹曰:"备往常身不离鞍,髀肉皆散;今久不骑,髀里肉生。日月蹉跎,老将至矣,而功业不建,是以悲耳!"表曰:"吾闻贤弟在许昌,与曹操青梅煮酒,共论英雄,贤弟尽举当世名士,操皆不许,而独曰:'天下英雄,惟使君与操耳!'以曹操之权力,犹不敢居贤弟之先,何虑功业不建乎?"玄德乘着酒兴,失口答曰:"备若有基本,天下碌碌之辈,诚不足虑也。"表闻言默然。玄德自知语失,托醉而起,归馆舍安歇。后人有诗赞玄德曰:

曹公屈指从头数,天下英雄独使君。

髀肉复生犹感叹,争教寰宇不三分?

却说刘表闻玄德语,口虽不言,心怀不足,别了玄德,退入内宅。蔡夫人曰："适间我于屏后听得刘备之言,甚轻觑人,足见其有吞并荆州之意。今若不除,必为后患。"表不答,但摇头而已。蔡氏乃密召蔡瑁入,商议此事。瑁曰:"请先就馆杀之,然后告知主公。"蔡氏然其言。瑁出,便连夜点军。

却说玄德在馆舍中秉烛而坐,三更之后,方欲就寝,忽一人叩门而入,视之乃伊籍也。原来伊籍探知蔡瑁欲害玄德,特夤夜来报。当下伊籍将蔡瑁之谋报知玄德,催促玄德速速起身。玄德曰:"未辞景升,如何便去?"籍曰:"公若辞,必遭蔡瑁之害矣。"玄德乃谢别伊籍,急唤从者,一齐上马,不待天明,星夜奔回新野。比及蔡瑁领军到馆舍时,玄德已去远矣。瑁悔恨无及,乃写诗一首于壁间,径入见表曰:"刘备有反叛之意,题反诗于壁上,不辞而去矣。"表不信,亲诣馆舍观之,果有诗四句。诗曰:

数年徒守困,空对旧山川。

龙岂池中物,乘雷欲上天!

刘表见诗大怒,拔剑言曰:"誓杀此无义之徒!"行数步,猛省曰:"吾与玄德相处许多时,不曾见他作诗,此必外人离间之计也。"遂回步入馆舍,用剑尖削去此诗,弃剑上马。蔡瑁请曰:"军士已点齐,可就往新野擒刘备。"表曰:"未可造次,容徐图之。"蔡瑁见表持疑不决,乃暗与蔡夫人商议,即日大会众官于襄阳,就彼处谋之。次日,瑁禀表曰:"近年丰熟,合聚众官于襄阳,以示抚劝之意。请主公一行。"表曰:"吾近日气疾作,实不能行。可令二子为主待客。"瑁曰:"公子年幼恐失于礼节。"表曰:"可往新野请玄德待客。"瑁暗喜正中其计,便差人请玄德赴襄阳。

却说玄德奔回新野,自知失言取祸,未对众人言之。忽使者至,请赴襄阳。孙乾曰:"昨见主公匆匆而回,意甚不乐。愚意度之,在荆州必有事故。今忽请赴会,不可轻往。"玄德方将前项事诉与诸人。云长曰:"兄自疑心语失,刘荆州并无嗔责之意。外人之言,不可轻信。襄阳离此不远,若不去,则荆州反生疑矣。"玄德曰:"云长之言是也。"张飞曰:"'筵无好筵,会无好会',不如休去。"赵云曰:"某将马步军三百人同往,可保主公无事。"玄德曰:"如此甚好。"遂与赵云即日赴襄阳。

蔡瑁出郭迎接,意甚谦谨。随后刘琦、刘琮二子,引一班文武官僚出迎。玄德见二公子俱在,并不疑忌。是日请玄德于馆舍暂歇。赵云引三百军围绕保护。云披甲挂剑,行坐不离左右。刘琦告玄德曰:"父亲气疾作,不能行动,特请叔父待客,抚劝各处守牧之官。"玄德曰:"吾本不敢当此,既有兄命,不敢不从。"次日,人报九郡四十二州官员俱已到齐。蔡瑁预请蒯越计

号卷子皆写作"胜(升)粟"为证,得出结论应作"升粟"。或此有将所写的"阿升"误识为"阿斗"了。

⑧ 刘表两子俱同母

初平元年(190),刘表出任荆州刺史,为维持既得利益,与当地蔡、蒯等大族结姻。后刘表妻死,乃娶蔡氏姐为妻,时刘表年过五十(142年生),蔡女无出,次子刘琮因娶蔡女之侄女为妻,故为宠爱。

议曰："刘备世之枭雄，久留于此，后必为害，可就今日除之。"越曰："恐失士民之望。"瑁曰："吾已密领刘荆州言语在此。"越曰："既如此，可预作准备。"瑁曰："东门岘山大路，已使吾弟蔡和引军守把；南门外已使蔡中守把；北门外已使蔡勋守把。只有西门不必守把，前有檀溪阻隔，虽有数万之众，不易过也。"越曰："吾见赵云行坐不离玄德，恐难下手。"瑁曰："吾伏五百军在城内准备。"越曰："可使文聘、王威二人另设一席于外厅，以待武将。先请住赵云，然后可行事。"瑁从其言。

当日杀牛宰马，大张筵席。玄德乘的卢马至州衙，命牵入后园拴系。众官皆至堂中。玄德主席，二公子两边分坐，其余各依次而坐。赵云带剑立于玄德之侧。文聘、王威入请赵云赴席，云推辞不去，玄德令云就席，云勉强应命而出。蔡瑁在外，收拾得铁桶相似，将玄德带来三百军，都遣归馆舍，只等半酣，号起下手。酒至三巡，伊籍起把盏，至玄德前，以目视玄德，低声谓曰："请更衣。"玄德会意，即起如厕。伊籍把盏毕，疾入后园，接着玄德，附耳报曰："蔡瑁设计害君，城外东、南、北三处，皆有军马守把，惟西门可走，公宜速逃！"玄德大惊，急解的卢马，开后园门牵出，飞身上马，不顾从者，匹马望西门而走。门吏问之，玄德不答，加鞭而出。门吏当之不住，飞报蔡瑁。瑁即上马，引五百军随后追赶。

却说玄德撞出西门，行无数里，前有一大溪，拦住去路。那檀溪阔数丈，水通襄江，其波甚紧。玄德到溪边，见不可渡，勒马再回。遥望城西，尘头大起，追兵将至。玄德曰："今番死矣！"遂回马到溪边。回头看时，追兵已近。玄德着慌，急纵马下溪。行不数步，马前蹄忽陷，浸湿衣袍。玄德乃加鞭大呼曰："的卢！的卢！今日妨吾！"言毕，那马忽从水中涌身而起，一跃三丈，飞上西岸[9]，玄德如从云雾中起。后来苏学士有古风一篇，单咏跃马檀溪事。诗曰：

⑨ 刘备马跃檀溪处

传说刘备马跃檀溪处，在襄阳(湖北襄樊)城西南。檀溪系汉水支流，因流穿茂密的檀树林而得名。古时水面宽达数丈，流急波涌。刘备跃檀溪后，后人在此建有的卢桥。在南朝时尚多有水。萧衍在荆州时，谋攻建康(南京)，"潜造器械多伐砍竹木，沈于檀溪，为舟装之备"(《元和郡县图志·山南道二》)。但李吉甫修图志时"今溪已涸，非其旧矣"。现溪和桥均不存。仅在山脚岩壁有后人镌刻的"马跃檀溪遗址"和"檀溪"大字。另有一深尺许的马蹄印，传为的卢跃过溪水时所留的印迹。刘备马跃檀溪故事，不见于《三国志》，仅见自《九州春秋》。实系民间讹传。所以东晋孙盛曾说："此皆世俗妄说，非事实也。"但南戏已有《刘先主跳檀溪》，金院本有《襄阳会》，元高文秀杂剧《刘玄德独赴襄阳会》、《刘先主襄阳会》四折二楔子，即以此为本。元《三国志平话》也有《先主跳檀溪》。

老去花残春日暮，宦游偶至檀溪路。

停骖遥望独徘徊，眼前零落飘红絮。

暗想咸阳火德衰，龙争虎斗交相持。

襄阳会上王孙饮，坐中玄德身将危。

逃生独出西门道，背后追兵复将到。

一川烟水涨檀溪，急叱征骑往前跳。

马蹄踏碎青玻璃，天风响处金鞭挥。

耳畔但闻千骑走，波中忽见双龙飞。

西川独霸真英主，坐下龙驹两相遇。

檀溪溪水自东流，龙驹英主今何处？

临流三叹心欲酸，斜阳寂寂照空山。

三分鼎足浑如梦，踪迹空留在世间。

玄德跃过溪西，顾望东岸，蔡瑁已引军赶到溪边，大叫："使君何故逃席而去？"玄德曰："吾与汝无仇，何故欲相害？"瑁曰："吾并无此心，使君休听人言！"玄德见瑁手将拈弓取箭，乃急拨马望西南而去。瑁谓左右曰："是何神助也！"方欲收军回城，只见西门内赵云引三百军赶来。正是：

跃去龙驹能救主，追来虎将欲诛仇。

未知蔡瑁性命如何，且听下文分解。

第三十五回　玄德南漳逢隐沦　单福新野遇英主

却说蔡瑁方欲回城，赵云引军赶出城来。原来赵云正饮酒间，忽见人马动，急入内观之，席上不见了玄德。云大惊，出投馆舍，听得人说蔡瑁引军望西赶去了。云火急绰枪上马，引着原带来三百军，奔出西门，正迎着蔡瑁，急问曰："吾主何在？"瑁曰："使君逃席而去，不知何往。"赵云是谨细之人，不肯造次，即策马前行，遥望大溪。别无去路，乃复回马，喝问蔡瑁曰："汝请吾主赴宴，何故引着军马追来？"瑁曰："九郡四十二州县官僚俱在此，吾为上将，岂可不防护？"云曰："汝逼吾主何处去了？"瑁曰："闻使君匹马出西门，到此却又不见。"云惊疑不定，直来溪边看时，只见隔岸一带水迹。云暗忖曰："难道连马跳过了溪去？"令三百军四散观望，并不见踪迹。云再回马时，蔡瑁已入城去了。云乃拿守门军士追问，皆说刘使君飞马出西门而去。云再欲入城，又恐有埋伏，遂急引军归新野。

却说玄德跃马过溪，似醉如痴，想此阔涧一跃而过，岂非天意！迤逦望南漳策马而行。日将沉西，正行之间，见一牧童跨于牛背上，口吹短笛而来。玄德叹曰："吾不如也！"遂立马观之。牧童亦停牛罢笛，熟视玄德，曰："将军莫非破黄巾刘玄德否？"玄德惊问曰："汝乃村僻小童，何以知吾姓字？"牧童曰："我本不知，因常侍师父，有客到日，多曾说有一刘玄德，身长七尺五寸，垂手过膝，目能自顾其耳，乃当世之英雄。今观将军如此模样，想必是也。"玄德曰："汝师何人也？"牧童曰："吾师复姓司马，名徽，字德操，颍川人也。道号'水镜先生'。"玄德曰："汝师与谁为友？"小童曰："与襄阳庞德公①、庞统为友。"玄德曰："庞德公乃庞统何人？"童子曰："叔侄也。庞德公字山民②，长俺师父十岁；庞统字士元，小俺师父五岁。一日，我师父

① **大隐士庞德公**
庞德公为古隐士完整模式，他的风度，为后来文人赞颂不已，有元末明初大诗人高启《咏隐者十六首·庞公》为证："南阳有龙凤，乘时各飞翔。鸿鹄独深栖，不肯居笼樊。皤皤陇上耕，运筹刺史轩。岂不念子孙，遗安万名言。采药不复返，亭亭空鹿门。"（《高青丘集》）

② **刘表数访庞德公**
刘表在襄阳，也礼聘贤士，据《后汉书·庞公传》，他曾多次走访隐居岘山南的庞德公，"荆州刺史刘表数延访，不能屈，乃就候之。"甚至在庞德公耕田时找上门来，劝他出山，庞德公拒绝了。后来"遂携其妻子登鹿门山，因采药不反。"但是他的儿子庞山民后来却做了魏国黄门吏部郎。此处误指庞德公字山民。

在树上采桑,适庞统来相访,坐于树下,共相议论,终日不倦。吾师甚爱庞统,呼之为弟。"玄德曰:"汝师今居何处?"牧童遥指曰:"前面林中,便是庄院③。"玄德曰:"吾正是刘玄德,汝可引我去拜见你师父。"童子便引玄德,行二里余,到庄前下马。

人至中门,忽闻琴声甚美。玄德教童子且休通报,侧耳听之。琴声忽住而不弹,一人笑而出曰:"琴韵清幽,音中忽起高抗之调,必有英雄窃听。"童子指谓玄德曰:"此即吾师水镜先生也。"玄德视其人,松形鹤背,器宇不凡,慌忙进前施礼,衣襟尚湿。水镜曰:"公今日幸免大难!"玄德惊讶不已。小童曰:"此刘玄德也。"水镜请入草堂,分宾主坐定。玄德见架上满堆书卷,窗外盛栽松竹,横琴于石床之上,清气飘然。水镜问曰:"明公何来?"玄德曰:"偶尔经由此地,因小童相指,得拜尊颜,不胜万幸。"水镜笑曰:"公不必隐讳。公今必逃难至此。"玄德遂以襄阳一事告之。水镜曰:"吾观公气色,已知之矣。"因问玄德曰:"吾久闻明公大名,何故至今犹落魄不偶耶?"玄德曰:"命途多蹇,所以至此。"水镜曰:"不然。盖因将军左右不得其人耳。"玄德曰:"备虽不才,文有孙乾、糜竺、简雍之辈,武有关、张、赵云之流,竭忠辅相,颇赖其力。"水镜曰:"关、张、赵云,皆万人敌,惜无善用之之人。若孙乾、糜竺辈,乃白面书生,非经纶济世之才也。"玄德曰:"备亦尝侧身以求山谷之遗贤,奈未遇其人何!"水镜曰:"岂不闻孔子云:'十室之邑,必有忠信。'何谓无人?"玄德曰:"备愚昧不识,愿赐指教。"水镜曰:"公闻荆襄诸郡小儿谣言乎? 其谣曰:'八九年间始欲衰,至十三年无孑遗。到头天命有所归,泥中蟠龙向天飞。'此谣始于建安初。建安八年,刘景升丧却前妻,便生家乱,此所谓'始欲衰'也。'无孑遗'者,不久则景升将逝,文武零落无孑遗矣。'天命有归','龙向天飞',盖应在将军也。"玄德闻言,惊谢曰:"备安敢当此!"水镜曰:"今天下奇才,尽在于此,公当往求之。"玄德急问曰:"奇才安在? 果系何人?"水镜曰:"伏龙、凤雏④,两人得一,可安天下。"玄德曰:"伏龙、凤雏何人也?"水镜抚掌大笑:"好! 好!"玄德再问时,水镜曰:"天色已晚,将军可于此暂宿一宵,明日当言之。"即命小童具饮馔相待,马牵入后院喂养。玄德饮膳毕,即宿于草堂之侧。

玄德因思水镜之言,寝不成寐。约至更深,忽听一人叩门而入。水镜曰:"元直何来?"玄德起床密听之,闻其人答曰:"久闻刘景升善善恶恶,特往谒之。及至相见,徒有虚名。盖善善而不能用,恶恶而不能去者也。故遗书别之,而来至此。"水镜曰:"公怀王佐之才,宜择人而事,奈何轻身往见景升乎? 且英雄豪杰只在眼前,公自不识耳。"其人曰:"先生之言是也。"玄

③ 好好先生水镜庄

水镜庄,相传在玉溪山麓(湖北南漳县城南1公里)。此处依山傍水,松柏青青,宁静幽雅。现遗址上仍立有清乾隆初期所刻的"汉水镜先生栖隐处"石碑。山腰有清乾隆七年(1742)所建的水镜门楼和天然的石室白马洞。楼为两层飞檐楼阁,阁内陈列司马徽画像;白马洞状如喇叭,洞口处高宽均达10米。相传司马徽就以洞为家,弹琴、弈棋、饮酒和会客。

④ 庞德公命名卧龙、凤雏和水镜

东汉朝名士多喜品评同时代友朋,卧龙诸葛亮、凤雏庞统和水镜司马徽皆为襄阳大名士庞德公论定的。《三国志·蜀书·庞统传》裴注引《襄阳记》:"诸葛孔明为卧龙,庞士元为凤雏,司马德操为水镜,皆庞德公语也。"

德闻之大喜，暗忖此人必是伏龙、凤雏，即欲出见，又恐造次。候至天晓，玄德求见水镜，问曰："昨夜来者是谁？"水镜曰："此吾友也。"玄德求与相见，水镜曰："此人欲往投明主，已到他处去了。"玄德请问其姓名，水镜笑曰："好！好！"玄德再问："伏龙、凤雏，果系何人？"水镜亦只笑曰："好！好！"玄德拜请水镜出山相助，同扶汉室。水镜曰："山野闲散之人，不堪世用。自有胜吾十倍者来助公，公宜访之。"

　　正谈论间，忽闻庄外人喊马嘶，小童来报："有一将军，引数百人到庄来也。"玄德大惊，急出视之，乃赵云也。玄德大喜。云下马入见曰："某夜来回县，寻不见主公，连夜跟问到此。主公可作速回县，只恐有人来县中厮杀。"玄德辞了水镜，与赵云上马，投新野来。行不数里，一彪人马来到，视之，乃云长、翼德也，相见大喜。玄德诉说跃马檀溪之事，共相嗟讶。到县中，与孙乾等商议。乾曰："可先致书于景升，诉告此事。"玄德从其言，即令孙乾赍书至荆州。刘表唤入问曰："吾请玄德襄阳赴会，缘何逃席而去？"孙乾呈上书札，具言蔡瑁设谋相害，赖跃马檀溪得脱。表大怒，急唤蔡瑁责骂曰："汝焉敢害吾弟！"命推出斩之。蔡夫人出，哭求免死，表怒犹未息。孙乾告曰："若杀蔡瑁，恐皇叔不能安居于此矣。"表乃责而释之，使长子刘琦同孙乾至玄德处请罪。

　　琦奉命赴新野，玄德接着，设宴相待。酒酣，琦忽然堕泪。玄德问其故，琦曰："继母蔡氏，常怀谋害之心，侄无计免祸，幸叔父指教。"玄德劝以"小心尽孝，自然无祸"。次日，琦泣别。玄德乘马送琦出郭，因指马谓琦曰："若非此马，吾已为泉下之人矣。"琦曰："此非马之力，乃叔父之洪福也。"说罢相别，刘琦涕泣而去。

　　玄德回马入城，忽见市上一人，葛巾布袍，皂绦乌履，长歌而来。歌曰：

　　　　天地反覆兮火欲殂，大厦将崩兮一木难扶。山谷有贤兮欲投明主，明主求贤兮却不知吾。

玄德闻歌，暗思："此人莫非水镜所言伏龙、凤雏乎？"遂下马相见，邀入县衙。问其姓名，答曰："某乃颍上人也，姓单名福⑤。久闻使君纳士招贤，欲来投托，未敢辄造，故行歌于市，以动尊听耳。"玄德大喜，待为上宾。单福曰："适使君所乘之马，再乞一观。"玄德命去鞍牵于堂下。

单福曰："此非的卢马乎？虽是千里马，却只妨主，不可乘也。"玄德曰："已应之矣。"遂具言跃檀溪之事。福曰："此乃救主，非妨主也。终必妨一主。某有一法可禳。"玄德曰："愿闻禳法。"福曰："公意中有仇怨之人，可将此马赐之；待妨过了此人，然后乘之，自然无事。"玄德闻言变色曰："公初至此，不教吾以正道，便教作利己妨人之事，备不敢闻教！"福笑谢曰："向闻使君仁德，未敢便信，故以此言相试耳。"玄德亦改容起谢曰："备安能有仁德及人，唯先生教之。"福曰:"吾自颍上来此,闻新野之人歌曰:'新野牧,刘皇叔。自到此,民丰足。'可见使君之仁德及人也。"玄德乃拜单福为军师,调练本部人马。

却说曹操自冀州回许都,常有取荆州之意,特差曹仁、李典并降将吕旷、吕翔等领兵三万屯樊城⑥,虎视荆襄,就探看虚实。时吕旷、吕翔禀曹仁曰:"今刘备屯兵新野,招军买马,积草储粮,其志不小,不可不早图之。吾二人自降丞相之后,未有寸功,愿请精兵五千,取刘备之头以献丞相。"曹仁大喜,与二吕兵五千,前往新野厮杀。探马飞报玄德。玄德请单福商议,福曰:"既有敌兵,不可令其入境。可使关公引一军从左而出,以敌来军中路;张飞引一军从右而出,以敌来军后路;公自引赵云出兵前路相迎;敌可破矣。"玄德从其言,即差关、张二人去讫;然后与单福、赵云等,共引二千人马,出关相迎。行不数里,只见山后尘头大起,吕旷、吕翔引军来到。两边各射住阵角。玄德出马于旗门下,大呼曰:"来者何人,敢犯吾境?"吕旷出马曰:"吾乃大将吕旷也。奉丞相命,特来擒汝!"玄德大怒,使赵云出马。二将交战,不数合,赵云一枪刺吕旷于马下。玄德挥军掩杀,吕翔抵敌不住,引军便走。正行间,路旁一军突出,为首大将,乃关云长也。冲杀一阵,吕翔折兵大半,夺跳走脱。行不到十里,又一军拦住去路,为首大将挺矛大叫:"张翼德在此!"直取吕翔。翔措手不及,被张飞一矛刺中,翻身落马而死⑦。余众四散奔走,玄德合军追赶,大半多被擒获。玄德班师回县,重待单福,犒赏三军。

却说败军回见曹仁,报说二吕被杀,军士多被活捉。曹仁大惊,与李典商议,典曰:"二将欺敌而亡。今只宜按兵不动,申报丞相,起大兵来征剿,乃为上策。"仁曰:"不然。今二将阵亡,又折许多军马,此仇不可不急报。量新野弹丸之地,何劳丞相大军?"典曰:"刘备人杰也,不可轻视。"仁曰:"公何怯也!"典曰:"兵法云:'知彼知己,百战百胜。'某非怯战,但恐不能必胜耳。"仁怒曰:"公怀二心耶?吾必欲生擒刘备!"典曰:"将军若去,某守樊城。"仁曰:"汝若不同去,真怀二心矣。"典不得已,只得与曹仁点起二万五千军马,渡河投新野而来。正是:

偏裨既有舆尸辱,主将重兴雪耻兵。

未知胜负如何,且听下文分解。

第三十六回 玄德用计袭樊城 元直走马荐诸葛

却说曹仁忿怒，遂大起本部之兵，星夜渡河，意欲踏平新野。且说单福得胜回县，谓玄德曰："曹仁屯兵樊城，今知二将被诛，必起大兵来战。"玄德曰："当何以迎之？"福曰："彼若尽提兵而来，樊城空虚，可乘间夺之。"玄德问计，福附耳低言如此如此。玄德大喜，预先准备已定。忽报马报说曹仁引大军渡河来了。单福曰："果不出吾之料！"遂请玄德出军迎敌。两阵对圆，赵云出马，唤彼将答话。曹仁命李典出阵，与赵云交锋。约战十数合，李典料敌不过，拨马回阵。云纵马追赶，两翼军射住，遂令罢兵归寨。李典回见曹仁，言彼军精锐，不可轻敌，不如回樊城。曹仁大怒曰："汝未出军时，已慢吾军心，今又卖阵，罪当斩首！"便喝刀斧手推出李典要斩，众将苦告方免。乃调李典领后军，仁自引兵为前部。

次日，鸣鼓进军，布成一个阵势，使人问玄德曰："识吾阵势否？"单福便上高处观看毕，谓玄德曰："此'八门金锁阵[①]'也。八门者：休、生、伤、杜、景、死、惊、开。如从生门、景门、开门而入是吉；从伤门、惊门、休门而入则伤；从杜门、死门而入则亡。今八门虽布得整齐，只是中间通欠主持。如从东南角上生门击入，往正西景门而出，其阵必乱。"玄德传令，教军士把住阵角，命赵云引五百军从东南而入，径往西出。云得令，挺枪跃马，引兵径投东南角上，呐喊杀入中军。曹仁便投北走。云不追赶，却突出西门，又从西杀转东南角上来。曹仁军大乱。玄德麾军冲击，曹兵大败而退。单福命休追赶，收军自回。

却说曹仁输了一阵，方信李典之言，因复请典商议，言："刘备军中必有能者，吾阵竟为所破。"李典曰："吾虽在此，甚忧樊城。"曹仁曰："今晚去劫寨。如得胜，再作计议；如不胜，便退军回樊城。"李典曰："不可，刘备必有准备。"仁曰："若如此多疑，何以用兵？"遂不听

① 八门金锁阵说

道家遁甲学有所谓八门，吉门有四，开门最吉，次为生、休、景门，其余四方为凶门。开门为兵马宜展开之地；生门为水草肥美、给养丰富之地，后衍化为逢凶化吉之门；休门，为伪装隐藏之门，后演化为吉门；景门，平坦向阳之地；伤门，为资源短缺、兵马受困之地；杜门，兵马休整之地；死门，被聚歼之地；惊门，为惊险多阻之地。八门代表它们的五行属性，要走得得当，是生路，否则是死路。

李典之言。自引军为前队,使李典为后应,当夜二更劫寨。

却说单福正与玄德在寨中议事,忽信风骤起。福曰:"今夜曹仁必来劫寨。"玄德曰:"何以敌之?"福笑曰:"吾已预算定了。"遂秘密分拨已毕。至二更,曹仁兵将近寨,只见寨中四围火起,烧着寨栅。曹仁知有准备,急令退军。赵云掩杀将来,仁不及收兵回寨,急望北河而走。将到河边,才欲寻船过河,岸上一彪军杀到,为首大将,乃张飞也。曹仁死战,李典保护曹仁下船渡河,曹军大半淹死水中。曹仁渡过河面,上岸奔至樊城,令人叫门。只见城上一声鼓响,一将引军而出,大喝曰:"吾已取樊城多时矣!"众惊视之,乃关云长也。仁大惊,拨马便走。云长追杀过来。曹仁又折了好些军马,星夜投许昌。于路打听,方知有单福为军师,设谋定计。

不说曹仁败回许昌。且说玄德大获全胜,引军入樊城,县令刘泌出迎。玄德安民已定。那刘泌乃长沙人,亦汉室宗亲,遂请玄德到家,设宴相待。只见一人侍立于侧。玄德视其人器宇轩昂,因问泌曰:"此何人?"泌曰:"此吾之甥寇封,本罗侯寇氏之子也,因父母双亡,故依于此。"玄德爱之,欲嗣为义子。刘泌欣然从之,遂使寇封拜玄德为父,改名刘封。玄德带回,令拜云长、翼德为叔。云长曰:"兄长既有子,何必用螟蛉②?后必生乱。"玄德曰:"吾待之如子,彼必事吾如父,何乱之有!"云长不悦。玄德与单福计议,令赵云引一千军守樊城。玄德领众自回新野。

却说曹仁与李典回许都见曹操,泣拜于地请罪,具言损将折兵之事。操曰:"胜负乃军家之常。但不知谁为刘备画策?"曹仁言是单福之计。操曰:"单福何人也?"程昱笑曰:"此非单福也。此人幼好学击剑,中平末年,尝为人报仇杀人,披发涂面而走,为吏所获。问其姓名不答。吏乃缚于车上,击鼓行于市,令市人识之,虽有识者不敢言。而同伴窃解救之。乃更姓名而逃,折节向学,遍访名师。尝与司马徽谈论。此人乃颍川徐庶,字元直,单福乃其托名耳。"操曰:"徐庶之才,比君何如?"昱曰:"十倍于昱。"操曰:"惜乎贤士归于刘备,羽翼成矣!奈何?"昱曰:"徐庶虽在彼,丞相要用,招来不难。"操曰:"安得彼来归?"昱曰:"徐庶为人至孝。幼丧其父,止有老母在堂。现今其弟徐康已亡,老母无人侍养③。丞相可使人赚其母至许昌,令作书召其子,则徐庶必至矣。"操大喜,使人星夜前去取徐庶母。

不一日,取至。操厚待之。因谓之曰:"闻令嗣徐元直,乃天下奇才也。今在新野,助逆臣刘备,背叛朝廷,正犹美玉落于污泥之中,诚为可惜。今烦老母作书,唤回许都,吾于天子之前保奏,必有重赏。"遂命左右捧过文房四宝,令徐母作书。徐母曰:"刘备何如人

② **刘封收养在刘禅出生前两年**

刘封本罗侯寇氏之子。罗侯,据《左传杜注》:"罗,熊姓,国,在宜城县西山中,后徙南郡枝江。"很可能他就是在枝江被刘备收养的。据《三国志·蜀书·刘封传》,当时刘备只有女儿,"以未有继嗣,养封为子",而从刘封于建安十八年(213)"年二十余",可见刘备收养他为子时,不会迟于建安十年。刘禅是两年后才出生的。

③ **徐庶家乡**

徐庶为荆州南漳(湖北南漳)人,与司马徽同乡。后在县城小东门外徐庶故里立碑。清嘉庆元年(1796)建立"汉徐庶故里"石碑。1981年重立,1986年修复徐庶庙。

④ **徐母骂曹故事移植**

徐母情事，不见于史传，似参照或移植汉初王陵母事迹。刘邦同乡人王陵在刘邦出关中后，在南阳会合刘邦同击项羽，"(王)陵乃以兵属汉，项羽取陵母置军中。陵使至，则东乡坐陵母，欲以招陵；陵母既私送使者，泣曰：'愿为老妾语陵，善事汉王；汉王长者，毋以老妾故持二心，妾以死送使者。'遂伏剑而死。"（《汉书·王陵传》）

也？"操曰："沛郡小辈，妄称'皇叔'，全无信义，所谓外君子而内小人者也。"徐母厉声曰："汝何虚诞之甚也！吾久闻玄德乃中山靖王之后，孝景皇帝阁下玄孙。屈身下士，恭己待人，仁声素著。世之黄童、白叟、牧子、樵夫皆知其名，真当世之英雄也。吾儿辅之，得其主矣。汝虽托名汉相，实为汉贼。乃反以玄德为逆臣，欲使吾儿背明投暗，岂不自耻乎！"言讫，取石砚便打曹操。操大怒，叱武士执徐母出，将斩之。程昱急止之，入谏操曰："今徐母触忤丞相者，欲求死也。丞相若杀之，则招不义之名，而成徐母之德。徐母既死，徐庶必死心助刘备以报仇矣。不如留之，使徐庶身心两处，纵使助刘备，亦不尽力也。且留得徐母在，昱自有计赚徐庶至此，以辅丞相。"操然其言，遂不杀徐母，送于别室养之。④

程昱日往问候，诈言曾与徐庶结为兄弟，待徐母如亲母；时常馈送物件，必具手启。徐母因亦作手启答之。程昱赚得徐母笔迹，乃仿其字体，诈修家书一封，差一心腹人，持书径奔新野县，寻问"单福"行幕。军士引见徐庶。庶知母有家书至，急唤入问之。来人曰："某乃馆下走卒，奉老夫人语言，有书附达。"庶撕封视之，书曰：

> 近汝弟康丧，举目无亲。正悲凄间，不期曹丞相使人赚至许昌，言汝背反，下我于缧绁，赖程昱等救免。若得汝降，能免我死。如书到日，可念劬劳之恩，星夜前来，以全孝道；然后徐图归耕故园，免遭大祸。吾今命若悬丝，专望救援，更不多嘱。

徐庶览毕，泪如泉涌。持书来见玄德曰："某本颍川徐庶，字元直；因为逃难，更名单福。前闻刘景升招贤纳士，特往见之。及与论事，方知是无用之人，故作书别之，赍夜至司马水镜庄上，诉说其事。水镜深责庶不识主，因说：'刘豫州在此，何不事之？'庶故作狂歌于市，以动使君；幸蒙不弃，即赐重用。争奈老母今被曹操奸计赚至许昌囚禁，将欲加害。老母手书来唤，庶不容不去。非不欲效犬马之劳，以报使君；奈慈亲被执，不得尽力。今当告归，容图后会。"玄德闻言大哭曰："子母乃天性之亲，元直无以备为念。待与老夫人相见之后，或者再得奉教。"徐庶便拜谢欲行。玄德曰："乞再聚一宵，来日饯行。"孙乾密谓玄德曰："元直天下奇才，久在新野，尽知我军中虚实。今若使归曹操，必然重用，我其危矣。主公宜苦留之，切勿放去。操见元直不去，必斩其母。元直知母死，必为母报仇，力攻曹操也。"玄德曰："不可。使人杀其母而吾用其子，不仁也；留之不使去，以绝其子母之道，不义也。吾宁死，不为不仁不义之事。"众皆感叹。

玄德请徐庶饮酒。庶曰："今闻老母被囚，虽金波玉液，不能下咽矣。"玄德曰："备闻公将去，如失左右手，虽龙肝凤髓，亦不甘味。"二人相对而泣，坐以待旦。诸将已于郭外安排筵席饯行。玄德与徐庶并马出城，至长亭，下马相辞。玄德举杯谓徐庶曰："备分浅缘薄，不能与先生相聚；望先生善事新主，以成功名。"庶泣曰："某才微智浅，深荷使君重用，今不幸半途而别，实为老母故也。纵使曹操相逼，庶亦终身不设一谋。"玄德曰："先生既去，刘备亦将远遁山林矣。"庶曰："某所以与使君共图王霸之业者，恃此方寸耳。今以老母之故，方寸乱矣，纵使在此，无益于事。使君宜别求高贤辅佐，共图大业，何便灰心如此？"玄德曰："天下高贤，无有出先生右者。"庶曰："某樗栎庸材，何敢当此重誉？"临别，又顾谓诸将曰："愿诸公善事使君，以图名垂竹帛，功标青史，切勿效庶之无始终也。"诸将无不伤感。玄德不忍相离，送了一程，又送一程。庶辞曰："不劳使君远送，庶就此告别。"玄德就马上执庶之手："先生此去，天各一方，未知相会却在何日？"说罢，泪如雨下。庶亦涕泣而别。玄德立马于林畔，看徐庶乘马与从者匆匆而去。玄德哭曰："元直去矣！吾将奈何？"凝泪而望，却被一树林隔断。玄德以鞭指曰："吾欲尽伐此处树木。"众问何故，玄德曰："因阻吾望徐元直之目也。"

正望间，忽见徐庶拍马而回。玄德曰："元直复回，莫非无去意乎？"遂欣然拍马向前迎问曰："先生此回，必有主意。"庶勒马谓玄德曰："某因心绪如麻，忘却一语。此间有一奇士，只在襄阳城外二十里隆中。使君何不求之？"玄德曰："敢烦元直为备请来相见。"庶："此人不可屈致，使君可亲往求之。若得此人，无异周得吕望，汉得张良也。"玄德曰："此人比先生才德何如？"庶曰："以某比之，譬犹驽马并麒麟，寒鸦配鸾凤耳。此人每尝自比管仲、乐毅；以吾观之，管、乐殆不及此人。此人有经天纬地之才，盖天下一人也。"玄德喜曰："愿闻此人姓名。"庶曰："此人乃琅琊阳都人，复姓诸葛，名亮，字孔明⑤。乃汉司隶校尉诸葛丰之后。其父名珪，字子贡，为泰山郡丞，早卒；亮从其叔玄⑥。玄与荆州刘景升有旧，因往依之，遂家于襄阳。后玄卒，亮与弟诸葛均躬耕于南阳。尝好为《梁父吟》⑦。所居之地有一冈，名卧龙冈，因自号为'卧龙先生'。此人乃绝代奇才，使君急宜枉驾见之。若此人肯相辅佐，何愁天下不定乎？"玄德曰："昔水镜先生曾为备言：'伏龙、凤雏，两人得一，可安天下。'今所云莫非即伏龙、凤雏乎？"庶曰："凤雏乃襄阳庞统也，伏龙正是诸葛孔明。"

⑤ **诸葛亮姓氏渊源**
诸葛亮宗族本姓葛，其称为姓诸葛，有二说。《吴书》："其先葛氏，琅邪诸县人，后徙阳都。阳都先有姓葛者，时人谓之诸葛，因以为氏。"应劭《风俗通》："葛婴为陈涉将军有功而诛，孝文帝追录，封其孙诸县侯，因并氏焉。"阳都旧址，即今山东沂南县砖埠乡孙家黄疃。1993 年 6 月，沂南县并树立一座重 7 吨、高 7 米的诸葛亮铜像。铜像放在 3 米高的大理石基上。诸葛亮面呈微笑，手持羽扇，端坐在战车上。铜像左右各有战马两匹，石碑一块。碑上分刻有前后《出师表》，像后石壁上镶有 14 幅反映诸葛亮生平事迹的浮雕。

⑥ **诸葛亮随父诸葛玄在南昌**
据《三国志·刘繇传》，汉建安元年(196)，刘繇因为孙策所逼，退驻彭泽(江西彭泽)。当时，在南昌代理豫章太守的是诸葛玄《献帝春秋》，刘表和袁术是同盟者，当时都被视为与中央政府抗衡的叛逆者。朝廷正式派朱皓来南昌上任。朱皓请求刘繇相助赶走诸葛玄，刘繇"又使(符)融助朱皓讨刘表所用太守诸葛玄，玄退屯西城，皓入南昌。建安二年正月，西城民反，杀玄，送首诣繇。"(《献帝春秋》)按，诸葛玄代理了两年豫章太守，所以诸葛亮在襄阳隆中前的两年，即他的十六、十七岁时乃是在江西渡过的。《三国志·蜀书·诸葛亮传》讳诸葛玄被杀事，称其在襄阳病死，但仍界定，诸葛玄在南昌做官时，"玄将亮及亮弟均之官"。

⑦ **《梁父吟》**
诸葛亮喜好吟古乐府曲调《梁父

吟》，曾填词。今传世在他名下的一首是：步出齐城门，遥望荡阴里，里中有三坟，累累正相似。问是谁家冢，田疆古冶子，力能排南山，文能绝地纪，一朝被谗言，二桃杀三士。谁能为此谋，国相齐晏子。按，三士塚，在齐都临淄。宋《西溪丛话》引《青州图经·临淄县塚墓门》云："三士塚，在县南一里。三坟周围一里，高二丈六尺。"张朏《齐记》云，是烈士公孙捷、田开疆、古冶子三士塚，所谓"二桃杀三士"者。李白《梁甫吟》有：力排南山三壮士，齐相杀之费二桃。梁父，一作梁甫。

⑧ 徐庶与诸葛亮同事刘备

据史传，诸葛亮由徐庶推荐后，尚与徐庶同事数月。徐庶去许都，乃是在刘备离樊城南走途中，因母被曹军俘虏而离开的。《三国志·蜀书·诸葛亮传》，汉建安十三年(208)曹操南征，刘琮投降。"先主在樊闻之，率其众南行，亮与徐庶并从，为曹公所追破，获庶母。庶辞先主而指其心曰：'本欲与将军共图王霸之业者，以此方寸之地也。今已失老母，方寸乱矣，无益于事，请从此别。'遂诣曹公。"可见徐庶因母被俘，告辞刘备归向曹操的。

⑨ 徐庶下落

徐庶后来在曹营，虽曾做到右中郎将、御史中丞的官。因为事迹平平，太和年间，诸葛亮北伐，出师陇右，知悉后，颇有感叹地说："魏国真是人才多啊，连得像元直(徐庶字)那样，都还挨不上重任呢！"因此可以说他进曹营，不是"一言不发"，而是默默无闻。徐庶约病死于魏太和六年(232)前后，葬于彭城(江苏徐州)。

玄德踊跃曰："今日方知'伏龙、凤雏'之语，何期大贤只在目前。非先生言，备有眼如盲也！"后人有赞徐庶走马荐诸葛诗曰：

> 痛恨高贤不再逢，临歧泣别两情浓。
>
> 片言却似春雷震，能使南阳起卧龙。

徐庶荐了孔明，再别玄德，策马而去⑧。玄德闻徐庶之语，方悟司马德操之言，似醉方醒，如梦初觉。引众将回至新野，便具厚币，同关、张前去南阳请孔明。

且说徐庶既别玄德，感其留恋之情，恐孔明不肯出山辅之，遂乘马直至卧龙冈下，入草庐见孔明。孔明问其来意，庶曰："庶本欲事刘豫州，奈老母为曹操所囚，驰书来召，只得舍之而往。临行时，将公荐于玄德。玄德即日将来奉谒，望公勿推阻，即展生平之大才以辅之，幸甚！"孔明闻言作色曰："君以我为享祭之牺牲乎？"说罢，拂袖而入。庶羞惭而退⑨，上马趱程，赴许昌见母。正是：

> 嘱友一言因爱主，赴家千里为思亲。

未知后事若何，下文便见。

三国演义

第三十七回　司马徽再荐名士　刘玄德三顾草庐

却说徐庶趱程赴许昌。曹操知徐庶已到，遂命荀彧、程昱等一班谋士往迎之。庶入相府拜见曹操。操曰："公乃高明之士，何故屈身而事刘备乎？"庶曰："某幼逃难，流落江湖，偶至新野，遂与玄德交厚。老母在此，幸蒙慈念，不胜愧感。"操曰："公今至此，正可晨昏侍奉令堂，吾亦得听清诲矣。"庶拜谢而出，急往见其母，泣拜于堂下。母大惊曰："汝何故至此？"庶曰："近于新野事刘豫州，因得母书，故星夜至此。"徐母勃然大怒，拍案骂曰："辱子！飘荡江湖数年，吾以为汝学业有进，何其反不如初也！汝既读书，须知忠孝不能两全。岂不识曹操欺君罔上之贼！刘玄德仁义布于四海，况又汉室之胄，汝既事之，得其主矣。今凭一纸伪书，更不详察，遂弃明投暗，自取恶名，真愚夫也。吾有何面目与汝相见？汝玷辱祖宗，空生于天地间耳！"骂得徐庶拜伏于地，不敢仰视。母自转入屏风后去了。少顷，家人出报曰："老夫人自缢于梁间。"徐庶慌入救时，母气已绝。后人有《徐母赞》曰：

> 贤哉徐母，流芳千古。守节无亏，于家有补。教子多方，处身自苦。气若丘山，义出肺腑。赞美豫州，毁触魏武。不畏鼎镬，不惧刀斧。唯恐后嗣，玷辱先祖。伏剑同流，断机堪伍。生得其名，死得其所。贤哉徐母，流芳千古！

徐庶见母已死，哭绝于地，良久方苏。曹操使人赍礼吊问，又亲往祭奠。徐庶葬母柩于许昌之南原，居丧守墓①。凡操有所赐，庶俱不受。

时操欲商议南征，荀彧谏曰："天寒未可用兵，姑待春暖，方可长驱大进。"操从之，乃引漳河之水作一池，名玄武池，于内教练水军，准备南征。

却说玄德正安排礼物，欲往隆中谒诸葛亮，忽人报："门外有一先生，峨冠博带，道貌非常，特来相探。"玄德曰："此莫非即孔明否？"遂整衣出迎，视之，乃司马徽也。玄德大喜，请入后堂高坐，拜问曰：

> ① 徐母墓
> 徐母墓在今河南许昌西南30里的蒋李集乡黄杨村。墓高达二丈余，占地半亩。墓前立有清乾隆二十一年（1766）石碑，上刻"汉大贤徐母墓"。1952年，墓门曾被打开。墓室为圆形拱顶，汉砖筑砌，有南北两门，今已封闭。此墓不见于史传。

三国演义

② 诸葛亮草庐

诸葛亮草庐在何处，历来就有争论，所以清南阳知府顾嘉蘅有联：心在朝廷，原无论先主后主；名高天下，何必辨襄阳南阳。按，汉建安三年(198)，诸葛亮和他姐姐、弟弟随叔父诸葛玄投奔刘表，居住在何处，诸说不一。一说诸葛亮《出师表》自称，"躬耕于南阳"，因而河南南阳市西北郊卧龙冈，自是他隐居地；一说《汉晋春秋》有"亮家于南阳之邓县，在襄阳城西二十里"，即今湖北襄樊城西13公里的隆中。古隆中山，西晋时，即有因诸葛亮而立碑记，后陆续兴建石碑坊、三顾堂、武侯祠等。石碑坊，以镌"古隆中"三字得名，两侧集杜诗两副："三顾频烦天下计；两朝开济老臣心"、"伯仲之间见伊吕；指挥若定失萧曹"。坊后有始建于唐的武侯祠，大厅屏风供奉诸葛亮全身画像，多有联，如"沧海正横流，筹笔敢忘天下计；云霄一羽毛，耕桑长见古人心"、"出处媲耕莘，寄命托孤，卓尔！卧龙诚国士；忠勤昭汉魏，大星遽陨，咄哉！司马叹奇才"、"布衣吟啸足千秋，草庐频烦，收起潜龙，蜀丞相尽瘁鞠躬，非得已也；竹帛勋名垂两代，汉祚将终，霄沉羽鹢，杜少陵酸心呕血，有由来哉"。1982年4月，陆定一也为武侯祠题联："智谋《隆中对》，三分天下；壮烈《出师表》，一片丹心。"草庐亭在山腰，有明嘉靖十九年(1540)所立"草庐"石坊，亭前有"抱膝处"石碑，相传为诸葛亮抱膝长吟处，有郭沫若1964年题联："志见《出师表》；好为《梁父吟》。"三顾堂，相传即三顾茅庐的草堂，堂内两廊

"备自别仙颜，因军务倥偬，有失拜访。今得光降，大慰仰慕之私。"徽曰："闻徐元直在此，特来一会。"玄德曰："近因曹操囚其母，徐母遣人驰书，唤回许昌去矣。"徽曰："此中曹操之计矣！吾素闻徐母最贤，虽为操所囚，必不肯驰书召其子，此书必诈也。元直不去，其母尚存；今若去，母必死矣。"玄德惊问其故，徽曰："徐母高义，必羞见其子也。"玄德曰："元直临行，荐南阳诸葛亮，其人若何？"徽笑曰："元直欲去，自去便了，何又惹他出来呕心血也？"玄德曰："先生何出此言？"徽曰："孔明与博陵崔州平、颍川石广元、汝南孟公威与徐元直四人为密友。此四人务于精纯，惟孔明独观其大略。尝抱膝长吟，而指四人曰：'公等仕进可至刺史、郡守。'众问孔明之志若何，孔明但笑而不答。每常自比管仲、乐毅，其才不可量也。"玄德曰："何颍川之多贤乎！"徽曰："昔有殷馗，善观天文，尝谓群星聚于颍分，其地必多贤士。"时云长在侧曰："某闻管仲、乐毅乃春秋、战国名人，功盖寰宇。孔明自比此二人，毋乃太过？"徽笑曰："以吾观之，不当比此二人；我欲另以二人比之。"云长问："那二人？"徽曰："可比兴周八百年之姜子牙，旺汉四百年之张子房也。"众皆愕然。徽下阶相辞欲行，玄德留之不住。徽出门，仰天大笑曰："卧龙虽得其主，不得其时，惜哉！"言罢，飘然而去。玄德叹曰："真隐居贤士也！"次日，玄德同关、张并从人等来隆中，遥望山畔，数人荷锄耕于田间，而作歌曰：

> 苍天如圆盖，陆地似棋局。世人黑白分，往来争荣辱。荣者自安安，辱者定碌碌。南阳有隐居，高眠卧不足。

玄德闻歌，勒马唤农夫问曰："此歌何人所作？"答曰："乃卧龙先生所作也。"玄德曰："卧龙先生住何处？"农夫曰："自此山之南，一带高冈乃卧龙冈。冈前疏林内茅庐中，即诸葛先生高卧之地。"玄德谢之，策马前行。不数里，遥望卧龙冈，果然清景异常②。后人有古风一篇，单道卧龙居处。诗曰：

> 襄阳城西二十里，一带高冈枕流水。
> 高冈屈曲压云根，流水潺湲飞石髓。
> 势若困龙石上蟠，形如单凤松阴里。
> 柴门半掩闭茅庐，中有高人卧不起。
> 修竹交加列翠屏，四时篱落野花馨。

床头堆积皆黄卷，座上往来无白丁。

叩户苍猿时献果，守门老鹤夜听经。

囊里名琴藏古锦，壁间宝剑挂七星。

庐中先生独幽雅，闲来亲自勤耕稼。

专待春雷惊梦回，一声长啸安天下。

玄德来到庄前，下马亲叩柴门。一童出问，玄德曰："汉左将军、宜城亭侯、领豫州牧、皇叔刘备，特来拜见先生。"童子曰："我记不得许多名字。"玄德曰："你只说刘备来访。"童子曰："先生今早少出。"玄德曰："何处去了？"童子曰："踪迹不定，不知何处去了。"玄德曰："几时归？"童子曰："归期亦不定，或三五日，或十数日。"玄德惆怅不已。张飞曰："既不见，自归去罢了。"玄德曰："且待片时。"云长曰："不如且归，再使人来探听。"玄德从其言，嘱咐童子："如先生回，可言刘备拜访。"遂上马③。

行数里，勒马回观隆中景物，果然山不高而秀雅，水不深而澄清，地不广而平坦，林不大而茂盛，猿鹤相亲，松篁交翠，观之不已。忽见一人，容貌轩昂，丰姿俊爽，头戴逍遥巾，身穿皂布袍，杖藜从山僻小路而来。玄德曰："此必卧龙先生也。"急下马向前施礼，问曰："先生是卧龙否？"其人曰："将军是谁？"玄德曰："刘备也。"其人曰："吾非孔明，乃孔明之友，博陵崔州平④也。"玄德曰："久闻大名，幸得相遇。乞即席地权坐，请教一言。"二人对坐于林间石上，关、张侍立于侧。州平曰："将军何故欲见孔明？"玄德曰："方今天下大乱，四方云扰，欲见孔明，求安邦定国之策耳。"州平笑曰："公以定乱为主，虽是仁心，但自古以来，治乱无常：自高祖斩蛇起义，诛无道秦，是由乱而入治也；至哀、平之世二百年，太平日久，王莽篡逆，又由治而入乱；光武中兴，重整基业，复由乱而入治；至今二百年，民安已久，故干戈又复四起，此正由治入乱之时，未可猝定也。将军欲使孔明幹旋天地，补缀乾坤，恐不易为，徒费心力耳，岂不闻'顺天者逸，逆天者劳'、'数之所在，理不得而夺之；命之所定，人不得而强之'乎？"玄德曰："先生所言，诚为高见。但备身为汉胄，合当匡扶汉室，何敢委之数与命？"州平曰："山野之夫，不足与论天下事，适承明问，故妄言之。"玄德曰："蒙先生见教。但不知孔明往何处去了？"州平曰："吾

壁嵌十块碑刻，有联："淡泊以明志，宁静而致远"；山顶有卧龙深处堂，系诸葛亮与师友切磋学问激扬文字处。南阳卧龙冈武侯祠系元大德年间兴建，后代数毁数建。武侯祠建构有"汉昭烈皇帝三顾处"石碑坊、山门、拜殿、三顾堂、关张殿、宁远楼和碑廊。其中拜殿供诸葛亮塑像，碑廊嵌有相传岳飞北伐路过此处书写的前后《出师表》石刻，有对联："取二川、排八阵、六出七擒，五丈原名灯四十九盏，一心只为酬三顾；平西蜀、定南蛮、东和北拒，中军帐变卦土木金爻，水面偏能用火攻。"卧龙冈十景仍依诸葛亮隐居生活建构，均为清人附会而作，其中草庐亭八角尖顶，以草覆盖，亭前悬郭沫若手书"诸葛草庐"匾。

③ **诸葛亮先见刘备说**

据《三国志·诸葛亮传》，刘备是在新野引见徐庶见诸葛亮的，但新野至隆中远涉几百里，两三天一个回程，似不可信。《魏略》却说，是刘备屯于樊城时，诸葛亮去拜见他，提出"令国中凡有游户，皆使自实，因录以益众可也。备从其计，众ус遂强。备由此知亮有英略，乃以上客礼之。"此当亦系传媒之不确，按刘备三顾，见之于《诸葛亮传》及名篇《出师表》，当可无疑。

④ **崔州平为博陵世族子弟**

崔州平为崔烈之子。崔氏东汉时为博陵（河北蠡县西）世族，崔烈于灵帝朝为太尉，献帝时又为卫尉、城门校尉。初平二年（192），李傕、郭汜攻陷长安时，为乱军所杀。崔州平当在此时前后走出长安，后来到荆州地区安居的。

亦欲访之，正不知其何往。"玄德曰："请先生同至敝县，若何？"州平曰："愚性颇乐闲散，无意功名久矣，容他日再见。"言讫长揖而去。玄德与关、张上马而行。张飞曰："孔明又访不着，却遇此腐儒，闲谈许久！"玄德曰："此亦隐者之言也。"

三人回至新野。过了数日，玄德使人探听孔明。回报曰："卧龙先生已回矣。"玄德便教备马。张飞曰："量一村夫，何必哥哥自去，可使人唤来便了。"玄德叱曰："汝岂不闻孟子云：'欲见贤而不以其道，犹欲其入而闭之门也。'孔明当世大贤，岂可召乎？"遂上马再往访孔明。关、张亦乘马相随。时值隆冬，天气严寒，彤云密布。行无数里，忽然朔风凛凛，瑞雪霏霏，山如玉簇，林似银妆。张飞曰："天寒地冻，尚不用兵，岂宜远见无益之人乎？不如回新野以避风雪。"玄德曰："吾正欲使孔明知我殷勤之意。如弟辈怕冷，可先回去。"飞曰："死且不怕，岂怕冷乎！但恐哥哥空劳神思。"玄德曰："勿多言，只相随同去。"将近茅庐，忽闻路旁酒店中有人作歌。玄德立马听之，其歌曰：

> 壮士功名尚未成，呜呼久不遇阳春。君不见东海老叟辞荆榛，后车遂与文王亲。八百诸侯不期会，白鱼入舟涉孟津。牧野一战血流杵，鹰扬伟烈冠武臣。又不见高阳酒徒起草中，长揖芒砀"隆准公"。高谈王霸惊人耳，辍洗延坐钦英风。东下齐城七十二，天下无人能继踪。二人功绩尚如此，至今谁肯论英雄？

歌罢，又有一人击桌而歌，其歌曰：

> 吾皇提剑清寰海，创业垂基四百载。桓灵季业火德衰，奸臣贼子调鼎鼐。青蛇飞下御座旁，又见妖虹降玉堂。群盗四方如蚁聚，奸雄百辈皆鹰扬。吾侪长啸空拍手，闷来村店饮村酒。独善其身尽日安，何须千古名不朽！

二人歌罢，抚掌大笑。玄德曰："卧龙其在此间乎？"遂下马入店。见二人凭桌对饮，上首者白面长须，下首者清奇古貌。玄德揖而问曰："二公谁是卧龙先生？"长须者曰："公何人？欲寻卧龙何干？"玄德曰："某乃刘备也。欲访先生，求济世安民之术。"长须者曰："吾等非卧龙，皆卧龙之友也，吾乃颍川石广元⑤，此位汝南孟公威⑥。"玄德喜曰："备久闻二公大名，幸得邂逅。今有随行马匹在此，敢请二公同往卧龙庄上一谈。"广元曰："吾等皆山野慵懒之徒，不省治国安民之事，不劳下问。明公请自上马，寻访卧龙。"

玄德乃辞二人，上马投卧龙冈来。到庄前下马，扣门问童子曰："先生今日在庄否？"童子曰："现在堂上读书。"玄德大喜，遂跟童子而入。至中门，只见门上大书一联云："淡泊以明志，宁静而致

三国演义

⑤ 石广元在魏任典农校尉
石广元名韬，与徐庶同为颍川人。《三国志·蜀书·诸葛亮传》引《魏略》称徐庶"初平中，中州兵起，乃与韬南客荆州，到，又与诸葛亮特相善。及荆州内附，孔明与刘备相随去，福（徐庶）与韬俱来北。至黄初中，韬任历郡守、典农校尉。"

⑥ 孟公威在魏做大官
孟公威名建。他后来在曹魏政府里做官。魏文帝时，继温恢为凉州刺史，官至征东将军（二品）。后来诸葛亮出祁山，得悉他并未重用，颇有感叹地说，"魏国真是人才济济，甚至像公威那样人才都还只放在这个不显眼位置上。"他答司马懿信说，"使杜子绪（杜袭）宣意于公威也。"似乎他俩此后没有直接的书信交往。

远。⑦"玄德正看间，忽闻吟咏之声，乃立于门侧窥之。见草堂之上，一少年拥炉抱膝，歌曰：

> 凤凰翔于千仞兮，非梧不栖；士伏处于一方兮，非主不依。
>
> 乐躬耕于陇亩兮，吾爱吾庐；聊寄傲于琴书兮，以待天时。

玄德待其歌罢，上草堂施礼曰："备久慕先生，无缘拜会。昨因徐元直称荐，敬至仙庄，不遇空回。今特冒风雪而来，得瞻道貌，实为万幸。"那少年慌忙答礼曰："将军莫非刘豫州，欲见家兄否？"玄德惊讶曰："先生又非卧龙耶？"少年曰："某乃卧龙之弟诸葛均也。愚兄弟三人：长兄诸葛瑾，现在江东孙仲谋处为幕宾；孔明乃二家兄。"玄德曰："卧龙今在家否？"均曰："昨为崔州平相约，出外闲游去矣。"玄德曰："何处闲游？"均曰："或驾小舟游于江湖之中，或访僧道于山岭之上，或寻朋友于村落之间，或乐琴棋于洞府之内：往来莫测，不知去所。"玄德曰："刘备直如此缘分浅薄，两番不遇大贤！"均曰："少坐献茶。"张飞曰："那先生既不在，请哥哥上马。"玄德曰："我既到此间，如何无一语而回？"因问诸葛均："闻令兄卧龙先生熟谙韬略，日看兵书⑧，可得闻乎？"均曰："不知。"张飞曰："问他则甚！风雪甚紧，不如早归。"玄德叱止之。均曰："家兄不在，不敢久留车骑，容日却来回礼。"玄德曰："岂敢望先生枉驾。数日之后，备当再至。愿借纸笔作一书，留达令兄，以表刘备殷勤之意。"均遂进文房四宝。玄德呵开冻笔，拂展云笺，写书曰：

> 备久慕高名，两次晋谒，不遇空回，惆怅何似！窃念备汉朝苗裔，滥叨名爵，伏睹朝廷陵替，纲纪崩摧，群雄乱国，恶党欺君，备心胆俱裂。虽有匡济之诚，实乏经纶之策。仰望先生仁慈忠义，慨然展吕望之大才，施子房之鸿略，天下幸甚！社稷幸甚！先此布达，再容斋戒薰沐，特拜尊颜，面倾鄙悃。统希鉴原。

玄德写罢，递与诸葛均收了，拜辞出门，均送出，玄德再三殷勤致意而别。方上马欲行，忽见童子招手篱外，叫曰："老先生来也！"玄德视之，见小桥之西，一人暖帽遮头，狐裘蔽体，骑着一驴，随后一青衣小童，携一葫芦酒，踏雪而来。转过小桥，口吟诗一首。诗曰：

> 一夜北风寒，万里彤云厚。
>
> 长空雪乱飘，改尽江山旧。
>
> 仰面观太虚，疑是玉龙斗。
>
> 纷纷鳞甲飞，顷刻遍宇宙。
>
> 骑驴过小桥，独叹梅花瘦。

⑨ 诸葛亮社会关系表

诸葛亮妻子是黄承彦女儿。《襄阳记》说，黄承彦是"沔南名士"，虽然一生未做官，但他是襄阳大族蔡讽的大女婿，而刘表是二女婿；蔡讽的姐夫是汉太尉张温，小儿子就是蔡瑁。所以诸葛亮通过妻子关系，就和蔡氏家族及刘表父子攀了亲戚。诸葛亮有两个姐姐，小姐嫁与沔南庞德公之子庞山民；大姐嫁与中庐大族蒯祺。庞德公是荆襄名士的魁首，蒯氏也是地方豪族、世代做官。按，据史传，刘表为董卓发表为荆州刺史，走马上任，能坐稳荆州的一大原因，也就是依靠荆州两大族支持，即（一）蔡氏（以蔡瑁为代表）；（二）蒯氏（以蒯越为代表）。

玄德闻歌曰："此真卧龙矣！"滚鞍下马，向前施礼曰："先生冒寒不易。刘备等候久矣。"那人慌忙下驴答礼。诸葛均在后曰："此非卧龙家兄，乃家兄岳父黄承彦⑨也。"玄德曰："适间所吟之句，极其高妙。"承彦曰："老夫在小婿家观《梁父吟》，记得这一篇。适过小桥，偶见篱落间梅花，故感而诵之。不期为尊客所闻。"玄德曰："曾见令婿否？"承彦曰："便是老夫也来看他。"玄德闻言，辞别承彦，上马而归。正值风雪又大，回望卧龙冈，悒怏不已。后人有诗，单道玄德风雪访孔明。诗曰：

> 一天风雪访贤良，不遇空回意感伤。
>
> 冻合溪桥山石滑，寒侵鞍马路途长。
>
> 当头片片梨花落，扑面纷纷柳絮狂。
>
> 回首停鞭遥望处，烂银堆满卧龙冈。

玄德回新野之后，光阴荏苒，又早新春。乃命卜者揲蓍，选择吉期，斋戒三日，薰沐更衣，再往卧龙冈谒孔明。关、张闻之不悦，遂一齐入谏玄德。正是：

> 高贤未服英雄志，屈节偏生杰士疑。

未知其言若何，下文便晓。

第三十八回　定三分隆中决策　战长江孙氏报仇

却说玄德访孔明两次不遇，欲再往访之。关公曰："兄长两次亲往拜谒，其礼太过矣。想诸葛亮有虚名而无实学，故避而不敢见。兄何惑于斯人之甚也。"玄德曰："不然。昔齐桓公欲见东郭野人，五反而方得一面。况吾欲见大贤耶？"张飞曰："哥差矣！量此村夫，何足为大贤？今番不须哥哥去，他如不来，我只用一条麻绳缚将来！"玄德叱曰："汝岂不闻周文王谒姜子牙之事乎？文王且如此敬贤，汝何太无礼！今番汝休去，我自与云长去。"飞曰："既两位哥哥都去，小弟如何落后？"玄德曰："汝若同往，不可失礼。"飞应诺[①]。

于是三人乘马引从者往隆中。离草庐半里之外，玄德便下马步行，正遇诸葛均。玄德忙施礼，问曰："令兄在庄否？"均曰："昨暮方归。将军今日可与相见。"言罢，飘然自去。玄德曰："今番侥幸，得见先生矣。"张飞曰："此人无礼，便引我等到庄也不妨，何故竟自去了！"玄德曰："彼各有事，岂可相强？"三人来到庄前叩门，童子开门出问。玄德曰："有劳仙童转报：刘备专来拜见先生。"童子曰："今日先生虽在家，但今在草堂上昼寝未醒。"玄德曰："既如此，且休通报。"分付关、张二人，只在门首等着。玄德徐步而入，见先生仰卧于草堂几席之上。玄德拱立阶下。半晌，先生未醒。关、张在外立久，不见动静，入见玄德犹然侍立。张飞大怒，谓云长曰："这先生如何傲慢！见我哥哥侍立阶下，他竟高卧，推睡不起。等我去屋后放一把火，看他起不起！"云长再三劝住。玄德仍命二人出门外等候。望堂上时，见先生翻身将起，忽又朝里壁睡着。童子欲报，玄德曰："且勿惊动。"又立了一个时辰，孔明才醒，口吟诗曰：

> 大梦谁先觉？平生我自知。
>
> 草堂春睡足，窗外日迟迟。

① 刘备三顾跟随无有关张

"三顾"相伴有关、张，当沿袭元《三国志平话》，"皇叔引三千军同二弟兄，直至南阳邓州武荡山卧龙冈庵"。实非。《三国志·蜀书·诸葛亮传》说，徐庶向刘备推荐诸葛亮，"'此人可就见，不可屈致也。将军宜枉驾顾之。'由是先主遂诣亮，凡三往，乃见。"此处未涉及关、张随行。盖此时刘备屯樊城（小说作新野），赴隆中行程五六十里，此中仍须有留守者，非关、张莫属；而徐庶作为媒介，且刘备早有言："君与俱来。"故陪同刘备三顾，关张可有可无而必应有徐庶在焉。

②《隆中对》非诸葛亮一人高见（附表）

东汉末年，能够预测天下对峙和鼎立的，据《三国志》，至少还有鲁肃、周瑜、孙权、甘宁和庞统、法正诸人。诸葛亮《隆中对》是汉建安十二年(207)说的。但在建安五年鲁肃初见孙权时就说，"肃窃料之，汉室不可复兴，曹操不可卒除，为将军计，唯有鼎足江东，以观天下之衅，规模如此，亦自无嫌，何者？北方诚多务也；因其多务，剿除黄祖、进伐刘表，竟长江所极，据而有之，然后建号帝王以图天下，此高帝之业也"(《鲁肃传》)。后因曹操抢先一步南下荆州，鲁肃又积极倡导联刘破曹，赤壁战后且力主借荆州(江陵)与刘备；曹操闻孙权借刘备荆州(江陵)事，不觉笔落于地。"正恐鲁肃之计行，两雄相倚，而天下难争故也"(袁枚)。"鲁肃明于大势，欲合吴蜀以拒操，为三分之计"(王懋竑)。可见鲁肃之卓见，不亚于《隆中对》，所以袁枚说："孔明之谋蜀也，先结孙权而后攻魏，鲁肃之谋吴也，先结刘备而后攻魏。"甘宁也有卓见。建安十二年，甘宁归吴，初见孙权时就提出南北对峙，"今汉祚日微，曹操弥骄，终为篡盗。南荆之地，山陵形便，江川流通，诚是国之西势也。""西据楚关，大势弥广，即可渐规巴蜀"(《甘宁传》)。赤壁战前后，周瑜以及在周瑜、鲁肃等影响下的孙权，都是主张南北对峙或三国鼎立的。他们的战略是：一取荆州；二取益州。但因为曹操迅速南下，打乱了部署。建安十五年庞统弃吴归刘备，又一次提出鼎足三分，"荆州荒残，人物

孔明吟罢，翻身问童子曰："有俗客来否？"童子曰："刘皇叔在此立候多时。"孔明乃起身曰："何不早报？尚容更衣。"遂转入后堂。又半晌，方整衣冠出迎。玄德见孔明身长八尺，面如冠玉，头戴纶巾，身披鹤氅，飘飘然有神仙之概。玄德下拜曰："汉室末胄，涿郡愚夫，久闻先生大名，如雷贯耳。昨两次晋谒，不得一见；已书贱名于文几，未审得入览否？"孔明曰："南阳野人，疏懒成性，屡蒙将军枉临，不胜愧赧。"二人叙礼毕，分宾主而坐。童子献茶。茶罢，孔明曰："昨观书意，足见将军忧民忧国之心。但恨亮年幼才疏，有误下问。"玄德曰："司马德操之言，徐元直之语，岂虚谈哉？望先生不弃鄙贱，曲赐教诲。"孔明曰："德操、元直，世之高士。亮乃一耕夫耳，安敢谈天下事？二公谬举矣。将军奈何舍美玉而求顽石乎？"玄德曰："大丈夫抱经世奇才，岂可空老于林泉之下？愿先生以天下苍生为念，开备愚鲁而赐教。"孔明笑曰："愿闻将军之志。"玄德屏人促席而告曰："汉室倾颓，奸臣窃命，备不量力，欲申大义于天下，而智术浅短，迄无所就。惟先生开其愚而拯其厄，实为万幸。"孔明曰："自董卓造逆以来，天下豪杰并起。曹操势不及袁绍，而竟能克绍者，非惟天时，抑亦人谋也。今操已拥百万之众，挟天子以令诸侯，此诚不可与争锋。孙权据有江东，已历三世，国险而民附，此可用为援而不可图也。荆州北据汉、沔，利尽南海，东连吴、会，西通巴、蜀，此用武之地，非其主不能守，是殆天所以资将军，将军岂有意乎？益州险塞，沃野千里，天府之国，高祖因之以成帝业。今刘璋暗弱，民殷国富而不知存恤，智能之士，思得明君。将军既帝室之胄，信义著于四海，总揽英雄，思贤如渴；若跨有荆、益，保其岩阻，西和诸戎，南抚彝、越，外结孙权，内修政理，待天下有变，则命一上将将荆州之兵以向宛、洛，将军身率益州之众以出秦川，百姓有不箪食壶浆以迎将军者乎？诚如是，则大业可成，汉室可兴矣。此亮所以为将军谋者也，唯将军图之②。"

言罢，命童子取出画一轴，挂于中堂，指谓玄德曰："此西川五十四州之图也。将军欲成霸业，北让曹操占天时，南让孙权占地利，将军可占人和。先取荆州为家，后即取西川建基业，以成鼎足之势，然后可图中原。"玄德闻言，避席拱手谢曰："先生之言，顿开茅塞，使备如拨云雾而睹青天。但荆州刘表、益州刘璋，皆汉室宗亲，备安忍

时间	地点	主体与受体	观　点
192 年	广陵	张纮与孙策	收兵吴会,据长江
200 年	吴	鲁肃与孙权	竟长江所极
207 年冬	隆中	诸葛亮与刘备	
208 年春		甘宁与孙权	西据楚关,渐规巴蜀
208 年	夏口(或当阳)	诸葛亮与刘备	
210 年	京口	周瑜与孙权	得蜀并张鲁,据襄阳图北方
210 年	江陵	庞统与刘备	取益州以定大事
210 年	江陵	诸葛亮与刘备	资益州以成帝业
211 年	江陵	法正与刘备	资益州创大业

夺之?"孔明曰:"亮夜观天象,刘表不久人世;刘璋非立业之主,久后必归将军。"玄德闻言,顿首拜谢。只这一席话,乃孔明未出茅庐,已知三分天下,真万古之人不及也。后人有诗赞曰:

<blockquote>豫州当日叹孤穷,何幸南阳有卧龙!

欲识他年分鼎处,先生笑指画图中。</blockquote>

玄德拜请孔明曰:"备虽名微德薄,愿先生不弃鄙贱,出山相助,备当拱听明诲。"孔明曰:"亮久乐耕锄,懒于应世,不能奉命。"玄德泣曰:"先生不出,如苍生何?"言毕,泪沾袍袖,衣襟尽湿。孔明见其意甚诚,乃曰:"将军既不相弃,愿效犬马之劳。"玄德大喜,遂命关、张入,拜献金帛礼物。孔明固辞不受。玄德曰:"此非聘大贤之礼,但表刘备寸心耳。"孔明方受。于是玄德等在庄中共宿一宵。次日,诸葛均回,孔明嘱付曰:"吾受刘皇叔三顾之恩,不容不出。汝可躬耕于此,勿得荒芜田亩。待我功成之日,即当归隐。"后人有诗叹曰:

<blockquote>身未升腾思退步,功成应忆去时言。

只因先主丁宁后,星落秋风五丈原。</blockquote>

又有古风一篇曰:

<blockquote>高皇手提三尺雪,芒砀白蛇夜流血。平秦灭楚入咸阳,二百年前几断绝。大哉光武兴洛阳,传至桓灵又崩裂。献帝迁都幸许昌,纷纷四海生豪杰。曹操专权得天时,江东孙氏开鸿业。孤穷玄德走天下,独居新野愁民厄。南阳卧龙有大志,腹内雄兵分正奇。只因徐庶临行语,茅庐三顾心相知。先生尔时年三九,收拾琴书离陇亩。先取荆州后取川,大展经纶补天手。纵横舌上鼓风雷,谈笑胸中换星斗。龙骧虎视安乾坤,万古千秋名不朽。</blockquote>

玄德等三人别了诸葛均③,与孔明同归新野。玄德待孔明如师,食则同桌,寝则同榻,终日共

殚尽,东有吴孙,北有曹氏,鼎足之计,难以得志。今益州国富民强,户口百万,四部兵马,所出必具,宝货无求于外,今可权借以定大事"(《庞统传》引《九州春秋》)。法正更规劝刘备以行动,"以明将军之英才,乘刘牧之懦弱;张松,州之股肱,以应于内;然后资益州之殷富,凭天储之险阻,以此成业,犹反掌也"(《法正传》)。后来事态走向,正如他们所判断。见在陈寿长期在蜀汉,所以《隆中对》的文字得以较完整留世,但并不等于诸葛亮的同代人没有自己的高论卓见。

③ 诸葛均下落

诸葛均当随诸葛亮同赴新野。《三国志·蜀书·诸葛亮传》说,"亮弟均,官至长水校尉。"按,廖立系在蜀汉建兴元年(223)由侍中改任长水校尉,不久即因诽谤去官,所遗长水校尉,或即由诸葛均出任。

④ 吕蒙故里

吕蒙系汝南富陂(安徽阜南)人,故里在阜南万沟乡吕家岗一带,原名富陂,原为谷水边一个古城。西汉置有富陂县,今仅存遗址。其故居名吕老家,原址已湮没于濛河分洪道内。今吕家岗一带仍为吕姓聚居地,分居于大高庄、王冲、小吕庄、吕老家庄等十余村内,有千余户,六千余人,系吕蒙后裔。(据彭卿云主编《中国历史名人胜迹大辞典》,上海文艺出版社、香港三联书店1995年版第115页)

⑤ 江东良将非同时投奔

据《三国志·吴书》,吕蒙系孙策时别部司马,"权统事,料诸小将兵少而用薄者,欲并合之。蒙阴赊贳,为兵作绛衣行縢,及简上,陈列赫然,兵人练习,权见之大悦,增其兵"(《吕蒙传》)。陆逊始为文职,"始任幕府,历东西曹令史,出为海昌屯田都尉,并领县事"(《陆逊传》)。徐盛"客居吴,以勇气闻。孙权统事,以为别部司马,授兵五百人,守柴桑长"(《徐盛传》)。潘璋系"孙权为阳羡长,始往随权","权奇爱之,因使召募,得百余人,遂以为将。讨山贼有功,署别部司马"(《潘璋传》)。丁奉"少以骁勇为小将,属甘宁、陆逊、潘璋等。数随征伐,战斗常冠军"(《丁奉传》)。此中数人,吕蒙在孙策时已为军官,丁奉资历最浅,在孙权主政时期,先后隶属甘宁、陆逊、潘璋等,还未自率一军,故《演义》所述丁奉为周瑜护卫,奉命追杀刘备、诸葛亮以及江陵战牛金等,均无史据。

⑥ 孙翊未能为孙策相中接班

孙翊英烈好勇,《三国志·吴书·孙翊传》称:"骁悍果烈,有兄策风。"但孙策临死,却未相中。本传附《典略》称:"性似策。策临卒,张昭等谓策当以兵属俨(孙翊)!而策呼权,佩以印绶。"孙策确有自知之明,知晓自己乃马上争夺天下之匹夫,缺乏马下治天下的经世,孙翊似己,难以经国治世也。

论天下之事。孔明曰:"曹操于冀州作玄武池以练水军,必有侵江南之意。可密令人过江探听虚实。"玄德从之,使人往江东探听。

却说孙权自孙策死后,据住江东,承父兄基业,广纳贤士,开宾馆于吴会,命顾雍、张纮延接四方宾客。连年以来,你我相荐。时有会稽阚泽字德润、彭城严畯字曼才、沛县薛综字敬文、汝阳程秉字德枢、吴郡朱桓字休穆、陆绩字公纪、吴人张温字惠恕、乌伤骆统字公绪、乌程吾粲字孔休;此数人皆至江东,孙权敬礼甚厚。又得良将数人,乃汝南吕蒙字子明④、吴郡陆逊字伯言、琅琊徐盛字文响、东郡潘璋字文珪、庐江丁奉字承渊⑤。文武诸人,共相辅佐,由此江东称得人之盛。建安七年,曹操破袁绍,遣使往江东,命孙权遣子入朝随驾。权犹豫未决。吴太夫人命周瑜、张昭等面议。张昭曰:"操欲令我遣子入朝,是牵制诸侯之法也。然若不令去,恐其兴兵下江东,势必危矣。"周瑜曰:"将军承父兄遗业,兼六郡之众,兵精粮足,将士用命,有何逼迫而欲送质于人?质一人,不得不与曹氏连和;彼有命召,不得不往:如此则见制于人也。不如勿遣,徐观其变,别以良策御之。"吴太夫人曰:"公瑾之言是也。"权遂从其言,谢使者,不遣子。自此曹操有下江南之意;但正值北方未宁,无暇南征。建安八年十一月,孙权引兵伐黄祖,战于大江之中,祖军败绩。权部将凌操,轻舟当先,杀入夏口,被黄祖部将甘宁一箭射死。凌操子凌统,时年方十五岁,奋力往夺父尸而归。权见风色不利,收军还东吴。

却说孙权弟孙翊⑥,为丹阳太守。翊性刚好酒,醉后尝鞭挞士卒。丹阳督将妫览、郡丞戴员二人,常有杀翊之心,乃与翊从人边洪结为心腹,共谋杀翊。时诸将县令皆集丹阳,翊设宴相待。翊妻徐氏美而慧,极善卜《易》。是日卜一卦,其象大凶,劝翊勿出会客。翊不从,遂与众大会。至晚席散,边洪带刀跟出门外,即抽刀砍死孙翊。妫览、戴员乃归罪边洪,斩之于市。二人乘势掳翊家资侍妾。妫览见徐氏美貌,乃谓之曰:"吾为汝夫报仇,汝当从我;不从则死。"徐氏曰:"夫死未几,不忍便相从；可待至晦日，设祭除服，然后成亲未迟。"览从之。徐氏乃密召孙翊心腹旧将孙高、傅婴二人入府，泣告曰："先夫在日，常言二公忠义。今妫、戴二贼谋杀我夫，只归罪边洪，将我家资童婢尽皆分去。妫览又欲强占妾身，妾已诈许之，以安其心。二将军可差人星夜报知吴侯，一面设密计以图二贼，雪此仇辱，生死衔恩。"言毕再拜。孙高、傅婴皆泣曰："我等平日感府君恩遇，今日所以不即死难者，正欲为复仇计耳。夫人所命，敢不效力！"于是密遣心腹使者往报孙权。至晦日，徐氏先召孙、傅二人，伏于密室帏幕之中，然后设祭于堂上。祭毕，即除去孝服，沐浴薰香，浓妆艳裹，言笑自若。妫览闻之甚喜。

　　至夜，徐氏遣婢妾请览入府，设席堂中饮酒。饮既醉，徐氏乃邀览入密室。览喜，乘醉而入。徐氏大呼曰："孙、傅二将军何在！"二人即从帏幕中持刀跃出。妫览措手不及，被傅婴一刀砍倒在地，孙高再复一刀，登时杀死。徐氏复传请戴员赴宴。员入府来，至堂中，亦被孙、傅二将所杀。一面使人诛戮二贼家小及其余党。徐氏遂重穿孝服，将妫览、戴员首级祭于孙翊灵前。不一日，孙权自领军马至丹阳，见徐氏已杀妫、戴二贼，乃封孙高、傅婴为牙门将，令守丹阳，取徐氏归家养老。江东人无不称徐氏之德⑦。后人有诗赞曰：

才节双全世所无，奸回一旦受摧锄。

庸臣从贼忠臣死，不及东吴女丈夫。

　　且说东吴各处山贼，尽皆平复⑧。大江之中，有战船七千余只。孙权拜周瑜为大都督⑨，总统江东水陆军马。建安十二年冬十月，权母吴太夫人⑩病危，召周瑜、张昭二人至，谓曰："我本吴人，幼亡父母，与弟吴景徙居越中。后嫁于孙氏，生四子。长子策生时，吾梦月入怀；后生次子权，又梦日入怀。卜者云：'梦日月入怀者，其子大贵。'不幸策早丧。今将江东基业付权，望公等同心助之，吾死不朽矣。"又嘱权曰："汝事子布、公瑾以师傅之礼，不可怠慢。吾妹与我共嫁汝父，则亦汝之母也。吾死之后，事吾妹如事我。汝妹亦当

⑦ **徐氏为夫复仇**

徐氏设计除妫览等事，本事源于《三国志·吴书·孙翊传》《孙韶传》。元关汉卿有杂剧《徐夫人雪恨万花堂》，见《录鬼簿》著录，题目亦作《孙太守错疑三虎将》，此处"三虎将"，即助徐氏复仇的孙翊旧将徐元、孙高、傅婴。近年，天津京剧院以此题材改编为《夫人令》。

⑧ **山越——东吴的心腹之患**

汉建安五年(200)，孙权继兄掌江东，此后七八年间，有三次出兵讨伐黄祖，在外线作战，其余大部精力，乃"分部诸将，镇抚山越"。山越，聚居在江南山丛的宗族家族。东吴重要将领几都参与和主持了讨伐山越战争。如前期的"吕范平鄱阳，程普讨乐安，太史慈领海昏，韩当、周泰、吕蒙为剧县长"，以及贺齐讨上饶。此后半个世纪直到东吴灭亡，山越仍是东吴心腹之患，致使其战略方针是保持守势，很少能有大规模的攻势，以至赤壁、夷陵和石亭等大战，都是战略防御的内线作战。

⑨ **周瑜从未为大都督**

据《三国志·吴书·周瑜传》，周瑜从未任大都督，只出任过左督、前部大督，乃是临时设置的指挥官。按，都督，本是东汉、三国时期将军部属(第七品)，如门下都督、帐下都督，但临时所设的持节都督、假节都督(第四品)，可为地方军政大员兼任，有权力。大都督为持节、假节都督之权重加大者。

⑩ **孙权母子信佛又信道**

孙母吴夫人是否信佛道，无文字记录，仅得闻于民间传闻。现在江苏苏州有北寺塔(报恩塔)。吴赤乌四年(241)，孙权为母建寺，又说是孙权母施宅而建寺，称通玄寺(后改报恩寺、开元寺)。传称有碑记，监工为黄盖、程普、周泰、张昭、顾雍、步骘、凌统、甘宁和陆绩等，当系后人伪造。梁朝始建寺塔。宋绍兴二十三年(1153)重修，塔高76米。塔前有明代所建牌楼和门厅，上悬"北塔

胜迹"、"赤乌遗迹"等匾。孙权信道也信佛。他在建业方山为葛玄建洞玄观，也在建业为康僧会建江东第一佛寺建初寺(大市寺)，并礼请翻译多种佛经的西域人支谦来建业。《高僧传》称，吴主孙权拜支谦为博士，使与韦昭等共辅东宫。

① 甘宁首倡孙权取巴蜀

甘宁早年做过蜀郡丞(郡太守副手之一，秩六百石)，弃官后在长江上做强盗，长达二十余年。后为刘焉招安，刘焉死后，刘璋继任益州刺史，"荆州别驾刘阖，璋将沈弥、娄发、甘宁反，击璋不胜，走入荆州"(《三国志·蜀书·刘二牧传》引《英雄记》)。他在南阳时，刘表不见用，闲居三四年后，一度任邾县长，又在黄祖处三四年。《吴书》称，甘宁将僮客八百人就刘表；后来又由周瑜，吕蒙推荐，受到孙权青睐。甘宁见孙权，当已在五十岁里外，社会经验丰富，就提出南北对峙的详细战略。孙权很是赞同，并付诸行动，当年就攻占了夏口(湖北汉口)，正想实现下一步攻打江陵(南郡)计划，曹操南下了。

恩养，选佳婿以嫁之。"言讫遂终。孙权哀哭，具丧葬之礼，自不必说。

至来年春，孙权商议欲伐黄祖。张昭曰："居丧未及期年，不可动兵。"周瑜曰："报仇雪恨，何待期年？"权犹豫未决。适平北都尉吕蒙入见，告权曰："某把龙湫水口，忽有黄祖部将甘宁来降。某细询之，宁字兴霸，巴郡临江人也，颇通书史。有气力，好游侠。尝招合亡命，纵横于江湖之中，腰悬铜铃，人听铃声，尽皆避之。又尝以西川锦作帆幔，时人皆称为'锦帆贼'。后悔前非，改行从善，引众投刘表。见表不能成事，即欲来投东吴，却被黄祖留住在夏口。前东吴破祖时，祖得甘宁之力，救回夏口，乃待宁甚薄。都督苏飞屡荐宁于祖，祖曰：'宁乃劫江之贼，岂可重用？'宁因此怀恨。苏飞知其意，乃置酒邀宁到家，谓之曰：'吾荐公数次，奈主公不能用。日月逾迈，人生几何，宜自远图。吾当保公为邾县长，自作去就之计。'宁因此得过夏口，欲投江东，恐江东恨其救黄祖杀凌操之事。某具言主公求贤若渴，不记旧恨；况各为其主，又何恨焉？宁欣然引众渡江，来见主公。乞钧旨定夺。"孙权大喜曰："吾得兴霸，破黄祖必矣。"遂命吕蒙引甘宁入见。参拜已毕，权曰："兴霸来此，大获我心，岂有记恨之理？请无怀疑。愿教我以破黄祖之策。"宁曰："今汉祚日危，曹操终必篡窃。南荆之地，操所必争也。刘表无远虑，其子又愚劣，不能承业传基，明公宜早图之；若迟，则操先图之矣。今宜先取黄祖。祖今年老昏迈，务于货利；侵求吏民，人心皆怨；战具不修，军无法律。明公若往攻之，其势必破。既破祖军，鼓行而西，据楚关而图巴、蜀，霸业可定也。"⑩孙权曰："此金玉之论也。"遂命周瑜为大都督，总水陆军兵；吕蒙为前部先锋，董袭与甘宁为副将；权自领大军十万，征讨黄祖。

细作探知，报至江夏。黄祖急聚众商议，令苏飞为大将，陈就、邓龙为先锋，尽起江夏之兵迎敌。陈就、邓龙各引一队艨艟截住沔口，艨艟上各设强弓硬弩千余张，将大索系定艨艟于水面上。东吴兵至，艨艟上鼓响，弓弩齐发，兵不敢进，约退数里水面。甘宁谓董袭曰："事已至此，不得不进。"乃选小船百余只，每船用精兵五十人，二十人撑船，三十人各披衣甲，手执钢刀。不避矢石，直至艨艟傍边，砍断大索，艨艟遂横。甘宁飞上艨艟，将邓龙砍死。陈就弃船而走。吕蒙见了，跳下小船，自取橹棹，直入船队，放火烧船。陈就急待上岸，吕蒙舍命赶到跟前，当胸一刀砍翻。比及苏飞引军于岸上接应时，东吴诸将一齐上岸，势不可当。祖军大败。苏飞落荒而走,正遇东吴大将潘璋,两马相交,战不数合,被璋生擒过去。径至船中来见孙权。权命左右以槛车囚之,待活捉黄祖,一并诛戮。催动三军,不分昼夜,攻打夏口。正是:

只因不用锦帆贼,至令冲开大索船。

未知黄祖胜负如何,且看下文分解。

第三十九回　荆州城公子三求计
博望坡军师初用兵

　　却说孙权督众攻打夏口，黄祖兵败将亡，情知守把不住，遂弃江夏，望荆州而走。甘宁料得黄祖必走荆州，乃于东门外伏兵等候。祖带数十骑突出东门，正走之间，一声喊起，甘宁拦住。祖于马上谓宁曰："我向日不曾轻待汝，今何相逼耶？"宁叱曰："吾昔在江夏多立功绩，汝乃以'劫江贼'待我，今日尚有何说？"黄祖自觉难免，拨马而走。甘宁冲开士卒，直赶将来。只听得后面喊声起处，又有数骑赶来。宁视之，乃程普也。宁恐普来争功，慌忙拈弓搭箭，背射黄祖，祖中箭翻身落马。宁枭其首级①，回马与程普合兵一处，回见孙权，献黄祖首级。权命以木匣盛贮，待回江东祭献于亡父灵前。重赏三军，升甘宁为都尉。商议欲分兵守江夏，张昭曰："孤城不可守，不如且回江东。刘表知我破黄祖，必来报仇；我以逸待劳，必败刘表。表败而后乘势攻之，荆、襄可得也。"权从其言，遂弃江夏，班师回江东。

　　苏飞在槛车内，密使人告甘宁求救。宁曰："飞即不言，吾岂忘之？"大军既至吴会，权命将苏飞枭首，与黄祖首级一同祭献。甘宁乃入见权，顿首哭告曰："某向日若不得苏飞，则骨填沟壑矣，安能效命将军麾下哉？今飞罪当诛，某念其昔日之恩情，愿纳还官爵，以赎飞罪。"权曰："彼既有恩于君，吾为君赦之。但彼若逃去奈何？"宁曰："飞得免诛戮，感恩无地，岂肯走乎！若飞去，宁愿将首级献于阶下。"权乃赦苏飞，止将黄祖首级祭献。祭毕，设宴大会文武庆功。正饮酒间，忽见座上一人大哭而起，拔剑在手，直取甘宁。宁忙举坐椅以迎之。权惊视其人，乃凌统也。因甘宁在江夏时，射死他父亲凌操，今日相见，故欲报仇。权连忙劝住，谓统曰："兴霸射死卿父，彼时各为其主，不容不尽力。今既为一家人，岂可复理旧仇？万事皆看吾面。"

① 黄祖乃被俘杀
黄祖非甘宁杀。唐许嵩《建康实录》称，"十三年春，征黄祖于江夏，屠其城邑，生获祖，枭首于军门，虏其男女数万口而归"。

凌统叩头大哭曰："不共戴天之仇，岂容不报！"权与众官再三劝之，凌统只是怒目而视甘宁。权即日命甘宁领兵五千、战船一百只，往夏口镇守，以避凌统。宁拜谢，领兵自往夏口去了。权又加封凌统为承烈都尉，统只得含恨而止。东吴自此广造战船，分兵守把江岸；

又命孙静引一枝军守吴会,孙权自领大军屯柴桑,周瑜日于鄱阳湖教练水军,以备攻战。

话分两头。却说玄德差人打探江东消息,回报东吴已攻杀黄祖。现今屯兵柴桑。玄德便请孔明计议。正话间,忽刘表差人来请玄德赴荆州议事。孔明曰:"此必因江东破了黄祖,故请主公商议报仇之策也。某当与主公同往,相机而行,自有良策。"玄德从之,留云长守新野,令张飞引五百人马跟随往荆州来。玄德在马上谓孔明曰:"今见景升,当若何对答?"孔明曰:"当先谢襄阳之事。他若令主公去征讨江东,切不可应允,但说容归新野,整顿军马。"玄德依言。来到荆州,馆驿安下,留张飞屯兵城外,玄德与孔明入城见刘表。礼毕,玄德请罪于阶下。表曰:"吾已悉知贤弟被害之事。当时即欲斩蔡瑁之首,以献贤弟,因众人告免,故姑恕之。贤弟幸勿见罪。"玄德曰:"非干蔡将军之事,想皆下人所为耳。"表曰:"今江夏失守,黄祖遇害,故请贤弟共议报复之策。"玄德曰:"黄祖性暴,不能用人,故致此祸。今若兴兵南征,倘曹操北来,又当奈何?"表曰:"吾今年老多病,不能理事,贤弟可来助我。我死之后,弟便为荆州之主也。"玄德曰:"兄何出此言,量备安敢当此重任?"孔明以目视玄德。玄德曰:"容徐思良策。"遂辞出,回至馆驿。孔明曰:"景升欲以荆州付主公,奈何却之?"玄德曰:"景升待我,恩礼交至,安忍乘其危而夺之?"孔明叹曰:"真仁慈之主也!"

正商论间,忽报公子刘琦来见。玄德接入,琦泣拜曰:"继母不能相容,性命只在旦夕,望叔父怜而救之。"玄德曰:"此贤侄家事耳,奈何问我?"孔明微笑。玄德求计于孔明,孔明曰:"此家事,亮不敢与闻。"少时,玄德送琦出,附耳低言曰:"来日我使孔明回拜,贤侄可如此如此,彼定有妙计相告。"琦谢而去。次日,玄德只推腹痛,乃浼孔明代往回拜刘琦。孔明允诺,来至公子宅前,下马入见公子。公子邀入后堂。茶罢,琦曰:"琦不见容于继母,幸先生一言相救。"孔明曰:"亮客寄于此,岂敢与人骨肉之事? 倘有泄漏,为害不浅。"说罢,起身告辞。琦曰:"既承光顾,安敢慢别。"乃挽留孔明入密室共饮。饮酒之间,琦又曰:"继母不见容,乞先生一言救我。"孔明曰:"此非亮所敢谋也。"言讫,又欲辞去。琦曰:"先生不言则已,何便欲去?"孔明乃复坐。琦曰:"琦有一古书,请先生一观。"乃引孔明登一小楼[2]。孔明曰:"书在何处?"琦泣拜曰:"继母不见容,琦命在旦夕,先生忍无一言相救乎?"孔明作色而起,便欲下楼,只见楼梯已撤去。琦告曰:"琦欲求教良策,先生恐有泄漏,不肯出言。今日上不至天,下不至地,出君之口,入琦之耳,可以赐教矣。"孔明曰:"'疏不间亲',亮何能为公子谋?"琦曰:"先生终不幸教琦乎! 琦命固不保矣,请即死于先生之前。"乃掣剑欲自刎。孔明止之曰:"已有良策。"琦拜曰:"愿即赐教。"孔明曰:"公子岂不闻申生、重耳之事乎? 申生在内

② 刘琦与诸葛亮登台处
据《三国志·蜀书·诸葛亮传》称此地在襄阳,"琦乃将亮游观后园,共上高楼,饮宴之间,令人去梯。"所以《元和志》称"刘琦台,琦与诸葛亮登上去梯之所。"但清乾隆《襄阳府志》卷五枣阳古迹篇却称,"刘琦台,城东二里,即琦与诸葛谋自安之计。"刘琦此后就离襄阳。据《枣阳县志》称,"荆州刺史刘琦墓县东五里,曾屯兵于此。"或系刘琦赴江夏前在此驻军。按,刘琦赴江夏,据《蜀书·诸葛亮传》早自于黄祖死之前,诸葛为之策划外出之术,"琦意感悟,阴规出计"。

③ **司马懿为贵族世家**

司马懿父司马防(建公),曾为曹操任洛阳北部尉(北城区警察局长)时的顶头上司京兆尹(京都洛阳市长)。司马防相当器重曹操。曹操做魏王时,司马防还健在。"及公为王,召建公到邺,与欢饮,谓建公曰:'孤今日可复作尉否?'建公曰:'昔举大王时,适可作尉耳。'王大笑。"(《三国志·魏书·武帝纪》引《曹瞒传》)司马懿是为曹操逼出来做丞相府属吏的。按司马懿系河内温(河南温县西)人。相传他野心勃勃,在家乡挖有转兵洞(地道)以地下藏兵、屯聚粮草。

而亡,重耳在外而安。今黄祖新亡,江夏乏人守御,公子何不上言,乞屯兵守江夏,则可以避祸矣。"琦再拜谢教,乃命人取梯送孔明下楼。孔明辞别,回见玄德,具言其事,玄德大喜。

次日,刘琦上言,欲守江夏,刘表犹豫不决,请玄德共议。玄德曰:"江夏重地,固非他人可守,正须公子自往。东南之事,兄父子当之;西北之事,备愿当之。"表曰:"近闻曹操于邺郡作玄武池以练水军,必有南征之意,不可不防。"玄德曰:"备已知之,兄勿忧虑。"遂拜辞回新野。刘表令刘琦引兵三千往江夏镇守。

却说曹操罢三公之职,自以丞相兼之。以毛玠为东曹掾,崔琰为西曹掾,司马懿为文学掾。懿字仲达,河内温人也③,颍川太守司马隽之孙,京兆尹司马防之子,主簿司马朗之弟也。自是文官大备,乃聚武将商议南征。夏侯惇进曰:"近闻刘备在新野,每日教演士卒,必为后患,可早图之。"操即命夏侯惇为都督,于禁、李典、夏侯兰、韩浩为副将,领兵十万,直抵博望城,以窥新野。荀彧谏曰:"刘备英雄,今更兼诸葛亮为军师,不可轻敌。"惇曰:"刘备鼠辈耳,吾必擒之。"徐庶曰:"将军勿轻视刘玄德。今玄德得诸葛亮为辅,如虎生翼矣。"操曰:"诸葛亮何人也?"庶曰:"亮字孔明,道号卧龙先生,有经天纬地之才,出鬼入神之计,真当世之奇才,非可小觑。"操曰:"比公若何?"庶曰:"庶安敢比亮?庶如萤火之光,亮乃皓月之明也。"夏侯惇曰:"元直之言谬矣。吾看诸葛亮如草芥耳,何足惧哉!吾若不一阵生擒刘备,活捉诸葛,愿将首级献与丞相。"操曰:"汝早报捷书,以慰吾心。"惇奋然辞曹操,引军登程。

却说玄德自得孔明,以师礼待之。关、张二人不悦,曰:"孔明年幼,有甚才学!兄长待之太过,又未见他真实效验。"玄德曰:"吾得孔明,犹鱼之得水也。两弟勿复多言。"关、张见说,不言而退。一日,有人送牦牛尾至,玄德取尾亲自结帽。孔明入见,正色曰:"明公无复有远志,但事此而已耶?"玄德投帽于地而谢曰:"吾聊假此以忘忧耳。"孔明曰:"明公自度比曹操若何?"玄德曰:"不如也。"孔明曰:"明公之众,不过数千人,万一曹兵至,何以迎之?"玄德曰:"吾正愁此事,未得良策。"孔明曰:"可速招募民兵,亮自教之,可以待敌。"玄德遂招新野之民,得三千人,孔明朝夕教演阵法。

忽报曹操差夏侯惇引兵十万,杀奔新野来了。张飞闻知,谓云长曰:"可着孔明前去迎敌便了。"正说之间,玄德召二人入,谓曰:"夏侯惇引兵到来,如何迎敌?"张飞曰:"哥哥何不使'水'去?"玄德曰:"智赖孔明,勇须二弟,何可推诿?"关、张出,玄德请孔明商议。孔明曰:"但恐关、张二人不肯听吾号令。主公若欲亮行兵,乞假剑印。"玄德便以剑印付孔明,孔明遂聚集众将听令。张飞谓云长曰:"且听令去,看他如何调度?"孔明令曰:"博望之左有山,名曰豫山;右有林,名曰安林：可以埋伏军马。云长可引一千军往像山埋伏，等彼军至，放过休敌，其辎重粮草，必在后面，但看南面火起，可纵兵出击，就焚其粮草。翼德可引一千军去安林背后山谷中埋伏，只看南面火起，便可出，向博望城旧屯粮草处纵火烧之。关平、刘封可引五百军，预备引火之物④，于博望坡后两边等候，至初更兵到，便可放火矣。"又命于樊城取回赵云，令为前部，不要赢，只要输。"主公自引一军为后援。各须依计而行，勿使有失。"云长曰："我等皆出迎敌，未审军师却作何事？"孔明曰："我只坐守此城。"张飞大笑曰："我们都去厮杀，你却在家里坐地，好自在！"孔明曰："剑印在此，违令者斩！"玄德曰："岂不闻'运筹帷幄之中，决胜千里之外'？二弟不可违令。"张飞冷笑而去。云长曰："我们且看他的计应也不应，那时却来问他未迟。"二人去了。众将皆未知孔明韬略，今虽听令，却都疑惑不定。孔明谓玄德曰："主公今日可便引兵就博望山下屯住。来日黄昏，敌兵必到，主公便弃营而走，但见火起，便回军掩杀。亮与糜竺、糜芳引五百军守县。命孙乾、简雍准备庆喜筵席，安排'功劳簿'伺候。"派拨已毕，玄德亦疑惑不定。

却说夏侯惇与于禁等引兵至博望，分一半精兵作前队，其余尽护粮车而行。时当秋月，商飙徐起。人马趱行之间，望见前面尘头忽起。惇便将人马摆开，问向导官曰："此间是何处？"答曰："前面便是博望坡，后面是罗川口。"惇令于禁、李典押住阵脚，亲自出马阵前。遥望军马来到，惇忽然大笑。众问："将军为何而笑？"惇曰："吾笑徐元直在丞相面前，夸诸葛亮为天人。今观其用兵，乃以此等军马为前部与吾对敌，正如驱犬羊与虎豹斗耳。吾于丞相前夸口，要活捉刘备、诸葛亮，今必应吾言矣。"遂自纵马向前。赵云出马，惇骂曰："汝等随刘备，如孤魂随鬼矣！"云大怒，纵马来战。两马相交，不数合，云诈败而走，夏侯惇从后追赶。云约走十余里，回马又战，不数合又走。韩浩拍马向前谏曰："赵云诱敌，恐有埋伏。"惇曰："敌军如此，虽十面埋伏，吾何惧哉！"遂不听浩言，直赶至博望坡。一声炮响，玄德自引军冲将过来，接应交战。夏侯惇笑谓韩浩曰："此即埋伏之兵也。吾今晚不到新野，誓不罢兵！"乃催军前进，玄德、赵云退后便走。

时天色已晚，浓云密布，又无月色，昼风既起，夜风愈大。夏侯惇只顾催军赶杀。于禁、李典赶到窄狭处，两边都是芦苇。典谓禁曰：

④ **引火之物**

汉末三国之际，还未有火药，此处作"引火之物"，当是。所谓"引火之物"，当是易燃之物，但要火攻，更需客观条件。"行火必有因"（《孙子兵法》）如"天时燥旱"，敌军"营舍茅竹，积刍穗军粮于枯草宿莽之中"，"因风而焚之"（《神机制敌太白阴经》卷四）

⑤ **刘备设伏博望坡**

诸葛亮火烧博望事，乃系刘备故事移植。刘备投靠刘表，使屯新野（河南新野南）。关于火烧博望坡，史传有两说：一是因曹军进犯，刘备派他"使拒夏侯惇、于禁等于博望（河南新野北）。久之，先主设伏兵，一旦自烧屯伪遁，惇等追之，为伏兵所破"（《三国志·蜀书·先主传》）；二是当时曹操率主力远征割据山东半岛的管承，荆州军主动进攻，"刘表使刘备北侵，至叶（河南叶县），太祖遣（李）典从夏侯惇拒之。备一旦烧屯去，惇率诸军追击之，典曰：'贼无故退，疑必有伏，南道狭窄，草木深，不可追也。'惇不听，与于禁追之，典留守，惇等果入贼伏里，战不利"（《李典传》）。终于在博望坡中伏溃败。但曹刘双方出自何者主动进攻，待考，两说虽不一，但是刘备没有火攻，而是撤退途中设伏打垮追军。这次战役发生在汉建安八年（203）八月，"公征刘表，军西平"（《三国志·武帝传》），但多有学者界定为汉建安十一年，即诸葛亮辅助刘备的前一年。因此也有学者认定"博望烧屯"仍出自诸葛亮。王大错《考证古本三国志演义》以为《三国志·蜀书·先主传》提及博望烧屯"当于先主未遇诸葛时，推有'久之'两字，则知两军相持有日，当是先主拒之于初，逮三顾之后，诸葛先生来，而后乃破之也，如是则与志传合矣。"按，诸葛亮火烧夏侯惇故事，元《三国志平话》卷中《孔明下山》和元佚名杂剧《诸葛亮博望烧屯》，当为《演义》所叙张本。

⑥ 夏侯兰是赵云同乡
夏侯兰未死于博望坡。《三国志·蜀书·赵云传》引《别传》说，"先是，与夏侯惇战于博望，生获夏侯兰。兰是云乡里人，少小相知，云白先主活之，荐兰明于法律，以为军正。"

⑦ 诸葛亮乘小车事
《三国志·蜀书·诸葛亮传》无有乘小车记载，但魏晋六朝将帅指挥前线作战，有因体质或它因不骑马而乘车事。见如刘宋元嘉八年(431)，檀道济以粮尽自历城(山东济南)后撤，"己白服乘舆，引兵徐出"(《资治通鉴》卷一百二十二《宋纪》)，南梁韦叡与北魏作战，"叡素羸，每战未尝骑，以板舆自载"。(《梁书》卷十二《韦叡传》)，"叡乘素木舆，执白角如意以麾军"(《资治通鉴》卷一百四十六《梁纪》)。

"欺敌者必败。南道路狭，山川相逼，树木丛杂，倘彼用火攻，奈何？"禁曰："君言是也。吾当往前为都督言之；君可止住后军。"李典便勒回马，大叫："后军慢行！"人马走发，那里拦当得住。于禁骤马大叫："前军都督且住！"夏侯惇正走之间，见于禁从后军奔来，便问何故。禁曰："南道路狭，山川相逼，树木丛杂，应防火攻。"夏侯惇猛省，即回马令军马勿进。言未已，只听背后喊声震起，早望见一派火光烧着，随后两边芦苇亦着，一霎时四面八方，尽皆是火；又值风大，火势愈猛。曹家人马，自相践踏，死者不计其数。赵云回军赶杀。夏侯惇冒烟突火而走。⑤

且说李典见势头不好，急奔回博望城时，火光中一军拦住，当先大将，乃关云长也。李典纵马混战，夺路而走。于禁见粮草车辆，都被火烧，便投小路奔逃去了。夏侯兰、韩浩来救粮草，正遇张飞，战不数合，张飞一枪刺夏侯兰⑥于马下。韩浩夺路走脱。直杀到天明，却才收军。杀得尸横遍野，血流成河。后人有诗曰：

博望相持用火攻，指挥如意笑谈中。

直须惊破曹公胆，初出茅庐第一功。

夏侯惇收拾残军，自回许昌。

却说孔明收军，关、张二人相谓曰："孔明真英杰也！"行不数里，见糜竺、糜芳引军簇拥着一辆小车，车中端坐一人，乃孔明也。⑦关、张下马，拜伏于车前。须臾，玄德、赵云、刘封、关平等皆至，收聚众军，把所获粮草辎重，分赏将士，班师回新野。新野百姓望尘遮道而拜："吾属生全，皆使君得贤人之力也！"孔明回至县中，谓玄德曰："夏侯惇虽败去，曹操必自引大军来。"玄德曰："似此如之奈何？"孔明曰："亮有一计，可敌曹军"正是：

破敌未堪息战马，避兵又必赖良谋。

未知其计若何，且看下文分解。

第四十回　蔡夫人议献荆州　诸葛亮火烧新野

却说玄德问孔明求拒曹兵之计。孔明曰："新野小县，不可久居。近闻刘景升病在危笃，可乘此机会，取彼荆州为安身之地，庶可拒曹操也。"玄德曰："公言甚善。但备受景升之恩，安忍图之！"孔明曰："今若不取，后悔何及？"玄德曰："吾宁死不忍作负义之事。"孔明曰："且再作商议。"

却说夏侯惇败回许昌，自缚见曹操，伏地请死。操释之。惇曰："惇遭诸葛亮诡计，因火攻破我军。"操曰："汝自幼用兵，岂不知狭处须防火攻？"惇曰："李典、于禁曾言及此，悔之不及。"操乃赏二人。惇曰："刘备如此猖狂，真腹心之患也，不可不急除。"操曰："吾所虑者，刘备、孙权耳，余皆不足介意。今当乘此时扫平江南。"便传令起大兵五十万，令曹仁、曹洪为第一队，张辽、张郃为第二队，夏侯渊、夏侯惇为第三队，于禁、李典为第四队，操自领诸将为第五队。每队各引兵十万。又令许褚为折冲将军[①]，引兵三千为先锋。选定建安十三年秋七月丙午日出师。

太中大夫孔融谏曰："刘备、刘表皆汉室宗亲，不可轻伐。孙权虎踞六郡，且有大江之险，亦不易取。今丞相兴此无义之师，恐失天下之望。"操怒曰："刘备、刘表、孙权皆逆命之臣，岂容不讨！"遂叱退孔融，下令："如有再谏者，必斩"。孔融出府，仰天叹曰："以至不仁伐至仁，安得不败乎！"时御史大夫郗虑家客闻此言，报知郗虑。虑常被孔融侮慢，心正恨之，乃以此言入

① **许褚从未封折冲将军**

折冲将军乃杂号将军名号，五品。许褚从未封折冲将军。建安十六年(211)曹操与马超等战于潼关，许褚始以功授武卫中郎将。曹丕称帝，始授武卫将军(五品)。(附将军表)

官品	将军(武官)名号
一品	大将军、大司马
二品	骠骑、车骑、卫、四征、四镇(位次四征)
三品	四安、四平、前后左右、征房、平房、平寇、虎牙、平难、度辽
四品	中坚、骁骑、游击、振威、建威、奋武、扬威、扬武、镇军
五品	折冲、鹰扬、伏波、绥远、虎威、荡寇、讨逆、讨寇、横野、横江、安汉、军师、镇远、牙门(又称牙门将)、偏将军

② 破巢之下安有完卵

孔融全家被捕，累及子女。按此处作两子，亦有作一子一女。"初，女年七岁，男年九岁，以其幼弱得全，寄它舍。二子方弈棋，融被收而不动。左右曰：'父执而不起，何也？'答曰：'安有巢毁而卵不破乎！'主人有遗肉汁，男渴而饮之。女曰：'今日之祸，岂得久活，何赖知肉味乎？'兄号泣而止。或言于曹操，遂尽杀之。及收至，谓兄曰：'若死者有知，得见父母，岂非至愿！'乃延颈就刑，颜色不变"（《后汉书·孔融传》）。

③ 孔融被杀是性格悲剧

孔融在朝，自以是文章班首，名重天下，多次讥讽曹操，"初，曹操攻屠邺城，袁氏妇子多见侵略，而操子丕私纳袁熙妻甄氏。融乃与操书称'武王伐纣，以妲己赐周公'。操不悟，后问出何经典。对曰：'以今度之，想当然耳。'后讨乌桓。又嘲之曰：'大将军远征，萧条海外，昔肃慎氏不贡楛矢，丁零盗苏武牛羊可并案也。'时年饥兵兴，操表制酒禁，融频书争之，多侮慢之辞"（《后汉书·孔融传》）。诸如此例甚多，随之曹操权倾中外，而孔融高傲处世，不合时流，由此屡遭违忤。因此他被杀，多少也含有性格悲剧。

告曹操，且曰："融平日每每狎侮丞相，又与祢衡相善。衡赞融曰'仲尼不死'，融赞衡曰'颜回复生'，向者祢衡之辱丞相，乃融使之也。"操大怒，遂命廷尉捕捉孔融。融有二子，年尚少，时方在家对坐弈棋，左右急报曰："尊君被廷尉执去，将斩矣！二公子何不急避？"二子曰："破巢之下，安有完卵乎②？"言未已，廷尉又至，尽收融家小并二子，皆斩之，号令融尸于市③。京兆脂习伏尸而哭，操闻之大怒，欲杀之。荀彧曰："彧闻脂习常谏融：'公刚直太过，乃取祸之道。'今融死而来哭，乃义人也，不可杀。"操乃止。习收融父子尸首，皆葬之。后人有诗赞孔融曰：

> 孔融居北海，豪气贯长虹。
>
> 坐上客长满，樽中酒不空。
>
> 文章惊世俗，谈笑侮王公。
>
> 史笔褒忠直，存官纪"太中"。

曹操既杀孔融，传令五队军马次第起行，只留荀彧等守许昌。

却说荆州刘表病重，使人请玄德来托孤。玄德引关、张至荆州见刘表。表曰："我病已入膏肓，不久便死矣，特托孤于贤弟。我子无才，恐不能承父业。我死之后，贤弟可自领荆州。"玄德泣拜曰："备当竭力以辅贤侄，安敢有他意乎？"正说间，人报曹操自领大兵至。玄德急辞刘表，星夜回新野。刘表病中闻此信，吃惊不小，商议写遗嘱，令玄德辅佐长子刘琦为荆州之主。蔡夫人闻之大怒，关上内门，使蔡瑁、张允二人把住外门。时刘琦在江夏，知父病危，来至荆州探病。方到外门，蔡瑁当住曰："公子奉父命镇守江夏，其任至重；今擅离职守，倘东吴兵至，如之奈何？若入见主公，主公必生嗔怒，病将转增，非孝也。宜速回。"刘琦立于门外，大哭一场，上马仍回江夏。刘表病势危笃，望刘琦不来，至八月戊申日，大叫数声而死。

后人有诗叹刘表曰：

> 昔闻袁氏居河朔，又见刘君霸汉阳。
>
> 总为牝晨致家累，可怜不久尽销亡。

刘表既死，蔡夫人与蔡瑁、张允商议，假写遗嘱，令次子刘琮为荆州之主，然后举哀报丧。时刘琮年方十四岁，颇聪明，乃聚众言曰："吾父弃世，吾兄现在江夏，更有叔父玄德在新野。汝等立我为主，倘兄与叔兴兵问罪，如何解释？"众官未及对，幕官李珪答曰："公子之言甚善。今可急发哀书至江夏，请大公子为荆州之主，就命玄德一同理事。北可以敌曹操，南可以拒孙权，此万全之策也。"蔡瑁叱曰："汝何人？敢乱言以逆主公遗命！"李珪大骂曰："汝内外朋谋，假称遗命，废长立幼，眼见荆襄九郡，送于蔡氏之手！故主有灵，必当殛汝！"蔡瑁大怒，喝令左右推出斩之。李珪至死大骂不绝。于是蔡瑁遂立刘琮为主。蔡氏宗族分领荆州之兵。命治中邓义、别驾刘先守荆州。蔡夫人自与刘琮前赴襄阳驻扎，以防刘琦、刘备；就葬刘表之柩于襄阳城东汉阳之原，竟不讣告刘琦与玄德。

刘琮至襄阳，方才歇马，忽报曹操引大军径望襄阳而来。琮大惊，遂请蒯越、蔡瑁等商议。东曹掾傅巽进言曰："不特曹操兵来为可忧。今大公子在江夏，玄德在新野，我皆未往报丧，若彼兴兵问罪，荆襄危矣。巽有一计，可使荆襄之民，安如泰山，又可保全主公名爵。"琮曰："计将安出？"巽曰："不如将荆襄九郡献与曹操，操必重待主公也。"琮叱曰："是何言也！孤受先君之基业，坐尚未稳，岂可便弃之他人？"蒯越曰："傅公悌之言是也。夫逆顺有大体，强弱有定势。今曹操南征北讨，以朝廷为名，主公拒之，其名不顺。且主公新立，外患未宁，内忧将作。荆襄之民，闻曹兵至，未战而胆先寒，安能与之敌哉④？"琮曰："诸公善言，非我不从，但以先君之业，一旦弃与他人，恐贻笑于天下耳。"

言未已，一人昂然而进曰："傅公悌、蒯异度之言甚善，何不从之？"众视之，乃山阳高平人，姓王，名粲，字仲宣。粲容貌瘦弱，身材短小。幼时往见中郎蔡邕，时邕高朋满座，闻粲至，倒履迎之。宾客皆惊曰："蔡中郎何独敬此小子耶？"邕曰："此子有异才，吾不如也。"粲博闻强记，人皆不及。尝观道旁碑文一过，便能记诵；观人弈棋，棋局乱，粲复为摆出，不差一子。又善算术。其文词妙绝一时⑤。年十七，辟为黄门侍郎，不就。后因避乱至荆襄，刘表以为上宾。当日谓刘琮："将军自料比曹公何如？"琮曰："不如也。"粲曰："曹公兵强将勇，足智多谋，擒吕布于下邳，摧袁绍于官渡，逐刘备于陇右，破乌桓于白狼；枭除荡定者，不可胜计。今以大军南下荆襄，势难抵敌。傅、蒯二君之谋，乃长策也。将军不可迟疑，致生后悔。"琮曰："先生见教极是。但须禀告母亲知道。"只见蔡夫人从屏后转出，谓

④ **傅巽劝降词的移植**

此处移植在蒯越名下，其实说此降词的是傅巽。傅巽劝刘琮说，"逆顺有大体，强弱有定势。以人臣而拒人主，逆也；以新造之楚而御国家，其势弗当也，以刘备而敌曹公，又弗当也。三者皆短，欲以抗王兵之锋，必亡之道也。""诚以刘备不足御曹公乎，则虽保楚之地，不足以自存也；诚以刘备足御曹公乎，刘备不为将军下也"（《三国志·魏书·刘表传》）。

⑤ **王粲登楼处数说**

王粲是建安七子之一。他的诗赋情调悲凉，是当时社会动乱的真实写照。"王粲春来独登楼"，他写的登楼赋更是千古绝唱，以致人杰地灵，其登楼处也成为后人向往胜迹。一说在湖北当阳，南齐盛弘之《荆州记》、北齐郦道元《水经注》均分别有所记述。《当阳县志》宗其说，"当阳县城楼，王仲宣登之而作赋。"此楼即南门城楼。但非后之县城。"楼在本邑无疑。唯赋内沮漳并举，不应在今县治。古麦城在沮漳之间，庶几近之。旧志无所考"（清《当阳县志》）。按，据《登楼赋》钟楼所在处，有"挟清漳之通浦，倚曲沮之长洲"等句，是以可界定为古麦城无疑，所以《水经注·漳水》说："漳水又南迳当阳县，又南迳麦城东，王仲宣登其东南隅，临漳水而赋之：'挟清漳之通浦，倚曲沮之长洲'是也。"二说在湖北江陵。六臣《文选》刘良注："仲宣避难荆州，依刘表，遂登江陵城楼，因怀旧而有此作，述其进退危惧之状。"但江陵城在大江北岸，且与漳、沮两水无关，后人多否定之。三说

在湖北襄阳。乾隆《荆州府志》说，"仲宣楼在东南城角，汉王粲依刘表于襄阳尝登楼作赋，后人闻以名之楼，屡圮。雍正间副使赵弘恩重建，今存，按荆州之江陵、安陆之当阳皆有是楼，然考其实，当以在襄阳为确"（卷五《古迹》）。此处称《登楼赋》为汉建安十二年（207）前依刘表时作，但今人俞绍初《王粲年谱》认定系建安十三年，降曹操后，随军往江陵，途经当阳麦城，登楼而作的。

⑥ 司马徽、宋忠是《左氏春秋》大师

司马徽和宋忠住荆州（襄阳），"皆通诸经史，又专精于《左氏春秋》"。他们都是大学者，以致远在涪（四川绵阳）的尹默、李撰都前来受业。刘备建国成都，两人都经选拔出任刘禅老师。尹默还"以《左氏传》授后主"（《三国志·蜀书·尹默传》）。宋忠（仲子）更为刘表器重，并为他开设书院，由他讲授，主编《五经章句》。魏国大学者、《孔子家语》作者王肃和潘濬等人都是他的学生。《演义》把他写作是刘琮送降书与曹操的使者。据《三国志·蜀书·先主传》引《汉魏春秋》："刘琮乞降，不敢告备，备亦不知，久之乃觉，遣所亲问琮。琮令宋忠诣备宣旨。"盖当时刘琮以为宋忠大儒，为刘备等敬重者，所以挑选前来通报也。

琮曰："既是仲宣、公悌、异度三人所见相同，何必告我？"于是刘琮意决，便写降书，令宋忠⑥潜地往曹操军前投献。宋忠领命，直至宛城，接着曹操，献上降书。操大喜，重赏宋忠，吩咐教刘琮出城迎接，便着他永为荆州之主。

宋忠拜辞曹操，取路回荆襄。将欲渡江，忽见一枝人马到来，视之，乃关云长也。宋忠回避不迭，被云长唤住，细问荆州之事。忠初时隐讳，后被云长盘问不过，只得将前后事情一一实告。云长大惊，随捉宋忠至新野见玄德，备言其事。玄德闻之大哭。张飞曰："事已如此，可先斩宋忠，随起兵渡江，夺了襄阳，杀了蔡氏、刘琮，然后与曹操交战。"玄德曰："你且缄口，我自有斟酌。"乃叱宋忠："你知众人作事，何不早来报我？今虽斩汝，无益于事，可速去。"忠拜谢，抱头鼠窜而去。

玄德正忧闷间，忽报公子刘琦差伊籍到来。玄德感伊籍昔日相救之恩，降阶迎之，再三称谢。籍曰："大公子在江夏，闻荆州已故，蔡夫人与蔡瑁等商议，不来报丧，竟立刘琮为主。公子差人往襄阳探听，回说是实。恐使君不知，特差某赍哀书呈报；并求使君尽起麾下精兵，同往襄阳问罪。"玄德看书毕，谓伊籍曰："机伯只知刘琮僭立，更不知刘琮已将荆襄九郡，献与曹操矣！"籍大惊曰："使君从何知？"玄德具言拿获宋忠之事。籍曰："若如此，使君不如以吊丧为名，前往襄阳，诱刘琮出迎，就便擒下，诛其党类，则荆州属使君矣。"孔明曰："机伯之言是也，主公可从之。"玄德垂泪曰："吾兄临危托孤于我，今若执其子而夺其地，异日死于九泉之下，何面目复见吾兄乎？"孔明曰："如不行此事，今曹兵已至宛城，何以拒敌？"玄德曰："不如走樊城以避之。"

正商议间，探马飞报曹兵已到博望了。玄德慌忙发付伊籍回江夏整顿军马，一面与孔明商议拒敌之计。孔明曰："主公且宽心。前番一把火，烧了夏侯惇大半人马；今番曹军又来，必教他中这条计。我等在新野住不得了，不如早到樊城去。"便差人四门张榜，晓谕居民："无问老幼男女，愿从者，即于今日皆跟我往樊城暂避，不可自误。"差孙乾往河边调拨船只，救济百姓；差糜竺护送各官家眷到樊城。一面聚诸将听令。先教云长："引一千军去白河上流头埋伏。各带布袋，多装沙土，遏住白河之水。至来日三更后，只听下流头人喊马嘶，急取起布袋，放水淹之，却顺水杀将下来接应。"又唤张飞：

"引一千军去博陵渡口埋伏。此处水势最慢,曹兵被淹,必从此逃难,可便乘势杀来接应。"又唤赵云:"引军三千,分为四队:自领一队伏于东门外,其三队分伏西、南、北三门;却先于城内人家屋上,多藏硫黄焰硝引火之物。曹军入城,必安歇民房。来日黄昏后,必有大风。但看风起,便令西、南、北三门伏军尽将火箭射入城去;待城中火势大作,却于城外呐喊助威。只留东门放他出去,汝却于东门外从后击之。天明会合关、张二将,收军回樊城。"再令糜芳、刘封二人:"带二千军,一半红旗,一半青旗,去新野城外三十里鹊尾坡前屯住。一见曹军到,红旗军走在左,青旗军走在右。他心疑必不敢追,汝二人却去分头埋伏。只望城中火起,便可追杀败兵,然后却来白河上流头接应。"孔明分拨已定,乃与玄德登高瞭望,只候捷音。

却说曹仁、曹洪引军十万为前队,前面已有许褚引三千铁甲军开路,浩浩荡荡,杀奔新野来。是日午牌时分,来到鹊尾坡,望见坡前一簇人马,尽打青、红旗号。许褚催军向前,刘封、糜芳分为四队,青、红旗各归左右。许褚勒马,教:"且休进,前面必有伏兵。我兵只有此处住下。"许褚一骑马飞报前队曹仁,曹仁曰:"此是疑兵,必无埋伏。可速进兵,我当催军继至。"许褚复回坡前,提兵杀入,至林下追寻时,不见一人。时日已西坠,许褚方欲前进,只听得山上大吹大擂。抬头看时,只见山顶上一簇旗,旗丛中两把伞盖,左玄德,右孔明,二人对坐饮酒。许褚大怒,引军寻路上山,山上擂木炮石打将下来,不能前进;又闻山后喊声大震。欲寻路厮杀,天色已晚。曹仁领兵到,教且夺新野城歇马。军士至城下时,只见四门大开。曹兵突入,并无阻当,城中亦不见一人,竟是一座空城了。曹仁曰:"此是势孤计穷,故尽带百姓逃窜去了。我军权且在城安歇,来日平明进兵。"此时各军走乏,都已饥饿,皆去夺房造饭。曹仁、曹洪就在衙内安歇。初更已后,狂风大作。守门军士飞报火起,曹仁曰:"此必军士造饭不小心遗漏之火,不可自惊。"说犹未了,接连几次飞报,西、南、北三门皆火起。曹仁急令众将上马时,满县火起,上下通红。是夜之火,更胜前日博望烧屯之火⑦。后人有诗叹曰:

　　　奸雄曹操守中原,九月南征到汉川。

　　　风伯怒临新野县,祝融飞下焰摩天。

曹仁引众将突烟冒火,寻路奔走,闻说东门无火,急急奔出东门。军士自相践踏,死者无数。曹仁等方才脱得火厄,背后一声喊起,赵云引军赶来混战。败军各逃性命,谁肯回身厮杀。正奔走间,糜芳引

⑦ 新野无火烧
　诸葛亮火烧新野,不见史传。当时刘备等在樊城,新野未见设防。见《三国志·蜀书·诸葛亮传》,"(刘)琮闻曹公来征,遣使请降。先主在樊闻之,率其众南行。"《先主传》也称,"先主屯樊,不知曹公卒至,至宛乃闻之,遂将其众去。"据孔衍《汉魏春秋》称,在曹操大军到达宛(河南南阳)时,刘备才知觉,他急忙派使问刘琮,刘琮命宋忠回话,刘备责问宋忠,"卿诸人作事如此,不早相语。今祸至方告我,不亦太剧乎!"可见他是了无战备仓卒南走,哪能在新野对抗曹军呢!据《演义》,此后诸葛亮和曹操交锋了十三四年,曹操屡屡败于诸葛亮。但据史传,从火烧新野到曹操撤出阳平关,两人并未直接指挥军队交过手,他们并无接触。唯一可以存疑的是赤壁大战。但大战曹操的主要对手是东吴周瑜及其水军;刘备是偏师跟在后面助威。诸葛亮如何运策帷帐,决胜千里,那就语焉不详了。

此事不见于史传。按此类绝流
放水,见诸于史传甚多,如汉初
韩信斩楚龙且事。汉王刘邦四
年(前203),韩信伐齐与楚龙且
二十万大军夹潍水布阵,"韩信
乃夜令人为万余囊,满盛沙壅水
上流,引军半渡击龙且,佯不胜,
还走。龙且果喜曰:'固知信怯
也。'遂追信渡水。信使人决壅
囊,水大至,龙且军大半不得渡,
即急击杀龙且,龙且水东军散
走"(《史记·淮阴侯列传》)。唐
初秦王李世民也曾采用此法以
破刘黑闼,"先是太宗(李世民)
遣堰洛水上流使浅,令黑闼得
渡,及战,乃令决堰,水大至,深丈
余,贼徒既败,赴水者皆溺死焉。"

一军至,又冲杀一阵。曹仁大败,夺路而走。刘封又引一军截杀一阵。到四更时分,人困马乏,军士大半焦头烂额,奔至白河边,喜得河水不甚深,人马都下河吃水,人相喧嚷,马尽嘶鸣。

却说云长在上流用布袋遏住河水。黄昏时分,望见新野火起;至四更,忽听得下流头人喊马嘶,急令军士一齐掣起布袋。水势滔天,望下流冲去,曹军人马俱溺于水中,死者极多⑧。曹仁引众将望水势慢处夺路而走。行到博陵渡口,只听喊声大起,一军拦路,当先大将,乃张飞也,大叫:"曹贼快来纳命!"曹军大惊。正是:

城内才看红焰吐,水边又遇黑风来。

未知曹仁性命如何,且看下文分解。

第四十一回　刘玄德携民渡江 赵子龙单骑救主

　　却说张飞因关公放了上流水，遂引军从下流杀将来，截住曹仁混杀。忽遇许褚，便与交锋。许褚不敢恋战，夺路走脱。张飞赶来，接着玄德、孔明，一同沿河到上流。刘封、糜芳已安排船只等候，遂一齐渡河，尽望樊城而去。孔明教将船筏放火烧毁。

　　却说曹仁收拾残军，就新野屯住，使曹洪去见曹操，具言失利之事。操大怒曰："诸葛村夫，安敢如此！"催动三军，漫山塞野，尽至新野下寨。传令军士一面搜山，一面填塞白河。令大军分作八路，一齐去取樊城。刘晔曰："丞相初至襄阳，必须先买民心。今刘备尽迁新野百姓入樊城，若我兵径进，二县为齑粉矣。不如先使人招降刘备，备即不降，亦可见我爱民之心；若其来降，则荆州之地，可不战而定也。"操从其言，便问："谁可为使？"刘晔曰："徐庶与刘备至厚，今现在军中，何不命他一往？"操曰："他去恐不复来。"晔曰："他若不来，贻笑于人矣。丞相勿疑。"操乃召徐庶至，谓曰："我本欲踏平樊城，奈怜众百姓之命。公可往说刘备，如肯来降，免罪赐爵；若更执迷，军民共戮，玉石俱焚。吾知公忠义，故特使公往，愿勿相负。"徐庶受命而行。至樊城，玄德、孔明接见，共诉旧日之情。庶曰："曹操使庶来招降使君，乃假买民心也。今彼分兵八路，填白河而进，樊城恐不可守，宜速作行计。"玄德欲留徐庶，庶谢曰："某若不还，恐惹人笑。今老母已丧，抱恨终天。身虽在彼，誓不为设一谋。公有卧龙辅佐，何愁大业不成？庶请辞。"玄德不敢强留。

　　徐庶辞回，见了曹操，言玄德并无降意。操大怒，即日进兵。玄德问计于孔明，孔明曰："可速弃樊城，取襄阳暂歇。"玄德曰："奈百姓相随许久，安忍弃之？"孔明曰："可令人遍告百姓，有愿随者同去，不愿者留下。"先使云长往江岸整顿船只，令孙乾、简雍在城中声扬曰："今曹兵将至，孤城不可久守，百姓愿随者，便同过江。"两县之民齐声大呼曰："我等虽死，亦愿随使君。"即日号泣而行，扶老携幼，将男带女，滚滚渡河，两岸哭声不绝。玄德于船上望见，大恸曰："为吾一人，而使百姓遭此大难，吾何生哉！"欲投江而死，左右急救止。闻者莫不痛哭。船

① **魏延是哪里人**

《演义》所述魏延出身，与《三国志》本传同。义阳，三国曹丕设置，属义阳郡，治安昌(湖北枣阳南)，义阳县治(河南信阳西北)不见于东汉。但刘备入川，多有义阳人跟从，如傅彤。此"义阳"当时未有，所以胡三省说："此在彤入蜀之后，史追书也。"魏延义阳说，亦从此说。但民国《益阳县志》却持魏延籍贯益阳说。据该志称，"汉前军师魏延者，益阳人也。《三国志》以为义阳，考《汉书·地理志》，是无名义阳者。必'益'、'义'音近形近之讹。今其墓在益阳对河魏家巷，其碑题'汉前军师魏延之墓'。罗萃茂在清光绪时犹及见之，其证也惜旧志未载。今其碑已为士人扛出，另立古冢一碑，是以今无。"据当地人 20 世纪 60年代调查证实，益阳沧水铺还有一支魏姓自称是魏延后裔。按，据《三国志·蜀书·魏延传》，魏延"以部曲随先主入蜀"，在此前事迹不详，《演义》穿插此处出现以及后来在长沙归顺刘备，均无依据。

② **刘表墓三说**

刘表死于汉建安十三年(208)。是年七月曹操南征，八月疽发背病死。刘表墓，据《水经·沔水注》，在襄阳城东门外二百步。"太康中为人所发见，表夫妻其尸俨然颜色不异，犹如平生，墓中香气远闻三四里，中经月不歇，今坟冢及祠堂犹高显整顿。"《从征记》说，"表冢在高平郡(山东邹县西北)。表子琮捣四方珍香数十石著棺中。永嘉中郡人卫熙发其墓，见表貌如生，香闻数十里。熙惧，不敢犯。"按，高平郡即刘表家乡，狐死首丘，情之所由，亦可视为一说。也有另说称刘表墓在湖北谷城东北十里，地名红土墙(乾隆《襄阳府志》卷四)。

到南岸，回顾百姓，有未渡者，望南而哭。玄德急令云长催船渡之，方才上马。

行至襄阳东门，只见城上遍插旌旗，壕边密布鹿角。玄德勒马大叫曰："刘琮贤侄，吾但欲救百姓，并无他念。可快开门！"刘琮闻玄德至，惧而不出。蔡瑁、张允径来敌楼上，叱军士乱箭射下。城外百姓，皆望敌楼而哭。城中忽有一将，引数百人径上城楼，大喝："蔡瑁、张允卖国之贼！刘使君乃仁德之人，今为救民而来投，何得相拒！"众视其人，身长八尺，面如重枣，乃义阳人也，姓魏，名延，字文长①。当下魏延轮刀砍死守门将士，开了城门，放下吊桥，大叫："刘皇叔快领兵入城，共杀卖国之贼！"张飞便跃马欲入，玄德急止之曰："休惊百姓。"魏延只管招呼玄德军马入城，只见城内一将飞马引军而出，大喝："魏延无名小卒，安敢造乱，认得我大将文聘么？"魏延大怒，挺枪跃马，便来交战。两下军兵在城边混杀，喊声大震。玄德曰："本欲保民，反害民也。吾不愿入襄阳！"孔明曰："江陵乃荆州要地，不如先取江陵为家。"玄德曰："正合吾心。"于是引着百姓，尽离襄阳大路，望江陵而走。襄阳城中百姓，多有乘乱逃出城来，跟玄德而去。魏延与文聘交战，从巳至未，手下兵卒，皆已折尽。延乃拨马而逃，却寻不见玄德，自投长沙太守韩玄去了。

却说玄德同行军民十余万，大小车数千辆，挑担背包者不计其数。路过刘表之墓②，玄德率众将拜于墓前，哭告曰："辱弟备无德无才，负兄寄托之重，罪在备一身，与百姓无干。望兄英灵，垂救荆襄之民。"言甚悲切，军民无不下泪。忽哨马报说："曹操大军，已屯樊城，使人收拾船筏，即日渡江赶来也。"众将皆曰："江陵要地，足可拒守。今拥民众数万，日行十余里，似此几时得至江陵？倘曹兵到，如何迎敌？不如暂弃百姓，先行为上。"玄德泣曰："举大事者必以人为本。今人归我，奈何弃之？"百姓闻玄德此言，莫不伤感。后人有诗赞之曰：

> 临难仁心存百姓，登舟挥泪动三军。
>
> 至今凭吊襄江口，父老犹然忆使君。

却说玄德拥着百姓，缓缓而行。孔明曰："追兵不久即至，可遣云长往江夏求救于公子刘琦,教他速起兵乘船会于江陵。"玄德从之,即修书,令云长同孙乾引五百军往江夏求救③;令张飞断后;赵云保护老小;其余俱管顾百姓而行。每日只走十余里便歇。

却说曹操在樊城,使人渡江至襄阳,召刘琮相见。琮惧怕不敢往见。蔡瑁、张允请行。王威密告琮曰:"将军既降,玄德又走,曹操必懈弛无备。愿将军奋整奇兵,设于险处击之,操可获矣。获操则威震天下,中原虽广,可传檄而定。引难遇之机,不可失也。"琮以其言告蔡瑁,瑁叱王威曰:"汝不知天命,安敢妄言!"威怒骂曰:"卖国之徒,吾恨不生啖汝肉!"瑁欲杀之,蒯越劝止。瑁遂与张允同至樊城,拜见曹操,瑁等辞色甚是谄佞④。操问:"荆州军马钱粮,今有多少?"瑁曰:"马军五万,步军十五万,水军八万:共二十八万。钱粮大半在江陵,其余各处,亦足供给一载。"操曰:"战船多少?原是何人管领?"瑁曰:"大小战船共七千余只,原是瑁等二人掌管。"操遂加瑁为镇南侯、水军大都督,张允为助顺侯、水军副都督。二人大喜拜谢。操又曰:"刘景升既死,其子降顺,吾当表奏天子,使永为荆州之主。"二人大喜而退。荀攸曰:"蔡瑁、张允乃谄佞之徒,主公何遂加以如此显爵,更教都督水军乎?"操笑曰:"吾岂不识人?止因吾所领北地之众,不习水战,故且权用此二人。待成事之后,别有理会。"

却说蔡瑁、张允归见刘琮,具言:"曹操许保奏将军永镇荆襄。"琮大喜。次日与母蔡夫人赍捧印绶兵符,亲自渡江拜迎曹操。操抚慰毕,即引随征军将,进屯襄阳城外。蔡瑁、张允令襄阳百姓焚香拜接,曹操俱用好言抚谕。入城至府中坐定,即召蒯越近前,抚慰曰:"吾不喜得荆州,喜得异度也⑤。"遂封蒯越为江陵太守、樊城侯,傅巽、王粲等皆为关内侯;而以刘琮为青州刺史,便教起程。琮闻命大惊,辞曰:"琮不愿为官,愿守父母乡土。"操曰:"青州近帝都,教你随朝为官,免在荆襄被人图害。"琮再三推辞,曹操不准,琮只得与母蔡夫人同赴青州,只有故将王威相随,其余官员俱送至江口而回。操唤于禁嘱咐曰:"你可引轻骑追刘琮母子杀之,以绝后患。"于禁得令,领众赶上,大喝曰:"我奉丞相令,教来杀汝母子,可早纳下首级。"蔡夫人抱刘琮而大哭。于禁喝令军士下手,王威忿怒,奋力相斗,竟被众军所杀。军士杀死刘琮及蔡

③ **刘备与关羽是在樊城分军**

刘备与关羽分路赴江陵,乃是在放弃樊城渡江南下时;刘备等走陆路,关羽走水路,"先主自樊将南渡江,别遣羽乘船数百艘会江陵。"(《三国志·蜀书·关羽传》)

④ **蔡瑁、曹操是少年知交**

按,前述刘表能在荆州立足,是靠荆州蔡、蒯等家族支持的。蔡瑁就是蔡氏家族的代表者。蔡瑁豪富,有钱有势。"瑁家在蔡洲上,屋宇甚好,四墙皆以青石结角。婢妾数百人,别业四五十处,汉末诸蔡最盛"(《襄阳耆旧传》)。蔡瑁好交游,年轻时就和曹操相识。曹操下荆州,刘琮投降。曹操亲自登门拜访蔡瑁,并接见他妻子,亲密有如家人。曹操也需要取得蔡瑁那样的家族支持。

⑤ **蒯越兄弟乃是中卢大族**

蒯良蒯越家族自西汉伊始,世居中卢(湖北南漳东北)刘表为荆州刺史,匹马上任,当时内有地方豪族反对,外有袁术威胁。两人与蔡瑁家族积极支持刘表,蒯越还亲自前往襄阳说服张虎陈生归顺,在刘表荆州集团很有地位。曹军南下时,蒯良已死,蒯越亦倡议降曹。荆州平定,曹操极欣赏蒯越,与荀彧信称:"不喜得荆州,喜得蒯异度耳。"(《傅子》)任蒯越为光禄勋。

⑥ 刘琮未被杀

刘琮和刘琦是同母兄弟,因娶蔡氏宗女,为蔡氏拥戴继任荆州牧。刘琮降后为青州刺史、封列侯。后又任谏议大夫。《三国志·魏书·刘表传》引《魏武故事》载令称,"青州刺史琮,心高志洁,智深虑广,轻荣重义,薄利厚德,蔑万里之业,忽三军之众,笃中正之体,敦令名之誉,上耀先君之遗尘,下图不朽之余祚,鲍永之弃并州,窦融之离五郡,未足以喻也。虽封列侯一州之位,犹恨此宠未副其人;而比有笺求还州。监史虽尊,秩禄未优。今听所执,表琮为谏议大夫,参同军事。"

⑦ 诸葛亮隆中家人下落

诸葛亮隐居隆中,仅兄弟诸葛均同居。据《三国志·蜀书》:诸葛均,"官至长水校尉。"诸葛亮两姐均在曹操至襄阳前已出嫁。大姐嫁与蒯祺,蒯祺在襄阳迎降,被曹操发表为房陵太守,二姐嫁与庞山民,庞山民在魏国洛阳任黄门吏部郎,她们均未因诸葛亮受到株连。他的妻子黄小姐,语焉不详,但从刘备弃樊城后一路逃跑,妻女失弃,徐庶母被俘等情事推理,她当也是在乱军中失散、死亡了。

⑧ 追赶刘备至长坂陂的曹军

曹操分派追赶刘备至长坂陂的部队,据《三国志》记载,当时曹军将领至长坂陂是文聘和曹纯。《三国志·蜀书·先主传》称,"曹公以江陵有军实,恐先主据之,乃释辎重,轻至到襄阳。闻先主已过,曹公将精骑五千急追之,一日一夜行三百余里,及于当阳之长坂。"时曹军主力似仍在襄阳,"公到新野,琮遂降,备走夏口。公进军江陵"(《三国志·魏书·武帝纪》)。因此率轻骑打先锋追刘备的是曹纯(曹仁弟)和荆州降将文聘。文聘降后,曹操"厚礼待之,授聘兵,使与曹纯追讨刘备于长陂"(《三国志·魏书·文聘传》)。曹纯所督虎豹骑,皆天下骁锐,"从征荆州,追刘备于长坂,获其二女辎重,收其散卒"(《三国志·魏书·曹纯传》)。

夫人⑥。于禁回报曹操,操重赏于禁。便使人往隆中搜寻孔明妻小⑦,却不知去向,原来孔明先已令人搬送至三江内隐避矣。操深恨之。

襄阳既定,荀攸进言曰:"江陵乃荆、襄重地,钱粮极广。刘备若据此地,急难动摇。"操曰:"孤岂忘之?"随命于襄阳诸将中选一员引军开道,诸将中却独不见文聘。操使人寻问,方才来见。操曰:"汝来何迟?"对曰:"为人臣而不能使其主保全境土,心实悲惭,无颜早见耳。"言讫,歔歔流涕。操曰:"真忠臣也。"除江夏太守,赐爵关内侯,便教引军开道。探马报说:"刘备带领百姓,日行止十数里,计程只有三百余里。"操教各部下精选五千铁骑,星夜前进,限一日一夜赶上刘备,大军陆续随后而进。

却说玄德引十数万百姓、三千余军马,一程程挨着往江陵进发。赵云保护老小,张飞断后。孔明曰:"云长往江夏去了,绝无回音,不知若何?"玄德曰:"敢烦军师亲自走一遭。刘琦感公昔日之教,今若见公亲至,事必谐矣。"孔明允诺,便同刘封引五百军先往江夏求救去了。当日玄德自与简雍、糜竺、糜芳同行。正行间,忽然一阵狂风就马前刮起,尘土冲天,平遮红日。玄德惊曰:"此何兆也?"简雍颇明阴阳、袖占一课,失惊曰:"此大凶之兆也,应在今夜。主公可速弃百姓而走。"玄德曰:"百姓从新野相随至此,吾安忍弃之?"雍曰:"主公若恋而不弃,祸不远矣。"玄德问:"前面是何处?"左右答曰:"前面是当阳县,有座山名为景山。"玄德便叫就此山扎住。时秋末冬初,凉风透骨;黄昏将近,哭声遍野。至四更时分,只听得西北喊声震地而来。玄德大惊,急上马引本部精兵二千余人迎敌。曹兵掩至,势不可当。玄德死战。正在危迫之际,幸得张飞引军至,杀开一条血路,救玄德望东而走。文聘当先拦住,玄德骂曰:"背主之贼,尚有何面目见人!"文聘羞愧满面,引兵自投东北去了⑧。张飞保着玄德,且战且走。奔至天明,闻喊声渐渐远去,玄德方才歇马。看手下随行人,止有百余骑;百姓老小并糜竺、糜芳、简雍、赵云等一干人，皆不知下落。玄德大哭曰："十数万生灵，皆因恋我，遭此大难，诸将及老小，皆不知存亡：虽土木之人，宁不悲乎！"

正凄惶时，忽见糜芳面带数箭，踉跄而来，口言："赵子龙反投曹操去了也！"玄德叱曰："子龙是吾故交，安肯反乎？"张飞曰："他今见我等势穷力尽，或者反投曹操，以图富贵耳。"玄德曰："子龙从我于患难，心如铁石，非富贵所能动摇也。"糜芳曰："我亲见他投西北去了。"张飞曰："待我亲自寻他去，若撞见时，一枪刺死！"玄德曰："休错疑了。岂不见你二兄诛颜良、文丑之事乎？子龙此去，必有事故。吾料子龙必不弃我也。"张飞那里肯听，引二十余骑，至长坂桥。见桥东有一带树木，飞生一计，教所从二十余骑，都砍下树枝，拴在马尾上，在树林内往来驰骋，冲起尘土，以为疑兵。飞却亲自横矛立马于桥上，向西而望。

却说赵云自四更时分与曹军厮杀，往来冲突，杀至天明，寻不见玄德，又失了玄德老小。云自思曰："主公将甘、糜二夫人与小主人阿斗，托付在我身上。今日军中失散，有何面目去见主人？不如去决一死战，好歹要寻主母与小主人下落。"回顾左右，只有三四十骑相随。云拍马在乱军中寻觅。二县百姓号哭之声，震天动地；中箭着枪，抛男弃女而走者，不计其数。

赵云正走之间，见一人卧在草中，视之，乃简雍也。云急问曰："曾见两位主母否？"雍曰："二主母弃了车仗，抱阿斗而走。我飞马赶去，转过山坡，被一将刺了一枪，跌下马来，马被夺了去。我争斗不得，故卧在此。"云乃将从人所骑之马，借一匹与简雍骑坐。又着二卒扶护简雍先去，报与主人："我上天入地，好歹寻主母与小主人来。如寻不见，死在沙场上也！"说罢，拍马望长坂坡而去。忽一人大叫："赵将军那里去？"云勒马问曰："你是何人？"答曰："我乃刘使君帐下护送车仗的军士，被箭射倒在此。"赵云便问二夫人消息，军士曰："恰才见甘夫人披头跣足，相随一伙百姓妇女，投南而走。"云见说，也不顾军士，急纵马望南赶去。只见一伙百姓，男女数百人，相携而走。云大叫曰："内中有甘夫人否？"夫人在后面望见赵云，放声大哭。云下马插枪而泣曰："使主母失散，云之罪也。糜夫人与小主人安在？"甘夫人曰："我与糜夫人被逐，弃了车仗，杂于百姓内步行，又撞见一枝军马冲散。糜夫人与阿斗不知何往，我独自逃生至此。"

正言间，百姓发喊，又撞出一枝军来。赵云拔枪上马看时，面前马上绑着一人，乃糜竺也。背后一将，手提大刀，引着千余军，乃曹仁部将淳于导，拿住糜竺，正要解去献功。赵云大喝一声，挺枪纵马，直取淳于导。导抵敌不住，被云一枪刺落马下，向前救了糜竺，夺得马二匹。云请甘夫人上马，杀开条大路，直送至长坂坡。只见张飞横矛立马于桥上，大叫："子龙！你如何反我哥哥？"云曰："我寻不见主母与小主人，因此落后，何言反耶？"飞曰："若非简雍先来报信，我今见你，怎肯干休。"云曰："主公在何处？"飞曰："只在前面不远。"云谓糜竺曰："糜子仲保甘夫人先行，待我仍往寻糜夫人与小主人去。"言罢，引数骑再回旧路。

⑨ **曹操宝剑**

曹操有宝剑,不见于史传。《典论》:"造宝刀三:曰灵宝、含章、素质,又作露陌刀。"魏武帝令:"作百辟刀五枚。"曹植赋:建安中,造宝刀五枚,以龙、熊、鸟、雀为识。与此相近有孙权亦铸刀剑。《古今注》:百炼、青犊、漏景,吴大帝三刀也。宝剑六:白虹、紫电、辟邪、流星、青冥、百里。

⑩ **阿斗红光故事移植**

阿斗亦被说成是"真命主"。此处借用红光故事,似或自《前汉书平话》(续集)卷上移植,刘邦北征讨伐陈豨叛乱。为陈豨部将困,"刘武、李德追高皇至近,武把高皇用刀刺之。刘武见红光罩体,紫雾遮身,不能刺之。"

正走之间,见一将手提铁枪,背着一口剑,引十数骑跃马而来。赵云更不打话,直取那将,交马只一合,把那将一枪刺倒,从骑皆走。原来那将乃曹操随身背剑之将夏侯恩也。曹操有宝剑二口,一名"倚天",⑨一名"青釭"倚天剑自佩之,青釭剑令夏侯恩佩之。那青釭剑砍铁如泥,锋利无比。当时夏侯恩自恃勇力,背着曹操,只顾引人抢夺掳掠。不想撞着赵云,被他一枪刺死,夺了那口剑,看靶上有金嵌"青釭"二字,方知是宝剑也。云插剑提枪,复杀入重围。回顾手下从骑,已没一人,只剩得孤身。云并无半点退心,只顾往来寻觅,但逢百姓,便问糜夫人消息。忽一人指曰:"夫人抱着孩子,左腿上着了枪,行走不得,只在前面墙缺内坐地。"赵云听了,连忙追寻。只见一个人家,被火烧坏土墙,糜夫人抱着阿斗,坐于墙下枯井之傍啼哭。云急下马伏地而拜。夫人曰:"妾得见将军,阿斗有命矣。望将军可怜他父亲飘荡半世,只有这点骨血。将军可护持此子,教他得见父面,妾死无恨!"云曰:"夫人受难,云之罪也。不必多言,请夫人上马。云自步行死战,保夫人透出重围。"糜夫人曰:"不可!将军岂可无马?此子全赖将军保护。妾已重伤,死何足惜。望将军速抱此子前走,勿以妾为累也。"云曰:"喊声将近,追兵已至,请夫人速速上马。"糜夫人曰:"妾身委实难去,休得两误。"乃将阿斗递与赵云曰:"此子性命全在将军身上!"赵云三回五次,请夫人上马,夫人只不肯上马。四边喊声又起,云厉声曰:"夫人不听吾言,追军若至,如之奈何?"糜夫人乃弃阿斗于地,翻身投入枯井中而死。后人有诗赞之曰:

> 战将全凭马力多,步行怎把幼君扶?
> 拼将一死存刘嗣,勇决还亏女丈夫。

赵云见夫人已死,恐曹军盗尸,便将士墙推倒,掩盖枯井。掩讫,解开勒甲绦,放下掩心镜,将阿斗抱护在怀,绰枪上马。早有一将引一队步军至,乃曹洪部将晏明也,持三尖两刃刀来战赵云。不三合,被赵云一枪刺倒,杀散众军,冲开一条路。正走间,前面又一枝军马拦路,当先一员大将,旗号分明,大书"河间张郃"。云更不答话,挺枪便战。约十余合,云不敢恋战,夺路而走。背后张郃赶来,云加鞭而行,不想跁跶一声,连马和人,颠入土坑之内。张郃挺枪来刺,忽然一道红光,从土坑中滚起,那匹马平空一跃,跳出坑外⑩。后人有诗曰:

> 红光罩体困龙飞,征马冲开长坂围。
> 四十二年真命主,将军因得显神威。

张郃见了,大惊而退。赵云纵马正走,背后忽有二将大叫:"赵云休走!"前面又有二将,使两般军器,截住去路。后而赶的是马延、张颛,前面阻的是焦触、张南,都是袁绍手下降将。赵云力战四将,曹军一齐拥至,云乃拔青釭剑乱砍,手起处,衣甲平过,血如泉涌。杀退众军将,直透重围。

却说曹操在景山顶上,望见一将,所到之处,威不可当,急问左右是谁。曹洪飞马下山大叫曰:"军中战将可留姓名!"云应声曰:"吾乃常山赵子龙也!"曹洪回报曹操。操曰:"真虎将也,吾当生致之。"遂令飞马传报各处:如赵云到,不许放冷箭,只要捉活的。因此赵云得脱此难,此亦阿斗之福所致也。这一场杀,赵云怀抱后主,直透重围,砍倒大旗两面,夺槊三条;前后枪刺剑砍,杀死曹营名将五十余员①。后人有诗曰:

> 血染征袍透甲红,当阳谁敢与争锋。
> 古来冲阵扶危主,只有常山赵子龙。

赵云当下杀透重围,已离大阵,血满征袍。正行间,山坡下又撞出两枝军,乃夏侯惇部将钟缙、钟绅兄弟二人,一个使大斧,一个使画戟,大喝:"赵云快下马受缚!"正是:

> 才离虎窟逃生去,又遇龙潭鼓浪来。

毕竟子龙怎地脱身,且听下回分解。

① 赵云救主和长坂坡

赵云转战长坂坡事,《赵云传》记述甚简,"云身抱弱子,即后主也,保护甘夫人,即后主母也,皆得免难。"《三国志·蜀书·二主妃子传》亦同,《赵云别传》所载后主诏亦仅有"当阳之役,义贯金石"数字。按,长坂坡在今湖北当阳城西,乃一座绵延几里的土坡。明万历四年(1576)在坡上建"长坂雄风"石碑。现辟为长坂公园,园外街心花园,耸立有赵子龙单骑救主雕像。坡西约1公里处,有太子桥和娘娘井,相传为糜夫人抱着阿斗躲藏和自尽地。长坂坡隔河相对的锦屏山,为曹操登高观战处,有擂鼓台、瞭望台等遗迹。

第四十二回　张翼德大闹长坂桥　刘豫州败走汉津口

却说钟缙、钟绅二人拦住赵云厮杀。赵云挺枪便刺，钟缙当先挥大斧来迎，两马相交，战不三合，被云一枪刺落马下，夺路便走。背后钟绅持戟赶来，马尾相衔，那枝戟只在赵云后心内弄影。云急拨转马头，恰好两胸相拍，云左手持枪隔过画戟，右手拔出青釭宝剑砍去，带盔连脑，砍去一半。绅落马而死，余众奔散。赵云得脱，望长坂桥而走。只闻后面喊声大震，原来文聘引军赶来。赵云到得桥边，人困马乏，见张飞挺矛立马于桥上，云大呼曰："翼德援我！"飞曰："子龙速行，追兵我自当之。"云纵马过桥，行二十余里，见玄德与众人憩于树下。云下马伏地而泣，玄德亦泣。云喘气而言曰："赵云之罪，万死犹轻。糜夫人身带重伤，不肯上马，投井而死，云只得推土墙掩之。怀抱公子，身突重围，赖主公洪福，幸而得脱。适来公子尚在怀中啼哭，此一会不见动静，多是不能保也。"遂解视之，原来阿斗正睡着未醒。云喜曰："幸得公子无恙。"双手递与玄德。玄德接过，掷之于地曰："为汝这孺子，几损我一员大将！"赵云忙向地下抱起阿斗，泣拜曰："云虽肝脑涂地，不能报也。"后人有诗曰：

> 曹操军中飞虎出，赵云怀中小龙眠。
>
> 无由抚慰忠臣意，故把亲儿掷马前。

却说文聘引军追赵云至长坂桥，只见张飞倒竖虎须，圆睁环眼，手绰蛇矛，立马桥上；又见桥东树林之后，尘头大起，疑有伏兵，便勒住马，不敢近前。俄而曹仁、李典、夏侯惇、夏侯渊、乐进、张辽、张郃、许褚等都至，见飞怒目横矛，立马于桥上，又恐是诸葛孔明之计，都不敢近前。扎住阵脚，一字儿摆在桥西，使人飞报曹操。操闻知，急上马从阵后来。张飞睁圆环眼，隐隐见后军青罗伞盖、旄钺旌旗来到，料得是曹操心疑，亲自来看。飞乃厉声大喝曰："我乃燕人张翼德也！谁敢与我决一死战？"声如巨雷，曹军闻之，尽皆股栗。曹操急令去其伞盖，回顾左右曰："吾向曾闻云长言：翼德于百万军中取上将之首，如探囊取物①。今日相逢，不可轻

① 张飞断桥不断流
据《三国志·蜀书·张飞传》："先主奔江南。曹公追之，一日一夜，及于当阳

敌。"言未已，张飞睁目又喝曰："燕人张翼德在此！谁敢来决死战？"曹操见张飞如此气概，颇有退心。飞望见曹操后军阵脚移动，乃挺矛又喝曰："战又不战，退又不退，却是何故？"喊声未绝，曹操身边夏侯杰，惊得肝胆碎裂，倒撞于马下。操便回马而走。于是诸军众将一齐望西奔走。正是：黄口孺子，怎闻霹雳之声；病体樵夫，难听虎豹之吼。一时弃枪落盔者不计其数，人如潮涌，马似山崩，自相践踏[②]。后人有诗赞曰：

> 长坂桥头杀气生，横枪立马眼圆睁。
> 一声好似轰雷震，独退曹家百万兵。

却说曹操惧张飞之威，骤马望西而走，冠簪尽落，披发奔逃。张辽、许褚赶上，扯住辔环，曹操仓皇失措。张辽曰："丞相休惊。料张飞一人，何足深惧。今急回军杀去，刘备可擒也。"曹操神色方才稍定，乃令张辽、许褚再至长坂桥探听消息。且说张飞见曹军一拥而退，不敢追赶，速唤回原随二十余骑，解去马尾树枝，令将桥梁拆断，然后回马来见玄德，具言断桥一事。玄德曰："吾弟勇则勇矣，惜失于计较。"飞问其故，玄德曰："曹操多谋，汝不合拆断桥梁，彼必追至矣。"飞曰："他被我一喝，倒退数里，何敢再追？"玄德曰："若不断桥，彼恐有埋伏，不敢进兵；今拆断了桥，彼料我无军而怯，必来追赶。彼有百万之众，虽涉江、汉，可填而过，岂惧一桥之断耶？"于是即刻起身，从小路斜投汉津，望沔阳路而走。

却说曹操使张辽、许褚探长坂桥消息，回报曰："张飞已拆断桥梁而去矣。"操曰："彼断桥而去，乃心怯也。"遂传令差一万军，速搭三座浮桥，只今夜就要过。李典曰："此恐是诸葛亮之诈谋，不可轻进。"操曰："张飞一勇之夫，岂有诈谋？"遂传下号令，火速进兵。

却说玄德行近汉津，忽见后面尘头大起，鼓声连天，喊声震地。玄德曰："前有大江，后有追兵，如之奈何？"急命赵云准备抵敌。曹操下令军中曰："今刘备釜中之鱼，阱中

之长阪。先主闻曹公卒至，弃妻子走，使飞将二十骑拒后。飞据水断桥，瞋目横矛曰：'身是张益德也，可来共决死！'敌皆无敢近者，故遂得免。"此处"据水断桥"，当是依水为阻，据水拦敌，并非是通常将"断桥"意解为"拆断桥梁"，更无如戏剧和民间相传的"张翼德吼断桥梁水倒流"。张飞事后有否拆桥，语焉不详。又此桥称长坂陂桥，或霸陵桥，以架在霸河上而名。或由此，元人杂剧多以张飞为三国第一条好汉。称张飞武艺最高，击败曹操勇将许褚，在古城相会时，又打败赵云，还把吕布也杀得大败亏输（见《单战吕布》）。后来吕布围困小沛，张飞三番出城请援，三次冲营，把吕布杀得胆战心惊，只得吩咐小校，"将征旗遮住我面皮，俺往上手下过去，让他右手出阵去吧"（见《三出小沛》）。

[②] **关张是两晋南北朝武人崇拜的偶像** 关羽、张飞在生前就是勇将的最佳模式。《三国志·蜀书·关羽传》说，"关羽张飞皆称万人之敌，为世虎臣。"他们的名字，在两晋南北朝成为勇士的符号，是乱世时代，激励武人立功的崇拜偶像：晋刘遐，"每击贼，率壮士陷坚摧阵，冀方比之张飞、关羽"（《晋书》本传）。宋檀道济部属薛彤、高进之"有勇力，时以比张飞、关羽"（《宋书》本传）。薛安都攻鲁爽，"望见爽，便跃马大呼，直往刺之，应手而倒"，"爽世枭猛，咸云万人敌，安都单骑直入斩之，时人谓关羽之斩颜良不足过也"（《南史》）。北魏杨大眼骁勇，"当世推其骁果，皆以为关张弗之过也"（《魏书》）。崔延伯随萧宝寅讨莫折念生，获胜，"萧宝寅曰：'崔公，古之关张也'"（《魏书》本传）。齐，蔡道贵，襄阳人，拳勇秀出，当时以比关羽、张飞"（《襄阳耆旧记》）。萧摩诃随吴明彻伐高齐，"有西域胡，妙于弓矢，弦无虚发，众军尤惮之，明彻谓萧摩诃曰：'若殒此胡，则彼军夺气，君有关张之名，可斩颜良矣'"（《陈书》本传）。前秦苻生使者赴凉州，威胁张玄靓归顺说："骁勇多权略，攻必取，战必胜，关张之流、万人之敌者，则前将军新兴王飞、建节将军邓羌、立忠将军彭越、安远将军范俱难、建武将军徐盛。"（《晋书·苻生载记》）以上见于南北朝史传很多，是为关羽人格化始。

③ 关羽以许田未杀曹操后悔

刘备走汉津,与关羽船队巧遇。《三国志·蜀书·关羽传》引《蜀记》:"初,刘备在许,与曹公共猎,猎中,众散,羽劝备杀公,备不从。及在夏口,飘摇江渚。羽怒曰:往日猎中,若从羽言,可无今日之困。备曰:是时亦为国家惜之耳。若天道辅正,安知此不为福邪!此说是否信实,多有质疑。裴松之有称:以为备后与董承等结谋,但事泄不克谐耳,若为国家惜曹公,其如此言何。羽若果有此劝,而备不肯从者,将以曹公腹心亲戚,实繁有徒,事不宿构,非造次所行。曹虽可杀,身必不免,故以计止之,何惜之乎。既往之事,故托为雅言耳。按《蜀记》多系虚说,前人常责以"语多浅妄,恐不足信"。此说是。但因《演义》传播甚广,此处不可不察也。

④ 韩嵩无被囚

《三国志·魏书·刘表传》称"(刘)表疑嵩反为太祖说,大怒,欲杀嵩,考杀随嵩行者,知嵩无他意,乃止。此处据所引《傅子》作"表乃弗诛而囚之。"按,据《刘表传》,韩嵩后与蒯越、傅巽等"说琮归太祖(曹操)"。《先贤行状》也说,"荆州平,嵩疾病,就在所拜授大鸿胪印绶。"由此,当无被囚释事。

⑤ 赤壁战争时期曹操部主要将领活动表

之虎;若不就此时擒捉,如放鱼入海,纵虎归山矣。众将可努力向前。"众将领命,一个个奋威追赶。忽山坡后鼓声响处,一队人马飞出,大叫曰:"我在此等候多时了!"当头那员大将,手执青龙刀,坐下赤兔马,原来是关云长去江夏借得军马一万,探知当阳长坂大战,特地从此路截出。曹操一见云长,即勒住马,回顾众将曰:"又中诸葛亮之计也!"传令大军速退。云长追赶十数里,即回军保护玄德等到汉津,已有船只伺候,云长请玄德并甘夫人、阿斗至船中坐定。云长问曰:"二嫂嫂如何不见?"玄德诉说当阳之事。云长叹曰:"曩日猎于许田时,若从吾意,可无今日之患。"玄德曰:"我于此时亦'投鼠忌器'耳。"③

正说之间,忽见江南岸战鼓大鸣,舟船如蚁,顺风扬帆而来。玄德大惊。船来至近,只见一人白袍银铠,立于船头上大呼:"叔父别来无恙!小侄得罪。"玄德视之,乃刘琦也。琦过船哭拜曰:"闻叔父困于曹操,小侄特来接应。"玄德大喜,遂合兵一处,放舟而行。在船中正诉情由,江西南上战船一字儿摆开,乘风嗯哨而至。刘琦惊曰:"江夏之兵,小侄已尽起至此矣。今有战船拦路,非曹操之军,即江

项目 姓名	官 爵	有否南征	赤壁之战时在何处	附 注
夏侯惇	伏波将军、河南尹		当在邺郡或许都	
夏侯渊	典军校尉		于济南、乐安击黄巾	
曹 仁	征南将军	从征荆州	留屯江陵	
曹 纯	议郎参司空军事	从征荆州	追刘备于长坂	
曹 洪	厉锋将军	从征荆州		
张 辽	荡寇将军		屯长社(河南长葛),讨陈兰于氏(安徽霍山北)、六(六安北)	
乐 进	折冲将军	从征荆州	屯阳翟、襄阳	
于 禁	虎威将军		与臧霸讨梅成	
张 郃	平狄将军		与张辽讨陈兰	
徐 晃	横野将军	从征荆州	屯樊城,讨中庐、临沮、宜城荆州余军	
李 典	破虏将军			

项目 姓名	官 爵	有否南征	赤壁之战时在何处	附 注
李通	汝南太守			赤壁战后，与关羽相拒江陵北
臧霸	威虏将军		与夏侯渊讨黄巾、与于禁讨梅成	
文聘	江夏太守	追刘备于长坂		荆州降将
许褚	校 尉		"太祖益信任之，出入同行，不离左右"	
满宠	汝南太守	从征荆州		
田畴		从征荆州		

东之军也。如之奈何？"玄德出船头视之，见一人纶巾道服，坐在船头上，乃孔明也。背后立着孙乾。玄德慌请过船，问其何故却在此。孔明曰："亮自至江夏，先令云长于汉津登陆地而接。我料曹操必来追赶，主公必不从江陵来，必斜取汉津矣。故特请公子先来接应，我竟往夏口，尽起军前来相助。"玄德大悦，合为一处，商议破曹之策。孔明曰："夏口城险，颇有钱粮，可以久守，请主公且到夏口屯住。公子自回江夏，整顿战船，收拾军器，为掎角之势，可以抵当曹操。若共归江夏，则势反孤矣。"刘琦曰："军师之言甚善。但愚意欲请叔父暂至江夏，整顿军马停当，再回夏口不迟。"玄德曰："贤侄之言亦是。"遂留下云长，引五千军守夏口。玄德、孔明、刘琦共投江夏。

却说曹操见云长在旱路引军截出，疑有伏兵，不敢来追；又恐水路先被玄德夺了江陵，便星夜提兵赴江陵来。荆州治中邓羲、别驾刘先，已备知襄阳之事，料不能抵敌曹操，遂引荆州军民出郭投降。曹操入城，安民已定，释韩嵩之囚④，加为大鸿胪。其余众官，各有封赏。曹操与众将⑤议曰："今刘备已投江夏，恐结连东吴，是滋蔓也。当用何计破之？"荀攸曰："我今大振兵威，遣使驰檄江东，请孙权会猎于江夏，共擒刘备，分荆州之地，永结盟好。孙权必惊疑而来降，则吾事济矣。"操从其计，一面发檄遣使赴东吴；一面计点马步水军，共八十三万，诈称一百万⑥，水陆并进，船骑双行，沿江而来。西连荆、峡，东接蕲、黄，寨栅联络三百余里。

话分两头。却说江东孙权屯兵柴桑郡，闻曹操大军至襄阳，刘

⑥ 赤壁战时曹操兵力

《三国志·吴书·孙权传》引《江表传》称，"曹公与权书，今治水军八十万众，与将军会猎于吴。"此八十万当系夸称。《周瑜传》乃称，"其年九月，曹公入荆州，刘琮率众降，曹公得其水军船步兵数十万，"据周瑜在曹公入荆州（襄阳）时分析，"今以实校之，彼所将中国人，不过十五六万，且军已久疲，所得表众，亦极七八万耳，尚怀狐疑。"而据诸葛恪所说，"刘景升在荆州，有众十万"，"北方都定之后，操率三十万众来向荆州。"（《三国志·吴书·诸葛恪传》）诸传所述曹军兵力不同，虽出自道听途说，但均系下荆州（襄阳）时兵力。三月后，即汉建安十三年十二月，曹军至乌林、赤壁前线的实际兵力已非原有兵力，盖在此时，曹操安定新降区和后方，自必要留部分嫡系军队，如乐进（襄阳）、徐晃（樊城）、曹仁（江陵），而如夏侯惇（邺城）、夏侯渊（济南）、张辽（河南长社）、于禁、张郃、臧霸（均在皖西六安）均未随同南征，此间也必先后带走部分军队，因而在赤壁鏖兵时，曹操的兵力已低于周瑜等在战前所估计的人数了。至于它具体兵员史传均无直接或间接记载，它可能是一个永久难解之题了。

⑦ 诸葛亮应在夏口(或当阳)提出"天下三分"说

刘备和诸葛亮在隆中草庐密谈,当时不可能有记录和追记。陈寿《三国志》的《蜀书》均系他几十年后采访、梳理而作,无蓝本可参照。因此,它非诸葛亮原作,应视作是陈寿采撷诸葛亮在不同时期的言论,用史家手法把它拼缀成篇的。因为从内容的走势,那是诸葛亮难以在隆中一气呵成的。真正的"隆中对",只能是正确分析中国形势和走向,"三顾臣于草庐之中,咨臣以当世之事"(《出师表》)。他指出:"汉室不可兴,曹操不能灭。"因此当曹操南侵,在获悉刘琮迎降后,刘备就暂避其锋,放弃樊城南走了。《隆中对》的主体建构"天下三分说"提出,应是在兵败于当阳,或出走夏口(湖北汉口)之际。当时刘备自称有投奔苍梧(广西)吴巨的打算,此亦可见在隆中对时尚未定有联孙战略,也不可能与有世仇的东吴合作。经鲁肃说,诸葛亮始主动请命求救于孙权。所以《隆中对》中有述荆州"此用武之国,而其主不能守,此殆天所以资将军",显然是针对刘琮不战而献荆州(襄阳),而荆州广大地区尚未为曹操控制而言。可见联孙权、据荆州之战略提出于此时,尔后他在柴桑向孙权提出合力破曹,"如此则荆、吴之势强,鼎足之形成矣",可说为它作注脚和补充。因此,所谓《隆中对》,确切地说,堪称为《当阳对》或《夏口对》。但当刘备借得荆州(江陵),由生存、温饱走向发展,方此之时,才可能有取益州为根本说。它要抢在孙权谋取益州前面。由此《隆中对》很有可能是在刘备入蜀前,诸葛亮在襄阳隆中、当阳(或夏口)、江陵三处分别对刘备说的三段话,作为口碑,陈寿把它缀成对篇,抹去了时空的界限,超前发布了。当然,《隆中对》仍作出了正确、可行性的战略部署。理

琮已降,今又星夜兼道取江陵,乃集众谋士商议御守之策。鲁肃曰:"荆州与国邻接,江山险固,土民殷富,吾若据而有之,此帝王之资也。今刘表新亡,刘备新败,肃请奉命往江夏吊丧,因说刘备使抚刘表众将,同心一意,共破曹操。备若喜而从命,则大事可成矣。"权喜从其言,即遣鲁肃赍礼往江夏吊丧。

却说玄德至江夏,与孔明、刘琦共议良策。孔明曰:"曹操势大,急难抵敌,不如往投东吴孙权,以为应援。使南北相持,吾等于中取利,有何不可⑦?"玄德曰:"江东人物极多,必有远谋,安肯相容耶?"孔明笑曰:"今操引百万之众,虎踞江、汉,江东安得不使人来探听虚实?若有人到此,亮借一帆风,直至江东,凭三寸不烂之舌,说南北两军互相吞并。若南军胜,共诛曹操以取荆州之地;若北军胜,则我乘胜以取江南可也。"玄德曰:"此论甚高。但如何得江东人到?"正说间,人报江东孙权差鲁肃来吊丧,船已傍岸。孔明笑曰:"大事济矣!"遂问刘琦曰:"往日孙策亡时,襄阳曾遣人去吊丧否?"琦曰:"江东与我家有杀父之仇,安得通庆吊之礼?"孔明曰:"然则鲁肃此来,非为吊丧,乃来探听军情也。"遂谓玄德曰:"鲁肃至,若问曹操动静,主公只推不知。再三问时,主公只说可问诸葛亮。"计会已定,使人迎接鲁肃。

肃入城吊丧,收过礼物,刘琦请肃与玄德相见。礼毕,邀入后堂饮酒。肃曰:"久闻皇叔大名,无缘拜会,今幸得见,实为欣慰。近闻皇叔与曹操会战,必知彼虚实。敢问操军约有几何?"玄德曰:"备兵微将寡,一闻操至即走,竟不知彼虚实。"鲁肃曰:"闻皇叔用诸葛孔明之谋,两场火烧得曹操魂亡胆落,何言不知耶?"玄德曰:"除非问孔明,便知其详。"肃曰:"孔明安在?愿求一见。"玄德教请孔明出来相见。

肃见孔明礼毕,问曰:"向慕先生才德,未得拜晤,今幸相遇,愿闻目今安危之事。"孔明曰:"曹操奸计,亮已尽知,但恨力未及,故且避之。"肃曰:"皇叔今将止于此乎?"孔明曰:"使君与苍梧太守吴臣有旧,将往投之⑧。"肃曰:"吴臣粮少兵微,自不能保,焉能容人?"孔明曰:"吴臣处虽不足久居,今且暂依之,别有

良图。"肃曰:"孙将军虎踞六郡,兵精粮足,又极敬贤礼士,江表英雄,多归附之。今为君计,莫若遣心腹往结东吴,以共图大事⑨。"孔明曰:"刘使君与孙将军自来无旧,恐虚费词说;且别无心腹之人可使。"肃曰:"先生之兄,现为江东参谋,日望与先生相见。肃不才,愿与公同见孙将军,共议大事。"玄德曰:"孔明是吾之师,顷刻不可相离,安可去也?"肃坚请孔明同去,玄德佯不许。孔明曰:"事急矣,请奉命一行。"玄德方才许诺。鲁肃遂别了玄德、刘琦,与孔明登舟,望柴桑郡来。正是:

> 只因诸葛扁舟去,致使曹兵一旦休。

不知孔明此去毕竟如何,且看下文分解。

论走在前面,指导行动,那确是诸葛亮的高明处。可是,不能将预测作为实事的演换,当刘备已取得三巴和汉中,中国格局由南北对峙嬗变为三足鼎立,天下已发生根本的变化,形成三家相翦相存的复杂格局,此时仍是奉行所谓分兵两路北伐,显然是陷入了《隆中对》的误区。

⑧ 刘备老朋友吴臣

刘备何以与吴臣有旧,史传语焉不详。吴臣,《三国志》作"吴巨",当是。《太平寰宇记》称,"后汉末苍梧太守吴巨拥兵据郡,建安十五年,孙权使步骘去交州刺史诱巨斩之"(卷一百五十七)。按当时刘备兵败于当阳,或确有远走苍梧之意。盖东吴与荆州世仇,且此时亦未能察孙权意耳。

⑨ 鲁肃首创孙刘联合对付曹操

孙刘联合抗曹,首先倡导者是鲁肃。据《三国志·吴书·鲁肃传》,鲁肃说孙权以吊刘表丧,"及说备使抚(刘)表众,同心一意,共治曹操,备必喜而从命"。"权即遣肃行。到夏口(湖北汉口),闻曹公已向荆州(襄阳),晨夜兼道。比至南郡(湖北江陵),而表子琮已降曹公,备惶遽奔走,欲南渡江,肃径迎之,到当阳(湖北当阳北)长阪,与备会,宣腾权旨,及陈江东强固,劝备与权并力。备甚欢悦。"当时刘备为避敌锋,确系拟渡长江南下,《江表传》亦称,鲁肃到当阳问刘备"今欲何至?"刘备说,"与苍梧太守吴巨有旧,欲往投之。"可见刘备或因刘表与孙氏世仇故,未考虑与江东联合事。尔后,刘备听从鲁肃说,进扎鄂城樊口。鲁肃主动提出联合刘备,并付诸行动。所以裴松之说:"刘备与权并力,共拒中国,皆肃之本谋。"当是。

第四十三回　诸葛亮舌战群儒　鲁子敬力排众议

① 曹操书为水军八十万余

据《三国志·吴书·孙权传》引《江表传》，曹操与孙权书："近者奉辞伐罪，旄麾南指，刘琮束手。今治水军八十万众，方与将军会猎于吴。"民间传说有八十三万众。此处作"百万"，均系夸大，所谓"水军八十万众"，自秦汉至明清亦从未有朝代拥有如此数量，此书讹作，可见一斑。

② 张昭万安之策乃完全归顺汉室

据《三国志·吴书·张昭传》，有孙策托孤事，"策临亡，以弟权托昭，昭率群僚立而辅之。上表汉室，下移属城，中外将校，各令奉职。"意思是一辅佐老弟孙权；二是继续尊奉汉室，不闹独立。同传引《吴历》还记有："策谓昭曰：'若仲谋不任事者，君便自取之。正复不克捷，缓步西归，亦无所虑。'"这句话更是说，如果老弟不行，你就自己决定吧，万一事情不顺利，也就归顺朝廷，不必有顾虑。此说当是，所以黎东方《细说三国》指出："张昭后来于曹操席卷荆州之时，主张迎接，与孙策的这最后几句话颇有

却说鲁肃、孔明辞了玄德、刘琦，登舟望柴桑郡来。二人在舟中共议。鲁肃谓孔明曰："先生见孙将军，切不可实言曹操兵多将广。"孔明曰："不须子敬叮咛，亮自有对答之语。"及船到岸，肃请孔明于馆驿中暂歇，先自往见孙权。权正聚文武于堂上议事，闻鲁肃回，急召入问曰："子敬往江夏，体探虚实若何？"肃曰："已知其略，尚容徐禀。"权将曹操檄文示肃曰："操昨遣使赍文至此，孤先发遣来使，现今会众商议未定。"肃接檄文观看，其略曰：

孤近承帝命，奉诏伐罪。旄麾南指，刘琮束手；荆、襄之民，望风归顺。今统雄兵百万，上将千员，欲与将军会猎于江夏①，共伐刘备，同分土地，永结盟好。幸勿观望，速赐回音。

鲁肃看毕曰："主公尊意若何？"权曰："未有定论。"张昭曰："曹操拥百万之众，借天子之名以征四方，拒之不顺。且主公大势可以拒操者，长江也。今操既得荆州，长江之险，已与我共之矣，势不可敌。以愚之计，不如纳降，为万安之策②。"众谋士皆曰："子布之言，正合天意。"孙权沉吟不语。张昭又曰："主公不必多疑。如降操，则东吴民安，江南六郡可保矣。"孙权低头不语。须臾，权起更衣，鲁肃随于权后。权知肃意，乃执肃手而言曰："卿欲如何？"肃曰："恰才众人所言，深误将军。众人皆可降曹操，唯将军不可降曹操。"权曰："何以言之？"肃曰："如肃等降操，当以肃还乡党，累官故不失州郡也。将军降操，欲安所归乎？位不过封侯，车不过一乘，骑不过一匹，从不过数人，岂得南面称孤哉！众人之意，各自为己，不可听也。

将军宜早定大计。"权叹曰："诸人议论，大失孤望。子敬开说大计，正与吾见相同，此天以子敬赐我也。但操新得袁绍之众，近又得荆州之兵，恐势大难以抵敌。"肃曰："肃至江夏，引诸葛瑾之弟诸葛亮在此，主公可问之，便知虚实。"权曰："卧龙先生在此乎？"肃曰："现在馆驿中安歇。"权曰："今日天晚，且未相见。来日聚文武于帐下，先教见我江东英俊，然后升堂议事。"肃领命而去。

次日，至馆驿中见孔明，又嘱曰："今见我主，切不可言曹操兵多。"孔明笑曰："亮自见机而变，决不有误。"肃乃引孔明至幕下，早见张昭、顾雍等一班文武二十余人，峨冠博带，整衣端坐③。孔明逐一相见，各问姓名，施礼已毕，坐于客位。

张昭等见孔明丰神飘洒，器宇轩昂，料道此人必来游说。张昭先以言挑之曰："昭乃江东微末之士，久闻先生高卧隆中，自比管、乐，此语果有之乎？"孔明曰："此亮平生小可之比也。"昭曰："近闻刘豫州三顾先生于草庐之中，幸得先生，以为如鱼得水，思欲席卷荆、襄。今一旦以属曹操，未审是何主见？"孔明自思张昭乃孙权手下第一个谋士，若不先难倒他，如何说得孙权？遂答曰："吾观取汉上之地，易如反掌。我主刘豫州躬行仁义，不忍夺同宗之基业，故力辞之。刘琮孺子，听信佞言，暗自投降，致使曹操得以猖獗。今我主屯兵江夏，别有良图，非等闲可知也。"昭曰："若此，是先生言行相违也。先生自比管、乐。管仲相桓公，霸诸侯，一匡天下；乐毅扶持微弱之燕，下齐七十余城；此二人者，真济世之才也。先生在草庐之中，但笑傲风月，抱膝危坐；今既从事刘豫州，当为生灵兴利除害，剿灭乱贼。且刘豫州未得先生之前，尚且纵横寰宇，割据城池。今得先生，人皆仰望，虽三尺童蒙，亦谓彪虎生翼，将见汉室复兴，曹氏即灭矣。朝廷旧臣，山林隐士，无不拭目而待，以为拂高天之云翳，仰日月之光辉，拯民于水火之中，措天下于衽席之上，在此时也。何先生自归豫州，曹兵一出，弃甲抛戈，望风而窜。上不能报刘表以安庶民，下不能辅孤子而据疆土，乃弃新野，走樊城，败当阳，奔夏口，无容身之地。是豫州既得先生之后，反不如其初也。管仲、乐毅，果如是乎？愚直之言，幸勿见怪！"

孔明听罢，哑然而笑曰："鹏飞万里，其志岂群鸟能识哉？譬如人染沉疴，当先用糜粥以饮之，和药以服之；待其腑脏调和，形体渐安，然后用肉食以补之，猛药以治之：则病根尽去，人得全生也。若不待气脉和缓，便投以猛药厚味，欲求安保，诚为难矣。吾主刘豫州，向日军败于汝南，寄迹刘表，兵不满千，将止关、张、赵云而已，此正如病势尪羸已极之时也。新野山僻小县，人民

③ **舌战群儒实无其事**

出场的群儒，有史可查的，仅张昭在柴桑（江西德化）孙权处，其余人等尚散在地方，如顾雍时或任会稽丞（行太守事）、步骘时任海盐长，程秉、薛综尚避难交州，陆绩在郁林，张温年始成童，尚未出仕，虞翻因罪在泾县。严畯记述不详。舌战群儒，本不见于史传，故出场人等只能虚设也。此处故事，作者以诸葛亮孤行特立，独占鳌头借鉴、或自诸书而推理发挥形象思维，《侯鲭录》记苏轼尝宴客，米芾在座，酒半忽起立曰："世人皆以芾为颠，愿质之子瞻。"轼笑答曰"吾从众。"《宋书·袁粲传》亦有袁谓周旋人曰："昔有一国，国中一水号曰狂泉。国人饮此水无不狂，唯国君穿井而汲，独得无恙。国人既并狂，反谓国主之不狂为狂。"是以由米芾、国主质之诸葛亮，数写反其意而为之。

关系。"对此，孙权也拎得清，所以张昭等有投降主张，也不谴责、惩罚。

稀少,粮食鲜薄,豫州不过暂借以容身,岂真将坐守于此耶?夫以甲兵不完,城郭不固,军不经练,粮不继日,然而博望烧屯,白河用水,使夏侯惇、曹仁辈心惊胆裂:窃谓管仲、乐毅之用兵,未必过此。至于刘琮降操,豫州实出不知,且又不忍乘乱夺同宗之基业,此真大仁大义也。当阳之败,豫州见有数十万赴义之民,扶老携幼相随,不忍弃之,日行十里,不思进取江陵,甘与同败,此亦大仁大义也。寡不敌众,胜负乃其常事。昔高皇数败于项羽,而垓下一战成功,此非韩信之良谋乎?夫信久事高皇,未尝累胜,盖国家大计,社稷安危,是有主谋。非比夸辩之徒,虚誉欺人,坐议立谈,无人可及,临机应变,百无一能,诚为天下笑耳。"这一篇言语,说得张昭并无一言回答。

座间忽一人抗声问曰:"今曹公兵屯百万,将列千员,龙骧虎视,平吞江夏,公以为何如?"孔明视之,乃虞翻也。孔明曰:"曹操收袁绍蚁聚之兵,劫刘表乌合之众,虽数百万不足惧也。"虞翻冷笑曰:"军败于当阳,计穷于夏口,区区求救于人,而犹言不惧,此真大言欺人也。"孔明曰:"刘豫州以数千仁义之师,安能敌百万残暴之众?退守夏口,所以待时也。今江东兵精粮足,且有长江之险,犹欲使其主屈膝降贼,不顾天下耻笑。由此论之,刘豫州真不惧操贼者矣!"虞翻不能对。

座间又一人问曰:"孔明欲效仪、秦之舌,游说东吴耶?"孔明视之,乃步骘也。孔明曰:"步子山以苏秦、张仪为辩士,不知苏秦、张仪亦豪杰也。苏秦佩六国相印,张仪两次相秦,皆有匡扶人国之谋,非比畏强凌弱,惧刀避剑之人也。君等闻曹操虚发诈伪之词,便畏惧请降,敢笑苏秦、张仪乎?"步骘默然无语。

忽一人问曰:"孔明以曹操何如人也?"孔明视其人,乃薛综也。孔明答曰:"曹操乃汉贼也,又何必问?"综曰:"公言差矣。汉传世至今,天数将终。今曹公已有天下三分之二,人皆归心。刘豫州不识天时,强欲与争,正如以卵击石,安得不败乎?"孔明厉声曰:"薛敬文安得出此无父无君之言乎?夫人生天地间,以忠孝为立身之本。公既为汉臣,则见有不臣之人,当誓共戮之,臣之道也。今曹操祖宗叨食汉禄,不思报效,反怀篡逆之心,天下之所共愤。公乃以天数归之,真无父无君之人也!不足与语,请勿复言!"薛综满面羞惭,不能对答。

④ 陆绩怀橘故事

陆绩怀橘,本事出于《三国志·吴书·陆绩传》,"绩年六岁,于九江见袁术,术出橘,绩怀三枚,去,拜辞坠地。术谓曰:'陆郎作宾客而怀橘乎?'绩跪答曰:'欲归遗母。'术大奇之。"后人考证,以为此橘当是江西南丰蜜橘,盖此橘巧小,儿童易携藏于怀也。元王实甫有杂剧《作宾客陆绩怀橘》,见《录鬼簿》著录,今佚。

座上又一人应声问曰:"曹操虽挟天子以令诸侯,犹是相国曹参之后;刘豫州虽云中山靖王苗裔,却无可稽考,眼见只是织席贩屦之夫耳,何足与曹操抗衡哉!"孔明视之,乃陆绩也。孔明笑曰:"公非袁术座间怀橘之陆郎乎④?请安坐,听吾一言!曹操既为曹相国之后,则世为汉臣矣。今乃专权肆横,欺凌君父,是不唯无君,亦且蔑祖;不惟汉室之乱臣,亦曹氏之贼子也。刘豫州堂堂帝胄,当今皇帝按谱赐爵,何云无可稽考?且高祖起身亭长,而终有天下。织席贩屦,又何足为辱乎?公小儿之见,不足与高士共语。"陆绩语塞。

座上一人忽曰："孔明所言，皆强词夺理，均非正论，不必再言，且请问孔明治何经典？"孔明视之，乃严畯也。孔明曰："寻章摘句，世之腐儒也，何能兴邦立事？且古耕莘伊尹，钓渭子牙，张良、陈平之流，邓禹、耿弇之辈，皆有匡扶宇宙之才，未审其生平治何经典；岂亦效书生区区于笔砚之间，数黑论黄，舞文弄墨而已乎？"严畯低头丧气而不能对。

忽又一人大声曰："公好为大言，未必真有实学，恐适为儒者所笑耳。"孔明视其人，乃汝南程德枢也。孔明答曰："儒有君子小人之别：君子之儒，忠君爱国，守正恶邪，务使泽及当时，名留后世；若夫小人之儒，唯务雕虫，专工翰墨，青春作赋，皓首穷经，笔下虽有千言，胸中实无一策。且如扬雄以文章名世，而屈身事莽，不免投阁而死，此所谓小人之儒也。虽日赋万言，亦何取哉！"程德枢不能对。众人见孔明对答如流，尽皆失色。

时座上张温、骆统二人，又欲问难。忽一人自外而入，厉声言曰："孔明乃当世奇才，君等以唇舌相难，非敬客之礼也。曹操大军临境，不思退敌之策，乃徒斗口耶！"众视其人，乃零陵人，姓黄名盖，字公覆，现为东吴粮官。当时黄盖谓孔明曰："愚闻多言获利，不如默而无言。何不将金石之论为我主言之，乃与众人辩论也？"孔明曰："诸君不知世务，互相问难，不容不答耳。"于是黄盖与鲁肃引孔明入，至中门，正遇诸葛瑾，孔明施礼。瑾曰："贤弟既到江东，如何不来见我？"孔明曰："弟既事刘豫州，理宜先公后私。公事未毕，不敢及私。望兄见谅。"瑾曰："贤弟见过吴侯，却来叙话。"说罢自去。

鲁肃曰："适间所嘱，不可有误。"孔明点头应诺。引至堂上，孙权降阶而迎，优礼相待⑤。施礼毕，赐孔明坐。众文武分两行而立。鲁肃立于孔明之侧，只看他讲话。孔明致玄德之意毕，偷眼看孙权，碧眼紫髯，堂堂一表。孔明暗思："此人相貌非常，只可激，不可说。等他问时，用言激之便了。"献茶已毕，孙权曰："多闻鲁子敬谈足下之才，今幸得相见，敢求教益。"孔明曰："不才无学，有辱明问。"权曰："足下近在新野，佐刘豫州与曹操决战，必深知彼军虚实。"孔明曰："刘豫州兵微将寡，更兼新野城小无粮，安能与曹操相持？"权曰："曹兵共有多少？"孔明曰："马步水军，约有一百余万。"权曰："莫非诈乎？"孔明曰："非诈也。曹操就兖州已有青州军二十万；平了袁绍，又得五六十万；中原新招之兵三四十万；今又得荆州之军二三十万：以此计之，不下一百五十万。亮以百万言之，恐惊江东之士也。"鲁肃在旁，闻言失色，以目视孔明，孔明只做不见。权曰："曹操部下战将，还有多少？"

⑤ **诸葛亮从未到建业**

《三国志·蜀书·诸葛亮传》称，刘备当阳败后，"至于夏口。亮曰：事急矣，请奉命求救于孙将军。时权拥军在柴桑（江西德化），观望成败。"经鲁肃引领，诸葛亮和孙权作了一次长谈，双方就联合抗曹获得共识。此后诸葛亮再也未到柴桑或东行，也未与孙权会晤。宋张敦颐《六朝事迹·形势门·钟阜》："诸葛亮尝至京观秣陵山阜，云钟山龙盘，盖谓此也"，又同书《形势门·石城》："诸葛亮论金陵地形云：'钟阜龙盘，石城虎踞，真帝王之宅。'"此书所传诸葛亮到南京，称颂建业乃龙蟠虎踞之地，实乃虚说。盖此时孙权尚未在建业立都也。

孔明曰："足智多谋之士,能征惯战之将,何止一二千人!"权曰："今曹操平了荆、楚,复有远图乎?"孔明曰："即今沿江下寨,准备战船,不欲图江东,待取何地?"权曰："若彼有吞并之意,战与不战,请足下为我一决。"孔明曰："亮有一言,但恐将军不肯听从。"权曰："愿闻高论。"孔明曰："向者宇内大乱,故将军起江东,刘豫州收众汉南,与曹操并争天下。今操芟除大难,略已平矣。近又新破荆州,威震海内,纵有英雄,无用武之地,故豫州遁逃至此。愿将军量力而处之:若能以吴、越之众,与中国抗衡,不如早与之绝;若其不能,何不从众谋士之论,按兵束甲,北面而事之?"权未及答,孔明又曰："将军外托服从之名,内怀疑贰之见,事急而不断,祸至无日矣。"权曰："诚如君言,刘豫州何不降操?"孔明曰："昔田横,齐之壮士耳,犹守义不辱;况刘豫州王室之胄,英才盖世,众士仰慕。事之不济,此乃天也,又安能屈处人下乎?"

孙权听了孔明此言,不觉勃然变色,拂衣而起,退入后堂。众皆哂笑而散。鲁肃责孔明曰:"先生何故出此言?幸是吾主宽洪大度,不即面责。先生之言,藐视吾主甚矣。"孔明仰面笑曰:"何如此不能容物耶!我自有破曹之计,彼不问我,我故不言。"肃曰:"果有良策,肃当请主公求教。"孔明曰:"吾视曹操百万之众,如群蚁耳。但我一举手,则皆为齑粉矣。"肃闻言,便入后堂见孙权。权怒气未息,顾谓肃曰:"孔明欺吾太甚!"肃曰:"臣亦以此责孔明,孔明反笑主公不能容物。破曹之策,孔明不肯轻言,主公何不求之?"权回嗔作喜曰:"原来孔明有良谋,故以言词激我。我一时浅见,几误大事。"便同鲁肃重复出堂,再请孔明叙话。权见孔明,谢曰:"适来冒渎威严,幸勿见罪。"孔明亦谢曰:"亮言语冒犯,望乞恕罪。"权邀孔明入后堂,置酒相待。

⑥ 诸葛亮《柴桑对》

诸葛亮在鲁肃后,出使柴桑(江西九江)见孙权,诸葛亮提出孙刘联合破曹战略,"今将军诚能命猛将统兵数万,与豫州协规同力,破操军必矣。操军破,必北还,如此则荆、吴之势强,鼎足之形成矣"。《演义》亦宗此说。确是。此处诸葛亮较前《隆中对》更见明确提出了鼎足三分高见,是《隆中对》的补充和发展,且获得孙权认同。这是他通过与鲁肃会谈,在实践中不断调整、完善自己的认知。此《柴桑对》,也是孙、刘两家在赤壁战前和战后相当长时期的共同的战略。因此,它的理论价值是不下于《隆中对》的。可是,几百年来被忽视,这是否与崇刘抑孙的学风有关?

数巡之后,权曰:"曹操平生所恶者,吕布、刘表、袁绍、袁术、豫州与孤耳。今数雄已灭,独豫州与孤尚存。孤不能以全吴之地受制于人,吾计决矣。非刘豫州莫与当曹操者,然豫州新败之后,安能抗此难乎?"孔明曰:"豫州虽新败,然关云长犹率精兵万人;刘琦领江夏战士,亦不下万人。曹操之众,远来疲惫,近追豫州,轻骑一日夜行三百里,此所谓'强弩之末,势不能穿鲁缟'者也。且北方之人,不习水战。荆州士民附操者,迫于势耳,非本心也。今将军诚能与豫州协力同心,破曹军必矣。操军破,必北还,则荆、吴之势强,而鼎足之形成矣。成败之机,在于今日,唯将军裁之⑥。"权大悦曰:"先生之言,顿开茅塞。吾意已决,更无他疑。即日商议起兵,共灭曹操,"遂令鲁肃将此意传谕文武官员,就送孔明于馆驿安歇。

张昭知孙权欲兴兵,遂与众议曰:"中了孔明之计也。"急入见权曰:"昭等闻主公将兴兵与曹操争锋,主公自思比袁绍若何?曹操向日兵微将寡,尚能一鼓克袁绍;何况今日拥百万之众南征,岂可轻敌?

若听诸葛亮之言,妄动甲兵,此谓负薪救火也。"孙权只低头不语。顾雍曰:"刘备因为曹操所败,故欲借我江东之兵以拒之,主公奈何为其所用乎? 愿听子布之言。"孙权沉吟未决。张昭等出,鲁肃入见曰:"适张子布等又劝主公休动兵,力主降议,此皆全躯保妻子之臣,自为谋之计耳。愿主公勿听也。"孙权尚在沉吟。肃曰:"主公若迟疑,必为众人误矣。"权曰:"卿且暂退,容我三思。"肃乃退出。时武将或有要战的,文官都是要降的,议论纷纷不一。

且说孙权退入内宅,寝食不安,犹豫不决。吴国太见权如此,问曰:"何事在心,寝食俱废?"权曰:"今曹操屯兵于江、汉,有下江南之意。问诸文武,或欲降者,或欲战者。欲待战来,恐寡不敌众;欲待降来,又恐曹操不容。因此犹豫不决。"吴国太曰:"汝何不记吾姐临终之语乎?"孙权如醉方醒,似梦初觉,想出这句话来。正是:

追思国母临终语,引得周郎立战功。

毕竟说着甚的,且看下文分解。

第四十四回　孔明用智激周瑜
　　　　　　　孙权决计破曹操

　　却说吴国太见孙权疑惑不决,乃谓之曰:"先姊遗言云:'伯符临终有言:内事不决问张昭,外事不决问周瑜。'今何不请公瑾问之?"权大喜,即遣使往鄱阳请周瑜议事。原来周瑜在鄱阳湖训练水师,闻曹操大军至汉上,便星夜回柴桑郡议军机事。使者未发,周瑜已先到。鲁肃与瑜最厚,先来接着,将前项事细述一番。周瑜曰:"子敬休忧,瑜自有主张。今可速请孔明来相见。"鲁肃上马去了。

　　周瑜方才歇息,忽报张昭、顾雍、张纮、步骘四人来相探。瑜接入堂中坐定,叙寒温毕。张昭曰:"都督知江东之利害否?"瑜曰:"未知也。"昭曰:"曹操拥众百万,屯于汉上,昨传檄文至此,欲请主公会猎于江夏。虽有相吞之意,尚未露其形。昭等劝主公且降之,庶免江东之祸。不想鲁子敬从江夏带刘备军师诸葛亮至此,彼因自欲雪愤,特下说词以激主公,子敬却执迷不悟。正欲待都督一决。"瑜曰:"公等之见皆同否?"顾雍等曰:"所议皆同。"瑜曰:"吾亦欲降久矣。公等请回。明早见主公,自有定议。"昭等辞去。少顷,又报程普、黄盖、韩当等一班战将来见。瑜迎入,各问慰讫。程普曰:"都督知江东早晚属他人否?"瑜曰:"未知也。"普曰:"吾等自随孙将军开基创业,大小数百战,方才战得六郡城池。今主公听谋士之言,欲降曹操,此真可耻可惜之事! 吾等宁死不辱。望都督劝主公决计兴兵,吾等愿效死战。"瑜曰:"将军等所见皆同否?"黄盖忿然而起,以手拍额曰:"吾头可断,誓不降曹!"众人皆曰:"吾等都不愿降。"瑜曰:"吾正欲与曹操决战,安肯投降? 将军等请回。瑜见主公,自有定议。"程普等别去。又未几,诸葛瑾、吕范一班儿文官相候。瑜迎之,讲礼方毕。诸葛瑾曰:"舍弟诸葛亮自汉上来,言刘豫州欲结东吴共伐曹操,文武商议未定。因舍弟为使,瑾不敢多言,专候都督来决此事。"瑜曰:"以公论之若何?"瑾曰:"降者易安,战者难保。"周瑜笑曰:"瑜自有主张。来日同至府下定议。"瑾等辞退。忽又报吕蒙、甘宁等一班儿来见。瑜请入,亦叙谈此事。有要战者,有要降者,互相争论。瑜曰:"不必多言,来日都到府下公议。"众乃辞去,周瑜冷笑不止。

至晚，人报鲁子敬引孔明来拜。瑜出中门迎入，叙礼毕，分宾主而坐。肃先问瑜曰："今曹操驱众南侵，和与战二策，主公不能决，一听于将军。将军之意若何？"瑜曰："曹操以天子为名，其师不可拒；且其势大，未可轻敌。战则必败，降则易安。吾意已决，来日见主公，便当遣使纳降。"鲁肃愕然曰："君言差矣！江东基业已历三世，岂可一旦弃于他人？伯符遗言，外事付托将军。今正欲仗将军保全国家，为泰山之靠，奈何从懦夫之议耶？"瑜曰："江东六郡，生灵无限，若罹兵革之祸，必有归怨于我，故决计请降耳。"肃曰："不然。以将军之英雄，东吴之险固，操未必便能得志也。"二人互相争辩，孔明只袖手冷笑。瑜曰："先生何故哂笑？"孔明曰："亮不笑别人，笑子敬不识时务耳。"肃曰："先生如何反笑我不识时务？"孔明曰："公瑾主意欲降操，甚为合理。"瑜曰："孔明乃识时务之士，必与吾同心。"肃曰："孔明，你也如何说此？"孔明曰："操极善用兵，天下莫敢当。向只有吕布、袁绍、袁术、刘表敢与对敌；今数人皆被操灭，天下无人矣。独有刘豫州不识时务，强与争衡；今孤身江夏，存亡未保。将军决计降曹，可以保妻子，可以全富贵。国祚迁移，付之天命，何足惜哉！"鲁肃大怒曰："汝教吾主屈膝受辱于国贼乎！"

孔明曰："愚有一计：并不劳牵羊担酒，纳土献印；亦不须亲自渡江；只须遣一介之使，扁舟送两个人到江上。操一得此两人，百万之众，皆卸甲卷旗而退矣。"瑜曰："用何二人，可退操兵？"孔明曰："江东去此两人，如大木飘一叶，太仓减一粟耳。而操得之，必大喜而去。"瑜又问："果用何二人？"孔明曰："亮居隆中时，即闻操于漳河新造一台，名曰'铜雀'，极其壮丽。广选天下美女以实其中。操本好色之徒，久闻江东乔①公有二女，长曰大乔，次曰小乔，有沉鱼落雁之容，闭月羞花之貌②。操曾发誓曰：'吾一愿扫平四海，以成帝业。一愿得江东二乔，置之铜雀台，以乐晚年，虽死无恨矣。'今虽引百万之众，虎视江南，其实为此二女也。将军何不去寻乔公，以千金买此二女，差人送与曹操。操得二女，称心满意，必班师矣。此范蠡献西施之计，何不速为之？"周瑜曰："操欲得二乔，有何证验？"孔明曰："曹操幼子曹植，字子建，下笔成文。操尝命作一赋，名曰《铜雀台赋》。赋中之意，单道他家合为天子，誓取二乔。"瑜曰："此赋公能记否？"孔明曰："吾爱其文华美，尝窃记之。"瑜曰："试请一诵。"孔明即

① "乔"应作"桥"

"二乔"，《三国志·吴书》作"二桥"。古无"乔"姓，"乔"乃自"桥"嬗化。"桥"乃古姓。"黄帝葬桥山，子孙守冢，因为氏。"（《万姓统谱》）秦汉时，匈奴贵族有四大姓：呼延氏；卜氏（须卜氏）；兰氏（乌洛兰）和乔氏，但此乔氏非汉姓。西魏晚期，宇文泰为大丞相主政，有臣桥远，为东汉桥玄六世孙。他为使汉族归化于匈奴姓，命桥远去姓氏一边之"木"。"后周文帝为相，命桥氏去木义取高远。"（《通志·氏族略》）此后，凡中国的"桥"姓，随之后周和隋的天下一统，均改为"乔"。而望出淮西，形成梁国乔氏。所以自隋唐以后，中国姓氏谱只有"乔"姓，后人写三国时期"二桥"，也多作"二乔"，如苏轼《念奴娇·赤壁怀古》"小乔初嫁了"。

② 二乔在赤壁战时已是中年妇女

苏轼《赤壁怀古》有"遥想公瑾当年，小乔初嫁了"。按周瑜娶小乔，并非在赤壁战时，而是在此前的十年。这年，孙策和周瑜都是二十四岁。按，见诸《演义》，二乔分别为孙策、周瑜的正妻，乃牵强附会处。建安十三年，曹操南征时，二乔当已属中年妇女了。大乔是妾婢，小乔身份当也是。如以小乔确为周瑜妻言，则此时也有两子一女，很难推理曹操是为获得她俩而下江南的。

③ **曹植《铜雀台赋》删改**

《三国志·曹植传》所引阴澹《魏纪》载此赋，此赋当为建安十五年(210)铜雀台筑成后作。但中无有"立双台于左右兮，有玉龙与金凤"等八句，紧接即是"仰春风之和穆兮"等句，且此赋始终定为庚阳韵，而此"立双台"等八句四韵，则忽而出韵换押，且改压仄韵，盖无此赋体，于理不合，足见此八句实非曹植原作，结尾"御龙旗以遨游兮"等六句，当也属好事者增添。按，"铜雀台"见《三国志·魏书·武帝纪》，"铜爵台"乃见同书《陈思王(曹植)传》。铜雀或铜爵，作为古装饰或古器具的发现，都是有可能的，但倾斜于何者，则难以界定。

时诵《铜雀台赋》云：

从明后以嬉游兮，登层台以娱情。见太府之广开兮，观圣德之所营。建高门之嵯峨兮，浮双阙乎太清。立中天之华观兮，连飞阁乎西城。临漳水之长流兮，望园果之滋荣。立双台于左右兮，有玉龙与金凤。揽"二乔"于东南兮，乐朝夕之与共。俯皇都之宏丽兮，瞰云霞之浮动。欣群才之来萃兮，协飞熊之吉梦。仰春风之和穆兮，听百鸟之悲鸣。云天垣其既立兮，家愿得乎双逞。扬仁化于宇宙兮，尽肃恭于上京。唯桓文之为盛兮，岂足方乎圣明？

休矣！美矣！惠泽远扬。翼佐我皇家兮，宁彼四方。同天地之规量兮，齐日月之辉光。永贵尊而无极兮，等年寿于东皇。御龙旗以遨游兮，回鸾驾而周章。恩化及乎四海兮，嘉物阜而民康。愿斯台之永固兮，乐终古而未央③。

周瑜听罢，勃然大怒，离座指北而骂曰："老贼欺吾太甚！"孔明急起止之曰："昔单于屡侵疆界，汉天子许以公主和亲；今何惜民间二女乎？"瑜曰："公有所不知，大乔是孙伯符将军主妇，小乔乃瑜之妻也。"孔明佯作惶恐之状曰："亮实不知，失口乱言，死罪死罪！"瑜曰："吾与老贼誓不两立！"孔明曰："事须三思，免致后悔。"瑜曰："吾承伯符寄托，安有屈身降操之理？适来所言，故相试耳。吾自离鄱阳湖，便有北伐之心，虽刀斧加头，不易其志也。望孔明助一臂之力，同破曹贼。"孔明曰："若蒙不弃，愿效犬马之劳，早晚拱听驱策。"瑜曰："来日入见主公，便议起兵。"孔明与鲁肃辞出，相别而去。

次日清晨，孙权升堂。左边文官张昭、顾雍等三十余人，右边武官程普、黄盖等三十余人，衣冠济济，剑佩锵锵，分班侍立。少顷，周瑜入见。礼毕，孙权问慰罢。瑜曰："近闻曹操引兵屯汉上，驰书至此，主公尊意若何？"权即取檄文与周瑜看，瑜看毕，笑曰："老贼以我江东无人，敢如此相侮耶！"权曰："君之意若何？"瑜曰："主公曾与众文武商议否？"权曰："连日议此事，有劝我降者，有劝我战者。吾意未定，故请公瑾一决。"瑜曰："谁劝主公降？"权曰："张子布等皆主其意。"瑜即问张昭曰："愿闻先生所以主降之意。"昭曰："曹操挟天子而征四方，动以朝廷为名；近又得荆州，威势愈大。吾江东可以拒操者，长江耳。今操艨艟战舰，何止千百，水陆并进，何可当之？不如且降，更图后计。"瑜曰："此迂儒之论也。江东自开国以来，今历三世，安忍一旦废弃？"权曰："若此，计将安出？"瑜曰："操虽托名汉相，实为汉贼。将军以神武雄才，仗父兄余业，据有江东，兵精粮足，正当横行天下，为国家除残去暴，奈何降贼耶？且操今此来，多犯兵家之忌：北土未平，马腾、韩遂为其后患，而操久于南征，一忌也；北军不熟水战，操舍鞍马,仗舟楫,与东吴争衡,二忌也;又时值隆冬盛寒,马无蒿草,三忌也;驱中国士卒,远涉江湖,不服水土,多生疾病,四忌也。操兵犯此数忌,虽多必败。将军擒操,正在今日。瑜请得精兵数万人,进屯夏口,为将军破之!"权矍然起曰:"老贼欲废汉自立久矣,所惧二袁、吕布、刘表与孤耳。今数雄已灭,惟孤尚存。孤与老贼,誓不两立!卿言当伐,甚合孤意,此天以卿授我也。"瑜曰:"臣为将军决一血战,万死不辞。只恐将军狐疑不定。"权拔佩剑砍面前奏案一角曰:"诸官将有再言降操者,与此案同!"言罢,便将此剑赐周瑜④,即封瑜为大都督,程普为副都督,鲁肃为赞军校尉。如文武官将有不听号令者,即以此剑诛之。瑜受了剑,对众言曰:"吾奉主公之命,率众破曹。诸将官吏来日俱于江畔行营听令。如迟误者,依七禁令、五十四斩施行。"言罢,辞了孙权,起身出府。众文武各无言而散。

周瑜回到下处,便请孔明议事。孔明至,瑜曰:"今日府下公议已定,愿求破曹良策。"孔明曰:"孙将军心尚未稳,不可以决策也。"瑜曰:"何谓心不稳?"孔明曰:"必怯曹兵之多,怀寡不敌众之意。将军能以军数开解,使其然无疑,然后大事可成。"瑜曰:"先生之论甚善。"乃复入见孙权。权曰:"公瑾夜至,必有事故。"瑜曰:"来日调拨军马,主公心有疑否?"权曰:"但忧曹操兵多,寡不敌众耳。他无所疑。"瑜笑曰:"瑜正为此,特来开解主公。主公因见操檄文言水陆大军百万,故怀疑惧,不复料其虚实。今以实较之:彼将中国之兵,不过十五六万,且已久疲;所得袁氏之众,亦止七八万耳,尚多怀疑未服。夫以久疲之卒,狐疑之众,其数虽多,不足畏也。瑜得五万兵⑤,自足破之。愿主公勿以为虑。"权抚瑜背曰:"公瑾此言,足释吾疑。子布无谋,深失孤望。独卿及子敬与孤同心耳。卿可与子敬、程普即日选军前进,孤当续发人马,多载资粮,为卿后应,卿前军倘不如意,便还就孤。孤当亲与操贼决战,更无他疑。"周瑜谢出,暗忖曰:"孔明早已料着吴侯之心,其计画又高我一头,久必为江东之患,不如杀之。"乃令人连夜请鲁肃入帐,言欲杀孔明之事。肃曰:"不可。今操贼未破,先杀贤士,是自去其助也。"瑜曰:"此人助刘备,必为江东之患。"肃曰:"诸葛瑾乃其亲兄,可令招此人同事东吴,岂不妙哉!"瑜善其言。

④ 孙权赐剑故事移植
此条不见于史传。戏曲文化常见有帝皇尚方宝剑可便宜行事,虽无此制,但约定俗成,良有以也。《汉书》卷六十七《朱云传》,有朱云请汉成帝赐尚方斩马剑斩佞臣张禹事。其后辽圣宗命萧哈绰伐高丽,赐以剑俾得专杀(《续通鉴》卷三十三《宋纪》),元忽必烈命张弘范伐宋,张请赐剑,以牵不听命者,从其请,赐以上方剑(同上书卷一八四《元纪》二)。盖古中国常以剑象征替代帝皇所行使的最高权力。

⑤ 赤壁战役的孙刘兵力
赤壁前线,东吴列兵三万,此说见《三国志·吴书·周瑜传》,"瑜请得精兵三万人,进住夏口,保为将军破之"。所引《江表传》也称,孙权说,"五万人难卒合,已选三万人,船粮战具俱办,卿与子敬、程公便在前发,孤当续发人众,多载资粮,为卿后援"。后孙权率军十万屯柴桑,为围合肥张本。刘备有关羽水军一万,刘琦江夏水军一万,还有少量步骑。据《江表传》,刘备在鄂县樊口,会见周瑜军,"备虽深愧异瑜,而心未许之能必破北军也,故差池在后,将二千人与羽、飞俱,未肯系瑜,盖为进退之计也。"是刘备仅以二千人随周瑜作战。《鲁肃传》引《吴书》称,在益阳单刀会上,关羽说,"乌林之役,左将军(刘备)身在行间,寝不脱介,戮力破魏",可见刘备等也参加乌林战役。尔后,刘备也一度参加围攻江陵。《吴录》称:"备谓瑜云:'(曹)仁守江陵城,城中粮多,足为疾害。使张益德将千人随卿,卿分二千人追someone,相为从夏水入截仁后,仁闻吾入必走。'瑜以二千人益之。"是参加赤壁战役主力为东吴军,刘备仅几千人而已。

次日平明,瑜赴行营,升中军帐高坐,左右立刀斧手,聚集文官武将听令。原来程普年长于瑜,今瑜爵居其上,心中不乐,是日乃托病不出,令长子程咨自代。瑜令众将曰:"王法无亲,诸君各守乃职。方今曹操弄权,甚于董卓,囚天子于许昌,屯暴兵于境上。吾今奉命讨之,诸君幸皆努力向前。大军到处,不得扰民;赏劳罚罪,并不徇纵。"令毕,即差韩当、黄盖为前部先锋,领本部战船即日起行,前至三江口下寨,别听将令;蒋钦、周泰为第二队;凌统、潘璋为第三队;太史慈、吕蒙为第四队;陆逊、董袭为第五队;吕范、朱治为四方巡警使,催督六郡官军,水陆并进,克期取齐。调拨已毕,诸将各自收拾船只军器起行。程咨回见父程普,说周瑜调兵,动止有法。普大惊曰:"我素欺周郎懦弱,不足为将,今能如此,真将才也,我如何不服?"遂亲诣行营谢罪⑥。瑜亦逊谢。

次日,瑜请诸葛瑾,谓曰:"令弟孔明有王佐之才,如何屈身事刘备? 今幸至江东,欲烦先生不惜齿牙余论,使令弟弃刘备而事东吴,则主公既得良辅,而先生兄弟又得相见,岂不美哉! 先生幸即一行。"瑾曰:"瑾自至江东,愧无寸功;今都督有命,敢不效力。"即时上马径投驿亭来见孔明。孔明接入,哭拜,各诉阔情。瑾泣曰:"弟知伯夷、叔齐乎?"孔明暗思:"此必周郎教来说我也。"遂答曰:"夷、齐古之圣贤也。"瑾曰:"夷、齐虽至饿死首阳山下,兄弟二人亦在一处。我今与你同胞共乳,乃各事其主,不能旦暮相聚。视夷、齐之为人,能无愧乎?"孔明曰:"兄所言者,情也;弟所守者,义也。弟与兄皆汉人;今刘皇叔乃汉室之胄,兄若能去东吴而与弟同事刘皇叔,则上不愧为汉臣,而骨肉又得相聚,此情义两全之策也。不识兄意以为何如?"瑾思曰:"我来说他,反被他说了我也。"遂无言回答,起身辞去。回见周瑜,细述孔明之言。瑜曰:"公意若何?"瑾曰:"我受孙将军厚恩,安肯相背。"瑜曰:"公既忠心事主,不必多言,吾自有服孔明之计。"正是:

  智与智逢宜必合,才和才角又难容。

毕竟周瑜定何计伏孔明,且看下文分解。

第四十五回　三江口曹操折兵　群英会蒋干中计

却说周瑜闻诸葛瑾之言,转恨孔明,存心欲谋杀之。次日点齐军将,入辞孙权。权曰:"卿先行,孤即起兵继后。"瑜辞出,与程普、鲁肃领兵起行,便邀孔明同往。孔明欣然从之。一同登舟,驾起帆樯,迤逦望夏口而进。离三江口五六千里,船依次第歇定。周瑜在中央下寨,岸上依西山结营,周围屯住。孔明只在一叶小舟内安身。周瑜分拨已定,使人请孔明议事。孔明至中军帐,叙礼毕。瑜曰:"昔曹操兵少,袁绍兵多,而操反胜绍者,因用许攸之谋,先断乌巢之粮也。今操兵八十三万,我兵只五六万,安能拒之? 亦必须先断操之粮,然后可破。我已探知操军粮草俱屯于聚铁山。先生久居汉上,熟知地理,敢烦先生与关、张、子龙辈,吾亦助兵千人,星夜往聚铁山断操粮道。彼此各为主人之事,幸勿推调。"孔明暗思:"此因说我不动,设计害我。我若推调,必为所笑。不如应之,别有计议。"乃欣然领诺。瑜大喜。

孔明辞出,鲁肃密谓瑜曰:"公使孔明劫粮,是何意见?"瑜曰:"吾欲杀孔明,恐惹人笑,故借曹操之手杀之,以绝后患耳。"肃闻言,乃往见孔明,看他知也不知。只见孔明略无难色,整点军马要行。肃不忍,以言挑之曰:"先生此去,可成功否?"孔明笑曰:"吾水战、步战、马战、车战,各尽其妙,何愁功绩不成? 非比江东公与周郎辈止一能也。"肃曰:"吾与公瑾何谓一能?"孔明曰:"吾闻江南小儿谣言云:'伏路把关饶子敬,临江水战有周郎。'公等于陆地但能伏路把关;周公瑾但堪水战,不能陆战耳。"肃乃以此言告知周瑜。瑜怒曰:"何欺我不能陆战耶! 不用他去,我自引一万马军,往聚铁山断操粮道。"肃又将此言告孔明。孔明笑曰:"公瑾令吾断粮者,实欲使曹操杀吾耳。吾故以片言戏之,公瑾便容纳不下。目今用人之际,只愿吴侯与刘使君同心,则功可成;如各相谋害,大事休矣。曹贼多谋,他平生惯断人粮道,今如何不以重兵提备? 公瑾若去,必为所擒。今只当先决水战,挫动北军锐气,别寻妙计破之,望子敬善言以告公瑾为幸。"鲁肃遂连夜回见周瑜,备述孔明之言。瑜摇首顿足曰:"此人见识胜吾十倍。今不除之,后必为我国之祸。"肃曰:"今用人之际,望以国家为重。且待破曹之后,图之未晚。"

瑜然其说。

却说玄德分付刘琦守江夏，自领众将引兵往夏口。遥望江南岸旗幡隐隐，戈戟重重，料是东吴已动兵矣。乃尽移江夏之兵，至樊口屯扎。玄德聚众曰："孔明一去东吴，杳无音信，不知事体如何？谁人可去探听虚实回报？"糜竺曰："竺愿往。"玄德乃备羊酒礼物，令糜竺至东吴，以犒军为名，探听虚实。竺领命，驾小舟顺流而下，径至周瑜大寨前。

军士入报周瑜，瑜召入。竺再拜，致玄德相敬之意，献上酒礼。瑜受讫，设宴款待糜竺。竺曰："孔明在此已久，今愿与同回。"瑜曰："孔明方与我同谋破曹，岂可便去？吾亦欲见刘豫州，共议良策；奈身统大军，不可暂离。若豫州肯枉驾来临，深慰所望。"竺应诺，拜辞而回。肃问瑜曰："公欲见玄德，有何计议？"瑜曰："玄德世之枭雄，不可不除。吾今乘机诱至杀之，实为国家除一后患。"鲁肃再三劝谏，瑜只不听，遂传密令："如玄德至，先埋伏刀斧手五十人于壁衣中，看吾掷杯为号，便出下手。"却说糜竺回见玄德，具言周瑜欲请主公到彼面会，别有商议。玄德便教收拾快船一只，只今便行。云长谏曰："周瑜多谋之士，又无孔明书信，恐其中有诈，不可轻去。"玄德曰："我今结东吴以共破曹操，周郎欲见我，我若不往，非同盟之意。两相猜忌，事不谐矣。"云长曰："兄长若坚意要去，弟愿同往。"张飞曰："我也跟去。"玄德曰："只云长随我去。翼德与子龙守寨，简雍固守鄂县，我去便回。"分付毕，即与云长乘小舟，并从者二十余人，飞棹赴江东。玄德观看江东艨艟战舰，旌旗甲兵，左右分布整齐，心中甚喜。军士飞报周瑜："刘豫州来了。"瑜问："带多少船只来？"军士答曰："只有一只船，二十余从人。"瑜笑曰："此人命合休矣！"乃命刀斧手先埋伏定，然后出寨迎接。玄德引云长等二十余人直到中军帐，叙礼毕，瑜请玄德上坐。玄德曰："将军名传天下，备不才，何烦将军重礼？"乃分宾主而坐。周瑜设宴相待①。

且说孔明偶来江边，闻说玄德来此与都督相会，吃了一惊，急入中军帐窃看动静。只见周瑜面有杀气，两边壁衣中密排刀斧手。孔明大惊曰："似此如之奈何！"回视玄德，谈笑自若。却见玄德背后一人，按剑而立，乃云长也。孔明喜曰："吾主无危矣！"遂不复入，仍回身至江边等候。周瑜与玄德饮宴，酒行数巡，瑜起身把盏，猛见云长按剑立于玄德背后，忙问何人。玄德曰："吾弟关云长也。"瑜惊曰："非向日斩颜良、文丑者乎？"玄德曰："然也。"瑜大惊，汗流满背，便斟酒与云长把盏。少顷，鲁肃入。玄德曰："孔明何在？烦子敬请来一会。"瑜曰："且待破了曹操，与孔明相会未迟。"玄德不敢再言。云

① 刘备术与关羽赴周瑜宴

此事不见于《三国志》本传，唯裴注引《江表传》，称赤壁战前夕，"备从鲁肃计，进住鄂县之樊口（湖北鄂城西北）。诸葛亮诣吴未还，备闻曹公军下，恐惧，日遣逻吏于水次候望权军。吏望见瑜船，驰往白备，备曰：'何以知之非青徐军邪？'吏对曰：'以船知之。'备遣人慰劳之。瑜曰：'有军任，不可得委署，傥能屈威，诚副其所望。'备谓关羽、张飞曰：'彼欲致我，我今自结托于东而不往，非同盟之意也。'乃单舸往见瑜。"此处未称偕何人同往。元《三国志平话》有《玄德黄鹤楼私话》篇，以赤壁战后周瑜设计诱刘备过江赴黄鹤楼会宴，欲借机囚之，后由诸葛亮设计而还。元朱凯杂剧《刘玄德醉走黄鹤楼》（即《黄鹤楼》）乃以此为蓝本。传统京剧《黄鹤楼》则称系赵云保护赴宴脱险。

长以目视玄德,玄德会意,即起身辞瑜曰:"备暂告别。即日破敌收功之后,专当叩贺。"瑜亦不留,送出辕门。玄德别了周瑜,与云长等来至江边,只见孔明已在舟中。玄德大喜。孔明曰:"主公知今日之危乎?"玄德愕然曰:"不知也。"孔明曰:"若无云长,主公几为周郎所害矣。"玄德方才省悟,便请孔明同回樊口。孔明曰:"亮虽居虎口,安如泰山。今主公但收拾船只军马候用。以十一月二十甲子日后为期,可令子龙驾小舟来南岸边等候,切勿有误。"玄德问其意,孔明曰:"但看东风起,亮必还矣。"玄德再欲问时,孔明催促玄德作速开船。言讫自回。玄德与云长及从人开船,行不数里,忽见上流头放下五六十只船来,船头上一员大将,横矛而立,乃张飞也。因恐玄德有失,云长独力难支,特来接应。于是三人一同回寨,不在话下。

却说周瑜送了玄德,回至寨中。鲁肃入问曰:"公既诱玄德至此,为何又不下手?"瑜曰:"关云长,世之虎将也,与玄德行坐相随。吾若下手,他必来害我。"肃愕然。忽报曹操遣使送书至。瑜唤入。使者呈上书看时,封面上判云:"汉大丞相付周都督开拆"。瑜大怒,更不开看,将书扯碎,掷于地下,喝斩来使。肃曰:"两国相争,不斩来使。"瑜曰:"斩使以示威。"遂斩使者,将首级付从人持回。随令甘宁为先锋,韩当为左翼,蒋钦为右翼,瑜自部领诸将接应。来日四更造饭,五更开船,鸣鼓呐喊而进。

却说曹操知周瑜毁书斩使,大怒,便唤蔡瑁、张允等一班荆州降将为前部,操自为后军,催督战船。到三江口,早见东吴船只,蔽江而来。为首一员大将,坐在船头上大呼曰:"吾乃甘宁也!谁敢来与我决战?"蔡瑁令弟蔡壎前进。两船将近,甘宁拈弓搭箭,望蔡壎射来,应弦而倒。宁驱船大进,万弩齐发,曹军不能抵当。右边蒋钦,左边韩当,直冲入曹军队中。曹军大半是青、徐之兵,素不习水战,大江面上,战船一摆,早立脚不住。甘宁等三路战船,纵横水面,周瑜又催船助战。曹军中箭着炮者不计其数②。从巳时直杀到未时,周瑜虽得利,只恐寡不敌众,遂下令鸣金,收住船只。曹军败回。操登旱寨,再整军士,唤蔡瑁、张允责之曰:"东吴兵少,反为所败,是汝等不用心耳!"蔡瑁曰:"荆州水军,久不操练;青、徐之军,又素不习水战:故尔致败。今当先立水寨,令青徐军在中,荆州军在外,每日教习精熟,方可用之。"操曰:"汝既为水军都督,可以便宜从事,何必禀我?"于是张、蔡二人,自去训练水军。沿江一带分二十四座水门,以大船居于外为城郭,小船居于内,可通往来。至晚点上灯火,照得天心水面通红。旱寨三百余里,烟火不绝。

却说周瑜得胜回寨,犒赏三军,一面差人到吴侯处报捷。当夜

② 赤壁江面仅有的一次水战

曹操水陆军在长江北乌林地带,赤壁在江南。曹操主动出击赤壁,见于《三国志》等史书均无,仅见自随曹操征江南的王粲《英雄记》,"曹操进军至江上,欲从赤壁渡江。无舡,作竹椑使部曲乘之,从汉水来,下出大江注浦口;未即渡,周瑜又夜密使轻舡走舸百艘,烧椑。操乃夜走"(《太平御览》卷七七一《舟部·筏》)。又作:"周瑜镇江夏。曹操欲从赤壁渡江南,无船,乘簰从汉水下,住浦口,未即渡。瑜夜密使轻船走舸百余艘,艘有五十人移棹,人持炬火。火然,则回船走去,去复还烧者,须臾烧数千簰。火大起,光上照天,操走"(《艺文类聚》卷八十)两条同,均不见于《三国志》裴注,似可视作是火烧赤壁前在赤壁江面的一次战斗,它以曹军失败告终。除此,在赤壁火烧前,尚未见于史传记述再有另一次战斗。

③ 蒋干其人

蒋干故事，见《江表传》，"初曹公闻瑜年少有美才，谓可游说动也，乃密下扬州，遣九江蒋干往见瑜。干有仪容，以才辩见称，独步江、淮之间，莫与为对。乃布衣葛巾，自托私行诣瑜。瑜出迎之，立谓干曰：'子翼良苦，远涉江湖为曹氏作说客邪?'干曰：'吾与足下州里，中间别隔，遥闻芳烈，故来叙阔，并观雅规，而云说客，无乃逆诈乎?'瑜曰：'吾虽不及夔、旷，闻弦赏音，足知雅曲也。'因延干入，为设酒食。毕，遣之曰：'适吾有密事，且出就馆，事了，别自相请。'后三日，瑜请干与周观营中，行视仓库军资器仗讫，还宴饮，示之侍者服饰珍玩之物，因谓干曰：'丈夫处世，遇知己之主，外托君臣之义，内结骨肉之恩，言行计从，祸福共之，假使苏张更生，郦叟复出，犹抚其背而折其辞，岂足下幼生所能移乎?'干但笑，终无所言。干还，称瑜雅量高致，非言辞所间。"蒋干系九江(安徽寿县)人，与周瑜本非同窗和知交。按，司马光《资治通鉴》将此条移至赤壁战后，也是一种见解。相传许都(许昌)东郊有蒋干墓，今仅存遗迹。

瑜登高观望，只见西边火光接天，左右告曰："此皆北军灯火之光也。"瑜亦心惊。次日，瑜欲亲往探看曹军水寨，乃命收拾楼船一只，带着鼓乐，随行健将数员，各带强弓硬弩，一齐上船，迤逦前进。至操寨边，瑜命下了碇石，楼船上鼓乐齐奏。瑜暗窥他水寨，大惊曰："此深得水军之妙也!"问："水军都督是谁?"左右曰："蔡瑁、张允。"瑜思曰："二人久居江东，谙习水战。吾必设计先除此二人，然后可以破曹。"正窥看间，早有曹军飞报曹操，说："周瑜偷看吾寨。"操命纵船擒捉。瑜见水寨中旗号动，急教收起碇石，两边四下一齐轮转橹棹，望江面上如飞而去。比及曹寨中船出时，周瑜的楼船，已离了十数里远，追之不及，回报曹操。

操问众将曰："昨日输了一阵，挫动锐气；今又被他深窥吾寨。吾当作何计破之?"言未毕，忽帐下一人出曰："某自幼与周郎同窗交契，愿凭三寸不烂之舌，往江东说此人来降。"曹操大喜，视之，乃九江人，姓蒋，名干，字子翼，见为帐下幕宾。操问曰："子翼与周公瑾相厚乎?"干曰："丞相放心。干到江左，必要成功。"操问："要将何物去?"干曰："只消一童随往，二仆驾舟，其余不用。"操甚喜，置酒与蒋干送行③。干葛巾布袍，驾一只小舟，径到周瑜寨中，命传报："故人蒋干相访。"周瑜正在帐中议事，闻干至，笑谓诸将曰："说客至矣。"遂与众将附耳低言：如此如此。众皆应命而去。

瑜整衣冠，引从者数百，皆锦衣花帽，前后簇拥而出。蒋干引一青衣小童，昂然而来。瑜拜迎之。干曰："公瑾别来无恙?"瑜曰："子翼良苦，远涉江湖。为曹氏作说客耶?"干愕然曰："吾久别足下，特来叙旧，奈何疑我作说客也?"瑜笑曰："吾虽不及师旷之聪，闻弦歌而知雅意。"干曰："足下待故人如此，便请告退。"瑜笑而挽其臂曰："吾但恐兄为曹氏作说客耳。既无此心，何速去也?"遂同入帐。叙礼毕，坐定，即传令悉召江左英杰与子翼相见。须臾，文官武将，各穿锦衣；帐下偏裨将校，都披银铠：分两行而入。瑜都教相见毕，就列于两傍而坐。大张筵席，奏军中得胜之乐，轮换行酒。瑜告众官曰："此吾同窗契友也。虽从江北到此，却不是曹家说客，公等勿疑。"遂解佩剑付太史慈曰："公可佩我剑作监酒，今日宴饮，但叙朋友交情，如有提起曹操与东吴军旅之事者，即斩之!"太史慈应诺，按剑坐于席上。蒋干惊愕不敢多言。周瑜曰："吾自领军以来，滴酒不饮；今日见了故人，又无疑忌，当饮一醉。"说罢，大笑畅饮。座上觥筹交错。饮至半酣，瑜携干手，同步出帐外。左右军士，皆全装惯带，持戈执戟而立。瑜曰:"吾之军士,颇雄壮否?"干曰:"真熊虎之士也。"瑜又引干到帐后一望,粮草堆如山积。瑜曰:"吾之粮草,颇足备否?"干曰:"兵精粮足,名不虚传。"瑜佯醉大笑曰:"想周瑜与子翼同学业时,不曾望有今日。"干曰:"以吾兄高才,实不为过。"瑜执干手曰:"大丈夫处世,遇知己之主,外托君臣之义,内结骨肉之恩,言必行,计必从,祸福共之。假使苏秦、张仪、陆贾、郦生复出,口似悬河,舌如利刃,安能动我心哉!"言罢大笑。蒋干面如土色。瑜复携干入帐,会诸将再饮,因指诸将曰:"此皆江东之英杰。今日此会,可名'群英会'。"④饮至天晚,点为灯烛,瑜自起舞剑作歌。歌曰:

> 丈夫处世兮立功名,立功名兮慰平生。慰平生兮吾将醉,
> 吾将醉兮发狂吟!

歌罢,满座欢笑。至夜深,干辞曰:"不胜酒力矣。"瑜命撤席,诸将辞出。瑜曰:"久不与子翼同榻,今宵抵足而眠。"于是佯作大醉之状,携干入帐共寝。瑜和衣卧倒,呕吐狼藉。蒋干如何睡得着?伏枕听时,军中鼓打二更。起视残灯尚明,看周瑜时,鼻息如雷。干见帐内桌上堆着一卷文书,乃起床偷视之,却都是往来书信。内有一封,上写"蔡瑁、张允谨封。"干大惊,暗读之。书略曰:

> 某等降曹,非图仕禄,迫于势耳。今已赚北军困于寨中,但
> 得其便,即将操贼之首,献于麾下。早晚人到,便有关报,幸勿
> 见疑。先此敬复。

干思曰:"原来蔡瑁、张允结连东吴!"遂将书暗藏于衣内。再欲检看他书时,床上周瑜翻身,干急灭灯就寝。瑜口内含糊曰:"子翼,我数日之内,教你看操贼之首!"干勉强应之。瑜又曰:"子翼,且住!教你看操贼之首。"及干问之,瑜又睡着。干伏于床上,将近四更,只听得有人入帐,唤曰:"都督醒否?"周瑜梦中做忽觉之状,故问那人曰:"床上睡着何人?"答曰:"都督请子翼同寝,何故忘却?"瑜懊悔曰:"吾平日未尝饮醉,昨日醉后失事,不知可曾说甚言语?"那人曰:"江北有人到此。"瑜喝:"低声!"便唤:"子翼。"蒋干只妆睡着。瑜潜出帐。干窃听之,只闻有人在外曰:"张、蔡二都督道:'急切不得下手。'"后面言语颇低,听不真实。少顷,瑜入帐,又唤:"子翼。"蒋干只是不应,蒙头假睡。瑜亦解衣

计，很有可能采自岳飞故事："诏驻师江州，为淮、浙援。飞知刘豫结粘罕，而兀术恶刘豫，可以间而动，会军中得兀术谍者，飞阳责之曰：'汝非吾军中人张斌耶，吾向遣汝至齐，约诱至四太子，汝往不复来。吾继遣人问齐，已许我今冬，以会合寇江为名，致四太子于清河。汝所持乃竟不至，何背我耶。'谍冀缓死，即诡服，乃作蜡书，言与刘豫同谋诛兀术事。因谓谍曰：'吾今贷汝。'复遣至齐，问举兵期。刲股纳书，戒勿泄，谍归，以书示兀术。兀术大惊，驰白其主，遂废豫。"（《宋史·岳飞传》）

⑦ **毛玠、于禁不可能是水军都督**
曹操提拔毛玠、于禁为水军都督，系《演义》随手而拈。按，毛玠系文官，汉建安十三年（208）正月，汉罢三公置丞相、御史大夫。六月，曹操为丞相，以毛玠为东曹掾，主持选拔人才，他是否随征荆州，不详。于禁，时在皖西六安，围剿陈兰，当不在赤壁前线。毛玠为官清廉，后因崔琰事，被告发有诽谤罪下狱，释放后黜为庶民。民国《许昌县志》称："毛王村，西有金龟岗、柳坡湖，南岗上有毛丞相冢。"毛丞相冢，为附近民众所呼，即毛玠墓，今仅存黄土一堆而已。

就寝。干寻思："周瑜是个精细人，天明寻书不见，必然害我。"睡至五更，干起唤周瑜，瑜却睡着。干戴上巾帻，潜步出帐，唤了小童，径出辕门。军士问："先生那里去？"干曰："吾在此恐误都督事，权且告别。"军士亦不阻当。

干下船，飞棹回见曹操。操问："子翼干事若何？"干曰："周瑜雅量高致，非言词所能动也。"操怒曰："事又不济，反为所笑！"干曰："虽不能说周瑜，却与丞相打听得一件事。乞退左右。"干取出书信，将上项事逐一说与曹操。操大怒曰："二贼如此无礼耶！"即便唤蔡瑁、张允到帐下。操曰："我欲使汝二人进兵。"瑁曰："军尚未曾练熟，不可轻进。"操怒曰："军若练熟，吾首级献于周郎矣！"蔡、张二人不知其意，惊慌不能回答。操喝武士推出斩之⑤。须臾，献头帐下，操方省悟曰："吾中计矣！⑥"后人有诗叹曰：

> 曹操奸雄不可当，一时诡计中周郎。
> 蔡张卖主求生计，谁料今朝剑下亡。

众将见杀了张、蔡二人，入问其故。操虽心知中计，却不肯认错，乃谓众将曰："二人怠慢军法，吾故斩之。"众皆嗟呀不已。操于众将内选毛玠、于禁为水军都督⑦，以代蔡、张二人之职。

细作探知，报过江东。周瑜大喜曰："吾所患者，此二人耳。今既剿除，吾无忧矣。"肃曰："都督用兵如此，何愁曹贼不破乎！"瑜曰："吾料诸将不知此计，独有诸葛亮识见胜我，想此谋亦不能瞒也。子敬试以言挑之，看他知也不知，便当回报。"正是：

> 还将反间成功事，去试从旁冷眼人。

未知肃去问孔明还是如何，且看下文分解。

第四十六回　用奇谋孔明借箭　献密计黄盖受刑

　　却说鲁肃领了周瑜言语,径来舟中相探孔明。孔明接入小舟对坐。肃曰:"连日措办军务,有失听教。"孔明曰:"便是亮亦未与都督贺喜。"肃曰:"何喜?"孔明曰:"公瑾使先生来探亮知也不知,便是这件事可贺喜耳。"唬得鲁肃失色问曰:"先生何由知之?"孔明曰:"这条计只好弄蒋干。曹操虽被一时瞒过,必然便省悟,只是不肯认错耳。今蔡、张二人既死,江东无患矣,如何不贺喜? 吾闻曹操换毛玠、于禁为水军都督,则这两个手里,好歹送了水军性命。"鲁肃听了,开口不得,把些言语支吾了半晌,别孔明而回。孔明嘱曰:"望子敬在公瑾面前,勿言亮先知此事。恐公瑾心怀妒忌,又要寻事害亮。"鲁肃应诺而去,回见周瑜,把上项事只得实说了。瑜大惊曰:"此人决不可留,吾决意斩之!"肃劝曰:"若杀孔明,却被曹操笑也。"瑜曰:"吾自有公道斩之,教他死而无怨。"肃曰:"何以公道斩之?"瑜曰:"子敬休问,来日便见。"

　　次日,聚众将于帐下,教请孔明议事,孔明欣然而至。坐定,瑜问孔明曰:"即日将与曹军交战。水路交兵,当以何兵器为先?"孔明曰:"大江之上,以弓箭为先。"瑜曰:"先生之言,甚合愚意。但今军中正缺箭用,敢烦先生监造十万枝箭,以为应敌之具。此系公事,先生幸勿推却。"孔明曰:"都督见委,自当效劳。敢问十万枝箭,何时要用?"瑜曰:"十日之内,可完办否?"孔明曰:"操军即日将至,若候十日,必误大事。"瑜曰:"先生料几日可完办?"孔明曰:"只消三日,便可拜纳十万枝箭。"瑜曰:"军中无戏言。"孔明曰:"怎敢戏都督? 愿纳军令状[①],三日不办,甘当重罚。"瑜大喜,唤军政司当面取了文书,置酒相待,曰:"待军事毕后,自有酬劳。"孔明曰:"今日已不及,来日造起。至第三日,可差五百小军到江边搬箭。"饮了数杯,辞去。

① 宋元军令状移植

《演义》多出现立军令状故事,如本篇和关羽华容道,马谡守街亭故事。军令状,即"具结文书"、"个人保证书"。三国时期无"军令状",它的名称系出现自宋元平话杂剧,因出自军律令严格,即以"军令文书"为之。如杂剧《黑旋风》第一折:"若是有差池失了军中令,哥也,我便情愿纳下一纸儿军状为凭。"由此,乃兼及其它领域:(一)治疗病人,《普济本事方》:有一医生受召,命医某宫人。"奉旨取军令状,限日下安痊。"(二)《宋稗类钞》

三国演义

卷八：犀工董进被询问,某份犀角里藏有何物,董回答后,"令具军令状,云：'若果不谬,辄当是奏赏。'即刲视,悉如所言。"(三)邓椿《画继》：宫庭所藏,差侍从送往画院,"仍责军令状,以防遗坠渍污。"(四)《东轩笔录》卷九,为查询石介有否棺葬,令参与葬礼家族与仵作,"今皆檄召至此劾问之,苟无异说,即皆令具军令状以保任之。"

② 诸葛亮借船和军士出典

据梁慧皎《高僧传》,宋京师僧亮,"闻湘州界铜溪伍子胥庙多有铜器,而庙甚威严,无人敢近,亮闻而造焉。告刺史张邵,借健人百头,大船十艘。""邵即给人船,三日三夜,行至庙所"(卷十三《兴福》)。

鲁肃曰："此人莫非诈乎?"瑜曰："他自送死,非我逼他。今明白对众要了文书,他便两胁生翅,也飞不去。我只吩咐军匠人等,教他故意迟延,凡应用物件,都不与齐备。如此,必然误了日期。那时定罪,有何理说? 公今可去探他虚实,却来回报。"

肃领命来见孔明。孔明曰："吾曾告子敬休对公瑾说,他必要害我。不想子敬不肯为我隐讳,今日果然又弄出事来。三日内如何造得十万箭? 子敬只得救我!"肃曰："公自取其祸,我如何救得你?"孔明曰："望子敬借我二十只船,每船要军士三十人②,船上皆用青布为幔,各束草千余个,分布两边。吾别有妙用,第三日包管有十万枝箭。只不可又教公瑾得知;若彼知之,吾计败矣。"肃允诺,却不解其意。回报周瑜,果然不提借船之事;只言孔明并不用箭竹、翎毛、胶漆等物,自有道理。瑜大疑曰："且看他三日后如何回复我?"

却说鲁肃私自拨轻快船二十只,各船三十余人,并布幔、束草等物,尽皆齐备,候孔明调用。第一日却不见孔明动静,第二日亦只不动。至第三日四更时分,孔明密请鲁肃到船中。肃问曰："公召我来何意?"孔明曰："特请子敬同往取箭。"肃曰："何处去取?"孔明曰："子敬休问,前去便见。"遂命将二十只船,用长索相连,径望北岸进发。是夜大雾漫天,长江之中,雾气更甚,对面不相见。孔明促舟前进。果然是好大雾! 前人有篇《大雾垂江赋》曰：

大哉长江! 西接岷、峨,南控三吴,北带九河。汇百川而入海,历万古以扬波。至若龙伯、海若、江妃、水母,长鲸千丈,天蜈九首,鬼怪异类,咸集而有。盖夫鬼神之所凭依,英雄之所战守也。

时而阴阳既乱,昧爽不分。讶长空之一色,忽大雾之四屯。虽舆薪而莫睹,惟金鼓之可闻。初若溟蒙,才隐南山之豹;渐而充塞,欲迷北海之鲲。然后上接高天,下垂厚地。渺乎苍茫,浩乎无际。鲸鲵出水而腾波,蛟龙潜渊而吐气。又如梅霖收溽,春阴酿寒,溟溟漠漠,浩浩漫漫。东失柴桑之岸,南无夏口之山。战船千艘,俱沉沦于岩壑;渔舟一叶,惊出没于波澜。甚则穹昊无光,朝阳失色,返白昼为昏黄,变丹山为水碧。虽大禹之智,不能测其浅深;离娄之明,焉能辨乎咫尺!

于是冯夷息浪,屏翳收功,鱼鳖遁迹,鸟兽潜踪。隔断蓬莱之岛,暗围阊阖之宫。恍惚奔腾,如骤雨之将至;纷纭杂沓,若寒云之欲同。乃能中隐毒蛇,因之而为瘴疠;内藏妖魅,凭之而为祸害。降疾厄于人间,起风尘于塞外。小民遇之夭伤,大人观之感慨。盖将返元气于洪荒，混天地为大块。

当夜五更时候，船已近曹操水寨。孔明教把船只头西尾东，一带摆开，就船上擂鼓呐喊。鲁肃惊曰："倘曹兵齐出，如之奈何？"孔明笑曰："吾料曹操于重雾中必不敢出。吾等只顾酌酒取乐，待雾散便回。"

却说曹寨中听得擂鼓呐喊，毛玠、于禁二人慌忙飞报曹操。操传令曰："重雾迷江，彼军忽至，必有埋伏，切不可轻动。可拨水军弓弩手乱箭射之。"又差人往旱寨内唤张辽、徐晃各带弓弩军三千，火速到江边助射。比及号令到来，毛玠、于禁怕南军抢入水寨，已差弓弩手在寨前放箭；少顷，旱寨内弓弩手亦到。约一万余人，尽皆向江中放箭，箭如雨发。孔明教把船吊回，头东尾西，逼近水寨受箭；一面擂鼓呐喊。待至日高雾散，孔明令收船急回。二十只船两边束草上，排满箭枝。孔明令各船上军士齐声叫曰："谢丞相箭！"比及曹军寨内报知曹操时，这里船轻水急，已放回二十余里，追之不及。曹操懊悔不已。

却说孔明回船谓鲁肃曰："每船上箭约五六千矣，不费江东半分之力，已得十万余箭。明日即将来射曹军，却不甚便？"肃曰："先生真神人也！何以知今日如此大雾？"孔明曰："为将而不通天文，不识地利，不知奇门，不晓阴阳，不看阵图，不明兵势，是庸才也。亮于三日前已算定今日有大雾，因此敢任三日之限。公瑾教我十日完办，工匠料物，都不应手，将这一件风流罪过，明白要杀我。我命系于天，公瑾焉能害我哉！"鲁肃拜服。船到岸时，周瑜已差五百军在江边等候搬箭。孔明教于船上取之，可得十余万枝，都搬入中军帐交纳③。鲁肃入见周瑜，备说孔明取箭之事。瑜大惊，慨然叹曰："孔明神机妙算，吾不如也！"后人有诗赞曰：

> 一天浓雾满长江，远近难分水渺茫。
>
> 骤雨飞蝗来战舰，孔明今日伏周郎。

少顷，孔明入寨见周瑜。瑜下帐迎之，称羡曰："先生神算，使人敬服。"孔明曰："诡谲小计，何足为奇？"瑜邀孔明入帐共饮。瑜曰："昨吾主遣使来催督进兵，瑜未有奇计，愿先生教我。"孔明曰："亮乃碌碌庸才，安有妙计？"瑜曰："某昨观曹操水寨，极是严整有法，非等闲可攻。思得一计，不知可否，先生幸为我一决之。"孔明曰："都督且休言，各自写于手内，看同也不同。"瑜大喜，教取笔砚来，先自暗写了，却送与孔明，孔明亦暗写了。两个移近坐榻，各出掌中之字，互相观看，皆大笑。原来周瑜掌中字，乃一"火"字，孔明

③ 诸葛亮未借箭

草船借箭故事不见于史传。按，借箭故事，始出于孙权。汉建安十八年(213)，曹操攻濡须坞(安徽无为东)要塞。孙权自驾大船，侦察曹军动止。"权乘大船来观军，公(曹操)使弓弩乱发，箭著其船，船偏重将覆，权因回船，复以一面受箭，箭均船平，乃还"(《三国志·吴书·吴主传》引《魏略》)。一作孙权借箭处为巢湖，"吴魏相攻，孙权以箭重回舟，亦此湖也"(《太平寰宇记》卷一百二十六《巢湖》)。元《三国志平话》将此情事移植于五年前的赤壁大战，说是周瑜用帐幕遮住行船，曹军乱箭齐发，而获得数百万枝箭，与诸葛亮无关。但此中亦未涉及草人事。盖草人诱敌和借箭故事，见于《五代史》之梁名将刘郭，以及《唐书》张巡和《宋史》毕再遇，均以孤城守卫分别利用稻草人的，《演义》或由此凑合而构建为草船借箭？

④ **曹操南征主要谋士**

曹操南征荆州，本乃统一南北大事，但见之于《三国志》和裴注，见有提及的主要谋士不多，且跟随来到乌林前线更不见于史传。此处如荀攸、程昱，可能未随征或至荆州(江陵)而已，何来在前线献谋划策，如许降计之莫须有。竟编造于平生无失计的荀攸名下。曹操主要谋士见下表：

掌中，亦一"火"字。瑜曰："既我两人所见相同，更无疑矣。幸勿漏泄。"孔明曰："两家公事，岂有漏泄之理？吾料曹操虽两番经我这条计，然必不为备。今都督尽行之可也。"饮罢分散，诸将皆不知其事。

却说曹操平白折了十五六万箭，心中气闷。荀攸④进计曰："江东有周瑜、诸葛亮二人用计，急切难破。可差人去东吴诈降，为奸细内应，以通消息，方可图也。"操曰："此言正合吾意。汝料军中谁可行此计？"攸曰："蔡瑁被诛，蔡氏宗族皆在军中。瑁之族弟蔡中、蔡

姓名＼项目	官　职	行事(赤壁大战期间)	附注
荀　彧	汉侍中、尚书令	虽在朝，常与曹操书信往来	在许昌
荀　攸	军师	不详	
贾　诩	执金吾、留参司空军事	随征至荆州，曾谏顺江东下	
程　昱	奋武将军	似随征于荆州(江陵)	
刘　晔	司空仓曹掾	不详	

和现为副将，丞相可以恩结之，差往诈降东吴，必不见疑。"操从之，当夜密唤二人入帐，嘱付曰："汝二人可引些少军士，去东吴诈降。但有动静，使人密报。事成之后，重加封赏，休怀二心！"二人曰："吾等妻子俱在荆州，安敢怀二心？丞相勿疑。某二人必取周瑜、诸葛亮之首，献于麾下。"操厚赏之。次日，二人带五百军士，驾船数只，顺风望着南岸来。

且说周瑜正理会进兵之事，忽报江北有船来到江口，称是蔡瑁之弟蔡和、蔡中特来投降。瑜唤入，二人哭拜曰："吾兄无罪，被操贼所杀。吾二人欲报兄仇，特来投降。望赐收录，愿为前部。"瑜大喜，重赏二人，即命与甘宁引军为前部。二人拜谢，以为中计。瑜密唤甘宁分付曰："此二人不带家小，非真投降，乃曹操使来为奸细者。吾今欲将计就计，教他通报消息。汝可殷勤相待，就里提防。至出兵之日，先要杀他两个祭旗，汝切须小心，不可有误。"甘宁领命而去。鲁肃入见周瑜曰："蔡中、蔡和之降，多应是诈，不可收用。"瑜叱曰："彼因曹操杀其兄，欲报仇而来降，何诈之有？你若如此多疑，安能容天下之士乎？"肃默然而退，乃往告孔明。孔明笑而不言。肃曰："孔明何故哂笑？"孔明曰："吾笑子敬不识公瑾用计耳。大江隔远，细作极难往来。操使蔡中、蔡和诈降窃探我军中事，公瑾将计就计，正要他通报消息。兵不厌诈，公瑾之谋是也。"肃方才省悟。

却说周瑜夜坐帐中，忽见黄盖潜入中军来见周瑜。瑜问曰："公覆夜至，必有良谋见教。"

盖曰:"彼众我寡,不宜久持,何不用火攻之?⑤"瑜曰:"谁教公献此计?"盖曰:"某出自己意,非他人之所教也。"瑜曰:"吾正欲如此,故留蔡中、蔡和诈降之人,以通消息;但恨无一人为我行诈降计耳。"盖曰:"某愿行此计。"瑜曰:"不受些苦,彼如何肯信?"盖曰:"某受孙氏厚恩,虽肝脑涂地,亦无怨悔。"瑜拜而谢之曰:"君若肯行此苦肉计,则江东之万幸也。"盖曰:"某死亦无怨。"遂谢而出。

次日,周瑜鸣鼓大会诸将于帐下,孔明亦在座。周瑜曰:"操引百万之众,连络三百余里,非一日可破。今令诸将各领三个月粮草,准备御敌。"言未讫,黄盖进曰:"莫说三个月,便支三十个月粮草,也不济事。若是这个月破的,便破;若是这个月破不的,只可依张子布之言,弃甲倒戈,北面而降之耳!"周瑜勃然变色,大怒曰:"吾奉主公之命督兵破曹,敢有再言降者必斩。今两军相敌之际,汝敢出此言慢我军心,不斩汝首,难以服众!"喝左右将黄盖斩讫报来。黄盖亦怒曰:"吾自随破虏将军,纵横东南,已历三世,那有你来?"瑜大怒,喝令速斩。甘宁进前告曰:"公覆乃东吴旧臣,望宽恕之。"瑜喝曰:"汝何敢多言,乱吾法度!"先叱左右将甘宁乱棒打出。众官皆跪告曰:"黄盖罪固当诛,但于军不利。望都督宽恕,权且记罪。破曹之后,斩亦未迟。"瑜怒未息。众官苦苦告求。瑜曰:"若不看众官面皮,决须斩首!今且免死!"命左右拖翻,打一百脊杖⑥,以正其罪。众官又告免。瑜推翻案桌,叱退众官,喝教行杖。将黄盖剥了衣服,拖翻在地,打了五十脊杖。众官又复苦苦求免。瑜跃起指盖曰:"汝敢小觑我耶!且寄下五十棍。再有怠慢,二罪俱罚!"恨声不绝而入帐中。

众官扶起黄盖,打得皮开肉绽,鲜血迸流,扶归本寨,昏绝几次。动问之人,无不下泪。鲁肃也往看问了,来至孔明船中,谓孔明曰:"今日公瑾怒责公覆,我等皆是他部下,不敢犯颜苦谏;先生是客,何故袖手旁观,不发一语?"孔明笑曰:"子敬欺我。"肃曰:"肃与先生渡江以来,未尝一事相欺。今何出此言?"孔明曰:"子敬岂不知公瑾今日毒打黄公覆,乃其计耶?如何要我劝他?"肃方悟。孔明曰:"不用苦肉计⑦,何能瞒过曹操?今必令黄公覆

⑤ 黄盖首创火攻
首创火攻计乃是黄盖,此处称诸葛亮、周瑜乃是小说家言。《三国志·吴书·周瑜传》,曹军初败,退守江北,周瑜在南岸。瑜部将黄盖曰:今寇众我寡,难与持久,然观操军方连船舰,首尾相接,可烧而走也。

⑥ 周瑜不得用脊杖打黄盖
黄盖被施以脊杖刑,不见于《三国志》诸传。据《三国志·吴书·黄盖传》早在黄盖为石城令时,有"鞭杖",但并非"脊杖"。东汉三国时期尚未设脊杖之刑。按,脊杖,为五刑之一,始于梁武帝萧衍时设,有大杖、法杖、小杖三种,皆施于背。唐分脊杖,以杖背;法杖,以背腔及腿分支;腔杖,以杖腔;笞杖,以杖腿。《唐书·刑法志》:"杖者,持也,可持以击也。《书》曰:'鞭作教刑',是也。"

⑦ 苦肉计素材来源
苦肉计被兵家定格为三十六计之一。朱逢甲《间书》以为"考《晋书》朴泰事,与《演义》所言盖之'苦肉计'同,意者撰《演义》者即泰事而移之盖耶。后种世衡之于番将,即袭用此法"。据宋魏泰《东轩笔录》卷八:"(西夏主李)元昊分山界战士为二厢,命两统统之,刚浪崚崃明堂左厢,野利遇乞岐灭都右厢。二将能用兵,山界人户善战,中间刘平、石元孙,任福、葛怀敏之败,皆二将之谋也。庆历中,种世衡守青涧城,谋用间以离之。有悟空寺僧光信者,落魄耽酒,边人谓之'王和尚'多往来蕃部中。世衡尝厚给酒肉,善遇之,一日语信曰:'我有书答野利相公,若为我赍之。'以书授信。临发,复召饮之酒而谓曰:'界外苦寒,吾为若纳一袄,可衣之以行,回日当复以归我。'信始及山界,即为逻兵所擒,及得赍书以见元昊。元昊发其

书，即寻常寒暄之问。元昊疑之，遂缚信拷掠千余，至胁以兵刃，信终言无他。元昊益疑，顾见信所衣之袄甚新洁，立命掰折，即中得与遇乞之书，具言'前承书有旧投之约，寻闻朝廷及云，只候信回得报，当如期举兵入界，唯尽以一厢人马为内应，傥俘元昊，朝廷当以静难军节度使、西平王奉赏'。元昊大怒，自此夺遇乞之兵，既又杀之。遇乞死，山界无良将统领，不复有侵掠之患，而边陲亦少安矣。"种世衡善用间，由是《宋朝事实类苑》卷五十六《将帅才略》还称，"世衡尝以罪怒一番落将，杖其背，僚属为之请，莫能得。其人被杖，以奔赵元昊，甚亲信之，得出入枢密院。岁余，尽诇得其机事以归。众乃知世衡用为间也。"以上两事均见司马光《涑水纪闻》卷九，唯僧光信作僧王嵩，当系一人耳。按黄盖作降，见《三国志·吴书·周瑜传》，"乃取蒙冲斗舰数十艘，实以薪草、膏油灌其中，裹以帷幕，上建牙旗，先书报曹公，欺以欲降。"但未记载有苦肉计情事，此处当参照耳。

去诈降，却教蔡中、蔡和报知其事矣。子敬见公瑾时，切勿言亮先知其计，只说亮也埋怨都督便了。"肃辞去，入帐见周瑜。瑜邀入帐后。肃曰："今日何故痛责黄公覆？"瑜曰："诸将怨否？"肃曰："多有心中不安者。"瑜曰："孔明之意若何？"肃曰："他也埋怨都督忒情薄。"瑜笑曰："今番须瞒过他也。"肃曰："何谓也？"瑜曰："今日痛打黄盖，乃计也。吾欲令他诈降，先须用苦肉计，瞒过曹操，就中用火攻之，可以取胜。"肃乃暗思孔明之高见，却不敢明言。

且说黄盖卧于帐中，诸将皆来动问，盖不言语，但长吁而已。忽报参谋阚泽来问，盖令请入卧内，叱退左右。阚泽曰："将军莫非与都督有仇？"盖曰："非也。"泽曰："然则公之受责，莫非苦肉计乎？"盖曰："何以知之？"泽曰："某观公瑾举动，已料着八九分。"盖曰："某受吴侯三世厚恩，无以为报，故献此计以破曹操。吾虽受苦，亦无所恨。吾遍观军中，无一人可为心腹者。惟公素有忠义之心，敢以心腹相告。"泽曰："公之告我，无非要我献诈降书耳。"盖曰："实有此意，未知肯否？"阚泽欣然领诺。正是：

勇将轻身思报主，谋臣为国有同心。

未知阚泽所言若何，且看下文分解。

第四十七回　阚泽密献诈降书　庞统巧授连环计

却说阚泽字德润，会稽山阴人也。家贫好学，与人佣工，尝借人书来看，看过一遍，便不遗忘。口才辩给，少有胆气。孙权召为参谋，与黄盖最相善。盖知其能言有胆，故欲使献诈降书。泽欣然应诺曰："大丈夫处世，不能立功建业，不几与草木同腐乎？公既捐躯报主，泽又何惜微生！"黄盖滚下床来，拜而谢之。泽曰："事不可缓，即今便行。"盖曰："书已修下了。"

泽领了书，只就当夜扮作渔翁，驾小舟望北岸而行①。是夜寒星满天。三更时候，早到曹军水寨。巡江军士拿住，连夜报知曹操。操曰："莫非是奸细么？"军士曰："只一渔翁，自称是东吴参谋阚泽，有机密事来见。"操便教引将入来。军士引阚泽至，只见帐上灯烛辉煌，曹操凭几危坐，问曰："汝既是东吴参谋，来此何干？"泽曰："人言曹丞相求贤若渴，今观此问，甚不相合。黄公覆，汝又错寻思了也！"操曰："吾与东吴旦夕交兵，汝私行到此，如何不问？"泽曰："黄公覆乃东吴三世旧臣，今被周瑜于众将之前无端毒打，不胜忿恨，因欲投降丞相，为报仇之计，特谋之于我。我与公覆情同骨肉，径来为献密书，未知丞相肯容纳否？"操曰："书在何处？"阚泽取书呈上。操拆书就灯下观看。书略曰：

> 盖受孙氏厚恩，本不当怀二心，然以今日事势论之：用江东六郡之卒，当中国百万之师，众寡不敌，海内所共见也。东吴将吏，无有智愚，皆知其不可。周瑜小子，褊怀浅戆，自负其能，辄欲以卵敌石；兼之擅作威福。无罪受刑，有功不赏。盖系旧臣，无端为所摧辱，心实恨之。伏闻丞相诚心待物，虚怀纳士，盖愿率众归降，以图建功雪耻。粮草军仗，随船献纳。泣血拜白，万勿见疑。

① 阚泽未在周瑜军中

《三国志·吴书·阚泽传》称，汉建安二十四年(220)，孙权为骠骑将军时，阚泽还是地方县级官员，"除钱唐长，迁郴令"。赤壁战争前后，他还没有进入上层，更不会在军中，何来献诈降书。但为黄盖送诈降书当须有一个有胆有识的人。《三国志·吴书·周瑜传》引《江表传》，黄盖派人送书，"曹公特见行人，密问之，口敕曰：'但恐汝诈耳。盖若信实，当援爵赏，超于前后也。'"但此送书人姓名，未见史传。

曹操于几案上翻覆将书看了十余次，忽然拍案张目大怒曰："黄盖用苦肉计，令汝下诈降书，就中取事，却敢来戏侮我耶！"便教左右推出斩之。左右将阚泽簇下。泽面不改容，仰天大笑。操教牵回，叱曰："吾已识破奸计，汝何故哂笑？"泽曰："吾不笑你。吾笑黄公覆不识人耳。"操曰："何不识人？"泽曰："杀便杀，何必多问！"操曰："吾自幼熟读兵书，深知奸伪之道。汝这条计，只好瞒别人，如何瞒得我？"泽曰："你且说书中那件事是奸计？"操曰："我说出你那破绽，教你死而无怨。你既是真心献书投降，如何不明约几时？今你有何理说！"阚泽听罢，大笑曰："亏汝不惶恐，敢自夸熟读兵书！还不及早收兵回去！倘若交战，必被周瑜擒矣。无学之辈，可惜吾屈死汝手！"操曰："何谓我无学？"泽曰："汝不识机谋，不明道理，岂非无学？"操曰："你且说我那几般不是处？"泽曰："汝无待贤之礼，吾何必言！但有死而已。"操曰："汝若说得有理，我自然敬服。"泽曰："岂不闻'背主作窃，不可定期'？倘今约定日期，急切下不得手，这里反来接应，事必泄漏。但可觑便而行，岂可预期相订乎？汝不明此理，欲屈杀好人，真无学之辈也！"操闻言，改容下席而谢曰："某见事不明，误犯尊威，幸勿挂怀。"泽曰："吾与黄公覆倾心投降，如婴儿之望父母，岂有诈乎？"操大喜曰："若二人能建大功，他日受爵，必在诸人之上。"泽曰："某等非为爵禄而来，实应天顺人耳。"操取酒待之。

少顷，有人入帐，于操耳边私语。操曰："将书来看。"其人以密书呈上。操观之，颜色颇喜。阚泽暗思："此必蔡中、蔡和来报黄盖受刑消息，操故喜我投降之事为真实也。"操曰："烦先生再回江东，与黄公覆约定，先通消息过江，吾以兵接应。"泽曰："某已离江东，不可复还。望丞相别遣机密人去。"操曰："若他人去，事恐泄漏。"泽再三推辞，良久乃曰："若去，则不敢久停，便当行矣。"

操赐以金帛，泽不受。辞别出营，再驾扁舟，重回江东，来见黄盖，细说前事。盖曰："非公能辩，则盖徒受苦矣。"泽曰："吾今去甘宁寨中，探蔡和、蔡中消息。"盖曰："甚善。"泽至宁寨，宁接入。泽曰："将军昨为救黄公覆，被周公瑾所辱，吾甚不平。"宁笑而不答。正话间，蔡和、蔡中至。泽以目送甘宁，宁会意，乃曰："周公瑾只自恃其能，全不以我等为念，我今被辱，羞见江左诸人！"说罢，咬牙切齿，拍案大叫。泽乃虚与宁耳边低语。宁低头不言，长叹数声。蔡和、蔡中见宁、泽皆有反意，以言挑之曰："将军何故烦恼？先生有何不平？"泽曰："吾等腹中之苦，汝岂知耶？"蔡和曰："莫非欲背吴投曹耶？"阚泽失色。甘宁拔剑而起曰："吾事已为窥破，不可不杀之以灭口！"蔡和、蔡中慌："二公勿忧，吾亦当以心腹之事相告。"宁曰："可速言之。"蔡和曰："吾二人乃曹公使来诈降者。二公若有归顺之心，吾当引进。"宁曰："汝言果真？"二人齐声曰："安敢相欺！"宁佯喜曰："若如此，是天赐其便也。"二蔡曰："黄公覆与将军被辱之事，吾已报知丞相矣。"泽曰："吾已为黄公覆献书丞相，今特来见兴霸，相约同降耳。"宁曰："大丈夫既遇明主，自当倾心相投。"于是四人共饮，同论心事。二蔡即时写书密报曹操，说甘宁与某同为内应。阚泽另自修书，遣人密报曹操。书中具言黄盖欲来，未得其便，但看船头插青牙旗而来者，即是也。

却说曹操连得二书，心中疑惑不定，聚众谋士商议曰："江左甘宁被周瑜所辱，愿为内应；黄盖受责，令阚泽来纳降：俱未可深信。谁敢直入周瑜寨中探听实信？"蒋干进曰："某前日空往东吴，未得成功，深怀惭愧。今愿舍身再往，务得实信回报丞相。"操大喜，即时令蒋干上船。干驾小舟，径到江南水寨边，便使人传报。周瑜听得干又到，大喜曰："吾之成功，只在此人身上。"遂嘱付鲁肃："请庞士元来，为我如此如此。"原来襄阳庞统，字士元，因避乱寓居江东。②鲁肃曾荐之于周瑜，统未及往见，瑜先使鲁肃问计于统曰："破曹当用何策？"统密谓肃曰："欲破曹兵，须用火攻。但大江面上，一船着火，余船四散，除非献'连环计'，教他钉作一处，然后功可成也。"肃以告瑜，瑜深服其论，因谓肃曰："为我行此计者，非庞士元不可。"肃曰："只怕曹操奸猾，如何去得？"周瑜沉吟未决，正寻思没个机会，忽报蒋干又来。瑜大喜，一面分付庞统用计③，一面坐于帐上，使人请干。干见不来接，心中疑虑。教把船于僻静岸口缆系，乃入寨见周瑜。瑜作声曰："子翼何故欺吾太甚！"蒋干笑曰："吾想与你乃旧日弟兄，特来吐心腹事，何言相欺也？"瑜曰："汝要说我降，除非海枯石烂。前番吾念旧日交情，请你痛饮一醉，留你共榻；你却盗吾私书，不辞而去，归报曹操，杀了蔡瑁、张允，致使吾事不成。今日无故又来，必不怀好意！吾不看旧日之情，一刀两段！本待送你过去，争奈吾一二日间，便要破曹贼；待留你在军中，又必有泄漏。"便教左右："送子翼往西山庵中歇息，待吾破了曹操，那时渡你过江未迟。"蒋干再欲开言，周瑜已入帐后去了。左右取马与蒋干乘坐，送到西山背后小庵歇息，拨两个军人伏侍。

干在庵内，心中忧闷，寝食不安。是夜星露满天，独步出庵后，只听得读书之声。信步寻去，见山岩畔有草屋数椽，内射灯光。干往窥之，只见一人挂剑灯前，诵孙、吴兵书。干思此必异人也，叩户请见。其人开门出迎，仪表非俗。干问姓名，答曰："姓庞，名统，字士元。"干曰："莫非凤雏先生否？"统曰："然也。"干喜曰："久闻大名，今何僻居此地？"答曰："周瑜自恃才高，不能容物，吾故隐居于此。公乃何人？"干曰："吾蒋干也。"统乃邀入草庵，共坐谈心。干曰："以公之才，何往不利？如肯归曹，干当引进。"统曰："吾亦欲离江东久矣。公既有引进之心，即今便当一行。如迟则周瑜闻之，必将见害。"于是与干连夜下山，至江边寻着原来船只，飞

② 庞统不在江东

庞统当时为南郡江陵太守功曹，曹操据江陵，原有刘表所置官员均带职留任，所以他仍是功曹，帮助曹仁守城。

③ 周瑜器重庞统

周瑜任南郡太守时，知道庞统的才干，请他出山，仍担任功曹。"周瑜领南郡，以庞统名重，州里所信，乃逼为功曹，任以大事，瑜垂拱而已"（《荆州先贤传》）。可见，主持南郡日常事务的是庞统。庞统对周瑜也很尊重；他随周瑜到京口（江苏镇江）见孙权。周瑜途中病死，也是庞统护送棺木由巴丘（湖南岳阳）到吴（江苏苏州）的。所以可以说，如果周瑜不死，庞统是不会为刘备物色了的。

④ 曹军赤壁战时得的是何种传染病

据《三国志·魏书·武帝纪》，"公至赤壁，与备战，不利。于是大疫，吏士多死者。"说明曹军到赤壁前线，小战后就发生大瘟疫，丧失了战斗力的。所以裴松之认同，曹操赤壁之败，"实由疾疫大兴，以损凌厉之锋；凯风自南，用如焚如之势。"什么疾疫？有人说是血吸虫病。因为赤壁方圆百里是血吸虫流行区。赤壁之战虽然发生在冬天；由于孙刘联军长期在疫区，有一定的防疫力；而曹军是新进疫区，易于感染。但从血吸虫病不会直接传播，从虫卵遇水孵化出毛蚴，毛蚴从钻入螺体到逸出尾蚴时间为六七十日，且还得在28—32℃温度，而赤壁战场，冬天毛蚴已停止生长、发育；况且曹操的水军主力是新降的荆州军，土生土长，他们也有防疫力，当也不在受疾病感染圈里。那末，它究竟是何种传染病呢？"大军之后，必有凶年。"(《老子》)我意古代大凡战争后，多有瘟疫。盖曹军自襄阳南下，沿途追杀，赤地千里，尸骨蔽野，日久必病菌漫延，产生恶性循环。曹操屯驻乌林，正是此后不久，军中瘟疫，或由此因。战争与瘟疫同步古多常见。又如汉建安二十二年(217)曹操大军征吴，"到居巢，军士大疫，朗躬巡视，致医药，遇疾卒"(《三国志·魏书·司马朗传》)。甚至如司马朗这样的高级官员也受传染而死。按，此次战争引起瘟疫，死者颇多。如随征的"建安七子"王粲等，《三国志·魏书·王粲传》称，"建安二十一年，从征吴，二十二年春，道病卒"，"(徐)干、(陈)琳、(应)

棹投江北。

既至操寨，干先入见，备述前事。操闻凤雏先生来，亲自出帐迎入，分宾主坐定，问曰："周瑜年幼，恃才欺众，不用良谋。操久闻先生大名，今得惠顾，乞不吝教诲。"统曰："某素闻丞相用兵有法，今愿一睹军容。"操教备马，先邀统同观旱寨。统与操并马登高而望。统曰："傍山依林，前后顾盼，出入有门，进退曲折，虽孙、吴再生，穰苴复出，亦不过此矣。"操曰："先生勿得过誉，尚望指教。"于是又与同观水寨。见向南分二十四座门，皆有艨艟战舰，列为城郭，中藏小船，往来有巷，起伏有序。统笑曰："丞相用兵如此，名不虚传！"因指江南而言曰："周郎，周郎，克期必亡。"操大喜。回寨，请入帐中，置酒共饮，同说兵机。统高谈雄辩，应答如流。操深敬服，殷勤相待。统佯醉曰："敢问军中有良医否？"操问何用，统曰："水军多疾，须用良医治之。"时操军因不服水土，俱生呕吐之疾，多有死者④。操正虑此事，忽闻统言，如何不问。统曰："丞相教练水军之法甚妙，但可惜不全。"操再三请问，统曰："某有一策，使大小水军，并无疾病，安稳成功。"操大喜，请问妙策。统曰："大江之中，潮生潮落，风浪不息。北兵不惯乘舟，受此颠播，便生疾病。若以大船小船各皆配搭，或三十为一排，或五十为一排，首尾用铁环连锁，上铺阔板，休言人可渡，马亦可走矣。乘此而行，任他风浪潮水上下，复何惧哉？"曹操下席而谢曰："非先生良谋，安能破东吴耶？"统曰："愚浅之见，丞相自裁之。"操即时传令，唤军中铁匠，连夜打造连环大钉，锁住船只。诸军闻之，俱各喜悦。后人有诗曰：

> 赤壁鏖兵用火攻，运筹决策尽皆同。
>
> 若非庞统连环计，公瑾安能立大功。

庞统又谓操曰："某观江左豪杰，多有怨周瑜者。某凭三寸舌为丞相说之，使皆来降。周瑜孤立无援，必为丞相所擒。瑜既破，则刘备无所用矣。"操曰："先生果能成大功，操请奏闻天子，封为三公之列⑤。"统曰："某非为富贵，但欲救万民耳。丞相渡江，慎勿杀害。"操曰："吾替天行道，安忍杀戮人民？"统拜求榜文，以安宗族。操曰："先生家属，现居何处？"统曰："只在江边，若得此榜，可保全矣。"操命写榜会押付统。统拜谢曰："别后可速进兵,休待周郎知觉。"操然之。统拜别,至江边正欲下船,忽见岸上一人,道袍竹冠,一把扯住统曰："你好大胆! 黄盖用苦肉计,阚泽下诈降书,你又来献连环计,只恐烧不尽绝! 你们把出这等毒手来,只好瞒曹操,也须瞒我不得。"唬得庞统魂飞魄散。正是:

　　　　莫道东南能制胜,谁云西北独无人?

　　毕竟此人是谁,且看下文分解。

场、(刘)桢二十二年卒。文帝书与元城令吴质曰:'昔年疾疫,枭故多其灾,徐、陈、应、刘,一时俱逝。'"

⑤ **曹操罢三公**
据《三国志·魏书·武帝纪》,汉建安十三年(208),"汉罢三公官,置丞相、御史大夫。夏六月,以公为丞相。"可见在曹操南征、占领荆州前,已无有三公(太尉、司徒、司空)了。

第四十八回

宴长江曹操赋诗
锁战船北军用武

却说庞统闻言,吃了一惊,急回视其人,原来却是徐庶。统见是故人,心下方定。回顾左右无人,乃曰:"你若说破我计,可惜江南八十一州百姓,皆是你送了也。"庶笑曰:"此间八十三万人马,性命如何?"统曰:"元直真欲破我计耶?"庶曰:"吾感刘皇叔厚恩,未尝忘报。曹操送死吾母,吾已说过终身不设一谋,今安肯破兄良策?只是我亦随军在此,兵败之后,玉石不分,岂能免难?君当教我脱身之术,我即缄口远避矣。"统笑曰:"元直如此高见远识,谅此有何难哉!"庶曰:"愿先生赐教。"统去徐庶耳边略说数句。庶大喜拜谢。庞统别却徐庶,下船自回江东。

且说徐庶当晚密使近人去各寨中暗布谣言。次日,寨中三三五五,交头接耳而说。早有探事人报知曹操,说军中传言西凉州韩遂、马腾谋反,杀奔许都来。操大惊,急聚众谋士商议曰:"吾引兵南征,心中所忧者,韩遂、马腾耳。军中谣言,虽未辨虚实,然不可不防。"言未毕,徐庶进曰:"庶蒙丞相收录,恨无寸功报效。请得三千人马,星夜往散关把住隘口。如有紧急,再行告报。"操喜曰:"若得元直去,吾无忧矣。散关之上,亦有军兵,公统领之。目下拨三千马步军,命臧霸为先锋,星夜前去,不可稽迟。"徐庶辞了曹操,与臧霸便行①。此便是庞统救徐庶之计。后人有诗曰:

> 曹操征南日日忧,马腾韩遂起戈矛。
>
> 凤雏一语教徐庶,正似游鱼脱钓钩。

曹操自遣徐庶去后,心中稍安,遂上马先看沿江旱寨,次看水寨。乘大船一只,于中央上建帅字旗号,两傍皆列水寨,船上埋伏弓弩千张,操居于上。时建安十三年冬十一月十五日,天气晴明,平风静浪。操令:"置酒设乐于大船之上②。吾今夕欲会诸将。"天色向

① **庞统救徐庶莫须有**

徐庶归曹后,有否随军南征至乌林,语焉不详。但决无庞统救徐庶计。据《三国志·魏书·臧霸传》,建安十三年(208),臧霸与于禁讨伐昌豨,后又与夏侯渊讨黄巾徐和。在此期间,还未离开青徐地区。当时他未随军南征,不在赤壁军中,也就是不可能去守散关的了。

② **曹操在乌巢山横槊赋诗**

曹操横槊赋诗处,相传不是在长江船上,而是在乌巢山顶。当时曹操在长江北岸乌林矶(今湖北洪湖乌林村)、黄蓬山等扎营,与

晚,东山月上,皎皎如同白日。长江一带,如横素练。操坐大船之上,左右侍御者数百人,皆锦衣绣袄,荷戈执戟。文武众官,各依次而坐。操见南屏山色如画,东视柴桑之境,西观夏口之江,南望樊山,北觑乌林,四顾空阔。心中欢喜,谓众官曰:"吾自起义兵以来,与国家除凶去害,誓愿扫清四海,削平天下,所未得者江南也。今吾有百万雄师,更赖诸公用命,何患不成功耶!收服江南之后,天下无事,与诸公共享富贵,以乐太平。"文武皆起谢曰:"愿得早奏凯歌。我等终身皆赖丞相福荫。"操大喜,命左右行酒。饮至半夜,操酒酣,遥指南岸曰:"周瑜、鲁肃,不识天时。今幸有投降之人,为彼心腹之患,此天助吾也。"荀攸曰:"丞相勿言,恐有泄漏。"操大笑曰:"座上诸公与近侍左右,皆吾心腹之人也,言之何碍?"又指夏口曰:"刘备、诸葛亮,汝不料蝼蚁之力,欲撼泰山,何其愚耶!"顾谓诸将曰:"吾今年五十四岁矣。如得江南,窃有所喜。昔日乔公与吾至契,吾知其二女皆有国色,后不料为孙策、周瑜所娶。吾今新构铜雀台于漳水之上,如得江南,当娶二乔置之台上,以娱暮年,吾愿足矣。"言罢大笑。唐人杜牧之有诗曰:

> 折戟沉沙铁未消,自将磨洗认前朝。
>
> 东风不与周郎便,铜雀春深锁二乔。

曹操正笑谈间,忽闻鸦声望南飞鸣而去。操问曰:"此鸦缘何夜鸣?"左右答曰:"鸦见月明,疑是天晓,故离树而鸣也。"操又大笑。时操已醉,乃取槊立于船头上,以酒奠于江中,满饮三爵,横槊谓诸将曰:"吾持此槊,破黄巾,擒吕布,灭袁术,收袁绍,深入塞北,直抵辽东,纵横天下,颇不负大丈夫之志也。今对此景,甚有慷慨。吾当作歌,汝等和之。"歌曰:

> 对酒当歌,人生几何?譬如朝露,去日苦多。慨当以慷,忧思难忘。何以解忧?惟有杜康[3]。青青子衿,悠悠我心。但为君故,沉吟至今。呦呦鹿鸣,食野之苹。我有嘉宾,鼓瑟吹笙。皎皎如月,何时可辍?忧从中来,不可断绝。越陌度阡,枉用相存。契阔谈宴,心念旧恩。月明星稀,乌鹊南飞,绕树三匝,无枝可依。山不厌高,水不厌深。周公吐哺,天下归心。[4]

歌罢,众和之,共皆欢笑。忽座间一人进曰:"大军相当之际,将士用命之时,丞相何故出此不

江南赤壁相望。且在村西圆椅湾(后人称为曹操湾)建立中军大帐,圆椅湾北的乌巢山,就是曹操在赤壁战前宴请群僚处。据称,曹操在宴会时,目睹皓月东升,林中群鸦绕树纷飞,因有所感,写下了这首"对酒当歌"的名诗。但此乐府,写作时间不见于史传,从它所叙背景界定,也并非一定在此时空所作。

③ **杜康酒**

相传杜康为东周时人,被认为酿酒之祖。今河南汝阳县城北五十里有杜康村。昔名皇得地村,附近有上泉古泉,前有石坊一座,上书对联:"千里溪山最佳处;万年古泉酿醇芳。"道光《伊阳县志》:"杜水河,城北五十里。源出牛山,由杜康矶过沟至夹河洪,会于伊,长十里,俗传杜康造酒于此,故名。"近年于此建造了杜康酒厂。但曹操时代之酒,乃土制法,度数甚低。

④ **《短歌行·对酒当歌》新解**

此歌从来认为是曹操作,但读了令人有自问自答感,为之费解。万绳楠先生《解开千年之谜〈短歌行·对酒当歌〉》认为此诗为曹操于建安元年(196)在许都招贤时,与宾客的相互唱诗。诗三十二句,是八句一组,第一、三组是宾客的唱辞;第二、四组是曹操的答辞。盖《短歌行》系宴乐歌辞。(据《纪念陈寅恪先生诞辰百年学术论文集》)我同意此说,如此则文句通顺,再无别扭处。

⑤ 刘馥未被曹操误杀

刘馥未随曹操南征,在此之前,他已病死于扬州刺史任上。刘馥在汉建安五年(200)出任扬州刺史,单马到合肥空城,聚集流民,广兴屯田,几年之后,人丁兴旺。因为合肥地贴近东吴,他又筑城墙,多积木石,编作草苫数千万枚,益贮鱼膏数千斛为战守备。公元208年,刘馥在任上病死。在他死后,孙权率众十万围攻合肥。

吉之言?"操视之,乃扬州刺史,沛国相人,姓刘,名馥,字元颖。馥起合淝,创立州治,聚逃散之民,立学校,广屯田,兴治教,久事曹操,多立功绩。当下操横槊问曰:"吾言有何不吉?"馥曰:"'月明星稀,乌鹊南飞,绕树三匝,无枝可依。'此不吉之言也。"操大怒曰:"汝安敢败吾兴!"手起一槊,刺死刘馥⑤。众皆惊骇,遂罢宴。次日,操酒醒,悔恨不已。馥子刘熙,告请父尸归葬。操泣曰:"吾昨因醉误伤汝父,悔之无及。可以三公厚礼葬之。"又拨军士护送灵柩,即日回葬。

次日,水军都督毛玠、于禁诣帐下请曰:"大小船只,俱已配搭连锁停当。旌旗战具,一一齐备。请丞相调遣,克日进兵。"操至水军中央大战船上坐定,唤集诸将,各各听令。水旱二军,俱分五色旗号:水军中央黄旗毛玠、于禁,前军红旗张郃,后军皂旗吕虔,左军青旗文聘,右军白旗吕通;马步前军红旗徐晃,后军皂旗李典,左军青旗乐进,右军白旗夏侯渊。水陆路都接应使:夏侯惇、曹洪。护卫往来监战使:许褚、张辽。其余骁将,各依队伍。令毕,水军寨中发擂三通,各队伍战船,分门而出。是日西北风骤起,各船拽起风帆,冲波激浪,稳如平地。北军在船上,踊跃施勇,刺枪使刀。前后左右各军,旗幡不杂。又有小船五十余只,往来巡警催督。操立于将台之上,观看调练,心中大喜,以为必胜之法。教且收住帆幔,各依次序回寨。

操升帐,谓众谋士曰:"若非天命助吾,安得凤雏妙计?铁索连舟,果然渡江如履平地。"程昱曰:"船皆连锁,固是平稳;但彼若用火攻,难以回避,不可不防。"操大笑曰:"程仲德虽有远虑,却还有见不到处。"荀攸曰:"仲德之言甚是,丞相何故笑之?"操曰:"凡用火攻,必藉风力。方今隆冬之际,但有西风北风,安有东风南风耶?吾居于西北之上,彼兵皆在南岸,彼若用火,是烧自己之兵也,吾何惧哉?若是十月小春之时,吾早已提备矣。"诸将皆拜伏曰:"丞相高见,众人不及。"操顾诸将曰:"青、徐、燕、代之众,不惯乘舟。今非此计,安能涉大江之险!"只见班部中二将挺身出曰:"小将虽幽、燕之人,也能乘舟。今愿借巡船二十只,直至江口,夺旗鼓而还,以显北军亦能乘舟也。"操视之,乃袁绍手下旧将焦触、张南也。操曰:"汝等皆生长北方,恐乘舟不便。江南之兵,往来水上,习练精熟,汝勿轻以性命为儿戏也。"焦触、张南大叫曰:"如某不胜,甘受军法。"操曰:"战船尽已连锁,惟有小舟,每舟可容二十人,只恐未便接战。"触曰:"若用大船,何足为奇?乞付小舟二十余只,某与张南各引一半,只今日直抵江南水寨,须要夺旗斩将而还。"操曰:"吾与汝二十只船,差拨精锐军五百人,皆长枪硬弩。到来日天明,将大寨船出到江面上,远为之势。更差文聘亦领三十只巡船,接应汝回。"焦触、张南欣喜而退。次日四更造饭,五更结束已定,早听得水寨中擂鼓鸣金,船皆出寨,分布水面。长江一带,青红旗号交杂。焦触、张南领哨船二十只,穿寨而出,望江南进发。

却说南岸隔夜听得鼓声喧震，遥望曹操调练水军，探事人报知周瑜。瑜往山顶观之⑥，操军已收回。次日，忽又闻鼓声震天，军士急登高观望，见有小船冲波而来，飞报中军，周瑜问帐下谁敢先出，韩当、周泰二人齐出曰："某当权为先锋破敌。"瑜喜，传令各寨严加守御，不可轻动。韩当、周泰各引哨船五只，分左右而出。却说焦触、张南凭一勇之气，飞棹小船而来。韩当独披掩心，手执长枪，立于船头。焦触船先到，便命军士乱箭望韩当船上射来，当用牌遮隔。焦触捻长枪与韩当交锋，当手起一枪，刺死焦触。张南随后大叫赶来。隔斜里周泰船出。张南挺枪立于船头，两边弓矢乱射。周泰一臂挽牌，一手提刀。两船相离七八尺，泰即飞身一跃，直跃过张南船上，手起刀落，砍张南于水中，乱杀驾舟军士。众船飞棹急回。韩当、周泰催船追赶，到半江中，恰与文聘船相迎，两边便摆定船厮杀。

却说周瑜引众将立于山顶，遥望江北水面，艨艟战船排合江上，旗帜号带皆有次序。回看文聘与韩当、周泰相持。韩当、周泰奋力攻击，文聘抵敌不住，回船而走。韩、周二人急催船追赶。周瑜恐二人深入重地，便将白旗招飐，令众鸣金，二人乃挥棹而回。周瑜于山顶看隔江战船，尽入水寨。瑜顾谓众将曰："江北战船如芦苇之密，操又多谋，当用何计以破之？"众未及对，忽见曹军寨中，被风吹折中央黄旗，飘入江中。瑜大笑曰："此不祥之兆也！"正观之际，忽狂风大作，江中波涛拍岸。一阵风过，刮起旗角于周瑜脸上拂过。瑜猛然想起一事在心，大叫一声，往后便倒，口吐鲜血。诸将急救起时，却早不省人事。正是：

一时忽笑又忽叫，难使南军破北军。

毕竟周瑜性命如何，且看下文分解。

⑥ **周瑜立于赤壁山顶**

周瑜所立山顶，即赤壁山。赤壁山为一脉相连的三座山，尾部为金鸾山，中部为南屏山，前部贴江者即为赤壁山，战前此处名石头关，当战时对岸乌林火烧，光耀江南岸石壁，即更名赤壁。现在周瑜站立处，打造了翼江亭，一作此地本系周瑜指挥所，在其南建有周瑜石雕塑像，身高 6.5 米，连基座 9.2 米，由 26 块花岗岩石组成。

第四十九回　七星坛诸葛祭风
三江口周瑜纵火

却说周瑜立于山顶，观望良久，忽然望后而倒，口吐鲜血，不省人事。左右救回帐中。诸将皆来动问，尽皆愕然相顾曰："江北百万之众虎踞鲸吞，不争都督如此。倘曹兵一至，如之奈何？"慌忙差人申报吴侯，一面求医调治。

却说鲁肃见周瑜卧病，心中忧闷，来见孔明，言周瑜卒病之事。孔明笑曰："公以为何如？"肃曰："此乃曹操之福，江东之祸也。"孔明曰："公瑾之病，亮亦能医。"肃曰："诚如此，则国家万幸。"即请孔明同去看病。肃先入见周瑜。瑜以被蒙头而卧。肃曰："都督病势若何？"周瑜曰："心腹搅痛，时复昏迷。"肃曰："曾服何药饵？"瑜曰："心中呕逆，药不能下。"肃曰："适来去望孔明，言能医都督之病。现在帐外，烦来医治，何如？"瑜命请入，教左右扶起，坐于床上。孔明曰："连日不晤君颜，何期贵体不安！"瑜曰："'人有旦夕祸福'，岂能自保？"孔明笑曰："'天有不测风云'[①]人又岂能料乎？"瑜闻失色，乃作呻吟之声。孔明曰："都督心中似觉烦积否？"瑜曰："然。"孔明曰："必须用凉药以解之。"瑜曰："已服凉药，全然无效。"孔明曰："须先理其气。气若顺，则呼吸之间自然痊可。"瑜料孔明必知其意，乃以言挑之曰："若得顺气，当服何药？"孔明笑曰："亮有一方，便教都督气顺。"瑜曰："愿先生赐教。"孔明索纸笔，屏退左右，密书十六字曰：

欲破曹公，宜用火攻；万事俱备，只欠东风。

写毕，递与周瑜曰："此都督病源也。"瑜见了大惊，暗思："孔明真神人也，早已知我心事。只索以实情告之。"乃笑曰："先生已知我病源，将用何药治之？事在危急，望即赐教。"孔明曰："亮虽不才，曾遇异人，传授奇门遁甲天书，可以呼风唤雨。都督若要东南风时，可于南屏山建一台，名曰'七星坛'，高九尺，作三层，用一百二十人手执旗幡围绕。亮于台上作法，借三日三夜东南大风，助都督用兵，何如？"瑜曰："休道三日三夜，只一夜大风，大事可成矣。只是事在目前，不可迟缓。"孔明曰："十一月二十日甲子祭风，至二十二日丙寅风息，如何？"瑜闻言大喜，矍然而起。便传令差五百精壮军士，往南屏山筑坛；拨一百二十人执旗守坛，听候使令。

孔明辞别出帐，与鲁肃上马，来南屏山相度地势。令军士取东南方赤土筑坛，方圆二十四丈，每一层高三尺，共是九尺。下一层插二十八宿旗：东方七面青旗，按角、亢、氐、房、心、尾、箕，布苍龙之形；北方七面皂旗，按斗、牛、女、虚、危、室、壁，作玄武之势；西方七面白旗，按奎、娄、胃、昴、毕、觜、参，踞白虎之威；南方七面红旗，按井、鬼、柳、星、张、翼、轸，成朱雀之状。第二层周围黄旗六十四面，按六十四卦，分八位而立。上一层用四人，各人戴束发冠，穿皂罗袍，凤衣博带，朱履方裾。前左立一人，手执长竿，竿尖上和鸡羽为葆，以招风信；前右立一人，手执长竿，竿上系七星号带，以表风色；后左立一人，捧宝剑；后右立一人，捧香炉。坛下二十四人，各持旌旗、宝盖、大戟、长戈、黄钺、白旄、朱幡、皂纛，环绕四面。孔明于十一月二十日甲子吉辰，沐浴斋戒，身披道衣，跣足散发，来到坛前。分付鲁肃曰："子敬自往军中相助公瑾调兵。倘亮所祈无应，不可有怪。"鲁肃别去。孔明嘱付守坛将士："不许擅离方位，不许交头接耳，不许失口乱言，不许失惊打怪。如违令者斩！"众皆领命。孔明缓步登坛，观瞻方位已定，焚香于炉，注水于盂，仰天暗祝。下坛入帐中少歇，令军士更替吃饭。孔明一日上坛三次，下坛三次，却并不见有东南风。

且说周瑜请程普、鲁肃一班军官在帐中伺候，只等东南风起，便调兵出；一面关报孙权接应。黄盖已自准备火船二十只，船头密布大钉，船内装载芦苇干柴，灌以鱼油，上铺硫黄、焰硝引火之物，各用青布油单遮盖。船头上插青龙牙旗，船尾各系走舸。在帐下听候，只等周瑜号令。甘宁、阚泽窝盘蔡和、蔡中在水寨中，每日饮酒，不放一卒登岸。周围尽是东吴军马，把得水泄不通：只等帐上号令下来。周瑜正在帐中坐议，探子来报："吴侯船只离寨八十五里停泊，只等都督好音。"瑜即差鲁肃遍告各部下官兵将士："俱各收拾船只、军器、帆橹等物。号令一出，时刻休违。倘有违误，即按军法。"众兵将得令，一个个磨拳擦掌，准备厮杀。

是日，看看近夜，天色清明，微风不动。瑜谓鲁肃曰："孔明之言谬矣！隆冬之时，怎得东南风乎？"肃曰："吾料孔明必不谬谈。"将近三更时分，忽听风声响，旗幡转动。瑜出帐看时，旗脚竟飘西北，霎时间东南风大起②。瑜骇然曰："此人有夺天地造化之法，鬼神不测之术！若留此人，乃东吴祸根也。及早杀却，免生他日之忧。"急唤

② **哪来"借东风"**

此事不见于史传。源出于元《三国志平话·赤壁鏖兵》篇，内称赤壁决战前夕，周瑜会集诸文武策划破曹之计，命他们各写己意于掌心，众人皆书"火"字，唯诸葛亮写"风"字，谓火攻曹军，须靠东南风助威，因此愿借助此风。尔后就在江岸筑坛，仗剑作法，果得东南大风，火借风势，使曹军因火攻而大乱。元杂剧《七星坛诸葛祭风》即从此说。按，赤壁之战有"借东风"。但当时曹操大军在赤壁西北乌林地带，两军夹长江南北对峙，东风最烈也难助火势。要有南风，而且最好是要有东南风。陈寅恪据《三国志·周瑜传》所引《江表传》有"时东南风急"五字说，"昔人赋咏中涉及方位地望者，以文字声律字句之关系，往往省略一字。

因此如杜牧七绝诗，就被省'东南风'为'东风'。其实，'东'字可省，而'南'字不可略。今俚俗'借东风'之语已成口头禅，殊不知若只借东风，则何能烧走曹军'《柳如是别传》)。由此，"借东南风"，"东"风可省，而"南"风不可去。又，借东风，其实是久在长江中下游活动的周瑜等人，熟悉本地隆冬之际自有东南风生之故，与诸葛亮无关。

③ 赵云箭术

传统京剧称三国有三支箭，在关键时刻起了关键作用，一是吕布辕门射戟，一是姜维射郭淮，一是赵云射篷索。此中除吕布故事见有史传，其他两箭均属虚构。古代将军能战者皆精箭术。据《三国志》和裴注记述，箭术高明者还有太史慈、甘宁、庞德、成公英等诸人。

帐前护军校尉丁奉、徐盛二将："各带一百人。徐盛从江内去，丁奉从旱路去，都到南屏山七星坛前。休问长短，拿住诸葛亮便行斩首，将首级来请功。"二将领命。徐盛下船，一百刀斧手荡开棹桨；丁奉上马，一百弓弩手各跨征驹：往南屏山来。于路正迎着东南风起。后人有诗曰：

> 七星坛上卧龙登，一夜东风江水腾。
> 不是孔明施妙计，周郎安得逞才能？

丁奉马军先到，见坛上执旗将士当风而立。丁奉下马，提剑上坛，不见孔明。慌问守坛将士，答曰："恰才下坛去了。"丁奉忙下坛寻时，徐盛船已到，二人聚于江边。小卒报曰："昨晚一只快船停在前面滩口。适间却见孔明披发下船。那船望上水去了。"丁奉、徐盛便分水陆两路追袭。徐盛教拽起满帆，抢风而使。遥望前船不远，徐盛在船头上高声大叫："军师休去，都督有请！"只见孔明立于船尾，大笑曰："上覆都督，好好用兵。诸葛亮暂回夏口，异日再容相见。"徐盛曰："请暂少住，有紧话说。"孔明曰："吾已料定都督不能容我，必来加害，预先教赵子龙来相接。将军不必追赶。"徐盛见前船无篷，只

顾赶去。看看至近，赵云拈弓搭箭，立于船尾，大叫曰："吾乃常山赵子龙也！奉令特来接军师，你如何来追赶？本待一箭射死你来，显得两家失了和气。教你知我手段！"言讫，箭到处，射断徐盛船上篷索。那篷堕落下水，其船便横③。赵云却教自己船上拽起满帆，乘顺风而去。其船如飞，追之不及。岸上丁奉唤徐盛船近岸，言曰："诸葛亮神机妙算，人不可及。更兼赵云有万夫不当之勇，汝知他当阳长坂时否？吾等只索回报便了。"于是二人回见周瑜，言孔明预先约赵云迎接去了。周瑜大惊曰："此人如此多谋，使吾晓夜不安矣！"鲁肃曰："且待破曹之后，却再图之。"

瑜从其言，唤集诸将听令。先教甘宁带了蔡中并降卒，沿南岸而走："只打北军旗号，直取乌林地面，正当曹操屯粮之所。深入军中，举火为号。只留下蔡和一人在帐下，我有用处。"第二唤太史慈分付："你可领三千兵，直奔黄州地界。断曹操合淝接应之兵，就逼曹兵，放火为号。只看红旗，便是吴侯接应兵到。"这两队兵最远，先发。第三唤吕蒙领三千兵，去乌林接应甘宁，焚烧曹操寨栅。第四唤凌统领三千兵，直截彝陵界首，只看乌林火起，以兵应之。第五唤董袭领三千兵，直取汉阳，从汉川杀奔曹操寨中，看白旗接应。第六唤潘璋领三千兵，尽打白旗，往汉阳接应董袭。六队船只，各自分路去了。却令黄盖安排火船，使小卒驰书约曹操，今夜来降。一面拨战船四只，随于黄盖船后接应。第一队领兵军官韩当，第二队领兵军官周泰，第三队领兵军官蒋钦，第四队领兵军官陈武：四队各引战船三百只，前面各摆列火船二十

只。周瑜自与程普在大艨艟上督战④,徐盛、丁奉为左右护卫。只留鲁肃共阚泽及众谋士守寨。程普见周瑜调军有法,甚相敬服。

却说孙权差使命持兵符至,说已差陆逊为先锋,直抵蕲、黄地面进兵,吴侯自为后应。瑜又差人西山放火炮,南屏山举号旗。各各准备停当,只等黄昏举动。

话分两头。且说刘玄德在夏口专候孔明回来,忽见一队船到,乃是公子刘琦自来探听消息。玄德请上敌楼坐定,说:"东南风起多时,子龙去接孔明,至今不见到,吾心甚忧。"小校遥指樊口港上:"一帆风送扁舟来到,必军师也。"玄德与刘琦下楼迎接。须臾船到,孔明、子龙登岸,玄德大喜。问候毕,孔明曰:"且无暇告诉别事。前者所约军马战船,皆已办否?"玄德曰:"收拾久矣,只候军师调用。"孔明便与玄德、刘琦升帐坐定,谓赵云曰:"子龙可带三千军马,渡江径取乌林小路,拣树木芦苇密处埋伏。今夜四更已后,曹操必然从那条路奔走。等他军马过,就半中间放起火来。虽然不杀他尽绝,也杀一半。"云曰:"乌林有两条路:一条通南郡,一条取荆州。不知向那条路来?"孔明曰:"南郡势迫,曹操不敢往,必来荆州,然后大军投许昌而去。"云领计去了。又唤张飞曰:"翼德可领三千兵渡江,截断彝陵这条路,去葫芦谷口埋伏。曹操不敢走南彝陵,必望北彝陵去。来日雨过,必然来埋锅造饭。只看烟起,便就山边放起火来。虽然不捉得曹操,翼德这场功料也不小。"飞领计去了。又唤糜竺、糜芳、刘封三人,各驾船只,绕江剿擒败军,夺取器械。三人领计去了。孔明起身,谓公子刘琦曰:"武昌一望之地,最为紧要。公子便请回,率领所部之兵,陈于岸口。操一败,必有逃来者,就而擒之;却不可轻离城郭。"刘琦便辞玄德、孔明去了。孔明谓玄德曰:"主公可于樊口屯兵,凭高而望,坐看今夜周郎成大功也。"

时云长在侧,孔明全然不睬。云长忍耐不住,乃高声曰:"关某自从兄长征战,许多年来未尝落后。今日逢大敌,军师却不委用,此是何意?"孔明笑曰:"云长勿怪。某本欲烦足下把一个最紧要的隘口,怎奈有些违碍,不敢教去。"云长曰:"有何违碍?愿即见谕。"孔明曰:"昔日曹操待足下甚厚,足下当有以报之。今日操兵败,必走华容道。若令足下去时,必然放他过去。因此不敢教去。"云长曰:"军师好心多!当日曹操果是重待某,某已斩颜良、诛文丑,解白马之围,报过他了。今日撞见,岂肯放过!"孔明曰:"倘若放了时,却如何?"云长曰:"愿依军法。"孔明曰:"如此,立下文书。"云长便与了军令状。云长曰:"若曹操不从那条路上来,如何?"孔明曰:"我亦与你军令状。"云长大喜。孔明曰:"云长可于华容小路高山之处,堆积柴草,

④ **东吴的战船**
东吴水军用在赤壁之战的战船,主要是蒙冲和走舸。《三国志·吴书·周瑜传》称:"乃取蒙冲斗舰数十艘,实以薪草,膏油灌其中,裹以帷幕,上建牙旗,先书报曹公,欺以欲降,又预备走舸,各系大船后,因次俱前。"蒙冲,即艨艟,是当时长江上常用的战船。如荆州水军就有"蒙冲斗舰,乃以千数"(同上)。蒙冲,始于西汉,船建有两层,各有女墙,其中多方开凿有"牙孔"、"弩窗",以利于射击敌人,女墙下有若干"擎棹孔",将桨伸向水面,而掩藏划桨兵士,因在船身面常披以牛皮等防护物,故称"蒙冲";走舸小于蒙冲,而以速度见快著。"走舸,舷上立女墙,置棹夫多,战卒少,皆选勇力精锐者,往返如飞鸥,乘人之所不及。金鼓旗帜,列之于上,此战船也"(《资治通鉴》卷六十五,引杜佑解释)。

⑤ 关羽五百校刀手出典

关羽亲军有五百校刀手，此项见自元杂剧，关汉卿《关大王单刀会》有称："上阵处三绺美髯飘，将九尺虎躯摇，五百个爪关西簇捧定个活神道。"

⑥ 军中祭旗

大军出征、战争之前，为求凯歌，均有一套军中祭旗仪式，据《武经总要》卷五《军祭》称，宋真宗咸平年间还规定有祭天、祭地、祭黄帝、祭战鼓和祭军旗等。《虎钤经》卷二十，还记有《祃牙旗神文》、《祃门旗文》、《祃五方旗文》、《祃六纛旗文》等祭文范本。通常祭品以牛、羊、猪，沥血以祭旗。清多尔衮山海关祭旗讨伐李自成，即以李派遣与吴三桂使者，兵部尚书王作尧奠酒沥血祭旗。

⑦ 参加赤壁之战的曹军将领

据《三国志》和裴注等有关史传，均未见有姓有名的曹军将领参加赤壁和乌林战役，它正与《演义》相悖；《演义》编造了曹军几乎所有将领都出场了。此中仅《三国志·魏书·文聘传》，因提及他与曹纯率五千军追击刘备至当阳长阪，似乎有可能随曹操东征，到过乌林和赤壁的。由此在《演义》，文聘多次亮相，率军对抗孙刘联军。又，据《三国志·魏书·满宠传》，汝南太守满宠"从太祖征荆州。大军还，留宠行奋威将军，屯当阳"。则满宠也有可能到乌林。当然，因曹操本人在乌林前线，可以推理帐下必有众多将领，但语焉不详。

⑧ 黄盖火船移植

火攻破敌，以火船为引线，不见于《三国志》诸传评述。见有元末朱元璋与陈友谅大战鄱阳湖，其中有称康郎山之战，"敌兵舟舰相连，至哺，东北风起，上（朱元璋）命以七舟载荻苇，贮火药，束草为人，饰以甲胄，命敢死士操之，乘风纵火，须臾抵敌舟，水寨舟数百艘悉被燔，烟焰张天，湖水尽赤"（《国初群雄事略》卷四引《太祖实录》）。按此役朱元璋部将郭英射死陈友谅，取得大胜。由此朱元璋比喻为赤壁。"谕众曰：友谅中箭而死，

放起一把火烟，引曹操来。"云长曰："曹操望见烟，知有埋伏，如何肯来？"孔明笑曰："岂不闻兵法'虚虚实实'之论？操虽能用兵，只此可以瞒过他也。他见烟起，将谓虚张声势，必然投这条路来。将军休得容情。"云长领了将令，引关平、周仓并五百校刀手⑤，投华容道埋伏去了。玄德曰："吾弟义气深重，若曹操果然投华容道去时，只恐端的放了。"孔明曰："亮夜观乾象，操贼未合身亡。留这人情教云长做了，亦是美事。"玄德曰："先生神算，世所罕及。"孔明遂与玄德往樊口，看周瑜用兵，留孙乾、简雍守城。

却说曹操在大寨中，与众将商议，只等黄盖消息。当日东南风起甚紧，程昱入告曹操曰："今日东南风起，宜预提防。"操笑曰："冬至一阳生。来复之时，安得无东南风？何足为怪。"军士忽报江东一只小船来到，说有黄盖密书。操急唤入。其人呈上书。书中诉说："周瑜关防得紧，因此无计脱身。今有鄱阳湖新运到粮，周瑜差盖巡哨，已有方便。好歹杀江东名将，献首来降。只在今晚二更，船上插青龙牙旗者，即粮船也。"操大喜，遂与众将来水寨中大船上，观望黄盖船到。

且说江东，天色向晚，周瑜唤出蔡和，令军士缚倒。和叫："无罪！"瑜曰："汝是何等人，敢来诈降！吾今缺少福物祭旗，愿借你首级。"和抵赖不过，大叫："汝家阚泽、甘宁亦曾与谋！"瑜曰："此乃吾之所使也。"蔡和悔之无及。瑜令捉至江边皂纛下，奠酒烧纸，一刀斩了蔡和，用血祭旗⑥毕，便令开船。黄盖在第三只火船上，独披掩心，手提利刃，旗上大书"先锋黄盖"。盖乘一天顺风，望赤壁进发。

是时东风大作，波浪汹涌。操在中军，遥望隔江，看看月上，照耀江水，如万道金蛇，翻波戏浪。操迎风大笑，自以为得志。忽一军指说："江南隐隐一簇帆幔，使风而来。"操凭高望之。报称："皆插青龙牙旗。内中有大旗，上书先锋黄盖名字。"操笑曰："公覆来降，此天助我也。"来船渐近，程昱观望良久，谓操曰："来船必诈，且休教近寨。"操曰："何以知之？"

程昱曰:"粮在船中,船必稳重。今观来船,轻而且浮。更兼今夜东南风甚紧,倘有诈谋,何以当之?"操省悟,便问:"谁去止之?"文聘⑦曰:"某在水上颇熟,愿请一往。"言毕,跳下小船,用手一指,十数只巡船随文聘船出。聘立于船头,大叫:"丞相钧旨:南船且休近寨,就江心抛住!"众军齐喝:"快下了篷!"言未绝,弓弦响处,文聘被箭射中左臂,倒在船中。船上大乱,各自奔回。南船距操寨止隔二里水面。黄盖用刀一招,前船一齐发火⑧。火趁风威,风助火势,船如箭发,烟焰涨天。二十只火船,撞入水寨,曹寨中船只一时尽着,又被铁环锁住,无处逃避⑨。隔江炮响,四下火船齐到。但见三江面上,火逐风飞,一派通红,漫天彻地。曹操回观岸上营寨,几处烟火。黄盖跳在小船上,背后数人驾舟,冒烟突火,来寻曹操。操见势急,方欲跳上岸,忽张辽驾一小脚船,扶操下得船时,那只大船,已自着了。张辽与十数人保护曹操,飞奔岸口。黄盖望见穿绛红袍者下船,料是曹操,乃催船速进。手提利刃,高声大叫:"曹贼休走,黄盖在此!"操叫苦连声。张辽拈弓搭箭,觑着黄盖较近,一箭射去。此时风声正大,黄盖在火光中,那里听得弓弦响,正中肩窝,翻身落水。正是:

火厄盛时遭水厄,棒疮愈后患金疮。

未知黄盖性命如何,且看下文分解。

将士之功,胜于赤壁走曹操远矣。"(同上,引《国初事迹》)又明中叶伍文定破宁王朱宸濠叛军,亦颇见雷同处。时吉安知府伍文定奉王守仁命于樵舍阻宁王主力,"伍文定为前锋,军少挫。守仁命立斩退者二十余人。伍文定立舟上,火焚其须,不动,守仁令小舟载柴燃火焚之,乘风直入宁军,大军继之,濠败"(陈洪谟《继世纪闻》)。按,此战一举歼灭宁王军主力;故事传闻甚广,且发生在《三国演义》成书前夕,可资参照。

⑨ **铁索连环的妙作**
前述庞统献连环计。据史传,连接诸船乃曹操自己设计,与庞统无关。《三国志·吴书·周瑜传》称,曹操军至赤壁,"初一交战,公军败退,引次江北。瑜等在南岸,瑜部将黄盖曰:'今寇众我寡,难以持久。然观操军方连船舰,首尾相接,可烧而走也。'"此处未提及有铁索、铁板等相连事。按有关铁索连环亦不见于元《三国志平话》。我颇疑是作者参照元明史书《元史》卷六二《刘国宝传》称刘随阿术与宋水军相拒于镇江水面,"宋将张世杰盛兵出焦山来御师,施铁绳联战船,碇江中以示必死";《明史》卷一二三《陈友谅传》,陈友谅主力围南昌,闻朱元璋来救,陈友谅"撤围东出鄱阳湖,遇于康郎山。友谅集巨舰连锁为阵,太祖兵不能仰攻,连战三日,几殆,已东北风起,乃纵火焚友谅舟。"时《明史》尚未修。但国初群雄故事广为传布,必为罗贯中知晓,而借鉴之。

第五十回　诸葛亮智算华容
关云长义释曹操

① **黄盖下半生**

黄盖在赤壁战后，授武锋中郎将，任武陵太守，主持平讨武陵蛮夷和长沙益阳县"山贼"。但据《清临桂县志》卷三十六《粤西文载》称："盖，南海人，仕吴为始安太守，时郡治初建，盖多所规拓，加以严饰，下不容奸，于时吏治最称能理。"黄盖下半生转入为守土官，且颇干练、清廉。据《三国志·吴书·孙皎传》，有"黄盖及兄瑜卒，又并其军"，按《三国志·吴书·孙瑜传》作孙瑜乃"建安二十年卒"。由此可证黄盖实病死于建安二十年(215)。曾任春谷(安徽南陵)长，即归葬于此。康熙《繁昌县志》："将军黄盖墓，十八都有渡近墓，号黄墓镇"，《南陵县志》亦称："丹杨都尉、偏将军黄盖墓。在黄盖墓渡东，邑人岁祀黄将军于此。"此墓历代有修葺，公墓尚在，所在地黄盖渡原为漳河上一小渡口后发展为南陵县一个大镇。旧说还见于郑逸梅《三国闲话》说，"黄盖墓在松江南门外三里乌鸦村。光绪戊申(1908)，开筑沪杭铁路，黄盖墓首当其冲，被发掘石磴，破木棺椁，其胫骨长三尺余，头颅如斗，色殷红。"恐误。今湖北蒲圻西南赤壁六公里处黄盖湖，传称乃赤壁酬功，为孙权赏赐而命名的。

② **何处周郎赤壁**

隋唐以来，湖北境内长江和汉水的两岸

却说当夜张辽一箭射黄盖下水，救得曹操登岸，寻着马匹走时，军已大乱。韩当冒烟突火来攻水寨，忽听得士卒报道："后梢舵上一人，高叫将军表字。"韩当细听，但闻高叫："公义救我！"当曰："此黄公覆也。"急教救起。见黄盖负箭着伤，咬出箭杆，箭头陷在肉内。韩当急为脱去湿衣，用刀剜出箭头，扯旗束之，脱自己战袍与黄盖穿了，先令别船送回大寨医治。原来黄盖深知水性，故大寒之时，和甲堕江，也逃得性命①。

却说当日满江火滚，喊声震地。左边是韩当、蒋钦两军从赤壁西边杀来，右边是周泰、陈武两军从赤壁东边杀来，正中是周瑜、程普、徐盛、丁奉大队船只都到。火须兵应，兵仗火威。此正是：三江水战，赤壁鏖兵②。曹军着枪中箭、火焚水溺者，不计其数。后人有诗曰：

> 魏吴争斗决雌雄，赤壁楼船一扫空。
>
> 烈火初张照云海，周郎曾此破曹公。

又有一绝云：

> 山高月小水茫茫，追叹前朝割据忙。
>
> 南士无心迎魏武，东风有意便周郎。

不说江中鏖兵③。且说甘宁令蔡中引入曹寨深处，宁将蔡中一刀砍于马下，就草上放起火来。吕蒙遥望中军火起，也放十数处火接应甘宁。潘璋、董袭分头放火呐喊。四下里鼓声大震。曹操与张辽引百余骑，在火林内走，看前面无一处不着。

正走之间，毛玠救得文聘，引十数骑到。操令军寻路。张辽指道："只有乌林，地面空阔可走。"操径奔乌林④。正走间，背后一军赶到，大叫"曹贼休走！"火光中现出吕蒙旗号。操催军马向前，留张辽断后，抵敌吕蒙。却见前面火把又起，从山谷中拥出一军，大叫："凌统在此！"曹操肝胆皆裂。忽刺斜里一彪军到，大叫："丞相休慌，徐晃在此！"彼此混战一场，夺路望北而走。忽见一队军马屯在山坡前，徐晃出问，乃是袁绍手下降将马延、张颉，有三千北地军马，列寨在彼，当夜见满天火起，未敢转动，恰好接着曹操。操教二将引一千军马开路，其余留着护身。操得这枝生力军马，心中稍安。马延、张颉二将飞骑前行。不到十里，喊声起处，一彪军出。为首一将，大呼曰："吾乃东吴甘兴霸也！"马延正欲交锋，早被甘宁一刀斩于马下。张颉挺枪来迎，宁大喝一声，颉措手不及，被宁手起一刀，翻身落马。后军飞报曹操。操此时指望合淝有兵救应，不想孙权在合淝路口，望见江中火光，知是我军得胜，便教陆逊举火为号；太史慈见了，与陆逊合兵一处，冲杀将来。操只得望彝陵而走。路上撞见张郃，操令断后。

纵马加鞭，走至五更，回望火光渐远，操心方定，问曰："此是何处？"左右曰："此是乌林之西，宜都之北。"操见树木丛杂，山川险峻，乃于马上仰面大笑不止。诸将问曰："丞相何故大笑？"操曰："吾不笑别人，单笑周瑜无谋，诸葛亮少智。若是吾用兵之时，预先在这里埋伏下一军，如之奈何？"说犹未了，两边鼓声震响，火光冲天而起，惊得曹操几乎坠马。斜刺里一彪军杀出，大叫："我赵子龙奉军师将令，在此等候多时了。"操教徐晃、张郃双敌赵云，自己冒烟突火而去。子龙不来追赶，只顾抢夺旗帜。曹操得脱。

天色微明，黑云罩地，东南风尚不息。忽然大雨倾盆，湿透衣甲操与军士冒雨而行，诸军皆有饥色。操令军士往村落中劫掠粮食，寻觅火种。方欲造饭，后面一军赶到，操心甚慌。原来却是李典、许褚保护着众谋士来到。操大喜，令军马且行，问："前面是那里地面？"人报："一边是南彝陵大路，一边是北彝陵山路。"操问："那里投南郡江陵去近？"军士禀曰："取北彝陵过葫芦口去最便。"

竟出现了五个地名叫"赤壁"的。即南宋王象之《舆地纪胜》所综述五说:(一)湖北汉阳(蔡甸)东临山;(二)汉川西赤壁山;(三)黄冈西北赤鼻矶;(四)蒲圻西北赤壁山;(五)武昌西南(纸坊)赤矶山。它也是顾祖禹《读史方舆纪要》所说的汉阳、汉川、黄州、嘉鱼和江夏的赤壁。究竟哪个是周瑜赤壁呢？从地域和曹操等行军作战路线来看，地濒汉水南岸的汉阳(蔡甸东沙洲)、汉川(赤壁草市)的赤壁是不可能的。其余三处，各执一是，也有说是江夏(湖北武昌)城东南九十里的赤矶山赤壁，因两军对垒，必然有较长战线，赤壁之战的地点与乌林必定有一段距离。所以《水经注》说，"江水左经百人山南(百人山位武昌)，右经赤壁山北，昔周瑜与黄盖，诈魏武大军处所也"。据杨守敬《水经注疏》说，郦注赤壁的位置是据南朝盛弘之《荆州记》:"蒲圻县沿江一百里南岸名赤壁，周瑜黄盖于此乘大船，上破魏武兵于乌林。乌林、赤壁其东西一百六十里。此处相距正是武昌至乌林距离。"也有说是黄州赤壁(黄冈城外赤鼻矶)，它在长江北岸，是唐杜牧"折戟沉沙"界定的赤壁；宋乐史《太平寰宇记》、欧阳忞《舆地广记》、胡三省《通鉴注》和《读史方舆纪要》均同李吉甫说，持蒲圻赤壁(即嘉鱼赤壁)是真正的赤壁。"在蒲圻县西一百二十里，北临大江，其北岸即乌林，即周瑜用黄盖策，焚曹公舟船败走处"(唐李吉甫《元和郡县图志》)。而此处《演义》赤壁战场，东至周瑜扎营纵火的三江口(湖北黄冈西)，西于乌林(湖北洪湖东北)。它的地域横亘长江东西五百里，且曹操水军要越过刘备重兵据守的夏口(湖北汉口)，显然是不可能的。

③ 赤壁之战实是一次遭遇战

《三国志》等史传记赤壁之战有《武帝纪》、《先主传》、《诸葛亮传》、《孙权传》和《周瑜传》等。其中颇详有《周瑜传》："权遂遣瑜及程普等，并力逆曹公遇于赤壁。时曹公军众已有疾病，初一交战，公军败退，引次江北。"《孙权传》"瑜普为左右督，各领万人，与备俱进，遇于赤壁，大破曹公军。公烧其余船引退。士卒饥疫，死者大半。"按此战实非双方血战，曹军初战失利，就烧船而撤。操军乃由云梦北返，而非由华容道至江陵。

④ 赤壁之战的主战场

《三国志》有关史传记述不一。发生在赤壁的，如《武帝纪》："公至赤壁，与备战，不利，于是大疫，吏士多死者，乃引军还。"《吴主传》："（孙权以）瑜、普为左右督，各领万人，与备俱进，遇于赤壁，大破曹公军。"《先主传》："权遣周瑜、程普等水军数万，与先主并力，与曹公战于赤壁，大破之，焚其舟船。"《诸葛亮传》也说"曹公败于赤壁。"《周瑜传》："权遂遣瑜及程普等与备并力逆曹公，遇于赤壁。"《黄盖传》《周泰传》也分别有随周瑜"拒曹公于赤壁"说。但赤壁在江南，周瑜等纵火烧敌，乃由东南向西北方，所以另说主战场是曹操于长江北岸的乌林。《程普传》有"与周瑜为左右督，破曹公于乌林"。江表虎臣吕蒙、甘宁和凌统的本传，也分别有随周瑜"拒破曹公于乌林"说。由此吴赤乌二年（239），诸葛瑾、步骘联名为宽谥周循（周瑜子）事，内称有周瑜"摧曹操于乌林"（《周瑜传》）；《鲁肃传》引《吴书》也称，关羽益阳赴会时，对鲁肃索回荆州（南郡）辩解："乌林之役，左将军（刘备）身在行间，寝不脱介，戮力破魏。"以上两说，当可统为一说，即开始孙刘联军与曹军在赤壁江面因碰撞发生遭遇战，曹操军失败。尔后在乌林孙刘联军击破曹操主力，曹操船退走。此处因异同所混淆的，还是谁是赤壁抗曹的中坚力量，谁又是乌林追敌的主力军？

操教走北彝陵。行至葫芦口，军皆饥馁，行走不上；马亦困乏。多有倒于路者。操教前面暂歇。马上有带得锣锅的，也有村中掠得粮米的，便就山边拣干处埋锅造饭，割马肉烧吃。尽皆脱去湿衣，于风头吹晒。马皆摘鞍野放，咽咬草根。操坐于疏林之下，仰面大笑。众官问曰："适来丞相笑周瑜、诸葛亮，引惹出赵子龙来，又折了许多人马。如今为何又笑？"操曰："吾笑诸葛亮、周瑜毕竟智谋不足。若是我用兵时，就这个去处，也埋伏一彪军马，以逸待劳。我等纵然脱得性命，也不免重伤矣。彼见不到此，我是以笑之。"正说间，前军后军一齐发喊。操大惊，弃甲上马。众军多有不及收马者。早见四下火烟布合，山口一军摆开，为首乃燕人张翼德，横矛立马，大叫："操贼走那里去！"诸军众将见了张飞，尽皆胆寒。许褚骑无鞍马来战张飞，张辽、徐晃二将，纵马也来夹攻。两边军马混战做一团。操先拨马走脱，诸将各自脱身。张飞从后赶来。操迤逦奔逃，追兵渐远，回顾众将多已带伤。

正行间，军士禀曰："前面有两条路，请问丞相从那条路去？"操问："那条路近？"军士曰："大路稍平，却远五十余里；小路投华容道，却近五十余里，只是地窄路险，坑坎难行。"操令人上山观望，回报："小路山边有数处烟起[5]，大路并无动静。"操教前军便走华容道小路。诸将曰："烽烟起处，必有军马，何故反走这条路？"操曰："岂不闻兵书有云：'虚则实之，实则虚之。'诸葛亮多谋，故使人于山僻烧烟，使我军不敢从这条山路走，他却伏兵于大路等着。吾料已定，偏不教中他计。"诸将皆曰："丞相妙算，人不可及。"遂勒兵走华容道。此时人皆饥倒，马尽困乏，焦头烂额者扶策而行，中箭着枪者勉强而走。衣甲湿透，个个不全；军器旗旛，纷纷不整。大半皆是彝陵道上被赶得慌，只骑得秃马，鞍辔衣服，尽皆抛弃。正值隆冬严寒之时，其苦何可胜言。操见前军停马不进，问是何故。回报曰："前面山僻路小，因早晨下雨，坑堑内积水不流，泥陷马蹄，不能前进。"操大怒，叱曰："军旅逢山开路，遇水叠桥，岂有泥泞不堪行之理！"传下号令，教老弱中伤军士在后慢行，强壮者担土束柴，搬草运芦，填塞道路；务要即时行动，如违令者斩。众军只得都下马，就路旁砍伐竹木，填塞山路。操恐后军来赶，令张辽、许褚、徐晃引百骑执刀在手，但迟慢者便斩之。此时军已饿乏，众皆倒地，操喝令人马践踏而行，死者不可胜数，号哭之声，于路不绝⑥。操怒曰："死生有命，何哭之有？如再哭者立斩！"三停人马：一停落后，一停填了沟壑，一停跟随曹操。过了险峻，路稍平坦。操回顾止有三百余骑随后，并无衣甲袍铠整齐者。操催速行，众将曰："马尽乏矣，只好少歇。"操曰："赶到荆州将息未迟。"又行不到数里，操在马上扬鞭大笑。众将问："丞相何又大笑？"操曰："人皆言周瑜、诸葛亮足智多谋，以吾观之，到底是无能之辈。若使此埋伏一旅之师，吾等皆束手受缚矣。"

言未毕，一声炮响，两边五百校刀手摆开，为首大将关云长，提青龙刀，跨赤兔马，截住去路。操军见了，亡魂丧胆，面面相觑。操曰："既到此处，只得决一死战！"众将曰："人纵然不怯，马力已乏，安能复战？"程昱曰："某素知云长傲上而不忍下，欺强而不凌弱；恩怨分明，信义素著。丞相旧日有恩于彼，今只亲自告之，可脱此难。"操从其说，即纵马向前，欠身谓云长曰："将军别来无恙？"云长亦欠身答曰："关某奉军师将令，等候丞相多时。"操曰："曹操兵败势危，到此无路，望将军以昔日之情为重。"云长曰："昔日关某虽蒙丞相厚恩，然已斩颜良，诛文丑，解白马之危，以奉报矣。今日之事，岂敢以私废公？"操曰："五关斩将之时，还能记否？大丈夫以信义为重。将军深明《春秋》，岂不知庾公之斯追子濯孺子之事乎？"云长是个义重如山之人，想起当日曹操许多恩义，与后来五关斩将之事，如何不动心？又见曹军惶惶皆欲垂泪，一发心中不忍。于是把马头勒回，谓众军曰："四散摆开。"这个分明是放曹的意思。操见云长回马，便和众将一齐冲将过去。云长回身时，曹操已与众将过去了。云长大喝一声，众军皆下马，哭拜于地。云长愈加不忍。正犹豫间，张辽纵马而至，云长见了，又动故旧之情，长叹一声，并皆放去⑦。后人有诗曰：

⑤ 烟火迷惑的移植

华容道上烽烟事，此故事多见于史。有如《三国志·魏书·田豫传》称，魏文帝时，护乌丸校尉田豫带兵深入鲜卑轲比能部落腹地，被截断归路，"豫乃进军，去虏十余里结屯营，多聚牛马粪燃之，从他道引去。胡见烟火不绝，以为尚在，去，行数十里乃知之"。

⑥ 难走的华容道

曹操陆路走华容道（湖北监利北60里），并未遇关羽伏兵。据史传，当时刘备乘抓曹操遁走，正与周瑜合谋取南郡（江陵）。另派诸葛亮、关羽、赵云收取江南长沙、桂阳等郡。关羽此时当不在江北。曹操取道仅长二十里华容小路，它虽是长江北岸乌林通向江陵的捷径，却因烂泥、蒿莱沉积，弯弯曲曲。王粲《英雄记》称，曹军在"行至云梦大泽（今湖北潜江西南）中，遇大雾迷失道路"（《太平御览》卷十五《天部·雾》），转出云梦泽，又遇风雨，道路泥泞，人马难行，自相践踏，死伤很多。但刘备等未能追赶。所以，曹操在走出华容道后说，"刘备，吾俦也。但得计少晚；向使早放火，吾徒无类矣"（《山阳公载记》）。今华容道口的汴河乡太平桥侧，立有"华容古道"石碑，系1982年湖北监利县政府所立。当地多有和曹操走华容道的有关地名，如救曹田、曹鞭巷。

⑦ 关羽华容道借鉴燕王故事

华容道故事疑为讽刺明燕王朱棣东昌惨败。建文二年十二月（1401），朱棣东昌败后北撤，他亲自率百骑殿后，一路多遭追杀，至山东馆陶，因平安、吴杰已据真定（河北正定），截断归路，朱棣只得改走深州（河北深县），经威县北上，沿途又多遭阻，朱棣无奈只得亲率十余骑向阵前乞行，他说："我常获尔众即释之，我数骑暂容过，无相阨也"，"尔少纵蝎"（《奉天靖难记》卷三），但终因是皇帝之叔，皇帝曾有令，不得杀害以遭恶名，为其发放通行证，至使北返。此故事或为关羽华容放曹张本。

曹瞒兵败走华容，正与关公狭路逢。

只为当初恩义重，放开金锁走蛟龙。

曹操既脱华容之难，行至谷口，回顾所随军兵，止有二十七骑。比及天晚，已近南郡，火把齐明，一簇人马拦路。操大惊曰："吾命休矣！"只见一群哨马冲到，方认得是曹仁军马，操才心安。曹仁接着，言："虽知兵败，不敢远离，只得在附近迎接。"操曰："几与汝不相见也！"于是引众入南郡安歇。随后张辽也到，说云长之德。操点将校，中伤者极多，操皆令将息。曹仁置酒与操解闷，众谋士俱在座。操忽仰天大恸，众谋士曰："丞相于虎窟中逃难之时，全无惧怯；今到城中，人已得食，马已得料，正须整顿军马复仇，何反痛哭？"操曰："吾哭郭奉孝耳！若奉孝在，决不使吾有此大失也！"遂捶胸大哭曰："哀哉奉孝！痛哉奉孝！惜哉奉孝！"众谋士皆默然自惭。次日，操唤曹仁："吾今暂回许都，收拾军马，必来报仇。汝可保全南郡。吾有一计，密留在此，非急休开，急则开之。依计而行，使东吴不敢正视南郡。"仁曰："合肥、襄阳，谁可保守？"操曰："荆州托汝管领；襄阳吾已拨夏侯惇守把；合肥最为紧要之地，吾令张辽为主将，乐进、李典为副将，保守此地。但有缓急，飞报将来。"操分拨已定，遂上马引众奔回许昌，荆州原降文武各官，依旧带回许昌调用。曹仁自遣曹洪据守彝陵、南郡，以防周瑜。

却说关云长放了曹操，引军自回。此时诸路军马，皆得马匹、器械、钱粮，已回夏口；独云长不获一人一骑，空身回见玄德。孔明正与玄德作贺，忽报云长至。孔明忙离坐席，执杯相迎曰："且喜将军立此盖世之功，除普天下之大害，合宜远接庆贺。"云长默然。孔明曰："将军莫非因吾等不曾远接，故尔不乐？"回顾左右曰："汝等缘何不先报？"云长曰："关某特来请死。"孔明曰："莫非曹操不曾投华容道上来？"云长曰："是从那里来。关某无能，因此被他走脱。"孔明曰："拿得甚将士来？"云长曰："皆不曾拿。"孔明曰："此是云长想曹操昔日之恩，故意放了。但既有军令状在此，不得不按军法。"遂叱武士推出斩之。正是：

拼将一死酬知己，致令千秋仰义名。

未知云长性命如何，且看下文分解。

第五十一回　曹仁大战东吴兵　孔明一气周公瑾

却说孔明欲斩云长，玄德曰："昔吾三人结义时，誓同生死。今云长虽犯法，不忍违却前盟。望权记过，容将功赎罪。"孔明方才饶了。

且说周瑜收军点将，各各叙功，申报吴侯。所得降卒，尽行发付渡江，大犒三军，遂进兵攻取南郡。前队临江下寨，前后分五营，周瑜居中。瑜正与众商议征进之策，忽报："刘玄德使孙乾来与都督作贺。"瑜命请入。乾施礼毕，言："主公特命乾拜谢都督大德，有薄礼上献。"瑜问曰："玄德在何处？"乾答曰："现移兵屯油江口。"瑜惊曰："孔明亦在油江否？"乾曰："孔明与主公同在油江。"瑜曰："足下先回，某亲来相谢也。"瑜收了礼物，发付孙乾先回。肃曰："却才都督为何失惊？"瑜曰："刘备屯兵油江，必有取南郡之意。我等费了许多军马，用了许多钱粮，目下南郡反手可得，彼等心怀不仁，要就现成，须放着周瑜不死！"肃曰："当用何策退之？"瑜曰："吾自去和他说话。好便好；不好时，不等他取南郡，先结果了刘备。"肃曰："某愿同往。"于是瑜与鲁肃引三千轻骑，径投油江口来。

先说孙乾回见玄德，言周瑜将亲来相谢。玄德乃问孔明曰："来意若何？"孔明笑曰："那里为这些薄礼肯来相谢？止为南郡而来。"玄德曰："他若提兵来，何以待之？"孔明曰："他来便可如此如此应答。"遂于油江口摆开战船，岸上列着军马。人报周瑜、鲁肃引兵到来，孔明使赵云领数骑来接。瑜见军势雄壮，心甚不安。行至营门外，玄德、孔明迎入帐中，各叙礼毕，设宴相待。玄德举酒致谢鏖兵之事。酒至数巡，瑜曰："豫州移兵在此，莫非有取南郡之意否？"玄德曰："闻都督欲取南郡，故来相助。若都督不取，备必取之。"瑜笑曰："吾东吴久欲吞并汉江，今南郡已在掌中，如何不取？"玄德曰："胜负不可预定。曹操临归，令曹仁守南郡等处，必有奇计；更兼曹仁勇不可当，但恐都督不能取耳。"瑜曰："吾若取不得，那时任从公取。"玄德曰："子敬、孔明在此为证，都督休悔。"鲁肃踌躇未对。瑜曰："大丈夫一言既出，何悔之有？"孔明曰："都督此言，甚是公论。先让东吴去取；若不下，主公取之，有何不可？"瑜与肃辞别玄德、孔明，上马而去。玄德问孔明曰:"却才先生教备如此回答,虽一时说了,展转寻思,于理未然。我今孤穷一身,无置足之地,欲得南郡,权且容身;若先教周瑜取了,城池已属东吴矣,却如何得住?"孔明大笑曰:"当初亮劝主公取荆州,主公不听,今日却想耶?"玄德曰:"前为景升之地,故不忍取;今为曹操之地,理合取之。"孔明曰:"不须主公忧虑。尽着周瑜去厮杀,早晚教主公在南郡城中高坐。"玄德曰:"计将安出?"孔明曰:"只须如此如此。"玄德大喜,只在江口屯扎,按兵不动。

却说周瑜、鲁肃回寨。肃曰:"都督如何亦许玄德取南郡?"瑜曰:"吾弹指可得南郡,落得虚做人情。"随问帐下将士:"谁敢先取南郡?"一人应声而出,乃蒋钦也。瑜曰:"汝为先锋,徐盛、丁奉为副将,拨五千精锐军马,先渡江,吾随后引兵接应。"

且说曹仁在南郡,分付曹洪守彝陵,以为掎角之势。人报吴兵已渡汉江,仁曰:"坚守勿战为上。"骁将牛金①奋然进曰:"兵临城下而不出战,是怯也。况吾兵新败,正当重振锐气。某愿借精兵五百,决一死战。"仁从之,令牛金引五百军出战。丁奉纵马来迎。约战四五合,奉诈败,牛金引军追赶入阵,奉指挥众军士裹围牛金于阵中。金左右冲突,不能得出。曹仁在城上望见牛金困在垓心,遂披甲上马,引麾下壮士数百骑出城,奋力挥刀,杀入吴阵。徐盛迎战,不能抵当。曹仁杀到垓心,救出牛金,回顾尚有数十骑在阵,不能得出,遂复翻身杀入,救出重围。正遇蒋钦拦路,曹仁与牛金奋力冲杀。仁弟曹纯,亦引兵接应。混杀一阵,吴军败走,曹仁得胜而回。蒋钦兵败,回见周瑜,瑜怒欲斩之,众将告免。

瑜即点兵,要亲与曹仁决战。甘宁曰:"都督未可造次。今曹仁令曹洪据守彝陵。为掎角之势。某愿以精兵三千,径取彝陵,都督然后可取南郡。"瑜服其论,先教甘宁领三千兵攻打彝陵。早有细作报知曹仁,仁与陈矫商议,矫曰:"彝陵有失,南郡亦不可守矣。宜速救之。"仁遂令曹纯与牛金暗地引兵救曹洪。曹纯先使人报知曹洪,令洪出城诱敌。甘宁引兵至彝陵,洪出与甘宁交锋。战有二十余合,洪败走,宁夺了彝陵。至黄昏时,曹纯、牛金兵到,两下相合,围了彝陵。探马飞报周瑜,说甘宁困于彝陵城中,瑜大惊。程普曰:"可急分兵救之。"瑜曰:"此地正当冲要之处,若分兵去救,倘曹仁引兵来袭,奈何?"吕蒙曰:"甘兴霸乃江东大将,岂可不救?"瑜曰:"吾欲自往救之,但留何人在此,代当吾任?"蒙曰:"留凌公绩当之。蒙为前驱,都督断后,不须十日,必奏凯歌。"瑜曰:"未知凌公绩肯暂代吾任否?"凌统曰:"若十日为期,可当之;十日之外,不胜其任矣。"瑜大喜,遂留兵万余,付与凌统,即日起大兵投彝陵来。蒙谓瑜曰:"彝陵南僻小路,取南郡极便。可差五百军去砍倒树木,以断其路。彼

① **牛金非《晋书》与司马妃私通者**

此牛金亦系后隶司马懿之牛金,"青龙三年,蜀将马岱入寇,帝遣将军牛金击走之,斩千余级。"(《晋书·宣帝纪》)《晋书》载:魏明帝时河西柳谷出元石图,有牛继马后之像。故司马懿深忌牛氏,为二榼共一口以贮酒,懿先饮其佳者,以毒酒鸩其将牛金。按,此牛金即赤壁战后隶曹仁之牛金,但并非后与恭王妃(司马懿孙琅邪王司马觐妃)私通之小吏牛某。两人相距百年,《资治通鉴》误称为牛金,所以清褚人获有称,"迨恭王妃夏侯氏,私通小吏牛某,生元帝,非牛金也,《通鉴》失考,误书牛金,遂成千古之枉"(《坚瓠广集》卷三)。

军若败,必走此路;马不能行,必弃马而走,吾可得其马也。"瑜从之,差军去讫。

大兵将至彝陵,瑜问:"谁可突围而入,以救甘宁?"周泰愿往,即时绰刀纵马,直杀入曹军之中,径到城下。甘宁望周泰至,自出城迎之。泰言:"都督自提兵至。"宁传令教军士严装饱食,准备内应。却说曹洪、曹纯、牛金闻周瑜兵将至,先使人往南郡报知曹仁,一面分兵拒敌。及吴兵至,曹兵迎之。比及交锋,甘宁、周泰分两路杀出,曹兵大乱,吴兵四下掩杀。曹洪、曹纯、牛金果然投小路而走,却被乱柴塞道,马不能行,尽皆弃马而走。吴兵得马五百余匹。周瑜驱兵星夜赶到南郡,正遇曹仁军来救彝陵,两军接着,混战一场。天色已晚,各自收兵。曹仁回城中与众商议,曹洪曰:"目今失了彝陵,势已危急,何不拆丞相遗计观之,以解此危?"曹仁曰:"汝言正合吾意。"遂拆书观之,大喜,便传令,教五更造饭。平明,大小军马尽皆弃城,城上遍插旌旗,虚张声势,军分三门而出。

却说周瑜救出甘宁,陈兵于南郡城外。见曹兵分三门而出。瑜上将台观看,只见女墙边虚搠旌旗,无人守护;又见军士腰下各束缚包裹。瑜暗忖曹仁必先准备走路,遂下将台号令,分布两军为左右翼,如前军得胜,只顾向前追赶,直待鸣金,方许退兵。命程普督后军,瑜亲自引军取城。对阵鼓声响处,曹洪出马搦战。瑜自至门旗下,使韩当出马,与曹洪交锋。战到三十余合,洪败走,曹仁自出接战。周泰纵马相迎,斗十余合,仁败走,阵势错乱,周瑜麾两翼军杀出,曹军大败。瑜自引军马追至南郡城下,曹军皆不入城,望西北而走。韩当、周泰引前部尽力追赶。

瑜见城门大开,城上又无人,遂令众军抢城。数十骑当先而入,瑜在背后纵马加鞭,直入瓮城。陈矫在敌楼上,望见周瑜亲自入城来,暗暗喝采:"丞相妙策如神!"一声梆子响,两边弓弩齐发,势如骤雨。争先入城的,都颠入陷坑内。周瑜急勒马回时,被一弩箭,正射中左肋,翻身落马。牛金从城中杀出,来捉周瑜;徐盛、丁奉二人舍命救去。城中曹兵突出,吴兵自践踏,落堑坑者无数。程普急收军时,曹仁、曹洪分兵两路杀回,吴兵大败②。幸得凌统引一军从刺斜里杀来,敌住曹兵。曹仁引得胜兵进城,程普收军回寨。丁、徐二将救得周瑜到帐中,唤行军医者用铁钳子拔出箭头,将金疮药敷掩疮口,疼不可当,饮食俱废。医者曰:"此箭头上有毒,急切不能痊可。若怒气冲激,其疮复发。"程普令三军紧守各寨,不许轻出。三日后,牛金引军来搦战,程普按兵不动,牛金骂至日暮方回。次日又来骂战,程普恐瑜生气,不敢报知。至第三日,牛金直至寨门外叫骂,声声只道要捉周瑜。程普与众商议,欲暂且退兵,回见吴侯,却再理会。

却说周瑜虽患疮痛,心中自有主张,已知曹兵常来寨前叫骂,却不见众将来禀。一日,曹仁自引大军,擂鼓呐喊,前来搦战,程普拒

② **周瑜攻占南郡**

赤壁战后,周瑜与刘备共追赶曹操至南郡(江陵),与曹仁相持。汉建安十四年(209)"瑜、仁相守岁余,所杀伤甚众。仁委城走"(《三国志·吴书·吴主传》)。可见,南郡是周瑜经一年战斗,始攻占了的。

住不出。周瑜唤众将入帐问曰:"何处鼓噪呐喊?"众将曰:"军中教演士卒。"瑜怒曰:"何欺我也!吾已知曹兵常来寨前辱骂。程德谋既同掌兵权,何故坐视?"遂命人请程普入帐问之。普曰:"吾见公瑾病疮,医者言勿触怒,故曹兵搦战,不敢报知。"瑜曰:"公等不战,主意若何?"普曰:"众将皆欲收兵暂回江东,待公箭疮平复,再作区处。"瑜听罢,于床上奋然跃起曰:"大丈夫既食君禄,当死于战场,以马革裹尸还,幸也!岂可为我一人,而废国家大事乎?"言讫,即披甲上马。诸军众将,无不骇然。遂引数百骑出营前,望见曹兵已布成阵势,曹仁自立马于门旗下,扬鞭大骂曰:"周瑜孺子,料必横夭,再不敢正觑我兵!"骂犹未绝,瑜从群骑内突然出曰:"曹仁匹夫!见周郎否!"曹军看见,尽皆惊骇。曹仁回顾诸将曰:"可大骂之!"众军厉声大骂。周瑜大怒,使潘璋出战。未及交锋,周瑜忽大叫一声,口中喷血,坠于马下。曹兵冲来,众将向前抵住,混战一场,救起周瑜,回到帐中。程普问曰:"都督贵体若何?"瑜密谓普曰:"此吾之计也。"普曰:"计将安出?"瑜曰:"吾身本无甚痛楚,吾所以为此者,欲令曹兵知我病危,必然欺敌。可使心腹军士去城中诈降,说吾已死,今夜曹仁必来劫寨。吾却于四下埋伏以应之,则曹仁可一鼓而擒也。"程普曰:"此计大妙。"随就帐下举起哀声。众军大惊,尽传言都督箭疮大发而死,各寨尽皆挂孝③。

③ 周瑜未诈死诳曹仁

周瑜围攻南郡(江陵)几达一年。《三国志·吴书·周瑜传》:"瑜亲跨马拵陈,会流矢中右肋,疮甚,便还。后仁闻瑜卧未起,勒兵就陈。瑜乃自兴,案行军营,激扬吏士,仁由是遂退。"此处《演义》作"左肋",且称诈死以诱骗曹仁,若未有也。盖曹仁一代名将,不至乘丧劫营而不作预防者。本段与前孙策诈死雷同,此多为明人书之滥觞。但周瑜此疮甚重,且影响他一生康健,致使早夭。

④ 刘备未攻南郡

以上叙刘备分军攻下江陵、南郡、荆州、襄阳等事,实误。刘备以偏师助周瑜攻城,"刘备与周瑜围曹仁于江陵,别遣关羽绝北道"(《三国志·魏书·李通传》)。又《吴录》说,"(刘)备谓(周)瑜云:'(曹)仁守江陵城,城中粮多,足为疾害。使张益德将千人随卿,卿分二千人追卿,相为从夏水入截仁后,仁闻吾必走。'瑜以二千人益之。"但《演义》却全归于刘备名下。按荆州是东汉十三州之一,地域相当于今两湖、河南、广东、广西等大部分和部分地区。荆州有七郡,赤壁战后,为三家分割,其中曹操占有南阳

却说曹仁在城中与众商议,言周瑜怒气冲发,金疮崩裂,以致口中喷血,坠于马下,不久必亡。正论间,忽报吴寨内有十数个军士来降,中间亦有二人,原是曹兵被掳过去的。曹仁忙唤入问之,军士曰:"今日周瑜阵前金疮碎裂,归寨即死。今众将皆已挂孝举哀。我等皆受程普之辱,故特归降,便报此事。"曹仁大喜,随即商议今晚便去劫寨,夺周瑜之尸,斩其首级,送赴许都。陈矫曰:"此计速行,不可迟误。"曹仁遂令牛金为先锋,自为中军,曹洪、曹纯为合后,只留陈矫领些少军士守城,其余军兵尽起。初更后出城,径投周瑜大寨。来到寨门,不见一人,但见虚插旗枪而已,情知中计,急忙退军。四下炮声齐发,东边韩当、蒋钦杀来,西边周泰、潘璋杀来,南边徐盛、丁奉杀来,北边陈武、吕蒙杀来。曹兵大败,三路军皆被冲散,首尾不能相救。曹仁引十数骑杀出重围,正遇曹洪,遂引败残军马一同奔走。杀到五更,离南郡不远,一声鼓响,凌统又引一军拦住去路,截杀一阵。曹仁引军刺斜而走,又遇甘宁,大杀一阵。曹仁不敢回南郡,径投襄阳大路而行。吴军赶了一程自回。

周瑜、程普收住众军,径到南郡城下,见旌旗布满,敌楼上一将叫曰:"都督少罪! 吾奉军师将令,已取城了。吾乃常山赵子龙也④。"周瑜大怒,便命攻城。城上乱箭射下。瑜命且回军商议,使甘宁引数千军马,径取荆州;凌统引数千军马,径取襄阳;然后却再取南郡未迟。正分拨间,忽然探马飞来报说:"诸葛亮自得了南郡,遂用兵符,星夜诈调荆州守城军马来救,却教张飞袭了荆州。"又一探马飞来报说:"夏侯惇在襄阳,被诸葛亮差人赍兵符,诈称曹仁求救,诱惇引兵出,却教云长袭取了襄阳。"二处城池,全不费力,皆属刘玄德矣。周瑜曰:"诸葛亮怎得兵符?"程普曰:"他拿住陈矫⑤,兵符自然尽属之矣。"周瑜大叫一声,金疮迸裂。正是:

几郡城池无我分,一场辛苦为谁忙!

未知性命如何,且看下文分解。

郡、南郡(襄阳地区)、江夏郡北部;刘备占有长沙、武陵、零陵和桂阳四郡;孙权占有江夏郡南部、南郡(江陵地区)。《演义》误将襄阳、江陵、南郡、荆州划定为四座城。刘备驻公安(油江口),但其所据四郡,土地贫瘠、人丁稀少,且在长江南湘江地区,西又难能跨越荆门山,侷促一隅,难以伸舒。刘备要发展,首先得占领南郡(江陵地区),因而提出借城。

⑤ **陈矫未见被俘**

《三国志·魏书·陈矫传》未记有陈矫参加南征荆州和守南郡事。陈矫原系广陵太守陈登的功曹,后随曹操;曹操东征,为丞相长史,从征汉中,还为尚书。曹操病死于洛阳,因拥戴曹丕功,迁尚书令,《演义》作"兵部尚书",乃借自明人官职,盖魏晋时尚未有此官职也。《演义》说陈矫被俘,乃有意编制曹操重要官员为偏卑,时遭被杀被俘,如史涣、杜袭以及本回陈矫。

第五十二回　诸葛亮智辞鲁肃
赵子龙计取桂阳

① **刘备屯公安**

将南郡(江陵)和荆州(吴置州牧于江陵)分为两地，实误。按，刘备在赤壁战前，仅屯刘琦所据的夏口(湖北汉口)。战后，始有公安，且借自周瑜。"周瑜为南郡太守，分南岸地以给备。备别立营于油江口，改名为公安。刘表吏士见从北军，多叛来投备。备以瑜所给地少，不足以安民，后从权借荆州数郡。"(《三国志·蜀书·先主传》引《江表传》)是为后来借南郡张本。取名为公安，据《荆州府志》引《荆州记》说，刘备曾被"表为左将军荆州牧，城此而镇之。时人号备为左公，故名其城曰公安。"

② **刘备在赤壁战中的作用**

史家多认为赤壁大战出自周瑜指挥，见《三国志·吴书·周瑜传》。但后来亦有异见，明郎瑛《七修续稿》称，"赤壁破曹，玄德功最大。考《昭烈传》：'与曹公战于赤壁，大破之。'《操传》：'公至赤壁，与备战不利。'而不言周瑜与鲁肃。传俱合与备并力。陈寿书《诸葛传》后亦言权遣兵三万助备，备得用与曹公交战，

却说周瑜见孔明袭了南郡，又闻他袭了荆襄，如何不气！气伤箭疮，半晌方苏。众将再三劝解。瑜曰："若不杀诸葛村夫，怎息我心中怨气！程德谋可助我攻打南郡，定要夺还东吴。"正议间，鲁肃至。瑜谓之曰："吾欲起兵与刘备、诸葛亮共决雌雄，复夺城池。子敬幸助我。"鲁肃曰："不可。方今与曹操相持，尚未分成败；主公现攻合淝不下。不争自家互相吞并，倘曹兵乘虚而来，其势危矣。况刘玄德旧曾与曹操相厚，若逼得紧急，献了城池，一同攻打东吴，如之奈何？"瑜曰："吾等用计策，损兵马，费钱粮，他去图现成，岂不可恨！"肃曰："公瑾且耐。容某亲见玄德，将理来说他。若说不通，那时动兵未迟。"诸将曰："子敬之言甚善。"

于是鲁肃引从者径投南郡来。到城下叫门，赵云出问，肃曰："我要见刘玄德有话说。"云答曰："吾主与军师在荆州城中。"肃遂不入南郡，径奔荆州①。见旌旗整列，军容甚盛②，肃暗羡曰："孔明真非常人也。"军士报入城中，说鲁子敬要见。孔明令大开城门，接肃入衙。叙礼毕，分宾主而坐。茶罢，肃曰："吾主吴侯与都督公瑾，教某再三申意皇叔：前者，操引百万之众，名下江南，实欲来图皇叔；幸得东吴杀退曹兵，救了皇叔，所有荆州九郡，合当归于东吴。今皇叔用诡计夺占荆襄，使江东空费钱粮军马，而皇叔安受其利，恐于理未顺。"孔明曰："子敬乃高明之士，何故亦出此言？常言道：'物必归主。'荆襄九郡，非东吴之地，乃刘景升之基业。吾主固景升之弟也。景升虽亡，其子尚在。以叔辅侄，而取荆州，有何不可。"肃曰："若果

系公子刘琦占据,尚有可解;今公子在江夏,须不在这里。"孔明曰:"子敬欲见公子乎?"便命左右:"请公子出来。"只见两从者从屏风后扶出刘琦。琦谓肃曰:"病躯不能施礼,子敬勿罪。"鲁肃吃了一惊,默然无语,良久,言曰:"公子若不在,便如何?"孔明曰:"公子在一日,守一日;若不在,别有商议。"肃曰:"若公子不在,须将城池还我东吴。"孔明曰:"子敬之言是也③。"遂设宴相待。

宴罢,肃辞出城,连夜归寨,具言前事。瑜曰:"刘琦正青春年少如何便得他死?这荆州何日得还?"肃曰:"都督放心,只在鲁肃身上,务要讨荆襄还东吴。"瑜曰:"子敬有何高见?"肃曰:"吾观刘琦过于酒色,病入膏肓,见今面色羸瘦,气喘呕血;不过半年,其人必死。那时往取荆州,刘备须无得推故。"周瑜犹自忿气未消。忽孙权遣使至,瑜令请入。使曰:"主公围合淝,累战不捷。特令都督收回大军,且拨兵赴合淝相助。"周瑜只得班师回柴桑养病,令程普部领战船士卒,来合淝听孙权调用。

却说刘玄德自得荆州、南郡、襄阳,心中大喜,商议久远之计。忽见一人上厅献策,视之,乃伊籍也。玄德感其旧日之恩,十分相敬,坐而问之,籍曰:"要知荆州久远之计,何不求贤士以问之?"玄德曰:"贤士安在?"籍曰:"荆襄马氏兄弟五人,并有才名:幼者名谡,字幼常;其最贤者,眉间有白毛,名良,字季常④。乡里为之谚曰:'马氏五常,白眉最良。'公何不求此人而与之谋?"玄德遂命请之。马良至,玄德优礼相待,请问保守荆、襄之策。良曰:"荆、襄四面受敌之地,恐不可久守。可令公子刘琦于此养病,招谕旧人以守之,就表奏公子为荆州刺史,以安民心。然后南征武陵、长沙、桂阳、零陵四郡,积收钱粮,以为根本。此久远之计也。"玄德大喜,遂问:"四郡当先取何郡?"良曰:"湘江之西,零陵最近,可先取之;次取武陵;然后湘江之东取桂阳;长沙为后。"玄德遂用马良为从事,伊籍副之。请孔明商议送刘琦回襄阳,替云长回荆州。便调兵取零陵,差张飞为先锋,赵云合后,孔明、玄德为中军,人马一万五千。留云长守荆州,糜竺、刘封守江陵。

却说零陵太守刘度,闻玄德军马到来,乃与其子刘贤商议。贤曰:"父亲放心,他虽有张飞、赵云之勇,我本州上将邢道荣,力敌万

大破其军,则当日战功可见。今率归重周瑜,与陈寿志不甚合。"我意郎说有偏,盖良祚修史,于吴循吴史,于蜀为蜀史也。刘备军若无周瑜赤壁,则必败亡无疑。

③ 刘备在周瑜死后借到荆州（南郡）

汉建安十四年(209)周瑜攻占围攻近一年的江陵后,出任南郡太守。翌年,刘备赴京口(江苏镇江)向孙权商议借荆州(南郡)。孙权听从鲁肃意见。力排众议,同意了。刘备回到公安。孙权却没有交割,看来是周瑜在抵制;他上疏孙权以怀柔手腕扣留、诱骗刘备,还赶到京口策划。周瑜死后,孙权调江夏太守程普接任南郡太守。此间,大概刘备和孙权间又有所商议。孙权方才下决心出借荆州(南郡),其实仅是江陵一城而已。他命程普回任江夏,此时当已是这年年底了。后赵翼就借荆州说有异议:"借荆州之说,出自吴人事后之论,而非当日请事也","夫借者,本我所有之物而假与人也。荆州本刘表地,非孙氏故物,当操南下时,孙氏江东六郡方恐不能自保……会备诸葛亮来结好,权遂欲藉备共拒曹,其时但求敌曹,未敢冀得荆州也。"在刘备取得荆州诸郡后,"遣将分驻,唯备所指挥,初不关白孙氏,以本非权地,故备不必白权,权亦不来阻备。迨其后三分之势已定,吴人追思赤壁之役实藉吴力,遂谓荆州应为吴有,而备据之,始有借荆州之说。"赵说当是。

④ 马良非诸葛亮结义兄弟

伊籍推荐马良,不见于史传。但

据《三国志·蜀书·马良传》,他确实是刘备领荆州时出任从事的。马良与诸葛亮私交甚好。在诸葛亮入蜀后,留在荆州的马良与诸葛亮信说:"闻雒城已拔,此天祚也。尊兄应期赞世,配业光国,魄兆见矣。"此处马良称诸葛亮为"尊兄",后人据此认定东汉末已有异姓兄弟的。裴松之也说,"良盖与亮为兄弟,或相与有亲;亮年长,良故呼亮为尊兄耳。"他未作肯定。按,此时期友朋、同僚多有称兄道弟的,如《吕蒙传》引《江表传》,鲁肃呼吕蒙为"大弟",吕蒙称鲁肃为"大兄"、"兄"皆是。以此通常称呼,即界定为结义,不确。

人,可以抵对。"刘度遂命刘贤与邢道荣引兵万余,离城三十里,依山靠水下寨。探马报说:"孔明自引一军到来。"道荣便引军出战。两阵对圆,道荣出马,手使开山大斧,厉声高叫:"反贼安敢侵我境界!"只见对阵中一簇黄旗出,旗开处,推出一辆四轮车,车中端坐一人,头戴纶巾,身披鹤氅,手执羽扇,用扇招邢道荣曰:"吾乃南阳诸葛孔明也。曹操引百万之众,被吾聊施小计,杀得片甲不回,汝等岂堪与我对敌?我今来招安汝等,何不早降?"道荣大笑曰:"赤壁鏖兵,乃周郎之谋也,干汝何事,敢来诳语!"轮大斧竟奔孔明。孔明便回车望阵中走,阵门复闭。道荣直冲杀过来,阵势急分两下而走。道荣遥望中央一簇黄旗,料是孔明,乃只望黄旗而赶。抹过山脚,黄旗扎住,忽地中央分开,不见四轮车,只见一将挺矛跃马,大喝一声,直取道荣,乃张翼德也。道荣轮大斧来迎,战不数合,气力不加,拨马便走。翼德随后赶来,叫声大震,两下伏兵齐出。道荣舍死冲过,前面一员大将拦住去路,大叫:"认得常山赵子龙否!"道荣料敌不过,又无处奔走,只得下马请降。子龙缚来寨中见玄德、孔明。玄德喝教斩首,孔明急止之,问道荣曰:"汝若与我捉了刘贤,便准你投降。"道荣连声愿往。孔明曰:"你用何法捉他?"道荣曰:"军师若肯放某回去,某自有巧说。今晚军师调兵劫寨,某为内应,活捉刘贤,献与军师。刘贤被擒,刘度自降矣。"玄德不信其言,孔明曰:"邢将军非谬言也。"遂放道荣归。道荣得放回寨,将前事实诉刘贤。贤曰:"如之奈何?"道荣曰:"可将计就计。今夜将兵伏于寨外,寨中虚立旗幡,待孔明来劫寨,就而擒之。"刘贤依计。

当夜二更,果然有一彪军到寨口,每人各带草把,一齐放火。刘贤、道荣两下杀来,放火军便退。刘贤、道荣两军乘势追赶,赶了十余里,军皆不见,刘贤、道荣大惊,急回本寨,只见火光未灭,寨中突出一将,乃张翼德也。刘贤叫道荣:"不可入寨,却去劫孔明寨便了。"于是复回军。走不十里,赵云引一军刺斜里杀出,一枪刺道荣于马下。刘贤急拨马奔走,背后张飞赶来,活捉过马,绑缚见孔明。贤告曰:"邢道荣教某如此,实非本心也。"孔明命释其缚,与衣穿了,赐酒压惊,教人送入城说父投降;如其不降,打破城池,满门尽诛。刘贤回零陵见父刘度,备述孔明之德,劝父投降。度从之,遂于城上竖起降旗,大开城门赍捧印绶出城,竟投玄德大寨纳降。孔明教刘度仍为郡守,其子刘贤赴荆州随军办事。零陵一郡居民,尽皆喜悦。玄德入城安抚已毕,赏劳三军。乃问众将曰:"零陵已取了,桂阳郡何人敢取?"赵云应曰:"某愿往。"张飞奋然出曰:"飞亦愿往。"二人相争。孔明曰:"终是子龙先应,只教子龙去。"张飞不服,定要去取。孔明教拈阄,拈着的便去。又是子龙拈着。张飞怒曰:"我并不要人相帮,只独领三千军去,稳取城池。"赵云曰:"某也只领三千军去。如不得城,愿受军令。"孔明大喜,责了军令状,选三千精兵付赵云去。张飞不服,玄德喝退。赵云领了三千人马,径往桂阳进发。

早有探马报知桂阳太守赵范,范急聚众商议。管军校尉陈应、鲍龙愿领兵出战。原来二人都是桂阳岭山乡猎户出身,陈应会使飞叉⑤,鲍龙曾射杀双虎。二人自恃勇力,乃对赵范曰:"刘备若来,某二人愿为前部。"赵范曰:"我闻刘玄德乃大汉皇叔;更兼孔明多谋,关、张极勇。今领兵来的赵子龙,在当阳长坂百万军中,如入无人之境。我桂阳能有多少人马? 不可迎敌,只可投降。"应曰:"某请出战。若擒不得赵云,那时任太守投降不迟。"赵范拗不过,只得应允。陈应领三千人马出城迎敌,早望见赵云领兵来到。陈应列成阵势,飞马绰叉而出。赵云挺枪出马,责骂陈应:"吾主刘玄德,乃刘景升之弟,今辅公子刘琦同领荆州,特来抚民。汝何故迎敌?"陈应骂曰:"我等只服曹丞相,岂顺刘备!"赵云大怒,挺枪骤马,直取陈应,应捻叉来迎。两马相交,战到四五合,陈应料敌不过,拨马便走。赵云追赶。陈应回顾赵云马来相近,用飞叉掷去,被赵云接住,回掷陈应。应急躲过,云马早到,将陈应活捉过马,掷于地下,喝军士绑缚回寨。败军四散奔走。云入寨叱陈应曰:"量汝安敢敌我! 我今不杀汝,放汝回去,说与赵范,早来投降。"陈应谢罪,抱头鼠窜,回到城中,对赵范尽言其事。范曰:"我本欲降,汝强要战,以致如此。"遂叱退陈应,赍捧印绶,引十数骑出城投大寨纳降。

云出寨迎接,待以宾礼,置酒共饮,纳了印绶。酒至数巡,范曰:"将军姓赵,某亦姓赵,五百年前,合是一家,将军乃真定人,某亦真定人,又是同乡。倘得不弃,结为兄弟,实为大幸。"云大喜,各叙年庚,云与范同年,云长范四个月,范遂拜云为兄。二人同乡,同年,又同姓,十分相得。至晚席散,范辞回城。次日,范请云入城安民,云教军士休动,只带五十骑随入城中。居民执香伏道而接。云安民已毕,赵范邀请入衙饮宴。酒至半酣,范复邀云入后堂深处,洗盏更酌。云饮微醉,范忽请出一妇人,与云把酒。子龙见妇人身穿缟素,有倾国倾城之色,乃问范曰:"此何人也?"范曰:"家嫂樊氏也。"子龙改容敬之。樊氏把盏毕,范令就坐。云辞谢。樊氏辞归后堂。云曰:"贤弟何必烦令嫂举杯耶?"范笑曰:"中间有个缘故,乞兄勿阻。先兄弃世已三载,家嫂寡居,终非了局。弟常劝其改嫁,嫂曰:'若得三件事兼全之人,我方嫁之:第一要文武双全,名闻天下;第二要相貌堂堂,威仪出众;第三要与家兄同姓。'你道天下那得有这般凑巧的? 今尊兄堂堂仪表,名震四海,又与家兄同姓,正合家嫂所言。若不嫌家嫂貌陋,愿陪嫁资,与将军为妻,结累世之亲,何如?"云闻言,大怒而起,厉声曰:"吾既与汝结为兄弟,汝嫂即吾嫂也,岂可作此乱人伦之事乎!"赵范羞惭满面,答曰:"我好意相待,如何这般无礼!"遂目

⑤ **陈应之飞叉**
按此处兵器飞叉,似即是手投标枪,此枪铁铻既重且大,柄则前重后轻,前粗而细,因而易于投掷也。但也可作手器杀敌,自宋以后,即为常用,明初设计的飞叉两头尖,中间粗,有如特制的长箭,两端均可用作刺杀,如《水浒》花项虎龚旺、中箭虎丁得胜所用者。按,三国之际无此手器。

视左右,有相害之意。云已觉,一拳打倒赵范,径出府门,上马出城去了。

　　范急唤陈应、鲍龙商议。应曰:"这人发怒去了,只索与他厮杀。"范曰:"但恐赢他不得。"鲍龙曰:"我两个诈降在他军中,太守却引兵来搦战,我二人就阵上擒之。"陈应曰:"必须带些人马。"龙曰:"五百骑足矣。"当夜二人引五百军径奔赵云寨来投降。云已心知其诈,遂教唤入。二将到帐下,说:"赵范欲用美人计赚将军,只等将军醉了,扶入后堂谋杀,将头去曹丞相处献功,如此不仁。某二人见将军怒出,必连累于某,因此投降。"赵云佯喜,置酒与二人痛饮。二人大醉,云乃缚于帐中,擒其手下人问之,果是诈降。云唤五百军人,各赐酒食,传令曰:"要害我者,陈应、鲍龙也,不干众人之事。汝等听吾行计,皆有重赏。"众军拜谢。将降将陈、鲍二人当时斩了,却教五百军引路,云引一千军在后,连夜到桂阳城下叫门。城上听时,说:"陈、鲍二将军杀了赵云回军,请太守商议事务。"城上将火照看,果是自家军马。赵范急忙出城,云喝左右捉下。遂入城,安抚百姓已定,飞报玄德。玄德与孔明亲赴桂阳,云迎接入城,推赵范于阶下。孔明问之,范备言以嫂许嫁之事。孔明谓云曰:"此亦美事,公何如此?"云曰:"赵范既与某结为兄弟,今若娶其嫂,惹人唾骂,一也;其妇再嫁,使失大节,二也;赵范初降,其心难测,三也。主公新定江、汉,枕席未安,云安敢以一妇人而废主公之大事?"玄德曰:"今日大事已定,与汝娶之,若何?"云曰:"天下女子不少,但恐名誉不立,何患无妻子乎⑥?"玄德曰:"子龙真丈夫也!"遂释赵范,仍令为桂阳太守。重赏赵云。

　　张飞大叫曰:"偏子龙干得功,偏我是无用之人!只拨三千军与我去取武陵郡,活捉太守金旋来献。"孔明大喜曰:"翼德要去不妨,但要依一件事。"正是:

　　　　军师决胜多奇策,将士争先立战功。

　　未知孔明说出那一件事来,且看下文分解。

---

⑥ 赵云不娶寡妇

赵范欲以寡嫂配与赵云事,此事见《赵云别传》:"从平江南,以为偏将军,领桂阳太守,代赵范。范寡嫂曰樊氏,有国色,范欲以配云。云辞曰:'相与同姓,卿兄犹我兄。'固辞不许。时有人劝云纳之。云曰:'范迫降耳,心未可测,天下女不少。'遂不取。"按三国寡妇再嫁或男子另娶时为风气,所以曹操任司空时,娶何进媳尹氏,后又娶张济寡妻。孙权所娶徐夫人,系其表兄徐琨女,因夫早死,而再嫁。刘备在占益州后,也娶同宗刘瑁(刘焉第四子)寡妻吴氏。

第五十三回　关云长义释黄汉升 孙仲谋大战张文远

却说孔明谓张飞曰："前者子龙取桂阳郡时,责下军令状而去①。今日翼德要取武陵,必须也责下军令状,方可领兵去。"张飞遂立军令状,欣然领三千军,星夜投武陵界上来。金旋听得张飞引兵到,乃集将校,整点精兵器械,出城迎敌。从事巩志谏曰："刘玄德乃大汉皇叔,仁义布于天下;加之张翼德骁勇非常。不可迎敌,不如纳降为上。"金旋大怒曰："汝欲与贼通连为内变耶?"喝令武士推出斩之。众官皆告曰："先斩家人,于军不利。"金旋乃喝退巩志,自率兵出。离城二十里,正迎张飞。飞挺矛立马,大喝金旋。旋问部将:"谁敢出战?"众皆畏惧,莫敢向前。旋自骤马舞刀迎之。张飞大喝一声,浑如巨雷。金旋失色,不敢交锋,拨马便走。飞引众军随后掩杀。金旋走至城边,城上乱箭射下。旋惊视之。见巩志立于城上曰："汝不顺天时,自取败亡,吾与百姓自降刘矣。"言未毕,一箭射中金旋面门,坠于马下。军士割头献张飞。巩志出城纳降。飞就令巩志赍印绶往桂阳见玄德。玄德大喜,遂命巩志代金旋之职。

玄德亲至武陵,安民毕,驰书报云长,言翼德、子龙各得一郡。云长乃回书上请曰："闻长沙尚未取,如兄长不以弟为不才,教关某干这件功劳甚好。"玄德大喜,遂教张飞星夜去替云长守荆州,令云长来取长沙。云长既至,入见玄德、孔明。孔明曰："子龙取桂阳,翼德取武陵,都是三千军去。今长沙太守韩玄,固不足道。只是他有一员大将,乃南阳人,姓黄,名忠,字汉升,是刘表帐下中郎将,与刘表之侄刘磐共守长沙,后事韩玄。虽今年近六旬②,却有万夫不当之勇,不可轻敌。云长去,必须多带军马。"云长曰："军师何故长别人

① 张飞未至武陵
赤壁战后,刘备收江南荆州四郡,零陵是不战而降的,与张飞出战无关。"先主既定江南,以飞为宜都太守、征虏将军,封新亭侯,后转至南郡"(《三国志·蜀书·张飞传》)。足证赤壁取胜后,张飞主要活动在长江以南、江陵以西地区,未至武陵(湖南常德西)。

② 黄忠是老将否
通常称黄忠为"老将",不见于史传。仅《三国志·蜀书·费诗传》记有"羽闻黄忠为后将军,羽怒曰:'大丈夫终不与老兵同列'",似"老兵"即为所据。此处"老兵",可以有多元解释:一是老家伙,即与彭羕骂刘备为"老革"同义;二是兵油子,是以当兵为终生职业的。但不能由此界定他就是年已六七十岁的老将了的。

锐气，灭自己威风？量一老卒，何足道哉！关某不须用三千军，只消本部下五百名校刀手，决定斩黄忠、韩玄之首。献来麾下。"玄德苦挡，云长不依，只领五百校刀手而去③。孔明谓玄德曰："云长轻敌黄忠，只恐有失，主公当往接应。"玄德从之，随后引兵望长沙进发。

却说长沙太守韩玄，平生性急，轻于杀戮，众皆恶之。是时听知云长军到，便唤老将黄忠商议。忠曰："不须主公忧虑。凭某这口刀，这张弓，一千个来，一千个死。"原来黄忠能开二石力之弓，百发百中。言未毕，阶下一人应声而出曰："不须老将军出战，只就某手中活捉关某。"韩玄视之乃管军校尉杨龄。韩玄大喜，遂令杨龄引军一千，飞奔出城。约行五十里，望见

③ 关羽未至长沙

关羽在赤壁大战后，当随刘备参加围攻江陵，"刘备与周瑜围曹仁于江陵，别遣关羽绝北道"（《三国志·魏书·李通传》）。可见此时关羽在江陵北作战，其任务是断绝襄阳乐进部与江陵曹仁部的联络。《三国志·蜀书·关羽传》亦称："先主收江南诸郡，乃封拜元勋，以羽为襄阳太守、荡寇将军。驻江北。"可见关羽未至江南和长沙郡。

④ 关云长义释黄汉升故事来源

不见于《三国志》及裴注诸书，仅见《南阳人物志》：有故蜀将黄忠，方其未归蜀先帝时，曾遇关云长于长沙之攸县，彼此未之识也。忠时方猎于山坡间，射所逐鹿兔，罔弗殪。关公驻马道中，见其箭之神，心甚爱焉，不禁失声呼。忠闻声返视，疑是寇敌，然亦心重公之貌威而神肃，因欲虚射之，中其胄缨，关公虽怒其无礼，然益爱之。忠行驰出其前，马忽惊瞵，公亟摧扶之，忠仅谢而去，彼此迄未知名氏云云。此或由此为《演义》所移植于"战长沙"。按，《演义》所说关羽与黄忠交锋，非是。盖观其后来不愿与黄忠同列爵位，因不识知其人其事故，倘如此时有"义释"事，则必不致出此言也。

尘头起处，云长军马早到。杨龄挺枪出马，立于阵前骂战。云长大怒，更不打话，飞马舞刀，直取杨龄。龄挺枪来迎，不三合，云长手起刀落，砍杨龄于马下。追杀败兵，直至城下。韩玄闻之大惊，便教黄忠出马。玄自来城上观看。忠提刀纵马，引五百骑兵飞过吊桥。云长见一老将出马，知是黄忠，把五百校刀手一字摆开，横刀立马而问曰："来将莫非黄忠否？"忠曰："既知我名，焉敢犯我境！"云长曰："特来取汝首级。"言罢，两马交锋，斗一百余合，不分胜负。韩玄恐黄忠有失，鸣金收军。黄忠收军入城。云长也退军，离城十里下寨，心中暗忖："老将黄忠，名不虚传，斗一百合，全无破绽。来日必用拖刀计，背砍赢之。"

次日早饭毕，又来城下搦战。韩玄坐在城上，教黄忠出马。忠引数百骑杀过吊桥，再与云长交马。又斗五六十合，胜负不分。两军齐声喝采。鼓声正急时，云长拨马便走，黄忠赶来。云长方欲用刀砍去，忽听得脑后一声响，急回头看时，见黄忠被战马前失，掀在地下。云长急回马，双手举刀猛喝曰："我且饶你性命，快换马来厮杀！"黄忠急提起马蹄，飞身上马，奔入城中。玄惊问之，忠曰："此马久不上阵，故有此失。"玄曰："汝箭百发百中，何不射之？"忠曰："来日再战，必然诈败，诱到吊桥边射之。"玄以自己所乘一匹青马与黄忠。忠拜谢而退，寻思："难得云长如此义气！他不忍杀害我，我又安忍射他？若不射，又恐违了将令。"是夜踌躇未定。次日天晓，人报云长搦战，忠领兵出城。云长两日战黄忠不下，十分焦躁，抖擞威风，与忠交马。战不到三十余合，忠诈败，云长赶来。忠想昨日不杀之恩，不忍便射，带住刀，把弓虚拽弦响。云长急闪，却不见箭。云长又赶，忠又虚拽。云长急闪，又无箭，只道黄忠不会射，放心赶来。

三国演义

将近吊桥，黄忠在桥上搭箭开弓，弦响箭到，正射在云长盔缨根上。前面军齐声喊起。云长吃了一惊，带箭回寨，方知黄忠有百步穿杨之能，今日只射盔缨，正是报昨日不杀之恩也。云长领兵而退④。

黄忠回到城上来见韩玄，玄便喝左右捉下黄忠。忠叫曰："无罪！"玄大怒曰："我看了三日，汝敢欺我！汝前日不力战，必有私心；昨日马失，他不杀汝，必有关通；今日两番虚拽弓弦，第三箭却止射他盔缨，如何不是外通内连？若不斩汝，必为后患。"喝令刀斧手推下城门外斩之。众将欲告，玄曰："但告免黄忠者，便是同情！"刚推到门外，恰欲举刀，忽然一将挥刀杀入，砍死刀手，救起黄忠，大叫曰："黄汉升乃长沙之保障，今杀汉升，是杀长沙百姓也！韩玄残暴不仁，轻贤慢士，当众共殛之。愿随我者便来！"众视其人，面如重枣，目若朗星，乃义阳人魏延也。自襄阳赶刘玄德不着，来投韩玄；玄怪其傲慢少礼，不肯重用，故屈沉于此。当日救下黄忠，教百姓同杀韩玄，袒臂一呼，相从者数百余人。黄忠拦当不住。魏延直杀上城头，一刀砍韩玄为两段，提头上马，引百姓出城，投拜云长。云长大喜，遂入城。安抚已毕，请黄忠相见，忠托病不出。云长即使人去请玄德、孔明。

却说玄德自云长来取长沙，与孔明随后催促人马接应。正行间，青旗倒卷，一鸦自北南飞，连叫三声而去。玄德曰："此应何祸福？"孔明就马上袖占一课，曰："长沙郡已得，又主得大将。午时后定见分晓。"少顷，见一小校飞报前来，说："关将军已得长沙郡，降将黄忠、魏延。专等主公到彼。"玄德大喜，遂入长沙。云长接入厅上，具言黄忠之事。玄德乃亲往黄忠家相请，忠方出降，求葬韩玄尸首于长沙之东⑤。后人有诗赞黄忠曰：

> 将军气概与天参，白发犹然困汉南。
> 至死甘心无怨望，临降低首尚怀惭。
> 宝刀灿雪彰神勇，铁骑临风忆战酣。
> 千古高名应不泯，长随孤月照湘潭。

玄德待黄忠甚厚。云长引魏延来见，孔明喝令刀斧手推下斩之。玄德惊问孔明曰："魏延乃有功无罪之人，军师何故欲杀之！"孔明曰："食其禄而杀其主，是不忠也；居其土而献其地，是不义也。吾

⑤ **韩玄墓**

据《三国志·蜀书·先主传》，长沙太守韩玄乃降顺，并非抗拒而被杀。民国《长沙市指南》，韩玄墓在城南三府坪长郡中学校内，墓宽约丈余，长可三丈，墓前有碑镌曰：汉太守韩玄之墓，墓之东南有韩玄祠，今已颓废。按此墓或为明清时人据《三国演义》故事造作。

⑥ **反骨**

此处诸葛亮所指乃是带有先天性的叛逆者，当是小说者言。按反骨，又名山骨，是一种生理现象，即在头骨上面突出的"脑勺"，下面耳后突起的"完骨"。一些人枕骨突起，侧面视之就显出相当突出，但此"反骨"，并非"反叛"之反。

⑦ **孙权何时围攻合肥**

孙权围合肥，据《三国志》记载不一。《吴主传》称，周瑜围攻江陵时，"权自率众围合肥，使张昭攻九江之当涂。昭兵不利，权攻城逾月不能下。曹公自荆州还，遣张喜将骑赴合肥。未至，权退。"《武帝纪》称，建安十三年"十二月，孙权为备攻合肥。公自江陵征备，至巴丘，遣张喜救合肥。权闻喜至，乃走。公至赤壁，与备战，不利。"两说一在赤壁后，一在战前。质之当时背景，似为赤壁战后。《三国志·魏书·蒋济传》称："建安十三年，孙权率众围合肥。时大军征荆州，遇疾疫，唯遣将军张喜单将千骑，过领汝南兵以解围，颇复疾疫。济乃密白刺史伪得喜书，云步骑四万已到雩娄，遣主簿迎喜。三部使赍书语城中守将，一部得入城，二部为贼所得。权信之，遽烧围走，城用得全。"可见此时虽

围守而未有攻战，且此时张辽等不在城守。张喜为无名下将。《演义》删去张喜，而移植张辽镇守时间于前。

⑧ 鲁肃语源自《后汉书·邓禹传》

鲁肃此对孙权，见《三国志·吴书·鲁肃传》，但史传作在赤壁战后，鲁肃先向孙权报喜时所说，此段作了时间移植。又此说本系邓禹与刘秀相见时语，"禹曰：但愿明公威德加于四海，禹得效其尺寸垂功名于竹帛耳"（《后汉书·邓禹传》）。此时虽未有《后汉书》，当是由《东观汉纪》等处而来。孙权熟谙史书，故鲁肃语之，大为赞叹引为认同也。

⑨ 宋谦未死于合肥之役

宋谦早年跟随孙策，后在夷陵作战，是击破刘备的吴军主要将领。据《三国志·吴书·吴主传》："陆逊部将宋谦等攻蜀五屯，皆破之，斩其将。"刘备退白帝时，宋谦与徐盛、潘璋"各竟表言备必可擒，乞复攻之"（《三国志·吴书·陆逊传》）。

⑩ 程普墓葬处

程普此后不见于《演义》。据《三国志·吴书·程普传》，他死于江夏太守任上。因为孙皎继任，"代程普督夏口"（《三国志·吴书·孙皎传》）。他可能在汉建安二十年（215）病死。程普死后，就近在江西瑞昌建墓。"吴副都督程普墓，在安泰乡。三国时，周瑜战赤壁，先命普驻兵赤乌镇，卒葬于此，子孙因家焉，至今就繁"（光绪《九江府志》）。但有说程普墓在浙江富阳境富春江北，与孙氏发迹地王洲隔江相望，仅3公里。现墓地所在处名程坟村，属新桐乡。另有说程普

观魏延脑后有反骨⑥，久后必反，故先斩之，以绝祸根。"玄德曰："若斩此人，恐降者人人自危。望军师恕之。"孔明指魏延曰："吾今饶汝性命。汝可尽忠报主，勿生异心；若生异心，我好歹取汝首级。"魏延喏喏连声而退。黄忠荐刘表侄刘磐，现在攸县闲居。玄德取回，教掌长沙郡。四郡已平，玄德班师回荆州，改油江口为公安。自此钱粮广盛，贤士归之。将军马四散屯于隘口。

却说周瑜自回柴桑养病，令甘宁守巴陵郡，令凌统守汉阳郡，二处分布战船，听候调遣。程普引其余将士投合淝县来。原来孙权自从赤壁鏖兵之后，久在合肥，与曹兵交锋，大小十余战，未决胜负，不敢逼城下寨，离城五十里屯兵⑦。闻程普兵到，孙权大喜，亲自出营劳军。人报鲁子敬先至，权乃下马立待之。肃慌忙滚鞍下马施礼。众将见权如此待肃，皆大惊异。权请肃上马，并辔而行，密谓曰："孤下马相迎，足显公否？"肃曰："未也。"权曰："然则何如而后为显耶？"肃曰："愿明公威德加于四海，总括九州，克成帝业，使肃名书竹帛，始为显矣。"⑧权抚掌大笑。同至帐中，大设饮宴，犒劳鏖兵将士，商议破合肥之策。

忽报张辽差人来下战书。权拆书观毕，大怒曰："张辽欺吾太甚！汝闻程普军来，故意使人搦战。来日吾不用新军赴敌，看我大战一场！"传令当夜五更三军出寨，望合肥进发。辰时左右，军马行至半途，曹兵已到，两边布成阵势。孙权金盔金甲，披挂出马；左宋谦，右贾华，二将使方天画戟，两边护卫。三通鼓罢，曹军阵中门旗两开，三员将全装惯带，立于阵前：中央张辽，左边李典，右边乐进。张辽纵马当先，专搦孙权决战。权绰枪欲自战。阵门中一将挺枪骤马早出，乃太史慈也。张辽挥刀来迎。两将战有七八十合，不分胜负。曹阵上李典谓乐进曰："对面金盔者，孙权也。若捉得孙权，足可与八十三万大军报仇。"说犹未了，乐进一骑马，一口刀，从刺斜里径取孙权，如一道电光，飞至面前，手起刀落。宋谦、贾华急将画戟遮架，刀到处，两支戟齐断，只将戟干望马头上打。乐进回马，宋谦绰军士手中枪赶来。李典搭上箭，望宋谦心窝里便射，应弦落马⑨。太史慈见背后有人堕马，弃却张辽，望本阵便回。张辽乘势掩杀过来，吴兵大乱，四散奔走。张辽望见孙权，骤马赶来，看

看赶上,刺斜里撞出一军,为首大将,乃程普也,截杀一阵,救了孙权。张辽收军自回合淝。

程普保孙权归大寨⑩,败军陆续回营。孙权因见折了宋谦,放声大哭。长史张纮曰:"主公恃盛壮之气,轻视大敌,三军之众,莫不寒心。即使斩将搴旗,威振疆场,亦偏将之行,非主公所宜也。愿抑贲、育之勇,怀王霸之计。且今日宋谦死于锋镝之下,皆主公轻敌之故。今后切宜保重。"权曰:"是孤之过也。从今当改之。"少顷,太史慈入帐,言:"某手下有一人,姓戈,名定,与张辽手下养马后槽是弟兄。后槽被责怀怨,今晚使人报来,举火为号,刺杀张辽,以报宋谦之仇。某请引兵为外应。"权曰:"戈定何在?"太史慈曰:"已混入合淝城中去了。某愿乞五千兵去。"诸葛瑾曰:"张辽多谋,恐有准备,不可造次。"太史慈坚执要行,权因伤感宋谦之死,急要报仇,遂令太史慈引兵五千,去为外应。

却说戈定乃太史慈乡人。当日杂在军中,随入合淝城,寻见养马后槽,两个商议。戈定曰:"我已使人报太史慈将军去了,今夜必来接应,你如何用事?"后槽曰:"此间离中军较远,夜间急不能进,只就草堆上放起一把火,你去前面叫反,城中兵乱,就里刺杀张辽,余军自走也。"戈定曰:"此计大妙。"是夜张辽得胜回城,赏劳三军,传令不许解甲宿睡。左右曰:"今日全胜,吴兵远遁,将军何不卸甲安息?"辽曰:"非也。为将之道,勿以胜为喜,勿以败为忧。倘吴兵度我无备,乘虚攻击,何以应之? 今夜防备,当比每夜更加谨慎。"说犹未了,后寨火起,一片声叫反,报者如麻。张辽出帐上马,唤亲从将校十数人,当道而立。左右曰:"喊声甚急,可往观之。"辽曰:"岂有一城皆反者? 此是造反之人,故惊军士耳。如乱者先斩!"⑪无移时,李典擒戈定并后槽至。辽询得其情,立斩于马前。只听得城门外鸣锣击鼓,喊声大震。辽曰:"此是吴兵外应,可就计破之。"便令人于城门内放起一把火,众皆叫反,大开城门,放下吊桥。太史慈见城门大开,只道内变,挺枪纵马先入。城上一声炮响,乱箭射下,太史慈急退,身中数箭。背后李典、乐进杀出,吴兵折其大半,乘势直赶到寨前。陆逊、董袭杀出,救了太史慈。曹兵自回。孙权见太史慈身带重伤,愈加伤感。张昭请权罢兵,权从之,遂收兵下船,回南

墓在浙江湖州,"程普墓在归安县东南十九里"(《嘉泰吴兴志》卷十二)。

⑪ **张辽诛叛的时空移植**

张辽在合肥诛叛事,应发生在汉建安十二三年(207、208)即在张辽斩蹋顿后,《三国志·魏书·张辽传》称,"时荆州未定,复遣辽屯长社。临发,军中有谋反者,夜惊乱起火,一军尽扰。辽谓左右曰:勿动,是不一营尽反,必有造变者,欲以动乱人耳。乃令军中,其不反者安坐。辽将亲兵数十人,中陈而立。有顷定,即得首谋者杀之。"长社即今河南长葛东,时张辽随曹操远征乌桓自柳城归来。

⑫ **太史慈未战死合肥**

据《三国志·吴书·太史慈传》,"孙权统事,以慈能制磐(刘磐),遂委以地方之事。年四十一,建安十一年卒。"当时曹操还未南下荆襄,而刘表侄刘磐数为寇边,故以太史慈守海昏(江西永修)等地。汉建安十三年(208),赤壁大战,时太史慈早已病死,当然不可能再参加合肥战役。有关太史慈墓地有四,一说死于海昏,海昏为太史慈任建昌都尉治所,清初郑元庆《石柱记笺释》:"繇亡于豫章,士卒未有所附,策命慈往抚安焉。还为建昌都尉,治海昏卒。"其墓当在海昏,但史无记载。一说葬于新吴。南宋洪迈《容斋二笔》:"太史慈葬于新吴,今洪府奉新县也,邑人立庙敬事。乾道中,封灵惠侯。"康熙《江西通志》:"太史慈墓在奉新县南乡十都,地名感古。"光绪《江西通志》亦称:"建昌都尉太史慈墓在奉新县南乡,地名感古。其县西盘山有太

史城,皆其用武之地也。年四十一卒,葬于此。"一说葬于南昌(江西南昌)。《太平寰宇记》:"太史慈墓在县南;县西磐山有太史城,皆其用武之地也。年四十一葬于此"(卷一百六)。一说葬地乌程(浙江湖州)。托名唐颜真卿《石柱记》于乌程县项下刻有"吴丹阳太守芜湖侯太史慈墓"字样。郑元庆《石柱记笺释》,在太史慈墓条目下收录《吴志》、《容斋随笔》、《江西通志》等诸说,似与《石柱记》说相悖。乾隆《浙江通志》引崇祯《乌程县志》称:"吴芜湖侯太史慈墓,在法华寺东之石坞,一名石斗山。"一说葬于镇江。此说原不见于元明方志。据清《北固山志》称,同治九年(1870),修筑城墙时发现,即立碑于北固山下:"东莱太史子义讳慈之墓。"左右分刻序、铭。序称:"子义,山左黄县人,曾奉母命为孔文举解围,旋践孙伯符约,招刘正礼散众。后请兵仲谋,扫宋谦之仇,至合肥中张辽计,受箭伤回,及北固病笃,曰:'大丈夫当立不世功,未遂,奈何死!'因葬焉,爰为铭,以志之。"其铭曰:"弓马豪杰,壮志未伸,酬恩为母,报德致身,千秋忠孝,共仰遗坟。""文革"时被破坏,仅存墓圹,现已修复,并定为市级文物保护单位,旅游镇江三国城的胜地。按,此说当源自《演义》,实难可信。

徐润州。比及屯住军马,太史慈病重;权使张昭等问安,太史慈大叫曰:"大丈夫生于乱世,当带三尺剑立不世之功。今所志未遂,奈何死乎!"言讫而亡,年四十一岁[12]。后人有诗赞曰:

矢志全忠孝,东莱太史慈。

姓名昭远塞,弓马震雄师。

北海酬恩日,神亭酣战时。

临终言壮志,千古共嗟咨。

孙权闻慈死,伤悼不已,命厚葬于南徐北固山下,养其子太史亨于府中。

却说玄德在荆州整顿军马,闻孙权合淝兵败,已回南徐,与孔明商议。孔明曰:"亮夜观星象,见西北有星坠地,必应折一皇族。"正言间,忽报公子刘琦病亡。玄德闻之,痛哭不已。孔明劝曰:"生死分定,主公勿忧,恐伤贵体。且理大事:可急差人到彼守御城池,并料理葬事。"玄德曰:"谁可去?"孔明曰:"非云长不可。"即时便教云长前去襄阳保守。玄德曰:"今日刘琦已死,东吴必来讨荆州,如何对答?"孔明曰:"若有人来,亮自有言对答。"过了半月,人报东吴鲁肃特来吊丧。正是:

先将计策安排定,只等东吴使命来。

未知孔明如何对答,且看下文分解。

第五十四回

吴国太佛寺看新郎
刘皇叔洞房续佳偶

却说孔明闻鲁肃到，与玄德出城迎接。接到公廨，相见毕。肃曰："主公闻令侄弃世，特具薄礼，遣某前来致祭。周都督再三致意刘皇叔、诸葛先生。"玄德、孔明起身称谢，收了礼物，置酒相待。肃曰："前者皇叔有言：'公子不在，即还荆州。'今公子已去世，必然见还。不识几时可以交割？"玄德曰："公且饮酒，有一个商议。"肃强饮数杯，又开言相问。玄德未及回答，孔明变色曰："子敬好不通理，直须待人开口！自我高皇帝斩蛇起义，开基立业，传至于今；不幸奸雄并起，各据一方，少不得天道好还，复归正统。我主人乃中山靖王之后，孝景皇帝玄孙，今皇上之叔，岂不可分茅裂土？况刘景升乃我主之兄也，弟承兄业，有何不顺？汝主乃钱塘小吏之子，素无功德于朝廷，今倚势力占据六郡八十一州，尚自贪心不足，而欲并吞汉土。刘氏天下，我主姓刘倒无分，汝主姓孙反要强争？且赤壁之战，我主多负勤劳，众将并皆用命，岂独是汝东吴之力？若非我借东南风，周郎安能展半筹之功？江南一破，休说二乔置于铜雀宫，虽公等家小亦不能保。适来我主人不即答应者，以子敬乃高明之士，不待细说。何公不察之甚也！"一席话，说得鲁子敬缄口无言，半晌乃曰："孔明之言，怕不有理；争奈鲁肃身上甚是不便。"孔明曰："有何不便处？"肃曰："昔日皇叔当阳受难时，是肃引孔明渡江，见我主公；后来周公瑾要兴兵取荆州，又是肃挡住；至说待公子去世还荆州，又是肃担承。今却不应前言，教鲁肃如何回复？我主与周公瑾必然见罪。肃死不恨，只恐惹恼东吴，兴动干戈，皇叔亦不能安坐荆州，空为天下耻笑耳。"孔明曰："曹操统百万之众，动以天子为名，吾亦不以为意，岂惧周郎一小儿乎！若恐先生面上不好看，我劝主人立纸文书，暂借荆州为本；待我主别图得城池之时，便交付还东吴。此论如何？"肃曰："孔明待夺得何处，还我荆州？"孔明曰："中原急未可图；西川刘璋暗弱，我主将图之。若图得西川，那时便还。"肃无奈，只得听从。玄德亲笔成文书一纸，押了字。保人诸葛孔明也押了字。孔明曰："亮是皇叔这里人，难道自家作保？烦子敬先生也押个字，回见吴侯也好看。"肃曰："某知皇叔乃仁义之人，必不相负。"遂押了字，收了文书。宴罢辞回，玄德与孔明送到船边。孔明嘱曰："子敬回见吴侯，善言伸意，休生妄想。若不准我文书，我翻了面皮，连八十一州都夺了。今只要两家和气，休教曹贼笑话。"

肃作别下船而回，先到柴桑郡见周瑜。瑜问曰："子敬讨荆州如何？"肃曰："有文书在此。"呈与周瑜。瑜顿足曰："子敬中诸葛之谋也！名为借地，实是混赖。他说取了西川便还，知他几时取西川？假如十年不得西川，十年不还？这等文书，如何中用？你却与他做保！他若不还时，必须连累足下。主公见罪，奈何？"肃闻言，呆了半晌，曰："恐玄德不负我。"瑜曰："子敬乃诚实人也。刘备枭雄之辈，诸葛亮奸猾之徒，恐不似先生心地。"肃曰："若此，如之奈何？"瑜曰："子敬是我恩人，想昔日指囷相赠之情，如何不救你？你且宽心住数日，待江北探细的回，别有区处。"鲁肃踌躇不安。

过了数日，细作回报："荆州城中扬起布旛做好事，城外别建新坟，军士各挂孝。"瑜惊问曰："没了甚人？"细作曰："刘玄德没了甘夫人①，即日安排殡葬。"瑜谓鲁肃曰："吾计成矣！使刘备束手受缚，荆州反掌可得。"肃曰："计将安出？"瑜曰："刘备丧妻，必将续娶。主公有一妹，极其刚勇，侍婢数百，居常带刀，房中军器摆列遍满，虽男子不及。我今上书主公，教人去荆州为媒，说刘备来入赘。赚到南徐，妻子不能勾得，幽囚在狱中，却使人去讨荆州换刘备。等他交割了荆州城池，我别有主意。于子敬身上，须无事也。"鲁肃拜谢。周瑜写了书呈，选快船送鲁肃投南徐见孙权，先说借荆州一事，呈上文书。权曰："你却如此糊涂！这样文书，要他何用？"肃曰："周都督有书呈在此，说用此计，可得荆州。"权看毕，点头暗喜，寻思谁人可去。猛然省曰："非吕范不可。"遂召吕范至，谓曰："近闻刘玄德丧妇。吾有一妹，欲招赘玄德为婿，永结姻亲，同心破曹，以扶汉室。非子衡不可为媒，望即往荆州一言。"范领命，即日收拾船只，带数个从人望荆州来②。

却说玄德自没了甘夫人，昼夜烦恼。一日，正与孔明闲叙，人报东吴差吕范到来。孔明笑曰："此乃周瑜之计，必为荆州之故。亮只在屏风后潜听。但有甚说话，主公都应承了。留来人在馆驿中安歇，别作商议。"玄德教请吕范入，礼毕坐定。茶罢，玄德问曰："子衡来，必有所谕。"范曰："范近闻皇叔失偶，有一门好亲，故不避嫌，特来

① **甘夫人名份是妾**

甘夫人在生前始终未立为正妻，夫人，乃汉魏时对已婚女子的通称。元无名氏杂剧《诸葛亮博望烧屯》有"刘备妻甘夫人"，由是《演义》循此说。她在刘备死后，方才因"母以子贵"追认为皇后的。据《三国志·蜀书·甘夫人传》，她是死葬南郡（江陵）的。但刘备进入借得的南郡，要在建安十四年冬(211)，甘夫人当死于此时之后不久。而在建安十二年，"群下推先主为荆州牧，治公安。权稍畏之，进妹固好"（《三国志·蜀书·先主传》）。当时甘夫人在刘备身边，其子（刘禅）已三岁。因为甘夫人名份是妾，孙权可以嫁妹为刘备做妻子。所以并非如《演义》说，因甘夫人死，孙权、周瑜才搞"美人计"的。

② **吕范未做媒人**

刘备娶孙权妹，孙权以何人为特使联姻，不见于史。此处作吕范，当系小说家言，但此间选择，据史传凑数或也有二因：一吕范与孙策孙权兄弟及其家庭关系密切，《三国志·吴书·吕范传》称，吕范长年卫护孙策，"跋涉辛苦，危难不避，策亦亲待之，每与升堂，饮宴于太妃前。"二他也是主张坚决扣留刘备的。"刘备诣京见权，范密请留备。"大概有此二因，吕范就被《演义》选为最佳媒人角色的。

作媒。未知尊意若何？”玄德曰：“中年丧妻，大不幸也。骨肉未寒，安忍便议亲？”范曰：“人若无妻，如屋无梁，岂可中道而废人伦？吾主吴侯有一妹，美而贤，堪奉箕帚。若两家共结秦晋之好，则曹贼不敢正视东南也。此事家国两便，请皇叔勿疑。但我国太吴夫人甚爱幼女，不肯远嫁，必求皇叔到东吴就婚。”玄德曰：“此事吴侯知否？”范曰：“不先禀吴侯，如何敢造次来说？”玄德曰：“吾年已半百，鬓发斑白；吴侯之妹，正当妙龄，恐非配偶。”范曰：“吴侯之妹，身虽女子，志胜男儿。常言：‘若非天下英雄，吾不事之。’今皇叔名闻四海，正所谓淑女配君子，岂以年齿上下相嫌乎？”玄德曰：“公且少留，来日回报。”是日设宴相待，留于馆舍。至晚，与孔明商议。孔明曰：“来意亮已知道了。适间卜《易》，得一大吉大利之兆。主公便可应允。先教孙乾和吕范回见吴侯。面许已定，择日便去就亲。”玄德曰：“周瑜定计欲害刘备，岂可以身轻入危险之地？”孔明大笑曰：“周瑜虽能用计，岂能出诸葛亮之料乎！略用小谋，使周瑜半筹不展；吴侯之妹，又属主公；荆州万无一失。”玄德怀疑未决。孔明竟教孙乾往江南说合亲事。孙乾领了言语，与吕范同到江南，来见孙权。权曰：“吾愿将小妹招赘玄德，并无异心。”孙乾拜谢，回荆州见玄德，言：“吴侯专候主公去结亲。”玄德怀疑不敢往。孔明曰：“吾已定下三条计策，非子龙不可行也。”遂唤赵云近前，附耳言曰：“汝保主公入吴，当领此三个锦囊。囊中有三条妙计，依次而行。”即将三个锦囊，与云贴肉收藏。孔明先使人赴东吴纳了聘，一切完备。

　　时建安十四年冬十月。玄德与赵云、孙乾取快船十只，随行五百余人，离了荆州，前往南徐进发。荆州之事，皆听孔明裁处。玄德心中怏怏不安。到南徐州，船已傍岸。③云曰：“军师吩咐三条妙计，依次而行。今已到此，当先

③ **东吴都城迁移表**

都　　城	时　　间	史　　事	附　　注
吴（江苏苏州）	兴平二年（195）	孙策渡江，取江东各郡，移家族于此。孙权迁至柴桑后，以朱治为吴郡太守	
柴桑（江西德化）	建安十二年（207）	孙权迁至京口后以吕范为彭泽太守	
京口（江苏镇江）	建安十三年（208）	孙权筑铁瓮城	赤壁战后
建业（江苏南京）	建安十七年（212）	孙权筑石头城，至公安后，以吕范为丹阳太守	去年决定，原名秣陵
公安（湖北公安）	建安二十四年（219）	孙权迁至武昌后，以诸葛瑾为南郡太守	
武昌（湖北鄂州）	黄武元年（222）	孙权降魏封吴王。八年后称皇帝	去年迁此，原名鄂城
建　业	黄龙元年（229）	还都	
武　昌	甘露元年（265）	吴后主孙皓迁都	
建　业	宝鼎元年（266）	一年零三个月还迁	

④ 乔国老何人

乔国老,《演义》所称。《三国志》称桥公,无名字。由此有两说:一说是东汉末太尉桥玄,《演义》即从此说,今台湾学者也有主此说;一说桥公,系庐江皖城(安徽潜山)人,系二乔之父;他与东汉太尉桥玄本非一人,前者系睢阳(河南商丘)人,死于汉中平元年(184)。据民国《潜山县志》,桥公在本地尚留有遗迹,"桥公亭在县北三里。《太平寰宇记》在县北隔皖水一里,即汉末桥公所居,今为双溪寺;又称乔家故井,在县北彰法山麓,相传汉末乔公有二女居此,皆国色,孙策克皖娶大乔,周瑜娶小乔。二女以残脂粉投井中,后井常有脂粉色。"

⑤ 吴国太莫须有

吴国太,即小说孙坚次妻,为其正妻吴夫人之妹,一并嫁与孙坚。又称吴国仅生一女,即孙夫人。据《三国志·吴书·吴夫人传》,吴夫人无妹,更无妹同嫁与孙坚故事。吴夫人生四子一女,但此正妻之女亦难确定即是嫁刘备者,盖孙坚有数女也。吴夫人死于建安七年(202),见前述。按,在孙权主东吴初期,即赤壁前后,他不过是破虏将军,其母亦不得称"国太",况汉晋无此尊称,后世亦不见于史书。此乃元明杂剧艺人不明称呼移植。

⑥ 招亲甘露寺

刘备招亲甘露寺。非。按,据史传,当时刘备还没有到京口(江苏镇江)。汉建安十四年(209)十二月,刘备继刘琦出任荆州牧,孙权害怕,"进妹固好"(《三国志·蜀书·先主传》)。当时刘备49岁,孙权29岁,孙夫人

开第一个锦囊来看。"于是开囊看了计策。便唤五百随行军士,一一分付如此如此,众军领命而去。又教玄德先往见乔国老。④那乔国老乃二乔之父,居于南徐。玄德牵羊担酒,先往拜见,说吕范为媒、娶夫人之事。随行五百军士,都披红挂彩,入南徐买办物件,传说玄德入赘东吴,城中人尽知其事。孙权知玄德已到,教吕范相待,且就馆舍安歇。

却说乔国老既见玄德,便入见吴国太⑤贺喜。国太曰:"有何喜事?"乔国老曰:"令爱已许刘玄德为夫人;今玄德已到,何故相瞒?"国太惊曰:"老身不知此事。"便使人请吴侯问虚实,一面先使人于城中探听。人皆回报:"果有此事。女婿已在馆驿安歇。五百随行军士都在城中买猪羊果品,准备成亲。做媒的女家是吕范,男家是孙乾,俱在馆驿中相待。"国太吃了一惊。少顷,孙权入后堂见母亲,国太捶胸大哭。权曰:"母亲何故烦恼?"国太曰:"你直如此将我看承得如无物!我姐姐临危之时,分付你甚么话来?"孙权失惊曰:"母亲有话明说,何苦如此?"国太曰:"男大须婚,女大须嫁,古今常理。我为你母,事当禀命于我。你招刘玄德为婿,如何瞒我?女儿须是我的!"权吃了一惊,问曰:"那里得这话来?"国太曰:"若要不知,除非莫为。满城百姓,那一个不知?你倒瞒我!"乔国老曰:"老夫已知多日了,今特来贺喜。"权曰:"非也,此是周瑜之计。因要取荆州,故将此为名,赚刘备来拘囚在此,要他把荆州来换;若其不从,先斩刘备。此是计策,非实意也。"国太大怒,骂周瑜曰:"汝做六郡八十一州大都督,直恁无条计策去取荆州,却将我女儿为名,使美人计!杀了刘备,我女便是望门寡,明日再怎的说亲?须误了我女儿一世。你们好做作!"乔国老曰:"若用此计,便得荆州,也被天下人耻笑!此事如何行得!"说得孙权默然无语。国太不住口的骂周瑜。乔国老劝曰:"事已如此,刘皇叔乃汉室宗亲,不如真个招他为婿,免得出丑。"权曰:"年纪恐不相当。"国老曰:"刘皇叔乃当世豪杰,若招得这个女婿,也不辱了令妹。"国太曰:"我不曾认得刘皇叔,明日约在甘露寺⑥相见。如不中我意,任从你们行事;若中我的意,我自把女儿嫁他。"孙权乃大孝之人,见母亲如此言语,随即应承,出外唤吕范,分付来日甘露寺方丈设宴,国太要见刘备。吕范曰:"何不令贾华部

领三百刀斧手，伏于两廊。若国太不喜时，一声号举，两边齐出，将他拿下。"权遂唤贾华，分付预先准备，只看国太举动。

却说乔国老辞吴国太归，使人去报玄德，言来日吴侯、国太亲自要见，好生在意。玄德与孙乾、赵云商议，云曰："来日此会，多凶少吉，云自引五百军保护。"次日，吴国太、乔国老先在甘露寺方丈里坐定。孙权引一班谋士，随后都到，却教吕范来馆驿中请玄德。玄德内披细铠，外穿锦袍，从人背剑紧随，上马投甘露寺来。赵云全装惯带，引五百军随行。来到寺前下马，先见孙权。权观玄德仪表非凡，心中有畏惧之意。二人叙礼毕，遂入方丈见国太。国太见了玄德，大喜，谓乔国老曰："真吾婿也！"国老曰："玄德有龙凤之姿，天日之表，更兼仁德布于天下。国太得此佳婿，真可庆也。"玄德拜谢，共宴于方丈之中。少刻，子龙带剑而入，立于玄德之侧。国太问曰："此是何人？"玄德答曰："常山赵子龙也。"国太曰："莫非当阳长坂抱阿斗者乎？"玄德曰："然。"国太曰："真将军也。"遂赐以酒。赵云谓玄德曰："却才某于廊下巡视，见房内有刀斧手埋伏，必无好意。可告知国太。"玄德乃跪于国太席前，泣而告曰："若杀刘备，就此请诛。"国太曰："何出此言？"玄德曰："廊下暗伏刀斧手，非杀备而何？"国太大怒，责骂孙权："今日玄德既为我婿，即我之儿女也。何故伏刀斧手于廊下？"权推不知；唤吕范问之，范推贾华；国太唤贾华责骂，华默然无言。国太喝令斩之。玄德告曰："若斩大将，于亲不利，备难久居膝下矣。"乔国老也相劝。国太方叱退贾华。刀斧手皆抱头鼠窜而去。

玄德更衣出殿前，见庭下有一石块。玄德拔从者所佩之剑，仰天祝曰："若刘备勾回荆州，成王霸之业，一剑挥石为两段。如死于此地，剑剁石不开。"言讫，手起剑落，火光迸溅，砍石为两段。孙权在后面看见，问曰："玄德公如何恨此石？"玄德曰："备年近五旬，不能为国家剿除贼党，心常自恨。今蒙国太招为女婿，此平生之际遇也。恰才问天买卦，如破曹兴汉，砍断此石。今果然如此。"权暗思："刘备莫非用此言瞒我？"亦掣剑谓玄德曰："吾亦问天买卦，若破得曹贼，亦断此石。"却暗暗祝告曰："若再取得荆州，兴旺东吴，砍石为两半！"手起剑落，巨石亦开。至今有十字纹"恨石"尚存。后人观此胜迹，作诗赞曰：

> 宝剑落时山石断，金环响处火光生。
>
> 两朝旺气皆天数，从此乾坤鼎足成。

二人弃剑，相携入席。又饮数巡，孙乾目视玄德，玄德辞曰："备不胜酒力，告退。"孙权送

当更小些。如以孙权众多弟妹出自一母所生育，以及汉魏旧俗尚早嫁情事，孙夫人年岁界定在二十上下，这已是过大了。所谓甘露寺，乃小说言。按，甘露寺坐于镇江北固山。但北固山，三国末期始有建筑，佛寺，为吴后主孙皓所打造，六朝南梁又起有楼阁。唐宝历二年(826)，李德裕建造取名甘露寺。典出《法华经·药草喻品》；释迦说："我为大众说甘露净法。"有关刘备与甘露寺说。唐宋已有传闻，《青琐高议》亦称："润州甘露寺有三贤亭，乃刘备、曹操、孙权曾会于此。故罗隐有诗：'汉鼎未分聊把手，楚醪虽美肯同心。'"(前集卷之九)民间因《演义》流传，讹称寺匾为张飞书丹，山顶多景楼为孙尚香梳妆处，凌云亭(又称祭江亭)为她祭奠刘备投江自尽处，如今山上还有传说与刘备招亲有关的溜马涧、试剑石、恨石等遗迹。

出寺前,二人并立,观江山之景。玄德曰:"此乃天下第一江山也!"至今甘露寺碑上云"天下第一江山"。后有人诗赞曰:

> 江山雨霁拥青螺,境界无忧乐最多。
>
> 昔日英雄凝目处,岩崖依旧抵风波。

二人共览之次,江风浩荡,洪波滚雪,白浪掀天。忽见波上一叶小舟,行于江面上,如行平地。玄德叹曰:"南人驾船,北人乘马,信有之也。"孙权闻言,自思曰:"刘备此言,戏我不惯乘马耳。"乃令左右牵过马来,飞身上马,驰骤下山,复加鞭上岭,笑谓玄德曰:"南人不能乘马乎?"玄德闻言,撩衣一跃,跃上马背,飞走下山,复驰骋而上。二人立马于山坡之上,扬鞭大笑。至今此处名为"驻马坡"。后人有诗曰:

> 驰骤龙驹气概多,二人并辔望山河。
>
> 东吴西蜀成王霸,千古犹存驻马坡。

当日二人并辔而回。南徐之民,无不称贺。

玄德自回馆驿,与孙乾商议。乾曰:"主公只是哀求乔国老,早早毕姻,免生别事。"次日,玄德复至乔国老宅前下马。国老接入,礼毕,茶罢,玄德告曰:"江左之人,多有要害刘备者,恐不能久居。"国老曰:"玄德宽心,吾为公告国太,令作护持。"玄德拜谢自回。乔国老入见国太,言玄德恐人谋害,急急要回。国太大怒曰:"我的女婿,谁敢害他!"即时便教搬入书院暂住,择日毕姻。玄德自入告国太曰:"只恐赵云在外不便,军士无人约束。"国太教尽搬入府中安歇,休留在馆驿中,免得生事。玄德暗喜。

数日之内,大排筵会,孙夫人与玄德结亲。至晚客散,两行红炬,接引玄德入房。灯光之下,但见枪刀簇满,侍婢皆佩剑悬刀,立于两旁。唬得玄德魂不附体。正是:

> 惊看侍女横刀立,疑是东吴设伏兵。

毕竟是何缘故,且看下文分解。

第五十五回　玄德智激孙夫人　孔明二气周公瑾

　　却说玄德见孙夫人房中两边枪刀森列，侍婢皆佩剑，不觉失色。管家婆进曰："贵人休得惊惧。夫人自幼好观武事，居常令侍婢击剑为乐，故尔如此。"玄德曰："非夫人所观之事，吾甚心寒，可命暂去。"管家婆禀复孙夫人曰："房中摆列兵器，娇客不安，今且去之。"孙夫人笑曰："厮杀半生，尚惧兵器乎？"命尽撤去，令侍婢解剑伏侍。当夜玄德与孙夫人成亲，两情欢洽。玄德又将金帛散给侍婢，以买其心。先教孙乾回荆州报喜。自此连日饮酒。国太十分爱敬。

　　却说孙权差人来柴桑郡报周瑜，说："我母亲力主，已将吾妹嫁刘备。不想弄假成真，此事还复何如？"瑜闻大惊，行坐不安，乃思一计，修密书付来人持回见孙权。权拆书视之，书略曰：

　　　　瑜所谋之事，不想反覆如此。既已弄假成真，又当就此用计。刘备以枭雄之姿，有关、张、赵云之将，更兼诸葛用谋，必非久屈人下者。愚意莫如软困之于吴中，盛为筑宫室，以丧其心志，多送美色玩好，以娱其耳目，使分开关、张之情，隔远诸葛之契，各置一方，然后以兵击之，大事可定矣。今若纵之，恐蛟龙得云雨，终非池中物也。愿明公熟思之。

孙权看毕，以书示张昭。昭曰："公瑾之谋，正合愚意。刘备起身微末，奔走天下，未尝受享富贵。今若以华堂大厦，子女金帛，令彼享用，自然疏远孔明、关、张等，使彼各生怨望，然后荆州可图也。主公可依公瑾之计而速行之。"权大喜，即日修整东府，广栽花木，盛设器用，请玄德与妹居住；又增女乐数十余人，并金玉锦绮玩好之物①。国太只道孙权好意，喜不自胜。玄德果然被声色所

① 孙权未采纳周瑜"美人计"
汉建安十四年(209)，刘备在娶孙夫人后，到京口(江苏镇江)和孙权会晤。周瑜上疏说，"愚大计宜徙备置吴，盛为筑宫室，多其美女玩好，以娱其耳目"(《三国志·吴书·周瑜传》)。是时在刘备娶亲后。但孙权未听从，"权以曹公在北方，当广揽英雄，又恐备难卒制，故不纳"(同上)。当刘备归去时，《江表传》说，"刘备之自京还也，权乘飞云大船，与张昭、秦松、鲁肃等十余人共追送之，大宴会叙别。"可见，并未有派兵追赶情事。周瑜未达到目的，可此事为宋元话本描绘，而为《演义》加工为"二气周瑜"。此次刘备见孙权，是否携带孙夫人，史传未记，也无从考证。

迷，全不想回荆州。

却说赵云与五百军在东府前住，终日无事，只去城外射箭走马。看看年终，云猛省："孔明分付三个锦囊与我，教我一到南徐，开第一个；住到年终，开第二个；临到危急无路之时，开第三个：于内有神出鬼没之计，可保主公回家。此时岁已将终，主公贪恋女色，并不见面，何不拆开第二个锦囊，看计而行？"遂拆开视之，原来如此神策。即日径到府堂，要见玄德。侍婢报曰："赵子龙有紧急事来报贵人。"玄德唤入问之，云佯作失惊之状曰："主公深居画堂，不想荆州耶？"玄德曰："有甚事如此惊怪？"云曰："今早孔明使人来报，说曹操要报赤壁鏖兵之恨，起精兵五十万，杀奔荆州，甚是危急，请主公便回。"玄德曰："必须与夫人商议。"云曰："若和夫人商议，必不肯教主公回。不如休说，今晚便好起程，迟则误事。"玄德曰："你且暂退，我自有道理。"云故意催逼数番而出。

玄德入见孙夫人，暗暗垂泪。孙夫人曰："丈夫何故烦恼？"玄德曰："念备一身飘荡异乡，生不能侍奉二亲，又不能祭祀宗祖，乃大逆不孝也。今岁旦在迩，使备悒怏不已。"孙夫人曰："你休瞒我，我已听知了也！方才赵子龙报说荆州危急，你欲还乡，故推此意。"玄德跪而告曰："夫人既知，备安敢相瞒？备欲不去，使荆州有失，被天下人耻笑；欲去，又舍不得夫人：因此烦恼。"夫人曰："妾已事君，任君所之，妾当相随。"玄德曰："夫人之心，虽则如此，争奈国太与吴侯安肯容夫人去？夫人若可怜刘备，暂时辞别。"言毕，泪如雨下。孙夫人劝曰："丈夫休得烦恼，妾当苦告母亲，必放妾与君同去。"玄德曰："纵然国太肯时，吴侯必然阻挡。"孙夫人沉吟良久，乃曰："妾与君正旦拜贺时，推称江边祭祖，不告而去，若何？"玄德又跪而谢曰："若如此，生死难忘。切勿泄漏。"两个商议已定。玄德密唤赵云分付："正旦日，你先引军士出城，于官道等候。吾推祭祖，与夫人同走。"云领诺。

建安十五年春正月元旦，吴侯大会文武于堂上。玄德与孙夫人入拜国太。孙夫人曰："夫主想父母宗祖坟墓，俱在涿郡，昼夜伤感不已。今日欲往江边，望北遥祭，须告母亲得知。"国太曰："此孝道也，岂有不从？汝虽不识舅姑，可同汝夫前去祭拜，亦见为妇之礼。"孙夫人同玄德拜谢而出。此时只瞒着孙权。夫人乘车止带随身一应细软。玄德上马，引数骑跟随出城，与赵云相会。五百军士前遮后拥，离了南徐，迤逦而行。

当日，孙权大醉②，左右近侍扶入后堂，文武皆散。比及众官探得玄德、夫人逃遁之时，天色已晚。要报孙权，权醉不醒。及至睡觉，已是五更。次日，孙权闻知走了玄德，急唤文武商议。张昭曰：

② 孙权酗酒

孙权好酒，见于《三国志》有关传。他称吴王时，在都城武昌（湖北鄂城）钓台上盛宴，"饮酒大醉。权使人以水洒群臣曰：'今日酣饮，唯醉坠台中，乃当止耳'"（《张昭传》）。又有一次盛宴，孙权欢宴之后，自起敬酒，大学者虞翻装作酒醉，躺在地上，孙权离开，他又端坐席上。孙权大怒要杀死他，经大司农刘基劝告，方才得免。孙权酒醒后，也知己失，"因敕左右，自今酒后言杀，皆不得杀"（《虞翻传》）。按三国时期醉酒蔚成风气，孙权亦是；但因尚有自知之明，且为大臣张昭、顾雍抵制，还算未误军国大事。

"今日走了此人，早晚必生祸乱。可急追之。"孙权令陈武、潘璋选五百精兵，无分昼夜，务要赶上拿回。二将领命去了。孙权深恨玄德，将案上玉砚摔为粉碎。程普曰："主公空有冲天之怒。某料陈武、潘璋必擒此人不得。"权曰："焉敢违我令！"普曰："郡主自幼好观武事，严毅刚正，诸将皆惧。既然肯顺刘备，必同心而去。所追之将，若见郡主，岂肯下手？"权大怒，掣所佩之剑，唤蒋钦、周泰听令，曰："汝二人将这口剑去取吾妹并刘备头来，违令者立斩！"蒋钦、周泰领命，随后引一千军赶来。

却说玄德加鞭从辔，趱程而行。当夜于路暂歇两个更次，慌忙起行。看看来到柴桑界首，望见后面尘头大起，人报："追兵至矣！"玄德慌问赵云曰："追兵既至，如之奈何？"赵云曰："主公先行，某愿当后。"转过前面山脚，一彪军马拦住去路，当先两员大将，厉声高叫曰："刘备早早下马受缚！吾奉周都督将令，守候多时。"原来周瑜恐玄德走脱，先使徐盛、丁奉引三千军马于冲要之处扎营等候。时常令人登高遥望，料得玄德若投旱路，必经此道而过。

当日徐盛、丁奉了望得玄德一行人到，各绰兵器，截住去路。玄德惊慌，勒回马问赵云曰："前有拦截之兵，后有追赶之兵，前后无路，如之奈何？"云曰："主公休慌。军师有三条妙计，多在锦囊之中。已拆了两个，并皆应验，今尚有第三个在此，分付遇危难之时，方可拆看，今日危急，当拆观之。"便将锦囊拆开，献与玄德。玄德看了，急来车前泣告孙夫人曰："备有心腹之言，至此尽当实诉。"夫人曰："丈夫有何言语，实对我说。"玄德曰："昔日吴侯与周瑜同谋，将夫人招嫁刘备，实非为夫人计，乃欲幽困刘备而夺荆州耳。夺了荆州，必将杀备，是以夫人为香饵而钓备也。备不惧万死而来，盖知夫人有男子之胸襟，必能怜备。昨闻吴侯将欲加害，故托荆州有难，以图归计。幸得夫人不弃，同至于此。今吴侯又令人在后追赶，周瑜又使人于前截住，非夫人莫解此祸。如夫人不允，备请死于车前，以报夫人之德。"夫人怒曰："吾兄既不以我为亲骨肉，我有何面目重相见乎！今日之危，我当自解。"于是叱从人推车直出，卷起车帘，亲喝徐盛、丁奉曰："你二人欲造反耶？"徐、丁二将慌忙下马，弃了军器，声喏于车前曰："安敢造反？为奉周都督将令，屯兵在此，专候刘备。"孙夫人大怒曰："周瑜逆贼，我东吴不曾亏负你！玄德乃大汉皇叔，是我丈夫。我已对母亲、哥哥说知回荆州去。今你两个于山脚去处，引着军马拦截道路，意欲劫掠我夫妻财物耶？"徐盛、丁奉喏喏连声，口称："不敢。请夫人息怒。这不干我等之事，乃是周都督的将令。"孙夫人叱曰："你只怕周瑜，独不怕我！周瑜杀得你，我岂杀不得周瑜？"把周瑜大骂一场，喝令推车前进。徐盛、丁奉自思："我等是下人，安敢与夫人违拗？"又见赵云十分怒气，只得把军喝住，放条大路教过去。

恰才行不得五六里，背后陈武、潘璋赶到③。徐盛、丁奉备言其事。陈、潘二将曰："你放他过去差了也。我二人奉吴侯旨意，特来

③ **孙权诸将阶位不相并列**
此处出场的徐盛、丁奉、陈武、潘璋等官爵同时不相等。《演义》因《三国志·吴书》卷十与"程黄韩蒋周陈董甘凌徐潘丁"等十二将合传，即将他们并列，是为不确，现据此传所记，排列于后：

项目\姓名	出身	初从孙坚	孙策时期	孙权前期	孙权称王、帝时期	备　注
程普	州郡吏		荡寇中郎将	荡寇将军		建安二十年(215)死
黄盖	郡吏	别部司马	丹杨都尉	偏将军		建安二十年(215)死
韩当		别部司马	先登校尉	偏将军	昭武将军加都督	黄武二年(223)死
蒋钦	职业军人		西部都尉	荡寇将军		建安二十四年(219)死
周泰	职业军人		别部司马、宜春长	平虏将军	奋威将军	黄武元年(222)死
陈武	职业军人		别部司马	偏将军		建安二十年(215)死
董袭	职业军人		别部司马	偏将军		建安二十二年(217)死
甘宁	长江盗				折冲将军	延康元年(220)死
凌统			随父作战	偏将军		建安二十二年(217)死
徐盛			建武将军	安东将军		黄武四年(225)死
潘璋	流民			振威将军	平北将军	嘉禾三年(234)死
丁奉	职业军人			为甘宁、潘璋等部小将	右大司马左军师	建衡三年(271)死

追捉他回去。"于是四将合兵一处，趱程赶来。玄德正行间，忽听得背后喊声大起。玄德又告孙夫人曰："后面追兵又到，如之奈何？"夫人曰："丈夫先行，我与子龙当后。"玄德先引三百军，望江岸去了。子龙勒马于车傍，将士卒摆开，专候来将。四员将见了孙夫人，只得下马，叉手而立。夫人曰："陈武、潘璋，来此何干？"二将答曰："奉主公之命，请夫人、玄德回。"夫人正色叱曰："都是你这伙匹夫，离间我兄妹不睦！我已嫁他人，今日归去，须不是与人私奔！我奉母亲慈旨，令我夫妇回荆州。便是我哥哥来，也须依礼而行。你二人倚仗兵威，欲待杀害我耶？"骂得四人面面相觑，各自寻思："他一万年也只是兄妹。更兼国太作主，吴侯乃大孝之人，怎敢违逆母言？明日翻过脸来。只是我等不是。不如做个人情。"军中又不见玄德，但见赵云怒目睁眉，只待厮杀，因此四将喏喏连声而退。孙夫人令推车便行。徐盛曰："我四人同去见周都督，告禀此事。"

　　四人犹豫未定，忽见一军如旋风而来，视之，乃蒋钦、周泰。二将问曰："你等曾见刘备否？"四人曰："早晨过去，已半日矣。"蒋钦曰："何不拿下？"四人各言孙夫人发话之事。蒋钦曰："便是吴侯怕道如此，封一口剑在此，教先杀他妹，后斩刘备，违者立斩。"四将曰："去之已远，怎生奈何？"蒋钦曰："他终是些步军，急行不上。徐、丁二将军可飞报都督，教水路棹快船追赶；我四人在岸上追赶。无问水旱之路，赶上杀了，休听他言语。"于是徐盛、丁奉飞报周瑜；蒋钦、周泰、陈武、潘璋四个领兵沿江赶来。

④ 三国哪有刘郎浦
据《三国志·蜀书·先主传》，孙权系送妹与刘备，就在荆州石首(湖北石首)完婚。元胡三省说，"石首县沙步有刘郎浦，蜀先主纳吴女处。"今石首县有绣林山，"山以玄德娶孙夫人于此，石

却说玄德一行人马,离柴桑较远,来到刘郎浦④,心才稍宽。沿着江岸寻渡,一望江水弥漫,并无船只。玄德俯首沉吟。赵云曰:主公在虎口中逃出,今已近本界,吾料军师必有调度,何用犹疑?"玄德听罢,蓦然想起在吴繁华之事,不觉凄然泪下。后人有诗叹曰:

吴蜀成婚此水浔,明珠步障屋黄金。

谁知一女轻天下,欲易刘郎鼎峙心。

玄德令赵云望前哨探船只,忽报后面尘土冲天而起。玄德登高望之,但见军马盖地而来,叹曰:"连日奔走,人困马乏,追兵又到,死无地矣!"看看喊声渐近。正慌急间,忽见江岸边一字儿抛着拖篷船二十余只。赵云曰:"天幸有船在此,何不速下,棹过对岸,再作区处!"玄德与孙夫人便奔上船,子龙引五百军亦多上船。只见船舱中一人纶巾道服,大笑而出,曰:"主公且喜!诸葛亮在此等候多时。"船中扮作客人的,皆是荆州水军。玄德大喜。不移时,四将赶到。孔明笑指岸上人言曰:"吾已算定多时矣。汝等回去传示周郎,教休再使美人局手段。"岸上乱箭射来,船已开的远了。蒋钦等四将,只好呆看⑤。

玄德与孔明正行间,忽然江声大振。回头视之,只见战船无数,帅字旗下,周瑜自领惯战水军,左有黄盖,右有韩当,势如飞马,疾似流星。看看赶上。孔明教棹船投北岸,弃了船,尽皆上岸而走,车马登程。周瑜赶到江边,亦皆上岸追袭。大小水军,尽是步行,止有为首官军骑马。周瑜当先,黄盖、韩当、徐盛、丁奉紧随。周瑜曰:"此处是那里?"军士答曰:"前面是黄州界首。"望见玄德车马不远。瑜令并力追袭。正赶之间,一声鼓响,山谷内一队刀手拥出,为首一员大将,乃关云长也。周瑜举止失措,急拨马便走。云长赶来,周瑜纵马逃命。正奔走间,左边黄忠,右边魏延,两军杀出,吴兵大败。周瑜急急下得船时,岸上军士齐声大叫曰:"周郎妙计安天下,赔了夫人又折兵!"瑜怒曰:"可再登岸,决一死战!"黄盖、韩当力阻。瑜自思曰:"吾计不成,有何面目去见吴侯!"大叫一声,金疮迸裂,倒于船上。众将急救,却早不省人事。正是:

两番弄巧翻成拙,此日含嗔却带羞。

未知周郎性命如何,且看下文分解。

被绯锦,故名,其下即刘郎浦"(袁中道《珂雪斋近集》)。按,刘郎浦原名浦口,唐时始以刘备招亲处此名,并将原阳岐山,改名为绣林山,其下濒长江的市镇亦即命名为绣林镇。唐吕温有《过刘郎浦吟》:吴蜀成婚此水浔,明珠步障屋黄金;谁将一女轻天下,欲易刘郎鼎峙心。

⑤ 诸葛亮隔江斗智

不见于史传,其源出自元杂剧《刘玄德巧合良缘》,或作《两军师隔江斗智》。剧情演周瑜与鲁肃定计,将孙权之妹孙安小姐嫁与刘备,乘机暗调人马,借送亲为名,袭取荆州;若不成,则由孙安刺杀刘备,然后夺取荆州。孙权同意此计,派鲁肃过江作媒。刘备按诸葛亮之计,应允婚事。结亲之日,周瑜遣甘宁、凌统率精兵一千送孙安到荆州,诸葛亮命张飞守城,只准孙安主婢入城,东吴兵马拒之城外,孙安见刘备和诸葛、关、张等将,很是喜悦,为终身计,不愿按计杀刘备,致使周瑜之计失败。不久,刘备夫妻到东吴回门。诸葛亮遣赵封送暖衣给刘备,故意将衣夹锦囊掉地,孙安拾后见有诸葛亮信,内称曹操又欲率大军南攻荆州,请刘备且慢回归,以便向东吴借兵。孙权信以为真,急送刘备夫妻返程。周瑜早安排甘宁、凌统把守江口,欲拦截刘备,被孙安喝退。周瑜亲自带兵拦阻,在孙安銮车前下跪,责怪她不该护着刘备,不料孙安早已按计随刘备离开,车中坐的却是张飞,气得周瑜箭疮迸裂。其实,诸葛亮与周瑜仅在赤壁战前有所接触,战后双方再也未有来往,并未产生钩心斗角的行为。

第五十六回　曹操大宴铜雀台　孔明三气周公瑾

三国演义

① 华歆乃被征至许都

华歆非以孙权使者交结曹操的，据《三国志·魏书·华歆传》，"后策死，太祖在官渡，表天子徵歆。孙权欲不遣。歆谓权曰：'将军奉王命始交好曹公，分义未固，使仆得为将军效心，岂不有益乎！今空留仆，是为养无用之物，非将军之良计也。'权悦，乃遣歆。"此时在汉建安五年(200)，或称，华歆离吴乃孙策时事。《太平御览》卷八百十九引《吴历》："孙策送华歆还洛，并送越布、香葛。时多盗贼。歆渡牛渚，悉封还诸物。"他是应曹操挟天子命而征召的。

② 曹操定五都

汉建安元年(196)，曹操迎汉帝于许，为许都。建安九年(204)，取邺城后，立为邺都。建安十八年(213)，封魏公，以邺郡等十县为封地。建安二十四年(219)，至洛阳，以洛阳为都，而以曹丕等留守邺都。曹丕乃在洛阳受禅。另二都，"长安久不为都；谯，特因太祖故乡聊同为都，皆非都也。真为都者，许、邺、洛三处耳。"(《十七史商榷》)

却说周瑜被诸葛亮预先埋伏关公、黄忠、魏延三枝军马，一击大败。黄盖、韩当急救下船，折却水军无数。遥观玄德、孙夫人车马仆从，都停住于山顶之上，瑜如何不气？箭疮未愈，因怒气冲激，疮口迸裂，昏绝于地。众将救醒，开船逃去。孔明教休追赶，自和玄德归荆州庆喜，赏赐众将。

周瑜自回柴桑，蒋钦等一行人马自归南徐报孙权。权不胜忿怒，欲拜程普为都督，起兵取荆州。周瑜又上书，请兴兵雪恨。张昭谏曰："不可。曹操日夜思报赤壁之恨，因恐孙、刘同心，故未敢兴兵。今主公若以一时之忿，自相吞并，操必乘虚来攻，国势危矣。"顾雍曰："许都岂无细作在此？若知孙、刘不睦，操必使人勾结刘备。备惧东吴，必投曹操。若是，则江南何日得安？为今之计，莫若使人赴许都，表刘备为荆州牧。曹操知之，则惧而不敢加兵于东南；且使刘备不恨于主公。然后使心腹用反间之计，令曹、刘相攻，吾乘隙而图之，斯为得耳。"权曰："元叹之言甚善，但谁可为使？"雍曰："此间有一人，乃曹操敬慕者，可以为使。"权问何人，雍曰："华歆在此，何不遣之？"权大喜，即遣歆赍表赴许都。歆领命起程，径到许都来见曹操。闻操会群臣于邺郡，庆赏铜雀台，歆乃赴邺郡候见①。

操自赤壁败后，常思报仇；只疑孙、刘并力，因此不敢轻进。时建安十五年春，造铜雀台成。操乃大会文武于邺郡，设宴庆贺。②其台正临漳河，中央乃铜雀台，左边一座名玉龙台，右边一座名金凤台，各高十丈。上横二桥相通，千门万户，金碧交辉。是日，曹操头戴嵌宝金冠，身穿绿锦罗袍，玉带珠履，凭高而坐。文武侍立台下。操欲观武官比试弓箭，乃使近侍将西川红锦战袍一领，挂于垂杨枝上，下设一箭垛，以百步为界。分武官为两队：曹氏宗族俱穿红，其余将士俱穿绿，各带雕弓长箭，跨鞍勒马，听候指挥。操传令曰："有能射中箭垛红心者，即以锦袍赐之。如射不中，罚水一杯。"

号令方下，红袍队中，一个少年将军骤马而出，众视之，乃曹休也。休飞马往来，奔驰三次，扣上箭，拽满弓，一箭射去，正中红心。金鼓齐鸣，众皆喝采。曹操于台上望见，大喜曰："此吾家千里驹也。"③方欲使人取锦袍与曹休，只见绿袍队中一骑飞出，叫曰："丞相锦袍合让俺外姓先取，宗族中不宜搀越。"操视其人，乃文聘也。众官曰："且看文仲业射法。"文聘拈弓纵马，一箭亦中红心。众皆喝采，金鼓乱鸣，聘大呼曰："快取袍来！"只见红袍队中又一将飞马而出，厉声曰："文烈先射，汝何得争夺？看我与你两个解箭！"拽满弓，一箭射去，也中红心。众人齐声喝采，视其人，乃曹洪也。洪方欲取袍，只见绿袍队里又一将出，扬弓叫曰："你三人射法，何足为奇？看我射来！"众视之，乃张郃也。郃飞马翻身，背射一箭，也中红心。四枝箭齐齐的攒在红心里，众人都道："好射法！"郃曰："锦袍须该是我的。"言未毕，红袍队中一将飞马而出，大叫："汝翻身背射，何足称异！看我夺射红心！"众视之，乃夏侯渊也。渊骤马至界口，纽回身一箭射去，正在四箭当中。金鼓齐鸣。渊勒马按弓大叫曰："此箭可夺得锦袍么？"只见绿袍队里，一将应声而出，大叫："且留下锦袍与我徐晃！"渊曰："汝更有何射法，可夺我袍？"晃曰："汝夺射红心，不足为异。看我单取锦袍。"拈弓搭箭，遥望柳条射去。④恰好射断柳条，锦袍坠地。徐晃飞取锦袍，披于身上，骤马至台前声喏曰："谢丞相袍！"曹操与众官无不称美。晃才勒马要回，猛然台边跃出一个绿袍将军，大呼曰："你将锦袍那里去？早早留下与我。"众视之，乃许褚也。晃曰："袍已在此，汝何敢强夺！"褚更不回答，竟飞马来夺袍。两马相近，徐晃便把弓打许褚。褚一手按住弓，把徐晃拖离鞍鞒。晃急弃了弓，翻身下马，褚亦下马，两个揪住厮打。操急使人解开，那领锦袍已是扯得粉碎。操令人二人都上台。徐晃睁眉怒目，许褚切齿咬牙，各有相斗之意。操笑曰："孤特视公等之勇耳，岂惜一锦袍哉！"便教诸将尽都上台，各赐蜀锦一匹。诸将各各称谢。操命各依位次而坐。乐声竞奏，水陆并陈。文官武将

③ **曹操称曹休"千里驹"说**

据《三国志·魏书·曹休传》：曹休字文烈，曹操族子，"以太祖(曹操)举义兵，易姓名，转至荆州，间行北归见太祖，太祖谓左右曰：'此吾家千里驹也。'"此乃曹休十余岁时，辗转千里投奔时曹操所语，本处乃移植于此，足见作者应用得法。

④ **柳条竞射乃元明武人娱乐**

此处所述不见于史传，盖魏晋无此习俗也。当自元明武人竞技移植。元杂剧《丽春堂》引徒单克宁语："时遇蕤宾节届，奉圣人的命，但是文武官员，都到御园中赴射柳。老夫为押箭官，射着者有赏，射不着者无赏。"该剧第一折《射柳捶丸》的第四折写时遇蕤宾节令，奉圣人之命，在御园设太平蕤宾宴，众官员都去射柳击球，其中主角葛监军与延寿马都表现了射柳绝技。按，射柳，系元人尚武盛行的军事体育活动，常于端午节举行，是日三军列队，旗帜森然，乃以柳条去青一尺，插入土中五寸，各以手帕系于柳上为记，引弓者先行，射柳人随后开弓射之，断其白者，击锣鼓祝胜，有赏。明宣德以来，"朝廷每端午节赐朝官吃糕粽于午门外，酒数行而出。文职大臣仍从驾幸后苑，观武臣射柳。事毕皆出"(明陆容《菽园杂记》卷一)。

轮次把盏,献酬交错。

操顾谓众文官曰:"武将既以骑射为乐,足显威勇矣。公等皆饱学之士,登此高台,可不进佳章以纪一时之胜事乎?"众官皆躬身而言曰:"愿从钧命。"时有王朗、钟繇、王粲、陈琳一班文官,进献诗章,诗中多有称颂曹操功德巍巍,合当受命之意。曹操逐一览毕,笑曰:"诸公佳作,过誉甚矣。孤本愚陋,始举孝廉。后值天下大乱,筑精舍于谯东五十里,欲春夏读书,秋冬射猎,以待天下清平,方出仕耳。不意朝廷征孤为典军校尉,遂更其意,专欲为国家讨贼立功。图死后得题墓道曰'汉故征西将军曹侯之墓',平生愿足矣。念自讨董卓、剿黄巾以来,除袁术、破吕布、灭袁绍、定刘表,遂平天下。身为宰相,人臣之贵已极,又复何望哉?如国家无孤一人,正不知几人称帝,几人称王。或见孤权重,妄相忖度,疑孤有异心,此大谬也。孤常念孔子称文王之至德,此言耿耿在心。但欲孤委捐兵众,归就所封武平侯之国,⑤实不可耳。诚恐一解兵柄,为人所害。孤败则国家倾危,是以不得慕虚名而处实祸也。诸公必无知孤意者。"众皆起拜曰:"虽伊尹、周公,不及丞相矣!"后人有诗曰:

> 周公恐惧流言日,王莽谦恭下士时;
>
> 假使当年身便死,一生真伪有谁知!

曹操连饮数杯,不觉沉醉,唤左右捧过笔砚,亦欲作《铜雀台诗》。刚才下笔,忽报:"东吴使华歆表奏刘备为荆州牧,孙权以妹嫁刘备,汉上九郡大半已属备矣。"操闻之,手脚慌乱,投笔于地。程昱曰:"丞相在万军之中,矢石交攻之际,未尝动心。今闻刘备得了荆州,何故如此失惊?"操曰:"刘备,人中之龙也,生平未尝得水。今得荆州,是困龙入大海矣。孤安得不动心哉!"程昱曰:"丞相知华歆来意否?"操曰:"未知。"昱曰:"孙权本忌刘备,欲以兵攻之,但恐丞相乘虚而击。故令华歆为使,表荐刘备,乃安备之心,以塞丞相之望耳。"操点头曰:"是也。"昱曰:"某有一计,使孙、刘自相吞并,丞相乘间图之,一鼓而二敌俱破。"操大喜,遂问其计,程昱曰:"东吴所倚者周瑜也。丞相今表奏周瑜为南郡太守,程普为江夏太守,留华歆在朝重用之,瑜必自与刘备为仇敌矣。我乘其相并而图之,不亦善乎?"操曰:"仲德之言,正合孤意。"遂召华歆上台,重加赏赐。当日筵散,操即引文武回许昌,表奏周瑜为总领南郡太守,程普为江夏太守⑥。封华歆为大理少卿,留在许都。使命至东吴,周瑜、程普各受职讫。

周瑜既领南郡,愈思报仇,遂上书吴侯,乞令鲁肃去讨还荆州。孙权乃命肃曰:"汝昔保借荆州与刘备,今备迁延不还,等待何时?"肃曰:"文书上明白写着,得了西川便还。"权叱曰:"只说取西川,到今又不动

⑤ **曹操让出三县事**
建安十五年(210),曹操为汉天子封兼四县,食户三万,他送还阳夏、柘、苦三县户二万,但食武平万户。翌年春,汉献帝仍将三县的一万五千户分封曹操三子:曹植为平原侯、曹据为范阳侯、曹豹为饶阳侯,食邑各五千户;并命曹操世子曹丕为五官中郎将,置官属,为丞相副。

⑥ **孙权委派周瑜、程普为太守**
据《三国志·魏书·吴主传》,早在汉建安十四年(209),周瑜在攻下江陵后,就任南郡太守,程普任江夏太守。他们出任与曹操无关。此后,刘备却自领荆州牧,表奏孙权行车骑将军,领徐州牧。孙刘联合与曹操抗衡。

兵,不等老了人!"肃曰:"某愿往言之。"遂乘船投荆州而来。

却说玄德与孔明在荆州,广聚粮草,调练军马,远近之士多归之。忽报鲁肃到,玄德问孔明曰:"子敬此来何意?"孔明曰:"昨者孙权表主公为荆州牧,此是惧曹操之计。操封周瑜为南郡太守,此欲令我两家自相吞并,他好于中取事也。今鲁肃此来,又是周瑜既受太守之职,要来索荆州之意。"玄德曰:"何以答之?"孔明曰:"若肃提起荆州之事,主公便放声大哭。哭到悲切之处,亮自出来解劝。"计会已定,接鲁肃入府,礼毕,叙坐。肃曰:"今日皇叔做了东吴女婿,便是鲁肃主人,如何敢坐?"玄德笑曰:"子敬与我旧交,何必太谦?"肃乃就坐。茶罢,肃曰:"今奉吴侯钧命,专为荆州一事而来。皇叔已借住多时,未蒙见还。今既两家结亲,当看亲情面上,早早交付。"玄德闻言,掩面大哭。肃惊曰:"皇叔何故如此?"玄德哭声不绝。孔明从屏后出曰:"亮听之久矣。子敬知吾主人哭的缘故么?"肃曰:"其实不知。"孔明曰:"有何难见?当初我主人借荆州时,许下取得西川便还。仔细想来,益州刘璋是我主人之弟,一般都是汉朝骨肉。若要兴兵去取城池时,恐被外人唾骂;若要不取,还了荆州,何处安身?若不还时,于尊舅面上又不好看。事实两难,因此泪出痛肠。"孔明说罢,触动玄德衷肠,真个捶胸顿足,放声大哭。鲁肃劝曰:"皇叔且休烦恼,与孔明从长计议。"孔明曰:"有烦子敬,回见吴侯,勿惜一言之劳,将此烦恼情节,恳告吴侯,再容几时。"肃曰:"倘吴侯不从,如之奈何?"孔明曰:"吴侯既以亲妹聘嫁皇叔,安得不从乎?望子敬善言回复。"

鲁肃是个宽仁长者,见玄德如此哀痛,只得应允。玄德、孔明拜谢。宴毕,送鲁肃下船。径到柴桑,见了周瑜,具言其事。周瑜顿足曰:"子敬又中诸葛亮之计也!当初刘备依刘表时,常有吞并之意,何况西川刘璋乎?似此推调,未免累及老兄矣。吾有一计,使诸葛亮不能出吾算中。子敬便当一行。"肃曰:"愿闻妙策。"瑜曰:"子敬不必去见吴侯,再去荆州对刘备说:孙、刘两家既结为亲,便是一家。若刘氏不忍去取西川,我东吴起兵去取。取得西川时,以作嫁资,却把荆州交还东吴。"肃曰:"西川迢递,取之非易。都督此计,莫非不可?"瑜笑曰:"子敬真长者也。你道我真个去取西川与他?我只以此为名,实欲去取荆州,且教他不做准备。东吴军马收川,路过荆州,就问他索要钱粮,刘备必然出城劳军,那时乘势杀之,夺取荆州,雪吾之恨,解足下之祸。"鲁肃大喜,便再往荆州来。

玄德与孔明商议。孔明曰:"鲁肃必不曾见吴侯,只到柴桑和周瑜商议了其计策,来诱我耳。但说的话,主公只看我点头,便满口应承。"计会已定,鲁肃入见,礼毕,曰:"吴侯甚是称赞皇叔盛德,遂与诸将商议,起兵替皇叔收川。取了西川,却换荆州,以西川权当嫁资。但军马经过,却望应些钱粮。"孔明听了,忙点头曰:"难得吴侯好心。"玄德拱手称谢曰:"此皆子敬善言之力。"孔明曰:"如雄师到日,即当远接犒劳。"鲁肃暗喜,宴罢辞回。玄德问孔明:"此是何意?"孔明大笑曰:"周郎死日近矣。这等计策,小儿也瞒不过。"玄德又问如何,孔明曰:

"此乃'假途灭虢'之计也。虚名收川,实取荆州。等主公出城劳军,乘势拿下,杀入城来,攻其无备,出其不意也。"玄德曰:"如之奈何?"孔明曰:"主公宽心,只顾'准备窝弓以擒猛虎,安排香饵以钓鳌鱼。'等周瑜到来,他便不死,也九分无气。"便唤赵云听计:"如此如此,其余我自有摆布。"玄德大喜。后人有诗叹云:

> 周瑜决策取荆州,诸葛先知第一筹。
>
> 指望长江香饵稳,不知暗里钓鱼钩。

却说鲁肃回见周瑜,说玄德、孔明欢喜一节,准备出城劳军。周瑜大笑曰:"原来今番也中了吾计!"便教鲁肃禀报吴侯,并遣程普引军接应。周瑜此时箭疮日渐平愈,身躯无事,使甘宁为先锋,自与徐盛、丁奉为第二,凌统、吕蒙为后队,水陆大兵五万,望荆州而来。周瑜在船中,时复欢笑,以为孔明中计。前军至夏口,周瑜问:"荆州有人在前面接否?"人报:"刘皇叔使糜竺来见都督。"瑜唤至,问劳军如何。糜竺曰:"主公皆准备安排下了。"瑜曰:"皇叔何在?"竺曰:"在荆州城门外相等,与都督把盏。"瑜曰:"今为汝家之事,出兵远征,劳军之礼,休得轻易。"糜竺领了言语先回。战船密密排在江上,依次而进。看看至公安,并无一只军船,又无一人远接。周瑜催船速行。离荆州十余里,只见江面上静荡荡的。哨探的回报:"荆州城上插两面白旗,并不见一人之影。"瑜心疑,教把船傍岸,亲自上岸乘马,带了甘宁、徐盛、丁奉一班军官,引亲随精军三千人,径望荆州来。既至城下,并不见动静。瑜勒住马,令军士叫门。城上问是谁人,吴军答曰:"是东吴周都督亲自在此。"言未毕,忽一声梆子响,城上军一齐都竖起枪刀,敌楼上赵云出曰:"都督此行,端的为何?"瑜曰:"吾替汝主取西川,汝岂犹未知耶?"云曰:"孔明军师已知都督'假途灭虢'之计,故留赵云在此。吾主公有言:'孤与刘璋,皆汉室宗亲。安忍背义而取西川?若汝东吴端的取蜀,吾当披发入山,不失信于天下也。'"周瑜闻之,勒马便回。只见一人打着令字旗,于马前报说:"探得四路军马,一齐杀到:关某从江陵杀来,张飞从秭归杀来,黄忠从公安杀来,魏延从孱陵小路杀来。四路正不知多少军马,喊声远近震动百余里,皆言要捉周瑜。"瑜马上大叫一声,箭疮复裂,坠于马下⑦。正是:

> 一着棋高难对敌。几番算定总成空。

未知性命如何,且看下文分解。

⑦ 周瑜、孙权先后拟取益州

周瑜又为诸葛亮所气事,不见史传。汉建安十五年(210),周瑜到京口(江苏镇江),向孙权提出取益州事,"今曹操新折衄,方忧在腹心,未能与将军连兵相事也。乞与奋威俱进取蜀,得蜀而并张鲁,因留奋威固守其地,好与马超结援。瑜还与将军据襄阳以蹙操,北方可图也"(《三国志·吴书·周瑜传》)。此时周瑜据南郡,地濒益州东界,其西征巴蜀,与刘备无关连,故话中不须与刘备关照。且周瑜还未见行动,就病死了。周瑜死后,因南郡借与刘备故。孙权取巴蜀须借道,"权遣使云欲共取蜀,或以为宜报听许,吴终不能越荆有蜀,蜀地可为己有。"(《三国志·蜀书·先主传》)据《献帝春秋》称,"孙权欲与备共取蜀,遣使报备曰:'米贼张鲁居王巴、汉,为曹操耳目,规图益州。刘璋不武,不能自守。若操得蜀,则荆州危矣。今欲先攻取璋,进讨张鲁,首尾相连,一统吴、楚,虽有十操,无所忧也',"遣孙瑜率水军住夏口。备不听,谓瑜曰:'汝欲取蜀,吾当被发入山,不失信于天下也。'使关羽屯江陵,张飞屯秭归,诸葛亮据南郡,备自住屠陵。权知备意,因召瑜还。"此处《演义》乃换作周瑜也。

三国演义

第五十七回　柴桑口卧龙吊丧　耒阳县凤雏理事

却说周瑜怒气填胸,坠于马下,左右急救归船。军士传说:"玄德、孔明在前山顶上饮酒取乐。"瑜大怒,咬牙切齿曰:"你道我取不得西川,吾誓取之!"正恨间,人报吴侯遣弟孙瑜到。周瑜接入,具言其事。孙瑜曰:"吾奉兄命来助都督。"遂命催军前行。行至巴丘,人报上流有刘封、关平二人领兵截住水路。周瑜愈怒。忽又报孔明遣人送书至。周瑜拆封视之,书曰:

汉军师中郎将诸葛亮,致书于东吴大都督公瑾先生麾下:亮自柴桑一别,至今恋恋不忘。闻足下欲取西川,亮窃以为不可。益州民强地险,刘璋虽闇弱,足以自守,今劳师远征,转运万里,欲收全功,虽吴起不能定其规,孙武不能善其后也。曹操失利于赤壁,志岂须臾忘报仇哉?今足下兴兵远征,倘操乘虚而至,江南齑粉矣。亮不忍坐视,特此告知,幸垂照鉴①。

周瑜览毕,长叹一声②,唤左右取纸笔作书上吴侯。乃聚众将曰:"吾非不欲尽忠报国,奈天命已绝矣。汝等善事吴侯,共成大业。"言讫,昏绝。徐徐又醒,仰天长叹曰:"既生瑜,何生亮!"③连叫数声而亡。④寿三十六岁,后人有诗叹曰:

> 赤壁遗雄烈,青年有俊声。
> 弦歌知雅意,杯酒谢良朋。
> 曾谒三千斛,常驱十万兵。
> 巴丘终命处,凭吊欲伤情。

① 诸葛亮与周瑜信的移位

不见于史传和《诸葛亮集》,乃借用建安十六年(211)刘备致孙权函。当时,孙权想与刘备会同攻伐巴蜀,刘备意向独吞,不答应,于是复信,"益州民富强,土地险阻,刘璋虽弱,足以自守。张鲁虚伪,未必尽忠于操。今暴师于蜀、汉,转运于万里,欲使战克攻取,举不失利,此吴起不能定其规,孙武不能善其事也。曹操虽有无君之心,而有奉主之名,议者见操失利于赤壁,谓其力屈,无复远志也。今操三分天下已有其二,将欲饮马于沧海,观兵于吴会,何肯守此坐须老乎? 今同盟无故自相攻伐,借枢于操,使敌承其隙,非长计也"(《献帝春秋》)。此书被移植为诸葛亮与周瑜,其时周瑜已死去一年,应无关。

② 周瑜并非气死

周瑜自南郡(湖北江陵)应召赴京口(江苏镇江)见孙权,"瑜还江陵为行装,而道于巴丘,病卒"(《三国志·吴书·周瑜传》)。他是来去奔波几百里,旅途疲劳,而所中伤右胁创痛复发而死。按,诸葛亮奉命使吴,孙权被说服:"即遣周瑜程普鲁肃等水军三万随亮诣先主,并力拒曹公。"(《三国志·蜀书·诸葛亮传》)两人仅此次接触,见之于史传,何来有它。

③ "既生瑜,何生亮"的造作

此乃《演义》神来之笔,不见于史传。但也可见周瑜年龄大于诸葛亮。按周瑜死时年三十六岁,诸葛亮时年三十岁。故《演义》说不悖于史。但后人多受迷惘。清袁枚《随园诗话》(卷五):"何屺瞻作札,有'生瑜生亮'之话,被毛西河诮其无稽,终身惭愧。"清王应奎《柳南随笔》卷一亦称"'既生瑜,何生亮'二语,出《三国演义》,实正史所无也,而王阮亭《古诗凡例》、尤悔庵《沧浪亭诗序》,并袭用之。以二公之博雅,且犹不免此误;今之临文者,可不慎欤!"

④ **三国若干重要角色健康档案**

周瑜停丧于巴丘。众将将所遗书缄,遣人飞报孙权。权闻瑜死,放声大哭。拆视其书,乃荐鲁肃以自代也。书略曰:

> 瑜以凡才,荷蒙殊遇,委任腹心,统御兵马,敢不竭股肱之力,以图报效。奈死生不测,修短有命,愚志未展,微躯已殒,遗恨何极!方今曹操在北,疆场未静;刘备寄寓,有似养虎:天下之事,尚未可知。此正朝士旰食之秋,至尊垂虑之日也。鲁肃忠烈,临事不苟,可以代瑜之任⑤。"人之将死,其言也善"。倘蒙垂鉴,瑜死不朽矣。

项目 角色	年　龄	疾病起因	死于何病	附　注
周　瑜	三十六(175—210)	江陵箭中胁	积劳旧创复发	
吕　蒙	四十一(178—219)		喉癌或食道癌	黎东方说
曹　操	六十六(155—220)	常患偏头痛病		
刘　备	六十二(161—223)	东征败归、忧郁、水污	痢疾	
陆　逊	六十二(183—245)	累受谴责	忧死	
孙　权	七十一(182—252)	酗酒过度	中风、脑血栓	饮酒过度
诸葛亮	五十四(180—234)	食少事烦	肠胃病	
曹　休	(？—228)	惶愧成疾	背疽	
司马师	四十八(207—255)		肿瘤	目有瘤疾
孙　休	三十(235—264)		喉头癌	口不能言

⑤ **鲁肃有高超武艺**

据史传,鲁肃是文武全材。韦昭《吴书》说,"肃体貌魁奇,少有壮节,好为奇计。天下将乱,乃学击剑骑射,招聚少年,给其衣食,往来南山中射猎,阴相部勒,讲武习兵。"他见天下将乱,带同乡里三百余人,打算南渡江东避难,"州追骑至,肃等徐行,勒兵持满,谓之曰:'卿等丈夫,当解大数。今日天下兵乱,有功弗赏,不追无罚,何为相逼乎?'又自植盾,引弓射之,矢皆洞贯。骑既嘉肃言,且度不能制,乃相率还。"鲁肃继周瑜后,"初住江陵,后下屯陆口,威恩大行"

孙权览毕,哭曰:"公瑾有王佐之才,今忽短命而死,孤何赖哉?既遗书特荐子敬,孤敢不从之!"即日便命鲁肃为都督,总统兵马;一面教发周瑜灵柩回葬。

却说孔明在荆州,夜观天文,见将星坠地,乃笑曰:"周瑜死矣!"至晓,告于玄德。玄德使人探之,果然死了。玄德问孔明曰:"周瑜既死,还当如何?"孔明曰:"代瑜领兵者,必鲁肃也。亮观天象,将星聚于东方。亮当以吊丧为由,往江东走一遭,就寻贤士佐助主公。"玄德曰:"只恐吴中将士加害于先生。"孔明曰:"瑜在之日,亮犹不惧;今瑜已死,又何患乎?"乃与赵云引五百军,具祭礼,下船赴巴丘吊丧。于路探听得孙权已令鲁肃为都督,周瑜灵柩已回柴桑。孔明径至柴桑⑥,鲁肃以礼迎接。周瑜部

将皆欲杀孔明,因见赵云带剑相随,不敢下手。孔明教设祭物于灵前,亲自奠酒,跪于地下,读祭文曰:

> 呜呼公瑾,不幸夭亡!修短故天,人岂不伤!我心实痛,酹酒一觞。君其有灵,享我烝尝。吊君幼学,以交伯符;仗义疏财,让舍以居。吊君弱冠,万里鹏抟;定建霸业,割据江南。吊君壮力,远镇巴丘;景升怀虑,讨逆无忧。吊君丰度,佳配小乔;汉臣之婿,不愧当朝。吊君气概,谏阻纳质;始不垂翅,终能奋翼。吊君鄱阳,蒋干来说;挥洒自如,雅量高志。吊君弘才,文武筹略;火攻破敌,挽强为弱。想君当年,雄姿英发。哭君早逝,俯地流血。忠义之心,英灵之气。命终三纪,名垂百世。哀君情切,愁肠千结。惟我肝胆,悲无断绝。昊天昏暗,三军怆然。主为哀泣,友为泪涟。亮也不才,丐计求谋。助吴拒曹,辅汉安刘。掎角之援,首尾相俦。若存若亡,何虑何忧?呜呼公瑾,生死永别!朴守其贞,冥冥灭灭。魂如有灵,以鉴我心。从此天下,更无知音。呜呼痛哉!伏惟尚飨。

孔明祭毕,伏地大哭,泪如涌泉,哀恸不已。众将相谓曰:"人尽道公瑾与孔明不睦,今观其祭奠之情,人皆虚言也。"鲁肃见孔明如此悲切,亦为感伤,自思曰:"孔明自是多情,乃公瑾量窄,⑦自取死耳。"后人有诗叹曰:

> 卧龙南阳睡未醒,又添列曜下舒城。
>
> 苍天既已生公瑾,尘世何须出孔明!

鲁肃设宴款待孔明。宴罢,孔明辞回。方欲下船,只见江边一人道袍竹冠,皂绦素履,一手揪住孔明,大笑曰:"汝气死周郎,却又来吊孝,明欺东吴无人耶?"孔明急视其人,乃凤雏先生庞统也。孔明亦大笑。两人携手登舟,各诉心事。孔明乃留书一封与统,嘱曰:"吾料孙仲谋必不能重用足下。稍有不如意,可来荆州共扶玄德。此人宽仁厚德,必不负公平生之所学。"统允诺而别。孔明自回荆州。

却说鲁肃送周瑜灵柩至芜湖,孙权接着,哭祭于前,命厚葬于本乡⑧⑨。瑜有两男一女,长男循,次男胤,权皆厚恤之⑩。鲁肃曰:"肃碌碌庸才,误蒙公瑾重荐,其实不称所职。愿举一人以助

《三国志·吴书·鲁肃传》)。据传,他在洞庭湖上常操练水军,为此扩巴丘邸阁为城(湖南岳阳),在依山临湖的西门上建筑阅兵台。它就是唐开元四年(716)张说在岳州定名的岳阳楼。其后楼几经兴废。至宋时因范仲淹写《岳阳楼记》,由此声誉大震。江山也要文人捧,信哉!

⑥ **周瑜追悼不在柴桑**

周瑜病死于巴丘。巴丘,即巴丘山(湖南岳阳南)。孙权大为悲痛,"权素服举哀,感动左右,丧当还吴,又迎之芜湖,众事费度,一为供给。"(《三国志·吴书·周瑜传》)周瑜灵柩应送回吴(江苏苏州),路经芜湖(安徽),此处无须在柴桑(江西九江)追悼仪式。

⑦ **周瑜气量宽宏**

据史传,周瑜气量宽宏。赤壁战时,蒋干奉曹操命来说降周瑜,回去后说,周瑜"雅量高致,非言辞所间。"他待人接物温文尔雅,谦恭有方,和左右上下都能和睦相处。《三国志·吴书·周瑜传》说他"性度恢廓,大率为得人";对此,刘备也说他是"器量广大"。他的器度和谦让,是为诸家所认同的。

⑧ **周瑜葬于何处**

据《三国志·周瑜传》,周瑜丧当还吴,《三国志·庞统传》亦称,"瑜卒,统送丧至吴,吴人多闻其名。乃当西还,会昌门,陆绩、顾劭、全琮俱往。"可见他是葬在苏州的。据唐《吴地志》,"周瑜墓在县东二里。"旧说"周瑜故宅,在今苏州景德路城隍庙旧址,瑜破操于赤壁后,建宅于此,占地三十三亩许,前有王俞等植古柏"(郑逸梅《三国闲话》)。按理并无异议。但自元明时期方志、稗史记载,长江中下游南北两岸地区,竟出现十处周瑜墓。(一)江西新淦

说。"在江西新淦城外西八里"(《新淦县志》)。宋刘昌诗《芦浦笔记》卷四，以为巴丘在新淦，"今县南八十里峡江市有古巴丘废城，六十里间有周瑜庙。旧经载瑜归江陵治，行于巴丘，病卒，后人祠之"。清初福建徐延寿过其地有诗云："水畔巴丘古县开，周郎祠宇傍泉台"；(二)江西广信说。明朱国桢《涌幢小品》说，"广信(即江西饶州)府城中东北隅，有万松墩，旧传为周瑜坟墓。"(三)安徽宿松说。"偏将军周瑜墓在圭山"(清《宿松县志》卷六《地理志》)。"瑜卒于巴丘，葬此，墓临大河，相传岁九月初九日，黑鲤来朝，溯流不绝。五代杨行密将周本，"舒州宿松人，汉南郡太守瑜之后。瑜葬宿松，即墓为祠，子孙居其旁者犹数十家"(《十国春秋》卷七《周本传》)。《十国春秋》及《南唐书》皆云葬宿松，"即墓为祠，子孙居其旁者五里清湾河，与半角山近"；(四)安徽芜湖说。周瑜灵柩路过芜湖，"今城西鱼市街民家墙围古冢，相传为瑜墓，有窥视者中为隧道"(民国《芜湖县志》)；但清初所修《图书集成·职方典》称周瑜墓"在城北周村铺，吴置守冢户"。清《芜湖县志》亦同，"瑜墓在城北周村铺"。(五)安徽巢县说。(六)安徽六安州说。(七)安徽舒城说。(八)湖南岳阳说。岳阳即三国巴丘。周瑜墓在金鹗山南麓张家汉花坟坡，占地六百余平方米。1999年重修，墓冢头枕主峰，周围青山环抱。(九)安徽庐江说。据清《庐江县志》，周瑜墓在庐江江东门外一里许的作枋河西岸，与城北避暑庄相对，墓地占一亩半，有明正统七年(1442)左都提学御史彭勋命知县黄金兰立碑题曰："吴名将周公瑾之墓"。解放前，墓室上屋券顶的楔形花纹砖和墓门巨石都被拆

主公。此人上通天文，下晓地理，谋略不减于管、乐，枢机可并于孙、吴。往日周公瑾多用其言，孔明亦深服其智。现在江南，何不重用？"权闻言大喜，便问此人姓名。肃曰："此人乃襄阳人，姓庞名统，字士元，道号凤雏先生。"权曰："孤亦闻其名久矣。今既在此，可即请来相见。"于是鲁肃邀请庞统入见孙权，施礼毕。权见其人浓眉掀鼻，黑面短髯，形容古怪，心中不喜，乃问曰："公平生所学，以何为主？"统曰："不必拘执，随机应变。"权曰："公之才学，比公瑾如何？"统笑曰："某之所学，与公瑾大不相同。"权平生最喜周瑜，见统轻之，心中愈不乐，乃谓统曰："公且退，待有用公之时，却来相请。"统长叹一声而出。鲁肃曰："主公何不用庞士元？"权曰："狂士也，用之何益？"肃曰："赤壁鏖兵之时，此人曾献连环策，成第一功，主公想必知之。"权曰："此时乃曹操自欲钉船，未必此人之功也。吾誓不用。"鲁肃出，谓庞统曰："非肃不荐足下，奈吴侯不肯用公。公且耐心。"统低头长叹不语。肃曰："公莫非无意于吴中乎？"统不答。肃曰："公抱匡济之才，何往不利？可实对肃言，将欲何往？"统曰："吾欲投曹操去也。"肃曰："此明珠暗投矣。可往荆州投刘皇叔，必然重用。"统曰："统意实欲如此，前言戏耳。"肃曰："某当作书奉荐。公辅玄德，必令孙、刘两家无相攻击，同力破曹。"统曰："此某平生之素志也。"乃求肃书，径往荆州来见玄德。

　　此时孔明按察四郡未回。门吏传报江南名士庞统特来相投。玄德久闻统名，便教请入相见。统见玄德，长揖不拜。玄德见统貌陋，心中亦不悦，乃问统曰："足下远来不易？"统不拿出鲁肃、孔明书投呈，但答曰："闻皇叔招贤纳士，特来相投。"玄德曰："荆楚稍定，苦无闲职。此去东北一百三十里，有一县名耒阳县，缺一县宰，屈公任之。如后有缺，却当重用。"统思玄德待我何薄，欲以才学动之，见孔明不在，只得勉强相辞而去。统到耒阳县，不理政事，终日饮酒为乐，一应钱粮词讼，并不理会⑪。有人报知玄德，言庞统将耒阳县事尽废。玄德怒曰："竖儒焉敢乱吾法度！"遂唤张飞分付："引从人去荆南诸县巡视。如有不公不法者，就便究问。恐于事有不明处，可与孙乾同去。"

三国演义

● 334

张飞领了言语，与孙乾前至耒阳县。军民官吏，皆出郭迎接，独不见县令。飞问曰："县令何在？"同僚复曰："庞县令自到任及今，将百余日，县中之事，并不理问，每日饮酒，自旦及夜，只在醉乡。今日宿酒未醒，犹卧不起。"张飞大怒，欲擒之。孙乾曰："庞士元乃高明之人，未可轻忽。且到县问之，如果理不当，治罪未晚。"飞乃入县，正厅上坐定，教县令来见。统衣冠不整，扶醉而出。飞怒曰："吾兄以汝为人，令作县宰，汝焉敢尽废县事？"统笑曰："将军以吾废了县中何事？"飞曰："汝到任百余日，终日在醉乡，安得不废政事？"统曰："量百里小县，些小公事，何难决断？将军少坐，待我发落。"随即唤公吏，将百余日所积公务，都取来剖断。吏皆纷然赍抱案卷上厅，诉词被告人等环跪阶下。统手中批判，口中发落，耳内听词，曲直分明，并无分毫差错。民皆叩首拜伏。不到半日，将百余日之事，尽断毕了，投笔于地而对张飞曰："所废之事何在？曹操、孙权，吾视之若掌上观文，量此小县，何足介意？"飞大惊，下席谢曰："先生大才，小子失敬。吾当于兄长处极力举荐。"统乃将出鲁肃荐书。飞曰："先生初见吾兄，何不将出？"统曰："若便将出，似乎专藉荐书来干谒矣。"飞顾谓孙乾曰："非公则失一大贤也。"遂辞统回荆州见玄德，具说庞统之才。玄德大惊："屈待大贤，吾之过也。"飞将鲁肃荐书呈上，玄德拆视之，书略曰：

> 庞士元非百里之才，使处治中、别驾之任，始当展其骥足。如以貌取之，恐负所学，终为他人所用，实可惜也。

玄德看毕，正在嗟呀，忽报孔明回。玄德接入，礼毕，孔明先问曰："庞军师近日无恙否？"玄德曰："近治耒阳县，好酒废事。"孔明笑曰："士元非百里之才，胸中之学，胜亮十倍。亮曾有荐书在士元处，曾达主公否？"玄德曰："今日方得子敬书，却未见先生之书。"孔明曰："大贤若处小任，往往以酒糊涂，倦于视事。"玄德曰："若非吾弟所言，险失大贤。"随即令张飞往耒阳县敬请庞统到荆州。玄德下阶请罪，统方将出孔明所荐之书。玄德看书中之意，言凤雏到日，宜即重用。玄德喜曰："昔司马德操言：'伏龙、凤雏，两人得一，可安天下。'今吾二人皆得，汉室可兴矣。"遂拜庞统为

去修碉堡（《文物参考资料》1954年第8期）。据《庐江县志》："庐江沿东门朝墓巷，瑜墓在焉，距女墙里许"，"朝墓巷在东门外，因周瑜墓故名。"按，朝墓巷原名横城巷。现周瑜墓已重修，并重将清人刘廷鸾所作汉偏将军领南郡太守周瑜墓铭立于墓前。与位于城西二里绿溪河北的小乔墓遥对，清王召《周公瑾墓》七绝："东吴名将推公瑾，南国佳人说小乔，应是两人俱绝代，白杨相望共萧萧。"（十）安徽繁昌说。周瑜墓"十八都有周墓里"。周瑜墓有多处，因而刘廷鸾说，"瑜墓在庐江县十里安丰乡。然庐之舒城、巢县、安庆之宿松、江西之新淦，因其土名同而墓，因其苗裔在而墓，因其灵验而墓，因其城而墓。"民国《芜湖县志》也说，"瑜墓地在六安、舒城、庐江皆有，瑜舒人，而死于外，未必归骨故乡。近时发现瑜墓在芜湖。"近年，江苏社科院陈辽研究员函告："据镇江三国演义学者专家考证，周瑜是溧水人，苏州我去过多次，未听说阊门外有周墓。溧水人说，周瑜墓在溧水，但未找到。"民间传说还有周瑜墓在浙江富阳鹳山，1993年笔者参加三国东吴文化研讨会，还欣赏当地越剧团演出的周循（周瑜子）扫墓的故事。按，唐宋际吴中多有周瑜庙。唐胡曾有《题周瑜将军庙》：共说生前国步艰，山川龙战血漫漫。交锋魏帝旌旗退，委任吴王社稷安。庭际雨余青草长，庙前风起晚光残。功勋碑碣今何在？不得当时一字看。

⑨ **小乔墓**

小乔墓葬何处？传说有四处。四处墓碑碣所镌刻的楹联，委婉哀怨，文词典雅。（一）湖南岳阳市岳阳楼东北隅剪刀池畔的小乔墓，对联是："战士久无家，赤壁清风苏子赋；佳

人犹有冢，黄陵芳草杜鹃啼。""巴丘本夫婿殂落之墟，亦足为欢，同上将台谈往事；山渚随湘君淹回以后，幸能作伴，莫依木叶恨秋风。""铜雀有遗悲，豪杰功随三国殁；紫鹃无限恨，潇湘月冷二乔魂。"（二）安徽南陵城西香油寺旁，左有周瑜点将台，对联："柴桑月冷，痛佳婿早岁云亡，从此点将台高，相对青茔同不朽；铜雀春深，问阿姐而今安在？留得买香孤冢，免教红粉任飘零。"

（三）安徽庐江城西小乔墓与城东周瑜墓遥对，对联曰："小苑辟从今，对马冢一杯，秋风酒酹湖革白；大姨渺何处，独娥眉千古，春雨香留墓草青。"（四）湖南长沙说。郑逸梅说在长沙城东南。有都昌李秀峰联："铜雀锁春风，可怜歌舞楼台，千古不传奸相冢；杜鹃夜啼月，也有英雄夫婿，三更来吊美人魂。"

⑩ 周瑜子孙和领兵制

据《三国志·吴书·周瑜传》,"瑜两男一女,女配太子登。男循尚公主,拜骑都尉,有瑜风,早卒。循弟胤,初拜兴业都尉,妻以宗女,授兵千人,屯公安。黄龙元年,封都乡侯,后以罪徙庐陵郡。"后诸葛瑾、步骘上疏请"还兵复爵"。"还兵"即是周瑜的部曲、将士。东吴实行世袭领兵制,盖将帅大多是名宗大族,其中有孙权王族、地方大族(如陆、朱)、宿将(如韩当、周泰)。他们打仗时所指挥的就是自己的部曲,本人死后,子孙袭领,部曲亦同,若死后子弟尚幼,领不得兵,可由他人代领,后交还,如凌统死,二子烈封年各数岁,"及八九岁,令葛光教之读书,十日一令乘马,追录统功,封烈亭侯,还其故兵。后烈有罪免,封复袭爵领兵。"(《三国志·吴书·凌统传》)所以军队为其家族私有制,随同进止、行动。他们是家兵、佃客。这就是

副军师中郎将⑫,与孔明共赞方略,教练军士,听候征伐。

早有人报到许昌,言刘备有诸葛亮、庞统为谋士,招军买马,积草屯粮,连结东吴,早晚必兴兵北伐。曹操闻之,遂聚众谋士商议南征。荀攸进曰:"周瑜新死,可先取孙权,次攻刘备。"操曰:"我若远征,恐马腾来袭许都。前在赤壁之时,军中有讹言,亦传西凉入寇之事,今不可不防也。"荀攸曰:"以愚所见,不若降诏加马腾为征南将军,使讨孙权,诱入京师,先除此人,则南征无患吴。"操大喜,即日遣人赍诏至西凉召马腾。

却说腾字寿成,汉伏波将军马援之后。父名肃,字子硕,桓帝时为天水兰干县尉。后失官,流落陇西,与羌人杂处,遂取羌女生腾。腾身长八尺,体貌雄异,禀性温良,人多敬之,灵帝末年,羌人多叛,腾召募民兵破之。初平中年,因讨贼有功,拜征西将军,与镇西将军韩遂为弟兄。当日奉诏,乃与长子马超商议曰:"吾自与董承受衣带诏以来。与刘玄德约共讨贼。不幸董承已死,玄德屡败。我又僻处西凉,未能协助玄德。今闻玄德已得荆州,我正欲展昔日之志,而曹操反来召我,当是如何?"马超曰:"操奉天子之命以召父亲,今若不往,彼必以'逆命'责我矣。当乘其来召,竟往京师,于中取事,则昔日之志可展也。"马腾兄子马岱谏曰:"曹操心怀叵测,叔父若往,恐遭其害。"超曰:"儿愿尽起西凉之兵,随父亲杀入许昌,为天下除害,有何不可?"腾曰:"汝自统羌兵保守西凉,只教次子马休、马铁并侄马岱随我同往。曹操见有汝在西凉,又有韩遂相助,谅不敢加害于我也。"超曰:"父亲若往,切不可轻入京师,当随机应变,观其动静。"腾曰:"吾自有处,不必多虑。"于是马腾乃引西凉兵五千,先教马休、马铁为前部,留马岱在后接应,逶迤望许昌而来。离许昌二十里,屯住军马。

曹操听知马腾已到,唤门下侍郎黄奎分付曰:"目今马腾南征,吾命汝为行军参谋,先至马腾寨中劳军。可对马腾说:西凉路远,运粮甚难,不能多带人马,我当更遣大兵协同前进。来日教他入城面君,吾就应付粮草与之。"奎领命来见马腾,腾置酒相待。奎酒半酣而言曰:"吾父黄琬,死于李傕、郭汜之难,尝怀痛恨。不想今日又遇欺君之贼。"腾曰:"谁为欺君之贼?"奎曰:"欺君者操

贼也，公岂不知之，而问我耶？"腾恐是操使来相探，急止之曰："耳目较近，休得乱言。"奎叱曰："公竟忘却衣带诏乎？"腾见他说出心事，乃密以实情告之。奎曰："操欲公入城面君必非好意，公不可轻入。来日当勒兵城下，待曹操出城点军，就点军处杀之，大事济矣。"二人商议已定。黄奎回家，恨气未息，其妻再三问之，奎不肯言。不料其妾李春香与奎妻弟苗泽私通，泽欲得春香，正无计可施。妾见黄奎愤恨，遂对泽曰："黄侍郎今日商议军情回，意甚愤恨，不知为谁。"泽曰："汝可以言挑之曰：'人皆说刘皇叔仁德，曹操奸雄，何也？'看他说甚言语。"是夜黄奎果到春香房中。妾以言挑之，奎乘醉言曰："汝乃妇人，尚知邪正，何况我乎？吾所恨者，欲杀曹操也。"妾曰："若欲杀之，如何下手？"奎曰："吾已约定马将军，明日在城外点兵时杀之。"妾告于苗泽，泽报知曹操。操便密唤曹洪、许褚分付如此如此，又唤夏侯渊、徐晃分付如此如此，各人领命去了；一面先将黄奎一家老小拿下。

次日，马腾领着西凉兵马，将次近城，只见前面一簇红旗，打着丞相旗号。马腾只道曹操自来点军，拍马向前。忽听得一声炮响，红旗开处，弓弩齐发，一将当先，乃曹洪也。马腾急拨马回时，两下喊声又起，左边许褚杀来，右边夏侯渊杀来，后面又是徐晃领兵杀至，截断西凉军马，将马腾父子三人困在垓心。马腾见不是头，奋力冲杀。马铁早被乱箭射死。马休随着马腾，左冲右突，不能得出。二人身带重伤，坐下马又被箭射倒，父子二人俱被执。曹操教将黄奎与马腾父子一齐绑至。黄奎大叫："无罪！"操教苗泽对证。马腾大骂曰："竖儒误我大事！我不能为国杀贼，是乃天也！"操命牵出。马腾骂不绝口，与其子马休及黄奎一同遇害[13]。后人有诗叹马腾曰：

> 父子齐芳烈，忠贞著一门。
>
> 捐生图国难，誓死答君恩。
>
> 嚼血盟言在，诛奸义状存。
>
> 西凉推世胄，不愧伏波孙。

苗泽告操曰："不愿加赏，只求李春香为妻。"操笑曰："你为了一妇人，害了你姐夫一家，留此不义之人何用！"便教将苗泽、李春香与

很有特色的世袭领兵制，正如唐长孺说："所领的兵可以世袭，又有幸邑，奉邑的长君封邑自行署置。"按，周瑜女嫁孙登，在周瑜死后十五年。"黄武四年（225），权为太子登聘周瑜女，秉守太常，迎妃于吴"（《三国志·吴书·程秉传》）。由此可知，周瑜子弟后居住吴郡（江苏苏州）。周循后娶公主，即孙权步夫人长女鲁班，后嫁全琮。一说周瑜子孙世居湖南益阳，益阳周姓多为周瑜后裔。

⑪ **庞统耒阳罢官**
据《三国志·蜀书·庞统传》，"先主领荆州，统以从事守耒阳令，在县不治，免官。吴将鲁肃遗先主书曰：'庞士元非百里才也，使处治中、别驾之任，始当展其骥足耳。'"《演义》即以此为典。又蒋琬任广都长时，刘备有次微服出巡，"见琬众事不理，时又沈醉，先主大怒，将加罪戮"。诸葛亮劝说，"蒋琬社稷之器，非百里之才也，其为政以安民为本，不以修饰为先。"因而只将他罢官，此处也有将蒋琬事移植。

⑫ **诸葛亮、庞统从未任"军师"**
军师是三国时期所设的官职，第五品，不定员。为三公及常设军等所置的属官，职责为参谋军事，相当于现在的高级军事参谋，其首席称军师祭酒（首席参谋）。诸葛亮、庞统等从未当过军师，他们开始出任的是军师中郎将（第六品），刘备取成都后，诸葛亮始升任军师将军（第五品）。军师将军乃杂号将军，阶位都是在四征、四镇将军之下。

⑬ **曹操在马超叛后杀马腾**
建安十五年（210），马腾因与韩遂不和，且年老，自请回京师，于是拜为卫尉。由马超领其部曲。翌年，曹操遣钟繇讨伐汉中张鲁，马超、韩遂等关中诸将相疑而后叛，进军潼关。与曹操在渭南大战。曹操是这年

秋七月西征的,与马超相持于潼关,九月进军渡渭,击溃马超、韩遂,平定关中;十月北征,杨秋降。建安十七年正月,曹操回到邺城,就在这年五月,方才杀死马腾。此时,始诏收灭超家属。马腾墓在今河南许昌苏桥乡冢许村,坐地半亩。《演义》所布局与史传有异,但后人多认为较合情理。清牛运策说:"腾被徵在京,超安敢举兵背操,必是操先害腾,而超乃举兵报仇也。此盖《魏史》旧文,为操讳恶,而范史沿用之如此。"

⑭ **苗泽移植李小喜卖主事**

苗泽事有雷同前回董承仆庆童。唯更见深度,盖此类文字于旧史甚多。《五代唐史平话》:"晋之将刘仁恭父子向晋王太庙里献俘,传将刘守光就太庙前斩了。临行刑时势,刘守光大呼曰:'教守光莫降者乃李小喜也!'小喜进前怒目瞋视刘守光,叱之曰:'汝内淫父妾,奸污弟妇,行如禽兽,这事莫也是咱教汝吆?'晋王嫌小喜面骂其主,可谓无礼,乃将李小喜先行斩听,然后却将刘守光斩了。"

黄奎一家老小并斩于市。⑭观者无不叹息。后人有诗叹曰:

> 苗泽因私害荩臣,春香未得反伤身。
>
> 奸雄亦不相容恕,枉自图谋作小人。

曹操教招安西凉兵马,谕之曰:"马腾父子谋反,不干众人之事。"一面使人分付把住关隘,休教走了马岱。且说马岱自引一千兵在后,早有许昌城外逃回军士,报知马岱。岱大惊,只得弃了兵马,扮作客商,连夜逃遁去了。曹操杀了马腾等,便决意南征。忽人报曰:"刘备调练军马,收拾器械,将欲取川。"操惊曰:"若刘备收川,则羽翼成矣,将何以图之?"言未毕,阶下一人进言曰:"某有一计,使刘备、孙权不能相顾,江南、西川皆归丞相。"正是:

> 西州豪杰方遭戮,南国英雄又受殃。

未知献计者是谁,且看下文争解。

第五十八回

马孟起兴兵雪恨
曹阿瞒割须弃袍

　　却说献策之人,乃治书侍御史陈群,字长文。操问曰:"陈长文有何良策?"群曰:"今刘备、孙权结为唇齿。若刘备欲取西川,丞相可命上将提兵,会合淝之众,径取江南,则孙权必求救于刘备。备意在西川,必无心救权。权无救则力乏兵衰,江东之地,必为丞相所得。若得江东,则荆州一鼓可平也。荆州既平,然后徐图西川,天下定矣。"操曰:"长文之言,正合吾意。"即时起大兵三十万径下江南,令合淝张辽准备粮草,以为供给。

　　早有细作报知孙权,权聚众将商议。张昭曰:"可差人往鲁子敬处,教急发书到荆州,使玄德同力拒曹。子敬有恩于玄德,其言必从;且玄德既为东吴之婿,亦义不容辞。若玄德来相助,江南可无患矣。"权从其言,即遣人谕鲁肃,使求救于玄德。肃领命随即修书,使人送玄德。玄德看了书中之意,留使者于馆舍,差人往南郡请孔明。孔明到荆州,玄德将鲁肃书与孔明看毕,孔明曰:"也不消动江南之兵,也不必动荆州之兵,自使曹操不敢正觑东南。"便回书与鲁肃,教:"高枕无忧。若但有北兵侵犯,皇叔自有退兵之策。"使者去了。玄德问曰:"今操起三十万大军,会合淝之众,一拥而来,先生有何妙计可以退之?"孔明曰:"操平生所虑者,乃西凉之兵也。今操杀马腾,其子马超现统西凉之众,必切齿操贼。主公可作一书往结马超。使超兴兵入关,则操又何暇下江南乎?"玄德大喜,即时作书,遣一心腹人径往西凉州投下。

　　却说马超在西凉州[①],夜感一梦,梦见身卧雪地,群虎来咬,惊惧而觉,心中疑惑,聚帐下将佐,告说梦中之事。帐下一人应声曰:"此梦乃不祥之兆也。"众视其人,乃帐前心腹校尉,姓庞名德,字令明。超问:"令明所见若何?"德曰:"雪地遇虎,梦兆殊恶,莫非老将军在许昌有事否?"言未毕,一人踉跄而入,哭拜于地曰:"叔父与弟皆死矣!"超视之,乃马岱也。超惊问何为,岱曰:"叔父与侍郎黄奎

① 马超不在西凉州
西凉州,即凉州(甘肃武威),与关中地区相距千里,当时马超统领马腾部驻扎关中,始驻扎于汧陇之间(陕西凤翔府陇州南),因乏粮,转屯池阳(陕西泾阳西)、长平(陕西西安北)和槐里(西安南)。他是在槐里起兵叛乱的。

② 马超"庸人自扰"
马超并非因父死报仇。汉建安十六年(211),曹操命钟繇出征汉中张鲁。他的矛头并未针对

关中诸将。他派荀彧去请教治书侍御史卫觊，卫觊说，马超、韩遂等并无大志，只满足于现状，"若以兵入关，当讨张鲁，鲁在深山，道径不通，彼必疑之；一相惊动，地险众逼，殆难为虑"（《三国志·魏书·卫觊传》引王沈《魏书》）。曹操开始觉得有理，可后来又恢复了原来打算，结果是虽然在关中赶走了马超、韩遂，可自己也损失了万余人。他真是后悔莫及。

③ 刘璋拒绝马超联合抗曹
史传未见有刘备书信事，却记有马超主动写信息求刘璋合作。因为马腾（马超父）和刘焉（刘璋父）有交情。当年马腾和刘焉两子（刘范、刘诞）在长安密谋推翻董卓。"时征西将军马腾屯郿而反，焉及范与腾通谋，引兵袭长安"（《三国志·蜀书·刘二牧传》）。刘璋犹豫不决，蜀郡太守王商反对，说马超此人，"勇而不仁，见利忘义，不可以引为唇齿。"马超的要求被拒绝。

④ 韩遂非西凉太守
韩遂与杨秋等十路人马，均驻扎关中，也是庸人自扰，闻风而起。《典略》称："凡十部俱反，其众十万，同据河、潼，建列营阵。"他们就地踏步，举起反旗，未进攻长安、潼关；是曹操闻讯，举兵讨伐的。

⑤ 钟繇是大书法家
钟繇以司隶校尉抚关中，招集流亡，开发荒田，功绩巍巍，但他本人实治洛阳，不在长安。《三国志·魏书·钟繇传》记述甚详，此处仅轻轻掠过，盖《三国演义》重刻画社会百态和政治、军事谋略也，故此从略。按，钟繇也是大书法家，他初学于行书大家刘德昇；学书三十年，史称钟

同谋杀操，不幸事泄，皆被斩于市。二弟亦遇害。惟岱扮作客商，星夜走脱。"超闻言，哭倒于地，众将救起。超咬牙切齿，痛恨操贼②。忽报荆州刘皇叔遣人赍书至，超拆视之，书略曰：

> 伏念汉室不幸，操贼专权，欺君罔上，黎民凋残。备昔与令先君同受密诏，誓诛此贼。今令先君被操所害，此将军不共天地、不同日月之仇也。若能率西凉之兵以攻操之右，备当举荆、襄之众以遏操之前③。则逆操可擒，奸党可灭，仇辱可报，汉室可兴矣。书不尽言，立待回音。

马超看毕，即时挥涕回书，发使者先回。随后便起西凉军马。正欲进发，忽西凉太守韩遂④使人请马超往见。超至遂府，遂将出曹操书示之，内云："若将马超擒赴许者，即封汝为西凉侯。"超拜伏于地曰："请叔父就缚俺兄弟二人，解赴许昌，免叔父戈戟之劳。"韩遂扶起曰："吾与汝父结为兄弟，安忍害汝？汝欲兴兵，吾当相助。"马超拜谢。韩遂便将操使者推出斩之，乃点手下八部军马，一同进发。那八部？乃侯选、程银、李堪、张横、梁兴、成宜、马玩、杨秋也。八将随着韩遂，合马超手下庞德、马岱，共起二十万大兵，杀奔长安来。长安郡守钟繇⑤，飞报曹操；一面引兵拒敌，布阵于野。西凉州前部先锋马岱，引军一万五千，浩浩荡荡，漫山遍野而来。钟繇出马答话。岱使宝刀一口，与繇交战⑥。不一合，繇大败奔走。岱提刀赶来，马超、韩遂引大军都到，围住长安。钟繇上城守护。长安乃西汉建都之处，城郭坚固，壕堑险深，急切攻打不下。一连围了十日，不能攻破。庞德进计曰："长安城中土硬水碱，甚不堪食，更兼无柴。今围十日，军民饥荒，不如暂且收军。只须如此如此，长安唾手可得。"马超曰："此计大妙。"即时差"令"字旗传与各部，尽教退军。马超亲自断后，各部军马渐渐退去。钟繇次日登城看时，军皆退了。只恐有计，令人哨探，果然远去，方才放心。纵令军民出城打柴取水，大开城门，放人出入。至第五日，人报马超兵又到，军民竞奔入城，钟繇仍复闭城坚守。

却说钟繇弟钟进，守把西门。约近三更，城门里一把火起。钟进急来救时，城边转过一人，举刀纵马，大喝曰："庞德在此！"钟进措手不及，被庞德一刀斩于马下，杀散军校。斩关断锁，放马超、韩遂

军马入城。钟繇从东门弃城而走。马超、韩遂得了城池，赏劳三军。钟繇退守潼关，飞报曹操。操知失了长安，不敢复议南征，遂唤曹洪、徐晃分付：“先带一万人马，替钟繇紧守潼关。如十日内失了关隘，皆斩；十日外，不干汝二人之事。我统大军随后便至。”二人领了将令，星夜便行。曹仁谏曰：“洪性躁，诚恐误事。”操曰：“你与我押送粮草，便随后接应。”

却说曹洪、徐晃到潼关，替钟繇坚守关隘，并不出战。马超领军来关下，把曹操三代毁骂。曹洪大怒，要提兵下关厮杀。徐晃谏曰：“此是马超要激将军厮杀，切不可与战。待丞相大军来，必有主画。”马超军日夜轮流来骂。曹洪只要厮杀，徐晃苦苦挡住。至第九日，在关上看时，西凉军都弃马，在于关前草地上坐，多半困乏，就于地上睡卧。曹洪便教备马，点起三千兵，杀下关来。西凉兵弃马抛戈而走，洪迤逦追赶。时徐晃正在关上点视粮军，闻曹洪下关厮杀，大惊，急引兵随后赶来，大叫曹洪回马。忽然背后喊声大震，马岱引军杀至。曹洪、徐晃急回走时，一棒鼓响，山背后两军截出，左是马超，右是庞德，混杀一阵。曹洪抵当不住，折军大半，撞出重围，奔到关上。西凉兵随后赶来，洪等弃关而走。庞德直追过潼关，撞见曹仁军马，救了曹洪等一军。马超接应庞德上关。曹洪失了潼关，奔见曹操。操曰：“与你十日限，如何九日失了潼关？”洪曰：“西凉军兵百般辱骂，因见彼军懈怠，乘势赶去，不想中贼奸计。”操曰：“洪年幼躁暴，徐晃你须晓事。”晃曰：“累谏不从。当日晃在关上点粮军，比及知道，小将军已下关了⑦。晃恐有失，连忙赶去，已中贼奸计矣。”操大怒喝斩曹洪。众官告免，曹洪服罪而退。

操进兵直扣潼关。曹仁曰：“可先下定寨栅，然后打关未迟。”操令砍伐树木，起立排栅，分作三寨：左寨曹仁，右寨夏侯渊，操自居中寨。次日，操引三寨大小将校，杀奔关隘前去，正遇西凉军马。两边各布阵势。操出马于门旗下，看西凉之兵，人人勇健，个个英雄。又见马超生得面如傅粉，唇若抹朱，腰细膀宽，声雄力猛，白袍银铠，手执长枪，立马阵前，上首庞德，下首马岱。操暗暗称奇。自纵马谓超曰：“汝乃汉朝名将子孙，何故背反耶？”超咬牙切齿，大骂：“操贼！欺君罔上，罪不容诛！害我父弟，不共戴天之仇！吾当活捉生啖汝

书若飞鸿戏海，舞鹤游天。在师法刘德昇、蔡邕、曹喜基础上兼善各体，尤精于隶楷，点画之间多有异趣，结体朴茂出乎自然。形成了由隶入楷的新貌。钟繇真迹至今已不传。宋以来法帖中所刻《宣示表》《贺捷表》《荐季直表》，都出自后人临摹。

⑥ 马超未攻占长安和潼关
马超起兵未至长安，亦未与钟繇对阵。“超既统众，遂与韩遂合从，及杨秋、李堪、成宜等相结，进军至潼关。”（《三国志·蜀书·马超传》)潼关(陕西潼关东南)，为入关中之正道要隘处。关城雄踞山腰，下临黄河，一夫当关，万夫莫过。马超亦未攻占潼关，于蒲坂津(山西永济、蒲州)与曹操对阵。

⑦ 曹洪不得称小将军
曹洪年齿，仅见本传得知死于太和六年(232)，生年不详。但从他初平元年(190)，就参加曹操关东义军，在此前又做过蕲春长，此处参加征伐马超之役，似已在四十开外了，与徐晃是同辈人。似不得称“年幼躁暴”的小将军了。又随曹操征伐马超于潼关，有徐晃(《三国志·魏书·徐晃传》)，但未见有曹洪文字，史传见有曹洪，乃是后来的战下辩(甘肃成县西)、驻武都。

⑧ 李通非死于马超之手
李通《三国志》有专传，是一重要人物。他在官渡大战前，曾坚拒袁绍所授的“征南将军”印绶，被曹操拜为汝南太守。汉建安十四年(209)，他率军南下，帮助曹仁军由江陵突围。“通率众击之，下马拔鹿角入围，且战且前，以迎仁军，勇冠诸将。通道得病薨”(《三国志·魏书·李通传》)。可见李通早在两年前就病死了。

⑨ **曹操割须换袍出处**

不见于史传。本处似出自《三国志平话》和元无名氏《曹操夜走陈仓道》杂剧。内称马超为父报仇，"两军相杀。马超拿住曹军，问：'曹贼生得如何？'其军怕死，言：'曹公生得美貌髯长。'马超传令，拿住者与金珠万贯。曹操听得，刀断其髯，换衣。相杀到晚，若无五帝之分死于万刃之下。曹操得脱乱军，到于营中，茶饭不能进"（《三国志平话》）。

⑩ **马超刺曹未中大树**

此事不见于史传。纯系演义文化。如此故事傅会，后人即以潼关某古槐为证，称之为"救曹树"。抗战前夕，作家张恨水游历潼关时，曾找到此树。他说，这树是棵古槐，人们倚它盖屋，树身已嵌进一家店铺的墙壁，苍老的树干占地有半间屋那样大，从店后的天井中尚可以看到，这虬枝苍老的巨槐巍巍而立，绽发着新绿。（张伍《我的父亲张恨水》春风文艺出版社 2001 年 2 月版第 140 页）

肉。"说罢，挺枪直杀过来。曹操背后于禁出迎。两马交战，斗到八九合，于禁败走。张郃出迎，战二十合亦败走。李通出迎，超奋威交战，数合之中，一枪刺李通于马下⑧。超把枪往后一招，西凉兵一齐冲杀过来。操兵大败。西凉兵来得势猛，左右将佐皆抵当不住。马超、庞德、马岱引百余骑，直入中军来捉曹操。操在乱军中，只听得西凉军大叫："穿红袍的是曹操！"操就马上急脱下红袍。又听得大叫："长髯者是曹操！"操惊慌，掣所佩刀断其髯。军中有人将曹操割髯之事告知马超，超遂令人叫拿："短髯者是曹操！"操闻知，即扯旗角包颈而逃⑨。后人有诗曰：

> 潼关战败望风逃，孟德怆惶脱锦袍。
>
> 剑割髭髯应丧胆，马超声价盖天高。

曹操正走之间，背后一骑赶来，回头视之，正是马超，操大惊。左右将校见超赶来，各自逃命，只撇下曹操。超厉声大叫："曹操休走！"操惊得马鞭坠地，看看赶上，马超从后使枪搠来。操绕树而走，超一枪搠在树上，急拔下时，操已走远。⑩超纵马赶来，山坡边转过一将，大叫："勿伤吾主，曹洪在此！"轮刀纵马，拦住马超，操得命走脱。洪与马超战到四五十合，渐渐刀法散乱，气力不加。夏侯渊引数十骑随到。马超独自一人，恐被所算，乃拨马而回。夏侯渊也不来赶。曹操回寨，却得曹仁死据定了寨栅，因此不曾多折军马。操入帐叹曰："吾若杀了曹洪，今日必死于马超之手也。"遂唤曹洪，重加赏赐。收拾败军，坚守寨栅，深沟高垒，不许出战。

超每日引兵来寨前辱骂搦战，操传令教军士坚守，如乱动者斩。诸将曰："西凉之兵尽使长枪，当选弓弩迎之。"操曰："战与不战，皆在于我，非在贼也。贼虽有长枪，安能便刺？诸公但坚壁观之，贼自退矣。"诸将皆私相议曰："丞相自来征战，一身当先；今败于马超，何如此之弱也。"过了几日，细作报来：马超又添二万生力兵来助战，乃是羌人部落。操闻知大喜。诸将曰："马超添兵，丞相反喜，何也？"操曰："待吾胜了，却对汝等说。"三日后，又报关上又添军马。操又大喜，就于帐中设宴作贺。诸将皆暗笑。操曰："诸公笑我无破马超之谋，公等有何良策？"徐晃进曰："今丞相盛兵在此，贼亦全部现屯关上，此去河西必无准备。若得一军暗渡蒲阪津，先截贼归路，丞相径发河北击之，贼两不相应，势必危矣。"操曰："公明之言，正合吾意。"便教徐晃："引精兵四千，和朱灵同去，径袭河西，伏于山谷之中，待我渡河北，同时击之。"徐晃、朱灵领命，先引四千军暗暗去了。操下令，先教曹洪于蒲阪津安排船筏。留曹仁守寨，操自领兵渡渭河。早有细作报知马超。超曰:"今操不攻潼关,而使人准备船筏,欲渡河北,必将遏吾之后也。吾当引一军循河拒住岸北,操兵不得渡,不消二十日,河东粮尽,操兵必乱,却循河南而击之,操可擒矣。"韩遂曰:"不必如此。岂不闻兵法有云:'兵半渡可击'。待操兵渡至一半,汝却于南岸击之,操兵皆死于河内矣。"超曰:"叔父之言甚善。"即使人探听曹操几时渡河。

却说曹操整兵已毕,分三停军,前渡渭河。比及人马到河口时,日光初起。操先发精兵渡过北岸,开创营寨。操自引亲随护卫军将百人,按剑坐于南岸,看军渡河,忽然人报:"后边白袍将军到了!"众皆认得是马超,一拥下船。河边军争上船者,声喧不止。操犹坐而不动,按剑指约休闹。只听得人喊马嘶,蜂拥而来,船上一将跃身上岸,呼曰:"贼至矣!请丞相下船。"操视之,乃许褚也。操口内犹言:"贼至何妨?"回头视之,马超已离不得百余步。许褚拖操下船时,船已离岸一丈有余,褚负操一跃上船。随行将士尽皆下水,扳住船边,争欲上船逃命。船小将翻,褚掣刀乱砍,傍船手尽折,倒于水中,急将船望下水棹去。许褚立于梢上,忙用木篙撑之。操伏在许褚脚边。

马超赶到河岸,见船已流在半河,遂拈弓搭箭,喝令骁将绕河射之。矢如雨急,褚恐伤曹操,以左手举马鞍遮之。马超箭不虚发,船上驾舟之人应弦落水。船中数十人皆被射倒。其船反撑不定,于急水中旋转。许褚独奋神威,将两腿夹舵摇撼,一手使篙撑船,一手举鞍遮护曹操。时有渭南县令丁斐⑪在南山之上,见马超追操甚急,恐伤操命,遂将寨内牛只马匹尽驱于外,漫山遍野,皆是牛马。西凉兵见之,都回身争取牛马,无心追赶。曹操因此得脱。方到北岸,便把船筏凿沉。诸将听得曹操在河中逃难,急来救时,操已登岸。许褚身披重铠,箭皆嵌在甲上。众将保操至野寨中,皆拜于地而问安。操大笑:"我今日几为小贼所困!"褚曰:"若非有人纵马放牛以诱贼,贼必努力渡河矣。"操问曰:"诱贼者谁也?"有知者答曰:"渭南县令丁斐也。"少顷,斐入见。操谢曰:"若非公之良谋,则吾被贼所擒矣。"遂命为典军校尉。斐曰:"贼虽暂去,明日必复来,须以良策拒之。"操曰:"吾已准备了也。"遂唤诸将:"各分头循河筑起甬道,暂为寨脚,贼若来时,陈兵于甬道外,内虚立旌旗,以为疑兵。更沿河掘

⑪ **丁斐颇为曹操宠爱**

丁斐为曹操同乡人,何时任渭南县令,语焉不详,或是《演义》随意搬用。据《三国志·魏书·曹爽传》引《魏略》:"初,斐随太祖,太祖以斐乡里,特饶爱之。斐性好货,数请求犯法,辄得原宥。为典军校尉,总摄内外,每所陈说,多见从之。建安末,从太祖征吴。斐随行,自以家牛羸困,乃私易官牛,为人所白,被收送狱,夺官。其后太祖问斐曰:'文侯,印绶所在?'斐亦知见戏,对曰:'以易饼耳。'太祖笑,顾谓左右曰:'东曹毛掾数白此家,欲令我重治,我非不知此人不清,良有以也。我之有斐,譬如人家有盗狗而善捕鼠,盗虽有小损,而完我囊贮。'遂复授官,听用如初。"

⑫ **虎卫军**

曹操亲军无"虎卫军"名号,此处当是他的两支最精锐的亲卫军合称,即"虎豹骑"和"武卫军"。按,虎豹骑,统率主将多系曹氏子弟,如曹纯"督虎豹骑从围南皮"(《三国志·魏书·曹仁传》);曹休"常从征伐,使领虎豹骑宿卫"(同上);曹真"使将虎豹骑,讨灵丘贼"(《三国志·魏书·曹真传》)。武卫军,当迟于"虎豹骑",在典韦护卫曹操大帐时,无有名号,虽在此后,许褚来归,"引入宿卫,诸从褚侠客,皆以为虎士"(《三国志·魏书·许褚传》),亦无有名号。后许褚因与马超战,有功,"迁武卫中郎将。武卫之号,自此始也"(同上)。

⑬ **庞德好马**

傅元《乘舆马赋》："马超破苏氏坞,坞中有骏马百余匹,自超以下,俱争取肥好者,将军庞德独取一骊马,形貌既卫,众笑之。其后马超战于渭南,逸足电发,追不可逮,众乃服焉。"(《三国志补注》卷三)

下壕堑,虚土棚盖,河内以兵诱之。贼急来必陷,贼陷便可击矣。"

却说马超回见韩遂,说:"几乎捉住曹操!有一将奋勇负操下船去了,不知何人。"遂曰:"吾闻曹操选极精壮之人为帐前侍卫,名曰'虎卫军',⑫以骁将典韦、许褚领之。典韦已死。今救曹操者必许褚也。此人勇力过人,人皆称为'虎痴',如遇之,不可轻敌。"超曰:"吾亦闻其名久矣。"遂曰:"今操渡河,将袭我后,可速攻之,不可令他创立营寨。若立营寨,急难剿除。"超曰:"以侄愚意,还只拒住北岸,使彼不得渡河,乃为上策。"遂曰:"贤侄守寨,吾引军循河战操,若何?"超曰:"令庞德为先锋,跟叔父前去。"于是韩遂与庞德将兵五万直抵渭南。⑬操令众将于甬道两旁诱之。庞德先引铁骑千余,冲突而来。喊声起处,人马俱落于陷马坑内。庞德踊身一跳,跃出土坑,立于平地,立杀数人,步行砍出重围。韩遂已被困在垓心,庞德步行救之,正遇着曹仁部将曹永,被庞德一刀砍于马下,夺其马,杀开一条血路,救出韩遂,投东南而走。背后曹兵赶来,马超引军接应,杀败曹兵,复救出大半军马。战至日暮方回。计点人马,折了将佐程银、张横,陷坑中死者二百余人。超与韩遂商议:"若迁延日久,操于河北立了营寨,难以退敌;不若乘今夜引轻骑去劫野营。"遂曰:"须分兵前后相救。"于是超自为前部,令庞德、马岱为后应,当夜便行。

却说曹操收兵屯渭北,唤诸将曰:"贼欺我未立寨栅,必来劫野营。可四散伏兵,虚其中军。号炮响时,伏兵尽起,一鼓可擒也。"众将依令,伏兵已毕。当夜马超却先使成宜引三十骑往前哨探。成宜见无人马,径入中军。操军见西凉兵到,遂放号炮,四面伏兵皆出,只围得三十骑。成宜被夏侯渊所杀。马超却自从背后与庞德、马岱兵分三路,蜂拥杀来。正是:

　　纵有伏兵能候敌,怎当健将共争先。

未知胜负若何,且看下文分解。

第五十九回　许褚裸衣斗马超　曹操抹书间韩遂

却说当夜两兵混战,直到天明,各自收兵。马超屯兵渭口,日夜分兵前后攻击。曹操在渭河内,将船筏锁练作浮桥三条,连接南岸。曹仁引军夹河立寨,将粮草车辆穿连,以为屏障。马超闻之,教军士各挟草一束,带着火种,与韩遂引军并力杀到寨前,堆积草把,放起烈火。操兵抵敌不住,弃寨而走,车乘、浮桥,尽被烧毁。西凉兵大胜,截住渭河。曹操立不起营寨,心中忧惧。荀攸曰:"可取渭河沙土,筑起土城,可以坚守。"操拨三万军担土筑城,马超又差庞德、马岱各引五百马军,往来冲突,更兼沙土不实,筑起便倒,操无计可施。时当九月尽,天气暴冷,彤云密布,连日不开。曹操在寨中纳闷,忽人报曰:"有一老人来见丞相,欲陈说方略。"操请入,见其人鹤骨松姿,形貌苍古,问之,乃京兆人也,隐居终南山,姓娄名子伯,道号"梦梅居士①"。操以客礼待之。子伯曰:"丞相欲跨渭安营久矣,今何不乘时筑之?"操曰:"沙土之地,筑垒不成。隐士有何良策赐教?"子伯曰:"丞相用兵如神,岂不知天时乎? 连日阴云布合,朔风一起,必大冻矣。风起之后,驱兵士运土泼水,比及天明,土城已就。"操大悟,厚赏子伯,子伯不受而去。

是夜北风大作,操尽驱兵士担土泼水,为无盛水之具,作缣囊盛水浇之,随筑随冻。比及天明,沙水冻紧,土城已筑完②。细作报知马超,超领兵观之,大惊,疑有神助。次日,集大军鸣鼓而进。操自乘马出营,止有许褚一人随后。操扬鞭大呼曰:"孟德单骑至此,请马超出来答话。"超乘马挺枪而出。操曰:"汝欺我营寨不成,

① **被改造成隐士的娄圭**
按,娄子伯不是隐士。据《魏略》,娄圭字子伯,是曹操少年时代好朋友,他在荆州归顺曹操,"以为大将,不使典兵,常在坐席言议。"曹操常说,"子伯之计,孤不及也"(《吴书》)。他跟随曹操,攻破马超,功劳最多。但是曹操很妒忌他。有一次,就凭借娄圭随便讲了一句评述曹氏父子外出游玩的话,"此家父子,如今尚为乐也。"说他有腹诽意,处以死罪。

② **曹操是最早打造冰城者**
娄子伯为曹操献谋事,见《三国志·魏书·武帝纪》引《曹瞒传》:"时公军每渡渭,辄为超骑所冲突,营不得立,地又多沙,不可筑垒。娄子伯说公曰:'今天寒,可起沙为城,以水灌之,可一夜而成。'公从之,乃多作缣囊以运水,夜渡兵作城,比明,城立,由是公军尽得渡渭。"古史多有冰城却敌故事,著名如北魏司马楚之、北宋杨延昭和明居庸关守将罗通。晚清太平天国北伐,在河北连镇,时逢隆冬,清帅僧格林沁以筑泥墙浇以水凝成冰以困之。

《三国志·蜀书·马超传》："曹公与遂、超单马会语,超负其多力,阴欲突前捉曹公。"《江表传》记述尤详:"魏太祖与马超单马会语,超负其多力,尝制六斛米囊,东西走马辄制米囊以量太祖轻重。太祖寻知之,曰:几为狡虏所欺。"(《太平御览》卷七百四)

今一夜天已筑就,汝何不早降!"马超大怒,意欲突前擒之③,见操背后一人,睁圆怪眼,手提钢刀,勒马而立。超疑是许褚,乃扬鞭问曰:"闻汝军中有虎侯,安在哉?"许褚提刀大叫曰:"吾即谯郡许褚也!"目射神光,威风抖擞。超不敢动,乃勒马回。操亦引许褚回寨。两军观之,无不骇然。操谓诸将曰:"贼亦知仲康乃虎侯也。"自此军中皆称褚为虎侯。许褚曰:"某来日必擒马超。"操曰:"马超英勇,不可轻敌。"褚曰:"某誓与死战。"即使人下战书,说虎侯单搦马超来日决战。超接书大怒曰:"何敢如此相欺耶!"即批次日誓杀虎痴。

次日两军出营,布成阵势。超分庞德为左翼,马岱为右翼,韩遂押中军。超挺枪纵马,立于阵前,高叫:"虎痴快出!"曹操在门旗下回顾众将曰:"马超不减吕布之勇。"言未绝,许褚拍马舞刀而出。马超挺枪接战。斗了一百余合,胜负不分。马匹困乏,各回军中,换了马匹,又出阵前。又斗一百余合,不分胜负。许褚性起,飞回阵中,卸了盔甲,浑身筋突,赤体提刀,翻身上马,来与马超决战。两军大骇。两个又斗到三十余合,褚奋威举刀便砍马超。超闪过,一枪望褚心窝刺来。褚弃刀将枪挟住,两个在马上夺枪。许褚力大,一声响,拗断枪杆,各拿半节在马上乱打。操恐褚有失,遂令夏侯渊、曹洪两将齐出夹攻。庞德、马岱见操将齐出,麾两翼铁骑,横冲直撞,混杀将来。操兵大乱,许褚臂中两箭,诸将慌退入寨。马超直杀到濠边,操兵折伤大半。操令坚闭休出。马超回至渭口,谓韩遂曰:"吾见恶战者莫如许褚,真虎痴也!"

却说曹操料马超可以计破,乃密令徐晃、朱灵尽渡河西结营,前后夹攻。一日,操于城上见马超引数百骑直临寨前,往来如飞。操观良久,掷兜鍪于地曰:"马儿不死,吾无葬地矣!"夏侯渊听了,心中气忿,厉声曰:"吾宁死于此地,誓灭马贼!"遂引本部千余人,大开寨门,直赶去。操急止不住,恐其有失,慌自上马前来接应。马超见曹兵至,乃将前军作后队,后队作先锋,一字儿摆开。夏侯渊到,马超接住厮杀。超于乱军中遥见曹操,就撇了夏侯渊,直取曹操。操大惊,拨马而走,曹兵大乱。正追之际,忽报操有一军,已在河西下了营寨。超大惊,无心追赶,急收军回寨,与韩遂商议,言:"操兵乘虚已渡河西,吾军前后受敌,如之奈何?"部将李堪曰:"不如割地请和,两家且各罢兵。捱过冬天,到春暖别作计议。"韩遂曰:"李堪之言最善,可从之。"超犹豫未决。杨秋、侯选皆劝求和,于是韩遂遣杨秋为使,直往操寨下书,言割地请和之事。操曰:"汝且回寨,吾来日使人回报。"杨秋辞去。贾诩入见操,曰:"丞相主意若何?"操曰:"公所见若何?"诩曰:"兵不厌诈,可伪许之。然后用反间计,令韩、马相疑,则一鼓可破也。"操抚掌大喜曰:"天下高见,多有相合。文和之谋,正吾心中之事也。"于是遣人回书,言:"待我徐徐退兵,还汝河西之地。"一面教搭起浮桥,作退军之意。

马超得书，谓韩遂曰："操虽然许和，奸雄难测。倘不准备，反受其制。超与叔父轮流调兵，今日叔向操，超向徐晃；明日超向操，叔向徐晃，分头提备。以防其诈。"韩遂依计而行。早有人报知曹操，操顾贾诩曰："吾事济矣。"问："来日是谁合向我这边？"人报曰："韩遂。"次日，操引众将出营，左右围绕，操独显一骑于中央。韩遂部卒多有不识操者，出阵观看。操高叫："汝诸军欲观曹公耶？吾亦犹人也，非有四目两口，但多智谋耳。"诸军皆有惧色。操使人过阵谓韩遂曰："丞相谨请韩将军会话。"韩遂即出阵，见操并无甲仗，亦弃衣甲，轻服匹马而出。二人马头相交，各按辔对语。操曰："吾与将军之父同举孝廉，吾尝以叔事之。吾亦与公同登仕路，不觉有年矣。④将军今年妙龄几何？"韩遂答曰："四十岁矣。"操曰："往日在京师，皆青春年少，何期又中旬矣。安得天下清平共乐耶！"只把旧事细说，并不提起军情。说罢大笑。相谈有一个时辰，方回马而别，各自归寨。早有人将此事报知马超，超忙来问韩遂曰："今日曹操阵前所言何事？"遂曰："只诉京师旧事耳。"超曰："安得不言军务乎？"遂曰："曹操不言，吾何独言之？"超心甚疑，不言而退。

④ **韩遂与曹操是否旧交**

曹操二十岁举孝廉，不可能与韩父同庚，此乃小说家言。但两人在光和年间(178—183)或相识。《三国志·魏书·武帝纪》引《典略》称："遂奉计诣京师，何进宿闻其名，特与相见。遂说进使诛诸阉人，进不从，乃求归。会凉州宋扬、北宫玉反，举章、遂为主。"韩遂与边章造反乃在中平元年(184)。此时前，韩遂可能来过洛阳，但还不可劝何进杀宦官事。

却说曹操回寨，谓贾诩曰："公知吾阵前对语之意否？"诩曰："此意虽妙，尚未足间二人。某有一策，令韩、马自相仇杀。"操问其计，贾诩曰："马超乃一勇之夫，不识机密。丞相亲笔作一书，单与韩遂，中间朦胧字样，于要害处，自行涂抹改易，然后封送与韩遂。故意使马超知之，超必索书来看。若看见上面要紧去处尽皆改抹，只猜是韩遂恐超知其机密事，自行改涂，正合着单骑会语之疑，疑则必生乱。我更暗结韩遂部下诸将，使互相离间，超可图矣。"操曰："此计甚妙。"随写书一封，将紧要处尽皆改抹，然后实封，故意多遣从人送过寨去，下了书自回。果然有人报知马超，超心愈疑，径来韩遂处索书看。韩遂将书与超，超见上面有改抹字样，问遂曰："书上如何都改抹糊涂？"遂曰："原书如此，不知何故。"超曰："岂有以草稿送与人耶？必是叔父怕我知了详细，先改抹了。"遂曰："莫非曹操错将草稿误封来了？"超曰："吾又不信。曹操是精细之人，岂有差错？吾与叔父并力杀贼，奈何忽生异心？"遂曰："汝若不信吾心，来日吾在阵前赚操说话，汝从阵中突出，一枪刺杀便了。"超曰："若如此，方见叔父真心。"两人约定。

次日，韩遂引侯选、李堪、梁兴、马玩、杨秋五将出阵，马超藏在门影里。韩遂使人到操寨前，高叫："韩将军请丞相攀话。"操乃令曹洪引数十骑径出阵前与韩遂相见。马离数步，洪马上欠身言曰："夜来丞相拜意将军之言，切莫有误。"言讫便回马。超听得大怒，挺枪骤马便刺韩遂，五将拦住，劝解回寨。遂曰："贤侄休疑，我无歹心。"马超那里肯信，恨怨而去。韩遂与五将商议曰："这事如何解释？"杨秋曰："马超倚仗武勇，常有欺凌主公之心，便胜得曹操，怎肯相让？以某愚见，不如暗投曹公，他日不失封侯之位。"遂曰："吾与马腾结为兄弟，安忍背之？"杨秋曰："事已至此，不得不然。"遂曰："谁可以通消息？"杨秋曰："某愿往。"遂乃写密书，遣杨秋径来操寨，说投降之事。操大喜，许封韩遂为西凉侯，杨秋为西凉太守，其余皆有官爵。约定放火为号，共谋马超。杨秋拜辞，回见韩遂，备言其事："约定今夜放火，里应外合。"遂大喜，就令军士于中军帐后堆积干柴，五将各悬刀剑听候。韩遂商议欲设宴赚请马超，就席图之，犹豫未决。

不想马超早已探知备细，便带亲随数人，仗剑先行，令庞德、马岱为后应。超潜步入韩遂帐中，只见五将与韩遂密语，只听得杨秋口中说道："事不宜迟，可速行之。"超大怒，挥剑直入，大喝曰："群贼焉敢谋害我！"众皆大惊。超一剑望韩遂面门剁去，遂慌以手迎之，左手早被砍落。五将挥刀齐出。超纵步出帐外，五将围绕混杀。超独挥宝剑，力敌五将，剑光明处，鲜血溅飞，砍翻马玩，剁倒梁兴，三将各自逃生。超复入帐中来杀韩遂时，已被左右救去。帐后一把火起，各寨兵皆动。超连忙上马，庞德、马岱亦至，互相混战。超领军杀出时，操兵四至：前有许褚，后有徐晃，左有夏侯渊，右有曹洪。西凉之兵，自相拼杀。超不见了庞德、马岱，乃引百余骑截于渭桥之上。天色微明，只见李堪领一军从桥下过，超挺枪纵马逐之，李堪拖枪而走。恰好于禁从马超背后赶来，禁开弓射马超，超听得背后弦响，急闪过，却射中前面李堪，落马而死。超回马来杀于禁，禁拍马走了。超回桥上住扎。操兵前后大至，虎卫军当先，乱箭夹射马超，超以枪拨之，矢皆纷纷落地。超令从骑往来突杀，争奈曹兵围裹坚厚，不能冲出。超于桥上大呼一声，杀入河北，从骑皆被截断。超独在阵中冲突，却被暗弩射倒坐下马，马超堕于地上，操军逼合。正在危急，忽西北角上一彪军杀来，乃庞德、马岱也。二人救了马超，将军中战马与马超骑了。翻身杀条血路，望西北而走。曹操闻马超走脱，传令诸将："无分晓夜，务要赶到马儿。如得首级者，赏千金，封万户侯；生获者封大将军。"众将得令，各要争功，迤逦追袭。马超顾不得人马困乏，只顾奔走，从骑渐渐皆散。步兵走不上者多被擒去，止剩得三十余骑，与庞德、马岱望陇西临洮而去。

曹操亲自追至安定，知马超去远，方收兵回长安。众将毕集。

⑤ **韩遂未降曹操**

韩遂因与马超相疑，被曹操分兵击破。据《三国志·魏书·武帝纪》，汉建安二十年（215），曹操西征汉中，"西平、金城诸将麹演、蒋石等共斩送韩遂首。"此时已在他关中拒曹后四年了。按，韩遂系汉中平元年冬（184）与边章等在金城（甘肃兰州）等地起事。中平四年，韩遂杀边章，拥兵十余万，进占陇西，与马腾合军，攻掠三辅。尔后如《演义》所述，"阻兵为乱，积三十二年，至是乃死，年七十余矣"（《典略》），但他始终未降曹操。也从未受曹操把持下的汉廷封赐官爵，与马腾不同；他的"镇西将军"还是初平三年（192）李傕、郭汜把持朝政时所授予的。即如《武帝纪》称，"公（曹操）乃与克日会战，先以轻兵挑之，战良久，乃纵虎骑夹击，大破之，斩成宜、李堪等。遂、超等走凉州、杨秋奔安定，关中平。"

⑥ **杨秋降后封侯**

汉建安十六年，曹操在平定关中后，即北上攻讨杨秋，"冬十月，军自长安北征杨秋，围安定。秋降，复其爵位，使留抚其民人"（《三国志·魏书·武帝纪》）。是杨秋非如《演义》说随韩遂降，而是在亲征安定（甘肃镇原东南）时始降的。魏文帝即位后，升讨寇将军，位特进，封临泾侯。

韩遂已无左手，做了残疾之人，操教就于长安歇马，授西凉侯之职⑤。杨秋、侯选皆封列侯，令守渭口。⑥下令班师回许都。凉州参军杨阜，字义山，径来长安见操。操问之，杨阜曰："马超有吕布之勇，深得羌人之心。今丞相若不乘势剿绝，他日养成气力，陇上诸郡，非复国家之有也。望丞相且休回兵。"操曰："吾本欲留兵征之，奈中原多事，南方未定，不可久留。君当为孤保之。"阜领诺，又保荐韦康为凉州刺史，同领兵屯冀城，以防马超。阜临行，请于操曰："长安必留重兵以为后援。"操曰："吾已定下，汝但放心。"阜辞而去。众将皆问曰："初贼据潼关，渭北道缺，丞相不从河东击冯翊，而反守潼关，迁延日久，而后北渡，立营固守，何也？"操曰："初贼守潼关，若吾初到便取河东，贼必以各寨分守诸渡口，则河西不可渡矣。吾故盛兵皆聚于潼关前，使贼尽南守，而河西不准备，故徐晃、朱灵得渡也。吾然后引兵北渡，连车树栅为甬道，筑水城，欲贼知吾弱，以骄其心，使不准备。吾乃巧用反间，畜士卒之力，一旦击破之。正所谓'疾雷不及掩耳'。兵之变化，固非一道也。"众将又请问："丞相每闻贼加兵添众，则有喜色，何也？"操曰："关中边远，若群贼各依险阻，征之非一二年不可平复；今皆来聚一处，其众虽多，人心不一，易于离间，一举可灭：吾故喜也。"众将拜曰："丞相神谋，众不及也。"操曰："亦赖汝众文武之力。"遂重赏诸军。留夏侯渊屯兵长安，所得降兵，分拨各部。夏侯渊保举冯翊高陵人，姓张，名既，字德容，为京兆尹⑦，与渊同守长安。操班师回都，献帝排銮驾出郭迎接。诏操"赞拜不名，入朝不趋，剑履上殿，如汉相萧何故事。"自此威震中外。

这消息播入汉中，早惊动了汉宁太守张鲁。原来张鲁乃沛国丰人。其祖张陵，在西川鹄鸣山中造作道书以惑人，人皆敬之。陵死之后，其子张衡行之。百姓但有学道者，助米五斗，世号"米贼"。张衡死，张鲁行之。鲁在汉中自号为"师君"；其来学道者皆号为"鬼卒"，为首者号为"祭酒"，领众多者，号为"治头大祭酒"。务以诚信为主，不许欺诈。如有病者，即设坛，使病人居于静室之中，自思己过，当面陈首，然后为之祈祷。主祈祷之事者，号为"奸令祭酒"。祈祷之法，书病人姓名，说服罪之意，作文三通，名为

⑦ **张既非夏侯渊保举**

张既，《三国志·魏书》有传。张既久在关中，"以议郎参丞相军事，使西征诸将。"随曹操破马超于潼关，"西定关右，以既为京兆尹，招怀流民，兴复县邑，百姓怀之。"（《三国志·魏书·张既传》）

⑧ **张鲁"三官手书"**

中国道教最早敬奉神灵为"三官大帝"。所谓"三官手书"是天官赐福、地官赦罪、水官解厄。张鲁"三官手书"是一大发明，反映了农民的朴素、愚昧观。此说传播千年。陆容《菽园杂记》卷九"朝廷近建三官庙，规制宏丽，像肖庄严，其费皆出内帑，不烦有司。工成日，内宫各内官及文武诸司大臣，俱往瞻礼。盖上承旨后意，而群臣将顺之也。兵书涞水张公问予三官所由始。尝之汉熹平间，汉中有张修为太平道、张角、张鲁为五斗米道，而鲁尤盛。盖自祖陵、父衡造符书于蜀鹄鸣山，制鬼卒、祭酒等号。有疾者，令其自书氏名及服罪之意。作三道，其一上之天，著山上；其一埋之地；其一沈之水，谓之天地水三官。三官之名，实始于此"。可见明皇室亦崇三官。

⑨ **中国最早的政教合一政权和张天师**

张鲁据守的汉中，建立了中国最早的政教合一政权。张鲁的祖父张陵（张道陵），客居蜀郡（四川成都），学道鹄鸣山中，跟他学"道"的人，每人出五斗米，因此称为"五斗米道"。张陵也被称为中国道教的开山祖师。张鲁继承父祖之业，据汉中三十年。他自称师君，不设官吏，以信道教资深者出任各级祭酒（也有说是能专门讲授老子《道德经》的），统率部众。各祭酒皆作义舍，置义米、

义肉于舍中，任令行人各自其食。他是以神道设教和政教合一的体制建立统治秩序的。张鲁降曹后，翌年病死，"晚以印剑授子盛曰：'大江之东雪锦山亦名龙虎山，祖师正一元坛在焉。汝可以印剑经箓其地，永宣祖教，以传于世'"(乾隆《龙虎山志》)。有关此事，也见自《元史·释老传》："正一天师者始自汉张道陵，其后四代日盛，来居信之龙虎山，相传至三十六代宗演，当至元十三年，世祖(忽必烈)已平江南，遣使召之，至则命廷臣郊劳，待以客礼，特赐至芙蓉冠组金无缝服，命主领江南道教，仍赐银印。"

⑩ **刘璋、张鲁交恶根因**

据《三国志·蜀书·刘二牧传》称，刘璋袭刘焉益州牧"而张鲁稍骄恣，不承顺璋，璋杀鲁母及弟，遂为仇敌。"刘焉，即《演义》第一回幽州太守是也，但此人并未做过幽州主官。他是野心家，因听说益州分野有天子气，而求为益州牧。在益州任内，招降纳叛。五斗米道首领张鲁母长得漂亮，常往来刘焉家，有了这层暧昧，张鲁被任命为督义司马，驻扎汉中。刘璋杀张鲁母，或含有为自己家族剪除父之内宠昧，此处张鲁弟，并不排斥乃刘焉私生子。

"三官手书"⑧。一通放于山顶以奏天，一通埋于地以奏地，一通沉于水以申水官。如此之后，但病痊可，将米五斗为谢。又盖义舍，舍内饭米、柴火、肉食齐备，许过往人量食多少，自取而食，多取者受天诛。境内有犯法者，必恕三次；不改者，然后施刑。所在并无官长，尽属祭酒所管。如此雄据汉中之地已三十年⑨。国家以为地远不能征伐，就命鲁为镇南中郎将，领汉宁太守，通进贡而已。当年闻操破西凉之众，威震天下，乃聚众商议曰："西凉马腾遭害，马超新败，曹操必将侵我汉中。我欲自称汉宁王，督兵拒曹操，诸君以为何如？"阎圃曰："汉川之民，户出十万余众，财富粮足，四面险固。今马超新败，西凉之民，从子午谷奔入汉中者，不下数万。愚意益州刘璋昏弱，不如先取西川四十一州为本，然后称王未迟。"张鲁大喜，遂与弟张卫商议起兵。早有细作报入川中。

却说益州刘璋，字季玉，即刘焉之子，汉鲁恭王之后。章帝元和中，徙封竟陵，支庶因居于此。后焉官至益州牧，兴平元年患病疽而死。州大吏赵韪等，共保璋为益州牧。璋曾杀张鲁母及弟，因此有仇⑩。璋使庞羲为巴西太守，以拒张鲁。时庞羲探知张鲁欲兴兵取川，急报知刘璋。璋平生懦弱，闻得此信，心中大忧，急聚众官商议。忽一人昂然而出曰："主公放心，某虽不才，凭三寸不烂之舌，使张鲁不敢正眼来觑西川。"正是：

　　只因蜀地谋臣进，致引荆州豪杰来。

　　未知此人是谁，且看下文分解。

三国演义

第六十回　张永年反难杨修　庞士元议取西蜀

却说那进计于刘璋者，乃益州别驾①，姓张，名松，字永年。其人生得额镶头尖，鼻偃齿露，身短不满五尺，言语有若铜钟。刘璋问曰："别驾有何高见，可解张鲁之危？"松曰："某闻许都曹操，扫荡中原，吕布、二袁皆为所灭，近又破马超，天下无敌矣。主公可备进献之物，松亲往许都，说曹操兴兵取汉中，以图张鲁。则鲁拒敌不暇，何敢复窥蜀中耶？"刘璋大喜，收拾金珠锦绮，为进献之物，遣张松为使②。松乃暗画西川地理图本藏之，带从人数骑，取路赴许都。早有人报入荆州。孔明便使人入许都打探消息。

却说张松到了许都馆驿中住定，每日去相府③伺候，求见曹操。原来曹操自破马超回，傲睨得志，每日饮宴，无事少出，国政皆在相

名　　称	职　　责	附　　注
治中从事		为州牧之副
别驾从事		位居第三
功曹从事		
簿书从事	主财谷	
兵曹从事	掌兵事	
郡国从事	主督促文书、察举非法	
司　马		
主　簿	省文书	
门庭长	掌州正门	
书　佐		
计　吏		

① **东汉三国州牧属员简表**
② **刘璋三次通好曹操**
刘璋主益州政后，曾三次遣使向曹操致敬：第一次是建安十二年(207)，刘璋得悉曹操将征荆州，派阴溥致敬；第二次是翌年，又派别驾从事张肃送呈叟兵三百人并杂御物；第三次，是建安十三年，也就是最重要的一次，复派别驾张松前来，在荆州(江陵)遇见曹操，但曹操这时因为已占领荆襄，对他不甚礼貌，且不知所云地给了一个比别驾小得多的越隽比苏令。张松以为是有意羞耻，很不高兴，恰好曹军在赤壁打了败仗，他只得返回，当然不可能再赴邺都。当时周瑜、刘备正合军攻打江陵，刘备尚未有据地招待张松。看来他俩未会晤。更不会在荆州(江陵)会晤的。张松回去就劝刘璋断绝和曹操往来，并建议和刘备通好。此处且将这次张松出使移迟至曹操破马超后，莫名其妙地向后移迟了三年。

③ **曹操相府在邺都**
据《三国志·魏书·武帝纪》，时曹操乃回到邺都(河北临漳)，不在许都。建安九年(204)，曹

操拔邺郡,为冀州牧,即以邺郡为居留地,开凿玄武池,大治府第,以为丞相府。他不赴许都(河南许昌),所谓许都,乃是汉天子所在地,他乃是由荀彧代行丞相事"以侍中光禄大夫持节参丞相军事",又以夏侯惇为河南尹,主持京都卫戍。

④ 曹操最早为《孙子兵法》作文摘

曹操博览群书,二十几岁就研究兵法,"特好兵法,抄集诸家兵法,名曰《兵书接要》"(《三国志·魏书·武帝纪》裴注引孙盛《异同杂语》)。《兵书接要》是最早兵书摘,故《太平御览》作《魏武兵书辑略》。曹操也为诸家兵法作注。他是世界上前几个为《孙子兵法》作注释者。据说《孙子兵法》原来有八十二篇十余万言,"曹操削其繁剩,笔其精粹以成此书"(杜牧)。《隋书·经籍志》就刊有曹操《续孙子兵法》二卷,还有《太公阴谋解》三卷和《司马法注》。《魏书》还称曹操写兵法,并命多人誊写,分赠诸将,所谓"自作兵书十余万言,诸将征伐,皆以新书从事"。此或是《演义》所称杨修示张松的《孟德新书》。

府商议。张松候了三日,方得通姓名。左右近侍先要贿赂,却才引入。操坐于堂上,松拜毕,操问曰:"汝主刘璋连年不进贡,何也?"松曰:"为路途艰难,贼寇窃发,不能通进。"操叱曰:"吾扫清中原,有何盗贼?"松曰:"南有孙权,北有张鲁,西有刘备,至少者亦带甲十余万,岂得为太平耶?"操先见张松人物猥琐,五分不喜;又闻语言冲撞,遂拂袖而起,转入后堂。左右责松曰:"汝为使命,何不知礼,一味冲撞? 幸得丞相看汝远来之面,不见罪责。汝可急急回去!"松笑曰:"吾川中无谄佞之人也。"忽然阶下一人大喝曰:"汝川中不会谄佞,吾中原岂有谄佞者乎?"松观其人,单眉细眼,貌白神清。问其姓名,乃太尉杨彪之子杨修,字德祖,现为丞相门下掌库主簿。此人博学能言,智识过人。

松知修是个舌辩之士,有心难之。修亦自恃其才,小觑天下之士。当时见张松言语讥讽,遂邀出外面书院中,分宾主而坐,谓松曰:"蜀道崎岖,远来劳苦。"松曰:"奉主之命,虽赴汤蹈火弗敢辞也。"修问:"蜀中风土何如?"松曰:"蜀为西郡,古号益州。路有锦江之险,地连剑阁之雄。回还二百八程,纵横三万余里。鸡鸣犬吠相闻,市井闾阎不断。田肥地茂,岁无水旱之忧;国富民丰,时有管弦之乐。所产之物,阜如山积,天下莫可及也。"修又问:"蜀中人物如何?"松曰:"文有相如之赋,武有伏波之才,医有仲景之能,卜有君平之隐。九流三教,出乎其类,拔乎其萃者,不可胜记,岂能尽数!"修又问:"方今刘季玉手下,如公者还有几人?"松曰:"文武全才、智勇足备、忠义慷慨之士,动以百数。如松不才之辈,车载斗量,不可胜记。"修曰:"公近居何职?"松曰:"滥充别驾之任,甚不称职。也问公为朝廷何官?"修曰:"现为丞相府主簿。"松曰:"久闻公世代簪缨,何不立于庙堂,辅佐天子,乃区区作相府门下一吏乎?"杨修闻言,满面羞惭,强颜而答曰:"某虽居下寮,丞相委以军政钱粮之重,早晚多蒙丞相教诲,极有开发,故就此职耳。"松笑曰:"松闻曹丞相文不明孔、孟之道,武不达孙、吴之机,专务强霸而居大位,安能有所教诲,以开发明公耶?"修曰:"公居边隅,安知丞相大才乎? 吾试令公观之。"呼左右于箧中取书一卷,以示张松。松观其题曰《孟德新书》。从头至尾,看了一遍,共一十三篇,皆用兵之要法。松看毕,问曰:"公以此为何书耶?"修曰:"此是丞相酌古准今,仿《孙子十三篇》而作④。公欺丞相无才,此堪以传后世否?"松大笑曰:"此书吾蜀中三尺小童,亦能暗诵,何为新书? 此是战国时无名氏所作,曹丞相盗窃以为己能,止好瞒足下耳。"修曰:"丞相秘藏之书,虽已成帙,未传于世。公言蜀中小儿暗诵如流,何相欺乎?"松曰:"公如不信,吾试诵之。"遂将《孟德新书》从头至尾,朗诵一遍,并无一字差错。修大惊曰:"公过目不忘,真天下奇才也!"后人有诗赞曰:

古怪形容异,清高体貌疏。

语倾三峡水,目视十行书。

胆量魁西蜀,文章贯太虚。

百家并诸子,一览更无余。

当下张松欲辞回。修曰:"公且暂居馆舍,容某再禀丞相,令公面君。"松谢而退。修入见操曰:"适来丞相何慢张松乎?"操曰:"言语不逊,吾故慢之。"修曰:"丞相尚容一祢衡,何不纳张松?"操曰:"祢衡文章播于当今,吾故不忍杀之。松有何能?"修曰:"且无论其口似悬河,辩才无碍,适修以丞相所撰《孟德新书》示之,彼观一遍,即能暗诵。如此博闻强记,世所罕有。松言此书,乃战国时无名氏所作,蜀中小儿皆能熟记。"操曰:"莫非古人与我暗合否?"令扯碎其书烧之。修曰:"此人可使面君,教见天朝气象。"操曰:"来日我于西教场点军,汝可先引他来,使见我军容之盛。教他回去传说,吾即日下了江南,便来收川。"修领命。

至次日,与张松同至西教场。操点虎卫雄兵五万,而于教场中。果然盔甲鲜明,衣袍灿烂;金鼓震天,戈矛耀日;四方八面,各分队伍;旌旗飐彩,人马腾空。松斜目视之。良久,操唤松指而示曰:"汝川中曾见此英雄人物否?"松曰:"吾蜀中不曾见此兵革,但以仁义治人。"操变色视之,松全无惧意。杨修频以目视松。操谓松曰:"吾视天下鼠辈,犹草芥耳。大军到处,战无不胜,攻无不取。顺吾者生,逆吾者死。汝知之乎!"松曰:"丞相驱兵到处,战必胜,攻必取,松亦素知。昔日濮阳攻吕布之时,宛城战张绣之日,赤壁遇周郎,华容逢关羽,割须弃袍于潼关,夺船避箭于渭水,此皆无敌于天下也!"操大怒曰:"竖儒怎敢揭吾短处!"喝令左右推出斩之。杨修谏曰:"松虽可斩,奈从蜀道而来入贡,若斩之,恐失远人之意。"操怒气未息,荀彧亦谏。操方免其死,令乱棒打出。

松归馆舍,收拾回川,连夜出城。松自思曰:"吾本欲献西川州郡与曹操,谁想如此慢人。我来时于刘璋之前开了大口,今日快快空回,须被蜀中人所笑。吾闻荆州刘玄德仁义远播久矣,不如径由那条路回,试看此人如何,我自有主见。"于是乘马引仆从望荆州界上而来。前至郢州界口,忽见一队军马,约有五百余骑。为首一员大将,轻妆软扮,勒马前问曰:"来者莫非张别驾乎?"松曰:"然也。"那将慌忙下马,声喏曰:"赵云等候多时。"松下马答礼曰:"莫非常山赵子龙乎?"云曰:"然也。某奉主公刘玄德之命,为大夫远涉路途,勒马驱驰,特命赵云聊奉酒食。"言罢,军士跪奉酒食,云敬进之。松自思曰:"人言刘玄德宽仁爱客,今果如此。"遂与赵云饮了数杯,上马同行,来到荆州界首。是日天晚,前到馆驿。见驿门外百余人侍立,击鼓相接。一将于马前施礼曰:"奉兄长将令,为大夫远涉风尘,令关某洒扫驿庭,以待歇宿。"松下马与云

⑤ 诸葛亮在耒阳

《三国志·蜀书·诸葛亮传》："先主遂收江南，以亮为军师中郎将，使督零陵、桂阳、长沙三郡，调其赋税，以充军实。"据《零陵先贤传》称，诸葛亮时驻临蒸，临蒸即今湖南衡阳。由此留下不少古迹，"耒阳县（湖南耒阳）有侯计山，相传武侯憩此计兵，一名侯憩山。安仁（湖南安仁）县西有相公山寨，相传武侯屯兵处"（《读史方舆纪要》八十），"永州府东安县（湖南东安）南有诸葛岭，先主遣武侯督长沙三郡赋，曾屯驻于此。沅州黔阳县西（湖南黔阳）有镡成废县，县有诸葛古城二：一在城南四十里，其地有卧龙坡；一在城东五十里之安江堡，亦谓之诸葛营，相传武侯抚绥溪洞诸蛮尝驻于此"（《读史方舆纪要》卷八十一）。按，诸葛亮安抚诸蛮，即"五溪蛮夷"，或确有其事。五溪《水经·沅水注》："武陵（湖南常德）有五溪，谓雄溪、满溪、无溪、酉溪、辰溪，夹溪悉是蛮左所居，故谓此蛮为五溪蛮。"据传，今四川东南秀山土家族苗族自治县发现的孔明洞，为当时居住在武陵山区"九溪十八洞"，古称为"五溪蛮夷"所祭祀诸葛亮的遗迹。该洞坐落于秀山龙凤乡，洞内分前厅、祭堂、八阵图、回音谷、蛮王宫等五大部分；石山乳钟石林立，暗河瀑布浪花飞溅。存有刘禅哭相、旋转迷宫、泸水飞瀑、马太守醉卧蟠桃宴、诸葛亮摇扇观星阵、古代人敬祭诸葛亮的石像，还有巧思泉、操演台、旧八阵等41处遗址。其中旧八阵，八方八门正对，冷暖感受、风向气流、水文走向及迷人的门径，无需指点，就可感受出生、死、热、寒、成、休、风、吉等孔明八阵（见香港《大公报》1994年3月36日）。

长、赵云同入馆舍。讲礼叙坐。须臾排上酒筵，二人殷勤相劝。饮至更阑，方始罢席，宿了一宵。

次日早膳毕，上马行不到三五里，只见一簇人马到。乃是玄德引着伏龙⑤、凤雏亲自来接。遥见张松，早先下马等候。松亦慌忙下马相见。玄德曰："久闻大夫高名，如雷灌耳。恨云山遥远，不得听教。今闻回都，专此相接。倘蒙不弃，到荒州暂歇片时，以叙渴仰之思，实为万幸。"松大喜，遂上马并辔入城。至府堂上，各各叙礼，分宾主依次而坐，设宴款待。饮酒间，玄德只说闲话，并不提起西川之事。松以言挑之曰："今皇叔守荆州，还有几郡？"孔明答曰："荆州乃暂借东吴的，每每使人取讨。今我主因是东吴女婿，故权且在此安身。"松曰："东吴据六郡八十一州，民强国富，犹且不知足耶？"庞统曰："吾主汉朝皇叔，反不能占据州郡，其他皆汉之蟊贼，却都恃强侵占地土。惟智者不平焉。"玄德曰："二公休言，吾有何德，敢多望乎？"松曰："不然，明公乃汉室宗亲，仁义充塞乎四海。休道占据州郡，便代正统而居帝位，亦非分外。"玄德拱手谢曰："公言太过，备何敢当！"

自此一连留张松饮宴三日，并不提起川中之事。松辞去，玄德于十里长亭设宴送行。玄德举酒酹松曰："甚荷大夫不外，留叙三日。今日相别，不知何时再得听教？"言罢，潸然泪下。张松自思："玄德如此宽仁爱士，安可舍之？不如说之，令取西川。"乃言曰："松亦思朝暮趋侍，恨未有便耳。松观荆州，东有孙权，常怀虎踞；北有曹操，每欲鲸吞。亦非可久恋之地也。"玄德曰："故知如此，但未有安迹之所。"松曰："益州险塞，沃野千里，民殷国富。智能之士，久慕皇叔之德。若起荆、襄之众，长驱西指，霸业可成，汉室可兴矣。"玄德曰："备安敢当此？刘益州亦帝室宗亲，恩泽布蜀中久矣，他人岂可得而动摇乎？"松曰："某非卖主求荣，今遇明公，不敢不披沥肝胆。刘季玉虽有益州之地，禀性暗弱，不能任贤用能；加之张鲁在北，时思侵犯，人心离散，思得明主。松此一行，专欲纳款于操。何其逆贼恣逞奸雄，傲贤慢士，故特来见明公。明公先取西川为基，然后北图汉中，收复中原，匡正天朝，名垂青史，功莫大焉。明公果有取西川之意，松愿施犬马之劳，以为内应，未知钧意若何？"玄德曰："深感君之厚意。奈刘季玉与备同宗，若攻之，恐天下人唾骂。"松曰："大丈夫处世，当努力建功立业，著鞭在先；今若不取，为他人所取，悔之晚矣。"玄德曰："备闻蜀道崎岖，千山万水，车不能方轨，马不能联辔，虽欲取之，用何良策？"松于袖中取出一图⑥，递与玄德曰："松感明公盛德，敢献此图。但看此图，便知蜀中道路矣。"玄德略展视之，上面尽写着地理行程，远近阔狭，山川险要，府库钱粮，一一俱载明白。松曰："明公可速图之。松有心腹契友二人：法正、孟达。此二人必能相助，如二人到荆州时，可以心事共议。"玄德拱手谢曰："青山不老，绿水长存。他日事成，必当厚报。"松曰："松遇明主，不得不尽情相告，岂敢望报乎？"说罢作别。孔明命云长等护送数十里方回。

张松回益州，先见友人法正。正字孝直，右扶风郿人也，贤士法真之子。松见正，备说："曹操轻贤傲士，只可同忧，不可同乐。吾已将益州许刘皇叔矣，专欲与兄共议。"法正曰："吾料刘璋无能，已有心见刘皇叔久矣。此心相同，又何疑焉⑦。"少顷，孟达至。达字子庆，与法正同乡。达入，见正与松密语。达曰："吾已知二公之意，将欲献益州耶？"松曰："是欲如此，兄试猜之，合献与谁？"达曰："非刘玄德不可。"三人抚掌大笑。法正谓松曰："兄明日见刘璋，当若何？"松曰："吾荐二公为使，可往荆州。"二人应允。

次日，张松见刘璋。璋问："干事若何？"松曰："操乃汉贼，欲篡天下，不可为言，彼已有取川之心。"璋曰："似此如之奈何？"松曰："松有一谋，使张鲁、曹操必不敢轻犯西川。"璋曰："何计？"松曰："荆州刘皇叔，与主公同宗，仁慈宽厚，有长者风。赤壁鏖兵之后，操闻之而胆裂，何况张鲁乎？主公何不遣使结好，使为外援，可以拒曹操、张鲁矣。"璋曰："吾亦有此心久矣。谁可为使？"松曰："非法正、孟达不可往也。"璋即召二人入，修书一封，令法正为使，先通情好；次遣孟达，领精兵五千，迎玄德入川为援。

正商议间，一人自外突入，汗流满面，大叫曰："主公若听张松之言，则四十一州郡，已属他人矣！"松大惊，视其人，乃西阆中巴人，姓黄，名权，字公衡，现为刘璋府下主簿。璋问曰："玄德与我同宗，吾故结之为援，汝何出此言？"权曰："某素知刘备：宽以待人，柔能克刚，英雄莫敌。远得人心，近得民望，兼有诸葛亮、庞统之智谋，关、

⑥ 张松没有献地图

张松是汉建安十三年(208)见曹操的。"张松为人短小放荡，不治节操，然识达精果有才干，刘璋遣诣曹公，曹公不甚礼松"(《益部耆旧记》)。建安十六年，因曹操将遣钟繇向汉中讨张鲁，张松向刘璋建议请刘备入川。"松于荆州见曹公还，劝璋绝曹公而自结先主。璋曰：'谁可使者？'松乃举正，正辞让，不得已而往。正既还，为松称说先主有雄略，密谋协规，愿共戴奉，而未有缘。后因璋闻曹公欲遣将征张鲁之有惧心也，松遂说璋宜迎先主，使之讨鲁，复令正衔命"(《三国志·蜀书·法正传》)。可见赴荆州与刘备联系的是法正，张松未与刘备见面。《三国志·蜀书·先主传》引裴注《吴书》说，"备前见张松，后得法正，皆厚以恩意接纳，尽其殷勤之欢。因问蜀中阔狭，兵器府库人马众寡，及诸要害道里远近，松等具言之，又画地图山川处所，由是尽知益州虚实也。"按此说不可信，司马光《通鉴考异》即称，此条材料乃误记，即使有献地图，也是法正即席的手绘图，与张松无关。张松被杀后，相传葬于四川彭县关口镇附近双松树，今残存土冢。刘备据成都后，未见有记录与张松昭雪和旌扬。

⑦ 法正在刘璋处不得志

法正，扶风郿县（陕西郿县）人，建安初南下西川，投奔刘璋。"久之为新都令。后召署军议(师)校尉。既不任用，又为其州邑俱侨客者所谤无行，志意不得。益州别驾张松与正相善，忖璋不足与有为，常窃叹息。"(《三国志·蜀书·法正传》)刘璋无能。而刘备与之言听计从，且在割据西川后，重用为蜀郡太守、尚书令。

张、赵云、黄忠、魏延为羽翼。若召到蜀中，以部曲待之，刘备安肯伏低做小？若以客礼待之，又一国不容二主。今听臣言，则西蜀有泰山之安；不听臣言，则主公有累卵之危矣。张松昨从荆州过，必与刘备同谋。可先斩张松，后绝刘备，则西川万幸也。"璋曰："曹操、张鲁到来，何以拒之？"权曰："不如闭境绝塞，深沟高垒，以待时清。"璋曰："贼兵犯界，有烧眉之急，若待时清，则是慢计也。"遂不从其言，遣法正行。又一人阻曰："不可！不可！"璋视之，乃帐前从事官王累也。累顿首言："主公今听张松之说，自取其祸。"璋曰："不然。吾结好刘玄德，实欲拒张鲁也。"累曰："张鲁犯界，乃癣疥之疾；刘备入川，乃心腹之大患。况刘备世之枭雄，先事曹操，便思谋害；后从孙权，便夺荆州。心术如此，安可同处乎？今若召来，西川休矣！"璋叱曰："再休乱道，玄德是我同宗，他安肯夺我基业？"便教扶二人出，遂命法正便行。

法正离益州，径取荆州，来见玄德。参拜已毕，呈上书信。玄德拆封视之。书曰：

　　族弟刘璋再拜致书于玄德宗兄将军麾下：久伏电天，蜀道崎岖，未及赍贡，甚切惶愧。璋闻"吉凶相救，患难相扶"，朋友尚然，况宗族乎？今张鲁在北，旦夕兴兵，侵犯璋界，甚不自安。专人谨奉尺书，上乞钧听，倘念同宗之情，全手足之义，即日兴师，剿灭狂寇，永为唇齿，自有重酬。书不尽言，尚候车骑。

玄德看毕大喜，设宴相待法正。酒过数巡，玄德屏退左右，密谓正曰："久仰孝直英名，张别驾多谈盛德。今获听教，甚慰平生。"法正谢曰："蜀中小吏，何足道哉！盖闻马逢伯乐而嘶，人遇知己而死。张别驾昔日之言，将军复有意乎？"玄德曰："备一身寄客，未尝不伤感而叹息，尚思鹪鹩尚存一枝，狡兔犹藏三窟，何况人乎？蜀中丰余之地，非不欲取；奈刘季玉系备同宗，不忍相图。"法正曰："益州天府之国，非治乱之主，不可居也。今刘季玉不能用贤，此业不久必属他人。今日自付与将军，不可错失。岂不闻'逐兔先得'之语乎？将军欲取，某当效死。"玄德拱手谢曰："尚容商议。"

当日席散，孔明亲送法正归馆舍。玄德独坐沉吟。庞统进曰："事当决而不决者，愚人也。主公高明，何多疑耶？"玄德问曰："以公之意，当复何如？"统曰："荆州东有孙权，北有曹操，难以得志。益州户口百万，土广财富，可资大业。今幸张松、法正为内助，此天赐也，可必疑哉？"玄德曰："今与吾水火相敌者，曹操也。操以急，吾以宽；操以暴，吾以仁；操以谲，吾以忠；每与操相反，事乃可成。若以小利而失信义于天下，吾不忍也。"庞统笑曰："主公之言，虽合天理，奈离乱之时，用兵争强，固非一道；若拘执常理，寸步不可行矣。宜从权变。且'兼弱攻昧'、'逆取顺守'，汤武之道也。若事定之后，报之以义，封为大国，何负于信？今日不取，终被他人取耳。主公幸熟思焉。"玄德乃恍然曰："金石之言，当铭肺腑。"于是遂请孔明，同议起兵西行。孔明曰："荆州重地，必须分兵守之。"玄德曰："吾与庞士元、黄忠、魏延前往西川，军师可与关云长、张翼德、赵子龙守荆州。"孔明应允。于是孔明总守荆州,关公拒襄阳要路,当青泥隘口;张飞领四郡巡江;赵云屯江陵,镇公安。玄德令黄忠为前部,魏延为后军,玄德自与刘封、关平在中军,庞统为军师,马步兵五万起程西行。临行时,忽廖化引一军来降。玄德便教廖化辅佐云长,以拒曹操。

　　是年冬月,引兵望西川进发。行不数程,孟达接着,拜见玄德,说刘益州令某领兵五千远来迎接。玄德使人入益州,先报刘璋。璋便发书告报沿途州郡,供给钱粮。璋欲自出涪城亲接玄德,即下令准备车乘帐幔旌旗铠甲,务要鲜明。主簿黄权入谏曰:"主公此去,必被刘备之害。某食禄多年,不忍主公中他人奸计。望三思之。"张松曰:"黄权此言,疏间宗族之义,滋长寇盗之威,实无益于主公。"璋乃叱权曰:"吾意已决,汝何逆吾!"权叩首流血,近前口衔璋衣而谏。璋大怒,扯衣而起。权不放,顿落门牙两个。璋喝左右,推出黄权。权大哭而归。璋欲行,一人叫曰:"主公不纳黄公衡忠言,乃欲自就死地耶!"伏于阶前而谏。璋视之,乃建宁俞元人也,姓李,名恢。叩首谏曰:"窃闻'君有诤臣,父有诤子。'黄公衡忠义之言,必当听从。若容刘备入川,是犹迎虎于门也。"璋曰:"玄德是吾宗兄,安肯害吾?再言者必斩!"叱左右推出李恢[8]。张松曰:"今蜀中文官,各顾妻子,不复为主公效力;诸将恃功骄傲,各有外意。不得刘皇叔,则敌攻于外,民攻于内,必败之道也。"璋曰:"公所谋深,于吾有益。"次日,上马出榆桥门。人报:"从事王累,自用绳索倒吊于城门之上,一手执谏章,一手仗剑,口称如谏不从,自割断其绳索,撞死于此地。"刘璋教取所执谏章观之。其略曰:

　　　　益州从事臣王累,泣血恳告:窃闻"良药苦口利于病,忠言逆耳利于行"。昔楚怀王不听屈原之言,会盟于武关,为秦所困。今主公轻离大郡,欲迎刘备于涪城,恐有去路而无回路矣。倘能斩张松于市,绝刘备之约,则蜀中老幼幸甚,主公之基业亦幸甚!

刘璋观毕,大怒曰:"吾与仁人相会,如亲芝兰,汝何数侮于吾耶?"王累大叫一声,自割断其索,撞死于地。[9]后人有诗叹曰:

　　　　倒挂城门捧谏章,拚将一死报刘璋。
　　　　黄权折齿终降备,矢节何如王累刚。

刘璋将三万人马往涪城来,后军装载资粮钱帛一千余辆,来接玄德。
却说玄德前军已到垫江。所到之处,一者是西川供给;二者是玄德号令严明,如有妄取百姓一物者斩:于是所到之处,秋毫无犯,百姓扶老携幼,满路瞻观,焚香礼拜。玄德皆用好言抚慰。

　　却说法正密谓庞统曰:"近张松有密书到此,言于涪城相会刘

⑧ 李恢未有谏刘璋事

据《三国志·蜀书·李恢传》,时李恢为建宁太守董和推荐,因自南中赶来,未至成都,刘备已由葭萌关南攻刘璋了。"恢知璋之必败,先主必成,乃托名郡使,北诣先主,遇于绵竹。"可见他从未见刘璋,刘璋也不知其为何许人。

⑨ 王累倒县州门以谏

《三国志·蜀书·刘二牧传》有刘璋遣法正请刘备,"从事广汉王累自倒县于州门以谏,璋一无所纳。"《华阳国志·广汉士女》称,"累为从事,以谏不入,乃自刎州门,以明不可。"此处并无执谏章等故事。当是为强化蜀中多官阻刘璋请刘备入蜀气氛,呈刘璋刚愎状。

按刘备入川走的是水路，由江州（四川重庆）到涪城（四川绵阳）。"（刘）璋率步骑三万余人，车乘帐幔，精光曜日，往就与会，先主所将将士，更相之适，欢饮百余日"（《三国志·蜀书·刘二牧传》）。据称刘璋在城东山脚下迎接，款待百日，刘备因此目睹巴蜀富庶，百姓安乐，就称此山为富乐山。后人还依山建有富乐寺。现富乐山地区已开辟为绵阳三国旅游城部分景观。

璋，便可图之。机会切不可失。"统曰："此意且勿言，待二刘相见，乘便图之。若预走泄，于中有变。"法正乃秘而不言。涪城离成都三百六十里。璋已到，使人迎接玄德。两军皆屯于涪江之上⑩。玄德入城，与刘璋相见，各叙兄弟之情。礼毕，挥泪诉告衷情。饮宴毕，各回寨中安歇。璋谓众官曰："可笑黄权、王累等辈，不知宗兄之心，妄相猜疑。吾今日见之，真仁义之人也。吾得他为外援，又何虑曹操、张鲁耶？非张松则失之矣。"乃脱所穿绿袍，并黄金五百两，令人往成都赐与张松。时部下将佐刘璝、泠苞、张任、邓贤等一班文武官曰："主公且休欢喜。刘备柔中有刚，其心未可测，还宜防之。"璋笑曰："汝等皆多虑，吾兄岂有二心哉！"众皆嗟叹而退。

却说玄德归到寨中，庞统入见曰："主公今日席上见刘季玉动静乎？"玄德曰："季玉真诚实人也。"统曰："季玉虽善，其臣刘璝、张任等，皆有不平之色，其间吉凶未可保也。以统之计，莫若来日设宴，请季玉赴席，于衣壁中埋伏刀斧手一百人。主公掷杯为号，就筵上杀之。一拥入成都，刀不出鞘，弓不上弦，可坐而定也。"玄德曰："季玉是吾同宗，诚心待吾；更兼吾初到蜀中，恩信未立；若行此事，上天不容，下民亦怨。公此谋，虽霸者亦不为也。"统曰："此非统之谋，是法孝直得张松密书，言事不宜迟，只在早晚当图之。"言未已，法正入见曰："某等非为自己，乃顺天命也。"玄德曰："刘季玉与吾同宗，不忍取之。"正曰："明公差矣！若不如此，张鲁与蜀有杀母之仇，必来攻取。明公远涉山川，驱驰士马，既到此地，进则有功，退则无益。若执狐疑之心，迁延日久，大为失计。且恐机谋一泄，反为他人所算。不如乘此天与人归之时，出其不意，早立基业，实为上策。"庞统亦再三相劝。正是：

> 人主几番存厚道，才臣一意进权谋。

未知玄德心下如何，且看下文分解。

三國演義

補證本

（增订本·下）

[明] 罗贯中 —————— 著

盛巽昌 —————— 补证

上海书店出版社

SHANGHAI BOOKSTORE PUBLISHING HOUSE

第六十一回　赵云截江夺阿斗　孙权遗书退老瞒

却说庞统、法正二人，劝玄德就席间杀刘璋，西川唾手可得。玄德曰："吾初入蜀中，恩信未立，此事决不可行。"二人再三说之，玄德只是不从。次日，复与刘璋宴于城中，彼此细叙衷曲，情好甚密。酒至半酣，庞统与法正商议曰："事已至此，由不得主公了。"便教魏延登堂舞剑，乘势杀刘璋。延遂拔剑进曰："筵间无以为乐，愿舞剑为戏。"庞统便唤众武士入，列于堂下，只待魏延下手。刘璋手下诸将见魏延舞剑筵前，又见阶下武士，手按刀靶，直视堂上，从事张任亦掣剑舞曰："舞剑必须有对，某愿与魏将军同舞。"二人对舞于筵前。魏延目视刘封，封亦拔剑助舞。于是刘璝、冷苞、邓贤各掣剑出曰："我等当群舞，以助一笑。"玄德大惊，急掣左右所佩之剑，立于席上曰："吾兄弟相逢痛饮，并无疑忌。又非'鸿门会'上，何用舞剑？不弃剑者立斩！"[①]刘璋亦叱曰："兄弟相聚，何必带刀？"命侍卫者尽去佩剑。众皆纷然下堂。

玄德唤诸将士上堂，以酒赐之。曰："吾弟兄同宗骨血，共议大事，并无二心，汝等勿疑。"诸将皆拜谢。刘璋执玄德之手而泣曰："吾兄之恩，誓不敢忘。"二人欢饮，至晚而散。玄德归寨，责庞统曰："公等奈何欲陷备于不义耶？今后断勿为此。"统嗟叹而退。

却说刘璋归寨，刘璝等曰："主公见今日席上光景乎？不如早回，免生后患。"刘璋曰："吾兄刘玄德，非比他人。"众将曰："虽玄德无此心，他手下人皆欲吞并西川，以图富贵。"璋曰："汝等无间吾兄弟之情。"遂不听，日与玄德欢叙。忽报张鲁整顿兵马，将犯葭萌关。刘璋便请玄德往拒之。玄德慨然领诺，即日引本部兵，望葭萌关去了。众将劝刘璋令大将紧守各处关隘，以防玄德兵变。璋初时不从，后因众人苦劝，乃令白水都督杨怀、高沛二人，守把涪水关。刘璋自回成都。玄德到葭萌关，严禁军士，广施恩惠，以收民心。

早有细作报入东吴。吴侯孙权会文武商议。顾雍进曰：

① **魏延等舞剑移植自"鸿门宴"**

魏延等舞剑故事，本无见史传，盖为增添情趣，或即自楚汉相争鸿门宴移植，"项羽既飨军士中酒，亚父谋欲杀沛公，令项庄拔剑舞坐中，欲击沛公，项伯常肩蔽之。时独沛公与张良得入坐，樊哙在营外，闻事急，乃持铁盾入，到营。营卫止哙，哙直撞入，立帐下。"（《史记·樊哙传》）

"刘备分兵远涉,出险而去,未易往还。何不差一军,先截川口,断其归路,后尽起东吴之兵,一鼓而下荆、襄:此不可失之机会也。"权曰:"此计大妙。"正商议间,忽屏风后一人大喝而出曰:"进此计者可斩之!欲害吾女之命耶!"众惊视之,乃吴国太也。国太怒曰:"吾一生惟有一女,嫁与刘备。今若动兵,吾女性命如何!"因叱孙权曰:"汝掌父兄之业,坐领八十一州,尚自不足,乃顾小利而不念骨肉!"孙权喏喏连声,答曰:"老母之训,岂敢有违。"遂叱退众官。国太恨恨而入。孙权立于轩下,自思:"此机会一失,荆、襄何日可得?"正沉吟间,只见张昭入问曰:"主公有何忧疑?"孙权曰:"正思适间之事。"张昭曰:"此极易也:今差心腹将一人,只带五百军,潜入荆州,下一封密书与郡主,只说国太病危,欲见亲女,取郡主星夜回东吴。玄德平生只有一子,就教带来。那时玄德定把荆州来换阿斗。如其不然,一任动兵,更有何碍?"权曰:"此计大妙!吾有一人,姓周,名善,最有胆量。自幼穿房入户,多随吾兄,今可差他去。"昭曰:"切勿漏泄,只此便令起行。"于是密遣周善,将五百人,扮为商人,分作五船。更诈修国书,以备盘诘;船内暗藏兵器。周善领命,取荆州水路而来。

　　船泊江边,善自入荆州,令门吏报孙夫人。夫人命周善入。善呈上密书。夫人见说国太病危,洒泪动问。周善拜诉曰:"国太好生病重,旦夕只是思念夫人。倘去得迟,恐不能相见。就教夫人带阿斗去见一面。"夫人曰:"皇叔引兵远出,我今欲回,须使人知会军师,方可以行。"

② 孙夫人和刘备感情不好

刘备和孙夫人婚后即分居。在湖北公安西相传有"孙夫人城"。《西和志》称,"在屏陵东五里,汉先主孙夫人所筑,夫人与先主相疑,别筑此城居之"。所以清王士祯有诗:"刀光如雪洞房秋,信有人间作婿愁。"《演义》所述,乃据《赵云别传》,但据《华阳国志·刘先主志》,是刘备送她回去的。"(刘备)之在公安也,北畏曹操之强,东惮孙权之逼,内虑孙夫人兴变于肘腋之下。""孙夫人才捷刚猛,有诸兄风,侍婢百人皆仗剑侍立。先主每下车,心常凛凛(《三国志·法正传》作"先主每入,衷心常凛凛")。正劝先主还之。"元胡三省说,刘备每次到孙夫人那里,心惊肉跳,"恐为所图也"。看来,是刘备主动提出让孙夫人归宁的,此后也不要她回来。察之当时刘备得益州后,"翻然翱翔,不可复制"的得意态势,此情事是有悖于孙刘联盟行为的。

周善曰:"若军师回言道:'须报知皇叔,候了回命,方可下船',如之奈何?"夫人曰:"若不辞而去,恐有阻当。"周善曰:"大江之中,已准备下船只,只今便请夫人上车出城。"孙夫人听知母病危急。如何不慌?便将七岁孩子阿斗载在车中;随行带三十余人,各跨刀剑,上马离荆州城,便来江边上船。府中人欲报时,孙夫人已到沙头镇,下在船中了②。

　　周善方欲开船,只听得岸上有人大叫:"且休开船,容与夫人饯行!"视之,乃赵云也。原来赵云巡哨方回,听得这个消息,吃了一惊。只带四五骑,旋风般沿江赶来。周善手执长戈,大喝曰:"汝何人,敢当主母!"叱令军士一齐开船,各将军器出来,摆列在船上,风顺水急,船皆随流而去。赵云沿江赶叫:"任从夫人去,只有一句话拜禀。"周善不睬,只催船速进。

　　赵云沿江赶到十余里,忽见江滩斜缆一只渔船在那里。赵云弃马执枪,跳上渔船。只两人驾船前来,望着夫人所坐大船追赶。周善教军士放箭。赵云以枪拨之,箭皆纷纷落水。离大船悬隔丈余,吴兵用枪乱刺。赵云弃枪在小船上,掣所佩青釭剑在手,分开枪搠,望吴船涌身一跳,早登大船。吴兵尽皆惊倒。赵云入舱中,见夫人抱阿斗于怀中,喝赵云曰:"何故无礼!"云插剑声喏曰:"主母欲何往?何故不令军师知会?"夫人曰:"我母亲病在危笃,无暇报知。"云曰:"主母探病,何故带小主人去?"夫人曰:"阿斗是吾子③,留在荆州无人看觑。"云曰:"主母差矣!主人一生,只有这点骨血。小将在当阳长坂坡百万军中救出,今日夫人却欲抱将去,是何道理?"夫人怒曰:"量汝只是帐下一武夫,安敢管我家事!"云曰:"夫人要去便去,只留下小主人。"夫人喝曰:"汝半路辄入船中,必有反意!"云曰:"若不留下小主人,纵然万死,亦不敢放夫人去!"夫人喝侍婢向前揪捽,被赵云推倒,就怀中夺了阿斗,抱出船头上。欲要傍岸,又无帮手;欲要行凶,又恐碍于道理,进退不得。夫人喝侍婢夺阿斗,赵云一手抱定阿斗,一手仗剑,人不敢近。周善在后梢挟住舵,只顾放船下水。风顺水急,望中流而去。赵云孤掌难鸣,只护得阿斗,安能移舟傍岸④。

正在危急,忽见下流头港内,一字儿使出十余只船来,船上磨旗擂鼓。赵云自思:"今番中了东吴之计!"只见当头船上一员大将,手执长矛,高声大叫:"嫂嫂留下侄儿去!"原来张飞巡哨听得这个消息,急来油江夹口,正撞着吴船,急忙截住。当下张飞提剑跳上吴船。周善见张飞上船,提刀来迎,被张飞手起一剑砍倒,提头掷于孙夫人前。夫人大惊曰:"叔叔何故无礼?"张飞曰:"嫂嫂不以俺哥哥为重,私自归家,这便无礼!"夫人曰:"吾母病重,甚是危急,若等你哥哥回报,须误了我事。若你不放我回去,我情愿投江而死!"张飞与赵云商议:"若逼死夫人,非为臣下之道。只护着阿斗过船去罢。"乃谓夫人曰:"俺哥哥大汉皇叔,也不辱没嫂嫂。今日相别,若思哥哥恩义,早早回来。"说罢,抱了阿斗,自与赵云回船,放孙夫人五只船去了。后人有诗赞子龙曰:

> 昔年救主在当阳,今日飞身在大江。
> 船上吴兵皆胆裂,子龙英勇世无双。

又有诗赞翼德曰:

> 长坂桥边怒气腾,一声虎啸退曹兵。
> 今朝江上扶危主,青史应传万载名。

③ **刘备、孙夫人有子?**

《三国志》有关诸传,均未记有刘备与孙权妹有子事。夫妻之不和可见一斑。但也有说两人有子。据刘衍文教授说,"家乡龙游还有一支称中山郡的,倒不是中山靖王之后,而是奉刘备和孙夫人生的儿子名箕斗者为高祖的,落户在龙游的荷川,这在史书上没有记载。"此亦系刘备后裔。录以备考(《寄庐杂笔·后记》上海书店出版社2000年6月版第462页)。

④ **截江夺斗和《赵云别传》**

孙权嫁妹,似非美人计,也与周瑜无关。《三国志·蜀书·先主传》说,刘备被推为荆州牧,治公安。"权稍畏之,进妹固好。"及刘备西征,"此时先主孙夫人以权妹骄豪,多将吴吏兵,纵横不法。先主以(赵)云严重,必能整齐,特任掌内事。权闻备西征,大遣舟船迎妹,而夫人内欲将后主还呈,云与张飞勒兵截江,乃得后主还"(《三国志·蜀书·赵云传》引《赵云别传》)。此事不见《三国志》本传。按《三国志·蜀书·赵云传》仅400字,但《赵云别传》总计有1 300字,它记录了本传所未有,而为《演义》采用的汉中背水破曹、空营计和此处截江夺斗等故事。三国名将辈出,但见存有如为赵云作"别传"者实为罕见。它使赵云成为家喻户晓的传统武将忠义模式。《赵云别传》作者功不可没。

⑤ 张纮遗书未谈及建都秣陵

秣陵，即今江苏南京。汉建安十六年(211)，孙权决定建都秣陵。"明年，城石头，改秣陵为建业"(《三国志·吴书·吴主传》)。它是孙权采纳多人建议而定的。据《三国志·吴书·张纮传》引《江表传》："纮谓权曰：'秣陵，楚武王所置，名为金陵。地势冈阜连石头，访问故老，云昔秦始皇东巡会稽经此县，望气者云金陵地形有王者都邑之气，故掘断连冈，改名秣陵。今处所具存，地有其气，天之所命，宜为都邑。'权善其议，未能从也。后刘备之东，宿于秣陵，周观地形，亦劝权都之。权曰：'智者意同。'遂都焉。"按，刘备系建安十五年到京口(江苏镇江)路经秣陵，张纮所说更早些。此处称遗书中劝谏，系《演义》误植。又称，诸葛亮也有劝孙权建都秣陵事，《六朝事迹》："诸葛亮说金陵地形云：'钟阜龙蟠，石城虎踞，真帝王之宅。'"但诸葛亮是在柴桑分别和孙权、周瑜会晤的。他再也没有东下，当然也未到过秣陵。这番议论，当为后人伪托。此处所谓"龙蟠虎踞"，其实是好事者采撷自南梁庾信《哀江南赋》："昔之虎踞龙蟠，加以黄旗紫气。"

⑥ 孙权建都建业

据《焦氏笔乘续集》卷八《宫苑记》："吴大帝迁都建邺，曰太初宫者，即长沙王故府，徙武昌宫室材瓦所缮也；曰台城，宫省之所寓也；曰东府，宰相之所居也；曰西州，藩王之所宅也；曰仓城，储蓄之所在也。晋琅琊王渡江，因吴旧都居之。宋齐以下，间有改筑，其经画皆仍吴旧。"

⑦ 吕蒙颇大功绩是建议筑濡须坞

汉建安十七年，吕蒙向孙权建议筑濡须坞是颇有卓见的。这年，孙权迁都，造石头城，改秣陵为建业作为都城。面对曹操东线重镇合肥的威胁，在江北无为地区设防。濡须(安徽无为东)是源于巢湖流入长江的一条河，其水入长江处称濡须口。孙权在濡须水两岸修筑土城，就是后来成为东吴要镇的濡须坞。《元和郡县志》说："初，吕蒙守濡须，

二人欢喜回船。行不数里，孔明引大队船只接来。见阿斗已夺回，大喜。三人并马而归。孔明自申文书往葭萌关，报知玄德。

却说孙夫人回吴，具说张飞、赵云杀了周善，截江夺了阿斗。孙权大怒曰："今吾妹已归，与彼不亲，杀周善之仇，如何不报！"唤集文武，商议起军攻取荆州。正商议调兵，忽报曹操起军四十万，来报赤壁之仇。孙权大惊，且按下荆州，商议拒敌曹操。人报长史张纮辞疾回家，今已病故，有哀书上呈。权拆视之。书中劝孙权迁居秣陵⑤，言秣陵山川有帝王之气，可速迁于此，以为万世之业。孙权览书大哭，谓众官曰："张子纲劝吾迁居秣陵，吾如何不从！"即命迁治建业，筑石头城⑥。吕蒙进曰："曹操兵来，可于濡须水口筑坞以拒之。"诸将皆曰："上岸击贼，跣足入船，何用筑城？"蒙曰："兵有利钝，战无必胜。如猝然遇敌，步骑相促，人尚不暇及水，何能入船乎？"权曰："'人无远虑，必有近忧'。子明之见甚远。"便差军数万筑濡须坞。晓夜并工，刻期告竣⑦。

却说曹操在许都，威福日甚。长史董昭进曰："自古以来，人臣未有如丞相之功者，虽周公、吕望莫可及也。栉风沐雨，三十余年，扫荡群凶，与百姓除害，使汉室复存，岂可与诸臣宰同列乎？合受魏公之位，加'九锡'以彰功德。"你道那九锡？

一，车马。大辂、戎辂各一。大辂，金车也。戎辂，兵车也。玄牡二驷，黄马八匹。二，衣服。衮冕之服，赤舄副焉。衮冕，王者之服；赤舄，朱履也。三，乐悬。乐悬，王者之乐也。四，朱户。居以朱户，红门也。五，纳陛。纳陛以登。陛，阶也。六，虎贲。虎贲三百人，守门之军也。七，铁钺。铁、钺各一。铁，即斧也；钺，斧属。八，弓矢。彤弓一，彤矢百。彤，赤色也。玈弓十，玈矢千。玈，黑色也。九，秬鬯圭瓒。秬鬯一卣，圭瓒副焉。秬，黑黍也。鬯，香酒，灌地以求神于阴。卣，中樽也。圭瓒，宗庙祭器，以祀先王也。

侍中荀彧曰："不可。丞相本兴义兵，匡扶汉室，当秉忠贞之志，守谦退之节。君子爱人以德，不宜如此。"曹操闻言，勃然变色。董昭曰："岂可以一人而阻众望？"遂上表请尊操为魏

公,加九锡。荀彧叹曰:"吾不想今日见此事!"操闻,深恨之,以为不助己也。建安十七年冬十月,曹操兴兵下江南,就命荀彧同行。彧已知操有杀己之心,托病止于寿春。忽曹操使人送饮食一盒至,盒上有操亲笔封记。开盒视之,并无一物。彧会其意,遂服毒而亡⑧。年五十岁。后人有诗叹曰:

> 文若才华天下闻,可怜失足在权门。
>
> 后人休把留侯比,临没无颜见汉君。

其子荀恽,发哀书报曹操。操甚懊悔,命厚葬之⑨,谥曰敬侯。

且说曹操大军至濡须,先差曹洪领三万铁甲马军,哨至江边。回报云:"遥望沿江一带,旗旛无数,不知兵聚何处。"操放心不下,自领兵前进,就濡须口摆开军阵。操领百余人,上山坡遥望战船:各分队伍,依次摆列;旗分五色,兵器鲜明。当中大船上青罗伞下,坐着孙权,左右文武,侍立两边。操以鞭指曰:"生子当如孙仲谋,若刘景升儿子,豚犬耳!"忽一声响动,南船一齐飞奔过来。濡须坞内又一军出,冲动曹兵。曹操军马退后便走,止喝不住。忽有千百骑赶到山边,为首马上一人,碧眼紫髯,众人认得正是孙权。权自引一队马军来击曹操。操大惊,急回马时,东吴大将韩当、周泰两骑马直冲将上来。操背后许褚纵马舞刀,敌住二将,曹操得脱归寨。许褚与二将战三十合方回。操回寨,重赏许褚,责骂众将:"临敌先退,挫吾锐气!后若如此,尽皆斩首!"是夜二更时分,忽寨外喊声大震。操急上马,见四下里火起。却被吴兵劫入大寨,杀至天明,曹兵退五十余里下寨⑩。

操心中郁闷,闲看兵书。程昱曰:"丞相既知兵法,岂不知'兵贵神速'乎?丞相起兵,迁延日久,故孙权得以准备。夹濡须水口为坞,难于攻击,不若且退兵还许都,别作良图。"操不应。程昱出。操伏几而卧,忽闻潮声汹涌,如万马争奔之状。操急视之,见大江中推出一轮红日,光华射目;仰望天上,又有两轮太阳对照。忽见江心那轮红日,直飞起来,坠于寨前山中,其声如雷。猛然惊觉,原来在帐中做了一梦。帐前军报道午时。曹操教备马,引五十余骑,径奔出寨,至梦中所见落日

闻曹公将来,夹水筑坞,形如偃月,名曰偃月坞。"《舆地志》说:"栅江口,古濡须口也。吴筑两城于北岸,魏置栅南岸。叶氏曰:自古保江,必先固淮。"顾祖禹《读史方舆纪要》评说:"王氏希先言,三国鼎立,南北瓜分之际,两淮间常为战场。孙仲谋立坞濡须,曹操先计后战,不能争也。观王氏之言,则知子明之谋善矣。今人艳称其袭取荆州之奇谲,而不知其保障江淮之功大也。"濡须坞为东吴第一要塞,由此唐孙元晏《濡须坞》诗七绝有:风揭洪涛响若雷,枕波为垒险相隈。莫言有个濡须坞,几度曹公失志回。

⑧ 荀彧忧死之谜

荀彧自杀事,乃采撷自《魏氏春秋》,范晔《后汉书·荀彧传》即据其说。有关自杀之因,尚有二说。一是《献帝春秋》说:"董承之诛,伏后与父(伏)完书,言司空(曹操)杀董承,帝方为报怨。完得书以示彧,彧恶之,久隐而不言。完以示妻弟樊普,普封以呈太祖,太祖阴为之备。彧后恐事觉,欲自发之,因求使至邺,劝太祖以女配帝。太祖曰:'今朝廷有伏后,吾女何得以配上;吾以微功见录,位为宰相,岂复赖女宠乎!'彧曰:'伏后无子,性又凶邪,往常与父书,言辞丑恶,可因此废也。'太祖曰:'卿昔何不道之?'彧阳惊曰:'昔已尝为公言也。'太祖曰:'此岂小事而吾忘之!'彧又惊曰:'诚未语公邪!昔公在官渡与袁绍相持,恐增内顾之念,故不言尔。'太祖曰:'官渡事后何以不言?'彧无对,谢阙而已。太祖以此恨彧,而外含容之,故世莫得知。至董昭建立魏公之议,彧意不同,欲言之于太祖。及赍玺书犒军,饮飨礼毕,彧留请间。太祖知彧欲言封事,揖而遣之,彧遂不得言。"二是由寿春传到东吴所说,"太祖使(荀)彧杀伏后,彧不从,故自杀"(《献帝春秋》)。但《三国志》本传却作"以忧薨",因病生忧,以忧患病。他还是病死的。古今学者多有质疑,裴松之在注中就认为所谓荀彧与曹操"昔已尝言"事,被反责得无话可对,此说"出自鄙俚",因为像荀彧那

样睿明、巧慧的聪明人，哪能在"俛仰之间，辞情顿屈，虽在庸人，犹不至此"。而卢弼指出，陈寿在本传中用"以忧死"，是蕴含有意思的，"盖阙疑也，今不正言其饮药，恐后世为人上者，谓隐诛可得而行也"（《三国志集解》）。荀彧时为侍中守尚书令，他是因曹操有"魏公"之议阻谏，于封"魏公"前一年忧死的。非自杀，更非曹操杀害。元陈晋有七绝两首：（一）乱来拣得一枝栖，得道争知却是迷。曹操若逢诸葛亮，暮年当作汉征西。（二）河济泰山犹是汉，匆匆把作贼关中。久知天下无刘氏，不料人间有孔融。

⑨ 荀彧墓葬处

据《三国志·魏书·荀彧传》："太祖军至濡须，彧疾留寿春，以忧死。"荀彧墓相传即葬于寿春（安徽寿县），据光绪《寿州志》，"荀彧墓，俗传在州南门外南关坊"，离城咫近。墓就在今寿六与寿霍公路分岔处路东侧。墓前原立有清安徽巡抚吴坤修写"汉荀彧墓"石碑。20世纪50年代碑已伏，见剩为荒冢，它在农田水利建设中夷为平地。

⑩ 孙权濡须拒曹操

上述曹操回师事。据《三国志·吴书·吴主传》，"（建安）十八年正月，曹公攻濡须，权与相拒月余。曹公望权军，叹其齐肃，乃退。"即指此役。此役，曹操处于被动。"曹公出濡须，作油船，夜渡洲上。权以水军围取，得三千余人，其没溺者亦数千人。权数挑战，公坚守不出。权乃自来，乘轻船，从濡须口入公军。诸将皆以为是挑战者，欲击之。公曰：'此必孙权欲身见吾军部伍也。'救军中皆精严，弓弩不得妄发。权行五里，回还作鼓吹。公见舟船仗军伍整肃，喟然叹曰："生子当如孙仲谋，刘景升儿子若豚犬耳！"（《吴历》）南宋辛弃疾《南乡子·登京口北固亭有怀》即写此：何处望神州，满眼风光北固楼。千古兴亡多少事？悠悠。不尽长江滚滚流。　年少万兜鍪，坐断东南战未休。天下英雄谁敌手？曹刘。生子当如孙仲谋。

山边。正看之间，忽见一簇人马，当先一人，金盔金甲。操视之，乃孙权也。权见操至，也不慌忙，在山上勒住马，以鞭指操曰："丞相坐镇中原，富贵已极，何故贪心不足，又来侵我江南？"操答曰："汝为臣下，不尊王室，吾奉天子诏，特来讨汝！"孙权笑曰："此言岂不羞乎？天下岂不知你挟天子令诸侯？吾非不尊汉朝，正欲讨汝以正国家耳！"操大怒，叱诸将上山捉孙权。忽一声鼓响，山背后两彪军出：右边韩当、周泰，左边陈武、潘璋。四员将带三千弓弩手乱射，矢如雨发。操急引众将回走，背后四将赶来甚急。赶到半路，许褚引众虎卫军敌住，救回曹操。吴兵齐奏凯歌，回濡须去了。

操还营自思：孙权非等闲人物，红日之应，久后必为帝王。于是心中有退兵之意，又恐东吴耻笑，进退未决。两边又相拒了月余，战了数场，互相胜负。直至来年正月，春雨连绵，水港皆满，军士多在泥水之中，困苦异常。操心甚忧。当日正在寨中，与众谋士商议。或劝操收兵；或云目今春暖，正好相持，不可退归。操犹豫未定，忽报东吴有使赍书到。操启视之。书略曰：

> 孤与丞相，彼此皆汉朝臣宰。丞相不思报国安民，乃妄动干戈，残虐生灵，岂仁人之所为哉！即日春水方生，公当速去。如其不然，复有赤壁之祸矣。公宜自思焉。

书背后又批两行云：

> 足下不死，孤不得安。

曹操看毕，大笑曰："孙仲谋不欺我也。"重赏来使。遂下令班师，命庐江太守朱光镇守皖城，自引大军回许昌。孙权亦收军回秣陵。

权与众将商议："曹操虽然北去，刘备尚在葭萌关未还，何不引拒曹操之兵，以取荆州？"张昭献计曰："且未可动兵。某有一计，使刘备不能再还荆州。"正是：

> 孟德雄兵方退北，仲谋壮志又图南。

不知张昭说出甚计来，且看下文分解。

第六十二回　取涪关杨高授首
攻雒城黄魏争功

　　却说张昭献计曰："且休要动兵。若一兴师，曹操必复至。不如修书二封：一封与刘璋，言刘备结连东吴，共取西川，使刘璋心疑而攻刘备；一封与张鲁，教进兵向荆州来，着刘备首尾不能救应。我然后起兵取之，事可谐矣。"权从之，即发使二处去讫。

　　且说玄德在葭萌关日久，甚得民心。忽接得孔明文书，知孙夫人已回东吴。又闻曹操兴兵犯濡须，乃与庞统议曰："曹操击孙权，操胜必将取荆州，权胜亦必取荆州矣。为之奈何？"庞统曰："主公勿忧，有孔明在彼，料想东吴不敢犯荆州。主公可驰书去刘璋处，只推：'曹操攻击孙权，权求救于荆州，吾与孙权唇齿之邦，不容不相援。张鲁自守之贼，决不敢来犯界。吾今欲勒兵回荆州，与孙权会同破曹操。奈兵少粮缺，望推同宗之谊，速发精兵三、四万、行粮十万斛相助。请勿有误。'若得军马钱粮，却另作商议。"玄德从之，遣人往成都，来到关前。杨怀、高沛闻知此事，遂教高沛守关，杨怀同使者入成都，见刘璋呈上书信。刘璋看毕，问杨怀："为何亦同来？"杨怀曰："专为此书而来。刘备自从入川，广布恩德，以收民心，其意甚是不善。今求军马钱粮，切不可与。如若相助，是把薪助火也。"刘璋曰："吾与玄德有兄弟之情，岂可不助？"一人出曰："刘备枭雄，久留于蜀而不遣，是纵虎入室矣。今更助之以军马钱粮，何异与虎添翼乎？"众视其人，乃零陵烝阳人，姓刘，名巴，字子初。刘璋闻刘巴之言，犹豫未决。黄权又复苦谏。璋乃量拨老弱军四千，米一万斛，发书遣使报玄德。仍令杨怀、高沛紧守关隘。

　　刘璋使者到葭萌关见玄德，呈上回书。玄德大怒曰："吾为汝御敌，费力劳心，汝今积财吝赏，何以使士卒效命乎？"遂扯毁回书，大骂而起。使者逃回成都。庞统曰："主公只以仁义为重，今日毁书发怒，前情尽弃矣！"玄德曰："如此当若何？"庞统曰："某有三条计策，请主公自择而行。"玄德问："那三条计？"统曰："只今便选精兵，昼夜兼道径袭成都，此为上计。杨怀、高沛乃蜀中名将，各仗强兵拒守关隘。今主公佯以回荆州为名，二将闻知必来相送，就送行处擒而

① 乐进引兵至青泥镇说

乐进故事仅见自《三国志·蜀书·先主传》，刘备告刘璋："又乐进在青泥与关羽相拒，今不往救羽，进必大克，转侵州界，其忧有甚于鲁。"青泥，据金兆丰《校补三国疆域志》，应作"青泥河"，为襄阳西南小河。乐进与关羽相拒于青泥，仅见自刘备口述，但在刘备在葭萌期间，关羽曾多次率军自江陵北攻襄阳，与曹操留守襄阳的折冲军乐进兵戎相见，"留屯襄阳，击关羽、苏非等，皆走"（《三国志·魏书·乐进传》）。又江夏太守文聘"与乐进讨关羽于寻口，有功"（《三国志·魏书·文聘传》），可见当时关羽以攻为守，确有与乐进相拒记录。

② 刘璋杀张松始与刘备交恶

《演义》有刘备两次与书刘璋，一是借兵索粮救援孙权；一是斥魏军乐进兵犯青泥镇。但据《三国志·蜀书·先主传》，两者仅为一书信，亦无毁书事，盖以刘备枭雄不致出此点涵养。两刘交恶，其导火线实乃张松被杀，刘备并吞巴蜀阴谋破产，所以《先主传》说："(刘)璋收斩松，嫌隙始构矣。"

③ 张松有子

刘备后入成都，亦大赏降官，惟无见有追赠张松，录用其子孙文字，似有遗漏。据《华阳国志》，张松有子即是张表，张表，《三国志·蜀书·马忠传》有称，"张表，时名士，清望逾忠。""马忠卒后，以蜀郡张表为代，加安南将军。"（卷四）"安南将军张表，字伯达，成都人也。伯父肃，广汉太守。父松，字子乔，州牧刘璋别驾从事。"（卷十二）但裴注《益部耆旧传》作"张表，肃子也。"似不确。

杀之。夺了关隘，先取涪城，然后却向成都，此中计也。退还白帝，连夜回荆州，徐图进取，此为下计。若沉吟不去，将至大困，不可救矣。"玄德曰："军师上计太促，下计太缓，中计不迟不疾，可以行之。"

于是发书致刘璋，只说曹操令部将乐进引兵至青泥镇①，众将抵敌不住，吾当亲往拒之，不及面会，特书相辞。书至成都，张松听得说刘玄德欲回荆州，只道是真心。乃修书一封，欲令人送与玄德。却值亲兄广汉太守张肃到，松急藏书于袖中，与肃相陪说话。肃见松神情恍惚，心中疑惑。松取酒与肃共饮，献酬之间，忽落此书于地。被肃从人拾得，席散后，从人以书呈肃。肃开视之，书略曰：

> 松昨进言于皇叔，并无虚谬，何乃迟迟不发？逆取顺守，古人所贵。今大事已在掌握之中，何故欲弃此而回荆州乎？使松闻之，如有所失。书呈到日，疾速进兵。松当为内应，万勿自误。

张肃见了，大惊曰："吾弟作灭门之事，不可不首。"连夜将书见刘璋，具言弟张松与刘备同谋，欲献西川。刘璋大怒曰："吾平日未尝薄待他，何故欲谋反！"遂下令提张松全家，尽斩于市②。后人有诗叹曰：

> 一览无遗世所稀，谁知书信泄天机。
>
> 未观玄德兴王业，先向成都血染衣。③

刘璋既斩张松，聚集文武商议曰："刘备欲夺吾基业，当如之何？"黄权曰："事不宜迟，即便差人告报各处关隘，添兵把守，不许放荆州一人一骑入关。"璋从其言，星夜驰檄各关去讫。

却说玄德提兵回涪城，先令人报上涪水关，请杨怀、高沛出关相别。杨、高二将闻报，商议曰："玄德此回若何？"高沛曰："玄德合死，我等各藏利刃在身，就送行处刺之，以绝吾主之患。"杨怀曰："此计大妙。"二人只带随行二百人，出关送行，其余并留在关上。玄德大军尽发，前至涪水之上。庞统在马上谓玄德曰："杨怀、高沛若欣然而来，可提防之；若彼不来，便起兵径取其关，不可迟缓。"正说间，忽起一阵旋风，把马前帅字旗吹倒。玄德问庞统曰："此何兆也？"统曰："此警报也。杨怀、高沛二人必有行刺之意，宜善防之。"玄德乃身披重铠，自佩宝剑防备。人报杨、高二将前来送行。玄德令军马歇定。庞统分付魏延、黄忠："但关上来的军士，不问多少，马步军兵一个也休放回。"二将得令而去。

却说杨怀、高沛二人，身边各藏利刃，带二百军兵，牵羊送酒，直至军前。见并无准备，心中暗喜，以为中计。入至帐下，见玄德正与庞统坐于帐中。二将声喏曰："闻皇叔远回，特具薄礼相送。"遂进酒劝玄德。玄德曰："二将军守关不易，当先饮此杯。"二将饮酒毕。玄德曰："吾有密事，与二将军商议，闲人退避。"遂将带来二百人，尽赶出中军，玄德叱曰："左右与吾捉下二贼！"帐后刘封、关平应声而出。杨、高二人急待争斗，刘封、关平各捉住一人。玄德喝曰："吾与汝主是同宗兄弟。汝二人何故同谋，离间亲情！"庞统叱左右搜其身畔，果然各搜出利刃一口。统便喝斩二人，玄德还犹未决。统曰："二人本意欲杀吾主，罪不容诛！"遂叱刀斧手斩杨怀、高沛于帐前④。黄忠、魏延早将二百从人，先自捉下，不曾走了一个。玄德唤入，各赐酒压惊。玄德曰："杨怀、高沛离间吾兄弟，又藏利刃行刺，故行诛戮，尔等无罪，不必惊疑。"众各拜谢。庞统曰："吾今即用汝等引路，带吾军取关，各有重赏。"众皆应允。是夜二百人先行，大军随后。前军至关下叫曰："二将军有急事回，可速开关。"城上听得是自家军，即时开关。大军一拥而入，兵不血刃，得了涪关。蜀兵皆降，玄德各加重赏。随即分兵前后守把。

次日劳军，设宴于公厅。玄德酒酣，顾庞统曰："今日之会，可为乐乎？"庞统曰："伐人之国，而以为乐，非仁者之兵也。"玄德曰："吾闻昔日武王伐纣，作乐象功，此亦非仁者之兵欤？汝言何不合道理，可速退！"庞统大笑而起。左右亦扶玄德入后堂，睡至半夜，酒醒。左右以逐庞统之言，告知玄德。玄德大悔；次日穿衣升堂，请庞统谢罪曰："昨日酒醉，言语触犯，幸勿挂怀。"庞统谈笑自若。玄德曰："昨日之言，惟吾有失。"庞统曰："君臣俱失，何独主公？"玄德亦大笑，其乐如初。

却说刘璋闻玄德杀了杨、高二将，袭了涪水关。大惊曰："不料今日果有此事。"遂聚文武，问退兵之策。黄权曰："可连夜遣兵屯雒县，塞住咽喉之路。刘备虽有精兵猛将，不能过也。"璋遂令刘璝、泠苞、张任、邓贤点五万大军，星夜往守雒县，以拒刘备。四将行兵之次，刘璝曰："吾闻锦屏山中有一异人，道号'紫虚上人'，知人生死贵贱。吾辈今日行军，正从锦屏山过。何不试往问之？"张任曰："大丈夫行兵拒敌，岂可问于山野之人乎？"璝曰："不然，圣人云：'至诚之道，可以前知'。吾等问于高明之人，当趋吉避凶。"于是四人引五六十骑至山下，问径樵夫。樵夫指高山绝顶上，便是上人所居。四人上山至庵前，见一道童出迎。问了姓名，引入庵中。只见紫虚上人坐于蒲墩之上。四人下拜，求问前程之事。紫虚上人曰："贫

④ **刘备杀白水军督杨怀**

白水，一作白水关，系汉旧县，此处改作涪水关，误。又杨怀为白水军督，督，不作都督解。据《三国志·蜀书·先主传》，刘备入益州，助刘璋御张鲁，"璋增先主兵，使击张鲁，又令督白水军。先主并军三万余人，车甲器械资货甚盛。"可见位于葭萌南的白水乃直隶于刘备。刘备因刘璋下令戒戍不与往来，"先主大怒，召璋白水军督杨怀，责以无礼，斩之。"（《三国志·蜀书·先主传》）又，高沛，不见史传。

道乃山野废人,岂知休咎?"刘璝再三拜问,紫虚遂命道童取纸笔,写下八句言语,付与刘璝。其文曰:

> 左龙右凤,飞入西川。雏凤坠地,卧龙升天。一得一失,天数当然。见机而作,勿丧九泉。

刘璝又问曰:"吾四人气数如何?"紫虚上人曰:"定数难逃,何必再问。"璝又请问时,上人眉垂目合,恰似睡着的一般,并不答应。四人下山。刘璝曰:"仙人之言,不可不信。"张任曰:"此狂叟也,听之何益。"遂上马前行。既至雒县,分调人马,守把各处隘口。刘璝曰:"雒城乃成都之保障,失此则成都难保。吾四人公议,着二人守城,二人去雒县前面依山傍险,扎下两个寨子,勿使敌兵临城。"泠苞、邓贤曰:"某愿往结寨。"刘璝大喜,分兵二万与泠、邓二人,离城六十里下寨。刘璝、张任守护雒城。

却说玄德既得涪水关,与庞统商议进取雒城。人报刘璋拨四将前来,即日泠苞、邓贤领二万军,离城六十里,扎下两个大寨。玄德聚众将问曰:"谁敢建头功,去取二将寨栅?"老将黄忠应声出曰:"老夫愿往。"玄德曰:"老将军率本部人马,前至雒城,如取得泠苞、邓贤营寨,必当重赏。"黄忠大喜,即领本部兵马,谢了要行。忽帐下一人出曰:"老将军年纪高大,如何去得?小将不才愿往。"玄德视之,乃是魏延。黄忠曰:"我已领下将令,你如何敢搀越?"魏延曰:"老者不以筋骨为能。吾闻泠苞、邓贤乃蜀中名将,血气方刚,恐老将军近他不得,岂不误了主公大事?因此愿相替,本是好意。"黄忠大怒曰:"汝说吾老,敢与我比试武艺么?"魏延曰:"就主公之前,当面比试,赢得的便去,何如?"黄忠遂趋步下阶,便叫小校:"将刀来。"玄德急止之曰:"不可。吾今提兵取川,全仗汝二人之力。今两虎相斗,必有一伤,须误了我大事。吾与你二人劝解,休得争论。"庞统曰:"汝二人不必相争,即今泠苞、邓贤下了两个营寨,今汝二人自领本部军马,各打一寨,如先夺得者,便为头功。"于是分定黄忠打泠苞寨,魏延打邓贤寨。二人各领命去了。庞统曰:"此二人去,恐于路上相争,主公可自引军为后应。"玄德留庞统守城,自与刘封、关平引五千军,随后进发。

却说黄忠归寨,传令来日四更造饭,五更结束,平明进兵,取左边山谷而进。魏延却暗使人探听黄忠甚时起兵。探事人回报:"来日四更造饭,五更起兵。"魏延暗喜,分付众军士二更造饭,三更起兵,平明要到邓贤寨边。军士得令,都饱餐一顿。马摘铃、人衔枚,卷旗束甲,暗地去劫寨。三更前后,离寨前进。到半路,魏延马上寻思:"只去打邓贤寨,不显能处;不如先去打泠苞寨,却将得胜兵打邓贤寨,两处功劳都是我的。"就马上传令,教军士都投左边山路里去。天色微明,离泠苞寨不远,教军士少歇,排搠金鼓旗旛、枪刀器械。早有伏路小军飞报入寨,泠苞已有准备了。一声炮响,三军上马,杀将出来。魏延纵马提刀,与泠苞接战。二将交马,战到三十合,川兵分两路来袭汉军。汉军走了半夜,人马力乏,抵当不住,退后便走。魏延听得背后阵脚乱，撇了泠苞，拨马回走。川兵随后赶来，汉军大败。

走不到五里，山背后鼓声震地，邓贤引一彪军，从山谷里截出来，大叫："魏延快下马受降！"魏延策马飞奔，那马忽失前蹄，双足跪地，将魏延掀将下来。邓贤马奔到，挺枪来刺魏延。枪未到处，弓弦响，邓贤倒撞下马。后面泠苞方欲来救，一员大将从山坡上跃马而来，厉声大叫："老将黄忠在此！"舞刀直取泠苞，泠苞抵敌不住，望后便走，黄忠乘势追赶，川兵大乱。

黄忠一枝军，救了魏延，杀了邓贤，直赶到寨前。泠苞回马与黄忠再战，不到十余合，后面军马拥将上来，泠苞只得弃了左寨，引败军来投右寨。只见寨中旗帜全别，泠苞大惊。兜住马看时，当头一员大将，金甲锦袍，乃是刘玄德。左边刘封、右边关平，大喝道："寨子吾已夺了，汝欲何往？"原来玄德引兵从后接应，便乘势夺了邓贤寨子。泠苞两头无路，取山僻小径，要回雒城。行不到十里，狭路伏兵忽起，搭钩齐举，把泠苞活捉了。原来却是魏延自知犯罪，无可解释，收拾后军，令蜀兵引路，伏在这里，等个正着。用索缚了泠苞，解投玄德寨来。

却说玄德立起免死旗，但川兵倒戈卸甲者，并不许杀害。如伤者偿命。又谕众降兵曰："汝川人皆有父母妻子，愿降者充军，不愿降者放回。"于是欢声动地。黄忠安下寨脚，径来见玄德，说魏延违了军令，可斩之。玄德急召魏延，魏延解泠苞至。玄德曰："延虽有罪，此功可赎。"令魏延谢黄忠救命之恩。今后毋得相争，魏延顿首伏罪。玄德重赏黄忠。使人押泠苞到帐下，玄德去其缚，赐酒压惊，问曰："汝肯降否？"泠苞曰："既蒙免死，如何不降！刘璝、张任与某为生死之交，若肯放某回去，当即招二人来降。就献雒城。"玄德大喜，便赐衣服、鞍马，令回雒城。魏延曰："此人不可放回，若脱身一去，不复来矣。"玄德曰："吾以仁义待人，人不负我。"

却说泠苞得回雒城，见刘璝、张任，不说捉去放回，只说："被我杀了十余人，夺得马匹逃回。"刘璝忙遣人往成都求救。刘璋听知折了邓贤，大惊，慌忙聚众商议。长子刘循进曰："儿愿领兵前去守雒城。"璋曰："既吾儿肯去，当遣谁人为辅？"一人出曰："某愿往。"璋视之，乃舅氏吴懿⑤也。璋曰："得尊舅去最好。谁可为副将？"吴懿保吴兰、雷同二人为副将。点二万军马，来到雒城。刘璝、张任接着，具言前事。吴懿曰："兵临城下，难以拒敌，汝等有何高见？"泠苞曰："此间一带正靠涪江，江水大急，前面寨占山脚，其形最低。某乞五千军，各带锹锄前去，决涪江之水，可尽淹死刘备之兵也。"吴懿从其计，即令泠苞前往决水，吴兰、雷同引兵接应。泠苞领命，自去准备决水器械。

却说玄德令黄忠、魏延各守一寨，自回涪城，与军师庞统商议。细作报曰："东吴孙权遣人结好东川张鲁，将欲来攻葭萌关。"玄德惊曰："若葭萌关有失，截断后路，吾进退不得，当如之何？"庞统谓孟达

⑤ 吴懿为刘璋妻兄
吴懿，《三国志》作"吴壹"，为著作者避司马懿名讳。吴懿系何进部将吴匡家族成员，随刘焉入川。据《华阳国志》，吴懿妹为刘璋弟刘瑁妻，所以刘璋称他为"舅"。《演义》第七十七回从《三国志·蜀书·刘二牧传》，称刘瑁为刘焉之第四子，系刘璋弟。按，此时刘瑁已病死。

⑥ 孟达未守葭萌关

据《三国志·刘封传》,汉建安十六年(211),法正、孟达奉刘璋命,各先后率军二千到荆州迎接刘备,"先主因令达并领其众,留屯江陵。"刘备取成都后,任孟达为宜都太守。汉建安二十四年,孟达由秭归北攻房陵(湖北房县)。由此可知孟达自出川后终未再入川,当然也未守葭萌关。

⑦ 霍峻率百人葭萌关破敌

据《三国志·蜀书·霍峻传》,霍峻乃刘备嫡系部队,由荆州带入巴蜀者。刘备还回袭刘璋,即留霍峻率其部曲守关。"张鲁遣将杨帛诱峻,求共守城,峻曰:'小人头可得,城不可得。'帛乃退去。后璋将扶禁、向存等帅万余人由阆水上,攻围峻,且一年,不能下。峻城中兵才数百人,伺其怠隙,选精锐出击,大破之,即斩存首。"是以证守葭萌仅霍峻所率人员而已。因其部系宗族组成,很有战斗力,北拒南御,捍卫一方,使刘备南下无后顾之忧。

曰:"公乃蜀中人,多知地理,去守葭萌关⑥如何?"达曰:"某保一人与某同去守关,万无一失。"玄德问何人。达曰:"此人曾在荆州刘表部下为中郎将,乃南郡枝江人,姓霍,名峻⑦,表字仲邈。"玄德大喜,即时遣孟达、霍峻守葭萌关去了。

庞统退归馆舍,门吏忽报:"有客特来相访。"统出迎接,见其人身长八尺,形貌甚伟,头发截短,披于颈上,衣服不甚齐整。统问曰:"先生何人也?"其人不答,径登堂仰卧床上。统甚疑之,再三请问。其人曰:"且消停,吾当与汝说知天下大事。"统闻之愈疑,命左右进酒食。其人起而便食,并无谦逊。饮食甚多,食罢又睡。统疑惑不定,使人请法正视之,恐是细作。法正慌忙到来,统出迎接,谓正曰:"有一人如此如此。"法正曰:"莫非彭永言乎?"升阶视之。其人跃起曰:"孝直别来无恙!"正是:

只为川人逢旧识,遂令涪水息洪流。

毕竟此人是谁,且看下文分解。

第六十三回　诸葛亮痛哭庞统　张翼德义释严颜

却说法正与那人相见，各抚掌而笑。庞统问之，正曰："此公乃广汉人，姓彭，名羕，字永言，蜀中豪杰也。因直言触忤刘璋，被璋髡钳为徒隶，因此短发①。"统乃以宾礼待之，问羕从何而来。羕曰："吾特来救汝数万人性命，见刘将军方可说。"法正忙报玄德。玄德亲自谒见，请问其故。羕曰："将军有多少军马在前寨？"玄德实告有魏延、黄忠在彼。羕曰："为将之道，岂可不知地理乎？前寨紧靠涪江，若决动江水，前后以兵塞之，一人无可逃也！"玄德大悟。彭羕曰："罡星在西方，太白临于此地，当有不吉之事，切宜慎之。"玄德即拜彭羕为幕宾，使人密报魏延、黄忠，教朝暮用心巡警，以防决水。黄忠、魏延商议，二人各轮一日，如遇敌军到来，互相通报。

却说泠苞见当夜风雨大作，引了五千军径循江边而进，安排决江。只听得后面喊声乱起。泠苞知有准备，急急回军。前面魏延引军赶来，川兵自相践踏。泠苞正奔走间，撞着魏延，交马不数合，被魏延活捉去了。比及吴兰、雷同来接应时，又被黄忠一军杀退。魏延解泠苞到涪关。玄德责之曰："吾以仁义相待，放汝回去，何敢背我！今次难饶。"将泠苞推出斩之，重赏魏延。

玄德设宴管待彭羕。忽报："荆州诸葛亮军师特遣马良奉书至此。"玄德召入问之。马良礼毕曰："荆州平安，不劳主公忧念。"遂呈上军师书信，玄德拆书观之。略云：

> 亮夜算太乙数，今年岁次癸巳，罡星在西方。又观乾象，太白临于雒城之分，主将帅身上多凶少吉。切宜谨慎。

玄德看了书，便教马良先回。玄德曰："吾将回荆州，去论此事。"庞统暗思："孔明怕我取了西川，成了功，故意将此书相阻耳。"乃对玄德曰："统亦算太乙数，已知罡星在西，应主公合得西川，别不

① 彭羕原为书佐

《三国志·蜀书》有《彭羕传》。称彭羕原为州书佐，即在曹、椽主管下没有品秩的吏员或文书。他并非因向刘璋直言而为徒隶的，而是在背后批评刘璋庸碌，被人打了小报告而沦为奴隶服劳役的。《彭羕传》一千余字，而彭羕荐秦宓书和狱中与诸葛亮书就共有七百字，可以推理，陈寿掌握彭羕行事很少，是靠此两信写就史传的，此处彭羕献策不见于诸史，但于此间插入恰到好处。

主凶事。统亦占天文，见太白临于雒城，先斩蜀将泠苞，已应凶兆矣。主公不可疑心，可急进兵。"玄德见庞统再三催促，乃引军前进。黄忠同魏延接入寨去。庞统问法正曰："前至雒城，有多少路？"法正画地作图。玄德取张松所遗图本对之，并无差错。法正言："山北有条大路，正取雒城东门；山南有条小路，却取雒城西门。两条路皆可进兵。"庞统谓玄德曰："统令魏延为先锋，取南小路而进；主公令黄忠作先锋，从山北大路而进。并到雒城取齐。"玄德曰："吾自幼熟于弓马，多行小路，军师可从大路去取东门，吾取西门。"庞统曰："大路必有军邀拦，主公引兵当之。统取小路。"玄德曰："军师不可。吾夜梦一神人，手执铁棒击吾右臂，觉来犹自臂疼。此行莫非不佳。"庞统曰："壮士临阵，不死带伤，理之自然也。何故以梦寐之事疑心乎？"玄德曰："吾所疑者，孔明之书也。军师还守涪关，如何？"庞统大笑曰："主公被孔明所惑矣！彼不欲令统独成大功，故作此言以疑主公之心。心疑则致梦，何凶之有？统肝脑涂地，方称本心。主公再勿多言，来早准行。"当日传下号令，军士五更造饭，平明上马。黄忠、魏延领军先行。玄德再与庞统约会，忽坐下马眼生前失，把庞统掀将下来。玄德跳下马，自来笼住那马。玄德曰："军师何故乘此劣马？"庞统曰："此马乘久，不曾如此。"玄德曰："临阵眼生，误人性命。吾所骑白马，性极驯熟，军师可骑，万无一失。劣马吾自乘之。"遂与庞统更换所骑之马。庞统谢曰："深感主公厚恩，虽万死亦不能报也。"遂各上马取路而进。玄德见庞统去了，心中甚是不快，怏怏而行。

却说雒城中吴懿、刘璝听知折了泠苞，遂与众商议。张任曰："城东南山僻有一条小路，最为要紧，某自引一军守之。诸公紧守雒城，勿得有失。"忽报汉兵分两路前来攻城。张任急引三千军，先来抄小路埋伏。见魏延兵过，张任教尽放过去，休得惊动。后见庞统军来，张任军士遥指军中大将："骑白马者必是刘备。"张任大喜，传令教如此如此。

却说庞统迤逦前进，抬头见两山逼窄，树木丛杂；又值夏末秋初，枝叶茂盛。庞统心下甚疑，勒住马问："此处是何地？"数内有新降军士，指道："此处地名落凤坡。"庞统惊曰："吾道号凤雏，此处名落凤坡，不利于吾！"令后军疾退。只听山坡前一声炮响，箭如飞蝗，只望骑白马者射来。可怜庞统竟死于乱箭之下[②]，时年止三十六岁。后人有诗叹曰：

> 古岘相连紫翠堆，士元有宅傍山隈。
> 儿童惯识呼鸠曲，闾巷曾闻展骥才。

② 庞统死于雒城攻野战

按，庞统非死于落凤坡，据史传他是在进攻雒城（四川广汉）的攻坚战时，中流矢而死。《演义》说他是骑了白马，在落凤坡（四川德阳北黄许镇）遇伏中箭身死的。宋时，落凤坡就有庞统墓祠之说，诗人陆游入蜀，路经此地，有《鹿头山过庞士元墓》：士元死千载，凄恻过遗祠。海内常难合，天心岂易知；英雄千古恨，父老岁岁思。苍藓无情极，秋来满断碑。又称附近换马沟村乃刘备与庞统换马处，清诗人王士祯到此，还吟诗作证。雒城离落凤坡七八十里。应是先有庞统之死，然后才见有落凤坡，落凤坡是后人附会而有此地名的。现当地重修落凤坡和白马关上（四川德阳罗江镇附近）的庞统墓、祠，墓为圆形覆钵状，高约8米，直径约10米，系石料砌成。四川省文物保护单位。墓前庞统祠，现存大门、正殿和栖凤殿等。正门、侧门有楹联："明知落凤存先帝；甘让卧龙作老臣"，"千秋功业留三国；一代忠贞属二师"。

预计三分平刻削,长驱万里独徘徊。

谁知天狗流星坠,不使将军衣锦回。

先是东南有童谣云。

一凤并一龙,相将到蜀中。才到半路里,凤死落坡东。风送雨,雨随风,隆汉兴时蜀道通,蜀道通时只有龙。

当日张任射死庞统。汉军拥塞,进退不得,死者大半。前军飞报魏延。魏延忙勒军欲回,奈山路逼窄,厮杀不得。又被张任截断归路,在高阜处用强弓硬弩射来。魏延心慌。有新降蜀兵曰:"不如杀奔雒城下,取大路而进。"延从其言,当先开路,杀奔雒城来。尘埃起处,前面一军杀至,乃雒城守将吴兰、雷同也。后面张任引兵追来,前后夹攻,把魏延围在垓心。魏延死战不能得脱。但见吴兰、雷同后军自乱,二将急回马去救。魏延乘势赶去,当先一将,舞刀拍马,大叫:"文长,吾特来救汝!"视之,乃老将黄忠也。两下夹攻,杀败吴、雷二将,直冲至雒城之下。刘璝引兵杀出,却得玄德在后当住接应。黄忠、魏延翻身便回。玄德军马比及奔到寨中,张任军马又从小路里截出。刘璝、吴兰、雷同当先赶来,玄德守不住二寨,且战且走,奔回涪关。蜀兵得胜,迤逦追赶,玄德人困马乏,那里有心厮杀,且只顾奔走。将近涪关,张任一军追赶至紧。幸得左边刘封,右边关平,二将领三万生力军截出,杀退张任;还赶二十里,夺回战马极多。

玄德一行军马再入涪关,问庞统消息。有落凤坡逃得性命的军士报说:"军师连人带马,被乱箭射死于坡前。"玄德闻言,望西痛哭不已③。遥为招魂设祭,诸将皆哭。黄忠曰:"今番折了庞统军师,张任必然来攻打涪关,如之奈何? 不若差人往荆州,请诸葛军师来商议收川之计。"正说之间,人报张任引兵直临城下搦战。黄忠、魏延皆要出战。玄德曰:"锐气新挫,宜坚守以待军师来到。"黄忠、魏延领命,只谨守城池。玄德写一封书,教关平吩咐:"你与我往荆州请军师去。"关平领了书,星夜往荆州来。玄德自守涪关,并不出战。

却说孔明在荆州,时当七夕佳节,大会众官夜宴,共说收川之事。只见正西上一星,其大如斗,从天坠下,流光四散。孔明失惊,掷杯于地,掩面哭曰:"哀哉! 痛哉!"众官慌问其故。孔明曰:"吾前者算今年罡星在西方,不利于军师;天狗犯于吾军,太白临于雒城。已拜书主公,教谨防之。谁想今夕,西方星坠,庞士元命必休矣!"言罢大哭曰:"今吾主丧一臂矣!"众官皆惊,未信其言。孔明曰:"数日之内,必有消息。"是夕酒不尽欢而散。

数日之后,孔明与云长等正坐间,人报关平到,众官皆惊。关平

③ 刘备痛哭庞统

刘备非常喜欢庞统为人。马植杰《三国史》说:"从史书上看,刘备所最得力和喜爱的要员,首先是法正和庞统。他们死后,刘备都难过得流涕数日"(人民出版社 1994 年版第 114 页)。当是,见自《庞统传》,庞统死,"先主痛惜,言则流涕。"法正病死,"先主为之流涕者累日。"这是史书所记载刘备仅哭过的两个人臣。庞统力议必取西川,法正创议取汉中,两人都身体力行。他们早死,实是刘备创业的大不幸,陈寿将庞统、法正合传真良史有史识也。

④ 关羽相辅官员无伊籍、向朗、糜竺

此处随关羽同守荆州的官员，有史可查的仅马良、廖化、糜芳；关羽子关平，似年幼，尚且成童，否则当早已授官，周仓名字本系乌有，所以《演义》从未以冠官衔。而《演义》所提及的其余三人：伊籍，"随先主南渡江，从入益州。益州定，以籍为左将军从事中郎"（《伊籍传》）；向朗，"蜀既平，以朗为巴西太守"（《向朗传》）；糜竺，"益州既平，拜为安汉将军"（《糜竺传》）。他们均先已随刘备入蜀。

⑤ 关羽能背咏《左传》

关羽读《左传》不见于本传，而是见于《三国志·吴书·吕蒙传》所引《江表传》，吕蒙向鲁肃谈论关羽，"斯人长而好学，读《左传》略皆上口"。《关羽传》所引《江表传》说，"羽好《左氏传》，讽咏略皆上口"，大致雷同。关羽爱读《左传》，名闻敌国，可见透明的强力度。综观三国时期很多人爱读《左传》，见诸史传，如魏贾逵，"最好《左氏春秋》，乃为牧守，常自课读之，月常一遍"（《三国志·魏书·贾逵传》）。刘备、诸葛亮、孙权和曹丕亦精通《左传》，在他们言论中，经常含有春秋人物故事者。可见当时研读《左传》蔚为风气，其面涉及文士兵家、帝王将相。察其原因，或是东汉末中原逐鹿，确近似春秋群雄争斗，由此识世和认知，而将《左传》炒热走俏。关羽读《左传》当也作如是观。所以元《三国志平话》据此，称关羽"喜看《春秋左传》，观乱臣贼子传，便生怒恶"。后人由此杜撰若干关羽读《春秋左传》，如清王复礼

入，呈上玄德书信。孔明视之，内言："本年七月初七日，庞军师被张任在落凤坡前箭射身故。"孔明大哭，众官无不垂泪。孔明曰："既主公在涪关进退两难之际，亮不得不去。"云长曰："军师去，谁人保守荆州？荆州乃重地，干系非轻。"孔明曰："主公书中虽不明言其人，吾已知其意了。"乃将玄德书与众官看，曰："主公书中把荆州托在吾身上，教我自量才委用。虽然如此，今教关平赍书前来，其意欲云长公当此重任。云长想桃园结义之情，可竭力保守此地。责任非轻，公宜勉之。"云长更不推辞，慨然领诺。孔明设宴，交割印绶。云长双手来接。孔明擎着印曰："这干系都在将军身上。"云长曰："大丈夫既领重任，除死方休。"孔明见云长说个"死"字，心中不悦。欲待不与，其言已出。孔明曰："倘曹操引兵来到，当如之何？"云长曰："以力拒之。"孔明又曰："倘曹操、孙权齐起兵来，如之奈何？"云长曰："分兵拒之。"孔明曰："若如此，荆州危矣！吾有八个字，将军牢记，可保守荆州。"云长问："那八个字？"孔明曰："北拒曹操，东和孙权。"云长曰："军师之言，当铭肺腑。"孔明遂与了印绶，令文官马良、伊籍、向朗、糜竺，武将糜芳、廖化、关平、周仓，一班儿辅佐云长，同守荆州④⑤。一面亲自统兵入川。先拨精兵一万，教张飞部领，取大路杀奔巴州、雒城之西，先到者为头功。又拨一枝兵，教赵云为先锋，溯江而上，会于雒城⑥。孔明随后引简雍、蒋琬⑦等起行。那蒋琬，字公琰，零陵湘乡人也，乃荆襄名士，现为书记。当日孔明引兵一万五千，与张飞同日起行。

张飞临行时，孔明嘱咐曰："西川豪杰甚多，不可轻敌。于路戒约三军，勿得掳掠百姓，以失民心。所到之处，并宜存恤，勿得恣逞鞭挞士卒。望将军早会雒城，不可有误。"张飞欣然领诺，上马而去。迤逦前行，所到之处，但降者秋毫无犯。径取汉、川路，前至巴郡。细作回报："巴郡太守严颜，乃蜀中名将，年纪虽高，精力未衰，善开硬弓，使大刀，有万夫不当之勇。据住城郭，不竖降旗。"张飞教离城十里下寨，差人入城去，说与老匹夫："早早来降，饶你满城百姓性命。若不归顺，即踏平城郭，老幼不留！"

却说严颜在巴郡，闻刘璋差法正请玄德入川，拊心而叹曰："此所谓独坐穷山，引虎自卫者也！"后闻玄德据住涪关，大怒，屡欲提兵

往战，又恐这条路上有兵来。当日闻知张飞兵到，便点起本部五六千人马，准备迎敌。或献计曰："张飞在当阳长坂，一声喝退曹兵百万之众，曹操亦闻风而避之，不可轻敌。今只宜深沟高垒，坚守不出。彼军无粮，不过一月，自然退去。更兼张飞性如烈火，专要鞭挞士卒。如不与战，必怒；怒则必以暴厉之气待其军士。军心一变，乘势击之，张飞可擒也。"严颜从其言，教军士尽数上城守护，忽见一个军士，大叫："开门！"严颜教放入问之。那军士告说是张将军差来的，把张飞言语依直便说。严颜大怒，骂："匹夫怎敢无礼！吾严将军岂降贼者乎！借你口说与张飞！"唤武士把军人割下耳鼻，却放回寨。军人回见张飞，哭告严颜如此毁骂。张飞大怒，咬牙睁目，披挂上马，引数百骑来巴郡城下搦战。城上众军百般痛骂。张飞性急，几番杀到吊桥，要过护城河，又被乱箭射回。到晚全无一个人出，张飞忍一肚气还寨。

次日早晨，又引军去搦战。那严颜在城敌楼上，一箭射中张飞头盔。飞指而恨曰："若拿住你这老匹夫，我亲自食你肉！"到晚又空回。第三日，张飞引了军，沿城去骂。原来那座城子是个山城，周围都是乱山。张飞自乘马登山，下视城中。见军士尽皆披挂，分列队伍，伏在城中，只是不出；又见民夫来来往往，搬砖运石，相助守城。张飞教马军下马，步军皆坐，引他出敌，并无动静。又骂了一日，依旧空回。张飞在寨中自思："终日叫骂，彼只不出，如之奈何？"猛然思得一计，教众军不要前去搦战，都结束了在寨中等候；却只教三五十个军士，直去城下叫骂，引严颜军出来，便与厮杀。张飞磨拳擦掌，只等敌军来。小军连骂了三日，全然不出。张飞眉头一纵，又生一计，传令教军士四散砍打柴草，寻觅路径，不来搦战。严颜在城中，连日不见张飞动静，心中疑惑。着十数个小军，扮作张飞砍柴的军，潜地出城，杂在军内，入山中探听。

当日诸军回寨，张飞坐在寨中，顿足大骂："严颜老匹夫，枉气杀我！"只见帐前三四个人说道："将军不须心焦，这几日打探得一条小路，可以偷过巴郡。"张飞故意大叫曰："既有这个去处，何不早来说！"众应曰："这几日却才哨探得出。"张飞曰："事不宜迟，只今二更造饭，趁三更明月，拔寨都起，人衔枚，马去铃，悄悄而行。我自前面开路，汝等依次而行。"传了令，便满寨告报。探细的军听得这个消息，尽回城中来，报与严颜。颜大喜曰："我算定这匹夫忍耐不得！你偷小路过去，须是粮草辎重在后；我截住后路，你如何得过？好无谋匹夫，中我之计！"即时

《汉季五志》称关羽"公尝自书粘座壁曰：我每坐帐中，然烛看《春秋》，粗识大义，齐襄复仇卓哉！快举乱贼，肆不顾忌。我日夜图报仇恩，今此荆州扼咽喉上都，练兵屯谷，可让人哉？军中人具晓我意。"

⑥ 诸葛亮张飞未分路入川

据《三国志·蜀书·张飞传》，"飞与诸葛亮等泝流而上，分定郡县。至江州，破璋将巴郡太守严颜"。《蜀书·赵云传》："亮率云与张飞等俱沂江西上，平定郡县。至江州，分遣云从外水上江阳，与亮会于成都。"是以诸葛与张飞等同路均由长江西上，在江州（重庆嘉陵江北）占领后，始分赵云由外水（岷江）进军江阴（泸州），而诸葛亮与张飞从未分路入川。

⑦ 蒋琬出身

蒋琬，《三国志·蜀书》有传，全传 1326 字，为《三国志》诸传罕见未有裴注者。蒋琬系"以书佐随先主入蜀"，非随诸葛亮入蜀，《演义》乃强化两人密切而做此说。相传蒋琬家宅在湘乡县城北正街，后建为祠。元至正九年（1349）邑人塑蒋琬像，有楹联："蜀中曾继如龙相；江上今传伏虎名。"盖祠前有相传蒋琬所凿"伏虎井"，井深 1.2 丈，为元至元元年（1341）重浚。今祠已为民居，仅存古井及"伏虎古井"碑。

传令,教军士准备赴敌:"今夜二更也造饭,三更出城,伏于树木丛杂去处,只等张飞过咽喉小路去了,车仗来时,只听鼓响,一齐杀出。"传了号令,看看近夜,严颜全军尽皆饱食,披挂停当,悄悄出城,四散伏住,只听鼓响。严颜自引十数裨将,下马伏于林中。

约三更后,遥望见张飞亲自在前,横矛纵马,悄悄引军前进。去不得三四里,背后车仗人马,陆续进发。严颜看得分晓,一齐擂鼓,四下伏兵尽起。正来抢夺车仗,背后一声锣响。一彪军掩到,大喝:"老贼休走,我等的你恰好!"严颜猛回头看时,为首一员大将,豹头环眼,燕颔虎须,使丈八矛,骑深乌马,乃是张飞。四下里锣声大震,众军杀来。严颜见了张飞,举手无措,交马战不十合,张飞卖个破绽,严颜一刀砍来,张飞闪过,撞将入去,扯住严颜勒甲绦,生擒过来,掷于地下。众军向前,用索绑缚住了。原来先过去的是假张飞。料道严颜击鼓为号,张飞却教鸣金为号,金响诸军齐到。川兵大半弃甲倒戈而降。

张飞杀到巴郡城下,后军已自入城。张飞叫休杀百姓,出榜安民。群刀手把严颜推至。张飞坐于厅上,严颜不肯下跪。飞怒目咬牙大叱曰:"大将到此,何为不降,而敢拒敌?"严颜全无惧色,回叱飞曰:"汝等无义,侵我州郡。但有断头将军,无降将军!"飞大怒,喝左右斩来。严颜喝曰:"贼匹夫,砍头便砍,何怒也!"张飞见严颜声音雄壮,面不改色,乃回嗔作喜,下阶叱退左右,亲解其缚,取衣衣之,扶在正中高坐,低头便拜曰:"适来言语冒渎,幸勿见责。吾素知老将军乃豪杰之士也。"严颜感其恩义,乃降⑧。后人有诗赞严颜曰:

> 白发居西蜀,清名震大邦。
>
> 忠心如皎月,浩气卷长江。
>
> 宁可断头死,安能屈膝降?
>
> 巴州年老将,天下更无双。

又有赞张飞诗曰:

> 生获严颜勇绝伦,惟凭义气服军民。
>
> 至今庙貌留巴蜀,社酒鸡豚日日春。

张飞请问入川之计。严颜曰:"败军之将,荷蒙厚恩,无可以报,愿施犬马之劳,不须张弓只箭,径取成都。"正是:

> 只因一将倾心后,致使连城唾手降。

未知其计如何,且看下文分解。

⑧ 严颜与忠县

严颜《三国志》无传,其事迹仅散见于《华阳国志》和《三国志·蜀书·张飞传》,"飞与诸葛亮等溯流而上,分定郡县。至江州,破璋将巴郡太守严颜,生获颜。飞呵颜曰:'大军至,何以不降而敢拒战?'颜答曰:'卿等无状,侵夺我州,我州但有断头将军,无有降将军也。'飞怒,令左右牵去砍头。颜色不变,曰:'砍头便砍头,何为怒邪!'飞壮而释之,引为宾客。"此后事迹不详。严颜所称"但有断头将军",隐含春秋巴蔓子头可断国土不可断送的故事。据《忠县志》,严颜系四川临江(忠县)人。唐贞观八年,更名为忠州。在该地石宝寨古刹,筑有"张飞义释严颜"的彩塑。或称忠州之得名即由此;亦有说出自巴蔓子。李贺有诗"恨血千年土中碧",即谓此。另说忠县界定源自明末女土司秦良玉,亦误。严颜是否白发老将,无记述,《演义》说他后与黄忠合作,在夺取汉中立下大功,也不见于史。按,严颜故事于唐宋后多有影响。《新唐书·忠义传》称张兴守饶阳,城破为忠思明所俘,"思明缚之马前好谓曰:'将军壮士,能屈节,当受高爵。'对曰:'昔严颜一巴郡将,犹不降张飞,我大郡将,安能委身逆虏,今日幸得死,然愿以一言为诚。'"(卷一九三)宋文天祥《正气歌》亦有"为严将军头"句。

三国演义

第六十四回
孔明定计捉张任
杨阜借兵破马超

　　却说张飞问计于严颜,颜曰:"从此取雒城,凡守御关隘,都是老夫所管,官军皆出于掌握之中。今感将军之恩,无可以报,老夫当为前部,所到之处,尽皆唤出拜降。"张飞称谢不已。于是严颜为前部,张飞领军随后。凡到之处,尽是严颜所管,都唤出投降。有迟疑未决者,颜曰:"我尚且投降,何况汝乎?"自是望风归顺,并不曾厮杀一场。

　　却说孔明已将起程日期申报玄德,教都会聚雒城。玄德与众官商议:"今孔明、翼德分两路取川,会于雒城,同入成都。水陆舟车,已于七月二十日起程,此时将及待到。今我等便可进兵。"黄忠曰:"张任每日来搦战,见城中不出,彼军懈怠,不做准备。今日夜间,分兵劫寨,胜如白昼厮杀。"玄德从之。教黄忠引兵取左,魏延引兵取右,玄德取中路。当夜二更,三路军马齐发。张任果然不做准备,汉军拥入大寨,放起火来,烈焰腾空。蜀兵奔走,连夜直赶到雒城,城中兵接应入去。玄德还中路下寨。次日,引兵直到雒城,围住攻打。张任按兵不出。攻到第四日,玄德自提一军攻打西门,令黄忠、魏延在东门攻打,留南门北门放军行走。原来南门一带,都是山路;北门有涪水,因此不围。张任望见玄德在西门,骑马往来,指挥打城,从辰至未,人马渐渐力乏。张任教吴兰、雷同二将引兵出北门,转东门,敌黄忠、魏延;自己却引军出南门,转西门,单迎玄德。城内尽拨民兵上城,擂鼓助喊。

　　却说玄德见红日平西,教后军先退。军士方回身,城上一片声喊起。南门内军马突出,张任径来军中捉玄德,玄德军中大乱。黄忠、魏延又被吴兰、雷同敌住,两下不能相顾。玄德敌不住张任,拨马往山僻小路而走。张任从背后追来,看看赶上。玄德独自一人一马,张任引数骑赶来。玄德正望前尽力加鞭而行,忽山路一军冲来。玄德马上叫苦曰:"前有伏兵,后有追兵,天亡我也!"只见来军当头一员大将,乃是张飞。原来张飞与严颜正从那条路上来,望见尘埃起,知与川兵交战。张飞当先而来,正撞着张任,便就交马。战到十余合,背后严颜引兵大进。张任火速回身,张飞直赶到城下。张任退入城,拽起吊桥。张飞回见玄德,曰:"军师溯江而来,尚且未到,反被我夺了头功。"玄德曰:"山路险阻,如何无军阻当,长驱大进,先到于此?"张飞曰:"于路关隘四十五处,皆出老将严颜之功,因此于路并不曾费分毫之力。"遂把义释严颜之事,从头说了一遍,引严颜见玄德。玄德谢曰:"若非老将军,吾弟安能到此?"即脱身上黄金锁子甲以赐之。严颜拜谢。

正待安排宴饮,忽闻哨马回报:"黄忠、魏延和川将吴兰、雷同交锋,城中吴懿、刘璝又引兵助战,两下夹攻,我军抵敌不住,魏、黄二将败阵投东去了。"张飞听得,便请玄德分兵两路,杀去救援。于是张飞在左,玄德在右,杀奔前来。吴懿、刘璝见后面喊声起,慌退入城中。吴兰、雷同只顾引兵追赶黄忠、魏延,却被玄德、张飞截住归路。黄忠、魏延又回马转攻。吴兰、雷同料敌不住,只得将本部军马前来投降。玄德准其降,收兵近城下寨。

却说张任失了二将,心中忧虑。吴懿、刘璝曰:"兵势甚危,不决一死战,如何得兵退?一面差人去成都,见主公告急;一面用计敌之。"张任曰:"吾来日领一军搦战,诈败引转城北;城内再以一军冲出,截断其中,可获胜也。"吴懿曰:"刘将军相辅公子守城,我引兵冲出助战。"约会已定。次日,张任引数千人马,摇旗呐喊,出城搦战。张飞上马出迎,更不打话,与张任交锋。战不十余合,张任诈败,绕城而走。张飞尽力追之,吴懿一军截住,张任引军复回,把张飞围在垓心,进退不得。正没奈何,只见一队军从江边杀出。当先一员大将,挺枪跃马,与吴懿交锋,只一合,生擒吴懿,战退敌军,救出张飞。视之,乃赵云也。飞问:"军师何在?"云曰:"军师已至,想此时已与主公相见[1]了也。"二人擒吴懿回寨。张任自退入东门去了。

张飞、赵云回寨中,见孔明、简雍、蒋琬已在帐中。飞下马来参军师。孔明惊问曰:"如何得先到?"玄德具述义释严颜之事。孔明贺曰:"张将军能用谋,皆主公之洪福也。"赵云解吴懿见玄德。玄德曰:"汝降否?"吴懿曰:"我既被捉,如何不降?"[2]玄德大喜,亲解其缚。孔明问:"城中有几人守城?"吴懿曰:"有刘季玉之子刘循,辅将刘璝、张任。刘璝不打紧;张任乃蜀郡人,极有胆略,不可轻敌。"孔明曰:"先捉张任,然后取雒城。"问:"城东这座桥名为何桥?"吴懿曰:"金雁桥。"孔明遂乘马至桥边,绕河看了一遍。回到寨中,唤黄忠、魏延听令曰:"离金雁桥南五六里,两岸都是芦苇蒹葭,可以埋伏。魏延引一千枪手伏于左,单戳马上将;黄忠引一千刀手伏于右,单砍坐下马。杀散彼军,张任必投山东小路而来。张翼德引一千军,伏在那里,就彼处擒之。"又唤赵云伏于金雁桥北:"待我引张任

① 诸葛亮与刘备在成都会师
诸葛亮至四川,并非出自庞统死因。盖庞统未死时,已召诸葛亮增援,当因刘备兵单,难以在两川驰骋。时刘备入川军攻雒城(四川广汉)久久不下,而后还遭刘璋军袭击。《三国志·蜀书·赵云传》,"先主自葭萌还攻刘璋,召诸葛亮。亮率云与张飞等俱溯江西上,平定郡县。至江州,分遣云从外水上江阳,与亮会于成都。"可知诸葛亮、张飞和赵云原为一路;在江州(重庆嘉陵江北),始分出赵云一军从外江(岷江)至江阳(四川泸州)。此处作雒城,非是。又,张飞未在雒城与刘备会师,据《三国志·蜀书·张飞传》,张飞由江州溯流而上,"飞所过战克,与先主会于成都。"
② 吴懿主动迎降
吴懿并非是在雒城外被俘投降。《华阳国志》作吴懿是在涪城城破后,退保绵竹,"懿诣军declared,拜讨逆将军。"(卷五)他是在绵竹主动献降的,此与被俘为保命乞降自然不同,所以为刘备赞赏。

过桥,你便将桥拆断,却勒兵于桥北,遥为之势,使张任不敢望北走,退投南去,却好中计。"调遣已定,军师自去诱敌。

却说刘璋差卓膺、张翼二将,前至雒城助战。张任教张翼与刘璝守城,自与卓膺为前后二队:任为前队,膺为后队,出城退敌。孔明引一队不整不齐军,过金雁桥来与张任对阵。孔明乘四轮车,纶巾羽扇而出,两边百余骑簇捧,遥指张任曰:"曹操以百万之众,闻吾之名,望风而走。今汝何人,敢不投降?"张任看见孔明军伍不齐,在马上冷笑曰:"人说诸葛亮用兵如神,原来有名无实。"把枪一招,大小军校齐杀过来。孔明弃了四轮车,上马退走过桥。张任从背后赶来。过了金雁桥,见玄德军在左,严颜军在右,冲杀将来。张任知是计,急回军时,桥已拆断了。欲投北去,只见赵云一军隔岸摆开,遂不敢投北,径往南绕河而走。

走不五七里,早到芦苇丛杂处。魏延一军从芦中忽起,都用长枪乱戳。黄忠一军伏在芦苇里,用长刀只剁马蹄。马军尽倒,皆被执缚。步军那里敢来?张任引数十骑望山路而走,正撞着张飞。张任方欲退走,张飞大喝一声,众军齐上,将张任活捉了。原来卓膺见张任中计,已投赵云军前降了,一发都到大寨。玄德赏了卓膺。张飞解张任至。孔明亦坐于帐中。玄德谓张任曰:"蜀中诸将,望风而降,汝何不早投降?"张任睁目怒叫曰:"忠臣岂肯事二主乎?"玄德曰:"汝不识天时耳,降即免死。"任曰:"今日便降,久后也不降。可速杀我!"玄德不忍杀之。张任历声高骂,孔明命斩之,以全其名。后人有诗赞曰:

> 烈士岂甘从二主,张君忠勇死犹生。
>
> 高明正似天边月,夜夜流光照雒城。

玄德感叹不已,令收其尸首,葬于金雁桥侧,以表其忠③。

次日,令严颜、吴懿等一班蜀中降将为前部,直至雒城,大叫:"早开门受降,免一城生灵受苦!"刘璝在城上大骂。严颜方待取箭射之,忽见城上一将拔剑砍翻刘璝,开门投降。玄德军马入雒城,刘循开西门走脱,投成都去了。玄德出榜安民。杀刘璝者,乃武阳人张翼也④。玄德得了雒城,重赏诸将。孔明曰:"雒城已破,成都只在目前。惟恐外州郡不宁,可令张翼、吴懿引赵云抚外水江阳、犍为等处所属州郡;令严颜、卓膺引张飞抚巴西德阳所属州郡,就委官按治平靖,即勒兵回成都取齐。"张飞、赵云领命,各自引兵去了。孔明问:"前去有何处关隘?"蜀中降将曰:"止绵竹有重兵守御;若得绵竹,成都唾手可得。"孔明便商议进兵。法正曰:"雒城既破,蜀中危矣。主公欲以仁义服众,且勿进兵。某作一书上刘璋,陈说利害,璋

③ **刘备破绵竹后再擒张任**

按,此时诸葛亮尚在南郡(江陵),时张任等军在涪城(四川绵阳)战败,退保绵竹。"(刘)璋复遣李严督绵竹诸军,严率众降先主。"《益部耆旧杂记》称张任等"退与璋子循守雒城。任勒兵出于雁桥,战复败。擒任。先主闻任之忠勇,令军降之,任历声曰:'老臣终不复事二主矣。'乃杀之。"今金雁桥畔有张任墓,系后人伪托。《演义》以擒张任在前破绵竹于后,非也。按刘备回军攻刘璋路线,《演义》作葭萌(四川广元西南)——白水关(四川青川东)——涪城——雒城(四川广汉)——绵竹——成都,此中应是先至绵竹,后取雒城。"先主进军围雒,时璋子循守城,被攻且一年。十九年夏,雒城破,进围成都数十日,璋出降"(《三国志·蜀书·先主传》)。

④ 张翼原为文职人员

张翼未在雒城(四川广汉)向刘备投降。《三国志·蜀书·张翼传》,刘备为益州牧时,翼始为书佐,建安末年(220 前后),被荐举为孝廉,出任江阳县长、涪陵县令、梓潼、广汉、蜀郡太守等职。张翼为蜀汉晚期重要将领。小说于此随意制造。

⑤ 费观为刘璋婿

费观,《三国志·蜀书·杨戏传·季汉辅臣赞》称:"宾伯名观,江夏郡人也。刘璋母,观之族姑,璋又以女妻观。观建安十八年参李严军,拒先主于绵竹,与严俱降。先主既定益州,拜为裨将军。"费观为刘璋婿,非妻弟也。又,蜀汉后期大臣费祎,即费观侄。

自然降矣。"孔明曰:"孝直之言最善。"便令写书,遣人径往成都。

却说刘循逃回见父,说雒城已陷,刘璋慌聚众官商议。从事郑度献策曰:"今刘备虽攻城夺地,然兵不甚多,士众未附,野谷是资,军无辎重。不如尽驱巴西梓潼民过涪水以西,其仓廪野谷,尽皆烧除。深沟高垒,静以待之。彼至请战,勿许。久无所资,不过百日,彼兵自走。我乘虚击之,备可擒也。"刘璋曰:"不然,吾闻拒敌以安民,未闻动民以备敌也。此言非保全之计。"正议间,人报法正有书至。刘璋唤入。呈上书。璋拆开视之。其略曰:

> 昨蒙遣差结好荆州,不意主公左右不得其人,以致如此。今荆州眷念旧情,不忘族谊。主人若能幡然归顺,量不薄待。望三思裁示。

刘璋大怒,扯毁其书,大骂:"法正卖主求荣,忘恩背义之贼!"逐其使者出城。即时遣妻弟费观⑤,提兵前去把守绵竹。费观举保南阳人姓李,名严,字正方,一同领兵。当下费观、李严点三万军来守绵竹。

益州太守董和,字幼宰,南郡枝江人也,上书与刘璋,请往汉中借兵。璋曰:"张鲁与吾世仇,安肯相救?"和曰:"虽然与我有仇,刘备军在雒城,势在危急,唇亡则齿寒,若以利害说之,必然肯从。"璋乃修书遣使前赴汉中。

却说马超自兵败入羌,二载有余,结好羌兵,攻打陇西州郡。所到之处,尽皆归降,惟冀城攻打不下。刺史韦康,累遣人求救于夏侯渊。渊不得曹操言语,未敢动兵。韦康见救兵不来,与众商议,不如投降马超。参军杨阜哭谏曰:"超等叛君之徒,岂可降之?"康曰:"事势至此,不降何待?"阜苦谏不从。韦康大开城门,投拜马超。超大怒曰:"汝今事急请降,非真心也!"将韦康四十余口尽斩之,不留一人。有人言杨阜劝韦康休降,可斩之。超曰:"此人守义,不可斩也。"复用杨阜为参军。阜荐梁宽、赵衢二人,超尽用为军官。杨阜告马超曰:"阜妻死于临洮,乞告两个月假,归葬其妻便回。"马超从之。

杨阜过历城,来见抚彝将军姜叙。叙与阜是姑表兄弟:叙之母是阜之姑,时年已八十二。当日,杨阜入姜叙内宅,拜见其姑,哭告曰:"阜守城不能保,主亡不能死,愧无面目见姑。马超叛君,妄杀郡守,一州士民,无不恨之。今吾兄坐据历城,竟无讨贼之心,此岂人臣之理乎?"言罢泪流出血。叙母闻言,唤姜叙入,责之曰:"韦使君遇害,亦尔之罪也!"又谓阜曰:"汝既降人,且食其禄,何故又兴心讨之?"阜曰:"吾从贼者,欲留残生,与主报冤也。"叙曰:"马超英勇,急难图之。"阜曰:"有勇无谋,易图也。吾已暗约下梁宽、赵衢。兄若肯兴兵,二人必为内应。"叙母曰:"汝不早图,更待何时?谁不有死,死于忠义,死得其所也。勿以我为念。汝若不听义山之言，吾当先死，以绝汝念。"叙乃与统兵校尉尹奉、赵昂商议。原来赵昂之子赵月，现随马超为裨将。赵昂当日应允，归见其妻王氏曰："吾今日与姜叙、杨阜、尹奉一处商议，欲报韦康之仇。吾想子赵月现随马超，今若兴兵，超必先杀吾子，奈何？"其妻厉声曰："雪君父之大耻，虽丧身亦不惜，何况一子乎？君若顾子而不行，吾当先死矣！"赵昂乃决。

次日一同起兵。姜叙、杨阜屯历城，尹奉、赵昂屯祁山。王氏乃尽将首饰资帛，亲自往祁山军中赏劳军士，以励其众。马超闻姜叙、杨阜合尹奉、赵昂举事，大怒，即将赵月斩之。令庞德、马岱尽起军马，杀奔历城来。姜叙、杨阜引兵出。两阵圆处，杨阜、姜叙衣白袍而出，大骂曰："叛君无义之贼！"马超大怒，冲将过来，两军混战。姜叙、杨阜如何抵得马超，大败而走。马超驱兵赶来，背后喊声起处，尹奉、赵昂杀来。超急回时，两下夹攻，首尾不能相顾。正斗间，刺斜里大队军马杀来。原来是夏侯渊得了曹操军令，正领军来破马超⑥。超如何当得三路军马，大败奔回。走了一夜，比及平明，到得冀城叫门时，城上乱箭射下。梁宽、赵衢立在城上，大骂马超，将马超妻杨氏从城上一刀砍了，撇下尸首来；又将马超幼子三人，并至亲十余口，都从城上一刀一个，剁将下来⑦。超气噎塞胸，几乎坠下马来。背后夏侯渊引兵追赶。超见势大，不敢恋战，与庞德、马岱杀开一条路走。前面又撞见姜叙、杨阜，杀了一阵；冲得过去，又撞着尹奉、赵昂杀了一阵。零零落落，剩得五六十骑，连夜奔走。四更前后，走到历城下。守门者只道姜叙兵回，大开门接入。超从城南门边杀起，尽洗城中百姓。至姜叙宅，拿出老母。母全无惧色，指马超而大骂。超大怒，自取剑杀之。尹奉、赵昂全家老幼，亦尽被马超所杀。昂妻王氏，因在军中得免于难。

次日，夏侯渊大军至，马超弃城杀出，望西而逃。行不到二十里，前面一军摆开，为首的是杨阜。超切齿而恨，拍马挺枪刺之。阜宗弟七人，一齐来助战。马岱、庞德敌住后军。宗弟七人，皆被马超杀死。阜身中五枪，犹然死战。后面夏侯渊大军赶来，马超遂走，只有庞德、马岱五七骑后随而去。夏侯渊自行安抚陇西诸州人民，令姜叙等各各分守。用车载杨阜赴许都，见曹操。操封阜为关内侯。阜辞曰："阜无捍难之功，又无死难之节，于法当诛，何颜受职？"操嘉之，卒与之爵。

却说马超与庞德、马岱商议，径往汉中投张鲁。张鲁大喜，以为

⑥ 夏侯渊援姜叙和攻灭枹罕国

据《三国志·魏书·夏侯渊传》，夏侯渊留守长安(陕西西安)，时正围攻马超余党梁兴，屯扎鄠县(陕西户县北)，"叙等急求救，诸将议者欲须太祖节度。渊曰：'公在邺，反复四千里，比报，叙等必败，非救急也。'遂行"(《三国志·魏书·夏侯渊传》)。是夏侯渊未因曹操令而赴援的，将在外君命有所不受，所以夏侯渊未奉命急来赴援。夏侯渊随后即消灭韩遂部和与马超合作的氐王千万。建安十九年(215)十月，又仅以一个月时间出兵攻灭河西枹罕国。枹罕国是汉中平元年(184)左右，因中原大乱，由宋建所建的小王国，他自号河首平汉王。这年秋，夏侯渊在战胜马超和西羌各部后，统率张郃等围攻枹罕(甘肃临夏东北)，擒斩宋建和所置丞相等。

⑦ 马超妻子

据《三国志·蜀书·马超传》引《典略》，马超家属乃是在他被曹操击败后株连被杀的，"超至安定，遂奔凉州。诏收灭超家属"，"阖门百口，一旦同命。"后来马超在病死前上疏也说，"臣门宗二百余口，为孟德所诛略尽"(《三国志·蜀书·马超传》)。马超在据冀(甘肃甘谷东)后，似又娶妻。汉建安十九年"(赵)衢等诳说超，使出击叙，于后尽杀超妻子"(《三国志·魏志·夏侯渊传》)。在汉中时，马超又第三次娶妻，《典略》说，"初超之入蜀，其庶妻董及子秋，留依张鲁。鲁败，曹公得之，以董赐阎圃，以秋付鲁，鲁自杀之"。所以，后来马超在奔成都后，又第四次娶妻生子。儿子马承，女儿建兴八年

(230)后配刘备第三子刘理。刘理当时由梁王改封为安平王,那已是马超死后多年的婚娶了。

⑧ 马超投奔张鲁为都讲祭酒

马超为曹操所败,出奔安定(甘肃镇原东南),掳掠陇上各郡县。他还取得张鲁支持;张鲁派大将杨昂率万人来助,筑长围合攻冀城(甘肃天水西北),城陷,马超自称征西将军,领并州牧,督凉州军事。后因为杨阜等败,"进退狼狈,乃奔汉中依张鲁"(《三国志·蜀书·马超传》)。是因原与张鲁先有合同故也。张鲁封马超为都讲祭酒。

得马超⑧,则西可以吞益州,东可以拒曹操,乃商议欲以女招超为婿。大将杨柏谏曰:"马超妻子遭惨祸,皆超之贻害也。主公岂可以女与之!"鲁从其言,遂罢招婿之议。或以杨柏之言告知马超,超大怒,有杀杨柏之意。杨柏知之,与兄杨松商议,亦有图马超之心。正值刘璋遣使求救于张鲁,鲁不从。忽报刘璋又遣黄权到。权先来见杨松,说:"东西两川实为唇齿,西川若破,东川亦难保矣。今若肯相救,当以二十州相酬。"松大喜,即引黄权来见张鲁,说唇齿利害,更以二十州相谢。鲁喜其利,从之。巴西阎圃谏曰:"刘璋与主公世仇,今事急求救,诈许割地,不可从也!"忽阶下一人进曰:"某虽不才,愿乞一旅之师,生擒刘备,务要割地以还。"正是:

方看真主来西蜀,又见精兵出汉中。

未知其人是谁,且看下文分解。

第六十五回　马超大战葭萌关　刘备自领益州牧

却说阎圃正劝张鲁勿助刘璋,只见马超挺身出曰:"超感主公之恩,无可上报,愿领一军攻取葭萌关,生擒刘备。务要刘璋割二十州奉还主公。"张鲁大喜,先遣黄权从小路而回,随即点兵二万与马超。此时庞德卧病不能行,留于汉中。张鲁令杨柏监军。超与弟马岱选日起程。

却说玄德军马在雒城,法正所差下书人回报说:"郑度劝刘璋尽烧野谷并各处仓廪,率巴西之民避于涪水西,深沟高垒而不战。"玄德、孔明闻之,皆大惊曰:"若用此言,吾势危矣。"法正笑曰:"主公勿忧,此计虽毒,刘璋必不能用也。"不一日,人传刘璋不肯迁动百姓,不从郑度之言。玄德闻之,方始宽心。孔明曰:"可速进兵取绵竹,如得此处,成都易取矣。"遂遣黄忠、魏延领兵前进。费观听知玄德兵来,差李严出迎。严领三千兵出,各布阵完。黄忠出马,与李严战四五十合,不分胜败。孔明在阵中教鸣金收军。黄忠回阵,问曰:"正待要擒李严,军师何故收兵?"孔明曰:"吾已见李严武艺,不可力取。来日再战,汝可诈败,引入山峪,出奇兵以胜之。"黄忠领计。

次日,李严再引兵来,黄忠又出战,不十合诈败,引兵便走。李严赶来,迤逦赶入山峪,猛然省悟。急待回来,前面魏延引兵摆开。孔明自在山头,唤曰:"公如不降,两下已伏强弩,欲与吾庞士元报仇矣。"李严慌下马,卸甲投降。军士不曾伤害一人。孔明引李严见玄德,玄德待之甚厚①。严曰:"费观虽是刘益州亲戚,与某甚密,当往说之。"玄德即命李严回城招降费观。严入绵竹城,对费观赞玄德如此仁德,今若不降必有大祸。观从其言,开门投降。玄德遂入绵竹,商议分兵取成都。忽流星马急报,言:"孟达、霍峻守葭萌关,今被东川张鲁遣马超与杨柏、马岱领兵攻打甚急,救迟则关隘休矣。"玄德大惊。孔明曰:"须是张、赵二将,方可与敌。"玄德曰:"子龙引兵在外未回,翼

① **刘备器重李严原因**

李严乃益州降官里最受刘备、诸葛亮所器重的,在初降期间,就相当信任。按,李严本是刘表官员,曹操下荆州,李严不随刘琮降,而离开秭归令任上入川。刘备等对他有好感,一是在成都任上,有政绩,成绩斐然;二是识时务,率领绵竹诸军主动投降;三是早于刘备入川的外江人杰出代表。因而刘备据益州,就任为犍为太守、兴业将军。

德已在此，可急遣之。"孔明曰："主公且勿言，容亮激之。"

却说张飞闻马超攻关，大叫而入，曰："辞了哥哥，便去战马超也。"孔明佯作不闻，对玄德曰："今马超侵犯关隘，无人可敌，除非往荆州取关云长来，方可与敌。"张飞曰："军师何故小觑吾，吾曾独拒曹操百万之兵，岂愁马超一匹夫乎？"孔明曰："翼德拒水断桥，此因曹操不知虚实耳；若知虚实，将军岂得无事？今马超之勇，天下皆知，渭桥六战，杀得曹操割须弃袍，几乎丧命，非等闲之比。云长且未必可胜。"飞曰："我只今便去，如胜不得马超，甘当军令。"孔明曰："既尔肯写文书，便为先锋。请主公亲自去一遭，留亮守绵竹，待子龙来却作商议。"魏延曰："某亦愿往。"孔明令魏延带五百哨马先行，张飞第二，玄德后队，望葭萌关进发。

魏延哨马到关下，正遇杨柏。魏延与杨柏交战，不十合，杨柏败走。魏延要夺张飞头功，乘势赶去。前面一军摆开，为首乃是马岱。魏延只道是马超，舞刀跃马迎之。与岱战不十合，岱败走。延赶去，被岱回身一箭，中了魏延左臂。延急回马走，马岱赶到关前，只见一将喊声如雷，从关上飞奔至面前。原来是张飞初到关上，听得关前厮杀，便来看时，正见魏延中箭，因骤马下关，救了魏延。飞喝马岱曰："汝是何人？先通姓名，然后厮杀。"马岱曰："吾乃西凉马岱是也。"张飞曰："你原来不是马超，快回去，非吾对手！只令马超那厮自来，说道燕人张飞在此。"马岱大怒曰："汝焉敢小觑我！"挺枪跃马，直取张飞。战不十合，马岱败走。张飞欲待追赶，关上一骑马到来，叫："兄弟且休去！"飞回视之，原来是玄德到来。飞遂不赶，一同上关。玄德曰："恐怕你性躁，故我随后赶来到此。既然胜了马岱，且歇一宵，来日战马超。"

次日天明，关下鼓声大震，马超兵到。玄德在关上看时，门旗影里，马超纵骑持枪而出，狮盔兽带，银甲白袍：一来结束非凡，二者人才出众。玄德叹曰："人言锦马超，名不虚传！"张飞便要下关，玄德急止之，曰："且休出战，先当避其锐气。"关下马超单搦张飞出马，关上张飞恨不得平吞马超，三五番皆被玄德当住。看看午后，玄德望见马超阵上人马皆倦，遂选五百骑，跟着张飞冲下关来。马超见张飞军到，把枪望后一招，约退军有一箭之地。张飞军马一齐扎住，关上军马陆续下来。张飞挺枪出马，大呼："认得燕人张翼德么？"马超曰："吾家屡世公侯，岂识村野匹夫！"张飞大怒，两马齐出，二枪并举，约战百余合，不分胜负。玄德观之，叹曰："真虎将也！"恐张飞有失，急鸣金收军，两将各回。张飞回到阵中，略歇马片时，不用头盔，只裹包巾上马，又出阵前搦马超厮杀。超又出，两个再战，玄德恐张飞有失，自披挂下关，直至阵前。看张飞与马超又斗百余合，两个精神倍加。玄德教鸣金收军。二将分开，各回本阵。

是日天色已晚，玄德谓张飞曰："马超英勇，不可轻敌。且退上关。来日再战。"张飞杀得性起，那里肯休。大叫曰："誓死不回！"玄德曰："今日天晚，不可战矣。"飞曰："多点火把，安排夜战。"马超亦换了马,再出阵前,大叫曰:"张飞敢夜战么?"张飞性起,问玄德换了坐下马,抢出阵来。叫曰:"我捉你不得,誓不上关!"超曰:"我胜你不得,誓不回寨!"两军呐喊,点起千百火把,照耀如同白日。两将又向阵前鏖战。到二十余合,马超拨回马便走。张飞大叫曰:"走那里去?"原来马超见赢不得张飞,心生一计:诈败佯输,赚张飞赶来,暗掣铜锤在手,扭回身觑着张飞便打将来。张飞见马超走,心中也提防。比及铜锤打来时,张飞一闪,从耳朵边过去,张飞便勒回马走时,马超却又赶来。张飞带住马,拈弓搭箭,回射马超,超却闪过。二将各自回阵。玄德自于阵前叫曰:"吾以仁义待人,不施谲诈,马孟起,你收兵歇息,我不乘势赶你。"马超闻言,亲自断后,诸军渐退。玄德亦收军上关②。

次日,张飞又欲下关战马超。人报军师来到。玄德接着孔明。孔明曰:"亮闻孟起世之虎将,若与翼德死战,必有一伤。故令子龙、汉升守住绵竹,我星夜来此。可用条小计令马超归降主公。"玄德曰:"吾见马超英勇,甚爱之,如何可得?"孔明曰:"亮闻东川张鲁,欲自立为'汉宁王'③。手下谋士杨松极贪贿赂,主公可差人从小路径投汉中,先用金银结好杨松,后进书与张鲁云:'吾与刘璋争西川,是与汝报仇,不可听信离间之语,事定之后,保汝为汉宁王。'令其撤回马超兵,待其来撤时,便可用计招降马超矣。"玄德大喜,即时修书,差孙乾赍金珠从小路径至汉中,先来见杨松,说知此事,送了金珠。④松大喜,先引孙乾见张鲁陈言方便。鲁曰:"玄德只是左将军,如何保得我为汉宁王?"杨松曰:"他是大汉皇叔,正好合奏。"张鲁大喜,便差人教马超罢兵。孙乾只在杨松家听回信。

不一日,使者回报:"马超言:未成功,不可退兵。"张鲁又遣人去唤,又不肯回。一连三次不至。杨松曰:"此人素无信行,不肯罢兵,其意必反。"遂使人流言云:"马超意欲夺西川,自为蜀主,与父报仇,不肯臣于汉中。"张鲁闻之,问计于杨松。松曰:"一面差人去说与马超:'汝既欲成功,与汝一月限,要依我三件事。若依得,便有赏;否则必诛:一要取西川,二要刘璋首

② 马超无有战葭萌关事

葭萌关即葭萌古城(今四川广元市南30里昭化城牛头山东北麓)为汉代设置,关城地处川陕古道之冲,面临白龙江和嘉陵江汇合处,背负牛头山,被称为川北两把锁钥之一(另一为剑门关)。现古城西门外2公里即苟家坪,为民间传说张飞夜战马超故事处,今称"战胜坝",但不见于史传。按汉建安十八年(213),刘备进川曾率兵驻此以拒张鲁,但未发生战争。马超无有在葭萌关与刘备对仗事。据裴注引《典略》说,马超"后数从鲁求兵,欲北取凉州,鲁遣往,无利。又鲁将杨白(《演义》作杨柏)等欲害其能,超遂从武都逃入氐中,转奔往蜀"。

③ 张鲁听阎圃说不做汉宁王

张鲁据汉中二十余年,自定官制,自成体系,但仍保持时时进贡的宗主关系。因为汉任命为汉宁太守,所以群下有借以地下掘得玉印事,尊奉为汉宁王。张鲁也许有此思路,但阎圃相劝:"汉川之民,户口十万,财富土沃,四面险固;上匡天子,则为桓、文,次及窦融,不失富贵。今承制署置,势足斩断,不烦于王。愿且不称,勿为祸先。"他说得真是在理。阎圃堪称三国时期聪明人,是第一流政治家,只是这段话鲜为后世人多加注意。张鲁也是聪明人,从他采纳阎圃意见,也可见几十年里不昏庸,也明智。后来元末朱升为朱元璋提出的"高筑墙、广征粮、缓称王"九字方针,很可能受到它的启发。

④ 杨柏、杨松诬害马超

《三国志·蜀书·马超传》引《典略》,称马超归张鲁,有"鲁将杨白等欲害其能"。杨白,即杨柏,《蜀书·霍峻传》作"杨帛",当同一人。又杨松收金受贿,本不见于史传。按,此类用间故事,常见自春秋战国,而以秦人为最,有如用间陷害信陵君、李牧,如《史记·廉颇蔺相如列传》李牧故事,李牧

屡败秦兵，"秦多与赵王宠臣郭开金为反间，言李牧、司马尚欲反，赵王乃使赵葱及齐将颜聚代李牧，李牧不受命。"由此唐《李卫公兵法》有称，"若敌有宠嬖，任以腹心者。我当使间遗其珍玩，恣其所欲，因而诱之。"

⑤ 李恢赴汉中说马超降

马超逃往汉中。"依张鲁，鲁不足与计事"（《三国志·蜀书·马超传》）。刘备在雒城乃派李恢"至汉中交好马超，超遂从命"（《蜀书·李恢传》）。后马超"闻先主围刘璋于成都。密书请降。先主遣人迎超，超将兵径到城下"（《马超传》）。是以彼此并无葭萌关战斗。

级，三要退荆州兵。三件事不成，可献头来。'一面教张卫点军守把关隘，防马超兵变。"鲁从之，差人到马超寨中说这三件事。超大惊曰："如何变得恁的？"乃与马岱商议："不如罢兵。"杨松又流言曰："马超回兵，必怀异心。"于是张卫分七路军，坚守隘口，不放马超兵入。超进退不得，无计可施。

孔明谓玄德曰："今马超正在进退两难之际，亮凭三寸不烂之舌，亲往超寨说马超来降。"玄德曰："先生乃吾之股肱心腹，倘有疏虞，如之奈何？"孔明坚意要去，玄德再三不肯放去。正踌躇间，忽报赵云有书荐西川一人来降。玄德召入问之。其人乃建宁俞元人也，姓李，名恢，字德昂。玄德曰："向日闻公苦谏刘璋，今何故归我？"恢曰："吾闻良禽相木而栖，贤臣择主而事。

前谏刘益州者，以尽人臣之心；既不能用，知必败矣。今将军仁德布于蜀中，知事必成，故来归耳。"玄德曰："先生此来，必有益于刘备。"恢曰："今闻马超在进退两难之际。恢昔在陇西，与彼有一面之交，愿往说马超归降若何？"孔明曰："正欲得一人替吾一往。愿闻公之说词。"李恢于孔明耳畔陈说如此如此。孔明大喜，即时遣行。

恢行至超寨，先使人通姓名。马超曰："吾知李恢乃辩士，今必来说我。"先唤二十刀斧手伏于帐下，嘱曰："令汝砍，即砍为肉酱！"须臾，李恢昂然而入。马超端坐帐中不动，叱李恢曰："汝来为何？"恢曰："特来作说客。"超曰："吾匣中宝剑新磨，汝试言之，其言不通，便请试剑。"恢笑曰："将军之祸不远矣！但恐新磨之剑，不能试吾之头，将欲自试也。"超曰："吾有何祸？"恢曰："吾闻越之西子，善毁者不能闭其美；齐之无盐，善美者不能掩其丑。'日中则昃，月满则亏'，此天下之常理也。今将军与曹操有杀父之仇，而陇西又有切齿之恨。前不能救刘璋而退荆州之兵，后不能制杨松而见张鲁之面，目下四海难容，一身无主；若复有渭桥之败，冀城之失，何面目见天下之人乎？"超顿首谢曰："公言极善，但超无路可行。"恢曰："公既听吾言，帐下何故伏刀斧手？"超大惭，尽叱退。恢曰："刘皇叔礼贤下士，吾知其必成，故舍刘璋而归之。公之尊人，昔年曾与皇叔约共讨贼，公何不背暗投明，以图上报父仇，下立功名乎？"马超大喜，即唤杨柏入，一剑斩之，将首级共恢一同上关来降玄德⑤。玄德亲自接入，待以上宾之礼。超顿首谢曰："今遇明主，如拨云雾而见青天。"时孙乾已回，玄德复命霍峻、孟达守关，便撤兵来取成都。赵云、黄忠接入绵竹。人报蜀将刘晙、马汉引军到。赵云曰："某愿往擒此二人！"言讫，上马引军出。玄德在城上管待马超吃酒。未曾安席，子龙已斩二人之头，献于筵前。马超亦惊，倍加敬重。超曰："不须主公军马厮杀，超自唤出刘璋来降。如不肯降，超与弟马岱取成都，双手奉献。"玄德大喜。是日尽欢。

却说败兵回到益州报刘璋。璋大惊，闭门不出。人报城北马超救兵到，刘璋方敢登城望之。见马超、马岱立于城下，大叫："请刘季玉答话。"刘璋在城上问之。超在马上以鞭指曰："吾本领张鲁兵来救益州，谁想张鲁听信杨松谗言，反欲害我。今已归降刘皇叔。公可纳土拜降，免致生灵受苦。如或执迷，吾先攻城矣！"刘璋惊得面如土色，气倒于城上，众官救醒。璋曰："吾之不明，悔之何及！不若开门投降，以救满城百姓。"董和曰："城中尚有兵三万余人，钱帛粮草可支一年，奈何便降？"刘璋曰："吾父子在蜀二十余年，无恩德以加百姓。攻战三年，血肉捐于草野，皆我罪也。我心何安？不如投降，以安百姓。"众人闻之，皆堕泪。忽一人进曰："主公之言，正合天意。"视之，乃巴西西充国人也，姓谯，名周，字允南⑥。此人素晓天文。璋问之，周曰："某夜观乾象，见群星聚于蜀郡；其大星光如皓月，乃帝王之象也。况一载之前，小儿谣云：'若要吃新饭，须待先主来。'此乃预兆，不可逆天道。"黄权、刘巴闻言皆大怒，欲斩之。刘璋挡住。忽报："蜀郡太守许靖逾城出降矣。"刘璋大哭归府。次日，人报刘皇叔遣幕宾简雍在城下唤门。璋令开门接入。雍坐车中，傲睨自若。忽一人掣剑大喝曰："小辈得志，傍若无人！汝敢藐视吾蜀中人物耶！"雍慌下车迎之。此人乃广汉绵竹人也，姓秦，名宓，字子勑。雍笑曰："不识贤兄，幸勿见责。"遂同入见刘璋，具说玄德宽洪大度，并无相害之意。于是刘璋决计投降，厚待简雍。次日，亲赍印绶文籍，与简雍同车出城投降。玄德出寨迎接，握手流涕，曰："非吾不行仁义，奈势不得已也。"共入寨，交割印绶文籍，并马入城。

玄德入成都，百姓香花灯烛迎门而接。玄德到公厅，升堂坐定。郡内诸官皆拜于堂下，惟黄权、刘巴⑦闭门不出。众将忿怒，欲往杀之。玄德慌忙传令曰："如有害此二人者，灭其三族！"玄德亲自登门，请二人出仕。二人感玄德恩礼，乃出。孔明请曰："今西川平定，难容二主，可将刘璋送去荆州。"玄德曰："吾方得蜀郡，未可令季玉远去。"孔明曰："刘璋失基业者，皆因太弱耳。主公若以妇人之仁，临事不决，恐此土难以长久。"玄

⑥ 谯周尚未做官哪来劝降刘璋

据《三国志·蜀书·谯周传》，谯周于汉建安六年(201)。他劝降刘璋时仅十四岁，当误植。又《先主传》称，汉建安二十五年，谯周作为劝学从事，列名劝进表奉刘备为帝，似也有误。按据本传称，谯周在建兴元年(223)始为诸葛亮任命为劝学从事，蒋琬主政后又升迁典学从事。他应是本年进入宦途。谯周终刘璋世，没有做官，也从未任知悉天文的太史，《演义》推前了十年。

⑦ 刘备用宿仇刘巴

据《三国志·蜀书·刘巴传》，刘巴原随刘表在荆州，"曹公征荆州。先主奔江南，荆、楚群士从之如云，而巴北诣曹公。曹公辟为掾，使招纳长沙、零陵、桂阳。会先主略有三郡，巴不得反使，遂远适交阯，先主深以为恨"。所以此时宽待刘巴，其意实与刘邦封雍齿为侯同义。刘巴也深知此道，"又自以归附非素，惧见猜嫌，恭默守静，退无私交，非公事不言"。建安二十五年(220)继法正为尚书令。章武二年(222)，在白帝城病死。

⑧ 刘璋父子下落

据《三国志·蜀书·刘璋传》："孙权杀关羽取荆州，以璋为益州牧，驻秭归。"三年后，刘备东征时，刘璋已病死。刘备死后，南中豪帅雍闿通款东吴，孙权又以刘璋次子刘阐为益州刺史，"处交、益界首"。蜀汉建兴三年(226)诸葛亮南征凯旋，孙权始召刘阐还吴，拜为御史中丞。又刘璋长子刘循曾抗拒刘备进军，"先主进军围雒，时璋子循守城，被攻且一年"(《三国志·蜀书·先主传》)。刘循娶父为庞羲，刘备进入成都，以庞羲为左将军司马，庞羲请求刘备留刘循于蜀，刘备同意，并任刘循为奉车中郎将。

⑨ 刘备搞五湖四海

刘备取益州后，跟他入蜀的人员都升

官进阶，所谓"豫州入蜀，荆州人贵"，他对原在益州为刘璋工作的官员也引为亲信，放手使用。《三国志·蜀书·先主传》说:"先主复领益州牧，诸葛亮为股肱，法正为谋主，关羽、张飞、马超为爪牙，许靖、麋竺、简雍为宾友。及董和、黄权、李严等本璋之所授用也，吴壹(懿)、费观等又璋之婚亲也，彭羕又璋之所排摈也，刘巴者宿昔之所忌恨也，皆处之显任，尽其器能。有志之士，无不竞劝。"但《演义》所定名爵多系编造，与史相悖，如刘备当时最高官阶是左将军，所以不得再另授他人为左将军、右将军、前将军。史传所称刘巴为左将军西曹掾，黄权为偏将军；关羽之荡寇将军、张飞之征虏将军，乃是在取江南四郡后所授的；史传所授黄忠是讨虏将军，赵云是翊军将军，魏延是牙门将军，诸葛亮是军师将军，不是军师，此等将军都被归纳为"杂号"将军，四品或五品，此处黄忠等所授将军名号，均误。只有马超授平西将军，合符史传。又，见于《三国志·蜀书·关羽传》，刘备未封关羽为汉寿亭侯，"先主收江南诸郡，乃封拜元勋，以羽为襄阳太守、荡寇将军，驻江北"。此处关羽的汉寿亭侯，是否延袭建安五年(200)以解白马围所封，语焉不详。

刘备益州牧时主要将帅表
表所列将帅，据《三国志》有关史传稍作整理:

德从之，设一大宴，请刘璋收拾财物，佩领振威将军印绶，令将妻子良贱，尽赴南郡公安住歇，即日起行⑧。

玄德自领益州牧。其所降文武，尽皆重赏，定拟名爵:严颜为前将军，法正为蜀郡太守，董和为掌军中郎将，许靖为左将军长史，庞羲为营中司马，刘巴为左将军，黄权为右将军。其余吴懿、费观、彭羕、卓膺、李严、吴兰、雷同、李恢、张翼、秦宓、谯周、吕义、霍峻、邓芝、杨洪、周群、费祎、费诗、孟达，文武投降官员共六十余人，并皆擢用。诸葛亮为军师，关云长为荡寇将军、汉寿亭侯，张飞为征虏将军、新亭侯，赵云为镇远将军，黄忠为征西将军，魏延为扬武将军，马超为平西将军。孙乾、简雍、麋竺、麋芳、刘封、吴班、关平、周仓、廖化、马良、马谡、蒋琬、伊籍，及旧日荆、襄一班文武官员，尽皆升赏⑨。遣使赍黄金五百斤、白银一千斤、钱五千万、蜀锦一千匹，赐与云长。其余官将，给赏有差⑩。杀牛宰马，大饷士卒，开仓赈济百姓，军民大悦⑪。

益州既定，玄德欲将成都有名田宅，分赐诸官。赵云谏曰:"益州人民屡遭兵火，田宅皆空，今当归还百姓，令安居复业，民心方服。不宜夺之为私赏也⑫。"玄德大喜，从其言。使诸葛军师定拟治国条例，刑法颇重。法正曰:"昔高祖约法三章，黎民皆感其德。愿军师宽刑省法，以慰民望。"孔明曰:"君知其一，未知其二。秦用法暴虐，万民皆怨，故高祖以宽仁得之。今刘璋暗弱，德政不举，威刑不肃，君臣之道，渐以陵替。宠之以位，位极则残;顺之以恩，恩竭则慢。所以致弊，实由于此。吾今威之以法，法行则知恩;限之以爵，爵加则知荣。恩荣并济，上下

姓　名	任益州牧前后	称汉中王时	称　帝
关　羽	襄阳太守、荡寇将军	前将军假节钺	
张　飞	宜都太守、征虏将军新亭侯	右将军假节	车骑将军司隶校尉西乡侯
马　超	平西将军	左将军假节	骠骑将军凉州牧斄乡侯
黄　忠	讨虏将军升征西将军	后将军关内侯	
赵　云	牙门将军升翊军将军		
魏　延	牙门将军	镇远将军领汉中太守	镇北将军
此时刘备以左将军自领益州牧，岂能有严颜前将军、刘巴左将军、黄权右将军等名号			

有节,为治之道,于斯著矣。"法正拜服。自此军民安堵。四十一州地面,分兵镇抚,并皆平定。

法正为蜀郡太守,凡平日一餐之德,睚眦之怨,无不报复。或告孔明曰:"孝直太横,宜稍斥之。"孔明曰:"昔主公困守荆州,北畏曹操,东惮孙权,赖孝直为之辅翼,遂翻然翱翔,不可复制。今奈何禁止孝直,使不得少行其意耶?"因竟不问。法正闻之,亦自敛戢。

一日,玄德正与孔明闲叙,忽报云长遣关平来谢所赐金帛。玄德召入。平拜罢,呈上书信曰:"父亲知马超武艺过人,要入川来与之比试高低。教就禀伯父此事。"玄德大惊,曰:"若云长入蜀,与孟起比试,势不两立。"孔明曰:"无妨,亮自作书回之。"玄德只恐云长性急,便教孔明写了书,发付关平星夜回荆州。平回至荆州,云长问曰:"我欲与马孟起比试,汝曾说否?"平答曰:"军师有书在此。"云长拆开视之。其书曰:

> 亮闻将军欲与孟起分别高下。以亮度之:孟起虽雄烈过人,亦乃黥布、彭越之徒耳,当与翼德并驱争先,犹未及美髯公之绝伦超群也。今公受任守荆州,不为不重;倘一入川,若荆州有失,罪莫大焉。惟冀明照。

云长看毕,自绰其髯笑曰:"孔明知我心也。"将书遍示宾客,遂无入川之意。

却说东吴孙权知玄德并吞西川,将刘璋逐于公安,遂召张昭、顾雍商议曰:"当初刘备借我荆州时,说取了西川便还荆州,今已得巴蜀四十一州。须用取索汉上诸郡。如其不还,即动干戈。"张昭曰:"吴中方宁,不可动兵。昭有一计,使刘备将荆州双手奉还主公。"正是:

> 西蜀方开新日月,东吴又索旧山川。

未知其计如何,且看下文分解。

⑩ **赐关羽等的蜀锦**

刘备取成都,获得库藏甚多,"先主置酒大飨士卒,取蜀城中金银分赐将士"(《三国志·蜀书·先主传》),"赐诸葛亮、法正、飞及关羽各金五百斤,银千斤,钱五千万,锦千匹,其余颁赐各有差"(《三国志·蜀书·张飞传》)。按此中的蜀锦,即蜀郡之丝织业名产。东汉扬雄《蜀都赋》:"自造奇锦,统缕缢绳"、"绵茧成衽,阿丽纤靡"。左思《蜀都赋》:"百室离房,机杼相和,贝锦斐成,濯色江波,黄润比筒,籯金有过。"可见该处丝织业之盛,由此蜀汉与吴、魏交往多以蜀锦。如吴、蜀汉交往,"蜀致马二百匹,锦千端及方物"(《三国志·吴书·吴主传》引《吴历》)。张温出使,回来说,"刘禅送臣蜀锦五端"(《全三国文》卷六十六张温表);曹操亦爱蜀锦。"操恐其近即所取,因言:'吾前遣人到蜀买锦,可过敕使者增市二端'"(《后汉书·左慈传》)。由是曹操死时,"(刘)备遣军谋掾韩冉奉书吊,并贡锦布"(《三国志·先主传》引《典略》)。

⑪ **刘备军进成都抢掠**

刘备军进成都允诺抢掠,《演义》未涉及。据《三国志·蜀书·刘巴传》引《零陵先贤传》,"初攻刘璋,备与士众约:'若事定,府库百物,孤无预焉。'及拔成都,士众皆舍干戈,赴诸藏竞取宝物。"又《赵云别传》也称,"益州既定,时议欲以成都中屋舍及城外园地桑田分赐诸将"。此事虽因赵云劝阻,未能成行,但刘备仍"取蜀城中金银分赐将士,还其谷帛"(《三国志·蜀书·先主传》),可见刘备军在进成都后的抢掠活动,是为旧时攻城掠地者通病。按,刘备由此发生财政危机,乃从刘巴策,在犍为郡(四川彭水)铸造面为"直百五铢",背阴文"为"字钱。"为"即"犍为"简称。刘备犍为钱通行全川。初铸的犍为五铢大而厚,直径 2.8 cm,重 9.5 克,后渐轻小。

⑫ **成都赵云旧宅**

赵云旧宅,相传民国时期为成都市参议会据用。解放后为和平街小学校址。宅西有"洗马池"("子龙池"),乃赵云洗马处。有联:将军不可无马,汗马三分,洗马从来空凡马;先帝尝称子龙,从龙百战,卧龙而外一神龙。20 世纪 70 年代,洗马池填土辟为操场。

第六十六回　关云长单刀赴会
伏皇后为国捐生

却说孙权要索荆州。张昭献计曰："刘备所倚仗者，诸葛亮耳，其兄诸葛瑾今仕于吴。何不将瑾老小执下，使瑾入川告其弟，令劝刘备交割荆州：'如其不还，必累及我老小。'亮念同胞之情，必然应允。"权曰："诸葛瑾乃诚实君子，安忍拘其老小。"昭曰："明教知是计策，自然放心。"权从之，召诸葛瑾老小，虚监在府。一面修书，打发诸葛瑾往西川去。不数日，早到成都，先使人报知玄德。玄德问孔明曰："令兄此来为何？"孔明曰："来索荆州耳。"玄德曰："何以答之？"孔明曰："只须如此如此。"

① **刘备出川和孙权瓜分荆州**
汉建安十九年(214)，孙权"以备已得益州，令诸葛瑾从求荆州诸郡"(《三国志·吴书·吴主传》)。刘备不肯，孙权遣吕蒙等兵二万取长沙、零陵、桂阳三郡，使鲁肃以万人屯巴丘，以御关羽。刘备得悉，亲自带兵五万人出川，使关羽将三万兵至益阳，准备兵戎相见。在刘备到达荆州时，吕蒙等已袭取了长沙、桂阳；不久零陵也投降了。"尽得三郡将守，因引军还，与孙皎、潘璋并鲁肃兵并进，拒羽于益阳。未战，会曹公入汉中，备惧失益州，使使求和。权令诸葛瑾报，更寻盟好，遂分荆州长沙、江夏、桂阳以东属权，南郡、零陵、武陵以西属备"(《三国志·吴书·吴主传》)。

计会已定，孔明出郭接瑾。不到私宅，径入宾馆。参拜毕，瑾放声大哭。亮曰："兄长有事但说，何故发哀？"瑾曰："吾一家老小休矣！"亮曰："莫非为不还荆州乎？因弟之故，执下兄长老小，弟心何安！兄休忧虑，弟自有计还荆州便了。"瑾大喜，即同孔明入见玄德。呈上孙权书，玄德看了，怒曰："孙权既以妹嫁我，却乘我不在荆州，竟将妹子潜地取去，情理难容。我正要大起川兵，杀下江南，报我之恨。却还想来索荆州乎？"孔明哭拜于地，曰："吴侯执下亮兄长老小，倘若不还，吾兄将全家被戮。兄死，亮岂能独生？望主公看亮之面，将荆州还了东吴，全亮兄弟之情。"玄德再三不肯①，孔明只是哭求。玄德徐徐曰："既如此，看军师面，分荆州一半还之。将长沙、零陵、桂阳三郡与他。"亮曰："既蒙见允，便可写书与云长，令交割三郡。"玄德曰："子瑜到彼，彼用善言求吾弟。吾弟性如烈火，吾尚惧之，切宜仔细。"

瑾求了书，辞了玄德，别了孔明，登途径到荆州。云长请入中堂，宾主相叙。瑾出玄德书曰："皇叔许先以三郡还东吴，望将军即日交割,令瑾好回见吾主。"云长变色曰:"吾与吾兄桃园结义,誓共匡扶汉室。荆州本大汉疆土,岂得妄以尺寸与人?'将在外,君命有所不受'。虽吾兄有书来,我却只不还。"瑾曰:"今吴侯执下瑾老小,若不得荆州,必将被诛,望将军怜之。"云长曰:"此是吴侯谲计,如何瞒得我过!"瑾曰:"将军何太无面目?"云长执剑在手曰:"休再言!此剑上并无面目!"关平告曰:"军师面上不好看,望父亲息怒。"云长曰:"不看军师面上,教你回不得东吴!"瑾满面羞惭,急辞下船,再往西川见孔明。孔明已自出巡去了。瑾只得再见玄德,哭告云长欲杀之事。玄德曰:"吾弟性急,极难与言。子瑜可暂回,容吾取了东川、汉中诸郡,调云长往守之。那时方得交付荆州。"

瑾不得已,只得回东吴见孙权,具言前事。孙权大怒曰:"子瑜此去,反复奔走,莫非皆是诸葛亮之计?"瑾曰:"非也。吾弟亦哭告玄德,方许将三郡先还。又无奈云长恃顽不肯。"孙权曰:"既刘备有先还三郡之言,便可差官前去长沙、零陵、桂阳三郡赴任,且看如何。"瑾曰:"主公所言极善。"权乃令瑾取回老小,一面差官往三郡赴任。不一日,三郡差去官吏尽被逐回,告孙权曰:"关云长不肯相容,连夜赶逐回吴,迟后者便要杀。"孙权大怒,差人召鲁肃责之曰:"子敬昔为刘备作保,借吾荆州;今刘备已得西川,不肯归还,子敬岂得坐视?"肃曰:"肃已思得一计,正欲告主公。"权问:"何计?"肃曰:"今屯兵于陆口,使人请关云长赴会。若云长肯来,以善言说之;如其不从,伏下刀斧手杀之。如彼不肯来,随即进兵,与决胜负,夺取荆州便了。"孙权曰:"正合吾意,可即行之。"阚泽进曰:"不可,关云长乃世之虎将,非等闲可及。恐事不谐,反遭其害。"孙权怒曰:"若如此,荆州何日可得?"便命鲁肃速行此计。

肃乃辞孙权至陆口,召吕蒙、甘宁商议:设宴于陆口寨外临江亭上,修下请书,选帐下能言快语一人为使,登舟渡江。江口关平问了,遂引使人入荆州:叩见云长,具道鲁肃相邀赴会之意,呈上请书。云长看书毕,谓来人曰:"既子敬相请,我明日便来赴宴,汝可先回。"使者辞去。关平曰:"鲁肃相邀,必无好意,父亲何故许之?"云长笑曰:"吾岂不知耶?"此是诸葛瑾回报孙权说:"吾不肯还三郡,故令鲁肃屯兵陆口,邀我赴会,便索荆州。吾若不往,道吾怯矣。吾来日独驾小舟,只用亲随十余人,单刀赴会,看鲁肃如何近我!"平谏曰:"父亲奈何以万金之躯,亲蹈虎狼之穴?恐非所以重伯父之寄托也。"云长曰:"吾于千枪万刃之中,矢石交攻之际,匹马纵横,如入无人之境,岂忧江东群鼠乎?"马良亦谏曰:"鲁肃虽有长者之风,但今事急,不容不生异心,将军不可轻往。"云长曰:"昔战国时赵人蔺相如,无缚鸡之力,于渑池会上,觑秦国君臣如无物,况吾曾学万人敌者乎?既已许诺,不可失信。"良曰:"纵将军去,亦当有准备。"云长曰:"只教吾儿选快船十只,藏善水军五百,于江上等候。看吾认旗起处,便过江来。"平领命自去准备。

却说使者回报鲁肃,说云长慨然应允,来日准到[②]。肃与吕蒙商议:"此来若何?"蒙曰:"彼带军马来,某与甘宁各人领一军,伏于大王单刀会》，它以关羽为主角。我意关羽所以有后来英武形象，全仗关汉卿作俑；关以关羽为同宗，引为自豪故也。与史传所记大异，"肃住益州，与羽相拒。肃邀羽相见，各驻兵马百步上，但诸将军单刀俱会"（《三国志·吴书·鲁肃传》）。这次会晤，鲁肃据理力争。当时刘备已从成都来到公安，会后，"（刘）备遂割湘水为界，于是罢军。"另据裴注《吴书》称，也有鲁肃赴江陵与关羽会谈的，"肃欲与羽会语，诸将疑恐有变，议不可往。肃曰：'今日之事，宜相开譬。刘备负国，是非未决，羽亦何敢重欲干命！'乃趋就羽。"相传益阳鲁肃主营设在龟山山上，山后丘陵，又名甘宁冈，系甘宁指挥所部将士挑土筑台，以增高山冈度而得名。又有关羽濑，系关羽"自择选锐士五千人，投县上流十余里浅濑，云欲夜涉渡"处（《三国志·吴书·甘宁传》）。

③ **关羽不得称"君侯"**

关羽称"君侯"，不见于《三国志》和裴注，当《演义》据元明杂剧杜撰。盖关羽此时官阶不得称"君侯"。据赵翼《陔余丛考》卷三十六："卫宏汉官旧仪，列侯为丞相、相国者，号君侯。又云，丞相之刺史及侍御史皆称卿，不得言君，盖其时丞相称君，而以列侯为之，故兼称君侯也。按丞相称君，本沿战国之制，田文相齐，封孟尝君，苏秦相赵，封武安君是也。至如谢万谓王述曰：'人言君侯痴，君侯信自痴。李白与韩荆州书，亦曰君侯，此则非列位为相者。盖自汉以来君侯为贵重之称，故曰语相沿凡称达官贵人，皆为君侯耳。'"

岸侧，放炮为号，准备厮杀。如无军来，只于庭后伏刀斧手五十人，就筵间杀之。"计会已定。次日，肃令人于岸口遥望。辰时后，见江面上一只船来，梢公水手只数人，一面红旗，风中招飐，显出一个大"关"字来。船渐近岸，见云长青巾绿袍，坐于船上；傍边周仓捧着大刀；八九个关西大汉，各挎腰刀一口。鲁肃惊疑，接入庭内。叙礼毕，入席饮酒，举杯相劝，不敢仰视。云长谈笑自若。

酒至半酣，肃曰："有一言诉与君侯③，幸垂听焉。昔日令兄皇叔，使肃于吾主之前保借荆州暂住，约于取川之后归还。今西川已得，而荆州未还，得毋失信乎？"云长曰："此国家之事，筵间不必论之。"肃曰："吾主只区区江东之地，而肯以荆州相借者，为念君侯等兵败远来，无以为资故也。今已得益州，则荆州自应见还；乃皇叔但肯先割三郡，而君侯又不从，恐于理上说不去。"云长曰："乌林之役，左将军亲冒矢石，戮力破敌，岂得徒劳而无尺土相资，今足下复来索地耶？"肃曰："不然。君侯始与皇叔同败于长坂，计穷力竭，将欲远窜。吾主矜念皇叔身无处所，不爱土地，使有所托足，以图后功。而皇叔愆德隳好，已得西川，又占荆州，贪而背义，恐为天下所耻笑。唯君侯察之。"云长曰："此皆吾兄之事，非某所宜与也。"肃曰："某闻君侯与皇叔桃园结义，誓同生死。皇叔即君侯也，何得推托乎？"云长未及回答，周仓在阶下厉声言曰："天下土地，惟有德者居之，岂独是汝东吴当有耶？"云长变色而起，夺周仓所捧大刀，立于庭中，目视周仓而叱曰："此国家之事，汝何敢多言！可速去！"仓会意，先到岸口，把红旗一招。关平船如箭发，奔过江东来。云长右手提刀，左手挽住鲁肃手，佯推醉曰："公今请吾赴宴，莫提起荆州之事。吾今已醉，恐伤故旧之情。他日令人请公到荆州赴会，另作商议。"鲁肃魂不附体，被云长扯至江边。吕蒙、甘宁各引本部军欲出，见云长手提大刀，亲握鲁肃，恐肃被伤，遂不敢动。云长到船边，却才放手，早立于船首，与鲁肃作别。肃如痴似呆，看关公船已乘风而去。后人有诗赞关公曰：

> 藐视吴臣若小儿，单刀赴会敢平欺。
> 当年一段英雄气，尤胜相如在渑池。

云长自回荆州。鲁肃与吕蒙共议："此计又不成，如之奈何？"蒙曰："可即申报主公,起兵与云长决战。"肃即时使人申报孙权。权闻之大怒,商议起倾国之兵,来取荆州。忽报:"曹操又起三十万大军来也。"权大惊,且教鲁肃休惹荆州之兵,移兵向合淝、濡须,以拒曹操。

却说操将欲起程南征,参军傅干,字彦材,上书谏操。书略曰:

> 干闻用武则先威,用文则先德;威德相济,而后王业成。往者天下大乱,明公用武攘之,十平其九。今未承王命者,吴与蜀耳。吴有长江之险,蜀有崇山之阻,难以威胜。愚以为:且宜增修文德,按甲寝兵,息军养士,待时而动。今若举数十万之众,顿长江之滨,倘贼凭险深藏,使我士马不得逞其能,奇变无所用其权,则天威屈矣。惟明公详察焉。

曹操览之,遂罢南征,兴设学校,延礼文士。于是侍中王粲、杜袭、卫凯、和洽四人,议欲尊曹操为魏王。中书令荀攸曰:"不可。丞相官至魏公,荣加九锡,位已极矣。今又进升王位,于理不可。"曹操闻之,怒曰:"此人欲效荀彧耶?"荀攸知之,忧愤成疾,卧病十数日而卒,亡年五十八岁④。操厚葬之,遂罢魏王事。

一日,曹操带剑入宫,献帝正与伏后共坐。伏后见操来,慌忙起身。帝见曹操,战栗不已。操曰:"孙权、刘备各霸一方,不尊朝廷,当如之何?"帝曰:"尽在魏公裁处。"操怒曰:"陛下出此言,外人闻之,只道吾欺君也!"帝曰:"君若肯相辅则幸甚;不尔,愿垂恩相舍。"操闻言,怒目视帝,恨恨而出。

左右或奏帝曰:"近闻魏公欲自立为王,不久必将篡位。"帝与伏后大哭。后曰:"妾父伏完,常有杀操之心,妾今当修书一封,密与父图之。"帝曰:"昔董承为事不密,反遭大祸。今恐又泄漏,朕与汝皆休矣。"后曰:"且夕如坐针毡,似此为人,不如早亡。妾看宦官中之忠义可托者,莫如穆顺,当令寄此书。"乃即召穆顺入屏后,退去左右近侍。帝、后大哭告顺曰:"操贼欲为'魏王',早晚必行篡夺之事。朕欲令后父伏完密图此贼,而左右之人,俱贼心腹,无可托者。欲汝将皇后密书寄与伏完,量汝忠义,必不负朕。"顺泣曰:"臣感陛下大恩,敢不以死报!臣即请行。"后乃修书付顺。顺藏书于发中,潜出禁宫,径至伏完宅,将书呈上。完见是伏后亲笔,乃谓穆顺曰:"操贼

④ **荀攸未受谴忧死**
曹操逼荀攸致死事,乃《演义》说,有悖于史传。据《三国志·魏书·荀攸传》,建安十九年(215)"攸从征孙权,道毙。太祖(曹操)言则流涕"曹操并因此下令说,"孤与荀公达周游二十余年,无毫毛可非者。"又说:"荀公达真贤人也,所谓'温良恭俭让以得之。孔子称'晏平仲善与人交,久而敬之',公达即其人也。"荀攸与荀彧不同,在于处世谨慎。王沈《魏书》称:"攸姑子辛韬曾问攸说太祖取冀州时事。攸曰:'佐治为袁谭乞降,王师自往平之,吾何知焉?'自是韬及内外莫敢复问军国事也。"

⑤ **郗虑没有参与收皇后玺事**
郗虑时为汉御史大夫,在朝中阶位仅次于丞相。他非御林将军,更无参与收皇后玺事。"公遣华歆勒兵入宫收后,后闭户匿壁中。歆坏户发壁,牵后出。帝时与御史大夫郗虑坐,后被发徒跣过,执帝手曰:'不能复相活邪?'帝曰:'我亦不自知命在何时也。'帝谓虑曰:'郗公,天下宁有是邪!'"(《三国志·魏书·武帝纪》引《曹瞒传》)此处《演义》,为郗虑党于曹操,无动于衷而谴责之,故有此编造也。郗虑墓在许昌东郊郗庄。民间传说,后曹操命中护军韩浩诛郗虑三族,致使郗姓与韩姓世代为仇,直到今郗庄与韩庄为邻,仍有不通婚姻习俗。

⑥ **华歆、邴原、管宁优劣说**
此处据《世说新语·德行第一》。《三国志》引《魏略》,称华歆"灵帝时与北海邴原,管宁俱游学相善,时号三人为一龙"。按由此称呼,乃出自年岁,而非优劣。清洪亮吉《四史发伏》说:"案时人号三人为一龙,其头腹尾盖以

齿之长幼而定。考歆卒于太和五年。《魏书》六年七十五。宁卒于正始二年，年八十四，是歆长宁一年。邴原之年虽无可考，以时人之称谓及《宁传》中三人次序度之，原当幼于歆，长于宁也。时人以三人相善而齐名，不当即分优劣，故以年之前后为定。"

⑦ 管宁避居辽东

管宁终身白衣。元杨涣然（紫阳）题《管宁濯足图》云：踏遍辽东未是痴，藜床欲穴只心知，好留一掬黄泥水，壏却曹郎受禅碑（《坚瓠五集》卷四）。由是今人蒋彝有称管宁隐居，实有苦楚也。又据《太平寰宇记》称管宁墓在山东安丘西十二里，邴原墓在县北五十里。

⑧ 曹操逼死伏后

汉建安十九年(214)，曹操逼死伏皇后，尽灭她的家族几百人。伏后所以被害，并非如《演义》说。据说是发现了她在十四年前，即建安五年，写给她父亲、屯骑校尉伏完的密信，信中提及皇帝"以董承被诛怨恨公(曹操)，辞甚丑恶。"伏皇后只是以皇帝怨言作为传媒，但却拿她问罪，逼其自杀，就此铲除了伏氏外戚集团。其实，当时伏皇后有否写信，也是可疑的。《演义》所称伏完策划，穆顺送信，均属编造；伏完已死多年，穆顺名字不见于史传。曹操莫须有逼死伏后，其另一目的，就是为女儿充当皇后张本。今河南许昌西南25公里冢子刘村有伏后墓，墓高10米，墓基120米，坐地1 730平方米。据传系她死后，按汉制所修建的。

⑨ 曹操女为皇后

汉建安十八年(213)，曹操嫁三个儿女(曹宪、曹节、曹华)给汉

心腹甚众，不可遽图。除非江东孙权、西川刘备，二处起兵于外，操必自往，此时却求在朝忠义之臣，一同谋之。内外夹攻，庶可有济。"顺曰："皇丈可作书复帝、后，求密诏，暗遣人往吴、蜀二处，令约会起兵，讨贼救主。"伏完即取纸写书付顺。顺乃藏于头髻内，辞完回宫。

原来早有人报知曹操。操先于宫门等候。穆顺回，遇曹操。操问："那里去来？"顺答："皇后有病，命求医去。"操曰："召得医人何在？"顺曰："还未召至。"操喝左右，遍搜身上，并无夹带。放行，忽然风吹落其帽。操又唤回，取帽视之，遍观无物，还帽令戴。穆顺双手倒戴其帽。操心疑，令左右搜其头发中，搜出伏完书来。操看时，书中言欲结连孙、刘为外应。操大怒，执下穆顺于密室问之，顺不肯招。操连夜点起甲兵三千，围住伏完私宅，老幼并皆拿下。搜出伏后亲笔之书，随将伏氏三族尽皆下狱。平明，使御林将军郗虑持节入宫，先收皇后玺绶⑤。

是日，帝在外殿，见郗虑引三百甲兵直入。帝问曰："有何事？"虑曰："奉魏公命收皇后玺。"帝知事泄，心胆皆碎。虑至后宫，伏后方起。虑便唤管玺绶人，索取玉玺而出。伏后情知事发，便于殿后椒房内夹壁中藏躲。少顷，尚书令华歆引五百甲兵入到后殿，问宫人："伏后何在？"宫人皆推不知。歆教甲兵打开朱户，寻觅不见；料在壁中，便喝甲士破壁搜寻。歆亲自动手，揪后头髻拖出。后曰："望免我一命！"歆叱曰："汝自见魏公诉去！"后披发跣足，二甲士推拥而出。原来华歆素有才名，向与邴原、管宁相友善。时人称三人为一龙：华歆为龙头，邴原为龙腹，管宁为龙尾⑥。一日，宁与歆共种园蔬，锄地见金。宁挥锄不顾，歆拾而视之，然后掷下。又一日，宁与歆同坐观书，闻户外传呼之声，有贵人乘轩而过。宁端坐不动，歆弃书往观。宁自此鄙歆之为人，遂割席分坐，不复与之为友。后来管宁避居辽东，常带白帽，坐卧一楼，足不履地，终身不肯仕魏。⑦而歆乃先事孙权，后归曹操，至此乃有收捕伏皇后一事。后人有诗叹华歆曰：

> 华歆当日逞凶谋，破壁生将母后收。
> 助虐一朝添虎翼，骂名千载笑"龙头"。

又有诗赞管宁曰：

辽东传有管宁楼，人去楼空名独留。

笑杀子鱼贪富贵，岂如白帽自风流。

　　且说华歆将伏后拥至外殿。帝望见后，乃下殿抱后而哭。歆曰："魏公有命，可速行！"后哭谓帝曰："不能复相活耶？"帝曰："我命亦不知在何时也！"甲士拥后而去，帝捶胸大恸。见郗虑在侧，帝曰："郗公，天下宁有是事乎！"哭倒在地。郗虑令左右扶帝入宫。华歆拿伏后见操。操骂曰："吾以诚心待汝等，汝等反欲害我耶？吾不杀汝，汝必杀我！"喝左右，乱棒打死⑧。随即入宫，将伏后所生二子，皆酖杀之。当晚，将伏完、穆顺等宗族二百余口，皆斩于市。朝野之人，无不惊骇。时建安十九年十一月也。后人有诗叹曰：

曹瞒凶残世所无，伏完忠义欲何如？

可怜帝后分离处，不及民间妇与夫！

献帝自从坏了伏后，连日不食。操入曰："陛下无忧，臣无异心。臣女已与陛下为贵人，大贤大孝，宜居正宫。"献帝安敢不从？于建安二十年正月朔，就庆贺正旦之节，册立曹操女曹贵人为正宫皇后⑨⑩。群下莫敢有言。

　　此时曹操威势日甚，会大臣商议收吴灭蜀之事。贾诩曰："须召夏侯惇、曹仁二人回，商议此事。"操即时发使，星夜唤回。夏侯惇未至，曹仁先到，连夜便入府中见操。操方被酒而卧，许褚仗剑立于堂门之内。曹仁欲入，被许褚当住。曹仁大怒曰："吾乃曹氏宗族，汝何敢阻当耶？"许褚曰："将军虽亲，乃外藩镇守之官；许褚虽疏，现充内侍。主公醉卧堂上，不敢放入。"仁乃不敢入。曹操闻之，叹曰："许褚真忠臣也！"不数日，夏侯惇亦至，共议征伐。惇曰："吴、蜀急未可攻，宜先取汉中张鲁，以得胜之兵取蜀，可一鼓而下也。"曹操曰："正合吾意。"遂起兵西征。正是：

方逞凶谋欺弱主，又驱劲卒扫偏邦。

　　未知后事如何，且看下文分解。

献帝。翌年，三人都由夫人进阶为贵人，就在这年，伏皇后被曹操说是有密谋逼死。建安二十年，曹节被立为皇后。魏受汉禅，曹丕遣使求玺绶，曹节不同意，这样来回反复了几次，她唤进使者痛骂一顿，然后把玺绶丢在轩下，"因涕泣横流：'天不祚尔。'"（《后汉书·曹皇后纪》）

⑩ **曹操是搞政治婚姻大家**
曹操是汉末三国最懂得政治婚姻功能的，他嫁女给皇帝，全部控制内宫。在此之前，他多次耍用政治联姻手段，扩充、发展和稳固自己的力量。如孙策平定江东。"是时袁绍方彊，而策并江夏，曹公力未能逞，且欲抚之"（《三国志·吴书·孙策传》）。曹操乃以侄女配孙匡（孙策幼弟），又为四子曹彰娶孙贲（孙策堂兄）女，与袁谭媾和时，为子曹整娶袁谭女。张绣降，又为子曹均娶张绣女。"吕旷、吕翔叛（袁）尚归太祖。谭复阴刻将军印假旷、翔。太祖知谭诈，与结婚安之"（《三国志·魏书·袁绍传》）。因此清朱邦衡说："袁曹结婚为彼此相饵之计。"周寿昌说："操不惜为子结婚仇敌，售其诈谋，岂尚可绳以礼法。"今人卢弼也说，曹操为子娶妻，"此为一时权谋之计。"建安二十年，张鲁降，曹操为子曹宇（彭祖）娶张鲁女；曹宇和张鲁女儿所生的儿子，就是后来曹魏国末代皇帝曹奂。

第六十七回　曹操平定汉中地　张辽威震逍遥津

却说曹操兴师西征，分兵三队：前部先锋夏侯渊、张郃；操自领诸将居中；后部曹仁、夏侯惇，押运粮草。早有细作报入汉中来，张鲁与弟张卫商议退敌之策。卫曰："汉中最险无如阳平关。可于关之左右，依山傍林，下十余个寨栅，迎敌曹兵。兄在汉宁，多拨粮草应付。"张鲁依言，遣大将杨昂、杨任，与其弟即日起程。军马到阳平关，下寨已定。夏侯渊、张郃前军随到；闻阳平关已有准备，离关一十五里下寨。是夜，军士疲困，各自歇息。忽寨后一把火起，杨昂、杨任两路兵杀来劫寨。夏侯渊、张郃急上得马，四下里大兵拥入，曹兵大败，退见曹操。操怒曰："汝二人行军许多年，岂不知'兵若远行疲困，可防劫寨'。如何不作准备？"欲斩二人，以明军法。众官告免。

操次日自引兵为前队，见山势险恶，林木丛杂，不知路径，恐有伏兵，即引军回寨。谓许褚、徐晃二将曰："吾若知此处如此险恶，必不起兵来。"许褚曰："兵已至此，主公不可惮劳。"次日，操上马，只带许褚、徐晃二人，来看张卫寨栅。三匹马转过山坡，早望见张卫寨栅。操扬鞭遥指，谓二将曰："如此坚固，急切难下。"言未已，背后一声喊起，箭如雨发。杨昂、杨任分两路杀来。操大惊。许褚大呼曰："吾当敌贼，徐公明善保主公。"说罢提刀纵马向前，力敌二将。杨昂、杨任不能当许褚之勇，回马退去，其余不敢向前。徐晃保着曹操奔过山坡，前面又一军到，看时，却是夏侯渊、张郃二将听得喊声，故引军杀来接应。于是杀退杨昂、杨任，救得曹操回寨。操重赏四将。自此两边相拒五十余日，只不交战。曹操传令退军。贾诩曰："贼势未见强弱，主公何故自退耶？"操曰："吾料贼兵每日提备，急难取胜。吾以退军为名，使贼懈而无备，然后分轻骑抄袭其后，必胜贼矣。"贾诩曰："丞相神机，不可测也。"于是令夏侯渊、张郃分兵两路，各引轻骑三千，取小路抄阳平关后。曹操一面引大军拔寨尽起。杨昂听得曹兵退，请杨任商议，欲乘势击之。杨任曰："操诡计极多，未知真实，不可追赶。"杨昂曰："公不往，吾当自去。"杨任苦谏不从。杨昂尽提五寨军马前进，只留些少军士守寨。是日。大雾迷漫，对面不相见。杨昂军至半路，不能行，且权扎住。

却说夏侯渊一军抄过山后，见重雾垂空，又闻人语马嘶，恐有伏兵，急催人马行动，大雾中误走到杨昂寨前①。守寨军士听得马蹄响，只道是杨昂兵回，开门纳之。曹军一拥而入，见是空寨，便就寨中放起火来。五寨军士，尽皆弃寨而走。比及雾散，杨任领兵来救，与夏侯渊战不数合，背后张郃兵到。杨任杀条大路，奔回南郑。杨昂待要回时，已被夏侯渊、张郃两个占了寨栅。背后曹操大队军马赶来，两下夹攻，四边无路。杨昂欲突阵而出，正撞着张郃，两个交手，被张郃杀死。败兵回投阳平关，来见张卫。原来卫知二将败走，诸营已失，半夜弃关，奔回去了。曹操遂得阳平关并诸寨。张卫、杨任回见张鲁。卫言二将失了隘口，因此守关不住。张鲁大怒，欲斩杨任。任曰："某曾谏杨昂休追操兵，他不肯听信，故有此败。任再乞一军，前去挑战，必斩曹操。如不胜，甘当军令。"张鲁取了军令状。杨任上马，引二万军离南郑下寨。

却说曹操提军将进，先令夏侯渊领五千军，往南郑路上哨探，正迎着杨任军马。两军摆开，任遣部将昌奇出马，与渊交锋，战不三合，被渊一刀斩于马下。杨任自挺枪出马，与渊战三十余合，不分胜负。渊佯败而走，任从后追来，被渊用拖刀计斩于马下。军士大败而回。

曹操知夏侯渊斩了杨任，即时进兵，直抵南郑下寨。张鲁慌聚文武商议。阎圃曰："某保一人，可敌曹操手下诸将。"鲁问是谁。圃曰："南安庞德，前随马超投降主公；后马超往西川，庞德卧病不曾行。现今蒙主公恩养，何不令此人去？"张鲁大喜，即召庞德至，厚加赏劳；点一万军马，令庞德出。离城十余里，与曹兵相对。庞德出马搦战。曹操在渭桥时深知庞德之勇，乃嘱诸将曰："庞德乃西凉勇将，原属马超；今虽依张鲁，未称其心。吾欲得此人，汝等须皆与缓斗，使其力乏，然后擒之。"张郃先出，战了数合便退。夏侯渊也战数合退了。徐晃又战三五合，也退了。临后许褚战五十余合，亦退。庞德力战四将，并无惧怯。各将皆于操前夸庞德好武艺。曹操心中大喜，与众将商议："如何得此人投降？"贾诩曰："某知张鲁手下有一谋士杨松，其人极贪贿赂。今可暗以金帛送之，使谮庞德于张鲁，便

② 刘备将迎张鲁

据《华阳国志》卷二："二十一年，魏武帝西征鲁，鲁走巴中，先主将迎之，而鲁功曹巴西阎圃说鲁北降以利魏武，赞以大事，宜附托；不然，西结刘备以归之。鲁勃然曰：'宁为曹公作奴，不为刘备上客。'遂委质魏武。武帝拜鲁镇南将军，封襄平侯，又封其五子皆列侯。"曹操厚待张鲁，待以客礼，不把他视为臣属及降人，一因封仓库，二因拒绝刘备招降。

③ 阎圃其人

阎圃事，参见《晋书》卷四十八《阎缵传》："巴西安汉人也。祖圃，为张鲁功曹，劝鲁降魏，封平乐乡侯。"《演义》几次称阎为张鲁献计却曹操，不见于史。又张鲁据汉中，部属多称为"祭酒"，此处作"功曹"，岂是张鲁有两套班子，或一人两职乎！

④ 曹操未下西川原因

司马懿、刘晔与曹操对话，分别见《晋书·宣祖纪》和《三国志·魏书·刘晔传》，此间曹操所提及的"得陇望蜀"，其典出自东汉光武帝刘秀诏书。当时刘秀由天水东还，留将军岑彭等继续围隗嚣于西城等地，诏书与岑彭说，"两城若下，便可将兵南击蜀虏，人苦不知足，既平陇，复望蜀。每一发兵，头须为白"（《后汉书·岑彭传》）。曹操取汉中（东川）后，未乘胜南取西川，被视为失策。其实，曹操晚年用兵已趋于谨慎，不甘冒险，至于未下西川原因，可能还因（一）东川崎岖，粮食难以输送；（二）孤军深入，万一受阻，进退维谷；（三）东吴军队随时可以北上，袭击其后。

可图矣。"操曰："何由得人入南郑？"诩曰："来日交锋，诈败佯输，弃寨而走。使庞德据我寨，我却于黄昏引兵劫寨，庞德必退入城。却选一能言军士，扮作彼军。杂在阵中，便得入城。"操听其计，选一精细军校，重加赏赐，付与金掩心甲一副，令披在贴肉，外穿汉中军士号衣，先于半路上等候。

次日，先拨夏侯渊、张郃两枝军远去埋伏；却教徐晃挑战，不数合败走。庞德招军掩杀，曹兵尽退。庞德却夺了曹操寨栅。见寨中粮草极多，大喜，即时申报张鲁；一面在寨中设宴庆贺。当夜二更之后，忽然三路火起：正中是徐晃、许褚，左张郃，右夏侯渊，三路军马，齐来劫寨。庞德不及提备，只得上马冲杀出来，望城而走。背后三路兵追来。庞德急唤开城门，领兵一拥而入。此时细作已杂到城中，径投杨松府下谒见，具说："魏公曹丞相久闻盛德，特使某送金甲为信。更有密书呈上。"松大喜。看了密书中言语，谓细作曰："上复魏公，但请放心。某自有良策奉报。"打发来人先回，便连夜入见张鲁，说庞德受了曹操贿赂，卖此一阵。张鲁大怒，唤庞德责骂，欲斩之。阎圃苦谏。张鲁曰："你来日出战，不胜必斩！"庞德抱恨而退。

次日，曹兵攻城，庞德引兵冲出。操令许褚交战。褚诈败，庞德赶来。操自乘马于山坡上唤曰："庞令明何不早降？"庞德寻思："拿住曹操，抵一千员上将。"遂飞马上坡。一声喊起，天崩地塌，连人和马跌入陷坑内去。四壁钩索一齐上前，活捉了庞德，押上坡来。曹操下马，叱退军士，亲释其缚，问庞德肯降否。庞德寻思张鲁不仁，情愿拜降。曹操亲扶上马，共回大寨，故意教城上望见。人报张鲁："德与操并马而行。"鲁益信杨松之言为实。

次日，曹操三面竖立云梯，飞炮攻打。张鲁见其势已极，与弟张卫商议。卫曰："放火尽烧仓廪府库，出奔南山，去守巴中可也。"杨松曰："不如开门投降。"张鲁犹豫不定。卫曰："只是烧了便行。"张鲁曰："我向本欲归命国家，而意未得达。今不得已而出奔，仓廪府库，国家之有，不可废也。"遂尽封锁。是夜二更，张鲁引全家老小，开南门杀出。曹操教休追赶。提兵入南郑。见鲁封闭库藏，心甚怜之。遂差人往巴中，劝使投降。张鲁欲降，张卫不肯。杨松以密书报操，便教进兵，松为内应。操得书，亲自引兵往巴中。张鲁使弟卫领兵出敌，与许褚交锋，被褚斩于马下。败军回报张鲁，鲁欲坚守。杨松曰："今若不出，坐而待毙矣。某守城，主公当亲与决一死战。"鲁从之。阎圃谏鲁休出。鲁不听，遂引军出迎。未及交锋，后军已走。张鲁急退，背后曹兵赶来。鲁到城下，杨松闭门不开。张鲁无路可走，操从后追至，大叫："何不早降！"鲁乃下马投拜②。操大喜，念其封仓库之心，优礼相待，封鲁为镇南将军。阎圃等皆封列侯③。于是汉中皆平。曹操传令各郡分设太守，置都尉，大赏士卒。惟有杨松卖主求荣，即命斩之于市曹示众。后人有诗叹曰：

妒贤卖主逞奇功，积得金银总是空。

家未荣华身受戮，令人千载笑杨松。

曹操已得东川，主簿司马懿进曰："刘备以诈力取刘璋，蜀人尚未归心。今主公已得汉中，益州震动，可速进兵攻之，势必瓦解。智者贵于乘时，时不可失也。"曹操叹曰："'人苦不知足，既得陇，复望蜀'耶？"④刘晔曰："司马仲达之言是也，若少迟缓，诸葛亮明于治国而为相，关、张等勇冠三军而为将，蜀民既定，据守关隘，不可犯矣。"操曰："士卒远涉劳苦，且宜存恤。"遂按兵不动。

却说西川百姓，听知曹操已取东川，料必来取西川，一日之间数遍惊恐。玄德请军师商议⑤。孔明曰："亮有一计，曹操自退。"玄德问何计。孔明曰："曹操分军屯合淝，惧孙权也。今我若分江夏、长沙、桂阳三郡还吴，遣舌辩之士陈说利害；令吴起兵袭合肥，牵动其势，操必勒兵南向矣。"玄德问："谁可为使？"伊籍曰："某愿往。"玄德大喜，遂作书具礼，令伊籍先到荆州，知会云长，然后入吴。到秣陵，来见孙权，先通了姓名。权召籍入。籍见权礼毕，权问曰："汝到此何为？"籍曰："昨承诸葛子瑜取长沙等三郡，为军师不在，有失交割，今传书送还。所有荆州南郡、零陵，本欲送还；被曹操袭取东川，使关将军无容身之地。今合肥空虚，望君侯起兵攻之，使曹操撤兵回南。吾主若取了东川，即还荆州全土。"权曰："汝且归馆舍，容吾商议。"伊籍退出，权问计于众谋士。张昭曰："此是刘备恐曹操取西川，故为此谋。虽然如此，可因操在汉中，乘势取合肥，亦是上计。"权从之，发会伊籍回蜀去讫，便议起兵攻操。令鲁肃收取长沙、江夏、桂阳三郡：屯兵于陆口，取吕蒙、甘宁回；又去余杭取凌统回。不一日，吕蒙、甘宁先

⑤ **刘备让三郡与吴乃曹操威胁**
汉建安二十年(215)，曹操占汉中。但此时刘备不在西川和成都，他正在荆州公安和孙权兵戈相见。所以以此时并无与诸葛亮商议事，亦无有派伊籍去秣陵(江苏南京)见孙权事，时孙权驻陆口(湖北蒲圻陆溪口)。"会曹公入汉中，备惧失益州，使使求和"(《三国志·吴书·吴主传》)。刘备害怕前后受制，割让了三郡。此后，他返回西川，在江州(四川重庆)指挥对曹作战：(一)命黄权迎张鲁；(二)命张飞率军北进，攻打张郃。

⑥ **吕蒙亲自擂鼓**
《三国志·吴书·吕蒙传》称：甘宁"督攻在前，蒙以精锐继之。侵晨进攻，蒙手执枹鼓，士卒皆腾踊自升，食时破之。"吕蒙身为大将，亲自击鼓。当得自从书本中习用。见自春秋吴王夫差与晋会于黄池(河南封丘西南)，为了震撼晋人，"王乃秉枹，亲就鸣钟鼓、丁宁、镈于，振铎。勇怯尽应，三军乃哗扣以振旅，其声动天地，晋军大骇。"

⑦ **朱光未被斩杀**
朱光是曹操置庐江太守，屯皖城(安徽潜山)；皖城是曹军合肥前线唯一的据点，汉建安十九年(214)，孙权军占皖城，"获庐江太守朱光及参军董和，男女数万口"。孙权在杀关羽后，始遣送朱光等回去。三国领袖均宽待俘虏，很少有斩杀的，此也一例。

⑧ **张辽与乐进李典守合肥**
张辽与乐进李典在曹操军中资历要浅些，且是降将，不似乐、李父随曹操。张是荡寇将军、乐是

折冲将军,均属于四品,假节;李典是破虏将军,亦是杂号将军,四品。三人都是同品阶。据《三国志·魏书·李典传》,三人素不睦。由此张辽更难号令乐、李两人。但张辽等均能一心为国、了无私怨。战后,张辽升征东将军(二品),乐进升右将军(三品),李典亦增封几百户。

⑨ 张辽八百破十万

据《三国志·吴书·吴主传》,孙权征合肥,"合肥未下,彻军还。兵皆就路,权与凌统、甘宁等在津北为魏将张辽所袭,统等以死捍权,权乘骏马越津桥得去。"张辽破孙权事,详见《三国志·魏书·张辽传》,由是,张辽死后,曹丕诏书称,"合肥之役,(张)辽、(李)典以步卒八百,破贼十万,自古用兵,未之有也。"相传今安徽合肥东北隅遥遥津公园,即当年张辽威震逍遥津处。此地原系古淝水的一个渡口,史传中所指"津桥",即架跨淝水的桥梁。桥早佚,清时曾筑桥命名为飞骑桥,同时还为纪念张辽,修筑有张辽衣冠冢。近年又在公园里树立张辽立像。按,飞骑桥,又称吴公飞骑桥,附近有明教寺,又称教弩台、曹操点将台,因东汉末年曹操筑此台教将士强弩,以御东吴水军而得名。有联:"曹公教弩台尚在;吴主飞骑桥难寻"、"飞骑桥头论胜负;教弩台上评忠奸。"

⑩ 张辽大名小儿不敢夜啼乃多家旧事移植

据《三国志·魏书·张辽传》有此次大战,"杀人马皆披靡,无敢当者。自旦战至日中,吴人夺气。"小儿止啼见《魏略》:"张辽为孙权所围,辽溃围出,复入,权

到。蒙献策曰:"现今曹操令庐江太守朱光,屯兵于皖城,大开稻田,纳谷于合肥,以充军实。今可先取皖城,然后攻合肥。"权曰:"此计甚合吾意。"遂叫吕蒙、甘宁为先锋,蒋钦、潘璋为合后,权自引周泰、陈武、董袭、徐盛为中军。时程普、黄盖、韩当在各处镇守,都未随征。

却说军马渡江,取和州,径到皖城。皖城太守朱光使人往合肥求救;一面固守城池,坚壁不出。权自到城下看时,城上箭如雨发,射中孙权麾盖。权回寨,问众将曰:"如何取得皖城?"董袭曰:"可差军士筑起土山攻之。"徐盛曰:"可竖云梯、造虹桥,下观城中而攻之。"吕蒙曰:"此法皆费日月而成,合肥救军一至,不可图矣。今我军初到,士气方锐,正可乘此锐气,奋力攻击。来日平明进兵,午未时便当破城。"权从之。次日五更饭毕,三军大进。城上矢石齐下。甘宁手执铁链,冒矢石而上。朱光令弓弩手齐射,甘宁拨开箭林,一链打倒朱光。吕蒙亲自擂鼓⑥,士卒皆一拥而上,乱刀砍死朱光⑦,余众多降,得了皖城,方才辰时。张辽引军至半路,哨马回报皖城已失,辽即回兵归合肥。孙权入皖城,凌统亦引军到。权慰劳毕,大犒三军,重赏吕蒙、甘宁诸将,设宴庆功。吕蒙逊甘宁上坐,盛称其功劳。酒至半酣,凌统想起甘宁杀父之仇,又见吕蒙夸美之,心中大怒,瞪目直视良久,忽拔左右所佩之剑,立于筵上曰:"筵前无乐,看吾舞剑。"甘宁知其意,推开果桌起身,两手取两枝戟挟定,纵步出曰:"看我筵前使戟。"吕蒙见二人各无好意,便一手挽牌,一手提刀,立于其中曰:"二公虽能,皆不如我巧也。"说罢舞起刀牌,将二人分于两下。早有人报知孙权。权慌跨马,直至筵前。众见权至,方各放下军器。权曰:"吾常言二人休念旧仇,今日又何如此?"凌统哭拜于地。孙权再三劝止。至次日,起兵进取合肥,三军尽发。

张辽为失了皖城,回到合肥,心中愁闷。忽曹操差薛悌送木匣一个,上有操封,傍书云:"贼来乃发。"是日报说孙权自引十万大军来攻合肥。张辽便开匣观之。内书云:"若孙权至,张、李二将军出战,乐将军守城。"张辽将教帖与李典、乐进观之⑧。乐进曰:"将军之意若何?"张辽曰:"主公远征在外,吴兵以为破我必矣。今可发兵出迎,奋力与战,折其锋锐,以安众心,然后可守也。"李典素与张辽不睦,闻辽此言,默然不答。乐进见李典不语,便道:"贼众我寡,难

以迎敌,不如坚守。"张辽曰:"公等皆是私意,不顾公事。吾今自出迎敌,决一死战。"便教左右备马。李典慨然而起,曰:"将军如此,典岂敢以私憾而忘公事乎?愿听指挥。"张辽大喜曰:"既曼成肯相助,来日引一军于逍遥津北埋伏;待吴兵杀过来,可先断小师桥。吾与乐文谦击之。"李典领命,自去点军埋伏。

却说孙权令吕蒙、甘宁为前队,自与凌统居中,其余诸将陆续进发,望合肥杀来。吕蒙、甘宁前队兵进,正与乐进相迎。甘宁出马与乐进交锋,战不数合,乐进诈败而走。甘宁招呼吕蒙一齐引军赶去。孙权在第二队,听得前军得胜,催兵行至逍遥津北,忽闻连珠炮响,左边张辽一军杀来,右边李典一军杀来。孙权大惊,急令人唤吕蒙、甘宁回救时,张辽兵已到。凌统手下止有三百余骑,当不得曹军势如山倒。凌统大呼曰:"主公何不速渡小师桥!"言未毕,张辽引二千余骑当先杀至。凌统翻身死战。孙权纵马上桥,桥南已折丈余,并无一片板。孙权惊得手足无措。牙将谷利大呼曰:"主公可约马退后,再放马向前,跳过桥去。"孙权收回马来有三丈余远,然后纵辔加鞭,那马一跳飞过桥南。后人有诗曰:

"的卢"当日跳檀溪,又见吴侯败合肥。

退后着鞭驰骏骑,逍遥津上玉龙飞。

孙权跳过桥南,徐盛、董袭驾舟相迎。凌统、谷利抵住张辽。甘宁、吕蒙引军回救,却被乐进从后追来,李典又截住厮杀,吴兵折了大半。凌统所领三百余人,尽被杀死,统身中数枪,杀到桥边,桥已折断,绕河而逃。孙权在舟中望见,急令董袭棹舟接之,乃得渡回。吕蒙、甘宁皆死命逃过河南⑨。这一阵杀得江南人人害怕;闻张辽大名,小儿也不敢夜啼⑩。众将保护孙权回营。权乃重赏凌统、谷利,收军回濡须,整顿船只,商议水陆并进;一面差人回江南,再起人马来助战。

却说张辽闻孙权在濡须,将欲兴兵进取,恐合肥兵少,难以抵敌,急令薛悌星夜往汉中,报知曹操,求请救兵。操同众官议曰:"此时可收西川否?"刘晔曰:"今蜀中稍定,已有提备,不可击也。不如撤兵去救合肥之急,就下江南。"操乃留夏侯渊守汉中定军山隘口,留张郃守蒙头岩等隘口。其余军兵,拔寨都起,杀奔濡须坞来。正是:

铁骑甫能平陇右,旌旄又复指江南。

未知胜负如何,且看下文分解。

众破走,由是威震江东,儿啼不肯止者,其父母以辽恐之。"(杭世骏《三国志补注》卷三)赵翼《陔余丛考》卷三十九《威怖儿啼》叙之甚详;《通鉴》后赵将麻秋最勇猛,人呼为麻胡,民间小儿啼,怖以麻胡来,辄止。《南史》刘胡面黝黑,为越骑校尉,蛮人畏之,小儿啼语以刘胡来,便止。《南齐书·桓康传》称桓康"随世祖(萧道成)起义,摧坚陷阵,膂力绝人,所经村邑,恣行暴害,江南人畏之,以其名怖小儿,画其形以辟疟,无不立愈。《北史》杨大眼威振淮泗,童儿啼者呼云:杨大眼至,即止。高车国倍侯利奔魏,勇健善战,北方人畏之,婴儿啼者,曰:倍侯利来,便止。《唐书》郭钷为边将,获虏必剖斮,而还其尸,虏大畏,道其名以怖啼儿。《宋史·刘锜传》,锜少时与夏人战屡胜,夏人儿啼,辄怖之曰:刘都护来。《辽史》耶律休哥败宋兵,宋人欲止小儿啼,曰:于越至,辄止;于越其官号也。《金史》牙吾塔好用鼓椎击人,其名可怖儿啼,世呼曰卢鼓椎。又宋王铚之《渑水燕谈录·名臣》:王武恭公德用宽厚善抚士,其貌魁伟,而面色正黑,虽匹夫卒,闾巷小儿,外至远夷君长,皆知其名,识与不识,称之曰黑王相公。北虏常呼其名以惊小儿,其为戎狄畏服如此。按,止小儿哭说,典自南北朝佛经风云贵族上层时。据《古尊宿语录》卷一《道一语录》:杨树苦叶似金钱,给小儿哄其勿哭比喻。问:和尚为什么即心即佛,师曰:为止小儿啼。曰啼止时如何?师曰非心非佛。

第六十八回　甘宁百骑劫魏营
左慈掷杯戏曹操

却说孙权在濡须口收拾军马，忽报曹操自汉中领兵四十万前来救合肥。孙权与谋士计议，先拨董袭、徐盛二人领五十只大船，在濡须口埋伏；令陈武带领人马，往来江岸巡哨。张昭曰："今曹操远来，必须先挫其锐气。"权乃问帐下曰："曹操远来，谁敢当先破敌，以挫其锐气？"凌统出曰："某愿往。"权曰："带多少军去？"统曰："三千人足矣。"甘宁曰："只须百骑，便可破敌，何必三千！"凌统大怒，两个就在孙权面前争竞起来。权曰："曹军势大，不可轻敌。"乃命凌统带三千军，出濡须口去哨探，遇曹兵便与交战。凌统领命，引着三千人马离濡须坞。尘头起处，曹兵早到。先锋张辽与凌统交锋，斗五十合，不分胜败。孙权恐凌统有失，令吕蒙接应回营。

甘宁见凌统回，即告权曰："宁今夜只带一百人马去劫曹营，若折了一人一骑，也不算功。"孙权从之，乃调拨帐下一百精锐马兵付宁；又以酒五十瓶，羊肉五十斤，赏赐军士。甘宁回到营中，教一百人皆列坐，先将银碗斟酒，自吃两碗，乃语百人曰："今夜奉命劫寨，请诸公各满饮一觞，努力向前。"众人闻言，面面相觑。甘宁见众人有难色，乃拔剑在手，怒叱曰："我为上将，且不惜命，汝等何得迟疑！"众人见甘宁作色，皆起拜曰："愿效死力。"甘宁将酒肉与百人共饮食尽。约至二更时候，取白鹅翎一百根，插于盔上为号，都披甲上马，飞奔曹操寨边，拔开鹿角，大喊一声，杀入寨中，径奔中军来杀曹操。原来中军人马，以车仗伏路穿连，围得铁桶相似，不能得进。甘宁只将百骑，左冲右突。曹兵惊慌，正不知敌兵多少，自相扰乱。那甘宁百骑，在营内纵横驰骤，逢着便杀。各营鼓噪，举火如星，喊声大震。甘宁从寨之南门杀出，无人敢当。孙权令周泰引一枝兵来接应。甘宁将百骑回到濡须。操兵恐有埋伏，不敢追袭[1]。后人有诗赞曰：

① 甘宁好养士

《三国志·吴书·甘宁传》称，"宁虽粗猛好杀，然开爽有计略，轻财敬士，能厚养健儿，健儿亦乐为用命。"故能率百人劫敌营。《演义》作孙权"乃调拨帐下一百精锐马兵付宁"。而据《江表传》："权密敕宁，使夜入魏军。宁乃选手下健儿百余人，径诣曹公营下，使拔鹿角，逾垒入营，斩得数十级。"是明确为所部亲兵。非鼙鼓声喧震地来，吴师到处鬼神哀。

百翎直贯曹军寨，尽说甘宁虎将才。

甘宁引百骑到寨，不折一人一骑。至营门，令百人皆击鼓吹笛，口称"万岁!"欢声大震。孙权自来迎接。甘宁下马拜伏。权扶起，携宁手曰："将军此去，足使老贼惊骇。非孤相舍，正欲观卿胆耳。"即赐绢千匹，利刀百口。宁拜受讫，遂分赏百人。权语诸将曰："孟德有张辽，孤有甘兴霸，足以相敌也。"

次日，张辽引兵搦战。凌统见甘宁有功，奋然曰："统愿敌张辽。"权许之。统遂领兵五千离濡须。权自引甘宁临阵观战。对阵圆处，张辽出马，左有李典，右有乐进。凌统纵马提刀，出至阵前。张辽使乐进出迎。两个斗到五十合，未分胜败。曹操闻知，亲自策马到门旗下来看，见二将酣斗，乃令曹休暗放冷箭。曹休便闪在张辽背后，开弓一箭，正中凌统坐下马。那马直立起来，把凌统掀翻在地。乐进连忙持枪来刺；枪还未到，只听得弓弦响处，一箭射中乐进面门，翻身落马。两军齐出，各救一将回营，鸣金罢战。凌统回寨中，拜谢孙权。权曰："放箭救你者，甘宁也。"凌统乃顿首拜宁曰："不想公能如此垂恩!"自此与甘宁结为生死之交，再不为恶。

且说曹操见乐进中箭，令自到帐中调治。次日，分兵五路来袭濡须。操自领中路；左一路张辽，二路李典；右一路徐晃，二路庞德。每路各带一万人马，杀奔江边来。时董袭、徐盛二将在楼船上，见五路军马来到，诸军各有惧色。徐盛曰："食君之禄，忠君之事，何惧哉!"遂引猛士数百人，用小船渡过江边，杀入李典军中去了。董袭在船上，令众军擂鼓呐喊助威。忽然江上猛风大作，白浪掀天，波涛汹涌。军士见大船将覆，争下脚舰逃命。董袭仗剑大喝曰："将受君命，在此防贼，怎敢弃船而去!"立斩下船军士十余人。须臾，风急船覆，董袭竟死于江口水中。徐盛在李典军中，往来冲突。却说陈武听得江边厮杀，引一军来。正与庞德相遇，两军混战。孙权在濡须坞中，听得曹兵杀至江边，亲自与周泰引军前来助战。正见徐盛在李典军中搅做一团厮杀，便麾军杀入接应。却被张辽、徐晃两枝军，把孙权困在垓心。曹操上高阜处，看见孙权被围，急令许褚纵马持刀杀入军中，把孙权军冲作两段，彼此不能相救。

却说周泰从军中杀出，到江边不见了孙权，勒回马，从外又杀入阵中，问本部军："主公何在?"军人以手指兵马厚处，曰："主公被围甚急!"周泰挺身杀入，寻见孙权。泰曰："主公可随泰杀出。"于是泰在前，权在后，奋力冲突。泰到江边，回头又不见孙权，乃复翻身杀入围中，又寻见孙权。权曰："弓弩齐发，不能得出，如何?"泰曰："主公在前，某在后，可以出围。"孙权乃纵马前行，周泰左右遮护，身被数枪，箭透重铠，救得孙权②。到江边，吕蒙引一枝水军前来接

此，无以有勇也。唐孙元晏《甘宁砍营》诗有："夜深偷入魏军营，满寨惊惶火似星。百口宝刀千匹绢，也应消得与甘宁。"旧时京剧演员杨小楼有《甘宁百骑劫魏营》，即以此为张本。

② 周泰救主故事借鉴
周泰救孙权细节，似借鉴唐人故事。唐忠武将军辛承嗣轻挺"与中郎裴绍业于青海被吐蕃围，谓绍业曰：'相随带将军共出。'绍业惧不敢。承嗣曰：'为将军试之。'单马持枪，所向皆靡，却迎绍业出。承嗣马被箭，乃跳下，夺贼壮马乘之，一无损伤"(《朝野佥载》卷六)。

③ 陈武未曾与庞德照面交锋

据《三国志·吴书·陈武传》，"建安二十年，从击合肥，奋命战死"。按，合肥战役，即张辽逍遥津大捷，系发生于建安二十年(215)八月，而庞德归降，乃在"太祖(曹操)定汉中，德随众降"(《三国志·魏书·庞德传》)，如以随张鲁降，则要在这年冬，"十一月，鲁自巴中将其余众降"(《三国志·魏书·武帝纪》)。可见早在曹操至合肥前线时，陈武已战死了。他大概是死在逍遥津战场上的。

④ 孙权嘉奖周泰原因

周泰二番入重围救孙权，不见于史传。但周泰"身被十二创"确有其事，系在辅孙权守宣城时，见《三国志·吴书·周泰传》。孙权在此处嘉奖周泰，其意是周泰"留督濡须，拜平虏将军。时朱然、徐盛等皆在所部，并不伏也。权特为案行至濡须坞，因会诸将，大为酣乐，权自行酒至泰前，命泰解衣，权手自指其创痕，问以所起。"据裴注《江表传》，孙权在表彰他时，还说"幼平(周泰字)意快为之，勿以寒门自退也。"盖以周泰出身低贱，难以压众，故有此作也。

⑤ 曹操并非径至濡须口

据《三国志·魏书·武帝纪》，曹操并非由汉中径至濡须口的。建安二十年十二月，曹操自汉中回程，明年二月至邺，十月始南征孙权。建安二十三年正月至居巢，三月退回。曹操来也匆匆，去也匆匆，这一仗仍未打好。

⑥ 崔琰只是句话被杀

崔琰跟随曹操二十年。崔琰被杀，并非因反对曹操为魏王。看来他还是拥戴曹操进爵魏王的。

应下船。权曰："吾亏周泰三番冲杀，得脱重围。但徐盛在垓心，如何得脱？"周泰曰："吾再救去。"遂轮枪复翻身杀入重围之中，救出徐盛。二将各带重伤。吕蒙教军士乱箭射住岸上兵，救二将下船。

却说陈武与庞德大战，后面又无应兵，被庞德赶到峪口，树林丛密。陈武再欲回身交战，被树株抓住袍袖，不能迎敌，为庞德所杀③。曹操见孙权走脱了，自策马驱兵，赶到江边对射。吕蒙箭尽，正慌间，忽对江一宗船到，为首一员大将，乃是孙策女婿陆逊，自引十万兵到；一阵射退曹兵，乘势登岸追杀曹兵，复夺战马数千匹。曹兵伤者不计其数，大败而回。于乱军中寻见陈武尸首。孙权知陈武已亡，董袭又沉江而死，哀痛至切。令人入水中寻见董袭尸首，与陈武尸一齐厚葬之。又感周泰救护之功，设宴款之。权亲自把盏，抚其背，泪流满面，曰："卿两番相救，不惜性命，被枪数十，肤如刻画。孤亦何心不待卿以骨肉之恩，委卿以兵马之重乎？卿乃孤之功臣，孤当与卿共荣辱、同休戚也。"言罢，令周泰解衣与众将观之：皮肉肌肤，如同刀剜，盘根遍体。孙权手指其痕，一一问之。周泰具言战斗被伤之状。一处伤令吃一觥酒。是日，周泰大醉，权以青罗伞赐之，令出入张盖，以为显耀。④

权在濡须与操相拒月余，不能取胜。张昭、顾雍上言："曹操势大，不可力取，若与久战，大损士卒。不若求和安民为上。"孙权从其言，令步骘往曹营求和，许年纳岁贡。操见江南急未可下，乃从之⑤，令："孙权先撤人马，吾然后班师。"步骘回复，权只留蒋钦、周泰守濡须口，尽发大兵上船回秣陵。

操留曹仁、张辽屯合肥，班师回许昌。文武众官皆议立曹操为"魏王"。尚书崔琰力言不可。众官曰："汝独不见荀文若乎？"琰大怒曰："时乎！时乎！会当有变，任自为之。"有与琰不和者，告知操。操大怒，收琰下狱问之。琰虎目虬髯，只是大骂曹操欺君奸贼。廷尉白操，操令杖杀崔琰在狱中⑥。后人有赞曰：

> 清河崔琰，天性坚刚。
>
> 虬髯虎目，铁石心肠。
>
> 奸邪辟易，声节显昂。
>
> 忠于汉主，千古名扬。

建安二十一年夏五月，群臣表奏献帝，颂魏公曹操功德极天际地，伊、周莫及，宜进爵为王。献帝即令钟繇草诏，册立曹操为"魏王"。曹操假意上书三辞。诏三报不许，操乃拜命受"魏王"之爵，冕十二旒，乘金根车，驾六马，用天子车服銮仪，出警入跸，于邺郡盖魏王宫，议立世子。

操大妻丁夫人无出；妾刘氏生子曹昂，因征张绣时死于宛城；卞氏所生四子：长曰丕，次曰彰，三曰植，四曰熊⑦⑧。于是黜丁夫人，而立卞氏为魏王后。第三子曹植，字子建，极聪明，举笔成章，操欲立之为后嗣。长子曹丕恐不得立，乃问计于中大夫贾诩。诩教如此如此。自是但凡操出征，诸子送行，曹植乃称述功德，发言成章。惟曹丕辞父，只是流涕而拜，左右皆感伤。于是操疑植乖巧，诚心不及丕也。丕又使人买嘱近侍，皆言丕之德。操欲立后嗣，踌躇不定。乃问贾诩曰："孤欲立后嗣，当立谁？"贾诩不答。操问其故。诩曰："正有所思，故不能即答耳。"操曰："何所思？"诩对曰："思袁本初、刘景升父子也。"操大笑，遂立长子曹丕为王世子。

冬十月，魏王宫成，差人往各处收取奇花异果，栽植后苑。有使者到吴地，见了孙权，传魏王令旨，再往温州取柑子。时孙权正尊让魏王，便令人于本城选了大柑子四十余担，星夜送往邺郡。至中途，挑担役夫疲困，歇于山脚下。见一先生，眇一目，跛一足，头戴白藤冠，身穿青懒衣，来与脚夫作礼，言曰："你等挑担劳苦，贫道都替你挑一肩何如？"众人大喜。于是先生每担各挑五里。但是先生挑过的担儿都轻了。众皆惊疑。先生临去，与领柑子官说："贫道乃魏王乡中故人，姓左，名慈，字元放，道号'乌角先生'⑨。如你到邺郡，可说左慈问意。"遂拂袖而去。取柑人至邺郡见操。呈上柑子。操亲剖之，但只空壳，内并无肉。操大惊，问取柑人，取柑人以左慈之事对。操未肯信。

门吏忽报："有一先生，自称左慈，求见大王。"操召入。取柑人曰："此正途中所见之人。"操叱之曰："汝以何妖术，摄吾佳果？"慈笑曰："岂有此事？"取柑剖之，内皆有肉，其味甚甜。但操自剖者皆空壳。操愈惊，乃赐左慈坐而问之。慈索酒肉，操令与之。饮酒五斗不醉，肉食全羊不饱。操问曰："汝有何术，以至于此？"慈曰："贫道

曹操当魏王，崔琰做尚书。曹操要在儿子中选择一个当接班人，呼声最高是曹植。崔琰是少数派，他建议，"立子以长，五官中郎将(曹丕)最为合适，我愿意以死担保。"因为曹植是崔琰侄婿，曹操很赏识他的公正真直。可是崔琰威望很高，也受曹操所忌。有次，为他推荐的杨训写了一篇歌颂曹操为魏王的功德表，有人讥笑是浮而不实，崔琰读后对杨训说，"省表，事佳耳！时乎时乎，会当有变时"(《三国志·魏书·崔琰传》)。他的原意是批评讥笑者不识情理。可是曹操在听了说他傲世诽谤的小报告后，竟说："谚言'生女耳'，'耳'非佳语。'会当有变时'，意指不逊。"就把崔琰降为刑徒。后来又逼他自杀。

⑦ **曹操儿子群**
曹操有二十五个儿子，其中有十一个儿子未成年就夭折了，如曹冲。曹丕和曹彰、曹植、曹熊，都是曹操立为正妻的卞氏所生，在宗法社会乃是嫡子，自然身价和地位比其他兄弟要高贵。曹丕最嫉忌的，也就是这几个同母兄弟。曹操儿子群年龄跨度相距很大，像他死时赵王曹干才五岁，而次子曹丕已是三十三岁了，兄弟相差二十八岁。曹操还有假子。据《三国志·魏书·武文世王公传》，曹操生有儿子的妻妾有十三人，其中杜夫人(即原秦宜禄妻)，先有子秦朗；尹夫人(原是何进儿媳)先有子何晏，曹操一并养育。他对宾客说，"世有人爱假子如孤者乎？"(《魏氏春秋》)他对妻妾的前夫子，倒是不歧视的。

⑧ **曹冲没有称象**
曹冲称象的故事，源出自《三国

志·魏书·邓哀王冲传》:"置巨象大船之上,而刻其水痕所至,称物以载之。"按,曹冲死于汉建安十三年(209)。在此前,孙曹两家刀戈相见,剑拔弩张,孙权是不可能献巨象的。这个故事素材来源,据陈寅恪说,似是魏晋时期所译的佛经《杂宝藏经》所记《弃老国》的故事:国王作宰相要称巨象重量,宰相听取老父高见,"置象船上,著大池中,画水齐船,深浅几许,即以此船,量石著中,水没齐画,则知斤两。"据说战国末期燕昭王,也曾有"命水官浮大象而量之"(唐·马聪《意林》)的记载。因此,所谓"称象",有可能出自陈寿移花接木,将他人故事置于曹冲名下。

⑨ 神仙左慈有其人应无其事

按左慈是汉末传说中的著名神仙,其事始见于《神仙传》《搜神记》,《后汉书·方术传》亦略同,当出自一源。元杂剧有《志登仙左慈飞杯》即由此嬗化。《三国演义》采用此说。但改《后汉书·方术传》曹操为司空时之左慈故事。《神仙传》卷五《左慈》,称他有道术,曹操闻而召见,"欲杀之,慈已知,求乞骸骨。曹公曰:何以忽尔?对曰:欲见杀,故求耳。公曰:无有此意,公却高其志,不苟相留也。乃为设酒。曰:今当远旷,乞分杯饮酒。公曰:善。是时天寒,温酒尚热。慈拔道簪以挠酒,须臾道簪都尽,如人磨墨。初公闻慈求分杯饮酒,谓当使公先饮以与慈耳。而拔道簪以画杯酒中断,其间相去数寸,即饮半,半与公,公不喜,未即为饮,慈乞尽自饮之。饮毕,以杯掷屋栋,杯悬摇动,似

于西川嘉陵峨嵋山中,学道三十年,忽闻石壁中有声呼我之名,及视,不见。如此者数日。忽有天雷震碎石壁,得天书三卷,名曰《遁甲天书》。上卷名'天遁',中卷名'地遁',下卷名'人遁'。天遁能腾云跨风,飞升太虚;地遁能穿山透石;人遁能云游四海,藏形变身,飞剑掷刀,取人首级。大王位极人臣,何不退步,跟贫道往峨嵋山中修行?当以三卷天书相授。"操曰:"我亦久思急流勇退,奈朝廷未得其人耳。"慈笑曰:"益州刘玄德,乃帝室之胄,何不让此位与之?不然,贫道当飞剑取汝之头也。"操大怒曰:"此正是刘备细作!"喝左右拿下。慈大笑不止。操令十数狱卒,捉下拷之。狱卒着力痛打,看左慈时,却鼾鼾熟睡,全无痛楚。操怒,命取大枷,铁钉钉了,铁锁锁了,送入牢中监收,令人看守。只见枷锁尽落,左慈卧于地上,并无伤损。连监禁七日,不与饮食。及看时,慈端坐于地上,面皮转红。狱卒报知曹操,操取出问慈。慈曰:"我数十年不食,亦不妨;日食千羊,亦能尽。"操无可奈何。

是日,诸官皆至王宫大宴。正行酒间,左慈足穿木履,立于筵前。众官惊怪。左慈曰:"大王今日水陆俱备,大宴群臣,四方异物极多,内中欠少何物,贫道愿取之。"操曰:"我要龙肝作羹,汝能取否?"慈曰:"有何难哉!"取墨笔于粉墙上画一条龙,以袍袖一拂,龙腹自开。左慈于龙腹中提出龙肝一副,鲜血尚流。操不信。叱之曰:"汝先藏于袖中耳!"慈曰:"即今天寒,草木枯死,大王要甚好花,随意所欲。"操曰:"吾只要牡丹花。"慈曰:"易耳。"令取大花盆放筵前,以水噀之,顷刻发出牡丹一株,开放双花。众官大惊,邀慈同坐而食。少刻,庖人进鱼脍。慈曰:"脍必松江鲈鱼者方美。"操曰:"千里之隔,安能取之?"慈曰:"此亦何难取!"教把钓竿来,堂中鱼池中钓之。顷刻,钓出数十尾大鲈鱼,放在殿上。操曰:"吾池中原有此鱼。"慈曰:"大王何相欺耶?天下鲈鱼只两腮,惟松江鲈鱼有四腮,此可辨也。"众官视之,果是四腮。慈曰:"烹松江鲈鱼,须紫芽姜方可。"操曰:"汝亦能取之否?"慈曰:"易耳。"令取金盆一个,慈以衣覆之,须臾得紫芽姜满盆,进上操前。操以手取之,忽盆内有书一本,题曰《孟德新书》。操取视之,一字不差。操大疑。慈取桌上玉杯,满酌佳酿,进操曰:"大王可饮此酒,寿有千年。"操曰:"汝可先饮。"慈遂拔冠上玉簪,于杯中一画,将酒分为两半;自饮一半,将一半奉操。操叱之。慈

掷杯于空中，化成一白鸠，绕殿而飞。众官仰面视之，左慈不知所往。

左右忽报："左慈出宫门去了。"操曰："如此妖人，必当除之，否则必将为害。"遂命许褚引三百铁甲军追擒之。褚上马，引军赶至城门，望见左慈穿木履在前，慢步而行。褚飞马追之，却只追不上。直赶到一山中，有牧羊小童，赶着一群羊而来。慈走入羊群内。褚取箭射之，慈即不见。褚尽杀群羊而回。牧羊小童守羊而哭，忽见羊头在地上作人言，唤小童曰："汝可将羊头都凑在死羊腔子上。"小童大惊，掩面而走。忽闻有人在后呼曰："不须惊走，还汝活羊。"小童回顾，见左慈已将地上死羊凑活，赶将来了。小童急欲问时，左慈已拂袖而去，其行如飞，倏忽不见。小童归告主人。主人不敢隐讳，报知曹操。操画影图形，各处捉拿左慈。三日之内，城里城外，所捉眇一目、跛一足、白藤冠、青懒衣、穿木履先生，都一般模样者，有三四百个，哄动街市。操令众将，将猪羊血泼之，押送城南教场。曹操亲自引甲兵五百人围住，尽皆斩之。人人颈腔内，各起一道青气，到上天聚成一处，化成一个左慈。向空招白鹤一只骑坐，拍手大笑曰："土鼠随金虎，奸雄一旦休！"操令众将以弓箭射之。忽然狂风大作，走石扬沙；所斩之尸，皆跳起来，手提其头，奔上演武厅来打曹操。文官武将，掩面惊倒，各不相顾。正是：

奸雄权势能倾国，道士仙机更异人。

未知曹操性命如何，且看下文分解。

飞鸟俯仰之状，若欲落而不落，举杯莫不视杯，良久乃坠，既而已失落矣。寻问之，还其所居。"又称，左慈在庐江有掷杯桥。宋嗣炜有诗称：李白名高非只酒，东坡蕉饮亦多才，仙翁不忍人皆醉，故向桥边一掷杯（清光绪《庐江县志》卷十五）。据曹丕《典论》，有"庐江左慈，知补导之术，并为军吏"，则左慈确有其人，但因涉及方术，由此被神化了。按，左慈下落，据《抱朴子·金丹篇》或《真诰》卷十一、十二所称，左慈于建安末来江东，入茅山洞穴中造宫室，以金丹仙经传授葛玄，葛玄与弟子郑隐，郑隐弟子葛洪即为道教金丹道之始祖也。

第六十九回　卜周易管辂知机　讨汉贼五臣死节

却说当日曹操见黑风中群尸皆起，惊倒于地。须臾风定，群尸皆不见。左右扶操回宫，惊而成疾。后人有诗赞左慈曰：

> 飞步凌云遍九州，独凭遁甲自遨游。
>
> 等闲施设神仙术，点悟曹瞒不转头。

曹操染病，服药无愈。适太史丞许芝自许昌来见操。操令芝卜《易》。芝曰："大王曾闻神卜管辂否？"操曰："颇闻其名，未知其术，汝可详言之。"芝曰："管辂字公明，平原人也。容貌粗丑，好酒疏狂。其父曾为琅琊即丘长。辂自幼便喜仰视星辰，夜不肯寐，父母不能禁止。常云：'家鸡野鹄，尚自知时，何况为人在世乎？'与邻儿共戏，辄画地为天文，分布日月星辰。及稍长，即深明《周易》，仰观风角，数学通神，兼善相术。琅琊太守单子春闻其名，召辂相见。时有坐客百余人，皆能言之士。辂谓子春曰：'辂年少，胆气未坚，先请美酒三升，饮而后言。'子春奇之，遂与酒三升。饮毕，辂问子春：'今欲与辂为对者，若府君四座之士耶？'子春曰：'吾自与卿旗鼓相当。'于是与辂讲论《易》理。辂亹亹而谈，言言精奥。子春反复辩难，辂对答如流。从晓至暮，酒食不行。子春及众宾客，无不叹服。于是天下号为'神童'。后有居民郭恩者，兄弟三人，皆得躄疾，请辂卜之。辂曰：'卦中有君家本墓中女鬼，非君伯母即叔母也。昔饥荒之年，谋数升米之利，推之落井，以大石压破其头。孤魂痛苦，自诉于天，故君兄弟有此报，不可禳也。'郭恩等涕泣伏罪。安平太守王基知辂神卜，延辂至家。适信都令妻常患头风，其子又患心痛，因请辂卜之。辂曰：'此堂之西角，有二死尸：一男持矛，一男持弓箭。头在壁内，脚在壁外。持矛者主刺头，故头痛；持弓箭者主刺胸腹，故心痛。'乃掘之。入地八尺，果有二棺。一棺中有矛，一棺中有角弓及箭，木俱已朽烂。辂令徙骸骨去城外十里埋之，妻与子遂无恙。馆陶令诸葛原，迁新兴太守，辂往送行。客言辂能覆射，诸葛原不信，暗取燕卵、蜂窠、蜘蛛三物，分置三盒之中，令辂卜之。卦成，各写四句句盒上。其一曰：'含气须变，依乎宇堂，雌雄以形,羽翼舒张:此燕卵也。'其二曰:'家室倒悬,门户众多,藏精育毒,得秋乃化:此蜂窠也。'其三曰:'觳觫长足,吐丝成罗,寻网求食,利在昏夜:此蜘蛛也。'满座惊骇。乡中有老妇失牛,求卜之,辂判曰:'北溪之滨,七人宰烹,急往追寻,皮肉尚存。'老妇果往寻之,见七人于茅舍后煮食,皮肉犹存。妇告本郡太守刘邠,捕七人罪之。因问老妇曰:'汝何以知之?'妇告以管辂之神卜。刘邠不信,请辂至府,取印囊及山鸡毛藏于盒中,令卜之。辂卜其一曰:'内方外圆,五色成文,含宝守信,出则有章:此印囊也。'其二曰:'岩岩有鸟,锦体朱衣,羽翼玄黄,鸣不失晨:此山鸡毛也。'刘邠大惊,遂待为上宾。一日,出郊闲行,见一少年耕于田中。辂立道傍,观之良久,问曰:'少年高姓贵庚?'答曰:'姓赵,名颜,年十九岁矣。敢问先生为谁?'辂曰:'吾管辂也。吾见汝眉间有死气,三日内必死。汝貌美,可惜无寿。'赵颜回家,急告其父。父闻之,赶上管辂,哭拜于地曰:'请归救吾子!'辂曰:'此乃天命也,安可禳乎?'父告曰:'老夫止有此子,望乞垂救。'赵颜亦哭求。辂见其父子情切,乃谓赵颜曰:'汝可备净酒一瓶,鹿脯一块,来日赍往南山之中,大树之下,看盘石上有二人弈棋;一人向南坐,穿白袍,其貌甚恶;一人向北坐,穿红袍,其貌甚美。汝可乘其弈兴浓时,将酒及鹿脯跪进之。待其饮食毕,汝乃哭拜求寿,必得益算矣。但切勿言是吾所教。'老人留辂在家。次日,赵颜携酒脯杯盘入南山之中,约行五六里,果有二人于大松树下盘石上着棋,全然不顾。赵颜跪进酒脯。二人贪着棋,不觉饮酒已尽。赵颜哭拜于地而求寿,二人大惊①。穿红袍者曰:'此必管子之言也。吾二人既受其私,必须怜之。'穿白袍者乃于身边取出簿籍检看,谓赵颜曰:'汝今年十九岁当死,吾今于十字上添一九字,汝寿可至九十九。回见管辂,教再休泄漏天机,不然,必致天谴。'穿红者出笔添讫,一阵香风过处,二人化作二白鹤,冲天而去。赵颜归问管辂。辂曰:'穿红者,南斗也;穿白者,北斗也。'颜曰:'吾闻北斗九星,何止一人?'辂曰:'散而为九,合而为一也。北斗注死,南斗注

① 赵颜故事出典

此篇不见于《三国志·魏书·管辂传》,作者可能据明胡元瑞搜集干宝《搜神记》有关管辂故事而编写。按此篇仅见自东晋句道兴《搜神记》残卷(见《敦煌变文集》卷八,人民文学出版社 1957 年版第 867 页),此中"赵颜"作"赵颜子"。本篇是很早提及北斗和南斗注生死故事的,有关文字如下:

赵颜子求寿

昔有管辂,字公明,善好良才。尔时六时中旬,行过平原,见一年少始十八九矣,在道南刈麦,然管辂嗟叹而过。其年少问老人曰:"何以嗟叹?"管辂复问年少曰:"汝姓何字谁?"年少对曰:"姓赵名颜子。"公明曰:"向者更无余事,直以怜卿好年少,明日午时忽然卒死,是故嗟叹也。"颜子问曰:"丈人岂非管辂?"曰:"我是。"颜子即叩头,随逐乞命。管辂曰:"命在于天,非我所能活。卿且去,宜急告父母知,莫令匆匆。"颜子于是归家,速告父母。父母得此语已,遂即乘马奔趁,行至十里趁。遂拜管辂,咨请之曰:"小儿明日午时将死,管圣如何忧怜,方可救命?"管辂曰:"君但且还家,备觅麇鹿脯一合,清酒一斗,明日午时刻到君家,方始救之,未知得否?"其父遂即还,备觅酒脯而待之。管辂明日于期即至,语颜子曰:"卿昨日刈麦地南头大桑树下,有二人樗蒲博戏,今卿将酒脯往其处,酌合里置脯,往其处酌,他自取之,若借问于卿,嗔怒,但向拜之,慎勿言。其中有一人救卿,吾在此专待卿消息。"颜子行管辂之言,即将酒脯到大桑树下,乃见二人博戏,前后欲休,侍从非常。颜子遂酌酒与之,其人得酒即饮,贪博戏不看。饮酒欲尽,博戏欲休,北边坐人举头见颜子,忽然大怒:"小人,我遣你早去,因何违他期日!如午时不去,何由能仍酌我酒来。"颜子再拜,不敢更言。南边坐人语北边坐人曰:"凡吃人一食,惭人一色,吃人两食,与人著力。朝来饮他酒脯,岂可能活取此人?"北边坐人曰:"文案已定,何由可改。"南边坐人曰:"暂借文书看之。……此年始十九,易可改之。"把笔颠倒句著,语颜子曰:"你合寿年十九即

死,今放你九十合终也。"自尔已来,世间有行文书颠倒者,即乙复,因斯而起。回到家,见管辂。始语颜子曰:"北边坐人是北斗,南边坐人是南斗。凡人受胎皆从南斗过,见一人生,无量欢喜。北斗注杀,见一人死,皆大欢喜,此之是也。"

② 管辂、曹操不同时空
管辂与曹操两人其实不在同一个时空坐标上。管辂善于占卜作卦,懂鸟语,精通面相,可说是有特异功能的奇人。据他死前自我检讨:"吾前后相当死者当百人,略无错失。"(《三国志·魏书·管辂传》)。难怪陈寿要为他作一长传,字数达 2 300 余字,而《张辽传》为 1 700 余字。管辂是十九岁时才为琅邪太守发现,并被视为徐州神童,从此他成为占卜作卦的最佳专业人才。《三国演义》有曹操向管辂问卜的故事,其实这年(218)他只有九岁,显然这是《演义》移植。按,曹操有诗:神龟虽寿,犹有竟时,腾蛇起雾,终成土灰。足证他是不相信人能长生不老的。但他对相术之学,不疑。还多向请教。曹植说,曹操招致甘陵甘始、庐江左慈、陶城郄俭,以及管辂、朱建平和东郭延年、周宣等人。此中周宣善解梦,郄俭能辟谷(断绝吃五谷),朱建平等善相术。曹操招徕此种领域各行拔尖人材,是否也算"唯才是举"呢?

③ 如何解释管辂卜
管辂为曹操占卜,"三八纵横,黄猪遇虎",这是点明夏侯渊被杀的年月时辰,书中已有揭晓。"狮子宫中,以安神位,王道鼎新,子孙极贵"却未点明。毛宗冈批点说:"为曹丕篡汉伏笔。"那是指后两句。三国时,中国还未有"狮子"说。它是元明文字移植。古埃及将天上的黄道(从地面望天空看日月星辰经过的行道)平分为十二宫,每宫占三十度。各系以宝瓶、双子、狮子、金牛等星座名称,古中国人将它与全国十二州配搭,其中狮子配三河(河东、河内、河南)。这就意味着曹操及其子孙将在这里兴旺发达。

生。今已添注寿算,子复何忧?'父子拜谢。自此管辂恐泄天机,更不轻为人卜。此人现在平原,大王欲知休咎,何不召之?"操大喜,即差人往平原召辂②。

辂至参拜讫,操令卜之。辂答曰:"此幻术耳,何必为忧?"操心安,病乃渐可。操令卜天下之事。辂卜曰:"三八纵横,黄猪遇虎。定军之南,伤折一股。"又令卜传祚修短之数。辂卜曰:"狮子宫中,以安神位。王道鼎新,子孙极贵③。"操问其详。辂曰:"茫茫天数,不可预知,待后自验。"操欲封辂为太史。辂曰:"命薄相穷,不称此职,不敢受也。"操问其故。答曰:"辂额无主骨,眼无守睛,鼻无梁柱,脚无天根,背无三甲,腹无三壬:只可泰山治鬼,不能治生人也。"操问:"汝相吾若何?"辂曰:"位极人臣,又何必相?"再三问之,辂但笑而不答。操令辂遍相文武官僚。辂曰:"皆治世之臣也。"操问休咎,皆不肯尽言。后人有诗赞曰:

平原神卜管公明,能算南辰北斗星。

八卦幽微通鬼窍,六爻玄奥究天庭。

预知相法应无寿,自觉心原极有灵。

可惜当年奇异术,后人无复授遗经。

操令卜东吴、西蜀二处。辂设卦云:"东吴主亡一大将,西蜀有兵犯界。"操不信。忽合肥报来,东吴陆口守将鲁肃身故④⑤。操大惊,便差人往汉中探听消息。不数日,飞报刘玄德遣张飞、马超兵屯下辨取关。操大怒,便欲自领大兵再入汉中,令管辂卜之。辂曰:"大王未可妄动,来春许都必有火灾。"操见辂言累验,故不敢轻动,留居邺郡,使曹洪领兵五万,往助夏侯渊、张郃同守东川;又差夏侯惇领兵三万,于许都来往巡警,以备不虞;又教长史王必总督御林军马。主簿司马懿曰:"王必嗜酒性宽,恐不堪任此职。"操曰:"王必是孤披荆棘、历艰难时相随之人,忠而且勤,心如铁石,最足相当。"遂委王必领御林军马,屯于许都东华门外。

时有一人姓耿,名纪,字季行,洛阳人也⑥。旧为丞相府掾,后迁侍中少府,与司直韦晃甚厚。见曹操进封王爵,出入用天子车服,心甚不平。时建安二十三年春正月,耿纪与韦晃密议曰:"操贼奸恶日甚,将来必为篡逆之事。吾等为汉臣,岂可同恶相济?"韦晃曰:"吾有心腹人,姓金,名祎,乃汉相金日䃅之后,素有讨贼之心;更兼与王必甚厚。若得同谋,大事济矣。"耿纪曰:"他既与王必交厚,岂肯与我等同谋乎?"韦晃曰:"且往说之,看是如何。"于是二人同至金祎宅中,祎接入后堂,坐定。晃曰:"德伟与王长史甚厚,吾二人特来告求。"祎曰:"所求何事?"晃曰:"吾闻魏王早晚受禅,将登大宝,公与王长史必高迁,望不相弃,曲赐提携,感德非浅。"祎拂袖而起。适从者奉茶至,便将茶泼于地上。晃佯惊曰:"德伟故人,何薄情也?"祎曰:"吾与汝交厚,为汝等是汉朝臣宰之后。今不思报本,欲辅造反之人,吾有何面目与汝为友!"耿纪曰:"奈天数如此,不得不为耳。"祎大怒。

耿纪、韦晃见祎果有忠义之心,乃以实情相告曰:"吾等本欲讨贼,来求足下,前言特相试耳。"祎曰:"吾累世汉臣,安能从贼! 公等欲扶汉室,有何高见?"晃曰:"虽有报国之心,未有讨贼之计。"祎曰:"吾欲里应外合,杀了王必,夺其兵权,扶助銮舆。更结刘皇叔为外援,操贼可灭矣。"二人闻之,抚掌称善。祎曰:"我有心腹二人,与操贼有杀父之仇,现居城外,可用为羽翼。"耿纪问是何人。祎曰:"太医吉平之子:长名吉邈,字文然;次名吉穆,字思然。操昔日为董承衣带诏事曾杀其父,二子逃窜远乡,得免于难⑦。今已潜归许都,若使相助讨贼,无有不从。"耿纪、韦晃大喜。金祎即使人密唤二吉,须臾二人至。祎具言其事,二人感愤流泪,怨气冲天,誓杀国贼。金祎曰:"正月十五日夜间,城中大张灯火,庆赏元宵。耿少府、韦司直,你二人各领家僮杀到王必营前。只看营中火起,分两路杀入,杀了王必,径跟我入内,请天子登五凤楼,召百官面谕讨贼。吉文然兄弟于城外杀入,放火为号,各要扬声,叫百姓诛杀国贼,截住城内救军。待天子降诏,招安已定,便进兵杀投邺郡擒曹操,即发使赍诏召刘皇叔。今日约定,至期二更举事,勿似董承自取其祸。"五人对天说誓,

④ **孙权选择严畯当鲁肃接班人**

鲁肃死时,没有遗言。他在生前没有选择接班人。孙权就以当时名士、骑都尉严畯接替,统领万人,镇守陆口(湖北蒲圻陆溪口)。这次孙权首次选用文人挂帅,守卫和南郡关羽接壤的边界。但严畯很有些自知之明,他一再向孙权说,"朴素书生,不闲军事,非才所据,咎悔必至"(《三国志·吴书·严畯传》)。孙权才收回成命,改任左护军、虎威将军吕蒙出镇陆口。

⑤ **神州何处鲁肃墓**

按鲁肃在横江将军任内病死于陆口,孙权为之举办国葬。但因为史书未记载葬地,以致后来在江东竟出现了多处鲁肃墓:(一)镇江说。据清乾隆《丹徒县志》,鲁肃墓在江苏镇江城东小溇山苦竹里,但嘉庆《丹徒县志》称,在北门外直指庵后(今镇江一中里),近年迁葬至北固山,与太史慈比邻。又据《搜神后记·鲁子敬墓》:"王伯阳家在京口,宅东有大冢,相传云是鲁肃墓。""墓今在长广桥东一里。"(卷六)(二)靖江说。在旧县署前街。(三)苏州说。在阳距山,与附近东渚宝山陆绩墓相近。(四)安徽泾县说。在县南八十里齐云山,相传有农人锄地得鲁肃墓碑。(五)湖北汉阳说。在龟山顶,系鲁肃子所立之衣冠墓。(六)湖南岳阳说。在岳阳楼东侧。据称鲁肃于岳阳病死,即葬此,有联:扶帝烛曹奸,所见在荀或上;侍吴亲汉胄,此心与武侯同。(七)上海松江说。据郑逸梅《三国陵墓考》,"鲁肃墓在松江西门外秀野桥西市梢三秀园茶肆天井中,有'吴□□侯鲁子敬墓'"(《永安》109期)。此外在南京、湖北鲁港等处也有鲁肃墓的记载。

⑥ **耿纪世家子弟**

耿纪为扶风茂陵(陕西兴平东北)人,乃东汉开国功臣好畤侯耿弇和美阳侯耿秉后裔。耿氏世代簪缨。据《后汉书·耿秉传》,耿纪为耿秉曾孙,"少有美名,辟公府,曹操甚敬异之,稍迁少府。纪以操将篡汉,建安二十三年,与太医令吉平、

丞相司直韦晃谋起兵诛操,不克,夷三族,于是衣冠盛门坐纪罹祸灭者众矣"。按扶风茂陵自耿况耿弇因佐刘秀创建东汉帝国,兴旺发达,枝叶繁茂,经此次为曹操灭门,从此衰落。

⑦ 吉平之死

《演义》说吉平两子,据史传,其实乃是吉平。吉平,《三国志》作吉本,《后汉书·耿秉传》作吉丕。他并非参加汉建安五年(200)董承为首的反曹活动,而是在参加建安二十三年的耿纪、金祎等反曹集团被杀死的。《三国志·武帝纪》说:"汉太医令吉本与少府耿纪、司直韦晃等反,攻许。"

歃血为盟,各自归家,整顿军马器械,临期而行。

且说耿纪、韦晃二人,各有家僮三四百,预备器械。吉邈兄弟,亦聚三百人口,只推围猎,安排已定。金祎先期来见王必,言:"方今海宇稍安,魏王威震天下。今值元宵令节,不可不放灯火,以示太平气象。"王必然其言,告谕城内居民,尽张灯结彩,庆赏佳节。至正月十五夜,天色晴霁,星月交辉,六街三市,竞放花灯,真个金吾不禁,玉漏无催。王必与御林诸将,在营中饮宴。二更以后,忽闻营中呐喊,人报营后火起。王必慌忙出帐看时,只见火光乱滚,又闻喊杀连天,知是营中有变,急上马出南门,正遇耿纪,一箭射中肩膊,几乎坠马,遂望西门而走。背后有军赶来,王必着忙,弃马步行,至金祎门首,慌叩其门。原来金祎一面使人于营中放火,一面亲领家僮随后助战,只留妇女在家。时家中闻王必叩门之声,只道金祎归来。祎妻从隔门便问曰:"王必那厮杀了么?"王必大惊,方悟金祎同谋,径投曹休家,报知金祎、耿纪等同谋反。休急披挂上马,引千余人在城中拒敌。城内四下火起,烧着五凤楼,帝避于深宫。曹氏心腹爪牙,死据宫门。城中但闻人叫:"杀尽曹贼,以扶汉室。"

原来夏侯惇奉曹操命,巡警许昌,领三万军离城五里屯扎。是夜遥望见城中火起,便领大军前来,围住许都,使一枝军入城接应曹休,直混杀至天明。耿纪、韦晃等无人相助。人报金祎、二吉皆被杀死。耿纪、韦晃夺路杀出城门,正遇夏侯惇大军围住,活捉去了。手下百余人皆被杀。夏侯惇入城,救灭遗火,尽收五人老小宗族,使人飞报曹操。操传令,教将耿、韦二人及五家宗族老小,皆斩于市,并将在朝大小百官,尽行命解邺郡,听候发落。夏侯惇押耿、韦二人至市曹。耿纪厉声大叫曰:"曹阿瞒!吾生不能杀汝,死当作厉鬼以击贼。"刽子以刀捣其口,流血满地,大骂不绝而死。韦晃以面颊顿地曰:"可恨!可恨!"咬牙皆碎而死。后人有诗赞曰:

> 耿纪精忠韦晃贤,各持空手欲扶天,
> 谁知汉祚相将尽,恨满心胸丧九泉。

夏侯惇尽杀五家老小宗族,将百官解赴邺郡。曹操于教场立红旗于左、白旗于右,下令曰:"耿纪、韦晃等造反,放火焚许都,汝等亦有出救火者,亦有闭门不出者。如曾救火者,可立于红旗下;如不曾救火者,可立于白旗下。"众官自思救火者必无罪,于是多奔红旗之下,三停内只有一停立于白旗下。操教尽拿立于红旗下者。众官各言无罪。操曰:"汝当时之心,非是救火,实欲助贼耳!"尽命牵出漳河边斩之,死者三百余员。其立于白旗下者,尽皆赏赐,仍令还许都。时王必已被箭疮发而死,操命厚葬之。令曹休总督御林军马⑧,钟繇为相国,华歆为御史大夫。遂定侯爵六等十八级,关中侯爵十七级,皆金印紫绶;又置关内外侯十六级,银印龟纽墨绶;五大夫十五级,铜印环纽墨绶。定爵封官,朝廷又换一班人物。曹操方悟管辂火灾之说,遂重赏辂,辂不受⑨。

却说曹洪领兵到汉中,令张郃、夏侯渊各据险要,曹洪亲自进兵拒敌。时张飞自与雷同守把巴西⑩。马超兵至下辨,令吴兰为先锋,领军哨出,正与曹洪军相遇。吴兰欲退,牙将任夔曰:"贼兵初至,若不先挫其锐气,何颜见孟起乎!"于是骤马挺枪,搦曹洪战。洪自提刀跃马而出。交锋三合,斩夔于马下,乘势掩杀。吴兰大败,回见马超。超责之曰:"汝不得吾令,何故轻敌致败?"吴兰曰:"任夔不听吾言,故有此败。"马超曰:"可紧守隘口,勿与交锋。"一面申报成都,听候行止。曹洪见马超连日不出,恐有诈谋,引军退回南郑。张郃来见曹洪,问曰:"将军既已斩将,如何退兵?"洪曰:"吾见马超不出,恐有别谋。且我在邺郡,闻神卜管辂有言,当于此地折一员大将。吾疑此言,故不敢轻进。"张郃大笑曰:"将军行兵半生,今奈何信卜者之言而惑其心哉!郃虽不才,愿以本部兵取巴西。若得巴西,蜀郡易耳。"洪曰:"巴西守将张飞,非比等闲,不可轻敌。"张郃曰:"人皆怕张飞,吾视之如小儿耳。此去必擒之!"洪曰:"倘有疏失若何?"郃曰:"甘当军令。"洪勒了文状,张郃进兵。正是:

　　　　自古骄兵多致败,从来轻敌少成功。

未知胜负如何,且看下文分解。

⑧ **曹操用亲族掌重兵**

称曹休总督御林军马,不确。曹休当时系中领军,似在长安。但他确以家族掌重兵。曹操基业,得力于家族甚多。曹(夏侯)氏家族势力雄厚。他转战南北东西,掌管兵权和领军的就有夏侯惇、夏侯渊、曹仁、曹洪、曹真和曹纯等。曹操晚年,又极其信任后辈曹真、曹休。曹真替代战死的夏侯渊,为征蜀护军;曹休是夏侯惇接班人,夏侯惇死,为镇南将军,假节,都督诸军事,主持对东吴的全线防卫工作。

⑨ **管辂墓**

在山东平原旧城北十里。据乾隆《平原县志》:"今县西南商家庙之南、周家寨西,相传管家在焉,俗呼神仙墓,其南有管辂庄。康熙间墓陌为田,庄亦废。"又,《陵县志》作管辂墓在陵县,当误。《山东省志》引元魏《地形志》称,"管公明冢在鄚印县,今郓城县也",《河南通志》称管辂墓在怀庆府东北,"均属传疑焉"。

⑩ **张飞种柏三百里**

汉建安十九年,张飞出任巴西太守,后虽不断升官进爵,仍镇守巴西(四川阆中)。相传他在川北主持开辟驿道,种植自阆中到剑阁、梓潼长达三百里的柏树林,人称"张飞柏"。后来人多有增植。千百年间,其中大规模的种植就有六次。历届州官上任时,都要登记造册,清点移交。至今柏树存活7 900棵,多为合抱之木,郁郁葱葱,高矗入云,时人呼为"翠云廊"。此中属于汉末三国初期巨柏不过一二十棵,它虽多非张飞所植,但民间仍把植树首功归于张飞的开创。剑阁古驿道在1935年修川陕公路时部分路段被毁。现在紧靠川陕公路距剑门雄关7公里的大柏树湾恢复了1公里古驿道,青石铺路,大小相衔,随形而砌,古香古色。在靠驿道的山巅上,还恢复了古时传递军事情报的烽火塔。在驿道茂密的"张飞柏"林荫深处,新塑了手提丈八蛇矛的张飞立像。

第七十回　猛张飞智取瓦口隘
老黄忠计夺天荡山

却说张郃部兵三万,分为三寨,各傍山险:一名宕渠寨,一名蒙头寨,一名荡石寨。当日,张郃于三寨中,各分军一半,去取巴西,留一半守寨。早有探马报到巴西,说张郃引兵来了。张飞急唤雷同商议。同曰:"阆中地恶山险,可以埋伏。将军引兵出战,我出奇兵相助,郃可擒矣。"张飞拨精兵五千与雷同去讫。飞自引兵一万,离阆中三十里,与张郃兵相遇。两军摆开,张飞出马,单搦张郃。郃挺枪纵马而出。战到二十余合,郃后军忽然喊起;原来望见山背后,有蜀兵旗旛,故此扰乱。张郃不敢恋战,拨马回走。张飞从后掩杀;前面雷同又引兵杀出,两下夹攻,郃兵大败。张飞、雷同连夜追袭,直赶到宕渠山。张郃仍旧分兵守住三寨,多置擂木炮石,坚守不战。张飞离宕渠十里下寨,次日引兵搦战。郃在山上大吹大擂饮酒,并不下山。张飞令军士大骂,郃只不出,飞只得还营。次日,雷同又去山下搦战,郃又不出。雷同驱军士上山,山上擂木炮石打将下来,雷同急退。荡石、蒙头两寨兵出,杀败雷同。次日,张飞又去搦战,张郃又不出。飞使军人百般秽骂,郃在山上亦骂。张飞寻思,无计可施。相拒五十余日。飞就在山前扎住大寨,每日饮酒,饮至大醉,坐于山前辱骂。

玄德差人犒军,见张飞终日饮酒,使者回报玄德。玄德大惊,忙来问孔明。孔明笑曰:"原来如此。军前恐无好酒,成都佳酿极多,可将五十瓮作三车装,送到军前,与张将军饮。"玄德曰:"吾弟自来饮酒失事,军师何故反送酒与他?"孔明笑曰:"主公与翼德做了许多年兄弟,还不知其为人耶?翼德自来刚强,然前于收川之时,义释严颜,此非勇夫所为也。今与张郃相拒五十余日,酒醉之后,便坐山前辱骂,傍若无人,此非贪杯,乃败张郃之计耳。"玄德曰:"虽然如此,未可托大,可使魏延助之。"孔明令魏延解酒赴军前,车上各插黄旗,大书"军前公用美酒"。魏延领命,解酒到寨中,见张飞,传说主公赐酒。飞拜受讫,分付魏延、雷同各引一枝人马为左右翼,只看军中红旗起,便各进兵。教将酒摆列帐下,令军士大开旗鼓而饮。

有细作报上山来。张郃自来山顶观望,见张飞坐于帐下饮酒,令二小卒于面前相扑为戏①。郃曰："张飞欺我太甚！"传令今夜下山劫飞寨，令蒙头、荡石二寨皆出，为左右援。当夜，张郃乘着月色微明，引军从山侧而下，径到寨前。遥望张飞大明灯烛，正在帐中饮酒。张郃当先，大喊一声，山头擂鼓为助，直杀入中军。但见张飞端坐不动。张郃骤马到面前，一枪刺倒，却是一个草人。急勒马回时，帐后连珠炮起。一将当先拦住去路，睁圆环眼，声如巨雷，乃张飞也，挺矛跃马，直取张郃。两将在火光中，战到三五十合。张郃只盼两寨来救，谁知两寨救兵，已被魏延、雷同两将杀退，就势夺了二寨。张郃不见救兵至，正没奈何，又见山上火起，已被张飞后军夺了寨栅。张郃三寨俱失，只得奔瓦口关去了。张飞大获胜捷，报入成都。玄德大喜，方知翼德饮酒是计，只要诱张郃下山。

却说张郃，退守瓦口关，三万军已折了二万，遣人向曹洪求救。洪大怒曰："汝不听吾言，强要进兵，失了紧要隘口，却又来求救！"遂不肯发兵，使人催督张郃出战。郃心慌，只得定计，分两军去关口前山僻埋伏，分付曰："我诈败，张飞必然赶来，汝等就截其归路。"当日张郃引军前进，正遇雷同，战不数合，张郃败走，雷同赶来。两军齐出截断回路。张郃复回，刺雷同于马下②。败军回报张飞。飞自来与张郃挑战。郃又诈败，张飞不赶。郃又回战，不数合又败走。张飞知是计，收军回寨，与魏延商议曰："张郃用埋伏计杀了雷同，又要赚吾，何不将计就计。"延问曰："如何？"飞曰："我明日先引一军前往，汝却引精兵于后，待伏兵出，汝可分兵击之。用车十余乘，各藏柴草，塞住小路，放火烧之。吾乘势擒张郃，与雷同报仇。"魏延领计。

次日，张飞引兵前进。张郃兵又至，与张飞交锋，战到十合，郃又诈败。张飞引马步军赶来。郃且战且走，引张飞过山峪口，郃将后军为前，复扎住营，与飞又战，指望两彪伏兵出，要围困张飞。不想伏兵却被魏延精兵到，赶入峪口，将车辆截住山路，放火烧车，山谷草木皆着，烟迷其径，兵不得出。张飞只顾引军冲突，张郃大败，死命杀开条路，走上瓦口关，收聚败兵，坚守不出。张飞和魏延连日攻打关隘不下。飞见不济事，把军退二十里，却和魏延引数十骑，自来两边哨探小路，忽见男女数人，各背小包，于山僻路攀藤附葛而走。飞于马上用鞭指与魏延曰："夺瓦口关，只在这几个百姓身上。"便唤军士分付："休要惊恐他，好生唤那几个百姓来。"军士连忙唤到马前。飞用好言以安其心，问其何来。百姓告曰："某等皆汉中居民，今欲还乡。听知大军厮杀，塞闭阆中官道；今过苍溪，从梓潼山桧钚川入汉中，还家去。"飞曰："这条路取瓦口关远近若何？"百姓

① 张飞二小卒相扑借鉴于柴绍故事

张飞令小卒为戏事，不见于《三国志》有关史传，此处似自初唐柴绍故事借鉴，"吐谷浑与党项俱来寇也，命绍讨之，虏据高临下，射绍军中，矢下如雨，绍乃遣人弹胡琵琶，二女子对舞，虏异之，驻弓矢，而相与聚观。绍见虏阵不整，密使精骑自后击之，虏大溃。"

② 雷同之死

雷同，即雷铜。据《三国志·蜀书·先主传》："二十三年，先主率诸将进兵汉中。分遣将军吴兰、雷同等入武都，皆为曹公军所没。"是时，刘备两路北上，吴兰、雷同为偏师，进入武都(今甘肃武都)。吴兰为阴平氐人所杀，雷铜死事不详。此处乃移植。盖刘备分兵自来多为正奇两支，吴兰、雷同败没，以至影响刘备进军迟缓，被拒于阳平关长达一年之久也。

③ 张飞破瓦口关细节移植

张飞从关后小路破瓦口，似出自五代赵匡胤故事。据《史纂左编》："李璟命大将皇甫晖、监军姚凤提兵十万扼滁州。宋太祖以周军数千与晖遇于清流关隘路，周师大败，晖整全师入憩州城下。会翌日再出，太祖兵聚关下，且虑晖兵再至，因问计于村中赵学究。学究即普也。学究曰：'我有奇计，所谓因败为胜，转祸为福者。今关下有径路，人无行者，虽牌军亦不知，乃山之背也，可以直抵城下，方阻西涧，大涨之时，彼必为我既败之后，无敢蹑其后者。诚будет由山背小路率兵浮西涧水至城下，斩关而入，彼方战胜而骄，解�休众，心不为备。可以得志。'太祖即令整师，夜出小路行，三军跨马浮西涧以迫城。晖果不为备，夺门以入。既入，晖始闻之，率亲兵撄ட，与太祖巷战，三纵而三擒之，既而主帅被擒云。与《南唐书》所载小异，附记于此。"（引自《十国春秋·皇甫晖传》，又见宋王铚《默记》）

④ 张飞捍卫三巴旧迹

据史传，汉建安二十年(215)，曹操命张郃由汉中南下，进略三巴(巴中、巴东、巴西)，直到瓦口关(四川渠县北)与张飞相拒五十余日；张飞采用迂回战术，终于把张郃击败，并赶出了三巴地区，因而在八蒙山(渠县东北七里)石壁，曾刻有两行隶书："汉将军飞，率精卒万人，大破贼首张郃于八濛，立马勒铭"，据称乃张飞自用长矛刻凿的，它就是书法史提及的"张飞立马铭"、"八濛摩崖"或"桓侯戈书"。张飞善书法由一锤定音，列为书法家

曰："从梓潼山小路，却是瓦口关背后。"飞大喜，带百姓入寨中，与了酒食。分付魏延："引兵扣关攻打，我亲自引轻骑出梓潼山攻关后。"便令百姓引路，选轻骑五百，从小路而进③。

却说张郃为救军不到，心中正闷。人报魏延在关下攻打。张郃披挂上马，却待下山，忽报："关后四五路火起，不知何处兵来。"郃自领兵来迎，旗开处早见张飞。郃大惊，急往小路而走。马不堪行，后面张飞追赶甚急。郃弃马，上山寻径而逃，方得走脱④。随行只有十余人，步行入南郑，见曹洪。洪见张郃只剩下十余人，大怒曰："吾教汝休去，汝取下文状要去。今日折尽大兵，尚不自死，还来做甚！"喝令左右推出斩之。行军司马郭淮谏曰："'三军易得，一将难求'。张郃虽然有罪，乃魏王所深爱者也，不可便诛。可再与五千兵，径取葭萌关，牵动其各处之兵，汉中自安矣。如不成功，二罪俱罚。"曹洪从之，又与兵五千，教张郃取葭萌关。郃领命而去。

却说葭萌关守将孟达、霍峻，知张郃兵来。霍峻只要坚守，孟达定要迎敌，引军下关与张郃交锋，大败而回。霍峻急申文书到成都。玄德闻知，请军师商议。孔明聚众将于堂上，问曰："今葭萌关紧急，必须阆中取翼德，方可退张郃也。"法正曰："今翼德兵屯瓦口，镇守阆中，亦是紧要之地，不可取回。帐中诸将内选一人去破张郃。"孔明笑曰："张郃乃魏之名将，非等闲可及，除非翼德，无人可当。"忽一人厉声而出曰："军师何轻视众人耶？吾虽不才，愿斩张郃首级，献于麾下。"众视之，乃老将黄忠也。孔明曰："汉升虽勇，争奈年老，恐非张郃对手。"忠听了，白发倒竖而言曰："某虽老，两臂尚开三石之弓，浑身还有千斤之力，岂不足敌张郃匹夫耶？"孔明曰："将军年近七十，如何不老？"忠趋步下堂，取架上大刀，轮动如飞，壁上硬弓，连拽折两张。孔明曰："将军要去，谁为副将？"忠曰："老将严颜，可同我去。但有疏虞，先纳下这白头。"玄德大喜，即时令严颜、黄忠去与张郃交战。赵云谏曰："今张郃亲犯葭萌关，军师休为儿戏。若葭萌一失，益州危矣。何故以二老将当此大敌乎？"孔明曰："汝以二人老迈，不能成事，吾料汉中必于此二人手内可得。"赵云等各各哂笑而退。

却说黄忠、严颜到关上，孟达、霍峻见了，心中亦笑孔明欠调度：

"是这般紧要去处，如何只教两个老的来?"黄忠谓严颜曰："你可见诸人动静么? 他笑我二人年老，今可建奇功，以服众心。"严颜曰："愿听将军之令。"两个商议定了。黄忠引军下关，与张郃对阵。张郃出马，见了黄忠笑曰："你许大年纪，犹不识羞，尚欲出战耶?"忠怒曰："竖子欺吾年老，吾手中宝刀却不老!"遂拍马向前，与郃决战。二马相交，约战二十余合，忽然背后喊声起：原来是严颜从小路抄在张郃军后。两军夹攻，张郃大败。连夜赶去，张郃兵退八九十里，黄忠、严颜收兵入寨，俱各按兵不动。曹洪听知张郃输了一阵，又欲见罪。郭淮曰："张郃被迫，必投西蜀，今可遣将助之，就如监临，使不生外心。"曹洪从之，即遣夏侯惇之侄夏侯尚并降将韩玄之弟韩浩二人引五千兵，前来助战。二将即时起行。到张郃寨中，问及军情。郃言："老将黄忠甚是英雄，更有严颜相助，不可轻敌。"韩浩曰："我在长沙，知此老贼利害。他和魏延献了城池，害吾亲兄，今既相遇，必当报仇。"遂与夏侯尚引新军离寨前进。原来黄忠连日哨探，已知路径。严颜曰："此去有山，名天荡山，山中乃是曹操屯粮积草之地。若取得那个去处，断其粮草，汉中可得也。"忠曰："将军之言，正合吾意。可与吾如此如此。"严颜依计，自领一枝军去了。

却说黄忠听知夏侯尚、韩浩来，遂引军马出营。韩浩在阵前大骂黄忠："无义老贼!"拍马挺枪来取黄忠。夏侯尚便出夹攻。黄忠力战二将，各斗十余合，黄忠败走。二将赶二十余里，夺了黄忠寨。忠又草创一营。次日，夏侯尚、韩浩赶来，忠又出阵，战数合又败走。二将又赶二十余里，夺了黄忠营寨，唤张郃守后寨。郃来前寨谏曰："黄忠连退二日，于中必有诡计。"夏侯尚叱张郃曰："你如此胆怯，可知屡次战败。今再休多言，看吾二人建功!"张郃羞赧而退。次日，二将又战，黄忠又败，退二十里，二将迤逦赶上。次日，二将兵出，黄忠望风而走，连败数阵，直退在关上。二将扣关下寨，黄忠坚守不出。孟达暗暗发书申报玄德，说："黄忠连输数阵，现今退在关上。"玄德慌问孔明。孔明曰："此乃老将骄兵之计也。"赵云等不信。

玄德差刘封来关上接应黄忠。忠与封相见，问刘封："小将军来助战何意?"封曰："父亲得知将军数败，故差某来。"忠笑曰："此老夫骄兵之计也。看今夜一阵，可尽复诸营，夺其粮食马匹，此是借寨与彼屯辎重耳。今夜留霍峻守关，孟将军可与我搬粮草夺马匹，小将军看我破敌。"是夜二更，忠引五千军，开关直下。原来夏侯尚、韩浩二将，连日见关上不出，尽皆懈怠，被

了。但此铭初见自南宋王象之《舆地纪胜》，后人多视为作假。如顾廷龙《增补校碑随笔》(上海书画出版社 1981 年版)就将它列为伪刻。明卓尔昌《画髓元诠》称，"张飞喜画美人，善草书"。明士环有诗：天下英雄只豫州，阿瞒不共戴天仇。山河割据三分国，宇宙威名丈八矛。江上祠堂严剑珮，人间刀斗见银钩。空余诸葛秦川表，左袒何人复为刘。此见后世多沿说。其实，托名南梁陶弘景《古今刀剑录》也记有"张飞初封新亭侯，自命匠炼赤朱山铁，为一刀，铭曰：新亭侯，蜀大将也。"明人所说，亦系自《演义》影响之虚说，无据。按，瓦口关有三说：一瓦口关，《水经》沔水注作沮口，在上庸界(湖北竹山西南)。金兆丰《校补三国疆域志》亦同此说；一瓦口关在四川梓潼北，系古驿道隘口，为通往剑阁要道，岩壁刻有三字"瓦口关"；一瓦口关在四川阆中双山垭，山梁上原砌有石墙，高 1 米，宽 10 米，长 1 公里，中段拱形石门上嵌有三字"瓦口隘"。关下管盘湾，传说系张飞当年饮酒佯醉，大骂张郃的大帐所在地。

⑤ 韩浩非战死

韩浩和韩玄无宗族血缘关系，他也非死于黄忠之手。据裴松之所引《魏书》，韩浩原系河内太守王匡从事，随王匡拒董卓于盟津；袁术任为骑都尉。后隶夏侯惇，"使领兵从征伐。时大议损益，浩以为当急田。"他是最早建议设屯田生产的。曹操任为中护军、封侯，从征汉中，张鲁降，"议者以浩智略足以绥边，欲留使都督诸军，镇汉中。太祖曰：'吾安可以无护军？'乃与俱还。其见亲任如此，及薨，太祖愍惜之。"可见韩浩是病死的。

⑥ 法正、黄权倡议取汉中

刘备取得蜀中后，又从法正、黄权说，北攻汉中。正如裴松之说，"蜀与汉中，其由唇齿也。"刘备占汉中，曹操也认为是棋高一着，事后他知道出自他人建议，他说，"我早料到这并非是刘备所能想得出的，必定有人教他的。"法正认为取汉中，"上可以倾覆寇敌，尊奖王室；中可以蚕食雍、凉，广拓境土；下可以固守要害，为持久之计"（《三国志·蜀书·法正传》）。黄权更早就有此说。当曹操破张鲁，张鲁走巴中，他就说，"若失汉中，则三巴不振，此为割蜀之股臂也"（《三国志·蜀书·黄权传》）。后来确如他说汉中得失，决定蜀中安全与否。

⑦ 诸葛亮未随刘备到汉中

汉建安二十二年到二十四年（217—219），刘备以三年时间，与曹操争夺汉中。诸葛亮未随行，"先主外出，亮常镇守成都，足食足兵"（《三国志·诸葛亮传》）。诸葛亮虽未在军中，但三年间也或有赴汉中的，据《元和

黄忠破寨直入，人不及甲，马不及鞍，二将各自逃命而走，军马自相践踏，死者无数。比及天明，连夺三寨。寨中丢下军器鞍马无数，尽教孟达搬运入关。黄忠催军马随后而进，刘封曰："军士力困，可以暂歇。"忠曰："不入虎穴，焉得虎子！"策马先进。士卒皆努力向前。张郃军兵，反被自家败兵冲动，都屯扎不住，望后而走，尽弃了许多寨栅，直奔至汉水傍。

张郃寻见夏侯尚、韩浩议曰："此天荡山乃粮草之所，更接米仓山，亦屯粮之地，是汉中军士养命之源。倘若疏失，是无汉中也。当思所以保之。"夏侯尚曰："米仓山有吾叔夏侯渊分兵守护，那里正接定军山，不必忧虑。天荡山有吾兄夏侯德镇守，我等宜往投之，就保此山。"于是张郃与二将连夜投天荡山来，见夏侯德，具言前事。夏侯德曰："吾此处屯十万兵，你可引去，复取原寨。"郃曰："只宜坚守，不可妄动。"忽听山前金鼓大震，人报黄忠兵到。夏侯德大笑曰："老贼不谙兵法，只恃勇耳。"郃曰："黄忠有谋，非止勇也。"德曰："川兵远涉而来，连日疲困，更兼深入战地，此无谋也！"郃曰："亦不可轻敌，且宜坚守。"韩浩曰："愿借精兵三千击之，当无不克。"德遂分兵与浩下山，黄忠整兵来迎。刘封谏曰："日已西沉矣，军皆远来劳困，且宜暂息。"忠笑曰："不然。此天赐奇功，不取是逆天也。"言毕，鼓噪大进。韩浩引兵来战。黄忠挥刀直取浩，只一合，斩浩于马下⑤。蜀兵大喊，杀上山来。张郃、夏侯尚急引军来迎。忽听山后大喊，火光冲天而起，上下通红。夏侯德提兵来救火时，正遇老将严颜手起刀落，斩夏侯德于马下。原来黄忠预先使严颜，引军埋伏于山僻去处，只等黄忠军到，却来放火，柴草堆上一齐点着，烈焰飞腾，照耀山峪。严颜既斩夏侯德，从山后杀来。张郃、夏侯尚前后不能相顾，只得弃天荡山，望定军山投奔夏侯渊去了。

黄忠、严颜守住天荡山，捷音飞报成都。玄德闻之，聚众将庆喜。法正曰："昔曹操降张鲁，定汉中，不因此势以图巴、蜀，乃留夏侯渊、张郃二将屯守，而自引大军北还，此失计也。今张郃新败，天荡失守，主公若乘此时举大兵亲往征之，汉中可定也。既定汉中，然后练兵积粟，观衅伺隙，进可讨贼，退可自守：此天与之时，不可失也⑥。"玄德、孔明皆深然之，遂传令赵云、张飞为先锋，玄德与孔明⑦

亲自引兵十万,择日图汉中;传檄各处,严加提防。时建安二十三年秋七月吉日。玄德大军出葭萌关下营,召黄忠、严颜到寨厚赏之。玄德曰:"人皆言将军老矣,惟军师独知将军之能,今果立奇功。但今汉中定军山,乃南郑保障,粮草积聚之所;若得定军山,阳平一路,无足忧矣。将军还敢取定军山否?"黄忠慨然应诺,便要领兵前去。孔明急止之曰:"老将军虽然英勇,然夏侯渊非张郃之比也。渊深通韬略,善晓兵机,曹操倚之为西凉藩蔽:先曾屯兵长安,拒马孟起;今又屯兵汉中。操不托他人而独托渊者,以渊有将才也。今将军虽胜张郃,未卜能胜夏侯渊。吾欲酌量着一人去荆州,替回关将军来,方可敌之。"忠奋然笑曰:"昔廉颇年八十,尚食斗米、肉十斤,诸侯畏其勇,不敢侵犯赵界,何况黄忠未及七十乎? 军师言吾老,吾今并不用副将,只将本部兵三千人去,立斩夏侯渊首级,纳于麾下。"孔明再三不容。黄忠只是要去。孔明曰:"既将军要去,吾使一人为监军同去,若何?"正是:

> 请将须行激将法,少年不若老年人。

未知其人是谁,且看下文分解。

郡县图志·山南道》:"兴势山,在县北二十里。蜀先主遣诸葛亮出骆谷,戍兴势山,置烽火楼,处处通照,即此山。"

第七十一回　占对山黄忠逸待劳
据汉水赵云寡胜众

却说孔明分付黄忠："你既要去，吾教法正助你，凡事计议而行。吾随后拨人马来接应。"黄忠应允，和法正领本部兵去了。孔明告玄德曰："此老将不着言语激他，虽去不能成功。他今既去，须拨人马前去接应。"乃唤赵云："将一枝人马，从小路出奇兵接应黄忠。若忠胜，不必出战；倘忠有失，即去救应。"又遣刘封、孟达："领三千兵，于山中险要去处，多立旌旗，以壮我兵之声势，令敌人惊疑。"三人各自领兵去了。又差人往下辨授计与马超，令他如此而行。又差严颜往巴西阆中守隘，替张飞、魏延来同取汉中。

却说张郃与夏侯尚来见夏侯渊，说："天荡山已失，折了夏侯德、韩浩。今闻刘备亲自领兵来取汉中，可速奏魏王，早发精兵猛将，前来策应。"夏侯渊便差人报知曹洪。洪星夜前到许昌，禀知曹操。操大惊，急聚文武，商议发兵救汉中。长史刘晔进曰："汉中若失，中原震动。大王休辞劳苦，必须亲自征讨。"操自悔曰："恨当时不用卿言，以致如此。"忙传令旨，起兵四十万亲征。时建安二十三年秋七月也。曹操兵分三路而进：前部先锋夏侯惇，操自领中军，使曹休押后，三军陆续起行。操骑白马金鞍，玉带锦衣；武士手执大红罗销金伞盖，左右金瓜银钺、镫棒戈矛，打日月龙凤旌旗。护驾龙虎官军二万五千，分为五队，每队五千，按青黄赤白黑五色，旗幡甲马，并依本色，光辉灿烂，极其雄壮。

兵出潼关，操在马上望见一簇林木，极其茂盛。问近侍曰："此何处也？"答曰："此名蓝田。林木之间，乃蔡邕庄也。今邕女蔡琰，与其夫董祀居此①。"原来操素与蔡邕相善，先时其女蔡琰，乃卫仲

① 蔡文姬是否蔡邕的女儿

据称，蔡文姬晚年定居长安东南40公里的蓝田(陕西蓝田)，在县北1公里许蔡王村有墓，今已被列为省级重点文物保护单位，并在墓旁建有蔡文姬纪念馆。蔡文姬事迹，见于《后汉书·董祀妻传》。但从《后汉书·蔡邕传》印证，蔡文姬是否其女，却值得可疑。一，蔡文姬首次嫁后，因"夫亡无子"，才回到蔡邕身旁。蔡邕避难山东，还一度到达江南；在山东还将另一个女儿嫁与羊道；此际他未去陈留，那末蔡文姬又怎么会在陈留"为胡骑所获"呢？二，蔡文姬自是为董卓部队俘获，但此年(汉初平元年，公元190年)春，蔡邕即为董卓逼胁，拜为左中郎将，不久又授高阳乡侯，倍见亲信。哪有荣其父而辱其女的？三，曹操赎回蔡文姬，不见于《三国志》以及裴注引用的魏晋笔记野史等比较接近时代的史书。

道之妻,后被北方虏去,于北地②生二子,作《胡笳十八拍》③,流入中原。操深怜之,使人持千金入北方赎之。左贤王惧操之势,送蔡琰还汉④。操乃以琰配与董祀为妻。

当日到庄前,因想起蔡邕之事,令军马先行,操引近侍百余骑,到庄门下马。时董祀出仕于外,止有蔡琰在家。琰闻操至,忙出迎接。操至堂,琰起居毕,侍立于侧。操偶见壁间悬一碑文图轴,起身观之。问于蔡琰,琰答曰:"此乃曹娥之碑也。昔和帝时,上虞有一巫者,名曹旰,能婆娑乐神。五月五日,醉舞舟中,堕江而死。其女年十四岁,绕江啼哭七昼夜,跳入波中。后五日,负父之尸浮于江面。里人葬之江边。上虞令度尚奏闻朝廷,表为孝女⑤。度尚令邯郸淳作文镌碑以记其事。时邯郸淳年方十三岁,文不加点,一挥而就,立石墓侧,时人奇之。妾父蔡邕闻而往观,时日已暮,乃于暗中以手摸碑文而读之,索笔大书八字于其背。后人镌石,并镌此八字。"操读八字云:"黄绢幼妇,外孙齑臼。"操问琰曰:"汝解此意否?"琰曰:"虽先人遗笔,妾实不解其意。"操回顾众谋士曰:"汝等解否?"众皆不能答。于内一人出曰:"某已解其意。"操视之,乃主簿杨修也。操曰:"卿且勿言,容吾思之。"遂辞了蔡琰,引众出庄。上马行三里,忽省悟,笑谓修曰:"卿试言之。"修曰:"此隐语耳。'黄绢',乃颜色之丝也:色傍加丝,是'绝'字。'幼妇'者,少女也:女傍少字,是'妙'字。'外孙'乃女之子也:女傍子字,是'好'字。'齑臼',乃受五辛之器也:受傍辛字,是'辝'字。总而言之,是'绝妙好辝'四字。"操大惊曰:"正合孤意!"众皆叹羡杨修才识之敏。⑥

不一日,军至南郑。曹洪接着,备言张郃之事。操曰:"非郃之罪,胜负乃兵家常事耳。"洪曰:"目今刘备使黄忠攻打定军山,夏侯渊知大王兵至,固守未曾出战。"操曰:"若不出战,是示懦也!"便差人持节到定军山,教夏侯渊进兵。刘晔谏曰:"渊性太刚,恐中奸计。"操乃作手书与之。使命持节到渊营,渊接入。使者出书,渊拆视之。略曰:

> 凡为将者,当以刚柔相济,不可徒恃其勇。若但任勇,则是一夫之敌耳。吾今屯大军于南郑,欲观卿之"妙才",勿辱二字可也⑦。

② **南匈奴不在北地**

南匈奴于汉末中平年间,曾应邀参加中原与李催郭汜军作战。《三国志·魏书·武帝纪》引裴注《魏书》:"于夫罗者,南单于子也。中平中,发匈奴兵,于夫罗率以助汉。会本国反,杀南单于,于夫罗遂将其众留中国。因天下挠乱,与西河白波贼合,破太原、河内,抄略诸郡为寇。"是以掠蔡文姬者,当是此支人马。初平三年,曹操攻黑山于毒和眭固,又大破于夫罗于内黄。似此时南匈奴北归,但后因被安置于山西,不可能再去北地,所以称赴北地赎还蔡文姬,似不合于史。

③ **《胡笳十八拍》真伪辨**

蔡文姬身世悲惨,为曹操赎回后,写下《悲愤诗》两首和《胡笳十八拍》。现《悲愤诗》可肯定为她制作,但《胡笳十八拍》却历来有争论。自唐伊始,持肯定者有韩愈、李颀、王安石、黄庭坚、李纲、王应麟以及罗贯中,持否定意见有苏轼、王世贞、胡应麟、沈德潜。都是一流或准一流的学者、诗人。当年郭沫若创作话剧《蔡文姬》,著文六谈《胡笳十八拍》,认定它为蔡文姬所作无疑。说是这诗连李白也写不出,因为李白还没有那样的气魄和沉痛的经历。但也有学者以为此诗不见于唐前诸书。如《后汉书》、《昭明文选》,乃唐人伪造,故诗中多有悖历史背景、地理文化环境和风格、文体处。

④ **蔡文姬因何归汉**

曹操向匈奴赎回蔡文姬。通常说有两个原因:一是他和蔡邕是好朋友,因怜蔡邕无后;二是要她继续完成蔡邕未完成的后汉史。其实除蔡文姬外，蔡邕至少还有一女一子。《昭明文选》有西晋名将羊祜请封于舅子蔡袭表。可见蔡邕有子外还有一女嫁于羊家的。元郑德辉杂剧《王粲登楼》有称王粲是蔡邕女婿的，自不足信。至于说由蔡文姬主持后汉书编撰，乃属莫须有，因为她后来只是答应将尚能记忆的蔡邕著述四百余卷记述于纸。史书中从无见有编撰后汉书之说。因此也有人说是曹操耍扬威，宣示自己的实力，让南匈奴乖乖地顺从。

⑤ 曹娥碑和曹娥故事
曹娥碑，系后汉上虞令度尚立，弟子邯郸淳撰。古碑已不存。"宋元祐八年正月，左朝请郎充龙图阁待制知越州军州事蔡卞重书，碑在今庙中，又有后人临邕八字。其石方三尺许，已破裂不全。""或谓操未尝至越，安得此事。窃意操所谓读，非必庙中之碑，殆拓本流传它处者耳"（明陆容《菽园杂记》卷十）。同书卷十一又称，"本朝著令，有司春秋致祭神主曰：'汉孝女曹娥之神。'革去前代封号，名正言顺，真可谓万世师表矣。然娥之孝，岂待爵号显哉！今其江、其镇、其馆驿、盐场、堤堰、急递铺之类，皆以曹娥为名，岂将历万世而不泯矣"。曹娥立庙，纳入道教文化圈亦即始于宋，如陆容说，"宋朝崇信道教，当时宫观寺院，少有不赐名额，神鬼少有不封爵号者，如上虞曹娥立庙，表曰'始于汉世'，亦足以示劝矣，由此封为灵孝夫人"。

⑥ 祢衡第一个解蔡邕八字
杨修解蔡邕字事，实乃出自祢衡。"蔡邕刻曹娥碑旁曰：'黄绢

夏侯渊览毕大喜，打发使命回讫，乃与张郃商议曰："今魏王率大兵屯于南郑，以讨刘备。吾与汝久守此地，岂能建立功业？来日吾出战，务要生擒黄忠。"张郃曰："黄忠谋勇兼备，况有法正相助，不可轻敌。此间山路险峻，只宜坚守。"渊曰："若他人建了功劳，吾与汝有何面目见魏王耶？汝只守山，吾去出战。"遂下令曰"谁敢出哨诱敌？"夏侯尚曰："吾愿往。"渊曰："汝去出哨，与黄忠交战，只宜输，不宜赢。吾有妙计，如此如此。"尚受令，引三千军离定军山大寨前行。

却说黄忠与法正引兵屯于定军山口，累次挑战，夏侯渊坚守不出。欲要进攻，又恐山路危险，难以料敌，只得据守。是日，忽报山上曹兵下来搦战。黄忠恰待引军出迎，牙将陈式曰："将军休动，某愿当之。"忠大喜，遂令陈式引军一千，出山口列阵。夏侯尚兵至，遂与交锋。不数合，尚诈败而走。式赶去，行到半路，被两山上擂木炮石打将下来，不能前进。正欲回时，背后夏侯渊引兵突出，陈式不能抵当，被夏侯渊生擒回寨，部卒多降。有败军逃得性命，回报黄忠，说陈式被擒。忠慌与法正商议。正曰："渊为人轻躁，恃勇少谋。可激劝士卒，拔寨前进，步步为营，诱渊来战而擒之。此乃反客为主之法。"忠用其谋，将应有之物，尽赏三军，欢声满谷，愿效死战。黄忠即日拔寨而进，步步为营，每营住数日又进。渊闻之，欲出战。张郃曰："此乃'反客为主'之计，不可出战，战则有失。"渊不从，令夏侯尚引数千兵出战，直到黄忠寨前。忠上马提刀出迎，与夏侯尚交马，只一合，生擒夏侯尚归寨。余皆败走，回报夏侯渊。渊急使人到黄忠寨，言愿将陈式来换夏侯尚。忠约定来日阵前相换。次日，两军皆到山谷阔处，布成阵势。黄忠、夏侯渊各立马于本阵门旗之下。黄忠带着夏侯尚，夏侯渊带着陈式，各不与袍铠，只穿蔽体薄衣。一声鼓响，陈式、夏侯尚各望本阵奔回。夏侯尚比及到阵门时，被黄忠一箭射中心窝，尚带箭而回。渊大怒，骤马径取黄忠，忠正要激渊厮杀。两将交马，战到二十余合，曹营内忽然鸣金收兵。渊慌拨马而回，被忠乘势杀了一阵。渊回阵，问押阵官："为何鸣金？"答曰："某见山凹中有蜀兵旗幡数处，恐是伏兵，故急招将军回。"渊信其说，遂坚守不出。

黄忠逼到定军山下，与法正商议。正以手指曰："定军山西，巍

然有一座高山，四下皆是险道，此山上足可下视定军山之虚实。将军若取得此山，定军山只在掌中也。"忠仰见山头稍平，山上有些少人马。是夜二更，忠引军士鸣金击鼓，直杀上山顶。此山有夏侯渊部将杜袭守把⑧，止有数百余人。当时见黄忠大队拥上，只得弃山而走。忠得了山顶，正与定军山相对。法正曰："将军可守在半山，某居山顶。待夏侯渊兵至，吾举白旗为号，将军却按兵勿动；待他倦怠无备，吾却举起红旗，将军便下山击之。以逸待劳，必当取胜。"忠大喜，从其计。

却说杜袭引军逃回，见夏侯渊，说黄忠夺了对山，渊大怒曰："黄忠占了对山，不容我不出战！"张郃谏曰："此乃法正之谋也，将军不可出战，只宜坚守。"渊曰："占了吾对山，观吾虚实，如何不出战？"郃苦谏不听。渊分军围住对山，大骂挑战。法正在山上举起白旗，任从夏侯渊百般辱骂，黄忠只不出战。午时以后，法正见曹兵倦怠，锐气已堕，多下马坐息，乃将红旗招展。鼓角齐鸣，喊声大震，黄忠一马当先，驰下山来，犹如天崩地塌之势。夏侯渊措手不及，被黄忠赶到麾盖之下，大喝一声，犹如雷吼。渊未及相迎，黄忠宝刀已落，连头带肩砍为两段⑨。后人有诗赞黄忠曰：

> 苍头临大敌，皓首逞神威。
>
> 力趁雕弓发，风迎雪刃挥。
>
> 雄声如虎吼，骏马似龙飞。
>
> 献馘功勋重，开疆展帝畿。

黄忠斩了夏侯渊⑩，曹兵大溃，各自逃生。黄忠乘势去夺定军山，张郃领兵来迎。忠与陈式两下夹攻，混杀一阵，张郃败走。忽然山傍闪出一彪人马，当住去路，为首一员大将，大叫："常山赵子龙在此！"张郃大惊，引败军夺路望定军山而走。只见前面一枝兵来迎，乃杜袭也。袭曰："今定军山被刘封、孟达夺了。"郃大惊，遂与杜袭引败兵到汉水扎营；一面令人飞报曹操。操闻渊死，放声大哭，方悟管辂所言"三八纵横"，乃建安二十四年也；"黄猪遇虎"，乃岁在己亥正月也；"定军之南"，乃定军山之南也；"伤折一股"，乃渊与操有兄弟之亲情也。操令人寻管辂时，不知何处去了。操深恨黄忠，遂亲统大军，来定军山与夏侯渊报仇，令徐晃作先锋。行到汉水，张郃、杜袭

幼妇，外孙齑臼。'魏武见而不能晓，以问群僚，莫有知者。有妇人，浣于江渚，曰：'第四车中人解。'即祢正平也。衡便以离合意解绝妙好辞"（《殷芸小说》）。杨修之解答，似得自祢衡也。按，若如是，可见此故事发生于汉建安初，曹操正往都许都时期。

⑦ 曹操并无信戒夏侯渊
据《三国志·夏侯渊传》，曹操因夏侯渊作战常胜，勇冠三军，"常戒曰：'为将当有怯弱时，不可但恃勇也。将当以勇为本，行之以智计，但知任勇，一匹夫敌耳。'"此信当是由此嬗化而来。

⑧ 杜袭其人
杜袭原系曹操部高级幕僚，历任丞相军祭酒、侍中，以丞相长史，随曹操出征汉中。曹操归，留督汉中军事，夏侯渊战死，又以留府长史，镇守长安。他实是驻守关中，防蜀汉的最高行政长官。地位亚于夏侯渊，但决非夏侯部将。所以当后来诸葛亮出祁山，杜袭又改任大将军曹真军师，是全军的二把手。

⑨ 夏侯渊非黄忠手刃
据《三国志》有关传，夏侯渊乃是死于乱军之中的。《魏书》有关两传：夏侯渊之死乃出自刘备夜烧围鹿角，他因为张郃军不利，分兵一半来助，由此"为备所袭，渊遂战死"（《夏侯渊传》）。《张郃传》也说，刘备乘机攻击夏侯渊，"渊救火，从他道与备相遇交战，短兵接刃，渊遂没"。《蜀书》有关两传，更有详细叙述。"先主命黄忠乘高鼓噪攻之，大破渊军，斩渊"（《先主传》）。《黄忠传》也说，"于汉中定军山击夏侯渊，渊众甚精，忠推锋必进，劝率士卒，金鼓振天，欢声动谷，一战斩渊"。这里没有明确说是黄忠

手刃夏侯渊。所以后来夏侯霸归蜀，刘禅解释"卿父自遇害于行间耳，非我先人之手刃也"（《魏略》）。盖当时传说还有是刘备亲手杀死夏侯渊之说呢，所以东晋常璩《华阳国志》卷二《汉中志》也有说，"将军黄忠斩渊、颙（益州刺史赵颙）首。"因此刘禅要辨明夏侯渊是死于乱军之中。定军山在陕西勉县城南5公里外。山东西坐，绵亘5公里，大小十二峰，主峰东西屹立，海拔高800米。东主峰顶立有"古定军山"石碑，山下有斩将桥，民间传说是黄忠斩夏侯渊处。诸葛亮北伐时，也曾在此山安寨。传说他在山西北麓垒石为八阵图。山西北脚下，即诸葛亮墓所在地。

⑩ 夏侯渊墓葬

不见于史传。《民国许昌县志》卷一《方舆》有称"夏侯渊冢，在城西十二里"。此或曹操时所立衣冠冢？按夏侯渊死，实为蜀汉安葬。《三国志·魏书·夏侯渊传》引《魏略》，"故渊之初亡，飞妻请而葬之"。又称夏侯渊墓在许昌城西河街乡贺庄北（今许昌市石油库院里）与夏侯惇墓东西相峙，夏侯惇墓已毁，夏侯渊墓尚存，墓高10米，占地3300平方米，有石阶小径可达墓顶。

接着曹操。二将曰："今定军山已失，可将米仓山粮草移于北山寨中屯积，然后进兵。"曹操依允。

却说黄忠斩了夏侯渊首级，来葭萌关上见玄德献功。玄德大喜，加忠为征西大将军，设宴庆贺。忽牙将张著来报说："曹操自领大军二十万来与夏侯渊报仇。目今张郃在米仓山搬运粮草，移于汉水北山脚下。"孔明曰："今操引大兵至此，恐粮草不敷，故勒兵不进。若得一人深入其境，烧其粮草，夺其辎重，则操之锐气挫矣。"黄忠曰："老夫愿当此任。"孔明曰："操非夏侯渊之比，不可轻敌。"玄德曰："夏侯渊虽是总帅，乃一勇夫耳，安及张郃？若斩得张郃，胜斩夏侯渊十倍也。"忠奋然曰："吾愿往斩之。"孔明曰："你可与赵子龙同领一枝兵去，凡事计议而行，看谁立功。"忠应允便行。孔明就令张著为副将同去。云谓忠曰："今操引二十万众，分屯十营。将军在主公前要去夺粮，非小可之事。将军当用何策？"忠曰："看我先去，如何？"云曰："等我先去。"忠曰："我是主将，你是副将，如何争先？"云曰："我与你都一般为主公出力，何必计较？我两人拈阄，拈着的先去。"忠依允。当时黄忠拈着先去。云曰："既将军先去，某当相助。可约定时刻，如将军依时而还，某按兵不动；若将军过时而不还，某即引军来接应。"忠曰："公言是也。"于是二人约定午时为期。云回本寨，谓部将张翼曰："黄汉升约定明日去夺粮草。若午时不回，吾当往助。吾营前临汉水，地势危险；我若去时，汝可谨守寨栅，不可轻动。"张翼应诺。

却说黄忠回到寨中，谓副将张著曰："我斩了夏侯渊，张郃丧胆。吾明日领命去劫粮草，只留五百军守营。你可助吾。今夜三更尽皆饱食，四更离营，杀到北山脚下，先捉张郃，后劫粮草。"张著依令。当夜黄忠领人马在前，张著在后，偷过汉水，直到北山之下。东方日出，见粮草如山，有些少军士看守，见蜀兵到，尽弃而走。黄忠教马军一齐下马，取柴堆于米粮之上。正欲放火，张郃兵到，与忠混战一处。曹操闻知，急令徐晃接应。晃领兵前进，将黄忠困于垓心。张著引三百军走脱，正要回寨，忽一枝兵撞出，拦住去路，为首大将乃是文聘。后面曹兵又至，把张著围住。

却说赵云在营中，看看等到午时，不见忠回，急忙披挂上马，引三千军向前接应。临行，谓张翼曰："汝可坚守营寨,两壁厢多设弓弩,以为准备。"翼连声应诺。云挺枪骤马,直杀往前去。迎头一将拦路,乃文聘部将慕容烈[11]也,拍马舞刀来迎赵云,被云手起一枪刺死。曹兵败走。云直杀入重围,又一枝兵截住。为首乃魏将焦炳。云喝问曰："蜀兵何在?"炳曰："已杀尽矣!"云大怒,骤马一枪,又刺死焦炳。杀散余兵,直至北山之下,见张郃、徐晃两人围住黄忠,军士被困多时,云大喝一声,挺枪骤马,杀入重围,左冲右突,如入无人之境。那枪浑身上下,若舞梨花;遍体纷纷,如飘瑞雪。张郃、徐晃心惊胆战,不敢迎敌。云救出黄忠,且战且走,所到之处,无人敢阻。

　　操于高处望见,惊问众将曰："此将何人也?"有识者告曰："此乃常山赵子龙也。"操曰："昔日当阳长坂英雄尚在!"急传令曰："所到之处,不许轻敌。"赵云救了黄忠,杀透重围。有军士指曰:"东南上围的必是副将张著。"云不回本营,遂望东南杀来。所到之处,但见"常山赵云"四字旗号,曾在当阳长坂知其勇者,互相传说,尽皆逃窜。云又救了张著。曹操见云东冲西突,所向无前,莫敢迎敌;救了黄忠,又救了张著,奋然大怒,自领左右将士来赶赵云。云已杀回本寨。部将张翼接着,望见后面尘起,知是曹兵追来。即谓云曰："追兵渐进,可令军士闭上寨门,上敌楼防护。"云喝曰："休闭寨门! 汝岂不知,吾昔在当阳长坂时,单枪匹马,觑曹兵八十三万如草芥。今有军有将,又何惧哉!"遂拨弓弩手于寨外壕中埋伏[12],将营内旗枪尽皆倒偃,金鼓不鸣。云匹马单枪,立于营门之外。

　　却说张郃、徐晃领兵至蜀寨,天色已暮;见寨中偃旗息鼓,又见赵云匹马单枪,立于营外,寨门大开,二将不敢前进。正疑之间,曹操亲到,急催督众军向前。众军听令,大喊一声,杀奔营前;见赵云全然不动,曹兵翻身就回。赵云把枪一招,壕中弓弩齐发。时天色昏黑,正不知蜀兵多少。操先拨回马走。只听得后面喊声大震,鼓角齐鸣,蜀兵赶来。曹兵自相践踏,拥到汉水河边,落水死者,不知其数。赵云、黄忠、张著各引兵一枝,追杀甚急。操正奔走间,忽刘封、孟达率二枝兵,从米仓山路杀来,放火烧粮草。操弃了北山粮草,忙回南郑。徐晃、张郃扎脚不住,亦弃本寨而走。赵云占了曹寨,黄忠夺了粮草,汉水所得军器无数,大获胜捷,差人去报玄德。玄德遂同孔明前至汉水。问赵云的部卒曰:"子龙如何厮杀?"军士将子龙救黄忠、拒汉水之事,细述一遍。玄德大喜,看了山前山后险峻之路,欣然谓孔明曰:"子龙一身都是胆

⑪ 超前的慕容姓

慕容乃归化姓。《太平寰宇记》,"慕容氏亦东胡之后别部鲜卑也"。"魏初,渠帅有莫护跋率诸部入居辽西"。当时燕代人士多戴步摇冠,莫护跋见而好之,便束发戴之,其部众因此称呼为"步摇",其后讹音为"慕容","或云慕二仪之德,继三光之容,遂以慕容为氏",由此可知慕容氏出现,至少要到魏黄初之后,故此时不得有姓"慕容"者。

⑫ 赵云埋伏弓弩手故事参照

据《旧唐书》卷一百二十《郭子仪传》,唐将郭子仪围卫州,叛军安庆绪全军来援,"子仪阵以待之,预选射者三千人,伏于壁内。诫之曰:候吾小却,贼必争进,则登城鼓噪,弓弩齐发以迫之。既战,子仪佯遁。果乘乘之,及垒门,遽闻鼓噪,俄而弓弩齐发,矢注如雨,贼徒震骇。子仪整众追之,贼众大败"。

⑬ 子龙一身都是胆也

据《三国志·蜀书·赵云传》引《赵云别传》:"先主明旦自来,至云营围视昨战处,曰:子龙一身都是胆也。"此说赵云勇敢,后亦有歪曲者。《新五代史》卷五十三《赵思绾传》,后汉将郭威围赵思绾于永兴,"城中食尽,杀人而食,每犒宴,杀人数百,庖宰一如羊豕。思绾取其胆以酒吞之,语其下曰:'食胆至千,则勇无敌也。'"

⑭ 刘备未直接与曹操对阵

刘备自胜夏侯渊、张郃后,并未与曹操直接交锋。《三国志·蜀书·先主传》:"曹公自长安举众南征。先主遥策之曰:'曹公虽来,无能为也,我必有汉川矣。'及曹公至,先主敛众拒险,终不交锋,积月不拔,亡者日多。夏,曹公果引军还,先主遂有汉中。"

也!"⑬后人有诗赞曰:

> 昔日战长坂,威风犹未减。
> 突阵显英雄,被围施勇敢。
> 鬼哭与神号,天惊并地惨。
> 常山赵子龙,一身都是胆。

于是玄德号子龙为"虎威将军",大劳将士,欢宴至晚。

忽报曹操复遣大军从斜谷小路而进,来取汉水。玄德笑曰:"操此来无能为也。我料必得汉水矣。"乃率兵于汉水之西以迎之。曹操命徐晃为先锋,前来决战。帐前一人出曰:"某深知地理,愿助徐将军同去破蜀。"操视之,乃巴西宕渠人也。姓王,名平,字子均,现充牙门将军。操大喜,遂命王平为副先锋,相助徐晃。操屯军于定军山北。徐晃、王平引军至汉水,晃令前军度水列阵。平曰:"军若度水,倘要急退,如之奈何?"晃曰:"昔韩信背水为阵。所谓'致之死地而后生'也。"平曰:"不然。昔者韩信料敌人无谋而用此计;今将军能料赵云、黄忠之意否?"晃曰:"汝可引步军拒敌,看我引马军破之。"遂令搭起浮桥,随即过河来战蜀兵⑭。正是:

> 魏人妄意宗韩信,蜀相那知是子房。

未知胜负如何,且看下文分解。

第七十二回　诸葛亮智取汉中　曹阿瞒兵退斜谷

却说徐晃引军渡汉水，王平苦谏不听，渡过汉水扎营。黄忠、赵云告玄德曰："某等各引本部兵去迎曹兵。"玄德应允，二人引兵而行。忠谓云曰："今徐晃恃勇而来，且休与敌，待日暮兵疲，你我分兵两路击之可也。"云然之，各引一军据住寨栅。徐晃引兵从辰时搦战，直至申时，蜀兵不动。晃尽教弓弩手向前，望蜀营射去。黄忠谓赵云曰："徐晃令弓弩射者，其军必将退也。可乘时击之。"言未已，忽报曹兵后队果然退动。于是蜀营鼓声大震，黄忠领兵左出，赵云领兵右出，两下夹攻，徐晃大败，军士逼入汉水，死者无数。晃死战得脱。回营责王平曰："汝见吾军势将危，如何不救？"平曰："我若来救，此寨亦不能保。我曾谏公休去，公不肯听，以致此败。"晃大怒，欲杀王平。平当夜引本部军就营中放起火来。曹兵大乱，徐晃弃营而走，王平渡汉水，来投赵云。云引见玄德。王平尽言汉水地理。玄德大喜曰："孤得王子均，取汉中无疑矣。"遂命王平为偏将军，领向导使。[①]

却说徐晃逃回，见操说王平反去降刘备矣。操大怒，亲统大军来夺汉水寨栅。赵云恐孤军难立，遂退于汉水之西。两军隔水相拒。玄德与孔明来观形势。孔明见汉水上流头有一带土山，可伏千余人。乃回到营中，唤赵云分付："汝可引五百人，皆带鼓角伏于土山之下。或半夜，或黄昏，只听我营中炮响：炮响一声，擂鼓一番。只不要出战。"子龙受计去了。孔明却在高山上暗窥。

次日，曹兵到来搦战，蜀营中一人不出，弓弩亦都不发。曹兵自回。当夜更深，孔明见曹营灯火方息，军士歇定，遂放号炮。子龙听得，令鼓角齐鸣。曹兵惊慌，只疑劫寨。及至出营，不见一军。方才回营欲歇，号炮又响，鼓角又鸣，呐喊震地，山谷应声。[②]曹兵彻夜不

① 王平熟悉三巴民族

王平早年追随巴七姓夷王朴胡、賨人渠帅杜濩。曹操下汉中，两夷王率三巴夷人归附。曹操大喜，分巴郡为巴西、巴东，任命两人为太守。王平即随同前往洛阳朝拜，授假校尉。建安二十四年(219)，也因熟悉地方民族，随曹操大军援汉中。王平因与诸夷曾有往来，所以后来诸葛亮以南中青羌为五部，交由他统领。

② 赵云军伏于土山鼓角事参照张巡守睢阳

赵云军鼓角扰敌，似参照唐张巡守睢阳时事。"巡夜鸣鼓，严队若将出，贼申警；俄息鼓，贼觇城上兵休，乃弛备。巡使南霁云等开门，径抵子琦所，斩将拔旗。"（《新唐书·张巡传》）

③ **汉水破敌乃韩信背水破赵故事移植** 蜀军背汉水破敌,不见于史传,其叙述程序似循韩信背水破赵故事移植。"平旦,(韩)信建大将之旗鼓,鼓行出井陉口,赵开壁击之,大战良久。于是(韩)信、张耳佯弃鼓旗,走水上军。水上军开入之,复疾战。赵果空壁争汉鼓旗,逐韩信、张耳。韩信、张耳已入水上军,军皆殊死战,不可败。信所出奇兵二千骑,共候赵空壁逐利,则驰入赵壁,皆拔赵帜,立汉赤帜二千。赵军已不胜,不能得信等,欲还归壁,壁皆汉赤帜,大惊,以为汉皆已得赵王将矣,兵遂乱,遁走"(《史记·淮阴侯列传》)。但背水也有惨败故事:蒙古灭金前夕,大军围归德(河南商丘),达鲁花赤怕吉思不花"欲薄城,背水而营。天泽曰:'此岂驻兵之地乎?彼若来犯,则进退失据矣。'不听。会天泽以事之汴北还。全军皆没"(《元史》卷一五五《史天泽传》)。

④ **严颜下落** 严颜此后下落不详。其实严自江州降张飞后,已不见于史传。但据张黎明称:四川蒲江全境山峦秀丽,江水如镜,充满灵气,"三国时期,诸葛亮南征云南,七擒七纵孟获,功成返蜀,路过此地,随行大将严颜爱上这片人间仙境,触发了富贵如浮云流水的念头,就地辞官为民。人民建筑一座纪念他的'严颜亭'。我幼时是《三国演义》的书迷,对于清朝诗人彭端淑吟咏这个故事的诗,其时便能琅琅上口:诗曰:迤逦烟霞外,残碑烈焰红。兴师劳蜀相,凯奏隐严公。"(上海人民出版社《一本未写完的书》1994年1月版第3页)

安。一连三夜,如此惊疑。操心怯,拔寨退三十里,就空阔处扎营。孔明笑曰:"曹操虽知兵法,不知诡计。"遂请玄德亲渡汉水,背水结营。玄德问计,孔明曰:"可如此如此。"曹操见玄德背水下寨,心中疑惑,使人来下战书。孔明批:"来日决战。"

次日,两军会于中路五界山前,列成阵势。操出马,立于门旗下,两行布列龙凤旌旗,擂鼓三通,唤玄德答话。玄德引刘封、孟达并川中诸将而出。操扬鞭大骂曰:"刘备忘恩失义,反叛朝廷之贼。"玄德曰:"吾乃大汉宗亲,奉诏讨贼。汝上弑母后,自立为王,僭用天子銮舆,非反而何?"操怒,命徐晃出马来战。刘封出迎。交战之时,玄德先走入阵。封敌晃不住,拨马便走。操下令:"捉得刘备,便为西川之主。"大军齐呐喊,杀过阵来。蜀兵望汉水而逃,尽弃营寨,马匹军器,丢满道上。曹军皆争取。操急鸣金收兵。众将曰:"某等正待捉刘备,大王何故收军?"操曰:"吾见蜀兵背汉水安营,其可疑一也;多弃马匹军器,其可疑二也。可急退军,休取衣物。"遂下令曰:"妄取一物者立斩,火速退兵。"曹兵方回头时,孔明号旗举起,玄德中军领兵便出,黄忠左边杀来,赵云右边杀来。曹兵大溃而逃,孔明连夜追赶③。操传令军回南郑。只见五路火起,原来魏延、张飞得严颜代守阆中④,分兵杀来,先得了南郑。操心惊,望阳平关而走。

玄德大兵追至南郑褒州。安民已毕,玄德问孔明曰:"曹操此来,何败之速也?"孔明曰:"操平生为人多疑,虽能用兵,疑则多败。吾以疑兵胜之。"玄德曰:"今操退守阳平关,其势已孤,先生将何策以退之?"孔明曰:"亮已算定了。"便差张飞、魏延分兵两路,去截曹操粮道;令黄忠、赵云分兵两路,去放火烧山。四路军将,各引向导官军去了。

却说曹操退守阳平关,令军哨探。回报曰:"今蜀兵将远近小路,尽皆塞断;砍柴去处,尽放火烧绝。不知兵在何处。"操正疑惑间,又报张飞、魏延分兵劫粮。操问曰:"谁敢敌张飞?"许褚曰:"某愿往。"操令许褚引一千精兵去阳平关路上,护接粮草。解粮官接着,喜曰:"若非将军到此,粮不得到阳平矣。"遂将车上的酒肉献与许褚。褚痛饮,不觉大醉,便乘酒兴,催粮车行。解粮官曰:"日已暮矣,前褒州之地山势险恶,未可过去。"褚曰:"吾有万夫之勇,岂惧他人哉！今夜乘着月色，正好使粮车行走。"许褚当先，横刀纵马，引军前进。二更已后，往褒州路上而来。行至半路，忽山凹里鼓角震天，一枝军当住，为首大将乃张飞也，挺矛纵马，直取许褚，褚舞刀来迎，却因酒醉，敌不住张飞；战不数合，被飞一矛刺中肩膊，翻身落马，军士急忙救起，退后便走。张飞尽夺粮草车辆而回。

却说众将保着许褚，回见曹操。操令医士疗治金疮，一面亲自提兵来与蜀兵决战。玄德引军出迎。两阵对圆，玄德令刘封出马。操骂曰："卖履小儿，常使假子拒敌。吾若唤黄须儿来，汝假子为肉泥矣！"刘封大怒，挺枪骤马，径取曹操。操令徐晃来迎，封诈败而走。操引兵追赶。蜀兵营中，四下炮响，鼓角齐鸣。操恐有伏兵，急教退军。曹兵自相践踏，死者极多。奔回阳平关。方才歇定，蜀兵赶到城下，东门放火，西门呐喊，南门放火，北门擂鼓。操大惧，弃关而走。蜀兵随后追袭。操正走之间，前面张飞引一枝兵截住，赵云引一枝兵从背后杀来，黄忠又引兵从褒州杀来。操大败，诸将保护曹操，夺路而走。方逃至斜谷界口，前面尘头忽起，一枝兵到。操曰："此军若是伏兵，吾休矣。"及兵将近，乃操次子曹彰也。彰字子文，少善骑射，膂力过人，能手格猛兽。操尝戒之曰："汝不读书，而好弓马，此匹夫之勇，何足贵乎？"彰曰："大丈夫当学卫青、霍去病，立功沙漠，长驱数十万众，纵横天下，何能作博士耶？"操尝问诸子之志。彰曰："好为将。"操问："为将何如？"彰曰："披坚执锐，临难不顾，身先士卒，赏必行，罚必信。"操大笑。

建安二十三年，代郡乌桓反，操令彰引兵五万讨之，临行戒之曰："居家为父子，受事为君臣。法不徇情，尔宜深戒。"彰到代北，身先战阵，直杀至桑干，北方皆平。因闻操在阳平败阵，故来助战。操见彰至，大喜曰："我黄须儿来，破刘备必矣！"遂勒兵复回，于斜谷界口安营。有人报玄德，言曹彰到。玄德问曰："谁敢去战曹彰？"刘封曰："某愿往。"孟达又说要去。玄德曰："汝二人同去，看谁成功。"各引兵五千来迎。刘封在先，孟达在后。曹彰出马，与封交战，只三合，封大败而回。孟达引兵前进，方欲交锋，只见曹兵大乱。原来马超、吴兰两军杀来，曹兵惊动。孟达引兵夹攻。马超士卒蓄锐日久，到此耀武扬威，势不可当。曹兵败走。曹彰正遇吴兰，两个交锋，不数合，曹彰一戟刺吴兰于马下⑤。三军混战，操收兵于斜谷界口扎住。

操屯兵日久，欲要进兵，又被马超拒守；欲收兵回，又恐被蜀兵耻笑，心中犹豫不决。适庖官进鸡汤，操见碗中有鸡肋⑥，因而有感于怀。正沉吟间，夏侯惇入帐禀请夜间口号。操随口曰："鸡肋，鸡肋。"惇传令众官，都称"鸡肋"。行军主簿杨修见传"鸡肋"二字，便

⑤ 曹彰未与刘备军交锋

汉建安二十三年(218)夏四月，曹彰奉命讨上谷乌桓。北方平，曹彰奉曹操命召来长安，参加争夺汉中战役。《三国志·魏书·曹彰传》引《魏略》："太祖在汉中，而刘备栖于山头，使刘封下挑战。太祖骂曰：'卖履舍儿，长使假汝拒汝公乎！待呼我黄须来，令击之。'乃召彰。彰晨夜进道，西到长安而太祖已还，从汉中而归。彰须黄，故以呼之。"可见，曹彰未与刘备交锋，他千里迢迢赶来时，曹操已放弃汉中，返回长安了。所谓曹彰斩吴兰，乃移植。早在这年三月，"阴平氐强端斩吴兰，传其首"（《三国志·魏书·武帝纪》)。

⑥ 鸡肋说

鸡肋，见《三国志·魏书·武帝纪》裴注引《九州春秋》："时王欲还，出令曰：'鸡肋'。"但未与杨修故事挂钩。钱钟书以此佐证"近世心析学及存在主义论师尤昌言诗人小说家等神解妙悟，远在心理学专家之先。持之不为无故。"（《管锥篇》（一）第228页，中华书局1991年6月版）此处引用，即如钱说，"则操不自觉而流露'肺腑'之隐衷，心析学所谓'失口'（Versprechen）之佳例"。早年鲁迅每天抄写《六朝墓志》，刘半农问其目的，答"这等于吃鸡肋而已"，可为此处注脚。

⑦ 杨修被杀因在于党曹植

杨修聪敏，《演义》据《世说新语·捷悟》已录三则。但并非以"鸡肋"事被杀。按，曹操于杨修早就怀恨，"修思谋深长，常预为答教，故猜而恶焉。初临淄侯植代嫡之议。修厚自委昵，深为植所钦重。太子（曹丕）亦爱其才。武帝（曹操）虑修多谲，恐终为祸乱，又以袁氏之甥，遂因事诛之"（《昭明文选集注》七十九《答临淄侯笺注》引《典略》）。杨修介入曹氏兄弟纠纷，此事最为曹操所忌恨，范晔《杨彪传》引司马彪《续汉书》称："人有白修与临淄侯曹植饮，醉共载从司马门出，谤讪鄢陵侯章。太祖闻之，大怒，故遂收杀之，时年四十五矣。"盖此时杨修为丞相主簿，"军国之事皆预焉"，"以修前后漏泄言教，交关诸侯，乃收杀之"。杨修也因自己掌握军国机密太多，且党于曹植，也知道早晚会被杀害；就在曹操由长安回洛阳南征关羽前夕被杀。在他被杀后一百天，曹操也病死了。

教随行军士，各收拾行装，准备归程。有人报知夏侯惇。惇大惊，遂请杨修至帐中，问曰："公何收拾行装？"修曰："以今夜号令，便知魏王不日将退兵归也。鸡肋者，食之无肉，弃之有味。今进不能胜，退恐人笑，在此无益，不如早归。来日魏王必班师矣。故先收拾行装，免得临行慌乱。"夏侯惇曰："公真知魏王肺腑也！"遂亦收拾行装。于是寨中诸将，无不准备归计。当夜曹操心乱，不能稳睡，遂手提钢斧，绕寨私行。只见夏侯惇寨内军士，各准备行装。操大惊，急回帐召惇问其故。惇曰："主簿杨修祖先知大王欲归之意。"操唤杨修问之。修以鸡肋之意对。操大怒曰："汝怎敢造言，乱我军心！"喝刀斧手推出斩之。将首级号令于辕门外。原来杨修为人恃才放旷，数犯曹操之忌。操尝造花园一所，造成，操往观之，不置褒贬，只取笔于门上书一"活"字而去。人皆不晓其意。修曰："门内添'活'字，乃'阔'字也。丞相嫌园门阔耳。"于是再筑墙围，改造停当，又请操观之。操大喜，问曰："谁知吾意？"左右曰："杨修也。"操虽称美，心甚忌之。又一日，塞北送酥一盒至。操自写"一合酥"三字于盒上，置之案头。修入见之，竟取匙与众分食讫。操问其故。修答曰："盒上明书'一人一口酥'，岂敢违丞相之命乎？"操虽喜笑，而心恶之。

操恐人暗中谋害己身，常分付左右："吾梦中好杀人，凡吾睡着，汝等切勿近前。"一日昼寝帐中，落被于地，一近侍慌取覆盖。操跃起，拔剑斩之，复上床睡；半晌而起，佯惊问："何人杀吾近侍？"众以实对。操痛哭，命厚葬之。人皆以为操果梦中杀人。惟修知其意，临葬时指而叹曰："丞相非在梦中，君乃在梦中耳。"操闻而愈恶之。

操第三子曹植，爱修之才，常邀修谈论，终夜不息。操与众商议，欲立植为世子。曹丕知之，密请朝歌长吴质入内府商议。因恐有人知觉，乃用大簏藏吴质于中，只说是绢匹在内，载入府中。修知其事，径来告操。操令人于丕府门伺察之。丕慌告吴质。质曰："无忧也。明日用大簏装绢，再入以惑之。"丕如其言，以大簏载绢入。使者搜看簏中，果绢也，回报曹操。操因疑修谮害曹丕，愈恶之。操欲试曹丕、曹植之才干。一日，令各出邺城门。却密使人分付门吏,令勿放出。曹丕先至,门吏阻之,丕只得退回。植闻之,问于修。修曰:"君奉王命而出,如有阻当者,竟斩之可也。"植然其言,乃至门,门吏阻住。植叱曰:"吾奉王命,谁敢阻当?"立斩之。于是曹操以植为能。后有人告操曰:"此乃杨修之所教也。"操大怒,因此亦不喜植。修又尝为曹植作答教十余条,但操有问,植即依条答之。操每以军国之事问植,植对答如流。操心中甚疑,后曹丕暗买植左右,偷答教来告操。操见了,大怒曰:"匹夫安敢欺我耶!"此时已有杀修之心。今乃借惑乱军心之罪杀之⑦。修死年三十四年。后人有诗曰:

> 聪明杨德祖,世代继簪缨。
> 笔下龙蛇走,胸中锦绣成。
> 开谈惊四座,捷对冠群英。
> 身死因才误,非关欲退兵。

曹操既杀杨修,佯怒夏侯惇,亦欲斩之。众官告免。操乃叱退夏侯惇,下令来日进兵。次日,兵出斜谷界口,前面一军相迎,为首大将乃魏延也。操招魏延归降,延大骂,操令庞德出战。二将正斗间,曹寨内火起,人报马超劫了中后二寨⑧。操拔剑在手曰:"诸将退后者斩!"众将努力向前。魏延诈败而走,操方麾军回战马超,自立马于高阜处,看两军争战。忽一彪军撞至面前,大叫:"魏延在此!"拈弓搭箭,射中曹操。操翻身落马。延弃弓绰刀,骤马上山坡来杀曹操。刺斜里闪出一将,大叫:"休伤吾主!"视之,乃庞德也。德奋力向前,战退魏延,保操前行。马超已退。操带伤归寨:原来被魏延射中人中,折却门牙两个。急令医士调治。方忆杨修之言,随将修尸收回厚葬,就令班师,却教庞德断后。操卧于毡车之中,左右虎贲军护卫而行。忽报斜谷山上两边火起,伏兵赶来,曹兵人人惊恐。正是:

> 依稀昔日潼关厄,仿佛当年赤壁危。

未知曹操性命如何,且看下文分解。

⑧ **马超在蜀汉无所作为**

汉建安十九年(214),马超投奔刘备。他在蜀汉生活了八年,其中只有短时期在下辨(甘肃成县西)作战,是偏师。他再没有重返汉中作战。其余几乎都是在成都度过的。蜀汉章武二年(222)病死。此时的马超正是黄金年龄(39岁到47岁)。马超阶位很高,名列首座。随之刘备由汉献旁所封的左将军,自称汉中王、皇帝,他也由平西将军、左将军升骠骑将军、斄乡侯,是上表请刘备做汉中王的领衔者。但刘备似乎并未给他过重的实权。马超投奔,关羽、张飞对他就有戒心。早在成都时,彭羕外调时就煽动马超造反,马超"羁旅归国,常怀危惧,闻羕言大惊,默然不答"。事后,他就举告,使彭羕下狱诛死。

第七十三回　玄德进位汉中王　云长攻拔襄阳郡

① 孟达、刘封分两路取上庸

汉建安二十四年(219)，刘备取汉中后，命孟达由秭归北取房陵(湖北房县)。"达将进攻上庸，先主阴恐达难独任，乃遣封自汉中乘沔水下统达军，与达会上庸"(《三国志·蜀书·刘封传》)。按，孟达军攻占房陵，杀太守蒯祺，蒯祺之妻即诸葛亮大姐。

② 曹操徙汉中、武都民

刘备虽得汉中地，但汉中等地民已先后多为曹操迁移。早在曹操取得汉中地时，"拜杜袭驸马都尉，留督汉中军事。绥怀开导，百姓自乐出徙洛、邺者，八万余口"(《三国志·魏书·杜袭传》)。张既从征张鲁，鲁降。"既说太祖拔汉中民数万户以实长安及三辅。"太祖将拔汉中守，恐刘备北取武都氐以逼关中，问既。既曰:'可劝使北出就谷以避贼，前至者厚其宠赏，则先者知利，后必慕之。'太祖从其策，乃自到汉中引出诸军，令既之武都，徙氐五万余落出居扶风、天水界。"(《三国志·魏书·张既传》)杨阜转武都太守，"刘备取汉中以逼下辩，太祖以武都孤远，欲移之，恐吏民恋土。阜威信素著。前后徙民、氐，使居京兆、扶风、天水界者万余户，徙郡小槐里"(《三国志·魏书·杨阜传》)。

却说曹操退兵至斜谷，孔明料他必弃汉中而走，故差马超等诸将分兵十数路，不时攻劫。因此操不能久住，又被魏延射了一箭，急急班师。三军锐气堕尽。前队才行，两下火起，乃是马超伏兵追赶。曹兵人人丧胆。操令军士急行，晓夜奔走无停，直至京兆，方始安心。

且说玄德命刘封、孟达、王平等攻取上庸①诸郡。申耽等闻操已弃汉中而走，遂皆投降。玄德安民已定②，大赏三军，人心大悦。于是众将皆有推尊玄德为帝之心，未敢径启，却来禀告诸葛军师。孔明曰:"吾意已有定夺了。"随引法正等入见玄德曰:"今曹操专权，百姓无主，主公仁义著于天下，今已抚有两川之地，可以应天顺人，即皇帝位。名正言顺，以讨国贼。事不宜迟，便请择吉。"玄德大惊曰:"军师之言差矣! 刘备虽然汉之宗室，乃臣子也，若为此事，是反汉矣!"孔明曰:"非也。方今天下分崩，英雄并起，各霸一方，四海才德之士舍死亡生而事其上者，皆欲攀龙附凤，建立功名也。今主公避嫌守义，恐失众人之望。愿主公熟思之。"玄德曰:"要吾僭居尊位，吾必不敢。可再商议长策。"诸将齐言曰:"主公若只推却，众心解矣!③"孔明曰:"主公平生以义为本，未肯便称尊号。今有荆襄、两川之地，可暂为汉中王。"玄德曰:"汝等虽欲尊吾为王，不得天子明诏，是僭也。"孔明曰:"今宜从权，不可拘执常理。"张飞大叫曰:"异姓之人，皆欲为君，何况哥哥乃汉朝宗派。莫说汉中王,就称皇帝,有何不可?"玄德叱曰:"汝勿多言!"孔明曰:"主公宜从权变,先进位汉中王,然后表奏天子,未为迟也。"玄德再三推辞不过,只得依允。

建安二十四年秋七月,筑坛于沔阳,方圆九里,分布五方,各设旌旗仪仗。群臣皆依次序排列。许靖、法正请玄德登坛,进冠冕玺绶讫,面南而坐,受文武官员拜贺为汉中王④。子刘禅,立为王世子。封许靖为太傅,法正为尚书令,诸葛亮为军师,总理军国重事⑤。封关羽、张飞、赵云、马超、黄忠为五虎大将⑥,魏延为汉中太守⑦⑧,其余各拟功勋定爵。

玄德既为汉中王,遂修表一道,差人赍赴许都。表曰:

> 备以具臣之才,荷上将之任,总督三军,奉辞于外;不能扫除寇难,靖匡王室,久使陛下圣教陵迟,六合之内,否

人物年月	刘备	关羽	张飞	诸葛亮	附注
中平元年(184)	安喜尉				破黄巾时
初平二年(191)	平原相	别部司马	别部司马		隶公孙瓒
建安三年(198)	豫州刺史				
建安四年(199)	豫州牧、左将军、宜城亭侯	中郎将	中郎将		破吕布后,至许都
建安五年(200)		偏将军、汉寿亭侯			曹操东征徐州
建安十四年(209)		襄阳太守、荡寇将军	宜都太守、征虏将军、新亭侯	军师中郎将、督三郡事	赤壁战后,取江南之地
建安十九年(214)	益州牧			军师将军署左将军府事	刘备取成都
建安二十四年(219)	汉中王	前将军、假节钺	巴西太守、右将军、假节		刘备取汉中
章武元年(221)	皇帝		车骑将军、司隶校尉、西乡侯	丞相录尚书事、假节	时关羽已死
建兴元年(224)	后主刘禅即位			武乡侯开府治事、益州牧	时张飞已死

③ 诸葛亮未有劝刘备为汉中王语

此处诸葛亮与刘备语,不见于史传。盖此时劝进,他乃在成都。此处乃采自《后汉书·光武帝纪》,刘秀曾先后拒绝马武与诸将奉为皇帝,由是耿纯又有劝进:"天下士大夫捐亲戚,弃土壤,从大王于矢石之间者,其计固望其攀龙鳞,附凤翼,以成其所志耳。今功业即定,天人亦应,而大王留时逆众,不正号位,纯恐士大夫望绝计穷,则有去归之思,无为久自苦也。大众一散,难可复合,时不可留,众不可逆。"范书文字当采自《东观汉记》和《三国志·诸葛亮传》。

④ 刘备沔阳称王

刘备夺得汉中地,就在沔阳附近(陕西勉县高湖乡旧州铺)筑坛称汉中王。清光绪二十九年(1903)立有"先主初为汉中王设坛处"隶书石碑。当时蜀汉群臣拥戴刘备为汉中王表,有平西将军、都亭侯马超等一百二十人。诸葛亮、关羽、李严等重臣都未来汉中参加登位仪式。这次进位汉中王,是急于要正名,名正言顺为下个进位作好准备。当时诸葛亮以军师将军,署左将军府事列名劝进,他未如《演义》说,"为军师,总理军国重事"。

⑤ 诸葛亮官阶低于关张(附表)

据史传对照,诸葛亮官阶乃是在关羽、张飞之下的。诸葛亮虽受刘备青睐,但因乱世重武轻文、按资排辈,他的官阶也就在关张之下了。

⑥ "五虎将"称号莫须有

按水泊梁山有"五虎将",《演义》也有"五虎将"。所谓"五虎将",多见自元杂剧。始出自元关汉卿杂剧《刘夫人庆赏五侯宴》,"某今领二十万雄兵、五员虎将与梁兵交战去。小校,唤将李亚子、石敬瑭、孟知祥、刘知远、李从珂五员将军来者"。"举着阿妈的将令,看俺五虎将与王彦章交战去来,被俺五虎将围了彦章"。估计后来成为大明皇帝的朱元璋也看过这出杂剧。"龙凤六年庚子(1360)

正月朔日，太祖(朱元璋)于府门亲书桃符曰：'六龙时遇千官觐，五虎功成上将封'"(钱谦益《国初群雄事略》卷一)。可见"五虎将"传播之广。《演义》刘备所封之"五虎将"，依据当见于《三国志》有一卷是"关张马黄赵合传"，但此中赵云在最末位。这是因为他职司刘备"主骑"(侍卫长)，从未独率一军，资历、功绩都比前四人要浅些。由此，刘备进位汉中王时，拜关黄马张为前后左右四将军(三品)，但赵云却只是翊军将军(五品)，用现在话说是杂号将军。后来刘备称帝，其时关、黄已死，只有提升张飞为车骑将军(二品)，封西乡侯，马超为骠骑将军(二品)，封斄乡侯，而赵云仍是翊军将军。直到刘禅接位，此时张、马早死，赵云才升为征南将军(三品)，封永昌亭侯，后升镇东将军。他始终未能得与关张马黄并列。关羽等四人在刘备生前都先后封侯爵(关羽为亭侯；张飞、马超为乡侯；黄忠为关内侯)，而赵云却要至汉建兴元年(公元 223 年)，才由征南将军，封永昌亭侯。赵云升迁缓慢，还因为是缺乏独立指挥和主持重大战役所致。

⑦ **魏延被超擢为汉中太守**

据《三国志·蜀书·魏延传》，"先主为汉中王，迁治成都，当得重将以镇汉川，众论以为必在张飞，飞亦以心自许。先主乃拔延为督汉中、镇远将军，领汉中太守，一军尽惊。先主大会群臣，问延曰：'今委卿以重任，卿居之欲云何?'延对曰：'若曹操举天下而来，请为大王拒之；偏将十万之众至，请为大王吞之'。先主称善，众咸壮其言"。魏延镇汉中自汉建安二十四年到建兴五年(219—227)，有足足九年时间。是他在汉中首创"实兵诸围以御外敌，敌若来攻，使不得入"。但后来姜维却"以为错守诸围，虽合《周易》'重门'之义，然适可御敌，不获大利。不若使闻敌至，诸围皆敛兵聚谷，退就汉、乐二城，使敌不得入平，且重关镇守以捍之。有事之日，令游军并进以伺其虚"(《三国志·蜀书·姜维传》)。从而反其而改之，致使汉中失守。魏延没有参加诸葛亮南征。

而未泰；惟忧反侧，疢如疾首。曩者董卓，伪为乱阶。自是之后，群凶纵横，残剥海内。赖陛下圣德威临，人臣同应，或忠义奋讨，或上天降罚，暴逆并殪，以渐冰消。惟独曹操，久未枭除，侵擅国权，恣心极乱。臣昔与车骑将军董承，图谋讨操，机事不密，承见陷害。臣播越失据，忠义不果，遂得使操穷凶极逆，主后戮杀，皇子鸩害。虽纠合同盟，念在奋力，懦弱不武，历年无效。常恐殒没，辜负国恩，寤寐永叹，夕惕若厉。

今臣群僚以为：在昔《虞书》，敦叙九族，庶明励翼，帝王相传，此道不废。周监二代，并建诸姬，实赖晋、郑，夹辅之力。高祖龙兴，尊王子弟，大启九国，卒斩诸吕，以安大宗。今操恶直丑正，实繁有徒，包藏祸心，篡盗已显。既宗室微弱，帝族无位，斟酌古式，依假权宜，上臣为大司马、汉中王。臣伏自三省：受国厚恩，荷任一方，陈力未效，所获已过，不宜复忝高位，以重罪谤。群僚见逼，迫臣以义。臣退惟寇贼不枭，国难未已，宗庙倾危，社稷将坠，诚臣忧心碎首之日。若应权通变，以宁静圣朝，虽赴水火，所不得辞。辄顺众议，拜受印玺，以崇国威。仰惟爵号，位高宠厚；俯思报效，忧深责重。惊怖惕息，如临于谷。敢不尽力输诚，奖励六师。率齐群义，应天顺时，以宁社稷。谨拜表以闻。⑨

表到许都，曹操在邺郡闻知玄德自立汉中王，大怒曰："织席小儿，安敢如此！吾誓灭之！"即时传令，尽起倾国之兵赴两川，与汉中王决雌雄。一人出班谏曰："大王不可因一时之怒，亲劳车驾远征。臣有一计，不须张弓只箭，令刘备在蜀自受其祸。待其兵衰力尽，只须一将往征之，便可成功。"操视其人，乃司马懿也。操喜问曰："仲达有何高见?"懿曰："江东孙权，以妹嫁刘备，而又乘间窃取回去；刘备又据占荆州不还，彼此俱有切齿之恨。今可差一舌辩之士，赍书往说孙权，使兴兵取荆州。刘备必发两川之兵以救荆州。那时大王兴兵去取汉川，令刘备首尾不能相救，势必危矣。"操大喜，即修书令满宠为使,星夜投江东来见孙权。

⑧ 蜀汉镇守汉中将帅表

时　间	姓　名	事　迹	官　爵	备　注
建安二十四年(219)—建兴五年(227)	魏　延	首创"实兵诸围,以御外敌"。	镇远将军	镇守九年,始随诸葛亮北伐
建兴十一年(234)	吴　懿	与魏延同守九年	车骑将军	与魏延同随诸葛亮北伐
建兴十五年(237)	王　平	为吴懿副	后典军、安汉将军	咸熙十一年死(248)
延熙十一年(248)	胡　济		镇西大将军	

权知满宠到,遂与谋士商议。张昭进曰:"魏与吴本无仇,前因听诸葛之说词,致两家连年征战不息,生灵遭其涂炭。今满伯宁来,必有讲和之意,可以礼接之。"权依其言,令众谋士接满宠入城相见。礼毕,权以宾礼待宠。宠呈上操书,曰:"吴、魏自来无仇,皆因刘备之故,致生衅隙。魏王差某到此,约将军攻取荆州,魏王以兵临汉川,首尾夹击。破刘之后,共分疆土,誓不相侵。"孙权览书毕,设筵相待满宠,送归馆舍安歇。权与众谋士商议。顾雍曰:"虽是说词,其中有理。今可一面送满宠回,约会曹操首尾相击;一面使人过江,探云长动静,方可行事。"诸葛瑾曰:"某闻云长自到荆州,刘备娶与妻室,先生一子,次生一女。其女尚幼,未许字人。某愿往与主公世子去求婚。若云长肯许,即与云长计议,共破曹操;若云长不肯,然后助曹取荆州。"

孙权用其谋,先送满宠回许都;却遣诸葛瑾为使,投荆州来。入城见云长,礼毕,云长曰:"子瑜此来何意?"瑾曰:"特来求结两家之好。吾主吴侯,有一子,甚聪明;闻将军有一女,特来求亲。两家结好,并力破曹,此诚美事。请君侯思之。"云长勃然大怒曰:"吾虎女⑩安肯嫁犬子乎!不看汝弟之面,立斩汝首!再休多言。"遂唤左右逐出。瑾抱头鼠窜,回见吴侯,不敢隐匿,遂以实告。权大怒曰:"何太无礼耶!"便唤张昭等文武官员,商议取荆州之策。步骘曰:"曹操久欲篡汉,所惧者刘备也。今遣使来令吴兴兵吞蜀,此嫁祸于吴也。"权曰:"孤亦欲取荆州久矣。"骘曰:"今曹仁现屯兵于襄阳、樊城,又无长江之险,旱路可取荆州。如何不取,却令主公动兵?只此便见其心。主公可遣使去许都见操,令曹仁旱路先起兵取荆州,云长必掣荆州之兵而取樊城。若云长一动,主公可遣一将,暗取荆州,一

⑨ 刘备两次送书许都

刘备称汉中王后,有两次送书至许都:一次是他被拥戴为汉中王,向许都上表说明,并将皇帝给他的左将军、宜城亭侯印绶送还。一次是曹操病死后,刘备派ître谋掾韩冉持书吊丧,并赠蜀锦。韩冉走到中途,曹丕已命荆州刺史将他擒斩;一说韩冉不敢去,但又不敢违抗,故意说是患病,在上庸休养,没有去成。当时刘备坚决要讨伐东吴,为关羽复仇,他的这点作为,是否和曹魏有媾和的意向?

⑩ 关羽"虎女"下落

关羽有一女。《三国志·蜀书·关羽传》:"权遣使为子索羽女,羽骂辱其使,不许婚。"江陵失陷,孙权尽虏关羽士众妻子,其女当也被俘。后不详。但据关羽子关兴后在蜀为官事,似其家属后均居成都。传称关羽女后南征嫁李恢侄李蔚。《澄江县志》有记述。"(云南)澄江县南古墓,有关羽第三女与婿李蔚合墓。"(《杂志》,5卷2期,1939年)

举可得矣。"权从其议，即时遣使过江，上书曹操，陈说此事。操大喜，发付使者先回，随遣满宠往樊城助曹仁，为参谋官，商议动兵。一面驰檄东吴，令领兵水路接应，以取荆州。

却说汉中王令魏延总督军马，守御东川，遂引百官回成都。差官起造宫庭，又置馆舍。自成都至白水，共建四百余处馆舍亭邮。广积粮草，多造军器，以图进取中原。细作人探听得曹操结连东吴，欲取荆州，即飞报入蜀。

汉中王忙请孔明商议。孔明曰："某已料曹操必有此谋，然吴中谋士极多，必教操令曹仁先兴兵矣。"汉中王曰："似此如之奈何？"孔明曰："可差使命就送官诰与云长，令先起兵取樊城，使敌军胆寒，自然瓦解矣。"⑪汉中王大喜，即差前部司马费诗为使，赍捧诰命，投荆州来。

云长出郭，迎接入城，至公廨礼毕，云长问曰："汉中王封我何爵？"诗曰："'五虎大将'之首。"云长问："那五虎将？"诗曰："关、张、赵、马、黄是也。"云长怒曰："翼德吾弟也；孟起世代名家；子龙久随吾兄，即吾弟也，位与吾相并可也。黄忠何等人，敢与吾同列？大丈夫终不与老卒为伍。"遂不肯受印。诗笑曰："将军差矣！昔萧何、曹参与高祖同举大事，最为亲近。而韩信乃楚之亡将也，然信位为王，居萧、曹之上，未闻萧、曹以此为怨。今汉中王虽有'五虎将'之封，而与将军有兄弟之义，视同一体，将军即汉中王，汉中王即将军也。岂与诸人等哉？将军受汉中王厚恩，当与同休戚、共祸福，不宜计较官号之高下。愿将军熟思之。"云长大悟，乃再拜曰："某之不明，非足下见教，几误大事。"即拜受印绶。费诗方出王旨，令云长领兵取樊城。云长领命，即时便差傅士仁、糜芳二人为先锋，先引一军于荆州城外屯扎；一面设宴城中，款待费诗。

饮至二更，忽报城外寨中火起。云长急披挂上马，出城看时，乃是傅士仁、糜芳饮酒，帐后遗火，烧着火炮，满营撼动，把军器粮草尽皆烧毁。云长引兵救扑，至四更方才火灭。云长入城，召傅士仁、糜芳责之曰："吾令汝二人作先锋，不曾出师，先将许多军器粮草烧毁，火炮打死本部军人。如此误事，要你二人何用？"叱令斩之。费诗告曰："未曾出师，先斩大将，于军不利，可暂免其罪。"云长怒气不息，叱二人曰："吾不看费司马之面，必斩汝二人之首。"乃唤武士各杖四十，摘去先锋印绶，罚糜芳守南郡，傅士仁守公安。且曰："若吾得胜回来之日，稍有差池，二罪俱罚。"二人满面羞惭，喏喏而去。云长便令廖化为先锋，关平为副将，自总中军，马良、伊籍为谋，一同征进。先是，有胡华之子胡班，到荆州来投降关公。公念其旧日相救之情，甚爱之，令随费诗入川见汉中王受爵。费诗辞别关公，带了胡班，自回蜀中去了。

⑪ 诸葛亮未建议关羽起兵取樊城

所谓关羽北征襄樊出自诸葛亮，不见于史传。按当时战情，关羽与曹魏诸军常在江陵北有战争，但并非是有组织有计划的进取襄樊。他的情报迟钝，以至在宛城守将侯音、卫开起兵反曹，曹仁自樊城与庞德合军讨伐，也无从配合、呼应。可见此次北征乃出自独立行动，亦未与四川的刘备、诸葛亮商定。

且说关公是日祭了"帅"字大旗,假寐于帐中,忽见一猪,其大如牛,浑身黑色,奔入帐中,径咬云长之足。云长大怒,急拔剑斩之,声如裂帛。霎然惊觉,乃是一梦。便觉左足隐隐疼痛,心中大疑,唤关平至,以梦告之。平曰:"猪亦有龙象,龙附足,乃升腾之意,不必疑忌。"云长聚多官于帐下,告以梦兆。或言吉祥者,或言不祥者,众论不一。云长曰:"吾大丈夫年近六旬,即死何憾[12]!"正言间,蜀使至,传汉中王旨,拜云长为前将军,假节钺,都督荆、襄九郡事。云长受命讫,众官拜贺曰:"此足见猪龙之瑞也。"于是云长坦然不疑,遂起兵奔襄阳大路而来。

曹仁正在城中,忽报云长自领兵来。仁大惊,欲坚守不出。副将翟元曰:"今魏王令将军约会东吴取荆州,今彼自来,是送死也,何故避之?"参谋满宠谏曰:"吾素知云长勇而有谋,未可轻敌。不如坚守,乃为上策。"骁将夏侯存曰:"此书生之言耳,岂不闻'水来土掩,将至兵迎'? 我军以逸待劳,自可取胜。"曹仁从其言,令满宠守樊城,自领兵来迎云长。云长知曹兵来,唤关平、廖化二将,受计而往。与曹兵两阵对圆,廖化出马搦战。翟元出迎。二将战不多时,化诈败,拨马便走。翟元从后追杀,荆州兵退二十里。次日,又来搦战,夏侯存、翟元一齐出迎。荆州兵又败,又追杀二十余里,忽听得背后喊声大震,鼓角齐鸣。曹仁即命前军速回,背后关平、廖化杀来,曹兵大乱。曹仁知是中计,先掣一军飞奔襄阳。离城数里,前面绣旗招展,云长勒马横刀,拦住去路。曹仁胆战心惊,不敢交锋,望襄阳斜路而走。云长不赶。须臾,夏侯存军至,见了云长,大怒,便与云长交锋,只一合,被云长砍死。翟元便走,被关平赶上,一刀斩之。乘势追杀,曹兵大半死于襄江之中。曹仁退守樊城。

云长得了襄阳[13],赏军抚民。随军司马王甫曰:"将军一鼓而下襄阳,曹兵虽然丧胆,然以愚意论之:今东吴吕蒙屯兵陆口,常有吞并荆州之意;倘率兵径取荆州,如之奈何?"云长曰:"吾亦念及此,汝便可提调此事,去沿江上下,或二十里,或三十里,选高阜处,置一烽火台,每台用五十军守之。倘吴兵渡江,夜则明火,昼则举烟为号[14],吾当亲往击之。"王甫曰:"糜芳、傅士仁守二隘口,恐不竭力,必须再得一人以总督荆州。"云长曰:"吾已差治中潘濬守之,有何虑

⑫ 关羽年龄

据《三国志·蜀书·关羽传》引东晋王隐《蜀记》:"羽初出军围樊,梦猪啮其足,语子平曰:'吾今年衰矣,然不得还!'"按,关羽生年,不见于史传,清人编《关圣帝君本传年谱》所称生于汉桓帝延熹三年(公元 160 年),实无史据。又,关羽此时乃由"五虎大将"再拜前将军,此处,"五虎大将"非为官阶,应当为"前将军",即是刘备登位汉中王时所授。

⑬ 关羽有否取得襄阳

关羽攻取襄阳未见史传文字,《演义》所叙全是小说家言。据《三国志·魏书·曹仁传》,时征南将军曹仁屯军樊城,为曹操南线最高指挥官。曹军于襄阳守将为吕常。关羽围城,荆州刺史胡修、南乡太守傅方降。或因此为小说依据,可以说此襄阳城乃是战而取之也。

⑭ 关羽未有设烽火台

关羽未设烽火台。按,见自《三国志·吴书·吕蒙传》:"至羽所置江边屯候,尽收缚之,是故羽不闻知。"屯候,即驻江屯的哨兵。此处并无烽火台。当系它处移植。杨晨《三国会要·兵二》引吴时缘江戍图曰:"每刺奸屯有五兵,贼曹一人,皆作烽火,有急,以光传之。"《太平御览》:"引烽火以炬,置孤山头,皆缘江相望,或百里,或五十里,三十里,寇至则举,一夕行万里。"孙权时,令暮举火于西陵,鼓三竟,达吴郡、长沙。"按,烽火台,即烽燧台。《史记》:"周幽王为烽燧,有寇举之。"《正义》曰:"昼日燃燧,以望火烟,但举燧以望火光也。烽,土橹也;燧,炬火也,皆山

上安之,有寇举之。"《通鉴注》引《唐六典》:"烽候所置,大率相去三十里。若有山冈隔绝,须逐便安置,得相望见,不必安限三十里,其逼边境者,筑城而置之,每烽置帅副各一人,其放烽有一炬、两炬、三炬、四炬,随贼多少为差。"

焉?"甫曰:"潘濬平生多忌而好利,不可任用。可差军前都督粮料官赵累代之。赵累为人忠诚廉直,若用此人,万无一失。"云长曰:"吾素知潘濬为人,今既差定,不必更改。赵累现掌粮料,亦是重事。汝勿多疑,只与我筑烽火台去。"王甫怏怏拜辞而行。云长令关平准备船只渡襄江,攻打樊城。

却说曹仁折了二将,退守樊城。谓满宠曰:"不听公言,兵败将亡,失却襄阳,如之奈何?"宠曰:"云长虎将,足智多谋,不可轻敌,只宜坚守。"正言间,人报云长渡江而来,攻打樊城。仁大惊。宠曰:"只宜坚守。"部将吕常奋然曰:"某乞兵数千,愿当来军于襄江之内。"宠谏曰:"不可。"吕常怒曰:"据汝等文官之言,只宜坚守,何能退敌?岂不闻兵法云:'军半渡可击。'今云长军半渡襄江,何不击之?若兵临城下,将至壕边,急难抵当矣。"仁即与兵二千,令吕常出樊城迎战。吕常来至江口,只见前面绣旗开处,云长横刀出马。吕常却欲来迎,后面众军见云长神威凛凛,不战先走。吕常喝止不住,云长混杀过来,曹兵大败。马步军折其大半,残败军奔入樊城。曹仁急差人求救,使命星夜至长安,将书呈上曹操,言:"云长破了襄阳,现围樊城甚急,望拨大将前来救援。"曹操指班部内一人而言曰:"汝可去解樊城之围。"其人应声而出,众视之,乃于禁也。禁曰:"某求一将作先锋,领兵同去。"操又问众人曰:"谁敢作先锋?"一人奋然出曰:"某愿施犬马之劳,生擒关某,献于麾下。"操视之大喜。正是:

　　未见东吴来伺隙,先看北魏又添兵。

　　未知此人是谁,且看下文分解。

第七十四回　庞令明抬榇决死战
关云长放水淹七军

却说曹操欲使于禁赴樊城救援,问众将谁敢作先锋。一人应声愿往,操视之,乃庞德也。操大喜曰:"关某威震华夏,未逢对手,今遇令明,真劲敌也。"遂加于禁为征南将军,加庞德为征西都先锋①,大起七军,前往樊城。这七军,皆北方强壮之士。两员领军将校,一名董衡,一名董超,当日引各头目,参拜于禁。董衡曰:"今将军提七枝重兵,去解樊城之厄,期在必胜,乃用庞德为先锋,岂不误事?"禁惊问其故。衡曰:"庞德原系马超手下副将,不得已而降魏。今其故主在蜀,职居'五虎上将',况其亲兄庞柔亦在西川为官。今使他为先锋,是泼油救火也。将军何不启知魏王,别换一人去?"禁闻此话,遂连夜入府启知曹操。操省悟,即唤庞德至阶下,令纳下先锋印。德大惊曰:"某正欲与大王出力,何故不肯见用?"操曰:"孤本无猜疑;但马超现在西川,汝兄庞柔亦在西川,俱佐刘备。孤纵不疑,奈众口何?"庞德闻之,免冠顿首,流血满面而告曰:"某自汉中投降大王,每感厚恩,虽肝脑涂地不能补报,大王何疑于德也? 德昔在故乡时,与兄同居,嫂甚不贤,德乘醉杀之,兄恨德入骨髓,誓不相见,恩已断矣。故主马超有勇无谋,兵败地亡,孤身入川,今与德各事其主,旧义已绝。德感大王恩遇,安敢萌异志? 唯大王察之!"操乃扶起庞德,抚慰曰:"孤素知卿忠义,前言特以安众人之心耳。卿可努力建功。卿不负孤,孤亦不负卿也。"

德拜谢回家,令匠人造一木榇。次日,请诸友赴席,列榇于堂,众亲友见之皆惊。问曰:"将军出师,何用此不祥之物?"德举杯谓亲友曰:"吾受魏王厚恩,誓以死报。今去樊城与关某决战,我若不能杀彼,必为彼所杀;即不为彼所杀,我亦当自杀。故先备此榇以示无

① **庞德、于禁非上下属**

据史传,庞德和于禁援襄阳(荆州),并非同路人马,互有统属的。汉建安二十三年(219),魏宛城(河南南阳)守将侯音、卫开和关羽合作,曹操命曹仁由樊城北上平叛。据《三国志·魏书·庞德传》,庞德是曹操从汉中派出的先遣军,"与曹仁共攻拔宛,斩音、开。"夺回宛城后,庞德军南屯樊城,对付北上的关羽;曹操在汉中回师前夕,又派徐晃屯宛,从居巢(安徽桐城南)调张辽军,几个月后,曹操由汉中还军长安,又调于禁率七军至樊城。"使曹仁讨关羽于樊,又遣禁助仁"(《三国志·魏书·于禁传》)。足见曹操的重视。庞德、于禁各率一军,互不相属,但因都是困于汉水暴溢,而缺乏战船而分别被俘的,由此被《演义》糅成一体,并以于禁的嫉功,使庞德受困,这是有悖于史的。

② 庞德抬棺乃虚构

庞德抬棺出仗,为示视死如归的决心,后来人亦有模仿之,如左宗棠出关,但此故事不见于史传。《三国志·魏书·庞德传》称:"德常曰:'我受国恩,义在效死。我欲身自击羽。今年我不杀羽,羽当杀我。'后亲与羽交战,射羽中额。"此间并无抬棺事。

空回之理。"众皆嗟叹。德唤其妻李氏与其子庞会出,谓其妻曰:"吾今为先锋,义当效死疆场。我若死,汝好生看养吾儿。吾儿有异相,长大必当与吾报仇也。"妻子痛哭送别。德令扶榇而行,临行谓部将曰:"吾今去与关某死战,我若被关某所杀,汝等即取吾尸置此榇中。我若杀了关某,吾亦即取其首置此榇内,回献魏王。"部将五百人皆曰:"将军如此忠勇,某等敢不竭力相助!"于是引军前进。有人将此言报知曹操。操喜曰:"庞德忠勇如此,孤何忧焉!"贾诩曰:"庞德恃血气之勇,欲与关某决死战,臣窃虑之。"操然其言,急令人传旨戒庞德曰:"关某智勇双全,切不可轻敌。可取则取,不可取则宜谨守。"庞德闻命,谓众将曰:"大王何重视关某也!吾料此去,当挫关某三十年之声价!"禁曰:"魏王之言,不可不从。"德奋然趱军前至樊城,耀武扬威,鸣锣击鼓。

却说关公正坐帐中,忽探马飞报:"曹操差于禁为将,领七枝精壮兵到来。前部先锋庞德,军前抬一木榇②,口出不逊之言,誓欲与将军决一死战。兵离城止三十里矣。"关公闻言,勃然变色,美髯飘动,大怒曰:"天下英雄闻吾之名,无不畏服。庞德竖子,何敢藐视吾耶!关平一面攻打樊城,吾自去斩此匹夫,以雪吾恨。"平曰:"父亲不可以泰山之重,与顽石争高下。辱子愿代父去战庞德。"关公曰:"汝试一往,吾随后便来接应。"关平出帐,提刀上马,领兵来迎庞德。两阵对圆,魏营一面皂旗,上大书"南安庞德"四个白字。庞德青袍银铠,钢刀白马,立于阵前;背后五百军兵紧随,步卒数人肩抬木榇而出。关平大骂庞德:"背主之贼!"庞德问部卒曰:"此何人也!"或答曰:"此关公义子关平也。"德叫曰:"吾奉魏王旨,来取汝父之首。汝乃疥癞小儿,吾不杀汝。快唤汝父来!"平大怒,纵马舞刀,来取庞德。德横刀来迎,战三十合,不分胜负,两家各歇。

早有人报知关公。公大怒,令廖化去攻樊城,自己亲来迎敌庞德。关平接着,言与庞德交战不分胜负。关公随即横刀出马,大叫曰:"关云长在此,庞德何不早来受死?"鼓声响处,庞德出马,曰:"吾奉魏王旨,特来取汝首。恐汝不信,备榇在此。汝若怕死,早下马受降!"关公大骂曰:"量汝一匹夫,亦何能为!可惜我青龙刀,斩汝鼠贼!"纵马舞刀,来取庞德。德轮刀来迎。二人战有百余合,精神倍长。两军各看得痴呆了。魏军恐庞德有失,急令鸣金收军。关平恐父年老,亦急鸣金。二将各退。庞德归寨对众曰:"人言关公英雄,今日方信也。"正言间,于禁至。相见毕,禁曰:"闻将军战关公,百合之上未得便宜,何不且退军避之?"德奋然曰:"魏王命将军为大将,何太弱也?吾来日与关某共决一死,誓不退避!"禁不敢阻而回。

却说关公回寨,谓关平曰:"庞德刀法惯熟,真吾敌手。"平曰:"俗云:'初生之犊不惧虎。'父亲纵然斩了此人,只是西羌一小卒耳。倘有疏虞,非所以重伯父之托也。"关公曰:"吾不杀此人，何以雪恨？吾意已决，再勿多言。"次日，上马引兵前进。庞德亦引兵来迎。两阵对圆，二将齐出，更不打话，出马交锋。斗至五十余合，庞德拨回马，拖刀而走。关公随后追赶。关平恐有疏失，亦随后赶去。关公口中大骂："庞贼欲使拖刀计，吾岂惧汝？"原来庞德虚作拖刀势，却把刀就鞍鞒挂住，偷拽雕弓，搭上箭，射将来。关平眼快，见庞德拽弓，大叫："贼将休放冷箭！"关公急睁眼看时，弓弦响处，箭早到来，躲闪不及，正中左臂，关平马到，救父回营。庞德勒回马，轮刀赶来。忽听得本营锣声大震。德恐后军有失，急勒马回。原来于禁见庞德射中关公，恐他成了大功，灭禁威风，故鸣金收军。庞德回马问："何故鸣金？"于禁曰："魏王有戒，关公智勇双全；他虽中箭，只恐有诈，故鸣金收军。"德曰："若不收军，吾已斩了此人也！"禁曰："紧行无好步，当缓图之。"庞德不知于禁之意，只懊悔不已。

　　却说关公回营，拔了箭头，幸得箭射不深，用金疮药敷之。关公痛恨庞德，谓众将曰："吾誓报此一箭之仇！"众将对曰："将军且暂安息几日，然后与战未迟。"次日，人报庞德引军搦战，关公就要出战，众将劝住。庞德令小军毁骂。关平把住隘口，分付众将休报知关公。庞德搦战十余日，无人出迎。乃与于禁商议曰："眼见关公箭疮举发，不能动止，不若乘此机会，统七军一拥杀入寨中，可救樊城之围。"于禁恐庞德成功，只把魏王戒旨相推，不肯动兵。庞德累欲动兵，于禁只不允，乃移七军转过山口，离樊城北十里，依山下寨。禁自领兵截断大路，令庞德屯兵于谷后，使德不能进兵成功。

　　却说关平见关公箭疮已合，甚是喜悦。忽听得于禁移七军于樊城之北下寨，未知其谋，即报知关公。公遂上马，引数骑上高阜处望之，见樊城城上旗号不整，军士慌乱；城北十里山谷之内，屯着军马；又见襄江水势甚急。看了半晌，唤向导官问曰："樊城北十里山谷，是何地名？"对曰："罾口川也。"关公喜曰："于禁必为我擒矣。"将士问曰："将军何以知之？"关公曰："鱼入'罾口'，岂能久乎？"诸将未信。公回本寨。时值八月秋天，骤雨数日，公令人预备船筏，收拾水具。关平问曰："陆地相持，何用水具？"公曰："非汝所知也。于禁七军不屯于广易之地，而聚于罾口川险隘之处。方今秋雨连绵，襄江之水必然泛涨，吾已差人堰住各处水口，待水发时，乘高就船，放水一淹，樊城、罾口川之兵皆为鱼鳖矣[3]。"关平拜服。

　　却说魏军屯于罾口川，连夜大雨不止，督将成何来见于禁曰："大军屯于川口，地势甚低，虽有土山，离营稍远。即今秋雨连绵，军士艰辛。近有人报说荆州兵移于高阜处，又于汉水口预备战筏，倘江水泛涨，我军危矣。宜早为计。"于禁叱曰："匹夫惑吾军心耶！再有多言者，斩之！"成何羞惭而退，却来见庞德，说此事。德曰："汝所

③ **水淹七军乃汉水暴溢**

《演义》述关羽决水事。据史传，此乃秋天山洪暴发所致，"八月，汉水溢，灌（于）禁军"（《三国志·魏书·武帝纪》）。《于禁传》称："禁与诸将登高望水，无所回避，羽乘大船就攻禁等。"《庞德传》也称："（曹）仁使（庞）德屯樊北十里，会天霖雨十余日，汉水暴溢，樊下平地五六丈，德与诸将避水上堤。"由此足见非关羽人力所为。但关羽深知该地天文地理，因势利导而取胜，也是合符情理。

④ 于禁、庞德移营故事渊源

魏军移营情事，不见于史传。疑自它史移植。据《新五代史·庞师古传》，后梁大将庞师古奉朱温命渡淮水攻打杨行密，"师古营清口，地势卑。或请就高为栅，师古以非太祖命，不听。"由此为敌方决开淮水，"水至，兵不能战，遂见杀。"此条似可为于禁写照。又，唐高宗以大将裴行俭率军三十余万征讨突厥，"大军次单于北，暮，已立营，堑壕既用，行俭更命徙营高冈。吏曰：'士安堵，不可扰。'不听，促徙之，此夜风雨暴至，前占营所水丈余，众莫不骇叹"（《新唐书·裴行俭传》）。此两则与于禁和庞德的行为和言论颇相似。

见甚当。于将军不肯移兵，吾明日自移军屯于他处。"计议方定，是夜风雨大作，庞德坐于帐中，只听得万马争奔，征鼙震地。德大惊，急出帐上马看时，四面八方，大水骤至，七军乱窜，随波逐浪者不计其数，平地水深丈余。于禁、庞德与诸将，各登小山避水④。比及平明，关公及众将皆摇旗鼓噪，乘大船而来。于禁见四下无路，左右止有五六十人，料不能逃，口称愿降。关公令尽去衣甲，拘收入船，然后来擒庞德。

时庞德并二董及成何，与步卒五百人，皆无衣甲，立在堤上。见关公来，庞德全无惧怯，奋然前来接战。关公将船四面围定，军士一齐放箭，射死魏兵大半。董衡、董超见势已危，乃告庞德曰："军士折伤大半，四下无路，不如投降。"庞德大怒曰："吾受魏王厚恩，岂肯屈节于人！"遂亲斩董衡、董超于前，厉声曰："再说降者，以此二人为例！"于是众皆奋力御敌。自平明战至日中，勇力倍增。关公催四面急攻，矢石如雨。德令军士用短兵接战。德回顾成何曰："吾闻'勇将不怯死以苟免，壮士不毁节而求生'。今日乃我死日也。汝可努力死战。"成何依令向前，被关公一箭射落水中。众军皆降，止有庞德一人力战。正遇荆州数十人，驾小舟近堤来，德提刀飞身一跃，早上小船，立杀十余人，余皆弃船赴水逃命。庞德一手提刀，一手使短棹，欲向樊城而走。只见上流头一将，撑大筏而至，将小船撞翻，庞德落于水中。船上那将跳下水去，生擒庞德上船。众视之。擒庞德者，乃周仓也。仓素知水性，又在荆州住了数年，愈加惯熟；更兼力大，因此擒了庞德。于禁所领七军，皆死于水中，其会水者，料无去路，亦皆投降。后人有诗曰：

夜半征鼙响震天，襄樊平地作深渊。

关公神算谁能及，华夏威名万古传。

关公回到高阜去处，升帐而坐。群刀手押过于禁来。禁拜伏于地，乞哀请命。关公曰："汝怎敢抗吾？"禁曰："上命差遣，身不由己，望君侯怜悯，誓以死报。"公绰髯笑曰："吾杀汝，犹杀狗彘耳，空污刀斧。令人缚送荆州，大牢内监候，待吾回，别作区处。"发落去讫。关公又令押过庞德。德睁眉怒目，立而不跪。关公曰："汝兄现在汉中，汝故主马超亦在蜀中为大将，汝如何不早降？"德大怒曰："吾宁死于刀下，岂降汝耶！"骂不绝口。公大怒，喝令刀斧手推出斩之。德引颈受刑，关公怜而葬之。于是乘水势未退，复上战船，引大小将校来攻樊城。

却说樊城周围，白浪滔天，水势益甚，城垣渐渐浸塌，男女担土搬砖，填塞不住。曹军众将无不丧胆，慌忙来告曹仁曰："今日之危，非力可救。可趁敌军未至，乘舟夜走，虽然失城，尚可全身。"仁从其言,方欲备船出走,满宠谏曰:"不可。山水骤至,岂能长存? 不旬日,即当自退。关公虽未攻城,已遣别将在郏下,其所以不敢轻进者,虑吾军袭其后也。今若弃城而去,黄河以南,非国家之有矣。愿将军固守此城,以为保障。"仁拱手称谢曰:"非伯宁之教,几误大事。"乃骑白马上城,聚众将发誓曰:"吾受魏王命,保守此城,但有言弃城而去者,斩!"诸将皆曰:"某等愿以死据守。"仁大喜,就城上设弓弩数百,军士昼夜防护,不敢懈怠;老幼居民,担土石,填塞城垣。旬日之内,水势渐退。

关公自擒魏将于禁等,威震天下,无不惊骇。忽次子关兴来寨内省亲。公就令兴赍诸官立功文书去成都,见汉中王,各求升迁。兴拜辞父亲,径投成都去讫。

却说关公分兵一半,直抵郏下。公自领兵四面攻打樊城。当日关公自到北门,立马扬鞭,指而问曰:"汝等鼠辈,不早来降,更待何时?"正言间,曹仁在敌楼上见关公身上止披掩心甲,斜袒着绿袍,乃急招五百弓弩手,一齐放箭。公急勒马回时,右臂上中一弩箭,翻身落马⑤。正是:

> 水里七军方丧胆,城中一箭忽伤身。

未知关公性命如何,且看下文分解。

⑤ **关羽中箭事移植**
《三国志·蜀书·关羽传》称:"羽尝为流矢中,贯其左臂,后创虽愈,每至阴雨,骨常疼痛,医曰:矢镞有毒,毒入于骨,当破臂作创,刮骨去毒,然后此患乃除耳。"此处未明言为何时所受之箭毒,但据其文字排列程序,则当在建安二十四年(219)攻樊城前。且察之句中之"后创虽愈,每至阴雨"等语,也可断定决非在攻樊城中箭的。

第七十五回　关云长刮骨疗毒
吕子明白衣渡江

却说曹仁见关公落马，即引兵冲出城来。被关平一阵杀回，救关公归寨，拔出臂箭。原来箭头有药，毒已入骨，右臂青肿，不能运动。关平慌与众将商议曰："父亲若损此臂，安能出敌？不如暂回荆州调理。"于是与众将入帐见关公。公问曰："汝等来，有何事？"众对曰："某等因见君侯右臂损伤，恐临敌致怒，冲突不便。众议可暂班师回荆州调理。"公怒曰："吾取樊城，只在目前。取了樊城，即当长驱大进，径到许都，剿灭操贼，以安汉室。岂可因小疮而误大事？汝等敢慢吾军心耶！"平等默然而退。众将见公不肯退兵，疮又不痊，只得四方访问名医。

忽一日，有人从江东驾小舟而来，直至寨前。小校引见关平。平视其人：方巾阔服，臂挽青囊，自言姓名："乃沛国谯郡人，姓华，名佗，字元化[①]。因闻关将军乃天下英雄，今中毒箭，特来医治。"平曰："莫非昔日医东吴周泰者乎？"佗曰："然。"平大喜，即与众将同引华佗入帐见关公。时关公本是臂疼，恐慢军心，无可消遣，正与马良弈棋；闻有医者至，即召入，礼毕，赐坐。茶罢，佗请臂视之。公袒下衣袍，伸臂令佗看视。佗曰："此乃弩箭所伤，其中有乌头之药，直透入骨。若不早治，此臂无用矣。"公曰："用何物治之？"佗曰："某自有治法，但恐君侯惧耳。"公笑曰："吾视死如归，有何惧哉？"佗曰："当于静处，立一标柱，上钉大环，请君侯将臂穿于环中以绳系之；然后以被蒙其首。吾用尖刀割开皮肉，直至于骨，刮去骨上箭毒，用药敷之，以线缝其口，方可无事。但恐君侯惧耳。"公笑曰："如此，容易！何用柱环？"令设酒席相待。公饮数杯酒毕，一面仍与马良弈棋，伸臂令佗割之。

佗取尖刀在手，令一小校捧一大盆于臂下接血，佗曰："某便下手，君侯勿惊。"公曰："任汝医治，吾岂比世间俗子惧痛者耶？"佗乃下刀，割开皮肉，直至于骨，骨上已青。佗用刀刮骨，悉悉有声。帐

① **华佗是印度名字**

《演义》述华佗为关羽刮骨疗毒，其实此时华佗早死(后华佗为曹操治头痛，亦属不实)。按，华佗乃是死后的名字。他原名华旉。"华佗"，据陈寅恪考证，系来自天竺语 agada，意为药神。汉译为与华旉同姓，删去字首元音，即音译为华佗。这是因为华旉医术、人品堪称一流，人们将他比附为印度神话中药神降世。《三国志·魏书·华佗传》，含有梵文痕迹，可见早在 1700 年前，史书就受到佛经影响。

上帐下，见者皆掩面失色。公饮酒食肉，谈笑弈棋，全无痛苦之色②。须臾，血流盈盆。佗刮尽其毒，敷上药，以线缝之。公大笑而起。谓众将曰："此臂伸舒如故，并无痛矣。先生真神医也！"佗曰："某为医一生，未尝见此，君侯真天神也！"后人有诗曰：

> 治病须分内外科，世间妙艺苦无多。
>
> 神威罕及惟关将，圣手能医说华佗。

关公箭疮既愈，设席款谢华佗。佗曰："君侯箭疮虽治，然须爱护，切勿怒气伤触。过百日后，平复如旧矣。"关公以金百两酬之。佗曰："某闻君侯高义，特来医治，岂望报乎！"坚辞不受。留药一帖，以敷疮口，辞别而去。

却说关公擒了于禁，斩了庞德，威名大震，华夏皆惊③，探马报到许都。曹操大惊，聚文武商议曰："孤素知云长智勇盖世，今据荆、襄，如虎生翼。于禁被擒，庞德被斩，魏兵挫锐。倘彼率兵直至许都，如之奈何？孤欲迁都以避之④。"司马懿谏曰："不可。于禁等被水所淹，非战之故，于国家大计，本无所损。今孙、刘失好，云长得志，孙权必不喜。大王可遣使去东吴陈说利害，令孙权暗暗起兵蹑云长之后，许事平之日，割江南之地以封孙权，则樊城之危自解矣。"主簿蒋济曰："仲达之言是也。今可即发使往东吴，不必迁都动众。"操依允，遂不迁都。因叹谓诸将曰："于禁从孤三十年，何期临危反不如庞德也？今一面遣使致书东吴，一面必得一大将，以当云长之锐。"言未毕，阶下一将应声而出曰："某愿往。"操视之，乃徐晃也。操大喜，遂发精兵五万，令徐晃为将，吕建副之，克日起兵，前到阳陵坡驻扎，看东南有应，然后征进⑤。

却说孙权接得曹操书信，览毕，欣然应允。即修书，发付使者先回。乃聚文武商议。张昭曰："近闻云长擒于禁，斩庞德，威震华夏，操欲迁都以避其锋。今樊城危急，遣使求救，事定之后，恐有反复。"权未及发言，忽报吕蒙乘小舟自陆口来，有事而禀。权召入问之。蒙曰："今云长提兵围樊城，可乘其远出，袭取荆州。"权曰："孤欲北取徐州如何？"蒙曰："今操远在河北，未暇东顾，徐州守兵无多，往自可克。然其地势利于陆战，不利水战；纵然得之，亦难保守。不如先取荆州，全据长江，别作良图。"权曰："孤本欲取荆州，前言特以试卿

---

② **关羽刮骨治疗参照系**

据《三国志·蜀书·关羽传》："羽便伸臂令医劈之。时羽适请诸将饮食相对，臂血流离，盈于盘器，而羽割炙引酒言笑自若。"按此类故事，多为古代武人英雄气。隋末高开道更甚。据《坚瓠余集》："张黄岳先生《云谷卧余》：世知关壮缪刮骨疗毒，饮弈自如，不知高开道有矢镞在颊，召医出之，医曰：镞深不可出。高怒斩之；别召一医，曰出之恐痛。又斩之。更召一医，医曰可出。乃凿颊骨，置楔其间，骨裂寸余，竟出其镞。开道奏妓进馔不辍。"五代李存勖部将苌从简，"从简尝中流矢，镞入髀骨，命工取之，工无良药，欲凿其骨，人皆以为不可，从简遽使凿之，工迟疑不忍下。从简叱其亟凿，左右视者皆若不胜其毒，而从简言笑自若"（《新五代史》卷四十七《苌从简传》）。南宋初楚州守将赵立与金作战，"是时，立中箭镞，入舌下，坚不可取，命医以铁钳破齿，凿骨钮去，移时乃出，流血盈襟，左右毛发皆耸，而立颜色屹然不变"（王明清《挥麈录·后录》卷九）。

③ **关羽没有及时声援侯音、孙狼**

关羽北征，分军包围襄阳和樊城，那是汉建安二十四年(219)的事。它并未直接威胁曹操在中州的两个政治重心许昌和洛阳。对它们真正构成威胁的，却是早一年分别爆发于陆浑（河南嵩山附近）和宛城（河南南阳）的孙狼等民众起事和侯音、卫开起事，此中尤其是侯音，他是宛城守将，在据城后，即"与关羽连和"；他们都接受关羽封号。要

是关羽此时主力立即北上,相互呼应,局势当可有大变,可惜他迟了一步。就在他出军前三个月,襄阳守将曹仁就攻占了宛城,斩侯音;孙狼等也因孤立无援,被消灭了。关羽丢失了战机。

④ 曹操因汉帝在许拟迁都

据史传,曹操当时在汉中,闻襄樊紧急,正在返回洛阳途中,不在许都。曹操的政治中心有五:许都、长安、邺城、谯郡和洛阳,主要是洛阳;其次是邺城。迁都乃是迁汉帝,"关羽围樊、襄阳。太祖以汉帝在许,近贼,欲徙都"(《三国志·魏书·蒋济传》)。由此,所谓迁都,可视为曹操为避关羽锋芒,仅迁走汉帝而已。

⑤ 徐晃援樊城

曹操由汉中撤回至阳平,"复遣(徐)晃助曹仁讨关羽,屯宛。会汉水暴溢,于禁等没"(《三国志·魏书·徐晃传》)。可见当时徐晃是曹操派出援襄樊的第三路人马,他在于禁、庞德两军屯扎襄樊前线时,已驻宛(河南南阳),他并非因于禁、庞德失败后才出援的。

⑥ 吕蒙读书

《三国志·吴书·吕蒙传》引《江表传》称:"初,权谓蒙及蒋钦曰:'卿今并涂掌事,宜学问以自开益。'蒙曰:'在军中常苦多务,恐不容复读书。'权曰:'孤岂欲卿治经为博士邪?但当令涉猎见往事耳。卿言多务孰若孤,孤少时历《诗》、《书》、《礼记》、《左传》、《国语》,唯不读《易》。至统事以来,省三史、诸家兵书,自以为大有所益。如卿二人,意性朗悟,学必得之,宁当不为乎?宜急读《孙子》、《六韬》、《左传》、《国语》及三史。孔子言:终日不

耳。卿可速为孤图之,孤当随后便起兵也。"吕蒙辞了孙权,回至陆口。早有哨马报说,沿江上下,或二十里,或三十里,高阜处各有烽火台。又闻荆州军马整肃,预有准备。蒙大惊曰:"若如此,急难图也。我一时在吴侯面前劝取荆州,今却如何处置?"寻思无计,乃托病不出。使人回报孙权。权闻吕蒙患病,心甚怏怏。陆逊进言曰:"吕子明之病,乃诈耳,非真病也。"权曰:"伯言既知其诈,可往视之。"

陆逊领命,星夜至陆口寨中来见吕蒙,果然面无病色。逊曰:"某奉吴侯命,敬探子明贵恙。"蒙曰:"贱躯偶病,何劳探问。"逊曰:"吴侯以重任付公,公不乘时而动,空怀郁结,何也?"蒙目视陆逊,良久不语。逊又曰:"愚有小方,能治将军之疾,未审可用否?"蒙乃屏退左右而问曰:"伯言良方,乞早赐教。"逊笑曰:"子明之疾,不过因荆州兵马整肃,沿江有烽火台之备耳。予有一计,令沿江守吏不能举火,荆州之兵束手归降,可乎?"蒙惊谢曰:"伯言之语,如见我肺腑,愿闻良策。"陆逊曰:"云长倚恃英雄,自料无敌,所虑者惟将军耳。将军乘此机会,托疾辞职,以陆口之任让之他人。使他人卑辞赞美关公,以骄其心,彼必尽撤荆州之兵以向樊城。若荆州无备,用一旅之师,别出奇计以袭之,则荆州在掌握之中矣。"蒙大喜曰:"真良策也。"由是吕蒙托病不起,上书辞职。陆逊回见孙权,具言前计。孙权乃召吕蒙还建业养病。蒙至,入见权。权问曰:"陆口之任,昔周公瑾荐鲁子敬以自代,后子敬又荐卿自代⑥,今卿亦须荐一才望兼隆者,代卿为妙。"蒙曰:"若用望重之人,云长必然提备。陆逊意思深长,而未有远名,非云长所忌,若即用以代臣之任,必有所济。"权大喜,即日拜陆逊为偏将军、右都督,代蒙守陆口。逊谢曰:"某年幼无学,恐不堪重任。"权曰:"子明保卿,必不差错。卿毋得推辞。"逊乃拜受印绶。连夜往陆口,交割马步水三军已毕,即修书一封,具名马、异锦、酒礼等物,遣使赍赴樊城见关公。

时公正将息箭疮,按兵不动。忽报:"江东陆口守将吕蒙病危,孙权取回调理。近拜陆逊为将,代吕蒙守陆口。今逊差人赍书具礼,特来拜见。"关公召入,指来使而言曰:"仲谋见识短浅,用此孺子为将。"来使伏地告曰:"陆将军呈书备礼:一来与君侯作贺,二来求

两家和好。幸乞笑留。"公拆书视之，书词极其卑谨。关公览毕，仰面大笑，令左右收了礼物，发付使者回去。使者回见陆逊曰："关公欣喜，无复有忧江东之意。"逊大喜，密遣人探得关公果然撤荆州大半兵赴樊城听调，只待箭疮疼痊可，便欲进兵。逊察知备细，即差人星夜报知孙权。孙权召吕蒙商议曰："今云长果撤荆州之兵，攻取樊城，便可设计袭取荆州。卿与吾弟孙皎同引大军前去，何如？"孙皎字叔明，乃孙权叔父孙静之次子也。蒙曰："主公若以蒙可用，则独用蒙；若以叔明可用，则独用叔明。岂不闻昔日周瑜、程普为左右都督，事虽决于瑜，然普自以旧臣而居瑜下，颇不相睦，后因见瑜之才，方始敬服。今蒙之才不及瑜，而叔明之亲胜于普，恐未必能相济也。"权大悟，遂拜吕蒙为大都督，总制江东诸路军马。令孙皎在后接应粮草。蒙拜谢，点兵三万，快船八十余只，选会水者扮作商人，皆穿白衣，在船上摇橹，却将精兵伏于�船中⑦。次调韩当、蒋钦、朱然、潘璋、周泰、徐盛、丁奉等七员大将，相继而进。其余皆随吴侯为合后救应。一面遣使致书曹操，令进兵以袭云长之后；一面先传报陆逊。然后发白衣人驾快船往浔阳江去，昼夜趱行，直抵北岸。江边烽火台上守台军盘问时，吴人答曰："我等皆是客商，因江中阻风，到此一避。"随将财物送与守台军士，军士信之，遂任其停泊江边。

约至二更，艨艟中精兵齐出，将烽火台上官军缚倒，暗号一声，八十余船精兵俱起，将紧要去处墩台之军，尽行捉入船中，不曾走了一个。于是长驱大进，径取荆州⑧，无人知觉。将至荆州，吕蒙将沿江墩台所获官军，用好言抚慰，各各重赏，令赚开城门，纵火为号。众军领命，吕蒙便教前导。比及半夜，到城下叫门。门吏认得是荆州之兵，开了城门。众军一声喊起，就城门里放起号火。吴兵齐入，袭了荆州。吕蒙便传令："军中如有妄杀一人，妄取民间一物者，定按军法。"原任官吏，并依旧职。将关公家属，另养别宅，不许闲人搅扰。一面遣人申报孙权。一日大雨，蒙上马引数骑点看四门。忽见一人取民间箬笠以盖铠甲，蒙喝左右执下问之，乃蒙之乡人也。蒙曰："汝虽系我同乡，但吾号令已出，汝故犯之，当按军法。"其人泣告曰："某恐雨湿官铠，故取遮盖，非为私用，乞将军念同乡之情。"蒙

食，终夜不寝以思，无益，不如学也。光武当兵马之务，手不释卷。孟德亦自谓老而好学。卿何独不自勉耶邪？"王嘉《拾遗记》也称："吕蒙入吴，吴主劝其学业。蒙乃博览群籍，以《易》为宗；常在孙策坐酣醉，忽卧，于梦中诵《周易》一部，俄而惊起，众人皆问之，蒙曰：'向梦见伏羲、文王、周公与我论世祚兴亡之事，日月贞明之道，莫不精穷极妙，未该玄旨，故空诵其文耳。'众坐皆云：'吕蒙呓语通《周易》。'"

⑦ **吕蒙白衣庵遗址**

按吕蒙白衣渡江，见《三国志·吴书·吕蒙传》："蒙至寻阳，尽伏其精兵艨艟中，使白衣摇橹，作商贾人服，昼夜兼行。"寻阳即今江西九江，但民间传说，称吕蒙军乔装白衣商人藏在湖北洪湖县东的吕蒙口镇，该处有白衣庵，建于镇后红杨树林丛，相传此处为吕蒙营垒。庵内所供吕蒙塑像亦着白衣。

⑧ **关羽建筑江陵城**

此荆州城即江陵。关羽曾就城围城墙，当时极为坚固。后吕蒙袭之。关羽回师，至城边，未攻城，他说，"此城吾所筑，不可攻也"（《水经注》）。现城墙为清顺治三年（1646）重建，墙高 9 米，厚 10 米，周长 10 公里，有六座拱形城门，为目前国内保存有完整的古城墙的城市之一。现城内所遗留三国古迹，多与关羽有关，如关羽府第（明初改建为关羽庙）、马跑泉、刮骨疗毒处、饮马池、点将台等。

⑨ **关羽未重用潘濬乃失策**

《演义》因主蜀汉，故贬潘之为人，叙述从略。按，潘濬后为东吴辅政大臣，极为孙权信任。其

因一潘濬乃荆州高级知识分子杰出代表。他是大儒宋忠学生、友朋门生遍两湖;二是确有才智、魄力。刘备入蜀,安排为治中从事,主持荆州事务。他是荆州的第二把手,关羽的主要副手,但见于关羽蔑视士大夫,没有能行使职权。潘濬归顺孙权事,有《江表传》称:"权克荆州,将吏悉皆归附,而濬独称疾不见。权遣人以床就家舆致之,濬伏面著床席不起,涕泣交横,哀咽不能自胜。权慰劳与语,呼其字曰:'承明,昔观丁父,鄀俘也,武王以为军帅;彭仲爽,申俘也,文王以为令尹。此二人,卿荆国之先贤也,初虽见囚,后皆擢用,为楚名臣。卿独不然,未肯降意,将以孤异古人之量邪?'使亲近以手巾拭其面,濬起下地拜谢。即以为治中,荆州诸军事一以谘之。"潘濬任事,为东吴扫清荆州地区蜀汉残军,卓有功劳。乾隆《襄阳府志》有记大族习珍"率七县,自号为邵陵太守,屯枝夷界以事蜀,潘濬攻之,所至皆下。珍率数百士登山,濬投书谕使降,不答。濬曾将左右到山下求其交话。珍谓曰:'我必为汉鬼,不为吴臣,不可指也。'因引弓射。潘濬还,攻守月余"(卷二十六)。孙权能识人才,因此关羽如以潘濬主持后方,则不会败到走麦城。

⑩ 傅士仁非真降

傅士仁为虞翻说降事,见《三国志·吴书·吕蒙传》,"遂到南郡,士仁、糜芳皆降。"但据《吴主传》权征羽,先遣吕蒙袭公安,获将军士仁。似士仁乃被俘,非降。按,《吕蒙传》引《吴书》,称士仁得到虞翻招降书"流涕而降。翻谓(吕)蒙曰:'此谲兵也,当将仁行,留兵备城。'遂将仁至南郡。南郡太守糜芳城守,蒙以仁示之,遂降。"由此说明他非真降。质之日后糜芳留吴为将军,他却不见下落,也可佐证。又傅士仁应作"士仁",士姓,非傅姓。

曰:"吾故知汝为覆官铠,然终是不应取民间之物。"叱左右推下斩之,枭首传示毕,然后收其尸首,泣而葬之。自是三军震肃。

不一日,孙权领众至。吕蒙出郭迎接入衙。权慰劳毕,仍命潘濬为治中,掌荆州事⑨。监内放出于禁,遣归曹操。安民赏军,设宴庆贺。权谓吕蒙曰:"今荆州已得,但公安傅士仁、南郡糜芳,此二处如何收复?"言未毕,忽一人出曰:"不须张弓只箭,某凭三寸不烂之舌,说公安傅士仁来降,可乎?"众视之,乃虞翻也。权曰:"仲翔有何良策,何使傅士仁归降?"翻曰:"吾自幼与士仁交厚,今若以利害说之,彼必归矣。"权大喜,遂令虞翻领五百军,径奔公安来。

却说傅士仁听知荆州有失,急令闭城坚守。虞翻至,见城门紧闭,遂写书拴于箭上,射入城中。军士拾得,献与傅士仁。士仁拆书视之,乃招降之意。览毕,想起关公去日恨吾之意,不如早降⑩。即令大开城门,请虞翻入城。二人礼毕,各诉旧情。翻说吴侯宽洪大度,礼贤下士。士仁大喜,即同虞翻赍印绶来荆州投降。孙权大悦,仍令去守公安。吕蒙密谓权曰:"今云长未获,留士仁于公安,久必有变。不若使往南郡,招糜芳归降。"权乃召傅士仁谓曰:"糜芳与卿交厚,卿可招来归降,孤自当有重赏。"傅士仁慨然领诺,遂引十余骑,径投南郡招安糜芳。正是:

今日公安无守志,从前王甫是良言。

未知此去如何,且看下文分解。

第七十六回　徐公明大战沔水　关云长败走麦城

却说糜芳闻荆州有失,正无计可施。忽报公安守将傅士仁至,芳忙接入城,问其事故。士仁曰:"吾非不忠,势危力困,不能支持,我今已降东吴。将军亦不如早降。"芳曰:"吾等受汉中王厚恩,安忍背之?"士仁曰:"关公去日,痛恨吾二人,倘一日得胜而回,必无轻恕,公细察之。"芳曰:"吾兄弟久事汉中王,岂可一朝相背?"正犹豫间,忽报关公遣使至。接入厅上,使者曰:"关公军中缺粮,特来南郡、公安二处,取白米十万石。令二将军星夜解去军前交割,如迟立斩。"芳大惊,顾谓傅士仁曰:"今荆州已被东吴所取,此粮怎得过去?"士仁厉声曰:"不必多疑!"遂拔剑斩来使于堂上。芳惊曰:"公如何斩之?"士仁曰:"关公此意,正要斩我二人。我等安可束手受死?公今不早降东吴,必被关公所杀。"正说间,忽报吕蒙引兵杀至城下。芳大惊,乃同傅士仁出城投降。蒙大喜,引见孙权。权重赏二人。安民已毕,大犒三军。

时曹操在许都,正与众谋士议荆州之事,忽报东吴遣使奉书至。操召入,使者呈上书信。操拆视之,书中具言吴兵将袭荆州,求操夹攻云长。且嘱勿泄漏,使云长有备也。操与众谋士商议。主簿董昭曰:"今樊城被困,引颈望救,不如令人将书射入樊城,以宽军心;且使关公知东吴将袭荆州,彼恐荆州有失,必速退兵。却令徐晃乘势掩杀,可获全功。"操从其谋,一面差人催徐晃急战,一面亲统大兵,径往洛阳之南阳陵坡驻扎,以救曹仁。

却说徐晃正坐帐中,忽报魏王使至。晃接入问之,使曰:"今魏王引兵已过洛阳,令将军急战关公,以解樊城之困。"正说间,探马报说:"关平屯兵在偃城,廖化屯兵在四冢,前后一十二个寨栅,连络不绝。"晃即差副将徐商、吕建,假着徐晃旗号前赴偃城,与关平交战。晃却自引精兵五百,循沔水去袭偃城之后。

且说关平闻徐晃自引兵至,遂提本部兵迎敌。两阵对圆,关平出马,与徐商交锋,只三合,商大败而走。吕建出战,五六合,亦败走。平乘势追杀二十余里,忽报城中火起,平知中计,急勒兵回救偃城。正遇一彪军摆开,徐晃立马在门旗下,高叫曰:"关平贤侄,好不知死,汝荆州

① **曹操向关羽泄密**

① **曹操向关羽泄密**

汉建安二十四年(219),关羽水淹七军围曹仁于樊城。八月,曹操命徐晃救之,并调张辽等星夜来援。十月,曹操由长安返洛阳(时汉献帝在许都),"孙权遣使上书,以讨关羽自效"(《三国志·魏书·武帝纪》),"权内惮羽,外欲以为己功,笺与曹公,乞以讨羽自效"(《三国志·吴书·吴王传》)。也有认为是曹操主动联络孙权"遣人劝蹑其后,许割江南以封权"(《三国志·魏书·蒋济传》)。两说不一,但曹操从董昭计向关羽泄孙权书却是有的。"孙权遣使辞以'遣兵西上,欲掩取羽。江陵、公安累重,羽失二城,必自奔走。樊军之围,不救自解。乞密不漏,令羽有备。'而曹操却将孙权书送与关羽,"曹公且欲使羽与权相持以斗之,驿传权书,使曹仁以弩射示羽。羽犹豫不能去"(《三国志·吴书·吴主传》)。此策即出自董昭建议。"昭曰:军事尚权,期于合宜。宜露权以密,而内露之。羽闻权上,若还自护,围则速解,便获其利。可使两贼相对衔持,坐待其弊。秘而不露,使权得志,非计之上。又,围中将吏不知有救,计粮怖惧,傥有他意,为难不小。露之为便。且羽为人强梁,自恃二城守固,必不速退。""即敕救将徐晃以权书射著围里及羽屯中,围里闻之,志气百倍。羽果犹豫"(《三国志·魏书·董昭传》)。

② **廖化其人**

廖化并未奉命赴上庸求救。据《三国志·蜀书·廖化传》,荆州失陷,"羽败,(廖化)属吴,思归先主,乃诈死,时人谓为信然,因

已被东吴夺了①,犹然在此狂为!"平大怒,纵马轮刀,直取徐晃。不三四合,三军喊叫,偃城中火光大起。平不敢恋战,杀条大路,径奔四冢寨来。廖化②接着。化曰:"人言荆州已被吕蒙袭了,军心惊慌,如之奈何?"平曰:"此必讹言也!军士再言者斩之!"忽流星马到,报说:"正北第一屯,被徐晃领兵攻打。"平曰:"若第一屯有失,诸营岂得安宁?此间皆靠沔水,贼兵不敢到此,吾与汝同去第一屯。"廖化唤部将分付曰:"汝等坚守营寨,如有贼到,即便举火。"部将曰:"四冢寨鹿角十重,虽飞鸟亦不能入,何虑贼兵。"于是关平、廖化尽起四冢寨精兵,奔至第一屯住扎。关平看见魏兵屯于浅山之上,谓廖化曰:"徐晃屯兵不得地利,今夜可引兵劫寨。"化曰:"将军可分兵一半前去,某当谨守本寨。"是夜关平引一枝兵,杀入魏寨,不见一人。平知是计,火速退时,左边徐商,右边吕建,两下夹攻。平大败回营,魏兵乘势追杀前来,四面围住。关平、廖化支持不住,弃了第一屯,径投四冢寨来。早望见寨中火起,急到寨前,只见皆是魏兵旗号。关平等退兵,忙奔樊城大路而走。前面一军拦住,为首大将乃是徐晃也。平、化二人奋力死战,夺路而走。回到大寨来见关公曰:"今徐晃夺了偃城等处;又兼曹操自引大军,分三路来救樊城,多有人言荆州已被吕蒙袭了。"关公喝曰:"此敌人讹言,以乱我军心耳。东吴吕蒙病危,孺子陆逊代之,不足为虑。"

言未毕,忽报徐晃兵至,公令备马。平谏曰:"父体未痊,不可与敌。"公曰:"徐晃与吾有旧,深知其能。若彼不退,吾先斩之,以警魏将。"遂披挂提刀上马,奋然而出。魏军见之,无不惊惧。公勒马问曰:"徐公明安在?"魏营门旗开处,徐晃出马,欠身而言曰:"自别君侯,倏忽数载,不想君侯须发早苍白矣。忆昔壮年相从,多蒙教诲,感谢不忘。今君侯英风震于华夏,使故人闻之,不胜叹美。兹幸得一见,深慰渴怀。"公曰:"吾与公明交契深厚,非比他人,今何故数穷吾儿耶?"晃回顾众将,厉声大叫曰:"若取得云长首级者,重赏千金!"公惊曰:"公明何出此言?"晃曰:"今日乃国家之事,某不敢以私废公。"言讫,挥大斧,直取关公。公大怒,亦挥刀迎之。战八十余合,公虽武艺绝伦,终是右臂少力。关平恐公有失,火急鸣金,公拨马回寨。忽闻四下里喊声大震。原来是樊城曹仁闻曹操救兵至,引

军杀出城来。与徐晃会合,两下夹攻,荆州兵大乱。

关公上马,引众将急奔襄江上流头。背后魏兵追至。关公急渡襄江,望襄阳而奔。忽流星马到,报说荆州已被吕蒙所夺,家眷被陷。关公大惊,不敢奔襄阳,提兵投公安来。探马又报,公安傅士仁已降东吴了。关公大怒,忽催粮人到,报说公安傅士仁往南郡,杀了使命,招糜芳都降东吴去了。关公闻言,怒气冲塞,疮口迸裂,昏绝于地。众将救醒。公顾谓司马王甫曰:"悔不听足下之言,今日果有此事。"因问:"沿江上下,何不举火?"探马答曰:"吕蒙使水手尽穿白衣,扮作客商渡江,将精兵伏于䑠艒之中,先擒了守台士卒,因此不得举火。"公跌足叹曰:"吾中奸贼之谋矣!有何面目见兄长耶!"管粮都督赵累曰:"今事急矣,可一面差人往成都求救,一面从旱路去取荆州。"关公依言,差马良、伊籍赍文三道,星夜赴成都求救;一面引兵来取荆州,自领前队先行,留廖化、关平断后。

却说樊城围解,曹仁引众将来见曹操,泣拜请罪。操曰:"此乃天数,非汝等之罪也。"操重赏三军,亲至四冢寨周围阅视,顾谓众将曰:"荆州兵围堑鹿角数重,徐公明深入其中,竟获全功。孤用兵三十余年,未敢长驱径入敌围。公明真胆识兼优者也!"众皆叹服。操班师,还于摩陂驻扎。徐晃兵至,操亲出寨迎之。见晃军皆按队伍而行,并无差乱。操大喜曰:"徐将军真有周亚夫之风矣。"遂封徐晃为平南将军,同夏侯尚守襄阳,以遏关公之师。操因荆州未定,就屯兵于摩陂③,以候消息。

却说关公在荆州路上,进退无路④。谓赵累曰:"目今前有吴兵,后有魏兵,吾在其中,救兵不至,如之奈何?"累曰:"昔吕蒙在陆口时,尝致书君侯,两家约好,共诛操贼,今却助操而袭我,是背盟也。君侯暂驻军于此,可差人遗书吕蒙责之,看彼如何对答。"关公从其言,遂修书遣使赴荆州来。

却说吕蒙在荆州,传下号令:凡荆州诸郡,有随关公出征将士之家,不许吴兵搅扰,按月给与粮米,有患病者遣医治疗,将士之家,感其恩惠,安堵不动。忽报关公使至。吕蒙出郭迎接入城,以宾礼相待。使者呈书与蒙,蒙看毕,谓来使曰:"蒙昔日与关将军结好,乃一己之私见;今日之事乃上命差遣,不得自主。烦使者回报将军,善言

携持老母昼夜西行",与刘备东征军相会于秭归,即随军征吴。廖化以后任丞相参军、阴平太守,他随从诸葛亮事迹无多记载。廖化本名廖淳,当是在诸葛亮北伐时更名,俗语有"蜀中无大将,廖化充先锋"即是。《演义》叙刘备伐吴,有将廖淳即廖化。景耀二年(259),任右车骑将军,阶位仅次于姜维、胡济。蜀汉炎兴元年(263),他随姜维降钟会。翌年春天,在内徙洛阳途中病死。据《三国志·蜀书·宗预传》,他在景耀四年(261)已是"年逾七十",估计他诞生在黄巾起事时候。

③ 赵俨阻曹仁追关羽与曹操认同

关羽因孙权军袭后南撤,曹仁等拟追击。赵俨持异议。"俨曰:'权邀羽连兵之难,欲掩制其后,顾羽还救,恐我承其两疲,故顺辞求效,乘衅因变,以观利钝耳。今羽已孤进,更宜存之以为权害。若深入追北,权则改虞于彼,将生患于我矣。王必以此为深虑。'仁乃解严。太祖闻羽走,恐诸将追之,果疾敕仁,如所策。"(《三国志·魏书·赵俨传》)按,赵俨、曹操均深得兵法之要。所以胡三省有称:"赵俨之计,此战国策士所谓两利而俱存之计也。解严解所严兵,不复追羽也。是后陆逊败刘备于峡中,收兵而还,不复追备,计亦出此。"

④ 关羽由襄阳南撤

关羽返江陵途中,据《元和郡县图志·山南道》:"江陵府城,州城本有中隔,以北旧城也,以南关羽所筑。羽北围曹仁于樊,留糜芳守城,及吕蒙袭破芳,羽还救城,闻芳已降,退住九里,曰:'此城吾所筑,不可攻也。'乃退保麦城。"此与《演义》有异。

致意。"遂设宴款待,送归馆驿安歇。于是随征将士之家,皆来问信。有附家书者,有口传音信者,皆言家门无恙,衣食不缺。使者辞别吕蒙,蒙亲送出城。使者回见关公,具道吕蒙之语。并说:"荆州城中,君侯宝眷并诸将家属,俱各无恙,供给不缺。"公大怒曰:"此奸贼之计也。我生不能杀此贼,死必杀之,以雪吾恨!"喝退使者。使者出寨,众将皆来探问家中之事。使者具言各家安好,吕蒙极其恩恤,并将书信传送各将。各将欣喜,皆无战心。关公率兵取荆州,军行之次,将士多有逃回荆州者。关公愈加恨怒,遂催军前进。忽然喊声大震,一彪军拦住,为首大将乃蒋钦也。勒马挺枪,大叫曰:"云长何不早降?"关公骂曰:"吾乃汉将,岂降贼乎?"拍马舞刀,直取蒋钦。不三合,钦败走。关公提刀追杀二十余里,喊声忽起,左边山谷中韩当领军冲出,右边山谷中周泰引军冲出,蒋钦回马复战,三路夹攻。关公急撤军回走,行无数里,只见南山冈上人烟聚集,一面白旗招飐,上写"荆州土人"四字。众人都叫:"本处人速速投降!"关公大怒,欲上冈杀之。山崦内又有两军撞出,左边丁奉,右边徐盛,并合蒋钦等三路军马,喊声震地,鼓角喧天,将关公困在垓心。手下将士,渐渐消疏。比及杀到黄昏,关公遥望四山之上,皆是荆州土兵,呼兄唤弟,觅子寻爷,喊声不住,军心尽变,皆应声而去。关公止喝不住,部从止有三百余人。

杀至三更,正东上喊声连天,乃是关平、廖化分两路兵,杀入重围,救出关公。关平告曰:"军心乱矣,必得城池暂屯,以待援兵。麦城虽小,足可屯扎。"关公从之,催促残军前至麦城。分兵紧守四门,聚将士商议。赵累曰:"此处相近上庸,现有刘封、孟达在彼把守,可速差人往求救兵。若得这支军马接济,以待川兵大至,军心自安矣。"正议间,忽报吴兵已至,将城四周围定。公问曰:"谁取突围而出,往上庸求救?"廖化曰:"某愿往。"关平曰:"我护送汝出重围。"关公即修书付廖化,藏于身畔,饱食上马,开门出城。正遇吴将丁奉截住,被关平奋力冲杀,奉败走。廖化乘势杀出重围,投上庸去⑤。关平入城,坚守不出。

且说刘封、孟达自取上庸,太守申耽率众归降,因此汉中王加刘封为副将军,与孟达同守上庸⑥。当日探知关公兵败,二人正议间,忽报廖化至。封令请入问之。化曰:"关公兵败,现困于麦城,被围至急,蜀中援兵不能旦夕即至,特命某突围而出,来此求救。望二将军速起上庸之兵,以救此危。倘稍迟延,公必陷矣。"封曰:"将军且

⑤ 廖化求救上庸乃南霁云故事移植

唐张巡、许运守睢阳,久之,粮尽,据《旧唐书·张巡传》:"时贺兰进明以重兵守临淮,巡遣帐下之士南霁云夜缒出城,求援于进明。进明日与诸将张乐高会,无出师意。霁云泣告之,不应,无奈砍断一指以归睢阳。"

⑥ 刘封孟达攻取上庸

建安二十四年(220),刘备取汉中,命留守江陵的宜都太守、刘璋旧部孟达率军自称归北上攻取房陵(湖山房县)。"达将进攻上庸(湖北竹山西南),先主阴恐达难独任,乃遣封自汉中乘沔水下统达军,与达会上庸"(《蜀书·刘封传》)。刘封由此以副军中郎将升副军将军。此处作"副将军",误。

⑦ 关羽求助于刘封、孟达的时间差

《三国志·蜀书·刘封传》称,刘封、孟达守上庸,"自关羽围樊城、襄阳,连呼封、达,令发兵自助。封、达辞以山郡初附,未可动摇,不承羽命。"是关羽在凯歌行进中,多次招呼刘封、孟达,非关羽围困麦城时事也。但刘备处置刘封,"责封之侵陵达,又不救羽",似乎又是关羽败退南还时,因两人内讧,未主动出援者。

歇,容某计议。"化乃至馆驿安歇,专候发兵。刘封谓孟达曰:"叔父被困,如之奈何?"达曰:"东吴兵精将勇。且荆州九郡,俱已属彼,止有麦城,乃弹丸之地。又闻曹操亲督大军四五十万,屯于摩陂。量我等山城之众,安能敌得两家之强兵? 不可轻敌。"封曰:"吾亦知之,奈关公是吾叔父,安忍坐视而不救乎?"达笑曰:"将军以关公为叔,恐关公未必以将军为侄也。某闻汉中王初嗣将军之时,关公即不悦。后汉中王登位之后,欲立后嗣,问于孔明。孔明曰:'此家事也,问关、张可矣。'汉中王遂遣人至荆州问关公。关公以将军乃螟蛉之子,不可僭立,劝汉中王远置将军于上庸山城之地,以杜后患。此事人人知之,将军岂反不知耶? 何今日犹沾沾以叔侄之义,而欲冒险轻动乎?"封曰:"君言虽是,但以何词却之?"达曰:"但言山城初附,民心未定,不敢造次兴兵,恐失所守。"封从其言。次日,请廖化至,言此山城初附之所,未能分兵相救。化大惊,以头叩地曰:"若如此,则关公休矣!"达曰:"我今即往,一杯之水,安能救一车薪之火乎? 将军速回,静候蜀兵至可也。"化大恸告求,刘封、孟达皆拂袖而入[7]。廖化知事不谐,寻思须告汉中王求救,遂上马,大骂出城,望成都而去。

却说关公在麦城,盼望上庸兵到,却不见动静。手下止有五六百人,多半带伤,城中无粮,甚是苦楚。忽报城下一人教休放箭,有话来见君侯。公令放入,问之,乃诸葛瑾也。礼毕,茶罢,瑾曰:"今奉吴侯命,特来劝谕将军。自古道:'识时务者为俊杰。'今将军所统汉上九郡,皆已属他人矣。止有孤城一区,内无粮草,外无救兵,危在旦夕。将军何不从瑾之言,归顺吴侯,复镇荆、襄,可以保全家眷。幸君侯熟思之。"关公正色而言曰:"吾乃解良一武夫,蒙吾主以手足相待,安肯背义投敌国乎? 城若破,有死而已。玉可碎,而不可改其白;竹可焚,而不可毁其节;身虽殒,名可垂于竹帛也。汝勿多言,速请出城,吾欲与孙权决一死战。"瑾曰:"吴侯欲与君侯结秦、晋之好,同力破曹,共扶汉室,别无他意。君侯何执迷如是?"言未毕,关平拔剑而前,欲斩诸葛瑾。公止之曰:"彼弟孔明在蜀佐汝伯父,今若杀彼,伤其兄弟之情也。"遂令左右逐出诸葛瑾[8]。瑾满面羞惭,上马出城,回见吴侯曰:"关公心如铁

⑧ 关羽诈降未成

据《三国志·吴书·吴主传》:"关羽还当阳,西保麦城。权使诱之。羽伪降,立幡旗为象人于城上,因遁走,兵皆解散,尚十余骑。"此处"诱之",似可作"诱降"解,详情不得而知,由此《演义》假托于诸葛瑾奉命招降。但关羽确以诈降应付之,由此拟出麦城围者。

⑨ 误把吴范作吕范

吕范占卦问关羽吉凶事,实乃卜者吴范故事。《三国志·吴书·吴范传》:"后羽在麦城,使使请降。权问(吴)范曰:'竟当降否?'范曰:'彼有走气,言降诈耳。'权使潘璋邀其径路,觇候者还,白羽已去。范曰:'虽去不免。'问其期,曰:'明日日中。'权立表下漏以待之。及中不至,权问其故,范曰:'时尚未正也。'顷之,有风动帷,范拊手曰:'羽至矣。'须臾,外称万岁,传言得羽。"但据《三国志·吴书·虞翻传》,虞翻也曾为孙权卜卦,"关羽既败,权使翻筮之,得《兑》下《坎》上,《节》,五爻变之《临》,翻曰:'不出二日,必当断头。'果如翻言。权曰:'卿不及伏羲,可与东方朔为比矣。'"孙权尝自称唯不读《易》,但此时却信《易》,其擒斩关羽之焦灼心情可见一斑。吕范未随孙权出征,时由柴桑(九江)调守建业(江苏南京)。"权讨关羽,过范馆,谓曰:'昔早从卿言,无此劳也。今当上取之,卿为我守建业。'"(《三国志·吴书·吕范传》)

石,不可说也。"孙权曰:"真忠臣也。似此如之奈何?"吕范曰:"某请卜其休咎⑨。"权即令卜之。范揲蓍成象,乃"地水师卦",更有玄武临应,主敌人远奔。权问吕蒙曰:"卦主敌人远奔,卿以何策擒之?"蒙笑曰:"卦象正合某之机也。关公虽有冲天之翼,飞不出吾罗网矣。"正是:

> 龙游沟壑遭虾戏,凤入牢笼被鸟欺。

毕竟吕蒙之计若何,且看下文分解。

第七十七回　玉泉山关公显圣　洛阳城曹操感神

却说孙权求计于吕蒙。蒙曰："吾料关某兵少，必不从大路而逃，麦城正北有险峻小路，必从此路而去。可令朱然引精兵五千，伏于麦城之北二十里。彼军至，不可与敌，只可随后掩杀。彼军定无战心，必奔临沮，却令潘璋引精兵五百伏于临沮山僻小路①，关某可擒矣。今遣将士各门攻打，只空北门，待其出走。"权闻计，令吕范再卜之。卦成，范告曰："此卦主敌人投西北而走，今夜亥时必然就擒。"权大喜，遂令朱然、潘璋领两枝精兵，各依军令埋伏去讫。

且说关公在麦城，计点马步军兵，止剩三百余人，粮草又尽。是夜城外吴兵招唤各军姓名，越城而去者甚多。救兵又不见到，心中无计。谓王甫曰："吾悔昔日不用公言，今日危急，将复何如？"甫哭告曰："今日之事，虽子牙复生，亦无计可施也。"赵累曰："上庸救兵不至，乃刘封、孟达按兵不发之故。何不弃此孤城，奔入西川，再整兵来，以图恢复？"公曰："吾亦欲如此。"遂上城观之，见北门外敌军不多。因问本城居民："此去往北，地势若何？"答曰："此去皆是山僻小路，可通西川。"②公曰："今夜可走此路。"王甫谏曰："小路有埋伏，可走大路。"公曰："虽有埋伏，吾何惧哉！"即下令马步官军，严整装束，准备出城。甫哭曰："君侯于路小心保重，某与步卒

① **麦城和临沮小路**

关羽兵败，率残部屯扎麦城(湖北当阳城东20公里)。麦城，原系春秋末期楚国为保卫郢都(江陵)所建的土堡，在沮水旁，附近还有同时所筑的磨城、驴城。现城早毁，仅剩断墙垣一段，长约600米，宽100米，高30米。从麦城到关羽被擒的回马坡，至今沿途仍保留有马蹄泉、马蹄井、关公社、呼儿山、枪刀石等地名，民间传说都与关羽故事有关。按，所谓回马坡，即关羽由麦城突围，西北走古荆襄小道(临沮小路)，行走六十多公里，被伏擒的三岔路口处(湖北远安县城西北罗汉峪沟)。清时，回马坡建有石亭，亭里有碑刻："呜呼！此乃关圣帝君由临沮入蜀，遇吴回马之处也。"亭前有圆形山门，横额为"回马坡"。所谓临沮小路，据《太平寰宇记》引习凿齿《襄阳记》，"吴时朱然、诸葛瑾、万彧，从粗中寻山险道出。粗中，粗音如榆粗之粗，其地在上黄、西界，去襄阳城一百五十里。按此是地名非山称也。盖以其地高山密迩，因为山名。旧传司马宣王凿八迭山，开路于此停阻，以屈曲八迭为名"(卷一百四十五)。

② **陆逊断关羽西走长江水路**

吕蒙取江陵时，宜都太守陆逊继续西进，"备宜都太守樊友委郡走，诸城长吏及蛮夷君长皆降。"(《吴书·陆逊传》)是以关羽败后不得走长江水路，且因水路为吴军控制，凡与江州、成都通讯皆被阻断，是以刘备等难知关羽荆州军情，关羽也不能由水路求救，只得取临沮小路。

③ **关羽是如何被俘杀的**

《三国志》有关俘杀关羽各传略有差异。《吴主传》称关羽自麦城突围后，"权先使朱然、潘璋断其径路。十二月，璋司马马忠获羽及其子平、都督赵累等于章乡"，《吕蒙传》《朱然传》均分别称关羽父子是被俘获的。《潘璋传》亦同。当时孙权住江陵，离临沮二三百里。如《演义》说，把他们解来江陵，然后斩首的。但关羽墓却在当阳，难道是再归葬，于情理不合。况且孙权作为一个有战略远见的政治家（吕蒙、陆逊等一线最高指挥官亦可作如是观），于关羽那样关系吴蜀的关键人物决不会贸然处置的。《关羽传》说，"权遣将逆击羽，斩羽及子平于临沮"，那是于当阳被俘杀的，《水经·漳水》说，"漳水又南历临沮县之章乡南，昔关羽保麦城，诈降而遁，潘璋斩之。"因此可以推理，关羽父子等是在马忠俘获献与潘璋，潘璋在向孙权发文书禀告后，未等批复，即因种种原因，如伤重待毙、言语恶遣、掠夺财物、挟仇报复，等等，将关羽父子杀死的。潘璋此人，据《潘璋传》说，"吏兵富者，或杀取其财物，数不奉法"，加之他多年以守地与荆州（江陵）接界，时有纠纷，就此奏后即杀，也不是不可能的。关羽被俘杀后，据说他的躯体就地安葬，也就是葬在今天湖北当阳所属古漳乡地。南宋淳熙十年（1183），始在墓前建祭祀亭，以后各朝都续有增建。现羽陵庙建筑占地 6 万多平方米，有七重进，正殿高 60 余米，殿门有清同治帝御笔金匾："威震华夏"。关羽葬身处命名为关陵，高 7 米，周长 70 多米。

④ **关羽被杀年月**

《三国志》有关纪传说关羽死期：《吴主传》作汉建安二十四年"十二月，璋司马马忠获羽及其子平、都督赵累等于章乡，遂定荆州"；《先主传》也作建安二十四年"孙权袭杀羽，取荆州"；《武帝纪》作"二十五年春正月，至洛阳。权击斩羽，传其首。"而《后汉书·献帝纪》说建安二十四年"有冬十一月，孙权取荆州"。诸说不一。此处也可释为孙权乃建安二十四年十一月，据荆州（江陵）；十二月俘斩关羽父子。翌年正月，将关羽首级送到了洛阳。

⑤ **关羽赤兔马之死**

赤兔马为关羽坐骑二十年，仍能驰骋于沙场，当然是小说家言。而马殉主而死，自《三国演义》成书前，就有唐秦叔宝、宋赵光义（宋太宗）、毕再遇的坐骑诸例。初唐勇将"秦叔宝所乘马号忽雷駮，常饮以酒。每于月明中试，能竖越三领黑毡。

百余人，死据此城。城虽破，身不降也！专望君侯速来救援！"公亦与泣别。遂留周仓与王甫同守麦城。

关公自与关平、赵累，引残卒二百余人，突出北门。关公横刀前进，行至初更以后，约走二十余里。只见山凹处，金鼓齐鸣，喊声大震，一彪军到，为首大将朱然。骤马挺枪叫曰："云长休走，趁早投降，免得一死。"公大怒，拍马轮刀来战。朱然便走，公乘势追杀。一棒鼓响，四下伏兵皆起，公不敢战，望临沮小路而走。朱然率兵掩杀，关公所随之兵，渐渐稀少。走不得四五里，前面喊声又震，火光大起，潘璋骤马舞刀杀来。公大怒，轮刀相迎。只三合，潘璋败走，公不敢恋战，急望山路而走。背后关平赶来，报说赵累已死于乱军中。关公不胜悲惶，遂令关平断后，公自在前开路，随行止剩得十余人。行至决石，两下是山，山边皆芦苇败草，树木丛杂，时已五更将尽。正走之间，一声喊声，两下伏兵尽出，长钩套索，一齐并举，先把关公坐下马绊倒。关公翻身落马，被潘璋部将马忠所获。关平知父被擒，火速来救，背后潘璋、朱然率兵齐至，把关平四下围住。平孤身独战，力尽亦被执。

至天明，孙权闻关公父子已被擒获，大喜，聚众将于帐中。少时，马忠簇拥关公至前。权曰："孤久慕将军盛德，欲结秦、晋之好，何相弃耶？公平昔自以为天下无敌，今日何由被吾所擒？将军今日还服孙权否？"关公厉声骂曰："碧眼小儿，紫髯鼠辈！吾与刘皇叔桃园结义，誓扶汉室，岂与汝叛汉之贼为伍耶？我今误中奸计，有死而已，何必多言？"权回顾众官曰："云长世之豪杰，孤深爱之。今欲以礼相待，劝使归降。何如？"主簿左咸曰："不可。昔曹操得此人时，封侯赐爵，三日一小宴，五日一大宴，上马一提金，下马一提银，如此恩礼，毕竟留之不住，听其斩关杀将而去。致使今日反为所逼，几欲迁都以避其锋。今主公既已擒之，若不即除，恐贻后患。"孙权沉吟半晌曰："斯言是也。"遂命推出。于是关公父子皆遇害③，时建安二十四年冬十二月也④。关公亡年五十八岁。后人有诗叹曰：

汉末才无敌，云长独出群。

神威能奋武，儒雅更知文。

天日心如镜，《春秋》义薄云。

昭然垂万古，不止冠三分。

又有诗曰：

人杰惟追古解良，士民争拜汉云长。

桃园一日兄和弟，俎豆千秋帝与王。

气挟风雷无匹敌，志垂日月有光芒。

至今庙貌盈天下，古木寒鸦几夕阳。

关公既殁，坐下赤兔马被马忠所获，献与孙权，权即赐马忠骑坐。其马数日不食草料而死。⑤

却说王甫在麦城中骨颤肉惊，乃问周仓曰："昨夜梦见主公浑身血污，立于前，急问之，忽然惊觉。不知主何吉凶？"正说间，忽报吴兵在城下，将关公父子首级招安。王甫、周仓大惊，急登城视之，果关公父子首级也。王甫大叫一声，堕城而死⑥。周仓自刎而亡⑦。于是麦城亦属东吴。

却说关公一魂不散，荡荡悠悠，直至一处：乃荆门州当阳县一座山，名为玉泉山⑧。山上有一老僧，法名普静，原是汜水关镇国寺中长老。后因云游天下，来到此处，见山明水秀，就此结地为庵，每日坐禅参道，身边只有一小行者，化饭度日。是夜，月白风清，三更已后，普静正在庵中默坐，忽闻空中有人大呼曰："还我头来！"⑨普静仰面谛观，只见空中一人，骑赤兔马，提青龙刀，左有一白面将军，右有一黑脸虬髯之人相随。一齐按落云头，至玉泉山顶。普静认得是关公，遂以手中麈尾，击其户曰："云长安在？"关公英魂顿悟，即下马，乘风落于庵前，叉手问曰："吾师何人？愿求法号。"普静

及胡公卒，嘶鸣不食而死"（《酉阳杂俎·前集》）；"太宗（赵光义）御厩一马号碧云霞，折德扆获之于燕洞，因贡焉"，"后闻晏驾，悲顿骨立，真宗（赵恒）遣从皇舅于熙陵，数月遂毙"（宋文莹《玉壶清话》卷八）；南宋名将毕再遇"有战马，号黑大虫，骏驵异常，独主翁能御之。再遇既死，其家以铁绲羁之圈中，适遇狱祠迎神，闻金鼓声，意谓赴敌，于是长嘶奋进，断绲而出。其家虑伤人，命健卒十余，挽之而归。因好言戒之云：'将军已死，汝莫生事累我家。'马耸耳以听，汪然出涕，喑哑长鸣数声而毙。"

⑥ 王甫随刘备东征而死

明清府县所设"关帝庙"，通常有五尊塑像：在关羽和侍立的关平、周仓的两侧，有一文一武的两尊塑像，武的是赵累，文的就是王甫了。塑像是据《演义》造型。其实，王甫其人与关羽和荆州都无关连。《三国志·蜀书·杨戏传》所录《季汉辅臣赞》，记有王甫事略，"国山名甫，广汉郪人也。好人流言议。刘璋时，为州书佐。先主定蜀后，为绵竹令，还为荆州议曹从事。随先主征吴，军败于秭归，遇害。"

⑦ 周仓墓

周仓实无其人，但今在麦城西南三公里处田野有周仓墓，系圆形条石砌墓，前有石碑"汉武烈侯周将军讳仓之墓"。据清同治《当阳县志》："周将军墓在治东南五十里麦城之西。乾隆二十三年邑令苗翠岱勒石。相传有耕夫掘地见碑刻有周将军数字，其名号年月不可辨，邑令闻之，故有此举。"此说纯属不确，实乃附会《演义》而立，是一种农耕社会有趣的文化现象。四川省社科院沈伯俊研究员曾函告笔者，明清方志所载之三国名人墓葬，乃多系由《演义》而来，不可信。2001年，台湾关圣帝君弘道协会吴朝煌投资六十万，以周仓墓为中心，建有周仓庙。

⑧ 关羽最先显灵处

在湖北当阳玉泉寺北玉泉山。寺初建于东汉建安三年(198)，历代多有重修。旧时与栖霞、灵岩、国清等并列为天下四大名寺。按关羽玉泉显灵说，最早记述见自唐贞元十八年(802)大理寺评事董侹《重修玉泉关庙碑记》："先是陈光大(568)中，智颛禅师者自天台，冥坐乔木之下，夜分忽与神遇，云愿舍此地为僧坊，请师出山以观其用。指期之夕，万壑震动，风号雷鸣，前豁巨岭，下堙澄潭，良材丛朴，周匝其上，轮奂之用，则无乏焉。"

今玉泉山南有明时所立石表,刻有"汉云长显圣处"六字;清嘉庆二十二年(1817),湖广总督阮元路过此地,也勒石碑,题记有"最先显圣之地"。

⑨ 关羽"还我头来"参照系

关羽被害失头故事罕有出处,《搜神记》记有无头故事,或可资参照。"汉武时,苍梧贾雍为豫章太守,有神术。出界讨贼,为贼所杀,失头。上马回,营中咸走来视雍。雍胸中语曰:'我不利,为贼所伤。诸君视有头佳乎?无头佳乎?'吏涕泣曰:'有头佳。'雍曰:'不然,无头亦佳。'言毕,遂死。"(卷十一)

⑩ 神州何处不关庙

关羽作为神供奉,确始于玉泉寺。隋朝,乃于都洛阳建造汉寿亭侯庙,至迟在南宋中期,关羽庙已走红,"郡国州县邑乡邑闾里皆有庙","英灵义烈遍天下"(《郝文忠公集》)。明清伊始,关羽逐渐嬗化为中华民族多功能的保护神和信仰神。关羽庙,升格为武庙,和文庙并列于天下。其实,武庙数远远超过文庙。"然祠孔子者止郡县而已,而侯(关羽)则居九州之广,上自都城下至墟落,虽烟火数家,亦靡不醵金构祠"(徐渭)。关羽庙香火旺盛,随着历代王朝的不断敕封,它拥有诸多美称,如"关王庙"、"关帝庙"、"忠义庙"、"三义庙"(含刘备、张飞)。甚至还有京都和省、府、州、县、乡、村定位的各级关羽庙,责在治水、灭蝗、驱瘟以及行会供奉为祖师的各种关羽庙。官办、民办,五花八门,比比皆是。在中国大陆过去一个州县常见有多座关羽庙。如晚清时北京城里外有关帝庙一百余处;河北正定在城内就有十一处关帝庙,"凡文武官署及关城内外皆有庙"(乾隆《正定府志》卷八)。1982年,中国台湾就有主祀关羽的庙195座。1990年台湾省各地关帝庙的八百余名庙祝袂前来山西运城关羽祖庙朝拜。历史最早是明朝兴建的台南关庙,现颇具规模的台北行天宫还创办"武圣人文科技大学"。1914年(民国三年),当时的中国政府还将岳飞合祀关羽庙。通称"关岳庙"。20世纪30年代,南京政府废除神庙,但关羽庙(关岳庙)却是获得继续保留、奉祀的极少数神庙之一。近年,多重建关庙。1987年重建的荆州关庙,曾改称"关公纪念馆"。在当阳,多年来还有祭关习俗。2001年举办了第一届关公文化节。现今,关羽庙已遍布世界。在东方的日本、朝鲜、越南、缅甸、蒙古以及欧美地区的唐人街,凡是见有华人聚居区,都有关羽庙。

曰:"老僧普静,昔日氾水关前镇国寺中,曾与君侯相会,今日岂遂忘之耶?"公曰:"向蒙相救,铭感不忘。今某已遇祸而死,愿求清诲,指点迷途。"普静曰:"昔非今是,一切休论;后果前因,彼此不爽。今将军为吕蒙所害,大呼'还我头来',然则颜良、文丑,五关六将等众人之头,又将向谁索耶?"于是关公恍然大悟,稽首皈依而去。后往往于玉泉山显圣护民,乡人感其德,就于山顶上建庙,四时致祭⑩⑪。后人题一联于其庙云:

赤面秉赤心,骑赤兔追风,驰驱时无忘赤帝;

青灯观青史,仗青龙偃月,隐微处不愧青天⑫。

却说孙权既害了关公,遂尽收荆、襄之地,赏犒三军,设宴大会诸将庆功。置吕蒙于上座,顾谓诸将曰:"孤久不得荆州,今唾手而得,皆子明之功也。"蒙再三逊谢。权曰:"昔周郎雄略过人,破曹操于赤壁,不幸早夭。鲁子敬代之,子敬初见孤时,便及帝王大略,此一快也。曹操东下,诸人皆劝孤降,子敬独劝孤召公瑾逆而击之,此二快也。惟劝吾借荆州与刘备,是其一短。今子明设计定谋,立取荆州,胜子敬、周郎多矣!"于是亲酌酒赐吕蒙。吕蒙接酒欲饮,忽然掷杯于地,一手揪住孙权,厉声大骂曰:"碧眼小儿,紫髯鼠辈,还识我否?"众将大惊。急救时,蒙推倒孙权,大步前进,坐于孙权位上;两眉倒竖,双眼圆睁,大喝曰:"我自破黄巾以来,纵横天下三十余年。今被汝一旦以奸计图我,我生不能啖汝之肉,死当追吕贼之魂!我乃汉寿亭侯关云长也。"权大惊,慌忙率大小将士皆下拜。只见吕蒙倒于地上,七窍流血而死⑬。众将见之,无不恐惧。权将吕蒙尸首具棺安葬⑭,赠南郡太守、孱陵侯。命其子吕霸袭爵⑮。孙权自此感关公之事,惊讶不已。

忽报张昭自建业而来。权召入问之。昭曰:"今主公损了关公父子,江东祸不远矣!此人与刘备桃园结义之时,誓同生死。今刘备已有两川之兵,更兼诸葛亮之谋，张、黄、马、赵之勇。备若知云长父子遇害，必起倾国之兵，奋力报仇，恐东吴难与敌也。"权闻之大惊。跌足曰："孤失计较也！似此如之奈何？"昭曰："主公勿忧，某有一计，令西蜀之兵不犯东吴，荆州如磐石之安。"权问："何计？"昭曰："今曹操拥百万之众，虎视华夏，刘备急欲报仇，必与操约和。若二处连兵而来，东吴危矣。不如先遣人将关公首级转送与曹操，明教刘备知是操之所使，必痛恨于操，西蜀之兵不向吴，而向魏矣。吾乃观其胜负，于中取事，此为上策。"

权从其言，随遣使者以木匣盛关公首级，星夜送与曹操。时操从摩陂班师回洛阳，闻东吴送关公首级至，喜曰："云长已死，吾夜眠贴席矣。"阶下一人出曰："此乃东吴移祸之计也。"操视之，乃主簿司马懿也。操问其故。懿曰："昔刘、关、张三人桃园结义之时，誓同生死。今东吴害了关公，惧其复仇，故将首级献与大王，使刘备迁怒大王，不攻吴而攻魏，他却于中乘便可图事耳。"操曰："仲达之言是也，孤以何策解之？"懿曰："此事极易。大王可将关公首级，刻一香木之躯以配之，葬以大臣之礼。刘备知之，必深恨孙权，尽力南征。我却观其胜负：蜀胜则击吴，吴胜则击蜀。二处若得一处，那一处亦不久也。"操大喜，从其计。遂召吴使入，呈上木匣。操开匣视之，见关公面如平日。操笑曰："云长公别来无恙？"言未讫，只见关公口开目动，须发皆张。操惊倒。众官急救。良久方醒。顾谓众官曰："关将军真天神也！"吴使又将关公显圣附体，骂孙权追吕蒙之事告操，操愈加恐惧。遂设牲醴祭祀，刻沉香木为躯，以王侯之礼葬于洛阳南门外。⑯令大小官员送殡，操自拜祭，赠为荆王，差官守墓⑰。即遣吴使回江东去讫。

却说汉中王自东川回成都，法正奏曰："主上先夫人去世，孙夫人又南归，未必再来。人伦之道，不可废也；必纳王妃以襄内政。"汉中王从之。法正复奏曰：

关羽庙能走俏海内外，于今不绝，《演义》有极大的传媒功能。"今天下无不知有关忠义，演义之功也。忠义庙貌满天下"（清王侃《江州笔记》）。

⑪ **关羽家乡关羽庙**

解州（山西运城解州镇）关帝庙是关羽家乡的武庙。庙始建于隋开皇九年（589），各朝重修和扩建，现存殿堂多为清代建筑，布局严谨，分南北两部分结构。南为结义园，北为正庙，有门坊殿楼七重。第一重为端门，正中有"关帝庙"三字；第二重是雉门；第三重午门，尔后是御书楼、崇宁殿（关帝殿），后院有"气肃千秋"坊和春秋楼两重。春秋楼是庙内最高建筑，高30米，两层三檐，楼下供关羽金身坐像，楼上塑关羽秉烛读《春秋》坐像。关帝庙占地总面积为6万平方米。

⑫ **关羽庙联**

关羽庙联甚多，且多对仗、得体：

风飖余烟旧汉鼎；花开三月忆桃园。

维社稷功高武穆；读《春秋》德配文宣。

先武穆而神，大宋千古，大汉千古；后文宣而圣，山东一人，山西一人。（湖北关陵，方孝孺作）

万国衣冠拜冕旒，生民来未有夫子也；三分鼎足纡筹策，知我者其唯《春秋》乎？

山别东西，前夫子，后夫子；圣分文武，著春秋，读春秋。（台湾新竹关庙·白崇禧作）

儒称圣，释称佛，道称天尊，三教尽皈依，式詹庙貌长新，无人不肃然起敬；汉封侯，宋封王，明封大帝，历朝加尊号，矧是神功卓著，真所谓荡乎难名。

入此庙当要出此庙，莫混账磕了头去；拜斯人便思学斯人，须仔细扪着心来。

匹马斩颜良，偏师擒于禁，威武震三军，爵号亭侯公不忝；徐州降孟德，南郡丧孙权，头颅行万里，封称大帝耻难消。

知我者其唯春秋乎（孟子·滕文公下）；乃所愿则学孔子也（孟子·公孙丑下）（黑龙江乌苏里江畔庙）

⑬ **吕蒙病死**

吕蒙十五六岁就投身兵戎，由行伍至统帅，辛劳备至。他在代鲁肃督陆口时，已积劳成疾，在上孙权疏说，"蒙常有病，乞分士众还建业，以治疾为名。（关）羽闻之，必撤备兵，尽赴襄阳"（《三国志·吴书·吕蒙传》）。吕蒙当是患不易治愈的慢性病。此病很有透明度，所以在"称病笃"时，也能使关羽深信不疑。此次吕蒙呕尽心血，撑着病体一举而取荆州（江陵），功莫大焉，由是原潜伏的病症，因过分兴奋，在稍有安定时，就突发而萌生，因而连孙权在公安的庆功宴都无力参加；他被接到公安行宫治理，但病时好时坏，孙权用了千金之赏招募良医，此间也采用了针灸，但仍无多大功效，大概拖了十几天，吕蒙就病死了。

⑭ **吕蒙葬地和吕蒙庙**

史传未载。南梁盛弘之《荆州记》说："长沙蒲圻县有吕蒙冢，中有髑髅极大。蒙形既长伟，疑即蒙髑髅也。"吕蒙病死于公安，就葬于近地，亦确。但清同治《徐州府志》："有吕蒙墓在萧西南六十里。"（卷十八）《吴中志》以为吕蒙封地在吴县胥口吕蒙坞，胥口是他的封地。当地有吕蒙墓，似误。吕蒙以破关羽功，封孱陵侯。据《荆州府志·公安县》，城隍陵街有吕蒙祠，明始改为武侯祠，"明季进士刘珠羞吕之昧于择主，诗以诮之祠，一夕火因改祀焉。今祠前门石林屹立有：'汉业鼎新，二表发出师之意；蒙城庙食，千年愧僭贼之心。'均为刘所题。"反映了一种传统文化心理。但也有为吕蒙不平而鸣者，所谓"吕城五十里内无关庙，相传城为吕蒙所筑，至今蒙为土地"（《子不语》）。"一造武庙，每夜必有干戈角斗声，以故相戒，勿立武庙也"（清重修《丹阳县志》卷三十六《搜遗》）。由是吕城方圆二十里无关庙，而另有一所颜良庙。据宋《太平寰宇记》，唐宋吕蒙庙、吕蒙祠多有兴建，遍及江南。宋《梦梁录》，有钱塘（杭州）吕蒙祠。后虽多佚，但仍有与他相关地名，如江苏常州吕城、湖北洪湖吕蒙口镇。

⑮ **孙权的复客制**

孙权还以吕霸为吕蒙守冢，"与守冢三百家，复田五十顷"（《吴书·吕蒙传》）。"守冢"即"复客"，意为吕蒙佃户。孙权常赐将帅及其遗属复客，如与潘璋妻复客五十家。复客来源是（一）原在名宗大族田庄里服役的"农人"；（二）从俘获的山越人户中寻取；（三）自由户所谓"正户"，强令为佃户；（四）屯田户。吕蒙生前就别赐浔阳屯田户六百户。所谓"复客"，就是免除为国家负担，其生命财产和财富创造全由将帅等主宰。

⑯ **洛阳关林（关羽埋头处）**

关羽埋头处，后世尊称为关林，在今洛阳南郊7公里。当地就被称为关冢。据碑文记载，东汉末就建庙，待考。现在所存关庙规模，乃明万历二十四年（1596）重建，称关夫子冢庙。清乾隆五十六年（1791）扩建成现状。今陵庙所共占地达6

"吴懿有一妹，美而且贤。尝闻有相者，相此女后必大贵。先曾许刘焉之子刘瑁，瑁早殁，其女至今寡居，大王可纳之为妃。"汉中王曰："刘瑁与我同宗，于理不可。"法正曰："论其亲疏，何异晋文之与怀嬴乎？"汉中王乃依允，遂纳吴氏为王妃。后生二子：长刘永，字公寿；次刘理，字奉孝⑱。

且说东西两川，民安国富，田禾大成。忽有人自荆州来言：东吴求婚于关公，关公力拒之。孔明曰："荆州危矣！可使人替关公回。"正商议间，荆州捷报使命络绎而至。不一日，关兴到，具言水淹七军之事。忽又报马到来，报说："关公于江边多设墩台，提防甚密，万无一失。"因此玄德放心。

忽一日，玄德自觉浑身肉颤，行坐不安，至夜，不能宁睡，起坐内堂，秉烛看书。觉神思昏迷，伏几而卧。就室中起一阵冷风，灯灭复明，抬头见一人立于灯下。玄德问曰："汝何人？黉夜至吾内室！"其人不答。玄德疑怪，自起视之，乃是关公，于灯影下往来躲避。玄德曰："贤弟别来无恙！夜深至此，必有大故。吾与汝情同骨肉，因何回避？"关公泣告曰："愿兄起兵，以雪吾恨！"言讫，冷风骤起，关公不见。玄德忽然惊觉，乃是一梦。时正三鼓。玄德大疑，急出前殿，使人请孔明来。孔明入见，玄德细言梦警。孔明曰："此乃王上心思关公，故有此梦，何必多疑？"玄德再三疑虑，孔明以善言解之。

孔明辞出，至中门外迎见许靖。靖曰："某才赴军师府下报一机密，听知军师入宫，特来至此。"孔明曰："有何机密？"靖曰："某适闻外人传说，东吴吕蒙已袭荆州，关公已遇害。故特来密报军师。"孔明曰："吾夜观天象，见将星落于荆楚之地，已知云长必然遇祸。但恐王上忧虑，故未敢言。"二人正说之间，忽然殿内转出一人，扯住孔明衣袖而言曰："如此凶信，公何瞒我？"孔明视之，乃玄德也。孔明、许靖奏曰："适来所言，皆传闻之事，未足深信。愿王上宽怀，勿生忧虑。"玄德曰："孤与云长，誓同生死。彼若有失，孤岂能独生耶？"孔明、许靖正劝解之间，忽近侍奏曰："马良、伊籍至。"玄德急召入问之。二人具说荆州已失，关公兵败求救。呈上表章，未及拆观，侍臣又奏："荆州廖化至。"玄德急召入，化哭拜于地。细奏刘封、孟达不发救兵之事。玄德大惊曰："若如此，吾弟休矣！"孔明曰："刘封、孟达，如此无礼，罪不容诛。王上宽心，亮亲提一旅之师，去救荆、襄之急。"玄德泣曰："云长有失，孤断不独生，孤来日自提一军，去救云长。"遂一面差人赴阆中报知翼德；一面差人会集人马。未及天明，一连数次报说关公夜走临沮，为吴将所获，义不屈节，父子归神。玄德听罢，大叫一声，昏绝于地。正是：

> 为念当年同誓死，忽教今日独捐生。

未知玄德性命如何，且看下文分解。

万余平方米，主体建筑七重，正门上悬有"关林"金匾；正殿塑有关羽戴十二旒的金冕皇冠坐像。二殿塑关羽戎装像，三殿塑关羽坐看《春秋》巨像。后有明刻石坊，正中书写"汉寿亭侯墓"；另有家联：神游上苑乘仙鹤；骨在天中隐睡龙。坊后八角碑亭，亭内碑高5米，正面书写"忠义神武灵佑仁勇威显关圣大帝林"，最后为八角状陵墓，高10米，坐地250平方米。关林七重建筑在南北向中轴线上，高低参差，层层递进，周围古柏多达八百株，郁郁葱葱，气象森严。也有称埋葬关羽头颅处是207国道的关庄村（汉魏古城南郊），村东北有一大冢。1979年掘出人头盖骨。系汉代贵族陵墓，专用黄肠石若干体。且题为关羽埋首处。后关冢改为窑洞和养殖场。（成君忆《千里走三国》）

⑰ **关羽死后的加冠晋爵**
《三国志·蜀书·关羽传》共950字，加上《三国志》裴注所引东晋王隐《蜀记》等有关羽文字二千余字，但关羽后的关羽传说和文化现象，那是难以用字数论计的。它和隋唐以后的关羽神格化有关。封建皇帝不断给关羽加冠晋爵：宋真宗追封义勇武安王；宋徽宗封忠惠公、崇宁真君，后加封为武安王和义勇武安王；宋高宗加封为壮缪义勇王；宋孝宗改封为英济王；元成宗封为显灵义勇武安英济王；明宪宗（弘治）封为壮缪义勇武安显灵英济王；明神宗（万历）封为三界伏魔大帝神威远震天尊关圣帝君；清世祖（顺治）封为忠义神武关圣大帝；清高宗（乾隆）加封为忠义神武灵佑关圣大帝；清仁宗（嘉庆）加封为忠义神武灵佑仁勇关圣大帝；清宣宗（道光）加封为忠义神武灵佑仁勇威显关圣大帝。按，蜀汉原谥关羽为壮缪，缪同"穆"解，即壮穆。"穆"者，按《周书谥法》，"布德执义曰穆"。可见它也是个美谥。可是清朝乾隆却不以为然。他下了专谕，以"正史犹存旧谥，隐寓讥评，非所以传信万世也"。把《三国志·关羽传》原有的"关帝之谥，应改为忠义"；还制定，今后凡是印《三国志》，要把这道诏旨，插在《关羽传》后。因而见自清版甚至民国版的《三国志》刻印，都被涂改为"追谥羽曰忠义侯"了。

⑱ **刘永、刘理并非吴后所生**
据《三国志·蜀书·二主妃子传》，刘永和刘理乃异母兄弟。且可界定两人均乃刘备妃妾庶生。刘禅也是庶生。因而如两兄弟中有一人为吴后所生，则是嫡子，于宗法社会势必有取代刘禅定位太子的合理合法性。且吴后于守寡二十余年再嫁，似已过了生育年龄，难以有子也。

第七十八回　治风疾神医身死
　　　　　传遗命奸雄数终

却说汉中王闻关公父子遇害，哭倒于地。众文武急救，半晌方醒，扶入内殿。孔明劝曰："王上少忧，自古道'死生有命'，关公平日刚而自矜，故今日有此祸。王上且宜保养尊体，徐图报仇。"玄德曰："孤与关、张二弟，桃园结义时誓同生死。今云长已亡，孤岂能独享富贵乎？"言未已，只见关兴号恸而来。玄德见了，大叫一声，又哭绝于地。众官救醒。一日哭绝三五次，三日水浆不进，只是痛哭，泪湿衣襟，斑斑成血。孔明与众官再三劝解。玄德曰："孤与东吴，誓不同日月也！"孔明曰："闻东吴将关公首级献与曹操，操以王侯礼祭葬之。"玄德曰："此何意也？"孔明曰："此是东吴欲移祸于曹操，操知其谋，故以厚礼葬关公，令王上归怨于吴也。"玄德曰："吾今即提兵问罪于吴，以雪吾恨。"孔明谏曰："不可。方今吴欲令我伐魏，魏亦欲令我伐吴，各怀谲计，伺隙而乘。王上只宜按兵不动。且与关公发丧，待吴、魏不和，乘时而伐之可也。"众官又再三劝谏，玄德方才进膳，传旨川中大小将士，尽皆挂孝。汉中王亲出南门，招魂祭奠①，号哭终日。

却说曹操在洛阳，自葬关公后，每夜合眼便见关公，操甚惊惧。问于众官。众官曰："洛阳行宫旧殿多妖，可造新殿居之。"操曰："吾欲起一殿，名建始殿。恨无良工。"贾诩曰："洛阳良工有苏越者，最有巧思。"操召入，令画图像。苏越画成九间大殿，前后廊庑楼阁，呈与操。操视之曰："汝画甚合孤意，但恐无栋梁之材。"苏越曰："此去离城三十里，有一潭，名跃龙潭。前有一祠，名跃龙祠。祠傍有一株大梨树，高十余丈，堪作建始殿之梁。"操大喜，即令人工到彼砍伐。次日，回报此树锯解不开，斧砍不入，不能斩伐。操不信，自领数百骑，直至跃龙祠前下马。仰观那树：亭亭如华盖，直侵云汉，并无曲节。操命砍之。乡老数人前来谏曰："此树已数百年矣。常有神人居其上，恐未可伐。"操大怒曰："吾平生游历普天之下四十余年，上至天子，下及庶人，无不

① **成都关羽衣冠墓**
据《四川通志》，关帝墓在华阳（成都）南万里桥侧，系昭烈帝用衣冠招魂于此。附近神仙树街有关羽衣冠庙。明时毁。清初重建。20世纪40年代又毁，至今原遗址已漫不可寻。

三国演义

惧孤,是何妖神,敢违孤意!"言讫拔所佩剑,亲自砍之,铮然有声,血溅满身②。操谔然大惊,掷剑上马,回至宫内。

是夜二更,操睡卧不安,坐于殿中,隐几而寐。忽见一人披发仗剑,身穿皂衣,直至面前。指操喝曰:"吾乃梨树之神也。汝盖建始殿意欲篡逆,却来伐吾神木。吾知汝数尽,特来杀汝!"操大惊,急呼:"武士安在?"皂衣人仗剑砍操。操大叫一声,忽然惊觉,头脑疼痛不可忍。急传旨遍求良医治疗,不能痊可,众官皆忧。

华歆入奏曰:"大王知有神医华佗否?"操曰:"即江东医周泰者乎?"歆曰:"是也。"操曰:"虽闻其名,未知其术。"歆曰:"华佗字元化,沛国谯郡人也。其医术之妙,世所罕有。但有患者,或用药,或用针,或用灸,随手而愈。若患五脏六腑之疾,药不能效者,以'麻肺汤'饮之,令病者如醉死;却用尖刀割开其腹;以药汤洗其脏腑,病人略无疼痛;洗毕,然后以药线缝口,用药敷之,或一月,或二十日,即平复矣。其神妙如此。一日,佗行于道上,闻一人呻吟之声。佗曰:'此饮食不下之病。'问之果然。佗令取蒜齑汁三升饮之,吐蛇一条,长二三尺,饮食即下。广陵太守陈登,心中烦懑,面赤,不能饮食,求佗医治。佗以药饮之,吐虫三升,皆赤头,首尾动摇。登问其故,佗曰:'此因多食鱼腥,故有此毒。今日虽可,三年之后必将复发,不可救也。'后陈登果三年而死。又有一人,眉间生一瘤,痒不可当,令佗视之。佗曰:'内有飞物。'人皆笑之。佗以刀割开,一黄雀飞去,病者即愈。有一人,被犬咬足指,随长肉二块:一痛,一痒,俱不可忍。佗曰:'痛者内有针十个,痒者内有黑白棋子二枚。'人皆不信。佗以刀割开,果应其言。此人真扁鹊、仓公之流也。现居金城,离此不远。大王何不召之?"

操即差人星夜请华佗入内,令诊脉视疾。佗曰:"大王头脑疼痛,因患风而起。病根在脑袋中,风涎不

② 树出血

按以老树为神,此事似为当时流俗。吴佚名《曹瞒传》说:"王(曹操)使工苏越,徙美梨树之,根伤尽出血。越白状,王躬自视而恶之,以为不祥,还遂寝疾。"《世语》也称:"太祖自汉中至洛阳,起建始殿,伐濯龙祠,而树血出。"东汉末应劭《风俗通义》亦称世间多有伐木血出为怪的。他以桂阳太守江夏张叔高故事为证:"叔高使人伐田中大树,血出惊怖。叔高大怒,不信自往,严砍之,血大流,洒及叔高,且有非人非兽之白头公,自枝空处出,长四、五尺,径赴叔高。叔高逆格之,凡杀四头,左右皆怖,叔高恬如也,卒亦无害云云。"树出血当是稀罕事,似不可信,但《太平御览》卷九百五十二引《元中记》说:"百岁之树,其汁赤如血。"天津《今晚报》1998年9月1日报道,也称天津静海王口镇西岳庄李家祠堂内,有一棵古老大槐树,树干直径1.1米,高20多米,树冠覆盖空间约100多平方米,它的五个枝干直径也分别在40厘米左右;估计树龄在400年以上。最近有村民为它整形锯枝时,顺着锯口流出红色的液体。他赶紧收锯,并用水泥将锯口封上,村民称这种现象叫流血。

③ 华佗被杀咎由自取

华佗被杀年月,下延定位可在汉建安十三年(208)。这年,曹操爱子曹冲(仓舒)病危,曹操叹说,"吾悔杀华佗,令此儿强死也"(《三国志·魏书·华佗传》)。华佗医术高明,陈寿称之为"玄妙之殊巧,非常之绝技"。由此《三国志》还有一卷长达二千字的《华佗传》。曹操有偏头风,由此因华佗医术神妙,"太祖闻而召佗,佗常在左右。太祖苦头风,每发,心乱目眩,佗针鬲,随手而差"(《三国志·魏书·华佗传》)。按理,凭华佗医术,是可以根除偏头风的,但华佗却因自己就医未能入宦而对曹操不满,"然本作士人,以医见业,意常自悔。后太祖亲理,得病笃重,使佗专视。佗曰:'此近难济,恒事攻治,可延岁月。'"说是只能带病延年。后来华佗请探亲假,又以妻子病由,迟迟不归。曹操屡次信催,但华佗"特能厌食事,犹不上道"。曹操大怒,派人去验证:"若妻信病,赐小豆四十斛,宽假限日;若其虚诈,便收送之。"华佗终以恃术取祸。

④ 华佗庵和华佗墓

华佗死后，唐宋以来在安徽亳县、江苏徐州诸地纷纷建有华佗庵（祠）。安徽亳县城内，相传华佗在斗武营居住，后人即在此修建祠庙，后毁。清初重建，塑华佗像。20世纪50年代又重建，现改为华佗纪念馆，庵有山门，门楼上有"华祖庵"三字，正殿树华佗立像。悬有数联："元龙币聘以来，泽被广陵，到此日青囊未烬；孟德头颅安在，烟消漳水，让先生碧血常清。""汉献之时，恨未医国；神农而后，赖有传人。"徐州原有四祠，其中在鼓城路华祖庙后，系明初徐州知州杨仲节取庙之土，代替其衣冠建冢。旧为石砌坟墓，今存遗址。在徐州所属的萧县、丰县和沛县等地，明清均建有华佗祠，其中丰县有二，沛县有四。又，据民国《许昌县志》："华佗冢，在城北三十里苏桥寨南，有碑可考。"按，华佗为曹操杀于许都，所以今河南许昌城北7公里的苏桥乡石ության村西石梁河畔有华佗墓，高4米，坐地500平方米，墓前有2米高碑楼，楼中嵌石碑楷书"汉神医华佗墓"，或由此作墓冢者。

⑤ 华佗自焚医书

据《三国志·华佗传》，曹操不从荀彧或请（《演义》作贾诩，盖此时荀彧已死，而华佗故事又向后推迟了十二年），将华佗逮捕，关押许都牢狱，严刑拷打，"佗临死，出一卷书与狱吏，曰：'此可以活人'。吏畏法不受，佗亦不强，索火烧之。"当时书卷乃手抄本，由此就永远湮没了。但张骥《后汉书补注》引《神仙纲鉴》："吴押狱每以酒食供奉，佗感其恩，告曰：'我死非命，有青囊未传，二子不能继业，修书与汝，可往取之。'至金城，取而藏之。佗知不免，大饮如醉而殂。吴弃役回家，向妻索书，妻曰：'纵学得神术，终使毙于狱中，故我以囊烧毁也。'吴叹恨不已。"《演义》或据此说。华佗《青囊经》虽久毁无存。但民间却常出现有此名目之书。据报道有大连国际商品拍卖中心鉴定，本市西冈区市民张其藏有祖传华佗《青囊经》手抄本，共100页，系1896年用细毛笔抄录，纸张粗糙透明。书中还附有两张手工绘制的人体正反面经络图。（《新民晚报》2004年11月30日）

能出，枉服汤药，不可治疗。某有一法：先饮麻肺汤，然后用利斧砍开脑袋，取出风涎，方可除根。"操大怒曰："汝要杀孤耶！"佗曰："大王曾闻关公中毒箭，伤其右臂，某刮骨疗毒，关公略无惧色。今大王小可之疾，何多疑焉？"操曰："臂痛可刮，脑袋安可砍开？汝必与关公情熟，乘此机会欲报仇耳！"呼左右拿下狱中，拷问其情③。贾诩谏曰："似此良医，世罕其匹，未可废也。"操叱曰："此人欲乘机害我，正与吉平无异。"急令追拷。

华佗在狱，有一狱卒姓吴，人皆称为"吴押狱"。此人每日以酒食供奉华佗，佗感其恩。乃告曰："我今将死，恨有《青囊书》未传于世。感公厚意，无可为报，我修一书，公可遣人送与我家，取《青囊书》来赠公，以继吾术。"吴押狱大喜曰："我若得此书，弃了此役，医治天下病人，以传先生之德。"佗即修书付吴押狱，吴押狱直至金城，问佗之妻取了《青囊书》，回至狱中，付与华佗。检看毕，佗即将书赠与吴押狱。吴押狱持回家中藏之。旬日之后，华佗竟死于狱中。吴押狱买棺殡殓讫④。脱了差役，回家欲取《青囊书》看习，只见其妻正将书在那里焚烧。吴押狱大惊，连忙抢夺，全卷已被烧毁，只剩得一两叶。吴押狱怒骂其妻。妻曰："纵然学得与华佗一般神妙，只落得死于牢中，要他何用？"吴押狱嗟叹而止。因此《青囊书》不曾传于世，所传者止阉鸡猪等小法，乃烧剩一两叶中所载也⑤。后人有诗赞曰：

> 华佗仙术比长桑，神识如窥垣一方。

> 惆怅人亡书亦绝，后人无复见《青囊》。

却说曹操自杀华佗之后，病势愈重，又忧吴、蜀之事。正虑间，近臣忽奏东吴遣使上书。操取书拆视之，略曰：

> 臣孙权久知天命已归王上，伏望早正大位，遣

将剿灭刘备,扫平两川,臣即率群下纳土归降矣。

操观毕大笑,出示群臣曰:"是儿欲使吾居炉火上耶!⑥"侍中陈群等奏曰:"汉室已久衰微,殿下功德巍巍,生灵仰望。今孙权称臣归命,此天人之应,异气齐声。殿下宜应天顺人,早正大位。"操笑曰:"吾事汉多年,虽有功德及民,然位至于王,名爵已极,何敢更有他望?苟天命在孤,孤为周文王矣⑦。"司马懿曰:"今孙权既称臣归附,王上可封官赐爵,令拒刘备。"操从之,表封孙权为骠骑将军、南昌侯,领荆州牧。即日遣使赍诰敕,赴东吴去讫。操病势转加。忽一夜,梦三马同槽而食。及晓,问贾诩曰:"孤向日曾梦三马同槽,疑是马腾父子为祸。今腾已死,昨宵复梦三马同槽⑧,主何吉凶?"诩曰:"禄马,吉兆也。禄马归于曹,王上何必疑乎?"操因此不疑。后人有诗曰:

三马同槽事可疑,不知已植晋根基。

曹瞒空有奸雄略,岂识朝中司马师。

是夜,操卧寝室,至三更,觉头目昏眩,乃起,伏几而卧。忽闻殿中声如裂帛,操惊视之,忽见伏皇后、董贵人、二皇子、并伏完、董承等二十余人,浑身血污,立于愁云之内,隐隐闻索命之声。操急拔剑,望空砍去。忽然一声响亮,震塌殿宇西南一角。操惊倒于地,近侍救出,迁于别宫养病。次夜,又闻殿外男女哭声不绝。至晓,操召群臣入曰:"孤在戎马之中三十余年,未尝信怪异之事。今日为何如此?"群臣奏曰:"大王当命道士设醮修禳。"操叹曰:"圣人云:'获罪于天,无所祷也。'孤天命已尽,安可救乎?"遂不允设醮。次日,觉气冲上焦,目不见物,急召夏侯惇商议。惇至殿门前,忽见伏皇后、董贵人、二皇子、伏完、董承等立在阴云之中。惇大惊昏倒,左右扶出,自此得病。操召曹洪、陈群、贾诩、司马懿等同至卧榻前,嘱以后事。曹洪等顿首曰:"大王善保玉体,不日定当霍然。"操曰:"孤纵横天下三

⑥ **是儿欲使吾居炉火上耶**

此语据《三国志·魏书·武帝纪》引《魏略》:"孙权上书称臣,称说天命。王以权书示外曰:是儿欲踞吾著炉火上邪!"按此句于后世多有影响,如五代钱镠故事,"是时中原多事,西川王氏称蜀,广陵杨氏称吴,南海刘氏称汉,长溪王氏称闽,皆窃大号。或通姻戚,或达聘好,咸以龙衣、玉册,劝王自帝。王笑曰:'此儿辈自坐炉炭之中,又踞吾于上邪。'却之不纳。"(《十国春秋》卷七十八《武肃王世家》)。

⑦ **曹操不称帝原因**

曹操生前是否想称帝,诸说不一:一他是以"挟天子以号令诸侯"的,名正言顺地统一天下;称帝,易为他人藉口,分裂中国;二他知道称帝,在道义上完全失败,刘备、孙权,都会接过"振兴汉室"招牌,打倒他;三现在尚未到时候,只有天下一统才好做皇帝,即夏侯惇说,"以为宜先灭蜀,蜀亡,则吴服;二分既定,然后遵舜、禹之轨(《曹瞒传》);四、还是要创造时机,留福子孙,"若天命在吾,吾为周文王矣"。五、本人意愿确不做皇帝。

⑧ **曹操梦三马同槽**

"魏武帝猜忌晋宣帝子非曹氏纯臣。又尝梦三匹马,在一槽中同食,意尤憎之。因召文、明二帝,告以所见,并云:'防理自多,无为横虑。'帝然之。后果害族移器,悉如梦焉。"见《幽明录》。又,《晋书·宣帝纪》:曹操多疑,"又尝梦三马同食一槽,甚恶焉。因谓太子丕曰:'司马懿非人臣也,必预汝家事。'太子素与帝善,每相全佑故免。"

⑨ **曹操多妻妾**

《三国志·魏书·后妃传》,曹操有卞王后,卞后系倡女(歌女),原系曹操任顿丘令时所娶的妾。曹操此时已有正室丁夫人和刘夫人(生子曹昂和清河长公主)。丁黜刘死,卞氏始扶为正室。曹操封魏王后,王后阶下妾分五等:夫人、昭仪、婕仔、容华、美人。见于史传,曹操有生子的妾十一人,其中尹夫人,即何进媳妇,为何晏之母,杜夫人,即与关羽争夺的秦宜禄弃妇,还有周姬,很可能就是张济妻(见《三国志·魏书·武帝纪》)。此处婕仔,原系汉室妾封号,所以有怀疑曹操妾不得有婕仔(《太平御览》卷三十一陆云与兄书),但据曹操遗令有"吾婕仔使人皆著铜雀台",可为一证,或有称曹操当时颇夺汉宫嫔御为妾的。

⑩ 曹操七十二处疑冢说

曹操葬于何处，从来是一疑案。《三国志·武帝纪》称，曹操汉建安二十五年(220)正月庚子死于洛阳，二月丁卯即世薄葬于邺城(河北临漳)西。据曹操临终遗令说，他生前早已选定墓葬："古之葬者，必居瘠薄之地，其规西门豹祠西原上为寿陵，因高为基。不封不树。"《周礼》冢人掌公墓之地。凡诸侯居左右以前，卿大夫居后，汉制亦谓之陪陵。其公卿大臣将有功者，宜陪寿陵，其广为兆域，使足相容"(《曹操集》)。邺城西门豹祠有多处，而此处尚须在三台村附近，曹操临终遗令，有嘱其伎妾，"汝等时时登铜爵台，望吾西陵墓田。"因而曹操高陵，当在此一带矣。胡三省也称："高陵在邺城西，操令规西门豹祠西原上为陵是也。"《元和郡县图志》亦称，"魏武帝西陵，在邺县西三十里。"并称"西门豹祠，在县西十五里。"但杨奂《山陵杂记》说，"曹操没后，恐人发其冢，乃设疑冢七十二，在漳河之上。"《明一统志》说："曹操疑冢在彰德府讲武城外，凡七十二处，森然弥望，高者如小山布列，直至磁州而止。"《读史方舆纪要》沿用此说。按此说始于宋，南宋范成大《七十二冢》说："疑冢在讲武城外，森然弥望，北人比岁增封之：一棺何用冢如林，谁复如公负此心。闻说群胡为封土，世间随事有知音。"按，讲武城(漳河水)在磁县与其东临漳县邺镇之铜爵台遗址，东西相望。所谓七十二疑冢，实为北魏、北齐时期王公贵族墓群，况且其数竟达一百三十四座。清末民初，疑冢多为人盗掘，发现其中墓志，分别为魏故使持节侍中、太保特进都督、雍州刺史安丰王妃冯氏墓，魏兰陵郡开国吴郡王墓，齐太祖献武皇帝第八子高淯墓，齐故开府仪同三司尚书、左仆射、云州刺史景公墓，齐献武帝第十一子高阳王高湜墓；20世纪50年代发现还有北齐忠武王高景、北齐兰陵王高长恭等墓。与曹操无关。但颇有学者以为，七十二冢不能由此否定，它可能为曹操生前所设，以迷惑来者，且为北朝王公贵族利用为墓葬地。也有人称，曹操七十二疑冢散布区县及河南、安徽诸地。见如"黄陵冈，仅州东北五十里，接山东曹县界，曹操立疑冢于此"(康熙《开封府志》)。按，曹操历史地位在北宋时仍甚高。赵匡胤曾诏重修先代帝王祠庙，每庙须各一百五十间，并令太常礼院重定配享功臣，"其中魏武帝以钟繇、荀攸、程昱配"，庙在

十余年，群雄皆灭，止有江东孙权、西蜀刘备，未曾剿除。孤今病危，不能再与卿等相叙，特以家事相托。孤长子曹昂，刘氏所生，不幸早年殁于宛城。今卞氏生四子：丕、彰、植、熊。孤平生所爱第三子植，为人虚华少诚实，嗜酒放纵，因此不立。次子曹彰，勇而无谋。四子曹熊，多病难保。惟长子曹丕，笃厚恭谨，可继我业，卿等宜辅佐之。"曹洪等涕泣领命而出。操令近侍取平日所藏名香，分赐诸侍妾⑨。且嘱曰："吾死之后，汝等须勤习女工，多造丝履，卖之可以得钱自给。"又命诸妾多居于铜雀台中，每日设祭，必令女伎奏乐上食。又遗命于彰德府讲武城外，设立疑冢七十二⑩⑪："勿令后人知吾葬处，恐为人所发掘故也。"嘱毕，长叹一声，泪如雨下。须臾，气绝而死。寿六十六岁，时建安二十五年春正月也。后人有《邺中歌》一篇叹曹操云：

> 邺则邺城水漳水，定有异人从此起。雄谋韵事与文心，君臣兄弟而父子。英雄未有俗胸中，出没岂随人眼底？功首罪魁非两人，遗臭流芳本一身。文章有神霸有气，岂能苟尔化为群？横流筑台距太行，气与理势相低昂。安有斯人不作逆，小不为霸大不王？霸王降作儿女鸣，无可奈何中不平；向帐明知非有益，分香未可谓无情。呜呼！古人作事无巨细，寂寞豪华皆有意。书生轻议冢中人，冢中笑尔书生气！

却说曹操身亡，文武百官尽皆举哀；一面遣人赴世子曹丕、鄢陵侯曹彰、临淄侯曹植、肃怀侯曹熊处报丧。众官用金棺银椁，将操入殓，星夜举灵榇，赴邺郡来。曹丕闻知父丧，放声痛哭，率大小官员出城十里，伏道迎榇入城，停于偏殿。官僚挂孝，聚哭于殿上。忽一人挺身而出曰："请世子息哀，且议大事。"众视之，乃中庶子司马孚也。孚曰："魏王既薨，天下震动，当早立嗣王，以安众心。何得哭泣耶？"群臣曰："世子宜嗣位，但

未得天子诏命,岂可造次而行?"兵部尚书陈矫曰:"王薨于外,爱子私立,彼此生变,则社稷危矣。"遂拔剑割下袍袖,厉声曰:"即今日便请世子嗣位。众官有异议者,以此袍为例!"百官悚惧。忽报华歆自许昌飞马而至,众皆大惊。须臾,华歆入,众问其来意。歆曰:"今魏王薨逝,天下震动,何不早请世子嗣位?"众官曰:"正因不及候诏命,方议欲以王后卞氏慈旨立世子为王。"歆曰:"吾已于汉帝处索得诏命在此。"众皆踊跃称贺。歆于怀中取出诏命开读。原来华歆谄事魏,故草此诏,威逼献帝降之;帝只得听从,故下诏即封曹丕为魏王、丞相、冀州牧。丕即日登位,受大小官僚拜舞起居。

正宴会庆贺间,忽报鄢陵侯曹彰,自长安领十万大军来到。丕大惊,遂问群臣曰:"黄须小弟,平日性刚,深通武艺。今提兵远来,必与孤争王位也。如之奈何?"忽阶下一人应声而出曰:"臣请往见鄢陵侯,以片言折之。"众皆曰:"非大夫莫能解此祸也。"正是:

　　　　试看曹氏丕彰事,几作袁家谭尚争。

未知此人是谁,且看下文分解。

相州(河南安阳);文帝以贾诩、王朗、曹真、辛毗配,在河南府(河南洛阳)。还下诏为先代帝王置守冢户",魏武帝葬高陵,在邺城西,岁一飨以太牢。诏书还将置守冢户按各代帝王勋业分为四档,曹操为第二档,置守冢三户,高于第三档的秦皇、汉武、唐明皇(据王明清《挥麈录·前录》卷一)。他系南宋始以蜀汉替代魏为正朔而贬值的,因而疑冢说诚为可疑。平心而论,以曹操生前遗令薄葬,他就不须多设疑冢;汉魏尚未风行疑冢。且曹操以周文王自居,自认定子孙可百代为帝,何必设疑冢多此一举;况子孙祭祀必是真墓,参照曹丕令于禁"北诣邺谒高陵(曹操墓)"(《三国志·于禁传》)。亦足证当时营建时无疑冢。四川社科院学者沈伯俊等认为,或因漳河水改道,可能被冲毁,不知具体位置。1994 年,中国社科院考古学者勘探邺城遗址,在西郊发现了101 座曹魏砖室墓。学界认同这次曹魏时期墓葬发现,对于曹操陵墓寻找有很大的参考价值。近年随着亳县曹操祖墓群发掘,也有推理说曹操真墓就在那里。黄裳《春夜随笔·曹操的故乡》记有亳县董园二号相传曹腾遗址对面,穿过魏武大道,就是曹四孤堆,同行的同志说,就在公路下面,可能是曹操的墓地。

⑪ **曹操高陵发现和争议**

安阳高陵即曹操墓。2009 年 12 月,国家文物局认定,经考古发掘科学鉴定,曹操墓葬处即河南安阳安丰乡西高穴村南(邺城西)。2013 年,定为第七批全国重点文物保护单位。据史传,曹操生前主张薄葬,不封土建陵、植树。曹操高陵平面为甲字形,坐西向东为一座带斜坡墓道的双室砖墓,规模宏大,结构复杂,主体由墓道前后室和四个侧室建构。斜坡墓道长39.5 米,宽 9.8 米,最深处离地表约 15 米,墓平面略呈梯形,东边宽 22 米,西边宽 19.5 米,东西长 18 米,墓场面积约 400 平方米,本墓占地 740 平方米,由墓道、墓门、封门墙、甬道和前后主室、侧室组成。后室有一石棺,后室南北侧室各有一木棺,出土有三具人骨一男两女,一男为六十岁左右,与曹操卒年相近。出土有石牌、石枕,都有铭文"魏武王"。但也有学者从历史学、古文字学等提出墓主非曹操说,认为一号墓主是曹奂(有"奂"字铜印),二号墓主是燕王曹宇(曹奂父),也有认为是姚襄、石虎、夏侯惇和常林等人坟墓。

第七十九回　兄逼弟曹植赋诗
侄陷叔刘封伏法

却说曹丕闻曹彰提兵而来，惊问众官；一人挺身而出，愿往折服之。众视其人，乃谏议大夫贾逵也。曹丕大喜，即命贾逵前往。逵领命出城，迎见曹彰。彰问曰："先王玺绶安在？"逵正色而言曰："家有长子，国有储君。先王玺绶，非君侯之所宜问也。"彰默然无语，乃与贾逵同入城。至宫门前，逵问曰："君侯此来，欲奔丧耶？欲争位耶？"彰曰："吾来奔丧，别无异心。"逵曰："既无异心，何故带兵入城？"彰即时叱退左右将士，只身入内，拜见曹丕。兄弟二人，相抱大哭。曹彰将本部军马，尽交与曹丕。丕令彰回鄢陵自守，彰拜辞而去。①于是曹丕安居王位，改建安二十五年为延康元年。封贾诩为太尉，华歆为相国，王朗为御史大夫，大小官僚尽皆升赏。谥曹操曰武王，葬于邺郡高陵，令于禁董治陵事。②禁奉命到彼，只见陵屋中白粉壁上，图画关云长水淹七军擒获于禁之事：画云长俨然上坐，庞德愤怒不屈，于禁拜伏于地，哀求乞命之伏。原来曹丕以于禁兵败被擒，不能死节，既降敌而复归，心鄙其为人，故先令人图画陵屋粉壁，故意使之往见以愧之。当下于禁见此画像，又羞又恼，气愤成病，不久而死。后人有诗叹曰：

> 三十年来说旧交，可怜临难不忠曹。
>
> 知人未向心中识，画虎今从骨里描。

却说华歆奏曹丕曰："鄢陵侯已交割军马，赴本国去了③。临淄侯植、萧怀侯熊，二人竟不来奔丧，理当问罪。"丕从之，即分遣二使，往二处问罪。不一日，萧怀使者回报"萧怀侯曹熊惧罪，自缢身死④"。丕令厚葬之,追赠萧怀王。又过了一日,临淄使者回报说:"临淄侯自与丁仪、丁廙兄弟二人酣饮,悖慢无礼。闻使命至,临淄侯端坐不动。丁仪骂曰:'昔者先王本欲立吾主为世子,被谗臣所阻,今王丧未远,便问罪于骨肉,何也?'丁廙又曰:'据吾主聪明冠世,自当承嗣大位。今反不得立,汝那庙堂之臣,何不识人才若此!'临淄侯因怒叱武士,将臣乱棒打出。'丕闻之大怒,即令许褚领虎卫军三千,火速至临淄,擒曹植等一干人来。褚奉命,引军至临淄城。守将拦阻,褚立斩之,直入城中,无一人敢当锋锐,径到府堂。只见曹植与丁仪、丁廙等尽皆醉倒。褚皆缚之,载于车上,并将府下大小属官,尽行拿解邺郡,听候曹丕发落。⑤丕下令,先将丁仪、丁廙等尽行诛戮。丁仪字正礼,丁廙字敬礼,沛郡人,乃一时文士。及其被杀,人多惜之。

却说曹丕之母卞氏,听得曹熊缢死,心甚悲伤。忽又闻曹植被擒,其党丁仪等已杀,大惊。急出殿,召曹丕相见。丕见母出殿,慌来拜谒。卞氏哭谓丕曰:"汝弟植,平生嗜酒疏狂,盖因自恃胸中之才,故尔放纵。汝可念同胞之情,存其性命。吾至九泉,亦瞑目也。"丕曰:"儿亦深爱其才,安肯害他?今正欲戒其性耳。母亲勿忧。"卞氏洒泪而入。

丕出偏殿,召曹植入见。华歆问曰:"适来莫非太后劝殿下勿杀子建乎?"丕曰:"然。"歆曰:"子建怀才抱智,终非池中物,若不早除,必有后患。"丕曰:"母命不可违。"歆曰:"人皆言子建出口成章,臣未深信。王上可召入以才试之,若不能,即杀之;若果能,则贬之,以绝天下文人之口。"丕从之。须臾,曹植入见,惶恐伏拜请罪。丕曰:"吾与汝情虽兄弟,义属君臣,汝安敢恃才蔑礼?昔先君在日,汝常以文章夸示于人,吾深疑汝必用他人代笔。吾今限汝行七步吟诗一首,若果能,则免一死;若不能,则从重治罪,决不姑恕。"植曰:"愿乞题目。"时殿上悬一水墨画,画着两只牛,斗于土墙之下,一牛坠井而亡。丕指画为题,诗中不许犯着'二牛斗墙下,一牛坠井死'字样。"植行七步,其诗已成。诗曰:

两肉齐道行,头上带凹骨。

言而发。先王未深留意,而谓权中间复有异图,愚情惓惓,用未果决。遂值先王委离国祚,殿下承统,下情始通。"

③ **曹彰是否吃枣中毒**

曹彰手格猛兽,膂力过人,是曹操儿子中武艺最高的。曹操死后的第四年,即魏黄初四年(224),三十出头的任城王曹彰,来到洛阳朝贺,不知怎的,就在自己私衙里死去。关于他的死,诸说不一。据说,曹丕因为继承权得来不易,他最猜忌的是同母所生的两个弟弟曹植和曹彰。在曹操病危时就召曹彰,但曹彰未赶到洛阳曹操就病死了。《魏氏春秋》说,"初,彰问玺绶,将有异志,故来朝不即得见,彰愤怒暴薨。"他问玺绶何在,为此曹丕猜忌;何况曹彰又和曹植很友好,有人揭发他还曾对曹植说:"这个王印本该是你拿的,却让他夺去了。"因而这次朝贺,故意冷落他,不让进正殿。曹彰就气死了。但据《世说新语·尤悔篇》,这年,曹丕特地请曹彰进宫,"魏文帝忌弟任城王(曹彰)骁壮。因在卞太后阁共围棋,并啖枣,文帝以诸蒂枣蒂中。自选可食者而进,王弗悟,遂杂进之。既中毒,太后索水救之。帝预敕左右毁瓶罐,太后徒跣趋井,无以汲。须臾,遂卒。"曹彰墓在河南鄢陵城北2公里,墓冢北高南低,南北长70米,东西宽60米。原墓高20米,今仅高约5米,坐地4 200平方米。

④ **曹熊早死**

据《三国志·任城陈萧王传》说:"萧怀王熊,早薨。黄初二年追封谥萧怀公。太和三年,又追封爵为王。"可见曹熊非逼死。

⑤ **许褚墓葬**

此后许褚行事不见于史。据《三国志·魏书·许褚传》,许褚约死于明帝太和元年(227)魏正始四年增祀故臣于曹操庙,武人有朱灵、文聘和典韦等多人,独无许褚。所以裴松之颇为不解,"褚之功烈有过典韦,今祀韦而不及褚,又所未达也"(《三国志·魏书·三少帝纪》)。许褚死后,归葬于亳州城南(光绪《亳州志》)。亳州,即许褚家乡古谯郡。但今人又作许墓在河南武涉县城关乡仲许村,占地650平方米,现封土已平,地面上尚存石羊3件,其中2件埋于地下,1件卧石羊在地面。(黄濂、包贵智《中国历代将帅陵墓》,文物出版社2001年8月版第83页)

⑥ 曹植"煮豆诗"原本

这首"煮豆诗"不见于《三国志》。在三国文坛,当时还未形成五言绝诗体。此首诗在宋朝开始见红。宋人《漫叟诗话》就说:"曹子建《七步诗》,世传'煮豆燃豆萁,豆在釜中泣。'一本云:'萁在釜下燃,豆在釜中泣。'"但现见的最初记载却是:"煮豆持作羹,漉豉以为汁。萁在釜下燃,豆在釜中泣。本自同根生,相煎何太急?"诗见南朝刘义庆《世说新语·文学篇》。

⑦ 曹植墓三说

曹植死于魏太和六年(232)。《三国志·魏书·任城陈萧王传》称,"初,植登鱼山,临东阿,喟然有终焉之心,遂营为墓。"按曹植系魏太和三年封东阿王,后徙封陈王。他的墓今存有三:一在鱼山西麓(山东东阿县南20公里),墓前有隋开皇十三年(593)刻建石碑,碑有文正书兼用篆隶,高170厘米,宽110厘米。20世纪50年代发掘,有他的佩剑,送去北京;一在陈县(河南淮阳南2公里王店乡机张村),据《淮阳县志》,原陵墓高15丈,坐地20亩。现墓高20米;一在河南通许城东12.5公里的七步村。系明成化年间

相遇块山下,欻起相搪突。

二敌不俱刚,一肉卧土窟。

非是力不如,盛气不泄毕。

曹丕及群臣皆惊。丕又曰:"七步成章,吾犹以为迟。汝能应声而作诗一首否?"植曰:"愿即命题。"丕曰:"吾与汝乃兄弟也。以此为题,亦不许犯着'兄弟'字样。"植略不思索,即口占一首曰:

煮豆燃豆萁,豆在釜中泣;

本是同根生,相煎何太急⑥?

曹丕闻之,潸然泪下。其母卞氏,从殿后出曰:"兄何逼弟之甚耶?"丕慌忙离坐告曰:"国法不可废耳。"于是贬曹植为安乡侯。植拜辞,上马而去⑦。

曹丕自继位之后,法令一新,威逼汉帝,甚于其父。早有细作报入成都。

汉中王闻之大惊,即与文武商议曰:"曹操已死,曹丕继位,威逼天子,更甚于操。东吴孙权,拱手称臣。孤欲先伐东吴,以报云长之仇;次讨中原,以除乱贼。"言未毕,廖化出班,哭拜于地曰:"关公父子遇害,实刘封、孟达之罪,乞诛此二贼。"玄德便欲遣人擒之。孔明谏曰:"不可。且宜缓图之,急则生变矣。可升此二人为郡守,分调开去,然后可擒。"玄德从之,遂遣使升刘封去守绵竹。原来彭羕与孟达甚厚,听知此事,急回家作书,遣心腹人驰报孟达。使者方出南门外,被马超巡视军捉获,解见马超。超审知此事,即往见彭羕。羕接入,置酒相待。酒至数巡,超以言挑之曰:"昔汉中王待公甚厚,今何渐薄也?"羕因酒醉,恨骂曰:"老革荒悖,吾必有以报之!"超又探曰:"某亦怀怨心久矣。"羕曰:"公起本部军,结连孟达为外合,某领川兵为内应,大事可图也。"超曰:"先生之言甚当,来日再议。"超辞了彭羕,即将人与书解见汉中王,细言其事。玄德大怒,即令擒彭羕,下狱拷问其情。羕在狱中,悔之无及。玄德问孔明曰:"彭羕有谋反之意,当何以治之?"孔明曰:"羕虽狂士,然留之久必生祸。"于是玄德赐彭羕死于狱⑧。

羕既死,有人报知孟达。达大惊,举止失措。忽使命至,调刘

封回守绵竹去讫。孟达慌请上庸、房陵都尉申耽、申仪弟兄二人商议曰："我与法孝直同有功于汉中王；今孝直已死，而汉中王忘我前功，乃欲见害，为之奈何？"耽曰："某有一计，使汉中王不能加害于公。"达大喜，急问何计。耽曰："吾弟兄欲投魏久矣。公可作一表，辞了汉中王，投魏王曹丕，丕必重用。吾二人亦随后来降也。"达猛然省悟，即写表一通，付与来使。当晚引五十余骑投魏去了。使命持表回成都，奏汉中王，言孟达投魏之事。先主大怒。览其表曰：

> 臣达伏惟殿下将建伊、吕之业，追桓、文之功，大事草创，假势吴、楚，是以有为之士望风归顺。臣委质以来，愆戾山积。臣犹自知，况于君乎？今王朝英俊鳞集，臣内无辅佐之器，外无将领之才，列次功臣，诚足自愧。臣闻范蠡识微，浮于五湖；舅犯谢罪，逡巡河上。夫际会之间，请命乞身，何哉？

欲洁去就之分也。况臣卑鄙，无元功巨勋，自系于时，窃慕前贤，早思远耻。昔申生至孝见疑于亲；子胥至忠见诛于君。蒙恬拓境而被大刑，乐毅破齐而遭谗佞。臣每读其书，未尝不感慨流涕；而亲当其事，益用伤悼。迩者荆州覆败，大臣失节，百无一还。惟臣寻事，自致房陵、上庸，而复乞身，自放于外。伏想殿下圣恩感悟，愍臣之心，悼臣之举。臣诚小人，不能始终。知而为之，敢谓非罪？臣每闻"交绝无恶声，去臣无怨辞。"臣过奉教于君子，愿君王勉之。臣不胜惶恐之至。

玄德看毕，大怒曰："匹夫叛吾，安敢以文辞相戏耶！"即欲起兵擒之。孔明曰："可就遣刘封进兵，令二虎相并。刘封或有功，或败绩，必归成都，就而除之，可绝两害。"玄德从之，遂遣使到绵竹传谕刘封。封受命，率兵来擒孟达。

却说曹丕正聚文武议事，忽近臣奏曰："蜀将孟达来降。"丕召入问曰："汝此来，莫非诈降乎？"达曰："臣为不救关公之危，汉中王欲杀臣，因此惧罪来降，别无他意。"曹丕尚未准信，忽报刘封引五万兵来取襄阳，单搦孟达厮杀。丕曰："汝既是真心，便可去襄阳，取刘封首级来，孤方准信。"达曰："臣以利害说之，不必动兵，令刘封亦来降也。"丕大喜，遂加孟达为散骑常侍、建武将军、平阳亭侯，领新城太守，去守襄阳、樊城。

原来夏侯尚、徐晃已先在襄阳，正将收取上庸诸郡。孟达到了襄阳，与二将礼毕，探得刘封离城五十里下寨。达即修书一封，使人赍赴蜀寨，招降刘封。刘封览书，大怒曰："此贼误吾叔侄之义，又间吾父子之亲，使吾为不忠不孝之人也。"遂扯碎来书，斩其使。次日，引军前来搦战。孟达知刘封扯书斩使，勃然大怒，亦领兵出迎。两阵对圆，封立马于门旗下，以刀指骂

所建。据称因山洪暴发，村南头水冲出有"曹子建墓"石碑，由此建墓，为衣冠墓，现碑已不存。明万历八年(1580)，墓前建有亭台，内立石碑。上刻：曹子建诗才擅七步之雄；文章寇三国之彦。今亭碑尚存。

⑧ 彭羕获罪源自诸葛亮

据《三国志·蜀书·彭羕传》，彭羕始以骄傲，盛气凌人而难容于众，"诸葛亮虽外接待羕，而内不能善，屡密言先主，羕心大志广，难可保安。"由是彭羕以治中从事外调为江阳太守，"羕闻当远出，私情不悦，往诣马超。"彭羕在狱中写了一封五六百字的长信给诸葛亮，表示悔恨，可是已经迟了。

⑨ 刘封被杀原因

刘封被杀，据《三国志·蜀书·刘封传》："先主责封之侵陵（孟）达，又不救（关）羽。诸葛亮虑封刚猛，易世之后终难制御，劝先主因此除之。"此处所谓侵犯孟达，即是本传所称，"封寻夺达鼓吹"。刘封未如《演义》所说调往绵阳后，再奉命征讨孟达的，而是孟达降魏后，引魏军和里应的申耽、申仪攻陷上庸，才走还成都的。丢失上庸等地，荆州之地全无，更使刘备封闭于两川，无东出之口，这才是杀刘封主因。刘封被杀于成都，但刘封葬处据说是在湖北竹山："农业学大寨时，全国处处都在建造梯田。竹山（三国时的上庸县）县委乘势而上，要将县政府后的那条走马岗劈下半儿来做'人造平原'。竟然掘出了一条古墓道。墓道出口处悬着一把古铜剑，取下一看，上镌着'刘封剑'三字，由此便知刘封葬于竹山县走马岗。从陪葬及墓道的规模看，刘备是悔于言表，以太子礼安葬刘封的"（《经济日报》1995 年 1 月 21 日）。此说费解，因当时上庸等地已沦为魏地，而死于成都的刘封，何以千里之遥归葬了的。

⑩ 夏侯惇死

夏侯惇参与围攻关羽战役后，还师寿春（安徽寿县），徙屯召陵（河南郾城）。曹丕称帝，拜大将军。数月后病死。夏侯惇墓，据康熙《开封府志》，在祥符（河南开封）境内。但据称夏侯惇有墓在河南许昌市西 7 公里河南街南贺庄石油库院。墓呈圆丘形，高约 7 米，周长约 80 米，封土上遍植翠柏，郁郁葱葱。

曰："背国反贼，安敢乱言！"孟达曰："汝死已临头上，还自执迷不省！"封大怒，拍马轮刀，直奔孟达。战不三合，达败走。封乘虚追杀二十余里，一声喊起，伏兵尽出，左边夏侯尚杀来，右边徐晃杀来。孟达回身复战，三军夹攻，刘封大败而走，连夜奔回上庸，背后魏兵赶来。刘封到城下叫门，城上乱箭射下，申耽在敌楼上叫曰："吾已降了魏也。"封大怒，欲要攻城，背后追军将至，封立脚不住，只得望房陵而奔，见城上已尽插魏旗。申仪在敌楼上，将旗一飐，城后一彪军出，旗上大书"右将军徐晃"。封抵敌不住，急望西川而走。晃乘势追杀，刘封部下只剩得百余骑。到了成都，入见汉中王，哭拜于地，细奏前事。玄德怒曰："辱子有何面目复来见吾！"封曰："叔父之难，非儿不救，因孟达谏阻故耳。"玄德转怒曰："汝须食人食，穿人衣，非土木偶人，安可听谗贼所阻！"命左右推出斩之⑨。汉中王既斩刘封，后闻孟达招之，毁书斩使之事，心中颇悔，又哀痛关公，以致染病，因此按兵不动。

且说魏王曹丕自即王位，将文武官僚尽皆升赏；遂统甲兵三十万南巡沛国谯县，大飨先茔。乡中父老，扬尘遮道，奉觞进酒，效汉高祖还沛之事。人报大将军夏侯惇病危，丕即还邺郡，时惇已卒。丕为挂孝，以厚礼殡葬⑩。是岁八月间，报称石邑县凤凰来仪，临淄城麒麟出现，黄龙现于邺郡。于是中郎将李伏、太史丞许芝商议，种种瑞征，乃魏当代汉之兆，可安排受禅之礼，令汉帝将天下让与魏王。遂同华歆、王朗、辛毗、贾诩、刘廙、刘晔、陈矫、陈群、桓楷等一班文武官僚四十余人，直入内殿，来奏汉献帝，请禅位于魏王曹丕。正是：

> 魏家社稷今将建，汉代江山忽已移。

未知献帝如何回答，且看下文分解。

第八十回　曹丕废帝篡炎刘　汉王正位续大统

　　却说华歆等一班文武，入见献帝。歆奏曰："伏睹魏王自登位以来，德布四方，仁及万物，越古超今，虽唐、虞无以过此。群臣会议，言汉祚已终，望陛下效尧、舜之道，以山川社稷，禅与魏王。上合天心，下合民意，则陛下安享清闲之福，祖宗幸甚！生灵幸甚！臣等议定，特来奏请。"帝闻奏大惊，半晌无言，觑百官而哭曰："朕想高祖提三尺剑斩蛇起义，平秦灭楚，创造基业，世统相传四百年矣。朕虽不才，初无过恶，安忍将祖宗大业等闲弃了？汝百官再从公计议。"华歆引李伏、许芝近前奏曰："陛下若不信，可问此二人。"李伏奏曰："自魏王即位以来，麒麟降生，凤凰来仪，黄龙出现，嘉禾蔚生，甘露下降，此是上天示瑞，魏当代汉之象也。"许芝又奏曰："臣等职掌司天，夜观乾象，见炎汉气数已终，陛下帝星隐匿不明；魏国乾象，极天际地，言之难尽。更兼上应图谶，其谶曰：'鬼在边，委在连，当代汉，无可言。言在东，午在西，两日并光上下移。'以此论之，陛下可早禅位。'鬼在边，委相连'，是魏字也；'言在东，午在西'，乃许字也；'两日并光上下移'，乃昌字也。此是魏在许昌应受汉禅也。愿陛下察之。"帝曰："祥瑞图谶，皆虚妄之事。奈何以虚妄之事，而遽欲朕舍祖宗之基业乎？"王朗奏曰："自古以来，有兴必有废，有盛必有衰，岂有不亡之国，不败之家乎？汉室相传四百余年，延至陛下气数已尽。宜早退避，不可迟疑，迟则生变矣！"帝大哭，入后殿去了。百官哂笑而退。

　　次日，官僚又集于大殿，令宦官入请献帝。帝忧惧不敢出。曹后曰："百官请陛下设朝，陛下何故推阻？"帝泣曰："汝兄欲篡位，令百官相逼，朕故不出。"曹后大怒曰："吾兄奈何为此乱逆之事耶？"言未已，只见曹洪、曹休带剑而入，请帝出殿。曹后大骂曰："俱是汝等乱贼，希图富贵，共造逆谋！吾父功盖寰区，威震天下，然且不敢篡窃神器。今吾兄嗣位未几，辄思篡汉，皇天必不祚尔！"言罢，痛哭入宫[①]。左右侍

① 曹皇后拒缴玺

符宝郎祖弼事不见于史传。据《后汉书·曹皇后纪》，汉皇帝玺乃在曹皇后处，"魏受禅，遣使求玺绶，后怒不与，如此数辈，后乃呼使者入，亲数让之，以玺绶抵轩下。因涕泣横流曰：'天不祚尔！'左右皆莫能仰视。"按，曹皇

者，皆欷歔流涕。曹洪、曹休力请献帝出殿。帝被逼不过，只得更衣出前殿。华歆奏曰："陛下可依臣等昨日之议，免遭大祸。"帝痛哭曰："卿等皆食汉禄久矣，中间多有汉朝功臣子孙，何忍作此不臣之事？"歆曰："陛下若不从众议，恐旦夕萧墙祸起，非臣等不忠于陛下也。"帝曰："谁敢弑朕耶！"歆厉声曰："天下之人，皆知陛下无人君之福，以致四方大乱。若非魏王在朝，弑陛下者，何止一人？陛下尚不知恩报德，直欲令天下人共伐陛下耶？"帝大惊，拂袖而起。王朗以目视华歆。歆纵步向前，扯住龙袍，变色而言曰："许与不许，早发一言！"帝战栗不能答。曹洪、曹休拔剑大呼曰："符宝郎何在？"祖弼应声出曰："符宝郎在此。"曹洪索要玉玺。祖弼叱曰："玉玺乃天子之宝，安得擅索！"洪喝令武士推出斩之。祖弼大骂不绝口而死。后人有诗赞曰：

> 奸宄专权汉室亡，诈称禅位效虞唐。
>
> 满朝百辟皆尊魏，仅见忠臣符宝郎。

帝颤慄不已。只见阶下披甲持戈数百余人，皆是魏兵。帝泣谓群臣曰："朕愿将天下禅于魏王，幸留残喘，以终天年。"贾诩曰："魏王必不负陛下。陛下可急降诏，以安众心。"帝只得令陈群草禅国之诏，令华歆赍捧诏玺，引百官直至魏王宫献纳。曹丕大喜，开诏读曰：

> 朕在位三十二年，遭天下荡覆，幸赖祖宗之灵，危而复存。然今仰瞻天象，俯察民心，炎精之数既终，行运在乎曹氏。是以前王既树神武之迹，今王又光辉明德，以应其期。历数昭明，信可知矣。夫大道之行，天下为公。唐尧不私于厥子，而名播于无穷，朕窃慕焉。今其追踵尧典，禅位于丞相魏王。王其毋辞。

曹丕听毕，便欲受诏。司马懿谏曰："不可。虽然诏玺已至，殿下宜且上表谦辞，以绝天下之谤。"丕从之，令王朗作表，自称德薄，请别求大贤以嗣天位。帝览表，心甚惊疑，谓群臣曰："魏王谦逊，如之奈何？"华歆曰："昔魏武王受王爵之时，三辞而诏不许，然后受之。今陛下可再降诏，魏王自当允从。"帝不得已，又令桓阶草诏，遣高庙使张音持节奉玺至魏王宫。曹丕开读。诏曰：

> 咨尔魏王，上书谦让。朕窃为汉道陵迟，为日已久；幸赖武王操德膺符运，奋扬神武，芟除凶暴，清定区夏。今王丕缵承前绪，至德光昭，声教被四海，仁风扇八区。天之历数，实在尔躬。昔虞舜有大功二十，而放勋禅以天下；大禹有疏导之绩，而重华禅以帝位。汉承尧运，有传圣之义，加顺灵祇，绍天明命。使行御史大夫张音，持节奉皇帝玺绶，王其受之。

曹丕接诏欣喜，谓贾诩曰："虽二次有诏，然终恐天下后世不免篡窃之名也。"诩曰："此事极易，可再命张音赍回玺绶，却教华歆令汉帝筑一台，名'受禅台'。择吉日良辰，集大小公卿尽到台下，令天子亲奉玺绶，禅天下与王。便可以释群疑而绝众议矣。"丕大喜，即令张音捧回玺绶，仍作表谦辞。音回奏献帝。帝问群臣曰："魏王又让，其意若何？"华歆奏曰："陛下可筑一台，名曰'受禅台②'。集公卿庶民，明白禅位。则陛下子子孙孙，必蒙魏恩矣。"帝从之，乃遣太常院官，卜地于繁阳，筑起三层高台，择于十月庚午日寅时禅让。

　　至期，献帝请魏王曹丕登台受禅，台下集大小官僚四百余员，御林虎贲禁军三十余万。帝亲捧玉玺奉曹丕。丕受之。台下群臣跪听册曰：

　　　　咨尔魏王，昔者唐尧禅位于虞舜，舜亦以命禹：天命不于常，惟归有德。汉道陵迟，世失其序，降及朕躬，大乱滋昏，群凶恣逆，宇内颠覆。赖武王神武，拯兹难于四方，惟清区夏，以保绥我宗庙。岂予一人获乂。俾九服实受其赐。今王钦承前绪，光于乃德，恢文武之大业，昭尔考之弘烈。皇灵降瑞，人神告征，诞惟亮采，师锡朕命。佥曰：尔度克协于虞舜，用率我唐典，敬逊尔位。於戏！天之历数在尔躬，君其祇顺大礼，飨万国以肃承天命。

读册已毕，魏王曹丕即受八般大礼，登了帝位。贾诩引大小官僚朝于台下。改延康元年为黄初元年，国号大魏。丕即传旨，大赦天下。谥父曹操为太祖武皇帝。华歆奏曰："'天无二日，民无二王'。汉帝既禅天下，理宜退就藩服。乞降明旨，安置刘氏于何地？"言讫，扶献帝跪于台下听旨。丕降旨，封帝为山阳公，即日便行。华歆按剑，指帝厉声而言曰："立一帝，废一帝，古之常道。今上仁慈，不忍加害，封汝为山阳公。今日便行，非宣召不许入朝！"献帝含泪拜谢，上马而去③④。台下军民人等见之，伤感不已。丕谓群臣曰："舜、禹之事，朕知之矣。"群臣皆呼"万岁"。后人观此受禅台，有诗叹曰：

　　　　两汉经营事颇难，一朝失却旧江山。

　　　　黄初欲学唐虞事，司马将来作样看。

② 受禅台遗址

曹丕称帝，筑台于颍阴繁阳亭（河南临颍繁昌镇），称繁昌台，台原有三，青砖护坡，两侧有台阶；台顶四周为石雕栏杆，中心建有亭，亭内有龙尊宝座，即曹丕受禅处。裴注引《献帝传》称，"帝（曹丕）升坛礼毕，顾谓群臣曰：'舜、禹之事，吾知之矣'"。今均佚。仅留高 20 米，有上下两层，呈凸状之废墟。

③ 汉献帝庙和三绝碑

在河南繁城有全国罕有的汉献帝庙。它原系祭祀曹丕处，后改建为曹丕庙。明嘉靖年间（1522—1566），始更庙主为汉献帝刘协。今大殿中伫立有刻建于汉建安二十四年（220）曹丕受禅时的《受禅表》和《公卿将军上尊号奏》两通石碑，为司空王朗撰文，尚书梁鹄书丹，侍中钟繇刻石。碑文字体方正，八分隶书，因文、书法、刻工均绝，史称三绝碑。

④ 山阳城与汉献帝墓

汉献帝废为山阳公后，徙居于山阳城（河南焦作东南），曹丕下诏："前缘司奏处正朔，欲使一皆从魏制，意所不安，其令山阳公，于其国中正朔、服色、祭祀、礼乐，自如汉典"（《魏文帝集》）。今山阳城址犹存，为不规则南北向长方形体，周长 5 公里，九门九关，城墙厚 14—16 米，残高4—6 米，筑成以劣土。魏青龙二年（234）山阳公刘协病死，追谥为汉献皇帝。汉献帝墓即在城北田野，系与曹操女合葬，现荒然已成一土丘。又今河南许昌城东 18 公里张潘乡政府院里，也有汉献帝墓，系衣冠墓。墓原高达 10 米，坐地 30 亩，墓顶还建有献帝庙。

⑤ 谯周非光禄大夫

谯周在刘备称帝时，当是白身。他任光禄大夫，是诸葛亮、蒋琬执政后事，那是后主立太子，任为太子家令，后始升光禄大夫。此后又失误，旋又称官为司业，可见《蜀书》记述混乱之至。

⑥ 诸葛亮熟悉两汉史

汉亡，曹丕称帝，刘备仍奉建安为正朔，群臣劝他做皇帝，刘备不肯，诸葛亮因熟悉《东观汉记》等前朝史，他用耿纯等劝刘秀称帝例说刘备，"昔吴汉、耿弇等初劝世祖（刘秀）即帝位，世祖辞让，前后数四。耿纯进言曰：'天下英雄喁喁，冀有所望。如不从议者，士大夫各归求主，无为从公也。'世祖感纯言深至，遂然诺之。今曹氏篡汉，天下无主，大王刘氏苗族，绍世而起，今即帝位，乃其宜也。士大夫随大王久勤苦者，亦欲望尺寸之功如纯言耳"（《三国志·蜀书·诸葛亮传》）。刘备权衡利害，就采纳了。《演义》所说，即是循此史据。按，诸葛亮熟悉两汉史，于此运用自如，诸如《出师表》总结前后汉教训对比，"亲贤臣，远小人，此先汉所以兴隆也；亲小人，远贤臣，此后汉所以倾颓也。"非不熟悉此历史，岂能有此高度的概括。

⑦ 刘备称帝武担山

按，《三国志·蜀书·先主传》于此连刊有阳泉侯刘豹、太傅许靖等分别请就位书以及刘备告上天书，此也陈寿之隐含蜀汉系正统意也。此处武担山，在四川成都西北，据传刘备就在它的南麓建宫接受臣下朝贺。按武担山，又名五担山，相传是古蜀国一个妃子的坟墓。说是山其实

百官请曹丕答谢天地。丕方下拜，忽然台前卷起一阵怪风，飞砂走石，急如骤雨，对面不见；台上火烛，尽皆吹灭。丕惊倒于台上，百官急救下台，半晌方醒。侍臣扶入宫中，数日不能设朝。后病稍可，方出殿受群臣朝贺。封华歆为司徒，王朗为司空，大小官僚，一一升赏。丕疾未痊，疑许昌宫室多妖。乃自许昌幸洛阳，大建宫室。

早有人到成都，报说曹丕自立为大魏皇帝，于洛阳盖造宫殿；且传言汉帝已遇害。汉中王闻知，痛哭终日。下令百官挂孝，遥望设祭，上尊谥曰"孝愍皇帝"。玄德因此忧虑，致染成疾，不能理事。政务皆托与孔明。孔明与太傅许靖、光禄大夫谯周⑤商议，言天下不可一日无君，欲尊汉中王为帝。谯周曰："近有祥风庆云之瑞；成都西北角有黄气数十丈冲霄而起，帝星见于毕、胃、昴之分，煌煌如月。此正应汉中王当即帝位，以继汉统，更复何疑？"于是孔明与许靖引大小官僚上表，请汉中王即皇帝位。汉中王览表，大惊曰："卿等欲陷孤为不忠不义之人耶？"孔明奏曰："非也。曹丕篡汉自立，王上乃汉室苗裔，理合继统，以延汉祀。"汉中王勃然变色曰："孤岂效逆贼所为！"拂袖而起，入于后宫。众官皆散。三日后，孔明又引众官入朝，请汉中王出。众皆拜伏于前。许靖奏曰："今汉天子已被曹丕所弑，王上不即帝位，兴师讨逆，不得为忠义也。今天下无不欲王上为君，为孝愍皇帝雪恨，若不从臣等所议，是失民望矣。"汉中王曰："孤虽是景帝之孙，并未有德泽以布于民。今一旦自立为帝，与篡窃何异？"孔明苦劝数次，汉中王坚执不从。孔明乃设一计，谓众官曰："如此如此。"于是孔明托病不出。

汉中王闻孔明病笃，亲到府中。直入卧榻边问曰："军师所感何疾？"孔明答曰："忧心如焚，命不久矣。"汉中王曰："军师所忧何事？"连问数次，孔明只推病重，瞑目不答。汉中王再三请问。孔明喟然叹曰："臣自出茅庐，得遇大王，相随至今，言听计从。今幸大王有两川之地，不负臣夙昔之言。目今曹丕篡位，汉祀将斩，文武官僚，咸欲奉大王为帝，灭魏兴刘，共图功名。不想大王坚执不肯，众官皆有怨心，不久必尽散矣。若文武皆散，吴、魏来攻，两川难保，臣安得不忧乎⑥？"汉中王曰："吾非推阻，恐天下人议论耳。"孔

明曰："圣人云：'名不正，则言不顺。'今大王名正言顺，有何可议？岂不闻：'天与弗取，反受其咎？'"汉中王曰："待军师病可，行之未迟。"孔明听罢，从榻上跃然而起，将屏风一击，外面文武众官皆入，拜伏于地曰："王上既允，便请择日以行大礼。"汉中王视之，乃是太傅许靖、安汉将军麋竺、青衣侯向举、阳泉侯刘豹、别驾赵祚、治中杨洪、议曹杜琼、从事张爽、太常卿赖恭、光禄卿黄权、祭酒何宗、学士尹默、司业谯周、大司马殷纯、偏将军张裔、少府王谋、昭文博士伊籍、从事郎秦宓等众也。汉中王惊曰："陷孤于不义，皆卿等也。"孔明曰："王上既允所请，便可筑台，择吉恭行大礼。"即时送汉中王还宫；一面令博士许慈、谏议郎孟光掌礼，筑台于成都武担之南⑦。诸事齐备，多官整设銮驾，迎请汉中王登坛致祭。谯周在坛上高声朗读祭文曰：

> 惟建安二十六年四月丙午朔，越十二日丁巳，皇帝备，敢昭告于皇天后土：汉有天下，历数无疆。曩者王莽篡盗，光武皇帝震怒致诛，社稷复存。今曹操阻兵残忍，戮杀主后，罪恶滔天；操子丕，载肆凶逆，窃据神器。群下将士，以为汉祀堕废，备宜延之，嗣武二祖，躬行天罚。备惧无德忝帝位，询于庶民，外及遐荒君长。佥曰：天命不可以不答，祖业不可以久替，四海不可以无主。率土式望，在备一人。备畏天明命，又惧高、光之业将坠于地，谨择吉日，登坛告祭，受皇帝玺绶，抚临四方，惟神飨祚汉家，永绥历服。

读罢祭文，孔明率众官恭上玉玺，汉中王受了。捧于坛上，再三推辞曰："备无才德，请择有才德者受之。"孔明奏曰："王上平定四海，功德昭于天下，况是大汉宗派，宜即正位⑧。已祭告天神，复何让焉？"文武各官皆呼"万岁"。拜舞礼毕，改元章武元年。立妃吴氏为皇后，长子刘禅为太子；封次子刘永为鲁王，三子刘理为梁王；封诸葛亮为丞相，许靖为司徒，大小官僚，一一升赏。大赦天下。两川军民，无不欣跃。

次日设朝，文武官僚拜毕，列为两班。先主⑨降诏曰："朕自桃园与关、张结义，誓同生死。不幸二弟云长，被东吴孙权所害，若不

仅是高20米的丘陵地。现山上建有高达30米的七级六角砖塔。

⑧ 刘备称汉不称蜀

刘备在汉建安二十四年(219)，被群臣拥戴为大司马、汉中王，为表示尊奉正朔，还向汉献帝上了奏章，明年，刘备"传闻汉帝见害"，曹丕做皇帝，但他仍称建安二十五年。翌年，即建安二十六年，四月，刘备做皇帝，他作文告天地称，"备畏天明命，又惧高祖将湮于地，谨择元日，与百寮登台，受皇帝玺绶。修燔瘗，告类于天神，唯神飨祚于汉家，永绥四海!"可见他自认为承袭汉祚，并非是另立新朝，但魏不承认，称它为"蜀"，如魏咸景元四年(263)诏书称："蜀，蕞尔小国"，"蜀所恃赖，唯(姜)维而已"(《三国志·魏书·三少帝纪》)。后晋袭魏统一中国，所以陈寿作《三国志》，必须以魏为正统，居前，称皇帝；而不称刘备父子为皇帝，也不称是汉，见于《三国志》，也定名为《蜀书》，不称"汉书"，见于书中也不见有汉字，仅称"蜀大将诸葛亮"、"蜀将孟达"，后世沿称，已成习惯。实则，刘备仍奉汉王朝正朔，从不自称为"蜀"。

⑨ 刘备生前不称先主

《演义》以刘备称帝始称为"先主"，此乃宗《三国志》说。按，刘备生前不称"先主"，臣下从皇帝通称为陛下，在他死后称"先帝"。《三国志·蜀书·杜琼传》称，谯周在蜀汉亡前，曾说，"先主讳备，其训具也；后主讳禅，其训授也"，似此说，则在刘禅当政期间，臣下已称他为"后主"，刘备相应亦被呼为"先主"了。但

据《三国志·蜀书·向朗传》引《襄阳记》，有向充在蜀汉亡国时所说，"吾闻谯周之言，先帝讳备，其训具也；后主讳禅，其训授也"。此处《杜琼传》所称"先主讳备"，疑"先主"为"先帝"之误。由此，实证刘备称呼先主，乃陈寿《三国志》所创，其由"先帝"嬗递而生，当可无疑；唯后主之称呼，应在蜀汉亡国前已为通称了。

⑩ **赵云未封虎威将军**

建安二十年(214)，刘备取得成都，晋升官员，赵云始为翊军将军。此杂号将军，做了十年。至建兴元年(223)，始升为征南将军。在随刘备北征汉中期间，黄忠、魏延等大见擢升，而赵云就地踏步，所谓"军中号为虎威将军"，亦非刘备所封，而是将士对他的赞誉。

报仇，是负盟也。朕欲起倾国之兵，剪伐东吴，生擒逆贼，以雪此恨。"言未毕，班内一人拜伏于阶下，谏曰："不可。"先主视之，乃虎威将军赵云⑩也。正是：

君王未及行天讨，臣下曾闻进直言。

未知子龙所谏若何，且看下文分解。

第八十一回　急兄仇张飞遇害　雪弟恨先主兴兵

却说先主欲起兵东征，赵云谏曰："国贼乃曹操，非孙权也。今曹丕篡汉，神人共怒，陛下可早图关中，屯兵渭河上流，以讨凶逆，则关东义士必裹粮策马以迎王师。若舍魏以伐吴，兵势一交，岂能骤解？愿陛下察之。"先主曰："孙权害了朕弟，又兼傅士仁、糜芳、潘璋、马忠皆有切齿之仇，啖其肉而灭其族，方雪朕恨。卿何阻耶？"云曰："汉贼之仇，公也；兄弟之仇，私也。愿以天下为重。"先主答曰："朕不为弟报仇，虽有万里江山，何足为贵？"遂不听赵云之谏，下令起兵伐吴。且发使往五溪，借番兵五万，共相策应。一面差使往阆中，迁张飞为车骑将军，领司隶校尉，封西乡侯，兼阆中牧[1]，使命赍诏而去。

却说张飞在阆中，闻知关公被东吴所害，旦夕号泣，血湿衣襟。诸将以酒解劝，酒醉，怒气愈加，帐上帐下，但有犯者，即鞭挞之，多有鞭死者。每日望南切齿睁目怒恨，放声痛哭不已。忽报使至，慌忙接入，开读诏旨。飞受爵，望北拜毕，设酒款待来使。飞曰："吾兄被害，仇深似海，庙堂之臣，何不早奏兴兵？"使者曰："多有劝先灭魏而后伐吴者。"飞怒曰："是何言也？昔我三人桃园结义，誓同生死。今不幸二兄半途而逝，吾安得独享富贵耶？吾当面见天子，愿为前部先锋，挂孝伐吴，生擒逆贼，祭告二兄，以践前盟。"言讫，就同使命望成都而来。

却说先主每日自下教场操演军马，克日兴师，御驾亲征。于是公卿都至丞相府中见孔明，曰："今天子初临太位，亲统军伍，非

① **张飞封西乡侯**
蜀汉章武元年(221)刘备称帝，以张飞为车骑将军领司隶校尉，进封西乡侯。按，西乡封邑有两说：一说为汉中城固六十公里处西乡，后于此地建桓侯庙。相传张飞胜利归来，路经城南五子山侧飞凤山见山势如凤凌空飞翔，遂用丈八蛇矛于山崖刻下"飞凤山"三个大字；一说赵一清说，《汉书·地理志》，涿郡西乡侯国，在今涿州西北二十里。张侯，涿郡人，故以本土宠之也。"又卢弼《三国志集解》称："蜀汉僻在西陲，相隔县远，安能于涿郡置县，盖遥封此邑，锡以嘉名耳。"

② **刘备戒张飞语**
据《三国志·蜀书·张飞传》，"(关)羽善待卒伍而骄于士大夫，飞爱敬君子而不恤小人。先主常戒之曰：'卿刑杀既过差，又日鞭挝健儿，而令在左右，此取祸之道也。'飞犹不悛。"此处称张飞于部属过于严酷，不拘于法纪，而又屡教不改，较《演义》尤甚。

③ **镇北将军魏延为刘备信用**
刘备破格提拔魏延，取汉中后为督汉中镇远将军，刘备称帝进阶为镇北将军(第二品)。按，镇北，为四镇之一，仅次于四征，而高于四安、四平。刘备能识人、用人，魏延于夺取、

守卫汉中必有大功，更使曹军不得南侵，惜史传缺佚，不得备记事。

④ 冯习乃东征大督

据《三国志·吴书·陆逊传》，刘备东征，"使将军冯习为大督，张南为前部，辅匡、赵融、廖淳、傅彤等各为别督"。足证冯习为东征统帅，而非一般将领。但因蜀汉无史官，冯习史事无记载，陈寿写《三国志·蜀书》，只能在杨戏于延熙四年(241)写的《季汉辅臣赞》篇中所说的"休元轻寇，损时致害"文字下略作注疏，"休元名习，南郡人。随先主入蜀。先主东征吴，习为领军，统诸军，大败于猇亭。"冯习如何统兵，以致惨败，因史传过简，语焉不详。

⑤ 刘备东征将帅多来自荆州

刘备东征，主力部队将帅多系由他自荆州带入西川的，如冯习、张南、辅匡、廖淳(廖化，东征途中前来投奔)、傅彤。赵融行事不详。他们本着有打回老家去理念。此处张翼当时在西川郡县任上，他要在诸葛亮出祁山后，始于军中领兵。

⑥ 刘备东征军七十五万不足为信

所谓"七十五万"乃小说家语。据《三国志·吴书·吴主传》和《陆逊传》等，刘备东征，水陆兵力十万(蜀汉全国兵力十五六万)，其中赵云的第二梯队二万人驻江州(四川重庆)，主力八万余人沿三峡推进，其中冯习、张南的前锋兵力四万人。

⑦ 张飞年龄

此处说张飞年龄，乃小说家言，不见于史传。据《三国志·蜀书·张飞传》"羽年长数岁，飞兄事之。"关羽生年亦不详。张飞死于章武元年(221)，按此说生于166年，讨伐黄巾时仅十八岁。可见出自猜测。据潘眉称，近世皇家书，推关羽以四戊午生，张飞以四癸亥生，若关戊午年生，是年十三岁，张止八岁，至初平三年，关羽为别部司马，是年关十五岁，张十岁，如皇家言，是张以八

所以重社稷也。丞相秉钧衡之职，何不规谏？"孔明曰："吾苦谏数次，只是不听。今日公等随我入教场谏去。"当下孔明引百官来奏先主曰："陛下初登宝位，若欲北讨汉贼，以伸大义于天下，方可亲统六师。若只欲伐吴，命一上将统军伐之可也，何必亲劳圣驾？"先主见孔明苦谏，心中稍回。

忽报张飞到来，先主急召入。飞至演武厅，拜伏于地，抱先主足而哭。先主亦哭。飞曰："陛下今日为君，早忘了桃园之誓，二兄之仇如何不报？"先主曰："多官谏阻，未敢轻举。"飞曰："他人岂知昔日之盟！若陛下不去，臣舍此躯，与二兄报仇。若不能报时，臣宁死不见陛下也！"先主曰："朕与卿同往。卿提本部兵自阆州而出；朕统精兵会于江州，共伐东吴，以雪此恨。"飞临行，先主嘱曰："朕素知卿酒后暴怒，鞭挞健儿，而复令在左右，此取祸之道也。今后务宜宽容，不可如前②。"飞拜辞而去。次日，先主整兵要行。学士秦宓奏曰："陛下舍万乘之躯而徇小义，古人所不取也。愿陛下思之。"先主曰："云长与朕犹一体也，大义尚在，岂可忘耶？"宓伏地不起曰："陛下不从臣言，诚恐有失。"先主大怒曰："朕欲兴兵，尔何出此不利之言！"叱武士推出斩之。宓面不改色，回顾先主而笑曰："臣死无恨，但可惜新创之业，又将颠覆耳！"众官皆为秦宓告免。先主曰："暂且囚下，待朕报仇回时发落。"孔明闻知，即上表救秦宓。其略曰：

臣亮等切以吴贼逞奸诡之计，致荆州有覆亡之祸；损将星于斗牛，折天柱于楚地，此情哀痛，诚不可忘。但念迁汉鼎者，罪由曹操；移刘祚者，过非孙权。窃谓魏贼若除，则吴自宾服。愿陛下纳秦宓金石之言，以养士卒之力，别作良图，则社稷幸甚！天下幸甚！

先主看毕，掷表于地曰："朕意已决，无得再谏！"遂命丞相诸葛亮保太子守两川；骠骑将军马超并弟马岱，助镇北将军魏延守汉中③，以当魏兵；虎威将军赵云为后应，兼督粮草；黄权、程畿为参谋；马良、陈震掌理文书；黄忠为前部先锋；冯习④、张南为副将；傅彤、张翼为中军护尉；赵融、廖淳为合后⑤，川将数百员并五溪番将等，共兵七十五万⑥，择定章武元年七月丙寅日出师。

却说张飞回到阆中，下令军中：限三日内制办白旗白甲，三军挂孝伐吴。次日，帐下两员末将范疆、张达入帐告曰："白旗白甲，一时无措，须宽限方可。"飞大怒曰："吾急欲报仇，恨不明日便到逆贼之境，汝安敢违我将令！"叱武士缚于树上，各鞭背五十。鞭毕，以手指之曰："来日俱要完备，若违了限，即杀汝二人示众。"打得二人满口出血。回到营中商议，范疆曰："今日受了刑责，着我等如何办得？其人性暴如火，倘来日不完，你我皆被杀矣。"张达曰："比如他杀我，不如我杀他！"疆曰："怎奈不得近前。"达曰："我两个若不当死，则他醉于床上，若是当死，则他不醉。"二人商议停当。

却说张飞在帐中，神思昏乱，动止恍惚。乃问部将曰："吾今心惊肉颤，坐卧不安，此何意也？"部将答曰："此是君侯思念关公，以致如此。"飞令人将酒来，与部将同饮。不觉大醉，卧于帐中。范、张二贼探知消息，初更时分，各藏短刀，密入帐中。诈言欲禀机密重事，直至床前。原来张飞每睡不合眼。当夜寝于帐中，二贼见他须竖目张，本不敢动手。因闻鼻息如雷，方敢近前，以短刀刺入飞腹。飞大叫一声而亡。时年五十五岁[7]。后人有诗叹曰：

安喜曾闻鞭督邮，黄巾扫尽佐炎刘。

虎牢关上声先震，长坂桥边水逆流。

义释严颜安蜀境，智欺张郃定中州。

伐吴未克身先死，秋草长遗阆地愁。

却说二贼当夜割了张飞首级，便引数十人，连夜投东吴去了。次日，军中闻知，起兵追之不及。时有张飞部将吴班，向自荆州来见先主，先主用为牙门将，使佐张飞守阆中。当下吴班先发表章，奏知天子；然后令长子张苞，具棺椁盛贮[8]，令弟张绍守阆中，苞自来报先主。时先主已择期出师，大小官僚皆随孔明送十里方回。孔明回至成都，怏怏不乐，顾谓众官曰："法孝直若在，必能制主上东行也[9]。"

却说先主是夜心惊肉颤，寝卧不安。出帐仰观天文，见西北一星，其大如斗，忽然坠地。先主大疑，连夜令人求问孔明。孔明回奏曰："合损一上将，三日之内，必有惊报。"先主因此按兵不动。

岁从军，十岁为别部司马也。先主已三十二岁，关张与先主年当相若耳。（据卢弼《三国志集解》）

⑧ 阆中张飞埋身处

张飞死后，相传身躯葬于阆中官衙大堂（四川阆中县城西街）。后人在墓前建阙立庙。现张飞庙（桓侯庙）为四合庭院式，系清代重建，主要建筑有大门、敌万楼、左右碑场、后殿等，大门正中悬"虎臣良牧"额；敌万楼因张飞有"万人敌"得名，后殿有张飞坐像，豹头环眼，高 3 米，两侧陈列丈八蛇矛和点钢鞭。两侧为范疆、张达跪像。殿后即张飞身躯葬处，冢高 8 米，东西长 22 米，南北长 32 米，坐北面南，呈椭圆形，占地约 1 000 平方米。张飞庙建于何时，待考，但唐人已多有诗赞颂，殷尧藩有五绝《张飞庙》：威名垂千古，勇力冠当时；回首三分国，何人赋黍离。近年张飞庙又经修葺，并在当年张飞扎营的玉台山铸立张飞铜像，像高 4 米余，立马横矛，虎视山下要道。

⑨ 诸葛亮有否谏阻刘备东征

《三国志》记劝阻刘备东征最为坚决的是两个人，一是秦宓，一是赵云。诸葛亮呢，史传缺乏详记。今人只能据他在刘备败后发表的感叹推理，"法孝直若在，则能制主上令不东行；就复东行，必不倾危矣"（《三国志·蜀书·法正传》）。有人说，这是痛惜法正早死，没有人能说服刘备，由此可推理诸葛亮是不同意刘备东征的，但从后句，又可感到诸葛亮通过惋惜法正，却也出于荆州之失，影响"隆中对"出师的既定方针，"兴复汉室"的政治目的也很难实现；对荆州不再去争夺，轻易地用放弃荆州来维护吴、蜀联盟，这是他所不甘愿的。因此，诸葛亮劝阻刘备东征也就不够坚决了。也有说，诸葛亮对刘备东征的前途是抱有希望的，但没有想到竟遭此惨败。

他叹息法正，其实是蕴含有对刘备疏忽大意的抱怨。《资治通鉴》说他"以汉主怒盛而不可阻，且居上流，可胜也。兵势无常，在于观变出奇，故曰孝直在必不倾危。"这正道及诸葛亮的心理活动。他真正的用意是，要是法正还活着，有他的运筹帷幄和刘备的极度信任，那末伐吴也不至于失败了。他也低估了东吴的战斗力。

⑩ 张飞的妻子和子女

张飞的妻子复姓夏侯，是夏侯渊的侄女。汉建安五年(200)，她约十三四岁，有天在家乡谯郡附近山谷拾柴，给张飞士兵捉住；张飞知她是良家女子后，就要她做妻子。这位夏侯夫人应替张飞生育了两子两女。张飞死时，长子张苞早已死，《演义》说他屡次出征，英勇无敌，老子英雄儿好汉，那是小说家言；次子张绍，袭西乡侯爵，在蜀汉末年做侍中尚书仆射，是刘禅向魏将邓艾送上降书的首席使者。两个女儿都先后嫁与刘禅做皇后。长女系章武元年五月(221)，刘备立刘禅为太子时，聘为太子妃，时在张飞被害前一个月。她做了十五年皇后，蜀汉建兴十五年(237)病死；次女续配，公元263年，蜀汉亡，和刘禅一起到洛阳。

⑪ 李意期非李意

据《神仙传·李意期》："刘玄德欲东伐吴，报关羽之怨，使人迎意期。意期到，玄德敬礼之，问其伐吴，意期不答，而求纸笔，玄德与之，意期画作兵马器仗十数纸，便一一以手裂坏之，曰：咄咄！又画一大人，掘地埋之，乃径还去。玄德不悦，而出军果大败，十余万众才数百人得还，器仗军资，一时荡尽。玄德忿耻，发病而卒于永安宫。乃追念其所作大人而埋之，正是玄德之死象也。"(卷十)

⑫ 关羽有否后代

《三国志》所引《蜀记》说，关羽是没有后代的。公元263年，蜀汉亡国，

忽侍臣奏曰："阆中张车骑部将吴班，差人赍表至。"先主顿足曰："噫！三弟休矣！"及至览表，果报张飞凶信。先主放声大哭，昏绝于地，众官救醒。次日，人报一队军马骤风而至，先主出营观之。良久，见一员小将，白袍银铠，滚鞍下马，伏地而哭，乃张苞也。苞曰："范疆、张达杀了臣父，将首级投吴去了。"先主哀痛至甚，饮食不进。群臣苦谏曰："陛下方欲为二弟报仇，何可先自摧残龙体？"先主方才进膳。遂谓张苞曰："卿与吴班敢引本部军作先锋，为卿父报仇否？"苞曰："为国为父，万死不辞⑩！"

先主正欲遣苞起兵，又报一彪军风拥而至。先主令侍臣探之。须臾，侍臣引一小将军，白袍银铠，入营伏地而哭。先主视之，乃关兴也。先主见了关兴，想起关公，又放声大哭。众官苦劝。先主曰："朕想布衣时与关、张结义，誓同生死。今朕为天子，正欲与二弟同享富贵，不幸俱死于非命。见此二侄，能不断肠？"言讫，又哭。众官曰："二小将军且退，容圣上将息龙体。"侍臣奏曰："陛下年过六旬，不宜过于哀痛。"先主曰："二弟俱亡，朕安忍独生！"言讫，以头顿地而哭。多官商议曰："今天子如此烦恼，将何解劝？"马良曰："主上亲统大兵伐吴，终日号泣，于军不利。"陈震曰："吾闻成都青城山之西，有一隐者，姓李名意。世人传说，此老已三百余岁，能知人之生死吉凶，乃当世之神仙也。何不奏知天子，召此老来，问他吉凶，胜如吾等之言。"遂入奏先主。先主从之，即遣陈震赍诏，往青城山宣召。

震星夜到了青城，令乡人引入山谷深处，遥望仙庄，清云隐隐，瑞气非凡。忽见一小童来迎曰："来者莫非陈孝起乎？"震大惊曰："仙童如何知我姓字？"童子曰："吾师昨者有言，'今日必有皇帝诏命至，使者必是陈孝起。'"震曰："真神仙也，人言信不诬矣。"遂与小童同入仙庄，拜见李意，宣天子诏命。李意推老不行。震曰："天子急欲见仙翁一面，幸勿吝鹤驾。"再三敦请，李意方行。既至御营，入见先主。先主见李意鹤发童颜，碧眼方瞳，灼灼有光，身如古柏之状，知是异人，优礼相待。李意曰："老夫乃荒山村叟，无学无识。辱陛下宣召，不知有何见谕？"先主曰："朕与关、张二弟结生死之交，三十余年矣。今二弟被害，亲统大军报仇，未知

休咎如何？久闻仙翁通晓玄机，望乞赐教。"李意曰："此乃天数，非老夫所知也。"先主再三求问。意乃索纸笔，画兵马器械四十余张。画毕，便一一扯碎。又画一大人仰卧于地上，傍边一人掘土埋之，上写一大"白"字，遂稽首而去。先主不悦，谓群臣曰："此狂叟也，不足为信。"即以火焚之，便催军前进①。

张苞入奏曰："吴班军马已至，小臣乞为先锋。"先主壮其志，即取先锋印赐张苞。苞方欲挂印，又一少年将奋然出曰："留下印与我！"视之，乃关兴⑫也。苞曰："我已奉诏矣。"兴曰："汝有何能，敢当此任？"苞曰："我自幼习学武艺，箭无虚发。"先主曰："朕正要观贤侄武艺，以定优劣。"苞令军士于百步之外，立一面旗，旗上画一红心。苞拈弓取箭，连射三箭，皆中红心。众皆称善。关兴挽弓在手曰："射中红心，何足为奇？"正言间，忽值头上一行雁过。兴指曰："吾射这飞雁第三只。"一箭射去，那只雁应弦而落。文武官僚齐声喝采。苞大怒，飞身上马，手挺父所使丈八点钢矛，大叫曰："你敢与我比试武艺否？"兴亦上马，绰家传大砍刀，纵马而出曰："偏你能使矛，吾岂不能使刀！"二将方欲交锋，先主喝曰："二子休得无礼！"兴、苞二人慌忙下马，各弃兵器，拜伏请罪。先主曰："朕自涿郡与卿等之父结异姓之交，亲如骨肉；今汝二人亦是昆仲之分，正当同心协力，共报父仇。奈何自相争竞，失其大义！父丧未远而犹如此，况日后乎？"二人再拜伏罪。先主问曰："卿二人谁年长？"苞曰："臣长关兴一岁。"先主即命兴拜苞为兄。二人就帐前折箭为誓，永相救护。先主下诏，使吴班为先锋；令张苞、关兴护驾，水陆并进，船骑双行，浩浩荡荡，杀奔吴国来。

却说范疆、张达将张飞首级投献吴侯，细告前事。孙权听罢，收了二人。乃谓百官曰："今刘玄德即了帝位，统精兵七十余万，御驾亲征，其势甚大，如之奈何？"百官尽皆失色，面面相觑。诸葛瑾出曰："某食君侯之禄久矣，无可报效，愿舍残生，去见蜀主，以利害说之，使两国相和，共讨曹丕之罪。"权大喜，即遣诸葛瑾为使，来说先主罢兵。正是：

　　　　两国相争通使命，一言解难赖行人。

未知诸葛瑾此去如何，且看下文分解。

关氏全族都被诛杀。据说这是魏将庞会所为，庞会是庞德儿子，他为父亲报仇，"蜀破，尽灭关氏家"（王隐《蜀记》）。关羽至少有两子一女。长子关平、次子关兴。关兴，当是吴蜀通好后，由江陵释放至成都的。建兴元年（223）刘禅即位时出任侍中（原侍中廖立平调长水校尉），他在侍中位上做了三年。建兴三年（225）十一月，诸葛亮南征还朝时，关兴已调任中监军，此后不久病死。关兴任侍中时，为二十岁，可见生于建安八年（203），以此推理，关平或生于建安六年（201）前后，所以能随父在军中，而关兴于江陵陷落时不满十七岁。儿子关统接任，但没多久，又死了。如以关兴病死时为二十五、六岁计，关统死时，还是孩提，当然无子接爵，就由庶弟关彝接任。庞会所尽灭的，就是关彝一家了。但多有小说、笔记说关羽世系不绝。朱正明《中国关帝文化》（中国画报出版社 2002 年 9 月版）中有称湖北当阳有关羽后裔；昆明关建生为关羽第六十一代后裔，本人为河南许昌人，家中有完好的《关氏家谱》，内记有关羽子关兴，关兴子关彝，关彝生子关朗，关朗生子关康，关康生子关播，关播（唐德宗年间）后缺，直到清代才有延续。还说有世界关氏宗亲总会于 1988 年香港成立，三年一次大聚会。1999 年总会第六届恳亲代表大会在旧金山举行，来自中国大陆、香港、台湾、温哥华、多伦多、纽约、休斯顿、洛杉矶、新加坡、泰国、文莱、吉隆坡、越南的关氏宗亲汇聚一堂，并选择了 9 月 9 日 9 时 9 分为旧金山落成的关庙剪彩。相传关羽还有第三子关索。香港学者还据家谱说，"可能在四川以外，还有关索之子，散居各地，继续繁衍，这并非不可能的事。"

第八十二回　孙权降魏受九锡　先主征吴赏六军

　　却说章武元年秋八月，先主起大军至夔关，驾屯白帝城。前队军马已出川口。近臣奏曰："吴使诸葛瑾至。"先主传旨，教休放入。黄权奏曰："瑾弟在蜀为相，必有事而来，陛下何故绝之？当召入，看他言语，可从则从；如不可，则就借彼口说与孙权，令知问罪有名也。"先主从之，召瑾入城。瑾拜伏于地。先主问曰："子瑜远来，有何事故？"瑾曰："臣弟久事陛下，臣故不避斧钺，特来奏荆州之事：前者关公在荆州时，吴侯数次求亲，关公不允。后关公取襄阳，曹操屡次致书吴侯，使袭荆州，吴侯本不肯许。因吕蒙与关公不睦，故擅自兴兵，误成大事。今吴侯悔之不及。此乃吕蒙之罪，非吴侯之过也。今吕蒙已死，冤仇已息。孙夫人一向思归，今吴侯令臣为使，愿送归夫人，缚还降将，并将荆州仍旧交还，永结盟好，共灭曹丕，以正篡逆之罪。"先主怒曰："汝东吴害了朕弟，今日敢以巧言来说乎？"瑾曰："臣请以轻重大小之事，与陛下论之。陛下乃汉朝皇叔，今汉帝已被曹丕篡夺，不思剿除；却为异姓之亲，而屈万乘之尊：是舍大义而就小义也。中原乃海内之地，两都皆大汉创业之方，陛下不取而但争荆州，是弃重而取轻也。天下皆知陛下即位，必兴汉室，恢复山河；今陛下置魏不问，反欲伐吴，窃为陛下不取。"先主大怒曰："杀吾弟之仇，不共戴天！欲朕罢兵，除死方休。不看丞相之面，先斩汝首。今且放汝回去，说与孙权：洗颈就戮！"诸葛瑾见先主不听，只得自回江南①。

　　却说张昭见孙权曰："诸葛子瑜知蜀兵势大，故假以请和为辞，欲背吴入蜀，此去必不回矣。"权曰："孤与子瑜，有生死不易之盟；孤不负子瑜，子瑜亦不负孤。昔子瑜在柴桑时，孔明来吴，孤欲使子瑜留之。子瑜曰：'弟已事玄德，义无二心。弟之不留，犹瑾之不往。'其言足贯神明，今日岂肯降蜀乎？孤与子瑜，可谓神交，非外言所得

① **诸葛瑾未出使与刘备讲和**

刘备东征，孙权主动遣使讲和，但是否派诸葛瑾，不见史传。汉建安二十年(215)，诸葛瑾奉使到成都通好刘备，但此后再未曾使蜀。按，当时刘备屯白帝城准备东征时，东吴布局是第一线陆逊主力；第二线就是南郡太守诸葛瑾，他写了一封信给刘备，劝他撤兵，有人(但非张昭)打了小报告，谣传他派亲人赴刘备处。此或为《演义》嫁接出使与刘备事。

间也。"正言间，忽报诸葛瑾回。权曰："孤言若何？"张昭满面羞惭而退。瑾见孙权，言先主不肯通和之意。权大惊曰："若如此，则江南危矣！"阶下一人进曰："某有一计，可解此危。"视之，乃中大夫赵咨也。权曰："德度有何良策？"咨曰："主公可作一表，某愿为使，往见魏帝曹丕；陈说利害，使袭汉中，则蜀兵自危矣。"权曰："此计最善。但卿此去，休失了东吴气象。"咨曰："若有些小差失，即投江而死，安有面目见江南人物乎！"

② **赵咨出使在邢贞至吴之后**
黄初二年(221)四月，刘备称帝，孙权由公安迁都鄂(湖北鄂州市)，并改名为武昌，设武昌郡。十一月，因向曹丕称臣，曹丕命邢贞为使来武昌册封。在刘备东征，命陆逊为督带兵拒之时，孙权始命都尉赵咨出使，此处前后倒置，有悖史事。

权大喜，即写表称臣，令赵咨为使②。星夜到了许都，先见太尉贾诩等，并大小官僚。次日早朝，贾诩出班奏曰："东吴遣中大夫赵咨上表。"曹丕笑曰："此欲退蜀兵故也。"即令召入。咨拜伏于丹墀。丕览表毕，遂问咨曰："吴侯乃何如主也？"咨曰："聪明、仁智、雄略之主也。"丕笑曰："卿褒奖毋乃太甚？"咨曰："臣非过誉。吴侯纳鲁肃于凡品，是其聪也；拔吕蒙于行阵，是其明也；获于禁而不害，是其仁也；取荆州兵不血刃，是其智也；据三江虎视天下，是其雄也；屈身于陛下，是其略也。以此论之，岂不为聪明、仁智、雄略之主乎？"丕又问曰："吴主颇知学乎？"咨曰："吴主浮江万艘，带甲百万，任贤使能，志存经略；少有余闲，博览书传，历观史籍，采其大旨，不效书生寻章摘句而已。"丕曰："朕欲伐吴，可乎？"咨曰："大国有征伐之兵，小国有御备之策。"丕曰："吴畏魏乎？"咨曰："带甲百万，江汉为池，何畏之有？"丕曰："东吴如大夫者几人？"咨曰："聪明特达者，八九十人；如臣之辈，车载斗量，不可胜数。"丕叹曰："使于四方，不辱君命，卿可以当之矣。"于是即降诏命太常卿邢贞赍册封孙权为吴王，加九锡。赵咨谢恩出城。大夫刘晔谏曰："今孙权惧蜀兵之势，故来请降。以臣愚见，蜀、吴交兵，乃天亡之也。今若遣上将，提数万之兵，渡江袭之，蜀攻其外，魏攻其内，吴国之亡，不出旬日。吴亡则蜀孤矣。陛下何不早图之？"丕曰："孙权既以礼服朕，朕若攻之，是沮天下欲降者之心，不若纳之为是。"刘晔又曰："孙权虽有雄才，乃残汉骠骑将军、南昌侯之职。官轻则势微，尚有畏中原之心；若加以王位，则去陛下一阶矣。今陛下信其诈降，崇其位号以封殖之，是与虎添翼也。"丕曰："不然。朕不助吴，亦不助蜀。待看吴蜀交兵，若灭一国，止存一国，那时除之，有何难哉？朕意已决，卿勿复言。"遂命太常卿邢贞同赵咨捧执册锡，径至东吴。

却说孙权聚集百官，商议御蜀兵之策。忽报："魏帝封主公为王，礼当远接。"顾雍谏曰："主公宜自称上将军、九州伯之位，不当受魏帝封爵。"权曰："当日沛公受项羽之封，盖因时也，何故却之？"遂率百官出城迎接。邢贞自恃上国天使，入门不下车。张昭大怒，厉声曰："礼无不敬，法无不肃，而君敢自尊大，岂以江南无方寸之刃耶？"邢贞慌忙下车，与孙权相见，并车入城。忽车后一人放声哭曰："吾等不能奋身舍命，为主并魏吞蜀，乃令主公受人封爵，不亦辱乎！"众视之，乃徐盛也。邢贞闻之，叹曰："江东将相如此，终非久在人下者也。"

③ 沙摩柯之"摩诃"

按，沙摩柯名仅见于《三国志·吴书·陆逊传》，"逊率诸军同时俱攻，斩张南、冯习及胡王沙摩柯等首"。沙摩柯有作来自越隽郡的少数民族领袖，或系"五溪蛮夷"领袖。据《苗族史》，五溪蛮，即湖南武陵地区苗族。沙摩柯应是苗族。刘备东征，"军次秭归，武陵五溪蛮夷遣使请兵。"（《华阳国志》卷六《刘先主志》）"遣(马)良入武陵招纳五溪蛮夷，蛮夷渠帅皆受印号，咸如意指"（《三国志·蜀书·马良传》）。按，沙摩柯，《华阳国志》有"摩沙，夷所居"，卢弼疑"沙摩"即是"摩沙"，黎东方也认为应作摩沙柯，而《陆逊传》作沙摩柯，"可能是当年抄写的抄错"（《细说三国》）。此亦一说。后"摩诃"或源于此。通常乃以"摩诃"为梵语 Mahá 之译音，意为"大"，见如东晋法显等译《摩诃僧祇律》(大众律)，南北朝显贵且多有以"摩诃"为名讳。据《仁王经》称，苦菩萨摩诃萨"化一切众生"，取名摩诃即对于佛门菩萨的无限崇仰之心。此处先见有"摩诃"，或武陵蛮领袖中确有此名字，为法显等译参照而移植；当然亦不排斥三国时期佛教已进入中华，所以有取名为"摩诃"的。

④ 孙权未任命有左右都督

《演义》述孙权安排孙桓、朱然为左、右都督事。按陆逊主持西线抗蜀战争，乃是一次到位的，朱然、孙桓等全系属陆军。

却说孙权受了封爵，众文武官僚拜贺已毕，命收拾美玉明珠等物，遣人赍进谢恩。早有细作报说："蜀主引本国大兵，及蛮王沙摩柯③番兵数万，又有洞溪汉将杜路、刘宁二枝兵，水陆并进，声势震天。水路军已出巫口，旱路军已到秭归。"时孙权虽登王位，奈魏主不肯接应，乃问文武曰："蜀兵势大，当复如何？"众皆默然。权叹曰："周郎之后有鲁肃，鲁肃之后有吕蒙。今吕蒙已亡，无人与孤分忧也。"言未毕，忽班部中一少年将奋然而出，伏地奏曰："臣虽年幼，颇习兵书。愿乞数万之兵，以破蜀兵。"权视之，乃孙桓也。桓字叔武，其父名河，本姓俞氏，孙策爱之，赐姓孙，因此亦系吴王宗族。河生四子，桓居其长，弓马熟娴，常从吴王征讨，累立奇功，官授武卫都尉，时年二十五岁。权曰："汝有何策胜之？"桓曰："臣有大将二员，一名李异，一名谢旌，俱有万夫不当之勇。乞数万之众，往擒刘备。"权曰："侄虽英勇，争奈年幼，必得一人相助方可。"虎威将军朱然出曰："臣愿与小将军同擒刘备。"权许之，遂点水陆军五万；封孙桓为左都督，朱然为右都督④，即日起兵。哨马探得蜀兵已至宜都下寨。孙桓引二万五千军马屯于宜都界口，前后分作三营，以拒蜀兵。

却说蜀将吴班领先锋之印，自出川以来，所到之处，望风而降，兵不血刃，直到宜都；探知孙桓在彼下寨，飞奏先主。时先主已到秭归，闻奏怒曰："量此小儿，安敢与朕抗耶！"关兴奏曰："既孙权令此子为将，不劳陛下遣大将，臣愿往擒之。"先主曰："朕正欲观汝壮气。"即命关兴前往。兴拜辞欲行，张苞出曰："既关兴前去讨贼，臣愿同行。"先主曰："二侄同去甚妙。但须谨慎，不可造次。"二人拜辞先主，会合先锋，一同进兵，列成阵势。

孙桓听知蜀兵大至，合寨多起。两阵对圆，桓领李异、谢旌立马于门旗之下。见蜀营中拥出二员大将，皆银盔银铠，白马白旗；上首张苞，挺丈八点钢矛；下首关兴，横着大砍刀。苞大骂曰："孙桓竖子，死在临时，尚敢抗拒天兵乎！"桓亦骂曰："汝父已作无头之鬼，今

汝又来讨死，好生不智！"张苞大怒，挺枪直取孙桓。桓背后谢旌骤马来迎。两将战有三十余合，旌败走。苞乘胜赶来。李异见谢旌败了，慌忙拍马轮蘸金斧，接战张苞。与战二十余合，不分胜负。吴军中裨将谭雄，见张苞英勇，李异不能胜，却放一冷箭，正射中张苞所骑之马。

那马负痛,奔回本阵,未到门旗边,扑地便倒,将张苞掀在地上。李异急向前,轮起大斧,望张苞脑袋便砍。忽一道红光闪处,李异头早落地。原来关兴见张苞马回,正待接应;忽见张苞马倒,李异赶来,兴大喝一声,劈李异于马下⑤,救了张苞。乘势掩杀,孙桓大败。各自鸣金收军。

次日,孙桓又引军来。张苞、关兴齐出。关兴立马于阵前,单搦孙桓交锋。桓大怒,拍马轮刀,与关兴战三十余合,气力不加,大败回阵。二小将追杀入营,吴班引着张南、冯习驱兵掩杀。张苞奋勇当先,杀入吴军,正遇谢旌,被苞一矛刺死。吴军四散奔走。蜀将得胜收兵,只不见了关兴。张苞大惊曰:"安国有失,吾不独生。"言讫,绰枪上马,寻不数里,只见关兴左手提刀,右手活挟一将。苞问曰:"此是何人?"兴笑答曰:"吾在乱军中,正遇仇人,故生擒来。"苞视之,乃昨日放冷箭的谭雄也。苞大喜,同回本营,斩首沥血,祭了死马。遂写表,差人赴先主处报捷。孙桓折了李异、谢旌、谭雄等许多将士,力穷势孤,不能抵敌,即差人回吴求救。蜀将张南、冯习谓吴班曰:"目今吴兵势败,正好乘虚劫寨。"班曰:"孙桓虽然折了许多将士,朱然水军现今结营江上,未曾损折。今日若去劫寨,倘水军上岸断我归路,如之奈何?"南曰:"此事至易,可教关、张二将军各引五千军,伏于山谷中。如朱然来救,左右两军齐出夹攻,必然取胜。"班曰:"不如先使小卒诈作降兵,却将劫寨事告与朱然。然见火起,必来救应。却令伏兵击之,则大事济矣。"冯习等大喜,遂依计而行。

却说朱然听知孙桓损兵折将,正欲来救。忽伏路军引几个小卒上船投降。然问之。小卒曰:"我等是冯习帐下士卒,因赏罚不明,特来投降,就报机密。"然曰:"所报何事?"小卒曰:"今晚冯习乘虚要劫孙将军营寨,约定举火为号。"朱然听毕,即使人报知孙桓,报事人行至半途,被关兴杀了。朱然一面商议,欲引兵去救应孙桓。部将崔禹曰:"小卒之言,未可深信。倘有疏虞,水陆二军尽皆休矣。将军只宜稳守水寨,某愿替将军一行。"然从之,遂令崔禹引一万军前去。是夜冯习、张南、吴班分兵三路,直杀入孙桓寨中。四面火起,吴兵大乱,寻路奔走。且说崔禹正行之间,忽见火起,急催兵前进。刚才转过山来,忽山谷中鼓声大震:左边关兴,右边张苞,两路夹攻。崔禹大惊,方欲奔走,正遇张苞,交马只一合,被苞生擒而回。朱然听知危急,将船往下水退五六十里去了。孙桓引败军逃走,问部将曰:"前去何处城坚粮广?"部将曰:"此去正北,彝陵城可以屯兵。"桓引败军急望彝陵而走。方进得城,吴班等追至,将城四面围定。关兴、张苞等解崔禹到秭归⑥来。先主大喜,传旨将崔禹斩却,大赏三军。自此威风震

⑤ **李异未死战场**

李异,原系刘璋征东中郎将赵韪部将,随击刘表;赵韪与刘表连和,欲击走刘璋,即为李异所杀。李异"恃功骄豪,欲有外意"(《蜀书·刘二牧传》)建安十六年(211),刘备应邀入川前后时,走归东吴。建安二十四年(219),陆逊在长江水面洗荡关羽余部,李异与谢旌分别率水、陆军歼灭在宜都西的蜀汉军。李异为刘备东征时,即在秭归(湖北秭归)前线的,"吴将陆仪、李异、刘阿等军至秭归,左右领军南郡冯习、陈留吴班自建平攻破异等,军次秭归"(《华阳国志》卷六)。翌年,刘备败军,退至白帝城,"李异、刘阿等踔蹡先主,屯南山"(同上)。可见李异乃与夷陵战役为始终的吴将,并未战死。

动,江南诸将,无不胆寒。

却说孙桓令人求救于吴王。吴王大惊,即召文武商议曰:"今孙桓受困于彝陵,朱然大败于江中,蜀兵势大,如之奈何?"张昭奏曰:"今诸将虽多物故,然尚有十余人,何虑于刘备? 可命韩当为正将,周泰为副将,潘璋为先锋,凌统⑦为合后,甘宁为救应,起兵十万拒之。"权依所奏,即命诸将速行。此时甘宁已患痢疾,带病从征。

却说先主从巫峡、建平起,直接彝陵界分,七百余里,连结四十余寨。见关兴、张苞屡立大功,叹曰:"昔日从朕诸将,皆老迈无用矣。复有二侄如此英雄,朕何虑孙权乎?"正言间,忽报韩当、周泰领兵来到。先主方欲遣将迎敌,近臣奏曰:"老将黄忠引五六人,投东吴去了。"先主笑曰:"黄汉升非反叛之人也。因朕失口误言老者无用,彼必不服老,故奋力去相持矣。"即召关兴、张苞曰:"黄汉升此去,必然有失。贤侄休辞劳苦,可去相助。略有微功,便可令回,勿使有失。"二小将拜辞先主,引本部军来助黄忠。正是:

老臣素矢忠君志,年少能成报国功。

未知黄忠此去如何,且看下文分解。

⑥ **秭归刘备城**

蜀汉章武二年(222),刘备率军出川伐吴,途经秭归,就依山傍坂筑城,城周围仅1公里,高6米,南临长江,地势险要,他就以此城为指挥所,驻扎达半年之久,后人称为刘备城。今城早已佚,仅存遗址。

⑦ **凌统早死**

凌统与甘宁结为生死之交,不见于史传。他自合肥战后鲜见于史传。《三国志·吴书·凌统传》说"事毕当出,会病卒,时年四十九"。据清陈景云《三国志辨误》:统父操以建安八年(203)从征黄祖战没,统时年十五;及十一年,即预讨麻屯之捷,后至年四十九而卒,则吴之赤乌中也。据《骆统传》,"凌统死,复领其兵",此事在骆统随陆逊破蜀军前。故凌统之年四十九,实误,本传所云,乃传录之误。故清学者钱大昕《诸史拾遗》说,"计统之年,殆未逾三十,此'四'字当是'二'字之讹。"今人吴金华先生《三国志校诂》同意陈、钱所说,并以他书佐证:"《建康实录》卷一载建安二十二年事曰:'是岁,偏将军、都亭侯凌统卒。'又曰:'统为人性好接物,亲贤爱士,轻财重义,有国士风,年二十九卒';《永乐大典》卷一四一二五《减膳流涕》条下引《吴志》:'凌统病卒,时年二十九。'"可见唐、明所据都为未见讹误。又凌统墓葬有二:一在杭州余杭,即凌统家乡,"偏将军凌统墓,成化《杭州志》在余杭浮里界"(《浙江通志》);一在江苏吴县,"皋亭山,在苏州吴县东北二十五里,山东有吴凌统墓,有石碑云:忠毅果敢,常为先锋。"

第八十三回　战猇亭先主得仇人　守江口书生拜大将

却说章武二年春正月，武威后将军黄忠随先主伐吴，忽闻先主言老将无用，即提刀上马，引亲随五六人，径到彝陵营中。吴班与张南、冯习接入。问曰："老将军此来，有何事故？"忠曰："吾自长沙跟天子到今，多负勤劳。今虽七旬有余，尚食肉十斤，臂开二石之弓，能乘千里之马，未足为老。昨日主上言吾等老迈无用，故来此与东吴交锋，看吾斩将，老也不老！"正言间，忽报吴兵前部已到，哨马临营。忠奋然而起，出帐上马。冯习等劝曰："老将军且休轻进。"忠不听，纵马而去。吴班令冯习引兵助战。忠在吴军阵前，勒马横刀，单搦先锋潘璋交战。璋引部将史蹟出马。蹟欺忠年老，挺枪出战，斗不三合，被忠一刀斩于马下。潘璋大怒，挥关公使的青龙刀，来战黄忠。交马数合，不分胜负。忠奋力恶战，璋料敌不过，拨马便走。忠乘势追杀，全胜而回。路逢关兴、张苞。兴曰："我等奉圣旨来助老将军。既已立了功，速请回营。"忠不听。

次日，潘璋又来搦战。黄忠奋然上马。兴、苞二人要助战，忠不从；吴班要助战，忠亦不从。只自引五千军出迎。战不数合，璋拖刀便走。忠纵马追之，厉声大叫："贼将休走，吾今为关公报仇！"追至三十余里，四面喊声大震，伏兵齐出；右边周泰，左边韩当，前有潘璋，后有凌统，把黄忠困在垓心。忽然狂风大起[1]，忠急退时，山坡上马忠引一军出，一箭射中黄忠肩窝，险些儿落马。吴兵见忠中箭，一齐来攻。忽后面喊声大起，两路军杀来，吴兵溃散，救出黄忠，乃关兴、张苞也。二小将保送黄忠，径到御前营中。忠年老血衰，箭疮痛裂，病甚沉重。先主御驾自来看视，抚其背曰："令老将军中伤，朕之过也。"忠曰："臣乃一武夫耳，幸遇陛下。臣今年七十有五，寿亦足矣。望陛下善保龙体，以图中原。"言讫，不省人事，是夜殒于御营[2]。后人有诗叹曰：

① **狂风必有埋伏**
大战前出现有狂风，十之七八乃军队移动所致，并非仅是天候。《武经总要》："暴风急起，昏尘蔽天，坚叶茂条皆落。起于三刑五墓之上者，宜防前后，当有伏兵。"
② **黄忠死于伐东吴前夕**
据《三国志·蜀书·黄忠传》，黄忠死于汉建安二十五年(220)，即在刘备称帝和东征前夕。黄忠活了几岁，语焉不详。说他是"年过七十"，乃是《演义》所言。黄忠墓遗址，见在四川成都城西十里化成桥(金牛区黄忠村)。清道光五年(1825)为乡民发现，

"土人掘得古砖,上有汉篆黄刚侯字"(光绪《重修成都县志》卷二),"同人觅得汉篆遗石于民田,询之则公墓也。乡民得碣见其题为黄公忠墓,刊其石而毁其篆;遗石尤多,门人傅泰澄晓以大义,而还其冢地,乃得余骸旧圹,价买其田白金二百七十五两,别为携敛树碣修茔"(刘沅《黄刚侯墓志》)。墓旁建黄忠祠。修复的黄忠墓高4米,周长约13米,祠内塑有黄忠白髯长飘全身坐像。有联,为刘沅子刘桂文撰:北伐数中原,溯汉中王业所基,唯公绩最;西域留墓道,与昭烈庙堂相望,有此祠高。1965年,因整修公路,穿插其间,黄忠墓被挖开,十年动乱中,祠也被毁,至今仅存一空棺椁。

③ 甘宁在夷陵战前已病死

甘宁系夷陵战役前于西陵太守任上病死的。西陵即今湖北阳新、通山地区。据《三国志·吴书·潘璋传》,潘璋在斩获关羽父子后,任固陵太守,"甘宁卒,又并其军",时在刘备东征前。可知甘宁应死于汉建安二十五年(延康元年、公元220年)。他没有参加吕蒙等攻占荆州(江陵)战役,因此未封侯。富池口东濒长江,为湖北东部要镇(属阳新)。今有祭祀甘宁的祠庙。南宋加封甘宁为昭毅武惠遣爱灵显王。岳飞驻军湖北时,还重加修葺。以后历代都有修建。庙前多大树,常有乌鸦停栖,相传为甘宁的勇士。宋牧《仲筠廊偶笔》:"楚江富池镇有吴王庙,祀甘将军宁。宋时以神风助漕运,封为王,灵显异常,舟过庙前必报不已。有鸦数百,飞集庙傍林木,往来迎舟,数里舞噪,帆

老将说黄忠,收川立大功。

重披金锁甲,双挽铁胎弓。

胆气惊河北,威名镇蜀中。

临亡头似雪,犹自显英雄。

先主见黄忠气绝,哀伤不已,敕具棺椁,葬于成都。先主叹曰:"五虎大将已亡三人,朕尚不能复仇,深可痛哉!"乃引御林军直至猇亭,大会诸将,分军八路,水陆俱进。水路令黄权领兵,先主自率大军于旱路进发:时章武二年二月中旬也。

韩当、周泰听知先主御驾来征,引兵出迎。两阵对圆,韩当、周泰出马。只见蜀营门旗开处,先主自出,黄罗销金伞盖,左右白旄黄钺,金银旌节前后围绕。当大叫曰:"陛下今为蜀主,何自轻出?倘有疏虞,悔之何及!"先主遥指骂曰:"汝等吴狗,伤朕手足,誓不与立于天地之间!"当回顾众将曰:"谁敢冲突蜀兵?"部将夏恂,挺枪出马。先主背后,张苞挺丈八矛纵马而出,大喝一声,直取夏恂。恂见苞声若巨雷,心中惊惧,恰待要走,周泰弟周平见恂抵敌不住,挥刀纵马而来。关兴见了,跃马提刀来迎。张苞大喝一声,一矛刺中夏恂,倒撞下马。周平大惊,措手不及,被关兴一刀斩了。二小将便取韩当、周泰。韩、周二人,慌退入阵。先主视之,叹曰:"虎父无犬子也!"用御鞭一指,蜀兵一齐掩杀过去。吴兵大败。那八路兵势如泉涌,杀的那吴军尸横遍野,血流成河。

却说甘宁正在船中养病,听知蜀兵大至,火急上马,正遇一彪蛮兵;人皆披发跣足,皆使弓弩长枪,搪牌刀斧。为首乃是番王沙摩柯,生得面如噀血,碧眼突出,使一个铁蒺藜骨朵,腰带两张弓,威风抖擞。甘宁见其势大,不敢交锋,拨马而走,被沙摩柯一箭射中头颅,宁带箭而走。到于富池口,坐于大树之下而死。树上群鸦数百,围绕其尸③。吴王闻之,哀痛不已,具礼厚葬,立庙祭祀。后人有诗叹曰:

吴郡甘兴霸,长江锦幔舟。

酬君重知己,报友化仇雠。

劫寨将轻骑,驱兵饮巨瓯。

神鸦能显圣,香火永千秋。

却说先主乘势追杀，遂得猇亭。吴兵四散逃走。先主收兵，只不见关兴。先主慌令张苞等四面跟寻。原来关兴杀入吴阵，正遇仇人潘璋，骤马追之。璋大惊，奔入山谷内，不知所往。兴寻思只在山里，往来寻觅不见。看看天晚，迷踪失路，幸得星月有光，追至山僻之间，时已二更。到一庄上，下马叩门。一老者出问："何人？"兴曰："吾是战将，迷路到此，求一饭充饥。"老人引入。兴见堂内点着明烛，中堂绘画关公神像④。兴大哭而拜。老人问曰："将军何故哭拜？"兴曰："此吾父也。"老人闻言，即便下拜。兴曰："何故供养吾父？"老人答曰："此间皆是尊神地方。在生之日，家家侍奉，何况今日为神乎？老夫只望蜀兵早早报仇。今将军到此，百姓有福矣。"遂置酒食待之，卸鞍喂马。三更已后，忽门外又一人击户。老人出而问之，乃吴将潘璋亦来投宿。恰入草堂，关兴见了，按剑大喝曰："歹贼休走！"璋回身便出，忽门外一人，面如重枣，丹凤眼，卧蚕眉，飘三缕美髯，绿袍金铠，按剑而入。璋见是关公显圣，大叫一声，神魂惊散；欲待转身，早被关兴手起剑落，斩于地上⑤，取心沥血，就关公神像前祭祀。兴得了父亲的青龙偃月刀，却将潘璋首级搌于马项之下，辞了老人，就骑了潘璋的马，望本营而来。老人自将潘璋之尸，拖出烧化。

　　且说关兴行无数里，忽听得人言马嘶，一彪军到来。为首一将，乃潘璋部将马忠也。忠见兴杀了主将潘璋，将首级搌于马项之下，青龙刀又被兴得了，勃然大怒，纵马来取关兴。兴见马忠是害父仇人，气冲牛斗，举青龙刀，望忠便砍。忠部下三百军，并力上前，一声喊起，将关兴围在垓心。兴力孤势危。忽见西北上一彪军杀来，乃是张苞。马忠见救兵到来，慌忙引军自退。关兴、张苞一处赶来。赶不数里，前面糜芳、傅士仁引兵来会马忠。两军相合，混战一处。苞、兴二人兵少，慌忙撤退。回至猇亭，来见先主，献上首级，具言此事。先主惊异，赏犒三军。

　　却说马忠回见韩当、周泰，收聚败军，各分头守把。军士中伤者，不计其数。马忠带傅士仁、糜芳于江渚屯扎。当夜三更，军士皆哭声不止。糜芳暗听之。有一伙军言曰："我等皆是荆州之兵，被吕蒙诡计送了主公性命。今刘皇叔御驾亲征，东吴早晚休矣。所恨

　　槛上下，舟人恒投肉空中喂之，百不一坠；其送舟亦然，云是吴王神鸦。"又许鹤沙《滇行纪程》：自九江百一十里，过富池，入楚境二十里，过田家镇，有吴甘兴霸庙。顺治年间，有史官庄回生典试楚省，夜泊庙前，梦甘将军来拜庄，索庄一仆、一马，皆所爱者，梦中不得已诺之。诘朝，仆马俱毙。地有神鸦，往来江上，帆樯过此，不拘饼饵粒食，撒空饲之，群鸦飞舞接食，百无一坠。食毕，间有集舟樯之杪，送出庙境。俗谓将军遣使送客。其声哑哑，类慈乌，上下三十里皆有之，亦一奇也。清冯镇峦有七绝：风雷夜半吴王庙，天地清秋伍相祠。一例冥冥谁不朽，早来把酒共论之。蒲松龄《聊斋》曾剪裁这段轶事，创作为《竹青》。甘宁迁葬在南京。据宋敦颐《六朝事迹编类》：伏滔记吴将甘宁墓在直渎之下，俗云墓有王气，孙皓恶之，凿其后为直渎。唐温廷筠《过吴主陵》诗其略云："虚开直渎三十里，青盖何时到洛阳。"盖讥之也。元至正《金陵新志》也称："宁墓在直渎山下。"《建康志》："宁墓在建业，孙皓因其坏风水，迁毁之"。也有称甘宁墓在四川，"甘宁归葬于万州甘宁乡贯风村，其墓尚存"(傅德岷、文成英《重庆与名人》重庆出版社2001年5月版第17页)，甘宁墓在四川通江西百里名甘谷(《短止庵评胜》，《永安》111期)。甘宁子甘瑰罪徙会稽。但据《晋书·甘卓传》称，"曾祖宁为吴将，祖述仕为尚书，父昌太子太傅"，则甘宁还有他子。甘宁后裔世居南京，清初甘凤池传即其后裔。

④ 当阳关陵

关羽被杀后，头献曹操，葬洛阳。相传无头尸首安葬于湖北当阳城西五里处，即今关陵所在地。陵面坐西朝东，面临沮水，与景山相望，本是一土丘。南宋淳熙十五年（1188），始于墓前建祭亭，明成化元年（1497）始建庙；后又扩建，总面积为4.5万平方米。20世纪80年代，又重修建。陵园山门为神道碑亭，亭中有清道光十年（1830）碑，上刻："忠义神武灵佑仁勇威显关圣大帝汉前将军汉寿亭侯墓道"。碑亭后沿中轴线为石坊、华表、三园门、马殿、拜殿、大殿、寝殿。尽头即为关羽古墓，高7丈，周长68米；古墓原有近道可进入墓室，室内铁链悬棺，两边配有长明灯等祭器。70年代封堵了墓道，现每年清明，都有庙会。关陵也与当阳城以"关陵大道"相连，两侧长坂坡公园、关公大酒楼等鳞次栉比。

⑤ 潘璋立功夷陵之役

潘璋于吴嘉禾三年（234）病死。他未死于夷陵战役。刘备东征时，他正在和蜀汉接壤的固陵（治宜都，称归）太守任上，首当其冲。当刘备连营七百里，他协同陆逊防御和反攻，所部将士斩杀蜀汉护军冯习。因为在夷陵战役中立了大功，升为平北将军、襄阳太守，守陆口（湖北蒲圻陆溪口）。潘璋为将三十余年，"所领兵马不过数千，而其所在常如万人"（《三国志·潘璋传》）。

⑥ 糜芳并未送回蜀汉

《演义》中糜芳等被杀之写法，为平衡民众文化心态。实非。据《三国志·吴书·吴主传》，糜芳降吴后，虽未重任，也未见贬。吴黄武二年（223），即夷陵战役

者，糜芳、傅士仁也。我等何不杀此二贼，去蜀营投降，功劳不小。"又一伙军言曰："不要性急，等个空儿便就下手。"糜芳听毕大惊，遂与傅士仁商议曰："军心变动，我二人性命难保。今蜀主所恨者马忠耳，何不杀了他，将首级去献蜀主？告称我等不得已而降吴，今知御驾前来，特地诣营请罪。"仁曰："不可，去必有祸。"芳曰："蜀主宽仁厚德，目今阿斗太子是我外甥，彼但念我国戚之情，必不肯加害。"二人计较已定，先备了马，三更时分，入帐刺杀马忠，将首级割了，二人带数十骑，径投猇亭而来。伏路军人先引见张南、冯习，具说其事。

次日，到御营中来见先主，献上马忠首级，哭告于前曰："臣等实无反心，被吕蒙诡计称言关公已亡，赚开城门，臣等不得已而降。今闻圣驾前来，特杀此贼以雪陛下之恨，伏乞陛下恕臣等之罪。"先主大怒曰："朕自离成都许多时，你两个如何不来请罪？今日势危，故来巧言，欲全性命。朕若饶你，至九泉之下，有何面目见关公乎？"言讫，令关兴在御营中设关公灵位。先主亲捧马忠首级，诣前祭祀。又令关兴将糜芳、傅士仁剥去衣服，跪于灵前，亲自用刀剐之⑥，以祭关公。忽张苞上帐，哭拜于前曰："二伯父仇人皆已诛戮，臣父冤仇何日可报？"先主曰："贤侄勿忧，朕当削平江南，杀尽吴狗，务擒二贼，与汝亲自醢之，以祭汝父。"苞泣谢而退。

此时先主威声大振，江南之人尽皆胆裂，日夜号哭。韩当、周泰大惊，急奏吴王，具言糜芳、傅士仁杀了马忠，去归蜀帝，亦被蜀帝杀了。孙权心怯，遂聚文武商议。步骘奏曰⑦："蜀主所恨者，乃吕蒙、潘璋、马忠、糜芳、傅士仁也。今此数人皆亡，独有范疆、张达二人现在东吴。何不擒此二人，并张飞首级，遣使送还，交与荆州，送归夫人，上表求和，再会前情，共图灭魏，则蜀兵自退矣。"权从其言，遂具沉香木匣，盛贮飞首；绑缚范疆、张达，囚于槛车之内，令程秉为使，赍国书望猇亭而来。

却说先主欲发兵前进，忽近臣奏曰："东吴遣使送张车骑之首，并囚范疆、张达二贼至。"先主两手加额曰："此天之所赐，亦由三弟之灵也。"即令张苞设飞灵位。先主见张飞首级在匣中面不改色⑧，放声大哭。张苞自仗利刀，将范疆、张达万剐凌迟，祭父之灵。祭

毕，先主怒气不息，定要灭吴。马良奏曰："仇人尽戮，其恨可雪矣。吴大夫程秉到此，欲还荆州，送回夫人，永结盟好，共图灭魏，伏候圣旨。"先主怒曰："朕切齿仇人乃孙权也。今若与之连和，是负二弟当日之盟矣。今先灭吴，次灭魏。"便欲斩来使，以绝吴情，多官苦告方免。程秉抱头鼠窜，回奏吴主曰："蜀不从讲和，誓欲先灭东吴，然后伐魏，众皆苦谏不听，如之奈何？"权大惊，举止失措。阚泽出班奏曰："现有擎天之柱，如何不用耶？"权急问何人。泽曰："昔日东吴大事，全任周郎；后鲁子敬代之；子敬亡后，决于吕子明。今子明虽丧，现有陆伯言在荆州。此人名虽儒生，实有雄才大略。以臣论之，不在周郎之下。前破关公，其谋皆出于伯言。主上若能用之，破蜀必矣。如或有失，臣愿与同罪。"权曰："非德润之言，孤几误大事。"张昭曰："陆逊乃一书生耳，非刘备敌手，恐不可用。"顾雍亦曰："陆逊年幼望轻，恐诸公不服。若不服，则生祸乱，必误大事。"步骘亦曰："逊才堪治郡耳，若托以大事，非其宜也。"阚泽大呼曰："若不用陆伯言，则东吴休矣！臣愿以全家保之！⑨"权曰："孤亦素知陆伯言乃奇才也。孤意已决，卿等勿言。"于是命召陆逊。

逊本名陆议，后改名逊，字伯言，乃吴郡吴人也；汉城门校尉陆纡之孙，九江都尉陆骏之子。身长八尺，面如美玉；官领镇西将军。当下奉召而至，参拜毕，权曰："今蜀兵临境，孤特命卿总督军马，以破刘备。"逊曰："江东文武，皆大王故旧之臣；臣年幼无才，安能制之？"权曰："阚德润以全家保卿，孤亦素知卿才。今拜卿为大都督，卿勿推辞。"逊曰："倘文武不服，何如？"权取所佩剑与之曰："如有不听号令者，先斩后奏。"逊曰："荷蒙重托，敢不拜命。但乞大王于来日会聚众官，然后赐臣。"阚泽曰："古之命将，必筑坛会众，赐白旄黄钺、印绶兵符，然后威行令肃。今大王宜遵此礼，择日筑坛，拜伯言为大都督，假节钺，则众人自无不服矣。"权从之，命人连夜筑坛完备，大会百官，请陆逊登坛，拜为大都督、右护军镇西将军，进封娄侯，赐以宝剑印绶，令掌六郡八十一州兼荆楚诸路军马⑩。吴王嘱之曰："阃以内孤主之，阃以外将军制之。"逊领命下坛，令徐盛、丁奉为护卫，即日出师；一面调诸路军马，水陆并进。

文书到猇亭，韩当、周泰大惊曰："主上如何以一书生总兵耶？"

的次年，糜芳随贺齐袭蕲春，活捉叛将、现任魏蕲春太守晋宗。当时刘备已病死。糜芳在吴日子也不好过。大学者虞翻还触他霉头。糜芳坐船与虞翻坐船相遇，糜要虞让道，虞翻就骂："没有忠信，怎么能做臣子？丢掉他人两城，还有脸皮自称将军。"糜芳营门紧闭，挡了虞翻车道，虞翻又骂："当闭反开，当开反闭，这难道是做人的常理吗？"（《三国志·吴书·虞翻传》）。

⑦ **步骘北上对付五溪蛮夷**
刘备率军东下时，步骘正奉孙权命离开交州刺史任上。《三国志·吴书·步骘传》称："延康元年，权遣吕岱代骘。骘将交州义士万人出长沙。会刘备东下，武陵蛮夷蠢动，权遂命骘上益阳。"即步骘的交州军为御刘备东征的第二梯队，就在湘西驻扎，对付境内的五溪蛮夷。

⑧ **云阳张桓侯庙**
在四川云阳飞凤山麓，地濒长江，相传张飞被杀后，头被范疆等抛于江中，为人葬于此。所以民间有称："身葬阆中，头葬云阳。"唐朝时始建祠，正殿高达10多米，坐地300平方米。正中塑张飞造像。在大殿东侧建有助风阁，民间传说张飞神灵为感谢渔翁葬头之恩，每天为上水船吹三十里顺风，故命名，并在江边石壁雕刻"江上风情"四字。原祠系清同治九年（1870）为洪水冲毁建筑，近年重修，悬有楹联："铁心铁面铁头颅，千古这一条铁汉；金马金戈金锁甲，三分有几座金汤。""雄猛让一人，武善提戈文握管；精英传万代，唐曾显姓宋留名。""慕汉宋两完人，文章绝世，书法绝世；称巴蜀

三国演义

一胜境,琵琶有声,铜锣有声"。按,后因配合三峡系统工程,张飞庙随云阳新县城迁至双江镇,主像亦由泥塑改为铜铸。庙门悬彭聚星所书楹联:卅里风,舟船顺顺,直与造化争权,况淑气东来,定能焕刀斗文章,落花随水留檐燕;万人敌,召虎侔踪,自是忠忱扶汉,从惠陵西陵西眺,得无念故宫禾黍,望帝有心托杜鹃。新县城乃以重建之张飞庙为中心,开发沿江文物旅游资源。

⑨ 阚泽后事
此为《演义》最后叙述阚泽文字。按阚泽死于吴赤乌六年(243)。阚泽生前所住居家宅后即为苏州普济寺基。阚氏子孙后仕于晋。清《苏州府志》有"晋卢江太守阚臻墓在齐门东北二里,今有阚墓村"(卷四十九)。

⑩ 陆逊并非书生擢升
阚泽保奏陆逊为统帅事,不见于史传。据《三国志·吴书·陆逊传》,陆逊自汉建安五年(200)21岁时就参与孙权幕府,旋出任海昌(浙江海宁)屯田都尉,多次带兵讨伐江东、江西的山越。在代理吕蒙镇守陆口时,就授偏将军、右部督;攻占荆州(江陵)后,领宜都太守,拜抚边将军,封华亭侯。在逼降称归大姓文布等后,又升拜右护军、镇西将军,进封娄侯,其在军中阶位仅次于吕蒙。当时他已是四十二岁,并非少年书生了。因而,当刘备军至,继吕蒙为帅的陆逊出任大都督,统率诸军,自是顺理成章的事。《演义》称其"书生",他书又多沿袭此说,实系附会。

⑪ 陆逊并未向孙权报告诸将矜持
陆逊挂帅,诸将或是孙策旧将,或公室贵戚,不相听从。在破刘

比及逊至,众皆不服。逊升帐议事,众人勉强参贺。逊曰:"主上命吾为大将,督军破蜀。军有常法,公等各宜遵守。违者王法无亲,勿致后悔。"众皆默然。周泰曰:"目今安东将军孙桓,乃主上之侄,现困于彝陵城中,内无粮草,外无救兵,请都督早施良策,救出孙桓,以安主上之心。"逊曰:"吾素知孙安东深得军心,必能坚守,不必救之。待吾破蜀后,彼自出矣。"众皆暗笑而退。韩当谓周泰曰:"命此孺子为将,东吴休矣! 公见彼所行乎?"泰曰:"吾聊以言试之,早无一计,安能破蜀也?"

次日,陆逊传下号令,教诸将各处关防,牢守隘口,不许轻敌。众皆笑其懦,不肯坚守。次日,陆逊升帐唤诸将曰:"吾钦承王命,总督诸军。昨已三令五申,令汝等各处坚守。俱不遵吾令,何也?"韩当曰:"吾自从孙将军平定江南,经数百战;其余诸将,或从讨逆将军,或从当今大王,皆披坚执锐,出生入死之士。今主上命公为大都督,令退蜀兵,宜早定计,调拨军马,分头征进,以图大事。乃只令坚守勿战,岂欲待天自杀贼耶? 吾非贪生怕死之人,奈何使吾等堕其锐气?"于是帐下诸将皆应声而言曰:"韩将军之言是也。吾等情愿决一死战!"陆逊听毕,掣剑在手,厉声曰:"仆虽一介书生,今蒙主上托以重任者,以吾有尺寸可取,能忍辱负重故也。汝等只各守隘口,牢把险要,不许妄动,如违令者皆斩!"⑪众皆愤愤而退。

却说先主自猇亭布列军马,直至川口,接连七百里,前后四十营寨,昼则旌旗蔽日,夜则火光耀天。忽细作报说:"东吴用陆逊为大都督,总制军马。逊令诸将各守险要不出。"先主问曰:"陆逊何如人也?"马良奏曰:"逊虽东吴一书生,然年幼多才,深有谋略;前袭荆州皆系此人之诡计。"先主大怒曰:"竖子诡计,损朕二弟,今当擒之!"便传令进兵。马良谏曰:"陆逊之才,不亚周郎,未可轻敌。"先主曰:"朕用兵老矣,岂反不如一黄口孺子耶?"遂亲领前军,攻打诸处关津隘口。韩当见先主兵来,差人报知陆逊。逊恐韩当妄动,急飞马自来观看,正见韩当立马于山上;远望蜀兵,漫山遍野而来,军中隐隐有黄罗盖伞。韩当接着陆逊,并马而观。当指曰:"军中必有刘备,吾欲击之。"逊曰:"刘备举兵东下,连胜十余阵,锐气正盛;今只乘高守险,不可轻出,出则不利。但宜奖励将士,广布守御之策,以观其变。今彼驰骋于平原旷野之间,正自得志;我坚守不出,彼求战不得,必移屯于山林树木间。吾当以奇计胜之。"韩当口虽应

诺,心中只是不服。先主使前队搦战,辱骂百端。逊令塞耳休听,不许出迎;亲自遍历诸关隘口,抚慰将士,皆令坚守。

先主见吴军不出,心中焦躁。马良曰:"陆逊深有谋略。今陛下远来攻战,自春历夏,彼之不出,欲待我军之变也。愿陛下察之。"先主曰:"彼有何谋,但怯敌耳。向者数败,今安敢再出?"先锋冯习奏曰:"即今天气炎热,军屯于赤火之中,取水深为不便。"先主遂令各营皆移于山林茂盛之地,近溪傍涧,待过夏到秋,并力进兵。冯习遂奉旨,将诸寨皆移于林木阴密之处。马良奏曰:"我军若动,倘吴兵骤至,如之奈何?"先主曰:"朕令吴班引万余弱兵,近吴寨平地屯住;朕亲选八千精兵,伏于山谷之中。若陆逊知朕移营,必乘势来击。却令吴班诈败,逊若追来,朕引兵突出,断其归路,小子可擒矣。"文武皆贺曰:"陛下神机妙算,诸臣不及也。"马良曰:"近闻诸葛丞相在东川点看各处隘口,恐魏兵入寇。陛下何不将各营移居之地,画成图本,问于丞相?"先主曰:"朕亦颇知兵法,何必又问丞相?"良曰:"古云'兼听则明,偏听则蔽',望陛下察之。"先主曰:"卿可自去各营,画成四至八道图本,亲到东川去问丞相。如有不便,可急来报知。"马良领命而去。于是先主移兵于林木阴密处避暑。早有细作报知韩当、周泰。二人听得此事,大喜,来见陆逊曰:"目今蜀兵四十余营。皆移于山林密处,依溪傍涧,就水歇凉。都督可乘虚击之。"正是:

> 蜀主有谋能设伏,吴兵好勇定遭擒。

未知陆逊可听其言否,且看下文分解。

备后,孙权知道了,问何以不向他报告:"受恩深重,任过其才。又此诸将或任腹心,或堪爪牙,或是功臣,皆国家所当与共克定大事者。臣虽驽懦,窃慕相如、寇恂相下之义,以济国事。"(《三国志·吴书·陆逊传》)。后元史天泽奉命攻伐李璮"帝临轩受诏,责以专征,俾诸将皆听节度。天泽未尝以诏示人,及还,帝慰劳之,悉归功于诸将。"(《元史·史天泽传》)

第八十四回　陆逊营烧七百里　孔明巧布八阵图

三
国
演
义

却说韩当、周泰探知先主移营就凉，急来报知陆逊。逊大喜，遂引兵自来观看动静：只见平地一屯不满万余人，大半皆是老弱之众，大书"先锋吴班"旗号。周泰曰："吾视此等兵如儿戏耳。愿同韩将军分两路击之。如其不胜，甘当军令。"陆逊看了良久，以鞭指曰："前面山谷中，隐隐有杀气起①。其下必有伏兵，故于平地设此弱兵以诱我耳。诸公切不可出。"众将听了，皆以为懦。

次日，吴班引兵到关前搦战，耀武扬威，辱骂不绝；多有解衣卸甲，赤身裸体，或睡或坐。徐盛、丁奉入帐禀陆逊曰："蜀兵欺我太甚！某等愿出击之。"逊笑曰："公等但恃血气之勇，未知孙吴妙法，此彼诱敌之计也。三日后必见其诈矣。"徐盛曰："三日后，彼移营已定，安能击之乎？"逊曰："吾正欲令彼移营也。"诸将哂笑而退。过三日后，会诸将于关上观望，见吴班兵已退去。逊指曰："杀气起矣。刘备必从山谷中出也。"言未毕，只见蜀兵皆全装惯束，拥先主而过，吴兵见了，尽皆胆裂。逊曰："吾之不听诸公击班者，正为此也。今伏兵已出，旬日之内必破蜀矣。"诸将皆曰："破蜀当在初时，今连营五六百里，相守经七八月，其诸要害皆已固守，安能破乎？"逊曰："诸公不知兵法。备乃世之枭雄，更多智谋，其兵始集，法度精专；今守之久矣，不得我便，兵疲意阻，取之正在今日。"诸将方才叹服。后人有诗赞曰：

> 虎帐谈兵按六韬，安排香饵钓鲸鳌。
>
> 三分自是多英俊，又显江南陆逊高。

① 杀气

一种云气。占卜家据天空云气形状、走向、方位、颜色作预测。《武经总要》称，"凡气上与天连，此军强盛，不可击；若在吾军，战必胜。""军上气发，渐如云，又变作山形者，将有深谋，不可击；若在吾军，速战，必大胜。"此等语言皆是避其锐气，击其惰归；对于伏兵，也有称"军上有黑气浑浑圆长，赤云在其中，其下有伏兵，不可击。"

② 夷陵之战东吴第二梯队多于蜀汉

夷陵之战，今人多界定它为以少胜多的战争模式，似不确。但据《三国志》有关各传，这场战争的兵力布局，东吴远超过蜀汉。东吴分三线进行防御战，第一线陆逊统兵五万驻夷陵，第二线诸葛瑾统兵驻公安，孙权自为第三线驻武昌(湖北鄂州)；第二、第三线总兵力约十万以上。夷陵之战，陆逊仅以一线兵力以少胜多打垮了刘备的八万精锐。它才是最后解决荆州的归属，正式确立了三分鼎立的局面。

却说陆逊已定了破蜀之策，遂修笺遣使奏闻孙权，言指日可以破蜀之意。权览毕，大喜曰："江东复有此异人，孤何忧哉！诸将皆上书言其懦，孤独不信。今观其言，果非懦也。"于是大起吴兵来接应②。

却说先主于猇亭，尽驱水军顺流而下，沿江屯扎水寨，深入吴境。黄权谏曰："水军沿江而下，进则易，退则难。臣愿为前驱，陛下宜在后阵，庶万无一失。"先主曰："吴贼胆落，朕长驱大进，有何碍乎？"众官苦谏，先主不从。遂分兵两路，命黄权督江北之兵，以防魏寇。先主自督江南诸军，夹江分立营寨，以图进取。细作探知，连夜报知魏主，言蜀兵伐吴，树栅连营纵横七百余里，③分四十余屯，皆傍山林下寨。今黄权督兵在江北岸，每日出哨百余里，不知何意。魏主闻之，仰面笑曰："刘备将败矣！"群臣请问其故。魏主曰："刘玄德不晓兵法，岂有连营七百里而可以拒敌者乎？包原隰险阻屯兵者，此兵法之大忌也。玄德必败于东吴陆逊之手，旬日之内消息必至矣！"群臣犹未信，皆请拨兵备之。魏主曰："陆逊若胜，必尽举吴兵去取西川。吴兵远去，国中空虚，朕虚托以兵助战，令三路一齐进兵，东吴唾手可取也。"众皆拜服。魏主下令："使曹仁督一军出濡须，曹休督一军出洞口，曹真督一军出南郡。三路军马会合日期，暗袭东吴。朕随后自来接应。"调遣已定。

不说魏兵袭吴，且说马良至川，入见孔明，呈上图本而言曰："今移营夹江，横占七百里，下四十余屯，皆依溪傍涧，林木茂盛之处。皇上令良将图本来与丞相观之。"孔明看讫，拍案叫苦曰："是何人教主上如此下寨？可斩此人！"马良曰："皆主上自为，非他人之谋。"孔明叹曰："汉朝气数休矣！"良问其故。孔明曰："包原隰险阻而结营，此兵家之大忌。倘彼用火攻，何以解救？又岂有连营七百里，而可拒敌乎？祸不远矣！陆逊拒守不出，正为此也。汝当速去见天子，改屯诸营，不可如此。"良曰："倘今吴兵已胜，如之奈何？"孔明曰："陆逊不敢来追，成都可保无虞。"良曰："逊何故不追？"孔明曰："恐魏兵袭其后也。主上若有失，当投白帝城避之。吾入川时，已伏下十万兵在鱼腹浦矣。"良大惊曰："某于鱼腹浦往来数次，未尝见一卒。丞相何作此诈语？"孔明曰："后来必见，不劳多问。"马良求了表章，火速投御营来。孔明自回成都，调拨军马救应。

却说陆逊见蜀兵懈怠，不复提防，升帐聚大小将士听令曰："吾自受命以来，未尝出战。今观蜀兵，足知动静，故欲先取江南岸一营。谁敢去取？"言未毕，韩当、周泰、凌统等应声而出曰："某

③ 刘备连营七百里莫须有

此说仅见于《三国志·魏书·文帝纪》，"初，帝闻备兵东下，与权交战，树栅连营七百余里，谓群臣曰：'备不晓兵，岂有七百里营可以拒敌者乎！'"而陆逊、刘备等传未见文字。曹丕所见亦是从情报传闻而来，不足为凭也。一则从猇亭到白帝城，不过三百里；二则刘备水陆军共八万，人马怎能绵延七百里。据《三国志·吴书·陆逊传》，有称陆逊说，"吾已晓破之之术。乃敕各持一把茅，以火攻拔之。一尔势成，通率诸军同时俱攻，斩张南、冯习及胡王沙摩柯等首，破其四十余营。"可见所谓"七百余里"本系传闻，不可靠，而小说沿用，扑朔迷离，以至如徐文长竟也被所误，如见《徐渭集》卷二十《注参同契序》有"辟如陆逊束炬，先攻一营，遂晓破蜀之法，连营七百里，一旦席卷"。莫把小说当信史，由此清人平步青称"演义之说，非正史所有，不可用也"（《霞外捃屑》卷七）。

④ 刘备烧铠处

在今湖北秭归石门山。光绪《归州志》称,"石门山在州西,有石径深若重门。汉昭烈初为陆逊所及,走经此门,追者甚急,乃烧锐铠断道,然后得免。其下为石门滩,亘巫山齐"。按,据胡三省《资治通鉴》注说:"汉主初连兵入夷陵界,沿路置驿以达于白帝。及兵败,诸军溃散,唯驿人自担所弃铠铠,烧之于隘,以断后,仅得脱也。"

⑤ 赵云未参加夷陵之战

据《蜀书·赵云传》裴注引《云别传》,赵云曾因谏阻刘备伐吴,不听,"遂东征,留云督江州(四川重庆)。先主失利于秭归,云进军至永安(四川奉节),吴军已退。"

⑥ 朱然未为赵云所杀

赵云枪挑朱然,乃小说家言。据史传,朱然是东吴名将,素为孙权器重。夷陵之战后,朱然拜征北将军、永安侯,后官至左大司马、右军师。吴赤乌十二年(249)病死,距夷陵之战 27 年,比赵云晚死 20 年。朱然墓在安徽马鞍山市南郊。1984 年 6 月,为考古发掘,这是迄今为止发掘最大的东吴大臣墓。墓室分前后两室,出土一批漆木器、陶器、瓷器、铜器和钱币。其中漆器保存完好,填补了汉末至六朝漆器工艺史发展的空白。现马鞍山以朱然墓为主体,建筑了"三国朱然墓陈列馆"。

⑦ 程畿是刘璋旧人

程畿为刘璋汉昌令。《华阳国志》卷五称:建安六年(201),巴郡太守庞羲与刘璋有隙,遣吏程郁宣旨于郁父汉昌令畿,索益资兵。畿曰:"郡合部曲,本不为乱,纵有谗诉,要在尽诚,遂怀异志,非所闻也。"羲令郁重往,畿曰:"我受牧恩,当为尽节,汝郡吏,宜念效力,不义之事,莫有二意。"羲恨之,使人告曰:"不

等愿往。"逊教皆退不用,独唤阶下末将淳于丹曰:"吾与汝五千军,去取江南第四营,蜀将傅彤所守。今晚就要成功,吾自提兵接应。"淳于丹引兵去了。又唤徐盛、丁奉曰:"汝等各领兵三千,屯于寨外五里。如淳于丹败回有兵赶来,当出救之,却不可追去。"二将自引军去了。

却说淳于丹于黄昏时分,领兵前进。到蜀寨时,已三更之后。丹令众军鼓噪而入蜀营内,傅彤引军杀出,挺枪直取淳于丹。丹敌不住,拨马便回。忽然喊声大震,一彪军拦住去路,为首大将赵融。丹夺路而走,折兵大半。正走之间,山后一彪蛮兵拦住,为首番将沙摩柯。丹死战得脱,背后三路军赶来。比及离营五里,吴兵徐盛、丁奉二人两下杀来,蜀兵退去,救了淳于丹回营。丹带箭入见陆逊请罪。逊曰:"非汝之过也。吾欲试敌人之虚实耳。破蜀之计,吾已定矣。"徐盛、丁奉:"蜀兵势大,难以破之,空自损兵折将耳。"逊笑曰:"吾这条计但瞒不过诸葛亮耳。天幸此人不在,使我成大功也。"遂集大小将士听令:使朱然于水路进兵。来日午后东南风大作,用船装载茅草,依计而行。韩当引一军攻江北岸,周泰引一军攻江南岸,每人手执茅草一把,内藏硫黄焰硝,各带火种,各执枪刀,一齐而上。但到蜀营,顺风举火。蜀兵四十屯,只烧二十屯;每间一屯烧一屯。各军预带干粮,不许暂退,昼夜追袭,只擒刘备方止。众将听了军令,各受计而去。

却说先主正在御营寻思破吴之计,忽见帐前中军旗旛无风自倒。乃问程畿曰:"此为何兆?"畿曰:"今夜莫非吴兵来劫营?"先主曰:"昨夜杀尽,安敢再来?"畿曰:"倘是陆逊试敌,奈何?"正言间,人报山上远远望见吴兵尽沿山望东去了。先主曰:"此是疑兵,令众休动。"命关兴、张苞各引五百骑出巡。黄昏时分,关兴回奏曰:"江北营中火起。"先主急令关兴往江北、张苞往江南探看虚实:"倘吴兵到时,可急回报。"二将领命去了。初更时分,东南风骤起。只见御营左屯火发。方欲救时,御营右屯又火起。风紧火急,树木皆着。喊声大震,两屯军马齐出,奔离御营中。御营军自相践踏,死者不知其数。后面吴军杀到,又不知多少军马。先主急上马,奔冯习营。时习营中火光连天而起,江南、江北照耀如同

白日。冯习慌上马，引数十骑而走，正逢吴将徐盛军到，敌住厮杀。先主见了，拨马投西便走。徐盛舍了冯习，引兵追来。先主正慌，前面又一军拦住，乃是吴将丁奉，两下夹攻。先主大惊，四面无路。忽然喊声大震，一彪军杀入重围，乃是张苞，救了先主，引御林军奔走。正行之间，前面一军又到，乃蜀将傅彤也，合兵一处而行。背后吴兵追至。先主前到一山，名马鞍山。张苞、傅彤请先主上的山时，山下喊声又起。陆逊大队人马，将马鞍山围住。张苞、傅彤死据山口。先主遥望，遍野火光不绝，死尸重叠，塞江而下。

次日，吴兵又四下放火烧山，军士乱窜。先主惊慌，忽然火光中，一将引数骑杀上山来，视之乃关兴也。兴伏地请曰："四下火光逼近，不可久停，陛下速奔白帝城，再收军马可也。"先主曰："谁敢断后？"傅彤奏曰："臣愿以死当之！"当日黄昏，关兴在前，张苞在中，留傅彤断后，保着先主杀下山来。吴兵见先主奔走，皆要争功，各引大军，遮天盖地往西追赶。先主令军士尽脱袍铠，塞道而焚，以断后军④。正奔走间，喊声大震，吴将朱然引一军从江岸边杀来，截住去路。先主叫曰："朕死于此矣！"关兴、张苞纵马冲突，被乱箭射回，各带重伤，不能杀出。背后喊声又起，陆逊引大军，从山谷中杀来。先主正慌急之间，此时天色已微明，只见前面喊声震天，朱然军纷纷落涧，滚滚投岩，一彪军杀入前来救驾。先主大喜，视之乃常山赵子龙也。时赵云在川中江州，闻吴、蜀交兵，遂引军出；忽见东南一带，火光冲天，云心惊，远远探视，不想先主被困，云奋勇冲杀而来⑤。陆逊闻是赵云，急令军退。云正杀之间，忽遇朱然，便与交锋，不一合，一枪刺朱然于马下⑥，杀散吴兵，救出主，望白帝城而走。先主曰："朕虽得脱，诸将士将奈何？"云曰："敌军在后，不可久迟，陛下且入白帝城歇息，臣再引兵去救应诸将。"此时先主仅存百余人入白帝城。后人有诗赞陆逊曰：

　　　　持矛举火破连营，玄德穷奔白帝城。

　　　　一旦威名惊蜀魏，吴王宁不敬书生。

却说傅彤断后，被吴军八面围住。丁奉大叫曰："川兵死者无数，降者极多，汝主刘备已被擒获。今汝力穷势孤，何不早降？"傅彤叱曰："吾乃汉将，安肯降吴狗乎！"挺枪纵马，率蜀军奋力死战，

从太守，家将及祸。"羲曰："昔乐羊食子，非无父子之恩，大义然也。今虽羹子，饮之矣。"羲乃厚谢于璋，璋善畿，迁为江阳太守。

⑧ 刘备东征并未全军覆没

火烧连营，通常认同《演义》说，认定东征全军覆没，刘备只身逃进白帝城。但据史传：东征军北区陆路黄权部全军降魏，没有返来；水路屯夷陵之吴班、陈式似未全损，部分撤回。陆路南区刘备自率主力，也有辅匡、廖淳（廖化）和向宠全营回师。

⑨ 孙夫人下落不明

《三国志》等书没有孙夫人专传。孙夫人，《演义》称她姓名是孙尚香或孙仁；元杂剧《两军师隔江斗智》称孙安，都是杜撰的。孙夫人自背刘备返吴后，就下落不明，估计未改嫁而早死去；如果改嫁，娶者必高贵，是可随夫事迹跟上史传的。《演义》说她闻猇亭之败，祭夫而死，是小说家言。民间传说是，孙夫人归吴遭软禁，后来刘备东征时又被遣送回蜀，谁料船到枭矶，就传来刘备病死白帝城噩耗，便在矶上悲愤而死。枭矶，在安徽芜湖西七里，原在江心，属芜湖县，后因泥沙淤积，与江北相连，属无为县境。矶建有祠，系明时建，蜴就是蛟，称灵泽夫人祠。清乾隆五十四年（1789）重修，嘉庆二年（1897），敕封"崇节惠利灵泽夫人"，亦讹称"枭姬祠"，盖刘备有"枭雄"称。明万历顾起元亦称："芜湖江有蜴祠，矶有庙，所祀者刘先主之孙夫人。江上渔人言，蜴，老鼋之类也"（《客座赘语》卷八）。现殿宇已毁，基石犹存，完整者仅矶头一对大石狮。据传祠中大柱原悬有楹联："思亲泪落吴江冷，望帝魂归蜀道难"出自徐渭手笔，确是。据《徐渭集》有《江南孙夫人庙》楹联，唯"思新泪落"作"思亲泪滴"，其余同。也

有称集唐诗联，或系清顾亭林或彭玉麟所撰，均误。自《演义》始，孙夫人追思刘备嬗变为史实，明诗人徐媛有"相望蜀国宫中月，白帝城高起暮寒。"清王士祯过芜湖，也有《嫦姬灵泽夫人祠》："霸气江东久寂寥，永安宫殿莽萧萧；都将家国无穷恨，分讨浔阳上下潮。"今人林散之也有《枭矶孙夫人庙》五律："风神遗洛浦，江表一孤岭。已尽思吴泪，犹存望蜀心。芙蓉秋梦远，芦荻夜潮深。幽恨成终古，空传青鸟音。"

⑩ 诸葛亮"八阵图"

"八阵图"一说系瞿塘八阵（即草堂八阵，俗称旱八阵），今存，地在四川奉节白帝城沿草堂河向北十五里石马河河谷处。此外，传说的"八阵图"遗迹尚有：一渔腹八阵（俗称水八阵），在四川奉节梅溪河入长江处，即《演义》所说，困陆逊处；二四川成都青白江弥牟镇；三四川绵阳；四陕西勉县定军山麓；五陕西沔阳。《元和郡县图志·山南道》西县，本汉沔阳县，"八阵图在县东南十里，诸葛亮垒细石为图。"其西北二里即诸葛亮墓。按，八阵图说最早记载于南齐盛弘之《荆州记》："垒石聚石为八行，行八聚聚间相去二丈余，谓之八阵图，因曰八阵，既成自今行师更不复败，八阵及垒皆图兵势行藏之权，自后深识者所不能了，桓温伐蜀经之，以为常山蛇势此盖意言之。"郦道元《水经注》也称，"江水又东径诸葛亮图垒，石碛平旷，望兼川陆，有亮所造八阵图。东跨故垒，皆累细石为之，自垒西去聚石八行，行间相去二丈。今以水漂荡，岁月消损，高处可二三尺，下处磨灭殆尽"。八阵图多说系诸葛亮平素教习将士之遗迹，此种纯属军事训练的模拟样式并无特异功能。且有关"八阵"，也非全出自诸葛亮首创。据近

不下百余合，往来冲突，不能得脱。彤长叹曰："吾今休矣！"言讫，口中吐血，死于吴军之中。后人赞傅彤诗曰：

> 彝陵吴蜀大交兵，陆逊施谋用火焚。
>
> 至死犹然骂吴狗，傅彤不愧汉将军。

蜀祭酒程畿[⑦]，匹马奔至江边，招呼水军赴敌。吴兵随后追来，水军四散奔逃，畿部将叫曰："吴兵至矣！程祭酒快走罢！"畿怒曰："吾自从主上出军，未尝赴敌而逃。"言未毕，吴兵骤至，四下无路，畿拔剑自刎。后人有诗赞曰：

> 慷慨蜀中程祭酒，身留一剑答君王。
>
> 临危不改平生志，传得声名万古香。

时吴班、张南久围彝陵城，忽冯习到，言蜀兵败，遂引军来救先主。孙桓方才得脱。张、冯二将正行之间，前面吴兵杀来，背后孙桓从彝陵城杀出，两下夹攻。张南、冯习奋力冲突，不能得脱，死于乱军之中，后人有诗赞曰：

> 冯习忠无二，张南义少双。
>
> 沙场甘战死，史册共流芳。

吴班杀出重围，又遇吴兵追赶，幸得赵云接着，救回白帝城去了。时有蛮王沙摩柯，匹马奔走，正逢周泰，战二十余合，被泰所杀。蜀将杜路、刘宁尽皆降吴。蜀营一应粮草器仗，尺寸不存。蜀将川兵，降者无数[⑧]。时孙夫人在吴闻猇亭兵败，讹传先主死于军中，遂驱车至江边，望西遥哭，投江而死[⑨]。后人立庙江滨，号曰枭姬祠。尚论者作诗叹之曰：

> 先主兵归白帝城，夫人闻难独捐生。
>
> 至今江畔遗碑在，犹著千秋烈女名。

却说陆逊大获全功，引得胜之兵往西追袭。前离夔关不远，逊在马上看见前面临山傍江，一阵杀气冲天而起。遂勒马，回顾众将曰："前面必有埋伏，三军不可轻进。"即倒退十余里，于地势空阔处，排成阵势，以御敌军。即差哨马前去探视。回报并无军屯在此。逊不信，下马登高望之，杀气复起。逊再令人仔细探视。哨马回报，前面并无一人一骑。逊见日将西沉，杀气越加，心中犹豫，令心腹人再往探看。回报江边止有乱石八九十堆，并无人马。

逊大疑,令寻土人问之。须臾有数人到。逊问曰:"何人将乱石作堆?如何乱石堆中有杀气冲起?"土人曰:"此处地名鱼腹浦。诸葛亮入川之时,驱兵到此,取石排成阵势于沙滩之上。自此常常有气如云,从内而起。"

陆逊听罢,上马引数十骑来看石阵,立马于山坡之上,但见四面八方,皆有门有户。逊笑曰:"此乃惑人之术耳,有何益焉!"遂引数骑下山坡来,直入石阵观看。部将曰:"日暮矣,请都督早回。"逊方欲出阵,忽然狂风大作,一霎时,飞砂走石,遮天盖地。但见怪石嵯峨,槎枒似剑;横沙立土,重叠如山;江声浪涌,有如剑鼓之声。逊大惊曰:"吾中诸葛之计也!"急欲回时,无路可出。正惊疑间,忽见一老人立于马前,笑曰:"将军欲出此阵乎?"逊曰:"愿长者引出。"老人策杖徐徐而行,径出石阵,并无所碍,送至山坡之上。逊问曰:"长者何人?"老人答曰:"老夫乃诸葛孔明之岳父黄承彦也。昔小婿入川之时,于此布下石阵,名'八阵图'。反复八门,按遁甲休、生、伤、杜、景、死、惊、开,每日每时,变化无端,可比十万精兵。临去之时,曾分付老夫道:'后有东吴大将迷于阵中,莫要引他出来。'老夫适于山岩之上,见将军从死门而入,料想不识此阵,必为所迷。老夫平生好善,不忍将军陷没于此,故特自生门引出也。"逊曰:"公曾学此阵法否?"黄承彦曰:"变化无穷,不能学也。"逊慌忙下马,拜谢而回⑩。后杜工部有诗曰:

> 功盖三分国,名成八阵图。
>
> 江流石不转,遗恨失吞吴。

陆逊回寨,叹曰:"孔明真卧龙也,吾不能及!"于是下令班师。左右曰:"刘备兵败势穷,困守一城,正好乘势击之。今见石阵而退何也?"逊曰:"吾非惧石阵而退,吾料魏主曹丕,其奸诈与父无异,今知吾追赶蜀兵,必乘虚来袭。吾若深入西川,急难退矣!"遂令一将断后,逊率大军而回。退兵未及二日,三处人来飞报:"魏兵曹仁出濡须,曹休出洞口,曹真出南郡,三路兵马数十万,星夜至境,未知何意。"逊笑曰:"不出吾之所料,吾已令兵拒之矣。"正是

> 雄心方欲吞西蜀,胜算还须御北朝。

未知如何退兵,且看下文分解。

年山东银雀山发掘的战国竹简《孙膑兵法》,此书已列有"八阵"之说,即是八种不同的阵形:方阵、圆阵、疏阵、数阵、锥行之阵、雁行之阵、钩行之阵、玄襄之阵,所谓"散而成八,复而为一"。由此纵横捭阖,变化无穷。它使冷兵器时代,按照阵图方式野战的将士大大发挥了威力。诸葛亮也写过《布阵》,估计八阵图是他在前代兵法基础上的更上层楼,据史传称,诸葛亮"推演兵法,作八阵图"。他说,"八阵既成,自今行师,庶不覆败矣"。他的"八阵图"乃是一阵八体。即后来唐李靖作解的:"八阵本一也,分为八焉。""阵数有九,中心零者,必统握之。四面八向,皆取备焉。""四头八尾,触处为首,敌冲其中,两头皆救,数起于五,而终于八。"它的外形乃是方阵。所以宋神宗称"大抵八阵即九军,九军者方阵也。"后来道家好穿凿,把它说成是阴阳八卦阵。有关陆逊困八阵图事,《三国志》无记载。故事源自元《三国志平话·先主托孔明佐太子》。内称刘备于白帝城托孤后,诸葛亮即在城东二十里垒起八堆石块,每堆石上均有六十四面旗,按八卦之象。陆逊追至,见了大惊,诸葛亮乘机击退了吴军。按,陆逊夷陵获胜,并没有以主力乘胜追击刘备,"逊与朱然、骆统以为曹丕大合士众,外托助国讨备,内实有奸心,谨决计辄还"(《三国志·吴书·陆逊传》)。东吴主力虽退,但偏师仍追击,"将军李异、刘阿等蹑踵追先主军,屯驻南山"(《三国志·蜀书·先主传》)。南山,即今四川奉节东北。可谓相逼甚近。

第八十五回　刘先主遗诏托孤儿
　　　　　诸葛亮安居平五路

　　却说章武二年夏六月，东吴陆逊大破蜀兵于猇亭、彝陵之地，先主奔回白帝城，赵云引兵据守。忽马良至，见大军已败，懊悔不及，将孔明之言奏知先主。先主叹曰："朕早听丞相之言，不致今日之败。今有何面目复回成都见群臣乎！"遂传旨就白帝城住扎，将馆驿改为永安宫。人报冯习、张南、傅彤、程畿、沙摩柯等皆殁于王事，先主伤感不已。又近臣奏称："黄权引江北之兵，降魏去了。陛下可将彼家属送有司问罪。"先主曰："黄权被吴兵隔断在江北岸，欲归无路，不得已而降魏。是朕负权，非权负朕也。何必罪其家属？"仍给禄米以养之①。

　　却说黄权降魏，诸将引见曹丕。丕曰："卿今降朕，欲追慕于陈、韩耶？"权泣而奏曰："臣受蜀帝之恩，殊遇甚厚。令臣督诸军于江北，被陆逊绝断。臣归蜀无路，降吴不可，故来投陛下。败军之将，免死为幸，安敢追慕于古人耶？"丕大喜，遂拜黄权为镇南将军②。权坚辞不受。忽近臣奏曰："有细作人自蜀中来，说蜀主将黄权家属尽皆诛戮。"权曰："臣与蜀主推诚相信，知臣本心，必不肯杀臣之家小也。"丕然之。后人有诗责黄权曰：

　　　　降吴不可却降曹，忠义安能事两朝。

　　　　堪叹黄权惜一死，紫阳书法不轻饶。

　　曹丕问贾诩曰："朕欲一统天下，先取蜀乎？先取吴乎？"诩曰："刘备雄才，更兼诸葛亮善能治国；东吴孙权，能识虚实，陆逊现屯兵于险要，隔江泛湖，皆难卒谋。以臣观之，诸将之中皆无孙权、刘备敌手。虽以陛下天威临之，亦

① **刘备不搞株连**
刘备不连坐法。一是糜芳降吴，致促使荆州全陷，"羽因覆败"；他的哥哥糜竺面缚请罪，"先生慰谕以兄弟罪不相及，崇信如初"。二是黄权降魏，仍宽待其家属；他的儿子黄崇还出任尚书郎。

② **曹丕破格款待黄权**
蜀汉督江北军的镇北将军黄权，因道路隔绝，不能还，率军投降魏国。这是蜀汉建国后首批集体投降，而黄权又是为刘备、诸葛亮重用、亲信的高级官员。曹丕非常高兴，就立即召见，使之陪乘，改任黄权为镇南将军，封育阳侯，加侍中，随他归降的318人都加赏赐，其中领南郡太守史郃、荆州治中从事庞林（庞统亲弟）等42人都封为列侯，此外为将军、郎将的有百余人。蜀延熙二年（239），黄权升车骑将军，开府仪同三司。于是始见有"开府"。所谓"开府"，就是本官可自置、聘任属员、幕僚。

未见万全之势也。只可持守，以待二国之变。"丕曰："朕已遣三路大兵伐吴，安有不胜之理？"尚书刘晔曰："近东吴陆逊新破蜀兵七十万，上下齐心，更有江湖之阻，不可卒制；陆逊多谋，必有准备。"丕曰："卿前劝朕伐吴，今又谏阻，何也？"晔曰："时有不同也。昔东吴累败于蜀，其势顿挫，故可击耳。今既获全胜，锐气百倍，未可攻也。"丕曰："朕意已决，卿勿复言。"遂引御林军亲往接应三路兵马。早有哨马报说东吴已有准备：令吕范引兵拒住曹休，诸葛瑾引兵在南郡拒住曹真，朱桓引兵当住濡须以拒曹仁。刘晔曰："既有准备，去恐无益。"丕不从，引兵而去。

却说吴将朱桓，年方二十七岁，极有胆略，孙权甚爱之。时督军于濡须，闻曹仁引大军去取羡溪，桓遂尽拨军守把羡溪去了，止留万千骑守城。忽报曹仁令大将常雕同诸葛虔、王双引五万精兵飞奔濡须城来。众军皆有惧色。桓按剑而言曰："胜负在将，不在兵之多寡。兵法云：'客兵倍而主兵半者，主兵尚能胜客兵'。今曹仁千里跋涉，人马疲困；吾与汝等共据高城，南临大江，北背山险，以逸待劳，以主制客，此乃百战百胜之势。虽曹丕自来，尚不足忧，况仁等耶？"于是传令，教众军偃旗息鼓，只作无人守把之状。

且说魏将先锋常雕，领精兵来取濡须城，遥望城上并无军马。雕催军急进，离城不远，一声炮响，旌旗齐竖。朱桓横刀飞马而出，直取常雕。战不三合，被桓一刀斩常雕于马下。吴兵乘势冲杀一阵，魏兵大败，死者无数。朱桓大胜，得了无数旌旗军器战马。曹仁领兵随后到来，却被吴兵从羡溪杀出，曹仁大败而退，回见魏主，细奏大败之事。丕大惊。正议之间，忽探马报："曹真、夏侯尚围了南郡，被陆逊伏兵于内，诸葛瑾伏兵于外，内外夹攻，因此大败③。"言未毕，忽探马又报："曹休亦被吕范杀败④。"丕听知三路兵败，乃喟然叹曰："朕不听贾诩、刘晔之言，果有此败。"时值夏天，大疫流行，马步军十死六七，遂引军回洛阳。吴、魏自此不和⑤⑥。

③ **曹真、夏侯尚败诸葛瑾**
据《三国志·魏书·夏侯尚传》，"黄初三年，车驾幸宛，使尚率诸军与曹真共围江陵。权将诸葛瑾与尚军对江，瑾渡入江中诸，而分水军于江中。尚夜多持油船，将步骑万余人，于下流潜渡，攻瑾诸军，夹江烧其舟船，水陆并攻，破之。城未拔，会大疫，诏敕尚引军还。"此处魏军回程，虽是大疫，实亦因濡须之败所牵动也。

④ **曹休未能渡江原因**
据《三国志·吴书·吴主传》："大风，(吕)范等兵溺死者数千，余军还江南。曹休使臧霸以轻船五百、敢死万人袭取徐陵，烧攻城车，杀略数千人。"此乃三路南侵第一仗，但未能渡江。其因如侍中董昭与曹丕说："曹休要渡江，还须仗诸将同心合力，但臧霸等将军，既富且贵，无复他望，但欲终其天年，保守禄祚而已，何肯乘危自投死地，以求徼幸？"（《三国志·魏书·董昭传》）。

⑤ **曹丕四次亲征东吴无成**
曹丕(魏文帝)做皇帝的七年，是把东吴视为战略进攻主要对象的。他的部署是先吞吴后并蜀。魏黄初三年(222)，曹丕自许昌南征，孙权临江把守，退还；但双方仍有往来。翌年，即如《演义》说，曹丕分军三路大举攻吴：大司马曹仁攻濡须；征南将军夏侯尚攻江陵；征东将军曹休攻洞浦(安徽和县西南)，自为总策应；后因曹仁等败，全军退还；黄初五年，曹丕至广陵(江苏扬州)，临江而退；黄初六年，曹丕又至广陵，"戎卒十余万，旌旗数百里"，旋退。年年亲征，都因长江天堑，未达目的。

⑥ 孙权称帝期间，吴魏多次交锋

时　　间	内　　容	附　注
吴嘉禾二年 (233) 魏青龙元年	孙权攻合肥新城，全琮攻六安，均不利，撤退	
吴嘉禾三年 (234) 魏青龙二年	孙权向合肥新城，陆逊、诸葛瑾向襄阳 孙韶、张承向广陵、淮阳，三路北上	曹叡亲征，征东将军满宠守新城，吴军退，曹叡至寿春
吴赤乌四年 (241) 魏延始二年	吴四路攻魏：全琮攻淮南、诸葛恪攻六安、朱然围樊城、诸葛瑾取租中（襄阳南）	司马懿救樊城，吴军退
魏嘉平二年 (250) 吴赤乌十二年	魏王昶围南郡 王基攻西陵（宜昌）	

⑦ **关羽、张飞托梦**

不见于史传。当源出自元关汉卿杂剧《关张双赴西蜀梦》。内称刘备遣专使分别宣召荆州关羽和阆州张飞。但关羽已被东吴俘斩，张飞也遇刺身亡。诸葛亮夜观天象，发现凶兆，随即得到关、张两人身死的凶讯，深感痛惜。关、张的阴魂在分别赴成都途中相遇，互诉死难的不幸。他们来到汉宫廷，正值重阳佳节，于是托梦给刘备，要求出兵东吴，捉拿仇人报仇。

⑧ **李严是接刘巴为尚书令**

刘备在白帝城病重时，先是从成都召来尚书令刘巴。不料刘巴即在白帝城先于刘备病死。于是继以李严为尚书令，招至白帝城与诸葛亮同为托孤。盖李严与刘巴均为益州集团核心人物且与荆襄集团有密切关系的代表人物。

⑨ **李严和诸葛亮不同时前来永安宫**

章武二年，刘备在永安宫生病时，由成都召来尚书令刘巴，后因刘巴病死，又召建宁太守、辅汉将军李严前来永安宫，拜为尚书令。三年二月，诸葛亮奉诏自成都前来永安宫。四月，刘备病死。

⑩ **刘备未在白帝托孤**

刘备托孤地乃在今四川奉节城，而非今奉节城东的白帝城。刘备于猇亭败后，"由步道还鱼腹，改鱼腹县曰永安"（《三国志·蜀书·先主传》）。永安即今奉

却说先主在永安宫染病不起，渐渐沉重。至章武三年夏四月，先主自知病入四肢；又哭关、张二弟，其病愈深。两目昏花，厌见侍从之人，乃叱退左右，独卧于龙榻之上。忽然阴风骤起，将灯吹摇，灭而复明。只见灯影之下，二人侍立。先主怒曰："朕心绪不宁，教汝等且退，何故又来？"叱之不退，先主起而视之：上首乃云长，下首乃翼德也。先主大惊曰："二弟原来尚在？"云长曰："臣等非人，乃鬼也。上帝以臣二人平生不失信义，皆敕命为神。哥哥与兄弟聚会不远矣。"先主扯定大哭，忽然惊觉，二弟不见⑦。即唤从人问之，时正三更。先主叹曰："朕不久于人世矣！"遂遣使往成都请丞相诸葛亮、尚书令李严⑧等星夜来永安宫听受遗命⑨。孔明等与先主次子鲁王刘永、梁王刘理来永安宫见帝，留太子刘禅守成都。

且说孔明到永安宫⑩，见先主病危，慌忙拜伏于龙榻之下。先主传旨，请孔明坐于龙榻之侧，抚其背曰："朕自得丞相，幸成帝业。何期智识浅陋，不纳丞相之言，自取其败，悔恨成疾，死在旦夕。嗣子孱弱，不得不以大事相托。"言讫泪流满面。孔明亦涕泣曰："愿陛下善保龙体，以副天下之望。"先主以目遍视，只见马良之弟马谡在傍，先主令且退。谡退出。先主谓孔明曰："丞相观马谡之才何如？"孔明曰："此人亦当世之英才也。"先主曰："不然。朕观此人，言过其实，不可大用。丞相宜深察之。"分付毕，传旨召诸臣入殿，取纸笔写了遗诏，递与孔明而叹曰："朕不读书，粗知大略。圣人云：'鸟之将死，其鸣也哀；

人之将死,其言也善。'朕本待与卿等同灭曹贼,共扶汉室,不幸中道而别。烦丞相将诏付与太子禅,令勿以为常言。凡事更望丞相教之。"孔明等泣拜于地曰:"愿陛下将息龙体,臣等尽施犬马之劳,以报陛下知遇之恩也。"先主命内侍扶起孔明,一手掩泪,一手执其手曰:"朕今死矣,有心腹之言相告。"孔明曰:"有何圣谕?"先主泣曰:"君才十倍曹丕,必能安邦定国,终定大事。若嗣子可辅则辅之,如其不才,君可自为成都之主。"⑪孔明听毕,汗流遍体,手足失措,泣拜于地曰:"臣安敢不竭股肱之力,效忠贞之节,继之以死乎?"言讫,叩头流血。

先主又请孔明坐于榻上,唤鲁王刘永、梁王刘理近前分付曰:"尔等皆记朕言:朕亡之后,尔兄弟三人,皆以父事丞相,不可怠慢。"言罢,遂命二王同拜孔明。二王拜毕。孔明曰:"臣虽肝脑涂地,安能报知遇之恩也!"先主谓众官曰:"朕已托孤于丞相,令嗣子以父事之。卿等俱不可怠慢,以负朕望。"又嘱赵云曰:"朕与卿于患难之中相从到今,不想于此地分别。卿可想朕故交,早晚看觑吾子,勿负朕言。"云泣拜曰:"臣敢不效犬马之劳!"先主又谓众官曰:"卿等众官,朕不能一一分嘱,愿皆自爱。"言毕,驾崩,寿六十三岁。时章武三年夏四月二十四日也。后杜工部有诗叹曰:

> 蜀主窥吴向三峡,崩年亦在永安宫。
> 翠华想像空山外,玉殿虚无野寺中。
> 古庙杉松巢水鹤,岁时伏腊走村翁。
> 武侯祠屋长邻近,一体君臣祭祀同。

先主驾崩,文武官僚,无不哀痛。孔明率众官奉梓宫还成都。太子刘禅出城迎接灵柩,安于正殿之内。举哀行礼毕,开读遗诏⑫。诏曰:

> 朕初得疾,但下痢耳;后转生杂病,殆不自济⑬。朕闻人年五十,不称夭寿。今朕年六十有余,死复何恨?但以卿兄弟为念耳。勉之!勉之!勿以恶小而为之,勿以善小而不为⑭。惟贤惟德,可以服人。卿父德薄,不足效也。卿与丞相从事,事之如父,勿怠!勿忘!卿兄弟更求闻达。至嘱!至嘱!

节,其所住居永安宫,即今奉节师范学校处。鱼腹为汉县名,一度为公孙述改名为白帝城,但《演义》所称白帝城在现奉节城东十里白帝山,原有白帝庙,祀公孙述,后废。明正德年间,因受《演义》影响,即将庙改祀刘备和诸葛亮,由此嫁接为后人误识。现白帝城已维修了诸葛亮观星亭等古建筑群体,在三峡系列工程竣工后,它已成为三又湖心的绿岛。

⑪ 刘备心腹言源自孙策托孤
据《三国志·吴书·张昭传》引《吴历》:"策谓昭曰:若仲谋不任事者,君便自取之。"刘备当知之,而应用于此,盖学孙策托孤也。此言历来诸家评论不一。周一良教授认为:"三国纷争之时,统治者心目中之主要目标,在于巩固地盘,进而争夺天下。"刘备以此勉励诸葛亮,孙策托孤于张昭亦然。他很认同桂馥《书蜀志诸葛亮传后》,"此真英雄志士之大略,非庸庸者所能窥测也"(《魏晋南北朝史札记》第30页)。

⑫ 刘备无遗诏留世
上载刘备遗诏,系摘录自《诸葛亮集》所载《先主遗诏敕后主》。此诏实非遗诏,它是诸葛亮尚在成都,刘备在从事中郎射援自成都来后,书写带去与刘禅的。父子间此时多有信往来,故信中有"射君到,说丞相叹卿智量","闻丞相为写《申》、《韩》、《管子》、《六韬》一通已毕,未送,道亡,可自更求闻达。"故此处"遗诏"之"遗",乃"遗(wèi)送"之"遗",非"遗留"之"遗"。刘备是诸葛亮到永安(四川奉节)后的一个月,才因"病笃,托孤于丞相亮"。再一个月,刘备病死。他死时看来没有留下笔嘱,"临终时,呼鲁王与语:吾亡之后,汝兄弟父事丞相,令卿与丞相共事而已。"

⑬ 刘备生什么病死
蜀汉章武三年四月(222),正是酷热天气,刘备死了。刘备是去年八月兵败回白帝城(四川奉节)患病的。一代枭雄,

几十年戎马生涯,多次化险为夷,可从来没有像这次那么惨痛。他是看不起孙权的,更轻觑比他年轻二十岁的陆逊,但却把多时积蓄的兵力几全毁于一旦,岂不为天下人笑,由此积恨成疾。他自称是"初疾但下痢耳,今转杂他病"。后人有认为是"饮水不洁,得痢疾"(方北辰《刘备新传》)。久病而难治,到十二月,全国都传遍了。刘备自知不起,留下遗嘱,看来他始于年老体衰,经不起操劳,在得痢疾而后心情忧郁而死的。

⑭ 刘备读何书

刘备青少年时曾从卢植、中年又从郑玄治经学,故于史书亦较为熟悉。他的"遗诏",对刘禅开导有"可读《汉书》、《礼记》,闲暇历观诸子及六韬,《商君书》益人意智",此中分清主读和次等读物,正说明他对先秦两汉诸书籍颇熟悉。刘备还读过汉贾谊《新书》。"遗诏"里"勿以恶小而为之,勿以善小而不为",即源自《新书·审微篇》:"审微为善,不可为小而无益;不善,不可谓小而无伤。"

⑮ 诸葛亮是乡侯

诸葛亮封地武乡,一作山西武乡县;二作琅邪郡武乡县(潘眉《三国志考证》卷六);三作汉中武乡。《太平寰宇记》卷一百三十三《南郑》:"武乡谷,在县东北三十一里。《十道记》云,在县东南,即诸葛武侯受封之地。"按武乡,当系介于县侯、亭侯间之乡侯,且食实禄当在本国境内,非虚领之,似以汉中说为是。又,刘备定江南和称汉中王时,仅有亭侯(汉寿亭侯关羽、新亭侯张飞和都亭侯马超);称帝时才封乡侯(西乡侯张飞、斄乡侯马超)两人;后主莅位所封官员,最高爵位亦只是乡侯(但授侯者均无食禄)。参见蜀汉后主时期所授侯爵表:

⑯ 诸葛亮开府兼益州牧

据《三国志·蜀书·诸葛亮传》:"建兴元年,封亮武乡侯,开府治事。顷之,又领益州牧。"诸葛亮总理国政,因是丞相府和州牧的主管,部属分别有府吏和州

群臣读诏已毕。孔明曰:"国不可一日无君,请立嗣君,以承汉统。"乃立太子禅即皇帝位,改元建兴。加诸葛亮为武乡侯⑮,领益州牧⑯。葬先主于惠陵,谥曰昭烈皇帝⑰。尊皇后吴氏为皇太后;谥甘夫人为昭烈皇后,糜夫人亦追谥为皇后。升赏群臣,大赦天下。

早有魏军探知此事,报入中原。近臣奏知魏主。曹丕大喜曰:"刘备已亡,朕无忧矣。何不乘其国中无主,起兵伐之?"贾诩谏曰:"刘备虽亡,必托孤于诸葛亮。亮感备知遇之恩,必倾心竭力扶持嗣主。陛下不可仓卒伐之。"正言间,忽一人从班部中奋然而出曰:"不乘此时进兵,更待何时?"众视之,乃司马懿也。丕大喜,遂问计于懿。懿曰:"若只起中国之兵,急难取胜。须用五路大兵,四面夹攻,令诸葛亮首尾不能救应,然后可图。"丕问:"何五路?"懿曰:"可修书一封,差使往辽东鲜卑国,见国王轲比能,赂以金帛,令起辽西羌兵十万,先从旱路取西平关,此一路也。再修书遣使赍官诰赏赐,直入南蛮,见蛮王孟获,令起兵十万,攻打益州、永昌、牂牁、越嶲四郡,以击西川之

项目 姓名	官　爵	行　事	备　注
诸葛亮	武乡侯,丞相		
李　严	都乡侯,假节加光禄勋,时为中护军		与诸葛亮并受遗诏
刘　琰	都乡侯,卫尉中军师后将军		班位每亚李严
赵　云	都亭侯,中护军,征南将军		本传作永昌亭侯
费　观	都亭侯,江州都督		本传未载
王　连	都亭侯,屯骑校尉领丞相长史		本传作平阳亭侯
向　宠	都亭侯,中部督		
魏　延	都亭侯	在汉中	
吴　懿	都亭侯		本传作建兴八年
杨　洪	关内侯,由益州治中复为蜀郡太守		
王　谋	关内侯	原为少府,后为太常	

南,此二路也。再遣使入吴修好,许以割地,令孙权起兵十万,攻两川峡口,径取涪城,此三路也。又可差使至降将孟达处,起上庸兵十万,西攻汉中,此四路也。然后命大将军曹真为大都督,提兵十万,由京兆径出阳平关取西川,此五路也。共大兵五十万,五路并进,诸葛亮便有吕望之才,安能当此乎?"丕大喜,随即密遣能言官四员为使前去。又命曹真为大都督,领兵十万,径取阳平关⑱。此时张辽等一班旧将皆封列侯,俱在冀、徐、青及合肥等处,据守关津隘口,故不复调用。

却说蜀汉后主刘禅,自即位以来,旧臣多有病亡者,不能细说。凡一应朝廷选法、钱粮、词讼等事,皆听诸葛丞相裁处。时后主未立皇后。孔明与群臣上言曰:"故车骑将军张飞之女甚贤,年十七岁,可纳为正宫皇后。"后主即纳之⑲。

建兴元年秋八月,忽有边报说:"魏调五路大兵来取西川:第一路曹真为大都督,起兵十万取阳平关;第二路乃反将孟达,起上庸兵十万,犯汉中;第三路乃东吴孙权,起精兵十万,取峡口入川;第四路乃蛮王孟获,起蛮兵十万,犯益州四郡;第五路乃番王轲比能,起羌兵十万,犯西平关。此五路军马,甚是利害。已先报知丞相,丞相不知为何,数日不出视事。"后主听罢大惊,即差近侍赍旨,宣召孔明入朝。使命去了半日,回报:"丞相府下人言,丞相染病不出。"后主转慌。次日,又命黄门侍郎董允、谏议大夫杜琼去丞相卧榻前告此大事。董、杜二人到丞相府前,皆不得入。杜琼曰:"先帝托孤于丞相,今主上初登宝位,被曹丕五路兵犯境,军情至急,丞相何故推病不出?"良久,门吏传丞相令,言:"病体稍可,明早出都堂议事。"董、杜二人叹息而回。次日,多官又来丞相府前伺候。从早至晚,又不见出。多官惶惶,只得散去。杜琼入奏后主曰:"请陛下圣驾亲往丞相府问计。"后主即引多官入宫,启奏皇太后。太后大惊曰:"丞相何故如此?有负先帝委托之意也!我当自往。"董允奏曰:"娘娘未可轻往,臣料丞相必有高明之见。且待主上先往,如果怠慢,请娘娘于太庙中召丞相问之未迟。"太后依奏。

次日,后主车驾亲至相府。门吏见驾到,慌忙拜伏于地而

吏。丞相府开府,即自设有属吏长史、东曹掾、西曹掾、掾史、主簿、令史;分别管理朝政。益州牧设有治中、别驾和诸曹从事,分别管理地方事务。丞相府吏多系高官改任或兼任,如长史王连(屯骑校尉)、向朗(步兵校尉)、张裔(参军署府事兼领益州治中)、参军署府事马忠(牂牁太守)。

⑰ **几个刘备墓**

据《三国志·蜀书·先主传》等称,刘备死后,葬于四川成都。他生前未建陵墓,在他死后始建惠陵。惠陵还先后安葬他的两个皇后:甘皇后和穆皇后。从文献记载,惠陵虽历尽沧桑,却从未遭到发掘,它是内部建构保存相当完好的一座古帝皇陵墓。故清达县教谕顾复初有联:一抔土尚巍巍,问他铜雀荒台,何处寻漳河遗冢;三足鼎今安在?剩此石麟古道,令人想汉代官仪。至于惠陵有关种种传说,著名有如唐段成式《酉阳杂俎》所记的盗墓人进入惠陵深处见到刘备下棋事等,当然纯属无稽之谈,但也说明无人盗掘惠陵。两宋以来,有人发疑,认为惠陵是衣冠墓或说是里面仅贮藏刘备所用的弓剑;也有界定刘备死于白帝城,永安城(四川奉节)才有他的真墓,当时因天气炎热等因,即就地与由江陵迁葬的甘皇后柩合葬,现当年永安宫故址(奉节城关师范学校)附近百米处地道深处,所发现的巨大汉墓,有称为刘备甘皇后墓。1994年春,四川彭山附近石山发现巨大汉墓,也有认为系刘备墓。此两说均与史传相悖,实不可信。

⑱ **哪里来的五路大兵**

曹丕发动五路进攻蜀汉事,乃小说家言,不见于史传。且鲜卑轲比能部族游弋于山西、河北北部,不与蜀汉接壤;时马超已死。且蜀汉建兴元年(223)魏、吴已失和,魏再难以驱使吴人西征。唯南中反叛,确有其事,有史可证。故邓芝使吴时,南中仍乱。"南中豪率雍闿据益郡反,附于吴。(孙)权复以(刘)璋子阐

为益州刺史，处交、益界首"（《三国志·刘二牧传》）。

⑲ 刘备、张飞生前结成亲家

刘备称帝。章武元年（221）四月，刘备登基，五月，立皇后和皇太子，即纳张飞长女为皇太子妃，两人生前就结为儿女亲家，时张飞亦健在。并非是他和刘备死后，其女才直升为皇后的。六月，张飞被害。

⑳ 诸葛亮不得称"相父"

诸葛亮称"相父"，不见于史传，乃出自小说家言。此乃参照古代，见于周之姜尚（尚父），春秋之管仲（仲父）等重臣，以"父"前冠以名为尊称的。

㉑ 李严留镇永安和江州

刘备死后，即以李严为中都护，统中外军事，留镇永安，后驻守江州（四川重庆），以护军陈到守永安，为李严之副。建兴八年，李严率二万人赴汉中，以李严子李丰为江州都督督军。诸葛亮死后，又以邓芝为督江州。盖江州扼两川与荆州要道。

㉒ 三国无户部尚书

据《三国志·蜀书·邓芝传》，邓芝时由广汉太守改任为尚书。尚书，始设于战国。三国时为协助皇帝办理政务的贴身官员，不定员。亦无六部尚书，如称陈矫为魏吏部尚书，均明小说家言。按，尚书，隋代始分有六部尚书，至唐代始确定为吏、户、礼、兵、刑、工六部。明初因废除丞相制，六部尚书权力更大，分管国家政务。此处是采用了明制；又，邓禹曾做过大司徒，大司马乃吴汉，或因元明杂剧平话称他为"司马"而误植于此也。

㉓ 诸葛亮和孙权嫌和

早自刘备败退住白帝城，孙权"甚惧，遣使请和。先主许之，遣太中大夫宗玮报命"（《三国志·蜀书·先主传》）。《江表传》亦称，"(孙)权云：'近得玄德书，已深引咎，求复旧好。前所以名西为蜀者，以汉帝尚存故耳，今汉已废，自可名为汉中王也。'"双方此时已处在休战阶

迎。后主问曰："丞相在何处？"门吏曰："不知在何处，只有丞相钧旨，教当住百官，勿得辄入。"后主乃下车步行，独进第三重门，见孔明独倚竹杖，在小池边观鱼。后主在后立久，乃徐徐而言曰："丞相安乐否？"孔明回顾，见是后主，慌忙弃杖拜伏于地曰："臣该万死！"后主扶起问曰："今曹丕分兵五路犯境甚急，相父㉑缘何不肯出府视事？"孔明大笑，扶后主入内室坐定，奏曰："五路兵至，臣安得不知？臣非观鱼，有所思也。"后主曰："如之奈何？"孔明曰："羌王轲比能、蛮王孟获、反将孟达、魏将曹真此四路兵，臣已皆退去了也。止有孙权这一路兵，臣已有退之之计，但须一能言之人为使，因未得其人，故熟思之。陛下何必忧乎？"后主听罢，又惊又喜曰："相父果有鬼神不测之机也！愿闻退兵之策。"孔明曰："先帝以陛下付托与臣，臣安敢旦夕怠慢？成都众官，皆不晓兵法之妙，贵在使人不测，岂可泄漏于人？老臣先知西番国王轲比能引兵犯西平关。臣料马超积祖西川人氏，素得羌人之心，羌人以超为神威天将军，臣已先遣一人，星夜驰檄，令马超紧守西平关，伏四路奇兵，每日交换，以兵拒之，此一路不必忧矣。又南蛮孟获，兵犯四郡，臣亦飞檄遣魏延领一军左出右入，右出左入，为疑兵之计。蛮兵惟凭勇力，其心多疑，其见疑兵，必不敢进，此一路又不足忧矣。又知孟达引兵出汉中。达与李严曾结生死之交，臣回成都时，留李严守永安宫㉑，臣已作一书，只做李严亲笔，令人送与孟达，达必然推病不出，以慢军心，此一路又不足忧矣。又知曹真引兵犯阳平关，此地险峻，可以保守。臣已调赵云引一军守把关隘，并不出战。曹真若见我军不出，不久自退矣。此四路兵俱不足忧，臣尚恐不能全保，又密调关兴、张苞二将，各引兵三万，屯于紧要之处，为各路救应。此数处调遣之事，皆不曾经由成都，故无人知觉。只有东吴这一路兵，未必便动。如见四路兵胜，川中危急，必来相攻；若四路不济，安肯动乎？臣料孙权想曹丕三路侵吴之怨，必不肯从其言。虽然如此，须用一舌辩之士，径往东吴，以利害说之。则先退东吴，其四路之兵，何足忧乎！但未得说吴之人，臣故踌躇，何

508

劳陛下圣驾来临?"后主曰:"太后亦欲来见相父。今朕闻相父之言,如梦初觉,复何忧哉!"孔明与后主共饮数杯,送后主出府。众官皆环立于门外,见后主面有喜色。后主别了孔明,上御车回朝,众皆疑惑不定。

孔明见众官中一人仰天而笑,面亦有喜色。孔明视之,乃义阳新野人,姓邓,名芝,字伯苗,现为户部尚书^㉒,汉司马邓禹之后。孔明暗令人留住邓芝。多官皆散。孔明请芝到书院中,问芝曰:"今蜀、魏、吴鼎分三国,欲讨二国,一统中兴,当先伐何国?"芝曰:"以愚意论之,魏虽汉贼,其势甚大,急难摇动,当徐徐缓图。今主上初登宝位,民心未安,当与东吴连合结为唇齿,一洗先帝旧怨,此乃长久之计也。未审丞相钧意若何?"孔明大笑曰:"吾思之久矣,奈未得其人,今日方得也。"芝曰:"丞相欲其人何为?"孔明曰:"吾欲使人往结东吴。公既能明此意,必能不辱君命,使吴之任,非公不可!"芝曰:"愚才疏智浅,恐不堪当此任。"孔明曰:"吾来日奏知天子,便请伯苗一行,切勿推辞。"芝应允而退。至次日,孔明奏准后主,差邓芝往说东吴^㉓。芝拜辞望东吴而来。正是:

> 吴人方见干戈息,蜀使还将玉帛通。

未知邓芝此去若何,且看下文分解。

段,但仍未恢复正常关系,刘备死后,诸葛亮重视与东吴交往。他多次派高级官员出使,加强和发展睦邻关系。蜀汉建兴元年(223),尚书邓芝使吴,完全恢复蜀吴盟好,孙权宣布与魏决裂;建兴四年,昭信校尉费祎使吴;建兴七年,孙权称帝,遣卫尉陈震赴吴祝贺。建兴十二年,为诸葛亮死,派参军右中郎将宗预使吴;蜀汉延熙十五年(251),校尉樊建使吴。直到蜀汉亡国前,那个后来向晋武帝上书《陈情表》的李密,也作为蜀汉使节来东吴。

第八十六回 　难张温秦宓逞天辩 　破曹丕徐盛用火攻

却说东吴陆逊自退魏兵之后,吴王拜逊为辅国将军、江陵侯,领荆州牧。自此军权皆归于逊。张昭、顾雍启奏吴王,请自改元。权从之,遂改为黄武元年。忽报魏主遣使至。权召入,使命陈说:"蜀前使人求救于魏,魏一时不明,故发兵应之,今已大悔。欲起四路兵取川,东吴可来接应。若得蜀土,各分一半。"权闻言不能决,乃问于张昭、顾雍等。昭曰:"陆伯言极有高见,可问之。"权即召陆逊至。逊奏曰:"曹丕坐镇中原,急不可图,今若不从,必为仇矣。臣料魏与吴皆无诸葛亮之敌手,今且勉强应允,整军预备;只探听四路如何。若四路兵胜,川中危急,诸葛亮首尾不能救,主上则发兵以应之,先取成都,深为上策。如四路兵败,别作商议。"权从之[1],乃谓魏使曰:"军需未办,择日便当起程。"使者拜辞而去。权令人探得:西番兵出西平关,见了马超,不战自退;南蛮孟获起兵攻四郡,皆被魏延用疑兵计杀退,回洞去了;上庸孟达,兵至半路,忽然染病不能行;曹真兵出阳平关,赵子龙拒住各处险道,果然"一将守关,万夫莫开",曹真屯兵于斜谷道,不能取胜而回。孙权知了此信,乃谓文武曰:"陆伯言真神算也。孤若妄动,又结怨于西蜀矣。"

忽报西蜀遣邓芝到。张昭曰:"此又是诸葛亮退兵之计,遣邓芝为说客也。"权曰:"当何以答之?"昭曰:"先于殿前立一大鼎,贮油数百斤,下用炭烧。待其油沸,可选身长面大武士一千人,各执刀在手,从宫门前直摆至殿上,却唤芝入见。休等此人开言下说词,责以郦食其说齐故事,效此例烹之,看其人如何对答。"权从其言,遂立油鼎,命武士立于左右,各执军器,召邓芝入。芝整衣冠而入,行至宫门前,只见两行武士,威风凛凛,各持钢刀、大斧、长戟、短剑,直列至殿上。芝晓其意,并无惧色,昂然而行。至殿前又见鼎镬内热油正

① 孙权军事上依靠陆逊

有关五路进攻蜀汉,乃小说家言,但陆逊因分析判断得当,最为孙权信任。当时陆逊常驻江陵或武昌(湖北鄂城),吴蜀两家重归于好。《三国志·吴书·陆逊传》说:"诸葛亮秉政,与权连和。时事所宜,权辄令逊语亮,并刻权印,以置逊所。权每与禅、亮书,常过示逊,轻重可否,有所不安,便令改定,以印封行之。"孙权这种信任力度,虽只是囿于军事和对蜀汉态势,但在三国君臣中仍是罕见的。他保持了相当长时期。

沸，左右武士以目视之，芝但微微而笑。近臣引至帘前，邓芝长揖不拜。权令卷起珠帘，大喝曰："何不拜！"芝昂然而答曰："上国天使，不拜小邦之主。"权大怒曰："汝不自料，欲掉三寸之舌，效郦生说齐乎？可速入油鼎！"②芝大笑曰："人皆言东吴多贤，谁想惧一儒生。"权转怒曰："孤何惧尔一匹夫耶？"芝曰："既不惧邓伯苗，何愁来说汝等也？"权曰："尔欲为诸葛亮作说客，来说孤绝魏向蜀是否？"芝曰："吾乃蜀中一儒生，特为吴国利害而来。乃陈兵设鼎，以拒一使，何其局量之不能容物耶？"

　　权闻言惶愧，即叱退武士，命芝上殿，赐坐而问曰："吴、魏之利害若何？愿先生教我。"芝曰："大王欲与蜀和，还是欲与魏和？"权曰："孤正欲与蜀主讲和；但恐蜀主年轻识浅，不能全始全终耳。"芝曰："大王乃命世之英豪，诸葛亮亦一时之俊杰；蜀有山川之险，吴有三江之固。若二国连和，共为唇齿，进则可以兼吞天下，退则可以鼎足而立。今大王若委贽称臣于魏，魏必望大王朝觐，求太子以为内侍。如其不从，则兴兵来攻，蜀亦顺流而进取。如此则江南之地，不复为大王有矣。若大王以愚言为不然，愚将就死于大王之前，以绝说客之名也。"言讫，撩衣下殿，望油鼎中便跳。权急命止之，请入后殿，以上宾之礼相待。权曰："先生之言，正合孤意。孤今欲与蜀主连和，先生肯为我介绍乎？"芝曰："适欲烹小臣者乃大王也，今欲使小臣者亦大王也。大王犹自狐疑未定，安能取信于人？"权曰："孤意已决，先生勿疑。"于是吴王留住邓芝，集多官问曰："孤掌江南八十一州，更有荆楚之地，反不如西蜀偏僻之处也？蜀有邓芝，不辱其主；吴并无一人入蜀，以达孤意。"忽一人出班奏曰："臣愿为使。"众视之，乃吴郡吴人，姓张，名温，字惠恕，现为中郎将。权曰："恐卿到蜀见诸葛亮，不能达孤之情。"温曰："孔明亦人耳，臣何畏彼哉！"权大喜，重赏张温，使同邓芝入川通好。

　　却说孔明自邓芝去后，奏后主曰："邓芝此去，其事必成。吴地多贤，定有人来答礼，陛下当礼貌之，令彼回吴以通盟好。吴若通和，魏必不敢加兵于蜀矣。吴、魏宁靖，臣当征南，平定蛮方，然后图魏。魏削则东吴亦不能久存，可以复一统之基业也。"后主然之。

　　忽报东吴遣张温与邓芝入川答礼。后主聚文武于丹墀，令邓芝、张温入。温自以为得志，昂然上殿，见后主施礼。后主赐锦墩坐于殿左，设御宴待之。后主但敬礼而已。宴罢，百官送张温到馆舍。次日，孔明设宴相待。孔明谓张温曰："先帝在日，与吴不睦，今已晏驾。当今主上，深慕吴王，欲捐旧忿，永结盟好，并力破魏。望大夫善言回奏。"张温领诺。酒至半酣，张温喜笑自若，颇有傲慢之意。

② 邓芝油鼎故事移植

孙权设油鼎威胁邓芝，不见于史传。《三国志·蜀书·邓芝传》称，诸葛亮"遣芝修好于权，权果狐疑，不时见芝，芝乃自表请见权曰：'臣今来亦欲为吴，非但为蜀也。'权乃见之。"是以未见有设油鼎事。当此之时，吴与蜀汉因刘备在白帝城已与吴媾和，双方已宣布结束战争状态，并有互不侵犯之约，故邓芝来吴，不可能再以酷刑威胁之了的，于理不合。此处所述，即是从《史记》秦汉故事移植，如秦王欲烹茅焦、齐王烹郦生、项羽烹荥阳汉将周苛以及以将烹刘太公(刘邦父)威胁刘邦等。

次日，后主将金帛赐与张温，设宴于城南邮亭之上，命众官相送。孔明殷勤劝酒。正饮酒间，忽一人乘醉而入，昂然长揖，入席就坐。温怪之，乃问孔明曰："此何人也？"孔明答曰："姓秦，名宓，字子勑，现为益州学士③。"温笑曰："名称学士，未知胸中曾'学事'否？"宓正色而言曰："蜀中三尺小童尚皆就学，何况于我？"温曰："且说公何所学？"宓对曰："上至天文，下至地理，三教九流，诸子百家，无所不通；古今兴废，圣贤经传，无所不览。"温笑曰："公既出大言，请即以天为问。天有头乎？"宓曰："有头。"温曰："头在何方？"宓曰："在西方。《诗》云'乃眷西顾'以此推之，头在西方也。"温又问："天有耳乎？"宓答曰："天处高而听卑，《诗》云：'鹤鸣九皋，声闻于天。'无耳何能听？"温又问："天有足乎？"宓曰："有足。《诗》云：'天步艰难。'无足何能步？"温又问："天有姓乎？"宓曰："岂得无姓！"温曰："何姓？"宓答曰："姓刘。"温曰："何以知之？"宓曰："天子姓刘，以故知之。"温又问："日生于东乎？"宓对曰："虽生于东，而没于西。"此时，秦宓语言清朗，答问如流，满座皆惊。张温无语。宓乃问曰："先生东吴名士，既以天事下问，必能深明天之理。昔混沌既分，阴阳剖判。轻清者上浮而为天，重浊者下凝而为地。至共工氏战败，头触不周山，天柱折，地维缺，天倾西北，地陷东南。天既轻清而上浮，何以倾其西北乎？又未知轻清之外，还是何物？原先生教我。"张温无言可对，乃避席而谢曰："不意蜀中多出俊杰，恰闻讲论，使仆顿开茅塞。"孔明恐温羞愧，故以善言解之曰："席间问难，皆戏谈耳。足下深知安邦定国之道，何在唇齿之戏哉？"温拜谢。孔明又令邓芝入吴答礼，就与张温同行。张、邓二人拜辞孔明，望东吴而来。

③ 秦宓益州学士非官职

秦宓时为左中郎将、长水校尉。据《三国志·蜀书·秦宓传》："温曰：'彼何人也？'亮曰：'益州学士也。'"此处作"现为益州学士"，是以将"学士"作为官职。实误。按，此"益州学士"当是作有学问的人，学者解，如《史记·儒林传序》："天下之学士靡然乡风矣。"按，以"学士"之为官职名称，当在南北朝后，唐代有翰林学士，宋代有龙图阁学士，明设有翰林院学士，内阁亦设有学士、侍读学士。

④ 蜀汉赴东吴聘使记录

在邓芝使吴前夕，蜀汉已先后派丁玄、阴化使吴，但未能与孙权联好。孙权与诸葛亮书有称："丁玄掞张，阴化不尽，和合二国，唯有邓芝。"（《蜀书·邓芝传》）此语《华阳国志》作"丁宏掞张，阴化不实"，意思是丁宏夸其谈，阴化喜欢瞎吹。乃自邓芝之后，吴蜀通使往来保持四十年友好外交。

时　　间	聘　使	职　　务	事　　由	附　注
建兴三年(225)	陈　震	卫尉	贺孙权称帝	
建兴四年(226)	费　祎	昭信校尉	诸葛亮南征归来，迁侍中	副使董恢
	罗　宪	宣信校尉	多次使吴	
建兴十二年(234)	宗　预	参军右中郎将	诸葛亮死，使吴、迁为侍中	
	李　密	大将军主簿、太子洗马		

却说吴王见张温入蜀未还，乃聚文武商议。忽近臣奏曰："蜀遣邓芝同张温入国答礼。"权召入。张温拜于殿前，备称后主、孔明之德，愿求永结盟好，特遣邓尚书又来答礼。权大喜，乃设宴待之。权问邓芝曰："若吴、蜀二国同心灭魏，得天下太平，二主分治，岂不乐乎？"芝答曰："天无二日，民无二王。如灭魏之后，未识天命所归何人。但为君者各修其德，为臣者各尽其忠，则战争方息耳。"权大笑曰："君之诚款，乃如是耶！"遂厚赠邓芝还蜀。自此吴、蜀通好。④

却说魏国细作人探知此事，火速报入中原。魏主曹丕听知，大怒曰："吴、蜀连和，必有图中原之意也，不若朕先伐之。"于是大集文武，商议起兵伐吴。此时大司马曹仁、太尉贾诩已亡。侍中辛毗出班奏曰："中原之地，土阔民稀，而欲用兵，未见其利。今日之计，莫若养兵屯田十年，足食足兵，然后用之，则吴、蜀方可破也。"丕怒曰："此迂儒之论也。今吴、蜀连和，早晚必来侵境，何暇等待十年！"即传旨起兵伐吴。司马懿奏曰："吴有长江之险，非船莫渡。陛下必御驾亲征，可选大小战船，从蔡、颍而入淮，取寿春，至广陵，渡江口，径取南徐，此为上策。"丕从之。于是日夜并工，造龙舟十只，长二十余丈，可容二千余人；收拾战船三千余只。魏黄初五年秋八月，会聚大小将士，令曹真为前部，张辽、张郃、文聘、徐晃等为大将先行，许褚、吕虔为中军护卫，曹休为合后，刘晔、蒋济为参谋官。前后水陆军马三十余万，克日起兵。封司马懿为尚书仆射，留在许昌，凡国政大事，并皆听懿决断。⑤

不说魏兵起程。却说东吴细作探知此事，报入吴国。近臣慌奏吴王曰："今魏主曹丕亲自乘驾龙舟，提水陆大军三十余万，从蔡、颍出淮，必取广陵渡江来下江南，甚为利害。"孙权大惊，即聚文武商议。顾雍曰："今主上既与西蜀连和，可修书与诸葛孔明，令起兵出汉中，以分其势。一面遣一大将，屯兵南徐以拒之。"权曰："非陆伯言不可当此大任。"雍曰："陆伯言镇守荆州，不可轻动。"权曰："孤非不知，奈眼前无替力之人。"言未尽，一人从班部内应声而出曰："臣虽不才，愿统一军以当魏兵。若曹丕亲渡大江，臣必生擒以献殿下；若不渡江，亦杀魏兵大半，令魏兵不敢正视东吴。"权视之，乃徐盛也。权大喜曰："如得卿守江南一带，孤何忧哉！"遂封徐盛为安东将军，总镇都督建业、南徐军马。

盛谢恩，领命而退；即传令，教众官军多置器械，多设旌旗，以为守护江岸之计。忽一人挺身出曰："今日大王以重任委托将军，欲破魏兵以擒曹丕。将军何不早发军马渡江，于淮南之地迎敌？直待曹丕兵至，恐无及矣。"盛视之，乃吴王侄孙韶也。韶字公礼，官授扬威

⑤ **曹丕倍加信任司马懿**

司马懿于曹操生前时遭猜疑，幸赖曹丕匡护。此时对他更加信任。黄初五年(224)，曹丕南巡，司马懿留镇许昌，转抚军，假节，领兵五千，加给事中，录尚书事。司马懿推辞。曹丕说："吾于庶事，以夜继昼，无须臾宁息。此非以为荣，乃分忧耳。"六年，曹丕伐吴，司马懿留镇许昌，"诏曰：吾深以后事为念，故以委卿。曹参虽有战功，而萧何为重。使吾无西顾之忧，不亦可乎！"从扬州回洛阳后，又诏："吾东，抚军当总西事；吾西，抚军当总东事。"(《晋书·宣帝纪》)

⑥ **徐盛执法拟斩孙韶事移植**

《三国志·吴书·孙韶传》未见此事。此插曲或系参自《史记·司马穰苴列传》，齐王宠臣庄贾为监军以迟到犯军法当斩，"庄贾惧，使人驰报景公请救，既往而反，于是遂斩庄贾，以徇三军。"

谯郡为曹丕家乡和生长地,被定为五大都之一。它也是南征前哨重镇。曹丕称帝后,也曾多次回乡,有大飨碑在魏文帝庙前。《太平寰宇记》卷十二《谯县》称,"昔文帝延康元年幸谯,父老立碑于故宅题曰:'大飨之碑'。"钟繇篆额,曹子建文,梁鹄书,时人称为三绝。黄初六年(226),曹丕最后一次征吴。是年五月至谯,在谯住了三个月。八月,率舟师自谯循涡河入淮水。九月在长江北岸筑东巡台。十月至广陵。这也是曹丕生前规模最大的一次征吴。他所筑的东巡台,又称魏帝诗台,"在县北城子山。魏主丕伐吴临江观江,筑东巡台,立马赋诗即此"(清重修《仪征县志》)。此诗《至广陵于马上作》开篇四句为:"观兵临江水,水流何汤汤。戈矛成山林,玄甲耀日光。"

曹丕此次南征,双方未发生大战。《三国志·徐盛传》称:"后魏文帝大出,有渡江之志,盛建计从建业筑围,作薄落,围上设假楼,江中浮船。诸将以为无益,盛不听,固立之。文帝到广陵,望围愕然,弥漫数百里,而江水盛长,便引军退,诸将乃伏。"干宝《晋纪》也说,"魏文帝之在广陵,吴人大骇,乃临江为疑城,自石头至于江乘,车以木桩,衣以苇席,加采饰焉,一夕而成。魏人自江西望,甚惮之,遂退军。"据《三国志·吴书·吴主传》所引《吴录》,在曹丕退军时,"孙韶又遣将高寿等率敢死之士五百人于径路夜要之,帝大惊,寿等获副车羽盖以还。"孙韶时为镇北将军,屯淮南。

将军,曾在广陵守御,年幼负气,极有胆勇。盛曰:"曹丕势大,更有名将为先锋,不可渡江迎敌。待彼船皆集于北岸,吾自有计破之。"韶曰:"吾手下自有三千军马,更兼深知广陵路势,吾愿自去江北,与曹丕决一死战。如不胜,甘当军令。"盛不从,韶坚执要去。盛只是不肯,韶再三要行。盛怒曰:"汝如此不听号令,吾安能制诸将乎!"叱武士推出斩之。如斧手拥孙韶出辕门之外,立起皂旗⑥。韶部将飞报孙权。权听知,急上马来救。武士恰待行刑,孙权早到,喝散刀斧手,救了孙韶。韶哭奏曰:"臣往年在广陵,深知地利;不就那里与曹丕厮杀,直待他下了长江,东吴指日休矣!"权径入营来。徐盛迎接入帐,奏曰:"大王命臣为都督提兵拒魏。今扬威将军孙韶不遵军法,违令当斩,大王何故赦之?"权曰:"韶倚血气之壮,误犯军法,万希宽恕。"盛曰:"法非臣所立,亦非大王所立,乃国家之典刑也。若以亲而免之,何以令众乎?"权曰:"韶犯法,本应任将军处治;奈此子虽本姓俞氏,然孤兄甚爱之,赐姓孙;于孤颇有劳绩。今若杀之,负兄义矣。"盛曰:"且看大王之面,寄下死罪。"权令孙韶拜谢。韶不肯拜,厉声而言曰:"据吾之见,只是引军去破曹丕,便死也不服你的见识。"徐盛变色。权叱退孙韶,谓徐盛曰:"便无此子,何损于兵?今后勿再用之。"言讫自回。是夜,人报徐盛说:"孙韶引本部三千精兵,潜地过江去了。"盛恐有失,于吴王面上不好看,乃唤丁奉授以密计,引了三千兵渡江接应。

却说魏主驾龙舟至广陵⑦,前部曹真已领兵列于大江之岸。曹丕问曰:"江岸有多少兵?"真曰:"隔岸远望,并不见一人,亦无旌旗营寨。"丕曰:"此必诡计也,朕自往观其虚实。"于是大开江道,放龙舟直至大江,泊于江岸。船上建龙凤日月五色旌旗,仪銮簇拥,光耀射目。曹丕端坐舟中,遥望江南,不见一人。回顾刘晔、蒋济曰:"可渡江否?"晔曰:"兵法实实虚虚,彼见大军至,如何不作整备?陛下未可造次,且待三五日,看其动静,然后发先锋渡江以探之。"丕曰:"卿言正合朕意。"

是日天晚,宿于江中。当夜月黑,军士皆执灯火,明耀天地,恰如白昼。遥望江南,并不见半点儿火光。丕问左右曰:"此何故也?"近臣奏曰:"想闻陛下天兵来到,故望风逃窜耳。"丕暗笑。及至天晓。大雾迷漫，对面不见。须臾风起，雾散云收，望见江南一带，皆是连城。城楼上枪刀耀日，遍城尽插旌旗号带。顷刻数次人来报："南徐沿江一带，直至石头城，一连数百里，城廓舟车，连绵不绝，一夜成就。"曹丕大惊。原来徐盛先缚芦苇为人，尽穿青衣，执旌旗，立于假城疑楼之上。魏兵见城上许多人马，如何不胆寒。丕叹曰："魏虽有武士千群，无所用之，江南人物如此，未可图也⑧。"

正惊讶间，忽然狂风大作，白浪滔天，江水溅湿龙袍，大船将覆。曹真慌令文聘撑小舟急来救驾。龙舟上人立站不住。文聘跳上龙舟，负丕下得小舟，奔入河港。忽流星马报道："赵云引兵出阳平关，径取长安。"丕听得，大惊失色，便教回军。众军各自奔走。背后吴兵追至。丕传旨教尽弃御用之物而走。龙舟将次入淮，忽然鼓角齐鸣，喊声大震，刺斜里一彪军杀到，为首大将乃孙韶也。魏兵不能抵当，折其大半，淹死者无数。诸将奋力救出魏主。魏主渡淮河，行不三十里，淮河中一带芦苇，预灌鱼油，尽皆火着；顺风而下，风势甚急，火焰漫空，绝住龙舟。丕大惊，急下小船傍岸时，龙舟上早已火着。丕慌忙上马。岸上一彪军杀来，为首一将乃丁奉也。张辽急拍马来迎，被奉一箭射中其腰，却得徐晃救了，同保魏主而走，折军无数。背后孙韶、丁奉夺得马匹、车仗、船只、器械不计其数。魏兵大败而回。吴将徐盛全获大功，⑨吴王重加赏赐。张辽回到许昌，箭疮迸裂而亡，曹丕厚葬之⑩，不在话下。

却说赵云引兵杀出阳平关之次，忽报丞相有文书到，说益州耆帅雍闿结连蛮王孟获，起十万蛮兵侵掠四郡；因此宣云回军，令马超坚守阳平关，丞相欲自南征。赵云乃急收兵而回。此时孔明在成都整饬军马，亲自南征。正是：

> 方见东吴敌北魏，又看西蜀战南蛮。

未知胜负如何，且看下文分解。

---

⑨ 徐盛墓及后裔

据《三国志·吴志·徐盛传》，徐盛死于吴黄武年间。经考证当为黄武五年（226）。据明成化《湖州府志》卷十一："吴庐江太守安东将军徐盛墓在县（长兴）北五里"，又同卷有"吴云阳令五官中郎将徐典墓在县（长兴）东二十五里"。徐盛为琅邪莒（山东莒县）人，不得回葬家乡，此后即以长兴为家族定居处，也未可知。"

⑩ 张辽非中箭死

张辽系魏黄初二年（221）病死。是年，张辽抱病与曹休、臧霸率军出洞浦口，"权甚惮焉，敕诸将：'张辽虽病，不可当也，慎之！'是岁，辽与诸将破权将吕范。辽病笃，遂薨于江都"（《三国志·魏书·张辽传》）。张辽葬于何处，光绪《亳州志》卷二《舆地志》作，"张辽墓在城南观音山前"。但，据20世纪90年代河南所修《长葛县志》称："张辽墓，位于长葛董村乡张湾村西南。墓高7米，占地1 200平方米。墓冢上原有古建筑，现已不存。张辽在合肥战后，曾驻军长葛，此亦一说。"此墓经考证确是汉墓，但记载不见于史传。今安徽合肥逍遥津公园有张辽墓，实乃后人伪托。

第八十七回 征南寇丞相大兴师
抗天兵蛮王初受执

① 诸葛亮丞相府官员简表(北征时期)

诸葛亮为丞相兼益州牧,是以丞相府和州牧的官员多为兼任,所以称"宫中府中俱为一体",其中任职者多为蜀汉大员。

② 雍齿后裔落户云南

雍齿乃汉初从刘邦起事,多次反复,后刘邦从张良说以安诸将,先封为侯。《资治通鉴·汉纪》:高祖六年,封雍齿为什邡侯。食邑二千五百户,位次居五十七。汉惠帝三年(前 192),雍齿死,葬于什邡县治西郊(今什邡市元石乡箭台村)。他的第三代孙佟侯,于武帝元鼎五年(前 112)九月,因筹酬金事,失侯,其后迁入云南(据侯绍庄《牂牁大姓谢肺氏考》)(《贵州文史丛刊》1982年第 1 期)。雍齿墓前本有祠,20 世纪初始毁。1967 年被平为田。旧时墓碑为清道光十一年(1831)什邡县令徐铺忠立"故肃侯雍讳齿之墓",已折为两段。

③ 雍闿煽动夷人造反

据《华阳国志·南中志》,越隽太守龚禄派郡从事常颀招抚雍闿,并"以都护李严书晓喻雍,雍回曰:'愚闻天无二日,土无二王,

却说诸葛丞相在于成都,事无大小,皆亲自从公决断。① 两川之民,忻乐太平,夜不闭户,路不拾遗。又幸连年大熟,老幼鼓腹讴歌;凡遇差徭,急先早办。因此军需器械应用之物,无不完备;米满仓庾,财盈府库。

名 称	先后任职人员	附 注
长 史	张裔、王连、蒋琬、向朗、杨仪	秘书长
军师祭酒		首席参谋
前军师	魏延	
中军师	刘琰	
丞相司马	魏延、费祎	参谋长
从事中郎		
主 簿	宗预	
参 军	蒋琬、马忠、廖化、宗预	
东曹掾		
西曹掾		
仓曹掾	姜维	
门下督	马忠	

建兴三年,益州飞报:"蛮王孟获大起蛮兵十万,犯境侵掠。建宁太守雍闿,乃汉朝什方侯雍齿之后②,今结连孟获造反③;牂牁郡太守朱褒、越隽郡太守高定④,二人献了城;止有永昌郡太守王伉不肯反⑤。见今雍闿、朱褒、高定三人部下人马,皆与孟获为向导官,

攻打永昌郡。今王伉与功曹吕凯，会集百姓，死守此城，其势甚急。"孔明乃入朝奏后主曰："臣观南蛮不服，实国家之大患也。臣当自领大军，前去征讨。"后主曰："东有孙权，北有曹丕，今相父弃朕而去，倘吴、魏来攻，如之奈何？"孔明曰："东吴方与我国讲和，料无异心；若有异心，李严在白帝城，此人可当陆逊也。曹丕新败，锐气已丧，未能远图；且有马超守把汉中诸处关口，不必忧也。臣又留关兴、张苞等分两军为救应，保陛下万无一失。今臣先去扫荡蛮方，然后北伐，以图中原，报先帝三顾之恩，托孤之重。"后主曰："朕年幼无知，惟相父斟酌行之。"言未毕，班部内一人出曰："不可，不可！"众视之，乃南阳人也，姓王，名连，字文仪，现为谏议大夫。连谏曰："南方不毛之地，瘴疫之乡；丞相秉钧衡之重任，而自远征，非所宜也。且雍闿等乃疥癣之疾，丞相只须遣一大将讨之，必然成功。"孔明曰："南蛮之地，离国甚远，人多不习王化，收服甚难，吾当亲去征之。可刚可柔，别有斟酌，非可容易托人。"王连再三苦劝，孔明不从⑥。

是日，孔明辞了后主，令蒋琬为参军，费祎为长史，董厥、樊建二人为掾史；赵云、魏延为大将，总督军马；王平、张翼为副将，并川将数十员，共起川兵五十万⑦，前望益州进发。忽有关公第三子关索⑧，入军来见孔明曰："自荆州失陷，逃难在鲍家庄养病⑨，每要赴川见先帝报仇，疮痕未合，不能起行。近已安痊，打探得东吴仇人已皆诛戮，径来西川见帝，恰在途中遇见征南之兵，特来投见。"孔明闻之，嗟讶不已。一面遣人申报朝廷，就令关索为前部先锋，一同征南。大队人马，各依队伍而行。饥餐渴饮，夜住晓行，所经之处，秋毫无犯。

却说雍闿听知孔明自统大军而来，即与高定、朱褒商议，分兵三路：高定取中路，雍闿在左，朱褒在右；三路各引兵五六万迎敌。于是高定令鄂焕为前部先锋。焕身长九尺，面貌丑恶，使一枝方天戟，有万夫不当之勇；领本部兵，离了大寨，来迎蜀兵。

却说孔明统大军已到益州界分，前部先锋魏延，副将张翼、王平，才入界口，正遇鄂焕军马。两阵对圆，魏延出马大骂曰："反贼早早受降！"鄂焕拍马与魏延交锋，战不数合，延诈败走，焕随后赶来。走不数里，喊声大震，张翼、王平两路军杀来，绝其后路。延复回，三

④ **刘备征汉中时高定已造反**

汉建安二十三年(218)，刘备远征汉中，"越嶲夷帅高定遣军围新道县，(李)严驰往赴救，贼皆败走"(《三国志·蜀书·李严传》)。蜀汉建兴元年(223)，南中乘新丧之际，"越嶲叟帅高定元杀郡将焦璜，举郡称王以叛，益州大姓雍闿亦杀太守正昂。更以蜀郡张裔为太守，闿假鬼教曰：'张府君'如瓠壶，外虽泽，而内实粗，杀之不可，缚与吴。'于是执送裔于吴"(《华阳国志·南中志》)。诸葛亮时以刘备新丧，未能讨伐，而以牂牁郡丞朱褒为太守。建兴元年夏，"牂牁太守朱褒拥郡反"(《三国志·蜀书·后主传》)。由是南中三郡皆反。

⑤ **吕凯、王伉不肯反**

蜀汉建兴三年(225)当时，永昌郡(云南保山北)太守未到位，由郡五官掾功曹吕凯和府丞王伉"帅厉吏民，闭境拒闿"(《三国志·蜀书·吕凯传》)，多次拒绝雍闿诱降。吕凯也是南中豪族大姓领袖。诸葛亮南征至永昌，非常赞赏他们的品节，上表给后主说，"永昌郡吏吕凯、府丞王伉等，执忠绝域，十有余年，雍闿、高定逼其东北，而凯等守义不与交通。臣不意永昌风俗敦直乃尔！"(同上)乃以吕凯为云南太

守,王伉为永昌太守。吕凯不久就为当地土著杀害。他似乎未参加对孟获的战斗。相传永昌金鸡村北有将台高丈余,广倍之,系吕凯筑以拒雍闿。

⑥诸葛亮拖延南征

蜀汉建兴元年,诸葛亮将南征。丞相长史王连"谏以为'此不毛之地,疫疠之乡,不宜以一国之望,冒险而行'。亮虑诸将才不及己,意欲必往,而连言辄恳至,故停留者久之"(《三国志·蜀书·王连传》)。由是诸葛亮于是年夏到建兴三年三月,有近两年时间"务农殖谷,闭关息民"(《三国志·蜀书·后主传》)。

⑦诸葛亮南征无五十万

诸葛亮自建兴三年(225)三月南征,至同年十二月返成都,在外最多为十个月。史传未有记载有"川兵五十万",且当时自称归败后全回兵众最多不到十万。赵云等人乃虚说,不见于有关史传,如魏延为刘备超擢主持镇守汉中要地。蜀汉章武元年(221),进授镇北将军。据《三国志·蜀书·魏延传》和有关史传,他没有参加南征。盖汉中重镇,不得抽调魏延,且见诸《三国志·蜀书》,也未见有人在此期间替代魏延继守汉中者。

⑧关索有否其人

关索此人不见于史传,待考。但在西南地区多见有关索事迹。"永平县东北五里有关索寨,周围二里,俗传蜀汉将关索所筑,寨下有洞,首尾相通,樵牧过之,常闻洞中有戈戟声"(《读史方舆纪要》)。据传,关索在南征后曾留守云南,实非。赵一清称,"西南夷谓爷为索,关索寨即关爷寨,皆尊称也。辰州府城南二西

员将并力拒战,生擒鄂焕,解到大寨,入见孔明。孔明令去其缚,以酒食待之。问曰:"汝是何人部将?"焕曰:"某是高定部将。"孔明曰:"吾知高定乃忠义之士,今为雍闿所惑,以致如此。吾今放汝回去,令高太守早早归降,免遭大祸。"鄂焕拜谢而去。回见高定,说孔明之德。定亦感激不已。次日,雍闿至寨。礼毕,闿曰:"如何得鄂焕回也?"定曰:"诸葛亮以义放之。"闿曰:"此乃诸葛亮反间之计,欲令我两人不和,故施此谋也。"定半信不信,心中犹豫。忽报蜀将搦战,闿自引三万兵出迎。战不数合,闿拨马便走。延率兵大进,追杀二十余里。次日,雍闿又起兵来迎。孔明一连三日不出。至第四日,雍闿、高定兵分两路,来取蜀寨⑩。

却说孔明令魏延等两路伺候,果然雍闿、高定两路兵来。被伏兵杀伤大半,生擒者无数,都解到大寨来。雍闿的人,囚在一边;高定的人,囚在一边。却令军士谣说:"但是高定的人免死,雍闿的人尽杀。"众军皆闻此言。少时,孔明令取雍闿的人到帐前问曰:"汝等皆是何人部从?"众伪曰:"高定部下人也。"孔明教皆免其死,与酒食赏劳,令人送出界首,纵放回寨。孔明又唤高定的人问之。众皆告曰:"吾等实是高定部下军士。"孔明亦皆免其死,赐以酒食。却扬言曰:"雍闿今日使人投降,要献汝主并朱褒首级,以为功劳。吾甚不忍,汝等既是高定部下军,吾放汝等回去,再不可背反。若再擒来,决不轻恕。"众皆拜谢而去,回到本寨,入见高定,说知此事。定乃密遣人去雍闿寨中探听。却有一般放回的人,言说孔明之德。因此雍闿部军,多有归顺高定之心。

虽然如此,高定心中不稳,又令一人来孔明寨中探听虚实。被伏路军捉来见孔明。孔明故意认做雍闿的人。唤入帐中问曰:"汝元帅既约下献高定、朱褒二人首级,因何误了日期?汝这厮不精细,如何做得细作!"军士含糊答应。孔明以酒食赐之,修密书一封,付军士曰:"汝持此书付雍闿,教他早早下手,休得误事。"细作拜谢而去,回见高定,呈上孔明之书,说雍闿如此如此。定看书毕,大怒曰:"吾以真心待之,彼反欲害吾,情理难容!"便唤鄂焕商议。焕曰:"孔明乃仁人,背之不祥。我等谋反作恶,皆雍闿之故。不如杀闿以投孔明。"定曰:"如何下手?"焕曰:"可设一席,令人去请雍闿。彼若无

异心,必坦然而来;若其不来,必有异心。我主可攻其前,某伏于寨后小路候之,阎可擒矣。"高定从其言,设席请雍阎。阎果疑前日放回军士之言,惧而不来。是夜,高定引兵杀投雍阎寨中。原来有孔明放回免死的人,皆想高定之德,乘时助战。雍阎军不战自乱。阎上马望山路而走,行不二里,鼓声响处,一彪军出,乃鄂焕也,挺方天戟,骤马当先。雍阎措手不及,被焕一戟刺于马下,就枭其首级。阎部下军士皆降高定。

定引两部军来降孔明,献雍阎首级于帐下。孔明高坐于帐上,喝令左右推转高定,斩首报来。定曰:"某感丞相大恩,今将雍阎首级来降,何故斩也?"孔明大笑曰:"汝来诈降,敢瞒吾耶?"定曰:"丞相何以知吾诈降?"孔明于匣中取出一缄,与高定曰:"朱褒已使人密献降书,说你与雍阎结生死之交,岂肯一旦便杀此人,吾故知汝诈也。"定叫屈曰:"朱褒乃反间之计也,丞相切不可信!"孔明曰:"吾亦难凭一面之词,汝若捉得朱褒,方表真心。"定曰:"丞相休疑,某去擒朱褒来见丞相若何?"孔明曰:"若如此,吾疑心方息也。"高定即引部将鄂焕并本部兵,杀奔朱褒营来。比及离寨约有十里,山后一彪军到,乃朱褒也。褒见高定军来,慌忙与高定答话。定大骂曰:"汝如何写书与诸葛丞相处,使反间之计害吾耶?"褒目瞪口呆,不能回答。忽然鄂焕于马后转过,一戟刺朱褒于马下。定厉声而言曰:"如不顺者皆戮之!"于是众军一齐拜降。定引两部军来见孔明,献朱褒首级于帐下。孔明大笑曰:"吾故使汝杀此二贼,以表忠心。"遂命高定为益州太守,总理三郡⑪;令鄂焕为牙将。三路军马已平。

于是永昌太守王伉出城迎接孔明。孔明入城已毕,问曰:"谁与公守此城,以保无虞?"伉曰:"某今日得此郡无危者,皆赖永昌不韦人,姓吕,名凯,字季平。皆此人之力。"孔明遂请吕凯至。凯入见礼毕。孔明曰:"久闻公乃永昌高士,多亏公保守此城。今欲平蛮方,公有何高见?"吕凯遂取一图呈与孔明曰:"某自历仕以来,知南人欲反久矣。故密遣人入其境,察看可屯兵交战之处,画成一图,名曰'平蛮指掌图',今敢献与明公。明公试观之,可为征蛮之一助也。"孔明大喜,就用吕凯为行军教授兼向导官。于是孔明提兵大进,深入南蛮之境。

山下有伍索滩,以伍胥得名亦其类尔,非别有关索其人。壮缪子兴为武侯所器异,官侍中、中监军,或从南征,寨以此名欤"(《三国志注补》)。由是,亦有称关索即关兴。诸葛元声《滇事纪略》:"建兴三年五月,武侯渡泸水,进征益州。从征自赵云、魏延外,如云长少子关兴,即关索,尤以骁勇前驱,多建奇功。"此说是,关索实为关爷尊称,关爷或即誉称关羽(赵一清作关兴)。王士性另说,"关索岭,贵州极高峻之山,上设重关,挂索以引行人,故名关索,俗人只以为神名,祀之"(《广志铎》)。《云南通志》:云南亦有关索岭,以其岭高险峻,必引之以索而后能度。(《不过如此》,中国和平出版社2014年3月)晒甲山对面是关索岭隘口,由古隘道翻越隘口就是关岭县城,相距3公里,公路要绕15公里大圈。据说此古隘道为诸葛亮南征时开辟,后人也称"孔道"。(2011年11月15日新民晚报)关索或由此嬗变为人名,故宋代多见于英雄绰号,《武林旧事》记载角觝艺人有张关索、童关索、严关索。南宋初名将李宝绰号小关索,《水浒》有病关索。关索多被誉为一代英雄的特殊符号。

⑨ 关索、鲍三娘故事

见存最早刊刻本"明嘉靖壬午(1522)的《三国志通俗演义》,未见有关索故事,唯明《全像通俗三国志传》刻本介绍有关索身世。说关索是关羽长子,"七岁时元宵玩灯,闹中迷失,索员外拾去,养至九岁,送与斑石洞花岳先生,学习武艺,因此兼三姓,取名花关索"(《新镌京本校正通俗演义》)。据后来关索赴荆州投奔父亲关羽,他对父亲介绍其婚姻,"先过鲍家庄,遇鲍三娘,后过卢塘寨,遇王桃、王悦,皆与孩儿斗演武艺,比儿不过,愿结夫妇。"所说的鲍三娘,现四川广元鸭浮村有汉墓,谓系鲍三娘墓。墓碑碑记有称,"鲍三娘世居夔州鲍家庄,与关羽第三子关索成亲后,随其夫同尊汉室讨贼,屯兵葭萌,死后葬此。"至于关索后事,据《三国志传》在详细叙述他随刘备进军西川、争夺东川的战斗后,又介绍他奉命镇守云南。在刘备伐吴时,"即发使到云南取关索、关兴,并五溪蛮夷等处各借番兵,共相策应",但只有关兴到来,"先主见兴,问:'关索为何不来?'兴曰:'吾兄亦病故矣。'"此处又与参加南征的关索故事相悖。也有说,关索鲍三娘系263年在汉寿战死,今葭萌关南有鲍三娘墓。当地人称百年前有法国人在鲍墓中盗去了一匹金砖,并深入墓棺材内盗走了鲍三娘头骨和四角兽砖(《行走三国》,中国青年出版社2006年1月版),看来关索故事,很有点像明人平话小说浪迹江湖、娶美立功的草莽英雄模式,罗贯中等为了突出《演义》的历史味,有意把他涂去,但今本毛宗岗《三国演义》却作为英雄后代,把他写进去了。

⑩ 诸葛亮未与雍闿、朱褒对仗
雍闿、高定为南中豪族,朱褒乃牂牁郡丞。蜀汉建兴元年(223),雍闿闻刘备病死遂通于东吴,孙权遥署为永昌太守。两年后,即建兴三年春;诸葛亮南征,"既发在道,而(雍闿)已为高定部曲所杀"(《三国志·蜀书·吕凯传》)。

正行军之次,忽报天子差使命至。孔明请入中军,但见一人素袍白衣而进,乃马谡也。为兄马良新亡⑫,因此挂孝。谡曰:"奉主上敕命,赐众军酒帛。"孔明接诏已毕,依命一一给散。遂留马谡在帐叙话。孔明问曰:"吾奉天子诏,削平蛮方;久闻幼常高见,望乞赐教。"谡曰:"愚有片言,望丞相察之:南蛮恃其地远山险,不服久矣,虽今日破之,明日复叛。丞相大军到彼,必然平服,但班师之日,必用北伐曹丕,蛮兵若知内虚,其反必速。夫用兵之道:攻心为上,攻城为下;心战为上,兵战为下。愿丞相但服其心足矣。"孔明叹曰:"幼常足知吾肺腑也。"于是孔明遂令马谡为参军,即统大兵前进。

却说蛮王孟获,听知孔明智破雍闿等,遂聚三洞⑬元帅商议。第一洞乃金环三结元帅⑭,第二洞乃董荼那元帅,第三洞乃阿会喃元帅。三洞元帅入见孟获。获曰:"今诸葛丞相领大军来侵我境界,不得不并力敌之。汝三人可分兵三路而进。如得胜者,便为洞主。"于是分金环三结取中路,董荼那取左路,阿会喃取右路。各引五万蛮兵,依令而行。

却说孔明正在寨中议事,忽哨马飞报,说三洞元帅分兵三路到来。孔明听毕,即唤赵云、魏延至,却都不分付;更唤王平、马忠至,嘱之曰:"今蛮兵三路而来,吾欲令子龙、文长去,此二人不识地理,未敢用之。王平可往左路迎敌,马忠可往右路迎敌,吾却使子龙、文长随后接应。今日整顿军马,来日平明进发。"二人听令而去。又唤张嶷、张翼分付曰:"汝二人同领一军,往中路迎敌。今日整点军马,来日与王平、马忠约会而进。吾欲令子龙、文长去取,奈二人不识地理,故未敢用之。"张嶷、张翼听令去了。赵云、魏延见孔明不用,各有愠色。孔明曰:"吾非不用汝二人,但恐以中年涉险,为蛮人所算,失其锐气耳。"赵云曰:"倘我等识地理若何?"孔明曰:"汝二人只宜小心,休得妄动。"二人怏怏而退。赵云请魏延到自己寨内商议曰:"吾二人为先锋,却说不识地理而不肯用。今用此后辈,吾等岂不羞乎!"延曰:"吾二人只今就上马,亲去探之,捉住土人,便教引进以敌蛮兵,大事可成。"云从之,遂上马径取中路而来。

方行不数里,远远望见尘头大起。两人上山坡看时,果见数十骑蛮兵纵马而来。二人两路冲出。蛮兵见了,大惊而走。赵云、魏延各生擒几人，回到本寨，以酒食待之，却细问其故。蛮兵告曰："前面是金环三结元帅大寨，正在山口。寨边东西两路，却通五溪洞，并董荼那、阿会喃各寨之后。"赵云、魏延听知此话，遂点精兵五千，教擒来蛮兵引路。比及起军时，已是二更天气，月明星朗，趁着月色而行。刚到金环三结大寨之时，约有四更。蛮兵方起造饭，准备天明厮杀。忽然赵云、魏延两路杀入，蛮兵大乱。赵云直杀入中军，正逢金环三结元帅；交马只一合，被云一枪刺落下马，就枭其首级。余军溃败。魏延便分兵一半，望东路抄董荼那寨来；赵云分兵一半，望西路抄阿会喃寨来。比及杀到蛮兵大寨之时，天已平明。

先说魏延杀奔董荼那寨来，董荼那听知寨后有军杀至，便引兵出寨拒敌。忽然寨前门一声喊起，蛮兵大乱，原来王平军马早已到了。两下夹攻，蛮兵大败。董荼那夺路走脱，魏延追赶不上。

却说赵云引兵杀到阿会喃寨后之时，马忠已杀到寨前。两下夹攻，蛮兵大败，阿会喃乘乱走脱。各自收军回见孔明。孔明问曰："三洞蛮兵走了两洞之主，金环三结元帅首级安在？"赵云将首级献功。众皆言曰："董荼那、阿会喃皆弃马越岭而去，因此赶他不上。"孔明大笑曰："二人吾已擒下了。"赵、魏二人并诸将皆不信。少顷，张嶷解董荼那到，张翼解阿会喃到。众皆惊讶。孔明曰："吾观吕凯图本，已知他各人下的寨子。故以言激子龙、文长之锐气，故教深入重地，先破金环三结，随即分兵左右寨后抄出，以王平、马忠应之。非子龙、文长不可当此任也。吾料董荼那、阿会喃必从便径往山路而走，故遣张嶷、张翼以伏兵待之，令关索以兵接应，擒此二人。"诸将皆拜伏曰："丞相机算，神鬼莫测！"孔明令押过董荼那、阿会喃至帐下，尽去其缚，以酒食衣服赐之。令各自归洞，勿得助恶。二人泣拜，各投小路而去。孔明谓诸将曰："来日孟获必然亲自引兵厮杀，便可就此擒之。"乃唤赵云、魏延至，付与计策，各引五千兵去了。又唤王平、关索同引一军，授计而去。孔明分拨已毕，坐于帐上待之。

却说蛮王孟获在帐中正坐，忽哨马报来，说三洞元帅俱被孔明捉将去了，部下之兵各自溃散。获大怒，遂起蛮兵迤逦进发，正遇王平军马。两阵对圆，王平出马，横刀望之，只见门旗开处，数百南蛮骑将两势摆开。中间孟获出马；头顶嵌宝紫金冠，身披缨络红锦袍，

在诸葛亮军主力由卑水进入越隽，歼灭高定军时，别支马忠军也在牂牁杀死朱褒。三路反叛，诸葛亮仅与高定对仗，其余二路未有照面。

⑪ 高定元为诸葛亮所杀

高定，《华阳国志》作高定元。据《华阳国志》称，诸葛亮南征"高定元自旄牛、定笮、卑水、多为垒守，亮欲俟定元军众集合并讨之，军卑水。定元部曲杀雍闿及士庶等。孟获代闿为主。亮既斩定元"。

⑫ 马良死的移位

马良死于蜀汉章武二年(222)夷陵之战。章武元年，刘备东征，至秭归"遣良入武陵招纳五溪蛮夷，蛮夷渠帅皆受印号，咸如意指。会先主败绩于夷陵，良亦遇害"(《三国志·蜀书·马良传》)。按诸葛亮南征系蜀汉建兴三年(225)，马良已死去三年。

⑬ 孟获的"洞"是盆地

诸葛亮南征，所遇到的孟获等人据点，几都是以洞字命名的，如银坑洞、梁都洞、八纳洞和银冶洞，等等。洞者，通常认知是"山穴"。其实，此"洞"，准确应界定为"峒"。在西南乡村多带有含峒的地名的。所谓"峒"，就是当地民族泛称山中的平地。它在参差不齐的山山之间，有如盆地，人们由此聚居，建筑房屋营寨。《演义》写作"洞"，易与人们误识是原始穴居人的山洞。另据牛汝辰《中国地名文化》(中国华侨出版社 1993 年 12月版)称，"隋唐时期多称湘、黔、桂边境羁縻州所属地区为峒或溪洞。到了宋代，峒或洞成为羁縻州所辖属的行政单位

（比县小），住在这一带的居民被称为峒民或峒人，后来，峒或洞便演变为对侗族的专称"。"在峒族地区有许多以洞命名的村寨，像黎平、从江的顿洞、贯洞等地叫做六洞，岩洞、曹滴洞一带称九洞，等等。由此或可认知《演义》将隋唐沿用的地名"洞"，移植于七擒故事里。

⑭ 金环三节元帅出典

"金环"疑为"金齿"谐音。"金齿"，在元代用作地名，指包括今云南保山地区，是傣族先民分布区。公元 1253 年，元军乘革囊渡金沙江，征服云南。忽必烈即位第二年（1261），德宏傣族派遣使臣八人远行至大都，朝见忽必烈得到嘉谕，并将金齿立为安抚司。

腰系碾玉狮子带，脚穿鹰嘴抹绿靴，骑一匹卷毛赤兔马，悬两口松纹镶宝剑，昂然观望，回顾左右蛮将曰："人每说诸葛亮善能用兵，今观此阵，旌旗杂乱，队伍交错，刀枪器械无一可能胜吾者，始知前日之言谬也！早知如此，吾反多时矣。谁敢去擒蜀将，以振军威？"言未尽，一将应声而出，名唤忙牙长，使一口截头大刀，骑一匹黄骠马，来取王平。二将交锋，战不数合，王平便走。孟获驱兵大进，迤逦追赶。关索略战又走，约退二十余里。孟获正追杀之间，忽然喊声大起：左有张嶷，右有张翼，两路兵杀出，截断归路。王平、关索复兵杀回。前后夹攻，蛮兵大败。孟获引部将死战得脱，望锦带山而逃。背后三路兵追杀将来。获正奔走之间，前面喊声大起，一彪军拦住，为首大将乃常山赵子龙也。获见了大惊，慌忙奔锦带山小路而走。子龙冲杀一阵，蛮兵大败，生擒者无数。孟获止与数十骑奔入山谷之中，背后追兵至近，前面路狭，马不能行，乃弃了马匹，爬山越岭而逃。忽然山谷中一声鼓响，乃是魏延受了孔明计策，引五百步军伏于此处。孟获抵敌不住，被魏延生擒活捉了。从骑皆降。

魏延解孟获到大寨来见孔明。孔明早已杀牛宰羊，设宴在寨。却教帐中摆开七重围子手，刀枪剑戟，灿若霜雪；又执御赐黄金钺斧，曲柄伞盖，前后羽葆鼓吹，左右排开御林军，布列得十分严整。孔明端坐于帐上，只见蛮兵纷纷穰穰，解到无数。孔明唤到帐中，尽去其缚，抚谕曰："汝等皆是好百姓，不幸被孟获所拘。今受惊吓，吾想汝等父母兄弟妻子必倚门而望；若听知阵败，定然割肚牵肠，眼中流血。吾今尽放汝等回去，以安各人父母兄弟妻子之心。"言讫，各赐酒食米粮而遣之。蛮兵深感其恩，泣拜而去。孔明教唤武士押过孟获来。不移时，前推后拥，缚至帐前。获跪于帐下。孔明曰："先帝待汝不薄，汝何敢背反？"获曰："两川之地，皆是他人所占土地，汝主倚强夺之，自称为帝。吾世居此处，汝等无礼，侵我土地，何为反耶？"孔明曰："吾今擒汝，汝心服否？"获曰："山僻路狭，误遭汝手，如何肯服！"孔明曰："汝既不服，吾放汝去，若何？"获曰："汝放我回去，再整军马，共决雌雄；若能再擒吾，吾方服也。"孔明即令去其缚，与衣服穿了，赐以酒食，给与鞍马，差人送出路，径望本寨而去。正是：

　　　　寇入掌中还放去，人居化外未能降。

　　未知再来交战若何，且看下文分解。

第八十八回　渡泸水再缚番王　识诈降三擒孟获

　　却说孔明放了孟获，众将上帐问曰："孟获乃南蛮渠魁，今幸被擒，南方便定，丞相何故放之？"孔明笑曰："吾擒此人，如囊中取物耳。直须降伏其心，自然平矣。"诸将闻言，皆未肯信。

　　当日孟获行至泸水，正遇手下败残的蛮兵，皆来寻探。众兵见了孟获，且惊且喜，拜问曰："大王如何能勾回来？"获曰："蜀人监我在帐中，被我杀死十余人，乘夜黑而走。正行间，逢着一哨马军，亦被我杀之，夺了此马，因此得脱。"众皆大喜，拥孟获渡了泸水，下住寨栅，会集各洞酋长，陆续招聚原放回的蛮兵，约有十余万骑。此时董荼那、阿会喃已在洞中。孟获使人去请，二人惧怕，只得也引洞兵来。获传令曰："吾已知诸葛亮之计矣，不可与战，战则中他诡计。彼川兵远来劳苦，况即日天炎，彼兵岂能久住？吾等有此泸水之险，将船筏尽拘在南岸，一带皆筑土城，深沟高垒，看诸葛亮如何施谋！"众酋长从其计，尽拘船筏，于南岸一带筑起土城；有依山傍崖之地，高竖敌楼，楼上多设弓弩炮石，准备久处之计。粮草皆是各洞供运。孟获以为万全之策，坦然不忧。

　　却说孔明提兵大进，前军已至泸水。哨马飞报说："泸水之内，并无船筏；又兼水势甚急，隔岸一带筑起土城，皆有蛮兵守把。"时值五月，天气炎热，南方之地，分外炎酷，军马衣甲，皆穿不得。孔明自至泸水边观毕，回到本寨，聚诸将至帐中，传令曰："今孟获兵屯泸水之南，深沟高垒，以拒我兵。吾既提兵至此，如何空回？汝等各各引兵，依山傍树，拣林木茂盛之处，与我将息人马。"乃遣吕凯离泸水百里，拣阴凉之地，分作四个寨子。使王平、张嶷、张翼、关索各守一寨，内外皆搭草棚，遮盖马匹，将士乘凉，以避暑气。参军蒋琬[1]看了，入问孔明曰："某看吕凯所造之寨甚不好，正犯昔日先帝败于东吴时之地势矣。倘蛮兵偷渡泸水，前来劫寨，若用火攻，如何解救？"

> ① 蒋琬、费祎、马谡均未随诸葛亮南征
>
> 据《三国志·蜀书·费祎传》，"丞相亮南征还，群僚于数十里逢迎，年位多在祎右，而亮特命祎同载，由是众人莫不易观。"可见，时为黄门侍郎的费祎未参与南征，又据史传，蒋琬、马谡均未与南征。蒋琬时为丞相府东曹掾，留府办事，《襄阳记》称，"建兴三年，亮征南中，谡送之数十里"。可见他们均未参与南征。按诸葛亮远征南中，必须留股肱大臣在朝中府中理事，费祎等自是最佳人选。由此或可推理诸葛亮南征的人员和规模。

② 解暑药

解暑之药，古已有之。此处《演义》提及，亦非仅小说家言，故传世即有卧龙丹者。"今世所传卧龙丹，又诸葛行军散等药，相传即武侯征蛮之方，此言米药，当即是此种药也"(王大错《考证三国志演义》)。

③ 扎牛皮船

蜀军渡泸当系扎牛皮船。《太平寰宇记》卷八十：按《地纪》云："今昆明道渡，所见有武侯道在。按《十通记》水峻急而多巉石，土人以牛皮为船，万海津渡。"由此可推理马岱军亦是扎牛皮船。

④ 马岱军大冢

据《太平寰宇记》卷八十"武侯军此，士卒遭疫疠，以大冢葬在县南"。

⑤ 禁水作泸水解

岭南未开发时，人迹稀少，多有瘴气凝结，嗅久中毒。泸水也是如此。《太平御览》卷十五引《南中八郡》曰："永昌郡有禁水，有恶毒气。"又《水经注》："禁水出永昌县，此水傍瘴气，特恶，气中有物，不见其形；其作有声，中木则折，中人则害，名曰鬼弹。唯十一月十二月差可渡。正月至十月径之，无不害人。故郡有罪人，徙之禁傍，不过十日皆死也。"

孔明笑曰："公勿多疑，吾自有妙算。"蒋琬等皆不晓其意。

忽报蜀中差马岱解暑药②并粮米到。孔明令入。岱参拜毕，一面将米药分派四寨。孔明问曰："汝将带多少军来？"马岱曰："有三千军。"孔明曰："吾军累战疲困，欲用汝军，未知肯向前否？"岱曰："皆是朝廷军马，何分彼我，丞相要用，虽死不辞。"孔明曰："今孟获拒住泸水，无路可渡。吾欲先断其粮道，令彼军自乱。"岱曰："如何断得？"孔明曰："离此一百五十里，泸水下流沙口，此处水慢，可以扎筏而渡③。汝提本部三千军渡水，直入蛮洞，先断其粮，然后会合董荼那、阿会喃两个洞主，使为内应，不可有误。"马岱欣然去了，领兵前到沙口，驱兵渡水。因见水浅，大半不下筏，只裸衣而过，半渡皆倒，急救傍岸，口鼻出血而死。④马岱大惊，连夜回告孔明。孔明随唤向导土人问之。土人曰："目今炎天，毒聚泸水，日间甚热，毒气正发。有人渡水，必中其毒；或饮此水，其人必死。⑤若要渡时，须待夜静水冷，毒气不起，饱食渡之，方可无事。"孔明遂令土人引路，又选精壮军五六百，随着马岱来到泸水沙口，扎起木筏，半夜渡水，果然无事。

岱领着二千壮军，令土人引路，径取蛮洞运粮总路口夹山峪而来。那夹山峪，两下是山，中间一条路，止容一人一马而过。马岱占了夹山峪，分拨军士，立起寨栅。洞蛮不知，正解粮到，被岱前后截住，夺粮百余车。蛮人报入孟获大寨中。此时孟获在寨中，终日饮酒取乐，不理军务。谓众酋长曰："吾若与诸葛亮对敌，必中奸计。今靠此泸水之险，深沟高垒以待之。蜀人受不过酷热，必然退走。那时吾与汝等随后击之，便可擒诸葛亮也。"言讫，呵呵大笑。忽然班内一酋长曰："沙口水浅，倘蜀兵透漏过来，深为利害，当分军守把。"获笑曰："汝是本处土人，如何不知？吾正要蜀兵来渡此水，渡则必死于水中矣。"酋长又曰："倘有土人说与夜渡之法，当复何如？"获曰："不必多疑。吾境内之人安肯助敌人耶？"正言之间，忽报蜀兵不知多少，暗渡泸水，绝断了夹山粮道，打着"平北将军马岱"旗号。获笑曰："量此小辈，何足道哉！"即遣副将忙牙长，引三千兵投夹山峪来。

却说马岱望见蛮兵已到，遂将二千军摆在山前。两阵对圆，忙牙长出马，与马岱交锋；只一合，被岱一刀斩于马下。蛮兵大败，走回来见孟获，细言其事。获唤诸将问曰："谁敢去敌马岱？"言未毕，董荼那出曰："某愿往。"孟获大喜，遂与三千兵而去。获又恐有人再渡泸水，即遣阿会喃引三千兵，去守把沙口。

却说董荼那引蛮兵到了夹山峪下寨，马岱引兵来迎。部内军有认得是董荼那，说与马岱如此如此。岱纵马向前，大骂曰："无义背恩之徒！吾丞相饶汝性命，今又背反，岂为自羞？"董荼那满面惭愧，无言可答，不战而退。马岱掩杀一阵而回。董荼那回见孟获曰："马岱英雄，抵敌不住。"获大怒曰："吾知汝原受诸葛亮之恩，今故不战而退，正是卖阵之计。"喝教推出斩了。众酋长再三哀告，方才免死。叱武士将董荼那打了一百大棍，放归本寨。诸多酋长皆来告董荼那曰："我等虽居蛮方，未尝敢犯中国，中国亦不曾侵我。今因孟获势力相逼，不得已而造反。想孔明神机莫测，曹操、孙权尚自惧之，何况我等蛮方乎？况我等皆受其活命之恩，无可为报。今欲舍一死命，杀孟获去投孔明，以免洞中百姓涂炭之苦。"董荼那曰："未知汝等心下若何？"内有原蒙孔明放回的人，一齐同声应曰："原往！"于是董荼那手执钢刀，引百余人直奔大寨而来。时孟获大醉于帐中，董荼那引众人持刀而入，帐下有两将侍立，董荼那以刀指曰："汝等亦受诸葛丞相活命之恩，宜当报效。"二将曰："不须将军下手，某当生擒孟获去献丞相。"于是一齐入帐，将孟获执缚已定，押到泸水边，驾船直过北岸，先使人报知孔明。

却说孔明已有细作探知此事，于是密传号令，教各寨将士整顿军器，方教为首酋长解孟获入来，其余皆回本寨听候。董荼那先入中军见孔明，细说其事。孔明重加赏劳，用好言抚慰，遣董荼那引众酋长去了。然后令刀爷手推孟获入。孔明笑曰："汝前者有言：'但再擒得，便肯降服！'今日如何？"获曰："此非汝之能也，乃吾手下之人自相残害，以致如此，如何肯服！"孔明曰："吾今再放汝去，若何？"孟获曰："吾虽蛮人，颇知兵法；若丞相端的肯放吾回洞中，吾当率兵再决胜负。若丞相这番再擒得我，那时倾心吐胆归降，并不敢改移也。"孔明曰："这番生擒，如又不服，必不轻恕。"令左右去其绳索，仍前赐以酒食，列坐于帐上。孔明曰："吾自出茅庐，战无不胜，攻无不取，汝蛮邦之人，何为不服？"获默然不答。孔明酒后，唤孟获同上马出寨，观看诸营寨栅所屯粮草，所积军器。孔明指谓孟获曰："汝不降吾，真愚人也。吾有如此之精兵猛将、粮草兵器，汝安能胜吾哉！汝若早降，吾当奏闻天子，令汝不失王位，子子孙孙，永镇蛮邦，意下若何？"获曰："某虽肯降，怎奈洞中之人未肯心服。若丞相肯放回去，就当招安本部人马，同心合胆，方可归顺。"孔明忻然，又与孟获回到大寨饮酒。至晚，获辞去，孔明亲自送至泸水边，以船送获归寨。

孟获来到本寨，先伏刀斧手于帐下，差心腹人到董荼那、阿会喃寨中，只推孔明有使命至，将二人赚到大寨帐下，尽皆杀之，弃尸于涧。孟获随即遣亲信之人守把隘口，自引军出了夹山峪，要与马岱交战。却并不见一人，及问土人，皆言昨夜尽搬粮草，复渡泸水归大寨去了。获再回洞中，与亲弟孟优商议曰："如今诸葛亮之虚实，吾已尽知，汝可去如此如此。"孟优领了兄计，引百余蛮兵，搬载金珠宝贝、象牙犀角之类，渡了泸水，径投孔明大寨而来。方才过了河时，

⑥ **傩剧关索戏**

云南澄江县阳宗镇小屯村,古代是要塞屯兵之地,澄江傩剧关索戏,就起源于小屯,也只有小屯村人会演关索戏。关索戏的面具全部是三国人物的脸谱,关索戏的45个剧本全部是三国人物故事,有的是《三国演义》中没有提到的人物故事。1994年在澄江举行了中国云南傩戏傩文化国际学术研讨会,玉溪市还出版了《关索戏志》(谭志远主编《行走三国演义》,大众文艺出版社2005年1月版第153页)。

⑦ **称孟获"大王"源自宋元平话戏剧**

先秦诸侯国臣下每称国君为大王。魏晋人亦称某些宗室为大王,如燕王曹宇,因为子为皇帝故,但不泛称,至两宋,始为盗贼自称。

据颍州知府苏轼元祐七年(1092)正月奏,颍州自元祐二三年间,就有"尹遇自称大大王,陈兴称二大王"。《京本通俗小说·错斩崔宁》:"我乃静山大王在此!行人住脚,须买路钱与我!"元明平话杂剧就以此称号用于民间独霸一方的强盗、豪杰。也有称英雄豪杰,如关汉卿《关大王独赴单刀会》。此处移植以称孟获兄弟,实亦以地方豪强视之也。

前面鼓角齐鸣,一彪军摆开,为首大将乃马岱也。孟优大惊。岱问了来情,令在外厢,差人来报孔明。

孔明正在帐中与马谡、吕凯、蒋琬、费祎等共议平蛮之事,忽帐下一人,报称孟获差弟孟优来进宝贝。孔明回顾马谡曰:"汝知其来意否?"谡曰:"不敢明言,容某暗写于纸上呈与丞相,看合钧意否?"孔明从之。马谡写讫,呈与孔明。孔明看毕,抚掌大笑曰:"擒孟获之计,吾已差派下也。汝之所见正与吾同。"遂唤赵云入,向耳畔分付如此如此;又唤魏延入,亦低言分付;又唤王平、马忠、关索⑥入,亦密密地分付。各人受了计策,皆依令而去,方召孟优入帐。优再拜于帐下曰:"家兄孟获感丞相活命之恩,无可奉献,辄具金珠宝贝若干,权为赏军之资。续后别有进贡天子礼物。"孔明曰:"汝兄今在何处?"答曰:"为感丞相天恩,径往银坑山中,收拾宝物去了,少时便回来也。"孔明曰:"汝带多少人来?"优曰:"不敢多带,只是随行百余人,皆运货物者。"孔明尽教入帐看时,皆是青眼黑面,黄发紫须,耳带金环,鬅头跣足,身长力大之士。孔明就令随席而坐,教诸将劝酒,殷勤相待。

却说孟获在帐中专望回音,忽报有二人回了;唤入问之,具说:"诸葛亮受了礼物大喜,将随行之人,皆唤入帐中,杀牛宰羊,设宴相待。二大王令某密报大王⑦:今夜二更,里应外合,以成大事。"孟获听知甚喜,即点起三万蛮兵,分为三队。获唤各洞酋长分付曰:"各军尽带火具,今晚到了蜀寨时,放火为号。吾当自取中军,以擒诸葛亮。"诸多蛮将受了计策,黄昏左侧,各渡泸水而来。孟获带领心腹蛮将百余人,径投孔明大寨,于路并无一军阻当。前至寨门,获率众将骤马而入,乃是空寨,并不见一人。获撞入中军,只见帐中灯烛荧煌,孟优并番兵尽皆醉倒。原来孟优被孔明教马谡、吕凯二人管待,令乐人搬做杂剧,殷勤劝酒,酒内下药,尽皆昏倒,浑如醉死之人。孟获入帐问之,内有醒者,但指口而已。获知中计,急救了孟优等一干人;却待奔回中队,前面喊声大震,火光骤起,蛮兵各自逃窜。一彪军杀到,乃是蜀将王平。获大惊,急奔左队时,火光冲天,一彪军杀到,为首蜀将乃是魏延。获慌忙望右队而来,只见火光又起,又一彪军杀到,为首蜀将乃是赵云。三路军夹攻将来,四下无路。孟获弃了军士,匹马望泸水而逃。正见泸水上数十个蛮兵,驾一小舟。获慌令近岸,人马方才下船,一声号起,将孟获缚住。原来马岱受了计策,引本部兵扮作蛮兵,撑船在此,诱擒孟获。

于是孔明招安蛮兵，降者无数。孔明一一抚慰，并不加害。就教救灭了余火。须臾，马岱擒孟获至，赵云擒孟优至，魏延、马忠、王平、关索擒诸洞酋长至。孔明指孟获而笑曰："汝先令汝弟以礼诈降，如何瞒得过吾。今番又被我擒，汝可服否？"获曰："此乃吾弟贪口腹之故，误中汝毒，因此失了大事。吾若自来，弟以兵应之，必然成功。此乃天败，非吾之不能也。如何肯服？"孔明曰："今已三次，如何不服？"孟获低头无语。孔明笑曰："吾再放汝回去。"孟获曰："丞相若肯放吾兄弟回去，收拾家下亲丁，和丞相大战一场。那时擒得，方才死心塌地而降。"孔明曰："再若擒住，必不轻恕。汝可小心在意，勤攻韬略之书，再整亲信之士，早用良策，勿生后悔。"遂令武士去其绳索，放起孟获，并孟优及各洞酋长，一齐都放。孟获等拜谢去了。此时蜀兵已渡泸水。孟获等过了泸水，只见岸口陈兵列将，旗帜纷纷⑧。获到营前，马岱高坐，以剑指之曰："这番拿住，必无轻放！"孟获到了自己寨时，赵云早已袭了此寨，布列兵马。云坐于大旗下，按剑而言曰："丞相如此相待，休忘大恩！"获喏喏连声而去。将出界口山坡，魏延引一千精兵，摆在坡上，勒马厉声而言曰："吾今已深入巢穴，夺汝险要；汝尚自愚迷，抗拒大军！这回拿住，碎尸万段，决不轻饶！"孟获等抱头鼠窜，望本洞而去。后人有诗赞曰：

五月驱兵入不毛，月明泸水瘴烟高。

誓将雄略酬三顾，岂惮征蛮七纵劳。

却说孔明渡了泸水，下寨已毕，大赏三军，聚众将于帐下曰："孟获第二番擒来，吾令遍观各营虚实，正欲令其来劫营也。吾知孟获颇晓兵法，吾将兵马粮草炫耀，实令孟获看吾破绽，必用火攻。彼令其弟诈降，欲为内应耳。吾三番擒之而不杀，诚欲服其心，不欲灭其类也。吾今明告汝等，勿得辞劳，可用心报国。"众将拜伏曰："丞相智、仁、勇三者足备，虽子牙、张良不能及也。"孔明曰："吾今安敢望古人耶？皆赖汝等之力，共成功业耳。"帐下诸将听得孔明之言，尽皆喜悦。

却说孟获受了三擒之气，忿忿归到银坑洞中，即差心腹人赍金珠宝贝，往八番九十三甸⑨等处，并蛮方部落，借使牌刀獠丁。军健数万，克日齐备，各队人马，云堆雾拥，俱听孟获调用。伏路军探知其事，来报孔明。孔明笑曰："吾正欲令蛮兵皆至，见吾之能也。"遂上小车而行。正是：

若非洞主威风猛，怎显军师手段高。

未知胜负如何，且看下文分解。

⑧ 诸葛亮渡泸水处

泸水，即金沙江。《元和郡县图志·剑南道》称泸水在西泸县西一百十二里，"水峻急而多石，土人以牛皮作船而渡，一船坐七、八人"。《益州记》称："泸水源出曲罗巂，下三百里曰泸水。两峰有杀气，暑月旧不行。故武侯以夏渡为艰。"《水经·若水注》称："泸津东去（朱提）县八十里，水广六七百步，深十数丈，多瘴气，鲜有行者。""三月四月经之必死，非此时犹令人呕吐，五月以后，行者差得无害，故诸葛亮表言，五月渡泸，并日而食。"诸葛亮渡泸水处，有两说："一在今四川会理南黎溪镇金沙江边的拉鲊；一在四川会东县北与云南巧家县西交界的金沙江畔。"

⑨ 八番九十三甸

番，元明时中原王朝常称南方部族为"番"。八番乃元时对黔中（贵州惠水地区）部族罗番、程番、金石番、卧龙番、大小龙番、洪番、方番、韦番的总称。甸，为元时对云南地区若干乡村的称呼。

第八十九回　武乡侯四番用计
　　　　　南蛮王五次遭擒

　　却说孔明自驾小车,引数百骑前来探路。前有一河名曰西洱河,水势虽慢,并无一只船筏。孔明令伐木为筏而渡,其木到水皆沉。孔明遂问吕凯。凯曰:"闻西洱河上流有一山,其山多竹,大者数围。可令人伐之,于河上搭起竹桥,以渡军马。"孔明即调三万人入山,伐竹数十万根,顺水放下,于河面狭处搭起竹桥,阔十余丈。乃调大军于河北岸一字儿下寨,便以河为壕堑,以浮桥为门,垒土为城。过桥南岸,一字下三个大营,以待蛮兵。

　　却说孟获引数十万蛮兵,恨怒而来。将近西洱河,孟获引前部一万刀牌獠丁,直扣前寨搦战。孔明头戴纶巾,身披鹤氅,手执羽扇,乘驷马车,左右众将簇拥而出。孔明见孟获身穿犀皮甲,头顶朱红盔,左手挽牌,右手执刀,骑赤毛牛,口中辱骂;手下万余洞丁,各舞刀牌,往来冲突。孔明急令退回本寨,四面紧闭,不许出战。蛮兵皆裸衣赤身,直到寨门前叫骂。诸将大怒,皆来禀孔明曰:"某等情愿出寨,决一死战!"孔明不许,诸将再三欲战。孔明止曰:"蛮方之人不遵王化,今此一来,狂恶正盛,不可迎也。且宜坚守数日,待其猖獗少懈,吾自有妙计破之。"于是蜀兵坚守数日。孔明在高阜处探之,窥见蛮兵已多懈怠,乃聚诸将曰:"汝等敢出战否?"众将欣然要出。孔明先唤赵云、魏延入帐,向耳畔低言,分付如此如此。二人受了计策先进。却唤王平、马忠入帐,受计去了。又唤马岱分付:"吾今弃此三寨,退过河北。吾军一退,汝可便拆浮桥,移于下流,却渡赵云、魏延军马过河来接应。"岱受计而去。又唤张翼曰:"吾军退去,寨中多设灯火。孟获知之,必来追赶,汝却断其后。"张翼受计而退。孔明只教关索护车。众军退去,寨中多设灯火,蛮兵望见,不敢冲突。

　　次日平明,孟获引大队蛮兵径到蜀寨之时,只见三个大寨,皆无人马,于内弃下粮草车仗数百余辆。孟优曰:"诸葛弃寨而走,莫非有计否?"孟获曰:"吾料诸葛亮弃辎重而去,必因国中有紧急之事;若非吴侵,定是魏伐。故虚张灯火,以为疑兵,弃车仗而去也。可速追之,不可错过。"于是孟获自驱前部,直到西洱河边。望见河北岸上寨中,旗帜齐整如故,灿若云锦;沿

三国演义

河一带,又设锦城。蛮兵哨见,皆不敢进。获谓优曰:"此是诸葛亮惧吾追赶,故就河北岸少住,不二日必走矣。"遂将蛮兵屯于河岸,又使人去山上砍竹为筏,以备渡河。却将敢战之兵,皆移于寨前面,却不知蜀兵早已入自己之境。

是日,狂风大起,四壁厢火鼓响,蜀兵杀到。蛮兵獠丁,自相冲突。孟获大惊,急引宗族洞丁杀开条路,径奔旧寨。忽一彪军从寨中杀出,乃是赵云。获慌忙回西洱河,望山僻处而走。又一彪军杀出,乃是马岱。孟获只剩得数十个败残兵,望山谷中而逃。见南北西三处尘头火光,因此不敢前进,只得望东奔走。方才转过山口,见一大林之前,数十从人,引一辆小车;车上端坐孔明,呵呵大笑曰:"蛮王孟获,天败至此,吾已等候多时也!"获大怒,回顾左右曰:"吾遭此人诡计,受辱三次;今幸这里相遇。汝等奋力前去,连人带车砍为粉碎。"数骑蛮兵,猛力向前。孟获当先呐喊,抢到大林之前,扢踏一声,踏了陷坑,一齐塌倒。大林之内,转出魏延,引数百军来,一个个拖出,用索缚定。孔明先到寨中,招安蛮兵,并诸甸酋长洞丁。此时大半皆归本乡去了,除死伤外,其余尽皆归降。孔明以酒肉相待,以好言抚慰,尽令放回,蛮兵皆感叹而去。

少顷,张翼解孟优至。孔明诲之曰:"汝兄愚迷,汝当谏之。今被吾擒了四番,有何面目再见人耶?"孟优羞惭满面,伏地告求免死。孔明曰:"吾杀汝不在今日。吾且饶汝性命,劝谕汝兄。"命武士解其绳索,放起孟优。优泣拜而去。不一时,魏延解孟获至。孔明大怒曰:"你今番又被吾擒了,有何理说!"获曰:"吾今误中诡计,死不瞑目!"孔明叱武士推出斩之。获全无惧色,回顾孔明曰:"若敢再放吾回去,必然报四番之恨。"孔明大笑,令左右去其缚,赐酒压惊,就坐于帐中。孔明问曰:"吾今四次以礼相待,汝尚然不服,何也?"获曰:"吾虽是化外之人,不似丞相专施诡计,吾如何肯服?"孔明曰:"吾再放汝回去,复能战乎?"获曰:"丞相若再拿住吾,吾那时倾心降服,尽献本洞之物犒军,誓不反乱。"孔明即笑而遣之。获忻然拜谢而去。

于是聚得诸洞壮丁数千人,望南迤逦而行。早望见尘头起处,一队兵到,乃是兄弟孟优,重整残兵,来与兄报仇。兄弟二人,抱头相哭,诉说前事。优曰:"我兵屡败,蜀兵屡胜,难以抵当。只可就山阴洞中退避不出。蜀兵受不过暑气,自然退矣。"获问曰:"何处可避?"优曰:"此去西南,有一洞名曰秃龙洞。洞主朵思大王,与弟甚厚,可投之。"于是孟获先教孟优到秃龙洞,见了朵思大王。朵思慌引洞兵出迎。孟获入洞,礼毕,诉说前事。朵思曰:"大王宽心,若蜀兵到来,令他一人一骑不得还乡,与诸葛亮皆死于此处。"获大喜,问计于朵思。朵思曰:"此洞中止有两条路:东北上一路,就是大王所来之路,地势平坦,土厚水甜,人马可行;若以木石垒断洞口,虽有百万之众,不能进也。西北上有一条路,山险岭恶,道路窄狭。其中虽有小路,多藏毒蛇恶蝎;黄昏时分,烟瘴大起,直至已午时方收,惟未、申、酉三时,可以往来。水不可饮,人马难行。此处更有四个毒泉:一名哑泉,其水颇甜,人若饮之,则不能言,不过旬日必死;

① 南中多毒泉

诸葛亮军误饮哑泉水事,不见于史传。但据《云南普洱府志》等记载,所谓"甜泉、温泉、黑泉、凉泉四种,云南皆有,地志载之甚详。唯不言甜者必哑,温者能灭,黑者必黑,凉者能软"。盖泉水饱含有毒气体和矿物质是也。近年有文称:云南澜沧江边凤庆和曲靖境有哑泉,据地质界人士采样分析,该泉水无色清亮,无异味;而重金属浓度特别高,主要是铜、铅、镉、钾、汞,其中铅、镉是有毒重金属,对人类和动物有害,但在水中浓度,只会造成慢性中毒。灭泉,即热泉,在云南腾冲就有 79 处,是温度甚高之泉,如腾冲东 15 公里处有一硫磺塘,泉水沸腾滚跳;黑泉,据《凤庆县志》,即是瘴气塘,"此毒泉水色黄绿,有咸味,人饮之发疟病,留饮之则毛脱"。但疟疾系传染病非饮水,所以黑泉仍是含有高浓度的毒金属泉水。今日火山附近有一种酸水泉,酸性甚高,溅之于身,当即能使所溅处皮肉溃烂发黑,或即是"黑泉";柔泉在腾冲也有二处:一醉鸟井;一扯雀塘,即相传鸟飞过,会落下而死,当是感染毒泉逸出气体有硫化氢、CO_2、CO 等。此种毒气是火山活动后熔岩中的气体随岩浆冷却凝固后,沿断裂处上升,聚集后由地表排出,所形成的毒泉。按,云南高原多硫化铜矿,它在水中转化为易溶的胆盐,形成的胆水,饮后能使人恶心呕吐、腹泻,说话不清,最后虚脱痉挛而死。又所谓安乐泉能解脱胆水之毒,可能是含有碱性之故。

② 何来马援到云南

按诸葛亮征孟获,系在今云南西

二曰灭泉,此水与汤无异,人若沐浴,则皮肉皆烂,见骨必死;三曰黑泉,其水微清,人若溅之在身,则手足皆黑而死;四曰柔泉,其水如冰,人若饮之,咽喉无暖气,身躯软弱如绵而死①。此处虫鸟皆无,惟有汉伏波将军曾到②,自此以后更无一人到此。今垒断东北大路,令大王稳居敞洞。若蜀兵见东路截断,必从西路而入。于路无水,若见此四泉,定然饮水,虽百万之众,皆无归矣,何用刀兵耶!"孟获大喜,以手加额曰:"今日方有容身之地!"又望北指曰:"任诸葛神机妙算,难以施设!四泉之水,足以报败兵之恨也。"自此,孟获、孟优终日与朵思大王筵宴。

却说孔明连日不见孟获兵出,遂传号令教大军离西洱河,望南进发。此时正当六月炎天,其热如火。有后人咏南方苦热诗曰:

> 山泽欲焦枯,火光覆大虚。
>
> 不知天地外,暑气更何如?

又有诗曰:

> 赤帝施权柄,阴云不敢生。
>
> 云蒸孤鹤喘,海热巨鳌惊。
>
> 忍舍溪边坐,慵抛竹里行。
>
> 如何沙塞客,擐甲复长征。

孔明统领大兵正行之际,忽哨马飞报:"孟获退往秃龙洞中不出,将洞口要路垒断,内有兵把守,山恶岭峻,不能前进。"孔明请吕凯问之。凯曰:"某曾闻此洞有条路,实不知详细。"蒋琬曰:"孟获四次遭擒,既已丧胆,安敢再出?况今天气炎热,军马疲乏,征之无益,不如班师回国。"孔明曰:"若如此,正中孟获之计也。吾军一退,彼必乘势追之。今已到此,安有复回之理?"遂令王平领数百军为前部,却教新降蛮兵引路,寻西北小境而入。前到一泉,人马皆渴,争饮此水。王平探有此路,回报孔明。比及到大寨之时,皆不能言,但指口而已。孔明大惊,知是中毒,遂自驾小车,引数十人前来看时,见一潭清水,深不见底,水气凛凛,军不敢试。

孔明下车,登高望之,四壁峰岭,鸟雀不闻,心中大疑。忽望见远远山岗之上,有一古庙。孔明攀藤附葛而到,见一石屋之中,塑一将军端坐,旁有石碑,乃伏波将军马援之庙;因平蛮到此,土人立庙祀之。孔明再拜曰："亮受先帝托孤之重，今承圣旨到此平蛮，欲待蛮方既平，然后伐魏吞吴，重安汉室。今军士不识地理，误饮毒水③，不能出声。万望尊神念本朝恩义，通灵显圣，护佑三军。"祈祷已毕，出庙寻土人问之。隐隐望见对山，一老叟扶杖而来，形容甚异。孔明请老叟入庙，礼毕，对坐于石上。孔明问曰："丈者高姓？"老叟曰："老夫久闻大国丞相隆名，幸得拜见。蛮方之人，多蒙丞相活命，皆感恩不浅。"孔明问泉水之故。老叟答曰："军所饮水，乃哑泉之水也。饮之难言，数日而死。此泉之外，又有三泉：东南有一泉，其水至冷，人若饮之，咽喉无暖气，身躯软弱而死，名曰柔泉。正南有一泉，人若溅之在身，手足皆黑而死，名曰黑泉。西南有一泉，沸如热汤，人若浴之，皮肉尽脱而死，名曰灭泉。敝处有此四泉，毒气所聚，无药可治。又烟瘴甚起，惟未、申、酉三个时辰可往来；余者时辰皆瘴气密布，触之即死。"孔明曰："如此则蛮方不可平矣。蛮方不平，安能并吞吴、魏，再兴汉室？有负先帝托孤之重，生不如死也！"老叟曰："丞相勿忧，老夫指引一处，可以解之。"孔明曰："老丈有何高见？望乞指教。"老叟曰："此去正西数里，有一山谷；入内行二十里，有一溪名曰万安溪。上有一高士，号为万安隐者，此人不出溪有数十年矣。其草庵后有一泉，名安乐泉。人若中毒，汲其水饮之即愈；有人或生疥癞，或感瘴气，于万安溪内浴之，自然无事。更兼庵前有一等草，名曰'薤叶芸香'，人若口含一叶，则瘴气不染。丞相可速往求之。"孔明拜谢问曰："承丈者如此活命之德，感刻不胜。愿闻高姓。"老叟入庙曰："吾乃本处山神，奉伏波将军之命，特来指引。"言讫，喝开庙后石壁而入。孔明惊讶不已，再拜庙神，寻旧路上车回到大寨。

次日，孔明备信香礼物，引王平及众哑军，连夜望山神所言去处，迤逦而进。入山谷小径，约行二十余里，但见长松大柏，茂竹奇花，环绕一庄；篱落之中，有数间茅屋，闻得馨香喷鼻。孔明大喜，到庄前扣户，有一小童出。孔明方欲通姓名，早有一人，竹冠草履，白袍皂绦，碧眼黄发，忻然出曰："来者莫非汉丞相否？"孔明笑曰："高士何以知之？"隐者曰："久闻丞相大纛南征，安得不知？"遂邀孔明入草堂，礼毕，分宾主坐定。孔明告曰："亮受昭烈皇帝托孤之重，今承嗣君圣旨，领大军至此，欲服蛮邦，使归王化。不期孟获潜入洞中，军士误饮哑泉之水。夜来蒙伏波将军显圣，言高士有药泉，可以治之。望乞矜念，赐神水以救众兵残生。"隐者曰："量老夫山野废人，何劳丞相枉驾。此泉就在庵后。"教取来饮。于是童子引王平等一起哑军，来到溪边，汲水饮之，随即吐出恶涎，便能言语。童子又引众军，到万安溪中沐浴。隐者于庵中

部地区。马援没有到过云南。据《后汉书·马援传》，马援曾两次南征。建武十八年（42），他率几万人征交趾（越南北部）徵侧徵贰；建武二十四年征五溪（湖南西北部）"蛮夷"。或因马援后为梁松所谗忧郁而终，所以多为后人怀念。明辰阳指挥使彭飞能诗，题桃源伏波祠云：岳王庭下鞭秦桧，千古人思武穆忠，今日拜公江上庙，愿将顽铁铸梁松。按《演义》以蜀汉承袭东汉为正统，故常以两汉书名将事相托者。

③ **毒水**
相传诸葛亮经沾益（云南沾益）渴饮山泉水中毒，便在石头上刻下"毒水"两字，以诫后人。"毒水"至今尚在，留于沾益城区九龙山中（谭志远主编《行走三国演义》，大众文艺出版社2005年1月版第151页）。

进柏子茶、松花菜,以待孔明。隐者告曰:"此间蛮洞多毒蛇恶蝎,柳花飘入溪泉之间,水不可饮,但掘地为泉。汲水饮之方可。"孔明求薤叶芸香,隐者令众军尽意采取:"各人口含一叶,自然瘴气不侵。"孔明拜求隐者姓名。隐者笑曰:"某乃孟获之兄孟节是也。"孔明愕然。隐者又曰:"丞相休疑,容伸片言:某一父母所生三人,长即老夫孟节,次孟获,又次孟优[4]。父母皆亡,二弟强恶,不归王化,某屡谏不从,故更名改姓,隐居于此。今辱弟造反,又劳丞相深入不毛之地,如此生受,孟节合该万死,故先于丞相之前请罪。"孔明叹曰:"方信盗跖、下惠之事,今亦有之。"遂与孟节曰:"吾申奏天子,立公为王,可乎?"节曰:"为嫌功名而逃于此,岂复有贪富贵之意。"孔明乃具金帛赠之,孟节坚辞不受[5]。孔明嗟叹不已,拜别而回。后人有诗曰:

> 高士幽栖独闭关,武侯曾此破诸蛮。
> 至今古木无人境,犹有寒烟锁旧山。

孔明回到大寨之中,令军士掘地取水。掘下二十余丈,并无滴水,凡掘十余处,皆是如此。军心惊慌。孔明夜半焚香告天曰:"臣亮不才,仰承大汉之福,受命平蛮。今途中乏水,军马枯渴。倘上天不绝大汉,即赐甘泉;若气运已终,臣亮等愿死于此处。"是夜祝罢,平明视之,皆得满井甘泉。后人有诗曰:

> 为国平蛮统大兵,心存正道合神明。
> 耿恭拜井甘泉出,诸葛虔诚水夜生。

孔明军马既得甘泉,遂安然由小径直入秃龙洞前下寨。蛮兵探知,来报孟获曰:"蜀兵不染瘴疫之气,又无枯渴之患,诸泉皆不应。"朵思大王闻知不信,自与孟获来高山望之。只见蜀兵安然无事,大桶小担,搬运水浆,饮马造饭。朵思见之,毛发耸然,回顾孟获曰:"此乃神兵也!"获曰:"吾兄弟二人,与蜀兵决一死战,就殒于军前,安肯束手受缚!"朵思曰:"若大王兵败,吾妻子亦休矣。当杀牛宰马,大赏洞丁,不避水火,直冲蜀寨,方可得胜。"

于是大赏蛮兵,正欲起程。忽报洞后迆西银冶洞二十一洞主杨锋引三万兵来助战。孟获大喜曰:"邻兵助我,我必胜矣!"即与朵思大王出洞迎接。杨锋引兵入曰:"吾有精兵三万,皆披铁甲,能飞山越岭,足以敌蜀兵百万;我有五子,皆武艺足备,愿助大王。"锋令五子入拜,皆彪躯虎体,威风抖擞。孟获大喜,遂设席相待杨锋父子。酒至半酣,锋曰:"军中少乐,吾随军有蛮姑,善舞刀牌,以助一笑。"获忻然从之。须臾,数十蛮姑,皆披发跣足,从帐外舞跳而入,群蛮拍

④ 孟氏为南中大姓
东汉后期,南中大姓拥有部曲者有二十余家。其中孟姓主要有两支:一是建宁(云南曲靖)孟氏,代表人物有孟获、孟通、孟干、孟彦;朱提(云南昭通)孟氏,有孟孝琚、孟琰。此处所称孟获之兄之弟,不见于史传。

⑤ 孟获孟琰在蜀汉政府做官
南中平定后,据《华阳国志·南中志》,诸葛亮"移南中劲卒、青羌万余家于蜀,为五部,所当无前,军号飞军"并"收其俊杰建宁爨习、朱提孟琰及获为官属"。孟获及孟琰都调入成都做大官,孟获任御史中丞、孟琰为辅汉将军。孟琰还随诸葛亮北伐。蜀汉建兴十二年(234)春,诸葛亮第五次北伐,在五丈原扎营,孟琰也随征。诸葛亮上后主表说,"臣先遣虎步监孟琰据武功水东,司马懿因渭水涨,乃虑,率骑万人,来攻琰营。臣作竹桥,越水射之,贼见桥垂成,便引兵退"(《诸葛亮集》)。据明郎瑛《七修类稿》称,孟获子孙至明尚繁。

手以歌和之。杨锋令二子把盏，二子举杯诣孟获、孟优前。二人接杯，方欲饮酒，锋大喝一声，二子早将孟获、孟优执下座来。朵思大王却待要走，已被杨锋擒了。蛮姑横截于帐上，谁敢近前。获曰："'兔死狐悲，物伤其类。'吾与汝皆是各洞之主，往日无冤，何故害我？"锋曰："吾兄弟子侄皆感诸葛丞相活命之恩，无可以报。今汝反叛，何不擒献？"于是各洞蛮兵皆走回本乡。

　　杨锋将孟获、孟优、朵思等解赴孔明寨来。孔明令入。杨锋等拜于帐下曰："某等子侄，皆感丞相恩德，故擒孟获、孟优等呈献。"孔明重赏之，令驱孟获入。孔明笑曰："汝今番心服乎？"获曰："非汝之能，乃吾洞中之人自相残害，以致如此。要杀便杀，只是不服。"孔明曰："汝赚吾入无水之地，更以哑泉、灭泉、黑泉、柔泉如此之毒，吾军无恙，岂非天意乎？汝何如此执迷！"获又曰："吾祖居银坑山中，有三江之险，重关之固。汝若就彼擒之，吾当子子孙孙，倾心服事。"孔明曰："吾再放汝回去，重整兵马，与吾共决胜负；如那时擒住，汝再不服，当灭九族。"叱左右去其缚，放起孟获。获再拜而去。孔明又将孟优并朵思大王皆释其缚，赐酒食压惊。二人悚惧，不敢正视。孔明令鞍马送回。正是：

　　　　深临险地非容易，更展奇谋岂偶然。

　　未知孟获整兵再来，胜负如何，且看下文分解。

第九十回　驱巨兽六破蛮兵　烧藤甲七擒孟获

却说孔明放了孟获等一干人，杨锋父子皆封官爵，重赏洞兵。杨锋等拜谢而去。孟获等连夜奔回银坑洞。那洞外有三江，乃是泸水、甘南水、西城水。三路水会合，故为三江。其洞北近平坦三百余里，多产万物。洞西二百里，有盐井。西南二百里，直抵泸、甘。正南三百里，乃是梁都洞。洞中有山，环抱其洞，山上出银矿，故名为银坑山。山中置宫殿楼台，以为蛮王巢穴[1]。其中建一祖庙，名曰"家鬼"。四时杀牛宰马享祭，名曰"卜鬼"。每年常以蜀人并外乡之人祭之。若人患病，不肯服药，只祷师巫，名曰"药鬼"。其处无刑法，但犯罪即斩。有女长成，却于溪中沐浴，男女自相混淆，任其自配，父母不禁，名为"学艺"。年岁雨水均调，则种稻谷；倘若不熟，杀蛇为羹，煮象为饭。每方隅之中，上户号曰"洞主"，次曰"酋长"。每月初一、十五两日，皆上三江城中买卖，转易货物。其风俗如此。

却说孟获在洞中，聚集宗党千余人，谓之曰："吾屡受辱于蜀兵，立誓欲报之。汝等有何高见？"言未毕，一人应曰："吾举一人，可破诸葛亮。"众视之，乃孟获妻弟，现为八番部长，名曰"带来洞主"。获大喜，急问何人。带来洞主曰："此去东南八纳洞，洞主木鹿大王，深通法术：出则骑象，能呼风唤雨，常有虎豹豺狼、毒蛇恶蝎跟随。手下更有三万神兵，甚是英勇。大王可修书具礼，某亲往求之。此人若允，何惧蜀兵哉！"获忻然，令国舅赍书而去。却令朵思大王守把三江城，以为前面屏障。

却说孔明提兵直至三江城，遥望见此城三面傍江，一面通旱，即遣魏延、赵云同领一军，于旱路打城。军到城下时，城上弓弩齐发。原来洞中之人，多习弓弩，一弩齐发十矢；箭头上皆用毒药；但有中箭者，皮肉皆烂，见五脏而死。赵云、魏延不能取胜，回见孔明，言药

① 孟获都城
《演义》称银坑山为孟获巢穴。后人也有以云南腾冲为他的京城，相传此处还留下 1600 年前孟获时代的城墙。又称中国云南与缅甸接界的猛卯，是诸葛亮七擒孟获时最后的目的地(据魏道然《卫立煌将军》，安徽人民出版社 1985 年 9 月版)。但也有将孟获家乡建宁(云南曲靖)为最后七擒处。1987 年，于曲靖市区白石江公园，建有大型浮雕，长60米，高4米，由240 块黑大理石砌成，以孟获和诸葛亮故事为基础，表抒了民族团结的主题。

箭之事。孔明自乘小车,到军前看了虚实,回到寨中,令军退数里下寨。蛮兵望见蜀兵远退,皆大笑作贺,只疑蜀兵惧怯而退,因此夜间安心稳睡,不去哨探。

却说孔明约军退后,即闭寨不出。一连五日,并无号令。黄昏左侧,忽然微风,孔明传令曰:"每军要衣襟一幅,限一更时分应点。无者立斩!"诸将皆不知其意。众军依令预备。初更时分,又传令曰:"每军衣襟一幅,包土一包。无者立斩!"众军亦不知其意,只得依令预备。孔明又传令曰:"诸军包土,俱在三江城下交割,先到者有赏。"众军闻令,皆包净土,飞奔城下。孔明令积土为蹬道,先上城者为头功。于是蜀兵十余万,并降兵万余,将所包之土,一齐弃于城下。一霎时,积土成山,接连城上。一声暗号,蜀兵皆上城②。蛮兵急放弩时,大半早被执下,余者弃城而走,朵思大王死于乱军之中。蜀将督军分路剿杀。孔明取了三江城,所得珍宝,皆赏三军。

败残蛮兵逃回见孟获说:"朵思大王身死,失了三江城。"获大惊。正虑之间,人报蜀兵已渡江,现在本洞中下寨。孟获甚是慌张。忽然屏风后一人大笑而出曰:"既为男子,何无智也? 我虽是一妇人,愿与你出战。"获视之,乃妻祝融夫人③也。夫人世居南蛮,乃祝融氏之后,善使飞刀④,百发百中。孟获起身称谢。夫人忻然上马,引宗党猛将数百员,生力洞兵五万,出银坑宫阙来与蜀兵对敌。方才转过洞口,一彪军拦住,为首蜀将,乃是张嶷。蛮兵见之,却早两路摆开。祝融夫人背插五口飞刀,手挺丈八长标,坐下卷毛赤兔马。张嶷见之,暗暗称奇。二人骤马交锋。战不数合,夫人拨马便走。张嶷赶去,空中一把飞刀落下。嶷急用手隔,正中左臂,翻身落马。蛮兵发一声喊,将张嶷执缚去了。马忠听得张嶷被执,急出救时,早被蛮兵困住,望见祝融夫人挺标勒马而立,忠忿怒向前去战,坐下马绊倒,亦被擒了。都解入洞中来见孟获。获设席庆贺。夫人叱刀斧手推出张嶷、马忠要斩,获止曰:"诸葛亮放吾五次,今番若杀彼将,是不义也。且因在洞中,待擒住诸葛亮,杀之未迟。"夫人从其言,笑饮作乐。

却说败残兵来见孔明,告知其事。孔明即唤马岱、赵云、魏延三

② 包土攻下三江城故事演绎
古代攻城术是贴近城墙,设法破城。《演义》有几处据史提到攻城,如曹操攻寿春(安徽寿县)、吕蒙、甘宁攻皖城(安徽潜山)、诸葛亮攻陈仓(陕西宝鸡附近),各述不同。此处叙述诸葛亮用包土集装成丘陷三江城,亦是一种攻城术,但此术不见于三国史书,当系后世史书有关故事移植的。《宋书·殷琰传》称,刘宋泰始元年(465),殷琰据寿阳(安徽寿县)反,刘勔率军攻城,"(刘)勔用草茅包土,掷以塞堑,掷者如云,一二日堑便欲满。"此外,也有用土堆积成山丘的,如梁大同十二年(546)东魏丞相高欢攻玉璧,"欸于城南起土山,欲乘之以上,城上先有二楼,(韦)孝宽缚木接之,令常高于土山以御之"(《资治通鉴》卷一百五十九)。

③ 祝融夫人说
祝融夫人乃杜撰。取名"祝融",得自古神话常以祝融为南方火神。《吕氏春秋》说夏,"其帝炎帝,其神祝融",《淮南子·天文训》:"南方火也,其帝炎帝,其佐朱明,其兽朱鸟。"高诱注:"朱明,旧说为祝融。"

④ 飞刀之术
飞刀术,有似标枪,作为抛器伤人,宋元时风行于南方部族地区。高承《事物纪原》称,"近世兵杖中有镖牌,盖出溪洞之蛮。熙宁中,……其法乃盛传于中国,至神宗设于行阵,令诸军习之也。"由此为元杂剧嬗化为飞刀。杂剧《摩利支飞刀对箭》称摩利支盖苏文,"脊背上有五口飞刀,三口得用,百步之外,能取上将之首级。"

人受计,各自领军前去。次日,蛮兵报入洞中,说赵云搦战。祝融夫人即上马出迎。二人战不数合,云拨马便走。夫人恐有埋伏,勒兵而回。魏延又引军来搦战,夫人纵马相迎。正交锋紧急,延诈败而逃,夫人只不赶。次日,赵云又引军来搦战,夫人领洞兵出阵。二人战不数合,云诈败而走,夫人按标不赶,欲收兵回洞时,魏延引军齐声辱骂。夫人急挺标来取魏延,延拨马便走。夫人忿怒赶来,延骤马奔入山僻小路。忽然背后一声响亮,延回头视之,夫人仰鞍落马,原来马岱埋伏在此,用绊马索绊倒,就里擒缚,解投大寨而来。蛮将洞兵皆来救时,赵云一阵杀散。孔明端坐帐上,马岱解祝融夫人到。孔明急令武士去其缚,请在别帐赐酒压惊,遣使往告孟获,欲送夫人换张嶷、马忠二将⑤。孟获允诺,即放出张嶷、马忠,还了孔明。孔明遂送夫人入洞。孟获接入,又喜又恼。

⑤ 诸葛亮南征将帅及路线
诸葛亮南征,《演义》所叙,几乎动员了当时蜀汉的主要征战将帅,如赵云、魏延、马谡、吴懿、马岱等,其实不然,据史传,他的南征,就是三路人马,前后时间如"五月渡泸"到"平四郡",实为四个月。

统帅　　　　　项目	行军作战路线	
西路军诸葛亮	由成都至安上入越隽郡,"七擒七纵孟获"	部属有杨仪、龚禄,与东、西路军会师于滇池
东路军门下督马忠	由川南僰道趋牂牁攻伐朱褒叛军	
中路军庲降都督李恢	由平夷"案道"向益州郡,袭取雍闿、孟获;断孟获归路	歼灭雍闿主力,军功最多

忽报八纳洞主到。孟获出洞迎接,见其人骑着白象,身穿金珠璎络,腰悬两口大刀,领着一班喂养虎豹豺狼之士,簇拥而入。获再拜哀告,诉说前事,木鹿大王许以报仇。获大喜,设宴相待。次日,木鹿大王引本洞兵,带猛兽而出,赵云、魏延听知蛮兵出,遂将军马布成阵势。二将并辔立于阵前视之,只见蛮兵旗帜器械皆别,人多不穿衣甲,尽裸身赤体,面目丑陋;身带四把尖刀。军中不鸣鼓角,但篩金为号。木鹿大王腰挂两把宝刀,手持蒂钟,身骑白象,从大旗中而出。赵云见了,谓魏延曰:"我等上阵一生,未尝见如此人物。"二人正沉吟之际,只见木鹿大王口中不知念甚咒语,手摇蒂钟,忽然狂风大作,飞砂走石,如同骤雨;一声画角响,虎豹豺狼,毒蛇猛兽⑥,乘风而出,张牙舞爪,冲将过来。蜀兵如何抵当,往后便退。蛮兵随后追杀,直赶到三江界路方回。

赵云、魏延收聚败兵,来孔明帐前请罪,细说此事。孔明笑曰:"非汝二人之罪。吾未出茅庐之时,先知南蛮有驱虎豹之法。吾在蜀中已办下破此阵之物也。随军有二十辆车,俱封记在此,今日且用一半;留下一半,后有别用。"遂令左右取了十辆红油柜车到帐下,留十辆黑油柜车在后。众皆不知其意。孔明将柜打开,皆是木刻彩画巨兽,俱用五色绒线为

⑥ 木鹿大王驯虎豹故事移植
此处似参自《史记·五帝本纪》:轩辕"教熊罴貔貅驱虎,以与炎帝战于阪泉之野。"

毛衣,钢铁为牙爪,一个可骑坐十人。孔明选了精壮军士一千余人,领了一百口,内装烟火之物,藏在车中。次日,孔明驱兵大进,布于洞口。蛮兵探知,入洞报与蛮王。木鹿大王自谓无敌,即与孟获引洞兵而出。孔明纶巾羽扇,身衣道袍,端坐于车中。孟获指曰:"车中坐的便是诸葛亮,若擒住此人,大事定矣!"木鹿大王口中念咒,手摇蒂钟。顷刻之间,狂风大作,猛兽突出。孔明将羽扇一摇,其风便回吹彼阵中去了。蜀阵中假兽拥出,蛮洞真兽见蜀阵巨兽口吐火焰,鼻出黑烟,身摇铜铃,张牙舞爪而来⑦,诸恶兽不敢前进,皆奔回蛮洞,反将蛮兵冲倒无数。孔明驱兵大进,鼓角齐鸣,望前追杀。木鹿大王死于乱军之中。洞内孟获宗党皆弃宫阙,扒山越岭而走。孔明大军占了银坑洞。

次日,孔明正要分兵缉擒孟获,忽报:"蛮王孟获妻弟带来洞主,因劝孟获归降,获不从,今将孟获并祝融夫人及宗党数百余人尽皆擒来,献与丞相。"孔明听知,即唤张嶷、马忠,分付如此如此。二将受了计,引二千精壮兵,伏于两廊。孔明即令守门将俱放进来。带来洞主引刀斧手解孟获等数百人,拜于殿下。孔明大喝曰:"与吾擒下!"两廊壮兵齐出,二人捉一人,尽被执缚。孔明大笑曰:"量汝些小诡计,如何瞒得过我?汝见二次俱是本洞人擒汝来降,吾不加害;汝只道吾深信,故来诈降,欲就洞中杀吾!"喝令武士搜其身畔,果然各带利刀⑧。孔明问孟获曰:"汝原说在汝家擒住,方始心服,今日如何?"获曰:"此是我等自来送死,非汝之能也。吾心未服。"孔明曰:"吾擒住六番,尚然不服,欲待何时耶?"获曰:"汝第七次擒住,吾方倾心归服,誓不反矣。"孔明曰:"巢穴已破,吾何虑哉!"令武士尽去其缚,叱之曰:"这番擒住,再若支吾,必不轻恕!"孟获等抱头鼠窜而去。

却说败残蛮兵有千余人,大半中伤而逃,正遇蛮王孟获。获收了败兵,心中稍喜,却与带来洞主商议曰:"吾今洞府已被蜀兵所占,今投何地安身?"带来洞主曰:"止有一国可以破蜀。"获喜曰:"何处可去?"带来洞主曰:"此去东南七百里有一国,名乌戈国。国主兀突骨,身长二丈,不食五谷,以生蛇恶兽为饭;身有鳞甲,刀箭不能侵。其手下军士,俱穿藤甲。其藤生于山涧之中,盘于石壁之上,国人采取,浸于油中,半年方取出晒之;晒干复浸,凡

⑦ 诸葛亮木刻巨兽哪里来

农耕社会利用野兽畜参战多有其事,其中也有以假兽故事破敌的,诸葛亮木刻巨兽,实系移植南朝宋宗悫事迹,宗悫随交州刺史檀和之南征,"林邑王范阳迈倾国来拒,以具装被象,前后无际,士卒不能当。悫曰:'吾闻师(狮)子威服百兽。'乃制其形,与象相御,象果惊奔,众因溃散,遂克林邑"(《宋书·宗悫传》)。林邑,即占城,在今越南北部。以假兽破敌事早就见于春秋时期,鲁庄公十年(前684),鲁公子偃以虎皮披于马身攻击宋、齐联军,"蒙皋比先犯之"(《左传》)。"皋比",即虎皮。鲁僖公二十八年晋国胥臣在城濮大战中,"蒙马以虎皮,先犯陈、蔡。陈、蔡奔,楚右师溃"(《左传》)。尔后多有仿效,据《旧唐书》卷一三四《马燧传》,中唐名将马燧练兵,"又造战车,蒙以狻猊、象,列戟于后,行则载兵甲,止则为营阵,或塞险以遏奔冲器械,无不犀利"。见如《陔余丛考》,就记有唐朱海、金石抹虎儿和明初张辅均分别以绘狮作面具蒙马以乱真,至令敌马惊慌逃奔等故事。

⑧ 孟获等藏刀借鉴于宋向敏中事

此类故事多见于旧史笔记。《玉壶清话》称向敏中"咸平四年(1001),除平章事。后坐事,出永兴军。驾幸澶渊,手赐密诏,尽付西部事,许便宜从事。公得诏藏之,视政如常,会邦命国傩,有告禁卒淤倚傩为乱者。密使麾兵被甲夜袍伏于廊幕中。明日尽召宾僚兵官,置酒纵阅,无一人须知之者。命傩入,先令驰逞于中门外,后召至塔,公振袂一挥,伏卒齐出,尽逸之,果各怀短刃,即席诛之。剿讫,屏尸,亟令灰沙扫庭,张乐宴饮,宾从股慄。"

⑨ 藤甲军

古代冷兵器作战时期，配备以护体的甲胄，甲就是战衣。藤甲见于史书，应用于战士装备，尚属罕见，但就因地制宜，当以西南地区因产藤而采用。《演义》所述，采自明时因该地区民族沿用。又见《赤城甲图说》，记有藤甲制作，乃用五十斤藤经浸泡、晒干、编穿、上桐油等多工序编其韧非凡的藤甲，"其甲轻坚，能格矢刃，利于水；又以此藤作笠，临敌作盔，阴则避雨"（《古今图书集成》第二六七卷《甲胄》）。

⑩ 诸葛亮的"地雷"

三国时尚无"地雷"，此处引用，疑即元明早期热兵器的移位。据《天工开物》称，当时战争已风行"地雷"，它"埋伏土中，竹管通引，冲土起伏"。明将士多采用准热兵器，就地雷性能和形体，仅《武备志》第一百三十四卷，即有十几种地雷形制，如"无敌地雷炮"、"万弹地雷炮"。嘉靖年间，三边总督曾铣"制地雷，穴地丈许，柜药于中，以石满覆，又覆以沙，令与地平，伏火于下，可以经用。系其发机于地面，过者中蹴机，则火坠矿发，石飞坠杀人，敌惊以为神"（《续通典》）。明清小说多有写地雷的，如《封神演义》邬文化、《说唐》裴元庆，均系触雷而死。

⑪ 七擒七纵质疑

"七擒七纵"和孟获名字不见于《三国志》。唯见于晋人著作：习凿齿《汉晋春秋》和常璩《华阳国志》。司马光《资治通鉴》延袭此说："获素为夷汉所服，亮生致之，既得，使观于行陈之间，问云：'此军何如？'获曰：'向者不知虚实，故败，今蒙赐观营陈；若只如此，即定易胜耳！'亮笑，纵使更战，七纵七擒。"卢弼《三国志集解》引张若骥《滇云纪略》，据称是专程赴当年的古战场实地考察，把七擒的七个不同的景点一一作了

十余遍，却才造成铠甲。穿在身上，渡江不沉，经水不湿，刀箭皆不能入⑨。因此号为'藤甲军'。今大王可往求之。若得彼相助，擒诸葛亮如利刀破竹也。"孟获大喜，遂投乌戈国，来见兀突骨。其洞无宇舍，皆居土穴之内。孟获入洞，再拜哀告前事。兀突骨曰："吾起本洞之兵，与汝报仇。"获欣然拜谢。于是兀突骨唤两个领兵俘长，一名土安，一名奚泥，起三万兵，皆穿藤甲，离乌戈国望东北而来。行至一江，名桃花水，两岸有桃树，历年落叶于水中，若别国人饮之尽死，惟乌戈国人饮之，倍添精神。兀突骨兵至桃花渡口下寨，以待蜀兵。

却说孔明令蛮人哨探孟获消息，回报曰："孟获请乌戈国主，引三万藤甲军，现屯于桃花渡口。孟获又在各番聚集蛮兵，并力拒战。"孔明听说，提兵大进，直至桃花渡口。隔岸望见蛮兵，不类人形，甚是丑恶；又问土人言说即日桃叶正落，水不可饮。孔明退五里下寨，留魏延守寨。次日，乌戈国主引一彪藤甲军过河来，金鼓大震。魏延引兵出迎。蛮兵卷地而至。蜀兵以弩箭射到藤甲之上，皆不能透，俱落于地；刀砍枪刺，亦不能入。蛮兵皆使利刀钢叉，蜀兵如何抵当，尽皆败走。蛮兵不赶而回。魏延复回，赶到桃花渡口，只见蛮兵带甲渡水而去；内有困乏者，将甲脱下，放在水面，以身坐其上而渡。魏延急回大寨，来禀孔明，细言其事。孔明请吕凯并土人问之。凯曰："某素闻南蛮中有一乌戈国，无人伦者也。更有藤甲护身，急切难伤。又有桃叶恶水，本国人饮之，反添精神；别国人饮之即死。如此蛮方，纵使全胜，有何益焉？不如班师早回。"孔明笑曰："吾非容易到此，岂可便去？吾明日自有平蛮之策。"于是令赵云助魏延守寨，且休轻出。

次日，孔明令土人引路，自乘小车到桃花渡口北岸山僻去处，遍观地理。山险岭峻之处，车不能行，孔明弃车步行。忽到一山，望见一谷，形如长蛇，皆危峭石壁，并无树木，中间一条大路。孔明问土人曰："此谷何名？"土人答曰："此处名为盘蛇谷。出谷则三江城大路，谷前名塔郎甸。"孔明大喜曰："此乃天赐吾成功于此也！"遂回旧路，上车归寨，唤马岱分付曰："与汝油柜车十辆，须用竹竿千条，柜内之物，如此如此。可将本部兵去把住盘蛇谷两头，依法而行。与汝半月限，一切完备。至期如此施设。倘有走漏，

定按军法。"马岱受计而去。又唤赵云分付曰:"汝去盘蛇谷后三江大路口,如此守把。所用之物,克日完备。"赵云受计而去。又唤魏延分付曰:"汝可引本部兵去桃花渡口下寨。如蛮兵渡水来敌,汝便弃了寨,望白旗处而走。限半个月内,须要连输十五阵,弃七个寨栅。若输十四阵,也休来见我。"魏延领命,心中不乐,快快而去。孔明又唤张翼另引一军,依所指之处,筑立寨栅去了;却令张嶷、马忠引本洞所降千人,如此行之。各人都依计而行。

却说孟获与乌戈国主兀突骨曰:"诸葛亮多有巧计,只是埋伏。今后交战,分付三军,但见山谷之中,林木多处,切不可轻进。"兀突骨曰:"大王说的有理。吾已知道中国人多行诡计,今后依此言行之。吾在前面厮杀,汝在背后教道。"两人商议已定。忽报蜀兵在桃花渡口北岸立起营寨。兀突骨即差二俘长引藤甲军渡了河,来与蜀兵交战。不数合,魏延败走。蛮兵恐有埋伏,不赶自回。次日,魏延又去立了营寨。蛮兵哨得,又有众军渡过河来战。延出迎之。不数合,延败走。蛮兵追杀十余里,见四下并无动静,便在蜀寨中屯住。次日,二俘长请兀突骨到寨,说知此事。兀突骨即引兵大进,将魏延追一阵。蜀兵皆弃甲抛戈而走。只见前有白旗,延引败兵急奔到白旗处,早有一寨,就寨中屯住。兀突骨驱兵追至,魏延引兵弃寨而走。蛮兵得了蜀寨。次日,又望前追杀。魏延回兵交战,不三合又败,只看白旗处而走,又有一寨,延就寨屯住。次日,蛮兵又至。延略战又走。蛮兵占了蜀寨。话休絮烦,魏延且战且走,已败十五阵,连弃七个营寨。蛮兵大进追杀。兀突骨自在军前破敌,于路但见林木茂盛之处,便不敢进;却使人远望,果见树阴之中,旌旗招飐。兀突骨谓孟获曰:"果不出大王所料。"孟获大笑曰:"诸葛亮今番被吾识破。大王连日胜了他十五阵,夺了七个营寨,蜀兵望风而走。诸葛亮已是计穷,只此一进,大事定矣!"兀突骨大喜,遂不以蜀兵为念。

至第十六日,魏延引败残兵,来与藤甲军对战。兀突骨骑象当先,头戴日月狼须帽,身披金珠璎珞,两肋下露出生鳞甲,眼目中微有光芒,手指魏延大骂。延拨马便走。后面蛮兵大进。魏延引兵转过了盘蛇谷,望白旗而走。兀突骨统引兵众,随后追杀。

详细勘定:"七擒孟获,一擒于白崖,今赵州定西岭;一擒于邓朓豪猪洞,今邓川州;一擒于佛光寨,今浪穹县巡检司东二里;一擒于冶渠山;一擒于爱甸,今顺宁府地;一擒于怒江边,今保山县腾越州之间;一以火攻擒于山谷,即怒江之蟒蛇谷。"杨慎《滇记》、顾仲禹《读史方舆纪要》皆宗此说。它们大致就是今天云南大理洱海和哀牢山脉地区。但元胡三省注《通鉴》,即界定"七擒七纵之说不可信"。《通鉴辑览》也以"七纵七擒为记载所植称,无识已甚。盖蛮夷固当使之心服,然以缚渠屡遣,直同儿戏,一再为甚,又可七乎!即云几上之肉不足虑,而脱鞲试鹰,发柙尝虎,终非善策,且彼时亮所急者欲定南而战北,岂宜屡纵屡擒,耽延时日之理。知其必不出此。"今人方国瑜教授认为《滇云纪略》和冯甦《滇考》"武乡侯南征条"所考证的七擒地名和经过,"都是无根之谈",由此产生孟获故事"不近人情,习凿齿所说未必实事","七擒七纵,系纯属离奇情节。后来的演义剧本尤为怪诞,不稽民间传说,载于史书,更多附会,不值辩论。推测诸葛亮追击孟获,连战连进,七次始被消灭,孟获投降不杀,后来附会为七擒七纵,捏造史实"(《云南民族史讲义》第二讲,1954年油印本)。因此,有可能是双方打了七仗,孟获屡战屡败,所谓是雍闿死后,"孟获代(雍)闿统率其众退归。诸葛亮平定越隽,渡泸水追击,孟获屡败退,凡七战,至滇池,孟获乃降"(《思想战线》1980年第2期)。

⑫ 孟获"七擒"诸葛亮传说
诸葛亮七擒孟获,是在汉族活动地区流传的故事。但是云南西南兄弟民族以及南亚若干地区却流传是孟获擒诸葛亮的故事。在云南民族地区有一种说法是,孟获七擒

诸葛亮，但诸葛亮却八擒孟获，在彝族传说，还有作孟获与诸葛亮大战十二回，五俘诸葛亮，而诸葛亮七俘孟获，所以最后还是诸葛亮胜利了。而在缅甸八莫还有将孟获七擒诸葛亮的传说，至今每年作为社戏演出。在泰国，还有一个民族，自称是孟获的后裔。他们对孟获特别崇敬，也是每逢盛大的节日时，要演孟获七擒诸葛亮的戏。孟获受到赞扬和崇拜，是为人们视为联合各家山峒的组织者和领导者的。他也是民族英雄。

⑬ 深入不毛和到过缅甸

诸葛亮南征，据说还到过缅甸北部。有人据《后出师表》的"深入不毛"句中的"不毛"，充作缅甸城市"八莫"(Bhamo)；又称"这个'不毛'实在是缅甸历史上对自己国土的称谓"。英语 Burrna(缅甸)的音译也可写成"不毛"。虽不可信，但当时的永昌郡确也包含八莫地区的。按"不毛之地"，《三国志·蜀书》还有两处提及：一廖立被废，"诬徙不毛之地"，此地乃是汶山郡(四川西北)；二诸葛亮南征；王连以为"南方诸郡"为"不毛之地"。又，《三国志·吴书》也有一处提出，见《陆逊传》，当时孙权要征取夷州(台湾)和珠崖(海南岛)，陆逊不赞同，"今驱见众，经涉不毛，欲益更损，欲利反害"。可见"不毛之地"即泛称，并非专有地名。通常有作草木不生或荒野之地，不确。盖南方炎热、草木森林，如称荒野，杳无人烟，何劳南征，其实所谓"不毛"之"毛"，应是指毛物、毛炰，乃泛指吃熟食的开化之地；《周礼·地官·封人》："歌舞牲及毛炰之豚。"孙诒让《正义》："凡燔炙之属，皆制割肝肉，而后火熟之；炰则不制割，而以全体包裹烧之，其牲豚之属，有毛者则先去其毛而烧之，谓之毛炰。"它亦称毛炰。《诗·鲁颂·

兀突骨望见山中并无草木，料无埋伏，放心追杀。赶到谷中，见数十辆黑油柜车在当路。蛮兵报曰："此是蜀兵运粮道路，因大王兵至，撇下粮车而走。"兀突骨大喜，催兵追赶。将出谷口，不见蜀兵，只见横木乱石滚下，垒断谷口。兀突骨令兵开路而进，忽见前面大小车辆，装载干柴，尽皆火起。兀突骨忙教退兵，只闻后军发喊，报说谷口已被干柴垒断，车中原来皆是火药，一齐烧着。兀突骨见无草木，心尚不慌，令寻路而走。只见山上两边乱丢火把，火把到处，地中药线皆着，就地飞起铁炮。满谷中火光乱舞，但逢藤甲，无有不着。将兀突骨并三万藤甲军，烧得互相拥抱，死于盘蛇谷中。孔明在山上往下看时，只见蛮兵被火烧的伸拳舒腿，大半被铁炮打的头脸粉碎，皆死于谷中，臭不可闻。孔明垂泪而叹曰："吾虽有功于社稷，必损寿矣！"左右将士，无不感叹。

却说孟获在寨中，正望蛮兵回报。忽然千余人笑拜于寨前，言说："乌戈国兵与蜀兵大战，将诸葛亮围在盘蛇谷中了。特请大王前去接应。我等皆是本洞之人，不得已而降蜀。今知大王前到，特来助战。"孟获大喜，即引宗党并所聚番人，连夜上马，就令蛮兵引路。方到盘蛇谷时，只见火光甚起，臭气难闻。获知中计，急退兵时，左边张嶷，右边马忠，两路军杀出。获方欲抵敌，一声喊起，蛮兵中大半皆是蜀兵，将蛮王宗党并聚集的番人，尽皆擒了。孟获回马杀出重围，望山径而走。正走之间，见山凹里一簇人马，拥出一辆小车；车中端坐一人，纶巾羽扇，身衣道袍，乃孔明也。孔明大喝曰："反贼孟获！今番如何？"获急回马走，旁边闪过一将，拦住去路，乃是马岱。孟获措手不及，被马岱生擒活捉了。此时王平、张翼已引一军赶到蛮寨中，将祝融夫人并一应老小皆活捉而来。

孔明归到寨中，升帐而坐，谓众将曰："吾今此计，不得已而用之，大损阴德。我料敌人必算吾于林木多处埋伏，吾却空设旌旗，实无兵马，疑其心也。吾令魏文长连输十五阵者，坚其心也。吾见盘蛇谷止一条路，两壁厢皆是光石，并无树木，下面都是沙土，因令马岱将黑油柜安排于谷中。车中油柜内，皆是预先造下的火炮，名曰'地雷'⑩。一炮中藏九炮，三十步埋之，中用竹竿通节，以引药线；才一发动，山损石裂。吾又令赵子龙预备草车，安排于

（左侧竖排）三国演义

谷口，又于山上准备大木乱石。却令魏延去赚兀突骨并藤甲兵入谷，放出魏延，即断其路，随后焚之。吾闻利于水者，必不利于火。藤甲虽刀箭不能入，乃油浸之物，见火必着。蛮兵如此顽皮，非火攻安能取胜？使乌戈国之人不留种类者，是吾之大罪也！"众将拜伏曰："丞相天机，鬼神莫测也。"孔明令押过孟获来。孟获跪于帐下。孔明令去其缚，教且在别帐与酒食压惊。孔明唤管酒食官至坐榻前，如此如此，分付而去。

却说孟获与祝融夫人并孟优、带来洞主、一切宗党，在别帐饮酒。忽一人入帐谓孟获曰："丞相面羞，不欲与公相见。特令我来放公回去，再招人马来决胜负。公今可速去。"孟获垂泪言曰："七擒七纵，自古未尝有也⑪⑫。吾虽化外之人，颇知礼义，直如此无羞耻乎？"遂同兄弟妻子宗党人等，皆匍匐跪于帐下，肉袒谢罪曰："丞相天威，南人不复反矣。"孔明曰："公今服乎？"获泣谢曰："某子子孙孙皆感覆载生成之恩，安得不服！"孔明乃请孟获上帐，设宴庆贺，就令永为洞主。所夺之地，尽皆退还。孟获宗党及诸蛮兵，无不感戴，皆欣然跳跃而去。后人有诗赞孔明曰：

> 羽扇纶巾拥碧幢，七擒妙策制蛮王。

> 至今溪洞传威德，为选高原立庙堂。

长史费祎入谏曰："今丞相亲提士卒，深入不毛⑬，收服蛮方。目今蛮王既已归服，何不置官吏，与孟获一同守之？"孔明曰："如此有三不易：留外人则当留兵，兵无所食，一不易也；蛮人伤破，父兄死亡，留外人而不留兵，必成祸患，二不易也；蛮人累有废杀之罪，自有嫌疑，留外人终不相信，三不易也。今吾不留人，不运粮⑭，与相安于无事而已。"众人尽服。于是蛮方皆感孔明恩德，乃为孔明立生祠，四时享祭，皆呼之为"慈父"；各送珍珠金宝、丹漆药材、耕牛战马，以资军用⑮，誓不再反。南方已定。

却说孔明犒军已毕，班师回蜀，令魏延引本部兵为先锋。延引兵方至泸水，忽然阴云四合，水面上一阵狂风骤起，飞砂走石，军不能进。延退兵回报孔明。孔明遂请孟获问之。正是：

> 塞外蛮人方帖服，水边鬼卒又猖狂。

未知孟获所言若何，且看下文分解。

闷宫》："毛炰胾羹"。《传》"毛炰，豚也。"《疏》："封人祭祀有毛炰之豚，故知毛炰是豚也。"孟获数败后，向各洞求助，"孟获计穷，复入骠国，驱象兽以战"（冯苏：《滇考》）。骠国就是古缅甸。这种记载，是否可靠，也难断定；就是可信，也只能说孟获由骠国获得象兽助阵，和诸葛亮南征军无关。

⑭ 诸葛亮南中置官留兵
《汉晋春秋》说，诸葛亮平南中，仍用本地渠帅为地方长官，他提出留外人置官吏有三不易。《演义》采用此说。其实，诸葛亮是置官留兵的。南中诸郡本来就置官吏城守的。诸葛亮在平南中后，只是把原来四郡划为六郡，加上朱提郡，仍设庲降都督统领，"都督常用重人"（《华阳国志·南中志》；他当时就以庲降都督李恢兼任建宁（云南曲靖）太守，门下督马忠为牂牁（贵州黄平）太守。在他回军后，南中仍不平静。"南夷复返，杀害守将"（《李恢传》），云南太守吕凯、越巂太守龚禄就是为"叛夷"杀死的；为此，后任庲降都督张翼、马忠先后讨平南夷豪帅刘胄，永昌太守霍弋、越巂太守张嶷也多次分别讨平本地的"夷獠"。

⑮ 诸葛亮从南中掠取兵力和财宝
诸葛亮南征收获极多。据《华阳国志》：秋，遂平四郡，"移南中劲卒青羌万余家于蜀，为五部，所当无前，号为飞军，分其赢弱，配大姓焦、雍、娄、爨、孟、量、毛、李为部曲，置五部都尉，号五子，故南人言四姓五子也。以夷多刚狠不宾，大姓富豪，乃劝令出聘策恶夷为家部曲，得多者奕世袭官。于是夷人贪货物，以渐服属于汉，成夷汉部曲。亮收其俊杰；建宁爨习、朱提孟琰及获为官属。习官至领军，琰辅汉将军，获御史中丞，出其金银、丹漆、耕牛、战马，给军国之用。"

第九十一回　祭泸水汉相班师　伐中原武侯上表

却说孔明班师回国，孟获率引大小洞主酋长及诸部落，罗拜相送。前军至泸水，时值九月秋天，忽然阴云布合，狂风骤起，兵不能渡，回报孔明。孔明遂问孟获，获曰："此水原有猖神作祸；往来者必须祭之。"孔明曰："用何物祭享？"获曰："旧时国中因猖神作祸，用七七四十九颗人头并黑牛白羊祭之，自然风恬浪静，更兼连年丰稔。"孔明曰："吾今事已平定，安可妄杀一人？"遂自到泸水岸边观看。果见阴风大起，波涛汹涌，人马皆惊。孔明甚疑，即寻土人问之。

① 诸葛亮发明馒头说

据高承《事物纪原》称，"诸葛公之征孟获。人曰：蛮地多邪术，须祷于神，假阴兵以一助之，然蛮俗必杀人以其首祭之，神则享之为出兵也。公不从，因杂用羊豕之肉而包之以面，象人头以祀，神亦享焉，而为出兵。"后人由此为馒头，当是此事之本。又清褚人获《坚瓠秘集》卷六，"蛮地以人头祭神，诸葛孔明征孟获，命以面包肉为人头以祭，谓之蛮头，今则讹而为馒头。又淮源旧有祠堂，蛮俗恒用人祭之。《北史》韦珍为东荆州刺史，乃晓告曰：天地明灵，即人之父母，岂有父母甘子肉味，自今宜悉以酒脯代用，群蛮从约"。按，馒头，亦有作出自佛经"曼提罗"食物，直译又作"馒头"、"馒公式"。"馒"字初见于唐，"曼提罗"原本表述为烤制品。传入后，与中国传统蒸作方式结合，成为本土化的蒸食品。

土人告说："自丞相经过之后，夜夜只闻得水边鬼哭神号。自黄昏直至天晓，哭声不绝。瘴烟之内，阴鬼无数。因此作祸，无人敢渡。"孔明曰："此乃我之罪愆也。前者马岱引蜀兵千余，皆死于水中；更兼杀死南人，尽弃此处：狂魂怨鬼，不能解释，以致如此。吾今晚当亲自往祭。"土人曰："须依旧例，杀四十九颗人头为祭，则怨鬼自散也。"孔明曰："本为人死而成怨鬼，岂可又杀生人耶？吾自有主意。"唤行厨宰杀牛马，和面为剂，塑成人头，内以牛羊等肉代之，名曰"馒头"①。当夜于泸水岸上设香案，铺祭物，列灯四十九盏，扬幡招魂；将馒头等物，陈设于地。三更时分，孔明金冠鹤氅，亲自临祭，令董厥读祭文。其文曰：

维大汉建兴三年秋九月一日，武乡侯、领益州牧、丞相诸葛亮，谨陈祭仪，享于故殁王事蜀中将校及南人亡者阴魂曰：我大汉皇帝，威胜五霸，明继三王。昨自远方侵境，异俗起兵，纵蛮尾以兴妖，恣狼心而迤乱。我奉王命，问罪遐荒；大举貔貅，悉除蝼蚁。雄军云集，狂寇冰消；才闻破竹之声，便是失猿之势。但士卒儿郎，尽是九州豪杰；官僚将校，皆为四海英雄。习武从戎,投明事主,莫不同申三令,共展七擒,齐坚奉国之诚,并效忠君之志。何期汝等偶失兵机,缘落奸计:或为流矢所中,魂掩泉台;或为刀剑所伤,魄归长夜。生则有勇,死则成名。今凯歌欲还,献俘将及。汝等英灵尚在,祈祷必闻:随我旌旗,逐我部曲,同回上国,各认本乡,受骨肉之蒸尝,领家人之祭祀,莫作他乡之鬼,徒为异域之魂。我当奏之天子,使汝等各家尽沾恩露,年给衣粮,月赐廪禄,用兹酬答,以慰汝心。至于本境土神,南方亡鬼,血食有常,凭依不远。生者既凛天威,死者亦归王化。想宜宁帖,毋致号啕。聊表丹诚,敬陈祭祀。呜呼哀哉!伏惟尚飨!

读毕祭文,孔明放声大哭,极其痛切,情动三军,无不下泪。孟获等众,尽皆哭泣。只见愁云怨雾之中,隐隐有数千鬼魂皆随风而散。于是孔明令左右将祭物尽弃于泸水之中。

次日,孔明引大军俱到泸水南岸,但见云收雾散,风静浪平。蜀兵安然尽渡泸水。果然"鞭敲金镫响,人唱凯歌还"。行到永昌,孔明留王伉、吕凯守四郡;发付孟获领众自回,嘱其勤政驭下,善抚居民,勿失农务。孟获涕泣拜别而去。孔明自引大军回成都。后主排銮驾,出郭三十里迎接,下辇立于道傍,以候孔明。孔明慌下车,伏道而言曰:"臣不能速平南方,使主上怀忧,臣之罪也。"后主扶起孔明,并车而回,设太平筵会,重赏三军。自此远邦进贡来朝者二百余处。孔明奏准后主,将殁于王事者之家,一一优恤。人心欢悦,朝野清平。

却说魏王曹丕在位七年,即蜀汉建兴四年也。丕先纳夫人甄氏,即袁绍次子袁熙之妇,前破邺城时所得。后生一子,名叡,字元仲②,自幼聪明,丕甚爱之。后丕又纳安平广宗人郭永之女为贵妃,甚有颜色;其父尝曰:"吾女乃女中之王也。"故号为"女王"。自丕纳为贵妃,因甄夫人失宠,郭贵妃欲谋为后,却与幸臣张韬商议。时丕有疾,韬乃诈称于甄夫人宫中掘得桐木偶人,上书天子年月日时,为魇镇之事。③丕大怒,遂将甄夫人赐死④,立郭贵妃为后。因无出,养曹叡为己子。虽甚爱之,不立为嗣。叡年至十五岁,弓马熟娴。当年春二月,丕带叡出猎。行于山坞之间,赶出子母二鹿,丕一箭射倒母鹿,回观小鹿驰于曹叡马前。丕大呼曰:"吾儿何不

② 曹叡非曹丕子说

曹叡生于建安九年(204),而曹丕纳甄氏(袁熙妻)为同年八月。裴松之说,即使将十二月与正月之间交错合计,也只能是三十五,不能说三十六。冒鹤亭《疚斋日记》:"则明帝为袁氏血胤矣。"卢弼《三国志集解》:"窃谓承祚(陈寿)此文,实为曲笔。读史者逆推年月,让以甄夫人之赐死,魏明之久不得立为嗣,则元冲(曹叡)究为谁氏之子,可不言而喻矣。"按此处陈寿作曹叡三十六死,由此推论,是暗示曹叡实为袁熙之子。但今人金性尧《魏明帝的生父之谜》(《新民晚报》1996年7月31日)提出,曹丕难道不知道甄氏已经怀孕了,而仍让袁家种子留下来么。从《甄后传》的语气体会,他(袁熙)出镇后似未曾回过邺城,怎么会生明帝?

③ 桐木偶人乃袭汉武故事

张韬此人不见于史传,或系杜撰,所谓桐木偶人亦不见于《三国志》等史。按,此当是作者由汉武故事而来,据《汉书·江充传》、《汉书·武五子传》等称,时汉武帝有病,江充因与太子刘据有嫌,于是说他病根在宫内有巫蛊。江充为此奉命在宫内发掘"遂掘蛊于太子宫,得桐木人。"

④ 甄后墓

甄后赐死,当草草安葬。曹叡即位,始以后礼改葬。"太和四年(230),使太常卿甄蘷持节改葬于朝,即今处也"(光绪《临漳县志》卷二)。据今修《安阳县志·文物志》称:"甄后墓,位于安阳北14公里辛店乡西灵芝村东,墓居一凹坑中,周围长满芦苇,为一大土冢。现高约2米,周约20米,墓口曾被挖开,据目睹者口述,墓室为青砖垒砌,内有黑水,无人敢进,遂把口封住,现保存较好。"

⑤ 曹丕曹叡父子射鹿故事

此据《三国志·魏书·明帝纪》裴注所引《魏末传》："帝尝从文帝猎，见子母鹿。文帝射杀鹿母，使帝射鹿子。帝不从曰：'陛下已杀其母，臣不忍复杀其子。'因涕泣，文帝即放了箭。以此深奇之，而树立之意定。"《世说·言语》亦同。按此故事似乃后人附会，以讽谕曹丕杀甄后，据三国康僧会译《六度集经·鹿王》有鹿王为遵约，自愿顶替已有身孕之鹿以供国王烹饪。"中有应行者而身重胎，曰：'死不敢避，乞须娩娠。'鹿王即以此告国王，国王大为触动：'岂有畜兽怀天地之仁，杀身济众，履古人弘慈之行哉！'于是下诏国人不得杀害鹿。"

⑥ 陈群其人

颍川陈氏为魏晋时大族，陈群祖陈寔"遭党锢，隐居荆山，远近宗师之"（《三国志·魏书·陈群传》裴注）。死时吊唁，"司空荀爽、太仆令韩融并制缌麻，执子孙礼。四方会者车数千乘"（同上），"寔亡，天下致吊，会其葬者三万人，制缞麻者以百数"（《傅子》）。父陈纪、叔父陈谌均名重于世，"豫州百姓皆图画寔、纪、谌之形象"（《先贤行状》）。陈群在曹操时出任司空西曹掾属、治书侍御史，魏国初建为御史中丞，制定九品中正制，成为魏晋南北朝期间选拔官僚的基本制度。陈群病死于魏青龙四年（236）。魏景初二年（238），有一司马陈群，当非其人。

⑦ 曹丕首阳陵

曹丕墓称首阳陵，在今洛阳首阳山火车站靠邙山脚下。即《水经注》所称：首阳山南有魏文帝陵。按，曹丕循曹操薄葬，也搞"因山为体，无为封树，无立寝殿，选邑邑，通神道……使易代之后不知其处。"由是至今曹丕首阳陵尚未能确切位置。

射之？"叡在马上泣告曰："陛下已杀其母，臣安忍复杀其子也？"丕闻之，掷弓于地曰："吾儿真仁德之主也⑤！"于是遂封叡为平原王。

夏五月，丕感寒疾，医治不痊，乃召中军大将军曹真、镇军大将军陈群⑥、抚军大将军司马懿三人入寝宫。丕唤曹叡至，指谓曹真等曰："今朕病已沉重，不能复生。此子年幼，卿等三人可善辅之，勿负朕心。"三人皆告曰："陛下何出此言？臣等愿竭力以事陛下，至千秋万岁。"丕曰："今年许昌城门无故自崩，乃不祥之兆，朕故自知必死也。"正言间，内侍奏征东大将军曹休入宫问安。丕召入谓曰："卿等皆国家柱石之臣也，若能同心辅朕之子，朕死亦瞑目矣。"言讫，堕泪而薨。时年四十岁，在位七年⑦。于是曹真、陈群、司马懿、曹休等，一面举哀，一面拥立曹叡为大魏皇帝。谥父丕为文皇帝，谥母甄氏为文昭皇后。封钟繇为太傅，曹真为大将军，曹休为大司马，华歆为太尉，王朗为司徒，陈群为司空，司马懿为骠骑大将军⑧。其余文武官僚，各各封赠，大赦天下。时雍、凉二州缺人守把，司马懿上表乞守西凉等处。曹叡从之，遂封懿提督雍、凉等处兵马，领诏去讫。

早有细作飞报入川。孔明大惊曰："曹丕已死，孺子曹叡即位，余皆不足虑；司马懿深有谋略，今督雍、凉兵马，倘训练成时，必为蜀中之大患。不如先起兵伐之。"参军马谡曰："今丞相平南方回，军马疲敝，只宜存恤，岂可复远征？某有一计，使司马懿自死于曹叡之手，未知丞相钧意允否？"孔明问是何计。马谡曰："司马懿虽是魏国大臣，曹叡素怀疑忌，何不密遣人往洛阳、邺郡等处，布散流言，道此人欲反；更作司马懿告示天下榜文，遍贴诸处，使曹叡心疑，必然杀此人也。"孔明从之，即遣人密行此计去了。

却说邺城门上，忽一日见贴下告示一道。守门者揭了，来奏曹叡。叡观之，其文曰：

骠骑大将军总领雍、凉等处兵马事司马懿，谨以信义布告天下：昔太祖武皇帝创立基业，本欲立陈思王子建为社稷主，不幸奸谗交集，岁久潜龙。皇孙曹叡，素无德行，妄自居尊，有负太祖之遗意。今吾应天顺人，克日兴师，以慰万民之望。告示到日，各宜归命新君。如不顺者，当灭九族！先此告闻，想宜知悉。

曹叡览毕，大惊失色，急问群臣。太尉华歆奏曰："司马懿上表乞守雍、凉，正为此也。先时太祖武皇帝尝谓臣曰：'司马懿鹰视狼顾，不可付以兵权，久必为国家大祸。'今日反情已萌，可速诛之。"王朗奏曰："司马懿深明韬略，善晓兵机，素有大志；若不早除，久必为祸。"叡乃降旨，欲兴兵御驾亲征。忽班部中闪出大将军曹真奏曰："不可。文皇帝托孤于臣等数人，是知司马仲达无异志也。今事未知真假，遽尔加兵，乃逼之反耳。或是蜀、吴奸细行反间之计，使我君臣自乱，彼却乘虚而击，未可知也。陛下幸察之。"叡曰："司马懿若果谋反，将奈何？"真曰："如陛下心疑，可仿汉高伪游云梦之计。御驾幸安邑，司马懿必然来迎，观其动静，就车前擒之可也。"叡从之，遂命曹真监国，亲自领御林军十万，径到安邑。

司马懿不知其故，欲令天子知其威严，乃整兵马，率甲士数万来迎。近臣奏曰："司马懿果率兵十余万，前来抗拒，实有反心矣。"叡慌命曹休先领兵迎之。司马懿见兵马前来，只疑车驾亲至，伏道而迎。曹休出曰："仲达受先帝托孤之重，何故反耶？"懿大惊失色，汗流遍体，乃问其故。休备言前事。懿曰："此吴、蜀奸细反间之计，欲使我君臣自相残害，彼却乘虚而袭。某当自见天子辨之。"遂急退了军马，至叡车前俯伏泣奏曰："臣受先帝托孤之重，安敢有异心？必是蜀、吴之奸计。臣请提一旅之师，先破蜀，后伐吴，报先帝与陛下，以明臣心。"叡疑虑未决。华歆奏曰："不可付之兵权，可即罢归田里。"叡依言，将司马懿削职回乡，命曹休总督雍、凉军马⑨。曹叡驾回洛阳。

却说细作探知此事，报入川中。孔明闻之大喜曰："吾欲伐魏久矣，奈有司马懿总雍、凉之兵。今既中计遭贬，吾有何忧！"次日，后主早朝，大会官僚，孔明出班，上《出师表》一道。表曰：

臣亮言：先帝创业未半，而中道崩殂；今天下三分，益州罢敝，此诚危急存亡之秋也。然侍卫之臣，不懈于内；忠志之士，忘身于外者：盖追先帝之殊遇，欲报之于陛下也。诚宜开张圣听，以光先帝遗德，恢弘志士之气；不宜妄自菲薄，引喻失义，以塞忠谏之路也。宫中府中，俱为一体；陟罚臧否，不宜异同：若有作奸犯科，及为忠善者，宜付有司，论其刑赏，以昭陛下平明之治；不宜偏私，使内外异法也。侍中、侍郎郭攸

⑧ **司马懿骠骑大将军低于他人**

此处据《三国志·魏书·明帝纪》，所授钟繇等六人均为一品，而司马懿虽由抚军大将军改授骠骑大将军，仍属于二品，就地踏步。此事不记录于《晋书·宣帝纪》。由此为《演义》编制司马懿与新主曹叡不满，说。按，大将军假节钺，人称黄钺大将军，自不同于冠有名号的"大将军"。

⑨ **司马懿未有受反间计罢官**

蜀汉反间计，不见于史传。据《晋书·宣帝纪》，司马懿于魏太和元年(227)六月，以骠骑将军、都督荆、扬两州军事(实为荆州)，时督扬州为曹休，翌年九月曹休死，由前将军满宠继任)，坐镇宛城(河南南阳)。同年八月，司马懿南援襄阳，打败入侵吴军诸葛瑾、张霸，临阵斩杀张霸，十二月，征讨孟达。此处另称司马懿守西凉，总领雍、凉二州事，不知所云。按，时夏侯楙以安西将军、都督关中诸军事守雍州，凉州刺史为孟公建。太和二年，曹真始以大将军、都督雍、凉诸军事。司马懿系在太和五年(231)，因曹真死，始由荆州调任，以大将军、都督雍凉诸军事。

⑩ **《出师表》中的向宠**

向宠受到诸葛亮推荐，其中一大原因是，他随刘备东征，任牙门将，"秭归之败，宠营特完"(《三国志·蜀书·向宠传》)，由此为刘备赏识，任中部督，主持皇宫侍卫。诸葛亮北伐，《出师表》就称他"性行淑均，晓畅军事"，由此留守成都，升中领军，总管禁卫军。蜀汉延熙三年(240)在征讨汉嘉(四川雅安、泸定地区)蛮夷时战死。向宠墓址在今四川成都城北公园，清末尚存墓冢墓碑。

⑪ 蜀汉无史馆，亦不设有太史

谯周在蜀汉从未做过太史，盖蜀汉从无有史馆，亦不设有太史官职。谯周因多读经书，又爱搜集典章文书，故学生陈寿著作《三国志·蜀书》，多受益于谯周所提供文书档案，列传不少因缺史料，即以长篇书信替代，如《许靖传》、《秦宓传》以及《谯周传》中的《上后主书》、《仇国论》，但甚多重要人物如吴懿、吴班、马岱、胡济、陈式、高翔、陈到和张南，均因缺行事多多，不能作传，只能借杨戏《季汉辅臣赞》充数。重大政治、军事事件如刘备取汉中三年、关羽北伐和失荆州、刘备东征，鲜有记载，还得参见于《三国志·魏书》《三国志·吴书》有关纪传。于此陈寿颇有感叹："国不置史，记注无官，是以行事多遗，灾异靡书。"（《三国志·蜀书·后主传》)后来治史者亦多有指责。李慈铭有称："所谓国不立史，盖所失者多矣。"

⑫ 蜀汉官僚的清廉

诸葛亮提倡节俭，办事清廉。在他主持的蜀汉，相当长时期内有一群清俭的官僚。有如大将军费祎，"雅性谦素，家不积财。儿子皆令布衣素食，出入不从车骑，无异凡人"（《三国志·蜀书·费祎传》)；车骑将军邓芝，"终不治私产，妻子不免饥寒，死之日家无余财"（《三国志·蜀书·邓芝传》)；文官如董和，权倾中外二十余年，"死之日，家无儋石之财"（《三国志·蜀书·董和传》)；尚书令刘巴"躬履清俭，不治产业"；吕乂为汉中太守兼领督运，"历职内外，治身俭约"（《三国志·蜀书·吕乂传》)。当时蜀汉高层官员至少是不普遍存在奢侈靡烂。

之、费祎、董允等，此皆良实，志虑忠纯，是以先帝简拔以遗陛下：愚以为宫中之事，事无大小，悉以咨之，然后施行，必得裨补阙漏，有所广益。将军向宠⑩，性行淑均，晓畅军事，试用之于昔日，先帝称之曰能，是以众议举宠以为督：愚以为营中之事，事无大小，悉以咨之，必能使行阵和穆，优劣得所也。亲贤臣，远小人，此先汉所以兴隆也；亲小人，远贤臣，此后汉所以倾颓也。先帝在时，每与臣论此事，未尝不叹息痛恨于桓、灵也。侍中、尚书、长史、参军，此悉贞亮死节之臣也，愿陛下亲之、信之，则汉室之隆，可计日而待也。

臣本布衣，躬耕南阳，苟全性命于乱世，不求闻达于诸侯。先帝不以臣卑鄙，猥自枉屈，三顾臣于草庐之中，咨臣以当世之事，由是感激，遂许先帝以驱驰。后值倾覆，受任于败军之际，奉命于危难之间：尔来二十有一年矣。先帝知臣谨慎，故临崩寄臣以大事也。受命以来，夙夜忧虑，恐付托不效，以伤先帝之明；故五月渡泸，深入不毛。今南方已定，甲兵已足，当奖帅三军，北定中原，庶竭驽钝，攘除奸凶，兴复汉室，还于旧都：此臣所以报先帝而忠陛下之职分也。至于斟酌损益，进尽忠言，则攸之、祎、允之任也。愿陛下托臣以讨贼兴复之效；不效则治臣之罪，以告先帝之灵。若无兴复之言，则责攸之、祎、允等之咎，以彰其慢。陛下亦宜自谋，以咨诹善道，察纳雅言。深追先帝遗诏，臣不胜受恩感激。今当远离，临表涕泣，不知所云。

后主览表曰："相父南征，远涉艰难，方始回都，坐未安席；今又欲北征，恐劳神思。"孔明曰："臣受先帝托孤之重，夙夜未尝有怠。今南方已平，可无内顾之忧，不就此时讨贼，恢复中原，更待何日？"忽班部中太史⑪谯周出奏曰："臣夜观天象，北方旺气正盛，星曜倍明，未可图也。"乃顾孔明曰："丞相深明天文，何故强为？"孔明曰："天道变易不常，岂可拘执？吾今且驻军马于汉中，观其动静而后行。"谯周苦谏不从。于是孔明乃留郭攸之、董允、费祎等为侍中，总摄宫中之事；又留向宠为大将，总督御林军马，蒋琬为参军，张裔为长史，掌丞相府事；杜琼为谏议大夫；杜微、杨洪为尚书；孟光、来敏为祭酒；尹默、李譔为博士；郤正、费诗为秘书；谯周为太史：内外文武官僚一百余员，同理蜀中之事⑫。

孔明受诏归府,唤诸将听令⑬:前督部、镇北将军、领丞相司　**⑬ 随诸葛亮北伐的主要将领表**

姓氏＼项目	官　爵	史　事	附　注
赵　云	镇东将军	初出祁山,与邓芝败于箕谷	
邓　芝	中监军、扬武将军		诸葛亮死后,督江州
张　翼	前军都督、领扶风太守	建兴十二年(234)始至武功诸葛亮军中	
刘　琰	车骑将军	建兴十年(232),与魏延不和,遣还成都	
魏　延	前军师、征西大将军	每随诸葛亮北征	
吴　懿	左将军	建兴八年(230),与魏延入南安,破郭淮、费瑶	诸葛亮死后,督汉中
王　平	讨寇将军		诸葛亮死后,为吴懿副,住汉中
姜　维	中监军、征西将军		诸葛亮死后,还成都,统诸军
陈　式	护军	建兴七年(229),取武都、阴平	后不详

《演义》有作常随诸葛亮北伐的将军有马忠、张嶷、廖化、吴班、马岱,但据史传马忠、张嶷可确定未随北伐,廖化一度在阴平太守任上,亦未随军,吴班、马岱似在军中,但缺史据。

马、凉州刺史、都亭侯魏延;前军都督、领扶风太守张翼;牙门将、禆将军王平;后军领兵使、安汉将军、领建宁太守李恢;副将、定远将军、领汉中太守吕义;兼管运粮左军领兵使、平北将军、陈仓侯马岱;副将、飞卫将军廖化;右军领兵使、奋威将军、博阳亭侯马忠;抚戎将军、关内侯张嶷;行中军师⑭、车骑大将军、都乡侯刘

⑭ 蜀汉所设武职
三国都设有武职,通常有各级将军、中郎将、校尉等,与此同行,相兼的各级武职。现据《三国志·蜀书》有关蜀汉将帅所任武职(不同时),整理如表:

职　名	姓　名	附　注
领　军	冯习、阎宇、张翼(前领军)	定位前后不明
行参军	胡济、阎晏、爨习、杜琼、盛敦	代理参军(副参军)
典　军	辅匡、王平(后典军)、上官雝(中典军)	高于参军
行护军	姜维(一作后护军)	
护　军	黄权、霍峻、陈到、王平(前护军)、费祎(中护军)、许允(前护军)、丁咸(左护军)、刘敏(右护军,一作左护军)、蒋斌	高于典军
行监军	邓芝(行中监军)、刘巴(行前监军)	
监　军	姜维(中监军,一作右监军)、王平(前监军)、刘邕(前监军)、李福(前监军)、王含	高于护军
行军师	刘琰(行中军师)	
军　师	魏延(前军师)、邓芝(前军师)、费祎(后军师)	

⑮ 超前四年移植的随征官员花名册

这份花名册，乃出自建兴九年(231)诸葛亮会同北征军中官员上奏后主弹劾李平(李严)公文中所列，而此处却为出师提早了四年，且为适应《演义》后几回出场亮相所致，于人员及他们的官爵作增删，但仍因随意移植而错误：(一)排列顺序未按官爵高下；(二)官爵多误，如吴懿，建兴元年(223)为都亭侯，至此也才是高阳乡侯；而此处已作"高阳侯"；(三)姓名失误，如上官雝作"官雝"；(四)杜撰若干官职，如"领兵使"，又此处龙骧将军系杜撰。按，龙骧将军，初设于西晋。"孙皓天纪中童谣云：阿童复阿童，衔刀游渡江，不畏岸上兽，但畏水中龙。武帝闻之加王濬龙骧将军"(《晋书》卷二十八《五行志》)。王濬"小字阿童，因表留濬监益州诸军事加龙骧将军"(《晋书》卷三十四《羊祜传》)。又虎翼将军，亦杜撰，且不见于后世。

⑯ 马超早已病故

时间误，马超死在蜀汉章武二年(222)，即刘备东征的第二年，具体月日不详，当时刘备是在夷道猇亭或永安城接到马超临终时所上遗疏的。疏中有称，"臣门宗二百余口，为孟德所诛略尽，唯有从弟岱，当为微宗血食之继，深托陛下，余无复言"(《三国志·蜀书·马超传》)。时年四十七岁。因此后人认为他"羁旅归国，常怀危惧"(《三国志·蜀书·彭羕传》)，是忧死的。此说很有见地。按，以马超之反复无常，直至出汉中后因进退维谷，始投奔刘备的，故刘备虽以其资深，授以高官厚爵，但不可能授以大权。

⑰ 诸葛亮不在成都出师北伐

诸葛亮自南征归来。两年，建兴五年(227)，"率诸军北驻汉中，临发，上疏"(《三国志·蜀书·诸葛亮传》)。此足证他是从汉中出师的。

琰；中监军、扬武将军邓芝；中参军、安远将军马谡；前将军、都亭侯袁綝；左将军、高阳侯吴懿；右将军、玄都侯高翔；后将军、安乐侯吴班；领长史、绥军将军杨仪；前将军、征南将军刘巴；前护军、偏将军、汉城亭侯许允；左护军、笃信中郎将丁咸；右护军、偏将军刘敏；后护军、典军中郎将官雝；行参军、昭武中郎将胡济；行参军、谏议将军阎晏；行参军、偏将军爨习；行参军、裨将军杜义、武略中郎将杜祺、绥戎都尉盛教；从事、武略中郎将樊岐；典军书记樊建；丞相令史董厥；帐前左护卫使、龙骧将军关兴；右护卫使、虎翼将军张苞⑮。以上一应官员，都随着平北大都督、丞相、武乡侯、领益州牧、知内外事诸葛亮。

分拨已定，又檄李严等守川口，以拒东吴。选定建兴五年春三月丙寅日出师伐魏。忽帐下一老将厉声而进曰："我虽年迈，尚有廉颇之勇，马援之雄。此二古人皆不服老，何故不用我耶？"众视之，乃赵云也。孔明曰："吾自平南回都，马孟起病故⑯，吾甚惜之，以为折一臂也。今将军年纪已高，倘稍有参差，动摇一世英名，减却蜀中锐气。"云厉声曰："吾自随先帝以来，临阵不退，遇敌则先。大丈夫得死于疆场者，幸也，吾何恨焉？愿为前部先锋！"孔明再三苦劝不住。云曰："如不教我为先锋，就撞死于阶下！"孔明曰："将军既要为先锋，须得一人同去。"言未尽，一人应曰："某虽不才，愿助老将军先引一军，前去破敌。"孔明视之，乃邓芝也。孔明大喜，即拨精兵五千，副将十员，随赵云、邓芝去讫。孔明出师，后主引百官送于北门外十里⑰。孔明辞了后主，旌旗蔽野，戈戟如林，率军望汉中迤逦进发。

却说边庭探知此事，报入洛阳。是日，曹叡设朝，近臣奏曰："边官报称，诸葛亮率领大兵三十余万，出屯汉中，令赵云、邓芝为前部先锋，引兵入境。"叡大惊，问群臣曰："谁可为将，以退蜀兵？"忽一人应声而出曰："臣父死于汉中，切齿之恨，未尝得报。今蜀兵犯境，臣愿引本部猛将，更乞陛下赐关西之兵，前往破蜀，上为国家效力，下报父仇，臣万死不恨。"众视之，乃夏侯渊之子夏侯楙也。楙字子休，其性最急又最吝。自幼嗣与夏侯惇为子。后夏侯渊为黄忠所斩，曹操怜之，以女清河公主⑱招楙为驸马，因此朝中钦敬。虽掌兵权,未尝临阵。当时自请出征,曹叡即命为大都督,调关西诸路军马前去迎敌。司徒王朗谏曰:"不可。夏侯楙驸马素不曾经战[19],今付以大任,非其所宜。更兼诸葛亮足智多谋,深通韬略,不可轻敌。"夏侯楙叱曰:"司徒莫非结连诸葛亮欲为内应耶?吾自幼从父学习韬略,深通兵法,汝何欺我年幼?[20]吾若不生擒诸葛亮,誓不回见天子!"王朗等皆不敢言。夏侯楙辞了魏主,星夜到长安,调关西诸路军马二十余万,来敌孔明。正是:

> 欲秉白旄麾将士,却教黄吻掌兵权。

未知胜负如何,且看下文分解。

临行时,只是给成都的刘禅上表(出师表),打个招呼而已。当刘禅接到此表后,因时间差,按《诸葛亮传》,他已"遂行,屯于沔阳(陕西勉县东)",准备明年春北攻祁山了。

⑱ **清河公主**
清河公主为曹操长女。在曹叡当政时,应该称清河大长公主(皇帝姑母)。清河公主与夏侯楙感情不好。《魏略》称:"楙在西时,多蓄伎妾,公主由此与楙不和。"

⑲ **夏侯楙未在前线作战**
夏侯楙在一线直接指挥作战事,乃小说家言,不足为凭。据《三国志·魏书·夏侯惇传》引《魏略》称,夏侯楙于魏黄初元年(220),"以为安西将军、持节,承夏侯渊处都督关中。楙性无武略,而好治生。至太和二年,明帝西征,人有白楙者,遂召还为尚书",由此可见《演义》述夏侯楙事多虚构。夏侯楙只是镇守长安,却没有奔赴祁山前线指挥作战。后回出现他被俘事,亦属不实。夏侯楙系夏侯惇次子,此处作夏侯渊子,也系误植。

⑳ **夏侯楙不年幼**
夏侯楙自称"年幼",实不确。夏侯楙为夏侯惇中子。夏侯惇有七子,不须过继。《三国志·蜀书·魏延传》称,"闻夏侯楙少,主婿也,怯而谋。"此"少"或误说为"年幼"。按夏侯楙得以任重职,乃出自从小与曹丕友好,"文帝少与楙亲"(《三国志·魏书·夏侯惇传》引《魏略》),如以此年龄推理,太和二年(228),夏侯楙年纪当在四十开外,不得自称"年幼"也。

第九十二回　赵子龙力斩五将　诸葛亮智取三城

① 马超三墓

马超墓有三：一在四川新都县南二三公里的桂林乡马超村，墓高4米，周长50米，墓冢上遍植翠竹，前有祠，现为马超村小学；一在陕西勉县西老城乡马公祠村，墓高3米余，周长56米，前有祠，冯玉祥有联：千古功名基蜀汉；一遍遗疏痛仇曹。现存墓碑，封土已不存；相传马超乃自沔阳东阳平关（勉县老城）逝世，安葬于此。一在甘肃成县西北，即马超曾屯扎的下辩。墓前有清道光十七年（1837）重立石碑"汉征西将军马公讳超之墓"。勉县即古沔阳，勉县马超墓即《演义》诸葛亮北伐途中祭祀处。清嘉庆《汉中府志·邱墓》称，"征西将军马超墓，（沔）县东三里，汉建兴五年（227）武侯亲诣坟所设祭，令其弟马岱挂孝，今建有祠起。"此说当源自《演义》。由此也可知《演义》之魅力。按明清方志所记三国人物祠墓，多系时人伪托，实不可信。

② 魏延出子午谷建议

魏延建议被拒，事见《三国志·蜀书·魏延传》："延每随亮出，

却说孔明率兵前至沔阳，经过马超坟墓，乃令其弟马岱挂孝①。孔明亲自祭之。祭毕，回到寨中，商议进兵。忽哨马报道："魏主曹叡遣驸马夏侯楙，调关中诸路军马，前来拒敌。"魏延上帐献策曰："夏侯楙乃膏粱子弟，懦弱无谋。延愿得精兵五千，取路出褒中，循秦岭以东，当子午谷而投北，不过十日，可到长安。夏侯楙若闻某骤至，必然弃城望横门邸阁而走。某却从东方而来，丞相可大驱士马，自斜谷而进。如此行之，则咸阳以西，一举可定也。"②孔明笑曰："此非万全之计也。汝欺中原无好人物，倘有人进言，于山僻中以兵截杀，非惟五千人受害，亦大伤锐气，决不可用。"魏延又曰："丞相兵从大路进发，彼必尽起关中之兵，于路迎敌，则旷日持久，何时而得中原？"孔明曰："吾从陇西取平坦大路，依法进兵，何忧不胜？"③遂不用魏延之计。魏延怏怏不悦。孔明差人令赵云进兵。

却说夏侯楙在长安聚集诸路军马。时有西凉大将韩德，善使开山大斧，有万夫不当之勇，引西羌诸路兵八万到来，见了夏侯楙。楙重赏之，就遣为先锋。德有四子，皆精通武艺，弓马过人：长子韩瑛，次子韩瑶，三子韩琼，四子韩琪。韩德带四子并西羌兵八万，取路至凤鸣山，正遇蜀兵。两陈对圆，韩德出马，四子列于两边。德厉声大骂曰："反国之贼，安敢犯吾境界！"赵云大怒，挺枪纵马，单搦韩德交战。长子韩瑛，跃马来迎，战不三合，被赵云一枪刺死于马下。次子韩瑶见之，纵马挥刀来战。赵云施逞旧日虎威，抖擞精神迎战。瑶抵敌不住。三子韩琼，急挺方天戟，骤马前来夹攻。云全然不惧，枪

三国演义

法不乱。四子韩琪见二兄战云不下，也纵马抡两口日月刀而来，围住赵云。云在中央，独战三将。少时，韩琪中枪落马，韩阵中偏将急出救去。云拖枪便走。韩琼按戟，急取弓箭射之，连放三箭，皆被云用枪拨落。琼大怒，仍绰方天戟，纵马赶来，却被云一箭射中面门，落马而死。韩瑶纵马举宝刀便砍赵云。云弃枪于地，闪过宝刀，生擒韩瑶归阵，复纵马取枪杀过阵来。韩德见四子皆丧于赵云之手，肝胆皆裂，先走入阵去。西凉兵素知赵云之名，今见其英勇如昔，谁敢交锋？赵云马到处，阵阵倒退。赵云匹马单枪，往来冲突，如入无人之境。后人有诗赞曰：

> 忆昔常山赵子龙，年登七十建奇功。
>
> 独诛四将来冲阵，犹似当阳救主雄。

邓芝见赵云大胜，率蜀兵掩杀，西凉兵大败而走。韩德险被赵云擒住，弃甲步行而逃。云与邓芝收军回寨。芝贺曰："将军寿已七旬，英勇如昨。今日阵前力斩四将，世所罕有。"云曰："丞相以吾年迈，不肯见用，吾故聊以自表耳。"遂差人解韩瑶，申报捷书，以达孔明。

却说韩德引败军回见夏侯楙，哭告其事。楙自统兵来迎赵云。探马报入蜀寨，说夏侯楙引兵到。云上马绰枪，引千余军，就凤鸣山前摆成阵势。当日夏侯楙戴金盔，坐白马，手提大砍刀，立在门旗之下，见赵云跃马挺枪，往来驰骋，楙欲自战。韩德曰："杀吾四子之仇，如何不报！"纵马轮开山大斧，直取赵云。云奋怒挺枪来迎，战不三合，枪起处，刺死韩德于马下，急拨马直取夏侯楙。楙慌忙闪入本阵。邓芝驱兵掩杀。魏兵又折一阵，退十余里下寨。楙连夜与众将商议曰："吾久闻赵云之名，未尝见面；今日年老，英雄尚在，方信当阳长坂之事。似此无人可敌，如之奈何？"参军程武乃程昱之子也④，进言曰："某料赵云有勇无谋，不足为虑。来日都督再引兵出，先伏两军于左右。都督临阵先退，诱赵云到伏兵处，都督却登山指挥，四面军马重叠围住，云可擒矣。"楙从其言，遂遣董禧引三万军伏于左，薛则引三万军伏于右。二人埋伏已定。

次日，夏侯楙复整金鼓旗幡，率兵而进。赵云、邓芝出迎。芝在马上谓赵云曰："昨夜魏兵大败而走，今日复来，必有诈也。老将军防之。"子龙曰："量此乳臭小儿，何足道哉！吾今日必当擒之！"便跃马而出。魏将潘遂出迎，战不三合，拨马便走。赵云赶去，魏阵中八

辄欲请兵万人，与亮异道会于潼关，如韩信故事，亮制而不许。延常谓亮为怯，叹恨己才用之不尽。"而陈志此段盖源自《魏略》。于此，秦汉史家多有称赞的，吕思勉认为，"当时魏国见蜀国久不出兵，以为他无力北伐，毫无准备；现在诸葛亮忽出兵，南安、天水、安定三郡却望风迎降，所以诸葛亮不用魏延之计，实在是可惜的"（《三国史话》）。此亦一说，魏延镇守汉中近十年。对此处地理十分熟悉。这里所指袭击长安出的子午谷(由长安南子午镇越秦岭到汉中) 长 330 公里，是当时沟通汉中和关中的一条南北谷道。但也有认为是，"诸葛亮用兵谨慎"。明李贽说，"诸葛一生唯谨慎。"诸葛亮谨慎是出名的；因为谨慎，所以他指挥打仗，不会打大败仗，也不可能打大胜仗。他一生从未指挥过含有战略性的决战。有人说，诸葛亮很有自知之明，知人之明，他因为懂得蜀汉是小国，是缺乏人力物力打大仗的，这是很有见地的。《演义》称诸葛亮出师北伐，有"统领步骑二十万众"，那是虚有其说。其实他出军人数最多一次是八万，那已是倾国之兵了；其余几次都是"战士不满五万"。由此可以推导，他为什么反对魏延建议的率军由子午道夺取长安的战术了。

③ **诸葛亮取道陇西出祁山**

据《蜀书·魏延传》引《魏略》，诸葛亮否定魏延建议，"亮以此为县危，不如安从坦道，可以平取陇右，十全必克而无虞。不用延计。"胡三省认同，以为"凡兵之动，知敌之主，知敌之将，亮之不用延计者，知魏主之明略，而司

马懿辈不可轻也。亮欲平取陇右且不获如志，况欲乘险侥幸尽定咸阳以西邪。"按，诸葛亮出祁山的战略考量，乃是一离蜀汉较近离魏较远，易守难攻，易于控制；二有足够人力，地势平坦，适合大面积屯田积粮；三可发动羌人，组织骑兵，而长安自东汉末因战祸破坏，人丁稀少，粮食缺乏，且得之难以守护也。

④ 程昱之子程武

程昱有子程武，但程武未见有事绩，遑论在关中前线。《演义》从元明戏剧平话惯例，父死子继其业，故杜撰此类故事甚多，如张辽子张虎。

三国演义

员将一齐来迎，放过夏侯楙先走，八将陆续奔走。赵云乘势追杀，邓芝引兵继进。赵云深入重地，只听得四面喊声大震。邓芝急收军退回，左有董禧，右有薛则，两路兵杀到。邓芝兵少，不能解救。赵云被困在垓心，东冲西突，魏兵越厚。时云手下止有千余人，杀到山坡之下，只见夏侯楙在山上指挥三军。赵云投东则望东指，投西则望西指，因此赵云不能突围，乃引兵杀上山来。半山中擂木炮石打将下来，不能上山。赵云从辰时杀至酉时，不得脱走，只得下马少歇，且等月明再战。却才卸甲而坐，月光方出，忽四下火光冲天，鼓声大震，矢石如雨，魏兵杀到，皆叫曰："赵云早降！"云急上马迎敌。四面军马渐渐逼近，八方弩箭交射甚急，人马皆不能向前。云仰天叹曰："吾不服老，死于此地矣！"忽东北角上喊声大起，魏兵纷纷乱窜，一彪军杀到，为首大将持丈八点钢矛，马项下挂一颗人头。云视之，乃张苞也。苞见了赵云，言曰："丞相恐老将军有失，特遣某引五千兵接应。闻老将军被困，故杀透重围，正遇魏将薛则拦路，被某杀之。"云大喜，即与张苞杀出西北角来。只见魏兵弃戈奔走，一彪军从外呐喊杀入，为首大将提偃月青龙刀，手挽人头。云视之，乃关兴也。兴曰："奉丞相之命，恐老将军有失，特引五千兵前来接应。却才阵上逢着魏将董禧，被吾一刀斩之，枭首在此。丞相随后便到也。"云曰："二将军已建奇功，何不趁今日擒住夏侯楙，以定大事？"张苞闻言，遂引兵去了。兴曰："我也干功去。"遂亦引兵去了。云回顾左右曰："他两个是吾子侄辈，尚且争先干功；吾乃国家上将，朝廷旧臣，反不如此小儿耶？吾当舍老命以报先帝之恩！"于是引兵来捉夏侯楙。当夜三路兵夹攻，大破魏军一阵。邓芝引兵接应，杀得尸横遍野，血流成河。夏侯楙乃无谋之人，更兼年幼，不曾经战，见军大乱，遂引帐下骁将百余人，望南安郡而走。众军因见无主，尽皆逃窜。

兴、苞二将闻夏侯楙望南安郡去了，连夜赶来。楙走入城中，令紧闭城门，驱兵守御。兴、苞二人赶到，将城围住。赵云随后也到。三面攻打。少时，邓芝亦引兵到。一连围了十日，攻打不下。忽报丞相留后军住沔阳，左军屯阳平，右军屯石城，自引中军来到。赵云、邓芝、关兴、张苞皆来拜问孔明，说连日攻城不下。孔明遂乘小车亲到城边周围看了一遍，回寨升帐而坐。众将环立听令。孔明曰："此郡壕深城峻，不易攻也。吾正事不在此城，汝等如只久攻，倘魏兵分道而出，以取汉中，吾军危矣。"邓芝曰："夏侯楙乃魏之驸马，若擒此人，胜斩百将。今困于此，岂可弃之而去？"孔明曰："吾自有计。此处西连天水郡，北抵安定郡。二处太守不知何人？"探卒答曰："天水太守马遵，安定太守崔谅。"孔明大喜，乃唤魏延受计，如此如此；又唤关兴、张苞受计，如此如此；又唤心腹军士二人受计，如此行之。各将领命，引兵而去。孔明却在南安城外，令军运柴草堆于城下，口称"烧城"。魏兵闻知，皆大笑不惧。

却说安定太守崔谅,在城中闻蜀兵围了南安,困住夏侯楙,十分慌惧,即点军马约共四千,守住城池。忽见一人自正南而来,口称有机密事。崔谅唤入问之,答曰:"某是夏侯都督帐下心腹将裴绪,今奉都督将令,特来求救于天水、安定二郡。南安甚急,每日城上纵火为号,专望二郡救兵,并不见到,因复差某杀出重围,来此告急。可星夜起兵为外应。都督若见二郡兵到,却开城门接应也。"谅曰:"有都督文书否?"绪贴肉取出,汗已湿透,略教一视,急令手下换下乏马,便出城望天水而去。不二日,又有报马到,说天水太守已起兵救援南安去了,教安定早早接应。崔谅与府官商议,多官曰:"若不去救,失了南安,送了夏侯驸马,皆我两郡之罪也,只得救之。"谅即点起人马,离城而去,只留文官守城。

崔谅提兵向南安大路进发,遥望见火光冲天,催兵星夜前进。离南安尚有五十余里,忽闻前后喊声大震,哨马报道:"前面关兴截住去路,背后张苞杀来。"安定之兵,四下逃窜。谅大惊,乃领手下百余人,往小路死战得脱,奔回安定。方到城壕边,城上乱箭射下来,蜀将魏延在城上叫曰:"吾已取了城也,何不早降?"原来魏延扮作安定军,黄昏赚开城门,蜀兵尽入,因此得了安定。崔谅慌投天水郡来。行不到一程,前面一彪军摆开,大旗之下,一人纶巾羽扇,道袍鹤氅⑤,端坐于车上。谅视之,乃孔明也,急拨回马走。关兴、张苞两路兵追到,只叫:"早降!"崔谅见四面皆是蜀兵,不得已遂降,同归大寨。孔明以上宾相待。孔明曰:"南安太守与足下交厚否?"谅曰:"此人乃杨阜之族弟杨陵也,与某邻郡,交契甚厚。"孔明曰:"今欲烦足下入城说杨陵擒夏侯楙,可乎?"谅曰:"丞相若令某去,可暂退军马,容某入城说之。"孔明从其言,即时传令,教四面军马各退二十里下寨。崔谅匹马到城边叫开城门,入到府中,与杨陵礼毕,细言其事。陵曰:"我等受魏主大恩。安忍背之?可将计就计而行。"遂引崔谅到夏侯楙处,备细说知。楙曰:"当用何计?"杨陵曰:"只推某献城门,赚蜀兵入,却就城中杀之。"崔谅依计而行,出城见孔明,说:"杨陵献城门,放大军入城,以擒夏侯楙。杨陵本欲自捉,因手下勇士不多,未敢轻动。"孔明曰:"此事至易。今有足下原降兵百余人,于内暗藏蜀将,扮作安定军马,带入城去,先伏于夏侯楙府中;却暗约杨陵,待半夜之时献开城门,里应外合。"崔谅暗思:"若不带蜀将去,恐孔明生疑。且带入去,就内先斩之,举火为号,赚孔明入来,杀之可也。"因此应允。孔明嘱曰:"吾遣亲信将关兴、张苞随足下先去,只推救军杀入城中,以安夏侯楙之心。但举火,吾当亲入城去擒之。"

⑤ 诸葛亮别致的穿戴

戏剧舞台的诸葛亮是风流儒雅,穿八卦衣、戴道士巾的道化人物。说是道化,不确。但史传记载诸葛亮,确是常着便服,在前线,也不着甲。裴启《语林》称:"诸葛武侯与宣王(司马懿)在渭滨,将战,宣王戎服莅事。使人视武侯乘素舆,葛巾、白毛扇,指麾三军,皆随其进止"。葛巾,即纶巾,昆布所制作之头巾;此处所称"白毛扇",《演义》即嬗递为"白羽扇",即"鹅毛扇"。其实,毛扇,不同于羽扇,毛扇非扇,即是拂子、麈尾,它系魏晋六朝文人名士手中常持之物。由此看来诸葛亮手持的是毛扇但不知怎的,却是羽扇了。羽扇,"则是取鸟羽之白者插扇柄中,全而用之,不细析也。"(程大昌《演繁露》八)据周一良称,羽扇并非为取凉。东晋顾荣破陈敏,时在二月,"于是荣等并登岸上,以白羽扇麾之,敏众皆溃散"(《北堂书钞》一三一三四),"盖确用白羽扇为指挥军事战斗之标志"(《魏晋南北朝史札记》第69页)。这就是今天人们心目中的诸葛亮模式。诸葛亮这种服饰,四川和云贵的老百姓也纷纷模仿,称之为"诸葛武侯服"。几百年间,曾引为时髦。

时值黄昏，关兴、张苞受了孔明密计，披挂上马，各执兵器，杂在安定军中，随崔谅来到南安城下。杨陵在城上撑起悬空板，倚定护心栏，问曰："何处军马？"崔谅曰："安定救兵来到。"谅先射一号箭上城，箭上带着密书曰："今诸葛亮先遣二将伏于城中，要里应外合。且不可惊动，恐泄漏计策，待入府中图之。"杨陵将书见了夏侯楙，细言其事。楙曰："既然诸葛亮中计，可教刀斧手百余人，伏于府中。如二将随崔太守到府下马，闭门斩之。却于城上举火，赚诸葛亮入城。伏兵齐出，亮可擒矣。"安排已毕，杨陵回到城上言曰："既是安定军马，可放入城。"关兴跟崔谅先行，张苞在后。杨陵下城，在门边迎接。兴手起刀落，斩杨陵于马下。崔谅大惊，急拨马走到吊桥边。张苞大喝曰："贼子休走！汝等诡计，如何瞒得丞相耶！"手起一枪，刺崔谅于马下。关兴早到城上，放起火来。四面蜀兵齐入。夏侯楙措手不及，开南门并力杀出。一彪军拦住，为首大将，乃是王平。交马只一合，生擒夏侯楙于马下，余皆杀死。

孔明入南安，招谕军民，秋毫无犯。众将各各献功。孔明将夏侯楙囚于车中。邓芝问曰："丞相何故知崔谅诈也？"孔明曰："吾已知此人无降心，故意使入城，彼必尽情告与夏侯楙，欲将计就计而行。吾见来情，足知其诈，复使二将同去，以稳其心。此人若有真心，必然阻当；彼忻然同去者，恐吾疑也。他意中度二将同去，赚入城内杀之未迟；又令吾军有托，放心而进。吾已暗嘱二将，就城门下图之。城内必无准备，吾军随后便到：此出其不意也。"众将拜服。孔明曰："赚崔谅者，吾使心腹人诈作魏将裴绪也。吾又去赚天水郡，至今未到，不知何故。今可乘势取之。"乃留吴懿守南安，刘琰守安定，替出魏延军马去取天水郡。

却说天水郡太守马遵，听知夏侯楙困在南安城中，乃聚文武官商议。功曹梁绪、主簿尹赏、主记梁虔等曰："夏侯驸马乃金枝玉叶，若有疏虞，难逃坐视之罪。太守何不尽起本部兵以救之？"马遵正疑虑间，忽报夏侯驸马差心腹将裴绪到。绪入府，取公文付马遵，说："都督求安定、天水两郡之兵星夜救应。"言讫，匆匆而去。次日又有报马到，称说："安定兵已先去了，教太守火急前来会合。"马遵正欲起兵，忽一人自外而入曰："太守中诸葛亮之计矣！"众视之，乃天水冀人也，姓姜名维，字伯约。父名冏，昔日曾为天水郡功曹，因羌人乱，没于王事。维自幼博览群书，兵法武艺，无所不通，奉母至孝，郡人敬之。后为中郎将⑥，就参本郡军事。当日姜维谓马遵曰："近闻诸葛亮杀败夏侯楙，困于南安，水泄不通，安得有人自重围之中而出？又且裴绪乃无名下将，从不曾见，况安定报马又无公文。以此察之，此人乃蜀将诈称魏将，赚得太守出城，料城中无备，必然暗伏一军于左近，乘虚而取天水也。"马遵大悟曰："非伯约之言，则误中奸计矣！"维笑曰："太守放心，某有一计，可擒诸葛亮，解南安之危。"正是：

运筹又遇强中手，斗智还逢意外人。

未知其计如何，且看下文分解。

第九十三回　姜伯约归降孔明
武乡侯骂死王朗

却说姜维献计于马遵曰："诸葛亮必伏兵于郡后，赚我兵出城，乘虚袭我。某愿请精兵三千，伏于要路。太守随后发兵出城，不可远去，止行三十里便回，但看火起为号，前后夹攻，可获大胜。如诸葛亮自来，必为某所擒矣。"遵用其计，付精兵与姜维去讫，然后自与梁虔引兵出城等候，只留梁绪、尹赏守城。原来孔明果遣赵云引一军埋伏于山僻之中，只待天水人马离城，便乘虚袭之。当日细作回报赵云，说天水太守马遵起兵出城，只留文官守城。赵云大喜，又令人报与张翼、高翔，教于要路截杀马遵。此二处兵亦是孔明预先埋伏。

却说赵云引五千兵，径投天水郡城下，高叫曰："吾乃常山赵子龙也！汝知中计，早献城池，免遭诛戮！"城上梁绪大笑曰："汝中吾姜伯约之计，尚然不知耶？"云恰待攻城，忽然喊声大震，四面火光冲天。当先一员少年将军，挺枪跃马而言曰："汝见天水姜伯约乎？"云挺枪直取姜维。战不数合，维精神倍长。云大惊，暗忖曰："谁想此处有这般人物！"正战时，两路军夹攻来，乃是马遵、梁虔引军杀回。赵云首尾不能相顾，冲开条路，引败兵奔走，姜维赶来。亏得张翼、高翔两路军杀出，接应回去。赵云归见孔明，说中了敌人之计。孔明惊问曰："此是何人，识吾玄机？"有南安人告曰："此人姓姜，名维，字伯约，天水冀人也。事母至孝，文武双全，智勇足备，真当世之英杰也。"赵云又夸姜维枪法，与他人大不同。孔明曰："吾今欲取天水，不想有此人。"遂起大军前来。

却说姜维回见马遵曰："赵云败去，孔明必然自来。彼料我军必在城中。今可将本部军马分为四枝：某引一军伏于城东，如彼兵到则截之；太守与梁虔、尹赏各引一军城外埋伏；梁绪率百姓在城上守御。"分拨已定。却说孔明因虑姜维，自为前部，望天水郡进发。将到城边，孔明传令曰："凡攻城池，以初到之日激励三军，鼓噪直上。若迟延日久，锐气尽隳，急难破矣。"于是大军径到城下，因见城上旗帜整齐，未敢轻攻。候至半夜，忽然四下火光冲天，喊声震地，正不知何处兵来。只见城上亦鼓噪呐喊相应，蜀兵乱窜。孔明急上马，有关兴、张苞二将保护，

① 姜维军布局由宋张齐贤故事移植

北宋初，张齐贤知代州(时杨业战死)与潘美同领兵马，时辽兵来犯。"先是约潘美以并师来会战，无何，间使为辽人所得，齐贤以师期既漏，且虑美众为辽所乘，既而美师至，云师出并州至北井得密诏，东师败绩于君子馆，并之全军不许出战，已还州矣。于时辽兵塞川，齐贤曰：'贼知美之来，而不知美之退。'乃闭其使密室中，夜发兵二百，人持一帜，负一束刍，距州城西南三十里。列帜然刍，辽兵遥见火光中有旗帜，意谓并师至矣，骇而北走。齐贤先伏步兵二千于上磴寨，掩袭大败之。"(《宋史》卷六五《张齐贤传》)

杀出重围。回头看时，正东上军马，一带火光，势若长蛇。① 孔明令关兴探视，回报曰："此姜维兵也。"孔明叹曰："兵不在多，在人之调遣耳。此人真将才也！"收兵归寨，思之良久，乃唤安定人问曰："姜维之母，现在何处？"答曰："维母今居冀县。"孔明唤魏延分付曰："汝可引一军，虚张声势，诈取冀县。若姜维到，可放入城。"又问："此地何处紧要？"安定人曰："天水钱粮，皆在上邽；若打破上邽，则粮道自绝矣。"孔明大喜，教赵云引一军去攻上邽。孔明离城三十里下寨。早有人报入天水郡，说蜀兵分为三路：一军守此郡，一军取上邽，一军取冀城。姜维闻之，哀告马遵曰："维母现在冀城，恐母有失。维乞一军往救此城，兼保老母。"马遵从之，遂令姜维引三千军去保冀城，梁虔引三千军去保上邽。

却说姜维引兵至冀城，前面一彪军摆开，为首蜀将乃是魏延。二将交锋数合，延诈败奔走。维入城闭门，率兵守护，拜见老母，并不出战。赵云亦放过梁虔入上邽城去了。孔明乃令人去南安郡，取夏侯楙至帐下。孔明曰："汝惧死乎？"楙慌拜伏乞命。孔明曰："目今天水姜维现守冀城，使人持书来说：'但得驸马在，我愿归降。'吾今饶汝性命，汝肯招安姜维否？"楙曰："情愿招安。"孔明乃与衣服鞍马，不令人跟随，放之自去。楙得脱出寨，欲寻路而走，奈不知路径。正行之间，忽数人奔走。楙问之，答曰："我等是冀县百姓。今被姜维献了城池，归降诸葛亮，蜀将魏延纵火劫财，我等因此弃家奔走，投上邽去也。"楙又问："今守天水城是谁？"土人曰："天水城中，乃马太守也。"楙闻之，纵马望天水而行。又见百姓携男抱女远来，所说皆同。

楙至天水城下叫门，城上人认得是夏侯楙，慌忙开门迎接。马遵惊拜问之。楙细言姜维之事，又将百姓所言说了。遵叹曰："不想姜维反投蜀矣！"梁绪曰："彼意欲救都督，故以此言虚降。"楙曰："今维已降，何为虚也？"正踌躇间，时已初更，蜀兵又来攻城。火光中见姜维在城下挺枪勒马，大叫曰："请夏侯都督答话！"夏侯楙与马遵等皆到城上，见姜维耀武扬威，大叫曰："我为都督而降，都督何背前言？"楙曰："汝受魏恩，何故降蜀？有何前言耶？"维应曰："汝写书教我投蜀，何出此言？汝要脱身，却将我陷了！我今降蜀，加为上将，安有还魏之理？"言讫，驱兵打城，至晓方退。原来夜间妆姜维者，乃孔明之计，令部卒形貌相似者，假扮姜维攻城，因火光之中，不辨真伪。

孔明却引兵来攻冀城。城中粮少，军食不敷。姜维在城上，见蜀军大车小辆，搬运粮草入魏延寨中去了。维引三千兵出城径来劫粮。蜀兵尽弃了粮车，寻路而走。姜维夺得粮车，欲要入城。忽然一彪军拦住，为首蜀将张翼也。二将交锋，战不数合，王平引一军又到，两下夹攻。维力穷抵敌不住，夺路归城，城上早插蜀兵旗号，原来已被魏延袭了。维杀条路奔天水城，手下尚有十余骑，又遇张苞杀了一阵。维止剩得匹马单枪，来到天水城下叫门。城上军见是姜维，慌报马遵。遵曰："此是姜维来赚我城门也。"令城上乱箭射下。姜维回顾蜀兵至近，遂飞奔上邽城来。城上梁虔见了姜维，大骂曰："反国之贼，安敢来赚我城池！吾已知汝降蜀矣。"遂乱箭射下。姜维不能分说，仰天长叹，两眼泪流，拨马望长安而走。

行不数里，前至一派大树茂林之处，一声喊起，数千兵拥出。为首蜀将关兴截住去路。维人困马乏，不能抵当，勒回马便走。忽然一辆小车从山坡中转出，其人头戴纶巾，身披鹤氅，手摇羽扇，乃孔明也。孔明唤姜维曰："伯约，此时何尚不降？"维寻思良久，前有孔明，后有关兴，又无去路，只得下马投降②。孔明慌忙下车而迎，执维手曰："吾自出茅庐以来，遍求贤者，欲传授平生之学，恨不得其人。今遇伯约，吾愿足矣！"维大喜拜谢。孔明遂同姜维回寨，升帐商议取天水、上邽之计。维曰："天水城中，尹赏、梁绪与某至厚，当写密书二封射入城中，使其内乱，城可得矣。"孔明从之。姜维写了二封密书，拴在箭上，纵马直至城下，射入城中。小校拾得，呈与马遵。遵大疑，与夏侯楙商议曰："梁绪、尹赏与姜维结连，欲为内应，都督宜早决之。"楙曰："可杀二人。"尹赏知此消息，乃谓梁绪曰："不如纳城降蜀，以图进用。"是夜，夏侯楙数次使人请梁、尹二人说话。二人料知事急，遂披挂上马，各执兵器，引本部军大开城门，放蜀兵入。夏侯楙、马遵惊慌，引数百人出西门，弃城投羌胡城而去。梁绪、尹赏迎接孔明入城。安民已毕，孔明问取上邽之计。梁绪曰："此城乃某亲弟梁虔守之，愿招来降。"孔明大喜。绪当日到上邽，唤梁虔出城来降孔明。孔明重加赏劳，就令梁绪为天水太守，尹赏为冀城令，梁虔为上邽令③。孔明分拨已毕，整兵进发。诸将问曰："丞相何不去擒夏侯楙？"孔明曰："吾放夏侯楙，如放一鸭耳。今得伯约，得一凤也。"

孔明自得三城之后，威声大震，远近州郡，望风归降。孔明整顿军马，尽提汉中之兵，前出祁山④，兵临渭水之西。细作报入洛阳。

② 姜维并非中计降诸葛亮

史传所载与《演义》相悖。《三国志·蜀书·姜维传》："建兴六年，丞相诸葛亮军向祁山。时天水太守适出案行。维及功曹梁绪、主簿尹赏、主记梁虔等从行。太守闻蜀军垂至，而诸县响应，疑维等皆有异心，于是夜亡保上邽。维等觉太守去，追迟，至城门，城门已闭，不纳。维等相率还冀，冀亦不入维。维等乃俱诣诸葛亮。会马谡败于街亭，亮拔将西县千余家及维等还。"诸葛亮生前对姜维很器重，他几次写信与张裔、蒋琬等说，"姜伯约忠勤时事，思虑精密，考其所有，永南(李邵)、季常(马良)诸人不如也。其人凉州上士也。"又说，"姜伯约甚敏于军事，既有胆义，深解兵意。此人心存汉室，而才兼于人。"姜维在诸葛亮直接领导下工作了六年，他也努力以诸葛亮的行为和人格为楷模。诸葛亮死后，他继续坚持北伐事业，演出了所谓的"九伐中原"。他打了败仗，也学诸葛亮，上表"谢过引负，求自贬削"。为后将军行大将军事；他的地位高，但"宅舍弊薄，资财无余"。人们赞扬他"乐学不倦，清素节约，自一时之仪表(榜样)也"(《三国志·蜀书·姜维传》)。这些在三国后期也是罕见的。

③ 诸葛亮重赏梁绪、尹赏、梁虔

按《三国志·姜维传》，梁绪等三人均与姜维同归，他们为诸葛亮重视，并非仅是主动来投，据地方志梁、尹均为凉州望族，在本地颇有势力和人众，是为进略西北基础，所以以州郡属官，得以在成都做大官：梁绪官至大鸿胪，尹赏执金吾，梁虔大长秋。

④ 祁山诸葛亮遗迹

诸葛亮五次北伐,有两次扎营祁山。祁山乃山脉,以东西为走向,雄踞在西汉水北侧,此处却作为渭水之滨,成为长安附近要塞,当误。按,祁山,即祁山堡(甘肃礼县城东20公里),地处祁山南麓,西汉水北侧,为一座石质孤山,在宽阔的平川上,拔地突起,孑然独立,高约51米,周围630米,与其他山脉都有距离,四壁直立如削,堡顶为2 000平方米,只有一泉,系赴汉中、天水要道。山上现存有诸葛亮中军帐和点将台等遗址。山北现有两个土寨,据传是当年诸葛亮以长蛇为形,寨寨相连,所筑的九个营寨所遗的部分。山南有蜀军训马的圈马沟和诸葛亮试马的上马石。现山顶建有武侯祠。初建于北魏,现系清代重建,正殿祀诸葛亮,后殿祀关羽。所塑像多参自演义人物。大门有联:合祖孙父子兄弟君臣,辅翼在人纲,百代存亡争正统;历齐楚幽燕越吴秦蜀,艰难留庙纪,一堂上下共春秋。

⑤ 曹真于曹操平汉中时多立功

据《三国志·魏书·曹真传》,曹真在曹操平定汉中时,曾以偏将军破刘备军于下辩,后又督徐晃破高详于阳平,其立功多在曹操主军时期,此处称"先帝",当也指曹操。

⑥ 曹真为西御诸葛亮主帅

曹真系太和二年(228),诸葛亮初出祁山时,以大将军统率各军西御,而取得胜利:一在街亭,指挥张郃击走马谡;二收复南安、天水、安定三郡;三预测诸葛亮必出祁山,使将军郝昭建筑陈仓城,以阻进军。时均在太和二年,而非元年。

时魏主曹叡太和元年,升殿设朝。近臣奏曰:"夏侯驸马已失三郡,逃窜羌中去了。今蜀兵已到祁山,前军临渭水之西,乞早发兵破敌。"叡大惊,乃问群臣曰:"谁可为朕退蜀兵耶?"司徒王朗出班奏曰:"臣观先帝每用大将军曹真,所到必克⑤。今陛下何不拜为大都督,以退蜀兵?"叡准奏,乃宣曹真,曰:"先帝托孤与卿,今蜀兵入寇中原,卿安忍坐视乎?"真奏曰:"臣才疏智浅,不称其职。"王朗曰:"将军乃社稷之臣,不可固辞。老臣虽驽钝,愿随将军一往。"真又奏曰:"臣受大恩,安敢推辞?但乞一人为副将。"叡曰:"卿自举之。"真乃保太原阳曲人,姓郭,名淮,字伯济,官封射亭侯,领雍州刺史。叡从之,遂拜曹真为大都督,赐节钺;命郭淮为副都督,王朗为军师。朗时年已七十六岁矣。选拨东西二京军马二十万与曹真。真命宗弟曹遵为先锋,又命荡寇将军朱赞为副先锋。当年十一月出师,魏主曹叡亲自送出西门之外方回。

曹真领大军来到长安,过渭河之西下寨。真与王朗、郭淮共议退兵之策。朗曰:"来日可严整队伍,大展旌旗。老夫自出,只用一席话,管教诸葛亮拱手而降,蜀兵不战自退。"真大喜,是夜传令:来日四更造饭,平明务要队伍整齐,人马威仪,旌旗鼓角,各按次序。当时使人先下战书。次日,两军相迎,列成阵势于祁山之前。蜀军见魏兵甚是雄壮,与夏侯楙大不相同。三军鼓角已罢,司徒王朗乘马而出。上首乃都督曹真⑥,下首乃副都督郭淮,两个先锋压住阵角。探子马出军前大叫曰:"请对阵主将答话!"只见蜀兵门旗开处,关兴、张苞分左右而出,立马于两边;次后一队队骁将分列;门旗影下,中央一辆四轮车,孔明端坐车中,纶巾羽扇,素衣皂绦,飘然而出。孔明举目见魏阵前三个麾盖,旗上大书姓名:中央白髯老者,乃军师司徒王朗。孔明暗忖曰:"王朗必下说词,吾当随机应之。"遂教推车于阵外,令护军小校传曰:"汉丞相与司徒会话。"王朗纵马而出。孔明于车上拱手,朗在马上欠身答礼。朗曰:"久闻公之大名,今幸一会。公既知天命、识时务,何故兴无名之兵?"孔明曰:"吾奉诏讨贼,何谓无名?"朗曰:"天数有变,神器更易,而归有德之人,此自然之理也。曩自桓、灵以来,黄巾倡乱,天下争横。降至初平、建安之岁,董卓造逆,催、汜继虐;袁术僭号于寿春,袁绍称雄于邺土;刘表占据荆州,吕布虎吞徐郡:盗贼蜂起,奸雄鹰扬,社稷有累卵之危,生灵有倒悬之急。我太祖武皇帝扫清六合,席卷八荒,万姓倾心,四方仰德,非以权势取之,实天命所归也。世祖文帝,神文圣武,以膺大统,应天合人,法尧禅舜,处中国以治万邦,岂非天心人意乎?今公蕴大才,抱大器,自欲比于管、乐,何乃强欲逆天理、背人情而行事耶?岂不闻古人云:'顺天者昌,逆天者亡。'今我大魏带甲百万,良将千员,谅腐草之萤光,怎及天心之皓月?公可倒戈卸甲,以礼来降,不失封侯之位。国安民乐,岂不美哉!"孔明在车上大笑曰:"吾以为汉朝大老元臣,必有高论,岂期出此鄙言!吾有一言,诸军静听:昔日桓、灵之世,汉统凌替,宦官酿祸;国乱岁凶,四方扰攘。黄巾之后,董卓、催、汜等接踵而起,迁劫汉帝,残暴生灵。因庙堂之上,朽木为官;殿陛之间,禽兽食禄。狼心狗行之辈,滚滚当朝;奴颜婢膝之徒,纷纷秉政。以致社稷丘墟,苍生涂炭。吾素知汝所行:世居东海之滨,初举孝廉入仕,理合匡君辅国,安汉兴刘,何期反助逆贼,同谋篡位!罪恶深重,天地不容,天下之人,愿食汝肉。今幸天意不绝炎汉,昭烈皇帝继统西川。吾今奉嗣君之旨,兴师讨贼。汝既为谄谀之臣,只可潜身缩首,苟图衣食,安敢在行伍之前,妄称天数耶?皓首匹夫!苍髯老贼!汝即日将归于九泉之下,何面目见二十四帝乎?老贼速退!可教反臣与吾共决胜负。"王朗听罢,气满胸膛,大叫一声,撞死于马下[7]。后人有诗赞孔明曰:

> 兵马出西秦,雄才敌万人。
>
> 轻摇三寸舌,骂死老奸臣。

孔明以扇指曹真曰:"吾不逼汝,汝可整顿军马,来日决战。"言讫回车。于是两军皆退。

曹真将王朗尸首,用棺木盛贮,送回长安去了。副都督郭淮曰:"诸葛亮料吾军中治丧,今夜必来劫寨。可分兵四路:两路兵从山僻小路,乘虚去劫蜀寨;两路兵伏于本寨外,左右击之。"曹真大喜曰:"此计与吾相合。"遂传令唤曹遵、朱赞两个先锋分付曰:"汝二人各引一万军,抄出祁山之后,但见蜀兵望吾寨而来,汝可进兵去劫蜀寨。如蜀兵不动,便撤兵回,不可轻进。"二人受计,引兵而去。真谓淮曰:"我两个各引一枝军,伏于寨外,寨中虚堆柴草,只留数人。如蜀兵到,放火为号。"诸将皆分左右,各自准备去了。

却说孔明归帐,先唤赵云、魏延听令。孔明曰:"汝二人各引本部兵去劫魏寨。"魏延进曰:"曹真深明兵法,必料我乘丧劫寨,他岂不提防?"孔明笑曰:"吾正欲曹真知吾去劫寨也。彼必伏兵在祁山之后,待我兵过去,却来袭我寨;吾故令汝二人引兵前去,过山脚后路,

⑦ **王朗并非被诸葛亮骂死**
历史上的王朗是魏太和二年(228)十一月在洛阳病死的,这年正月,诸葛亮主力在街亭失败。王朗在晚年没有出过洛阳城围,当然也不会去到祁山前线和诸葛亮对阵。王朗是当时国家级的大名士。曹操父子对他非常尊重。曹丕(魏文帝)做皇帝时,将他封为司空,和司徒华歆、太尉钟繇并列为三公。曹丕对左右说,"此三公者,乃一代之伟人也,后世殆难继矣"(《三国志·魏书·钟繇传》)。王朗主张吴蜀俱统一于魏。他与华歆、陈群等先后曾分别去信蜀汉太傅许靖和诸葛亮。许靖没有理睬,诸葛亮也不回信,只写了一篇《正议》,驳斥王朗的劝降。

远下营寨。任魏兵来劫吾寨。汝看火起为号，分兵两路：文长拒住山口；子龙引兵杀回，必遇魏兵，却放彼走回，汝乘势攻之，彼必自相掩杀，可获全胜。"二将引兵受计而去。又唤关兴、张苞分付曰："汝二人各引一军，伏于祁山要路，放过魏兵，却从魏兵来路杀奔魏寨而去。"二人引兵受计去了。又令马岱、王平、张翼、张嶷四将，伏于寨外，四面迎击魏兵。孔明乃虚立寨栅，居中堆起柴草，以备火号；自引诸将退于寨后，以观动静。

却说魏先锋曹遵、朱赞黄昏离寨，迤逦前进。二更左侧，遥望山前隐隐有军行动，曹遵自思曰："郭都督真神机妙算。"遂催兵急进。到蜀寨时，将及三更。曹遵先杀入寨，却是空寨，并无一人，料知中计，急撤军回。寨中火起。朱赞兵到，自相掩杀，人马大乱。曹遵与朱赞交马，方知自相践踏。急合兵时，忽四面喊声大震，王平、马岱、张嶷、张翼杀到。曹、朱二人引心腹军百余骑，望大路奔走。忽然鼓角齐鸣，一彪军截住去路，为首大将乃常山赵子龙也，大叫曰："贼将那里去？早早受死！"曹、朱二人夺路而走。忽喊声又起，魏延又引一彪军杀到。曹、朱二人大败，夺路奔回本寨。守寨军士只道蜀兵来劫寨，慌忙放起号火。左边曹真杀至，右边郭淮杀至，自相掩杀。背后三路蜀兵杀到：中央魏延，左边关兴，右边张苞，大杀一阵，魏兵败走十余里，魏将死者极多。孔明全获大胜，方始收兵。曹真、郭淮收拾败军回寨，商议曰："今魏兵势孤，蜀兵势大，将何策以退之？"淮曰："胜负乃兵家常事，不足为忧。某有一计，使蜀兵首尾不能相顾，定然自走矣。"正是：

可怜魏将难成事，欲向西方索救兵。

未知其计如何，且看下文分解。

第九十四回　诸葛亮乘雪破羌兵　司马懿克日擒孟达

却说郭淮谓曹真曰："西羌之人，自太祖时连年入贡，文皇帝亦有恩惠加之。我等今可据住险阻，遣人从小路直入羌中求救，许以和亲，羌人必起兵袭蜀兵之后。吾却以大兵击之，首尾夹攻，岂不大胜？"真从之，即遣人星夜驰书赴羌。

却说西羌国王彻里吉，自曹操时年年入贡，手下有一文一武：文乃雅丹丞相，武乃越吉元帅。时魏使赍金珠并书到国，先来见雅丹丞相，送了礼物，具言求救之意。雅丹引见国王，呈上书礼。彻里吉览了书，与众商议。雅丹曰："我与魏国素相往来，今曹都督求救，且许和亲，理合依允。"彻里吉从其言，即命雅丹与越吉元帅起羌兵一十五万，皆惯使弓弩、枪刀、蒺藜、飞锤等器；又有战车，用铁叶裹钉，装载粮食军器什物，或用骆驼驾车，或用骡马驾车，号为"铁车兵"。二人辞了国王，领兵直扣西平关。

守关蜀将韩祯，急差人赍文报知孔明。孔明闻报，问众将曰："谁敢去退羌兵？"张苞、关兴应曰："某等愿往。"孔明曰："汝二人要去，奈路途不熟。"遂唤马岱曰："汝素知羌人之性，久居彼处，可作向导。"便起精兵五万，与兴、苞二人同往。兴、苞等引兵而去。行有数日，早遇羌兵。关兴先引百余骑登山坡看时，只见羌兵把铁车首尾相连，随处结寨；车上遍排兵器，就似城池一般。兴睹之良久，无破敌之策，回寨与张苞、马岱商议。岱曰："且待来日见阵，观其虚实，另作计议。"次早分兵三路：关兴在中，张苞在左，马岱在右，三路兵齐进。羌兵阵里，越吉元帅手挽铁锤，腰悬宝雕弓，跃马奋勇而出。关兴招三路兵径进。忽见羌兵分在两边，中央放出铁车，如潮涌一般，弓弩一齐骤发。蜀兵大败，马岱、张苞两军先退；关兴一军被羌兵一裹，直围入西北角上去了。

兴在垓心，左冲右突，不能得脱。铁车密围，就如城池，蜀兵你我不能相顾。兴望山谷中寻路而走。看看天晚，但见一簇皂旗蜂拥而来，一员羌将手提铁锤，大叫曰："小将休走，吾乃越吉元帅也！"关兴急走到前面，尽力纵马加鞭，正遇断涧，只得回马来战越吉。兴终是胆寒，抵敌不住，望涧中而逃。被越吉赶到，一铁锤打来，兴急闪过，正中马胯。那马望涧中便倒，兴落于水中。忽听得一声响处，背后越吉连人带马，平白地倒下水来。兴就水中挣起看时，只见岸上一员大将，杀退羌兵。兴提刀待砍越吉，吉跃水而走。关兴得了越吉马，牵到岸上，整顿鞍辔，绰刀上马，只见那员将，尚在前面追杀羌兵。兴自思此人救我性命，当与相见，遂拍马赶来。看看至近，只见云雾之中，隐隐有一大将，面如重枣，眉若卧蚕，绿袍金铠，提青龙刀，骑赤兔马，手绰美髯，分明认得是父亲关公。兴大惊，忽见关公以手望东南指曰："吾儿可速望此路去。吾当护汝归寨。"言讫不见。关兴望东南急走。至半夜，忽一彪军到，乃张苞也。问兴曰："你曾见二伯父否？"兴曰："你何由知之？"苞曰："我被铁车军追急，忽见伯父自空而下，惊退羌兵，指曰：'汝从这条路去救吾儿。'因此引军径来寻你。"关兴亦说前事，共相嗟异。二人同归寨内，马岱接着，对二人说："此军无计可退，我守住寨栅，你二人去禀丞相，用计破之。"于是兴、苞二人，星夜来见孔明，备说此事。

孔明随命赵云、魏延各引一军埋伏去讫；然后点三万军，带了姜维、张翼、关兴、张苞，亲自来到马岱寨中歇定。次日，上高阜处观看，见铁车连络不绝，人马纵横，往来驰骤。孔明曰："此不难破也。"唤马岱、张翼，分付如此如此。二人去了。乃唤姜维曰："伯约知破车之法否？"维曰："羌人惟恃一勇力，岂知妙计乎？"孔明笑曰："汝知吾心也。今彤云密布，朔风紧急，天将降雪，吾计可施矣。"便令关兴、张苞二人引兵埋伏去讫；令姜维领兵出战：但有铁车兵来，退后便走；寨口虚立旌旗，不设军马。准备已定。是时十二月终，果然天降大雪。姜维引军出，越吉引铁车兵来。姜维即退走。羌兵赶到寨前，姜维从寨后而去。羌兵直到寨外观看，听得寨内鼓琴之声，四壁皆空竖旌旗，急回报越吉。越吉心疑，未敢轻进。雅丹丞相曰："此诸葛亮诡计，虚设疑兵耳。可以攻之。"越吉引兵至寨前，但见孔明携琴上车，引数骑入寨，望后而走。羌兵抢入寨栅，直赶过山口，见小车隐隐转入林中去了。雅丹谓越吉曰："这等兵虽有埋伏，不足为惧。"遂引大兵追赶。又见姜维兵俱在雪地之中奔走。越吉大怒，催兵急追。山路被雪漫盖，一望平坦。

正赶之间，忽报蜀兵自山后而出。雅丹曰："纵有些小伏兵，何足惧哉！"只顾催趱兵马，往前进发。忽然一声响，如山崩地陷，羌兵俱落于坑堑之中；背后铁车正行得紧溜，急难收止，并拥而来，自相践踏。后兵急要回时，左边关兴，右边张苞，两军冲出，万弩齐发；背后姜维、马岱、张翼，三路兵又杀到。铁车兵大乱。越吉元帅望后面山谷中而逃，正逢关兴。交马只一合，被兴举刀大喝一声，砍死于马下。雅丹丞相早被马岱活捉，解投大寨来。羌兵四散逃窜。孔明升帐，马岱押过雅丹来。孔明叱武士去其缚，赐酒压惊，用好言抚慰。雅丹深感其德。孔明曰："吾主乃大汉皇帝，今命吾讨贼，尔如何反助逆？吾今放汝回去，说与汝主：吾国与尔乃邻邦，永结盟好，勿听反贼之言。"遂将所获羌兵及车马器械，尽给还雅丹，俱放回国。众皆拜谢而去①。孔明引三军连夜投祁山大寨而来,命关兴、张苞引军先行,一面差人赍表奏报捷音。

却说曹真连日望羌人消息,忽有伏路军来报说:"蜀兵拔寨收拾起程。"郭淮大喜曰:"此因羌兵攻击,故尔退去。"遂分两路追赶。前面蜀兵乱走,魏兵随后追袭。先锋曹遵正赶之间,忽然鼓声大震,一彪军闪出,为首大将乃魏延也,大叫曰:"反贼休走!"曹遵大惊,拍马交锋,不三合,被魏延一刀斩于马下。副先锋朱赞引兵追赶,忽然一彪军闪出,为首大将乃赵云也,朱赞措手不及,被云一枪刺死。曹真、郭淮见两路先锋有失,欲收兵回,背后喊声大震,鼓角齐鸣,关兴、张苞两路兵杀出,围了曹真、郭淮,痛杀一阵。曹、郭二人引败兵冲路走脱。蜀兵全胜,直追到渭水,夺了魏寨。曹真折了两个先锋,哀伤不已,只得写本申朝,乞拨援兵②。

却说魏主曹叡设朝,近臣奏曰:"大都督曹真数败于蜀,折了两个先锋③,羌兵又折了无数,其势甚急。今上表求救,请陛下裁处。"叡大惊,急问退军之策。华歆奏曰:"须是陛下御驾亲征,大会诸侯,人皆用命,方可退也。不然,长安有失,关中危矣。"太傅钟繇奏曰:"凡为将者,智过于人,则能制人。孙子云:'知彼知己,百战百胜。'臣量曹真虽久用兵,非诸葛亮对手。臣以全家良贱保举一人,可退蜀兵,未知圣意准否?"叡曰:"卿乃大老元臣,有何贤士可退蜀兵?早召来与朕分忧。"钟繇奏曰:"向者诸葛亮欲兴师犯境,但惧此人,故散流言,使陛下疑而去之,方敢长驱大进。今若复用之,则亮自退矣。"叡问何人。繇曰:"骠骑大将军司马懿也。"叡叹曰:"此事朕亦悔之。今仲达现在何地?"繇曰:"近闻仲达在宛城闲住。"叡即降诏,遣使持节,复司马懿官职,加为平西都督,就起南阳诸路军马,前赴长安。叡御驾亲征,令司马懿克日到彼聚会。使命星夜望宛城去了。

却说孔明自出师以来,累获全胜,心中甚喜。正在祁山寨中会聚议事,忽报镇守永安宫李严令子李丰来见。孔明只道东吴犯境,心甚惊疑,唤入帐中问之。丰曰:"特来报喜。"孔明曰:"有何喜?"丰曰:"昔日孟达降魏,乃不得已也。彼时曹丕爱其才,时以骏马金珠赐之,曾同辇出入,封为散骑常侍,领新城太守,镇守上庸、金城等处,委以西南之任。自丕死后,曹叡即位,朝中多人嫉妒,孟达日夜不安,常谓诸将曰:'我本蜀将,势逼于此。'今累差心腹人,持书来见家父,教早晚代禀丞相。前者五路下川之时,曾见此意。今在新城,听知丞相伐魏,欲起金城、新城、上庸三处军马,就彼举事,径取洛阳;丞相取长安,两京大定矣。今某引来人并累次书信

① 蜀汉与羌关系
曹真联合西羌与蜀汉战争,不见史传。当汉末三国之际羌汉已多杂居,韩遂、马超等军中多有羌人,《三国志·蜀书·马超传》称他"甚得羌胡心"。据考证,姜维也是羌族。蜀汉奉行诸葛亮"西和诸戎,南抚夷越"的怀柔政策,与羌人关系较好,蜀汉与羌人有接触的官员,如董和、马忠、张嶷,均为诸葛亮政策之拥戴者。终蜀汉之世,西线无战事。

② 诸葛亮未有破曹真战事
据《三国志·魏书·明帝纪》称,诸葛亮出师,"天水、南安、安定三郡吏民叛应亮。遣大将军曹真都督关右,并进兵。右将军张郃击亮于街亭,大破之"。《曹真传》亦同,曹真首次出征,就指挥了街亭战役。

③ 曹遵、朱赞似非战死
据《三国志·魏书·曹真传》:"真少与宗人曹遵、乡人朱赞并事太祖。遵、赞早亡,真愍之,乞分所食邑封遵、赞子。"是以借此移植。

呈上。"孔明大喜,厚赏李丰等。忽细作人报说:"魏主曹睿,一面驾幸长安;一面诏司马懿复职,加为平西都督,起本处之兵,于长安聚会。"孔明大惊。参军马谡曰:"量曹睿何足道!若来长安,可就而擒之。丞相何故惊讶?"孔明曰:"吾岂惧曹睿耶?所患者惟司马懿一人而已。今孟达欲举大事,若遇司马懿,事必败矣!达非司马懿对手,必被所擒。孟达若死,中原不易得也。"马谡曰:"何不急修书,令孟达提防?"孔明从之,即修书,令来人星夜回报孟达。

却说孟达在新城,专望心腹人回报。一日,心腹人到来,将孔明回书呈上。孟达拆封视之。书略曰:

> 近得书,足知公忠义之心,不忘故旧,吾甚喜慰。若成大事,则公汉朝中兴第一功臣也。然极宜谨密,不可轻易托人。慎之!戒之!近闻曹睿复诏司马懿起宛、洛之兵,若闻公举事,必先至矣。须万全提备,勿视为等闲也。

孟达览毕,笑曰:"人言孔明心多,今观此事可知矣。"乃具回书,令心腹人来答孔明。孔明唤入帐中,其人呈上回书。孔明拆封视之,书曰:

> 适承钧教,安敢少怠。窃谓司马懿之事,不必惧也。宛城离洛城约八百里,至新城一千二百里。若司马懿闻达举事,须表奏魏主。往复一月间事,达城池已固,诸将与三军皆在深险之地,司马懿即来,达何惧哉?丞相宽怀,惟听捷报!

孔明看毕,掷书于地而顿足曰:"孟达必死于司马懿之手矣!"马谡问曰:"丞相何谓也?"孔明曰:"兵法云:'攻其不备,出其不意。'岂容料在一月之期?曹睿既委任司马懿,逢寇即除,何待奏闻?若知孟达反,不须十日,兵必到矣,安能措手耶?"从将皆服。孔明急令来人回报曰:"若未举事,切莫教同事者知之;知则必败④。"其人拜辞,归新城去了。

却说司马懿在宛城闲住,闻知魏兵累败于蜀,乃仰天长叹。懿长子司马师,字子元;次子司马昭,字子尚。二人素有大志,通晓兵书。当日侍立于侧,见懿长叹,乃问曰:"父亲何为长叹?"懿曰:"汝辈岂知大事耶?"司马师曰:"莫非叹魏主不用乎?"司马昭笑曰:"早晚必来宣召父亲也。"言未已,忽报天使持节至。懿听诏毕,遂调宛城诸路军马。忽又报金城太守申仪家人,有机密事求见。懿唤入密室问之,其人细说孟达欲反之事。更有孟达心腹人李辅并达外甥邓

④ 诸葛亮故意泄露孟达

孟达谋叛魏计划,据《晋书·宣帝纪》是诸葛亮故意泄露的,"达于是连吴固蜀,潜图中国,蜀相诸葛亮恶其反覆,又疑其为患;达与太守申仪有隙,亮欲促其事,乃遣郭模诈降,过仪因漏泄其谋"。司马彪《战略》也称,"太和元年,诸葛亮从成都到汉中,达与欲应亮,遗送玉玦、织成障、苏合香。亮使郭模诈降,过魏兴,太守申仪与达有隙,模语仪:亮合玉玦者已决,织成者言谋已成,苏合者言多已合"(引自《三国志补注》)。早自蜀汉建兴三年(225),诸葛亮南征途中,"欲诱达以为外援,竟与达书","达得亮书,数相交通,辞欲叛魏"(《三国志·蜀书·费诗传》)。可见,曹丕生前,孟达就与蜀汉交通谋反,并非是因曹丕死,人多嫉妒,但因为孟达反复之人,"亮亦以达无款诚之心,故不救助"也。魏太和二年(228),司马懿讨伐孟达,孟达向蜀、吴分别求救。当时,蜀汉遣军驻木阑寨(伎陵城),吴军屯西城安桥,都是偏师,很快就被司马懿军挡住了。按,据《魏书·明帝纪》,孟达于魏太和元年(227)十二月起事,次年正月即被杀,其后诸葛亮才开始北伐,开始了七年北伐的艰难行程。《演义》写孟达在诸葛亮首次北伐夺取三郡后,欲起兵响应,有悖史实。

贤，随状出首。司马懿听毕，以手加额曰："此乃皇上齐天之洪福也！诸葛亮兵在祁山，杀得内外人皆胆落，今天子不得已而幸长安。若旦夕不用吾时，孟达一举，两京休矣！此贼必通谋诸葛亮，吾先擒之，诸葛亮定然心寒，自退兵也。"长子司马师曰："父亲可急写表申奏天子。"懿曰："若等圣旨，往复一月之间，事无及矣。"即传令教人马起程，一日要行二日之路，如迟立斩。一面令参军梁畿赍檄星夜去新城，教孟达等储备征进，使其不疑。梁畿先行，懿随后发兵。行了二日，山坡下转出一军，乃是右将军徐晃。晃下马见懿，说："天子驾到长安，亲拒蜀兵，今都督何往？"懿低言曰："今孟达造反，吾去擒之耳。"晃曰："某愿为先锋。"懿大喜，合兵一处。徐晃为前部，懿在中军，二子押后。又行了二日，前方哨马捉住孟达心腹人，搜出孔明回书，来见司马懿。懿曰："吾不杀汝，汝从头细说。"其人只得将孔明、孟达往复之事，一一告说。懿看了孔明回书，大惊曰："世间能者所见皆同，吾机先被孔明识破。幸得天子有福，获此消息。孟达今无能为矣。"遂星夜催军前行。

却说孟达在新城，约下金城太守申仪、上庸太守申耽，克日举事。耽、仪二人佯许之[5]，每日调练军马，只待魏兵到，便为内应；却报孟达，军器粮草俱未完备，不敢约期起事。达信之不疑。忽报参军梁畿来到。孟达迎入城中，畿传司马懿将令曰："司马都督今奉天子诏，起诸路军以退蜀兵。太守可集本部军马听候调遣。"达问曰："都督何日起程？"畿曰："此时约离宛城，望长安去了。"达暗喜曰："吾大事成矣！"遂设宴待了梁畿，送出城外，即报申耽、申仪知道："明日举事，换上大汉旗号，发诸路军马径取洛阳。"忽报城外尘土冲天，不知何处兵来。孟达登城视之，只见一彪军打着"右将军徐晃"旗号，飞奔城下。达大惊，急扯起吊桥。徐晃坐下马收拾不住，直来到壕边，高叫曰："反贼孟达，早早受降！"达大怒，急开弓射之，正中徐晃头额[6]。魏将救去。城上乱箭射之，魏兵方退。孟达恰待开门追赶。四面征旗蔽日，司马懿兵到。达仰天长叹曰："果不出孔明所料也！"于是闭门坚守。

却说徐晃被孟达射中头额，众军救到寨中，取了箭头，令医调治，当晚身死。时年五十九岁。司马懿令人扶柩还洛阳安葬。次日，孟达登城遍视，只见魏兵四面围得铁桶相似。达行坐不安，惊疑未定，忽见两路兵自外杀来，旗上大书"申耽"、"申仪"。孟达只道是救军到，忙引本部兵大开城门杀出。耽、仪大叫曰："反贼休走，早早受死！"达见事变，拨马望城中便走，城上乱箭射下。李辅、邓贤二人

⑤ **申耽、申仪未参与攻打孟达**
申氏为上庸大族。汉末申耽"聚众数千家，后与张鲁通"（《三国志》卷四十裴注引《魏略》）。汉建安二十年（215），曹操平定汉中时，申耽遣使至汉中降。以申耽领上庸都尉，加号将军；刘备夺取汉中，又降刘备。孟达降魏后，申耽与弟申仪亦降，"申耽降魏，魏假耽怀集将军，徙居南阳，仪魏兴太守，封员乡侯，屯洵口"（《三国志·蜀书·刘封传》）。"黄初中，仪复来还，诏roy以兄故号加义。太和中，仪与孟达不和，数上言达有贰心于蜀，及达反，仪绝蜀道，使救不到"（《魏略》）。可见孟达反叛时，申耽已死多年，而申仪也未直接参与攻打孟达。

⑥ **徐晃非孟达所杀**
据《三国志·魏书·徐晃传》，徐晃在魏太和元年（227），"拒吴将诸葛瑾于襄阳"。"病笃，遗令敛以时服"，不久病死。孟达叛魏，公开亮出反旗乃同年十二月底，历时十六日，至翌年正月被杀，与徐晃本不相及，或因时间贴近，借以移植。

孟达死，身首异处。但今陕西旬阳王家山有孟达墓，高据山巅，呈覆斗型，高为3米，周长10米，系清光绪十四年(1888)重建。

在城上大骂曰："吾等已献了城也！"达夺路而走，申耽赶来。达人困马乏，措手不及，被申耽一枪刺于马下，枭其首级⑦。余军皆降。李辅、邓贤大开城门，迎接司马懿入城。抚民劳军已毕，遂遣人奏知魏主曹叡。叡大喜，教将孟达首级去洛阳城示众，加申耽、申仪官职，就随司马懿征进，命李辅、邓贤守新城、上庸。

却说司马懿引兵到长安城外下寨，懿入城来见魏主。叡大喜曰："朕一时不明，误中反间之计，悔之无及。今达反，非卿等制之，两京休矣。"懿奏曰："臣闻申仪密告反情，意欲表奏陛下，恐往复迟滞，故不待圣旨，星夜而去。若待奏问，则中诸葛亮之计也。"言罢，将孔明回孟达密书奉上。叡看毕，大喜曰："卿之学识，过于孙、吴矣！"赐金钺斧一对，后遇机密重事，不必奏闻，便宜行事。就令司马懿出关破蜀。懿奏曰："臣举一大将，可为先锋。"叡曰："卿举何人？"懿曰："右将军张郃，可当此任。"叡笑曰："朕正欲用之。"遂命张郃为前部先锋，随司马懿离长安来破蜀兵。正是：

　　既有谋臣能用智，又求猛将助施威。

未知胜负如何，且看下文分解。

第九十五回　马谡拒谏失街亭　武侯弹琴退仲达

却说魏主曹叡令张郃为先锋,与司马懿一同征进;一面令辛毗、孙礼二人领兵五万,往助曹真。二人奉诏而去。

且说司马懿引二十万军,出关下寨,请先锋张郃至帐下曰:"诸葛亮平生谨慎,未敢造次行事。若是吾用兵,先从子午谷径取长安,早得多时矣。他非无谋,但怕有失,不肯弄险。今必出军斜谷,来取郿城。若取郿城,必分兵两路,一军取箕谷矣。吾已发檄文,令子丹拒守郿城,若兵来不可出战;令孙礼、辛毗截住箕谷道口,若兵来则出奇兵击之。"郃曰:"今将军当于何处进兵?"懿曰:"吾素知秦岭之西有一条路,地名街亭①;傍有一城,名列柳城:此二处皆是汉中咽喉。诸葛亮欺子丹无备,定从此进。吾与汝径取街亭,望阳平关不远矣。亮若知吾断其街亭要路,绝其粮道,则陇西一境不能安守,必然连夜奔回汉中去也。彼若回动,吾提兵于小路击之,可得全胜;若不归时,吾却将诸处小路尽皆垒断,俱以兵守之。一月无粮,蜀兵皆饿死,亮必被吾擒矣。"张郃大悟,拜伏于地曰:"都督神算也!"懿曰:"虽然如此,诸葛亮不比孟达。将军为先锋,不可轻进。当传与诸将,循山西路,远远哨探。如无伏兵,方可前进。若是怠忽,必中诸葛亮之计。"张郃授计,引军而行。

却说孔明在祁山寨中,忽报新城探细人来到。孔明急唤入问之,细作告曰:"司马懿倍道而行,八日已到新城。孟达措手不及,又被申耽、申仪、李辅、邓贤为内应,孟达被乱军所杀。今司马懿撤兵到长安,见了魏主,同张郃引兵出关,来拒我师也。"孔明大惊曰:"孟达作事不密，死固当然，今司马懿出关，必取街亭，断吾咽喉之路。"便问："谁敢引兵去守街亭？"言未毕，参军马谡曰："某愿往。"孔明曰："街亭虽小，干系甚重。倘街亭有失，吾大军皆休矣。汝虽深通谋略，此地奈无城郭，又无险阻，守之极难。"谡曰："某自幼熟读兵书，颇知兵法，岂一街亭不能守耶？"孔明曰："司马懿非等闲之辈；更有先锋张郃，乃魏之名将，恐汝不能敌之。"谡曰："休道司马懿、张郃，便是曹叡亲来，有何惧哉！若有差失，乞斩全家。"孔明曰："军中无戏言。"谡曰："愿立军令状。"孔明从之②。谡遂写了军令状呈上。孔明曰："吾与汝二万五千精兵，再拨一员上将，相助你去。"即唤王平分付曰："吾素知汝平生谨慎，故特以此重任相托。汝可小心谨守此地。下寨必当要道之处，使贼兵急切不能偷过，安营既毕，便画四至八道地理形状图本来我看。凡事商议停当而行，不可轻易。如所守无危，则是取长安第一功也。戒之！戒之！"二人拜辞，引兵而去。

孔明寻思，恐二人有失，又唤高翔曰："街亭东北上有一城，名列柳城，乃山僻小路，此可以屯兵扎寨。与汝一万兵，去此城屯扎。但街亭危，可引兵救之。"高翔引兵而去。孔明又思高翔非张郃对手，必得一员大将，屯兵于街亭之右，方可防之，遂唤魏延引本部兵去街亭之后屯扎。延曰："某为前部，理合当先破敌，何故置某于安闲之地？"孔明曰："前锋破敌，乃偏裨之事耳。今令汝接应街亭，当阳平关冲要道路，总守汉中咽喉。此乃大任也，何为安闲乎？汝勿以等闲视之，失吾大事。切宜小心在意！"魏延大喜，引兵而去。孔明恰才心安，乃唤赵云、邓芝分付曰："今司马懿出兵，与旧日不同。汝二人各引一军，出箕谷以为疑兵，如逢魏兵，或战或不战，以惊其心。吾自统大军，由斜谷径取郿城；若得郿城，长安可破矣。"二人受命而去。孔明令姜维作先锋，兵出斜谷。

却说马谡、王平二人兵到街亭，看了地势，马谡笑曰："丞相何故多心也。量此山僻之处，魏兵如何敢来！"王平曰："虽然魏兵不敢来，可就此五路总口下寨；却令军士伐木为栅，以图久计。"谡曰："当道岂是下寨之地？此处侧边一山，四面皆不相连，且树木极广，此乃天赐之险也。可就山上屯军。"平曰："参军差矣！若屯兵当道，筑起城垣，贼兵纵有十万，不能偷过。今若弃此要路，屯兵于山上，倘魏兵骤至，四面围定，将何策保之？"谡大笑曰："汝真女子之见！兵法云：'凭高视下，势如劈竹。'若魏兵到来，吾教他片甲不回。"平曰："吾累随丞相经阵，每到之处，丞相尽意指教。今观此山，乃绝地也，若魏兵断我汲水之道，军士不战自乱矣。"谡曰："汝莫乱道。孙子云：'置之死地而后生。'若魏兵绝我汲水之道，蜀兵岂不死战？以一可当百也。吾素读兵书，丞相诸事尚问于我，汝奈何相阻耶！"平曰：

② 诸葛亮违众拔马谡守街亭

据《三国志·蜀书·马谡传》："建兴六年(228)，亮出军向祁山，时有宿将魏延、吴懿等，论者皆言以为宜令为先锋，而亮违众拔谡，统大军在前，与魏将张郃战于街亭，为郃所破，士卒离散，亮进无据，退军还汉中。"此处乃是诸葛亮破格任命马谡为先锋，并非马自告奋勇请命。当时宿将魏延、吴懿等镇守汉中经年，熟悉关陇地理，弃而不用，却让一个从无驰骋沙场的马谡统率将士，这也因为诸葛亮也从无挂帅、无实践经验。他也是按自己模式挑选先锋大将的。马谡非将才，且守街亭"违亮节度，举动失宜"，更显了种种失误。

"若参军欲在山上下寨，可分兵与我，自于山西下一小寨，为掎角之势。倘魏兵至，可以相应。"马谡不从。忽然山中居民成群结队，飞奔而来，报说魏兵已到。王平欲辞去。马谡曰："汝既不听吾令，与汝五千兵自去下寨。待吾破了魏兵，到丞相面前，须分不得功！③"王平引兵离山十里下寨，画成图本，星夜差人去禀孔明，具说马谡自于山上下寨。

却说司马懿在城中，令次子司马昭去探前路，若街亭有兵守御，即当按兵不行。司马昭奉令探了一遍，回见父曰："街亭有兵守把。"懿叹曰："诸葛亮真乃神人，吾不如也！"昭笑曰："父亲何故自堕志气耶？男料街亭易取。"懿问曰："汝安敢出此大言？"昭曰："男亲自哨见，当道并无寨栅，军皆屯于山上，故知可破也。"懿大喜曰："若兵果在山上，乃天使吾成功矣！"遂更换衣服，引百余骑亲自来看。是夜天晴月朗，直至山下，周围巡哨了一遍方回。马谡在山上见之，大笑曰："彼若有命，不来围山。"传令与诸将："倘兵来，只看山顶上红旗招动，即四面皆下。"

却说司马懿回到寨中，使人打听是何将引兵守街亭。回报曰："乃马良之弟马谡也。"懿笑曰："徒有虚名，乃庸才耳！孔明用如此人物，如何不误事！"又问："街亭左右别有军否？"探马报曰："离山十里，有王平安营。"懿乃命张郃引一军，当住王平来路。又令申耽、申仪引两路兵围山，先断了汲水道路，待蜀兵自乱，然后乘势击之。当夜调度已定。次日天明，张郃引兵先往背后去了。司马懿大驱军马一拥而进，把山四面围定④。马谡在山上看时，只见魏兵漫山遍野，旌旗队伍甚是严整。蜀兵见之，尽皆丧胆，不敢下山。马谡将红旗招动，军将你我相推，无一人敢动。谡大怒，自杀二将。众军惊惧，只得努力下山来冲魏兵。魏兵端然不动。蜀兵又退上山去。马谡见事不谐，教军紧守寨门，只等外应。

却说王平见魏兵到，引军杀来，正遇张郃。战有数十余合，平力穷势孤，只得退去。魏兵自辰时困至戌时，山上无水，军不得食，寨中大乱。嚷到半夜时分，山南蜀兵大开寨门，下山降魏。马谡禁止不住。司马懿又令人于沿山放火，山上蜀兵愈乱。马谡料守不住，只得驱残兵杀下山西逃奔。司马懿放条大路，让过马谡。背后张郃引兵追来。赶到三十余里，前面鼓角齐鸣，一彪军出，放过马谡，拦住张郃，视之，乃魏延也。挥刀纵马，直取张郃。郃回军便走。

③ **马谡街亭之败出自逆反心理**
《三国志·蜀书·诸葛亮传》称马谡失街亭"违亮节度，举动失宜，大为郃所败"。以后诸家解述，即据此倾斜于诸葛亮正确说，而归咎失街亭与马谡不听话，由此并得出马谡骄傲自大的结论。但据徐日辉教授说，马谡所为，"而是逆反心理的表现，是特定条件下的心理反应"。"马谡对诸葛亮逆反的心理状态，也就是对诸葛亮亲自插手'事无巨细'工作作风的一种特殊反应。诸葛亮对权力与事务的包揽非常突出"(《马谡'违亮节度'考》，《学术月刊》2003 年第 10 期第67 页)。此说是。盖马谡本亦是多才智之人也。

④ **司马懿未在街亭**
据史传称，当时司马懿在上庸讨伐孟达后始返洛阳，他没有到西线。对蜀汉战争的总司令是大将军曹真，在祁山前线的前敌总指挥是右将军张郃；是张郃率领五万军马"击亮于街亭，大破之"(《三国志·魏书·明帝纪》)。《三国志·魏书·张郃传》也称："(马)谡依阻南山，不下据城。郃绝其汲道，击，大破之。"司马懿要到魏太和四年(230)被派为大司马曹真副手，才到西线，翌年三月，曹真死，司马懿始和诸葛亮较量。

延驱兵赶来，复夺街亭。赶到五十余里，一声喊起，两边伏兵齐出：左边司马懿，右边司马昭，却抄在魏延背后，把延困在垓心。张郃复来，三路兵合在一处。魏延左冲右突，不得脱身，折兵大半。正危急间，忽一彪军杀入，乃王平也。延大喜曰："吾得生矣！"二将合兵一处，大杀一阵，魏兵方退。二将慌忙奔回寨时，营中皆是魏兵旌旗。申耽、申仪从营中杀出。王平、魏延径奔列柳城，来投高翔。

此时高翔闻知街亭有失，尽起列柳城之兵前来救应，正遇延、平二人，诉说前事。高翔曰："不如今晚去劫魏寨，再复街亭。"当时三人在山坡下商议已定。待天色将晚，分兵三路。魏延引兵先进，径到街亭，不见一人，心中大疑，未敢轻进，且伏在路口等候。忽见高翔兵到，二人共说魏兵不知在何处，正没理会，又不见王平兵到。忽然一声炮响，火光冲天，鼓声震地，魏兵齐出，把魏延、高翔围在垓心。二人往来冲突，不得脱身。忽听得山坡后喊声若雷，一彪军杀入，乃是王平，救了高、魏二人，径奔列柳城来。比及奔到城下时，城边早有一军杀到，旗上大书"魏都督郭淮"字样。原来郭淮与曹真商议，恐司马懿得了全功，乃分淮来取街亭；闻知司马懿、张郃成了此功，遂引兵径袭列柳城。正遇三将，大杀一阵。蜀兵伤者极多。魏延恐阳平关有失，慌与王平、高翔望阳平关来。

却说郭淮收了军马，乃谓左右曰："吾虽不得街亭，却取了列柳城，亦是大功。"引兵径到城下叫门，只见城上一声炮响，旗帜皆竖，当头一面大旗，上书"平西都督司马懿"。懿撑起悬空板，倚定护心木栏杆，大笑曰："郭伯济来何迟也？"淮大惊曰："仲达神机，吾不及也！"遂入城⑤。相见已毕，懿曰："今街亭已失，诸葛亮必走。公可速与子丹星夜追之。"郭淮从其言，出城而去。懿唤张郃曰："子丹、伯济，恐吾全获大功，故来取此城池。吾非独欲成功，乃侥幸而已。吾料魏延、王平、马谡、高翔等辈，必先去据阳平关。吾若去取此关，诸葛亮必随后掩杀，中其计矣。兵法云：'归师勿掩，穷寇莫追。'汝可从小路抄箕谷退兵，吾自引兵当斜谷之兵。若彼败走，不可相拒，只宜中途截住，蜀兵辎重，可尽得也。"张郃受计，引兵一半去了。懿下令："径取斜谷，由西城而进。西城虽山僻小县，乃蜀兵屯粮之所，又南安、天水、安定三郡总路。若得此城，三郡可复矣。"于是司马懿留申耽、申仪守列柳城，自领大军望斜谷进发。

却说孔明自令马谡等守街亭去后，犹豫不定。忽报王平使人送图本至。孔明唤入，左右呈上图本。孔明就文几上拆开视之，拍案大惊曰："马谡无知，坑陷吾军矣！"左右问曰："丞相何故失惊？"孔明曰："吾观此图本，失却要路，占山为寨。倘魏兵大至，四面围合，断汲水道路，不须二日，军自乱矣。若街亭有失，吾等安归？"长史杨仪

⑤ 郭淮攻破列柳城

据《三国志·魏书·郭淮传》"太和二年，蜀相诸葛亮出祁山，遣将军马谡至街亭，高详屯列柳城。张郃击谡，淮攻详营，皆破之"。郭淮确占领列柳城，并无司马懿所取事。按，高详，即高翔。高翔失陷列柳城，当与马谡失街亭同，何以未受处分。建兴九年(231)，诸葛亮领衔的北征诸官员弹劾李平(李严)公文，名列于刘琰、魏延、袁綝、吴懿后第五是"督前部右将军玄乡侯高翔"。

进曰："某虽不才，愿替马幼常回。"孔明将安营之法，一一分付与杨仪。正待要行，忽报马到来，说街亭、列柳城尽皆失了。孔明跌足长叹曰："大事去矣！此吾之过也！"急唤关兴、张苞分付曰："汝二人各引三千精兵，投武功山小路而行。如遇魏兵，不可大击，只鼓噪呐喊，为疑兵惊之。彼当自走，亦不可追。待军退尽，便投阳平关去。"又令张翼先引军去修理剑阁，以备归路。又密传号令，教大军暗暗收拾行装，以备起程。又令马岱、姜维断后，先伏于山谷中，待诸军退尽，方始收兵。又差心腹人，分路报与天水、南安、安定三郡官吏军民，皆入汉中。又遣心腹人到冀县搬取姜维老母，送入汉中⑥。

孔明分拨已定，先引五千兵退去西城县搬运粮草，忽然十余次飞马报到，说司马懿引大军十五万，望西城蜂拥而来。时孔明身边别无大将，止有一班文官，所引五千军，已分一半先运粮草去了，只剩二千五百军在城中。众官听得这个消息，尽皆失色。孔明登城望之，果然尘土冲天，魏兵分两路望西城县杀来。孔明传令，教："将旌旗尽皆藏匿，诸军各守城铺。如有妄行出入，及高声言语者立斩。大开四门，每一门上用二十军士，扮作百姓，洒扫街道。如魏兵到时，不可擅动，吾自有计。"孔明乃披鹤氅，戴纶巾，引二小童携琴一张，于城上敌楼前，凭栏而坐，焚香操琴⑦。

却说司马懿前军哨到城下，见了如此模样，皆不敢进，急报与司马懿。懿笑而不信，遂止住三军，自飞马远远望之，果见孔明坐于城楼之上，笑容可掬，焚香操琴。左有一童子，手捧宝剑；右有一童子，手执麈尾。城门内外，有二十余百姓，低头洒扫，傍若无人。懿看毕大疑，便到中军，教后军作前军，前军作后军，望北山路而退。次子司马昭曰："莫非诸葛亮无军，故作此态？父亲何故便退兵？"懿曰："亮平生谨慎，不曾弄险。今大开城门，必有埋伏。我兵若进，中其计也，汝辈岂知？宜速退。"于是两路兵尽皆退去。孔明见魏军远去，抚掌而笑。众官无不骇然，乃问孔明曰："司马懿乃魏之名将，今统十五万精兵到此，见了丞相，便速退去，何也？"孔明曰："此人料吾生平谨慎，必不弄险；见如此模样，疑有伏兵，所以退去。吾非行险，盖因不得已而用之。此人必引军投山北小路去也，吾已令兴、苞二人在彼等候。"众皆惊服曰："丞相之机，神鬼莫测。若某等之见，必

⑥ **姜维母未入蜀**

此处要写诸葛亮全方位考虑，面面俱到。按据《晋书·五行志中》："魏明帝太和中，姜维归蜀失其母。魏人使其母手书呼维令反，并送当归以譬之。维报书曰：'良田百顷，不计一亩，但见远志，无有当归。'维卒不免。"是以姜维母子分离。此亦为《演义》制作姜维与诈降书曹真张本。

⑦ **诸葛亮焚香操琴**

焚香操琴，似为宋元时文人习俗，不见于魏晋，但此处很有可能参照了刘琨故事。《晋书·刘琨传》称："在晋阳尝为胡骑所围数重，城中窘迫无计，琨乃乘月登楼清啸，贼闻之，皆凄然长叹。中夜奏胡笳，贼又流涕歔欷，有怀土之切，向晓复吹之，贼并弃围而走。"

⑧ **诸葛亮未摆空城计**

诸葛亮空城计事，实无。《演义》所述空城计原自东晋王隐《蜀记》所记郭冲五事的第三事："亮屯于阳平，遣魏延诸军并兵东下，亮唯留万人守城。晋宣帝率二十万众拒亮，而与延军错违，径至前，当亮六十里所，侦候白宣帝说亮在城中兵少力弱。亮亦知宣帝垂至，已与相逼，欲前赶延军，相去又远，回迹反追，势不相及，将士失色，莫知其计。亮意气自若，敕军中皆卧旗息鼓，不得妄出庵幔，又令大开四城门，扫地却洒。宣帝常谓亮持重，而狠见势弱，疑其有伏兵于是引军北趣山。明日食时，亮谓参佐拊手大笑曰：'司马懿必谓吾怯，将有强伏，循山走矣。'候逻还白，如亮所言。宣帝后知，深以为恨。"按当时阳平关无交

兵事，且司马懿亦未至关中，所以裴松之否定之，"故知此书会引皆虚。"论者以《三国志》及裴注所引诸书为据，认为三国时期的空城计和准空城计有：（一）街亭溃败时，王平所设的空寨（城）计；（二）赵云在夺汉中时背汉水的空寨（城）计；（三）陈登在匡琦拒孙策的空城计；（四）吴将朱桓在濡须诱曹仁的空城计。但最符合空城计模式的，当推不见于《演义》的魏文聘的空城计。

吴黄武五年（226），孙权自率军五万人，渡江围攻石阳（湖北孝感西南），当时石阳城防还未修复，将士也多散在田间耕作。文聘知道此时战必败坚守也难，就令在城将士全部隐藏，自己也高卧府衙。孙权深为疑惑，认为像文聘那样宿将，因为智勇兼备才放在一线，现今却若无其事，必然有诈，于是回军。

[9] 赵云孤身断后学魏胜故事

此处赵云故事描绘，似参照南宋魏胜。初，魏胜在海州（江苏东海）抗金，屡胜，某次胜返，"胜敛兵入城，金兵追将及，胜独乘马逐之，叱曰：魏胜在此。闻之皆辟易，士卒后入者不复敢追，胜军以入城（《宋史》卷三六八《魏胜传》）。

[10] 赵云、邓芝兵败于箕谷

据《三国志·蜀书·赵云传》："明年，亮出军，扬声由斜谷道，曹真遣大众当之。亮令云与邓芝往拒，而身攻祁山。云、芝兵弱敌强，失利于箕谷，然敛众固守，不至大败。军退，贬为镇军将军。"赵云等军队还是有损失的。盖箕谷险阻，

三国演义

弃城而走矣。"孔明曰："吾兵止有二千五百，若弃城而走，必不能远遁，得不为司马懿所擒乎？"后人有诗赞曰：

　　　　瑶琴三尺胜雄师，诸葛西城退敌时。

　　　　十五万人回马处，土人指点到今疑。

言讫，拍手大笑曰："吾若为司马懿，必不便退也[8]。"遂下令："教西城百姓随军入汉中，司马懿必将复来。"于是孔明离西城望汉中而走。天水、安定、南安三郡官吏军民，陆续而来。

却说司马懿望武功山小路而走，忽然山坡后喊杀连天，鼓声震地。懿回顾二子曰："吾若不走，必中诸葛亮之计矣！"只见大路上一军杀来，旗上大书"右护卫使虎翼将军张苞"。魏兵皆弃甲抛戈而走。行不到一程，山谷中喊声震地，鼓角喧天，前面一杆大旗，上书"左护卫使龙骧将军关兴"。山谷应声，不知蜀兵多少；更兼魏军心疑，不敢久停，只得尽弃辎重而去。兴、苞二人皆遵将令，不敢追袭，多得军器粮草而归。司马懿见山谷中皆有蜀兵，不敢出大路，遂回街亭。此时曹真听知孔明退兵，急引兵追赶。山背后一声炮起，蜀兵漫山遍野而来，为首大将乃是姜维、马岱。真大惊，急退军时，先锋陈造已被马岱所斩。真引兵鼠窜而还。蜀兵连夜皆奔回汉中。

却说赵云、邓芝伏兵于箕谷道中，闻孔明传令回军，云谓芝曰："魏军知吾兵退，必然来追。吾先引一军伏于其后，公却引兵打吾旗号，徐徐而退。吾一步步自有护送也。"却说郭淮提兵再回箕谷道中，唤先锋苏颙分付曰："蜀将赵云，英勇无敌，汝可小心提防。彼军若退，必有计也。"苏颙欣然曰："都督若肯接应，某当生擒赵云。"遂引前部三千兵，奔入箕谷。看看赶上蜀兵，只见山坡后闪出红旗白字，上书"赵云"，苏颙急收兵退走。行不到数里，喊声大震，一彪军撞出，为首大将，挺枪跃马，大喝曰："汝识赵子龙否？"苏颙大惊曰："如何这里又有赵云？"措手不及，被云一枪刺死于马下，余军溃散，云迤逦前进，背后又一军到，乃郭淮部将万政也。云见魏兵追急，乃勒马挺枪，立于路口，待来将交锋。蜀兵已去三十余里。万政认得是赵云，不敢前进。去等得天色黄昏，方才拨回马缓缓而进。郭淮后到，万政言赵云英勇如旧，因此不敢

近前。淮传令教军急赶,政令数百骑壮士赶来。行至一大林,忽听得背后大喝一声曰:"赵子龙在此!"⑨惊得魏兵落马者百余人,余者皆越岭而去。万政勉强来敌,被云一箭射中盔缨,惊跌于涧中。云以枪指之曰:"吾饶汝性命回去,快教郭淮赶来!"万政脱命而回。云护送车仗人马,望汉中而去,沿途并无遗失⑩。曹真、郭淮复夺三郡,以为己功。

却说司马懿分兵而进。此时蜀兵尽回汉中去了,懿引一军复到西城,因问遗下居民及山僻隐者,皆言孔明止有二千五百军在城中,又无武将,只有几个文官,别无埋伏。武功山小民告曰:"关兴、张苞只各有三千军转山呐喊,鼓噪惊追,又无别军,并不敢厮杀。"懿悔之不及,仰天叹曰:"吾不如孔明也!"遂安抚了诸处官民,引兵径还长安,朝见魏主。睿曰:"今日复得陇西诸郡,皆卿之功也。"懿奏曰:"今蜀兵皆在汉中,未尽剿灭。臣乞大兵并力收川,以报陛下。"睿大喜,令懿即便兴兵。忽班内一人出奏曰:"臣有一计,足可定蜀降吴。"正是:

　　　　蜀中将相方归国,魏地君臣又逞谋。

　　未知献计者是谁,且看下文分解。

进退维谷。诸葛亮后与兄诸葛瑾书亦称,"前赵子龙退军烧坏赤崖以北阁道,缘谷一百余里,其阁梁一头入山腹,其一头立柱于水中,今水大而急,不得安柱,此其穷极不可强也。又云顷大水暴出,赤崖以南桥阁悉坏,时赵子龙与邓伯苗,一戍赤崖屯田,一戍赤崖口。但得缘崖与伯苗相闻而已"。此书可为箕谷军撤退时艰巨之注脚。

第九十六回　孔明挥泪斩马谡　周鲂断发赚曹休

① 邓芝故事和墓葬

《演义》此后鲜见邓芝事迹，按邓芝死于蜀汉延熙十四年(251)，年七十余岁。邓芝晚年，以车骑将军、假节督江州。关于其死事，《华阳国志》说："芝征涪陵，见玄猿缘山。芝性好弩，手自射猿，中之。猿拔其箭，卷木叶塞其创。芝曰：'嘻，吾违物之性，其将死矣！'一曰：'芝见猿抱子在树上，引弩射之，中猿母，其子为拔箭，以木叶塞创。'芝乃叹息，投弩水中，自知当死。"按，据赫胥黎引用萨维吉博士报告称："母猿给人发见时它和幼猿同在树上，它注视猎夫的举动。当猎夫向它瞄准时，它做出和人类一个模样，把手摇摇，指示猎夫不要放枪，就舍它而去吧。如它所受的伤不即致命，曾看见它用手按住创口使血不流出，倘使无效，那就用草木的叶来按它的创伤。"(《人类在自然界的位置》，上海商务印书馆1930年初版)质之于此，可见确有其事，非误传也。又邓芝墓，通称在四川梓潼县长卿乡南桥村，清咸丰《重修梓潼县志》称，"蜀汉邓芝墓，

却说献计者，乃尚书孙资也。曹睿问曰："卿有何妙计？"资奏曰："昔太祖武皇帝收张鲁时，危而后济，常对群臣曰：'南郑之地，真为天狱。'中斜谷道为五百里石穴，非用武之地。今若尽起天下之兵伐蜀，则东吴又将入寇。不如以现在之兵，分命大将据守险要，养精蓄锐。不过数年，中国日盛，吴、蜀二国必自相残害，那时图之，岂非胜算？乞陛下裁之。"睿乃问司马懿曰："此论若何？"懿奏曰："孙尚书所言极当。"睿从之，命懿分拨诸将守把险要，留郭淮、张郃守长安。大赏三军，驾回洛阳。

却说孔明回到汉中，计点军士，只少赵云、邓芝，心中甚忧，乃令关兴、张苞各引一军接应。二人正欲起身，忽报赵云、邓芝到来，并不曾折一人一骑，辎重等器亦无遗失。孔明大喜，亲引诸将出迎。赵云慌忙下马，伏地曰："败军之将，何劳丞相远接？"孔明急扶起，执手而言曰："是吾不识贤愚，以致如此！各处兵将败损，惟子龙不折一人一骑，何也？"邓芝①告曰："某引兵先行，子龙独自断后。斩将立功，敌人惊怕，因此军资什物，不曾遗弃。"孔明曰："真将军也！"遂取金五十斤以赠赵云，又取绢一万匹赏云部卒。云辞曰："三军无尺寸之功，某等俱各有罪；若反受赏，乃丞相赏罚不明也。且请寄库，候今冬赐与诸军未迟。"孔明叹曰："先帝在日，常称子龙之德。今果如此。"乃倍加钦敬。

忽报马谡、王平、魏延、高翔至。孔明先唤王平入帐，责之曰："吾令汝同马谡守街亭，汝何不谏之，致使失事？"平曰："某再三相

劝，要在当道筑土城，安营守把，参军大怒不从，某因此自引五千军离山十里下寨。魏兵骤至，把山四面围合，某引兵冲杀十余次，皆不能入。次日土崩瓦解，降者无数。某孤军难立，故投魏文长求救。半途又被魏兵困在山谷之中，某奋死杀出，比及归寨，早被魏兵占了。及投列柳城时，路逢高翔，遂分兵三路去劫魏寨，指望克复街亭。因见街亭并无伏路军，以此心疑，登高望之，只见魏延、高翔被魏兵围住。某即杀入重围，救出二将，就同参军并在一处。某恐失却阳平关，因此急来回守。非某之不谏也。丞相不信，可问各部将校。"孔明喝退②，又唤马谡入帐。谡自缚跪于帐前。孔明变色曰："汝自幼饱读兵书，熟谙战法。吾累次丁宁告戒，街亭是吾根本。汝以全家之命，领此重任。汝若早听王平之言，岂有此祸？今败军折将，失地陷城，皆汝之过也！若不明正军律，何以服众？汝今犯法，休得怨吾。汝死后，汝之家小，吾月给与禄粮，汝不必挂心。"叱左右推出斩之。谡泣曰："丞相视某如子，某以丞相为父。某之死罪实已难逃，愿丞相思舜帝殛鲧用禹之义，某虽死亦无恨于九泉。"言讫大哭。孔明挥泪曰："吾与汝义同兄弟，汝之子即吾之子也，不必多嘱。"

　　左右推出马谡于辕门之外，将斩。参军蒋琬自成都至，见武士欲斩马谡，大惊，高叫："留人！"入见孔明曰："昔楚杀得臣而文公喜。今天下未定，而戮智谋之臣，岂不可惜乎？"孔明流涕而答曰："昔孙武所以能制胜于天下者，用法明也。今四方分争，兵戈方始，若复废法，何以讨贼耶？合当斩之。"须臾，武士献马谡首级于阶下。孔明大哭不已。蒋琬问曰："今幼常得罪，既正军法，丞相何故哭耶？"孔明曰："吾非为马谡而哭。吾想先帝在白帝城临危之时，曾嘱吾曰：'马谡言过其实，不可大用。'今果应此言，乃深恨己之不明，追思先帝之言，因此痛哭耳！"大小将士，无不流涕。马谡亡年三十九岁③。时建兴六年夏五月也。后人有诗曰：

　　　　失守街亭罪不轻，堪嗟马谡枉谈兵。

　　　　辕门斩首严军法，拭泪犹思先帝明。

　　却说孔明斩了马谡，将首级遍示各营已毕，用线缝在尸上，具棺葬之，自修祭文享祀；将谡家小加意抚恤，按月给与禄米。于是孔明

县西南五里"。据《〈三国演义〉与中国文化》(巴蜀书社 1991 年初版)称，"在四川不少州县的方志书中均有'邓芝墓'的记载，诸如广汉、剑阁、盐亭、蓬溪、遂宁、潼南等等。近人考证，潼南县青石山实为邓芝墓地。梓潼及其他县之邓芝墓，显系祠祀性坟墓。"

② 诸葛亮超擢王平

街亭之役后王平得到提拔。据《三国志·蜀书·王平传》，"建兴六年，属参军马谡先锋。谡舍水上山，举措烦扰，平连规谏谡，谡不能用，大败于街亭。众尽星散，惟平所领千人，鸣鼓自恃，魏将张郃疑其伏兵，不往逼也。于是平徐徐收合诸营遗迸，率将士而还。丞相亮既诛马谡及将军张休、李盛，夺将军黄袭等兵，平特见崇显，加拜参军，统五部兼当营事，进位讨寇将军，封亭侯"。按，王平是守街亭后出人头地的。此后他被诸葛亮提拔，成为独当一面的大将。王平此后最为突出的功绩是守汉中，王平在吴懿死后，以前监军、镇北大将军统汉中。曾在兴势(陕西洋县西北)大败魏大将军曹爽十余万大军。王平镇守汉中长达十四年，蜀延熙十一年(248)死于任上。他出身行伍，有丰富作战经验，但缺乏文化，"手不能书，其所识不过十字，而口授作书，皆有意理。使人读《史》、《汉》诸纪传，听之，备知其大义，往往论说不失其指"(《三国志·蜀书·王平传》)。

③ 马谡病死一说

按，马谡是否"被斩"，诸说不一。据《三国志》有"戮谡，以谢众"(《诸葛亮传》)，"丞相亮既诛马谡及将军张休、李盛"(《王平传》)。

《襄阳记》还记载了蒋琬后诣汉中对诸葛亮说："天下未定而戮智计之士,岂不惜乎!"由此足证马谡是被杀头的。但其余有关街亭失陷后马谡记述,却有异。《三国志·蜀书·向朗传》称,"随亮汉中。朗素与马谡善,谡逃亡,朗知情不举,亮恨之,免官"。《马谡传》也有"军还汉中。谡下狱物故,亮为之流涕"。可见街亭失守后,马谡并未主动向诸葛亮请罪,而是逃亡,丞相长史向朗去掩护了他,但仍被抓回,关在汉中狱里,未及行刑,即病死了。且说"戮"、"诛",虽作"杀"解,但也有判死罪,而殁于牢狱的含义。

④ 诸葛亮筹笔驿

诸葛亮由汉中几次出师,初次出自沔阳(陕西勉县东),以后回师后,屯驻何处,无史记述,但据《舆地纪胜》,有作"利州路利州;筹笔驿在绵谷县,去州北九十九里。旧传诸葛武侯出师尝驻此"。《清一统志》:"四川保宁府;筹笔古驿在广元县北,相传诸葛亮出师,尝驻军筹画于此。"今四川广元城北45公里筹笔乡,或即是诸葛亮出师北伐所驻处;附近有旗杆梁、擂鼓山等地,传称系诸葛亮驻军和操练处。原建有军师庙,祀诸葛亮,今废。原址处还有军师庙村,宝成铁路在此处设站。唐宋诗人多有题《筹笔驿》,如李商隐:猿鸟犹疑畏简书,风云常为护储胥。徒令上将挥神笔,终见降王走传车。管乐有才真不忝,关张无命须何如? 他年锦里经祠庙,梁父吟成恨有余。

⑤ 曹休非扬州都督

曹魏自赤壁战后,因与吴、蜀对

自作表文,令蒋琬申奏后主,请自贬丞相之职。琬回成都,入见后主,进上孔明表章。后主拆视曰:

> 臣本庸才,叨窃非据,亲秉旄钺,以励三军。不能训章明法,临事而惧,至有街亭违命之阙,箕谷不戒之失。咎皆在臣,授任无方。臣明不知人,恤事多闇。《春秋》责帅,臣职是当。请自贬三等,以督厥咎。臣不胜惭愧,俯伏待命!

后主览毕曰:"胜负兵家常事,丞相何出此言?"侍中费祎奏曰:"臣闻治国者,必以奉法为重。法若不行,何以服人? 丞相败绩,自行贬降,正其宜也。"后主从之,乃诏贬孔明为右将军,行丞相事,照旧总督军马,就命费祎赍诏到汉中。孔明受诏,贬降讫。祎恐孔明羞赧,乃贺曰:"蜀中之民,知丞相初拔四县,深以为喜。"孔明变色曰:"是何言也! 得而复失,与不得同。公以此贺我,实只使我愧赧耳。"祎又曰:"近闻丞相得姜维,天子甚喜。"孔明怒曰:"兵败师还,不曾夺得寸土,此吾之大罪也。量得一姜维,于魏何损?"祎又曰:"丞相现统雄师数十万,可再伐魏乎?"孔明曰:"昔大军屯于祁山、箕谷之时,我兵多于贼兵,而不能破贼,反为贼所破,此病不在兵之多寡,在主将耳。今欲减兵省将,明罚思过,较变通之道于将来;如其不然,虽兵多何用? 自今以后,诸人有远虑于国者,但勤攻吾之阙,责吾之短,则事可定,贼可灭,功可翘足而待矣。"费祎、诸将皆服其论。费祎自回成都。孔明在汉中,惜军爱民,励兵讲武,置造攻城渡水之器,聚积粮草,预备战筏,以为后图④。

细作探知,报入洛阳。魏王曹叡闻知,即召司马懿商议收川之策。懿曰:"蜀未可攻也。方今天道亢炎,蜀兵必不出;若我军深入其地,彼守其险要,急切难下。"叡曰:"倘蜀兵再来入寇,如之奈何?"懿曰:"臣算定今番诸葛亮必效韩信暗度陈仓之计。臣举一人往陈仓道口,筑城守御,万无一失。此人身长九尺,猿臂善射,深有谋略,若诸葛亮入寇,此人足可当之。"叡大喜,问曰:"此何人也?"懿奏曰:"乃太原人,姓郝,名昭,字伯道,现为杂霸将军,镇守河西。"叡从之,加郝昭为镇西将军,命把守陈仓道口。遣使持诏去讫。忽报扬州司马大都督曹休⑤上表,说东吴鄱阳太守周鲂,愿以郡来降,密遣人陈言七事,说东吴可破,乞早发兵取之。叡就御床上展开,与司马懿同观。懿奏曰："此言极有理，吴当灭矣。臣愿引一军往助曹休。"忽班中一人进曰："吴人之言，反覆不一，未可深信。周鲂智谋之士，必不肯降，此特诱兵之诡计也。"众视之，乃建威将军贾逵也。懿曰："此言亦不可不听，机会亦不可错失。"魏主曰："仲达可与贾逵同助曹休。"二人领命去讫。于是曹休引大军径取皖城，贾逵引前将军满宠、东皖太守胡质，径取阳城，直向东关；司马懿引本部军径取江陵⑥。

却说吴主孙权在武昌东关，会多官商议曰："今有鄱阳太守周鲂密表，奏称魏扬州都督曹休，有入寇之意。今鲂诈施诡计，暗陈七事，引诱魏兵深入重地，可设伏兵擒之。今魏兵分三路而来，诸卿有何高见？"顾雍⑦进曰："此大任非陆伯言不敢当也。"权大喜，乃召陆逊，封为辅国大将军、平北都元帅，统御林大兵，摄行王事，授以白旄黄钺，文武百官，皆听约束。权亲自与逊执鞭。逊领命谢恩毕，乃保二人为左右都督，分兵以迎三道。权问何人，逊曰："奋威将军朱桓，绥南将军全琮，二人可为辅佐。"权从之，即命朱桓为左都督，全琮为右都督。于是陆逊总率江南八十一州并荆湖之众七十余万，令朱桓在左，全琮在右，逊自居中，三路进兵。朱桓献策曰："曹休以亲见任，非智勇之将也。今听周鲂诱言，深入重地，元帅以兵击之，曹休必败。败后必走两条路：左乃夹石，右乃挂车。此二条路，皆山僻小径，最为险峻。某愿与全子璜各引一军，伏于山险，先以柴木大石塞断其路，曹休可擒矣。若擒了曹休，便长驱直进，唾手而得寿春，以窥许、洛，此万世一时也。"逊曰："此非善策，吾自有妙用。"于是朱桓怀不平而退。逊令诸葛瑾等拒守江陵，以敌司马懿。诸路俱各调拨停当。

却说曹休兵临皖城，周鲂来迎，径到曹休帐下。休问曰："近得足下之书，所陈七事，深为有理，奏闻天子，故起大军三路进发。若得江东之地，足下之功不小。有人言足下多谋，诚恐所言不实，吾料足下必不欺我。"周鲂大哭，急掣从人所佩剑欲自刎。休急止之。鲂仗剑而言曰："吾所陈七事，恨不能吐出心肝。今反生疑，必有吴人使反间之计也。若听其言，吾必死矣。吾之忠心，惟天可表！"言讫，又欲自刎。曹休大惊，慌忙抱住曰："吾戏言尔！足下何故如此？"鲂

抗，逐渐形成五个大战区：（一）关中都督区（夏侯渊、夏侯楙）；（二）扬州都督区（夏侯惇、曹休）；（三）荆襄都督区（曹仁）；（四）青徐都督区（臧霸，后隶于扬州曹休）；（五）河北都督区（吴质）。此间曹休为征东将军领扬州刺史，非"扬州司马大都督"也。

⑥ 司马懿与曹休分路伐吴
太和二年（228），曹睿在东线开展攻势，"帝为二道征吴，遣司马宣王从汉水下，休督诸军向寻阳（庐江郡）"（《三国志·魏书·曹休传》）乃两人分路挂帅伐吴，有无主次。

⑦ 顾雍墓
此后不见于顾雍事绩。按顾雍为孙权称帝后第二任丞相（第一任为孙邵）。顾雍死后，葬苏州穹窿山。子孙世居苏州，蔚为大族。墓久湮没。1928年云南李根源在穹窿山余脉小王山葬母。他查阅了吴县书张王士《木渎小志》，发现"吴丞相顾雍墓在穹窿山坞"。决定要先寻到顾雍之墓，然后才确定其母墓的位置，终于"于小王山南麓荆莽丛中得碑一文，字为风雨剥蚀，剔洗审视，中镌三行：汉驰义侯顾氏迁吴始祖贵，吴丞相封醴陵侯顾雍、梁建安令赠侯爵顾烜之墓"，为嘉庆丙子立（谢本书、李成森《民国元老李根源》，云南教育出版社1999年9月版），李根源为之摩崖石刻文曰："穹窿小王山，一名琴台山，又名小黄山。葬汉驰义侯顾公贵，吴丞相顾公雍、梁建安令顾公烜、宋秘书正字周公南、顾文节公彦成、顾漫庆先生禧、潘氏南渡始祖清，赠刑部郎中王公元相暨吾母阙太夫人共九墓刻石纪之，已告来告。中

华民国十七年九月，前国务总理、农商总长、陕西省长李根源敬书。"（万国强《顾毓琇传》，南京大学出版社 2001 年 12 月版 186 页）抗战胜利后顾毓琇回无锡祭扫，1986 年 6 月又来到穹隆山再访顾雍墓。

⑧ 曹休轻进早为他人推算必败
太和二年(228)曹休自庐江入皖(合肥)，豫州刺史满宠上疏："曹休虽明果，而希用兵，今所从道背湖旁江，易进难退，此兵之洼地也。若入无疆口(桐城夹面东南)，宜深为之备"(《魏书·满宠传》)"济表以为深入虎地，与权精兵对，而朱然等在上流乘休后，臣未能其利也。""今战示形于西，必钦并兵图东，宜急诏诸军往救之。"(《魏书·蒋济传》)他们都看吴兵利用地理险要，集中兵力打歼灭战。

⑨ 贾逵未被削去指挥权
贾逵与曹休分路取东关，贾由豫州取西阳，休由寿春向皖，"逵度贼无东关之备，必并军于皖，休深入与贼战，必败。乃部署诸将，水陆并进，行二百里，得生贼，言休战败，权遣兵断夹石。诸将不知所出，或欲待后军。逵曰：'……若待后军，贼已断险，兵虽多何益。'乃兼道进军，多设旗鼓为疑兵，贼见逵军，遂退。逵据夹石，以兵粮给之，休军乃振"(《三国志·魏书·贾逵传》)。

⑩ 徐盛未参加石亭之战
据《三国志·吴书·徐盛传》，徐盛"黄武中卒"，按孙权黄武纪年有七年。石亭之战发生在黄武七年(228)，明年即黄龙元年矣，是以徐当死于黄武三年(224)，隔江御曹至于广陵后不久。

⑪ 贾逵设旌旗为疑兵出典
《三国志·魏书·贾逵传》称贾

乃用剑割发掷于地曰："吾以忠心待公，公以吾为戏。吾割父母所遗之发，以表此心。"曹休乃深信之，设宴相待。席罢，周鲂辞去。忽报建威将军贾逵来见，休令入，问曰："汝此来何为？"逵曰："某料东吴之兵，必尽屯于皖城。都督不可轻进，待某两下夹攻，贼兵可破矣。"⑧休怒曰："汝欲夺吾功耶？"逵曰："又闻周鲂截发为誓，此乃诈也。昔要离断臂，刺杀庆忌，未可深信。"休大怒曰："吾正欲进兵，汝何出此言以慢军心！"叱左右推出斩之。众将告曰："未及进兵，先斩大将，于军不利。且乞暂免。"休从之，将贾逵兵留在寨中调用，自引一军来取东关⑨。时周鲂听知贾逵削去兵权，暗喜曰："曹休若用贾逵之言，则东吴败矣！今天使我成功也。"即遣人密到皖城，报知陆逊。逊唤诸将听令，曰："前面石亭，虽是山路，足可埋伏。早先去占石亭阔处，布成阵势，以待魏军。"遂令徐盛为先锋⑩，引兵前进。

却说曹休命周鲂引兵而进，正行间，休问曰："前至何处？"鲂曰："前面石亭也，堪以屯兵。"休从之，遂率大军并车仗等器，尽赴石亭驻扎。次日，哨马报道："前面吴兵不知多少，据住山口。"休大惊曰："周鲂言无兵，为何有准备？"急寻鲂问之。人报周鲂引数十人，不知何处去了。休大悔曰："吾中贼之计矣！虽然如此，亦不足惧。"遂令大将张普为先锋，引数千兵来与吴兵交战。两阵对圆，张普出马骂曰："贼将早降！"徐盛出马相迎。战无数合，普抵敌不住，勒马收兵，回见曹休，言徐盛勇不可当。休曰："吾当以奇兵胜之。"就令张普引二万军伏于石亭之南，又令薛乔引二万军伏于石亭之北："明日吾自引一千兵搦战，却佯输诈败，诱到北山之前，放炮为号，三面夹攻，必获大胜。"二将受计，各引二万军到晚埋伏去了。

却说陆逊唤朱桓、全琮分付曰："汝二人各引三万军，从石亭山路抄到曹休寨后，放火为号；吾亲率大军，从中路而进，可擒曹休也。"当日黄昏，二将受计，引兵而进。二更时分，朱桓引一军正抄到魏寨后，迎着张普伏兵。普不知是吴兵，径来问时，被朱桓一刀斩于马下。魏兵便走。桓令后军放火。全琮引一军抄到魏寨后，正撞在薛乔阵里，就那里大杀一阵。薛乔败走，魏兵大损，奔回本寨。后面朱桓、全琮两路杀来。曹休寨中大乱，自相冲击。休慌上马，望夹石道奔走。徐盛引大队军马，从正路杀来，魏兵死者不可胜数，逃命者尽弃衣甲。曹休大惊，在夹石道中奋力奔走，忽见一彪军从小路冲出，为首大将乃贾逵也。休惊慌少息，自愧曰："吾不用公言，果遭此败。"逵曰："都督可速出此道，若被吴兵以木石塞断，吾等皆危矣！"于是曹休骤马而行，贾逵断后。逵于林木盛茂处及险峻小径，多设旌旗以为疑兵。⑪及至徐盛赶到，见山坡下闪出旗角，疑有埋伏，不敢追赶，收兵而回，因此救了曹休。司马懿听知休败，亦引兵退去。

却说陆逊正望捷音，须臾，徐盛、朱桓、全琮皆到，所得车仗、牛马、驴骡、军资、器械不计其数，降兵数万余人。逊大喜，即同太守周鲂并诸将班师还吴。吴主孙权，领文武官僚出武昌城迎接，以御盖覆逊而入。诸将尽皆升赏。权见周鲂无发，慰劳曰："卿断发成此大事，功名当书于竹帛也。"即封周鲂为关内侯⑫⑬，大设筵会，劳军庆贺。陆逊奏曰："今曹休大败，魏已丧胆；可修国书，遣使入川，教诸葛亮进兵攻之。"权从其言，遂遣使赍书入川去。正是：

只因东国能施计，致令西川又动兵。

未知孔明再来伐魏胜负如何，且看下文分解。

逵，"乃兼道进军，多设旗鼓为疑兵，贼见逵军遂退"。此后人多仿之，五代吴徐温将钟泰章"随周本围苏州，本败于黄天荡，泰章将精兵三百为殿，多树旗帜菰蒋中，追兵不敢逼而还"(《十国春秋》卷十《钟泰章传》)。

⑫ 周鲂之子周处

周鲂，《三国志》有传。周氏世为阳羡(江苏宜兴)大族。周鲂在参与破曹休后，仍返鄱阳太守任上，赤乌初年病死。其子即周处，《世说新语》和《晋书》分别载有他除三害故事。按"除三害"事，当发生于东吴灭亡前十数年，时周处约二十五六岁。周处"除二害"后，赴吴郡拜访两陆(陆机、陆云)，经陆云开导，立志改过。时陆云还未成童，两人相差二十多岁。恐不可信。此或是传闻。《晋书》也有捃拾魏晋笔记，不加考信采录，此即其一。东吴天纪年间，周处出任东观令(一作东观左丞)和无难督。其间还做过太常，至阳羡(江苏宜兴)封禅国山。

⑬ 周鲂家族墓

周鲂墓在江苏宜兴城内东南角，土人称之为"周墓墩"。1952 年 12 月县精一中学(今第一中学)以大土墩土填平操场时发现，为宜兴周氏墓群。1953 年先后两次发掘有一号墓(周处墓)，二号墓(周处子周札)，三号墓(周靖，周处子)，四号墓即周鲂墓，五号墓(为周处子周玘及孙周勰、周彝墓)，六号墓为(周处祖周宾)，一、四、五号墓分别有纪年元康七年(297)、永宁二年(302)、建兴四年(316)。周处墓葬发现有周处人骨，头盖骨特厚，最厚处达 10 mm(罗宗真《考古生涯五十年》凤凰出版社 2007 年 12 月)

第九十七回

讨魏国武侯再上表
破曹兵姜维诈献书

① **曹休墓与曹休墓博物馆**

曹休本月石亭战败，同月病死，安葬在河南洛阳孟津县送庄镇三十里铺村。2009年，因扩建高速公路被发现。墓室巨大，有曹休头盖骨和颚骨见存，经科学鉴定，墓主应为五十多岁，身高1.71厘米，骨骼呈年轻化，膝盖骨未见有一般老年人骨质增生现象。额骨内侧有不规则凹坑，应是某种炎症和骨骼表面骨板侵蚀，可能出自某种肿瘤变异导致，至少曾在一段时间内遭受激烈的头疼，察之曹休发背疽而死，似乎他在石亭战前已时有病症，以致影响指挥，作出轻举妄动的低级战术。洛阳市以曹休墓为主体，建造地下博物馆。博物馆分地上部分"历史之门"；地下部分"大地之痕"。

② **赵云死的民间传说**

赵云病死见《三国志·蜀书·赵云传》，但流传甚久的民间传说乃称赵云系灯笼星下凡，灯笼壳犹如西方神话英雄的皮肤、盔甲，刀枪不入。相传赵云之妻不相信丈夫打了几百次仗，身上没有伤痕，赵云亦以此自豪。她乘

却说蜀汉建兴六年秋九月，魏都督曹休被东吴陆逊大破于石亭，车仗马匹、军资器械并皆罄尽。休惶恐之甚，气忧成病，到洛阳，疽发背而死①。魏主曹睿敕令厚葬。司马懿引兵还，众将接入问曰："曹都督兵败，即元帅之干系，何故急回耶？"懿曰："吾料诸葛亮知吾兵败，必乘虚来取长安。倘陇西紧急，何人救之？吾故回耳。"众皆以为惧怯，哂笑而退。

却说东吴遣使致书蜀中，请兵伐魏，并言大破曹休之事，一者显自己威风，二者通和会之好。后主大喜，令人持书至汉中报知孔明。时孔明兵强马壮，粮草丰足，所用之物，一切完备，正要出师。听知此信，即设宴大会诸将，计议出师。忽一阵大风自东北角上而起，把庭前松树吹折。众皆大惊。孔明就占一课，曰："此风主损一大将。"诸将未信。正饮酒间，忽报镇南将军赵云长子赵统、次子赵广，来见丞相。孔明大惊，掷杯于地曰："子龙休矣！"二子入见，拜哭曰："某父昨夜三更病重而死。②"孔明跌足而哭曰："子龙身故，国家损一栋梁，去吾一臂也！"众将无不挥涕。孔明令二子入成都面君报丧。后主闻云死，放声大哭曰："朕昔年幼，非子龙则死于乱军之中矣！"即下诏追赠大将军，谥封顺平侯③，敕葬于成都锦屏山之东，建立庙堂，四时享祭④。后人有诗曰：

> 常山有虎将，智勇匹关张。
>
> 汉水功勋在，当阳姓字彰。
>
> 两番扶幼主，一念答先皇。

青史书忠烈，应流百世芳。

却说后主思念赵云昔日之功，祭葬甚厚；封赵统为虎贲中郎，赵广为牙门将，就令守坟。⑤二人辞谢而去。忽近臣奏曰："诸葛丞相将军马分拨已定，即日将出师伐魏。"后主问在朝诸臣，诸臣多言未可轻动。后主疑虑未决。忽奏丞相令杨仪赍出师表至。后主宣入，仪呈上表章。后主就御案上拆视，其表曰：

先帝虑汉、贼不两立，王业不偏安，故托臣以讨贼也。以先帝之明，量臣之才，故知臣伐贼才弱敌强也。然不伐贼，王业亦亡。惟坐而待亡，孰与伐之？是故托臣而弗疑也。臣受命之日，寝不安席，食不甘味。思惟北征，宜先入南，故五月渡泸，深入不毛，并日而食。臣非不自惜也，顾王业不可偏安于蜀都，故冒危难以奉先帝之遗意。而议者谓为非计。今贼适疲于西，又务于东，兵法乘劳，此进趋之时也。谨陈其事如左：

高帝明并日月，谋臣渊深，然涉险被创，危然后安。今陛下未及高帝，谋臣不如良、平，而欲以长策取胜，坐定天下，此臣之未解一也。刘繇、王朗，各据州郡，论安言计，动引圣人，群疑满腹，众难塞胸，今岁不战，明年不征，使孙权坐大，遂并江东，此臣之未解二也。曹操智计，殊绝于人，其用兵也，仿佛孙、吴，然困于南阳，险于乌巢，危于祁连，逼于黎阳，几败北山，殆死潼关，然后伪定一时耳；况臣才弱，而欲以不危而定之，此臣之未解三也。曹操五攻昌霸不下，四越巢湖不成，任用李服而李服图之，委任夏侯而夏侯败亡，先帝每称操为能，犹有此失，况臣驽下，何能必胜？此臣之未解四也。自臣到汉中，中间期年耳，然丧赵云、阳群、马玉、阎芝、丁立、白寿、刘郃、邓铜等及曲长屯将七十余人，突将、无前、賨、叟、青羌、散骑、武骑一千余人，此皆数十年之内所纠合四方之精锐，非一州之所有；若复数年，则损三分之二也，当何以图敌？此臣之未解五也。今民穷兵疲，而事不可息，事不可息，则住与行，劳费正等，而不及早图之，欲以一州之地，与贼持久，此臣之未解六也。

夫难平者，事也。昔先帝败军于楚，当此之时，曹操拊手，谓天下已定。然后先帝东连吴、越，西取巴、蜀，举兵北征，夏侯

丈夫熟睡时，用一根纳鞋底的针在丈夫肚脐眼侧边扎了一下，早晨一看，赵云死了，因她把灯笼壳戳穿了，气放完了，赵云就归天了（《中国民间文学集成·四川成都市大邑县卷》，1988 年版第 261—262 页）。按此说有似西方神话，英雄诞生时，在火中炼过，百炼成钢（如北高加索《纳尔特》叙事诗索苏鲁科）或在龙血中洗澡（如德国叙事诗西格费特），但索苏鲁科在膝盖关节和西格费德在肩胛骨都有一处可破点能死于非命。所以俄国汉学家李福清认为：这个防身魔力刀枪不入，从赵云的传说说明，世界许多民族民间故事手法相通。

③ **赵云和其他"四虎将"谥号**
谥是人臣死后根据他生前行为和品德而追赐的称号。"夫谥所以叙元勋也"（《赵云别传》载后主诏）。赵云是蜀汉建兴七年(229)病死的，他从未有赠大将军事，且其谥号也直到景耀四年(261)："大将军姜维等议，以为云昔从先帝，劳迹既著，经营天下，遵奉法度，功效可书。当阳之役，义贯金石。忠以卫上，君念其赏；礼以厚下，臣忘其死。死者有知，足以不朽，生者感恩，足以殒身。谨按谥法，柔贤慈惠曰顺，执事有班曰平，克定祸乱曰平，应谥云曰顺平侯"（《赵云别传》）。蜀汉苛于人臣谥号，刘备在位时，唯法正谥为"翼侯"。当时还是汉中王。在他称帝前后死去的关羽、庞统、黄忠和张飞、马超等都未赐谥或追谥。蜀汉景耀二年八月，刘禅的宠臣领中护军陈祗病死，即谥"忠侯"，由是翌年秋八月，始追谥关羽

为"壮缪侯"、张飞为"桓侯"、马超为"威侯"、黄忠为"刚侯"和庞统为"靖侯"。而赵云追谥"顺平侯",是有史记载最后的一人,再过两年蜀汉就亡了。

④ 赵云墓

原在四川大邑县锦屏山下,墓为棺形,有石碑"汉顺平侯赵云墓",今佚。墓前为赵云祠,始建于明,原有山门、大殿、正殿,正殿内塑有赵云坐像,两旁塑其子赵统、赵广,一握长矛,一捧兵书。天花板上绘与赵云有关的长坂救主、截江夺阿斗。1985年因围于县职业高中校园,已迁往离锦屏山1公里静惠山。山上新建的赵云祠,两侧悬挂匾额"虎威永镇"、"赤胆忠心"。祠仅一重,正中老年赵云以铠甲披身作坐状。祠左侧静惠山顶峰,筑有一段城楼,称"望羌台",相传赵云晚年镇守大邑,抚绥羌人,此处即为他瞭望之处。又《城冢记》称,河南南阳县南有蜀偏将军赵云墓,有石碑,当误传。

⑤ 赵云两子下落

据《三国志·蜀书·赵云传》赵云长子赵统,后官至虎贲中郎督行领军;次子赵广牙门将,随姜维至沓中,临阵战死。

⑥ 后《出师表》是假的吗

对于《后出师表》,后人多有说是假的。它不见于《三国志》,乃自东晋习凿齿《汉晋春秋》所转载的东吴大鸿胪张俨《默记》。认为它是伪作,理由是作者贬值自己、多有涣散人心的文句,况且颇有与史不合处,如所提及赵云已死,其实赵云要在上此表后才病死(229)。因而有人认为是张俨伪作,也有认为是诸葛恪伪作,他为了使自己伐魏主张得到

授首,此操之失计,而汉事将成也。然后吴更违盟,关羽毁败,秭归蹉跌,曹丕称帝。凡事如是,难可逆料。臣鞠躬尽瘁,死而后已,至于成败利钝,非臣之明所能逆睹也⑥。

后主览表甚喜,即敕令孔明出师。孔明受命,起三十万精兵,令魏延总督前部先锋,径奔陈仓道口而来。

早有细作报入洛阳。司马懿奏知魏主,大会文武商议。大将军曹真出班奏曰:"臣昨守陇西,功微罪大,不胜惶恐。今乞引大军往擒诸葛亮。臣近得一员大将,使六十斤大刀,骑千里征宛马,开两石铁胎弓,暗藏三个流星锤,百发百中,有万夫不当之勇,乃陇西狄道人,姓王,名双,字子全。臣保此人为先锋。"睿大喜,便召王双上殿,视之,身长九尺,面黑睛黄,熊腰虎背。睿笑曰:"朕得此大将,有何虑哉!"遂赐锦袍金甲,封为虎威将军、前部大先锋。曹真为大都督。真谢恩出朝,遂引十五万精兵,会合郭淮、张郃,分道守把隘口。

却说蜀兵前队哨至陈仓,回报孔明,说:"陈仓口已筑起一城⑦,内有大将郝昭守把,深沟高垒,遍排鹿角,十分谨严;不如弃了此城,从太白岭鸟道出祁山甚便。"孔明曰:"陈仓正北是街亭,必得此城,方可进兵。"命魏延引兵到城下,四面攻之。连日不能破。魏延复来告孔明,说城难打。孔明大怒,欲斩魏延。忽帐下一人告曰:"某虽无才,随丞相多年,未尝报效;愿去陈仓城中,说郝昭来降,不用张弓只箭。"众视之,乃部曲靳祥也。孔明曰:"汝用何言以说之?"祥曰:"郝昭与某同是陇西人氏,自幼交契。某今到彼,以利害说之,必来降矣。"孔明即令前去。靳祥骤马径到城下,叫曰:"郝伯道故人靳祥来见。"城上人报知郝昭。昭令开门放入,登城相见。昭问曰:"故人因何至此?"祥曰:"吾在西蜀孔明帐下,参赞军机,待以上宾之礼。特令某来见公,有言相告。"昭勃然变色曰:"诸葛亮乃我国仇敌也。吾事魏,汝事蜀,各事其主,昔时为昆仲,今时为仇敌。汝再不必多言,便请出城!"靳祥又欲开言,郝昭已出敌楼上了。魏军急催上马,赶出城外。祥回头视之,见昭倚定护心木栏干。祥勒马,以鞭指之曰:"伯道贤弟,何太情薄耶?"昭曰:"魏国法度,兄所知也。吾受国恩,但有死而已。兄不必下说词。早回见诸葛亮,教快来攻城,吾不惧也。"祥回告孔明曰:"郝昭未等某开言,便先阻却。"孔明曰:"汝可

再去见他，以利害说之。"

祥又到城下，请郝昭相见。昭出到敌楼上。祥勒马高叫曰："伯道贤弟，听吾忠言，汝据守一孤城，想拒数十万之众，今不早降，后悔无及。且不顺大汉而事奸魏，抑何不知天命、不辨清浊乎？愿伯道思之！"郝昭大怒，拈弓搭箭，指靳祥而喝曰："吾前言已定，汝不必再言，可速退，吾不射汝！"靳祥回见孔明，具言郝昭如此光景。孔明大怒曰："匹夫无礼太甚，岂欺吾无攻城之具耶？"随叫土人问曰："陈仓城中，有多少人马？"土人告曰："虽不知的数，约有三千人。"孔明笑曰："量此小城安能御我。休等他救兵到，火速攻之。"于是军中起百乘云梯，一乘上可立十数人，周围用木板遮护。军士各把短梯软索，听军中擂鼓，一齐上城。郝昭在敌楼上望见蜀兵装起云梯，四面而来，即令三千军各执火箭⑧，分布四面，待云梯近城，一齐射之。孔明只道城中无备，故大造云梯，令三军鼓噪呐喊而进；不期城上火箭齐发，云梯尽着，梯上军士多被烧死。城上矢石如雨，蜀兵皆退。孔明大怒曰："汝烧吾云梯，吾却用'冲车'之法。"于是连夜安排下冲车。

次日，又四面鼓噪呐喊而进。郝昭急命运石凿眼，用葛绳穿定飞打，冲车皆被打折⑨。孔明又令人运土填城壕，教廖化引三千锹镢军，从夜间掘地道，暗入城去。郝昭又于城中掘重壕横截之。如此昼夜相攻，二十余日，无计可破。孔明正在营中忧闷，忽报东边救兵到了，旗上书"魏先锋大将王双"。孔明问曰："谁可迎之？"魏延出曰："某愿往。"孔明曰："汝乃先锋大将，未可轻出。"又问："谁敢迎之？"裨将谢雄应声而出，孔明与三千军去了。孔明又问："谁敢再去？"裨将龚起应声要去，孔明亦与三千兵去了。孔明恐城内郝昭引兵冲出，乃把人马退二十里下寨。

却说谢雄引军前行，正遇王双，战不三合，被双一刀劈死。蜀兵败走，双随后赶来。龚起接着，交马只三合，亦被双所斩。败兵回报孔明。孔明大惊，忙令廖化、王平、张嶷三人出迎。两阵对圆，张嶷出马，王平、廖化压住阵角。王双纵马来与张嶷交马，数合不分胜负。双诈败便走，嶷随后赶去。王平见张嶷中计，忙叫曰："休赶！"嶷急回马时，王双流星锤早到，正中其背。嶷伏鞍而走。双回马赶

认同，而为吴甘露二年(266)死去的张俨收录进《默记》。也有认为"此蜀亡后，好亮者附会董广川明道不计功之说，以夸亮之贤且智，而不知适以毁亮也，裴松之称此表，本集所无，出张俨《默记》，陈寿削之，真良史哉"(袁枚)。但也有多人，不以为然，何焯说，"此表中有臣到关中期年，丧赵云等七十余人云云。考赵云本传，云以建兴七年卒，散关之后，乃在六年，后人或据此疑此表为伪，非也。以元逊(诸葛恪)传观之自明，第此表乃剧论事势之尽，非若发汉中时所陈，得以激厉士众，不妨宣泄于外，失之蜀而传之吴或伯松(诸葛乔)写留箱箧，元逊钩致之于身后耳，集不载者，益明诸葛之慎，非由陈氏之疏。若《赵云传》，'七年'字当为'六年'。云本信臣宿将，箕谷失利，适由兵弱，既贬杂号将军，以明法。散关之役，使其尚在，必别统万众，使复所负；而不闻再出，其必没于是冬之前无疑也"。故学者认为，不能以《三国志》无载《后出师表》即可判定为伪作，盖后表全文是以正统自居、讨贼自任为其起点的，但若《三国志》录后表，则有宣扬以蜀汉为正统说，与该书主旨以魏为正统说相悖，会遭时忌，为此，就只能付之阙如了。

⑦ 郝昭所筑陈仓

陈仓有上城、下城。据清黎庶昌《丁亥入都纪程》："宝鸡，古陈仓，旧城在县东北二十里，有二城相连。上城秦文公所筑。汉王还定三秦，败雍王章邯兵于陈仓是也。下城魏将郝昭所筑，诸葛孔明围之不克是也。今遗迹仿佛可睹。"

⑧ 郝昭最初将火箭用于战斗

火箭说,最早见自先秦。《周礼·夏官·司弓矢》的"八矢"中"枉矢"、"絜矢",其作用乃"利火射",郑玄注称:"二者皆可结火以射敌。""火箭"定名和应用乃是三国魏郝昭,他是中国第一个将火箭用于实战的将军。蜀汉建兴六年(228)年冬,杂号将军郝昭筑陈仓城(陕西宝鸡东)。诸葛亮十万大军来攻,郝昭率军千人积极防御,并采用了火箭,烧毁对方攻城用的云梯。"昭于是以火箭逆射其云梯,梯燃,梯上人皆烧死"(《三国志·魏书·明帝纪》引《魏略》)。经过多次反复,他终于保全了陈仓,诸葛亮败走。这是早期的火箭应用。它在箭镞下缚以草艾、碎布,润以油脂,点燃后用弓弩射向目标,以引起燃烧。

⑨ 郝昭陈仓防御乃张巡睢阳故事移植

郝昭守陈仓细节不见于史传,此处似参照《新唐书·张巡传》,张巡守睢阳,贼将尹子奇以几十万之众围之,而不能下,张巡守军仅千人,且粮乏。"贼知之,以云衡于傅堞,巡出钩干拄之,使不得进,篝火焚梯。贼以钩车木马进,巡辄破碎之。贼服其机,不复攻,穿壕立栅以守。"

来,王平、廖化截住,救得张嶷回阵。王双驱兵大杀一阵,蜀兵折伤甚多。嶷吐血数口,回见孔明,说:"王双英雄无敌,如今将二万兵就陈仓城外下寨,四面立起排栅,筑起重城,深挖壕堑,守御甚严。"孔明见折二将,张嶷又被打伤,即唤姜维曰:"陈仓道口这条路不可行,别求何策?"维曰:"陈仓城池坚固,郝昭守御甚密,又得王双相助,实不可取。不若令一大将依山傍水,下寨固守;再令良将守把要道,以防街亭之攻;却统大军去袭祁山,某却如此如此用计,可捉曹真也。"孔明从其言,即令王平、李恢引二枝兵守街亭小路;魏延引一军守陈仓口。马岱为先锋,关兴、张苞为前后救应使,从小径出斜谷望祁山进发。

却说曹真因思前番被司马懿夺了功劳,因此到洛阳分调郭淮、孙礼东西守把;又听的陈仓告急,已令王双去救。闻知王双斩将立功,大喜,乃令中护军大将费耀,权摄前部总督,诸将各自守把隘口。忽报山谷中捉得细作来见。曹真令押入,跪于帐前。其人告曰:"小人不是奸细,有机密来见都督,误被伏路军捉来,乞退左右。"真乃教去其缚,左右暂退。其人曰:"小人乃姜伯约心腹人也,蒙本官遣送密书。"真曰:"书安在?"其人于贴肉衣内取出呈上。真拆视曰:

> 罪将姜维百拜书呈大都督曹麾下:维念世食魏禄,忝守边城,叨窃厚恩,无门补报。昨日误遭诸葛亮之计,陷身于巅崖之中,思念旧国,何日忘之!今幸蜀兵西出,诸葛亮甚不相疑,赖都督亲提大兵而来,如遇敌人,可以诈败;维当在后,以举火为号,先烧蜀人粮草,却以大兵翻身掩之,则诸葛亮可擒也。非敢立功报国,实欲自赎前罪。倘蒙照察,速赐来命。

曹真看毕,大喜曰:"天使吾成功也!"遂重赏来人,便令回报,依期会合。真唤费耀商议曰:"今姜维暗献密书,令吾如此如此。"耀曰:"诸葛亮多谋,姜维智广,或者是诸葛亮所使,恐其中有诈。"真曰:"他原是魏人,不得已而降蜀,又何疑乎?"耀曰:"都督不可轻去,只守定本寨。某愿引一军接引姜维,如成功,尽归都督;倘有奸计,某自支当。"真大喜,遂令费耀引五万兵,望斜谷而进。行了两三程,屯下军马,令人哨探。

当日申时分,回报:"斜口道中,有蜀兵来也。"耀忙催兵进。蜀兵未及交战先退。耀引兵追之,蜀兵又来。方欲对阵,蜀兵又退。如此者三次,俄延至次日申时分。魏军一日一夜不曾敢歇,只恐蜀兵攻击;方欲屯军造饭,忽然四面喊声大震,鼓角齐鸣,蜀兵漫山遍野而来。门旗开处,闪出一辆四轮车,孔明端坐其中,令人请魏军主将答话。耀纵马而出,遥见孔明,心中暗喜,回顾左右曰:"如蜀兵掩至,便退后走;若见山后火起,却回身杀去,自有兵来相应。"分付毕,跃马出呼曰:"前者败将,今何敢又来!"孔明曰:"唤汝曹真来答话!"耀骂曰:"曹都督乃金枝玉叶,安肯与反贼相见耶!"孔明大怒,把羽扇一招,左有马岱,右有张嶷,两路兵冲出。魏兵便退,行不到三十里,望见蜀兵背后火起,喊声不绝。费耀只道号火,便回身杀去。蜀兵齐退。耀提刀在前,只望喊处追赶。将次近火,山路中鼓角喧天,喊声震地,两军杀出:左有关兴,右有张苞。山上矢石如雨,往下射来。魏兵大败。费耀知是中计,急退军望山谷中而走,人马困乏。背后关兴引生力军赶来,魏兵自相践踏及落涧身死者,不知其数。耀逃命而走,正遇山坡口一彪军,乃是姜维。耀大骂曰:"反贼无信!吾不幸误中汝奸计也!"维笑曰:"吾欲擒曹真,误赚汝矣!速下马受降。"耀骤马夺路,望山谷中而走,忽见谷口火光冲天,背后追兵又至。耀自刎身死,余众尽降[10]。孔明连夜驱兵,直出祁山前下寨,收住军马,重赏姜维。维曰:"某恨不得杀曹真也!"孔明亦曰:"可惜大计小用矣。"

却说曹真听知折了费耀,悔之不及,遂与郭淮商议退兵之策。于是孙礼、辛毗星夜具表申奏魏主,言蜀兵又出祁山,曹真损兵折将,势甚危急。叡大惊,即召司马懿入内,曰:"曹真损兵折将,蜀兵又出祁山,卿有何策可以退之?"懿曰:"臣已有退诸葛亮之计。不用魏军扬武耀威,蜀兵自然走矣。"正是:

已见子丹无胜术,全凭仲达有良谋。

未知其计如何,且看下文分解。

⑩ 姜维诈降全乃虚构
此事不见于《三国志》有关史传。《三国志·魏书·明帝纪》称,魏太和二年(229)十二月"诸葛亮围陈仓,曹真遣将军费曜等拒之",此处无有曹真受姜维所欺事。

第九十八回　追汉军王双受诛
　　　　　　　袭陈仓武侯取胜

　　却说司马懿奏曰："臣尝奏陛下，言孔明必出陈仓，故以郝昭守之，今果然矣。彼若从陈仓入寇，运粮甚便。今幸有郝昭、王双守把，不敢从此路运粮。其余小道，搬运艰难。臣算蜀兵行粮止有一月，利在急战。我军只宜久守。陛下可降诏，令曹真坚守诸路关隘，不要出战。不须一月，蜀兵自走。那时乘虚而击之，诸葛亮可擒也。"叡欣然曰："卿既有先见之明，何不自引一军以袭之？"懿曰："臣非惜身重命，实欲存下此兵，以防东吴陆逊耳。孙权不久必将僭号称尊，如称尊号，恐陛下伐之，定先入寇也，臣故欲以兵待之。"正言间，忽诸臣奏曰："曹都督奏报军情。"懿曰："陛下可即令人告戒曹真，凡追赶蜀兵，必须观其虚实，不可深入重地，以中诸葛亮之计。"叡即时下诏，遣太常卿韩暨持节告戒曹真："切不可战，务在谨守；只待蜀兵退去，方才击之。"司马懿送韩暨于城外，嘱之曰："吾以此功让与子丹，公见子丹，休言是吾所陈之意，只道天子降诏，教保守为上。追赶之人，大要仔细，勿遣性急气躁者追之。"暨辞去。

　　却说曹真正升帐议事，忽报天子遣太常卿韩暨持节至，真出寨接入。受诏已毕，退与郭淮、孙礼计议。淮笑曰："此乃司马仲达之见也。"真曰："此见若何？"淮曰："此言深识诸葛亮用兵之法。久后能御蜀兵者，必仲达也。"真曰："倘蜀兵不退，又将如何？"淮曰："可密令人去教王双，引兵于小路巡哨，彼自不敢运粮。待其粮尽兵退，乘势追击，可获全胜。"孙礼曰："某去祁山虚妆做运粮兵，车上尽装干柴茅草，以硫黄焰硝灌之，却教人虚报陇西运粮到。若蜀人无粮，必然来抢。待入其中，放火烧车，外以伏兵应之，可胜矣。"真喜曰："此计大妙。"即令孙礼引兵依计而行。又遣人教王双引兵于小路上巡哨，郭淮引兵提调箕谷、街亭，令诸路军马守把险要。真又令张辽子张虎为先锋，乐进子乐綝为副先锋，同守头营，不许出战。

　　却说孔明在祁山寨中，每日令人挑战，魏兵坚守不出。孔明唤姜维等商议曰："魏兵坚守不出，是料吾军中无粮也。今陈仓转运不通，其余小路盘涉艰难，吾算随军粮草，不敷一月用度，如之奈何？"正踌躇间，忽报陇西魏军运粮数千车于祁山之西，运粮官乃孙礼也。孔明曰：

"其人如何？"有魏人告曰："此人曾随魏王出猎于大石山，忽惊起一猛虎，直奔御前，孙礼下马拔剑斩之①，从此封为上将军。乃曹真心腹人也。"孔明笑曰："此时魏将料吾乏粮，故用此计。车上装载者，必是茅草引火之物。吾平生专用火攻，彼乃欲以此计诱我耶？彼若知吾军去劫粮车，必来劫吾寨矣。可将计就计而行。"遂唤马岱分付曰："汝引三千军，径到魏兵屯粮之所，不可入营，但于上风头放火。若烧着车仗，魏兵必来围吾寨。"又差马忠、张嶷各引五千兵在外围住，内外夹攻。三人受计去了。又唤关兴、张苞，分付曰："魏兵头营接连四通之路。今晚若西山火起，魏兵必来劫吾营。汝二人却伏于魏寨左右，只等他兵出寨，汝二人便可劫之。"又唤吴班、吴懿，分付曰："汝二人各引一军伏于营外，如魏兵到，可截其归路。"孔明分拨已毕，自在祁山上凭高而坐。魏兵探知蜀兵要来劫粮，慌忙报与孙礼。礼令人飞报曹真②。真遣人去头营分付张虎、乐綝："看今夜山西火起，蜀兵必来救应。可以出军，如此如此。"二将受计，令人登楼专看号火。

却说孙礼把军伏于山西，只待蜀兵到。是夜二更，马岱引三千兵来，人皆衔枚，马尽勒口，径到山西，见许多车仗，重重叠叠，攒绕成营，车仗虚插旌旗。正值西南风起，岱令军士径去营南放火，车仗尽着，火光冲天。孙礼只道蜀兵到魏寨内放号火，急引兵一齐掩至。背后鼓角喧天，两路兵杀来，乃是马忠、张嶷，把魏军围在垓心。孙礼大惊，又听的魏军中喊声起，一彪军从火光边杀来，乃是马岱。内外夹攻，魏兵大败，火紧风急，人马乱窜，死者无数。孙礼引中伤军，突烟冒火而走。

却说张虎在营中望见火光，大开寨门，与乐綝尽引人马，杀奔蜀寨来，寨中却不见一人。急收军回时，吴班、吴懿两路兵杀出，断其归路。张、乐二将急冲出重围，奔回本寨，只见土城之上，箭如飞蝗，原来却被关兴、张苞袭了营寨。魏兵大败，皆投曹真寨来，方欲入寨，忽见一彪败军飞奔而来，乃是孙礼，遂同入寨见真，各言中计之事。真听知，谨守大寨，更不出战。蜀兵得胜，回见孔明。孔明令人密授计与魏延，一面教拔寨齐起。杨仪曰："今已大胜，挫尽魏兵锐气，何故反欲收军？"孔明曰："吾兵无粮，利在急战。今彼坚守不出，吾受其病矣。彼今虽暂时兵败，中原必有添益。若以轻骑袭吾粮道，

① 三国中原、江南多虎

孙礼砍虎故事，见诸史传，他随魏明帝"猎于大石山，虎趋乘舆，礼便投鞭下马，欲奋鞭砍虎"（《三国志·魏书·孙礼传》）。大石山，即在河南洛阳南郊，三国时期洛阳和河南地带虽遭董卓破坏，但时隔经年又渐趋繁荣，终因人丁稀少，以致仍见有虎。时中原、江南常见有虎出没记载，游猎者常能遇虎。《世语》说，夏侯渊三子夏侯称，"年十六，渊与之田，见奔虎，称驰马逐之，禁之不可，一箭而倒。"曹真年轻时，有次在家乡谯郡（安徽亳县）出猎，"为虎所逐，顾射虎，应声而倒"（《三国志·魏书·曹真传》）。江南也有老虎。"（孙）权每田猎，常乘马射虎，虎常突前攀持马鞍"。"乃作射虎车，为方目，闲不置盖，一人为御，自于中射之。"（《三国志·吴书·张昭传》）汉建安二十三年（218），孙权"将如吴，亲乘马射虎于庱亭"（《三国志·吴书·吴主传》）。据称，杭州原名虎林，因三国时出没老虎，故名。

② 孙礼与曹真无关系

《三国志·魏书·孙礼传》称孙礼为瑯琊太守，从大司马曹休征吴于夹石山。曹真子曹爽子辅政，以孙礼为大将军长史，加散骑常侍，"礼亮直不挠，爽不便也，以为扬州刺史"。孙礼从未随曹真西征蜀汉，与其子曹爽亦不合，此处乃随意拉扯，实不符于史。

那时要归不能。今乘魏兵新败，不敢正视蜀兵，便可出其不意，乘机退去。所忧者但魏延一军，在陈仓道口拒住王双，急不能脱身，吾已令人授以密计，教斩王双，使魏人不敢来追。只今后队先行。"当夜，孔明只留金鼓手在寨中打更。一夜兵已尽退，只落空营。

却说曹真正在寨中忧闷，忽报左将军张郃领军到。郃下马入帐，谓真曰："某奉圣旨，特来听调。"真曰："曾别仲达否？"郃曰："仲达分付云：'吾军胜，蜀兵必不便去；若吾军败，蜀兵必即去矣。'今吾军失利之后，都督曾往哨探蜀兵消息否？"真曰："未也。"于是即令人往探之，果是虚营，只插着数十面旌旗，兵已去了二日也。曹真懊悔无及。

且说魏延受了密计，当夜二更拔寨，急回汉中。早有细作报知王双。双大驱军马，并力追赶。追到二十余里，看看赶上，见魏延旗号在前，双大叫曰："魏延休走！"蜀兵更不回头。双拍马赶来。背后魏兵叫曰："城外寨中火起，恐中敌人奸计。"双急勒马回时，只见一片火光冲天，慌令退军。行到山坡左侧，忽一骑马从林中骤出，大喝曰："魏延在此！"王双大惊，措手不及，被延一刀砍于马下③。魏兵疑有埋伏，四散逃走。延手下止有三十骑人马，望汉中缓缓而行。后人有诗赞曰：

> 孔明妙算胜孙庞，耿若长星照一方。
> 进退行兵神莫测，陈仓道口斩王双。

原来魏延受了孔明密计，先教存下三十骑，伏于王双营边，只待王双起兵赶时，却去他营中放火，待他回寨，出其不意，突出斩之。魏延斩了王双，引兵回到汉中见孔明，交割了人马。孔明设宴大会，不在话下。

且说张郃追蜀兵不上，回到寨中，忽有陈仓城郝昭差人申报，言王双被斩。曹真闻知，伤感不已，因此忧成疾病，遂回洛阳，命郭淮、孙礼、张郃守长安诸道。

却说吴王孙权设朝，有细作人报说："蜀诸葛丞相出兵两次，魏都督曹真兵损将亡。"于是群臣皆劝吴王兴师伐魏，以图中原。权犹疑未决。张昭奏曰："近闻武昌东山，凤凰来仪；大江之中，黄龙屡现。主公德配唐、虞，明并文、武，可即皇帝位，然后兴兵。"多官皆应曰："子布之言是也。"遂选定夏四月丙寅日，筑坛于武昌南郊④。是

③ **王双是否两人**
王双其人见于《三国志》有二：一系吴黄武元年(222)，吴将朱桓在濡须抵御曹仁军时，此王双随曹仁部将常雕攻中洲被俘，解送武昌；二系蜀汉建兴六年(228)，诸葛亮"复出散关，围陈仓，粮尽退。魏将王双率军追亮，亮与之战，破之，斩双，还汉中"(《三国志·蜀书·后主传》)。《三国志人名索引》(中华书局1980年8月初版)界定此同姓名的系两人。按，王双当系一人，他当系吴魏往来时遣送返魏的。后又启用者。王双被斩事，在《三国志》的《后主传》和《诸葛亮传》，乃有重复记述，可见他不是一般下将。

④ **东吴几迁都城**
三国建国后都城，曹魏是洛阳，蜀汉在成都，而东吴都城最后是建业，在此前却时有迁徙。东吴孙氏父子发迹于江东，原先都城在吴(江苏苏州)。汉建安十三年(208)，由吴迁都京口(江苏镇江)。212年，治秣陵，改名建业(江苏南京)。219年，徙公安(湖北公安)；魏黄初二年(221)，徙鄂，改名武昌(湖北鄂城)。吴黄龙元年(229)，孙权称帝，又迁都建业。而以武昌为陪都，命陆逊辅以太子留守。陆逊死后，又任以大将军诸葛恪。吴甘露元年(265)，孙皓迁都武昌，因军民不满，民谣有"宁饮建业水，不食武昌鱼"，翌年又迁回建业。吴的多次在长江中下游迁换都城，是和与魏、与蜀的军事斗争有关。

日,群臣请权登坛,即皇帝位,改黄武八年为黄龙元年。谥父孙坚为武烈皇帝,母吴氏为武烈皇后,兄孙策为长沙桓王。立子孙登为皇太子。命诸葛瑾长子诸葛恪为太子左辅,张昭次子张休为太子右弼。

恪字元逊,身长七尺,极聪明,善应对,权甚爱之。年六岁时,值东吴筵会,恪随父在座。权见诸葛瑾面长,乃令人牵一驴来,用粉笔书其面曰:"诸葛子瑜。"众皆大笑。恪趋至前,取粉笔添二字于其下曰:"诸葛子瑜之驴。"满座之人,无不惊讶。孙权大喜,遂将驴赐之。又一日,大宴官僚,权命恪把盏。巡至张昭面前,昭不饮,曰:"此非养老之礼也。"权谓恪曰:"汝能强子布饮乎?"恪领命,乃谓昭曰:"昔姜尚父年九十,秉旄仗钺,未尝言老。今临阵之日,先生在后;饮酒之日,先生在前。何谓不养老也?"昭无言可答,只得强饮。权因此爱之,故命辅太子。张昭佐吴王,位列三公之上,故以其子张休为太子右弼。又以顾雍为丞相⑤⑥,陆逊为上将军,辅太子守武昌。

权复还建业,群臣共议伐魏之策。张昭奏曰:"陛下初登宝位,未可动兵。只宜修文偃武,增设学校,以安民心。遣使入川,与蜀同

时　间	姓　名	附　　注
黄武元年(222)	孙　邵	孙权称吴王所授。黄武四年(224)病死
黄武四年	顾　雍	本年以太常授,为相十九年。赤乌六年(243)病死
赤乌七年(244)	陆　逊	赤乌八年(245)病死
赤乌九年(246)	步　骘	赤乌十年(247)病死
建兴二年(253)	孙　峻	以杀害诸葛恪专政,任为相
永安五年(262)	濮阳兴	元兴元年(264)为孙皓诛杀
宝鼎元年(266)	陆凯、万彧	左丞相陆凯建衡元年(269)病死;右丞相万彧凤凰元年(272)被谴忧死
天纪三年(279)	张　悌	明年,率军抗晋,在板桥战死

盟,共分天下,缓缓图之。"权从其言,即令使命星夜入川,来见后主。礼毕,细奏其事。后主闻知,遂与群臣商议。众议皆谓孙权僭逆,宜绝其盟好。蒋琬曰:"可令人问于丞相。"后主即遣使到汉中问孔明。孔明曰:"可令人赍礼物入吴作贺,乞遣陆逊兴师伐魏。魏必命司马懿拒之。懿若南拒东吴,我再出祁山,长安可图也。"后主依言,遂令太尉陈震⑦,将名马玉带、金珠宝贝入吴作贺。震至东吴,见了孙权,呈上国书。权大喜,设宴相待,打发回蜀⑧。权召陆逊入,告以

震庆权践位。权乃参分天下，豫、青、徐、幽属吴，兖、冀、并、凉属蜀。其司州之土，以函谷关为界"（《三国志·吴书·吴主传》）。陈震代表蜀汉与孙权会盟，"自今日汉、吴既盟之后，戮力一心，同讨魏贼，救危恤患，分灾共庆，好恶齐之，无或携贰。若有害汉，则吴伐之；若有害吴，则汉伐之。各守分土，无相侵犯。传之后叶，克终若始。凡百之约，皆如载书。"双方此后友好三十余年，但此中无谈及约会兴兵伐魏事。

⑨ 郝昭死于洛阳
按史传，诸葛亮未曾再出陈仓。《魏略》称，郝昭拒退诸葛亮后，"诏嘉（郝）昭善守，赐爵列侯。及还，帝引见慰劳之"，"仍欲大用之，会病亡。"可见郝昭病死于洛阳，与陈仓无关。此处郝昭于陈仓惊死，似参照南唐名将刘仁瞻故事。

西蜀约会兴兵伐魏之事。逊曰："此乃孔明惧司马懿之谋也。既与同谋，不得不从。今却虚作起兵之势，遥与西蜀为应。待孔明攻魏急，吾可乘虚取中原也。"即时下令，教荆、襄各处都要训练人马，择日兴师。

却说陈震回到汉中，报知孔明。孔明尚忧陈仓不可轻进，先令人去哨探。回报说："陈仓城中郝昭病重。"孔明曰："大事成矣。"遂唤魏延、姜维分付曰："汝二人领五千兵，星夜直奔陈仓城下，如见火起，并力攻城。"二人俱未深信，又来告曰："何日可行？"孔明曰："三日都要完备，不须辞我，即便起行。"二人受计去了。又唤关兴、张苞至，附耳低言，如此如此。二人各受密计而去。

且说郭淮闻郝昭病重，乃与张郃商议曰："郝昭病重，你可速去替他。我自写表申奏朝廷，别行定夺。"张郃引着三千兵，急来替郝昭。时郝昭病危，当夜正呻吟之间，忽报蜀军到城下了。昭急令人上城守把。时各门上火起，城中大乱。昭听知惊死⑨。蜀兵一拥入城。

却说魏延、姜维领兵到陈仓城下看时，并不见一面旗号，又无打更之人。二人惊疑，不敢攻城。忽听得城上一声炮响，四面旗帜齐竖。只见一人纶巾羽扇，鹤氅道袍，大叫曰："汝二人来的迟了！"二人视之，乃孔明也。二人慌忙下马，拜伏于地曰："丞相真神计也！"孔明令放入城，谓二人曰："吾打探得郝昭病重，吾令汝三日内领兵取城，此乃稳众人之心也。吾却令关兴、张苞只推点军，暗出汉中。吾即藏于军中，星夜倍道径到城下，使彼不能调兵。吾早有细作在城内放火、发喊相助，令魏兵惊疑不定。兵无主将，必自乱矣。吾因而取之，易如反掌。兵法云：'出其不意，攻其无备。'正谓此也。"魏延、姜维拜伏。孔明怜郝昭之死，令彼妻小扶灵柩回魏，以表其忠。孔明谓魏延、姜维曰："汝二人且莫卸甲，可引兵去袭散关。把关之人若知兵到，必然惊走。若稍迟便有魏兵至关，即难攻矣。"魏延、姜维受命，引兵径到散关。把关之人，果然尽走。

二人上关才要卸甲，遥见关外尘头大起，魏兵到来。二人相谓曰："丞相神算，不可测度！"急登楼视之，乃魏将张郃也。二人乃分兵守住险道。张郃见蜀兵把住要路，遂令退军。魏延随后追杀一阵，魏兵死者无数，张郃大败而去。延回到关上，令人报知孔明。孔明先自领兵出陈仓斜谷，取了建威，后面蜀兵陆续进发。后主又命大将陈式来助。孔明驱大兵复出祁山，安下营寨，孔明聚众言曰："吾二次出祁山，不得其利，今又到此。吾料魏人必依旧战之地，与吾相敌。彼意疑我取雍、郿二处，必以兵拒守。吾观阴平、武都二郡，与汉连接，若得此城，亦可分魏兵之势。何人敢取之？"姜维曰："某愿往。"王平应曰："某亦愿往。"孔明大喜，遂令姜维引

三国演义

兵一万取武都,王平引兵一万取阴平。二人领兵去了。

　　再说张郃回到长安,见郭淮、孙礼,说:"陈仓已失,郝昭已亡,散关亦被蜀兵夺了。今孔明复出祁山,分道进兵。"淮大惊曰:"若如此,必取郿、雍矣!"乃留张郃守长安,令孙礼保雍城,淮自引兵星夜来郿城守御;一面上表入洛阳告急。

　　却说魏主曹睿设朝,近臣奏曰:"陈仓城已失,郝昭已亡,诸葛亮又出祁山,散关亦被蜀兵夺了。"睿大惊。忽又奏满宠等有表,说:"东吴孙权僭称帝号,与蜀同盟。今遣陆逊在武昌训练人马,听候调用,只在旦夕,必入寇矣。"睿闻知两处危急,举止失措,甚是惊慌。此时曹真病未痊,即召司马懿商议。懿奏曰:"以臣愚意所料,东吴必不举兵。"睿曰:"卿何以知之?"懿曰:"孔明尝思报猇亭之仇,非不欲吞吴也,只恐中原乘虚击彼,故暂与东吴结盟。陆逊亦知其意,故假作兴兵之势以应之,实是坐观成败耳。陛下不必防吴,只须防蜀。"睿曰:"卿真高见!"遂封懿为大都督,总摄陇西诸路军马,令近臣取曹真总兵将印来。懿曰:"臣自去取之。"遂辞帝出朝,径至曹真府下,先令人入府报知,懿方进见。问病毕,懿曰:"东吴、西蜀会合,兴兵入寇,今孔明又出祁山下寨,明公知之乎?"真惊讶曰:"吾家人知我病重,不令我知。似此国家危急,何不拜仲达为都督,以退蜀兵耶?"懿曰:"某才薄智浅,不称其职。"真曰:"取印与仲达。"懿曰:"都督少虑,某愿助一臂之力,只不敢受此印也。"真跃起曰:"如仲达不领此任,中国必危矣!吾当抱病见帝以保之。"懿曰:"天子已有恩命,但懿不敢受耳。"真大喜曰:"仲达今领此任,可退蜀兵。"懿见真再三让印,遂受之。辞了魏主,引兵往长安来与孔明决战。正是:

　　　　旧帅印为新帅取,两路兵惟一路来。

　　未知胜负如何,且看下文分解。

第九十九回

诸葛亮大破魏兵
司马懿入寇西蜀

三国演义

① 司马懿、诸葛亮只有两次对垒

此处作建兴七年(229),误。魏太和五年(231),司马懿在曹真死后,才主持对蜀汉的防御战争。《演义》作魏太和三年司马懿领兵到祁山,争二郡,系移植。他其实对诸葛亮对垒只有两次。一次是太和五年,诸葛亮第四次北伐,围祁山,在上邽(甘肃天水)击败郭淮、费曜军,并东进阻拦司马懿的主力;司马懿扎营扼守,后在众将要求下出战,为蜀汉将军魏延、高翔、吴班打得大败;诸葛亮在回军途中,杀死张郃。一次是魏青龙二年(234),诸葛亮第五次北伐,出斜谷,扎营五丈原渭水岸,但司马懿坚守不战;半年后诸葛亮病死。

② 陈式攻陷二郡

《演义》称王平、姜维攻占阴平、武都二郡,与史传不合。《三国志·蜀书·后主传》称,建兴"七年春(229),(诸葛)亮遣陈式攻武都、阴平,遂克定二郡"。当以此为信实。《演义》与《三国志》相悖,贬陈式所为,所以有此移位。

蜀汉建兴七年夏四月,孔明兵在祁山,分作三寨,专候魏兵。

却说司马懿引兵到长安,张郃接见,备言前事。懿令郃为先锋,戴凌为副将,引十万兵到祁山,于渭水之南下寨①。郭淮、孙礼入寨参见。懿问曰:"汝等曾与蜀兵对阵否?"二人答曰:"未也。"懿曰:"蜀兵千里而来,利在速战;今来此不战,必有谋也。陇西诸路,曾有信息否?"淮曰:"已有细作探得各郡十分用心,日夜提防,并无他事。只有武都、阴平二处,未曾回报。"懿曰:"吾自差人与孔明交战。汝二人急从小路去救二郡,却掩在蜀兵之后,彼必自乱矣。"二人受计,引兵五千,从陇西小路来救武都、阴平,就袭蜀兵之后。郭淮于路谓孙礼曰:"仲达比孔明如何?"礼曰:"孔明胜仲达多矣。"淮曰:"孔明虽胜,此一计足显仲达有过人之智,蜀兵如正攻两郡,我等从后抄到,彼岂不自乱乎?"正言间,忽哨马来报:"阴平已被王平打破了,武都已被姜维打破了②,前离蜀兵不远。"礼曰:"蜀兵既已打破了城池,如何陈兵于外?必有诈也。不如速退。"郭淮从之。方传令教军退时,忽然一声炮响,山背后闪出一枝军马来,旗上大书"汉丞相诸葛亮",中央一辆四轮车,孔明端坐于上,左有关兴,右有张苞。孙、郭二人见之大惊。孔明大笑曰:"郭淮、孙礼休走。司马懿之计,安能瞒得过吾?他每日令人在前交战,却教汝等袭吾军后。武都、阴平吾已取了,汝二人不早来降,欲驱兵与吾决战耶?"郭淮、孙礼听毕大慌。忽然背后喊杀连天,王平、姜维引兵从后杀来,兴、苞二将又引军从前面杀来,两下夹攻,魏兵大败,郭、孙二人弃马爬山而走。张苞望见，骤马赶来，不期连人带马跌入涧内。后军急忙救起，头已跌破。孔明令人送回成都养病。

却说郭、孙二人走脱，回见司马懿曰："武都、阴平二郡已失。孔明伏于要路，前后攻杀，因此大败，弃马步行，方得逃回。"懿曰："非汝等之罪，孔明智在吾先。可再引兵守把雍、郿二城，切勿出战。吾自有破敌之策。"二人拜辞而去。懿又唤张郃、戴凌，分付曰："今孔明得了武都、阴平，必然抚百姓以安民心，不在营中矣。汝二人各引一万精兵，今夜起身，抄在蜀兵营后，一齐奋勇杀将过来；吾却引军在前布阵，只待蜀兵势乱，吾大驱士马，攻杀进去：两军并力，可夺蜀寨也。若得此地山势，破敌何难？"二人受计引兵而去。戴凌在左，张郃在右，各取小路进发，深入蜀兵之后。三更时分，来到大路，两军相遇，合兵一处，却从蜀兵背后杀来。

行不到三十里，前军不行，张、戴二人自纵马视之，只见数百辆草车横截去路。郃曰："此必有准备。可急取路而回。"才传令退军，只见满山火光齐明，鼓角大震，伏兵四下皆出，把二人围住。孔明在祁山上大叫曰："戴凌、张郃可听吾言：司马懿料吾往武都、阴平抚民，不在营中，故令汝二人来劫吾寨，却中吾之计也。汝二人乃无名下将，吾不杀害，下马早降！"郃大怒，指孔明而骂曰："汝乃山野村夫，侵吾大国境界，如何敢发此言！吾若捉住汝时，碎尸万段！"言讫，纵马挺枪，杀上山来。山上矢石如雨。郃不能上山，乃拍马舞枪，冲出重围，无人敢当。蜀兵困戴凌在垓心。郃杀出旧路，不见戴凌，即奋勇翻身又杀入重围，救出戴凌而回。孔明在山上见郃在万军之中，往来冲突，英勇倍加，乃谓左右曰："尝闻张翼德大战张郃，人皆惊惧。吾今日见之，方知其勇也。若留下此人，必为蜀中之害。吾当除之。"遂收军还营。却说司马懿引兵布成阵势，只待蜀兵乱动，一齐攻之。忽见张郃、戴凌狼狈而来，告曰："孔明先如此提防，因此大败而归。"懿大惊曰："孔明真神人也！不如且退。"即传令教大军尽回本寨，坚守不出。

且说孔明大胜，所得器械马匹，不计其数，乃引大军回寨。每日令魏延挑战，魏兵不出。一连半月不曾交兵。孔明正在帐中思虑，忽报天子遣侍中费祎赍诏至。孔明接入营中，焚香礼毕，开诏读曰：

> 街亭之役，咎由马谡，而君引愆，深自贬抑，重违君意，听顺所守。前年耀师，馘斩王双；今岁爰征，郭淮遁走；降集氐、羌，复兴二郡：威震凶暴，功勋显然。方今天下骚扰，元恶未枭，君受大任，干国之重，而久自抑损，非所以光扬洪烈也。今复君丞相，君其勿辞。

孔明听诏毕，谓费祎曰："吾国事未成，安可复丞相之职？"坚辞不受。祎曰："丞相若不受职，拂了天子之意，又冷淡了将士之心。宜且权受。"孔明方才拜受。祎辞去。

孔明见司马懿不出，思得一计，传令教各处皆拔寨而起。当有细作报知司马懿，说孔明退兵了。懿曰："孔明必有大谋，不可轻动。"张郃曰："此必因粮尽而回，如何不追？"懿曰："吾料孔明上年大收，今又麦熟，粮草丰足，虽然转运艰难，亦可支吾半载，安肯便走？彼见吾连日不战，故作此计引诱，可令人远远哨之。"军士探知，回报说："孔明离此三十里下寨。"懿曰："吾料孔明果不走。且坚守寨栅，不可轻进。"住了旬日，绝无音信，并不见蜀将来战。懿再令人哨探，回报说："蜀兵已起营去了。"懿未信，乃更换衣服，杂在军中，亲自来看，只见蜀兵又退三十里下寨。遂回营，谓张郃曰："此乃孔明之计也，不可追赶。"又住了旬日，再令人哨探。回报说："蜀兵又退三十里下寨。"郃曰："孔明用缓兵之计，渐退汉中，都督何故怀疑，不早追之？郃愿往决一战。"懿曰："孔明诡计极多，倘有差失，丧我军之锐气。不可轻进。"郃曰："某去若败，甘当军令。"懿曰："既汝要去，可分兵两枝：汝引一枝先行，须要奋力死战；吾随后接应，以防伏兵。汝次日先进，到半途驻扎，后日交战，使兵力不乏。"遂分兵已毕。次日张郃、戴凌引副将数十员，精兵三万，奋勇先进，到半路下寨。司马懿留下许多军马守寨，只引五千精兵随后进发。

原来孔明密令人哨探，见魏兵半路而歇，是夜，孔明唤众将商议曰："今魏兵来追，必然死战，汝等须以一当十，吾以伏兵截其后；非智勇之将，不可当此任。"言毕，以目视魏延。延低头不语。王平出曰："某愿当之。"孔明曰："若有失，如何？"平曰："愿当军令。"孔明叹曰："王平肯舍身亲冒矢石，真忠臣也！虽然如此，奈魏兵分两枝前后而来，断吾伏兵在中；平纵然智勇，只可当一头，岂可分身两处？须再得一将同去为妙。怎奈军中再无舍死当先之人！"言未毕，一将出曰："某愿往！"孔明视之，乃张翼也。孔明曰："张郃乃魏之名将，有万夫不当之勇，汝非敌手。"翼曰："若有失事，愿献首于帐下。"孔明曰："汝既敢去，可与王平各引一万精兵伏于山谷中，只待魏兵赶上，任他过尽，汝等却引伏兵从后掩杀。若司马懿随后赶来，却分兵两头，张翼引一军当住后队，王平引一军截其前队。两军须要死战。吾自有别计相助。"二人受计，引兵而去。孔明又唤姜维、廖化，分付曰："与汝二人一个锦囊，引三千精兵，偃旗息鼓，伏于前山之上。如见魏兵围住王平、张翼，十分危急，不必去救，只开锦囊看视，自有解危之策。"二人受计引兵而去。又令吴班、吴懿、马忠、张嶷四将，附耳分付曰："如来日魏兵到，锐气正盛，不可便迎，且战且走。只看关兴引兵来掠阵之时，汝等便回军赶杀，吾自有兵接应。"四将受计，引兵而去。又唤关兴分付曰："汝引五千精兵伏于山谷，只看山上红旗飐动，却引兵杀出。"兴受计引兵而去。

却说张郃、戴凌领兵前来，骤如风雨。马忠、张嶷、吴懿、吴班四将接着，出马交锋。张郃大怒，驱兵追杀。蜀兵且战且走。魏兵追赶约有二十余里，时值六月，天气十分炎热，人马汗如泼水。走到五十里外，魏兵尽皆气喘。孔明在山上把红旗一招，关兴引兵杀出。马忠等四将一齐引兵掩杀回来。张郃、戴凌死战不退。忽然喊声大震，两路军杀出，乃王平、张翼也。各奋勇追杀，截其后路。郃大叫众将曰："汝等到此，不决一死战，更待何时！"魏兵奋力冲突，不得脱身。忽然背后鼓角喧天，司马懿自领精兵杀到。懿指挥众将，把王平、张翼围在垓心。翼大呼曰："丞相真神人也！计已算定，必有良谋。吾等当决一死战！"即分兵两路：平引一军截住张郃、戴凌，翼引一军力当司马懿。两头死战，叫杀连天。姜维、廖化在山上探望，见魏兵

594

势大,蜀兵力危,渐渐抵当不住。维谓化曰:"如此危急,可开锦囊看计。"二人拆开视之,内书云:"若司马懿兵来围王平、张翼至急,汝二人可分兵两枝,竟袭司马懿之营;懿必急退,汝可乘乱攻之。营虽不得,可获全胜。"二人大喜,即分兵两路,径袭司马懿营中而去。

原来司马懿亦恐中孔明之计,沿途不住的令人传报。懿正催战间,忽流星马飞报,言蜀兵两路竟取大寨去了,懿大惊失色,乃谓众将曰:"吾料孔明有计,汝等不信,勉强追来,却误了大事!"即提兵急回。军心惶惶乱走。张翼随后掩杀,魏兵大败。张郃、戴凌见势孤,亦望山僻小路而走,蜀兵大胜。背后关兴引兵接应诸路。司马懿大败一阵,奔入寨时,蜀兵已自回去。懿收聚败军,责骂诸将曰:"汝等不知兵法,只凭血气之勇,强欲出战,致有此败。今后切不许妄动,再有不遵,决正军法!"众皆羞惭而退。这一阵,魏将死者极多,遗弃马匹器械无数。

却说孔明收得胜军马入寨,又欲起兵进取。忽报有人自成都来,说张苞身死。孔明闻知,放声大哭,口中吐血,昏绝于地。众人救醒。孔明自此得病,卧床不起。诸将无不感激。后人有诗叹曰:

> 悍勇张苞欲建功,可怜天不助英雄。
>
> 武侯泪向西风洒,为念无人佐鞠躬。

旬日之后,孔明唤董厥、樊建等③入帐分付曰:"吾自觉昏沉,不能理事;不如且回汉中养病,再作良图。汝等切勿走泄。司马懿若知,必来攻击。"遂传号令,教当夜暗暗拔寨,皆回汉中。孔明去了五日,懿方得知,乃长叹曰:"孔明真有神出鬼没之计,吾不能及也?"于是司马懿留诸将在寨中,分兵把守各处隘口。懿自班师回。

却说孔明将大军屯于汉中,自回成都养病。文武官僚出城迎接,送入丞相府中,后主御驾自来问病,命御医调治,日渐痊可。

建兴八年秋七月,魏都督曹真病可,乃上表说:"蜀兵数次侵界,屡犯中原,若不剿除,必为后患。今时值秋凉,人马安闲,正当征伐。臣愿与司马懿同领大军,径入汉中,殄灭奸党,以清边境。"魏主大喜,问侍中刘晔曰:"子丹劝朕伐蜀,若何?"晔奏曰:"大将军之言是也。今若不剿除,后必为大患。陛下便可行之。"睿点头。晔出内回家,有众大臣相探,问曰:"闻天子与公计议兴兵伐蜀,此事如何?"晔应曰:"无此事也。蜀有山川之险,非可易图,空费军马之劳,于国无益。"众官皆默然而出。杨暨入内奏曰:"昨闻刘晔劝陛下伐蜀,今日与众臣议,又言不可伐,是欺陛下也。陛下何不召而问之?"睿即召刘晔入内,问曰:"卿劝朕伐蜀,今又言不可,何也?"晔曰:"臣细详之,蜀不可伐。"睿大笑。少时,杨暨出内,晔奏曰:"臣昨日劝陛下伐蜀,乃国之大事,岂可妄泄于人?夫兵者,诡道也,事

③ 董厥、樊建在丞相府不同位
董厥、樊建都是跟随入川的南阳义阳人,与魏延是同乡。在诸葛亮时代,董厥已是丞相府令史、主簿,而樊建要在延熙十四年(251)始以校尉使吴,他如在丞相府,亦是吏员,资格较董厥老些,不可能如《演义》为诸葛亮亲信的。《演义》并提,似因均有传附于《蜀书·诸葛亮传》,故并列言之也。

④ 刘晔因善应变而失宠

刘晔与曹叡对话，事见《三国志·魏书·刘晔传》引裴注《傅子》。据《傅子》称，在刘晔与曹叡对话后，出来就责备杨暨说，"夫钓者中大鱼，则纵而随之，须可制而后牵，则无不得也。人主之威，岂徒大鱼而已！""晔能应变持两端如此。或恶晔于帝曰：'晔不尽忠，善伺上意所趋而合之。陛下试与晔言，皆反意而问之，若皆与所问反者，是晔常与圣意合也。复每问皆同者，晔之情必无所逃矣。'帝如言以验之，果得其情，从此疏焉。晔遂发狂，出为大鸿胪，以忧死。"刘晔几十年间，受到曹操父子公孙三代亲重，至此结束，所以《傅子》称："语曰：'巧诈不如拙诚'，信矣。"此处又以刘晔为军师出征，也无此事。

⑤ 王平等以千人拒魏军移植

诸葛亮命王平等赴汉中事，不见于史传。似从王平守兴势山（陕西洋县北）故事移植。据《三国志·蜀书·王平传》，蜀汉延熙七年(244)，魏大将军曹爽率步骑十余万攻汉中，"时汉中守兵不满三万，诸将大惊"，王平建议，以护军刘敏、参军杜祺据兴势山，"平为后据；若贼分向黄金（陕西洋县东北），平率千人自临之，比尔间，涪军行至，此计之上也"。后果如王平预计，曹爽军"入谷行数百里，贼因山为固，兵不得进"（《三国志·魏书·曹爽传》）。《演义》作曹真与司马懿赌功，当属虚说。按，司马懿曾阻曹爽伐蜀，《汉晋春秋》说："司马宣王谓夏侯玄曰：'《春秋》责大德重，昔武皇帝再入汉中，几至大败，君所知也。今兴平路

未发切宜秘之。"叡大悟曰："卿言是也。"自此愈加敬重④。旬日内，司马懿入朝，魏主将曹真表奏之事，逐一言之。懿奏曰："臣料东吴未敢动兵，今日正可乘此去伐蜀。"叡即拜曹真为大司马、征西大都督，司马懿为大将军、征西副都督，刘晔为军师。三人拜辞魏主，引四十万大兵，前行至长安，径奔剑阁，来取汉中。其余郭淮、孙礼等，各取路而行。

汉中人报入成都。此时孔明病好多时，每日操练人马，习学八阵之法，尽皆精熟，欲取中原；听得这个消息，遂唤张嶷、王平分付曰："汝二人先引一千兵去守陈仓古道，以当魏兵⑤。吾却提大兵便来接应。"二人告曰："人报魏军四十万，诈称八十万，声势甚大，如何只与一千兵去守隘口？倘魏兵大至，何以拒之？"孔明曰："吾欲多与，恐士卒辛苦耳。"嶷与平面面相觑，皆不敢去。孔明曰："若有疏失，非汝等之罪。不必多言，可疾去。"二人又哀告曰："丞相欲杀某二人，就此请杀，只不敢去。"孔明笑曰："何其愚也？吾令汝等去，自有主见。吾昨夜仰观天文，见毕星躔于太阴之分，此月内必有大雨淋漓。魏兵虽有四十万，安敢深入山险之地？因此不用多军，决不受害。吾将大军皆在汉中安居一月，待魏兵退，那时以大兵掩之：以逸待劳，吾十万之众可胜魏兵四十万也。"二人听毕，方大喜，拜辞而去。孔明随统大军出汉中，传令教各处隘口预备干柴草料细粮，俱够一月人马支用，以防秋雨。将大军宽限一月，先给衣食，俟候出征。

却说曹真、司马懿同领大军，径到陈仓城内，不见一间房屋，寻土人问之，皆言孔明回时放火烧毁。曹真便要往陈仓道进发。懿曰："不可轻进。我夜观天文，见毕星躔于太阴之分，此月内必有大雨，若深入重地，常胜则可，倘有疏虞，人马受苦，要退则难。且宜在城中搭起窝铺住扎，以防阴雨。"真从其言。未及半月，天雨大降，淋漓不止。陈仓城外，平地水深三尺，军器尽湿，人不得睡，昼夜不安。大雨连降三十日，马无草料，死者无数，军士怨声不绝⑥。传入洛阳，魏主设坛，求晴不得。黄门侍郎王肃上疏曰：

前志有之："千里馈粮，士有饥色；樵苏后爨，师不宿饱。"此谓平途之行军者也。又况于深入险阻，凿路而前，则其为劳，必

三国演义

相百也。今又加之以霖雨，山坡峻滑，众逼而不展，粮运而难继，实行军之大忌也。闻曹真发已逾月，而行方半谷，治道功大，战士悉作。是彼偏得以逸待劳，乃兵家之所惮也。言之前代，则武王伐纣，出关而复还；论之近事，则武、文征权，临江而不济：岂非顺天知时，通于权变者哉？愿陛下念水雨艰剧之故，休息士卒；后日有衅，乘时用之。所谓"悦以犯难，民忘其死"者也。

魏主览表，正在犹豫，杨阜、华歆亦上疏谏。魏主即下诏，遣使诏曹真、司马懿还朝。

却说曹真与司马懿商议曰："今连阴三十日，军无战心，各有思归之意，如何禁止？"懿曰："不如且回。"真曰："倘孔明追来，怎生退之？"懿曰："先伏两军断后，方可回兵。"正议间，忽使命来召。二人遂将大军前队作后队，后队作前队，徐徐而退。

却说孔明计算一月秋雨将尽，天气未晴，自提一军屯于城固，又传令教大军会于赤坡驻扎。孔明升帐唤众将言曰："吾料魏兵必走，魏主必下诏来取曹真、司马懿兵回。吾若追之，必有准备，不如任他且去，再作良图。"忽王平令人报来，说魏兵已回。孔明分付来人，传与王平："不可追袭，吾自有破魏兵之策。"正是：

> 魏兵纵使能埋伏，汉相原来不肯追。

未知孔明怎生破魏，且看下文分解。

势至险，蜀已先据；若进不获战，退见徼绝，覆军必矣。将所以任其责！'玄惧，言于爽，引军退。费祎进兵据三岭以截爽，爽争险苦战，仅乃得过。所发牛马运转者，死失略尽，羌、胡怨叹，而关右悉虚耗矣。"

⑥ 曹真、司马懿等取汉中受雨阻

据《三国志·魏书·明帝纪》，有"大雨，伊、洛、河、汉水溢，诏真等班师"。而《后主传》记载较详，建兴"八年秋(230)魏使司马懿由西城，张郃由子午，曹真由斜谷，欲攻汉中。丞相亮待之于城固、赤阪，大雨道绝，真等皆还"。此即为《演义》所叙张本。

第一百回　汉兵劫寨破曹真
　　　　　武侯斗阵辱仲达

　　却说众将闻孔明不追魏兵，俱入帐告曰："魏兵苦雨，不能屯扎，因此回去，正好乘势追之。丞相如何不追？"孔明曰："司马懿善能用兵，今军退必有埋伏。吾若追之，正中其计。不如纵他远去，吾却分兵径出斜谷而取祁山，使魏人不提防也。"众将曰："取长安之地，别有路途，丞相只取祁山，何也？"孔明曰："祁山乃长安之首也①，陇西诸郡倘有兵来，必经由此地；更兼前临渭滨，后靠斜谷，左出右入，可以伏兵，乃用武之地。吾故欲先取此，得地利也。"众将皆拜伏。孔明令魏延、张嶷、杜琼、陈式出箕谷，马岱、王平、张翼、马忠出斜谷，俱会于祁山。调拨已定，孔明自提大军，令关兴、廖化为先锋，随后进发。

　　却说曹真、司马懿二人在后监督人马，令一军入陈仓古道探视，回报说蜀兵不来。又行旬日，后面埋伏众将皆回，说蜀兵全无音耗。真曰："连绵秋雨，栈道断绝，蜀人岂知吾等退军耶？"懿曰："蜀兵随后出矣。"真曰："何以知之？"懿曰："连日晴明，蜀兵不赶，料吾有伏兵也，故纵我兵远去；待我兵过尽，他却夺祁山矣。"曹真不信。懿曰："子丹如何不信？吾料孔明必从两谷而来。吾与子丹各守一谷口，十日为期。若无蜀兵来，我面涂红粉，身穿女衣，来营中伏罪。"真曰："若有蜀兵来，我愿将天子所赐玉带一条、御马一匹与你。"即分兵两路：真引兵屯于祁山之西斜谷口，懿引军屯于祁山之东箕谷口。各下寨已毕。懿先引一枝兵伏于山谷中，其余军马各于要路安营。

　　懿更换衣妆，杂在众军之内，遍观各营。忽到一营，有一偏将仰天而怨曰："大雨淋了许多时，不肯回去；今又在这里顿住，强要赌赛，却不苦了官军！"懿闻言，归寨升帐，聚众将皆到帐下，揪出那将来。懿叱之曰："朝廷养军千日，用在一时，汝安敢出怨言以慢军心！"

① 祁山堡位置
诸葛亮出祁山路线，实为不得已之策，或因长安周边有魏重兵屯聚，而出祁山，可乘隙出击，使敌鞭长莫及。此处所说，似误识祁山地理。按，祁山在长安西北六七百里，非长安首冲，陇西诸郡军出援，不须经此山也；又祁山系东西走向山脉，雄踞西汉水（嘉陵江支流）北，不临渭水，不靠斜谷，所以诸葛亮出祁山，就是越过东西走向的祁山山脉，而诸葛亮所扎寨祁山，即是祁山堡，此地位在祁山南麓（甘肃礼县东四十三里），是一座石质孤峰，高数十丈，四面峻削，顶部平坦，即为诸葛亮屯兵处。

其人不招。懿叫出同伴之人对证,那将不能抵赖。懿曰:"吾非赌赛,欲胜蜀兵,令汝各人有功回朝。汝乃妄出怨言,自取罪戾!"喝令武士推出斩之。须臾,献首帐下。众将悚然。懿曰:"汝等诸将,皆要尽心以防蜀兵;听吾中军炮响,四面皆进。"众将受令而退。

却说魏延、张嶷、陈式、杜琼四将,引二万兵取箕谷而进。正行之间,忽报参谋邓芝到来。四将问其故,芝曰:"丞相有令:如出箕谷,提防魏兵埋伏,不可轻进。"陈式曰:"丞相用兵何多疑耶?吾料魏兵连遭大雨,衣甲皆毁,必然急归,安得又有埋伏?今吾兵倍道而进,可获大胜,如何又教休进?"芝曰:"丞相计无不中,谋无不成,汝安敢违令?"式笑曰:"丞相若果多谋,不致街亭之失!"魏延想起孔明向日不听其计,亦笑曰:"丞相若听吾言,径出子午谷,此时休说长安,连洛阳皆得矣!今执定要出祁山,有何益耶?即令进兵,今又教休进,何其号令不明。"式曰:"吾自有五千兵,径出箕谷,先到祁山下寨,看丞相羞也不羞!"芝再三阻当,式只不听,径自引五千兵出箕谷去了。邓芝只得飞报孔明。

却说陈式引兵行不数里,忽听的一声炮响,四面伏兵皆出。式急退时,魏兵塞满谷口。围得铁桶相似。式左冲右突,不能得脱。忽闻喊声大震,一彪军杀入,乃是魏延,救了陈式,回到谷中,五千兵只剩得四五百带伤人马。背后魏兵赶来,却得杜琼、张嶷引兵接应,魏兵方退。陈、魏二人方信孔明先见如神,懊悔不及。

且说邓芝回见孔明,言魏延、陈式如此无礼。孔明笑曰:"魏延素有反相,吾知彼常有不平之意,因怜其勇而用之。久后必生患害。"正言间,忽流星马报到,说陈式折了四千余人,止有四五百带伤人马屯在谷中,孔明令邓芝再来箕谷抚慰陈式,防其生变。一面唤马岱、王平分付曰:"斜谷若有魏兵守把,汝二人引本部军越山岭,夜行昼伏,速出祁山之左,举火为号。"又唤马忠、张翼,分付曰:"汝等亦从山僻小路,昼伏夜行,径出祁山之右,举火为号,与马岱、王平会合,共劫曹真营寨。吾自从谷中三面攻之,魏兵可破也。"四人领命分头引兵去了。孔明又唤关兴、廖化分付曰如此如此,二人受了密计,引兵而去。孔明自领精兵倍道而行。正行间,又唤吴班、吴懿授与密计,亦引兵先行。

却说曹真心中不信蜀兵来,以此怠慢,纵令军士歇息,只等十日无事,要羞司马懿。不觉守了七日,忽有人报谷中有些小蜀兵出来。真令副将秦良引五千兵哨探,不许纵令蜀兵近界。秦良领命,引兵刚到谷口,哨见蜀兵退去。良急引兵赶来,行到五六十里,不见蜀兵,心下疑惑,教军士下马歇息。忽哨马报说:"前面有蜀兵埋伏。"良上马看时,只见山中尘土大起,急令军士提防。不一时,四壁厢喊声大震,前面吴班、吴懿引兵杀出,背后关兴、廖化引兵杀来。左右是山,皆无路走,山上蜀兵大叫:"下马投降者免死!"魏军大半多降。秦良死战,被廖化一刀斩于马下。孔明把降卒拘于后军,却将魏军衣甲与蜀兵五千人穿了,扮作魏兵,令关兴、廖化、吴班、吴懿四将引着,径奔曹真寨来。先令报马入寨说:"只有些小蜀兵,尽赶去了。"

真大喜。忽报司马都督差心腹人至。真唤入问之。其人告曰："今都督用埋伏计，杀蜀兵四千余人。司马都督致意将军，教休将赌赛为念，务要用心提备。"真曰："吾这里并无一个蜀兵。"遂打发来人回去。

忽又报秦良引兵回来了，真自出帐迎之。比及到寨，人报前后两把火起。真急回寨后看时，关兴、廖化、吴班、吴懿四将，指麾蜀军就营前杀将进来；马岱、王平从后面杀来；马忠、张翼亦引兵杀到。魏军措手不及，各自逃生。众将保曹真望东而走，背后蜀兵赶来。曹真正奔走，忽然喊声大震，一彪军杀到。真胆战心惊，视之，乃司马懿也。懿大战一场，蜀兵方退。真得脱，羞惭无地。懿曰："诸葛亮夺了祁山地势，吾等不可久居此处，宜去渭滨安营，再作良图。"真曰："仲达何以知吾遭此大败也？"懿曰："见来人报称子丹说并无一个蜀兵，吾料孔明暗来劫寨，因此知之，故相接应。今果中计。切莫言赌赛之事，只同心报国。"曹真甚是惶恐，气成疾病，卧床不起。兵屯渭滨，懿恐军心有乱，不敢教真引兵。

却说孔明大驱士马，复出祁山。劳军已毕，魏延、陈式、杜琼、张嶷入帐，拜伏请罪。孔明曰："是谁失陷了军来？"延曰："陈式不听号令，潜入谷口，以此大败。"式曰："此事魏延教我行来。"孔明曰："他倒救你，你反攀他！将令已违，不必巧说！"即叱武士推出陈式斩之[2]。须臾，悬首于帐前，以示诸将。此时孔明不杀魏延，欲留之以为后用也。孔明既斩了陈式，正议进兵，忽有细作报说："曹真卧病不起，现在营中治疗。"孔明大喜，谓诸将曰："若曹真病轻，必便回长安。今魏兵不退，必为病重，故留于军中，以安众人之心。吾写下一书，教秦良的降兵持与曹真，真若见之，必然死矣。"遂唤降兵至帐下，问曰："汝等皆是魏军，父母妻子多在中原，不宜久居蜀中。今放汝等回家，若何？"众军泣泪拜谢。孔明曰："曹子丹与吾有约，吾有一书，汝等带回送与子丹，必有重赏。"魏军领了书，奔回本寨，将孔明书呈与曹真。真扶病而起，拆封视之。其书曰：

汉丞相、武乡侯诸葛亮致书于大司马曹子丹之前：切谓夫为将者，能去能就，能柔能刚；能进能退，能弱能强。不动如山岳，难测如阴阳。无穷如天地，充实如太仓。浩渺如四海，眩曜如三光。预知天文之旱涝，先识地理之平康。察陈势之期会，揣敌人之短长。嗟尔无学后辈，上逆穹苍，助篡国之反贼，称帝号于洛阳。走残兵于斜谷，遭霖雨于陈仓。水陆困乏，人马猖狂。抛盈郊之戈甲，弃满地之刀枪。都督心崩而胆裂，将军鼠窜而狼忙。无面见关中之父老，何颜入相府之厅堂！史官秉笔而记录，百姓众口而传扬：仲达闻阵而惕惕，子丹望风而遑遑。吾军兵强而马壮，大将虎奋以龙骧；扫秦川为平壤,荡魏国作丘荒!

曹真看毕,恨气填胸,至晚死于军中③。司马懿用兵车装载,差人送赴洛阳安葬。

魏主闻知曹真已死,即下诏催司马懿出战。懿提大军来与孔明交锋,隔日先下战书。孔明谓诸将曰:"曹真必死矣。"遂批回"来日交锋",使者去了。孔明当夜教姜维受了密计,如此而行;又唤关兴,分付如此如此。次日,孔明尽起祁山之兵前到渭滨:一边是河,一边是山,中央平川旷野,好片战场。两军相迎,以弓箭射住阵角。三通鼓罢,魏阵中门旗开处,司马懿出马,众将随后而出。只见孔明端坐于四轮车上,手摇羽扇。懿曰:"吾主上法尧禅舜,相传二帝,坐镇中原,容汝蜀、吴二国者,乃吾主宽慈仁厚,恐伤百姓也。汝乃南阳一耕夫,不识天数,强要相侵,理宜殄灭!如省心改过,宜即早回,各守疆界,以成鼎足之势,免致生灵涂炭,汝等皆得全生!"孔明笑曰:"吾受先帝托孤之重,安肯不倾心竭力以讨贼乎!汝曹氏不久为汉所灭。汝祖父皆为汉臣,世食汉禄,不思报效,反助篡逆,岂不自耻?"懿羞惭满面曰:"吾与汝决一雌雄!汝若能胜,吾誓不为大将!汝若败时,早归故里,吾并不加害。"孔明曰:"汝欲斗将?斗兵?斗阵法?"懿曰:"先斗阵法。"孔明:"先布阵我看。"懿入中军帐下,手执黄旗招飐,左右军动,排成一阵。复上马出阵,问曰:"汝识吾阵否?"孔明笑曰:"吾军中末将亦能布之。此乃'混元一气阵'也。"懿曰:"汝布阵我看。"孔明入阵,把羽扇一摇,复出阵前,问曰:"汝识我阵否?"懿曰:"量此'八卦阵'④,如何不识?"孔明曰:"识便识了,敢打我阵否?"懿曰:"既识之,如何不敢打?"孔明曰:"汝只管打来。"

司马懿回到本阵中,唤戴凌、张虎、乐𬘘三将,分付曰:"今孔明所布之阵,按休、生、伤、杜、景、死、惊、开八门。汝三人可从正东'生门'打入,往西南'休门'杀出,复从正北'开门'杀入,此阵可破。汝等小心在意。"于是戴凌在中,张虎在前,乐𬘘在后,各引三十骑,从生门打入。两军呐喊相助。三人杀入蜀阵,只见阵如连城,冲突不出。三人慌引骑转过阵脚,往西南冲去,却被蜀兵射住,冲突不出。阵中重重叠叠,都有门户,那里分东西南北?三将不能相顾,只管乱撞,但见愁云漠漠,惨雾蒙蒙。喊声起处,魏军一个个皆被缚了,送到中军。孔明坐于帐中,左右将张虎、戴凌、乐𬘘并九十个军,皆缚在帐下。孔明笑曰:"吾纵然捉得汝等,何足为奇?吾放汝等回见司马懿,教他再读兵书,重观战策,那时来决雌雄,未为迟也。汝等性命既

③ **曹真在洛阳病死**

按曹真是魏国主持对蜀汉战争的总指挥官。他指挥过著名的街亭战役,曾提出伐蜀获胜必须几道并进的正确战略。魏太和四年(230)八月,曹真亲临长安,计划由子午道入汉中,与泝汉水而上的大将军司马懿会师南郑(陕西汉中),并指挥其余两军从斜谷道和武威分道入川,见于大雨持续了三十余日,伊、洛、河、汉等水泛滥,行军输粮极为不便,只得回师。翌年三月,曹真在洛阳病死。

④ **八卦阵即八阵图**

八阵图乃古兵法。又卢弼《三国志集解》:王观国《学林》云:《后汉书·窦宪传》班固作燕然山铭曰:'勒以人称,莅以威神'。章怀太子注曰:'兵法有《八阵图》。'由此观之,则八阵盖古法也,非亮创为之也。亮得古法之意而推行之耳。"此处美其名"八卦阵",此类阵名出现,实乃深受道教影响。

⑤ 以墨涂面步行出阵

此类故事,常见自元明杂剧。元杂剧《庞涓夜走马陵道》,记有孙膑、庞涓在魏国赌阵,庞涓郑安平打阵,在进得阵后"东西南北都不省",被孙膑"将那厮夺下鞍马剥去衣甲",赶出阵去。

⑥ 苟安和先秦离间计移位

据史传,司马懿没有在刘禅(后主)和诸葛亮间搞过离间计,正如诸葛亮也没有在曹睿和司马懿间搞过离间计。故此处令苟安去成都离间,也是他史书所移位。著名的如战国末期,秦白起攻赵因赵将"廉颇坚壁以待秦,秦数挑战,赵兵不出"。秦派间谍到赵都邯郸活动,使赵王中计,"既怒廉颇军多失亡,军数败,又反坚壁不敢战,而闻秦反间之言,因使赵括代廉颇将以击秦"(《史记·白起传》)。

⑦ 刘禅对诸葛亮信任度

刘禅信谗召回诸葛亮事。按此系明清小说忠臣受谗的一种模式,《演义》即宗此说。据史传,刘禅十七岁做皇帝,非常信任诸葛亮。他说,"政由葛氏,祭则寡人"。放手由诸葛亮总理国家军政事宜。在他与诸葛亮君臣相处十四年里,其信任度远远超过了乃父刘备。爱屋及乌。他后来又极信任诸葛亮推荐的接班人蒋琬和费祎、姜维等人。蒋琬由尚书令、大将军、开府加大司马。蜀汉延熙九年(246),蒋琬病死,刘禅虽"自摄国事",但总理军国事务,仍交诸葛亮推荐的费祎主持。诸葛亮生前,在刘备父子处从未有人对他进谗中伤;只在他死后,有个丞相参军李邈不识时务,别出心裁地上疏,"亮身杖强兵,狼顾虎视,五大不在

饶,当留下军器战马。"遂将众人衣服脱了,以墨涂面,步行出阵⑤。司马懿见之大怒,回顾诸将曰:"如此挫败锐气,有何面目回见中原大臣耶!"即指挥三军,奋死掠阵。懿自拔剑在手,引百余骁将,催督冲杀。两军恰才相会,忽然阵后鼓角齐鸣,喊声大震,一彪军从西南上杀来,乃关兴也。懿分后军当之,复催军向前厮杀。忽然魏兵大乱,原来姜维引一彪军悄地杀来。蜀兵三路夹攻。懿大惊,急忙退军。蜀兵周围杀到,懿引三军望南死命冲出。魏兵十伤六七。司马懿退在渭滨南岸下寨,坚守不出。

孔明收得胜之兵,回到祁山时,永安城李严遣都尉苟安解送粮米至军中交割。苟安好酒,于路怠慢,违限十日。孔明大怒曰:"吾军中专以粮为大事,误了三日,便该处斩。汝今误了十日,有何理说?"喝令推出斩之。长史杨仪曰:"苟安乃李严用人,又兼钱粮多出于西川,若杀此人,后无人敢送粮也。"孔明乃叱武士去其缚,杖八十放之。苟安被责,心中怀恨,连夜引亲随五六骑,径奔魏寨投降。懿唤入,苟安拜告前事。懿曰:"虽然如此,孔明多谋,汝言难信。汝能为我干一件大功,吾那时奏准天子,保汝为上将。"安曰:"但有甚事,即当效力。"懿曰:"汝可回成都布散流言,说孔明有怨上之意,早晚欲称为帝;使汝主召回孔明,便是汝之功。"苟安允诺,径回成都,见了宦官,布散流言,说孔明自倚大功,早晚必将篡国。宦官闻知大惊,即入内奏帝,细言前事。后主惊讶曰:"似此如之奈何?"宦官曰:"可召还成都,削其兵权,免生叛逆。"后主下诏,宣孔明班师回朝⑥。蒋琬出班奏曰:"丞相自出师以来,累建大功,何故宣回?"后主曰:"朕有机密事,必须与丞相面议。"即遣使赍诏星夜宣孔明回⑦。

使命径到祁山大寨,孔明接入,受诏已毕,仰天叹曰:"主上年幼,必有佞臣在侧!吾正欲建功,何故取回?我如不回,是欺主矣。若奉命而退,日后再难得此机会也。"姜维问曰:"若大军退,司马懿乘势掩杀,当复如何?"孔明曰:"吾今退军,可分五路而退。今日先退此营,假如营内兵一千,却掘二千灶,今日掘三千灶,明日掘四千灶。每日退军,添灶而行。"杨仪曰:"昔孙膑擒庞涓,用添兵减灶之法;今丞相退兵,何故增灶?"孔明曰:"司马懿善能用兵。知吾兵退,必然追赶;心中疑吾有伏兵,定于旧营内数灶,见每日增

灶,兵又不知退与不退,则疑而不敢追。吾徐徐而退,自无损兵之患。"遂传令退军。

却说司马懿料苟安行计停当,只待蜀兵退时,一齐掩杀。正踌躇间,忽报蜀寨空虚,人马皆去。懿因孔明多谋,不敢轻追,自引百余骑前来蜀营内踏看,教军士数灶,仍回本寨。次日,又教军士赶到那个营内,查点灶数。回报说:"这营内之灶,比前又增一分。"司马懿谓诸将曰:"吾料孔明多谋,今果添兵增灶,吾若追之,必中其计;不如且退,再作良图。"于是回军不追。孔明不折一人,望成都而去。次后,川口土人来报司马懿,说孔明退兵之时,未见添兵,只见增灶。懿仰天长叹曰:"孔明效虞诩之法,瞒过吾也。其谋略吾不如之!"遂引大军还洛阳。正是:

棋逢敌手难相胜,将遇良才不敢骄。

未知孔明退回成都,竟是如何,且看下文分解。

边,臣常危之。今亮殒没,盖宗族得全,西戎静息,大小为庆"(《华阳国志》)。刘禅读了,勃然大怒,下诏把他处死,由此也足证刘禅对诸葛亮的态势。

第一百一回　出陇上诸葛妆神
奔剑阁张郃中计

却说孔明用减兵添灶之法，退兵到汉中。司马懿恐有埋伏，不敢追赶，亦收兵回长安去了，因此蜀兵不曾折了一人。孔明大赏三军已毕，回到成都，入见后主，奏曰："老臣出了祁山，欲取长安，忽承陛下降诏召回，不知有何大事？"后主无言可对，良久，乃曰："朕久不见丞相之面，心甚思慕，故特诏回，一无他事。"孔明曰："此非陛下本心，必有奸臣谗谮，言臣有异志也。"后主闻言，默然无语。孔明曰："老臣受先帝厚恩，誓以死报。今若内有奸邪，臣安能讨贼乎？"后主曰："朕因过听宦官之言，一时召回丞相。今日茅塞方开，悔之不及矣。"孔明遂唤众宦官究问，方知是苟安流言，急令人捕之，已投魏国去了。孔明将妄奏的宦官诛戮，余皆废出宫外；又深责蒋琬、费祎等不能觉察奸邪，规谏天子。二人唯唯服罪。孔明拜辞后主，复到汉中，一面发檄令李严应付粮草，仍运赴军前；一面再议出师。杨仪曰："前数兴兵，军力罢敝，粮又

① 诸葛亮时期蜀汉的兵力

当时蜀汉兵力，主要分布有二，一是李严、陈到等驻屯江州的防吴兵力，一是诸葛亮北伐兵力。后者人数最多，但也不至有二十万人众。据《三国志·蜀书·诸葛亮传》引郭冲五事："亮时在祁山，旌旗利器，守在险要，十二更休，在者八万。"由是陶元珍认为：裴松之谓："亮既出战场，本无久住之规，而方休兵还蜀，皆非经通之言。"其说当是，惟郭冲谓亮兵在祁山者八万，当为事实，则合留守计之，不下十数万人矣。（《三国食货志》，商务印书馆1934年版第18页）

不继，今不如分兵两班，以三个月为期：且如二十万之兵①，只领十万出祁山，住了三个月，却教这十万替回，循环相转。若此则兵力不乏，然后徐徐而进，中原可图矣。"孔明曰："此言正合我意。吾伐中原，非一朝一夕之事，正当为此长久之计。"遂下令分兵两班，限一百日为期，循环相转，违限者按军法处治。

建兴九年春二月，孔明复出师伐魏。时魏太和五年也。魏主曹叡知孔明又伐中原，急召司马懿商议。懿曰："今子丹已亡，臣愿竭一人之力，剿除寇贼，以报陛下。"叡大喜，设宴待之。次日，人报蜀兵寇急。叡即命司马懿出师御敌，亲排銮驾送出城外。懿辞了魏主，径到长安，大会诸路人马，计议破蜀兵之策。张郃曰："吾愿引一军去守雍、郿，以拒蜀兵。"懿曰："吾前军不能独当孔明之众，而又分兵为前后，非胜算也。不如留兵守上邽，余众悉往祁山。公肯为先锋

否?"郃大喜曰:"吾素怀忠义,欲尽心报国,惜未遇知己。今都督肯委重任,虽万死不辞!"于是司马懿令张郃为先锋,总督大军。又令郭淮守陇西诸郡,其余众将各分道而进。前军哨马报说:"孔明率大军望祁山进发,前部先锋王平、张嶷径出陈仓,过剑阁,出散关望斜谷而来。"司马懿谓张郃曰:"今孔明长驱大进,必将割陇西小麦,以资军粮。汝可结营守祁山,吾与郭淮巡略天水诸郡,以防蜀兵割麦。"郃领诺,遂引四万兵守祁山。懿引大军望陇西而去。

却说孔明兵至祁山,安营已毕,见渭滨有魏军提备,乃谓诸将曰:"此必是司马懿也。即今营中乏粮,屡遣人催并李严运米应付,却只是不到。吾料陇上麦熟,可密引兵割之。"于是留王平、张嶷、吴班、吴懿四将守祁山营,孔明自引姜维、魏延等诸将前到卤城。卤城太守素知孔明,慌忙开城出降。孔明抚慰毕,问曰:"此时何处麦熟?"太守告曰:"陇上麦已熟。"孔明乃留张翼、马忠守卤城,自引诸将并三军望陇上而来。前军回报说:"司马懿引兵在此。"孔明惊曰:"此人预知吾来割麦也。"即沐浴更衣,推过一般三辆四轮车来,车上皆要一样妆饰。此车乃孔明在蜀中预先造下的。当下令姜维引一千军护车,五百军擂鼓,伏在上邽之后;马岱在左,魏延在右,亦各引一千军护车,五百军擂鼓。每一辆车,用二十四人,皂衣跣足,披发仗剑,手执七星皂幡,在左右推车。三人各受计,引兵推车而去。孔明又令三万军皆执镰刀驮绳,伺候割麦。却选二十四个精壮之士,各穿皂衣,披发跣足,仗剑簇拥四轮车,为推车使者。令关兴结束做天蓬模样,手执七星皂幡,步行于车前。孔明端坐于上,望魏营而来。

哨探军见之大惊,不知是人是鬼,火速报知司马懿。懿自出营视之,只见孔明簪冠鹤氅,手摇羽扇,端坐于四轮车上;左右二十四人,披发仗剑;前面一人,手执皂幡,隐隐似天神一般。懿曰:"这个又是孔明作怪也。"遂拨二千人马分付曰:"汝等疾去,连车带人,尽情都捉来!"魏兵领命,一齐追赶。孔明见魏兵赶来,便教回车,遥望蜀营,缓缓而行。魏兵皆骤马追赶,但见阴风习习、冷雾漫漫。尽力赶了一程,追之不上。各人大惊,都勒住马言曰:"奇怪,我等急急赶了三十里,只见在前,追之不上,如之奈何?"孔明见兵不来,又令推车过来,朝着魏兵歇下。魏兵犹豫良久,又放马赶来。孔明复回车慢慢而行。魏兵又赶了二十里,只见在前,不曾赶上,尽皆痴呆。孔明教回过车,朝着魏兵,推车倒行。魏兵又欲追赶。

后面司马懿自引一军到,传令曰:"孔明善会八门遁甲②,能驱六丁六甲之神。此乃六甲天书内'缩地'之法也。众军不可追之。"众军方勒马回时,左势下战鼓大震,一彪军杀来。懿急令兵拒之,只

② 八门遁甲法
元明戏剧平话多谈及道教遁甲法神通广大。此法实始于宋代,如北宋末汴京"神兵"。所谓掌遁甲法者,宣称能"呼啸风雨岚雾,障蔽道余"。此处所说,乃是道教文化之渗透。按,六甲天书之"六甲",乃是以甲字为首的十天干同十二地支相配构成六十甲子,以十为旬,故有"六甲"之称;遁,即逃避。遁甲法,据《遁甲符应法》:"古法遁者,隐也,幽隐之道。甲者,仪也,谓六甲六仪在,有直行天之贵神也,常隐于六戊之下,盖取用兵机通神明之德,故以遁甲为名。"(卷上《遁甲总序》)八门遁甲法,即以后天八卦方位配以洛书九宫,再配上九星和八门,以人为中心展开遁甲之术。诸葛亮时代当然不可能有此种道教文化,此处亦可证元明道教传播与《三国演义》创作和形成关系密切。

③ **诸葛亮妆神一化三**

诸葛亮弄鬼作假，乃小说造作，此处故事似由南宋初名将魏胜事迹化出。魏胜军常胜，"金人望见（"山东魏胜"大旗）即退走"，"胜为旗十教，书其姓名，密付诸将，遇鏖战即揭之，金兵悉避之。"（《宋史·魏胜传》）

见蜀兵队里二十四人，披发仗剑，皂衣跣足，拥出一辆四轮车，车上端坐孔明，簪冠鹤氅，手摇羽扇。懿大惊曰："方才那个车上坐着孔明，赶了五十里，追之不上，如何这里又有孔明？怪哉！怪哉！"言未毕，右势下战鼓又鸣，一彪军杀来，四轮车上亦坐着一个孔明，左右亦有二十四人，皂衣跣足，披发仗剑，拥车而来。懿心中大疑，回顾诸将曰："此必神兵也！"众军心下大乱，不敢交战，各自奔走。正行之际，忽然鼓声大震，又一彪军杀来：当先一辆四轮车，孔明端坐于上，左右前后推车使者同前一般，魏兵无不骇然③。司马懿不知是人是鬼，又不知多少蜀兵，十分惊惧，急急引兵奔入上邽，闭门不出。此时孔明早令三万精兵将陇上小麦割尽，运赴卤城打晒去了。

司马懿在上邽城中，三日不敢出城。后见蜀兵退去，方敢令军出哨，于路捉得一蜀兵来见司马懿。懿问之，其人告曰："某乃割麦之人，因走失马匹，被捉前来。"懿曰："前者是何神兵？"答曰："三路伏兵，皆不是孔明，乃姜维、马岱、魏延也。每一路只有一千军护车，五百军擂鼓，只是先来诱阵的车上乃孔明也。"懿仰天长叹曰："孔明有神出鬼没之机！"忽报副都督郭淮入见。懿接入，礼毕，淮曰："吾闻蜀兵不多，现在卤城打麦，可以击之。"懿细言前事。淮笑曰："只瞒过一时，今已识破，何足道哉！吾引一军攻其后，公引一军攻其前，卤城可破，孔明可擒矣。"懿从之，遂分兵两路而来。

却说孔明引军在卤城打晒小麦，忽唤诸将听令曰："今夜敌人必来攻城。吾料卤城东西麦田之内，足可伏兵，谁敢为我一往？"姜维、魏延、马忠、马岱四将出曰："某等愿往。"孔明大喜，乃命："姜维、魏延各引二千兵，伏东南、西北两处；马岱、马忠各引二千兵，伏在西南、东北两处，只听炮响，四角一齐杀来。"四将受计，引兵去了。孔明自引百余人，各带火炮出城，伏在麦田之内等候。

却说司马懿引兵径到卤城下，日已昏黑，乃谓诸将曰："若白日进兵，城中必有准备；今可乘夜晚攻之。此处城低壕浅，可便打破。"遂屯兵城外。一更时分，郭淮亦引兵到。两下合兵，一声鼓响，把卤城围得铁桶相似。城上万弩齐发，矢石如雨，魏兵不敢前进。忽然魏军中信炮连声，三军大惊，又不知何处兵来。淮令人去麦田搜时，四角上火光冲天，喊声大震，四路蜀兵一齐杀至。卤城四门大开，城内兵杀出，里应外合，大杀了一阵，魏兵死者无数。司马懿引败兵奋死突出重围，占住了山头。郭淮亦引败兵奔到山后扎住。孔明入城，令四将于四角下安营。郭淮告司马懿曰："今与蜀兵相持许久，无策可退。目下又被杀了一阵，折伤三千余人，若不早图，日后难退矣。"懿曰："当复如何？"淮曰："可发檄文调雍、凉人马，并力剿杀。吾愿引军袭剑阁，截其归路，使彼粮草不通，三军慌乱，那时乘势击之，敌可灭矣。"懿从之，即发檄文星夜往雍、凉调拨人马。不一日，大将孙礼引雍、凉诸郡人马到。懿即令孙礼约会郭淮去袭剑阁。

却说孔明在卤城相距日久,不见魏兵出战,乃唤马岱、姜维入城听令曰:"今魏兵守住山险,不与我战,一者料吾麦尽无粮;二者令兵去袭剑阁,断吾粮道也。汝二人各引一万军,先去守住险要,魏兵见有准备,自然退去。"二人引兵去了。长史杨仪入帐告曰:"向者丞相令大兵一百日一换,今已限足,汉中兵已出川口,前路公文已到,只待会兵交换。现存八万军,内四万该与换班。"孔明曰:"既有令,便教速行。"众军闻知,各各收拾起程。忽报孙礼引雍、凉人马二十万来助战,去袭剑阁,司马懿自引兵来攻卤城了。蜀兵无不惊骇。

杨仪入告孔明曰:"魏兵来得甚急,丞相可将换班军且留下退敌,待新来兵到,然后换之。"孔明曰:"不可。吾用兵命将,以信为本。既有令在先,岂可失信?且蜀兵应去者,皆准备归计,其父母妻子倚扉而望。吾今便有大难,决不留他。"即传令教应去之兵,当日便行。众军闻之,皆大呼曰:"丞相如此施恩于众,我等愿且不回,各舍一命,大杀魏兵,以报丞相。"孔明曰:"尔等该还家,岂可复留于此?"众军皆要出战,不愿回家。孔明曰:"汝等既要与我出战,可出城安营,待魏兵到,莫待他息喘,便急攻之。此以逸待劳之法也。"众兵领命,各执兵器,欢喜出城,列阵而待。

却说西凉人马倍道而来,走的人马困乏,方欲下营歇息,被蜀兵一拥而进,人人奋勇,将锐兵骁,雍、凉兵抵敌不住,望后便退。蜀兵奋力追杀,杀得那雍、凉兵尸横遍野,血流成渠[4]。孔明出城,收聚得胜之兵,入城赏劳。忽报永安李严有书告急。孔明大惊,拆封视之。书云:

> 近闻东吴令人入洛阳,与魏连和;魏令吴取蜀,幸吴尚未起兵。今严探知消息,伏望丞相,早作良图。[5]

孔明览毕,甚是惊疑,乃聚诸将曰:"若东吴兴兵寇蜀,吾须索速回也。"即传令,教:"祁山大寨人马且退回西川。司马懿知吾屯军在此,必不敢追赶。"于是王平、张嶷、吴班、吴懿,分兵两路,徐徐退入西川去了。张郃见蜀兵退去,恐有计策,不敢来追,乃引兵往见司马懿曰:"今蜀兵退去,不知何意?"懿曰:"孔明诡计极多,不可轻动。不如坚守,待他粮尽,自然退去。"大将魏平出曰:"蜀兵拔祁山之营而退,正可乘势追之,都督按兵不动,畏蜀如虎,奈天下笑何?"懿坚执不从。

却说孔明知祁山兵已回,遂唤杨仪、马忠入帐,授以密计,令先引一万弓弩手,去剑阁木门道,两下埋伏:"若魏兵追到,听吾炮响,急滚下木石,先截其去路,两头一齐射之。"二人引兵去了。又唤魏

④ **雍凉兵马不可信**
此段源自《三国志·蜀书·诸葛亮传》引《蜀记》所载《郭冲五事》。按,郭冲所叙诸葛亮五事多谬误,如空城计。裴松之早就指出不可信,诸如称"亮大军在关、陇,魏人何由得越亮径向剑阁?亮既在战场,本无久住之规,而方休兵还蜀,皆非经通之言。"

⑤ **李严书东吴入寇不见于史**
史传无此事。此书亦是《演义》捏造。诸葛亮退军实出自李严因运粮不继谎言事。据《三国志·蜀书·李严传》,当诸葛亮大军因粮缺退军,"平(李严,当时改名李平)闻军退,乃更惶恐,说'军粮饶足,何以便归',欲以解己不办之责,显亮不进之愆也。又表后主,说'军伪退,欲以诱贼与战'。亮具出其前后手笔书疏本末,平违错章灼"。按,李严之阶位,仅次于诸葛亮,又同是托孤大臣,何以就卑鄙至此,其说谎伎俩也过于幼稚,此中情事双方多有难言,即不能昭揭于众,并非本传叙述自能了了的。

延、关兴引兵断后，城上四面遍插旌旗，城内乱堆柴草，虚放烟火。大兵尽望木门道而去。魏营巡哨军来报司马懿曰："蜀兵大队已退，但不知城中还有多少兵。"懿自往视之，见城上插旗，城中烟起，笑曰："此乃空城也。"令人探之，果是空城。懿大喜曰："孔明已退，谁敢追之？"先锋张郃曰："吾愿往。"懿阻曰："公性急躁，不可去。"郃曰："都督出关之时，命吾为先锋。今日正是立功之际，却不用吾，何也？"懿曰："蜀兵退去，险阻处必有埋伏，须十分仔细，方可追之。"郃曰："吾已知得，不必挂虑。"懿曰："公自欲去，莫要追悔。"郃曰："大丈夫舍身报国，虽万死无恨。"懿曰："公既坚执要去，可引五千兵先行，却教魏平引二万马步兵后行，以防埋伏。吾却引三千兵随后策应。"张郃领命，引兵火速望前追赶。

　　行到三十余里，忽然背后一声喊起，树林内闪出一彪军，为首大将横刀勒马大叫曰："贼将引兵那里去！"郃回头视之，乃魏延也。郃大怒，回马交锋。不十合，延诈败而走。郃又追赶三

⑥ 张郃中伏乃司马懿所致

诸葛亮北伐中原，主要对手之一是张郃。张郃死于魏太和五年(231)。这年，诸葛亮又是因千里行军，粮尽回师。张郃在追赶到木门道(甘肃礼县东北)，遇伏战死。《演义》以张郃不听司马懿劝阻，执意要追赶而丧身。据《三国志·魏书·张郃传》引《魏略》，"亮军退，司马宣王使郃追之。郃曰：'军法围城必开出路，归军勿追。'宣王不听，郃不得已，遂进。蜀军乘高布伏，弓弩乱发，矢中郃髀。"他是中诸葛亮发明的连弩法而死的。《太平御览》卷二百九十一引《汉末传》也称，"亮粮尽引军还，至于青封木门，郃追之，亮驻军削大树题曰：'张郃死此树下。'豫令兵夹道，以数千强弩备之，郃果目见，千弩俱发，射郃而死。"按，木门在祁山北，青封在祁山南，所以任乃强先生认为，张郃膝中箭"非致命之地，当是郃于木门被箭，仍督军进攻祁山，并追亮至青封，战败死"(《华阳国志校补图注》)。这时他已是七十开外的老将了。

十余里，勒马回顾，全无伏兵，又策马前追。方转过山坡，忽喊声大起，一彪军闪出，为首大将乃关兴也。横刀勒马大叫曰："张郃休赶！有吾在此！"郃就拍马交锋。不十合，兴拨马便走。郃随后追之。赶到一密林内，郃心疑，令人四下哨探，并无伏兵，于是放心又赶。不想魏延却抄在前面，郃又与战十余合，延又败走。郃奋力追来，又被关兴抄在前面，截住去路。郃大怒，拍马交锋，战有十合，蜀兵尽弃衣甲什物等件，塞满道路。魏军皆下马争取。延、兴二将，轮流交战，张郃奋勇追赶。看看天晚，赶到木门道口，魏延拨回马，高声大骂曰："张郃逆贼！吾不与汝相拒，汝只顾赶来，吾今与汝决一死战！"郃十分忿怒，挺枪骤马，直取魏延。延挥刀来迎。战不十合，延大败，尽弃衣甲、头盔，匹马引败兵望木门道中而走。张郃杀得性起，又见魏延大败而逃，乃骤马赶来。此时天色昏黑，一声炮响，山上火光冲天，大石乱柴滚将下来，阻截去路。郃大惊曰："我中计矣！"急回马时，背后已被木石塞满了归路，中间只有一段空地，两边皆是峭壁，郃进退无路。忽一声梆子响，两下万弩齐发，将张郃并百余个部将，皆射死于木门道中⑥。后人有诗曰：

　　　　伏弩齐飞万点星，木门道上射雄兵。
　　　　至今剑阁行人过，犹说军师旧日名。

　　却说张郃已死，随后魏兵追到，见塞了道路，已知张郃中计。众军勒回马急退，忽听得山头上大叫："诸葛丞相在此！"众军仰视，只见孔明立于火光之中，指众军而言曰："吾今日围猎，欲射一'马'，误中一

'獐',汝各人安心而去,上复仲达,早晚必为吾所擒矣。"魏兵回见司马懿,细告前事。懿悲伤不已,仰天叹曰:"张隽义身死,吾之过也!"乃收兵回洛阳。魏主闻张郃死,挥泪叹息,令人收其尸,厚葬之。

却说孔明入汉中,欲归成都见后主。都护李严妄奏后主曰:"臣已办备军粮,行将运赴丞相军前,不知丞相何故忽然班师。"后主闻奏,即命尚书费祎入汉中见孔明,问班师之故。祎至汉中,宣后主之意。孔明大惊曰:"李严发书告急,说东吴将兴兵寇川,因此回师。"费祎曰:"李严奏称军粮已办,丞相无故回师,天子因此令某来问耳。"孔明大怒,令人访察,乃是李严因军粮不济,怕丞相见罪,故发书取回,却又妄奏天子,遮饰己过。孔明大怒曰:"匹夫为一己之故,废国家大事!"令人召至,欲斩之。费祎劝曰:"丞相念先帝托孤之意,姑且宽恕。"孔明从之。费祎即具表启奏后主。后主览表,勃然大怒,叱武士推李严出斩之。参军蒋琬出班奏曰:"李严乃先帝托孤之臣,乞望恩宽恕。"后主从之,即谪为庶人,徙于梓潼郡闲住⑦。

孔明回到成都,用李严子李丰为长史⑧,积草屯粮,讲阵论武,整治军器,存恤将士,三年然后出征。两川人民军士,皆仰其恩德。光阴荏苒,不觉三年。时建兴十二年春二月。孔明入朝奏曰:"臣今存恤军士,已经三年。粮草丰足,军器完备,人马雄壮,可以伐魏。今番若不扫清奸党,恢复中原,誓不见陛下也⑨!"后主曰:"方今已成鼎足之势,吴、魏不曾入寇,相父何不安享太平?"孔明曰:"臣受先

⑦ **李严被黜后生活**

俗称,李严被贬为庶民后,居住梓潼城南四里蚕神山(长卿山)下。自建屋,取名为"横造庐",以自戒。唐乾符三年(876),改建为庙,塑神百像,时称"百神庙"。宋乾德三年(965)重建,今神像已毁而庙貌俨然。清梓潼举人刘冕有称:"君不可学李严,枉戴乌纱玩忽职守,辜负先主重托言,纵尔斩汝成泥浆,从此伐魏成枉然。"

⑧ **李丰被夺兵权**

李丰为李严子。建兴八年(230),诸葛亮因李严以中都护署丞相府事,以李严镇江州,"为江州都督督军,典府后事"(《蜀书·李严传》)。李严废为民,"夺平子丰兵,以为从事中郎,与长史蒋琬共知居府事。"(《华阳国志》卷七)诸葛亮有与李丰书称,"君以中郎参军居府,方之气类,犹为上家。若都护(李严)思负一意,君与公琰(蒋琬)推心从事者,否可复通,逝可复还也"(《诸葛亮集》)。李丰后官至朱提太守。

⑨ **诸葛亮六次北伐主要战役("六出祁山")**

项目 时间	主要战役	史　事	演　义	附　注
建兴六年(228)春	街亭战役	先锋马谡军溃于街亭,偏师赵云、邓芝败于箕谷	同	一出祁山
建兴六年(228)冬	陈仓战役	粮尽,退,斩王双	取陈仓	
建兴七年(229)春	武都阴平战役	命陈式取武都、阴平二郡	王平取阴平、姜维取武都,大破司马懿主力	
建兴八年(230)秋	阳溪战役	魏延大破郭淮军	大雨,破曹真、司马懿主力	
建兴九年(231)春	上邽战役	初与司马懿相持,粮尽,退,斩张郃	大破司马懿主力,妆神	二出祁山
建兴十二年(234)春	武功战役	出斜谷,扎营五丈原,与司马懿相持半年	上方谷困司马父子	本条详见第一百三回⑥

帝知遇之恩，梦寐之间，未尝不设伐魏之策。竭力尽忠，为陛下克复中原，重兴汉室，臣之愿也。"言未已，班部中一人出曰："丞相不可兴兵。"众视之，乃谯周也。正是：

　　武侯尽瘁惟忧国，太史知机又论天。

　　未知谯周有何议论，且看下文分解。

第一百二回　司马懿占北原渭桥　诸葛亮造木牛流马

却说谯周官居太史，颇明天文，见孔明又欲出师，乃奏后主曰："臣今职掌司天台，但有祸福，不可不奏。近有群鸟数万，自南飞来，投于汉水而死，此不祥之兆。臣又观天象，见奎星躔于太白之分，盛气在北，不利伐魏。又成都人民皆闻柏树夜哭。有此数般灾异，丞相只宜谨守，不可妄动。"孔明曰："吾受先帝托孤之重，当竭力讨贼，岂可以虚妄之灾氛，而废国家大事耶？"遂命有司设太牢祭于昭烈之庙，涕泣拜告曰："臣亮五出祁山，未得寸土，负罪非轻！今臣复统全师，再出祁山，誓竭力尽心，剿灭汉贼，恢复中原，鞠躬尽瘁，死而后已！"祭毕，拜辞后主，星夜至汉中，聚集诸将，商议出师。忽报关兴病亡，孔明放声大哭，昏倒于地，半晌方苏①。众将再三劝解，孔明叹曰："可怜忠义之人，天不与以寿！我今番出师，又少一员大将也！"后人有诗叹曰：

> 生死人常理，蜉蝣一样空。
>
> 但存忠孝节，何必寿乔松。

孔明引蜀兵三十四万，分五路而进，令姜维、魏延为先锋，皆出祁山取齐；令李恢先运粮草于斜谷道口伺候。

却说魏国因旧岁有青龙自摩坡井内而出，改为青龙元年。此时乃青龙二年春二月也。近臣奏曰："边官飞报蜀兵三十余万，分五路复出祁山。"魏主曹叡大惊，急召司马懿至，谓曰："蜀人三年不曾入寇，今诸葛亮又出祁山，如之奈何？"懿奏曰："臣夜观天象，见中原旺气正盛，奎星犯太白，不利于西川。今孔明自负才智，逆天而行，乃自取败亡也。臣托陛下洪福，当往破之。但愿保四人同去。"叡曰："卿保何人？"懿曰："夏侯渊有四子：长名霸，字仲权；次名威，字季权；三名惠，字稚权；四名和，字义权。霸、威二人，弓马熟娴；惠、和二人，谙知韬略。此四人

① 诸葛亮器重关兴

据《三国志·蜀书·关羽传》，"(关)兴字安国，少有令问，丞相诸葛亮深器异之。弱冠为侍中、中监军，数岁卒。"关兴二十多岁就病死了。但关兴作为北征大将，武艺超群，不见于史传。显然是《演义》为塑造"老子英雄儿好汉"模式而定型的。

② 渭水浮桥

此条不见于三国有关史传,当系杜撰。盖浮桥故事,始见于先秦。《事物纪原》卷九:"《春秋后传》曰:周赧王五十八年,秦始作浮桥于河上。按《诗·大明》云:造舟为梁。孙炎曰:造舟,以舟为梁也,比舟于水,加板于上,今浮桥也。故杜预又云:造舟为梁,则浮桥之谓矣。《尔雅·释水》曰:天子造舟,诸侯维舟,大夫方舟,士特舟。夏商尚质,等制之文未备,故郑康成以为周制。《后传》以为秦始,疑周有事,则造舟,而秦乃系之也。"

常欲为父报仇。臣今保夏侯霸、夏侯威为左右先锋,夏侯惠、夏侯和为行军司马,共赞军机,以退蜀兵。"叡曰:"向者夏侯楙驸马违误军机,失陷了许多人马,至今羞惭不回。今此四人,亦与楙同否?"懿曰:"此四人非夏侯楙所可比也。"叡乃从其请,即命司马懿为大都督,凡将士悉听量才委用,各处兵马皆听调遣。懿受命,辞朝出城。叡又以手诏赐懿曰:

> 卿到渭滨,宜坚壁固守,勿与交锋。蜀兵不得志,必诈退诱敌,卿慎勿追。待彼粮尽,必将自走,然后乘虚攻之,则取胜不难,亦免军马疲劳之苦:计莫善于此也。

司马懿顿首受诏,即日到长安,聚集各处军马共四十万,皆来渭滨下寨;又拨五万军,于渭水上搭起九座浮桥②,令先锋夏侯霸、夏侯威过渭水安营;又于大营之后东原,筑起一城,以防不虞。懿正与众将商议间,忽报郭淮、孙礼来见。懿迎入,礼毕,淮曰:"今蜀兵现在祁山,倘跨渭登原,接连北山,阻绝陇道,大可虞也。"懿曰:"所言甚善。公可就总督陇西军马,据北原下寨,深沟高垒,按兵休动,只待彼兵粮尽,方可攻之。"郭淮、孙礼领命,引兵下寨去了。

却说孔明复出祁山,下五个大寨,按左、右、中、前、后;自斜谷直至剑阁,一连又下十四个大寨,分屯军马,以为久计。每日令人巡哨。忽报郭淮、孙礼领陇西之兵,于北原下寨。孔明谓诸将曰:"魏兵于北原安营者,惧吾取此路,阻绝陇道也。吾今虚攻北原,却暗取渭滨。令人扎木筏百余只,上载草把,选惯熟水手五千人驾之。我乘夜只攻北原,司马懿必引兵来救。彼若少败,我把后军先渡过岸去,然后把前军下于筏中,休要上岸,顺水取浮桥,放火烧断,以攻其后。吾自引一军去取前营之门。若得渭水之南,则进兵不难矣。"诸将遵令而行。早有巡哨军飞报司马懿。懿唤诸将议曰:"孔明如此设施,其中有计。彼以取北原为名,顺水来烧浮桥,乱吾后,却攻吾前也。"即传令与夏侯霸、夏侯威曰:"若听得北原发喊,便提兵于渭水南山之中,待蜀兵至击之。"又令张虎、乐綝引二千弓弩手,伏于渭水浮桥北岸:"若蜀兵乘木筏顺水而来,可一齐射之,休令近桥。"又传令郭淮、孙礼曰:"孔明来北原暗渡渭水,汝新立之营人马不多,可尽伏于半路。若蜀兵于午后渡水,黄昏时分必来攻汝,汝诈败而走。蜀兵必追,汝等皆以弓弩射之。吾水陆并进。若蜀兵大至,只看吾指挥而击之。"各处下令已毕,又令二子司马师、司马昭,引兵救应前营。懿自引一军救北原。

却说孔明令魏延、马岱引兵渡渭水攻北原;令吴班、吴懿引木筏兵去烧浮桥;令王平、张嶷为前队,姜维、马忠为中队,廖化、张翼为后队:兵分三路,去攻渭水旱营。是日午时,人马离大寨,尽渡渭水,列成阵势,缓缓而行。却说魏延、马岱将近北原,天色已昏,孙礼哨见,便弃营而走。魏延知有准备，急退军时，四下喊声大震，左有司马懿，右有郭淮，两路兵杀来。魏延、马岱奋力杀出，蜀兵多半落于水中，余众奔逃无路。幸得吴懿兵杀来，救了败兵过岸拒住。吴班分一半兵撑筏顺水来烧浮桥，却被张虎、乐綝在岸上乱箭射住。吴班中箭，落水而死。③余军跳水逃命，木筏尽被魏兵夺去。此时王平、张嶷不知北原兵败，直奔到魏营，已有二更天气，只听得喊声四起。王平谓张嶷曰："军马攻打北原，未知胜负。渭南之寨，现在面前，如何不见一个魏兵？莫非司马懿知道了，先作准备也？我等且看浮桥火起，方可进兵。"二人勒住军马，忽背后一骑马来报说："丞相教军马急回。北原兵、浮桥兵俱失了。"王平、张嶷大惊，急退军时，却被魏兵抄在背后，一声炮响，一齐杀来，火光冲天。王平、张嶷引兵相迎，两军混战一场。平、嶷二人奋力杀出，蜀兵折伤大半④。

孔明回到祁山大寨，收聚败兵，约折了万余人，心中忧闷。忽报费祎自成都来见丞相。孔明请入。费祎礼毕，孔明曰："吾有一书，正欲烦公去东吴投递，不知肯去否？"祎曰："丞相之命，岂敢推辞？"孔明即修书付费祎去了⑤。祎持书径到建业，入见吴主孙权，呈上孔明之书。权拆视之，书略曰：

> 汉室不幸，王纲失纪；曹贼篡逆，蔓延及今。亮受昭烈皇帝寄托之重，敢不竭力尽忠。今大兵已会于祁山，狂寇将亡于渭水。伏望陛下念同盟之义，命将北征，共取中原，同分天下。书不尽言，万希圣听！

权览毕，大喜，乃谓费祎曰："朕久欲兴兵，未得会合孔明。今既有书到，即日朕自亲征，入居巢门，取魏新城，再令陆逊、诸葛瑾等屯兵于江夏、沔口取襄阳；孙韶、张承等出兵广陵取淮阳等处：三处一齐进军，共三十万，克日兴师。"费祎拜谢曰："诚如此，则中原不日自破矣！"权设宴款待费祎。饮宴间，权问曰："丞相军前，用谁当先破敌？"祎曰："魏延为首。"权笑曰："此人勇有余而心不正。若一朝无孔明，彼必为祸。孔明岂未知耶？"祎曰："陛下之言极当。臣今归去，即当以此言告孔明。"遂拜辞孙权，回到祁山，见了孔明，具言吴主起大兵三十万，御驾亲征，兵分三路而进。孔明又问曰："吴主别有所言否？"费祎将论魏延之语告之。孔明叹曰："真聪明之主也！

③ 吴班不死此役

吴班，陈留（河南开封东南）人。"先主时为领军，后主世，稍迁至骠骑将军，假节，封绵竹侯"（《三国志·蜀书》）。按，吴班不死于此役。建兴八年（230），任后将军，屯汉中。建兴十五年替代病死的吴懿为车骑将军。延熙六年（243）病死（据万斯同《汉将帅大臣年表》）。

④ 北原渭桥之战

按，此战不见《三国志·蜀书·诸葛亮传》。仅《三国志·魏书·郭淮传》称："是时司马宣王屯渭南；淮策亮必争北原，宜先据之，议者多谓不然。淮曰：'若亮跨渭登原，连兵北山，隔绝陇道，摇荡民、夷，此非国之利也。'宣王善之，淮遂屯北原。堑垒未成，蜀兵大至，淮逆击之。"《晋书·宣帝纪》有记载：魏青龙二年（234），诸葛亮率众十万出斜谷，结垒于郿之渭水南五丈原，"将北渡渭，帝（司马懿）遣将军周当屯阳遂以饵之。数日，亮不动。帝曰：'亮欲争原，而不向阳遂，其意可知也。'遣将军胡遵、雍州刺史郭淮共备阳遂，与亮会于积石，临原而战，亮不得进，还于五丈原。会有长星坠亮之垒，帝知其必败，遣奇兵掎亮之后，斩五百余级，获生口千余，降者六百余人。"但《三国志·蜀书·诸葛亮传》却称："（建兴）十二年春，亮悉大众由斜谷出，以流马运，据武功五丈原，与司马宣王对于渭南。"似双方均采取守势，未有对仗。

⑤ 费祎应从成都出使东吴

费祎是蜀汉合纵东吴最好的使臣，但他每次出使，都是由成都溯江而下，相传诸葛亮送出南门,在锦江桥上饯行,说:"万里之行,请自此始",由是此桥后称之"万里桥"。

⑥ 司马懿无权加前将军

按三国官制,前将军与后将军、左将军、右将军均并列为三品,其任命权出自帝皇,而包括司马懿在内之所有高官,均无权私自授与。

吾非不知此人,为惜其勇,故用之耳。"祎曰:"丞相早宜区处。"孔明曰:"吾自有法。"祎辞别孔明,自回成都。

孔明正与诸将商议征进,忽报有魏将来投降。孔明唤入问之,答曰:"某乃魏国偏将军郑文也。近与秦朗同领人马,听司马懿调用。不料懿徇私偏向,加秦朗为前将军⑥,而视文如草芥,因此不平,特来投降丞相。愿赐收录。"言未已,人报秦朗引兵在寨外,单搦郑文交战。孔明曰:"此人武艺比汝若何?"郑文曰:"某当立斩之。"孔明曰:"汝若先杀秦朗,吾方不疑。"郑文欣然上马出营,与秦朗交锋。孔明亲自出营视之。只见秦朗挺枪大骂曰:"反贼!盗我战马来此,可早早还我!"言讫,直取郑文。文拍马舞刀相迎,只一合,斩秦朗于马下。魏军各自逃走。郑文提首级入营。孔明回到帐中坐定,唤郑文至,勃然大怒,叱左右:"推出斩之!"郑文曰:"小将无罪!"孔明曰:"吾向识秦朗,汝今斩者,并非秦朗,安敢欺我!"文拜告曰:"此实秦朗之弟秦明也。"孔明笑曰:"司马懿令汝来诈降,于中取事,却如何瞒得我过!若不实说,必然斩汝!"郑文只得诉告其实是诈降,泣求免死。孔明曰:"汝既求生,可修书一封,教司马懿自来劫营,吾便饶汝性命。若捉住司马懿,便是汝之功,还当重用。"郑文只得写了一书,呈与孔明。孔明令将郑文监下。樊建问曰:"丞相何以知此人诈降?"孔明曰:"司马懿不轻用人。若加秦朗为前将军,必武艺高强;今与郑文交马只一合,便为文所杀,必不是秦朗也。以故知诈。"众皆拜服。

孔明选一舌辩军士,附耳分付如此如此。军士领命,持书径来魏寨,求见司马懿。懿唤入,拆书看毕,问曰:"汝何人也?"答曰:"某乃中原人,流落蜀中。郑文与某同乡,今孔明因郑文有功,用为先锋。郑文特托某来献书,约于明日晚间,举火为号,望乞都督尽提大军前来劫寨,郑文在内为应。"司马懿反复诘问,又将来书仔细检看,果然是实,即赐军士酒食,分付曰:"本日二更为期,我自来劫寨。大事若成,必重用汝。"军士拜别,回到本寨告知孔明。孔明仗剑步罡,祷祝已毕,唤王平、张嶷分付如此如此;又唤马忠、马岱分付如此如此;又唤魏延分付如此如此。孔明自引数十人,坐于高山之上,指挥众军。

却说司马懿见了郑文之书,便欲引二子提大兵来劫蜀寨。长子司马师谏曰:"父亲何故据片纸而亲入重地?倘有疏虞,如之奈何?不如令别将先去,父亲为后应可也。"懿从之,遂令秦朗引一万兵,去劫蜀寨,懿自引兵接应。是夜初更,风清月朗;将及二更时分,忽然阴云四合,黑气漫空,对面不见。懿大喜曰:"天使我成功也!"于是人尽衔枚,马皆勒口,长驱大进。秦朗当先,引一万兵直杀入蜀寨中,并不见一人。朗知中计,忙叫退兵,四下火把齐明,喊声震地,左有王平、张嶷,右有马岱、马忠,两路兵杀来。秦朗死战,不能得出。背后司马懿见蜀寨火光冲天,喊声不绝,又不知魏兵胜负,只顾催兵接应,望火光中杀来。忽然一声喊起,鼓角喧天,火炮震地,左有魏延,右有姜维,两路杀出。魏兵大败,十伤八九,四散逃奔。此时秦朗所引一万兵,都被蜀兵围住。箭如飞蝗,秦朗死于乱军之中⑦。司马懿引败兵奔入本寨。

三更之后,天复清朗。孔明在山头上鸣金收军。原来二更时阴云暗黑,乃孔明用遁甲之法;后收兵已了,天复清朗,乃孔明驱六丁六甲扫荡浮云也。当下孔明得胜回寨,命将郑文斩了。再议取渭南之策。每日令兵搦战,魏军只不出迎。孔明自乘小车,来祁山前、渭水东西,踏看地理。忽到一谷口,见其形如葫芦之状,内中可容千余人;两山又合一谷,可容四五百人;背后两山环抱,只可通一人一骑。孔明看了,心中大喜,问向导官曰:"此处是何地名?"答曰:"此名上方谷,又号葫芦谷。"孔明回到帐中,唤裨将杜叡、胡忠二人⑧,附耳授以密计。令唤集随军匠作一千余人,入葫芦谷中制造"木牛""流马"应用⑨;又令马岱领五百兵守住谷口。孔明嘱马岱曰:"匠作人等,不许放出;外人不许放入。吾还不时自来点视。捉司马懿之计,只在此举。切不可走漏消息。"马岱受命而去。杜睿等二人在谷中监督匠作,依法制造。孔明每日往来指示。

忽一日,长史杨仪入告曰:"即今粮米皆在剑阁,人夫牛马,搬运不便,如之奈何?"孔明笑曰:"吾已运谋多时也。前者所积木料,并西川收买下的大木,教人制造'木牛''流马',搬运粮米,甚是便利。牛马皆不水食,可以转运,昼夜不绝。"众皆惊曰:"自古及今,未闻有'木牛''流马'之事。不知丞相有何妙法,造此奇物?"孔明曰:"吾已令人依法制造,尚未完备。吾今先将造木牛流马之法,尺寸方圆,长短阔狭,开写明白,汝等视之。"众大喜。孔明即手书一纸,付众观看。众将环绕而视。造木牛之法云:

> 方腹曲胫,一腹四足;头入领中,舌着于腹。载多而行少:独行者数十里,群行者三十里。曲者为牛头,双者为牛足,横者为牛领,转者为牛足,覆者为牛背,方者为牛腹,垂者为牛舌,曲者为牛肋,刻者为牛齿,立者为牛角,细者为牛鞅,摄者为牛鞅轴。牛御双辕,人行六尺,牛行四步。人不大劳,牛不饮食。

⑦ 秦朗未死于伐蜀战役

秦朗是吕布部将秦宜禄子,系杜氏所生。曹操在徐州娶杜氏为妾。"朗随母氏畜于公宫,太祖甚爱之。每坐席,谓宾客曰:世有人爱假子如孤者乎?"(《魏氏春秋》)。秦朗从小得到宠爱,魏明帝曹叡时尤见器重,封为骁骑将军、给事中,出入车驾时常相从,并为他在京都起筑伟丽的府第。魏青龙元年(233)还被派往并州前线,主持讨伐鲜卑。翌年,秦朗出任征蜀护军,率步骑二万到祁山前线,参加对蜀战争。

⑧ 杜叡、胡忠造木牛流马

据唐杜佑《通典》称:"亮集督军廖立、杜叡、胡忠等,推意作木牛流马。据此,则蒲元诸人实创之,非亮自创也。"按《快史拾遗》有称"蒲元造木牛流马,今人谓武侯所创"。此处所记,当可理解诸葛亮集思广益,而具体督办、运作者为蒲元等人。杜叡、胡忠名讳见于《通典》,足见确是督造者。

⑨ 造木牛流马处

蜀汉建兴九年(231),诸葛亮第四次北伐,"复出围祁山,始以木牛运"。三年后,"十二年春,丞相亮以流马运,从斜谷道出武功,据五丈原,与司马宣王对于渭南"(《华阳国志》)。是流马为木牛的改进器。相传诸葛亮因蜀道崎岖,运粮艰巨,就在沔阳(陕西勉县东)先后研制木牛和流马,今该处黄沙镇北街尚保留清同治五年(1866)所立石碑:"汉诸葛武侯制木牛流马处。"又《元和郡县图志·山南道》,汉葭萌县唐景谷县,"木马山,在县西南二十五里。诸葛亮六出祁山也。作木牛流马以供运,于此造作,因以名焉"。

⑩ 木牛流马是什么

古今中外对诸葛亮木牛流马各抒己见,诸说不一,大致可有五说:一特殊独轮车。根据川边古栈道遗迹推算它是特制的独轮车,所不同的木牛有前辕,人畜前拉,后有人推;流马与木牛大致相同但不用人畜,仅靠人推。二普通独轮车,即小车。三木牛是独轮车,流马是人力四轮车,是改良的木牛。四人力四轮车。木牛和流马都是有四个轮子的人力木车。五奇异的自动机械车。所谓"施机自运,不劳人力",不需要风力、水力、人力的自动机械。据《三国志》引《诸葛亮集》所载木牛流马法,木牛有一头四足,"人行六尺,牛行四步",可见无车轮。六流马是船说,史健刚《"流马"是船不是车》称,《三国志》本传说,诸葛亮第一次采用"流马"是在斜谷(陕西眉县)至武功间,这两地都濒临流量大、水势平缓的渭河,从斜谷往武功运粮刚好是顺流而下。宋吴泳《鹤林集》卷十八《论蜀事四失三忧及保蜀三策札子》:"保驮之户亡,流马之舟溺,求欲如古人漕巴中之粟,积汉城之谷,运祁山之粮,亦难乎其为矣。"此"流马之舟"是指当时航行于嘉陵江上专门运送关外屯驻大军粮饷的漕船(《文史杂志》1999年1月号)。日本近年研制四蹄"机器马",能跳跃自如,奔跑时能自动校正倾斜度,它由精密电脑控制,安有16个机器主关节,每分钟走42米,重300公斤,主要承担危险作业的运力。美国的"六腿马",有60马力功率,时

造流马之法云:

> 肋长三尺五寸,广三寸,厚二寸二分,左右同。前轴孔分墨去头四寸,径中二寸。前脚孔分墨去头四寸五分,长一寸五分,广一寸。前杠孔去前脚孔分墨二寸七分,孔长二寸,广一寸。后轴孔去前杠孔分墨一尺五寸,大小与前同。后杠孔去后脚孔分墨二寸二分。后杠孔分墨四寸五分。前杠长一尺八寸,广二寸,厚一寸五分。后杠与等。板方囊二枚,厚八分,长二尺七寸,高一尺六寸五分,广一尺六寸:每枚受米二斛三斗。从上杠孔去肋下七寸,前后同。上杠孔去下杠孔分墨一尺三寸,孔长一寸五分,广七分:八孔同。前后四脚广二寸,厚一寸五分。形制如象,靬长四寸,径面四寸三分。孔径中三脚杠长二尺一寸,广一寸五分,厚一寸四分。

众将看了一遍,皆拜伏曰:"丞相真神人也。"过了数日,木牛流马皆造完备,宛然如活者一般,上山下岭,各尽其便⑩。众军见之,无不欣喜。孔明令右将军高翔,引一千兵驾着木牛流马,自剑阁直抵祁山大寨,往来搬运粮草,供给蜀兵之用。后人有诗赞曰:

> 剑关险峻驱流马,斜谷崎岖驾木牛。
> 后世若能行此法,输将安得使人愁?

却说司马懿正忧闷间,忽哨马报说:"蜀兵用木牛流马转运粮草,人不大劳,牛马不食。"懿大惊曰:"吾所以坚守不出者,为彼粮草不能接济,欲待其自毙耳。今用此法,必为久远之计,不思退矣。如之奈何?"急唤张虎、乐綝二人分付曰:"汝二人各引五百军,从斜谷小路抄出,待蜀兵驱过木牛流马,任他过尽,一齐杀出,不可多抢,只抢三五匹便回。"二人依令,各引五百军,扮作蜀兵,夜间偷过小路,伏在谷中,果见高翔引兵驱木牛流马而来。将次过尽,两边一齐鼓噪杀出。蜀兵措手不及,弃下数匹,张虎、乐綝欢喜,驱回本寨。司马懿看了,果然进退如活的一般,乃大喜曰:"汝会用此法,难道我不会用!"便令巧匠百余人,当面拆开,分付依其尺寸长短厚薄之法,一样制造木牛流马。不消半月,造成二千余只,与孔明所造者一般法则,亦能奔走。遂令镇远将军岑威,引一千军驱驾木牛流马,去陇西搬运粮草,往来不绝。魏营军将,无不欢喜。

却说高翔回见孔明,说魏兵抢夺木牛流马各五六匹去了。孔明笑曰:"吾正要他抢去。我只费了几匹木牛流马,却不久便得军中许多资助也。"诸将问曰:"丞相何以知之?"孔明曰:"司马懿见了木牛流马,必然仿我法度,一样制造。那时我又有计策。"数日后,人报魏兵也会造木牛流马,往陇西搬运粮草。孔明大喜曰:"不出吾之算也。"便唤王平分付曰:"汝引一千兵,扮作魏人,星夜偷过北原,只说是巡粮军,混入彼运粮军中,将护粮之人尽皆杀散;却驱木牛流马而回,径奔过北原来。此处必有魏兵追赶,汝便将木牛流马口内舌头扭转,牛马就不能行动,汝等竟弃之而走。背后魏兵赶到,牵拽不动,扛抬不去。吾再有兵到,汝却回身再将牛马舌扭过来,长驱大行。魏兵必疑为怪也。"王平受计引兵而去。孔明又唤张嶷分付曰:"汝引五百军,都扮作六丁六甲神兵,鬼头兽身,用五彩涂面,妆作种种怪异之状;一手执绣旗,一手仗宝剑;身挂葫芦,内藏烟火之物,伏于山傍。待木牛流马到时,放起烟火,一齐拥出,驱牛马而行。魏人见之,必疑是神鬼,不敢来追赶。"张嶷受计引兵而去。孔明又唤魏延、姜维分付曰:"汝二人同引一万兵,去北原寨口接应木牛流马,以防交战。"又唤廖化、张翼分付曰:"汝二人引五千兵,去断司马懿来路。"又唤马忠、马岱分付曰:"汝二人引二千兵去渭南搦战。"六人各各遵令而去。

　　且说魏将岑威引军驱木牛流马,装载粮米,正行之间,忽报前面有兵巡粮。岑威令人哨探,果是魏兵,遂放心前进。两军合在一处。忽然喊声大震,蜀兵就本队里杀出,大呼:"蜀中大将王平在此!"魏兵措手不及,被蜀兵杀死大半。岑威引败兵抵敌,被王平一刀斩了。余皆溃散。王平引兵尽驱木牛流马而回。败兵飞奔报入北原寨内,郭淮闻军粮被劫,疾忙引军来救。王平令兵扭转木牛流马舌头,俱弃于道中,且战且走。郭淮教且莫追,只驱回木牛流马。众军一齐驱赶,却那里驱得动?郭淮心中疑惑。正无奈何,忽鼓角喧天,喊声四起,两路兵杀来,乃魏延、姜维也。王平复引兵杀回。三路夹攻,郭淮大败而走。王平令军士将牛马舌头,重复扭转,驱赶而行。郭淮望见,方欲回兵再追,只见山后烟云突起,一队神兵拥出①,一个个手执旗剑,怪异之状,拥护木牛流马,如风拥而去。郭淮大惊曰:"此必神助也!"众军见了,

速达 13 公里,由 16 个精密电脑控制,它可以爬斜坡跃坑洞。近年中国新疆有工程师设计和已试制仿造诸葛亮的"木牛流马"。上海交通大学也研制成功四腿运输车,它能前后左右运步,遇有障碍会自动飞跃。现在科学家还利用"木牛流马"原理设计"月行车",以便通行在崎岖难行的月球表面。同济大学陆敬严教授曾于四川实地观察古栈道留下的锲孔,从测定锲孔深度后计算,古栈道可以承受的通行重量基本在 150—200 公斤,这是当时可制造的独轮车载重,为当时士兵一年口粮的分量,"一木牛载一岁粮",在访问中还得到古栈道宽约古制五尺,与独轮车尺寸相符。(《解放日报》2009年 9 月 6 日)上海东方绿舟青少年培训中心教师曹励华认为"木牛流马"是一种而不是两种运输工具。在古籍中多是合称木牛流马。曹认为《三国演义》介绍了制造木牛之法,就据此说制造木牛流马,如方腹曲头,即牛腹是方形的,牛胫是弯曲的;一脚四足,即牛为四足,腹下还有一足,平日收起,上下坡时如要停车,放下足起到固定作用;牛身是个木箱,能藏粮草;双辕是杠杆,一仰一俯运动带动四足迈步。他说,他做的"木牛流马"口舌之内也藏有机关,只要一拉缰绳,口中舌头就会扭转,把能移动的双辕卡住,牛马也就寸步难行了。曹所制作的模型,没有动力,不需要脚踩,只靠人牵动双辕,就可以自由前进、后退、上下坡和转弯。目前全国有三十多个人制造"木牛流马",中国历史文献研究会、中国机械工程学会

机械史分会及机械传动专业学会等联合组成专家组，审核了曹的《"作木牛流马法"文献及"木牛流马"结构解密文件集》，观看了实物模型演示，认为他的"木牛流马"与历史文献记载最为相近。（《解放日报》2010年1月11日）

⑪ 神兵说乃北宋百戏移植

北宋烟火手工业颇为发达，且应用于百戏。见孟元老《东京梦华录·驾登宝津楼诸军呈百戏》，内称有花妆轻健军士百余列队分批表演，"忽作一声如霹雳，谓之'爆仗'，则蛮牌者引退，烟火大起，有假面披发，口吐狼牙烟火，如鬼神状者上场。""忽有爆仗响，又复烟火出，散处以青幕围绕，列数十辈，皆假面异服，如祠庙中神鬼塑像，谓之'歇帐'。"

无不惊畏，不敢追赶。

却说司马懿闻北原兵败，急自引军来救。方到半路，忽一声炮响，两路兵自险峻处杀出，喊声震地。旗上大书汉将张翼、廖化。司马懿见了大惊。魏军着慌，各自逃窜。正是：

路逢神将粮遭劫，身遇奇兵命又危。

未知司马懿怎地抵敌，且看下文分解。

第一百三回　上方谷司马受困
五丈原诸葛禳星

　　却说司马懿被张翼、廖化一阵杀败,匹马单枪,望密林间而走。张翼收住后军,廖化当先追赶。看看赶上,懿着慌,绕树而转。化一刀砍去,正砍在树上,及拔出刀时,懿已走出林外。廖化随后赶出,却不知去向,但见树林之东,落下金盔一个。廖化取盔捎在马上,一直望东追赶,原来司马懿把金盔弃于林东,却反向西走去了①。廖化追了一程,不见踪迹,奔出谷口,遇见姜维,同回寨见孔明。张嶷早驱木牛流马到寨,交割已毕,获粮万余石。廖化献上金盔,录为头功。魏延心中不悦,口出怨言,孔明只做不知。

　　且说司马懿逃回寨中,心甚恼闷。忽使命赍诏至,言东吴三路入寇,朝廷正议命将抵敌,令懿等坚守勿战。懿受命已毕,深沟高垒,坚守不出。

　　却说曹睿闻孙权分兵三路而来,亦起兵三路迎之:令刘劭引兵救江夏,田豫引兵救襄阳,睿自与满宠率大军救合淝。满宠先引一军至巢湖口,望见东岸战船无数,旌旗整肃。宠入军中奏魏主曰:"吴人必轻我远来,未曾提备,今夜可乘虚劫其水寨,必得全胜。"魏主曰:"汝言正合朕意。"即令骁将张球领五千兵,各带火具,从湖口攻之;满宠引兵五千,从东岸攻之。是夜二更时分,张球、满宠各引军悄悄望湖口进发,将近水寨,一齐呐喊杀入。吴兵慌乱,不战而走,被魏军四下举火,烧毁战船、粮草、器具不计其数②。诸葛瑾率败兵逃走沔口。魏兵大胜而回。次日,哨军报知陆逊。逊集诸将议曰:"吾当作表申奏主上,请撤新城之围,以兵断魏军归路;吾率众攻其前,彼首尾不敌,一鼓可破也。"众服其言。陆逊即具表,遣一小校

① 司马懿弃金盔脱身事
此金蝉脱壳计,常见于史传。《晋书》卷六《明帝纪》:明帝司马绍微行探王敦营,"于是使五骑物色追帝。帝亦驰去,马有遗粪,辄以水灌之。见逆旅鞭与之,曰:'后有骑来,可以此示也。'俄而追者至,问妪。妪曰:'去已远矣。'因以鞭示之。五骑传玩,稽留遂久。观马粪冷,以为信远而止不追。帝仅而获免。"

② 满宠的火攻计
魏青龙二年(234),孙权亲率十万兵马攻打合肥新城。征东将军满宠急驰出援,"募壮士数十人,折松为炬,灌以麻油,从上风放火,烧贼攻具"(《三国志·魏书·满宠传》)。这场前哨战,满宠成功地采用了火攻,使孙权遭到重大损失,连他的侄子、长水校尉孙泰也中流矢战死。孙权撤走。

密地赍往新城。小校领命，赍着表文，行至渡口，不期被魏军伏路的捉住，解赴军中见魏主曹睿。睿搜出陆逊表文，览毕，叹曰："东吴陆逊，真妙算也！"遂命将吴卒监下，令刘劭谨防孙权后兵。

却说诸葛瑾大败一阵，又值暑天，人马多生疾病，乃修书一封，令人转达陆逊，议欲撤兵还国。逊看书毕，谓来人曰："拜上将军，吾自有主意。"使者回报诸葛瑾。瑾问："陆将军作何举动？"使者曰："但见陆将军催督众人于营外种豆菽，自与诸将在辕门射戏。"瑾大惊，亲自往陆逊营中，与逊相见，问曰："今曹睿亲来，兵势甚盛，都督何以御之？"逊曰："吾前遣人奉表于主上，不料为敌人所获。机谋既泄，彼必知备，与战无益，不如且退。已差人奉表约主上缓缓退兵矣。"瑾曰："都督既有此意，即宜速退，何又迟延？"逊曰："吾军欲退，当徐徐而动。今若便退，魏人必乘势追赶，此取败之道也。足下宜先督船只诈为拒敌之意，吾悉以人马向襄阳而进，为疑敌之计，然后徐徐退归江东，魏兵自不敢近耳。"瑾依其计，辞逊归本营，整顿船只，预备起行。陆逊整肃部伍，张扬声势，望襄阳进发。早有细作报知魏主，说吴兵已动，须用提防。魏将闻之，皆要出战。魏主素知陆逊之才，谕众将曰："陆逊有谋，莫非用诱敌之计？不可轻进。"众将乃止。数日后，哨卒报来："东吴三路兵马皆退矣。"魏主未信，再令人探之，回报果然尽退。魏主曰："陆逊用兵，不亚孙、吴，东南未可平也。"因敕诸将，各守险要，自引大军屯合淝，以伺其变。

却说孔明在祁山，欲为久驻之计，乃令蜀兵与魏民相杂种田：军一分，民二分，并不侵犯，魏民皆安心乐业。司马师入告其父曰："蜀兵劫去我许多粮米，今又令蜀兵与我民相杂屯田于渭滨③，以为久计。似此真为国家大患。父亲何不与孔明约期大战一场，以决雌雄？"懿曰："吾奉旨坚守，不可轻动。"正议间，忽报："魏延将着元帅前日所失金盔，前来骂战。"众将忿怒，俱欲出战。懿笑曰："圣人云：'小不忍则乱大谋。'但坚守为上。"诸将依令不出。魏延辱骂良久方回。

孔明见司马懿不肯出战，乃密令马岱造成木栅，营中掘下深堑，多积乾柴引火之物；周围山上，多用柴草虚搭窝铺，内外皆伏地雷。置备停当，孔明附耳嘱之曰："可将葫芦谷后路塞断，暗伏兵于谷中。若司马懿追到，任他入谷，便将地雷干柴一齐放起火来。"又令军士昼举七星号带于谷口，夜设七盏明灯于山上，以为暗号。马岱受计引兵而去。孔明又唤魏延分付曰："汝可引五百兵去魏寨讨战，务要诱司马懿出战。不可取胜，只可诈败。懿必追赶，汝却望七星旗处

三国演义

③ **诸葛亮屯田**

三国都有屯田，而以蜀汉文字记载最为简单，仅诸葛亮和姜维而已。其中诸葛亮屯田，仅见于建兴十二年(234)，"春，亮悉大众由斜谷出，以流马运，据武功五丈原，与司马宣王对于渭南。亮每患粮不继，使己志不申，是以分兵屯田，为久驻之基。耕者杂于渭浜居民之间，而百姓安堵，军无私焉"(《三国志·蜀书·诸葛亮传》)，又陈寿奏上《诸葛氏集》亦称："青龙二年(234)春，亮帅众出武功，分兵屯田，为久驻之基。其秋病卒。"《三国志·魏书·郭淮传》："青龙二年，诸葛亮出斜谷，并田于兰坑。"按，三国屯田，实为恢复生产，发展经济最佳措施，但《演义》只赞扬诸葛亮，可见一斑。

而入,若是夜间则望七盏灯处而走,只要引得司马懿入葫芦谷内,吾自有擒之之计。"魏延受计,引兵而去。孔明又唤高翔,分付曰:"汝将木牛流马或二三十为一群,或四五十为一群,各装米粮,于山路往来行走。如魏兵抢去,便是汝之功。"高翔领计,驱驾木牛流马去了。孔明将祁山兵一一调去。只推屯田,分付:"如别兵来战,只许诈败;若司马懿自来,方并力只攻渭南,断其归路。"孔明分拨已毕,自引一军近上方谷下营。

且说夏侯惠、夏侯和二人入寨告司马懿曰:"今蜀兵四散结营,各处屯田,以为久计。若不趁此时除之,纵令安居日久,深根固蒂,难以摇动。"懿曰:"此必又是孔明之计。"二人曰:"都督若如此疑虑,寇敌何时得灭? 我兄弟二人当奋力决一死战,以报国恩。"懿曰:"既如此,汝二人可分头出战。"遂令夏侯惠、夏侯和各引五千兵去讫。懿坐待回音。

却说夏侯惠、夏侯和二人分兵两路,正行之间,忽见蜀兵驱木牛流马而来。二人一齐杀将过去,蜀兵大败奔走,木牛流马尽被魏兵抢获,解送司马懿营中。次日又劫掳得人马百余,亦解赴大寨。懿将解到蜀兵,诘审虚实。蜀兵告曰:"孔明只料都督坚守不出,尽命我等四散屯田,以为久计。不想却被擒获。"懿即将蜀兵尽皆放回。夏侯和曰:"何不杀之?"懿曰:"量此小卒,杀之无益。放归本寨,令说魏将宽厚仁慈,释彼战心,此吕蒙取荆州之计也。"遂传令:"今后凡有擒到蜀兵,俱当善遣之,仍重赏有功将吏④。"诸将皆听令而去。

却说孔明令高翔伴作运粮,驱驾木牛流马,往来于上方谷内。夏侯惠等不时截杀,半月之间,连胜数阵。司马懿见蜀兵屡败,心中欢喜。一日,又擒到蜀兵数十人。懿唤至帐下,问曰:"孔明今在何处?"众告曰:"诸葛丞相不在祁山,在上方谷西十里下营安住。今每日运粮屯于上方谷。"懿备细问了,即将众人放去。乃唤诸将分付曰:"孔明今不在祁山,在上方谷安营。汝等于明日可一齐并力攻取祁山大寨,吾自引兵来接应。"众将领命,各各准备出战。司马师曰:"父亲何故反欲攻其后?"懿曰:"祁山乃蜀人之根本,若见我兵攻之,各营必尽来救。我却取上方谷,烧其粮草,使彼首尾不接,必大败也。"司马师拜服。懿即发兵起行,令张虎、乐綝各引五千兵在后救应。且说孔明正在山上,望见魏兵或三五千一行,或一二千一行,队伍纷纷,前后顾盼,料必来取祁山大寨,乃密传令众将:"若司马懿自来,汝等便往劫魏寨,夺了渭南。"众将各各听令。

却说魏兵皆奔祁山寨来,蜀兵四下一齐呐喊奔走,虚作救应之势。司马懿见蜀兵都去救祁山寨,便引二子并中军护卫人马,杀奔上方谷来。魏延在谷口,只盼司马懿到来,忽见一枝魏兵杀到,延纵马向前视之,正是司马懿。延大喝曰:"司马懿休走!"舞刀相迎。懿

④ **司马懿未有释放俘虏记录**
此事不见于有关史传。据《三国志·吴书·吕蒙传》,吕蒙下江陵,无有释放俘虏事,"蒙入据城,尽得羽及将士家属,皆抚慰"。可见皆是非战斗人员,且不在战争中俘获。按,三国将帅如司马懿者罕有此做法,我颇以为或自他处移植,作为司马懿权术强化,如说鄱阳湖之战陈友谅屡败于朱元璋,恼羞成怒,"建金字旗,周回巡寨,令获我战士皆杀之。上(朱元璋)悉出所俘,视有伤者,赐药遣还。"(《国初群雄事略》卷四引《太祖实录》)

⑤ 上方谷(葫芦谷)烧司马懿

《演义》称上方谷(葫芦谷)在祁山北、渭河南。所谓烧司马懿，此是小说家言，未见史书记载。但民间多有附会者，故也有称：葫芦谷，在陕西岐山高店镇，此镇原名魏延城，系传说魏延屯兵处。城外有一山谷，口小腹广，样式有若葫芦，故名葫芦谷。它即是《演义》说的，诸葛亮火烧司马懿父子所在地。现谷中石头一半白、一半黑，说是当年火烧时雨淋后所形成的。谷口有村，村头一株三人合抱的大槐树畔，有水泥方台上立有青石碑，正则为"葫芦谷遗址"，背后记述火烧故事并附有一诗：谷口风狂烈焰飘，何期骤雨降青霄。孔明妙计如成就，怎能山河属晋朝。

⑥ 诸葛亮仅二出祁山

诸葛亮从蜀汉建兴六年春到建兴十二年病死五丈原，多次北伐，但并非"六出祁山"。他与魏军有六次接触，但只有二出祁山，即第一次和第五次。现将"六出"排列于后：第一次，建兴六年(228)春，出兵前，久居汉中的魏延献"子午谷"突击策，未采纳。诸葛亮兵分两路；一赵云、邓芝率偏师为疑兵，佯攻郿城(陕西眉县)；二诸葛亮率主力出祁山，取三郡(南安、安定、天水)，关中震动。但因街亭之败，回军汉中。第二次，同年冬，出散关，在陈仓被阻，粮尽而还。第三次，建兴七年春，取武都(甘肃成县)、阴平(甘肃文县西北)二郡；诸葛亮自在汉中，筑汉、乐二城。第四次，建兴八年，魏军三路攻汉中(司马懿由西城、张郃由子午谷、曹真由斜谷)，诸葛亮待之于城固、东陂，并以李严

挺枪接战。不上三合，延拨回马便走，懿随后赶来。延只望七星旗处而走。懿见魏延只一人，军马又少，放心追之，令司马师在左，司马昭在右，懿自居中，一齐攻杀将来。魏延引五百兵皆退入谷中去。懿追到谷口，先令人入谷中哨探。回报谷内并无伏兵，山上皆是草房。懿曰："此必是积粮之所也。"遂大驱士马，尽入谷中。懿忽见草房上尽是干柴，前面魏延已不见了。懿心疑，谓二子曰："倘有兵截断谷口，如之奈何？"言未已，只听得喊声大震，山上一齐丢下火把来，烧断谷口。魏兵奔逃无路。山上火箭射下，地雷一齐突出，草房内干柴都着，刮刮杂杂，火势冲天。司马懿惊得手足无措，乃下马抱二子大哭曰："我父子三人皆死于此处矣！"正哭之间，忽然狂风大作，黑气漫空，一声霹雳响处，骤雨倾盆，满谷之火，尽皆浇灭：地雷不震，火器无功⑤。司马懿大喜曰："不就此时杀出，更待何时！"即引兵奋力冲杀。张虎、乐綝亦各引兵杀来接应。马岱军少，不敢追赶。司马懿父子与张虎、乐綝合兵一处，同归渭南大寨，不想寨栅已被蜀兵夺了，郭淮、孙礼正在浮桥上与蜀兵接战。司马懿等引兵杀到，蜀兵退去。懿烧断浮桥，据住北岸。

且说魏兵在祁山攻打蜀寨，听知司马懿大败，失了渭南营寨，军心慌乱；急退时，四面蜀兵冲杀将来，魏兵大败，十伤八九，死者无数，余众奔过渭北逃生。孔明在山上见魏延诱司马懿入谷，一霎时火光大起，心中甚喜，以为司马懿此番必死。不期天雨大降，火不能着，哨马报说司马懿父子俱逃去了。孔明叹曰："谋事在人，成事在天！不可强也。"后人有诗叹曰：

谷口风狂烈焰飘，何期骤雨降青霄。

武侯妙计如能就，安得山河属晋朝！

却说司马懿在渭北寨内传令曰："渭南寨栅今已失了，诸将如再言出战者斩。"众将听令，据守不出。郭淮入告曰："近日孔明引兵巡哨，必将择地安营。"懿曰："孔明若出武功，依山而东，我等皆危矣！若出渭南，西止五丈原，方无事也。"令人探之，回报果屯五丈原。司马懿以手加额曰："大魏皇帝之洪福也！"遂令诸将："坚守勿出，彼久必自变。"

且说孔明自引一军屯于五丈原，累令人搦战，魏兵只不出⑥。孔明乃取巾帼并妇人缟素之服，盛于大盒之内，修书一封，遣人送至

魏寨。诸将不敢隐蔽,引来使入见司马懿。懿对众启盒视之,内有巾帼妇人之衣并书一封。懿拆视其书。略曰:

> 仲达既为大将,统领中原之众,不思披坚执锐以决雌雄,乃甘窟守土巢,谨避刀箭,与妇人又何异哉? 今遣人送巾帼素衣至。如不出战,可再拜而受之;倘耻心未泯,犹有男子胸襟,早与批回,依期赴敌。

司马懿看毕,心中大怒,乃佯笑曰:"孔明视我为妇人耶?"即受之,令重待来使。懿问曰:"孔明寝食及事之烦简若何?"使者曰:"丞相夙兴夜寐,罚二十以上皆亲览焉。所啖之食,日不过数升。"懿顾谓诸将曰:"孔明食少事烦,其能久乎?"⑦使者辞去,回到五丈原,见了孔明,具说:"司马懿受了巾帼女衣,看了书札,并不嗔怒,只问丞相寝食及事之烦简,绝不提起军旅之事。某如此应对,彼言:'食少事烦,岂能长久?'"孔明叹曰:"彼深知我也。"主簿杨颙谏曰:"某见丞相常自校簿书,窃以为不必。夫为治有体,上下不可相侵。譬之治家之道,必使仆执耕,婢典爨,私业无旷,所求皆足,其家主从容自在,高枕饮食而已。若皆身亲其事,将形疲神困,终无一成。岂其智之不如婢仆哉? 失为家主之道也。是故古人称:坐而论道,谓之三公;作而行之,谓之士大夫。昔丙吉忧牛喘,而不问横道死人;陈平不知钱谷之数,曰'自有主者'。今丞相亲理细事,汗流终日,岂不劳乎? 司马懿之言,真至言也。"孔明泣曰:"吾非不知,但受先帝托孤之重,唯恐他人不似我尽心也。"众皆垂泪。自此孔明自觉神思不宁。诸将因此未敢进兵。

却说魏将皆知孔明以巾帼女衣辱司马懿,懿受之不战。众将不忿,入帐告曰:"我等皆大国名将,安忍受蜀人如此之辱? 即请出战,以决雌雄。"懿曰:"吾非不敢出战而甘心受辱也。奈天子明诏,令坚守勿动,今若轻出,有违君命矣。"众将俱忿怒不平。懿曰:"汝等既要出战,待我奏准天子,同力赴敌,何如?"众皆允诺。懿乃写表遣使,直至合淝军前,奏闻魏主曹叡。叡拆表览之。表略曰:

> 臣才薄任重,伏蒙明旨,令臣坚守不战,以待蜀人之自散。奈今诸葛亮遗臣以巾帼,待臣如妇人,耻辱至甚。臣谨先达圣聪,旦夕将效死一战,以报朝廷之恩,以雪三军之耻。臣不胜激切之至⑧!

率军二万来汉中,因大雨道绝,魏军退回。第五次,建兴九年春,出祁山,首次采用木牛,与司马懿、张郃相持,因粮尽退兵,回军途中射杀张郃。第六次,建兴十二年春,出斜谷,用流马运,在渭水南五丈原扎营,司马懿守营不战。同年,诸葛亮死,退军。

⑦ 诸葛亮遣使司马懿女服
据《魏书·明帝纪》引《魏氏春秋》:"亮既屡遣使交书,又致巾帼妇人之饰,以怒宣王。宣王将出战,辛毗杖节奉诏,勒宣王及军吏已下,乃止。宣王见亮使,唯问其寝食及其事之烦简,不问戎事。使对曰:'诸葛公夙兴夜寐,罚二十已上,皆亲览焉,所啖食不过数升。'宣王曰:'亮体毙矣,其能久乎?'"

⑧ 辛毗奉命阻司马懿出兵
司马懿请兵出战事,所述与史传有悖。《三国志·魏书·明帝纪》称,青龙二年(234)二月,"诸葛亮出斜谷,屯渭南,司马宣王率诸军拒之。诏宣王:但坚壁拒守以挫其锋,彼进不得志,退无与战,久停则粮尽,虏略无所获,则必走矣。走而追之,以逸待劳,全胜之道也。"按,魏采取此战略方针,自曹叡始一以贯之,此时唯恐司马懿将在外而君命有所不受,"朝廷虑高祖(司马懿)不胜愤忿,而卫尉辛毗骨鲠之臣,帝(曹叡)乃使毗持节为高祖军司马。亮果复挑战,高祖乃奋怒,将出应之,毗仗节当中门而立,高祖乃止"(《晋阳秋》)。《世说新语》也说:"诸葛亮之次渭滨,关中震动。魏明帝深惧晋宣王战,乃遣辛毗为军司马。宣王既与亮对渭而陈,亮设诱谲万方。宣王果大忿,将欲应之以重

兵。亮遣间谍觇之，还曰：'有一老夫，毅然仗黄钺，当军门立，军不得出。'亮曰'此必辛佐治也。'"但《演义》所述，也当有据，《三国志·蜀书·诸葛亮传》引《汉晋春秋》："亮自至，数挑战，宣王亦表固请战，使卫尉辛毗持节以制之。姜维谓亮曰：'辛佐治仗节而到，贼不复出矣。'亮曰：'彼本无战情，所以固请战者，以示武于其众耳。将在军，君命有所不受，苟能制吾，岂千里而请战邪？'"于兹，今人余嘉锡教授认为"亮之此言，深得老贼之情。故唐修《晋书》亦载之《宣纪》。《朱子语类》一百三十六曰：'司马懿甚畏孔明，便使得辛毗来，遏令不出兵，其实是不敢出也。'斯言当矣。盖懿自审战则必败，畏蜀如虎，故唯深沟高垒以自保。然以坐拥大军而显露怯弱之形，群情愤激，怨谤纷然，乃不得不累表请战以弭谤。叡心知其然，遂使辛毗至军，假君命以威众。君臣上下，相与为伪，设为此谋，以老蜀师。佐治之仗节当门，装模作样，不过傀儡登场，听人提掇耳"（《世说新语笺疏》）。

⑨ 诸葛亮祈祷法
诸葛亮祈祷北斗，以延长生命，不见于史传，当是明小说深受道教文化"北斗注生"影响而渗透其间，使诸葛形象为《演义》道士化最为突出的一人，但祈祷天象三国时期确已有之。《三国志·吴书·吕蒙传》称吕蒙破江陵后身患重病，"后更增笃，权自临视，命道士于星辰下为之请命。"此当是祈祷星象，见之于史传记录之一，但移花接木于诸葛亮而已。

睿览讫，乃谓多官曰："司马懿坚守不出，今何故又上表求战？"卫尉辛毗曰："司马懿本无战心，必因诸葛亮耻辱，众将忿怒之故，特上此表，欲更乞明旨，以遏诸将之心耳。"睿然其言，即令辛毗持节至渭北寨传谕，令勿出战。司马懿接诏入帐，辛毗宣谕曰："如再有敢言出战者，即以违旨论。"众将只得奉诏，懿暗谓辛毗曰："公真知我心也。"于是令军中传说："魏主命辛毗持节，传谕司马懿勿得出战。"蜀将闻知此事，报与孔明。孔明笑曰："此乃司马懿安三军之法也。"姜维曰："丞相何以知之？"孔明曰："彼本无战心，所以请战者，以示武于众耳。岂不闻'将在外，君命有所不受'，安有千里而请战者乎？此乃司马懿因将士忿怒，故借曹叡之意，以制众人。今又播传此言，欲懈我军心也。"

正论间，忽报费祎到，孔明请入问之。祎曰："魏主曹叡闻东吴三路进兵，乃自引大军至合肥，令满宠、田豫、刘劭分兵三路迎敌。满宠设计尽烧东吴粮草战具，吴兵多病。陆逊上表于吴王，约会前后夹攻，不意赍表人中途被魏兵所获，因此机关泄漏，吴兵无功而退。"孔明听知此信，长叹一声，不觉昏倒于地。众将急救，半晌方苏。孔明叹曰："吾心昏乱，旧病复发，恐不能生矣。"是夜，孔明扶病出帐，仰观天文，十分惊慌，入帐谓姜维曰："吾命在旦夕矣！"维曰："丞相何出此言？"孔明曰："吾见三台星中，客星倍明，主星幽暗，相辅列曜，其光昏暗。天象如此，吾命可知。"维曰："天象虽则如此，丞相何不用祈禳之法挽回之？"孔明曰："吾素谙祈禳之法，但未知天意若何。汝可引甲士四十九人，各执皂旗，穿皂衣，环绕帐外，我自于帐中祈禳北斗。若七日内主灯不灭，吾寿可增一纪；如灯灭，吾必死矣。闲杂人等，休教放入。凡一应需用之物，只令二小童搬运。"姜维领命，自去准备。

时值八月中秋，是夜银河耿耿，玉露零零，旌旗不动，刁斗无声。姜维在帐外引四十九人守护。孔明自于帐中设香花祭物，地上分布七盏大灯，外布四十九盏小灯，内安本命灯一盏⑨。孔明拜祝曰："亮生于乱世，甘老林泉，承昭烈皇帝三顾之恩，托孤之重，不敢不竭犬马之劳，誓讨国贼。不意将星欲坠，阳寿将终。谨书尺素，上告穹苍："伏望天慈，俯垂鉴听，曲延臣算，使得上报君恩，下救民命，克

三国演义

复旧

物,永延汉祀。非敢妄祈,实由情切。"拜祝毕,就帐中俯伏待旦。次日,扶病理事,吐血不止。日则计议军机,夜则步罡踏斗。

却说司马懿在营中坚守,忽一夜仰观天文,大喜,谓夏侯霸曰:"吾见将星失位,孔明必然有病,不久便死。你可引一千军去五丈原哨探,若蜀人攘乱,不出接战,孔明必然患病矣。吾当乘势击之。"霸引兵而去。孔明在帐中祈禳已及六夜,见主灯明亮,心中甚喜。姜维入帐,正见孔明披发仗剑,踏罡步斗,压镇将星。忽听得寨外呐喊,方欲令人出问,魏延飞步入告曰:"魏兵至矣!"延脚步急,竟将主灯扑灭。孔明弃剑而叹曰:"死生有命,不可得而禳也!"魏延惶恐,伏地请罪;姜维忿怒,拔剑欲杀魏延。正是:

万事不由人做主,一心难与命争衡。

未知魏延性命如何,且看下文分解。

第一百四回　陨大星汉丞相归天　见木像魏都督丧胆

却说姜维见魏延踏灭了灯,心中忿怒,拔剑欲杀之。孔明止之曰:"此吾命当绝,非文长之过也。"维乃收剑。孔明吐血数口,卧倒床上,谓魏延曰:"此是司马懿料吾有病,故令人来探视虚实。汝可急出迎敌。"魏延领命,出帐上马,引兵杀出寨来,夏侯霸见了魏延,慌忙引军退走。延追赶二十余里方回。孔明令魏延自回本寨把守。

姜维入帐,直至孔明榻前问安。孔明曰:"吾本欲竭忠尽力,恢复中原,重兴汉室。奈天意如此,吾旦夕将死。吾平生所学,已著书二十四篇,计十万四千一百一十二字[1],内有八务、七戒、六恐、五惧之法。吾遍观诸将,无人可授,独汝可传我书。切勿轻忽!"维哭拜而受。孔明又曰:"吾有'连弩'之法,不曾用得。其法矢长八寸,一弩可发十矢,皆画成图本,汝可依法造用。"维亦拜受。孔明又曰:"蜀中诸道皆不必多忧,唯阴平之地切须仔细。此地虽险峻,久必有失。"又唤马岱入帐,附耳低言,授以密计,嘱曰:"我死之后,汝可依计行之。"岱领计而出。少顷,杨仪入。孔明唤至榻前,授与一锦囊,密嘱曰:"我死,魏延必反,待其反时,汝与临阵,方开此囊,那时自有斩魏延之人也。"孔明一一调度已毕,便昏然而倒,至晚方苏,便连夜表奏后主。后主闻奏大惊,急命尚书李福星夜至军中问安,兼询后事。李福领命,趱程赴五丈原,入见孔明,传后主之命。问安毕,孔明流涕曰:"吾不幸中道丧亡,虚费国家大事,得罪于天下。我死后,公等宜竭忠辅主。国家旧制,不可改易。吾所用之人,亦不可轻废。吾兵法皆授与姜维,他自能继吾之志,为国家出力。吾命已在旦夕,当即有遗表上奏天子也。"李福领了言语,匆匆辞去。

孔明强支病体,令左右扶上小车,出寨遍观各营,自觉秋风吹面,彻骨生寒。乃长叹曰:"再不能临阵讨贼矣! 悠悠苍天,曷此其

① 陈寿录写编定《诸葛氏集》
晋泰始十年(274),《三国志》编纂者陈寿奉司马炎(晋武帝)命,经多方搜集,终于录写和编定了《诸葛氏集》,在送呈表章时,且前列了《诸葛氏集》目录有二十四篇,凡十万四千一百一十二字。此中有《开府作牧》《权制》等篇,陈寿还将《与孙权书》《与诸葛瑾书》《与孟达书》《废李平》等列进,可见编集范围,有文即收。此处竟移植为诸葛亮生前自编,并传授与姜维,乃是小说家移植也。

极!"叹息良久。回到帐中,病转沉重,乃唤杨仪分付曰:"马岱、王平、廖化、张嶷、张翼、吴懿等,皆忠义之士,久经战阵,多负勤劳,堪可委用。我死之后,凡事俱依旧法而行。缓缓退兵,不可急骤。汝深通谋略,不必多嘱。姜伯约智勇足备,可以断后。"杨仪泣拜受命。孔明令取文房四宝,于卧榻上手书遗表,以达后主。表略曰:

> 伏闻生死有常,难逃定数;死之将至,愿尽愚忠。臣亮赋性愚拙,遭时艰难,分符拥节,专掌钧衡,兴师北伐,未获成功。何期病入膏肓,命垂旦夕;不及终事陛下,饮恨无穷!伏愿陛下,清心寡欲,约己爱民;达孝道于先皇,布仁恩于宇下。提拔幽隐,以进贤良;屏斥奸邪,以厚风俗。臣家成都有桑八百株,薄田十五顷[2],子弟衣食,自有余饶。至于臣在外任,别无调度,随身衣食,悉仰于官,不别治生,以长尺寸。臣死之日,不使内有余帛,外有赢财,以负陛下也[3]。

孔明写毕,又嘱杨仪曰:"吾死之后,不可发丧。可作一大龛,将吾尸坐于龛中,以米七粒,放吾口内,脚下用明灯一盏,军中安静如常,切勿举哀,则将星不坠。吾阴魂更自起镇之。司马懿见将星不坠,必然惊疑。吾军可令后寨先行,然后一营一营缓缓而退。若司马懿来追,汝可布成阵势,回旗反鼓。等他来到,却将我先时所雕木像,安于车上,推出军前,令大小将士,分列左右。懿见之必惊走矣。"杨仪一一领诺。是夜孔明令人扶出,仰观北斗,遥指一星曰:"此吾之将星也。"众视之,见其色昏暗,摇摇欲坠。孔明以剑指之,口中念咒。咒毕,急回帐时,不省人事。众将正慌乱间,忽尚书李福又至,见孔明昏绝,口不能言,乃大哭曰:"我误国家之大事也!"须臾,孔明复醒,开目遍视,见李福立于榻前。孔明曰:"吾已知公复来之意。"福谢曰:"福奉天子命,问丞相百年后,谁可任大事者。适因匆遽,失于咨请,故复来耳。"孔明曰:"吾死之后,可任大事者,蒋公琰其宜也。"福曰:"公琰之后,谁可继之?"孔明曰:"费文伟可继之。"福又问:"文伟之后,谁当继者?"孔明不答。众将近前视之,已薨矣[4]。时建兴十二年秋八月二十三日也,寿五十四岁。后杜工部有诗叹曰:

> 长星昨夜坠前营,讣报先生此日倾。
>
> 虎帐不闻施号令,麟台唯显著勋名。

② 诸葛亮旧居

据《元和郡县图志·剑南道上》双流县条称,"诸葛亮旧居在县东北八里,今谓之葛陌。孔明表云:'薄田十五顷,桑八百株'即此地也。又广都县南十九里,也有诸葛亮宅"。

③ 诸葛亮有否遗表

诸葛亮有否遗表,待考。但据《三国志·蜀书·诸葛亮传》称,此表并非他在病重自知不起时所呈后主的。此仅是他生前的一通表文摘录,所以有"及卒,如其所言"。"臣初奉先帝,资仰于官,不自治生。今成都有桑八百株,薄田十五顷,子弟衣食,自有余饶。至于臣在外任,无别调度,随身衣食,悉仰于官,不别治生,以长尺寸。若臣死之日,不使内有余帛,外有赢财,以负陛下"(《诸葛亮集》文集卷一《自表后主》)。《演义》杜撰前篇。《三国志平话》将"十五顷"化为"五十顷"。

④ 诸葛亮死于何处

诸葛亮病死于五丈原军营,此说乃据《三国志·蜀书·诸葛亮传》。但王沈《魏书》却称:"亮粮尽势穷,忧恚欧血,一夕烧营遁走,入谷,道发病卒。"故《汉晋春秋》作"(诸葛)亮卒于郭氏坞。"此说裴松之以为虚说,"夫以孔明之略,岂为仲达欧血乎""其云入谷而卒,缘蜀人入谷发丧故也"。按,诸葛亮病死处,陈寿界定为五丈原,当系其在蜀多年调查而得,自较王沈书为信实。

⑤ 两颗流星——诸葛亮、公孙渊死兆

《演义》宣扬星相学，重要人物死时，必有流星下坠的预兆。但见有《三国志》文字记载的，的确有两个人：一是诸葛亮之死，"有星赤而芒角，自东北西南流，投于亮营，三投再还，往大还小，俄而亮卒"（《晋阳秋》）。今五丈原上有陨石在焉，据说就是这颗流星。一是公孙渊被杀，在他被杀前，也有"大流星长数十丈，从首山东北坠襄平城东南"（《三国志·魏书·公孙渊传》）。不久就在坠星处，司马懿围军就杀死突围而出的公孙渊。这些当然是偶然现象。其实天上流星数不清，时有坠落，只不过人们没有把它和值得注意的政治人物结合起来就是了。

⑥ 魏延在诸葛亮生前得噩梦

魏延此梦乃在诸葛亮建兴十二年（234）春二月出斜谷北谷口时，与诸葛亮八月病死相间六个月，本无关系，但却为陈寿《蜀书》作《魏延传》写进："延梦头上生角，以问占梦赵直，直诈延曰：'夫麒麟有角而不用，此不战而贼欲自破之象也。'退而告人曰：'角之为字，刀下用也；头上用刀，其凶甚矣。'"如此详细记梦，在《三国志》诸武人传中罕见，足见重视，亦可证陈寿深信此梦有预兆。按，古中国自夏商始，即盛行占梦术。《周礼》称周天子专设有"占梦"官，此处赵直亦是占梦官，通常占梦大致可有直解（直接解释）、转释（把转换了的梦象再占释人事，此间有象征法、连类法、类比法、谐音法和解字法）、反说（梦象反过来理解）等，此处赵直为魏延占梦，是以象征法瞒魏，而以解字法告人。

空余门下三千客，辜负胸中十万兵。

好看绿阴清昼里，于今无复雅歌声。

白乐天亦有诗曰：

先生晦迹卧山林，三顾那逢贤主寻。

鱼到南阳方得水，龙飞天汉便为霖。

托孤既尽殷勤礼，报国还倾忠义心。

前后《出师》遗表在，令人一览泪沾襟。

初，蜀长水校尉廖立，自谓才名宜为孔明之副，尝以职位闲散，怏怏不平，怨谤无已。于是孔明废之为庶人，徙之汶山。及闻孔明亡，乃垂泣曰："吾终为左衽矣！"李严闻之，亦大哭病死。盖严尝望孔明复收己，得自补前过；度孔明死后，人不能用之故也。后元微之有赞孔明诗曰：

拨乱扶危主，殷勤受托孤。

英才过管乐，妙策胜孙吴。

凛凛《出师表》，堂堂八阵图。

如公全盛德，应叹古今无！

是夜，天愁地惨，月色无光，孔明奄然归天。姜维、杨仪遵孔明遗命，不取举哀，依法成殓，安置龛中，令心腹将卒三百人守护；随传密令，使魏延断后，各处营寨一一退去。

却说司马懿夜观天文，见一大星，赤色，光芒有角，自东北方流于西南方，坠于蜀营内，三投再起，隐隐有声⑤。懿惊喜曰："孔明死矣！"即传令起大兵追之。方出寨门，忽又疑虑曰："孔明善会六丁六甲之法，今见我久不出战，故以此术诈死，诱我出耳。今若追之，必中其计。"遂复勒马回寨不出，只令夏侯霸暗引数十骑往五丈原山僻哨探消息。

却说魏延在本寨中，夜作一梦，梦见头上忽生二角，醒来甚是疑异。次日，行军司马赵直至，延请入问曰："久知足下深明《易》理，吾夜梦头生二角，不知主何吉凶？烦足下为我决之。"⑥赵直想了半晌，答曰："此大吉之兆。麒麟头上有角，苍龙头上有角，乃变化飞腾之象也。"延大喜曰："如应公言，当有重谢。"直辞去。行不数里，正遇尚书费祎。祎问何来。直曰："适至魏文长营中，文长梦

628

头生角,令我决其吉凶。此本非吉兆,但恐直言见怪,因以麒麟苍龙解之。"袆曰:"足下何以知非吉兆?"直曰:"角之字形,乃'刀'下'用'也。今头上有刀,其凶甚矣。"袆曰:"君且勿泄漏。"直别去。

费袆至魏延寨中,屏退左右,告曰:"昨夜三更,丞相已辞世矣。临终再三嘱咐,令将军断后,以当司马懿,缓缓而退,不可发丧。今兵符在此,便可起兵。"延曰:"何人代理丞相之大事?"袆曰:"丞相一应大事,尽托与杨仪;用兵密法,皆授与姜伯约。此兵符乃杨仪之令也。"延曰:"丞相虽亡,吾今现在。杨仪不过一长史,安能当此大任? 他只宜扶柩入川安葬。我自率大兵攻司马懿,务要成功。岂可因丞相一人,而废国家大事耶?"袆曰:"丞相遗令教且暂退,不可有违。"延怒曰:"丞相当时若依我计,取长安久矣! 吾今官任前将军、征西大将军、南郑侯⑦,安肯与长史断后!"袆曰:"将军之言虽是,然不可轻动,令敌人耻笑。待吾往见杨仪,以利害说之,令彼将兵权让与将军,何如?"延依其言。袆辞延出营,急到大寨见杨仪,具述魏延之语。仪曰:"丞相临终,曾密嘱我曰:'魏延必有异志。'今我以兵符往,实欲探其心耳。今果应丞相之言。吾自令伯约断后可也。"于是杨仪领兵扶柩先行,令姜维断后;依孔明遗令,徐徐而退。魏延在寨中,不见费袆来回复,心中疑惑,乃令马岱引十余骑往探消息。回报曰:"后军乃姜维总督,前军大半退入谷中去了。"延大怒曰:"竖儒安敢欺我! 我必杀之!"因顾谓岱曰:"公肯相助否?"岱曰:"某亦素恨杨仪,今愿助将军攻之。"延大喜,即拔寨引本部兵望南而行。

却说夏侯霸引军至五丈原看时,不见一人,急回报司马懿曰:"蜀兵已尽退矣。"懿跌足曰:"孔明真死矣! 可速追之!"夏侯霸曰:"都督不可轻追。当令偏将先往。"懿曰:"此番须吾自行。"遂引兵同二子一齐杀奔五丈原来;呐喊摇旗,杀入蜀寨时,果无一人。懿顾二

⑦ **魏延履历表**
《三国志·蜀书·魏延传》于魏延前期事绩甚简,他是刘备破格超擢的武人,若非有特殊功劳,不能由此,而为督汉中,长达九年,且颇有建树。魏延没有参加南征,但却随诸葛亮北伐,其官位似尚高于赵云(赵云于建兴元年,始由翊军将号杂号升征南将军、镇东将军,而魏延于刘备称帝时已是镇北将军)。

年　　月	官　　爵	附　　注
	部曲	入川时
建安二十四年(219)	牙门将军	平定汉中,有战功
	督汉中镇远将军、领汉中太守	
章武元年(221)	镇北将军	
建兴元年(223)	都亭侯	
建兴五年(227)	督前部,领丞相司马、凉州刺史	时诸葛亮驻汉中,谋北伐
建兴八年(230)	前军师征西大将军、假节、封南郑侯	入羌中,大破郭淮

子曰："汝急催兵赶来，吾先引军前进。"于是司马师、司马昭在后催军；懿自引军当先，追到山脚下，望见蜀兵不远，乃奋力追赶。忽然山后一声炮响，喊声大震，只见蜀兵俱回旗返鼓，树影中飘出中军大旗，上书一行大字曰"汉丞相武乡侯诸葛亮"。懿大惊失色。定睛看时，只见中军数十员上将，拥出一辆四轮车来，车上端坐孔明，纶巾羽扇，鹤氅皂绦。懿大惊曰："孔明尚在！吾轻入重地，堕其计矣！"急勒回马便走。背后姜维大叫："贼将休走，你中了我丞相之计也！"魏兵魂飞魄散，弃甲丢盔，抛戈撇戟，各逃性命，自相践踏，死者无数。

司马懿奔走了五十余里，背后两员魏将赶上，扯住马嚼环叫曰："都督勿惊。"懿用手摸头曰："我有头否！"二将曰："都督休怕，蜀兵去远了。"懿喘息半晌，神色方定，睁目视之，乃夏侯霸、夏侯惠也；乃徐徐按辔，与二将寻小路奔归本寨，使众将引兵四散哨探。过了两日，乡民奔告曰："蜀兵退入谷中之时，哀声震地，军中扬起白旗，孔明果然死了，止留姜维引一千兵断后。前日车上之孔明，乃木人也。"懿叹曰："吾能料其生，不能料其死也！"因此蜀中人谚曰："死诸葛能走生仲达⑧。"后人有诗叹曰：

⑧ 死诸葛未走生仲达

死诸葛走生仲达事，乃据《汉晋春秋》，"杨仪等整军而出，百姓奔告宣王(司马懿)，宣王追焉。姜维令仪反旗鸣鼓，若将向宣王者，宣王乃退，不敢逼。于是仪结阵而去，入谷然后发丧。宣王之退也，百姓为之谚曰：'死诸葛走生仲达。'或以告宣王，宣王曰：'吾能料生，不便料死也。'"此后，这条谚语嬗变为完整的传说。唐朝僧大觉《四分僧行事钞批》等还作了详细描述，后又为宋元话本和《演义》采纳，影响颇广。

> 长星半夜落天枢，奔走还疑亮未殂。
>
> 关外至今人冷笑，头颅犹问有和无！

司马懿知孔明死信已确，乃复引兵追赶。行到赤岸坡，见蜀兵已去远，乃引还，顾谓众将曰："孔明已死，我等皆高枕无忧矣。"遂班师回。一路上见孔明安营下寨之处，前后左右，整整有法，懿叹曰："此天下奇才也！"于是引兵回长安，分调众将，各守隘口。懿自回洛阳面君去了。

却说杨仪、姜维排成阵势，缓缓退入栈阁道口，然后更衣发丧，扬幡举哀。蜀军皆撞跌而哭，至有哭死者。蜀兵前队正回到栈阁道口，忽见前面火光冲天，喊声震地，一彪军拦路。众将大惊，急报杨仪。正是：

> 已见魏营诸将去，不知蜀地甚兵来。

未知来者是何处军马，且看下文分解。

第一百五回　武侯预伏锦囊计　魏主拆取承露盘

　　却说杨仪闻报前路有军拦截,忙令人哨探,回报说魏延烧绝栈道,引兵拦路。仪大惊曰:"丞相在日,料此人久后必反,谁想今日果然如此!今断吾归路,当复如何?"费祎曰:"此人必先捏奏天子,诬吾等造反,故烧绝栈道,阻遏归路。吾等亦当表奏天子,陈魏延反情,然后图之。"姜维曰:"此间有一小径,名槎山,虽崎岖险峻,可以抄出栈道之后。"一面写表奏闻天子,一面将人马望槎山小道进发。

　　且说后主在成都,寝食不安,动止不宁,夜作一梦,梦见成都锦屏山崩倒,遂惊觉,坐而待旦,聚集文武,入朝圆梦。谯周曰:"臣昨夜仰观天文,见一星,赤色,光芒有角,自东北落于西南,主丞相有大凶之事。今陛下梦山崩,正应此兆。"后主愈加惊怖。忽报李福到,后主急召入问之。福顿首泣奏丞相已亡,将丞相临终言语,细述一遍。后主闻言大哭曰:"天丧我也!"哭倒于龙床之上。侍臣扶入后宫。吴太后闻之,亦放声大哭不已。多官无不哀恸,百姓人人涕泣。后主连日伤感,不能设朝。忽报魏延表奏杨仪造反,群臣大骇,入宫启奏后主。时吴太后亦在宫中。后主闻奏大惊,命近臣读魏延表。其略曰:

　　　　征西大将军、南郑侯臣魏延,诚惶诚恐,顿首上言:杨仪自总兵权,率众造反,劫丞相灵柩,欲引敌人入境。臣先烧绝栈道,以兵守御。谨此奏闻。

读毕,后主曰:"魏延乃勇将,足可拒杨仪等众,何故烧绝栈道?"吴太后曰:"尝闻先帝有言,孔明识魏延脑后有反骨,每欲斩之,因怜其勇,故姑留用。今彼奏杨仪等造反,未可轻信。杨仪乃文人,丞相委以长史之任,必其人可用。今日若听此一面之词,杨仪等必投魏矣。此事当深虑远议,不可造次。"众官正商议间,忽报长史杨仪有紧急表到。近臣拆表读曰:

　　　　长史、绥军将军臣杨仪,诚惶诚恐,顿首谨表:丞相临终,将大事委于臣,照依旧制,不敢变更,使魏延断后,姜维次之。今魏延不遵丞相遗语,自提本部人马,先入汉中,放火烧断栈道，劫丞相灵车，谋为不轨。变起仓卒，谨飞章奏闻。

太后听毕，问：“卿等所见若何？”蒋琬奏曰：“以臣愚见：杨仪为人虽禀性过急，不能容物，至于筹度粮草，参赞军机，与丞相办事多时，今丞相临终委以大事，决非背反之人。魏延平日恃功务高，人皆下之，仪独不假借，延心怀恨。今见仪总兵，心中不服，故烧栈道，断其归路，又诬奏而图陷害。臣愿将全家良贱，保杨仪不反，实不敢保魏延。”董允亦奏曰：“魏延自恃功高，常有不平之心，口出怨言。向所以不即反者，惧丞相耳。今丞相新亡，乘机为乱，势所必然。若杨仪才干敏达，为丞相所任用，必不背反。”后主曰：“若魏延果反，当用何策御之？”蒋琬曰：“丞相素疑此人，必有遗计授与杨仪。若仪无恃，安能退入谷口乎？延必中计矣。陛下宽心。”不多时，魏延又表至，告称杨仪背反。正览表之间，杨仪又表到，奏称魏延背反。二人接连具表，各陈是非。忽报费祎到。后主召入，祎细奏魏延反情。后主曰：“若如此，且令董允假节释劝，用好言抚慰。”允奉诏而去。

却说魏延烧断栈道，屯兵南谷，把住隘口，自以为得计，不想杨仪、姜维星夜引兵抄到南谷之后。仪恐汉中有失，令先锋何平[1]引三千兵先行。仪同姜维等引兵扶柩望汉中而来。且说何平引兵径到南谷之后，擂鼓呐喊。哨马飞报魏延，说杨仪令先锋何平，引兵自槎山小路抄来搦战。延大怒，急披挂上马提刀，引兵来迎。两阵对圆，何平出马，大骂曰：“反贼魏延安在？”延亦骂曰：“汝助杨仪造反，何敢骂我！”平叱曰：“丞相新亡，骨肉未寒，汝焉敢造反！”乃扬鞭指川兵曰：“汝等军士皆是西川之人，川中多有父母妻子、兄弟亲朋，丞相在日，不曾薄待汝等，今不可助反贼，宜各回家乡，听候赏赐。”众军闻言，大喊一声，散去大半。延大怒，挥刀纵马，直取何平。平挺枪来迎。战不数合，平诈败而走，延随后赶来。众军弓弩齐发，延拨马而回。见众军纷纷溃散，延转怒，拍马赶上，杀了数人，却只止遏不住。只有马岱所领三百人不动。延谓岱曰：“公真心助我，事成之后，决不相负。”遂与马岱追杀何平。平引兵飞奔而去。魏延收聚残军，与马岱商议曰：“我等投魏若何？”岱曰：“将军之言，不智甚也。大丈夫何不自图霸业，乃轻屈膝于人耶？吾观将军智勇足备，两川之士，谁敢抵敌？吾誓同将军先取汉中，随后进攻西川。”延大喜，遂同马岱引兵直取南郑。

姜维在南郑城上，见魏延、马岱耀武扬威，风拥而来。维急令拽起吊桥。延、岱二人大叫：“早降！”姜维令人请杨仪商议曰：“魏延勇猛，更兼马岱相助，虽然军少，何计退之？”仪曰：“丞相临终，遗一锦囊，嘱曰：‘若魏延造反，临城对敌之时，方可开拆，便有斩魏延之计。’今当取出一看。”遂出锦囊拆封看时，题曰：“待与魏延对敌，马上方许拆开。”维大喜曰：“既丞相有戒约，长史可收执。

① 何平其人

何平即王平，据《三国志·蜀书·王平传》，“王平字子均，巴西宕渠人也。本养外家何氏，后复姓王。”此处据《蜀书·魏延传》作“何平”，何平确是王平，所以本传有“十二年，亮卒于武功，军退还，魏延作乱，一战而败，平之功也。”“统五部兼当营事”，按，东汉制、大将军统五部，设校尉，是丞相参军、统大营亲军，即亲兵头目，所以何平出面，即代表丞相大营，极易使魏延军误识也。

632

吾先引兵出城，列为阵势，公可便来。"姜维披挂上马，绰枪在手，引三千军，开了城门，一齐冲出，鼓声大震，排成阵势。维挺枪立于门旗之下，高声大骂曰："反贼魏延！丞相不曾亏你，今日如何背反？"延横刀勒马而言曰："伯约，不干你事，只教杨仪来。"仪在门旗影里，拆开锦囊视之，如此如此。仪大喜，轻骑而出，立马阵前，手指魏延而笑曰："丞相在日，知汝久后必反，教我提备，今果应其言。汝敢在马上连叫三声'谁敢杀我'，便是真大丈夫，吾就献汉中城池与汝。"延大笑曰："杨仪匹夫听着！若孔明在日，吾尚惧他三分；他今已亡，天下谁敢敌我？休道连叫三声，便叫三万声，亦有何难！"遂提刀按辔，于马上大叫曰："谁敢杀我？"一声未毕，脑后一人厉声而应："吾敢杀汝！"手起刀落，斩魏延于马下。众皆骇然。斩魏延者，乃马岱也。原来孔明临终之时，授马岱以密计，只待魏延喊叫时，便出其不意斩之。当日杨仪读罢锦囊计策，已知伏下马岱在彼，故依计而行，果然杀了魏延[②]。后人有诗曰：

> 诸葛先机识魏延，已知日后反西川。
>
> 锦囊遗计人难料，却见成功在马前。

却说董允未及到南郑，马岱已斩了魏延，与姜维合兵一处。杨仪具表星夜奏闻后主。后主降旨曰："既已名正其罪，仍念前功，赐棺椁葬之。"杨仪等扶孔明灵柩到成都，后主引文武官僚尽皆挂孝[③]，出城二十里迎接。后主放声大哭。上至公卿大夫，下及山林百姓，男女老幼，无不痛哭，哀声震地。后主命扶柩入城，停于丞相府中。其子诸葛瞻守孝居丧。

后主还朝，杨仪自缚请罪。后主令近臣去其缚曰："若非卿能依丞相遗教，灵柩何日得归，魏延如何得灭？大事保全，皆卿之力也。"遂加杨仪为中军师。马岱有讨逆之功，即以魏延之爵爵之[④]。仪呈上孔明遗表。后主览毕，大哭，降旨卜地安葬。费祎奏曰："丞相临终，命葬于定军山，不用墙垣砖石，亦不用一切祭物。"后主从之。择本年十月吉日，后主自送灵柩至定军山安葬[⑤]。后主降诏致祭，谥号忠武侯。令建

② 魏延未叛说

据史传，刘备称帝时，魏延即由镇远将军(四品)升镇北将军(三品)。诸葛亮屯军汉中，准备北伐，更以延为督前部领丞相司马凉州刺史。蜀汉建兴八年(230)，因西入羌中，在阳溪大败魏将费瑶、郭淮功，升为前军师征西大将军(二品)，假节，进封南郑侯。诸葛亮北伐，以他为独当一面的统帅。关于他被杀起因，魏晋史传即有两说，一是陈寿《三国志·蜀书·魏延传》说，魏延因杨仪等"遂使欲案亮成规，诸营相次引军还。延大怒，搀仪未发，率所领径先南归，所过烧绝阁道。""延独与其子数人逃亡，奔汉中。仪遣马岱追斩之。"一是《魏略》说，诸葛亮死前"令延摄行己事，密持丧去。延遂匿之，行至褒口(南谷口)，乃发丧。亮长史杨仪宿与延不和，见延摄行军事，惧为所害，乃张言延欲举众北附，遂率其众攻延。延本无此心，不战军走，追而杀之。"此条裴松之以为出自魏人传闻，不足为信。两说不一，《演义》未全部采用陈寿说，但此中魏延确未有降魏意向，他失败后，仍南返汉中，看来仍是要为自己行为作表白的。至今陕西汉中市北市外虎头桥，传闻乃魏延被杀处，有石碑书"古虎头桥"四字，上款题有"汉马岱斩魏延处"，系民国二十二年(1933)重立。魏延墓也在北门外2公里的石马乡。据传在杨仪获罪后，为他恢复名誉礼葬建墓，并雕刻石马以护墓。今墓已佚，所存两石马：一残缺，一完整；完整石马于1973年移至汉中市博物馆保存。

③ 诸葛亮逝世吊唁服素

诸葛亮死，吊唁者皆服白，自后延续成俗，据今人张目寒称："余自入蜀以来，每见蜀人头绕白巾，深以为异，询之大千曰：武侯在蜀，泽被生民。人民当武侯逝世服素志哀，至今成习。"(《大风》第6期)1936年黄炎培游四川，所作《蜀游百绝句》之六十九，亦有所睹其情事而称："川西男女白缠头，此俗相传念武侯；文野在心非在貌，东邦木屐亦风流。注：

白布缠头遍于蜀西，相传为诸葛武侯纪念服。"(《蜀道》开明书局 1936 年 8 月版)

④ 马岱下落

马岱《三国志》无传，失其行事。其间仅见《晋书·宣帝纪》，魏青龙三年(235)，"蜀将马岱入寇，帝遣将军牛金击走之，斩千余级。"此后不详。今四川广汉西北、新都向阳场均分别有马岱墓，又四川武阳也有"汉平北将军陈仓侯马岱之墓"，当系后人附会所立，似不可信。

⑤ 诸葛亮墓在何处

诸葛亮病逝后，即按遗嘱葬定军山。通常祭祀的诸葛亮墓，系坐落在今陕西勉县城南定军山下的诸葛亮墓。墓坐地 20 万平方米，主要建筑有照壁、大门、献殿、大殿等。有冯玉祥题联：成大事，以小心，一生谨慎；仰流风，于遗迹，万古清高。大殿后是墓冢，高 5 米，呈覆斗状，四周有砖墙围护，周长 60 米，墓前碑亭有明万历、清雍正年间分别所立的"汉丞相诸葛武侯之墓"、"汉诸葛武侯之墓"。陵园内原有古柏 54 株，树径在 150 厘米以上，树龄逾千年。墓园内另有所谓"武侯真墓"一座，系清嘉庆四年(1799)陕甘总督松筠所垒。但据南梁刘登之《梁州记》："武侯垒东南有定军山，入山十余里有诸葛武侯墓"，可知勉县定军山下并非原墓，而原墓"因其山势，不起坟茔，惟深松柏茂，攒蔚川阜，莫知墓茔所在"(《水经注》)。

⑥ 诸葛亮死后多年始建庙

蜀汉为诸葛亮立庙乃在他死后三十年。《襄阳记》说。"亮初亡，所在各求为立庙，朝议以礼秩不听，百姓遂因时节私祭之于道陌上。言事者或以为可听立庙于成都者，后主不从。"蜀汉景耀六年(263)春，后主始从步兵校尉习隆、中书郎向充等议，"臣愚以为宜因近其墓，立之于沔阳，使所亲属以时赐祭，凡其臣故吏欲奉祠者，皆限至庙，断其私祀，以崇正礼。"沔阳(陕西勉县西)诸葛亮庙仅用了一个春秋就建成，同年，魏军就分道征蜀汉了。至于成都南郊武侯祠，系西晋末成汉李雄时建

庙于沔阳，四时享祭⑥。后杜工部有诗曰：

> 丞相祠堂何处寻？锦官城外柏森森。
> 映阶碧草自春色，隔叶黄鹂空好音。
> 三顾频烦天下计，两朝开济老臣心。
> 出师未捷身先死，长使英雄泪满襟。

又杜工部诗曰：

> 诸葛大名垂宇宙，宗臣遗像肃清高。
> 三分割据纡筹策，万古云霄一羽毛。
> 伯仲之间见伊吕，指挥若定失萧曹。
> 运移汉祚终难复，志决身歼军务劳。

却说后主回到成都，忽近臣奏曰："边庭报来，东吴令全琮引兵数万，屯于巴丘界口，未知何意。"后主惊曰："丞相新亡，东吴负盟侵界，如之奈何？"蒋琬奏曰："臣敢保王平⑦、张嶷引兵数万，屯于永安，以防不测。陛下再命一人去东吴报丧，以探其动静。"后主曰："须得一舌辩之士为使。"一人应声而出曰："微臣愿往。"众视之，乃南阳安众人，姓宗，名预，字德艳，官任参军、右中郎将。后主大喜，即命宗预往东吴报丧，兼探虚实。

宗预领命，径到金陵，入见吴主孙权。礼毕，只见左右人皆着素衣。权作色而言曰："吴、蜀已为一家，卿主何故而增白帝之守也？"预曰："臣以为东益巴丘之戍，西增白帝之守，皆事势宜然，俱不足以相问也。"权笑曰："卿不亚于邓芝。"乃谓宗预曰："朕闻诸葛丞相归天，每日流涕，今官僚尽皆挂孝。朕恐魏人乘丧取蜀，故增巴丘守兵万人，以为救援，别无他意也。"预顿首拜谢。权曰："朕既许以同盟，安有背义之理？"预曰："天子因丞相新亡，特命臣来报丧。"权遂取金鈚箭一枝折之，设誓曰："朕若负前盟，子孙绝灭！"又命使赍香帛奠仪，入川致祭。宗预拜辞吴主，同吴使还成都，入见后主，奏曰："吴主因丞相新亡，亦自流涕，令群臣皆挂孝。其益兵巴丘者，恐魏人乘虚而入，别无异心。今折箭为誓，并不背盟。"后主大喜，重赏宗预，厚待吴使去讫。遂依孔明遗言，加蒋琬为丞

相、大将军、录尚书事⑧；加费祎为尚书令⑨，同理丞相事；加吴懿为车骑将军，假节督汉中⑩；姜维为辅汉将军、平襄侯，总督诸处人马，同吴懿出屯汉中⑪，以防魏兵。其余将校，各依旧职。杨仪自以为年宦先于蒋琬，而位出琬下，且自恃功高，未有重赏，口出怨言，谓费祎曰："昔日丞相初亡，吾若将全师投魏，宁当寂寞如此耶！"费祎乃将此言具表密奏后主。后主大怒，命将杨仪下狱勘问，欲斩之。蒋琬奏曰："仪虽有罪，但日前随丞相多立功劳，未可斩也，当废为庶人。"后主从之，遂贬杨仪赴汉嘉郡为民。仪羞惭自刎而死。

蜀汉建兴十三年，魏主曹叡青龙三年，吴主孙权嘉禾四年，三国各不兴兵。单说魏主封司马懿为太尉，总督军马，安镇诸边。懿拜谢回洛阳去讫。魏主在许昌，大兴土木，建盖宫殿；又于洛阳造朝阳殿、太极殿，筑总章观，俱高十丈；又立崇华殿、青霄阁、凤凰楼、九龙池，命博士马钧监造⑫，极其华丽，雕梁华栋，碧瓦金砖，光辉耀日。选天下巧匠三万余人，民夫三十余万，不分昼夜而造。民力疲困，怨声不绝。睿又降旨起土木于芳林园，使公卿皆负土树木于其中。司徒董寻上表切谏曰：

> 伏自建安以来，野战死亡，或门殚户尽，虽有存者，遗孤老弱。若今宫室狭小，欲广大之，犹宜随时，不妨农务，况作无益之物乎？陛下既尊群臣，显以冠冕，被以文绣，载以华舆，所以异于小人也。今又使负木担土，沾体涂足，毁国之光，以崇无益，甚无谓也。孔子云："君使臣以礼，臣事君以忠。"无忠无礼，国何以立？臣知言出必死，而自比于牛之一毛，生既无益，死亦何损？秉笔流涕，心与世辞。臣有八子，臣死之后，累陛下矣。不胜战慄待命之至！

叡览表怒曰："董寻不怕死耶！"左右奏请斩之。睿曰："此人素有忠义，今且废为庶人。再有妄言者必斩。"时有太子舍人张茂，字彦材，亦上表切谏，叡命斩之。即日召马钧问曰："朕建高台峻阁，欲与神仙往来，以求长生不老之方。"钧奏曰：

造，初与汉昭烈帝庙相邻，明初并入昭烈帝庙，但人们习惯仍通称为武侯祠，现存殿宇系清康熙年(1672)重建。有刘备、诸葛亮和关羽、张飞等殿宇和刘备惠陵，是全国重点文物保护单位。有清达县教谕刘咸荣分别为二门、诸葛亮正殿所撰楹联："合祖孙父子兄弟君臣，辅翼在人纲，百代存仁争正统；历齐楚幽燕越吴秦蜀，艰难留庙祀，一堂上下共千秋"、"勤王事，大好儿孙，三世忠贞，史笔犹褒陈庶子；出师表，惊人文字，千秋涕泪，墨痕同溅岳将军"，且有清四川署理盐茶道赵藩为正殿联："能攻心，则反侧自消，从古知兵非好战；不审势，即宽严皆误，后来治蜀要深思。"另诸葛亮殿过厅，有冯玉祥书联："成大事以小心，一生谨慎；仰流风于遗迹，万古清高。"尤俊书联："两表酬三顾，一对足千秋。"

⑦ **王平墓**

据《嘉陵江志》，王平墓在四川南充永安乡临江村凤凰山。现见有高 7.4 米，长 4.7 米，宽 3 米，有清光绪年所立墓碑。

⑧ **蒋琬主政**

诸葛亮死，蜀汉不再设丞相，蒋琬乃以尚书令主政，"俄而，加行都护，假节，领益州刺史，迁大将军，录尚书事"。延熙元年(238)，蒋琬"总帅诸军，屯住汉中"(《三国志·蜀书·蒋琬传》)，开府。明年，加为大司马。延熙六年冬，自汉中还住涪，此时盖已患病，九年死。"琬卒，禅乃自摄国事"(《三国志》引《魏略》)。此时刘禅已四十余岁。

⑨ **蜀汉尚书令表**

此处费祎官职误。据《三国志·蜀书·费祎传》，"亮卒，为后军师"。他是由中护军、司马升任的，不久，蒋琬由尚书令升大将军，始为尚书令。他也从不得为丞相。蜀汉官制以丞相为最，首任丞相是诸葛亮，最后一任丞相也是诸葛亮。诸葛亮死后，不再设丞相，最高官职为尚书令，后又始在尚书令之上设大将军、大司马。有关蜀汉尚书令列表如下：

任职者	时　　间	
法　正	建安二十四年(219)至二十五年	刘备为汉中王时授,明年初病死
刘　巴	章武二年(222)病死	由尚书升授
李　严	章武二年(222)	由犍为太守、辅汉将军升授
陈　震	建兴三年(225)至七年	由犍为太守调任尚书,七年转卫尉
蒋　琬	建兴十二年(234)至十三年夏	诸葛亮死,以留府长史任,总统国事
费　祎	建兴十三年夏至延熙六年(243)	蒋琬位进大将军,授之;六年十一月(244)升大将军
董　允	延熙七年(244)至九年死	以侍中守尚书令,为大将军费祎副
吕　乂	延熙九年(246)至十四年	以尚书升任
陈　祗	延熙十四年(251)至景耀元年(258)	以侍中守尚书令
董　厥	景耀元年(258)	以尚书仆射升授,后又升大将军,平台事
樊　建	蜀汉亡,随后主赴洛阳	为侍中守尚书令

⑩ 吴懿督汉中

蜀汉建兴十二年(234),诸葛亮死,"以吴懿督汉中,车骑将军,假节,领雍州刺史,进封济阳侯"(《三国志·蜀书·杨戏传》)。建兴十五年懿病死,"以王平领汉中太守,代懿督汉中"(《华阳国志》)。王平死后有胡济。据陈仲安《汉唐职官制度研究》称,蜀汉后期设有四个都督区,其一即是汉中都督区(由曹魏关中区分割);另三个是(一)巴东都督区(有李严、陈到、宗预、罗宪、阎宇等相继出任都督);(二)江州都督区(费观、李严、李丰、李福、邓芝);(三)庲降都督区(邓方、李恢、张翼、马忠、张表、阎宇、霍弋)。

⑪ 姜维于成都统诸军

诸葛亮死后,姜维虽有新的安排,但非总督诸处人马,即蜀汉统帅。《三国志·蜀书·姜维传》,"亮卒,维还成都,为右监军、辅汉将军,统诸军,进封平襄侯",他只是由原任中监军征西将军平调,所谓'统诸军',即统领成都的部队。延熙元年(238),始随大将军蒋琬住汉中。延熙六年为镇西大将军领凉州刺史,同年张翼授假节、征西大将军,王平授前监军、镇北大将军,邓芝授假节、车骑将军,而马忠却在延熙五年授镇南大将军。延熙十年,姜维授卫将军,与大将费祎共录尚书事,此时始出类拔萃,位在诸将上。

⑫ 马钧巧思绝世

马钧(一作马均),姓氏不见《三国志》,仅裴松之《杜蘷传》作注时提及,称之为"巧思

"汉朝二十四帝,惟武帝享国最久,寿算极高,盖因服天上日精月华之气也。尝于长安宫中建柏梁台,台上立一铜人,手捧一盘,名曰承露盘⑬,接三更北斗所降沆瀣之水,其名曰天浆,又曰甘露。取此水用玉为屑,调和服之,可以反老还童。"叡大喜曰:"汝今可引人夫,星夜至长安拆取铜人,移置芳林园中。"

钧领命,引一万人至长安,令周围搭起木架,上柏梁台去。不移时间,五千人连绳引索,旋环而上。那柏梁台高二十丈,铜柱圆十围。马钧教先拆铜人。多人并力拆下铜人来,只见铜人眼中潸然泪下。众皆大惊。忽然台边一阵狂风起处,飞砂走石,急若骤雨,一声响亮,就如天崩地裂,台倾柱倒,压死千余人。钧取铜人及金盘回洛阳,入见魏主,献上铜人、承露盘。魏主问曰:"铜柱安在?"钧奏曰:"柱重百万斤,不能运至。"睿令将铜柱打碎,运来洛阳,铸成两个铜人,号为"翁仲",列于司马门外;又铸铜龙凤两个,龙高四丈,凤高三丈余,立在殿前。又于上林苑中,种奇花异木,蓄养珍禽怪兽。少傅杨阜上表谏曰:

臣闻尧尚茅茨,而万国安居;禹卑宫室,而天下乐业;及至殷、周,或堂崇三尺,度以九筵耳。古之圣帝明王,未有以宫室之高丽,以凋弊百姓之财力者也。

桀作璇室、象厩，纣为倾宫、鹿台，致丧社稷；楚灵以筑章华而身受其祸；秦始皇作阿房宫而殃及其子，天下背叛，二世而灭。夫不度万民之力，以从耳目之欲，未有不亡者也。陛下当以尧、舜、禹、汤、文、武为法，以桀、纣、楚、秦为深诫。而乃自暇自逸，惟宫台是饰，必有危亡之祸矣。君作元首，臣为股肱，存亡一体，得失同之。臣虽驽怯，敢忘诤臣之义？言不切至，不足以感陛下。谨叩棺沐浴，伏候重诛。

表上，叡不省，只催督马钧建造高台，安置铜人、承露盘⑭。又降旨广选天下美女，入芳林园中。众官纷纷上表谏诤，叡俱不听。

却说曹叡之后毛氏，乃河内人也，先年叡为平原王时，最相恩爱；及即帝位，立为后。后叡因宠郭夫人，毛后失宠。郭夫人美而慧，叡甚嬖之，每日取乐，月余不出宫闱。是岁春三月，芳林园中百花争放，叡同郭夫人到园中赏玩饮酒。郭夫人曰："何不请皇后同乐？"叡曰："若彼在，朕涓滴不能下咽也。"遂传谕宫娥，不许令毛后知道。毛后见叡月余不入正宫，是日引十余宫人，来翠花楼上消遣，只听的乐声嘹亮，乃问曰："何处奏乐？"一宫官启曰："乃圣上与郭夫人于御花园中赏花饮酒。"毛后闻之，心中烦恼，回宫安歇。次日，毛皇后乘小车出宫游玩，正迎见叡于曲廊之间，乃笑曰："陛下昨游北园，其乐不浅也！"叡大怒，即命擒昨日侍奉诸人到，叱曰："昨游北园，朕禁左右不许使毛后知道，何得又宣露！"喝令宫官将诸侍奉人尽斩之。毛后大惊，回车至宫，叡即降诏赐毛皇后死⑮，立郭夫人为皇后。朝臣莫敢谏者。

忽一日，幽州刺史毌丘俭上表，报称辽东公孙渊造反，自号为燕王，改元绍汉元年，建宫殿，立官职，兴兵入寇，摇动北方。叡大惊，即聚文武官僚，商议起兵退渊之策。正是：

　　　　才将土木劳中国，又见干戈起外方。

未知何以御之，且看下文分解。

绝世"。他制作古已失传的指南车，灌水自覆，百倍于常的翻车和操纵木人的水转百戏；诸葛亮有连弩，他作了改进，增加了五倍功力；改造了攻城的发石车，"欲作一轮，悬大石数十，以机鼓轮为常，则以断悬石飞击敌城，使首尾电至。尝试以车轮悬瓴甓数十，飞之数百步矣。"但是马钧的巧技没有得到充分发挥，傅玄因此说，"平子(张衡)虽为侍中，马先生虽给事省中，俱不典工官，巧无益于世。用人不当其才，闻贤不试以事，良可恨也。"此处称他监造宫殿，折取承露盘等事，不见于史传，《三国志·魏书·明帝纪》引《魏略》，仅称"使博士马均作司南车、水转百戏"。

⑬ **承露盘和铜人**
据《三国志·魏书·明帝纪》，魏青龙元年(233)建造太极，昭阳诸殿，筑总章观等；景初元年(237)始，"徙长安诸钟虡、骆驼、铜人、承露盘。盘折，铜人重不可致，留于霸城"(《魏略》)。"帝徙盘，盘折，声闻数十里，金狄或泣，因留霸城"(《汉晋春秋》)。两事相隔三四年。又承露盘和铜人。据《三辅黄图》："神明台，武帝造，上有承露盘，有铜仙人舒掌，捧铜盘玉杯以承云表之露，以露和玉屑服之，以求仙道。"由是，唐李贺有《金铜仙人辞汉歌》：茂陵刘郎秋风客，夜闻马嘶晓无迹。画栏桂树悬秋香，三十六宫土花碧。魏宫牵车指千里，东关酸风射眸子。空将汉月出宫门，忆君清泪如铅水。衰兰送客咸阳道，天若有情天亦老！携盘独出月荒凉，渭城已远波声小。

⑭ **芳林园中承露盘**
曹叡再建承露盘，其规模可参见曹植《承露盘颂》："皇帝铸承露盘，茎长十二丈，大十围，上盘径四尺，下盘径五尺，铜龙绕其根，龙身长一丈，背负两子，自立于芳林园，甘露乃降。"(《三国志补注续》)

⑮ **废毛后本因**
曹叡初娶河内虞氏为妃，"及即位，不以为后，更立典虞车工毛嘉女为后。后本仄微，非所宜升以妾为妻之罚也"(《晋书·五行志》)，盖毛后本出身微贱，父毛嘉待人接物，举止粗鲁。

第一百六回　公孙渊兵败死襄平　司马懿诈病赚曹爽

却说公孙渊乃辽东公孙度之孙，公孙康之子也。建安十二年，曹操追袁尚，未到辽东，康斩尚首级献操，操封康为襄平侯。后康死，有二子：长曰晃，次曰渊，皆幼，康弟公孙恭继职。曹丕时封恭为车骑将军、襄平侯。太和二年，渊长大，文武兼备，性刚好斗，夺其叔公孙恭之位。曹叡封渊为扬烈将军、辽东太守。后孙权遣张弥，许晏赍金珠珍玉赴辽东，封渊为燕王①，渊惧中原，乃斩张、许二人，送首与曹叡。叡封渊为大司马、乐浪公。渊心不足，与众商议，自号为燕王，改元绍汉元年。副将贾范谏曰："中原待主公以上公之爵，不为卑贱。今若背反，实为不顺。更兼司马懿善能用兵，西蜀诸葛武侯且不能取胜，何况主公乎？"渊大怒，叱左右缚贾范，将斩之。参军伦直谏曰："贾范之言是也。圣人云：'国家将亡，必有妖孽。'今国中屡见怪异之事。近有犬戴巾帻，身披红衣，上屋作人行。又城南乡民造饭，饭甑之中，忽有一小儿蒸死于内。襄平北市中，地忽陷一穴，涌出一块肉，周围数尺，头面眼耳口鼻都具，独无手足，刀箭不能伤，不知何物。卜者占之曰：'有形不成，有口无声；国家亡灭，故现其形。'有此三者，皆不祥之兆也。主公宜避凶就吉，不可轻举妄动。"渊勃然大怒，叱武士绑伦直并贾范同斩于市。令大将军卑衍为元帅，杨祚为先锋，起辽兵十五万杀奔中原来。

边官报知魏主曹叡。叡大惊，乃召司马懿入朝计议。懿奏曰："臣部下马步官军四万，足可破贼。"叡曰："卿兵少路远，恐难收复。"懿曰："兵不在多，在能设奇用智耳。臣托陛下洪福，必擒公孙渊以献陛下。"叡曰："卿料公孙渊作何举动？"懿曰："渊若弃城预走，是上计也。守辽东拒大军，是中计也。坐守襄平，是为下计，必被臣所擒

① 孙权声援辽东

孙权多向海外发展。吴嘉禾元年(232)，"遣将军周贺、校尉裴潜乘海之辽东。"在山东成山角为魏田豫袭击失败。是年十月，魏辽东太守公孙渊派使者宿舒、孙综向孙权称藩，并献貂马。翌年三月，孙权派太常张弥、执金吾许晏、将军贺达等带兵万人以及金宝珍货，浮海北上辽东，赏赐公孙渊。举朝大臣如张昭、顾雍都以加谏"以为渊未可信，而宠待太厚，但可遣吏兵数百护送舒、综，权终不听。"(《三国志·吴书·吴主传》)"渊亦恐权远不可恃，且贪货物，诱致其使，悉斩送弥、晏等首。"(《三国志·魏书·公孙康传》)尔后，公孙渊自立，又称臣向吴乞援。

矣。"叡曰："此去往复几时?"懿曰："四千里之地,往百日,攻百日,还百日,休息六十日,大约一年足矣。"叡曰："倘吴、蜀入寇,如之奈何?"懿曰："臣已定下守御之策,陛下勿忧。"叡大喜,即命司马懿兴师,征讨公孙渊。懿辞朝出城[②],令胡遵为先锋,引前部兵先到辽东下寨[③]。哨马飞报公孙渊。渊令卑衍、杨祚分八万兵屯于辽隧,围堑二十余里,环绕鹿角,甚是严密。胡遵令人报知司马懿。懿笑曰:"贼不与我战,欲老我兵耳。我料贼众大半在此,其巢穴空虚。不若弃却此处,径奔襄平,贼必往救,却于中途击之,必获全功。"于是勒兵从小路向襄平进发。

却说卑衍与杨祚商议曰:"若魏兵来攻,休与交战。彼千里而来,粮草不继,难以持久,粮尽必退;待他退时,然后出奇兵击之,司马懿可擒也。昔司马懿与蜀兵相拒,坚守渭南,孔明竟卒于军中。今日正与此理相同。"二人正商议间,忽报魏兵往南去了。卑衍大惊曰:"彼知吾襄平军少,去袭老营也。若襄平有失,我等守此处无益矣。"遂拔寨随后而起。早有快马飞报司马懿。懿笑曰:"中吾计矣!"乃令夏侯霸、夏侯威:"各引一军,伏于辽水之滨,如辽兵到,两下齐出。"二人受计而往。早望见卑衍、杨祚引兵前来。一声炮响,两边鼓噪摇旗,左有夏侯霸、右有夏侯威,一齐杀出。卑、杨二人,无心恋战,夺路而走。奔至首山,正逢公孙渊兵到,合兵一处,回马再与魏兵交战。卑衍出马骂曰:"贼将休使诡计!汝敢出战否?"夏侯霸纵马挥刀来迎。战不数合,被夏侯霸一刀斩卑衍于马下,辽兵大乱。霸驱兵掩杀,公孙渊引败兵奔入襄平城去,闭门坚守不出。魏兵四面围合。

时值秋雨连绵,一月不止,平地水深三尺,运粮船自辽河口直至襄平城下,魏兵皆在水中,行坐不安。左都督裴景入帐告曰:"雨水不住,营中泥泞,军不可停,请移于前面山上。"懿怒曰:"捉公孙渊只在旦夕,安可移营?如有再言移营者斩!"裴景喏喏而退。少顷,右都督仇连又来告曰:"军士苦水,乞太尉移营高处。"懿大怒曰:"吾军令已发,汝何敢故违!"即命推出斩之,悬首于辕门外。于是军心震慑。

懿令南寨人马暂退二十里,纵城内军民出城樵采柴薪,牧放牛马。司马陈群问曰:"前太尉攻上庸之时,兵分八路,八日赶至城下,遂生擒孟达而成大功。今带甲四万,数千里而来,不令攻打城池,却使久居泥泞之中,又纵贼众樵牧。某实不知太尉是何主意?"懿笑曰:"公不知兵法耶?昔孟达粮多兵少,我粮少兵多,故不可不速战,出其不意,突然攻之,方可取胜。今辽

② 司马懿回乡

司马懿离洛阳,途经家乡温县,会邑中父老故旧,庆贺于赒公台,宴饮累日,慷慨赋诗。后世称此台为"贺酒台",今遗址尚存。可见他并非匆匆赶往辽东,盖视公孙氏为疥癣,胸有成竹也。《晋书·宣祖纪》记有此宴饮诗:"天地开辟,日月重光;遭逢际会,奉辞遐方,将扫逋脏,还过故乡。肃清万里,总齐八荒,告成归老,待罪武阳。"

③ 司马懿攻辽东水陆并进

司马懿攻辽东路线据《晋书》,乃是循曹操伐二袁时旧路。但后人考察也有称乃是分水陆两道并进。陆路即由洛阳东至山东然后北上孤竹;水路由别将刘昕、鲜于嗣自登州浮海至辽东。光绪《登州府志·黄县》称司马懿在黄县东北二十里筑大人城以运军储。又《元和志》亦称:"伐辽东造此城运粮船。"

④ **司马懿久围襄平说**

据《晋书·宣帝纪》：司马懿回答司马陈珪："孟达众少而食支一年，吾将士四倍于达而粮不淹月，以一月图一年，安可不速？以四击一，正令半解，犹当为之。是以不计死伤，与粮竞也。今贼众我寡，贼饥我饱，水雨方尔，功力不设，虽当促之，亦何所为。自发京师，不忧贼攻，但恐贼走。今贼粮垂尽，而围落未合，掠其牛马，抄其樵采，此故驱之走也。"此后元初史天泽围济南李璮，亦是参照之。他说："'璮多谲，而兵精，不宜力角。当以岁月毙之'。乃深沟高垒，绝其奔轶，凡四月，城中食尽，军溃，出降。"（《元史·史天泽传》）

⑤ **司马懿斩使以立威**

此段文字，本据《晋书·宣帝纪》，但因《演义》作了删改，令人费解。盖司马懿诛杀王建柳甫，令敌震撼，而要传言，还须来人，于是称两人昏庸，"二人老耄，必传言失旨，已相为斩之。若意有未已，可更遣年少有明决者来。"公孙渊更为惊慌，始又命卫演前来乞降。

⑥ **司马懿占襄平大屠杀**

司马懿为人残忍，《晋书·宣帝纪》称，他率军入襄平城后，即进行屠城，"立两标以别新旧焉。男子年十五已上七千余人，皆杀之，以为京观。伪公卿以下皆伏诛，戮其将军毕盛等二千余人。"

⑦ **曹宇任大将军仅四日**

曹宇为曹操子，妾环夫人生育，与曹丕(文帝)兄弟行，与曹叡为叔。《三国志·魏书·武文世王公传》称："明帝少与宇同止，常爱异之，及即位，宠赐与诸王异。"即位后，几次征入朝参政，

兵多，我兵少，贼饥我饱，何必力攻？正当任彼自走，然后乘机击之。我今放开一条路，不绝彼之樵牧，是容彼自走也。"④陈群拜服。于是司马懿遣人赴洛阳催粮。

魏主曹睿设朝，群臣皆奏曰："近日秋雨连绵，一月不止，人马疲劳，可召回司马懿，权且罢兵。"睿曰："司马太尉善能用兵，临危制变，多有良谋，捉公孙渊计日而待。卿等何必忧也？"遂不听群臣之谏，使人运粮解至司马懿军前。懿在寨中，又过数日，雨止天晴。是夜，懿出帐外，仰观天文，忽见一星，其大如斗，流光数丈，自首山东北，坠于襄平东南。各营将士，无不惊骇。懿见之大喜，乃谓众将曰："五日之后，星落处必斩公孙渊矣。来日可并力攻城。"

众将得令，次日侵晨引兵四面围合，筑土山，掘地道，立炮架，装云梯，日夜攻打不息，箭如急雨，射入城去。公孙渊在城中粮尽，皆宰牛马为食，人人怨恨，各无守心，欲斩渊首，献城归降。渊闻之，甚是惊忧，慌令相国王建、御史大夫柳甫往魏寨请降。二人自城上系下，来告司马懿曰："请太尉退二十里，我君臣自来投降。"懿大怒曰："公孙渊何不自来？殊为无理！"叱武士推出斩之，将首级付与从人。从人回报，公孙渊大惊，又遣侍中卫演来到魏营⑤。司马懿升帐，聚众将立于两边。演膝行而进，跪于帐下，告曰："愿太尉息雷霆之怒，克日先送世子公孙修为质当，然后君臣自缚来降。"懿曰："军事大要有五：能战当战，不能战当守，不能守当走，不能走当降，不能降当死耳。何必送子为质当！"叱卫演回报公孙渊。演抱头鼠窜而去，归告公孙渊。渊大惊，乃与子公孙修密议停当，选下一千人马，当夜二更时分，开了南门，往东南而走。渊见无人，心中暗喜。行不到十里，忽听得山上一声炮响，鼓角齐鸣，一枝兵拦住，中央乃司马懿也；左有司马师，右有司马昭，二人大叫曰："反贼休走！"渊大惊，急拨马寻路欲走。早有胡遵兵到，左有夏侯霸、夏侯威，右有张虎、乐琳。四面围得铁桶相似。公孙渊父子，只得下马纳降。懿在马上顾诸将曰："吾前夜丙寅日，见大星落于此处，今夜壬申日应矣。"众将称贺曰："太尉真神机也！"懿传令斩之。公孙渊父子对面受戮。司马懿遂勒兵来取襄平。未及到城下时，胡遵早引兵入城。城中人民焚香拜迎，魏兵尽皆入城。懿坐于衙上，将公

孙渊宗族并同谋官僚人等，俱杀之，计首级七十余颗[⑥]。出榜安民。人告懿曰："贾范、伦直苦谏渊不可反叛，俱被渊所杀。"懿遂封其墓而荣其子孙。就将库内财物赏劳三军，班师回洛阳。

却说魏主在宫中，夜至三更，忽然一阵阴风吹灭灯光，只见毛皇后引数十个宫人哭至座前索命。叡因此得病。病渐沉重，命侍中光禄大夫刘放、孙资，掌枢密院一切事务；又召文帝子燕王曹宇[⑦]为大将军，佐太子曹芳摄政。宇为人恭俭温和，不肯当此大任，坚辞不受。叡召刘放、孙资问曰："宗族之内，何人可任？"二人久得曹真之惠，乃保奏曰："惟曹子丹之子曹爽可也。"叡从之。二人又奏曰："欲用曹爽，当遣燕王归国。"叡然其言。二人遂请叡降诏，赍出谕燕王曰："有天子手诏，命燕王归国，限即日就行，若无诏，不许入朝。"燕王涕泣而去。遂封曹爽为大将军，总摄朝政。叡病渐危，急令使持节诏司马懿还朝。懿受命，径到许昌，入见魏主[⑧]。叡曰："朕惟恐不得见卿，今日得见，死无恨矣。"懿顿首奏曰："臣在途中，闻陛下圣体不安，恨不肋生两翼，飞至阙下。今日得睹龙颜，臣之幸也。"叡宣太子曹芳，大将军曹爽，侍中刘放、孙资等，皆至御榻之前。叡执司马懿之手曰："昔刘玄德在白帝城病危，以幼子刘禅托孤于诸葛孔明，孔明因此竭尽忠诚，至死方休。偏邦尚然如此，何况大国乎？朕幼子曹芳，年才八岁，不堪掌理社稷。幸太尉及宗兄元勋旧臣，竭力相辅，无负朕心。"又唤芳曰："仲达与朕一体，尔宜敬礼之。"遂命懿携芳近前。芳抱懿颈不放。叡曰："太尉勿忘幼子今日相恋之情！"言讫，潸然泪下。懿顿首流涕。魏主昏沉，口不能言，只以手指太子，须臾而卒。在位十三年，寿三十六岁，时魏景初三年春正月下旬也。

当下司马懿、曹爽扶太子曹芳即皇帝位。芳字兰卿，乃叡乞养之子，秘在宫中，人莫知其所由来。于是曹芳谥叡为明帝，葬于高平陵；尊郭皇后为皇太后；改元正始元年。司马懿与曹爽辅政。爽事懿甚谨，一应大事，必先启知。爽字昭伯，自幼出入宫中。明帝见爽谨慎，甚是爱敬。爽门下有客五百人，内有五人以浮华相尚。一是何晏，字平叔[⑨]；一是邓飏，字玄茂，乃邓禹之后；一是李胜，字公昭；一是丁谧，字彦靖；一是毕范，字昭先。又有大司农桓范，字元则，颇

及病重时，"属以后事"。但在拜大将军仅四日，与同辅政的领军将军夏侯献、屯骑校尉曹肇、骁骑将军秦朗一并免职，仅留武卫将军曹爽辅政。刘放、孙资所以留曹爽，"利其庸懦，故举之"。《汉晋春秋》称："帝从其言，放曰：宜为手诏。帝曰：我困笃不能。放即上床，执帝手强作之。遂赍出大言曰：有诏免燕王宇等官，不得停省中。于是宇、肇、献、朗相与泣，而归第"。

⑧ **司马懿由辽东赶回洛阳**
司马懿攻占辽东时，曹叡（魏明帝）已病重。据《晋书·五行志中》："景初初童谣曰：'阿公阿公驾马车，不意阿公车渡河，阿公来还当奈何。'宣帝（司马懿）辽东归白屋，当还镇长安，会帝疾笃，急召之，乃乘追锋车，东渡河，终如童谣之言。"

⑨ **何晏系曹操假子**
何晏母尹氏，原系大将军何进儿媳。汉建安元年（196），曹操见尹氏有色，纳之为妾，并收养何晏。"而晏无所顾惮，服饰拟于太子，故文帝（曹丕）特憎之，每不呼其姓名，尝谓之为'假子'。晏尚主，又好色，故黄初时无所事任。及明帝（曹叡）立，颇为冗官。至正始初，曲合于曹爽，亦以才能，故爽用为散骑侍郎，迁侍中尚书。晏前以尚主，得赐爵为列侯，又其母在内，晏性自喜，动静粉白不去手，行步顾影。晏为尚书，主选举，其宿与之有旧者，多被拔擢"（《三国志·魏书·何晏传》引《魏略》）。此人乃典型的娘娘腔公子。《晋书·五行志上》说："尚书何晏好服妇人之服。傅玄曰：'此妖服也。夫衣裳之制，所以定上下殊内外也。'"何晏妻乃其异父同母妹，

曹操女金乡公主。他是魏晋清谈派重要领袖。

⑩ 司马懿为太傅仍有兵权

据《晋书·宣帝纪》，"与爽各统兵三千人，共执朝政，更直殿中，乘舆入殿。爽欲使尚书奏事先由己，乃言于天子，徙帝为大司马。朝议以为前后大司马累薨于位，乃以帝为太傅"。自正始元年(249)后的十年间，司马懿在任上做了多事，如正始二年(250)率军南征，击走朱然、全琮等三路吴军；四年，又击走诸葛恪大军，在淮北大举屯田，司马昭也参加曹爽的征蜀。他们没有退职闲居。正始八年(256)，因曹爽用何晏等人，专擅朝政，多树亲信，两人发生利害冲突，于是司马懿装病不参与政事，以伺时机。

⑪ 中领军和武卫将军

建安十二年(207)，曹操破柳城，灭袁氏后，将直辖于己的军队，权名中军旋定为护军，其指挥官为中护军、中领军，均由曹氏宗族统率(个别为韩浩、史涣等亲信)。魏国创建后，即成为京都内外宿卫军；武卫军是曹操所建的最亲近的宿卫禁兵，系负责内勒。初建于曹操征战潼关马超、韩遂，以许褚功，为武卫中郎将，后迁武卫将军，率领武卫营，职责保卫皇宫。曹叡时曹爽为武卫将军。武卫营乃是魏国最精锐的军队。

⑫ 司马懿深得道家理念

司马懿深诣时务。当曹芳即位时，司马懿家族子弟多为勋爵。翌年，司马懿封邑多达万户，子弟十一人皆为列侯。司马懿深知盛极而衰，因而谦恭谨慎尤甚，亦处处谦让曹爽，并启导家

有智谋，人多称为"智囊"。此数人皆爽所信任。何晏告爽曰："主公大权，不可委托他人。恐生后患。"爽曰："司马公与我同受先帝托孤之命，安忍背之？"晏曰："昔日先公与仲达破蜀兵之时，累受此人之气，因而致死。主公如何不察也？"爽猛然省悟，遂与多官计议停当，入奏魏主曹芳曰："司马懿功高德重，可加为太傅。"芳从之，自是兵权皆归于爽。⑩

爽命弟曹羲为中领军，曹训为武卫将军⑪，曹彦为散骑常侍，各引三千御林军，任其出入禁宫。又用何晏、邓飏、丁谧为尚书，毕轨为司隶校尉，李胜为河南尹，此五人日夜与爽议事。于是曹爽门下宾客日盛。司马懿推病不出⑫，二子亦皆退职闲居。爽每日与何晏等饮酒作乐，凡用衣服器皿，与朝廷无异。各处进贡玩好珍奇之物，先取上等者入己，然后进宫。佳人美女，充满府院。黄门张当，谄事曹爽，私选先帝侍妾七八人，送入府中；爽又选善歌舞良家子女三四十人，为家乐。又建重楼画阁，造金银器皿，用巧匠数百人昼夜工作。

却说何晏闻平原管辂明数术，请与论《易》。时邓飏在座，问辂曰："君自谓善《易》，而语不及《易》中词义，何也？"辂曰："夫善《易》者，不言《易》也。"晏笑而赞之曰："可谓要言不烦。"因谓辂曰："试为我卜一卦，可至三公否？"又问："连梦青蝇数十来集鼻上，此是何兆？"辂曰："元、恺辅舜，周公佐周，皆以和惠谦恭，享有多福。今君侯位尊势重，而怀德者鲜，畏威者众，殆非小心求福之道。且鼻者，山也，山高而不危，所以长守贵也。今青蝇臭恶而集焉，位峻者颠，可不惧乎？愿君侯哀多益寡，非礼勿履。然后三公可至，青蝇可驱也。"邓飏怒曰："此老生之常谈耳！"辂曰："老生者见不生，常谈者见不谈。"遂拂袖而去。二人大笑曰："真狂士也！"辂到家与舅言之，舅大惊曰："何、邓二人威权甚重，汝奈何犯之？"辂曰："吾与死人语，何所畏耶！"舅问其故。辂曰："邓飏行步，筋不束骨，脉不制肉，起立倾倚，若无手足，此为'鬼躁'之相。何晏视候，魂不守宅，血不华色，精爽烟浮，容若槁木，此为'鬼幽'之相。二人早晚必有杀身之祸，何足畏也。"其舅大骂辂为狂子而去。

却说曹爽尝与何晏、邓飏等畋猎。其弟曹羲谏曰："兄威权太

甚,而好出外游猎,倘为人所算,悔之无及。"爽叱曰:"兵权在吾手中,何惧之有!"司农桓范亦谏,不听。时魏主曹芳,改正始十年为嘉平元年。曹爽一向专权,不知仲达虚实,适魏主除李胜为荆州刺史,即令李胜往辞仲达,就探消息。胜径到太傅府中,早有门吏报入。司马懿谓二子曰:"此乃曹爽使来探吾病之虚实也。"乃去冠散发,上床拥被而坐,又令二婢扶策,方请李胜入府。胜至床前拜曰:"一向不见太傅,谁想如此病重。今天子命某为荆州刺史,特来拜辞。"懿佯答曰:"并州近朔方,好为之备。"胜曰:"除青州刺史,非并州也。"懿笑曰:"你方从并州来?"胜曰:"山东青州耳。"懿大笑曰:"你从青州来了!"胜曰:"太傅如何病得这等了?"左右曰:"太傅耳聋。"胜曰:"乞纸笔一用。"左右取纸笔与胜。胜写毕,呈上。懿看之,笑曰:"吾病的耳聋了。此去保重。"言讫,以手指口。侍婢进汤,懿将口就之,汤流满襟。乃作哽噎之声曰:"吾今衰老病笃,死在旦夕矣。二子不肖,望君教之。君若见大将军,千万看觑二子。"言讫,倒在床上,声嘶气喘。李胜拜辞仲达,回见曹爽,细言其事。爽大喜曰:"此老若死,吾无忧矣!"

司马懿见李胜去了,遂起身谓二子曰:"李胜此去,若无消息,曹爽必不忌我矣。只待他出城畋猎之时,方可图之⑬。"不一日,曹爽请魏主曹芳去谒高平陵⑭,祭祀先帝。大小官僚皆随驾出城。爽引三弟并心腹人何晏等,及御林军护驾正行,司农桓范叩马谏曰:"主公总典禁兵,不宜兄弟皆出。倘城中有变,如之奈何?"爽以鞭指而叱之曰:"谁敢为变? 再勿乱言!"当日,司马懿见爽出城,心中大喜,即起旧日手下破敌之人,并家将数十,引二子上马,径来谋杀曹爽。正是:

  闭户忽然有起色,驱兵自此逞雄风。

未知曹爽性命如何,且看下文分解。

人。"恒戒子弟曰:'盛满者道家之所忌,四时犹有推移,吾何德以堪之。损之又损,庶可以免乎!'"(《晋书·宣帝纪》),此亦是韬晦,明哲保身,而有待于时运耳。

⑬ **司马师参与杀曹爽谋**
司马懿早就处心积虑除曹爽夺大权。他办事极为秘密,只让司马师参加他的活动,"闻先帝之将诛曹爽,深谋秘策,独与帝潜画,文帝(司马昭)弗之知也"(《晋书·景帝纪》)。司马师为了助父夺权,"养死士三千,散在人间,至是一朝而集,众莫知所出也"(同上)。

⑭ **曹叡(魏明帝)高平陵**
《水经注》作:"又来儒之水,出于半石之山……山在洛阳南,山阿有魏明帝高平陵",认为陵乃在洛阳伊川吕店乡梁沟万安山。但据民国《洛阳县志》:"在城南九十里大石山下,即魏明帝高平陵。"此地乃今河南汝阳东北25公里茹店村东800米地,冢北有4 000米长、80米宽和20米深大沟,相传为司马懿断曹氏风水地脉而挖(1993年版《河南省志》第五十七卷)。按曹魏陵制,据曹丕《终制》称:"寿陵用山为体,无为封树,无为寝殿,造园邑,通神道。"

第一百七回　魏主政归司马氏　姜维兵败牛头山

却说司马懿闻曹爽同弟曹羲、曹训、曹彦并心腹何晏、邓飏、丁谧、毕范、李胜等及御林军，随魏主曹芳，出城谒明帝墓，就去畋猎。懿大喜，即到省中，令司徒高柔，假以节钺行大将军事，先据曹爽营；又令太仆王观，行中领军事，据曹羲营。懿引旧官入后宫，奏郭太后，言爽背先帝托孤之恩，奸邪乱国，其罪当废。郭太后大惊曰："天子在外，如之奈何？"懿曰："臣有奏天子之表，诛奸臣之计。太后勿忧。"太后惧怕，只得从之。懿急令太尉蒋济、尚书令司马孚，一同写表，遣黄门赍出城外，径至帝前申奏。懿自引大军据武库。早有人报知曹爽家。其妻刘氏急出厅前，唤守府官问曰："今主公在外，仲达起兵何意？"守门将潘举曰："夫人勿惊，我去问来。"又引弓弩手数十人，登门楼望之，正见司马懿引兵过府前。举令人乱箭射下，懿不得过。偏将孙谦在后止之曰："太傅为国家大事，休得放箭。"连止三次，举方不射。司马昭护父司马懿而过，引兵出城屯于洛河，守住浮桥。

且说曹爽手下司马鲁芝，见城中事变，来与参军辛敞商议曰："今仲达如此变乱，将如之何？"敞曰："可引本部兵出城去见天子。"芝然其言。敞急入后堂。其姊辛宪英见之，问曰："汝有何事，慌速如此？"敞告曰："天子在外，太傅闭了城门，必将谋逆。"宪英曰："司马公未必谋逆，特欲杀曹将军耳。"敞惊曰："此事未知如何？"宪英曰："曹将军非司马公之对手，必然败矣。"敞曰："今鲁司马教我同去，未知可去否？"宪英曰："职守，人之大义也。凡人在难，犹或恤之。执鞭而弃其事，不祥莫大焉。"敞从其言，乃与鲁芝引数十骑，斩关夺门而出。人报知司马懿。懿恐桓范亦走，急令人召之。范与其子商议，其子曰："车驾在外，不如南出。"范从其言，乃上马至平昌门。城门已闭，把门将乃桓范旧吏司蕃也。范袖中取出一竹版曰："太后有诏，可即开门。"司蕃曰："请诏验之。"范叱曰："汝是吾故吏，何敢如此！"蕃只得开门放出。范出的城外，唤司蕃曰："太傅造反，汝可速随我去。"蕃大惊，追之不及。人报知司马懿。懿大惊曰："'智囊'泄矣！如之奈何？"蒋济曰："'驽马恋栈豆'，必不能用也。"懿乃召许允、陈泰曰："汝去见曹爽，说太傅别无他事，只是削汝兄弟兵权而已。"许、陈二人去了。又召殿中校尉尹大目至，令蒋济作书，与目持去见爽。懿分付曰："汝与爽厚，可领此任。汝见爽，说吾与蒋济指洛水为誓，只因兵权之事，别无他意。"尹大目依令而去。

却说曹爽正飞鹰走犬之际，忽报城内有变，太傅有表。爽大惊，几乎落马。黄门官捧表，跪于天子之前。爽接表拆封，令近臣读之。表略曰：

> 征西大都督、太傅臣司马懿，诚惶诚恐，顿首谨表：臣昔从辽东还，先帝诏陛下与秦王及臣等，升御床，把臣臂，深以后事为念。今大将军曹爽，背弃顾命，败乱国典，内则僭拟，外专威权。以黄门张当为都监，专共交关；看察至尊，伺候神器；离间二宫，伤害骨肉；天下汹汹，人怀危惧。此非先帝诏陛下及嘱臣之本意也。臣虽朽迈，敢忘往言？太尉臣济、尚书令臣孚等，皆以爽为有无君之心，兄弟不宜典兵宿卫，奏永宁宫皇太后，令敕臣如奏施行。臣辄敕主者及黄门令，罢爽、羲、训吏兵，以侯就第，不得逗留，以稽车驾；敢有稽留，便以军法从事。臣辄力疾将兵，屯于洛水浮桥，伺察非常。谨此上闻，伏干圣听。

魏主曹芳听毕，乃唤曹爽曰："太傅之言若此，卿如何裁处？"爽手足失措，回顾二弟曰："为之奈何？"羲曰："劣弟亦曾谏兄，兄执迷不听，致有今日。司马懿谲诈无比，孔明尚不能胜，况我兄弟乎？不如自缚见之，以免一死。"言未毕，参军辛敞、司马鲁芝到。爽问之。二人告曰："城中把得铁桶相似，太傅引兵屯于洛水浮桥，势将不可复归。宜早定大计。"正言间，司农桓范骤马而至，谓爽曰："太傅已变，将军何不请天子幸许都，调外兵以讨司马懿耶？"爽曰："吾等全家皆在城中，岂可投他处求援？"范曰："匹夫临难，尚欲望活。今主公身随天子，号令天下，谁敢不应？岂可自投死地乎？"爽闻言不决，惟流涕而已。范又曰："此去许都，不过半宿。城中粮草，足支数载。今主公别营兵马，近在阙南，呼之即至。大司马之印，某将在此。主公可急行，迟则休矣！"爽曰："多官勿太催逼，待吾细细思之。"少顷，侍中许允、尚书令陈泰至。二人告曰："太傅只为将军权重，不过要削去兵权，别无他意。将军可早归城中。"爽默然不语。又只见殿中校尉尹大目到，目曰："太傅指洛水为誓，并无他意。有蒋太尉书在此。将军可削去兵权，早归相府。"爽信为良言。桓范又告曰："事急矣，休听外言而就死地！"

是夜，曹爽意不能决，乃拔剑在手，嗟叹寻思；自黄昏直流泪到晓，终是狐疑不定。桓范入帐催之曰："主公思虑一昼夜，何尚不能决？"爽掷剑而叹曰："我不起兵，情愿弃官，但为富家翁足矣！"范大哭出帐曰："曹子丹以智谋自矜，今兄弟三人真豚犊耳！"痛哭不已。许允、陈泰令爽先纳印绶与司马懿。爽令将印送去。主簿杨综扯住印绶而哭曰："主公今舍兵权自缚去降，不免东市受戮也。"爽曰："太傅必不失信于我。"于是曹爽将印绶与许、陈二人，先赍与司马懿。众军见无将印，尽皆四散。爽手下只有数骑官僚。到浮桥时，懿传令，教曹爽兄弟三人且回私宅，余皆发监，听候敕旨。爽等入城时，并无一人侍从。桓范至浮桥边，懿在马上以鞭指之曰：

"桓大夫何故如此?"范低头不语,入城而去。于是司马懿请驾拔营入洛阳。

曹爽兄弟三人回家之后,懿用大锁锁门,令居民八百人围守其宅。曹爽心中忧闷。羲谓爽曰:"今家中乏粮,兄可作书与太傅借粮。如肯以粮借我,必无相害之心。"爽乃作书令人持去。司马懿览书,遂遣人送粮一百斛,运至曹爽府中。爽大喜曰:"司马公本无害我之心也。"遂不以为忧。原来司马懿先将黄门张当捉下狱中问罪。当曰:"非我一人,更有何晏、邓飏、李胜、毕范、丁谧等五人同谋篡逆。"懿取了张当供词,却捉何晏等勘问明白[1],皆称:"三月间欲反。"懿用长枷钉了。城门守将司蕃告称:"桓范矫诏出城,口称太傅谋反。"懿曰:"诬人反情,抵罪反坐。"亦将桓范等皆下狱,然后押曹爽兄弟三人并一干人犯,皆斩于市曹,灭其三族[2]。其家产财物,尽抄入库。时有曹爽从弟文叔之妻,乃夏侯令女也。早寡而无子,其父欲改嫁之,女截耳自誓。及爽被诛,其父复将嫁之,女又断去其鼻。其家惊惶,谓之曰:"人生世间,如轻尘栖弱草,何至自苦如此?且夫家又被司马氏诛戮已尽,守此欲谁为哉?"女泣曰:"吾闻'仁者不以盛衰改节,义者不以存亡易心'。曹氏盛时,尚欲保终;况今灭亡,何忍弃之?此禽兽之行,吾岂为乎?"懿闻而贤之,听使乞子以养,为曹氏后。[3]后人有诗曰:

> 弱草微尘尽达观,夏侯有女义如山。
>
> 丈夫不及裙钗节,自顾须眉亦汗颜。

却说司马懿斩了曹爽,太尉蒋济曰:"尚有鲁芝、辛敞斩关夺门而出,杨综夺印不与,皆不可纵。"懿曰:"彼各为其主,乃义人也。"遂复各人旧职。辛敞叹曰:"吾若不问于姊,失大义矣!"后人有诗赞辛宪英曰:

> 为臣食禄当思报,事主临危合尽忠。
>
> 辛氏宪英曾劝弟,故令千载颂高风。

司马懿饶了辛敞等,仍出榜晓谕:但有曹爽门下一应人等,尽皆免死,有官者照旧复职。军民各守家业,内外安堵。何、邓二人死于非命,果应管辂之言。后人有诗赞管辂曰:

> 传得圣贤真妙诀,平原管辂相通神。
>
> 鬼幽鬼躁分何邓,未丧先知是死人。

却说魏主曹芳封司马懿为丞相,加九锡。懿固辞不肯受。芳不准,令父子三人同领国事。懿忽然想起:"曹爽全家虽诛,尚有夏侯

① 何晏的卑鄙

何晏和邓飏、丁谧等因投靠曹爽,为虎作伥,所以当时有语:"台中有三狗,二名崖柴不可当,一狗凭默(曹爽小名曹默)作疽囊",其意说他们都是咬人的狗,而丁谧更凶恶。在曹爽被囚后,司马懿要将他的党羽一网打尽,但又苦于未能掌握名册,就利用了何晏,"初,宣王(司马懿)使爽与治爽等狱。晏穷治党与,冀以获宥。宣王曰:'凡有八族。'晏疏丁、邓等七姓。宣王曰:'未也'。晏穷急,乃曰:'岂谓晏乎!'宣王曰:'是也'。乃收晏"(《三国志·魏书·曹爽传》引《魏氏春秋》)。

② 司马懿杀曹爽支党三族

司马懿所杀远超过曹爽三族。按,据《晋书·宣帝纪》,司马懿"戮诛曹爽之际,支党皆夷及三族,男女无少长,姑姊妹女子之适人者,皆杀之"。即如何晏、邓飏、丁谧等的三族亦皆在夷灭圈里。

③ 曹爽和曹操家族后代

据《墩头曹氏宗谱》(清修),安徽青阳墩头曹氏有曹爽后裔,系晋永嘉乱时,曹参率家眷宗族1 300人渡江南下聚居。又曹操家族有居湖南常宁胜桥乡,号绣虎党者。1993年修谱时有8 700人。今日安徽每一县市都有曹姓聚居,主要分布在亳州、青阳、泾县、休宁、绩溪、歙县、桐城(据张劲松《曹姓史话》,江西人民出版社2001年5月版)。

霸守备雍州等处,系爽亲族,倘骤然作乱,如何提备?必当处置。"即下诏遣使往雍州,取征西将军夏侯霸赴洛阳议事④。夏侯霸听知大惊,便引本部三千兵造反。有镇守雍州刺史郭淮,听知夏侯霸反,即率本部兵来,与夏侯霸交战。淮出马大骂曰:"汝既是大魏皇族,天子又不曾亏汝,何故背反?"霸亦骂曰:"吾祖父于国家多建勤劳,今司马懿何等人,灭吾曹氏宗族,又来取我,早晚必思篡位。吾仗义讨贼,何反之有?"淮大怒,挺枪骤马,直取夏侯霸。霸挥刀纵马来迎。战不十合,淮败走,霸随后赶来。忽听的后军呐喊,霸急回马时,陈泰引兵杀来。郭淮复回,两路夹攻。霸大败而走,折兵大半,寻思无计,遂投汉中来降后主。

有人报与姜维。维心不信,令人体访得实,方教入城。霸拜见毕,哭告前事。维曰:"昔微子去周,成万古之名;公能匡扶汉室,无愧古人也。"遂设宴相待。维就席问曰:"今司马懿父子掌握重权,有窥我国之志否?"霸曰:"老贼方图谋逆,未暇及外。但魏国新有二人,正在妙龄之际,若使领兵马,实吴、蜀之大患也。"维问:"二人是谁?"霸告:"一人现为秘书郎,乃颍川长社人,姓钟,名会,字士季,太傅钟繇之子,幼有胆智。繇尝率二子见文帝,会时年七岁,其兄毓年八岁。毓见帝惶惧,汗流满面。帝问毓曰:'卿何以汗?'毓对曰:'战战惶惶,汗出如浆。'帝问会曰:'卿何以不汗?'会对曰:'战战栗栗,汗不敢出。'帝独奇之。及稍长,喜读兵书,深明韬略。司马懿与蒋济皆奇其才。一人现为掾吏,乃义阳人也,姓邓,名艾,字士载。幼年失父。素有大志,但有高山大泽,辄窥度指画,何处可以屯兵,何处可以积粮,何处可以埋伏。人皆笑之。独司马懿奇其才,遂令参赞军机。艾为人口吃,每奏事必称'艾……艾……',懿戏谓曰:'卿称艾艾,当有几艾?'艾应声曰:'凤兮凤兮,故是一凤。'其资性敏捷,大抵如此。此二人深可畏也。"维笑曰:"量此孺子,何足道哉!"

于是姜维引夏侯霸至成都,入见后主⑤。维奏曰:"司马懿谋杀曹爽,又来赚夏侯霸,霸因此投降。目今司马懿父子专权,曹芳懦弱,魏国将危。臣在汉中有年,兵精粮足。臣愿领王师,即以霸为向导官,克复中原,重兴汉室,以报陛下之恩,以终丞相之志。"尚书令费祎谏曰:"近者,蒋琬⑥、董允皆相继而亡,内治无人。伯约只宜待

④ 夏侯霸为夏侯玄之误

司马懿未召回夏侯霸,夏侯霸与曹爽没有亲戚关系。此乃夏侯玄,夏侯玄为夏侯尚之子,母德阳乡主为曹真之女,与曹爽为姑表兄弟。夏侯玄亦非徵还害。

⑤ 夏侯霸是蜀汉国舅

夏侯霸系夏侯渊次子,长期驻守陇西,为讨蜀驻军,非征西将军。其降蜀汉原因并非《演义》说本人就徵。《魏略》说,"正始中,代夏侯儒为征蜀护军,统属征西。时征西将军夏侯玄,于霸为从子,而玄于曹爽为外弟。及司马宣王诛曹爽,遂召玄,玄来东。霸闻曹爽被诛而玄又徵,以为祸必转相及,心既内恐;又霸先与雍州刺史郭淮不和,而淮代玄为征西,霸尤不安,故遂奔蜀。南趋阴平而失道,入穷谷中,粮尽,杀马步行,足破,卧岩石下,使人求道,未知何之。蜀闻之,乃使人迎霸。"刘禅在成都盛情款待,在谈及夏侯渊战死时,"释之曰:'卿父自遇害于行间耳,非我先人之手刃也。'指其儿子以示之曰:'此夏侯氏之甥也。'厚加爵宠。"蜀汉延熙十四年(251),即夏侯霸奔蜀后两年,任为车骑军,与卫将军姜维同阶(第二品)。夏侯霸死后还得到有谥的政治高规格,此后关羽、张飞方有追谥。

⑥ 蒋琬葬涪城西山

据史传,蒋琬自继诸葛亮主持蜀汉军国大事后,长期住在涪城(四川绵阳)。蜀汉延熙九年(246),蒋琬病死。死后即葬涪城西山,今墓高3米,周长25米,由长方形条石砌成,呈八角形状,系清道光二十九年(1849)重建。近年又重建蒋琬祠。祠内塑有神主立身铜像,祠门有

三国演义

联:小心自可襄诸葛;大度尤能恕二杨。现四川绵阳城市总体规划,已将其作为该处开辟的"三国蜀汉旅游城"部分建构。

⑦ **费祎之死**

此后《演义》不出现费祎。按费祎为蜀汉后期重臣,《华阳国志·刘后主志》称:"蜀人以诸葛亮、蒋(琬)、费(祎)及董(允)为四相,一号四英。"费祎后继蒋琬主管军国事,任大将军,录尚书事。蜀汉延熙十六年,在宴会上为魏降人郭修(郭循)刺死。费祎墓在今四川广元城南昭化古城西门外。墓碑镌:"蜀汉大将军录尚书事成乡敬侯费祎之墓",旁立"文武官员至此下马"石碑。清雍正十三年(1735),果亲王送六世达赖喇嘛返回路经此地拜谒,并赠"深谋卓识"匾。

⑧ **姜维前期出军不过万人**

按姜维在诸葛亮死后,"还成都,为右监军、辅汉将军,统诸军,进封平襄侯"(《三国志·蜀书·姜维传》)。即有四年时间在成都。蜀汉延熙元年(公元238年),蒋琬开府汉中,姜维始随至汉中(时吴懿已死,由王平守汉中),"以维为司马,数率偏军西入。"延熙九年,蒋琬、董允死。翌年,姜维始由镇西大将军迁卫将军,与大将军费祎共录尚书事,参加主持军国大事。姜维北伐,方向是陇西。"维自以练西方风俗,兼负其才武,欲诱诸羌、胡以为羽翼,谓自陇以西可断而有也。"(《三国志·蜀书·姜维传》)但主持军国大事的大将军费祎不同意,"每欲兴军大举,费祎常裁制不从,与其兵不过万人"(同上)。《汉晋春秋》称"费祎谓维曰:'吾等不如丞相亦已远矣;丞

时,不宜轻动。"维曰:"不然。人生如白驹过隙,似此迁延岁月,何日恢复中原乎?"祎又曰:"孙子云:'知彼知己,百战百胜。'我等皆不如丞相远甚;丞相尚不能恢复中原,何况我等⑦?"维曰:"吾久居陇上,深知羌人之心。今若结羌人为援,虽未能克复中原,自陇而西,可断而有也。"后主曰:"卿既欲伐魏,可尽忠竭力,勿堕锐气,以负朕命。"于是姜维领敕辞朝,同夏侯霸径到汉中,计议起兵⑧。维曰:"可先遣使去羌人处通盟,然后出西平,近雍州。先筑二城于麹山之下,令兵守之,以为掎角之势。我等尽发粮草于川口,依丞相旧制,次第进兵。"是年秋八月,先差蜀将句安、李歆同引一万五千兵,往麹山⑨前连筑二城:句安守东城,李歆守西城。早有细作报与雍州刺史郭淮。淮一面申报洛阳,一面遣副将陈泰引兵五万,来与蜀兵交战。句安、李歆各引一军出迎,因兵少不能抵敌,退入城中。泰令兵四面围住攻打,又以兵断其汉中粮道。句安、李歆城中粮缺。郭淮自引兵亦到,看了地势,忻然而喜,回到寨中,乃与陈泰计议曰:"此城山势高阜,必然水少,须出城取水。若断其上流,蜀兵皆渴死矣。"遂令军士掘土,堰断上流,城中果然无水。李歆引兵出城取水,雍州兵围困甚急。歆死战不能出,只得退入城去。句安城中亦无水,乃会了李歆,引兵出城,并在一处,大战良久,又败入城去。军士枯渴。安与歆曰:"姜都督之兵,至今未到,不知何故。"歆曰:"我当舍命,杀出求救。"遂引数十骑,开了城门,杀将出来。雍州兵四面围合,歆奋死冲突,方才得脱,只落得独自一人,身带重伤,余皆殁于乱军之中。是夜北风大起,阴云布合,天降大雪,因此城内蜀兵分粮化雪而食。

却说李歆撞出重围,从西山小路行了两日,正迎着姜维人马。歆下马伏地告曰:"麹山二城,皆被魏兵围困,绝了水道。幸得天降大雪,因此化雪度日,甚是危急。"维曰:"吾非来迟,为聚羌兵未到,因此误了。"遂令人送李歆入川养病。维问夏侯霸曰:"羌兵未到,魏兵围困麹山甚急,将军有何高见?"霸曰:"若等羌兵到麹山,二城皆陷矣。吾料雍州兵必尽来麹山攻打,雍州城定然空虚。将军可引兵径往牛头山,抄在雍州之后,郭淮、陈泰必回救雍州,则麹山之围自解矣。"维大喜曰:"此计最善!"于是姜维引兵望牛头山而去。

却说陈泰见李歆杀出城去了,乃谓郭淮曰:"李歆若告急于姜

维,姜维料吾大兵皆在麴山,必抄牛头山袭吾之后。将军可引一军去取洮水,断绝蜀兵粮道。吾分兵一半,径往牛头山击之。彼若知粮道已绝,必然自走矣。"郭淮从之,遂引一军暗取洮水。陈泰引一军径往牛头山来。

却说姜维兵至牛头山⑩,忽听的前军发喊,报说魏兵截住去路。维慌忙自到军前视之。陈泰大喝曰:"汝欲袭吾雍州,吾已等候多时了!"维大怒,挺枪纵马,直取陈泰。泰挥刀而迎。战不三合,泰败走,维挥兵掩杀。雍州兵退回,占住山头。维收兵就牛头山下寨。维每日令兵搦战,不分胜负。夏侯霸谓姜维曰:"此处不是久停之所。连日交战,不分胜负,乃诱兵之计耳,必有异谋。不如暂退,再作良图。"正言间,忽报郭淮引一军取洮水,断了粮道。维大惊,急令夏侯霸先退,维自断后。陈泰分兵五路赶来。维独拒五路总口,战住魏兵。泰勒兵上山,矢石如雨。维急退到洮水之时,郭淮引兵杀来。维引兵往来冲突。魏兵阻其去路,密如铁桶。维奋死杀出,折兵大半,飞奔上阳平关来。前面又一军杀到,为首一员大将,纵马横刀而出。那人生得圆面大耳,方口厚唇,左目下生个黑瘤,瘤上生数十根黑毛,乃司马懿长子骠骑将军司马师也⑪。维大怒曰:"孺子焉敢阻吾归路!"拍马挺枪,直来刺师。师挥刀相迎。只三合,杀败了司马师,维脱身径奔阳平关来。城上人开门,放入姜维。司马师也来抢关,两边伏弩齐发,一弩发十矢,乃武侯临终时所遗"连弩"之法也。正是:

　　　　难支此日三军败,独赖当年十矢传。

未知司马师性命如何,且看下文分解。

相犹不能定中夏,况吾等乎!'且不如保国治民,敬守社稷,如其功业,以俟能者,无以为希冀侥幸而决成败于一举。若不如志,悔之无及。"延熙十六年费祎死后,姜维始得率军数万,屡次北伐。

⑨ **麴山**
位于陇西郡与南安郡交界处(甘肃岷县、礼县间),山东有镇戍土城,名麴城。

⑩ **牛头山**
牛头山有二说。一系甘肃牛头山位在魏陇西郡临洮县(甘肃岷县城西南),与蜀汉交界;一系四川牛头山。四川牛头山海拔1214米,位于昭化古城西门外7.5公里,山腰有天雄关,为剑门至葭萌关必经处,山顶为姜维被困处,有水池,系姜维被困时得半池水;此水无论何时均为半池,有三奇:大雨不溢,大旱不涸,任凭万人饮用,水位不变。池水清浊视山下嘉陵江水清浊而定。1984年重修了姜维拜水池庙,每年农历十月一日此地都举办庙会。按,姜维北征,多出陇西,与邓艾交锋,无有在汉中南蜀汉腹地事,此当为民间传说,而源自《演义》。

⑪ **司马师未援雍州**
按魏嘉平元年(249),司马师正助父参与杀曹爽事,未离开洛阳。见《晋书·景帝纪》等。他从未随父伐蜀。

第一百八回　丁奉雪中奋短兵　孙峻席间施密计

却说姜维正走，遇着司马师引兵拦截。原来姜维取雍州之时，郭淮飞报入朝，魏主与司马懿商议停当，懿遣长子司马师引兵五万，前来雍州助战。师听知郭淮敌退蜀兵，师料蜀兵势弱，就来半路击之。直赶到阳平关，却被姜维用武侯所传连弩法，于两边暗伏连弩百余张，一弩发十矢，皆是药箭。两边弩箭齐发，前军连人带马射死不知其数。司马师于乱军之中逃命而回。

却说麴山城中，蜀将句安见援兵不至，乃开门降魏。姜维折兵数万，领败兵回汉中屯扎。司马师自还洛阳。至嘉平三年秋八月，司马懿染病渐渐沉重，乃唤二子①至榻前，嘱曰："吾事魏历年，官授太傅，人臣之位极矣。人皆疑吾有异志②，吾尝怀恐惧。吾死之后，汝二人善理国政。慎之！慎之！"言讫而亡。长子司马师、次子司马昭，二人申奏魏主曹芳。芳厚加祭葬，优锡赠谥；封师为大将军，总领尚书机密大事；昭为骠骑上将军。

却说吴主孙权，先有太子孙登，乃徐夫人所生，于吴赤乌四年身亡，遂立次子孙和为太子，乃琅琊王夫人所生。和因与全公主③不睦，被公主所谮，权废之，和忧恨而死④。又立三子孙亮为太子，乃潘夫人⑤所生。此时陆逊⑥、诸葛瑾⑦皆亡，一应大小事务皆归于诸葛恪。太和元年秋八月初一日，忽起大风，江海涌涛，平地水深八尺。吴主先陵所种松柏,尽皆拔起,直飞到建业城南门外,倒插于道上⑧。权因此受惊成病⑨。至次年四月内,病势沉重,乃召太傅诸葛恪、大司马吕岱至榻前,嘱以后事⑩。嘱讫而薨。在位二十四年,寿七十一岁,乃蜀汉延熙十五年也。后人诗曰:

> 紫髯碧眼号英雄,能使臣僚肯尽忠。
> 二十四年兴大业,龙盘虎踞在江东。

孙权既亡,诸葛恪立孙亮为帝,大赦天下,改元建兴元年;谥权曰大皇帝,葬于蒋陵⑪。早有细作探知其事,报入洛阳。司马师闻孙权已死,遂议起兵伐吴。尚书傅嘏曰:"吴有长江之险,先帝屡次征伐,皆不遂意。不如各守边疆,乃为上策。"师曰:"天道三十年一变,岂得常为鼎峙乎?吾欲伐吴。"昭曰:"今孙权新亡,孙亮幼懦,其隙正可乘也。"遂令征南大将军王昶引兵十万攻南郡,征东将军胡遵⑫引兵十万攻东兴⑬,镇南都督毌丘俭引兵十万攻武昌:三路进发。又遣弟司马昭为大都督,总领三路军马。是年冬十二月,司马昭兵至东吴边界,屯住人马,唤王昶、胡遵、毌丘俭到帐中计议曰:"东吴最紧要处,惟东兴郡也。今他筑起大堤,左右又筑两城,以防巢湖后面攻击,诸公须要仔细。"遂令王昶、毌丘俭各引一万兵,列在左右:"且勿进发。待取了东兴郡,那时一齐进兵。"昶、俭二人,受令而去。昭又令胡遵为先锋,总领三路兵前去:"先搭浮桥,取东兴大堤。若夺得左右二城,便是大功。"遵领兵来搭浮桥。

却说吴太傅诸葛恪听知魏兵三路而来,聚众商议。平北将军丁奉曰:"东兴乃东吴紧要处所,若有失,则南郡、武昌危矣。"恪曰:"此论正合吾意。公可就引三千水兵从江中去,吾随后令吕据、唐咨、留赞⑭各引一万马步兵,分三路来接应。但听连珠炮响,一齐进兵。吾自引大兵后至。"丁奉得令,即引三千水兵,分作三十只船,望东兴而来。

却说胡遵渡过浮桥,屯军于堤上,差桓嘉、韩综⑮攻打

第一百八回　丁奉雪中奋短兵　孙峻席间施密计　651

④ 孙权多子多纠纷

孙权多妻有七个儿子。他在长子孙登、次子孙虑死后,立三子孙和为太子,四子孙霸为鲁王。两人一样政治待遇,"犹同宫室,礼秩未分。"孙权干脆命他们各立门户,由此大臣也形成了两派:宗太子的有丞相陆逊、大将军诸葛恪等;宗鲁王的有丞相步骘、镇南将军吕岱和大司马全琮一家子等。孙权很担心自己会重蹈袁绍旧路,后来他断然废去孙和,赐死孙霸,而立了第七子,年仅十岁的孙亮为太子。清何焯说,"三国之君,皆不知正家,纳再嫁之女,而卒使聘嫡下之,此(孙)权晚年所以继嗣不定也"。当是。

⑤ 宫女群杀潘皇后

潘夫人是孙权晚年最宠爱的一个夫人。吴赤乌十三年(250)其子孙亮立为太子,母以子贵,明年,被立为皇后,据《三国志·吴书·潘夫人传》说,"(孙)权不豫,夫人使问中书令孙弘吕后专制故事"。她的被杀,据史书说是"诸宫人伺其昏卧,共缢杀之,托言中恶。后事泄,坐死者六、七人"。但也有推测是大臣诸葛恪等惧怕她垂帘主政,指使他人杀害的,即胡三省推测:"此吴用事之臣所为也。"更有认为乃是出自孙权的意向,学汉武帝立幼先杀其母的故事。

⑥ 陆逊乃气愤死

据《三国志·陆逊传》,陆逊因维护孙和太子位,受到孙权谴责。他曾多次从武昌(湖北鄂城)上书,"欲口论适庶之分,以匡得失,既不听许","权累遣中使责让逊,逊愤恚致卒,时年六十三,家无余财"。陆逊墓有多说。一说在今上海松江区九峰,据《娄县志》,"三国吴丞相江陵昭侯陆逊墓,府志云在城西北三十里",另有陆抗墓在城北二十二里,陆瑁墓在娄县西北二十二里,长水校尉陆叡墓在城西北十九里;一说在今江苏苏州,据《苏州府志》,陆逊子弟后多聚居苏州,陆墓镇即是因陆逊葬地而出名。又《府志》卷四十九:"丞相陆逊墓在东山白沙坞,郁林太守陆绩墓在阊门外,陆绩子陆宏颍州太守墓在平门西北三里。"

近年也有说陆逊墓在浙江富阳环山乡陆墓村，距王洲五公里。但《三国闲话》称江苏"常熟陆家桥农民钱家屋后竹园忽陷及丈，得穴，见石椁二，并见短碣'吴大将军陆逊之墓'。"也有作在上海浦东小湾站。均误。

⑦ 诸葛瑾墓

诸葛瑾之葬处不见于史传。仅见于清人方志。清光绪《丹阳县志》："吴大将军左都护诸葛瑾墓在怀北乡。"20世纪90年代推出的《常州概览》称：诸葛瑾之墓在市郊北港乡连江桥下塘，墓为一土墩，高4.5米，面积6亩。墓前左右原分两墩，一为印墩，一为剑墩。清道光年间挖得篆文"诸葛子瑜之墓'小玉碑'"。出土有汉代玉锁、玉猪及铜镜、陶瓷、器皿等。清同治江苏《奉贤县志》说"吴大将军宛陵侯诸葛瑾墓，在泰石桥，雍正九年得残石，为之立碑。"郑逸梅《三国闲话》也作"诸葛瑾墓，在奉贤盐溪，立一石碣'诸葛瑾之墓'，为明天启时乡人耕田得穴发现之。"但据光绪《华亭县志》："诸葛瑾墓在东门外。相传有王坟，莫知所自明季有猎徒纵犬逐兔，见旁有孔穴，乘夜潜入，内有石床、石几，直列短碑之诸葛瑾墓。"按，该地区在公元3世纪尚未成陆。由此20世纪70年代考古学者发掘，始知乃一朱姓墓葬，为避免盗墓者而讹称也。

⑧ 孙权死事出典

干宝《搜神记·孙权死徵》："吴孙权太元元年八月朔，大风。江海涌溢，平地水深八尺。拔高陵树二千株，石碑差动，吴城两门飞落。明年，权死。"(卷六)高陵，孙坚墓。

⑨ 孙权晚年昏聩

孙权晚年追求长生术，迷信神仙，心理扭曲，性情乖张。"权时信纳潜诉，虽陆逊勋重，子和储贰，犹不得其终，与汉安帝听谗免杨震，废太子，同事也。且赤乌中无年不用兵，百姓愁怨。"(《晋书·五行志上》)"是时，权意德衰，信谗好杀，二子将ນ，将相俱殆，睹妖不悟，加之以燎，昧道之甚者也。"

⑩ 孙权托孤

据《三国志·吴书·诸葛恪传》，孙权病重时，乃徵诸葛恪、孙弘及太常滕胤、将军吕据、

二城。左城中乃吴将全端守把，右城中乃吴将留略守把。此二城高峻坚固，急切攻打不下。全、留二人见魏兵势大，不敢出战，死守城池。胡遵在徐塘下寨。时值严寒，天降大雪，胡遵与众将设席高会。忽报水上有三十只战船来到。遵出寨视之，见船将次傍岸，每船上约有百人。遂还帐中，谓诸将曰："不过三千人耳，何足惧哉！"只令部将哨探，仍前饮酒。丁奉将船一字儿抛在水上，乃谓部将曰："大丈夫立功名，取富贵，正在今日！"遂命众军脱去衣甲，卸了头盔，不用长枪大戟，止带短刀。魏兵见之大笑，更不准备。忽然连珠炮响了三声，丁奉扯刀当先，一跃上岸。众军皆拔短刀，随奉上岸，砍入魏寨，魏兵措手不及。韩综急拔帐前大戟迎之，早被丁奉抢入怀内，手起刀落，砍翻在地。桓嘉从左边转出，忙绰枪刺丁奉，被奉挟住枪杆。嘉弃枪而走，奉一刀飞去，正中左臂，嘉望后便倒。奉赶上，就以枪刺之。三千吴兵，在魏寨中左冲右突。胡遵急上马夺路而走。魏兵齐奔上浮桥，浮桥已断，大半落水而死；杀倒在雪地者，不知其数。车仗马匹军器，皆被吴兵所获。司马昭、王昶、毌丘俭听知东兴兵败，亦勒兵而退。

却说诸葛恪引兵至东兴，收兵赏劳了毕，乃聚诸将曰："司马昭兵败北归，正好乘势进取中原。"遂一面遣人赍书入蜀，求姜维进兵攻其北，许以平分天下。一面起大兵二十万，来伐中原。临行时，忽见一道白气从地而起，遮断三军，对面不见。蒋延曰："此气乃白虹也，主丧兵之兆。太傅只可回朝，不可伐魏。"恪大怒曰："汝安敢出不利之言，以慢吾军心！"叱武士斩之。众皆告免，恪乃贬蒋延为庶人。仍催兵前进。丁奉曰："魏以新城为总隘口，若先取得此城，司马师破胆矣。"恪大喜，即趱兵直至新城⑯。守城牙门将军张特，见吴兵大至，闭门坚守。恪令兵四面围定。早有流星马报入洛阳。主簿虞松告司马师曰："今诸葛恪困新城，且未可与战。吴兵远来，人多粮少，粮尽自走矣。待其将走，然后击之，必得全胜。但恐蜀兵犯境，不可不

防。"师然其言,遂令司马昭引一军助郭淮,防姜维。毌丘俭、胡遵拒住吴兵。

却说诸葛恪连月攻打新城不下,下令众将:"并力攻城,怠慢者立斩!"于是诸将奋力攻打,城东北角将陷。张特在城中定下一计,乃令一舌辩之士,赍捧册籍,赴吴寨见诸葛恪,告曰:"魏国之法,若敌人困城,守城将坚守一百日而无救兵至,然后出城降敌者,家族不坐罪⑰。今将军围城已九十余日,望乞再容数日,某主将尽率军民出城投降。今先具册籍呈上。"恪深信之,收了军马,遂不打城。原来张特用缓兵之计,哄退吴兵,遂拆城中房屋,于破城处修补完备⑱,乃登城大骂曰:"吾城中尚有半年之粮,岂肯降吴狗耶!尽战无妨!"恪大怒,催兵打城,城上乱箭射下。恪额上正中一箭,翻身落马。诸将救起还寨,金疮举发。众军皆无战心。又因天气亢炎,军士多病。恪金疮稍可,欲催兵攻城。营吏告曰:"人人皆病,安能战乎?"恪大怒曰:"再说病者斩之!"众军闻知,逃者无数。忽报都督蔡林引本部军投魏去了。恪大惊,自乘马遍视各营,果见军士面色黄肿,各带病容。遂勒兵还吴。早有细作报知毌丘俭。俭尽起大兵,随后掩杀。吴兵大败而归。恪甚羞惭,托病不朝。吴主孙亮自幸其宅问安;文武官僚,皆来拜见。恪恐人谈论,先搜求众官将过失,轻则发遣边方,重则斩首示众。于是内外官僚,无不悚惧。又令心腹将张约、朱恩管御林军,以为牙爪。

却说孙峻字子远,乃孙坚弟孙静曾孙,孙恭之子也。孙权存日,甚爱之,命掌御林军马。今闻诸葛恪令张约、朱恩二人掌御林军,夺其权,心中大怒。太常卿滕胤,素与诸葛恪有隙,乃乘间说峻曰:"诸葛恪专权恣虐,杀害公卿,将有不臣之心。公系宗室,何不早图之?"峻曰:"我有是心久矣。今当即奏天子,请旨诛之。"于是孙峻、滕胤入见吴主孙亮,密奏其事。亮曰:"朕见此人,亦甚恐怖,常欲除之,未得其便。今卿等果有忠义,可密图之。"胤曰:"陛下可设

侍中孙峻,托以后事。时吕岱镇守武昌,屯蒲圻。裴松之所引谢承《吴书》:"权寝疾,议所付托。时朝臣咸皆注意于恪,而孙峻表恪器任辅政,可付大事。权嫌恪刚很自用,峻以当今朝臣皆莫及,遂固保之,乃徵恪。"是诸葛恪辅政为孙峻推荐。又吕岱在孙权死时,已是九十二岁。吕岱并未受诏辅政,他长期任交州牧,派使者向南方各国宣扬国威,"扶南、林邑、堂明(柬埔寨)诸王,各遣使奉贡"。吴太平元年(256),九十六岁的吕岱死于武昌大司马任上。

⑪ 孙权墓
孙权墓在南京钟山南麓梅花山上。现仅存小型墓冢,坐落于梅林之间,墓前塑有今人所立孙权塑像一尊,像基座上书有"东吴大帝孙权"六字,旁廊设有孙权事迹展。明洪武九年(1376),朱元璋在钟山营建孝陵时,下令将陵区圈里的寺庙、墓葬迁走。孙权墓也在迁走之列。朱元璋说:"孙权也算是一条好汉,就留他给我守门吧!"所以,后来明孝陵神道在此拐弯,而墓冢得到保留。1993年在孙权墓地东庑建造了孙权故事园,园中心立有孙权石像,高5.1米,石像西南侧有一座扇形孙权故事画廊,嵌有十二幅孙权故事浮雕石刻。

⑫ 胡遵其人
胡遵,安定临泾(甘肃镇原)人。胡氏自东汉以来世代将门,乃职业军人世家。胡遵后为车骑将军,有六子皆为军人。其中二子胡奋为平南将军,乃伐吴大军之一路人马;六子胡烈,随钟会伐蜀汉。

⑬ 东兴为吴魏必争之地
东兴,即东关(安徽巢县东四十里),"东关一号东兴,今其地高峻险狭,实守扼之所,故天下有事,是必争之地"(道光《巢县志·舆地》),与其相对就是西关,"濡须山谓之东关,七宝山谓之西关"(《方舆胜览》)。宋张浚有称,"巢河之水上通焦(巢)湖,濡须正扼其中,东西两关又从而辅翼之,魂舟难通,故虽有十万之师,未能窥大江"。所以张孝祥有诗:"二关形胜千里状。"此地得失,最为重大,故吴魏成败全在于东兴得失也。

⑭ **留赞与留略为父子**

留赞为会稽长山(浙江金华)豪族,因东兴功,拜左将军。五凤二年(255)从孙峻攻淮南,途中发病,奉命督轴重先撤退,为追军赶上杀害,时年七十三岁。子留略亦为吴将,家族为吴国后期支柱者。

⑮ **韩综、桓嘉非无名下将**

韩综原系东吴名将韩当之子。吴黄武二年(223),韩当死,袭石城侯,领兵;是年,守武昌,因淫乱不轨,怀惧受责,"载父丧,将母家属部曲男女数千人奔魏"。魏以为将军,封广阳侯。数犯边境,杀害人民,权常切齿"(《三国志·吴书·韩当传》)。桓嘉系魏大臣桓阶子,袭安乐乡侯,尚公主,以乐安太守率军战死于东关。

⑯ **满宠筑新城**

合肥为魏濒临东吴重镇,更为东吴必争之地。青龙元年(233),魏征东将军满宠上疏:"合肥城南临江湖,北远寿春,贼攻围之,得据水为势官兵救之。当先破贼大辈,然后围乃得解。贼往甚勤,而兵往救之甚难,于计为便。"(《三国志·魏书·满宠传》)。于是在合肥西北筑有新城,且为扬州淮南郡治所,孙权两次前来犯拒,"欲围新城,以其远水,积二十日不敢下船"。旋上岸耀兵,即为满宠所破,是以诸葛恪要自东兴北上,必先据新城也。

⑰ **守百日后降不诛家属说**

吴交州太守陶璜围攻交趾,"初,霍弋之遣稷、炅等与之誓曰:'若贼围城未百日而降者,家属诛;若过百日,救兵不至,吾受其罪。'稷等守未百日,粮尽乞降。璜不许。给其粮使守。诸将并谏。璜曰:'霍弋已死,不能救稷等必矣。可须其日满,然后受之。使彼得无罪,我受有义,内训百姓,外怀邻国,不亦可乎!稷等期讫粮尽,救兵不至,乃纳之。"是以守百日后降不诛家属,为时尚之约定俗成。

⑱ **张特伪降借鉴李光弼故事**

诸葛恪久围新城不下,但无有伪降情事。此处伪降或借用《旧唐书》卷一一○《李光弼传》,时李光弼与叛将史思明相持于河阳三城,"初,光弼谓李抱玉曰:'将军能为我守南城二日乎?'抱玉曰:'过期若何?'光弼曰:

席召恪,暗伏武士于壁衣中,掷杯为号,就席间杀之,以绝后患。"亮从之。

却说诸葛恪自兵败回朝,托病居家,心神恍惚。一日偶出中堂,忽见一人穿麻挂孝而入。恪叱问之,其人大惊无措。恪令拿下拷问,其人告曰:"某因新丧父亲,入城请僧追荐。初见是寺院而入,却不想是太傅之府,却怎生来到此处也?"恪怒,召守门军士问之。军士告曰:"某等数十人皆荷戈把门,未尝暂离,并不见一人入来。"恪大怒,尽数斩之。是夜恪睡卧不安,忽听得正堂中声响如霹雳。恪自出视之,见中梁折为两段。恪惊归寝室,忽然一阵阴风起处,见所杀披麻人与守门军士数十人,各提头索命。恪惊倒在地,良久方苏。次早洗面,闻水甚血臭。恪叱侍婢,连换数十盆,皆臭无异。恪正惊疑间,忽报天子有使至,宣太傅赴宴。恪令安排车仗。方欲出府,有黄犬衔住衣服,嘤嘤作声,如哭之状。恪怒曰:"犬戏我也!"叱左右逐去之,遂乘车出府。行不数步,见车前一道白虹,自地而起,如白练冲天而去。恪甚惊怪。心腹将张约进车前密告曰:"今日宫中设宴,未知好歹,主公不可轻入。"恪听罢,便令回车。

行不到十余步,孙峻、滕胤乘马至车前曰:"太傅何故便回?"恪曰:"吾忽然腹痛,不可见天子。"胤曰:"朝廷为太傅军回,不曾面叙,故特设宴相召,兼议大事。太傅虽感贵恙,还当勉强一行。"恪从其言,遂同孙峻、滕胤入宫⑲。张约亦随入。恪见吴主孙亮,施礼毕,就席而坐。亮命进酒,恪心疑,辞曰:"病躯不胜杯酌。"孙峻曰:"太傅府中常服药酒,可取饮乎?"恪曰:"可也。"遂令从人回府取自制药酒到,恪方才放心饮之。酒至数巡,吴主孙亮托事先起。⑳孙峻下殿,脱了长服,着短衣,内披环甲,手提利刃,上殿大呼曰:"天子有诏,诛逆贼!"诸葛恪大惊,掷杯于地,欲拔剑迎之,头已落地㉑。张约见峻斩恪,挥刀来迎。峻急闪过,刀尖伤其左指。峻转身一刀,砍中张约右臂。武士一齐拥出,砍倒张约,剁为肉泥。孙峻一面令武士收恪家眷,一面令人将张约并诸葛恪尸首,用芦席包裹,以小车载出,弃于城南门外石子岗㉒乱冢坑内。

却说诸葛恪之妻正在房中,心神恍惚,动止不宁。忽一婢女入房,恪妻问曰:"汝遍身如何血臭?"其婢忽然反目切齿,飞身跳跃,头撞屋梁,口中大叫:"吾乃诸葛恪也,被奸贼孙峻谋杀!"恪合家老幼,惊惶号哭。不一时,军马至,围住府第,将恪全家老幼,俱缚至市曹斩首。时吴建兴二年冬十月也。昔诸葛瑾存日,见恪聪明尽显于外,叹曰:"此子非保家之主也。"又魏光禄大夫张缉曾对司马师曰:"诸葛恪不久死矣。"师问其故,缉曰:"威震其主,何能久乎?"至此果中其言。却说孙峻杀了诸葛恪,吴主孙亮封峻为丞相、大将军、富春侯,总督中外诸军事。自此权柄尽归孙峻矣。

且说姜维在成都,接得诸葛恪书,欲求相助伐魏,遂入朝奏准后主,复起大兵北伐中原。正是:

一度兴师未奏绩,两番讨贼欲成功。

未知胜负如何,且看下文分解。

'过期而救不至,任弃也。'抱玉禀命勒兵守,南城将陷,抱玉绐贼曰:'吾粮尽,明日当降。'贼众大喜,敛甲以俟之。抱玉复修缮完设备。明日坚壁请战,贼怒见欺,急攻之,抱玉出奇兵,表里夹击,杀伤甚众。"

⑲ 滕胤未参与杀诸葛恪
滕胤为孙权婿,与诸葛恪俱受遗诏辅政。滕与诸葛为儿女亲家,未参与杀诸葛事,据《三国志·吴书·诸葛恪传》,诸葛恪参加孙峻谋害宴会,"未进路门,逢太常滕胤,恪曰:卒腹痛,不任入。胤不知峻阴计,谓恪曰:君自行旋未见,今上置酒请君,君已至门,宜当力进。恪踌躇而还。"《吴历》亦称,"张约、朱恩密疏告恪,恪以示滕胤,胤劝恪还,恪曰:'峻小子何能为邪!但恐饮食中人邪!'乃以药酒入。"

⑳ 孙亮似未参与诛诸葛恪
此处所记,据《三国志·吴书·诸葛恪传》,"孙峻因民之多怨,众之所嫌,构恪欲为变,与亮谋,置酒请恪。"但据《吴录》:"峻提刀称诏收恪,亮起立曰:'非我所为!非我所为!'乳母引亮还内。"

㉑ 诸葛恪实死于孙权家争
诸葛恪被杀因,导火线是讨伐魏国,在新城失利,"盛夏出军,士卒伤损,无尺寸之功",引起朝内外不满。其实主因仍是起于孙权家庭纠纷的延续。据史传称,诸葛恪是废太子孙和妃张氏的舅舅。孙权病死,十岁的小儿子孙亮即位,在长沙的张妃遣使者到建业"致问"舅舅,诸葛恪要他传言,"为我达妃,期当使胜他人"(《三国志·吴书·吴主五子传》)。这话就被泄露出去;加之诸葛恪派人修缮武昌宫,民间传说他要迎立孙和为帝了,由此引起原来与孙和作对的全公主(孙权女)和孙峻的恐惧,他们就把诸葛恪杀死了。

㉒ 石子岗
即雨花台。胡三省曰:今高座寺后即石子岗,寺在建康城南门外,《寰宇记》岗在江宁县南十五里,周二十里,府志今城南高座寺后即石子岗之地。

第一百九回　困司马汉将奇谋　废曹芳魏家果报

蜀汉延熙十六年秋，将军姜维起兵二十万[①]，令廖化、张翼为左右先锋，夏侯霸为参谋，张嶷为运粮使，大兵出阳平关伐魏。维与夏侯霸商议曰："向取雍州，不克而还，今若再出，必又有准备。公有何高见？"霸曰："陇上诸郡，只有南安钱粮最广。若先取之，足可为本。向者不克而还，盖因羌兵不至。今可先遣人会羌人于陇右，然后进兵出石营，从董亭直取南安。"维大喜曰："公言甚妙。"遂遣郤正为使，赍金珠蜀锦，入羌结好羌王。羌王迷当得了礼物，便起兵五万，令羌将俄何烧戈为大先锋，引兵南安来。魏左将军郭淮闻报，飞奏洛阳。司马师问诸将曰："谁敢去敌蜀兵？"辅国将军徐质曰[②]："某愿往。"师素知徐质英勇过人，心中大喜，即令徐质为先锋，令司马昭为大都督，领兵往陇西进发。军至董亭，正遇姜维，两军列成阵势。徐质使开山大斧，出马挑战。蜀阵中廖化出迎，战不数合，化拖刀败回。张翼纵马挺枪而迎，战不数合，又败入阵。徐质驱兵掩杀，蜀兵大败，退三十余里。司马昭亦收兵回，各自下寨。

姜维与夏侯霸商议曰："徐质勇甚，当以何策擒之？"霸曰："来日诈败，以埋伏之计胜之。"维曰："司马昭乃仲达之子，岂不知兵法？若见地势掩映，必不肯追。吾见魏兵累次断吾粮道，今却用此计诱之，可斩徐质矣。"遂唤廖化分付如此如此，又唤张翼分付如此如此。二人领兵去了。一面令军士于路撒下铁蒺藜，寨外多排鹿角，示以久计。

徐质连日引兵搦战，蜀兵不出。哨马报司马昭说："蜀兵在铁笼山后，用木牛流马搬运粮草，以为久计，只待羌兵策应。"昭唤徐质曰："昔日所以胜蜀者，因断彼粮道也。今蜀兵在铁笼山后运

① 姜维起兵数万人

姜维在费祎主政期间，每次伐魏兵卒仅围于万人，本年春，费祎被刺后，人员有所增加，但蜀汉小国，兵员有限。此次出兵，据《蜀书·姜维传》："夏，维率数万人出石营(甘肃西和城西北)，经董亭(在石营北)，围南安。"岂有二十万之众，后因粮尽退兵。明年，出陇西，斩徐质。《演义》为张声势，往往夸张人数。

② 徐质其人

三国魏有两徐质，一见《文帝纪》：黄初五年(225)，利城郡杀太守徐质。但《晋书》卷二十七《五行上》，作黄初六年，"是年六月，利成郡兵蔡方等杀太守徐质，据郡反"。一见《陈泰传》，有讨蜀护军徐质。是为徐质名字借用。

粮，汝今夜引兵五千断其粮道，蜀兵自退矣。"徐质领令，初更时分，引兵望铁笼山来，果见蜀兵二百余人，驱百余头木牛流马，装载粮草而行。魏兵一声喊起，徐质当先拦住。蜀兵尽弃粮草而走。质分兵一半，押送粮草回寨，自引兵一半追来。追不到十里，前面车仗横截去路。质令军士下马拆开车仗，只见两边忽然火起。质急勒马回走，后面山僻窄狭处，亦有车仗截路，火光迸起。质等冒烟突火，纵马而出。一声炮响，两路军杀来，左有廖化，右有张翼，大杀一阵，魏兵大败。徐质奋死只身而走，人困马乏。正奔走间，前面一枝兵杀到，乃姜维也。质大惊无措，被维一枪刺倒坐下马。徐质跌下马来，被众军乱刀砍死。质所分一半押粮兵，亦被夏侯霸所擒，尽降其众。

霸将魏兵衣甲马匹，令蜀兵穿了，就令骑坐，打着魏军旗号；从小路径奔回魏寨来。魏军见本部兵回，开门放入，蜀兵就寨中杀起。③司马昭大惊，慌忙上马走时，前面廖化杀来。昭不能前进，急退时，姜维引兵从小路杀到。昭四下无路，只得勒兵上铁笼山据守④。原来此山只有一条路，四下皆险峻难上，其上惟有一泉，止够百人之饮。此时昭手下有六千人，被姜维绝其路口，山上泉水不敷，人马枯渴。昭仰天长叹曰："吾死于此地矣！"后人有诗曰：

　　妙算姜维不等闲，魏师受困铁笼间。

　　庞涓始入马陵道，项羽初围九里山。

主簿王韬曰："昔日耿恭受困，拜井而得甘泉。将军何不效之？"昭从其言，遂上山顶泉边再拜而祝曰："昭奉诏来退蜀兵，若昭合死，令甘泉枯竭，昭自当刎颈，教部军尽降。如寿禄未终，愿苍天早赐甘泉，以活众命。"祝毕，泉水涌出，取之不竭，因此人马不死⑤。却说姜维在山下困住魏兵，谓众将曰："昔日丞相在上方谷不曾捉住司马懿，吾深为恨。今司马昭必被吾擒矣。"

却说郭淮听知司马昭困于铁笼山上，欲提兵来。陈泰曰："姜维会合羌兵，欲先取南安。今羌兵已到，将军若撤兵去救，羌兵必乘虚袭我后也。可先令人诈降羌人，于中取事。若退了此兵，方可救铁笼之围。"郭淮从之，遂令陈泰引五千兵，径到羌王

③ **司马昭弃寨逃跑故事移植**

此则文字不见于史传，或参自《晋书·杜预传》，杜预部牙门将周旨、伍巢夜渡："伏兵乐乡城外，(孙)歆遣军出拒王濬，大败而还。旨等发伏兵随歆军而入，歆不觉。直至帐下，虏歆而还。"本回另则魏军混入美人故事，亦类同。按此两则，似均由周旨故事而来，可参见第一百二十回⑮《孙歆被俘》。

④ **不见于史的《铁笼山》**

铁笼山在今甘肃礼县城南。按司马昭在诸葛亮生前，似未到过汉中前线，更未上铁笼山。他所直接参与伐蜀战争有三次：(一)魏正始五年(244)，随曹爽出征，以征蜀将军为夏侯玄副手，出骆谷，至兴势，此次战役，不见于《演义》；(二)魏嘉平元年(249)，以安西将军持节屯关中，为诸葛节度，郭淮攻句安于麹，"帝(司马昭)乃进据长城，南趣骆谷，以疑之，(姜)维惧退保南郑"(《晋书·文帝纪》)；(三)魏嘉平五年，姜维攻陇右，"扬声欲攻狄道。以帝(司马昭)行征西将军次长安"(同上)。第一次对手是王平；后两次对手虽是姜维，但都未接触，更不用说交锋了。今京剧有《铁笼山》演姜维困司马师(司马昭)故事。

⑤ **司马昭拜泉参照耿恭故事**

司马昭故事本莫须有，此亦为小说家编造，据耿恭事换人而已。《后汉书·耿恭传》：戊己校尉耿恭"以疏勒城傍有涧水可固，五月，乃引兵据之。七月，匈奴复来攻恭，恭募先登数千人直驰之。胡骑散走，匈奴遂于城下拥绝涧水。恭于城中穿井十五丈不得水，吏士渴乏，笮马粪汁而饮之。恭仰叹曰：'闻昔贰师将军拔佩刀刺山，飞泉涌出；今汉德神明，岂有穷哉。'乃整衣服向井再拜，为吏士祷。有顷，

水泉奔出，众皆称万岁。乃令吏士扬水以示虏，虏出不意，以为神明。遂引去。"

⑥ 郭淮讨伐饿何、烧戈故事

蜀汉十年(247)，姜维出陇西，拟攻为翅魏讨护军夏侯霸部，与陇西、南安、金城、西平诸羌呼应。据《三国志·魏书·郭淮传》："淮策维必攻霸，遂入沨中，转南迎霸。维果攻为翅，会淮适至，维遁退。进讨叛羌，斩饿何、烧戈，降服者万余落。"饿何，《演义》作"俄何"，且将"饿何烧戈"作一人；又迷当，同传亦有正始元年(240)郭淮讨羌迷当等。均有其人，但故事虚构。

⑦ 姜维射死郭淮乃参照斛律光故事

《演义》作姜维射死郭淮，其故事情节似移植自《北史·斛律光传》：北周大将王雄追斛律光，"光左右皆散，唯余一奴一矢。雄按稍不及光者丈余，谓光曰：'不杀尔，当生擒以见天子。'光射中雄额，雄退走，至营而卒。"《周书·王雄传》同。

⑧ 郭淮乃病死

郭淮长期镇守关中和陇西与蜀汉相持。魏嘉平二年(250)诏书称他，"在关右三十余年，外征寇虏，内绥民夷"(《三国志·魏书·郭淮传》)。这是指郭淮早在汉建安二十年(215)随曹操远征汉中后，又留下担任征西将军夏侯渊的司马始，已有三十多年了。魏正元二年(255)，郭淮病死。

⑨ 司马师带剑上殿

魏国赐重臣带剑上殿，此处特别提及司马师，其实此亦是合符规则，如曹叡以曹真为大司马，"赐剑履上殿，入朝不趋"(《魏书·曹真传》)。曹芳以司马懿为太傅，"入殿不趋，赞拜不名，剑履上殿，如汉萧何故事"(《晋书·宣帝纪》)。司

寨内，解甲而入，泣拜曰："郭淮妄自尊大，常有杀泰之心，故来投降。郭淮军中虚实，某俱知之。只今夜愿引一军前去劫寨，便可成功。兵到魏寨，自有内应。"迷当大喜，遂令俄何烧戈同陈泰来劫魏寨。俄何烧戈教泰降兵在后，令泰引羌兵为前部。

是夜二更，竟到魏寨，寨门大开。陈泰一骑马先入。俄何烧戈骤马挺枪入寨之时，只叫得一声苦，连人带马跌在陷坑里。陈泰从后面杀来，郭淮从左边杀来，羌兵大乱，自相践踏，死者无数，生者尽降。俄何烧戈自刎而死⑥。郭淮、陈泰引兵直杀到羌人寨中，迷当大王急出帐上马时，被魏兵生擒活捉，来见郭淮。淮慌下马，亲去其缚，用好言抚慰曰："朝廷素以公为忠义，今何故助蜀人也？"迷当惭愧伏罪。淮乃说迷当曰："公今为前部，去解铁笼山之围，退了蜀兵，吾奏准天子，自有厚赐。"迷当从之，遂引羌兵在前，魏兵在后，径奔铁笼山。时值三更，先令人报知姜维。维大喜，教请入相见。魏兵多半杂在羌人部内，行到蜀寨前，维令大兵在寨外屯扎。迷当引百余人到中军帐前，姜维、夏侯霸二人出迎。魏将不等迷当开言，就从背后杀将起来。维大惊，急上马而走。羌、魏之兵一齐杀入，蜀兵四分五落，各自逃生。维手无器械，腰间止有副弓箭，走得慌忙，箭皆落了，只有空壶。维望山中而走，背后郭淮引兵赶来。见维手无寸铁，乃骤马挺枪追之。看看至近，维虚曳弓弦，连响十余次。淮连躲数番，不见箭到，知维无箭，乃挂住钢枪，拈弓搭箭射之。维急闪过，顺手接了，就扣在弓弦上，待淮追近，望面门上尽力射去。淮应弦落马⑦。维勒回马来杀郭淮，魏军骤至。维下手不及，只掣得淮枪而去。魏兵不敢追赶，急救淮归寨。拔出箭头，血流不止而死⑧。司马昭下山引兵追赶，半途而回。夏侯霸随后逃至，与姜维一齐奔走。维折了许多人马，一路收扎不住，自回汉中。虽然兵败，却射死郭淮，杀死徐质，挫动魏国之威，将功补罪。

却说司马昭犒劳羌兵，发遣回国去讫，班师还洛阳。与兄司马师专制朝权，群臣莫敢不服。魏主曹芳每次见师入朝，战栗不已，如针刺背。一日，芳设朝，见师带剑上殿⑨，慌忙下榻迎之。师笑曰："岂有君迎臣之礼也？请陛下稳便。"须臾，群臣奏事，司马

师俱自剖断，并不启奏魏主。少时朝退，师昂然下殿，乘车出内，前遮后拥，不下数千人马。芳退入后殿，顾左右止有三人：乃太常夏侯玄，中书令李丰，光禄大夫张缉。缉乃张皇后之父，曹芳之皇丈也。芳叱退近侍，同三人至密室商议。芳执张缉之手而哭曰："司马师视朕如小儿，觑百官如草芥，社稷早晚必归此人矣。"言讫大哭。李丰奏曰："陛下勿忧。臣虽不才，愿以陛下之明诏，聚四方之英杰，以剿此贼。"夏侯玄奏曰："臣叔夏侯霸降蜀，因惧司马兄弟谋害故耳。今若剿除此贼，臣叔必回也。臣乃国家旧戚，安敢坐视奸贼乱国，愿同奉诏讨之。"芳曰："但恐不能耳。"三人哭奏曰："臣等誓当同心灭贼，以报陛下。"芳脱下龙凤汗衫，咬破指尖，写了血诏，授与张缉，乃嘱曰："朕祖武皇帝诛董承，盖为机事不密也。卿等须谨细，勿泄于外。"丰曰："陛下何出此不利之言？臣等非董承之辈，司马师安比武祖也？陛下勿疑。"

三人辞出，至东华门左侧，正见司马师带剑而来，从者数百人皆持兵器。三人立于道旁。师问曰："汝三人退朝何迟？"李丰曰："圣上在内庭观书，我三人侍读故耳。"师曰："所看何书？"丰曰："乃夏、商、周三代之书也。"师曰："上见此书，问何故事？"丰曰："天子所问伊尹扶商、周公摄政之事。我等皆奏曰：'今司马大将军即伊尹、周公也。'"师冷笑曰："汝等岂将吾比伊尹、周公？其心实指吾为王莽、董卓！"三人皆曰："我等皆将军门下之人，安敢如此？"师大怒曰："汝等乃口谀之人！适间与天子在密室中所哭何事？"三人曰："实无此状。"师叱曰："汝三人泪眼尚红，如何抵赖？"夏侯玄知事已泄，乃厉声大骂曰："吾等所哭者，为汝威震其主，将谋篡逆耳！"师大怒，叱武士捉夏侯玄。玄揎拳裸袖，径击司马师，却被武士擒住。师令将各人搜检，于张缉身畔搜出一龙凤汗衫，上有血字。左右呈与司马师。师视之，乃密诏也。诏曰：

> 司马师弟兄共持大权，将图篡逆。所行诏制，皆非朕意。各部官兵将士，可同仗忠义，讨灭贼臣，匡扶社稷。功成之日，重加爵赏。

司马师看毕，勃然大怒曰："原来汝等正欲谋害吾兄弟，情理难

马师主政，亦当视作如是观。曹芳于此故意做作。但曹芳为帝时，似未与司马师如此待遇，至曹髦为帝，即此特别政治规格。

⑩ 夏侯玄系被冤杀

夏侯玄系夏侯尚子，与曹爽为姑表兄弟，曹爽被杀，夏侯玄由西线征还，由征西将军改为大鸿胪、太常。但未参与李丰、张缉的杀司马师密谋。李丰等密谋后，"以谋报玄，玄曰：'宜评之耳，而不以告也'"（《世语》）。事发，也遭株连而夷三族。夏侯玄确不参与李丰等密谋。《裴子语林》称："夏侯太初从魏帝拜陵，陪列松柏下。时暴雨霹雳，正中所立之树，冠冕焦坏。左右睹之皆伏，太初颜色不改。景王欲诛夏侯玄，意未决间，问安平王孚（司马懿弟司马孚）云：'己才足以制之下？'孚云：'昔赵俨葬儿，汝来，半坐迎之。太初后至，一坐悉起。以此方之，恐汝不如。'乃杀之。"司马师妻夏侯徽（景怀皇后）为夏侯玄妹。《晋书·后妃传》，"后知帝（司马师）非魏之纯臣，而后既魏氏之甥，帝深忌之。青龙二年（234），遂以鸩崩。"见于夏侯玄冤死，《太平御览》卷八百八十四引《异苑》："夏侯玄为司马景王所诛，宗人为之设祭，见玄来灵坐上，脱头于膝，取食物酒戳之属，以内头中，毕还，自安头而言曰：'吾得请示帝矣，子元（司马师）无嗣也。'及永嘉之乱，有观见宣王（司马懿）涕泪云：'国家倾覆，是曹爽、夏侯玄诉冤故也。'"

⑪ 司马师矫太后令

司马师以太后令废曹芳。此令全文载《三国志·魏书·三少帝纪》，实出于司马师手。赵翼说："据《魏略》，司马师遣郭芝入宫，太后方与帝对坐。芝谓帝曰：'大将军欲废陛下。'是齐王之废全出于师，而太

后不知。"卢弼《三国志集解》也说，"禅让之诏、劝进之章皆伪也。存其伪，使后世得以烛其奸，乃为良史。诸家议承祚(陈寿)之载此令，过矣"。按，据梁章钜《三国志旁证》称："齐王临御之初，即罢宫室工作，免官奴婢六十以上为良人，出内府金银，销冶以供军用。二年通《论语》，五年通《尚书》，七年通《礼记》，三祀孔子，以颜子配，良法美政，史不绝书。今矫太后之令，有以知其非事实矣。"

⑫ **曹芳以寡断坐失时机**
司马师系魏嘉平六年(254)二月杀李丰等人，九月始废曹芳，中隔半年，此中无有密诏等说。曹芳见废，或因许允事牵连。《世语》及《魏氏春秋》并称，"此秋，姜维寇陇右，时安东将军司马文王(司马昭)镇许昌，徵还击维，至京师，帝于平乐观以临军过。中领军许允与左右小臣谋，因文王辞，杀之，勒其众以退大将军(司马师)，已书诏于前。文王入，帝方食栗，优人云午等唱曰：'青头鸡，青头鸡。'青头鸡者，鸭也。帝惧不敢发。文王引兵入城，景王(司马师)因是谋废帝。"此处所谓"青头鸡"，顾炎武说，"鸭者，劝帝押诏书耳。时以亲署为押，南北朝谓之画敕。"或以此事不确。《魏略》以为许允见杀，"与李丰事相连。丰既诛，即出允为镇北将军，未发，以放散官物收付廷尉，徙乐浪，追杀之。"也有称此事不见于《晋书》景、文两纪，"果有此举，师、昭等岂不大肆杀戮？"曹芳被废，被安置在河内重门城(河南辉县西北)。"制度皆如藩国之礼"(《三国志·魏书·三少帝纪》)。裴松之引《魏世谱》称，"晋受禅，封齐王为邵陵县公，年四十三，泰始十年(274)薨，谥曰厉公"。

容！"遂令将三人腰斩于市⑩，灭其三族。三人骂不绝口，比临东市中，牙齿尽被打落，各人含糊数骂而死。

师直入后宫。魏主曹芳正与张皇后商议此事。皇后曰："内庭耳目甚多，倘事泄露，必累妾矣！"正言间，忽见师入，皇后大惊。师按剑谓芳曰："臣父立陛下为君，功德不在周公之下。臣事陛下，亦与伊尹何别乎？今反以恩为仇，以功为过，欲与二三小臣，谋害臣兄弟，何也？"芳曰："朕无此心。"师袖中取出汗衫，掷之于地，曰："此谁人所作耶？"芳魂飞天外，魄散九霄，战栗而答曰："此皆为他人所逼故也。朕岂敢兴此心？"师曰："妄诬大臣作反，当加何罪？"芳跪告曰："朕合有罪，望大将军恕之！"师曰："陛下请起，国法未可废也。"乃指张皇后曰："此是张缉之女，理当除之！"芳大哭求免。师不从，叱左右将张后捉出，至东华门内，用白练绞死。后人有诗曰：

当年伏后出宫门，跣足哀号别至尊。

司马今朝依此例，天教还报在儿孙。

次日，司马师大会群臣，曰："今主上荒淫无道，亵近娼优，听信谗言，闭塞贤路：其罪甚于汉之昌邑，不能主天下。吾谨按伊尹、霍光之法，别立新君，以保社稷，以安天下，如何？"众皆应曰："大将军行伊、霍之事，所谓应天顺人，谁敢违命？"师遂同多官入永宁宫，奏闻太后。太后曰："大将军欲立何人为君？"师曰："臣观彭城王曹据，聪明仁孝，可以为天下之主。"太后曰："彭城王乃老身之叔，今立为君，我何以当？今有高贵乡公曹髦，乃文皇帝之孙，此人温恭克让，可以立之。卿等大臣从长计议。"一人奏曰："太后之言是也。便可立之。"众视之，乃司马师宗叔司马孚也。师遂遣使往元城召高贵乡公，请太后升太极殿，召芳责之曰："汝荒淫无度，亵近娼优，不可承天下，当纳下玺绶，复齐王之爵，目下起程，非宣召不许入朝⑪。"芳泣拜太后，纳了国宝，乘王车大哭而去⑫。只有数员忠义之臣，含泪而送。后人有诗曰：

昔日曹瞒相汉时，欺他寡妇与孤儿。

谁知四十余年后，寡妇孤儿亦被欺。

却说高贵乡公曹髦，字彦士，魏文帝之孙，东海定王霖之子也。

当日司马师以太后命宣至,文武官僚备銮驾于南掖门外拜迎。髦慌忙答礼。太尉王肃曰:"主上不当答礼。"髦曰:"吾亦人臣也,安得不答礼乎?"文武扶髦上辇入宫,髦辞曰:"太后诏命,不知为何?吾安敢乘辇而入?"遂步行至太极东堂,司马师迎着,髦先下拜,师急扶起。问候已毕,引见太后。后曰:"吾见汝年幼时,有帝王之相,汝今可为天下之主,务须恭俭节用,布德施仁,勿辱先帝也。"髦再三谦辞。师令文武请髦出太极殿,是日立为新君,改嘉平六年为正元元年,大赦天下。假大将军司马师黄钺,入朝不趋,奏事不名,带剑上殿。文武百官,各有封赐。

正元二年春正月,有细作飞报,说镇东将军毌丘俭、扬州刺史文钦,以废主为名,起兵前来。司马师大惊。正是

　　汉臣曾有勤王志,魏将还兴讨贼师。

未知如何迎敌,且看下文分解。

第一百十回　文鸯单骑退雄兵
姜维背水破大敌

却说魏正元二年正月,扬州刺史、镇东将军、领淮南军马毌丘俭①,字仲闻,河南闻喜人也。闻司马师擅行废立之事,心中大怒。长子毌丘甸曰:"父亲官居方面,司马师专权废主,国家有累卵之危,安可宴然自守?"俭曰:"吾儿之言是也。"遂请刺史文钦商议。钦乃曹爽门下客。当日闻俭相请,即来拜谒。俭邀入后堂,礼毕,说话间,俭流泪不止。钦问其故,俭曰:"司马师专权废主,天地反覆,安得不伤心乎?"钦曰:"都督镇守方面,若肯仗义讨贼,钦愿舍死相助。钦中子文淑,小字阿鸯,有万夫不当之勇,常欲杀司马师兄弟,与曹爽报仇。今可令为先锋。"俭大喜,即时酹酒为誓。二人诈称太后有密诏,令淮南大小官兵将士,皆入寿春城,立一坛于西,宰白马歃血为盟,宣言司马师大逆不道②,今奉太后密诏,令尽起淮南军马,仗义讨贼。众皆悦服。俭提六万兵,屯于项城。文钦领兵二万,在外为游兵,往来接应。俭移檄诸郡,令各起兵相助。

却说司马师左眼肉瘤,不时痛痒,乃命医官割之,以药封闭,连日在府养病。忽闻淮南告急,乃请太尉王肃商议。肃曰:"昔关云长威震华夏,孙权令吕蒙袭取荆州,抚恤将士家属,因此关公军势瓦解。今淮南将士家属皆在中原,可急抚恤,更以兵断其归路,必有土崩之势矣。"师曰:"公言极善。但吾新割目瘤,不能自往。若使他人,心又不稳。"时中书侍郎钟会在侧,进言曰:"淮、楚兵强,其锋甚锐,若遣人领兵去退,多是不利。倘有疏虞,则大事废矣。"③师蹶然起曰:"非吾自往,不可破贼!"遂留弟司马昭守洛阳,总摄朝政。师

① 毌丘俭家世
毌丘氏乃闻喜大族。据民国《闻喜县志》卷二十六《名贤》,毌丘俭为毌丘兴之子,"毌丘兴,邑邱村人,黄初中为武威太守,子俭。毌丘俭反叛,司马氏命人掘其祖坟。"毌丘氏由此衰落。

② 毌丘俭只反司马师
毌丘俭和文钦等宣言,据《三国志·魏书·毌丘俭传》所引裴注,认为司马师不忠不孝,列出他有十一项大罪,"按(司马)师之罪,宜加大辟,以彰奸慝。《春秋》之义,一世为善,十世宥之。(司马)懿有大功,海内所书,依古典议,废师以侯就第。弟(司马)昭,忠肃宽明,乐善好士,有高世君子之度,忠诚为国,不与(司马)师同。臣等碎首所保,可以代师辅导圣躬。太尉(司马)孚,忠孝小心,所宜亲宠,授以保傅。护军散骑常侍(司马)望,忠公亲事,当官称能,远迎乘舆,有宿卫之功,可为中领军。"司马孚是司马师的叔父,司马望是司马孚之子,都是司马家族主要成员,而司马师和司马昭又是他们的代表人物,岂能分割?由此,

乘软舆，带病东行。令镇东将军诸葛诞总督豫州诸军，从安风津取寿春；又令征东将军胡遵，领青州诸军，出谯、宋之地，绝其归路；又遣豫州刺史、监军王基，领前部兵先取镇南之地。师领大军，屯于襄阳，聚文武于帐下商议。光禄勋郑袤曰："毌丘俭好谋而无断，文钦有勇而无智。今大军出其不意，江淮之卒锐气正盛，不可轻敌，只宜深沟高垒，以挫其锐。此亚夫之长策也。"监军王基曰："不可。淮南之反，非军民思乱也，皆因毌丘俭势力所逼，不得已而从之。若大军一临，必然瓦解。"师曰："此言甚妙。"遂进兵于濦水之上，中军屯于濦桥。基曰："南顿极好屯兵，可提兵星夜取之。若迟，则毌丘俭必先至矣。"师遂令王基前部兵来南顿城下寨。

却说毌丘俭在项城，闻知司马师自来，乃聚众商议。先锋葛雍曰："南顿之地，依山傍水，极好屯兵。若魏兵先占，难以驱遣，可速取之。"俭然其言，起兵投南顿来。正行之间，前面流星马报说："南顿已有人马下寨。"俭不信，自到军前视之，果然旌旗遍野，营寨齐整。俭回到军中，无计可施。忽哨马飞报："东吴孙峻，提兵渡江袭寿春来了。"俭大惊："寿春若失，吾归何处！"是夜，退兵于项城。司马师见毌丘俭军退，聚多官商议。尚书傅嘏曰："今俭兵退者，忧吴人袭寿春也，必回项城分兵拒守。将军可令一军取乐嘉城，一军取项城，一军取寿春，则淮南之卒必退矣。兖州刺史邓艾，足智多谋，若领兵径取乐嘉，更以重兵应之，破贼不难也。"师从之，急遣使持檄文，教邓艾起兖州之兵破乐嘉城。师随后引兵到彼会合。

却说毌丘俭在项城，不时差人去乐嘉城哨探，只恐有兵来。请文钦到营共议，钦曰："都督勿忧。我与拙子文鸯只消五千兵，敢保乐嘉城。"俭大喜。钦父子引五千兵投乐嘉来。前军报说："乐嘉城西皆是魏兵，约有万余。遥望中军，白旄黄钺，皂盖朱幡，簇拥虎帐，内竖一面锦绣'帅'字旗，必是司马师也。安立营寨，尚未完备。"时文鸯悬鞭立于父侧，闻知此语，乃告父曰："趁彼营寨未成，可分兵两路，左右击之，可全胜也。"钦曰："何时可去？"鸯曰："今夜黄昏，父引二千五百兵，从城南杀来；儿引二千五百兵，从城北杀来：三更时分，要在魏寨会合。"钦从之，当晚分兵两路。

且说文鸯年方十八岁，身长八尺，全装惯甲，腰悬钢鞭，绰枪上马，遥望魏寨而进。是夜司马师兵到乐嘉，立下营寨，等邓艾未至。师为眼下新割肉瘤，疮口疼痛，卧于帐中，令数百甲士环立护卫。三更时分，忽然寨内喊声大震，人马大乱。师急问之，人报曰："一军从寨北斩围直入，为首一将，勇不可当。"师大惊，心如火烈，眼珠从肉瘤疮口内迸出，血流遍地，疼痛难当；又恐有乱军心，只咬被头而忍，被皆咬烂。原来文鸯军马先到，一拥而进，在寨中左冲右突，所到

也可证毌丘俭等在政治圈里，是一群白痴和低能儿。
③ 司马师亲自挂帅出征
毌丘俭等叛乱，"帝（司马师）会公卿谋征讨讨，朝议多谓可遣诸将击之、王肃及尚书傅嘏、中书侍郎钟会劝帝自行"（《晋书·景帝纪》），由此一鼓荡平。明初建文帝朱允炆征讨燕王，先后遣耿炳文、李景隆统大军，而自己躲在南京遥控，结果反而是南京城陷，所以后来宣德帝朱瞻基接受前鉴，在其叔朱高煦叛乱初，即亲率大军出征，先声夺人，立即解决。

之处,人不敢当;有相拒者,枪搠鞭打,无不被杀。鸯只望父到以为外应,并不见来,数番杀到中军,皆被弓弩射回。鸯直杀到天明,只听得北边鼓角喧天,鸯回顾从者曰:"父亲不在南面为应,却从北至,何也?"鸯纵马看时,只见一军行如猛风,为首一将乃邓艾也。跃马横刀大呼曰:"反贼休走!"鸯大怒,挺枪迎之,战有五十合,不分胜败。正斗间,魏兵大进,前后夹攻。鸯部下兵,各自逃散,只文鸯单人独马冲开魏兵,望南而走。背后数百员魏将,抖擞精神,骤马追来。将至乐嘉桥边,看看赶上,鸯忽然勒回马,大喝一声,直冲入魏将阵中来,钢鞭起处,纷纷落马,各各倒退。鸯复缓缓而行。魏将聚在一处,惊讶曰:"此人尚敢退我等之众耶?可并力追之。"于是魏将百员,复来追赶。鸯勃然大怒曰:"鼠辈何不惜命也!"提鞭拨马,杀入魏将丛中,用鞭打死数人,复回马缓辔而行。魏将连追四五番,皆被文鸯一人杀退。后人有诗曰:

> 长坂当年独拒曹,子龙从此显英豪。
>
> 乐嘉城内争锋处,又见文鸯胆气高。

原来文钦被山路崎岖,迷入谷中,行了半夜,比及寻路而出,天色已晓。文鸯人马不知所向,只见魏兵大胜,钦不战而退。魏兵乘势追杀,钦引兵望寿春而走。

却说魏殿中校尉尹大目,乃曹爽心腹之人,因爽被司马懿谋杀,故事司马师,常有杀师报爽之心,又素与文钦交厚。今见师眼瘤突出,不能动止,乃入帐告曰:"文钦本无反心,今被毌丘俭逼迫,以致如此。某去说之,必然来降。"师从之。大目顶盔惯甲,乘马来赶文钦,看看赶上,乃高声大叫曰:"文刺史见尹大目么?"钦回头视之,大目除盔放于鞍鞒之前,以鞭指曰:"文刺史何不忍耐数日也?"此是大目知师将亡,故来留钦。钦不解其意,厉声大骂,便欲开弓射之。大目大哭而回。钦收聚人马奔寿春时,已被诸葛诞引兵取了;欲复回项城时,胡遵、王基、邓艾三路兵皆到。钦见势危,遂投东吴孙峻去了。

④ 毌丘俭死事

据《三国志·魏书·毌丘俭传》"俭闻钦战败,恐惧夜走,众溃,比至慎县,左右人兵稍弃俭去,俭独与小弟秀及孙重藏水边草中。安风津都尉部民张属就射杀俭,传首京都。"毌丘俭无头尸就地安葬(今安徽颍上西南25公里关屯)。1958年墓被发掘,出土有衣物。又据民国《闻喜县志》,毌丘俭"祀乡贤,入山西正祀。考著有文集二卷,记三卷"。

却说毌丘俭在项城内,听知寿春已失,文钦势败,城外三路兵到,俭遂尽撤城中之兵出战,正与邓艾相遇。俭令葛雍出马,与艾交锋。不一合,被艾一刀斩之,引兵杀过阵来。毌丘俭死战相拒。江淮兵大乱。胡遵、王基引兵四面夹攻。毌丘俭敌不住,引十余骑夺路而走。前至慎县城下,县令宋白开门接入,设席待之。俭大醉,被宋白令人杀了,将头献与魏兵④。于是淮南平定。

司马师卧病不起,唤诸葛诞入帐,赐以印绶,加为镇东大将军,都督扬州诸路军马;一面班师回许昌。师目痛不止,每夜只见李丰、张缉、夏侯玄三人立于榻前。师心神恍惚,自料难保,遂令人往洛阳取司马昭到。昭哭拜于床下。师遗言曰:"吾今权重,虽欲卸肩,不可得也,汝继我为之,大事切不可轻托他人,自取灭族之祸。"言讫,以印绶付之,泪流满面。昭急欲问时,师大叫一声,眼睛迸出而死。时正元二年二月也。于是司马昭发丧,申奏魏主曹髦。髦遣使持诏到许昌,即命暂留司马昭屯军许昌,以防东吴。昭心中犹豫未决,钟会曰:"大将军新亡,人心未定,将军若留守于此,万一朝廷有变,悔之何及?"昭从之,即起兵还,屯洛水之南。髦闻之大惊。太尉王肃奏曰:"昭既继其兄掌大权,陛下可封爵以安之。"髦遂命王肃持诏,封司马昭为大将军、录尚书事。昭入朝谢恩毕。自此中外大小事情,皆归于昭。

却说西蜀细作哨知此事,报入成都。姜维奏后主曰:"司马师新亡,司马昭初握重权,必不敢擅离洛阳。臣请乘间伐魏,以复中原。"后主从之,遂命姜维兴师伐魏。维到汉中,整顿人马。征西大将军张翼曰:"蜀地浅狭,钱粮鲜薄,不宜远征。不如据险守分,恤军爱民,此乃保国之计也。"维曰:"不然。昔丞相未出茅庐,已定三分天下,然且六出祁山以图中原。不幸半途而丧,以致功业未成。今吾既受丞相遗命,当尽忠保国,以继其志,虽死而无恨也。今魏有隙可乘,不就此时伐之,更待何时?"夏侯霸曰:"将军之言是也。可将轻骑先出枹罕。若得洮西南安,则诸郡可定。"张翼曰:"向者不克而还,皆因军出甚迟也。兵法云:'攻其无备,出其不意。'今若火速进兵,使魏人不能提防,必然全胜矣。"

于是姜维引兵五万,望枹罕进发。兵至洮水⑤,守边军士报知雍州刺史王经、征西将军陈泰。王经先起马步兵七万来迎。姜维分付张翼如此如此,又分付夏侯霸如此如此。二人领计去了。维乃自引大军背洮水列阵。王经引数员牙将出而问曰:"魏与吴、蜀已成鼎足之势,汝累次入寇,何也?"维曰:"司马师无故废主,邻邦理宜问罪,何况仇敌之国乎?"经回顾张明、花永、刘达、朱芳四将曰:"蜀兵背水为阵,败则皆殁于水矣。姜维骁勇,汝四将可战之。彼若退动,便可追击。"四将分左右而出,来战姜维。维略战数合,拨回马望本阵中便走。王经大驱士马,一齐赶来。维引兵望洮水而走。将次近水,大呼将士曰:"事急矣!诸将何不努力!"众将一齐奋力杀回,魏兵大败⑥。张翼、夏侯霸抄在魏兵之后,分两路杀来,把魏兵困在垓

⑤ **姜维北伐数出陇西原因**

狄道(甘肃临洮洮水东岸),洮水由此入黄河,沿流有路自岷县南入白龙江河谷,通武都、阴平。当时,洮水与白龙江以内为汉民住区,以外为羌民住区。姜维数出陇西,皆循此线进军,进则图据陇西诸郡,退则为迁移占领区之民众。此任乃强先生所说是,"又汉魏六朝时期,战争之目的,主要在于得其地而有其民。其次则得其民而不得其地","缘汉魏时日赋至重,往往过于田赋。而徭役繁多,动有待于民力。故争民之战,尤重于争地云。"(《华阳国志校补图注》)

⑥ **姜维未背洮水破敌**

据《三国志·魏书·陈泰传》:"泰敕经进屯狄道,须军到,乃规取之。泰进军陈仓。会经所统诸军于故关与贼战不利,经辄渡洮。泰以经不坚据狄道,必有他变,并遣五营在前,泰率诸军继之。经已与维战,大败。"由此可见,王经在首战失利后,在渡过洮水后,又大败了的。《演义》写姜维背洮水破王经,几全是移植韩信背水破赵故事。而背洮水者实为王经,非姜维。

⑦ **姜维为张翼说为蛇画足**

蜀汉延熙十八年(255),姜维又计议北征,张翼反对。"唯翼廷争,以为国小民劳,不宜黩武。维不听,将翼等行,进翼位镇南大将军。维至狄道,大破魏雍州刺史王经,经众死于洮水者以万计。翼曰:'可止矣,不宜复进,进或毁此大功。'维大怒,曰:'为蛇画足。'维竟围经于狄道,城不能克。自翼建异论,维心与翼不善,然常牵率同行,翼亦不得已

而往。"（《三国志·蜀书·张翼传》）《演义》称张翼劝姜维不得"画蛇添足"，据《华阳国志》卷七《刘后主卷》，大破王经后，"翼曰：可矣，不宜进。或毁此成功，为蛇画足。"当系之据。所以任乃强称，盖翼先有画蛇添足语。维承之以示悍然必为。

⑧ 陈泰言语移植于邓艾

此处为突出邓艾略将陈泰言语移植。按，时狄道兵败，邓艾等以为将士气失锐气，不如割险自保，观衅待弊，但陈泰持进攻说，"若乘以战克之感，进兵东向，据枋阳积谷之实，放兵收降，招纳羌胡，东争关陇，传檄四郡，此我之所恶也。而维以乘胜之兵，挫峻城之下，锐气之卒，屈力致命，攻守势殊，客主不同。""今乘高据势，临其项领，不战必走。"（《三国志·魏书·陈泰传》）

心。维奋武扬威，杀入魏军之中，左冲右突，魏兵大乱，自相践踏，死者大半，逼入洮水者无数，斩首万余，垒尸数里。王经引败兵百骑，奋力杀出，径往狄道城而走，奔入城中，闭门保守。姜维大获全功，犒军已毕，便欲进兵攻打狄道城。张翼谏曰："将军功绩已成，威声大震，可以止矣。今若前进，倘不如意，正如'画蛇添足'也⑦。"维曰："不然。向者兵败，尚欲进取，纵横中原。今日洮水一战，魏人胆裂，吾料狄道唾手可得。汝勿自堕其志也！"张翼再劝谏，维不从，遂勒兵来取狄道城。

却说雍州征西将军陈泰，正欲起兵与王经报兵败之仇，忽兖州刺史邓艾引兵到。泰接着，礼毕，艾曰："今奉大将军之命，特来助将军破敌。"泰问计于邓艾。艾曰："洮水得胜，若招羌人之众，东争关陇，传檄四郡，此吾兵之大患也。今彼不思如此，却图狄道城，其城垣坚固，急切难攻，空劳兵费力耳。吾今陈兵于项岭，然后进兵击之，蜀兵必败矣⑧。"陈泰曰："真妙论也。"遂先拨二十队兵，每队五十人，尽带旌旗鼓角烽火之类，日伏夜行，去狄道城东南高山深谷之中埋伏，只待兵来，一齐鸣鼓吹角为应，夜则举火放炮以惊之。调度已毕，专候蜀兵到来，于是陈泰、邓艾，各引二万兵相继而进。

却说姜维围住狄道城，令兵八面攻之，连攻数日不下，心中郁闷，无计可施。是日黄昏时分，忽三五次流星马报，说："有两路兵来，旗上明书大字，一路是征西将军陈泰，一路是兖州刺史邓艾。"维大惊，遂请夏侯霸商议。霸曰："吾向尝为将军言：邓艾自幼深明兵法，善晓地理，今领兵到，颇为劲敌。"维曰："彼军远来，我休容他住脚，便可击之。"乃留张翼攻城，命夏侯霸引兵迎陈泰。维自引兵来迎邓艾，行不到五里，忽然东南一声炮响，鼓角震地，火光冲天。维纵马看时，只见周围皆是魏兵旗号，维大惊曰："中邓艾之计矣！"遂传令，教夏侯霸、张翼各弃狄道而退。于是蜀兵皆退于汉中。维自断后，只听得背后鼓声不绝。维退入剑阁之时，方知火鼓二十余处，皆虚设也。维收兵退屯于钟提。

且说后主因姜维有洮西之功，降诏封维为大将军。维受了职，上表谢恩毕，再议出师伐魏之策。正是：

　　成功不必添蛇足，讨贼犹思奋虎威。

未知此番北伐如何，且看下文分解。

第一百十一回　邓士载智败姜伯约　诸葛诞义讨司马昭

　　却说姜维退兵屯于钟提，魏兵屯于狄道城外。王经迎接陈泰、邓艾入城，拜谢解围之事，设宴相待，大赏三军。泰将邓艾之功，申奏魏主曹髦。髦封艾为安西将军，假节，领护东羌校尉，同陈泰屯兵于雍、凉等处。邓艾上表谢恩毕，陈泰设席与邓艾拜贺曰："姜维夜遁，其力已竭，不敢再出矣。"艾笑曰："吾料蜀兵其必出有五。"泰问其故，艾曰："蜀兵虽退，终有乘胜之势；吾兵终有弱败之实：其必出一也。蜀兵皆是孔明教演精锐之兵，容易调遣；吾将不时更换，军又训练不熟：其必出二也。蜀人多以船行，吾军皆在旱地，劳逸不同：其必出三也。狄道、陇西、南安、祁山四处皆是守战之地，蜀人或声东击西，指南攻北，吾兵必须分头守把；蜀兵合为一处而来，以一分当我四分：其必出四也。若蜀兵自南安、陇西，则可取羌人之谷为食；若出祁山，则有麦可就食：其必出五也。"陈泰叹服曰："公料敌如神，蜀兵何足虑哉！"于是陈泰与邓艾结为忘年之交。艾遂将雍、凉等处之兵，每日操练。各处隘口，皆立营寨，以防不测。

　　却说姜维在钟提大设筵宴，会集诸将，商议伐魏之事。令史樊建谏曰："将军屡出，未获全功。今日洮西之捷，魏人已服威名，何故又欲出也？万一不利，前功尽弃。"维曰："汝等只知魏国地宽人广，急不可得，却不知攻魏者有五可胜。"众问之，维答曰："彼洮西一败，挫尽锐气；吾兵虽退，不曾损折。今若进兵，一可胜也。吾兵船载而进，不致劳困；彼兵皆从旱地来迎，二可胜也。吾兵久经训练之众；彼皆乌合之徒，不曾有法度，三可胜也。吾兵自出祁山，掠抄秋谷为食，四可胜也。彼兵须各守备，军力分开；吾兵一处而去，彼安能救？五可胜也。不在此时伐魏，更待何日耶？"夏侯霸曰："艾年虽幼[①]，而机谋深远，近封为安西将军之职，必于各处准备，非同往日矣。"维厉声曰："吾何畏彼哉！公等休长他人锐气，灭自己威风。吾意已决，必先取陇西。"众不敢谏。

　　维自领前部，令众将随后而进。于是蜀兵尽离钟提，杀奔祁山

① 邓艾乃老将
此小说家言。据《三国志·魏书·邓艾传》，有称邓死时"七十老公，仅欲何求"。时值魏正元三年(256)，年已过六十矣。《演义》作"年幼"，当可视为资历浅也。又此时陈泰约五十六七岁，与邓艾为同辈，何来"忘年之交"。

② **姜维更换衣甲旗号移植事**

此段战事,不见于三国史传,似借鉴于东汉虞诩。《后汉书·虞诩传》:虞诩为武都太守,在赤亭为羌人所围,"明日悉陈其兵众,令从东郭门出北郭门入,贸易衣服回转数周,羌不知其数,更相恐动。"又北宋张亢亦有以此迷惑西夏人,"庆历初,万胜军皆市井罢软新应募者,西贼易之,而素畏虎翼。是时,麟府路兵马钤辖张亢修建宁寨,更建旗帜。贼见万胜旗帜,不知是虎翼军也,而犯之,万智齐发,贼奔溃,斩首二千余级,遂筑建宁、清塞、百胜、中候、镇川五堡"(宋范镇《东斋记事》卷一)。

来。哨马报说魏兵已先在祁山立下九个寨栅。维不信,引数骑凭高望之,果见祁山九寨势如长蛇,首尾相顾。维回头左右曰:"夏侯霸之言,信不诬矣。此寨形势绝妙,止吾师诸葛丞相能之。今观邓艾所为,不在吾师之下。"遂回本寨,唤诸将曰:"魏人既有准备,必知吾来矣。吾料邓艾必在此间。汝等可虚张吾旗号,据此谷口下寨,每日令百余骑出哨,每出哨一回,换一番衣甲旗号,按青、黄、赤、白、黑五方旗帜更换②。吾却提大兵偷出董亭,径袭南安去也。"遂令鲍素屯兵于祁山谷口,维尽率大兵望南安进发。

却说邓艾知蜀兵出祁山,早与陈泰下寨准备,见蜀兵连日不来搦战,一日五番哨马出寨,或十里、或十五里而回。艾凭高望毕,慌入帐与陈泰曰:"姜维不在此间,必取董亭袭南安去了。出寨哨马只是这几匹,更换衣甲,往来哨探,其马皆困乏,主将必无能者。陈将军可引一军攻之,其寨可破也。破了寨栅,便引兵袭董亭之路,先断姜维之后。吾当先引一军救南安,径取武城山。若先占此山头,姜维必取上邽。上邽有一谷,名曰段谷,地狭山险,正好埋伏。彼来争武城山时,吾先伏两军于段谷,破维必矣。"泰曰:"吾守陇西二三十年,未尝如此明察地理。公之所言,真神算也。公可速去,吾自攻此处寨栅。"于是邓艾引军星夜倍道而行,径到武城山。下寨已毕,蜀兵未到。即令子邓忠与帐前校尉师纂,各引五千兵,先去段谷口埋伏,如此如此而行,二人受计而去。艾令偃旗息鼓,以待蜀兵。

却说姜维从董亭望南安而来。至武城山前,谓夏侯霸曰:"近南安有一山,名武城山,若先得了,可夺南安之势。只恐邓艾多谋,必先提防。"正疑虑间,忽然山上一声炮响,喊声大震,鼓角齐鸣,旌旗遍竖,皆是魏兵。中央风飘起一黄旗,大书"邓艾"字样。蜀兵大惊。山上数处精兵杀下,势不可当,前军大败。维急率中军人马去救时,魏兵已退。维直来武城山下搦邓艾战,山上魏兵并不下来。维令军士辱骂,至晚方欲退军,山上鼓角齐鸣,却又不见魏兵下来。维欲上山冲杀,山上炮石甚严,不能得进。守至三更欲回,山上鼓角又鸣。维移兵下山屯扎。比及令军搬运木石,方欲竖立为寨,山上鼓角又鸣,魏兵骤至。蜀兵大乱,自相践踏,退回旧寨。次日,姜维令军士运粮草车仗,至武城山穿连排定,欲立起寨栅,以为屯兵之计。是夜二更,邓艾令五百人各执火把,分两路下山,放火烧车仗。两兵混杀了一夜,营寨又立不成。维复引兵退,再与夏侯霸商议曰:"南安未得,不如先取上邽。上邽乃南安屯粮之所;若得上邽,南安自危矣。"遂留霸屯于武城山,维尽引精兵猛将,径取上邽。行了一宿,将及天明,见山势狭峻,道路崎岖,乃问向导官曰:"此处何名?"答曰:"段谷。"维大惊曰:"其名不美!'段谷'者,'断谷'也。倘有人断其谷口,如之奈何?"正踌躇未决,忽前军来报:"山后尘头大起,必有伏兵。"维急令退兵，师纂、邓忠两军杀出。维且战且走。前面喊声大震，邓艾引兵杀到，三路夹攻，蜀兵大败③。幸得夏侯霸引兵杀到，魏兵方退，救了姜维。欲再往祁山，霸曰："祁山寨已被陈泰打破，鲍素阵亡，全寨人马皆退回汉中去了。"维不敢取董亭，急投山僻小路而回。后面邓艾急追，维令诸军前进，自为断后。正行之间，忽然山中一军突出，乃魏将陈泰也。魏兵一声喊起，将姜维困在垓心。维人马困乏，左冲右突，不能得出。荡寇将军张嶷闻姜维受困，引数百骑杀入重围，维因乘势杀出，嶷被魏兵乱箭射死。维得脱重围，复回汉中，因感张嶷忠勇，殁于王事，乃表赠其子孙④。于是，蜀中将士多有阵亡者，皆归罪于姜维。维照武侯街亭旧例，乃上表自贬为后将军，行大将军事。⑤

　　却说邓艾见蜀兵退尽，乃与陈泰设宴相贺，大赏三军。泰表邓艾之功。司马昭遣使持节，加艾官爵，赐印绶；并封其子邓忠为亭侯。

　　时魏主曹髦，改正元三年为甘露元年。司马昭自为天下兵马大都督，出入常令三千铁甲骁将前后簇拥，以为护卫；一应事务，不奏朝廷，就于相府裁处。自此，常怀篡逆之心⑥。有一心腹人姓贾，名充，字公闾，乃故建威将军贾逵之子，为昭府下长史。充语昭曰："今主公掌握大柄，四方人心必然未安，且当暗访，然后徐图大事。"昭曰："吾正欲如此。汝可为我东行，只推慰劳出征军士为名，以探消息。"贾充领命，径到淮南，入见镇东大将军诸葛诞。诞字公休，乃琅琊南阳人，即武侯之族弟也⑦。向事于魏，因武侯在蜀为相，因此不得重用。后武侯身亡，诞在魏历任重职，封高平侯，总摄两淮军马。

　　当日贾充托名劳军，至淮南见诸葛诞。诞设宴待之。酒至半酣，充以言挑诞曰："近来洛阳诸贤，皆以主上懦弱，不堪为君。司马大将军三世辅国，功德弥天，可以禅代魏统。未审钧意若何？"诞大怒曰："汝乃贾豫州之子，世食魏禄，安敢出此乱言！"充谢曰："某以他人之言告公耳。"诞曰："朝廷有难，吾当以死报之。"充默然。次日辞归，见司马昭细言其事。昭大怒曰："鼠辈安敢如此！"⑧充曰："诞在淮南，深得人心，久必为患，可速除之。"昭遂暗发密书与扬州刺史乐綝，一面遣使赍诏征诞为司空。诞得了诏书，已知是贾充告变，遂提来使拷问。使者曰："此事乐綝知之。"诞曰："他如何得知？"使者

③ **姜维段谷之败咎自胡济**
据《三国志·蜀书·姜维传》，蜀汉延熙十九年(256)，姜维"与镇西大将军胡济期会上邽(甘肃天水)，济失誓不至，故维为魏大将邓艾所破于段谷"。

④ **张嶷未随诸葛亮北伐**
蜀汉延熙十七年，张嶷随卫将军姜维出陇西，到狄道，"军前与魏将徐质交锋，嶷临陈陨身，然其所杀伤亦过倍"(《三国志·蜀书·张嶷传》)。据《益部耆旧传》称，当时"嶷风湿固疾，至都浸笃，扶杖然后能起"。他是抱病参加战斗的。张嶷墓在今陕西南郑柏乡街，墓冢高 10 米，占地 600 平方米。有墓碑"汉荡寇将军张嶷之墓"，刻建于民国十一年(1922)。按，据《张嶷传》，张嶷任越隽太守，"在郡十五年，邦域安穆"，在此期间似未参与北伐。《演义》称其随诸葛亮、姜维转战，当系移植。按，《演义》将张嶷战死置于延熙十九年的段谷之败，也系转植。

⑤ **姜维求贬大将军**
姜维因有洮西大捷，咸熙十九年(256)春，升为大将军，后因镇西大将军胡济失期。在段谷失利，损失惨重，"维谢过引负，求自贬削为后将军行大将军事"(《三国志·蜀书·姜维传》)。景耀元年(258)还成都复为大将军。

⑥ **司马氏拟在家乡建都**
司马氏在定都洛阳前，相传拟在温县故里营建都城，并已进行过大规模营建工程。此"晋城"坐落于青峰岭台地上，方圆三公里，呈正方形，分内城和外城，城乡宫殿遗迹尚存，内城东邻招贤镇，因司马氏设招贤馆而得名。城外还有护驾庄、梳妆楼、校尉营等村庄皆与古晋城有关。

⑦ **诸葛诞为清谈派领袖**

诸葛诞与夏侯玄、邓飏等最为相知。《三国志·魏书·诸葛诞传》说他们"收名朝廷,京都翕然,言事者以诞、飏等修浮华,合虚誉,渐不可长。""当世俊士散骑常侍夏侯玄、尚书诸葛诞、邓飏之徒,共相题表"(《世语》)。因此,诸葛诞叛乱根因,即是夏侯玄、邓飏等被杀。

⑧ **诸葛诞是"狗"**

《世说新语·品藻》:"诸葛瑾弟亮及从弟诞,并有盛名,各在一国。于时以为'蜀得其龙,吴得其虎,魏得其狗'。诞在魏与夏侯玄齐名,瑾在吴,吴朝服其弘量。"此处所比拟之"狗",全祖望以为出自"必贾充之徒"(《鲒埼亭集外编》)。李慈铭亦认为,"按诞名德既重,身为魏死,忠烈凛然,安得致此鄙薄之称? 盖缘公休败后,司马之党,造此秽言,诬蔑不经,深堪发指。承祚(陈寿)之志,世期(裴松之)之注,削而不登,当矣。临川取之,抑何无识",所以今人余嘉锡教授认为:"司马之党必不以孔明为龙。此所谓狗,乃功狗之狗,谓如韩卢宋鹊之类。虽非龙虎之比,亦甚有功于人。故曰'并有盛名',非鄙薄之称也。观《世说》下文云:'诞在魏与夏侯玄齐名',则无诋毁公休之意亦明矣。太公《六韬》以文、武、龙、虎、豹、犬为次,知古人之视犬,仅下龙虎一等。凡读古书,须据古人词例,不可以后世文义求之也"(《世说新语笺疏》)。

曰:"司马将军已令人到扬州送密书与乐綝矣。"诞大怒,叱左右斩了来使,遂起部下兵千人,杀奔扬州来。将至南门,城门已闭,吊桥拽起。诞在城下叫门,城上并无一人回答。诞大怒曰:"乐綝匹夫,安敢如此!"遂令将士打城。手下十余骁骑,下马渡壕,飞身上城,杀散军士,大开城门。于是诸葛诞引兵入城,乘风放火,杀到綝家。綝慌上楼避之。诞提剑上楼,大喝曰:"汝父乐进,昔日受魏国大恩,不思报本,反欲顺司马昭耶!"綝未及回言,为诞所杀。一面具表数司马昭之罪,使人申奏洛阳;一面大聚两淮屯田户田十余万,并扬州新降兵四万余人,积草屯粮,准备进兵;又令长史吴纲,送子诸葛靓入吴为质求援,务要合兵诛讨司马昭。

此时东吴丞相孙峻病亡,从弟孙綝辅政。綝字子通,为人强暴,杀大司马滕胤、将军吕据、王惇等,因此权柄皆归于綝。吴王孙亮虽然聪明,无可奈何。于是吴纲将诸葛靓至石头城,入拜孙綝。綝问其故,纲曰:"诸葛诞乃蜀汉诸葛武侯之族弟也,向事魏国。今见司马昭欺君罔上,废主弄权,欲兴师讨之,而力不及,故特来归降。诚恐无凭,专送亲子诸葛靓为质。伏望发兵相助。"綝从其请,使遣大将全怿、全端为主将,于诠为合后,朱异、唐咨为先锋,文钦为向导,起兵七万,分三队而进。吴纲回寿春报知诸葛诞。诞大喜,遂陈兵准备。

却说诸葛诞表文到洛阳,司马昭见了大怒,欲自往讨之。贾充谏曰:"主公乘父兄之基业,恩德未及四海,今弃天子而去,若一朝有变,悔之何及! 不如奏请太后及天子一同出征,可保无虞。"昭喜曰:"此言正合吾意。"遂入奏太后曰:"诸葛诞谋反,臣与文武官僚计议停当,请太后同天子御驾亲征,以继先帝之遗意。"太后畏惧,只得从之。次日,昭请魏主曹髦起程。髦曰:"大将军都督天下军马,任从调遣,何必朕自行也?"昭曰:"不然。昔日武祖纵横四海,文帝、明帝有包括宇宙之志,并吞八荒之心,凡遇大敌,必须自行。陛下正宜追

配先君,扫清故孽,何自畏也?"髦畏威权,只得从之。昭遂下诏,尽起两都之兵二十六万,命征南将军王基为正先锋,安东将军陈骞为副先锋,监军石苞为左军,兖州刺史州泰为右军,保护车驾,浩浩荡荡,杀奔淮南而来。

东吴先锋朱异引兵迎敌。两军对圆,魏军中王基出马,朱异来迎。战不三合,朱异败走。唐咨出马,战不三合,亦大败而走。王基驱兵掩杀,吴兵大败,退五十里下寨,报入寿春城中。诸葛诞自引本部锐兵,会合文钦并二子文鸯、文虎,雄兵数万,来敌司马昭。正是:

　　　方见吴兵锐气堕,又看魏将劲兵来。

　　未知胜负如何,且看下文分解。

第一百十二回　救寿春于诠死节
　　　　　　取长城伯约鏖兵

　　却说司马昭闻诸葛诞会合吴兵前来决战，乃召散骑长史裴秀、黄门侍郎钟会，商议破敌之策。钟会曰："吴兵之助诸葛诞，实为利也；以利诱之，则必胜矣。"昭从其言，遂令石苞、州泰先引两军于石头城埋伏，王基、陈骞领精兵在后，却令偏将成倅引兵数万先去诱敌。又令陈俊引车仗牛马驴骡，装载赏军之物，四面聚集于阵中，如敌来则弃之。是日，诸葛诞令吴将朱异在左，文钦在右。见魏阵中人马不整，诞乃大驱士马径进。成倅退走，诞驱兵掩杀，见牛马驴骡遍满郊野，南兵争取，无心恋战。忽然一声炮响，两路兵杀来：左有石苞，右有州泰。诞大惊，急欲退时，王基、陈骞精兵杀到。诞兵大败。司马昭又引兵接应。诞引败兵奔入寿春，闭门坚守。昭令兵四面围困，并力攻城。

　　时吴兵退屯安丰，魏主车驾驻于项城。钟会曰："今诸葛诞虽败，寿春城中粮草尚多，更有吴兵屯安丰以为掎角之势。今吾兵四面攻围，彼缓则坚守，急则死战。吴兵或乘势夹攻，吾军无益。不如三面攻之，留南门大路，容贼自走；走而击之，可全胜也。吴兵远来，粮必不继，我引轻骑抄在其后，可不战而自破矣。"昭抚会背曰："君真吾之子房也。"遂令王基撤退南门之兵。

　　却说吴兵屯于安丰，孙綝唤朱异责之曰："量一寿春城不能救，安可并吞中原？如再不胜必斩！"朱异乃回本寨商议。于诠曰："今寿春南门不围，某愿领一军从南门入去，助诸葛诞守城。将军与魏兵挑战，我却从城中杀出，两路夹攻，魏兵可破矣。"异然其言。于是全怿、全端、文钦等，皆愿入城。遂同于诠引兵一万，从南门而入城。魏兵不得将令，未敢轻敌，任吴兵入城，乃报知司马昭。昭曰："此欲与朱异内外夹攻，以破我军也。"乃召王基、陈骞分付曰："汝可引五千兵截断朱异来路，从背后击之。"二人领命而去。朱异正引兵来，忽背后喊声大震：左有王基，右有陈骞，两路军杀来，吴兵大败。朱异回见孙綝。綝大怒曰："累败之将，要汝何用！"叱武士推出斩之①。又责全端子全祎曰："若退不得魏兵，汝父子休来见我。"于是孙綝自回建业去了。

钟会与昭曰："今孙綝退去，外无救兵，城可围矣。"昭从之，遂催军攻围。全祎引兵欲入寿春，见魏兵势大，寻思进退无路，遂降司马昭。昭加祎为偏将军。祎感昭恩德，乃修家书与父全端、叔全怿，言孙綝不仁，不若降魏，将书射入城中。怿得祎书，遂与端引数千人开门出降②。诸葛诞在城中忧闷，谋士蒋班、焦彝进言曰："城中粮少兵多，不能久守，可率吴、楚之众，与魏兵决一死战。"诞大怒曰："吾欲守，汝欲战，莫非有异心乎？再言必斩！"二人仰天长叹曰："诞将亡矣！我等不如早降，免至一死。"是夜二更时分，蒋、焦二人逾城降魏，司马昭重用之。因此城中虽有敢战之士，不敢言战。

诞在城中见魏兵四下筑起土城，以防淮水，只望水泛，冲倒土城，驱兵击之。不想自秋至冬，并无霖雨，淮水不泛。城中看看粮尽，文钦在小城内与二子坚守，见军士渐渐饿倒，只得来告诞曰："粮皆尽绝，军士饿损，不如将北方之兵尽放出城，以省其食。"诞大怒曰："汝教我尽去北军，欲谋我耶？"叱左右推出斩。文鸯、文虎见父被杀，各拔短刀，立杀数十人，飞身上城，一跃而下，越壕赴魏寨投降。司马昭恨文鸯昔日单骑退兵之仇，欲斩之。钟会谏曰："罪在文钦，今文钦已亡，二子势穷来归，若杀降将，是坚城内人之心也。"昭从之，遂召文鸯、文虎入帐，用好言抚慰，赐骏马锦衣，加为偏将军，封关内侯。二子拜谢上马，绕城大叫曰："我二人蒙大将军赦罪赐爵，汝等何不早降！"城内人闻言，皆计议曰："文鸯乃司马氏仇人，尚且重用，何况我等乎！"于是皆欲投降。诸葛诞闻之大怒，日夜自来巡城，以杀为威。钟会知城中人心已变，乃入帐告昭曰："可乘此时攻城矣。"昭大喜，遂激三军，四面云集，一齐攻打。守将曾宣献了北门，放魏兵入城。诞知魏兵已入，慌引麾下数百人，自城中小路突出，至吊桥边正撞着胡奋，手起刀落，斩诞于马下③。数百人皆被缚。王基引兵杀到西门，正遇吴将于诠，基大喝曰："何不早降！"诠大怒曰："受命而出，为人救难，既不能救，又降他人，义所不为也。"乃掷盔于地，大呼曰："人生在世，得死于战场者，幸耳！"急挥刀死战三十余合，人困马乏，为乱军所杀。后人有诗赞曰：

司马当年围寿春，降兵无数拜车尘。

① **朱异惨遭冤杀**
吴太平二年(257)，东吴出兵渡江救诸葛诞。《三国志·吴书·三嗣主传》，"六月，使文钦、唐咨、全端等步骑三万救诞。""秋七月，(孙)綝率众救寿春，次于镬里(安徽巢湖西北)，朱异至自夏口，綝使异为前部督，与丁奉等将介士五万解围。"由此可知朱异与文钦等实为先后两支军，不统属。朱异失败实乃将士乏粮。"泰山太守胡烈以奇兵袭都陆，焚其粮运，(石)苞、(州)泰复进击异，大破之。异之余卒馁甚，食葛叶而遁，吴人杀异"(《晋书·文帝纪》)。朱异被杀原因是孙綝故作姿态，所以司马昭说，"异不得至寿春，非其罪也，而吴人杀之，适以谢寿春，而坚诞意，使其犹望救耳"(同上)。

② **全氏家族降因**
全氏为钱塘大族，东吴政权中期主要支柱之一。孙权嫁女大虎与全琮。全端、全怿降因，据《晋书·文帝纪》："全怿母孙权女也。得罪于吴。全端兄子祎及仪奉其母来奔。仪兄静时在寿春，用钟会计，作祎、仪书以诳静，静兄弟五人帅其众来降。"但《三国志·吴书·全琮传》称："(全琮)子怿嗣。后袭业领兵，救诸葛诞于寿春，出城先降，魏以为平东将军，封临湘侯。怿兄子祎、仪、静等亦降魏。"所说投降先后有异。

③ **诸葛诞为文钦子所杀**
诸葛诞与文钦本有隙。据《晋书·文帝纪》，"会钦计事与诞忤，诞手刃杀钦。"所以《魏末传》称"诸葛诞杀文钦，及城陷，钦子鸯虎先入，杀诞，啖其肝。"(《太平御览》卷三百七十六)文鸯，一作文俶。裴注引《晋诸公》赞曰：

"俶后为将军，破凉州虏，名闻天下。太康中为东夷校尉、假节。当之职，入辞武帝。帝见而恶之，托以他事免俶官。东安公繇，诸葛诞外孙，欲杀俶，因诛杨骏，诬俶谋逆，遂夷三族。"

④ **诸葛诞部卒宁死不屈**

见《三国志·魏书·诸葛诞传》："诞麾下数百人，坐不降见斩，皆曰：'为诸葛公死，不恨。'其得人心如此。"又裴注引东晋干宝《晋纪》："数百人拱手为列，每斩一人，辄降之，竟不变，至尽，时人比之田横。"可见此情事当时传诵之广，故史家采撷之。但以司马昭作为，更大可能是以杀戮立威，俘卒本已知难免，降则杀，不降亦杀，后来为诸葛诞死，恐不确。

⑤ **唐咨被生擒降**

据《三国志·魏书·唐咨传》："唐咨本利城人。黄初中，利城郡反，杀太守徐箕，推咨为主。文帝遣诸军讨破之，咨走入海，遂亡至吴，官至左将军，封侯、持节。"唐咨奉命救诸葛诞，寿春城破，"唐咨、王祚及诸裨将皆面缚降，吴兵万众，器仗军实山积"（《三国志·魏书·诸葛诞传》），与本传所说"咨亦生擒"有异。魏乃以唐咨为安远将军。景元三年(262)，钟会谋伐蜀时，"令唐咨作浮海大船，外为将伐吴者"（《三国志·魏书·钟会传》）。

⑥ **《仇国论》非为劝姜维作**

据《三国志·蜀书·谯周传》："于时军旅数出，百姓雕瘁，(谯)周与尚书令陈祗论其厉害，退而书之，谓之《仇国论》。"所以此文虽反战，但并非写与姜维劝阻穷兵黩武的。

东吴虽有英雄士，谁及于诠肯杀身！

司马昭入寿春，将诸葛诞老小尽皆枭首，灭其三族。武士将所擒诸葛诞部卒数百人缚至。昭曰："汝等降否？"众皆大叫曰："愿与诸葛公同死，决不降汝！"昭大怒，叱武士尽缚于城外，逐一问曰："降者免死。"并无一人言降。直杀至尽，终无一人降者④。昭深加叹息不已，令皆埋之。后人有诗赞曰：

忠臣矢志不偷生，诸葛公休帐下兵。

《薤露》歌声应未断，遗踪直欲继田横。

却说吴兵大半降魏，裴秀告司马昭曰："吴兵老小尽在东南江、淮之地，今若留之，久必为变，不如坑之。"钟会曰："不然。古之用兵者，全国为上，戮其元恶而已。若尽坑之，是不仁也，不如放归江南，以显中国之宽大。"昭曰："此妙论也。"遂将吴兵尽皆放归本国。唐咨因惧孙綝，不敢回国，亦来降魏⑤。昭皆重用，令分布三河之地。淮南已平，正欲退兵，忽报西蜀姜维引兵来取长城，邀截粮草。昭大惊，慌与多官计议退兵之策。

时蜀汉延熙二十年，改为景耀元年。姜维在汉中，选川将两员，每日操练人马。一是蒋舒，一是傅佥。二人颇有胆勇，维甚爱之。忽报淮南诸葛诞起兵讨司马昭，东吴孙綝助之，昭大起两都之兵，将魏太后并魏主一同出征去了。维大喜曰："吾今番大事济矣！"遂表奏后主，愿兴兵伐魏。中散大夫谯周听知，叹曰："近来朝廷溺于酒色，信任中贵黄皓，不理国事，只图欢乐；伯约累欲征伐，不恤军士，国将危矣！"乃作《仇国论》一篇，寄与姜维⑥。维拆封视之。论曰：

或问："古往能以弱胜强者，其术何如？"曰："处大国无患者，恒多慢；处小国有忧者，恒思善。多慢则生乱，思善则生治，理之常也。故周文养民，以少取多；勾践恤众，以弱毙强，此其术也。"

或曰："曩者楚强汉弱，约分鸿沟；张良以为民志既定，则难动也，率兵追羽，终毙项氏，岂必由文王、勾践之事乎？"曰："商周之际，王侯世尊，君臣久固。当此之时，虽有汉祖，安能仗剑取天下乎？乃秦罢侯置守之后，民疲秦役，天下土崩，于是豪杰并争。今我与彼皆传国易世矣，既非秦末鼎沸之时，实有六国并据之势，故可为文王，难为汉祖。时可而后动，数合而后举，故汤、武之师不再战而克，诚重民劳而度时审也。如遂极武黩征，不幸遇难，虽有智者，不能谋之矣。"

姜维看毕，大怒曰："此腐儒之论也！"掷之于地。遂提川兵来取中原。乃问傅金曰："以公度之，可出何地？"金曰："魏屯粮草，皆在长城。今可径取骆谷，度沈岭，直到长城，先烧粮草，然后直取秦川，则中原指日可得矣。"维曰："公之见，与吾计暗合也。"即提兵径取骆谷，度沈岭，望长城而来。

却说长城镇守将军司马望，乃司马昭之族兄也。城内粮草甚多，人马却少。望听知蜀兵到，急与王真、李鹏二将，引兵离城二十里下寨。次日蜀兵来到，望引二将出阵。⑦姜维出马，指望而言曰："今司马昭迁主于军中，必有李傕、郭汜之意也。吾今奉朝廷明命，前来问罪，汝当早降。若还愚迷，全家诛戮！"望大声而答曰："汝等无礼，数犯上国，如不早退，令汝片甲不归！"言未毕，望背后王真挺枪出马，蜀阵中傅金出迎。战不十合，金卖个破绽，王真便挺枪来刺。傅金闪过，活捉真于马上，便回本阵。李鹏大怒，纵马轮刀来救。金故意放慢，等李鹏将近，努力掷真于地，暗掣四楞铁简在手。鹏赶上举刀待砍，傅金偷身回顾，向李鹏面门只一简，打得眼珠迸出，死于马下。王真被蜀军乱枪刺死。姜维驱兵大进，司马望弃寨入城，闭门不出。维下令曰："军士今夜且歇一宿，以养锐气。来日须要入城。"次日平明，蜀兵争先大进，一拥至城下，用火箭火炮打入城中。城上草屋一派烧着，魏兵自乱。维又令人取干柴堆满城下，一齐放火，烈焰冲天。城已将陷，魏兵在城内嚎啕痛哭，声闻四野。

正攻打之间，忽然背后喊声大震。维勒马回看，只见魏兵鼓噪摇旗，浩浩而来。维遂令后队为前队，自立于门旗下候之。只见魏阵中一小将，全装惯带，挺枪纵马而出，约年二十余岁，面如傅粉，唇似抹朱，厉声大叫曰："认得邓将军否？"维自思曰："此必是邓艾矣。"挺枪纵马来迎。二人抖擞精神，战到三四十合，不分胜负。那小将军枪法无半点放闲。维心中自思："不用此计，安得胜乎？"便拨马望左边山路中而走。那小将骤马追来，维挂住了钢枪，暗取雕弓羽箭射之。那小将眼乖，早已见了，弓弦响处，把身望前一倒，放过羽箭。维回头看，小将已到，挺枪来刺。维一闪，那枪从肋旁边过，被维挟住。那小将弃枪，望本阵而走。维嗟叹曰："可惜！可惜！"再拨马赶来。追至阵门前，一将提刀而出曰："姜维匹夫，勿赶吾儿！邓艾在此。"维大惊。原来小将乃艾之子邓忠也。维暗暗称奇，欲战邓艾，又恐马乏，乃虚指艾曰："吾今日识汝父子也。各且收兵，来日决战。"艾见战场不利，亦勒马应曰："既如此，各自收兵。暗算者非丈夫也。"于是两军皆退。邓艾据渭水下寨,姜维跨两山安营。艾见蜀兵地理,乃作书于司马望曰:"我等切不可战,只宜固守。待关中兵至时,蜀兵粮草皆尽,三面攻之,无不胜也。今遣长子邓忠相助守城。"一面差人于司马昭处求救。

却说姜维令人于艾寨中下战书,约来日大战,艾佯应之。次日五更,维令三军造饭,平明布阵等候。艾营中偃旗息鼓,却如无人之状。维至晚方回。次日又令人下战书,责以失期之罪。艾以酒食待使,答曰:"微躯小疾,有误相持,明日会战。"次日,维又引兵来,艾仍前不出。如此五六番。傅佥谓维曰:"此必有谋也,宜防之。"维曰:"此必捱关中兵到,三面击我耳。吾今令人持书与东吴孙綝,使并力攻之。"忽探马报说:"司马昭攻打寿春,杀了诸葛诞,吴兵皆降。昭班师回洛阳,便欲引兵来救长城。"维大惊曰:"今番伐魏,又成画饼矣!不如且回。"正是:

> 已叹四番难奏绩,又嗟五度未成功。

未知如何退兵,且看下文分解。

第一百十三回　丁奉定计斩孙綝　姜维斗阵破邓艾

却说姜维恐救兵到，先将军器车仗，一应军需，步兵先退，然后将马军断后。细作报知邓艾。艾笑曰："姜维知大将军兵到，故先退去。不必追之，追则中彼之计也。"乃令人哨探，回报果然骆谷道狭之处，堆积柴草，准备要烧追兵。众皆称艾曰："将军真神算也。"遂遣使赍表奏闻。于是司马昭大喜，又加赏邓艾。

却说东吴大将军孙綝，听知全端、唐咨等降魏，勃然大怒，将各人家眷，尽皆斩之。吴主孙亮，明年方十六，见綝杀戮太过，心甚不然。一日出西苑，因食生梅，令黄门取蜜。须臾取至，见蜜内有鼠粪数块，召藏吏责之。藏吏叩首曰："臣封闭甚严，安有鼠粪？"亮曰："黄门曾向尔求蜜食否？"藏吏："黄门于数日前曾求蜜食，臣实不敢与。"亮指黄门曰："此必汝怒藏吏不与尔蜜，故置粪于蜜中以陷之也。"黄门不服。亮曰："此事易知耳。若粪久在蜜中，则内外皆湿；若新在蜜中，则外湿内燥。"命剖视之，果然内燥，黄门服罪[1]。亮之聪明，大抵如此。虽然聪明，却被孙綝把持，不能主张[2]。綝之弟威远将军孙据，入苍龙宿卫；武卫将军孙恩、偏将军孙干、长水校尉孙阎，分屯诸营。

一日，吴主孙亮闷坐，黄门侍郎全纪在侧，纪乃国舅也。亮因泣告曰："孙綝专权妄杀，欺朕太甚，今不图之，必为后患[3]。"纪曰："陛下但有用臣处，臣万死不辞。"亮曰："卿可只今点起禁兵，与将军刘承各把城门，朕自出杀孙綝。但此事切不可令卿母知之。卿母乃綝之姊也。倘若泄漏，误朕匪轻。"纪曰："乞陛下草诏与臣。临行事之

① 孙亮明察黄门诬害

有关蜜中鼠粪之事，此处宗自《三国志·三嗣主传》裴注《吴历》。按，同传所引《江表传》有称，"亮使黄门以银碗井盖就中藏吏取交州所献甘蔗饧。黄门先恨藏吏，以鼠矢投饧中，启言藏吏不谨。亮呼吏持饧器入，问曰：'此器既盖之，且有掩覆，无缘有此，黄门将有恨于汝邪？'吏叩头曰：'尝从某宫中莞席，官席有数，不敢与。'亮曰：'必是此也。'覆问黄门，具首伏。"裴松之以为《江表传》较《吴历》为确实，"盖鼠矢新者，亦表里皆湿，"此处正好蜜中鼠矢里燥，而显示孙亮聪明。

② 孙亮训练子弟兵

孙峻、孙綝先后主政时期，东吴王朝多次动乱，见诸史传即有（一）五凤元年(254)，吴侯英（孙策孙）谋杀孙峻，未成，自杀；（二）翌年，将军孙仪等谋杀孙峻，未成，被杀；（三）太平元年(256)，骠骑将军吕据拥滕胤为丞相，未成，均为孙綝所杀；（四）同年，孙宪与将军王惇谋杀孙綝，事觉，自杀。太平二年，孙亮

"始亲政事。綝所表奏，多见难问，又科兵子弟年十八已下十五已上，得三千余人，选大将子弟年少有勇力者为之将帅。亮曰：'吾立此军，欲与之俱长。'日于苑中习焉"（《三国志·三嗣主传》）。

③ 孙亮诛孙綝起因

《演义》称孙亮"见綝杀戮太过，心甚不然"，非是。据《三国志·吴书·诸葛诞传》，司马昭破寿春，杀诸葛诞，而于降房均宽容之，即使如唐咨亦封将军，"其余裨将咸假号位，吴众悦服。江东感之，皆不诛其家。"盖孙亮诛孙綝因，在于亲政后，而孙綝又以兄弟"分屯各营，欲以专朝自固"（《三国志·孙綝传》）。《三国志·三嗣主传》引裴注《吴历》："亮数出中书视孙权旧事，问左右侍臣：'先帝数有特制，今大将军问事，但令我书可邪！'"由此冲突，其导火线乃是以鲁育（朱公主）被杀害事，而不听从孙綝所谏，"责怒虎林督朱熊、熊弟外部督朱损不匡正孙峻，乃令丁奉杀熊于虎林，杀损于建业"（《三国志·孙綝传》）。

④ 全尚乃徙零陵

全尚乃全怿、全端同族，全氏自此衰落，又全尚未杀于金陵。据《吴书·三嗣主传》："尚将家属徙零陵，道见杀。"同书《孙綝传》，"徙尚于零陵。"

⑤ 孙亮被黜后为孙休暗害

孙亮被黜为会稽王，时年十六。在位七年。吴永安三年（260）"会稽郡谣言，王亮当还为天子，而亮宫人告亮使巫祷祠，有恶言。有司以闻，黜为侯官侯，遣入国，道自杀，卫送者伏罪"（《三

时，臣将诏示众，使綝手下人皆不敢妄动。"亮从之，即写密诏付纪。纪受诏归家，密告其父全尚，尚知此事，乃告妻曰："三日内杀孙綝矣。"妻曰："杀之是也。"口虽应之，却私令人持书报知孙綝。綝大怒，当夜便唤弟兄四人，点起精兵，先围大内；一面将全尚、刘丞并其家小俱拿下。比及平明，吴主孙亮听得宫门外金鼓大震，内侍慌入奏曰："孙綝引兵围了内苑。"亮大怒，指全后骂曰："汝父兄误我大事矣！"乃拔剑欲出。全后与侍中近臣，皆牵其衣而哭，不放亮出。孙綝先将全尚④、刘丞等杀讫，然后召文武于朝内，下令曰："主上荒淫久病，昏乱无道，不可以奉宗庙，今当废之。汝诸文武，敢有不从者，以谋叛论！"众皆畏惧，应曰："愿从将军之令。"尚书桓彝大怒，从班部中挺然而出，指孙綝大骂曰："今上乃聪明之主，汝何敢出此乱言！吾宁死，不从贼臣之命！"綝大怒，自拔剑斩之，即入内指吴主孙亮骂曰："无道昏君！本欲诛戮以谢天下，看先帝之面，废汝为会稽王，吾自选有德者立之！"叱中书郎李崇夺其玺绶，令邓程收之。亮大哭而去⑤。后人有诗叹曰：

> 乱贼诬伊尹，奸臣冒霍光。
>
> 可怜聪明主，不得莅朝堂。

孙綝遣宗正孙楷、中书郎董朝，往虎林迎请琅琊王孙休为君⑥。休字子烈，乃孙权第六子也⑦，在虎林夜梦乘龙上天，回顾不见龙尾，失惊而觉。次日，孙楷、董朝至，拜请回都。行至曲阿，有一老人自称姓干，名休⑧，叩头言曰："事久必变，愿殿下速行。"休谢之。行至布塞亭，孙恩将车驾来迎。休不敢乘辇，乃坐小车而入。百官拜迎道旁，休慌忙下车答礼。孙綝出，令扶起，请入大殿，升御座即天子位。休再三谦让，方受玉玺。文官武将，朝贺已毕，大赦天下，改元永安元年。封孙綝为丞相、荆州牧，多官各有封赏。又封兄之子孙皓为乌程侯。孙綝一门五侯，皆典禁兵，权倾人主。吴主孙休恐其内变，阳示恩宠，内实防之。綝骄横愈甚。

冬十二月，綝奉牛酒入宫上寿，吴主孙休不受。綝怒，乃以牛酒诣左将军张布府中共饮。酒酣，乃谓布曰："吾初废会稽王时，人皆劝吾为君。吾为今上贤，故立之。今我上寿而见拒，是将我等闲相待。吾早晚教你看！"布闻言，唯唯而已。次日，布入宫密奏孙休。

休大惧,日夜不安。数日后,孙綝遣中书郎孟宗,拨与中营所管精兵一万五千,出屯武昌;又尽将武库内军器与之。于是将军魏邈、武卫士施朔,二人密奏孙休曰:"綝调兵在外,又搬尽武库内军器,早晚必为变矣。"休大惊,急召张布计议。布奏曰:"老将丁奉,计略过人,能断大事,可与议之。"休乃召奉入内,密告其事。奉奏曰:"陛下勿忧,臣有一计,为国除害。"休问何计。奉曰:"来朝腊日,只推大会群臣,召綝赴席,臣自有调遣。"休大喜。奉令魏邈、施朔为外事,张布为内应。

是夜狂风大作,飞沙走石,将老树连根拔起。天明风定,使者奉旨来请孙綝入宫赴会。孙綝方起床,平地如人推倒,心中不悦。使者十余人簇拥入内。家人止之曰:"一夜狂风不息,今早又无故惊倒,恐非吉兆,不可赴会。"綝曰:"吾弟兄共典禁兵,谁敢近身?倘有变动,于府中放火为号。"嘱讫,升车入内。吴主孙休慌下御座迎之,请綝高坐。酒行数巡,众惊曰:"宫外望有火起!"綝便欲起身。休止

排行	王子	母 氏	封 爵	下 落	备 注
1	孙登	养母徐氏	太子	病死	
2	孙虑			病死	
3	孙和	琅邪王夫人	太子,废为南阳王	为孙峻杀害	子孙皓为第四任皇帝
4	孙霸	谢姬	鲁王	为孙权赐死	
5	孙奋	仲姬	齐王	为孙皓诛杀	
6	孙休	南阳王夫人	琅邪王	病死	第三任皇帝
7	孙亮	潘皇后	太子	为孙休暗害	第二任皇帝,为孙綝废,为会稽王

之曰:"丞相稳便,外兵自多,何必惧哉?"言未毕,左将军张布拔剑在手,引武士三十余人抢上殿来,口中厉声而言曰:"有诏擒反贼孙綝!"綝急欲走时,早被武士擒下。綝叩头奏曰:"愿徙交州归田里。"休叱曰:"尔何不徙滕胤、吕据、王惇耶?"命推下斩之。于是张布牵孙綝下殿东斩讫。从者皆不敢动。布宣诏曰:"罪在孙綝一人,余皆不问。"众心乃安。布请孙休升五凤楼。丁奉、魏邈、施朔等,擒孙綝兄弟至,休命尽斩于市,宗党死者数百人,灭其三族。命军士掘开孙峻坟墓,戮其尸首。将被害诸葛恪⑨、滕胤、吕据、王惇等家,重建坟墓,以表其忠。其牵累流远者,皆赦还乡里。丁奉

国志·吴书·三嗣主传》)。侯官即今福建福州附近。另称为孙休暗害,见《吴录》"或云,休鸩杀之",似较可信。盖孙亮死后,就地草草埋葬,"至晋太康中,吴故少府丹阳戴颙,迎亮丧葬之赖乡"。赖乡在今南京西南。

⑥ 孙休不由虎林至建业
孙休于吴太元二年(252)元月封于虎林。虎林,据《太平寰宇记》卷一〇五《贵池》:"武林城在县东北二十五里。"据《太平舆地志》,吴大帝筑。武林即虎林,唐为避李虎名讳改。孙亮即位后,诸葛恪不愿诸亲王居在边疆,孙休乃先后徙迁丹杨郡(安徽宣城)、会稽(浙江绍兴)。他乃自会稽至建业的。

⑦ 孙权七子简表

⑧ "干休"非人名
《三国志·吴书·三嗣主传》:"行至曲阿,有老公干休叩头曰:'事久变生。天下喁喁,愿陛下速行。'""老公",即老人。"干",别本作"于",《资治通鉴》作"遮"。休,琅玡王孙休。知此处误为人名。

⑨ 诸葛恪没有彻底平反
诸葛恪被杀后,葬于石子冈,"建业南有长陵,名曰石子冈,葬者依焉。""先是,童谣曰:'诸葛恪,

芦苇单衣篾钩落,于何相求成子阁'"(《三国志·吴书·诸葛恪传》)。后诸葛恪果然乃以芦苇草席裹其尸、竹篾束缚之,草草投葬石子冈。元至正《金陵新志》称:"诸葛恪墓在句容石子冈,实在城西南。"按,石子冈即今雨花台古称,当时系乱坟堆处。孙峻败,为其所害者皆恢复名誉。《江表传》称,"朝臣有乞为恪立碑以铭其勋绩者,博士盛冲以为不应。孙休曰:'盛夏出军,士卒伤损,无尺寸之功,不可谓能;受托孤之任,死于竖子之手,不可谓智。冲议为是。'遂寝"(《三国志·吴书·诸葛恪传》)。

⑩ 挖掘地道借鉴
有关地道故事,似参见自李光弼故事:史思明以十万之众围困太原,唐将李光弼兵不满万人,"思明为飞楼,障以木幔,筑土山临城。光弼穴地颓之,思明宴城下,倡优居台上斩指天子。光弼遣人隧地禽取之,思明大骇,徙牙幔远去,军中皆视地后而行,又潜沟营地,将沉其军,乃阳约降,至期,以甲士守陴,遣裨校出,若送款者,思明大悦。俄而贼数千没于堑,城上鼓噪,突骑出乘之,俘斩万计"(《新唐书》卷一百三十六《李光弼传》)。

⑪ 姜维军营夜不妄动
此事不见于《三国志》诸传和裴注,似参照它书故事。东汉初耿纯随刘秀(光武帝)作战。"时赤眉、青犊、上江、大肜、铁胫十余万众并在射犬,世祖(刘秀)引兵将击之。纯军在前,去众营数里,贼夜攻纯,雨射营中,士多死伤,纯勒部曲,坚守不动。""世祖旦与诸将俱至营,劳纯曰:'昨夜困乎?'纯曰:'赖明公威

等重加封赏。

驰书报入成都。后主刘禅遣使回贺,吴使薛珝答礼。珝自蜀中归,吴主孙休问蜀中近日作何举动。珝奏曰:"近日中常侍黄皓用事,公卿多阿附之。入其朝,不闻直言;经其野,民有菜色。所谓'燕雀处堂,不知大厦之将焚'者也。"休叹曰:"若诸葛武侯在时,何至如此乎!"于是又写国书,教人赍入成都,说司马昭不日篡魏,必将侵吴、蜀以示威,彼此各宜准备。

姜维听得此言,忻然上表,再议出师伐魏。时蜀汉景耀元年冬,大将军姜维以廖化、张翼为先锋,王含、蒋斌为左军,蒋舒、傅佥为右军,胡济为合后,维与夏侯霸总中军,共起蜀兵二十万,拜辞后主,径到汉中。与夏侯霸商议,当先攻取何地。霸曰:"祁山乃用武之地,可以进兵,故丞相昔日六出祁山,因他处不可出也。"维从其言,遂令三军并望祁山进发,至谷口下寨。时邓艾正在祁山寨中,整点陇右之兵,忽流星马报到,说蜀兵现下三寨于谷口。艾听知,遂登高看了,回寨升帐,大喜曰:"不出吾之所料也!"原来邓艾先度了地脉,故留蜀兵下寨之地。地中自祁山寨直至蜀寨,早挖了地道,待蜀兵至时,于中取事。此时姜维至谷口,分作三寨,地道正在左寨之中,乃王含、蒋斌下寨之处。邓艾唤子邓忠,与师纂各引一万兵,为左右冲击;却唤副将郑伦,引五百掘子军,于当夜二更径从地道直至左营,于帐后地下拥出。⑩

却说王含、蒋斌因立寨未定,恐魏兵来劫寨,不敢解甲而寝。忽闻中军大乱,急绰兵器上的马时,寨外邓忠引兵杀到。内外夹攻,王、蒋二将奋死抵敌不住,弃寨而走。姜维在帐中听得左寨中大喊,料道有内应外合之兵,遂急上马,立于中军帐前,传令曰:"如有妄动者斩。便有敌兵到营边,休要问他,只管以弓弩射之。"一面传示右营,亦不许妄动⑪。果然魏兵十余次冲击,皆被射回。只冲杀到天明,魏兵不敢杀入。邓艾收兵回寨,乃叹曰:"姜维深得孔明之法。兵在夜而不惊,将闻变而不乱,真将才也!"次日,王含、蒋斌收聚败兵,伏于大寨前请罪。维曰:"非汝等之罪,乃吾不明地脉之故也。"又拨军马,令二将安营讫。却将伤死身尸填于地道之中,以土掩之。令人下战书,单搦邓艾来日交锋。艾忻然应之。

三国演义

次日，两军列于祁山之前，维按武侯八阵之法，依天、地、风、云、鸟、蛇、龙、虎之形，分布已定。邓艾出马，见维布成八卦，乃亦布之，左右前后，门户一般。维持枪纵马大叫曰："汝效吾排八阵，亦能变阵否？"艾笑曰："汝道此阵只汝能布耶？吾既会布阵，岂不知变阵？"艾便勒马入阵，令执法官把旗左右招飐，变成八八六十四个门户。复出阵前曰："吾变法若何？"维曰："虽然不差，汝敢与吾八阵相围么？"艾曰："有何不敢！"两军各依队伍而进。艾在中军调遣。两军冲突，阵法不曾错动。姜维到中间，把旗一招，忽然变成"长蛇卷地阵"，将邓艾困在垓心，四面喊声大震。⑫艾不知其阵，心中大惊。蜀兵渐渐逼近，艾引众将冲突不出，只听得蜀兵齐叫曰："邓艾早降！"艾仰天长叹曰："我一时自逞其能，中姜维之计矣！"

忽然西北角上一彪军杀入，艾见是魏兵，遂乘势杀出。救邓艾者，乃司马望也。比及救出邓艾时，祁山九寨皆被蜀兵所夺。艾引败兵，退于渭水南下寨。艾谓望曰："公何以知此阵法而救出我也？"望曰："吾幼年游学于荆南，曾与崔州平、石广元为友，讲论此阵。今日姜维所变者，乃'长蛇卷地阵'也。若他处击之，必不可破。吾见其头在西北，故从西北击之，自破矣。"艾谢曰："我虽学得阵法，实不知变法。公既知此法，来日以此法复夺祁山寨栅，如何？"望曰："我之所学，恐瞒不过姜维。"艾曰："来日公在阵上与他斗阵法，我却引一军暗袭祁山之后。两下混战，可夺旧寨也。"于是令郑伦为先锋，艾自引军袭山后；一面令人下战书，搦姜维来日斗阵法。维批回去讫，乃谓众将曰："吾受武侯所传密书，此阵变法，共三百六十五样，按周天之数。今搦吾斗阵法，乃'班门弄斧'耳！但中间必有诈谋，公等知之乎？"廖化曰："此必赚我斗阵法，却引一军袭我后也。"维笑曰："正合我意。"即令张翼、廖化引一万兵去山后埋伏。

次日，姜维尽拔九寨之兵，分布于祁山之前。司马望引兵离了渭南，径到祁山之前，出马与姜维答话。维曰："汝请吾斗阵法，汝先布与吾看。"望布成了八卦。维笑曰："此即吾所布八阵之法也，汝今盗袭，何足为奇！"望布成了八卦。维笑曰："此即吾所布八阵之法也，汝今盗袭，何足为奇！"望曰："汝亦窃他人之法耳。"维曰："此阵凡有几变？"望笑曰："吾既能布，岂不会变？此阵有九九八十一变。"维笑曰："汝试变来。"望入阵变了数番，复出阵曰："汝识吾变否？"维笑曰："吾阵法按周天三百六十五

德，幸而获全。'世祖曰：'大兵不可夜动，故不相救耳'"（《后汉书》卷二十一《耿纯传》）。又北宋初，吴越王将两浙诸军都钤辖使沈承礼奉命率军助宋师下江南，围攻润州(江苏镇江)，"城中兵夜焚外栅，诸将皆欲驰救。承礼曰：'兵法，击东南，而备西北，此之谓也。'命士卒皆擐甲蓐食，坚壁不动。他垒不及备者悉惊扰，独承礼所部，敌人不敢窥焉"（《十国春秋》卷八十一《沈承礼传》）。

⑫ **姜维变化八阵图**

阵图要适应敌情，作时宜变化。据袁庭栋、刘泽横《中国古代战争》(四川社科院出版社 1988 年版)称："据说，适应性最强，应变反应最快的诸葛八阵图，就是'阵阵相包，奇正数别，伸缩翕张，进退有节，为方、为圆、为曲，为直、为锐，或滚、或前、或后，合而为一，列而有九，变化无穷，触处为首'(《阵纪》卷三)。阵无定势，贵在变化。姜维破邓艾以图克图，颇有似西晋马隆与西羌树机能作战，"隆依八阵图作偏箱车，地广则鹿角车营，狭狭则为木屋施于车上，且战且前，弓矢所及，应弦而倒。"(《晋书·马隆传》)东晋桓温观诸葛亮鱼复平沙石阵，说"常山蛇势，此即九军阵法也"。所以有说"八阵即九军，九军者方阵也"(《宋史》卷一九五《兵志》)。此乃指"八阵图"可化为"长蛇阵"。

变。汝乃井底之蛙，安知玄奥乎！”望自知有此变法，实不曾学全，乃勉强折辩曰：“吾不信，汝试变来。”维曰：“汝教邓艾出来，吾当布与他看。”望曰：“邓将军自有良谋，不好阵法。”维大笑曰：“有何良谋！不过教汝赚吾在此布阵，他却引兵袭吾山后耳。”望大惊，恰欲进兵混战，被维以鞭梢一指，两翼兵先出，杀的那魏兵弃甲抛戈，各逃性命。

却说邓艾催督先锋郑伦来袭山后。伦刚转过山角，忽然一声炮响，鼓角喧天，伏兵杀出，为首大将乃廖化也。二人未及答话，两马交处，被廖化一刀斩郑伦于马下。邓艾大惊，急勒兵退时，张翼引一军杀到。两下夹攻，魏兵大败。艾舍命突出，身被四箭。奔到渭南寨时，司马望亦到。二人商议退兵之策。望曰：“近日蜀主刘禅，宠幸中贵黄皓，日夜以酒色为乐，可用反间计召回姜维，此危可解。”艾问众谋士曰：“谁可入蜀交通黄皓？”言未毕，一人应声曰：“某愿往。”艾视之，乃襄阳党均也。艾大喜，即令党均赍金珠宝物，径到成都，结连黄皓，布散流言，说姜维怨望天子，不久投魏。于是成都人人所说皆同。黄皓奏知后主，即遣人星夜宣姜维入朝。

却说姜维连日搦战，邓艾坚守不出。维心中甚疑。忽使命至，诏维入朝。维不知何事，只得班师回朝。邓艾、司马望知姜维中计，遂拔渭南之兵，随后掩杀。正是：

乐毅伐齐遭间阻，岳飞破敌被诬回。

未知胜负如何，且看下文分解。

第一百十四回　曹髦驱车死南阙　姜维弃粮胜魏兵

却说姜维传令退兵。廖化曰："'将在外，君命有所不受。'今虽有诏，未可动也。"张翼曰："蜀人为大将军连年动兵，皆有怨望，不如乘此得胜之时，收回人马，以安民心，再作良图。"维曰："善。"遂令各军依法而退。命廖化、张翼断后，以防魏兵追袭。

却说邓艾引兵追赶，只见前面蜀兵旗帜整齐，人马徐徐而退。艾叹曰："姜维深得武侯之法也！"因此不敢追赶，勒军回祁山寨去了。

且说姜维至成都，入见后主，问召回之故。后主曰："朕为卿在边庭，久不还师，恐劳军士，故诏卿回朝，别无他意。"维曰："臣已得祁山之寨，正欲收功，不期半途而废。此必中邓艾反间之计矣。"后主默然不语。姜维又奏曰："臣誓讨贼，以报国恩。陛下休听小人之言，致生疑虑。"后主良久乃曰："朕不疑卿，卿且回汉中，俟魏国有变，再伐之可也。"姜维叹息出朝，自投汉中去讫。

却说党均回到祁山寨中，报知此事。邓艾与司马望曰："君臣不和，必有内变。"就令党均入洛阳，报知司马昭。昭大喜，便有图蜀之心，乃问中护军贾充曰："吾今伐蜀，如何？"充曰："未可伐也。天子方疑主公，若一旦轻出，内难必作矣。旧年黄龙两见于宁陵井中，群臣表贺，以为祥瑞。天子曰：'非祥瑞也。龙者君象，乃上不在天，下不在田。屈于井中，是幽囚之兆也。'①遂作《潜龙》诗一首。诗中之意，明明道着主公。其诗曰：'伤哉龙受困，不能跃深渊。上不飞天汉，下不见于田。蟠居于井底，鳅鳝舞其前。藏牙伏爪甲，嗟我亦同然！'"司马昭闻之大怒，谓贾充曰："此人欲效曹芳也。若不早图，彼必害我。"充曰："某愿为主公早晚图之。"

时魏甘露五年夏四月，司马昭带剑上殿，髦起迎之。群臣皆奏曰："大将军功德巍巍，合为晋公，加九锡。"髦低头不答。昭厉声

① **曹髦在位时井中多见青黄龙**　据《三国志·魏书·三少帝纪》，曹髦做皇帝七年，几乎每年都有青黄龙见于井：（一）正元元年，黄龙见于郏井；（二）甘露元年，青龙先后见于轵县井和元城县井；（三）甘露二年，青龙见于温县井；（四）甘露三年，青龙、黄龙先后见于顿丘、冠军、阳夏井；（五）甘露四年，黄龙见于宁陵井。刘向称："龙贵象，而困井中，诸侯幽，执之祸也。"是以有此说。其实，所谓龙，很有可能是巨鳅。巨鳅出于井，传闻为龙，良有以也。

② **司马昭封晋公**

据《三国志·魏书·三少帝纪》早在魏甘露三年(258)就拟封司马昭"晋公，食邑八郡，加之九锡，文王前后九让乃止"。"(甘露)五年，封晋公，加九锡"。可见曹髦被杀前一个月，就当晋公了。

③ **成倅、成济替罪羊**

曹髦被杀，《演义》据《三国志·三少帝纪》裴注《汉晋春秋》。《魏末传》称"贾充呼帐下督成济谓曰：'司马家事若败，汝等岂复有种乎？何不出击！'倅兄弟二人乃帅帐下人出，顾曰：'当杀邪？执邪？'充曰：'杀之。'兵交，帝曰：'放仗！'大将军士皆放仗。济兄弟因前刺帝，帝倒车下。"于是司马昭奏以"(成)济凶戾悖逆，干国乱纪，罪不容诛。辄敕侍御史收济家属，付廷尉，结正其罪。《魏氏春秋》说"成济兄弟不即伏罪，袒而升屋，丑言悖慢；自下射之，乃殪。"

"吾父子兄弟三人有大功于魏，今为晋公，得毋不宜耶？"髦乃应曰："敢不如命②？"昭曰："《潜龙》之诗，视吾等如鳅鳝，是何礼也？"髦不能答。昭冷笑下殿。众官凛然。髦归后宫，召侍中王沈、尚书王经、散骑常侍王业三人入内计议。髦泣曰："司马昭将怀篡逆，人所共知。朕不能坐受废辱，卿等可助朕讨之！"王经奏曰："不可。昔鲁昭公不忍季氏，败走失国；今重权已归司马氏久矣，内外公卿，不顾顺逆之理，阿附奸贼，非一人也。且陛下宿卫寡弱，无用命之人。陛下若不隐忍，祸莫大焉。且宜缓图，不可造次。"髦曰："'是可忍也，孰不可忍也！'朕意已决，便死何惧！"言讫，即入告太后。王沈、王业谓王经曰："事已急矣。我等不可自取灭族之祸，当往司马公府下出首，以免一死。"经大怒曰："主忧臣辱，主辱臣死，敢怀二心乎？"王沈、王业见经不从，径自往报司马昭去了。

少顷，魏主曹髦出内，令护卫焦伯，聚集殿中宿卫苍头官僮三百余人，鼓噪而出。髦仗剑升辇，叱左右径出南阙。王经伏于辇前，大哭而谏曰："今陛下领数百人伐昭，是驱羊而入虎口耳，空死无益。臣非惜命，实见事不可行也！"髦曰："吾军已行，卿勿阻当。"遂望云龙门而来。只见贾充戎服乘马，左有成倅，右有成济，引数千铁甲禁兵，呐喊杀来。髦仗剑大喝曰："吾乃天子也！汝等突入宫庭，欲弑君耶？"禁兵见了曹髦，皆不敢动。贾充呼成济曰："司马公养你何用？正为今日之事也。"济乃绰戟在手，回顾充曰："当杀耶？当缚耶？"充曰："司马公有令，只要死的！"成济撚戟直奔辇前。髦大喝曰："匹夫敢无礼乎！"言未讫，被成济一戟刺中前胸，撞出辇来；再一戟，刃从背上透出，死于辇旁。焦伯挺枪来迎，被成济一戟刺死。众皆逃走。王经随后赶来，大骂贾充曰："逆贼安敢弑君耶！"充大怒，叱左右缚定，报知司马昭。昭入内，见髦已死，乃佯作大惊之状，以头撞辇而哭，令人报知各大臣。

时太傅司马孚入内，见髦尸，首枕其股而哭曰："弑陛下者，臣之罪也！"遂将髦尸用棺椁盛贮，停于偏殿之西。昭入殿中，召群臣会议。群臣皆至，独有尚书仆射陈泰不至。昭令泰之舅尚书荀𫖮召之。泰大哭曰："论者以泰比舅，今舅实不如泰也。"乃披麻带孝而入，哭拜于灵前。昭亦佯哭而问曰："今日之事，何法处之？"泰曰："独斩贾充，少可以谢天下耳。"昭沉吟良久，又问曰："再思其次？"泰曰："惟有进于此者，不知其次。"昭曰："成济大逆不道，可剐之，灭其三族。"济大骂昭曰："非我之罪，是贾充传汝之命！"昭令先割其舌。济至死叫屈不绝。弟成倅亦斩于市，尽灭三族③。后人有诗叹曰：

> 司马当年命贾充，弑君南阙赭袍红。
>
> 却将成济诛三族，只道军民尽耳聋！

昭又使人收王经全家下狱。王经正在廷尉厅下，忽见缚其母至。经叩头大哭曰："不孝子累及慈母矣！"母大笑曰："人谁不死？正恐不得死所耳。以此弃命，何恨之有！"次日，王经全家皆押赴东市，王经母子含笑受刑。满城士庶，无不垂泪。后人有诗曰：

> 汉初夸伏剑，汉末见王经。
>
> 真烈心无异，坚刚志更清。
>
> 节如泰华重，命似羽毛轻。
>
> 母子声名在，应同天地倾。

太傅司马孚请以王礼葬曹髦，昭许之。④贾充等劝司马昭受魏禅，即天子位。昭曰："昔文王三分天下有其二，以服事殷，故圣人称为至德。魏武帝不肯受禅于汉，犹吾之不肯受禅于魏也。"贾充等闻言，已知司马昭留意于子司马炎矣，遂不复劝进。是年六月，司马昭立常道乡公曹璜为帝，改元景元元年。璜改名曹奂，字景召，乃武帝曹操之孙，燕王曹宇之子也。⑤奂封昭为丞相、晋公、赐钱十万、绢万匹。其文武多官，各有封赏。

早有细作报入蜀中，姜维闻司马昭弑了曹髦，立了曹奂，喜曰："吾今日伐魏又有名矣。"遂发书入吴，令起兵问司马昭弑君之罪；一面奏准后主，起兵十五万，车乘数千辆，皆置板箱于上；令廖化、张翼为先锋。化取子午谷，翼取骆谷，维自取斜谷，皆要出祁山之前取齐。三路兵并起，杀奔祁山而来。时邓艾在祁山寨中，训练人马，闻报蜀兵三路杀到，乃聚诸将计议。参军王瓘曰："吾有一计，不可明言。现写在此，谨呈将军台览。"艾接来展看毕，笑曰："此计虽妙，只怕瞒不过姜维。"瓘曰："某愿舍命前去。"艾曰："公志若坚，必能成功。"遂拨五千兵与瓘。瓘连夜从斜谷迎来。正撞蜀兵前队哨马。瓘叫曰："我是魏国降兵，可报与主帅。"哨军报知姜维，维令拦住余兵，只教为首的将来见。瓘拜伏于地曰："某乃王经之侄王瓘也。近见司马昭弑君，将叔父一门皆戮，某痛恨入骨。今幸将军兴师问罪，故特引本部兵五千来降。愿从调遣，剿除奸党，以报叔父之恨。"维大喜，谓瓘曰："汝既诚心来降，吾岂不诚心相待？吾军中所患者，不过粮耳。今有粮车数千，现在川口，汝可运赴祁山。吾只今去取祁山寨也。"瓘心中大喜，以为中计，忻然领诺。姜维曰："汝去运粮，不必用五千人，但引三千人去，留下二千人引路，以打祁山。"瓘恐维疑惑，乃引三千兵去了。维令傅佥引二千魏兵随征听

④ **曹髦乃草草安葬**

曹髦智商颇高，常赴太学谈论《周易》、《礼记》，与司马望、王沈、裴秀、钟会等名流商讨，他所提问，虽大儒也不能解答，颇为司马昭所忌，因而被杀害。司马昭借皇太后旨，"此儿亦宜以民礼葬之"，而又以"实有不忍，以为可加恩以王礼葬之"，而葬于"洛阳西北三十里瀍涧之滨，下车数乘，不设旌旗，百姓相聚而观之，曰：'是前日所杀天子也。'或掩面而泣，悲不自胜。"（《汉晋春秋》）

⑤ **曹奂为五斗米道张鲁外孙**

曹操取汉中张鲁旧降，为结姻缘，曹操"为子彭祖取鲁女"（《魏书·张鲁传》）彭祖，即燕王曹宇字，是曹奂为五斗米道张鲁外孙。是年(260)，曹奂十五岁。

⑥ 栈道

姜维弃粮故事不见于史传,也未见元明杂剧等。栈道,最先采用的系春秋时代秦地人,他们在深山绝壁上凿石为洞,架木为梁,上铺木板以供人群和车马通行。如诸葛亮、姜维北上所走的被称为"蜀道之始"的褒斜道,它南接汉中褒谷口,南连眉县斜谷,是连接川秦要道,当时它的通路面最宽处为 6 米,最窄处仅 0.9 米,通常宽度为 2 米,真所谓是"飞梁架绝岭"。现栈道起点(陕西汉中河东店镇褒谷口)修及左栈道 160 米,以为景点。现代桥梁学家茅以升认为,栈道是中国仅次于万里长城和大运河的中国古代第三大建筑奇迹。

⑦ 姜维八伐中原

据《三国志·蜀书·后主传》,诸葛亮死后十二年间,蜀汉大致是休养生息,闭国自守。此中仅在延熙七年(244),于汉中击败魏曹爽军。至延熙十二年,姜维开始其北伐生涯,所谓八伐中原,时间间隔长达十四年:(一)蜀汉延熙十二年"秋,卫将军姜维出攻雍州,不克而还。将军句安、李韶降魏";(二)翌年,"姜维复出西平(青海西宁),不克而还";(三)延熙十六年"卫将军姜维复率众围南安(甘肃陇西渭河东岸),不克而还";(四)翌年,"夏六月,维复率众出陇西。冬,拔狄道(甘肃临洮),河关(甘肃临夏西北)、临洮(甘肃岷县)三县民,居于绵竹、繁县";(五)延熙十八年,姜维"复率诸军出狄道,与魏雍州刺史王经战于洮西,大破之。经退保狄道城,维却住钟题(甘肃临洮南)";(六)延熙十九年,"维为魏大将军邓艾所破

用。忽报夏侯霸到。霸曰:"都督何故准信王瓘之言也? 吾在魏,虽不知备细,未闻王瓘是王经之侄。其中多诈,请将军察之。"维大笑曰:"我已知王瓘之诈,故分其兵势,将计就计而行。"霸曰:"公试言之。"维曰:"司马昭奸雄比于曹操,既杀王经,灭其三族,安肯存亲侄于关外领兵? 故知其诈也。仲权之见,与我暗合。"于是姜维不出斜谷,却令人于路暗伏,以防王瓘奸细。

不旬日,果然伏兵捉得王瓘回报邓艾下书人来见。维问了情节,搜出私书,书中约于八月二十日,从小路运粮送归大寨,却教邓艾遣兵于墰山谷中接应。维将下书人杀了,却将书中之意,改作八月十五日,约邓艾自率大兵,于墰山谷中接应。一面令人扮作魏军往魏营下书;一面令人将现有粮车数百辆卸了粮米,装载干柴茅草引火之物,用青布罩之,令傅金引二千原降魏兵,执打运粮旗号。维却与夏侯霸各引一军,去山谷中埋伏。令蒋舒出斜谷,廖化、张翼俱各进兵,来取祁山。

却说邓艾得了王瓘书信,大喜,急写回书,令来人回报。至八月十五日,邓艾引五万精兵径往墰山谷中来,远远使人凭高眺探,只见无数粮车,接连不断,从山凹中而行。艾勒马望之,果然皆是魏兵。左右曰:"天已昏暮,可速接应王瓘出谷口。"艾曰:"前面山势掩映,倘有伏兵,急难退步,只可在此等候。"正言间,忽两骑马骤至,报曰:"王将军因将粮草过界,背后人马赶来,望早救应。"艾大惊,急催兵前进。时值初更,月明如昼。只听得山后呐喊,艾只道王瓘在山后厮杀。径奔过山后时,忽树林后一彪军撞出,为首蜀将傅金,纵马大叫曰:"邓艾匹夫! 已中吾主将之计,何不早早下马受死!"艾大惊,勒回马便走。车上火尽着,那火便是号火。两势下蜀兵尽出,杀得魏兵七断八续,但闻四下山上只叫:"拿住邓艾的赏千金,封万户侯!"唬得邓艾弃甲丢盔,撇了坐下马,杂在步军之中,爬山越岭而逃。姜维、夏侯霸只望马上为首的径来擒捉,不想邓艾步行走脱。维领得胜兵去接王瓘粮车。

却说王瓘密约邓艾,先期将粮草车仗,整备停当,专候举事。忽有心腹人报:"事已泄漏,邓将军大败,不知性命如何?"瓘大惊,令人哨探,回报三路兵围杀将来,背后又见尘头大起,四下无路。瓘叱左

右令放火，尽烧粮草车辆。一霎时，火光突起，烈火烧空，瓘大叫曰："事已急矣，汝等宜死战！"乃提兵望西杀出。背后姜维三路追赶。维只道王瓘舍命撞回魏国，不想反杀入汉中而去。瓘因兵少，只恐追兵赶上，遂将栈道⑥并各关隘尽皆烧毁。姜维恐汉中有失，遂不追邓艾，提兵连夜抄小路来追杀王瓘。瓘被四面蜀兵攻击，投黑龙江而死。余兵尽被姜维坑之。维虽然胜了邓艾，却折了许多粮车，又毁了栈道，乃引兵还汉中。邓艾引部下败兵，逃回祁山寨内，上表请罪，自贬其职。司马昭见艾数有大功，不忍贬之，复加厚赐。艾将原赐财物，尽分给被害将士之家。昭恐蜀兵又出，遂添兵五万与艾守御。姜维连夜修了栈道，又议出师⑦正是：

连修栈道兵连出，不伐中原死不休。

未知胜负如何，且看下文分解。

于上邽(甘肃天水)。维退军还成都"；(七)延熙二十年，"姜维复率众出骆谷(秦岭一谷道，北口起自陕西周至西南，南口止于陕西洋县北，全长四百余里)，至芒水(陕西周至东南)"；(八)景耀五年(262)"姜维复率众出侯和(甘肃临潭西)，为邓艾所破，还住沓中(甘肃舟曲县西北)"。《演义》未述第二、四次，而所写的姜维出祁山，与邓艾、司马望斗阵法和借魏将王瓘诈降，诱败邓艾事均属虚构；《演义》所述其余的各次北伐，也多有虚构处。所谓"九伐中原"，出自毛宗冈《读三国志法》，他将姜维在沓中突围至剑阁，也作为一次了。

第一百十五回　诏班师后主信谗
托屯田姜维避祸

　　却说蜀汉景耀五年冬十月，大将军姜维差人连夜修了栈道，整顿军粮兵器，又于汉中水路调拨船只，俱已完备，上表奏后主曰："臣累出战，虽未成大功，已挫动魏人心胆。今养兵日久，不战则懒，懒则致病。况今军思效死，将思用命，臣如不胜，当受死罪。"后主览表，犹豫未决。谯周出班奏曰："臣夜观天文，见西蜀分野，将星暗而不明。今大将军又欲出师，此行甚是不利。陛下可降诏止之。"后主曰："且看此行若何。果然有失，却当阻之。"谯周再三苦谏不从，乃归家叹息不已，遂推病不出。

　　却说姜维临兴兵，乃问廖化曰："吾今出师，誓欲恢复中原，当先取何处？"化曰："连年征伐，军民不宁；兼魏有邓艾，足智多谋，非等闲之辈。将军强欲行难为之事，此化所以不敢专也。"维勃然大怒曰："昔丞相六出祁山，亦为国也。吾今八次伐魏，岂为一己之私哉？今当先取洮阳。如有逆吾者必斩！"遂令廖化守汉中，自同诸将提兵三十万径取洮阳而来。早有川口人报入祁山寨中。时邓艾正与司马望谈兵，闻知此信，遂令人哨探。回报蜀兵尽从洮阳而出。司马望曰："姜维多计，莫非虚取洮阳而实来取祁山乎？"邓艾曰："今姜维实出洮阳也。"望曰："公何以知之？"艾曰："向者姜维累出吾有粮之地，今洮阳无粮，维必料吾只守祁山，不守洮阳，故径取洮阳；如得此城，屯粮积草，结连羌人，以图久计耳。"望曰："若此，如之奈何？"艾曰："可尽撤此处之兵，分为两路去救洮阳，离洮阳二十五里，有侯河小城，乃洮阳咽喉之地。公引一军伏于洮阳，偃旗息鼓，大开四门，如此如此而行；我却引一军伏侯河，必获大胜也。"筹画已定，各各依计而行。只留偏将师纂守祁山寨。却说姜维令夏侯霸为前部，先引一军径取洮阳。霸提兵前进，将近洮阳，望见城上并无一杆旌旗，四门大开。霸心下疑惑，未敢入城，回顾诸将曰："莫非诈乎？"诸将曰："眼见得是空城，只有些小百姓，听知大将军兵到，尽弃城而走了。"霸未信，自纵马于城南视之，只见城后老小无数，皆望西北而逃。霸大喜曰："果空城也！"遂当先杀入，余众随后而进。方到瓮城边，忽然一声炮响，城上鼓角齐鸣，旌旗遍竖，拽起吊桥。霸大惊曰："误中计矣！"慌欲退时，城上矢石如雨。可怜夏侯霸同五百军，皆死于城下①。后人有诗叹曰：

大胆姜维妙算长，谁知邓艾暗提防。

可怜投汉夏侯霸，顷刻城边箭下亡。

司马望从城内杀出，蜀兵大败而逃。随后姜维引接应兵到，杀退司马望，就傍城下寨。维闻夏侯霸射死，嗟伤不已。是夜二更，邓艾自侯河城内，暗引一军潜地杀入蜀寨。蜀兵大乱，姜维禁止不住。城上鼓角喧天，司马望引兵杀出。两下夹攻，蜀兵大败。维左冲右突，死战得脱，退二十余里下寨。蜀兵两番败走之后，心中摇动。维与众将曰："胜败乃兵家之常。今虽损兵折将，不足为忧。成败之事，在此一举。汝等始终勿改。如有言退者立斩。"张翼进言曰："魏兵皆在此处，祁山必然空虚。将军整兵与邓艾交锋，攻打洮阳、侯河；某引一军取祁山。取了祁山九寨，便驱兵向长安。此为上计。"维从之，即令张翼引后军径取祁山。维自引兵到侯河搦邓艾交战。艾引军出迎。两军对圆，二人交锋数十余合，不分胜负，各收兵回寨。次日，姜维又引兵挑战，邓艾按兵不出。姜维令军辱骂。邓艾寻思曰："蜀人被吾大杀一阵，全然不退，连日反来搦战，必分兵去袭祁山寨也。守寨将师纂兵少智寡，必然败矣。吾当亲往救之。"乃唤子邓忠分付曰："汝用心守把此处，任他搦战，却勿轻出。吾今夜引兵去祁山救应。"是夜二更，姜维正在寨中设计，忽听得寨外喊声震地，鼓角喧天，人报邓艾引三千精兵夜战。诸将欲出，维止之曰："勿得妄动。"原来邓艾引兵至蜀寨前哨探了一遍，乘势去救祁山，邓忠自入城去了。姜维唤诸将曰："邓艾虚作夜战之势，必然去救祁山寨矣。"乃唤傅佥分付曰："汝守此寨，勿轻与敌。"嘱毕，维自引三千兵来助张翼。

却说张翼正到祁山攻打，守寨将师纂兵少，支持不住。看看待破，忽然邓艾兵至，冲杀了一阵，蜀兵大败，把张翼隔在山后，绝了归路。正慌急之间，忽听的喊声大震，鼓角喧天，只见魏兵纷纷倒退。左右报曰："大将军姜伯约杀到。"翼乘势驱兵相应。两下夹攻，邓艾折了一阵，急退上祁山寨不出。姜维令兵四面攻围。

话分两头。却说后主在成都，听信宦官黄皓之言，又溺于酒色，

① 夏侯霸战死洮阳之谜

有关夏侯霸战死洮阳，不见于史传。按，据《三国志·蜀书·后主传》，夏侯霸系蜀汉延熙十二年(249)投奔蜀汉，延熙十四年，车骑将军邓芝病死，乃以他继任车骑将军。景耀二年(259)，蜀汉取消车骑将军改设为左车骑将军和右车骑将军，分别由张翼和廖化出任，自此之后，历任八年之久的车骑将军夏侯霸即不见于史载，估计他即死于此年。其死因多系病死，盖如战死或其他非正常死亡必见于史传。他曾与后任大将军的卫将军姜维联手指挥洮西战役。

② 刘琰鞭妻非五百人

刘琰鞭妻，据《三国志·蜀书·刘琰传》，系发生在蜀汉建兴十二年(234)二月之事，时诸葛亮正北征至五丈原。此处移位至景耀五年(262)，而本传作"琰妻胡氏入贺太后，太后令特留胡氏"，均不确。且"军士五百人列于前"也源出于本传，"呼卒五百挝听。"清潘眉说，"卒字当衍。《后汉书·祢衡传》，'令五百将出。注，五百犹今之问事也。'《曹节传》，越骑营五百。妻有美色注，引韦昭辩释名曰：五百，本为伍伯。伍伯也，伯导也，使之导引当道陌中，以驱除也。今俗呼行杖人为五百。"故五百乃持行刑者，非五百人，亦误识。又，伍伯为官吏出行开道护卫的力役。晋崔豹《古今注》卷上："伍伯，一伍之伯也。五人曰伍，五长为伯，故称伍伯。一曰户伯。汉制兵吏五人一户灶置一伯，故户伯亦曰火伯，以为一灶之主也。汉诸公行，则户伯率其伍以导引也。古兵士服韦弁，今户伯

服赤帻缲衣素韈,弁之遗法也。"

"伍伯为服役于武官之称谓,服役于文官谓之辟车。辟车言为车辟道的意思,伍伯意思亦同"(陈仲安、王素《汉唐职官制度研究》,中华书局 1993 年 3 月版)。

③ 阎宇其人

阎宇,《三国志·蜀书》无传,其事迹散见于同书《姜维传》《马忠传》及《华阳国志》。阎宇系南郡人。陈寿称其"宿有功干,干事精勤"(《马忠传》)。《华阳国志·南中志》称,景耀初(258),阎宇为庲降都督兼领建宁太守,二年为右卫大将军,回成都任职。裴注《襄阳记》称,阎宇在蜀汉亡国前夕,出任巴东(江州地区)主帅,"时右大将军阎宇都督巴东,为领军,后主拜宪(巴东太守罗宪)为宇副贰,魏之伐蜀,召宇西还,留二千人,令宪守永安城。"可见当时钟会军大举进入汉中,刘禅政府已从各处调军来援。但阎宇军未至成都,刘禅已降,此后他的下落无考。

④ 诸葛瞻欲阻姜维北伐

据《三国志·蜀书·诸葛亮传》引裴注孙盛《异同记》:"瞻、(董)厥等以维好战无功,国内疲弊,宜表后主。召还为益州刺史,夺其兵权;蜀长老犹有瞻表以阎宇代维故事。"是推荐阎宇代姜维为诸葛瞻故事。同书又称,"晋永和三年,蜀史常璩说蜀长老云:'陈寿尝为瞻吏,为瞻所辱,故因此事归恶黄皓,而云瞻不能匡矫也。'"按,诸葛瞻以蜀汉景耀四年(261)为行都护、卫将军,平尚书事,时黄皓已专权多年,而未有匡正,所以诸葛尚在临死前说:"父子荷恩,不早斩黄皓,以致败国殄民,用生何为?"《华

不理朝政。时有大臣刘琰妻胡氏,极有颜色;因入宫朝见皇后,后留在宫中,一月方出。琰疑其妻与后主私通,乃唤帐下军士五百人列于前,将妻绑缚,令军以履挞其面数十,几死复苏②。后主闻之大怒,令有司议刘琰罪。有司议得:"卒非挞妻之人,面非受刑之地,合当弃市。"遂斩刘琰。自此命妇不许入朝。然一时官僚以后主荒淫,多有疑怨者。于是贤人渐退,小人日进。时右将军阎宇③身无寸功,只因阿附黄皓,遂得重爵;闻姜维统兵在祁山,乃说皓奏后主曰:"姜维屡战无功,可命阎宇代之。"后主从其言,遣使赍诏,召回姜维④。维正在祁山攻打寨栅,忽一日三道诏至,宣维班师。维只得遵命,先令洮阳兵退,次后与张翼徐徐而退。邓艾在寨中,只听得一夜鼓角喧天,不知何意。至平明,人报蜀兵尽退,止留空寨。艾疑有计,不敢追袭。

姜维径到汉中,歇住人马,自与使命入成都见后主。后主一连十日不朝。维心中疑惑。是日至东华门,遇见秘书郎郤正。维问曰:"天子召维班师,公知其故否?"正笑曰:"大将军何尚不知?黄皓欲使阎宇立功,奏闻朝廷,发诏取回将军。今闻邓艾善能用兵,因此寝其事矣。"维大怒曰:"我必杀此宦竖!"郤正止之曰:"大将军继武侯之事,任大职重,岂可造次?倘若天子不容,反为不美矣。"维谢曰:"先生之言是也。"次日,后主与黄皓在后园宴饮,维引数人径入。早有人报知黄皓,皓急避于湖山之侧。维至亭下,拜了后主,泣奏曰:"臣困邓艾于祁山,陛下连降三诏,召臣回朝,未审圣意为何?"后主默然不语。维又奏曰:"黄皓奸巧专权,乃灵帝时十常侍也。陛下近则鉴于张让,远则鉴于赵高。早杀此人,朝廷自然清平,中原方可恢复。"后主笑曰:"黄皓乃趋走小臣,纵使专权,亦无能为。昔者董允每切齿恨皓⑤,朕甚怪之。卿何必介意?"维叩头奏曰:"陛下今日不杀黄皓,祸不远也。"后主曰:"'爱之欲其生,恶之欲其死。'卿何不容一宦官耶?"令近侍于湖山之侧,唤出黄皓至亭下,命拜姜维伏罪。皓哭拜维曰:"某早晚趋侍圣上而已,并不干与国政。将军休听外人之言,欲杀某也。某命系于将军,惟将军怜之。"言罢,叩头流涕。维忿忿而出,即往见郤正,备将此事告之。正曰:"将军祸不远矣。将军若危,国家随灭。"维曰:"先生幸教我以保国安身之策。"正曰:"陇

西有一去处,名曰沓中,此地极其肥壮。将军何不效武侯屯田之事?奏知天子,前去沓中屯田。一者,得麦熟以助军实;二者,可以尽图陇右诸郡;三者,魏人不敢正视汉中;四者,将军在外掌握兵权,人不能图,可以避祸:此乃保国安身之策也,宜早行之。"维大喜,谢曰:"先生金玉之言也。"次日,姜维表奏后主,求沓中屯田,效武侯之事。后主从之⑥。维遂还汉中,聚诸将曰:"某累出师,因粮不足,未能成功。今吾提兵八万,往沓中种麦屯田,徐图进取。汝等久战劳苦,今且敛兵聚谷,退守汉中。魏兵千里运粮,经涉山岭,自然疲乏,疲乏必退。那时乘虚追袭,无不胜矣。"遂令胡济守汉寿城,王含守乐城,蒋斌守汉城,⑦蒋舒、傅佥同守关隘。分拨已毕,维自引兵八万,来沓中种麦,以为久计。

却说邓艾闻姜维在沓中屯田,于路下四十余营,连络不绝,如长蛇之势。艾遂令细作相了地形,画成图本,具表申奏⑧。晋公司马昭见之,大怒曰:"姜维屡犯中原,不能剿除,是吾心腹之患也。"贾充曰:"姜维深得孔明传授,急难退之。须得一智勇之将,往刺杀之,可免动兵之劳。"从事中郎荀勖曰:"不然。今蜀主刘禅溺于酒色,信用黄皓,大臣皆有避祸之心。姜维在沓中屯田,正避祸之计也。若令大将伐之,无有不胜,何必用刺客乎?"昭大笑曰:"此言最善。吾欲伐蜀,谁可为将?"荀勖曰:"邓艾乃世之良材,更得钟会为副将⑨,大事成矣。"昭大喜曰:"此言正合吾意。"乃召钟会入而问曰:"吾欲令汝为大将,去伐东吴,可乎?"会曰:"主公之意本不欲伐吴,实欲伐蜀也。"昭大笑曰:"子诚识吾心也。但卿往伐蜀,当用何策?"会曰:"某料主公欲伐蜀,已画图本现在此。"昭展开视之,图中细载一路安营下寨屯粮积草之处,从何而进,从何而退,一一皆有法度。昭看了大喜曰:"真良将也!卿与邓艾合兵取蜀,何如?"会曰:"蜀川道广,非一路可进,当使邓艾分兵各进可也。"昭遂拜钟会为镇西将军,假节钺,都督关中人马,调遣青、徐、兖、豫、荆、扬等处;一面差人持节令邓艾为征西将军⑩,都督关外陇上,使约期伐蜀。

次日,司马昭于朝中计议此事,前将军邓敦曰:"姜维屡犯中原,我兵折伤甚多,只今守御,尚自未保,奈何深入山川危险之地,自取祸乱耶?"昭怒曰:"吾欲兴仁义之师,伐无道之主,汝安敢逆

阳国志》)黄皓与阎宇也有勾结,"宦官黄皓等弄权于内,右大将军阎宇与皓协比,而皓阴欲废维树宇。"(《三国志·蜀书·姜维传》)。

⑤ 董允克制黄皓不让弄权

据《三国志·蜀书·董允传》称:董允为侍中,掌管皇宫内事,"甚尽匡救之理","后主益惮之"。"后主渐长大,爱宦人黄皓。皓便辟佞慧,欲自容入。允常上则正色匡主,下则数责于皓。皓畏允,不敢为非。终允之世,皓位不过黄门丞。"董允死后,刘禅得以放纵,"陈祗代允为侍中,与黄皓互相表里,始预政事。祗死后,皓从黄门令为中常侍、奉车都尉,操弄威柄,终至覆国。"《演义》于此特别点明黄皓误国,刘禅昏庸,于宦官嫉恶如仇,似有借汉事讽本朝,影射明中叶后皇帝放纵刘瑾等权宦操纵国政也。

⑥ 姜维通过黄皓屯田

据《华阳国志》说,"维恶黄皓恣擅,启后主欲杀之。后主曰:'皓趋走小臣耳,往董允切齿,吾常恨之,君何足介意!'维见皓枝附叶连,惧于失言,逊辞而出。后主敕皓诣维陈谢。维说皓求沓中种麦,以避内逼耳。"沓中,属阴平郡(甘肃舟曲西北)。

⑦ 乐城和汉城

蜀汉建兴七年(229),诸葛亮以前两次北伐失利,在城固筑乐城,在沔阳(勉县)筑汉城,以御魏军。乐城在今城固城西北二十里庆山顶,正对斜谷口,"赤土坡城:在县三十五里庆山之顶,尚有烽堠古迹,西南三里,即赤土坡城,周十五里,土地俱赤,武侯屯兵于此"(《城固志》),汉城距乐城西一百余里。

⑧ 邓艾坚持蜀不可伐

当时朝野内外大多数持反对意见。如邓艾也曾持异议，据《晋书·文帝纪》，"征西将军邓艾以为未有衅，屡陈异议，帝患之，使主簿师纂为艾司马以喻之，艾乃奉命"。师纂是来监视的，是为后来司马昭疑邓艾张本。

⑨ 钟会无副将名号

钟会非"副将"，此小说家言，三国魏晋无"副将"名号和职务，司马昭分军三道伐蜀，三道将帅并无主帅，主帅即司马昭，由他统一调度。此亦司马昭权术，不将征伐大权交由前方帅统一指挥。

⑩ 钟会邓艾非同时授将军

司马昭为伐蜀，景元三年冬(262)，以司隶校尉钟会授镇西将军假节都督关中诸军事。他迟于邓艾多时。邓艾于正元二年(255)授安西将军，假节，甘露元年(256)授镇西将军、都督陇右诸郡；景元二年(261)授征西将军。按征镇安平次序，邓艾之征西高于钟会之镇西。

⑪ 蜀汉兵力和伐蜀汉兵力

魏景元四年(263)夏，司马昭拟定伐蜀汉战略，改变曹丕制定的先伐吴后伐蜀的战略。他说，"略计取吴，作战船、通水道，当用千余万功，此十万人百数十日事也。又南土下湿，必生疾疫，今宜先取蜀，三年之后，因巴蜀顺流之势，水陆并进，此灭虞定虢吞韩并魏之势也"(《晋书·文帝纪》)。据司马昭精确估计，当时蜀汉能战将士九万，其中居守成都等郡县四万，余众不过五万。于是征兵十八万，使邓艾、诸葛绪和钟会三道伐蜀。

吾意？"叱武士推出斩之。须臾，呈邓敦首级于阶下。众皆失色。昭曰："吾自征东以来，息歇六年，治兵缮甲，皆已完备，欲伐吴、蜀久矣。今先定西蜀，乘顺流之势，水陆并进，并吞东吴，此灭虢取虞之道也。吾料西蜀将士，守成都者八九万，守边境者不过四五万，姜维屯田者不过六七万。今吾已令邓艾引关外陇右之兵十余万，绊住姜维于沓中，使不得东顾；遣钟会引关东精兵二三十万，直抵骆谷，三路以袭汉中⑪。蜀主刘禅昏暗，边城外破，士女内震，其亡可必矣。"众皆拜服。

却说钟会受了镇西将军之印，起兵伐蜀。会恐机谋或泄，却以伐吴为名，令青、兖、豫、荆、扬等五处各造大船；又遣唐咨于登、莱等州傍海之处，拘集海船。司马昭不知其意，遂召钟会问之曰："子从旱路收川，何用造船耶？"会曰："蜀若闻我兵大进，必求救于东吴也。故先布声势，作伐吴之状，吴必不敢妄动。一年之内，蜀已破，船已成，而伐吴岂不顺乎？"昭大喜，选日出师。时魏景元四年秋七月初三日，钟会出师。司马昭送之于城外十里方回。西曹掾邵悌密谓司马昭曰："今主公遣钟会领十万兵伐蜀，愚料会志大心高，不可使独掌大权。"昭笑曰："吾岂不知之？"悌曰："主公既知，何不使人同领其职？"昭言无数语，使邵悌疑心顿释。正是：

　　方当士马驱驰日，早识将军跋扈心。

未知其言若何，且看下文分解。

第一百十六回　钟会分兵汉中道　武侯显圣定军山

却说司马昭谓西曹掾邵悌曰："朝臣皆言蜀未可伐，是其心怯；若使强战，必败之道也。今钟会独建伐蜀之策，是其心不怯；心不怯，则破蜀必矣；蜀既破，则蜀人心胆已裂。'败军之将，不可以言勇；亡国之大夫，不可以图存。'①会即有异志，蜀人安能助之乎？至若魏人得胜思归，必不从会而反，更不足虑耳。此言乃吾与汝知之，切不可泄漏。"邵悌拜服②。

却说钟会下寨已毕，升帐大集诸将听令。时有监军卫瓘，护军胡烈，大将田续、庞会、田章、爰彭、丘建、夏侯咸、王买、皇甫闿、句安等八十余员。会曰："必须一大将为先锋，逢山开路，遇水叠桥，谁敢当之？"一人应声曰："某愿往。"会视之，乃虎将许褚之子许仪也。众皆曰："非此人不可为先锋。"会唤许仪曰："汝乃虎体猿班之将，父子有名，今众将亦皆保汝。汝可挂先锋印，领五千马军，一千步军，径取汉中。兵分三路：汝领中路，出斜谷；左军出骆谷；右军出子午谷。此皆崎岖山险之地，当令军填平道路，修理桥梁，凿山破石，勿使阻碍。如违必按军法。"许仪受命，领兵而进。钟会随后提十万余众，星夜起程。

却说邓艾在陇西，既受伐蜀之诏，一面令司马望往遏羌人，又遣雍州刺史诸葛绪、天水太守王颀、陇西太守牵弘、金城太守杨欣，各调本部兵前来听令。比及军马云集，邓艾夜作一梦，梦见登高山，望汉中，忽于脚下迸出一泉，水势上涌。须臾惊觉，浑身汗流。遂坐而待旦，乃召护卫爰邵问之。邵素明《周易》。艾备言其梦。邵答曰："《易》云：'山上有水曰《蹇》'。《蹇卦》者：'利西南，不利东北。'孔子云：'蹇利西南，往有功也；不利东北，其道穷也。'将军此行，必然克

① 司马昭语典出李左车
此语不见于《三国志》、裴注和《晋书》，或见自李左车语移植。韩信背水破赵，俘陈余谋士李左车，向他请教下一步战术指向，李左车推卸，"臣闻败军之将，不可以言勇。亡国之大夫，不可以图存"（《史记·淮阴侯列传》）。
② 辛宪英预识钟会
钟会野心，萌于骖乘，非仅邵悌、司马昭等人。《世语》称，羊琇母辛宪英（辛毗女）在钟会受命西征时，"谓从子羊祜曰：'钟士季何故西出？'祜曰：'将为灭蜀也。'宪英曰：'会在事纵恣，非持久处下之道，吾畏其有他志也。'祜曰：'季母勿多言。'其后会请子琇为参军。宪英忧曰：'他日见钟会之出，吾为国忧之矣。今日难至吾家，此国之大事，必不得止也。'琇固请司马文王，文王不听。"

③ 刘禅亦派军分援汉中和姜维

刘禅信鬼巫未发兵事,与史传颇见出入,《演义》有心塑造刘禅为庸主。据《三国志·魏书·姜维传》,姜维闻钟会治兵关中,请奏后主派兵分护阳平关口、阴平桥头,以防未然,"(黄)皓徵信鬼巫,谓敌终不自致,启后主寝其事,而群臣不知。及钟会将向骆谷,邓艾将入沓中,然后乃遣右车骑廖化诣沓中为维援,左车骑张翼、辅国大将军董厥等诣阳安关口以为诸围外助。"廖化军至阴平,与沓中退归的姜维会合;至汉寿,与张翼、董厥相合,同至剑阁。可见实因黄皓信巫,贻误军机,而非刘禅信巫,不发兵。

④ 诸葛亮连弩法

诸葛亮的连弩法,"以铁为矢,长八寸,一弩十矢俱发",见《魏晋春秋》。1964 年,在四川郫县太平公社出土的蜀汉景耀四年(261)制作的铜弩机,即是能一次可以连续发射十支箭的发射器。这是一种十石弩(合现在的 500 公斤),仅靠臂力是难以拉开的,必须用脚踏或其他合力才能拉开发射。它在当时是一种颇有威力的新式远射程武器。此种弩机,鲁迅赴西安寻找,在几家古董铺都没有买到。后据孙伏园称,此为一种黄铜器,看去也有机械性。鲁迅爱其有近代军器之风,故自北京古董铺购得,收藏了好几具。它形似今日之手枪,铜绿斑斑,极饶古味,惟用法则始终未明。据鲁迅所云:当时必有若干皮带与铜连系,今已腐朽,无可辨认。(王士菁《鲁迅传》)

蜀,但可惜蹇滞不能还。"艾闻言,愀然不乐。忽钟会檄文至,约艾起兵,于汉中取齐。艾遂遣雍州刺史诸葛绪,引兵一万五千,先断姜维归路;次遣天水太守王颀,引兵一万五千,从左攻沓中;陇西太守牵弘,引一万五千人,从右攻沓中;又遣金城太守杨欣,引一万五千人,于甘松邀姜维之后。艾自引兵三万,往来接应。

却说钟会出师之时,有百官送出城外,旌旗蔽日,铠甲凝霜,人强马壮,威风凛凛。人皆称羡,惟有相国参军刘寔,微笑不语。太尉王祥见寔冷笑,就马上握其手而问曰:"钟、邓二人此去可平蜀乎?"寔曰:"破蜀必矣,但恐皆不得还都耳。"王祥问其故,刘寔但笑而不答。祥遂不复问。

却说魏兵既发,早有细作入沓中报知姜维。维即具表申奏后主:"请降诏遣左车骑将军张翼领兵守护阳安关,右车骑将军廖化领兵守阴平桥。这二处最为要紧,若失二处,汉中不保矣。一面当遣使入吴求救。臣一面自起沓中之兵拒敌。"时后主改景耀六年为炎兴元年,日与宦官黄皓在宫中游乐。忽接姜维之表,即召黄皓问曰:"今魏国遣钟会、邓艾大起人马,分道而来,如之奈何?"皓奏曰:"此乃姜维欲立功名,故上此表。陛下宽心,勿生疑虑。臣闻城中有一师婆,供奉一神,能知吉凶,可召来问之。"后主从其言,于后殿陈设香花纸烛享祭礼物,令黄皓用小车请入宫中,坐于龙床之上。后主焚香祝毕,师婆忽然披发跣足,就殿上跳跃数十遍,盘旋于案上。皓曰:"此神人降矣。陛下可退左右亲祷之。"后主尽退侍臣,再拜祝之。师婆大叫曰:"吾乃西川土神也。陛下欣乐太平,何为求问他事?数年之后,魏国疆土亦归陛下矣。陛下切勿忧虑。"言讫,昏倒于地,半晌方苏。后主大喜,重加赏赐。自此深信师婆之说,遂不听姜维之言,每日只在宫中饮宴欢乐③。姜维累申告急表文,皆被黄皓隐匿,因此误了大事。

却说钟会大军,迤逦望汉中进发。前军先锋许仪要立头功,先领兵至南郑关。仪谓部将曰:"过此关即汉中矣。关上不多人马,我等便可奋力抢关。"众将领命,一齐并力向前。原来守关蜀将卢逊,早知魏兵将到,先于关前木桥左右,伏下军士,装起武侯所遗十矢连弩④;比及许仪兵来抢关时,一声梆子响处,矢石如雨。仪急退时,早射倒数十骑。魏兵大败。仪回报钟会。会自提帐下甲士百余骑来看，果然箭弩一齐射下。会拨马便回，关上卢逊引五百军杀下来。会拍马过桥，桥上土塌，陷住马蹄，争些儿掀下马来。马挣不起，会弃马步行，跑下桥时，卢逊赶上一枪刺来，却被魏兵中荀恺回身一箭，射卢逊落马。钟会麾众乘势抢关，关上军士因有蜀兵在关前，不敢放箭，被钟会杀散，夺了山关。即以荀恺为护军，以全副鞍马铠甲赐之。会唤许仪至帐下，责之曰："汝为先锋，理合逢山开路，遇水叠桥，专一修理桥梁道路，以便行军。吾方才到桥上，陷住马蹄，几乎堕桥，若非荀恺，吾已被杀矣。汝既违军令，当按军法。"叱左右推出斩之。诸将告曰："其父许褚有功于朝廷，望都督恕之。"会怒曰："军法不明，何以令众？"遂令斩首示众。⑤诸将无不骇然。

时蜀将王含守乐城，蒋斌守汉城，见魏兵势大，不敢出战，只闭门自守。钟会下令曰："兵贵神速，不可少停。"乃令前军李辅围乐城，护军荀恺围汉城。自引大军取阳安关。守关蜀将傅佥与副将蒋舒商议战守之策。舒曰："魏兵甚众，势不可当，不如坚守为上。"佥曰："不然。魏兵远来，必然疲困，虽多不足惧。我等若不下关战时，汉、乐二城休矣！"蒋舒默然不答。忽报魏兵大队已至关前。蒋、傅二人至关上视之，钟会扬鞭大叫曰："吾今统十万之众到此，如早早出降，各依品级升用。如执迷不降，打破关隘，玉石俱焚。"傅佥大怒，令蒋舒把关，自引三千兵杀下关来。钟会便走，魏兵尽退。佥乘势追之，魏兵复合。佥欲退入关时，关上已竖起魏家旗号，只见蒋舒叫曰："吾已降了魏也。"⑥佥大怒，厉声骂曰："忘恩背义之贼，有何面目见天下人乎！"拨回马复与魏兵接战。魏兵四面合来，将傅佥围在垓心。佥左冲右突，往来死战，不能得脱；所领蜀兵，十伤八九。佥乃仰天叹曰："吾生为蜀臣，死亦当为蜀鬼！"乃复拍马冲杀，身被数枪，血盈袍铠。坐下马倒，佥自刎而死。⑦后人有诗叹曰：

> 一日抒忠愤，千秋仰义名。
> 宁为傅佥死，不作蒋舒生。

钟会得了阳安关，关内所积粮草、军器极多，大喜，遂犒三军。是夜，魏兵宿于阳安城中，忽闻西南上喊声大震。钟会慌忙出帐视之，绝无动静。魏军一夜不敢睡。次夜三更，西南上喊声又起。钟会惊疑，向晓使人探之。回报曰："远哨十余

⑤ **钟会杀许仪用意**
许仪被杀，事见《三国志·魏书·许褚传》："会统十余万众，分从斜谷、骆谷入，先命牙门将许仪在前治道，会在后行。而桥穿马足，陷于是斩仪。仪者，许褚之子，有功王室，犹不原贷，诸军闻之，莫不震竦。"此处未有转战南郑关事，钟会以马陷斩将，意在立威，杀猴惊鸡也。

⑥ **傅佥、蒋舒守战的错位**
《演义》之说乃小说家言。其实是傅佥守关为蒋舒引敌破关而死。"初，汉武兴督蒋舒在事无称，汉朝令人代之，使助将军傅佥守关口，舒由是恨。钟会使护军胡烈为前锋，攻关口。舒诡谓佥曰：'今贼至不击，而闭城自守，非良图也。'佥曰：'受命保城，唯全为功，今违命出战，若丧师负国，死无益矣。'舒曰：'子以保城获全为功，我以出战克敌为功，请各行其志。'遂率其众出。佥谓其战也，不设备。舒率其众迎降胡烈，烈乘虚袭城，佥格斗而死。钟会闻关口已下，长驱而前，大得库藏积谷。"（《资治通鉴》卷七十八《魏纪十》）

⑦ **傅佥子曾为官奴**
蜀汉亡国，文武官吏及其家属四万余户迁徙河东（山西西南部）软禁，也有沦为官奴。晋泰始五年(269)，司马炎听取文立建议，"以慰巴蜀之心，以倾吴人之望"。对诸葛亮孙诸葛京和诸葛显（诸葛攀子）从河东解除软禁；又对傅佥两子傅著、傅募自奚官（管理官奴）放出，解除奴隶身份为庶民。可见当时对于成都兵变后的蜀汉官民曾有严厉措施。

里，并无一人。"会惊疑不定，乃自引数百骑，俱全装惯带，望西南巡哨。前至一山，只见杀气四面突起，愁云布合，雾锁山头。会勒住马，问向导官曰："此何山也？"答曰："此乃定军山。昔日夏侯渊殁于此处。"会闻之，怅然不乐，遂勒马而回。转过山坡，忽然狂风大作，背后数千骑突出，随风杀来。会大惊，引众纵马而走。诸将坠马者，不计其数。及奔到阳安关时，不曾折一人一骑，只跌损面目，失了头盔。皆言曰："但见阴云中人马杀来，比及近身，却不伤人，只是一阵旋风而已。"会问降将蒋舒曰："定军山有神庙乎？"舒曰："并无神庙，惟有诸葛武侯之墓。"会惊曰："此必武侯显圣也。吾当亲往祭之。"

次日，钟会备祭礼，宰太牢，自到武侯墓前再拜致祭。祭毕，狂风顿息，愁云四散。忽然清风习习，细雨纷纷。一阵过后，天色晴朗。魏兵大喜，皆拜谢回营。是夜钟会在帐中伏几而寝，忽然一阵清风过处，只见一人纶巾羽扇，身衣鹤氅，素履皂绦，面如冠玉，唇若抹朱，眉清目朗，身长八尺，飘飘然有神仙之概。其人步入帐中，会起身迎之曰："公何人也？"其人曰："今早重承见顾，吾有片言相告：虽汉祚已衰，天命难违，然两川生灵，横罹兵革，诚可怜悯。汝入境之后，万勿妄杀生灵。"言讫，拂袖而去。会欲挽留之，忽然惊醒，乃是一梦。会知是武侯之灵，不胜惊异。于是传令前军，立一白旗，上书"保国安民"四字，所到之处，如妄杀一人者偿命。于是汉中人民，尽皆出城拜迎。会一一抚慰，秋毫无犯。后人有诗赞曰：

数万阴兵绕定军，致令钟会拜灵神。

生能决策扶刘氏，死尚遗言保蜀民。

却说姜维在沓中，听知魏兵大至，传檄廖化、张翼、董厥，提兵接应。一面自分兵列将以待之。忽报魏兵至。维引兵迎之。魏阵中为首大将乃天水太守王颀也。颀出马大呼曰："吾今大兵百万，上将千员，分二十路而进，已到成都。汝不思早降，犹欲抗拒，何不知天命耶！"维大怒，挺枪纵马，直取王颀。战不三合，颀大败而走。姜维驱兵追杀至二十里，只听得金鼓齐鸣，一枝兵摆开，旗上大书"陇西太守牵弘"字样。维笑曰："此等鼠辈，非吾敌手。"遂催兵追之。又赶到十里，却遇邓艾领兵杀到，两军混战。维抖擞精神，与艾战有十余合，不分胜负。后面锣鼓又鸣，维急退时，后军报说："甘松诸寨，尽被金城太守杨欣烧毁了。"维大惊，急令副将虚

⑧ 汉中未全失

按《三国志·姜维传》称，当年魏延守汉中，"皆实兵诸围以御外敌，敌若来攻，使不得入。"而姜维为获大利，"不若使闻敌至，诸围皆敛兵聚谷，退就汉、乐二城，使敌不得入平，且重关镇守以捍之。有事之日，令游军并进以伺其虚。敌攻关不克，野无散谷，千里悬粮，自然疲乏。引退之日，然后诸城并出，与游军并力搏之，此殄敌之术也"于是由镇西大

立旗号，与邓艾相拒。维自撤后军，星夜来救甘松，正遇杨欣。欣不敢交战，望山路而走。维随后赶来。将至山岩下，岩上木石如雨，维不能前进。比及回到半路，蜀兵已被邓艾杀败。魏兵大队而来，将姜维围住。维引众骑杀出重围，奔入大寨坚守，以待救兵。忽然流星马到，报说："钟会打破阳安关，守将蒋舒归降，傅佥战死，汉中已属魏矣。乐城守将王含、汉城守将蒋斌，知汉中已失，亦开门而降⑧。胡济抵敌不住，逃回成都求援去了。"维大惊，即传令拔寨。

是夜兵至疆川口，前面一军摆开，为首魏将乃是金城太守杨欣。维大怒，纵马交锋，只一合，杨欣败走。维拈弓射之，连射三箭皆不中。维转怒，自折其弓，挺枪赶来，战马前失，将维跌在地上，杨欣拨回马，来杀姜维。维跃起身，一枪刺去，正中杨欣马脑。背后魏兵骤至，救欣去了。维骑上从马，欲待追时，忽报后面邓艾兵到。维首尾不能相顾，遂收兵要夺汉中。哨马报说："雍州刺史诸葛绪已断了归路。"维乃据山险下寨。魏兵屯于阴平桥头。[9]维进退无路，长叹曰："天丧我也！"副将宁随曰："魏兵虽断阴平桥头，雍州必然兵少。将军若从孔函谷径取雍州，诸葛绪必撤阴平之兵救雍州，将军却引兵奔剑阁守之，则汉中可复矣。"维从之，即发兵入孔函谷，诈取雍州。细作报知诸葛绪。绪大惊曰："雍州是吾合守之地，倘有疏失，朝廷必然问罪。"急撤大兵从南路去救雍州，只留一枝兵守桥头。姜维入北道，约行三十里，料知魏兵起行，乃勒回兵，后队作前队，径到桥头，果然魏兵大队已去，只有些小兵把桥，被维一阵杀散，尽烧其寨栅。诸葛绪听知桥头火起，复引兵回，姜维兵已过半日了，因此不敢追赶。

却说姜维引兵过了桥头，正行之间，前面一军来到，乃左将军张翼、右将军廖化也。[10]维问之，翼曰："黄皓听信师巫之言，不肯发兵。翼闻汉中已危，自起兵来时，阳安关已被钟会所取。今闻将军受困，特来接应。"遂合兵一处，前赴白水关。化曰："今四面受敌，粮道不通，不如退守剑阁，再作良图。"维疑虑未决，忽报钟会、邓艾分兵十余路杀来。维欲与翼、化分兵迎之。化曰："白水地狭路多，非争战之所，不如且退去救剑阁可也。若剑阁一失，是绝路矣。"维从之，遂引兵来投剑阁。将近关前，忽然鼓角齐鸣，喊声大起，旌旗遍竖，一枝军把住关口。正是：

　　　　汉中险峻已无有，剑阁风波又忽生。

未知何处之兵，且看下文分解。

将军、总督汉中的胡济守汉寿（即葭萌关），监军王含守乐城（陕西城固），护军蒋斌守汉城（即沔阳），又于西安、建威（甘肃西和西）、武卫（甘肃成县）、石门（甘肃渭源西南）、武城（甘肃武山西南）、建昌、临远等地皆立围守。钟会主力围乐城，"乐城不下"（《华阳国志·后主志》）；钟会至汉城，作书诱降，蒋斌谢绝；胡济在汉寿，尔后与成都北上的张翼、董厥援军在汉寿会合。柳隐守黄金围，"钟会伐蜀入汉川，围戍多下，惟隐坚壁不动。会别平攻之，不能克。"（《华阳国志·后贤志》）

⑨ 阴平桥头
阴平桥头与阳安关为蜀汉出谷主要通道。其中阴平桥头在阴平县（今甘肃文县）东南白水江上，据《通志》：桥头在文县东南一里白水，急流中有石二道，就石立柱成桥，长二十余丈。

⑩ 左将军张翼右将军廖化系后主刘禅派遣为援军
姜维种麦沓中遇祸，所率当系本部人马，时张翼廖化当不在沓中，所以景耀六年(263)春，姜维闻知钟会治兵关中有进犯之势，表奏后主，请遣张翼廖化督诸军分护阳安关和阴平桥头，表也说明此时张翼廖化两军不属姜维统辖。两军系刘禅在知悉钟会将进攻汉中，邓艾将入沓中牵制姜维时派遣为援军的，其中廖化军至沓中，至阴平，张翼军与董厥军至阳安关，为汉中诸围外援，但因黄皓将姜维前表瞒了，误了时日，至使未到目的地。

第一百十七回　邓士载偷度阴平
诸葛瞻战死绵竹

却说辅国大将军董厥，闻魏兵十余路入境，乃引二万兵守住剑阁①。当日望尘头大起，疑是魏兵，急引军把住关口，董厥自临军前视之，乃姜维、廖化、张翼也。厥大喜，接入关上，礼毕，哭诉后主黄皓之事。维曰："公勿忧虑。若有维在，必不容魏来吞蜀也。且守剑阁，徐图退敌之计。"厥曰："此关虽然可守，争夺成都无人；倘为敌人所袭，大势瓦解矣。"维曰："成都山险地峻，非可易取，不必忧也。"正言间，忽报诸葛绪领兵杀至关下。维大怒，急引五千兵杀下关来，直撞入魏阵中，左冲右突，杀得诸葛绪大败而走，退数十里下寨。魏军死者无数。蜀兵抢了许多马匹器械，维收兵回关。

却说钟会离剑阁二十里下寨，诸葛绪自来伏罪。②会怒曰："吾令汝守把阴平桥头，以断姜维归路，如何失了？今又不得吾令，擅自进兵，以致此败！"绪曰："维诡计多端，诈取雍州。绪恐雍州有失，引兵去救，维乘机走脱，绪因赶至关下，不想又为所败。"会大怒，叱令斩之。监军卫瓘曰："绪虽有罪，乃邓征西所督之人，不争将军杀之，恐伤和气。"会曰："吾奉天子明诏、晋公钧命，特来伐蜀，便是邓艾有罪，亦当斩之！"众皆力劝。会乃将诸葛绪用槛车载赴洛阳，任晋公发落；随将绪所领之兵，收在部下调遣。③有人报与邓艾，艾大怒曰："吾与汝官品一般，吾久镇边疆，于国多劳，汝安敢妄自尊大耶！"子邓忠劝曰："'小不忍则乱大谋。'父亲若与他不睦，必误国家大事。望且容忍之。"艾从其言。然毕竟心中怀怒，乃引十数骑来见钟会④。

会闻艾至,便问左右:"艾引多少军来?"左右答曰:"只有十数骑。"会乃令帐上帐下列武士数百人。艾下马入见。会接入帐礼毕。艾见军容甚肃,心中不安,乃以言挑之曰:"将军得了汉中,乃朝廷之大幸也,可定策早取剑阁。"会曰:"将军明见若何?"艾再三推称无能。会固问之。艾答曰:"以愚意度之,可引一军从阴平小路出汉中德阳亭,用奇兵径取成都,姜维必撤兵来救,将军乘虚就取剑阁,可获全功。"会大喜曰:"将军此计甚妙!可即引兵去。吾在此专候捷音。"二人饮酒相别。会回本帐与诸将曰:"人皆谓邓艾有能,今日观之,乃庸材耳。"⑤众问其故。会曰:"阴平小路,皆高山峻岭,若蜀以百余人守其险要,断其归路,则邓艾之兵皆饿死矣。吾只以正道而行,何愁蜀地不破乎?"遂置云梯炮架,只打剑阁关⑥。

却说邓艾出辕门上马,回顾从者曰:"钟会待吾若何?"从者曰:"观其辞色,甚不以将军之言为然,但以口强应而已。"艾笑曰:"彼料我不能取成都,我偏欲取之。"回到本寨,师纂、邓忠一班将士接问曰:"今日与钟镇西有何高论?"艾曰:"吾以实心告彼,彼以庸才视我。彼今得汉中,以为莫大之功。若非吾沓中绊住姜维,彼安能成功耶?吾今若取了成都,胜取汉中矣!"当夜下令,尽拔寨望阴平小路进兵,离剑阁七百里下寨。有人报钟会,说:"邓艾要去取成都了。"会笑艾不智。

却说邓艾一面修密书遣使驰报司马昭,一面聚诸将于帐下问曰:"吾今乘虚去取成都,与汝等立功名于不朽,汝等皆从乎?"诸将应曰:"愿遵军令,万死不辞。"艾乃先令子邓忠引五千精兵,不穿衣甲,各执斧凿器具,凡遇峻危之处,凿山开路,搭造桥阁,以便军行。艾选兵三万,各带干粮绳索进发。约行百余里,选下三千兵,就彼扎寨。又行百余里,又选三千兵下寨。是年十月,自阴平进兵,于巅崖峻谷之中,凡二十余日,行七百余里,皆是无人之地。魏兵沿途下了数寨,只剩下二千人马。前至一岭,名摩天岭,马不堪行,艾步行上岭,正见邓忠与开路壮士尽皆哭泣。艾问其故,忠告曰:"此岭西皆是峻壁巅崖,不能开凿,虚废前劳,因此哭泣。"艾曰:"吾军到此,已行了七百余里,过此便是江油,

④ **邓艾、钟会未曾在剑阁会晤**

钟会至剑阁,邓艾正在沓中与姜维对峙,后追赶到阴平桥头(甘肃文县东南),与剑阁相距二百里;邓艾即自阴平道偷渡。

⑤ **钟会邓艾出身仕途**

邓艾出身贫贱,儿童时为农家牧猪奴,钟会乃颍川贵族,世代簪缨,邓艾少孤,钟会有一个好爸爸钟繇。此时邓艾已六十七岁(生于汉建安元年,196),而钟会仅三十八岁(生于魏黄初六年,225),少年得志,风华正茂,他自视优越,看不起邓艾,良有以也。

⑥ **钟会攻剑阁不下准备回师**

时钟会大军既造剑阁,姜维等列营守险,令不得进,而汉中乐城、汉城等仍为蜀汉据守。钟会写书诱降:"公侯以文武之德,怀迈世之略,功济巴、汉,声畅华夏,远近莫不归名。每惟畴昔,尝同大化,吴札、郑乔,能喻斯好"(《三国志·蜀书·姜维传》)。姜维没有回答,"会不能克,粮运悬远,将议还归"。据《元和郡县图志·剑南道下》钟会在剑阁县东北五十三里处屯兵(后魏取地名开远戍)"既度剑阁,居此地,遂掘冢决与死战,既无所埋,故曰空冢"。而姜维相拒处"大剑镇",在县东四十八里。本姜维拒钟会垒也,在开远戍东十一里。按,剑阁剑门关在城北25公里处的剑门山。此处壁立千仞,山崖如削,峭壁中断处,两山相峙如门,故名剑门。相传诸葛亮在此凿岩建关,宽约20米,长约500米。关巅有姜维城,即姜维屯兵抗御钟会处。原关隳于宋乾道九年(1173)剑门山崩楼被摧毁。明崇祯十三年(1640)复修。清乾隆二十六年(1761)又重建。民国二十四年(1935)兴修川陕公路,因系必经之路,遂将古关楼拆毁。1994年又修建了这座高达17米的古关楼。并悬挂旧楹联:"轰立岗峦,起伏蹲踞如猛

虎;迂回栈道,蜿蜒曲折似长蛇。"又剑阁城内有姜维祠,也有楹联:"雄关高阁状英风,捧出热心,披开大胆;剩水残山余落日,虚怀远志,空寄当归","九伐竟无成,心师武侯,能继祁山六出志;三分不可恃,计诛邓艾,已复阴平一败仇。"

⑦ 阴平险道所在地

古蜀道有三:金牛道;米仓道和阴平道。按,魏景元四年(263),魏将邓艾偷渡入蜀的阴平险道,是在由甘肃文县,南下越摩天岭(海拔3 000米),经四川青川、平武而入川西平原的古道,它系汉魏时川陇间一条险阻而捷近的小路。今沿途尚留有邓艾石刻像、邓艾故垒、旗杆洞等遗迹。

⑧ 诸葛亮石碣溯源

邓艾所见诸葛亮石碣,不见于史传,当系移植。隋初名将史万岁南征南宁(云南曲靖),"行数百里,见诸葛亮纪功碑,铭其背曰:'万岁之后,胜我者过此。'万岁令左右倒其碑而进"(《隋书·史万岁传》)。《资治通鉴》称史万岁"过诸葛亮纪功碑,度西洱河",胡三省注:"柘东城,有诸葛亮石刻。"今人徐嘉瑞认为,"虽有此碑,必为万岁所伪造无疑。诸葛未至大理,何能预立此碑? 又诸葛有儒者气象,亦不作为此"(《大理古代文化史稿》)。陈翔华先生也以为此碑"本为无稽之语"(《诸葛亮形象史研究》)。又《宋史·狄青传》称,狄青破侬智高,见孔明纪功碑云:"后有功在吾上者,立石于右。"青果立之其右,后为震雷所击。此说甚多。《演义》为神格化诸葛,又迎合时潮而采用之。按,以伪制石碣为预兆,多见于元明,元末韩山童、刘福通曾以埋独眼石人于黄河疏凿处,后即以"石人一只眼,挑动黄河天下反",号召反元。明曹学佺记有借宋曹彬在成都武侯祠房屋塌处见诸葛亮所立碑,"测吾心腹

岂可复退?"乃唤诸军曰:"'不入虎穴,焉得虎子。'吾与汝等来到此地,若得成功,富贵共之。"众皆应曰:"愿从将军之命。"艾令先将军器撺将下去。艾取毡自裹其身,先滚下去。副将有毡衫者裹身滚下,无毡衫者各用绳索束腰,攀木挂树,鱼贯而进。邓艾、邓忠并二千军,及开山壮士,皆度了摩天岭⑦。方才整顿衣甲器械而行,忽见道傍有一石碣,上刻"丞相诸葛武侯题"。其文云:"二火初兴,有人越此。二士争衡,不久自死。"艾观讫大惊,慌忙对碣再拜曰:"武侯真神人也!⑧艾不能以师事之,惜哉!"后人有诗曰:

> 阴平峻岭与天齐,玄鹤徘徊尚怯飞。
> 邓艾裹毡从此下,谁知诸葛有先几。

却说邓艾暗度阴平,引兵行时,又见一个大空寨。左右告曰:"闻武侯在日,曾拨一千兵守此险隘,今蜀主刘禅废之。"艾嗟呀不已,乃谓众人曰:"吾等有来路而无归路矣。前江油城中,粮食足备,汝等前进可活,后退即死,须并力攻之。"众皆应曰:"愿死战!"于是邓艾步行,引二千余人,星夜倍道来抢江油城。

却说江油城守将马邈,闻东川已失,虽为准备,只是提防大路;又仗着姜维全师守住剑阁关,遂将军情不以为重。当日操练人马回家,与妻李氏拥炉饮酒。其妻问曰:"屡闻边情甚急,将军全无忧色,何也?"邈曰:"大事自有姜伯约掌握,干我甚事?"其妻曰:"虽然如此,将军所守城池,不为不重。"邈曰:"天子听信黄皓,溺于酒色,吾料祸不远矣。魏兵若到,降之为上,何必虑哉?"其妻大怒,唾邈面曰:"汝为男子,先怀不忠不义之心,枉受国家爵禄,吾有何面目与汝相见耶!"马邈羞惭无语。忽家人慌入报曰:"魏将邓艾不知从何而来,引二千余人,一拥而入城矣。"邈大惊,慌出纳降,拜伏于公堂之下,泣告曰:"某有心归降久矣。今愿招城中居民,及本部人马,尽降将军。"艾准其降。遂收江油军马于部下调遣,即用马邈为向导官。忽报马邈夫人自缢身死。艾问其故,邈以实告。艾感其贤,令厚礼葬之,亲往致祭⑨。魏人闻者,无不嗟叹。后人有诗赞曰:

> 后主昏迷汉祚颠,天差邓艾取西川。

可怜巴蜀多名将，不及江油李氏贤。

　　邓艾取了江油，遂接阴平小路诸军，皆到江油取齐，径来攻涪城。部将田续曰："我军涉险而来，甚是劳顿，且当休养数日，然后进兵。"艾大怒曰："兵贵神速，汝敢乱我军心耶！"喝令左右推出斩之。众将苦告方免。艾自驱兵至涪城。城内官吏军民疑从天降，尽皆投降。

　　蜀人飞报入成都。后主闻知，慌召黄皓问之。皓奏曰："此诈传耳。神人必不肯误陛下也。"后主又宣师婆问时，却不知何处去了。此时远近告急表文，一似雪片，往来使者，联络不绝，后主设朝计议，多官面面相觑，并无一言。郤正出班奏曰："事已急矣！陛下可宣武侯之子商议退兵之策。"原来武侯之子诸葛瞻，字思远⑩。其母黄氏，即黄承彦之女也。母貌甚陋，而有奇才，上通天文，下察地理；凡韬略遁甲诸书，无所不晓。武侯在南阳时，闻其贤，求以为室。武侯之学，夫人多所赞助焉。及武侯死后，夫人寻逝，临终遗教，惟以忠孝勉其子瞻。瞻自幼聪敏，尚后主女，为驸马都尉⑪。后袭父武乡侯之爵。景耀四年，迁行军护卫将军。时为黄皓用事，故托病不出。

　　当下后主从郤正之言，即时连发三诏，召瞻至殿下。后主泣诉曰："邓艾兵已屯涪城，成都危矣。卿看先君之面，救朕之命！"瞻亦泣奏曰："臣父子蒙先帝厚恩、陛下殊遇，虽肝脑涂地，不能补报。愿陛下尽发成都之兵，与臣领去，决一死战。"后主即拨成都兵将七万与瞻。瞻辞了后主，整顿军马，聚集诸将问曰："谁敢为先锋？"言未讫，一少年将出曰："父亲既掌大权，儿愿为先锋。"众视之，乃瞻长子诸葛尚也。尚时年一十九岁，博览兵书，多习武艺。瞻大喜，遂命尚为先锋。是日大军离了成都，来迎魏兵。

　　却说邓艾得马邈献地理图一本，备写涪城至成都三百六十里山川道路，阔狭险峻，一一分明。艾看毕，大惊曰："若只守涪城，倘被蜀人据住前山，何能成功耶？如迁延日久，姜维兵到，我军危矣。"速唤师纂并子邓忠，分付曰："汝等可引一军，星夜径去绵竹，以拒蜀兵。吾随后便至。切不可怠缓。若纵他先据了险要，决斩汝首！"

事，唯有宋曹彬"（《蜀中名胜记》）。此等滥觞，即为《演义》采用。

⑨ 江油关遗址

江油关是蜀汉成都北边要塞，诸葛亮治蜀，以此可扼阴平道，特设江油戍，建关设隘。此关一面濒临涪水，三面倚山，牛心山、凤翘山环绕如障。现四川平武南坝镇，即江油关所在地。今关已圮，留有一平坝残址，镇上尚存有明万历年刻石碑书："汉守将马邈妻忠义李氏殉难处"。还有作马夫人安葬于江油关明月渡山下。清龙安知府魏裔鲁《题明月渡》称：古墓依岩岳，荒林映日辉。碑残秦火尽，字剥汉书稀。报主留巾帼，孤忠乘铁衣。牛山十载憾，洒泪掩双扉。但此事史传无记述，似从《演义》。

⑩ 诸葛瞻不成器

诸葛亮独子诸葛瞻，蜀汉建兴五年（227）生，即诸葛亮上《出师表》的一年。这时，诸葛亮已是四十七岁了。诸葛亮晚年得子，尤为高兴。蜀汉建兴十二年，他在出武屯兵五丈原时，曾与诸葛瑾信，提及儿子，"瞻今已八岁，聪慧可爱，嫌其早成，恐不为重器耳"（《三国志·蜀书·诸葛瞻传》）。诸葛瞻在蜀汉晚年，当上行都护卫将军（仅次于大将军姜维在军中的地位），且平尚书事。

⑪ 蜀汉后期上层婚姻网

蜀汉后期刘禅家族多与关、张、诸葛和其他高贵子弟联姻。刘备长子刘禅（后主）先后取张飞两女为后妃；次子刘永娶妇门第不详；三子刘理娶马超女（当为马超入蜀所娶妻生）。刘禅太子刘璿娶费祎长女；三公主分别下嫁关统（关兴长子）、诸葛瞻、费恭（费祎次子）。关羽长子关平娶赵云女（《江陵县志》）；次子关兴娶妇，门第不详；一女传说嫁李恢侄李蔚。

师、邓二人引兵将至绵竹，早遇蜀兵。两军各布成阵。师、邓二人勒马于门旗下，只见蜀兵列成八阵。三冬鼓罢，门旗两分，数十员将簇拥一辆四轮车，车上端坐一人，纶巾羽扇，鹤氅方裾，车傍展开一面黄旗，上书"汉丞相诸葛武侯"。唬得师、邓二人汗流遍身，回顾军士曰："原来孔明尚在，我等休矣！"急勒兵回时，蜀兵掩杀将来，魏兵大败而走。蜀兵掩杀二十余里，遇见邓艾援兵接应。两家各自收兵。艾升帐而坐，唤师纂、邓忠责之曰："汝二人不战而退，何也？"忠曰："但见蜀阵中诸葛孔明领兵，因此奔还。"艾怒曰："纵使孔明更生，我何惧哉！汝等轻退，以至于败，宜速斩以正军法。"众皆苦劝，艾方息怒。令人哨探，回说孔明之子诸葛瞻为大将，瞻之子诸葛尚为先锋。车上坐者乃木刻孔明遗像也。艾闻之，谓师纂、邓忠曰："成败之机，在此一举。汝二人再不取胜，必当斩首！"师、邓二人又引一万兵来战。诸葛尚匹马单枪，抖擞精神，战退二人。诸葛瞻指挥两掖兵冲出，直撞入魏阵中，左冲右突，往来杀有数十番。魏兵大败，死者不计其数。师纂、邓忠中伤而逃。瞻驱士马随后掩杀二十余里，扎营相拒[12]。

师纂、邓忠回见邓艾。艾见二人俱伤，未便加责，乃与众将商议曰："蜀有诸葛瞻，善继父志，两番杀吾万余人马，今若不速破，后必为祸。"监军丘本曰："何不作一书以诱之？"艾从其言，遂作书一封，遣使送入蜀寨。守门将引至帐下，呈上其书。瞻拆封视之。书曰：

> 征西将军邓艾，致书于行军护卫将军诸葛思远麾下：切观近代贤才，未有如公之尊父也。昔自出茅庐，一言已分三国，扫平荆、益，遂成霸业，古今鲜有及者。后六出祁山，非其智力不足，乃天数耳。今后主昏弱，王气已终，艾奉天子之命，以重兵伐蜀，已皆得其地矣。成都危在旦夕，公何不应天顺人，仗义来归？艾当表公为琅琊王，以光耀祖宗，决不虚言。幸存照鉴。

瞻看毕，勃然大怒，扯碎其书，叱武士立斩来使，令从者持首级回魏营见邓艾。艾大怒，即欲出战。丘本谏曰："将军不可轻出，当用奇兵胜之。"艾从其言，遂令天水太守王颀、陇西太守牵弘，伏两军于后，艾自引兵而来。此时诸葛瞻正欲搦战，忽报邓艾自引

⑫ **诸葛瞻不懂军事**

据史传，诸葛瞻率成都精锐抗击邓艾。"到涪县，瞻盘桓未进，(黄)崇屡劝瞻宜速行据险，无令敌得入平地，瞻犹与未纳，崇至于流涕"（《三国志·蜀书·黄权传》）。时邓艾军尚未至江油，因诸葛瞻至涪，不至进取，而失此险要之地。此回作邓艾据江油、涪后，诸葛瞻方领兵至绵竹误。诸葛瞻从未指挥作战，也未带过兵。他没有听从尚书郎黄崇意见，争取时机，扼守险要，却将主力置于涪城平坦之地。"瞻督诸军至涪停住，前锋破，退还，住绵竹"（《三国志·蜀书·诸葛亮传》）。"川城颇狭，百里内外皆矮山回抱，虽水陆四冲而无险可扼"（黎庶昌《丁亥入都程记》）。致使敌长驱而入，在绵竹再败，"自元帅以下并受斩戮，伏尸蔽地，血流丹野"（《魏晋春秋》）。他不懂政治，也不通军事，"初，瞻在涪而艾已入江油。瞻曰：'吾内不除黄皓，外不制姜维，进不守江油。吾有三罪，何面目而反进屯绵竹。'埋人脚而战，父子死焉。"（《元和郡县图志·剑南道上》）

⑬ **东吴三道来援**

蜀汉求援于东吴，乃在景耀六年(263)夏秋之际，即魏分三道伐蜀汉时，非诸葛瞻从绵竹派出使者。明清平话通常忽视时间差。据《三国志·吴书·三嗣主传》，有"(永安六年)冬十月，蜀以魏见伐来告"，见于关山路遥，信使数月才可能由成都到建业。所以，当月，吴乃以三道攻魏："大将军丁奉督诸军向魏寿春；将军留平引诣施绩于南郡，议东所向；将军丁封(丁奉弟)、孙异如沔中，皆救蜀。蜀主刘禅降魏问至，然后罢。"

兵到。瞻大怒,即引兵出,径杀入魏阵中。邓艾败走,瞻随后掩杀将来。忽然两下伏兵杀出,蜀兵大败,退入绵竹。艾令围之。于是魏兵一齐呐喊,将绵竹围的铁桶相似。

诸葛瞻在城中,见事势已迫,乃令彭和赍书杀出,往东吴求救。和至东吴,见了吴主孙休,呈上告急之书。吴主看罢,与群臣计议曰:"既蜀中危急,孤岂可坐视不救?"即令老将丁奉为主帅,丁封、孙异为副将,率兵五万,前往救蜀。丁奉领旨出师,分拨丁封、孙异引兵二万向沔中而进,自率兵三万向寿春而进:分兵三路来援。⑬

却说诸葛瞻见救兵不至,谓众将曰:"久守非良图。"遂留子尚与尚书张遵守城,瞻自披挂上马,引三军大开三门杀出。邓艾见兵出,便撤兵退。瞻奋力追杀,忽然一声炮响,四面兵合,把瞻困在垓心。瞻引兵左冲右突,杀死数百人。艾令众军放箭射之,蜀兵四散。瞻中箭落马,乃大呼曰:"吾力竭矣! 当以一死报国!"遂拔剑自刎而死。其子诸葛尚在城上,见父死于军中,勃然大怒,遂披挂上马。张遵谏曰:"小将军勿得轻出。"尚叹曰:"吾父子祖孙,荷国厚恩,今父既死于敌,我何用生为!"遂策马杀出,死于阵中。⑭后人有诗赞瞻、尚父子曰:

> 不是忠臣独少谋,苍天有意绝炎刘。
>
> 当年诸葛留嘉胤,节义真堪继武侯。

邓艾怜其忠,将父子合葬⑮,乘虚攻打绵竹。张遵、黄崇、李球三人,各引一军杀出。蜀兵寡,魏兵众,三人亦皆战死⑯。艾因此得了绵竹。劳军已毕,遂来取成都。正是:

> 试观后主临危日,无异刘璋受逼时。

未知成都如何守御,且看下文分解。

⑭ **诸葛家后代**
诸葛亮兄弟三人。诸葛瑾有子二,长子诸葛恪被孙峻杀害,夷三族,无后。次子诸葛乔,过继于诸葛亮,随至汉中,建兴六年(228)病死。子攀官至行护军翊武将军,早死。诸葛瞻两子,次子诸葛京及攀子诸葛显,蜀汉亡,与其他贵家大臣押解河东(山西西南部)软禁。诸葛京后经保奏,先后出任郿县令、江州刺史。

⑮ **诸葛瞻父子墓**
诸葛瞻父子战死的绵竹(四川德阳黄许镇),即绵竹关,乃自剑门到成都间的唯一要隘。在今黄许镇上有诸葛瞻父子的合墓和"双忠祠"。此或明人自杂剧宣扬诸葛满门忠义而建的纪念物。盖邓艾陷绵竹后在德阳县北,筑台以为京观,不可能为诸葛瞻父子立墓。又黄许镇附近大沙包有邓艾父子合墓,已是荒丘一堆。那是他们为田续杀死后草草安葬处。因而"双忠祠"旧有长联:想当年国势垂危,臣主战,君主降,只争取尽瘁成仁,碧血尚膏刘氏土;信名士宗风无忝,父死忠,子死孝,问同是捐躯赴难,青燐谁识邓家坟。

⑯ **诸葛瞻军力不足**
前说刘禅拨成都军七万人与诸葛瞻,乃小说家言,无史据。按此时蜀汉能有机动兵力,仅是沓中姜维部和张翼廖化部;张翼廖化部,其中还包括成都守军,诸葛瞻出征,军力不足,抗御邓艾军已属勉为其难。他的部队很多乃临时凑集。此处见于战死的张遵(尚书)、黄崇(尚书郎)和李球(羽林右部督)、或可佐证,盖前两人非武人,后者亦系皇室侍卫军官。按:张遵,张苞子,张飞孙;黄崇,黄权子;李球,李恢侄。

第一百十八回　哭祖庙一王死孝　入西川二士争功

① 南中七郡

蜀汉南部地区。建兴三年(225)诸葛亮南征后，改益州郡为建宁郡，分建宁、永昌两郡之一部为云南郡，又分建宁、牂柯为兴古郡，加上原有的越巂、朱提共七郡。

② 谯周也是大学者

谯周是蜀汉后期的大学者。蒋琬当政时，还推荐他任典学从事(主持全国的学校教育)。他的学生最为著名的，就是著作《三国志》的陈寿。陈寿撰写《三国志》，魏、吴都分别有公私史书可资参考，唯蜀汉缺乏；因此他写的《蜀书》，很多就得益于谯周搜集的档案和口碑，像《谯周传》中的《仇国论》、《上后主疏》。但谯周的出名，遭后人指责的，是倡导刘禅迎降，使魏兵不战而占领成都，因此清初王夫之说他比五代任四朝宰相的"长乐老"冯道还坏。谯周降魏后，司马昭因他有"全国之功"，封阳城亭侯，下诏要他来洛阳。晋泰始三年(267)，六十九岁的谯周抱病来到洛阳，三年后病死。但他的墓却在巴西西充(四川南充)，系元时修城时发现墓道。明时迁墓

● 704

却说后主在成都，闻邓艾取了绵竹，诸葛瞻父子已亡，大惊，急召文武商议。近臣奏曰："城外百姓，扶老携幼，哭声大震，各逃生命。"后主惊惶无措。忽哨马报到，说魏兵将近城下。多官议曰："兵微将寡，难以迎敌，不如早弃成都，奔南中七郡①，其地险峻，可以自守。就借蛮兵，再来克复未迟。"光禄大夫谯周②曰："不可。南蛮久反之人，平昔无惠，今若投之，必遭大祸。"多官又奏曰："蜀、吴既同盟，今事急矣，可以投之。"周又谏曰："自古以来，无寄他国为天子者。臣料魏能吞吴，吴不能吞魏。若称臣于吴，是一辱也。若吴被魏所吞，陛下再称臣于魏，是两番之辱矣。不如不投吴而降魏，魏必裂土以封陛下，则上能自守宗庙，下可以保安黎民。愿陛下思之。"后主未决，退入宫中。

次日，众议纷然，谯周见事急，复上疏诤之。后主从谯周之言，正欲出降，忽屏风后转出一人，厉声而骂周曰："偷生腐儒，岂可妄议社稷大事！自古安有降天子哉？"后主视之，乃第五子北地王刘谌也。后主生七子：长子刘璿，次子刘瑶，三子刘琮，四子刘瓒，五子即北地王刘谌，六子刘恂，七子刘璩。七子中惟谌自幼聪明，英敏过人，余者懦善。后主谓谌曰："今大臣皆议当降，汝独仗血气之勇，欲令满城流血耶？"谌曰："昔先帝在日，谯周未尝干预国政。今妄议大事，辄起乱言，甚非理也。臣切料成都之兵尚有数万，姜维全师皆在剑阁，若知魏兵犯阙，必来救应：内外攻击，可获大功③。岂可听腐儒之言，轻废先帝之基业乎？"后主叱之曰："汝小儿岂识天时！"谌

叩头哭曰:"若势穷力极,祸败将及,便当父子君臣背城一战,同死社稷,以见先帝可也,奈何降乎!"后主不听。谌放声大哭曰:"先帝非容易创立基业,今一旦弃之,吾宁死不辱也!"后主④令近臣推出宫门,遂令谯周作降书,遣私署侍中张绍、驸马都尉邓良同谯周赍玉玺来雒城请降。

时邓艾每日令数百铁骑来成都哨探,当日见了降旗,艾大喜。不一时,张绍等至,艾令人迎入。三人拜伏于阶下,呈上降款玉玺。艾拆降书视之,大喜,受下玉玺,重待张绍、谯周、邓良等。艾作回书,付三人赍回成都,以安人心。三人拜辞邓艾,径还成都,入见后主,呈上回书,细言邓艾相待之善。后主拆封视之,大喜,即遣太仆蒋显赍敕,令姜维早降;遣尚书郎李虎,送文簿与艾:共户二十八万,男女九十四万,带甲将士十万二千,官吏四万,仓粮四十余万,金银各二千斤,锦绮丝绢各二十万匹。⑤余物在库,不及具数。择十二月初一日,君臣出降。

北地王刘谌闻知,怒气冲天,乃带剑入宫。其妻崔夫人问曰:"大王今日颜色异常,何也?"谌曰:"魏兵将近,父皇已纳降款,明日君臣出降,社稷从此殄灭。吾欲先死以见先帝于地下,不屈膝于他人也!"崔夫人曰:"贤哉!贤哉!得其死矣!妾请先死,王死未迟。"谌曰:"汝何死耶?"崔夫人曰:"王死父,妾死夫,其义同也。夫亡妻死,何必问焉?"言讫,触柱而死。谌乃自杀其三子,并割妻头,提至昭烈庙中⑥,伏地哭曰:"臣羞见基业弃于他人,故先杀妻子,以绝挂念,后将一命报祖。祖如有灵,知孙之心!"大哭一场,眼中流血,自刎而死⑦。蜀人闻知,无不哀痛⑧。后人有诗赞曰:

> 君臣甘屈膝,一子独悲伤。
>
> 去矣西川事,雄哉北地王!
>
> 捐身酬烈祖,搔首泣穹苍。
>
> 凛凛人如在,谁云汉已亡?

后主听知北地王自刎,乃令人葬之。次日魏兵大至,后主率太子诸王,及群臣六十余人,面缚舆榇⑨,出北门十里而降。邓艾扶起后主,亲解其缚,焚其舆榇,并车入城。后人有诗叹曰:

> 魏兵数万入川来,后主偷生失自裁。

于县衙后。1988 年重修,墓冢呈圆型,高 1.9 米,周长 10.8 米,墓碑刻有"汉谯周墓"四字。

③ 成都未有雄厚兵力

北地王所说只能备考,当时蜀汉军力除绵竹受挫,机动兵力仅姜维军主力,总兵力约五六万以及张翼廖化部此外地方部队有三处:(一)安南将军领六郡建宁太守霍弋(霍峻子);(二)巴东太守罗宪在永安;(三)汉中诸围,唯阳安关失陷,其余诸围仍多为蜀汉守,如柳隐守汉中黄金围"坚壁不动,(钟)会将攻之不能克。后主既降,以手令敕,隐乃诣会"(《华阳国志·后贤志》)。"汉中诸围守,皆奉后主敕令,乃下"(《华阳国志·后主志》)。但成都兵力不足,二线兵力似多在绵竹溃灭。

④ 降使张绍和邓良

蜀汉选派张绍和邓良为降使,足见刘禅用心良苦。盖张绍系张飞次子,袭西乡侯爵(长子张苞死于张飞之前),乃国舅;邓良为邓芝子。降书使者所以出现有"私署侍中",乃《演义》为刘禅自视为伪国,不敢用"汉"(蜀汉)国号所致,以视他卑贱、怯懦。

⑤ 蜀汉相当贫困

此据《三国志·蜀书·后主传》。蜀汉人稀财乏,亡国时仅有此数,而男女人口(含缺乏劳动力的老幼)九十四万,却要供养将士十万二千和官吏四万(不包括皇室和贵族家人),可谓负担之重。因为负担重,人口增长慢(章武元年有户二十万,男女人口九十万)。是以小国寡民,难以伸展。而刘备入成都时,蜀土富饶。刘备仅赐诸葛亮、法正、关羽、张飞四人,金各五百斤、银千斤、钱五千万、锦千匹,其余人员颁赐各有差。而时过四五十年,却大见贫乏,足见刘备父子治蜀,财乏民贫。如与刘璋降后财富对比,此仅十分之一,因此任乃强称:在蜀汉五十年:"封建剥削严重,农民生活困难,逃亡日多,户口锐减,则实然矣。此则连年征伐,徭役不息之所致,蜀之速亡,此亦为根本原因。"(《华阳国志校补图注》)

⑥ 刘备庙赶出阿斗像

北地王哭庙之祖庙即成都南郊汉昭烈庙,当时为祀刘备而设,后嬗递以合祀刘备、诸葛亮君臣为主体的武侯祠。今刘备像为3米,旁塑有北地王刘谌造像,东西偏殿分别为关羽、张飞及其子孙造像。刘备殿前两廊共塑28尊像:东廊为文臣以庞统为首,西廊为武将由赵云为首。唯缺刘禅像。据《环宇记》,最初是有刘禅塑像,而无北地王像的。但自北宋始布,四川地方官"以后主不能保有土宇去之",后多次重修,再不塑刘禅。清康熙十一年(1672),重修庙时,又作调整,把诸葛亮塑像迁到后殿,并加塑了北地王和两廊文臣武将像。唐刘禹锡有《蜀先主庙》诗,"天下英雄气,千秋尚凛然。势分三足鼎,业复五铢钱。得相能开国,生儿不像贤。凄凉蜀故妓,来舞魏宫前。"

⑦ 北地王崔夫人节烈乃虚构

北地王妻子死事,见《汉晋春秋》:"是日,谌哭于昭烈之庙,先杀妻子,而后自杀,左右无不为涕泣者。"是其妻乃是为刘谌所杀,并非自杀。她是在刘谌哭庙后归宫被杀的,崔夫人无此名讳,乃系《演义》冠名。《演义》为之编造此段折子,以显刘谌忠烈,妻子节烈,痛斥后主刘禅辱国卖国。

黄皓终存欺国意,姜维空负济时才。

全忠义士心何烈,守节王孙志可哀。

昭烈经营良不易,一朝功业顿成灰。

于是成都之人,皆具香花迎接。艾拜后主为骠骑将军,其余文武,各随高下拜官。请后主还宫,出榜安民,交割仓库。又令太常张峻、益州别驾张绍,招安各郡军民。又令人说姜维归降。一面遣人赴洛阳报捷。艾闻黄皓奸险,欲斩之。皓用金宝赂其左右,因此得免。自是汉亡。后人因汉之亡,有追思武侯诗曰:

鱼鸟犹疑畏简书,风云长为护储胥。

徒令上将挥神笔,终见降王走传车。

管乐有才真不忝,关张无命欲何如!

他年锦里经祠庙,《梁父》吟成恨有余!

且说太仆蒋显到剑阁,入见姜维,传后主敕命,言归降之事。维大惊失语。帐下众将所知,一齐怨恨,咬牙怒目,须发倒竖,拔刀砍石,大呼曰:"吾等死战,何故先降耶!"号哭之声,闻数十里。维见人心思汉,乃以善言抚之曰:"众将勿忧。吾有一计,可复汉室。"众皆求问。姜维与诸将附耳低言,说了计策。即于剑阁关遍竖降旗⑩,先令人报入钟会寨中,说姜维引张翼、廖化、董厥等来降。会大喜,令人迎接维入帐。会曰:"伯约来何迟也?"维正色流涕曰:"国家全军在吾,今日至此,犹为速也。"会甚奇之,下座相拜,待为上宾。维说会曰:"闻将军自淮南以来,算无遗策,司马氏之盛,皆将军之力。维故甘心俯首。如邓士载,当与决一死战,安肯降之乎?"会遂折箭为誓,与维结为兄弟,情爱甚密,仍令照旧领兵。维暗喜,遂令蒋显回成都去了。

却说邓艾封师纂为益州刺史,牵弘、王颀等各领州郡。又于绵竹筑台以彰战功,大会蜀中诸官饮宴。艾酒至半酣,乃指众官曰:"汝等幸遇我,故有今日耳。若遇他将,必皆殄灭矣。"多官起身拜谢。忽蒋显至,说姜维自降钟镇西了。艾因此痛恨钟会。遂修书,令人赍赴洛阳致晋公司马昭。昭得书视之,书曰:

臣艾切谓兵有先声而后实者,今因平蜀之势以乘吴,此席卷之时也。然大举之后,将士疲劳,不可便用,宜留陇右兵二万、蜀兵二万,煮盐兴冶,并造舟船,预备顺流之计,然后发使告以利害,吴可不征而定也。今宜厚待刘禅,以致孙休。若便送禅来京,吴人必疑,则于向化之心不劝。且权留之于蜀,须来年八月抵京。今即可封禅为扶风王,锡以资财,供其左右,爵其子为公侯,以显归命之宠。则吴人畏威怀德,望风而从矣。

司马昭览毕,深疑邓艾有自专之心,乃先发手书与卫瓘,随后降封艾诏曰:

> 征西将军邓艾:耀威奋武,深入敌境,使僭号之主,系颈归降。兵不逾时,战不终日,云彻席卷,荡定巴、蜀。虽白起破强楚,韩信克劲赵,不足比勋也。其以艾为太尉,增邑二万户,封二子为亭侯,各食邑千户。

邓艾受诏毕,监军卫瓘取出司马昭手书与艾。书中说邓艾所言之事,须候奏报,不可辄行。艾曰:"'将在外,君命有所不受。'吾既奉诏专征,如何阻当?"遂又作书,令来使赍赴洛阳。时朝中皆言邓艾必有反意,司马昭愈加疑忌。忽使命回,呈上邓艾之书。昭拆封视之,书曰:

> 艾衔命西征,元恶既服,当权宜行事,以安初附。若待国命,则往复道途,延引日月。《春秋》之义,大夫出疆,有可以安社稷、利国家,专之可也。今吴未宾,势与蜀连,不可拘常以失事机。兵法:进不求名,退不避罪。艾虽无古人之节,终不自嫌以损于国也。先此申状,见可施行。

司马昭看毕大惊,忙与贾充计议曰:"邓艾恃功而骄,任意行事,反形露矣。如之奈何?"贾充曰:"主公何不封钟会以制之?"昭从其议,遣使赍诏封会为司徒,就令卫瓘监督两路军马,以手书付瓘,使与会伺察邓艾,以防其变。会接读诏书,诏曰:

> 镇西将军钟会:所向无敌,前无强梁,节制众城,网罗迸逸。蜀之豪帅,面缚归命,谋无遗策,举无废功。其以会为司徒,进封县侯,增邑万户。封子二人亭侯,邑各千户。

钟会既受封,即请姜维计议曰:"邓艾功在吾之上,又封太尉之职。今司马公疑艾有反志,故令卫瓘为监军,诏吾制之。伯约有何高见?"维曰:"愚闻邓艾出身微贱,幼为农家养犊,今侥幸自阴平斜

⑧ **北地王刘谌祠**

四川罗江白马关旧有北地王庙,有诗人刘咸荣(豫波)题联:生不视强寇西来,天意茫茫,伤心独洒河山泪;死好见先皇地下,英姿凛凛,放眼一空南北人。(1934年10月28日《东南日报》)

⑨ **刘禅面缚舆榇**

此据《资治通鉴》"面缚舆榇诣军门"。《蜀书·后主传》作"后主舆榇自缚,诣军垒门。"胡三省注:"杜预云:面缚,缚手于后,唯见其面也;榇,棺也,示将受死。"此处《通鉴》更见清楚,如此采用,足见刘禅贪生的一副狼狈相。

⑩ **姜维不在剑阁投降**

按据史传,姜维列营剑阁,后得悉绵竹失陷,又传媒有刘禅坚守成都或将走南方等说,于是主动放弃剑阁,全军五万"东入于巴。会乃进军至涪,遣胡烈、田续、庞会等追维。艾进军向成都,刘禅诣艾降,遣使敕维等令降于会。维至广汉郪县(四川三台),令兵悉放器仗,送节传于胡烈,便从东道诣会降"(《三国志·魏书·钟会传》)。此说称姜维等降于胡烈,然后在解除武装后送往涪城钟会处。但据钟会上书司马昭说,姜维等欲走成都,"臣辄遣司马夏侯咸、护军胡烈等,经从剑阁,出新都、大渡截其前,参军爰彭、将军句安等蹑其后,参军皇甫闿、将军王买等从涪南出冲其腹,臣据涪县为东西声援。维等所统步骑四五万人,擐甲厉兵,塞川填谷,数百里中首尾相继,凭恃其众,方轨而西。臣敕咸、闿等令分兵据势,广张罗网,南杜走吴之道,西塞成都之路,北绝越逸之径,四面云集,首尾并进,蹊路断绝,走伏无地。臣

又手书申喻,开示生路,群寇困逼,知命穷数尽,解甲投戈,面缚委质,印绶万数,资器山积。"此处乃称姜维等在包围圈中无路可走,始被逼投降的。按,据《华阳国志·后主志》,将姜维初弃剑阁东走,而未直趋成都,旧皆是"素与执政者不平,欲使其知卫敌之难,而后逞志,乃迴由巴西出郪、五城"。但此说今人任乃强以为绝谬,他认为,姜维率军"自巴西斜行郪、五城,道向成都。如此,则如审实成都固守,便于进援;后主降吴,亦易于截留于巴以图兴复。纵入南中,亦便于追及卫行。就全蜀形势言,甚为允当"(《华阳国志校补图注》)。此说颇佳,非不熟悉蜀中地理者,始能有此言。

⑪ **钟会是书法家**
钟会书法,家学渊源。史称他行、草兼美,工隶书。《三国志·钟会传》引《世语》:"会善效人书,于剑阁要文章表白事,皆易其言,令辞指悖傲,多自矜伐。又毁文王报书,手作以疑之也。"

⑫ **钟会早有异心多人皆识**
钟会出师,有多人皆疑其日后必反,如《世说新语》所记王戎故事。此或亦为钟会自疑处,即多人本不对他相任。如刘寔,"咸熙元年,钟会谋反,伏诛。卫瓘袭邓艾,杀之。钟会、邓艾将伐蜀,与刘寔别。客谓寔曰:'二将当破蜀不?'寔曰:'必破蜀,但皆不还。'客问其故,寔曰:'治道在于克让'。"(《太平御览》卷四百二十四)

径,攀木悬崖,成此大功,非出良谋,实赖国家洪福耳。若非将军与维相拒于剑阁,又安能成此功耶?今欲封蜀主为扶风王,乃大结蜀人之心,其反情不言可见矣。晋公疑之,是也。"会深喜其言。维又曰:"请退左右,维有一事密告。"会令左右尽退。维袖中取一图与会曰:"昔日,武侯出草庐时,以此图献先帝,且曰:'益州之地,沃野千里,民殷国富,可为霸业。'先帝因此遂创成都。今邓艾至此,安得不狂?"会大喜,指问山川形势。维一一言之。会又问曰:"当以何策除艾?"维曰:"乘晋公疑忌之际,当急上表,言艾反状,晋公必令将军讨之,一举而可擒矣。"会依言,即遣人赍表进赴洛阳,言邓艾专权恣肆,结好蜀人,早晚必反矣。于是朝中文武皆惊。会又令人于中途截了邓艾表文,按艾笔法,改写傲慢之辞,以实己之语⑪。

司马昭见了邓艾表章,大怒,即遣人到钟会军前,令会收艾;又遣贾充引三万兵入斜谷,昭乃同魏主曹奂御驾亲征。西曹掾邵悌谏曰:"钟会之兵,多艾六倍,当令会收艾足矣,何必明公自行耶?"昭笑曰:"汝忘了旧日之言耶!汝曾道会后必反。吾今此行,非为艾,实为会耳。"悌笑曰:"某恐明公忘之!故以相问。今既有此意,切宜秘之,不可泄漏。"昭然其言,遂提大兵起程。时贾充亦疑钟会有变,密告司马昭。昭曰:"如遣汝,亦疑汝耶?且到长安,自有明白。⑫"早有细作报知钟会,说昭已至长安。会慌请姜维商议收艾之策。正是:

才看西蜀收降将,又见长安动大兵。

不知姜维以何策破艾,且看下文分解。

第一百十九回　假投降巧计成虚话
　　　　　　　　再受禅依样画葫芦

却说钟会请姜维计议收邓艾之策。维曰："可先令监军卫瓘收艾。艾欲杀瓘，则反情实矣。将军却起兵讨之，可也。"会大喜，遂令卫瓘引数十人入成都，收邓艾父子。瓘手下人止之曰："此是钟司徒令邓征西杀将军，以正反情也。切不可行。"瓘曰："吾自有计。"遂先发檄文二三十道，其檄曰："奉诏收艾，其余各无所问。若早来归，爵赏如先；敢有不出者，灭三族。"随备槛车两乘，星夜望成都而来。

比及鸡鸣，艾部将见檄文者，皆来投拜于卫瓘马前。时邓艾在府中未起。瓘引数十人突入大呼曰："奉诏收邓艾父子！"艾大惊，滚下床来，瓘叱武士缚于车上。其子邓忠出问，亦被捉下，缚于车上。府中将吏大惊，欲待动手抢夺，早望见尘头大起，哨马报说钟司徒大兵到了。众各四散奔走。钟会与姜维下马入府，见邓艾父子已被缚。会以鞭挞邓艾之首而骂曰："养犊小儿，何敢如此！"姜维亦骂曰："匹夫行险侥幸，亦有今日耶？"艾亦大骂。会将艾父子送赴洛阳。会入成都，尽得邓艾军马，威声大震。乃谓姜维曰："吾今日方趁平生之愿矣。"维曰："昔韩信不听蒯通之说，而有未央宫之祸；大夫种不从范蠡于五湖，卒伏剑而死。斯二子者，其功名岂不赫然哉？徒以利害未明，而见几之不早也。今公大勋已就，威震其主，何不泛舟绝迹，登峨嵋之岭，而从赤松子游乎？"会笑曰："君言差矣！吾年未四旬，方思进取，岂能便效此退闲之事？"维曰："若不退闲，当早图良策。此则明公智力所能，无烦老夫之言矣。"会抚掌大笑曰："伯约知吾心也。"二人自此每日商议大事。维密与后主书曰："望陛下忍数日之辱，维将使社稷危而复安，日月幽而复明，必不使汉室终灭也①。"

① 姜维密书刘禅说

见《华阳国志》："维教会诛北来诸将，既死，徐欲杀会，尽坑魏兵，还复蜀祚，密书与后主曰：'愿陛下忍数日之辱，臣欲使社稷危而复安，日月幽而复明。'"此情事似在蜀中广为传闻，所以孙盛《晋阳秋》也称："盛以永和初从安西将军平蜀，见诸故老，及姜维既降之后密与刘禅表疏，说欲伪服事钟会，因杀之以复蜀土，会事不捷，遂至泯灭，蜀人于今伤之。"按，"永和初"，当是东晋永和三年(347)，"平蜀"事，即桓温灭成汉国。时距姜维被杀八十余年，可见流传之深远。但此情事出于想当然，缺乏依据；盖举事乃绝密，在未成前，以姜维之老谋深算，不至外泄于刘禅，且与姜维心腹同谋之旧将，似仅张翼，此外如廖化、宗预、董厥等均未参与，亦令人费解。

② **钟会坑人说乃胡烈编造**

据《三国志·魏书·钟会传》，有钟会软禁诸魏事，但无见丘建泄密事。"烈给语亲兵及疏与其子曰：丘建密说消息，会已作大坑、白棓数千，欲悉呼外兵入，人赐白帢，拜为散将，以次棓杀坑中。"白棓，即大棒，乃魏晋门卫常用护卫器。

③ **胡渊十八岁救父**

据《三国志·魏书·钟会传》所引裴注《晋诸公赞》说："(胡)渊小字鹞鸱，时年十八，既杀会救父，名震远近。后赵王伦篡位，三王兴义，(司马)伦使渊与张泓将兵御渊与张泓将兵御齐王，屡破齐军。会成都战克，渊乃归降伏法。"他也是"八王之乱"的牺牲品。

④ **卫瓘主持诛钟会**

据《晋书·卫瓘传》，钟会被杀实乃卫瓘主谋。该传称，钟会拘捕胡烈等将，以致军心不安，"会留瓘谋议，乃书板云：欲杀胡烈等。举以示瓘；瓘不许，因相疑贰。瓘如厕，见胡烈故给使，使宣言三军，言会反。会逼瓘定议，经宿不眠，各横刀膝上。在外诸军已潜欲攻会，瓘既不出，未敢先发。会使瓘慰劳诸军。瓘心欲出，且坚其意，曰：'卿三军主，宜自行。'会曰：'卿监司，且先行，吾当后出。'瓘便下殿，会悔遣之，使呼瓘，瓘辞眩疾动，诈扑地。比出阁，数十信追之。瓘至外解，服盐汤，大吐。瓘素羸，便似困笃。会遣所亲人及医视之，皆言不起，会由是无所惮。及暮，门闭，瓘作檄宣告诸军。诸军并已唱义，陵旦共攻会。会率左右距战，诸将击败之。唯帐下数百人随会绕殿而走，尽杀之。瓘于是部分诸将，群情肃然。"

⑤ **姜维乐学不倦，清素节约**

姜维是悲剧人物，《演义》主蜀，亦推崇之。姜维确有可取之处，却正著者论称："姜伯约据上将之重，处群臣之右，宅舍弊薄，资财无余，侧室无妾媵之亵，后庭无声乐之娱，衣服取供，舆马取备，饮食节制，不奢不约，官给费用，随手消尽，察

却说钟会正与姜维谋反，忽报司马昭有书到。会接书。书中言："吾恐司徒收艾不下，自屯兵于长安。相见在近，以此先报。"会大惊曰："吾兵多艾数倍，若但要我擒艾，晋公知吾独能办之。今日自引兵来，是疑我也。"遂与姜维计议。维曰："君疑臣则臣必死，岂不见邓艾乎？"会曰："吾意决矣！事成则得天下，不成则退西蜀，亦不失作刘备也。"维曰："近闻郭太后新亡，可诈称太后有遗诏教讨司马昭，以正弑君之罪。据明公之才，中原可席卷而定。"会曰："伯约当作先锋。成事之后，同享富贵。"维曰："愿效犬马微劳。但恐诸将不服耳。"会曰："来日元宵佳节，于故宫大张灯火，请诸将饮宴。如不从者尽杀之。"维暗喜。次日，会、维二人请诸将饮宴。数巡后，会执杯大哭。诸将惊问其故。会曰："郭太后临崩有遗诏在此，为司马昭南阙弑君，大逆无道，早晚将篡魏，命吾讨之。汝等各自金名。共成此事。"众皆大惊，面面相觑。会拔剑出鞘曰："违令者斩！"众皆恐惧，只得相从。画字已毕，会乃困诸将于宫中，严兵禁守。维曰："我见诸将不服，请坑之。"会曰："吾已令宫中掘一坑，置大棒数千，如不从者，打死坑之。"②

时有心腹将丘建在侧，建乃护军胡烈部下旧人也。时胡烈亦被监在宫，建乃密将钟会所言，报知胡烈。烈大惊，泣告曰："吾儿胡渊领兵在外，安知会怀此心耶？汝可念向日之情，透一消息，虽死无恨。"建曰："恩主勿忧，容某图之。"遂出告会曰："主公软监诸将在内，水食不便，可令一人往来传递。"会素听丘建之言，遂令丘建监临。会分付曰："吾以重事托汝，休得泄漏。"建曰："主公放心，某自有紧严之法。"建暗令胡烈亲信人入内，烈以密书付其人。其人持书火速至胡渊营内，细言其事，呈上密书。渊大惊，遂遍示诸营知之③。众将大怒，急来渊营商议曰："我等虽死，岂肯从反臣耶？"渊曰："正月十八日中，可骤入内，如此行之。"监军卫瓘，深喜胡渊之谋，即整顿了人马，令丘建传与胡烈。烈报知诸将。

却说钟会请姜维问曰："吾夜梦大蛇数千条咬吾，主何吉凶？"维曰："梦龙蛇者，皆吉庆之兆也。"会喜，信其言，乃谓维

曰："器仗已备,放诸将出问之,若何?"维曰："此辈皆有不服之心,久必为害,不如乘早戮之。"会从之,即命姜维领武士往杀众魏将。维领命,方欲行动,忽然一阵心疼,昏倒在地,左右扶起,半晌方苏。忽报宫外人声沸腾。会方令人探时,喊声大震,四面八方,无限兵到。维曰："此必是诸将作恶,可先斩之。"忽报兵已入内。会令闭上殿门,使军士上殿屋以瓦击之,互相杀死数十人。宫外四面火起,外兵砍开殿门杀入。会自掣剑立杀数人,却被乱箭射倒。众将枭其首④。维拔剑上殿,往来冲突,不幸心疼转加。维仰天大叫曰："吾计不成,乃天命也!"遂自刎而死。时年五十九岁⑤。宫中死者数百人。卫瓘曰："众军各归营所,以待王命。"魏兵争欲报仇,共剖维腹,其胆大如鸡卵⑥。众将又尽取姜维家属杀之⑦。邓艾部下之人,见钟会、姜维已死,遂连夜去追劫邓艾。早有人报知卫瓘。瓘曰："是我捉艾,今若留他,我无葬身之地矣。"护军田续曰："昔邓艾取江油之时,欲杀续,得众官告免。今日当报此恨!"瓘大喜,遂遣田续引五百兵赶至绵竹,正遇邓艾父子放出槛车,欲还成都。艾只道是本部兵到,不作准备,欲待问时,被田续一刀斩之。邓忠亦死于乱军之中⑧。后人有诗叹邓艾曰:

> 自幼能筹画,多谋善用兵。
> 凝眸知地理,仰面识天文。
> 马到山根断,兵来石径分。
> 功成身被害,魂绕汉江云⑨。

又有诗叹钟会曰:

> 髫年称早慧,曾作秘书郎。
> 妙计倾司马,当时号子房。
> 寿春多赞画,剑阁显鹰扬。
> 不学陶朱隐,游魂悲故乡⑩。

又有诗叹姜维曰:

> 天水夸英俊,凉州产异才。
> 系从尚父出,术奉武侯来。

其所以然者,非以激贪厉浊,抑情自割也,直谓如是为足,不在多求。""如姜维之乐学不倦,清素节约,自一时之仪表也。"(《三国志·蜀书·姜维传》)陈书不以成败论英雄,颇为可取。又姜维建兴六年(228)为二十七岁,是死时应作六十三岁(264)。此处误。

⑥ 姜维胆大如鸡卵

据《三国志·蜀书·姜维传》引《世语》:"维死时见剖,胆如斗大。"按,此处之"斗",乃形容大而异常,非作量器。如《诗·大雅·行苇》"酌以大斗",乃作酒器解。通常人胆二、三厘米直径。又宋张世杰亦同,"张鄞州世杰拥德祐、景炎、祥兴于海上,各拥兵南北岸。一夕大风雨,皆不利;张覆舟而薨。翌早,获尸,棺殓焚化,其胆如斗大,而焚不化"(《宋稗类抄·忠义》)。又,据卢弼《三国志集解》:胡三省曰"斗非身所能容,恐当作'升'。"何焯曰:"古'升'字与'斗'字相类。"亭林亦云。吴金华先生以为,此纪实之文,非夸张之语,改"斗"为"升",得其实也(《三国志校诂》第224页)。当是。按,以"升"为"斗"或为宋人传抄本所误。姜维胆大于后世颇见影响,吴东峰《开国将军轶事》记作者曾问及许世友,"众多将帅中,首长最钦佩者谁?许世友将军不假思索,曰:福州韩司令,老韩胆子,大若鸡蛋"(解放军文艺出版社2002年1月版第166页)。

⑦ 姜维后裔说

《演义》所说,乃据《三国志·蜀书·姜维传》,"妻子皆伏诛"同传引郤正语"身死宗灭",是不应有后。但也有说姜维有后裔,1995年7月11日《钱江晚报》报道:浙江兰溪发现姜维后裔聚居地就在离诸葛亮后裔聚居地诸葛村直线距离六七公里的水亭乡西姜村。西姜加上附近的姜陂村,现有村民400余户,姜姓村民1200余人。据《姜氏宗谱》记载,元朝元贞元年(1295),姜维三十七世孙姜霖自明州来兰溪任县学教谕,后卜居西岗。西岗后改名西姜,至今已700年。此亦一说,姑妄录之,又川陇多有姜维墓,当亦系后来所筑。

⑧ 邓艾未叛而遭诬害

邓艾在亡蜀后，深自矜伐，犯了骄傲症，由此钟会和胡烈、师纂等分别上表，说他"所作悖逆，变衅以结"。在他们父子被槛送洛阳途中，于绵竹三造亭被杀。今附近有邓艾父子墓，且建有邓艾祠，有楹联称："越天险入蜀，战不生还，未许将军夸智勇；尊万机擒王，身能百战，堪称父子是英雄"。邓艾死时，留在洛阳的其余儿子也一并被处死，妻子和孙子全都发配西域为奴。泰始元年(265)，司马炎(晋武帝)和给事中、蜀降臣樊建议论诸葛亮治国有方时，樊建乘机提及，"臣窃闻天下之论，皆谓邓艾见枉，陛下知而不理"(《三国志·蜀书·樊建传》)引《汉晋春秋》)。同年，就下诏书赦其全家还。泰始三年，议郎段灼提出为他平反，"矫命制科，权安社稷，虽违常科，有合古义"(《三国志·魏书·邓艾传》)。泰始九年，终于彻底平反，"艾有功勋，受罪不逃刑，而子孙为民隶，朕常愍之。其以嫡孙朗为郎中"。

⑨ 邓艾墓

今剑阁左城普安镇北10公里北西乡孤玉山下也有邓艾墓。墓碑碣俱存。庙仅存正殿。"文革"期间，墓穴被砸，发现是并列两室，用青石板构造，两穴室中各有一座棺坑，各长3米，宽1.4米，高1.8米，双穴并列，中间距离2米，乃邓艾父子葬处。今陕西蒲城东北西头乡邓家堡村亦有一处邓艾墓遗址，封土呈覆斗形，高约6米，底边长15米，宽13米。西晋初年曾建墓祠，或因邓平反时而建，今已不存。墓前见存前秦建元三年(367)"邓太尉祠碑"和金承安四年(1199)"魏邓太尉祠碑"。

⑩ 钟会墓

钟会有墓在河南长社家乡，与其父钟繇墓仅隔数十步之遥。按，钟会被诛后，尸骨当无存留，此当是后世所制作的衣冠墓或纪念墓也。

⑪ 川陇姜维墓

一在四川剑阁县剑门关川陕公路旁，系衣冠冢。墓前原有享堂"伯约祠堂"，内立"汉大将军姜维之墓"碑；现又仿汉墓

大胆应无惧，雄心誓不回。

成都身死日，汉将有余哀。⑪

却说姜维、钟会、邓艾已死，张翼等亦死于乱军之中。太子刘璿⑫、汉寿亭侯关彝，皆被魏兵所杀⑬。军民大乱，互相践踏，死者不计其数。旬日后，贾充先至，出榜安民，方始宁靖。留卫瓘守成都，乃迁后主赴洛阳，止有尚书令樊建、侍中张绍、光禄大夫谯周、秘书郎郤正等数人跟随⑭。廖化、董厥皆托病不起，后皆忧死⑮。

时魏景元五年，改为咸熙元年，春三月，吴将丁奉见蜀已亡，遂收兵还吴。中书丞华覈奏吴主孙休曰："吴、蜀乃唇齿也，'唇亡则齿寒'，臣料司马昭伐吴在即，乞陛下深加防御。"休从其言，遂命陆逊子陆抗为镇东大将军，领荆州牧，守江口；左将军孙异守南徐诸处隘口；又沿江一带屯兵数百营，老将丁奉总督之，以防魏兵⑯。

建宁太守霍戈闻成都不守，素服望西大哭三日。诸将皆曰："既汉主失位，何不速降？"戈泣谓曰："道路隔绝，未知吾主安危若何。若魏主以礼待之，则举城而降，未为晚也；万一危辱吾主，则主辱臣死，何可降乎？"众然其言，乃使人到洛阳，探听后主消息去了。

且说后主至洛阳时，司马昭已自回朝。昭责后主曰："公荒淫无道，废贤失政，理宜诛戮。"后主面如土色，不知所为。文武皆奏曰："蜀主既失国纪，幸早归降，宜赦之。"昭乃封禅为安乐公，赐住宅，月给用度，赐绢万匹，僮婢百人⑰。子刘瑶及群臣樊建、谯周、郤正等，皆封侯爵。后主谢恩出内。昭因黄皓蛊国害民，令武士押出市曹，凌迟处死。⑱时霍戈⑲探听得后主受封，遂率部下军士来降。次日，后主亲诣司马昭府下去拜谢。昭设宴款待，先以魏乐舞戏于前，蜀官感伤，独后主有喜色。昭令蜀人扮蜀乐于前，蜀官尽皆堕泪，后主嬉笑自若。酒至半酣，昭谓贾充曰："人之无情，乃至于此！虽使诸葛孔明在，亦不能辅之久全，何况姜维乎？"乃问后主曰："颇思蜀否？"后主曰："此间乐，不思蜀也。"须臾，后主起身更衣，郤正跟至

厢下，曰："陛下如何答应不思蜀也？倘彼再问，可泣而答曰：'先人坟墓，远在蜀地，乃心西悲，无日不思。'晋公必放陛下归蜀矣。"后主牢记入席。酒将微醉，昭又问曰："颇思蜀否？"后主如郤正之言以对，欲哭无泪，遂闭其目。昭曰："何乃似郤正语耶？"后主开目惊视曰："诚如尊命。"昭及左右皆笑之。昭因此深喜后主诚实，并不疑虑。⑳后人有诗叹曰：

> 追欢作乐笑颜开，不念危亡半点哀。
>
> 快乐异乡忘故国，方知后主是庸才。

却说朝中大臣因昭收川有功，遂尊之为王，表奏魏主曹奂。时奂名为天子，实不能主张，政皆由司马氏，不敢不从，遂封晋公司马昭为晋王，谥父司马懿为宣王，兄司马师为景王。昭妻乃王肃之女，生二子：长曰司马炎，人物魁伟，立发垂地，两手过膝，聪明英武，胆量过人；次子司马攸，情性温和，恭俭孝悌，昭甚爱之，因司马师无子，嗣攸以继其后。昭常曰："天下者，乃吾兄之天下也。"于是司马昭受封晋王，欲立攸为世子。山涛谏曰："废长立幼，违礼不祥。"贾充、何曾、裴秀亦谏曰："长子聪明神武，有超世之才，人望既茂，天表如此，非人臣之相也。"昭犹豫未决。太尉王祥、司空荀顗谏曰："前代立少，多致乱国。愿殿下思之。"昭遂立长子司马炎为世子。

大臣奏称："当年襄武县天降一人，身长二丈余，脚迹长三尺二寸，白发苍髯，着黄单衣，裹黄巾，拄藜头杖，自称曰：'吾乃民王也。今来报汝，天下换主，立见太平。'如此在市游行三日，忽然不见。此乃殿下之瑞也。殿下可戴十二旒冠冕，建天子旌旗，出警入跸，乘金根车，备六马，进王妃为王后，立世子为太子。"昭心中暗喜，回到宫中，正欲饮食，忽中风不语。次日，病危，太尉王祥、司徒何曾、司马荀顗及诸大臣入宫问安。昭不能言，以手指太子司马炎而死。时八月辛卯日也。何曾曰："天下大事，皆在晋王。可立太子为晋王，然后祭葬。"是日，司马炎即晋王位，封何曾为晋丞相，司马望为司徒，石苞为骠骑将军，陈骞为车骑将军，谥父为文王。安

再垒坟茔，竖立了"汉大将军姜维之墓"的石碑，并新建有祠，楹联有：志在中原费尽平生胆智；神栖剑阁永昭千代英灵。在这里，还有"姜维城"、"姜维洞"。二在四川芦山县城东金井阁。相传姜维曾驻芦山筑城，后世称"姜城"，今县城南街尚存古城墙残垣。三在甘肃甘谷六峰山姜家庄，系姜维故里。原有姜维衣冠冢和祠堂，"文革"中毁，现重建。新修墓高 3.5 米，墓前有杨成武题写"姜维故里"石碑；祠堂前柱有对联：万古雄迹传今朝，千秋懿范昭后人。四在四川伏羌县。据《一统志》说，姜维墓在县西南五十里。

⑫ **太子刘璿为魏兵所杀**
据《三国志·蜀书·二主妃子传》，作"璿为乱兵所杀"。时刘璿为二十七岁，但举止不似人君。"后主立太子璿，以弋为中庶子。璿好骑射，出入无度，弋援引古义，尽言规谏，甚得切磋之体"。（《三国志·蜀书·霍弋传》）或可见被杀害，引由自咎。按，刘璿为张皇后侍人所生，由此可见刘禅其余六子亦都出自宫人生育。

⑬ **蒋琬二子均死于乱军**
据《三国志·蜀书·蒋琬传》，蒋琬长子蒋斌在涪城降于钟会，随至成都，与其弟太子仆蒋显均为乱军所杀。

⑭ **刘禅宫人尽为掳掠**
刘禅赴洛阳，宫眷仅张皇后等数人，其余宫人，包括他的有名位之妃嫔，均被魏军接收和分配。"魏以蜀宫人赐诸将之无妻者。李昭仪曰：我不能二三屈辱。乃自杀。"（《三国志·蜀书·二主妃子传》引《汉晋春秋》）此亦亡国后的必然。

⑮ **廖化、宗预等内徙**
《华阳国志·大同书》："内移蜀大臣宗预、廖化及诸葛显等并三万家，于河东及关中。复二十年田租"。按，据史传，魏咸熙元年(264)春，廖化、宗预俱内徙洛阳，道病卒。当时两人均年过七十。《吴门表隐》称廖化墓在苏州，不确，乃好事者所为。董厥与樊建"俱诣京都(洛阳)，

同为相国参军，其秋并兼散骑常侍，使魏慰劳"(《三国志·蜀书·诸葛亮传》)。

⑯ 吴军侵蜀巴东

吴军在蜀汉亡时，尚有一路向巴东，意在侵吞。据《三国志·蜀书·霍峻传》引裴注《襄阳记》称，"吴闻蜀败，起兵西上，外托救援，内欲袭(罗)宪。""吴闻钟(会)、邓(艾)败，百城无主，有兼蜀之志，而巴东固守，兵不得过，使步协率军而西。宪临江拒射，不能御，遣参军杨宗突围北出，告急安东将军陈骞，又送文武印绶、任子诣晋王。协攻城，宪出与战，大破其军。孙休怒，复遣陆抗等帅众三万人增宪之围。被攻凡六月日而救援不到，城中疾病大半。或说宪奔走之计，宪曰：'夫为人主，百姓所仰，危不能安，急而弃之，君子不为也，毕命于此矣！'陈骞言于晋王，遣荆州刺史胡烈救宪，抗等引退"。

⑰ 刘备后代今何在

刘禅降魏后，封为安乐公。晋泰始七年(271)病死于洛阳，葬于山东东陵，清时陵墓尚存。第六子刘恂继安乐公爵。永嘉大乱时，刘备、刘禅子孙几都死于战乱，只有刘永(刘备次子)之孙刘玄奔蜀，为李雄捧为安乐公。晋永和三年(347)成汉灭亡，为晋俘获。据传他的子孙后来迁徙韩国，又说有迁徙泰国的。有很多泰籍刘姓华人，还认为自己是刘备后代，组织"刘氏宗亲总会"。

⑱ 黄皓未被诛杀

据《三国志·蜀书·董允传》，黄皓祸国害民，为众痛恨，"及邓艾至蜀，闻皓奸险，收闭，将杀之，而皓厚赂艾左右，得免。"此后不知所终，但无有带去洛阳，为司马昭诛杀事。

⑲ 霍弋其人

霍弋，史传作"霍弋"，为刘备旧部霍峻之子。久侍太子刘禅，后为太子刘璿中庶子，出为参军、庲降屯副贰都督、护军和永昌太守，后"迁监军翊军将军，领建宁太守"，景耀六年(263)封安南将军。《华阳国志·南中志》："弋甚善参毗之礼，遂代宇，为监军、安南将军，抚和异俗，为之立法施教，轻重允当，夷晋

葬已毕㉑，炎召贾充、裴秀入宫，问曰："曹操曾云：'若天命在吾，吾其为周文王乎！'果有此事否？"充曰："操世受汉禄，恐人议论篡逆之名，故出此言，乃明教曹丕为天子也。"炎曰："孤父王比曹操何如？"充曰："操虽功盖华夏，下民畏其威而不怀其德。子丕继业，差役甚重，东西驱驰，未有宁岁。后我宣王、景王，累建大功，布恩施德，天下归心久矣。文王并吞西蜀，功盖寰宇，又岂操之可比乎？"炎曰："曹丕尚绍汉统，孤岂不可绍魏统耶？"贾充、裴秀二人再拜而奏曰："殿下正当法曹丕绍汉故事，复筑受禅台，布告天下，以即大位。"

炎大喜，次日带剑入内。此时魏主曹奂，连日不曾设朝，心神恍惚，举止失措。炎直入后宫，奂慌下御榻而迎。炎坐毕，问曰："魏之天下，谁之力也？"奂曰："皆晋王父祖之赐耳。"炎笑曰："吾观陛下文不能论道，武不能经邦，何不让有才德者主之？"奂大惊，口噤不能言。傍有黄门侍郎张节大喝曰："晋王之言差矣！昔日魏武祖皇帝，东荡西除，南征北讨，非容易得此天下。今天子有德无罪，何故让与人耶？"炎大怒曰："此社稷乃大汉之社稷也。曹操挟天子以令诸侯，自立魏王，篡夺汉室。吾祖父三世辅魏，得天下者，非曹氏之能，实司马氏之力也，四海咸知。吾今日岂不堪绍魏之天下乎？"节又曰："欲行此事，是篡国之贼也！"炎大怒曰："吾与汉家报仇，有何不可！"叱武士将张节乱瓜打死于殿下，奂泣泪跪告。炎起身下殿而去。奂谓贾充、裴秀曰："事已急矣，如之奈何？"充曰："天数尽矣，陛下不可逆天，当照汉献帝故事，重修受禅台，具大礼，禅位与晋王；上合天心，下顺民情，陛下可保无虞矣。"奂从之，遂令贾充筑受礼台。以十二月甲子日，奂亲捧传国玺，立于台上，大会文武。后人有诗叹曰：

> 魏吞汉室晋吞曹，天运循环不可逃。
>
> 张节可怜忠国死，一拳怎障泰山高。

请晋王司马炎登坛，授与大礼。奂下坛，具公服立于班首。炎端坐于台上。贾充、裴秀列于左右，执剑，令曹奂再拜伏地听命。充曰："自汉建安二十五年，魏受汉禅，已经四十五年矣。

今天禄永终，天命在晋。司马氏功德弥隆，极天际地，可即皇帝正位，以绍魏统。封汝为陈留王，出就金墉城居止；当时起程，非宣诏不许入京。"奂泣谢而去。㉒太傅司马孚哭拜于奂前曰："臣身为魏臣，终不背魏也。"炎见孚如此，封孚为安平王。孚不受而退。是日文武百官，再拜于台下，山呼万岁。炎绍魏统，国号大晋，改元为泰始元年，大赦天下。魏遂亡，后人有诗叹曰：

> 晋国规模如魏王，陈留踪迹似山阳。
>
> 重行受禅台前事，回首当年止自伤。

晋帝司马炎，追谥司马懿为宣帝，伯父司马师为景帝，父司马昭为文帝，立七庙以光祖宗。那七庙？汉征西将军司马钧，钧生豫章太守司马量，量生颍川太守司马隽，隽生京兆尹司马防，防生宣帝司马懿，懿生景帝司马师、文帝司马昭，是为七庙也。大事已定，每日设朝，计议伐吴之策。正是：

> 汉家城郭已非旧，吴国江山将复更。

未知怎生伐吴，且看下文分解。

安之。""参毗之礼"乃是信奉毗卢佛的仪轨，当地民众多崇奉之，霍弋入乡从俗，大受拥护，拥有一支坚强的兵力，为镇守南中一方统帅。蜀亡，"又拜南中都督，委以本任"（《汉晋春秋》）。两晋之际，蔚为南中豪族。

⑳ 宋太宗(赵光义)说乐不思蜀
"乐不思蜀"故事，典出习凿齿《汉晋春秋》。据传，宋太宗于赵匡胤时降王多侮辱倍之，唯与北汉刘继元优待。《十国春秋》卷一百五《北汉本纪二》，"乃宗蹙，始降宋。太宗终保全之。尝谓近臣曰：'司马昭以刘禅思蜀之对，戏之云：何乃似郤正之言？此不仁之甚也。亡国之君，皆暗懦所至，苟有远识，岂至灭亡，此可愍伤，何反戏侮？刘继元，朕所卤者，待之若宾客，犹恐不慰其意尔。'"

㉑ 司马昭墓
司马昭墓葬称崇阳陵，位于河南偃师市潘屯、杜楼二村北枕头山，因西晋诸帝不树不坟，无见记载。1982年经探测发现，墓道长46米，宽11米，墓室长4.5米，宽3.7米，高2.5米。墓西侧还有千座规模较小的陪葬墓。（黄濂、包贵智《中国历代将帅陵墓》，文物出版社2001年8月版第96页）又其子司马炎（晋武帝）峻阳陵位于偃师市南蔡庄北山南坡（偃师市东、近陇海铁路），经考古部门探测，墓道长36米，宽10.5米，墓室长5.5米，宽3米，高2米。该墓屡被盗掘，骨殖零乱，随葬品多已散失，其西侧有陪葬墓22座（同上书，第127页）。

㉒ 曹奂后事
曹奂禅位时年仅二十，先居于金墉城（河南洛阳西北小城），后迁居于邺城（河北临漳南）。晋太安元年（302）病死。据光绪《临漳县志》："曹奂墓在临漳县彭城村。"今墓位于县城西南28公里习文乡赵彭村西南300米处，北距三台5公里，坐地3264平方米，周边为耕地。1986年，经国家考古队钻探，封土为夯土，下有砌石，面积比现在封土大，未发掘。1992年，河北省人民政府定为省级文物保护单位。

第一百二十回 荐杜预老将献新谋
降孙皓三分归一统

① 孙休墓

孙休葬地不见于史传。胡三省认为位于安徽当涂西北采石山。据《三国志补注》："朱彝尊曰：《吴志》不言定陵所在。顺治中海宁邵湾山居民，穴地得隧道，行数百步，道穷有碑，乃孙休陵也。冶铜为门，门有兽环，两猊猊夹门左右，坚不可入。未发，而为怨家所首，亟以土掩之，此地志所不载。"但崇祯《乌程县志》有称吴景帝钮后陵在弁山北。近年，安徽当涂宋山发现有大墓。原有覆斗式封土高近 8 米，墓道总长 17.68 米，大横堂内高 3.75 米，内宽 5.76 米。墓砖精美，纹饰为五铢古钱及小篆体"富且贵至万世""富贵万世"铭文，陪葬有蜀精美漆器，出土浮雕大方砖上雕刻三爪龙纹。疑为孙休墓。

② 孙权父子婚姻多错位

孙休朱皇后是其姐鲁育(小虎)嫁朱据所生之女，于孙休为女甥。所以裴松之讥以："以为休妻其甥，事同汉惠(汉惠帝刘盈张皇后，乃其姐鲁元公主女)。"但东吴君主乱伦始于孙权。孙权之徐夫人，祖母系其姑(孙坚妹)，于孙权亦为女甥。其子孙亮妻全皇后，乃是全公主(大虎)之孙女，"及潘夫人母子有宠，全主自以与孙和母有隙，乃劝权为潘氏男亮纳夫人"(《三国志·吴书·妃嫔传》)。按此辈分，孙亮

却说吴主孙休，闻司马炎已篡魏，知其必将伐吴，忧虑成疾，卧床不起。乃召丞相濮阳兴入宫中，令太子孙霎出拜。吴主把兴臂、手指霎而卒①。兴出，与群臣商议，欲立太子孙霎为君。左典军万彧曰："霎幼不能专政，不若取乌程侯孙皓立之。"左将军张布亦曰："皓才识明断，堪为帝王。"丞相濮阳兴不能决，入奏朱太后②。太后曰："吾寡妇人耳，安知社稷之事？卿等斟酌立之可也。"兴遂迎皓为君。皓字元宗，大帝孙权太子孙和之子也。当年七月即皇帝位，改元为元兴③元年，封太子孙霎为豫章王，追谥父和为文皇帝，尊母何氏为太后，加丁奉为左右大司马。次年改为甘露元年。皓凶暴日甚，酷溺酒色，宠幸中常侍岑昏。濮阳兴、张布谏之，皓怒，斩二人，灭其三族。由是廷臣缄口，不敢再谏。又改宝鼎元年，以陆凯④、万彧为左右丞相。时皓居武昌，扬州百姓泝流供给，甚苦之；又奢侈无度，公私匮乏。陆凯上疏谏曰：

今无灾而民命尽，无为而国财空，臣窃痛之。昔汉室既衰，三家鼎立，今曹、刘失道，皆为晋有，此目前之明验也。臣愚但为陛下惜国家耳。武昌土地险瘠，非王者之都。且童谣云："宁饮建业水，不食武昌鱼；宁还建业死，不止武昌居。"此足明民心与天意也。今国无一年之蓄，有露根之渐；官吏为苛扰，莫之或恤。大帝时，后宫女不满百；景帝以来，乃有千数。此耗财之甚者也。又左右皆非其人，群党相挟，害忠

隐贤,此皆蠹政病民者也。愿陛下省百役,罢苛扰,简出宫女,清选百官,则天悦民附而国安矣。

疏奏,皓不悦。又大兴土木作昭明宫,令文武各官入山采木。又召士尚广,令筮蓍问取天下之事。尚对曰:"陛下筮得吉兆:庚子岁,青盖当入洛阳。"皓大喜,谓中书丞华覈曰:"先帝纳卿之言,分头命将,沿江一带,屯数百营,命老将丁奉总之⑤。朕欲兼并汉土,以为蜀主复仇,当取何地为先?"覈谏曰:"今成都不守,社稷倾崩,司马炎必有吞吴之心。陛下宜修德以安吴民,乃为上计。若强动兵甲,正犹披麻救火,必致自焚也。愿陛下察之。"皓大怒曰:"朕欲乘时恢复旧业,汝出此不利之言!若不看汝旧臣之面,斩首号令!"叱武士推出殿门。华覈出朝叹曰:"可惜锦绣江山,不久属于他人矣!"遂隐居不出。于是皓令镇东将军陆抗部兵屯江口⑥,以图襄阳。

早有消息报入洛阳,近臣奏知晋主司马炎。晋主闻陆抗寇襄阳,与众官商议。贾充出班奏曰:"臣闻吴国孙皓,不修德政,专行无道。陛下可诏都督羊祜率兵拒之,俟其国中有变,乘势攻取,东吴反掌可得也。"炎大喜,即降诏遣使到襄阳,宣谕羊祜。祜奉诏,整点军马,预备迎敌。自是羊祜镇守襄阳,甚得军民之心。吴人有降而欲去者,皆听之。减戍逻之卒,用以垦田八百余顷。其初到时,军无百日之粮;及至末年,军中有十年之积。祜在军,尝着轻裘,系宽带,不披铠甲,帐前侍卫者不过十余人。一日,部将入帐禀祜曰:"哨马来报:吴兵皆懈怠,可乘其无备而袭之,必获大胜。"祜笑曰:"汝众人小觑陆抗耶?此人足智多谋,日前吴主命之攻拔西陵,斩了步阐及其将士数十人⑦,吾救之无及。此人为将,我等只可自守,候其内有变,方可图取。若不审时势而轻进,此取败之道也。"众将服其论,只自守疆界而已。

一日,羊祜引诸将打猎,正值陆抗亦出猎。羊祜下令:"我军不许过界。"众将得令,止于晋地打围,不犯吴境。陆抗望见,叹曰:"羊将军有纪律,不可犯也。"日晚各退。祜归至军中,察问所得禽兽,被吴人先射伤者皆送还。吴人皆悦,来报陆抗。

当为全夫人舅公。另孙亮又一妃,为"(孙)綝从姐女也",于孙亮亦为从孙辈。

③ 孙皓皇帝十六年,改元有八

孙皓称皇帝万年无疆,以改元祈求吉祥如意。自永安七年(264)登极后,改元有八。他是历代帝王改元很多的一个人,先后改元有元兴、甘露、宝鼎、建衡、凤凰、天册、天玺、天纪。有如年号凤凰"西苑言,凤凰集,改明年元"。因为在临平湖畔得石函中青白小石,上刻有"吴真皇帝",于是改元"天玺",几个月后,又因封禅国山,改元天纪。

④ 丞相陆凯

陆凯为陆逊侄。宝鼎元年(266)由镇西大将军迁左丞相。"初皓常衔凯,数犯颜忤旨,加何定谮构非一,既以重臣,难绳以法。"(《三国志·吴书·陆凯传》)但在陆凯病死后,就将他家族外放。

⑤ 丁奉组合反孙皓联盟

此时丁奉已死。丁奉生前曾组合反孙皓,以立英君。据《晋书·五行志下》:吴孙皓宝鼎元年(公元266年),野家入右大司马丁奉营,此家祸也。后奉见遣攻谷阳,无功而反,皓怒斩其导军;及举大众北上,奉乃万彧等相谓曰:若垦华里,不得不各自还也。此谋泄,奉时虽已死,皓追诉谷阳事,杀其子温,家属皆远徙,家祸之应也。

⑥ 陆抗兵屯公安

陆抗驻扎公安西北马头戍,"灌羊湖西三十里有马头戍,吴大司马陆抗所屯以对江津口与晋太傅羊祜相拒,大宏信义。抗疾,祜馈之药,抗即推心服之,于是谈者以为华元子反,复见于今"(《太平寰宇记》卷一百四十五《公安》引盛弘之《荆州记》)。

⑦ 东吴最后一次大胜仗——陆抗败晋军

吴凤凰元年(272),东吴西陵督步阐降晋。步阐是曾任丞相步骘的孙子,西陵(湖北宜昌)是吴国西部重镇。陆抗率军三万平叛。陆抗到西陵，先不攻城，而是在城外选择有利地势筑长围，内以围城，外以御援。晋车骑将军羊祜统兵来援，主力直趋江陵；荆州刺史杨肇统兵三万直趋西陵。陆抗以全力攻西陵，命江陵督张咸破坏大堤，使晋军浮船粮运大为困难。因为筑了长围，晋军与西陵割绝。在大败杨肇军后，吴军一举攻克了西陵。

⑧ **陆抗未被降谪**
陆抗未尝与羊祜来往而受谴。他在平步阐叛乱后，加拜都护，吴凤凰二年(273)春，又升授大司马荆州牧。翌年夏天得病，病中上书孙皓，提出"西陵、建平，国之蕃表"，必须增兵守卫。是年秋，陆抗病死，所遗的兵士，交由晏、景、玄、机、云五子分领。孙皓屡杀外臣，唯不及陆氏家族。通常认为，孙皓因以陆氏为江东大族，不敢得罪。《世说》说，有次孙皓问丞相陆凯(陆逊族弟)，"'卿一宗在朝有几人?'陆曰:'二相、五侯、将军十余人。'皓曰:'盛哉!'"陆凯曾多次犯颜忤旨规劝孙皓，孙皓虽咸恨，也无可奈何。按，陆氏家族实与孙和、孙皓相处最为密切，陆逊因维护孙和太子地位而遭谴责，气愤而死；陆抗次子陆晏，即为孙皓妹妹夫。所以孙皓接位，立即加镇军大将军，领宣州牧，付以西陲重任。

⑨ **羊祜其人**
羊祜是年(晋咸宁四年,278)已五十八岁，于当时已属老年，故有此称。本年羊即病死。按羊祜字叔子，泰山南城(山东费县西南)人，蔡邕外孙，司马师妻弟，是晋王朝信得过的贵族，具有政治、军事才能，在都督荆州诸军事时，仅垦田八百余顷，大获其利。"始至也，军无百日之粮，乃至季年，有十年之积。"(《晋书·羊祜传》)

⑩ **杜预为司马懿女婿**
杜预乃京兆杜陵(陕西西安东南)人，亦是西晋贵戚，为司马懿之婿，司马炎姑夫，由此得获此大任。杜预博学多

抗召来人入，问曰:"汝主帅能饮酒否?"来人答曰:"必得佳酿，则饮之。"抗笑曰:"吾有斗酒，藏之久矣。今付与汝持去，拜上都督。此酒陆某亲酿自饮者，特奉一勺，以表昨日出猎之情。"来人领诺，携酒而去。左右问抗曰:"将军以酒与彼，有何主意?"抗曰:"彼既施德于我，我岂得无以酬之?"众皆愕然。

却说来人回见羊祜，以抗所问，并奉酒事，一一陈告。祜笑曰:"彼亦知吾能饮乎?"遂命开壶取饮。部将陈元曰:"其中恐有奸诈，都督且宜慢饮。"祜笑曰:"抗非毒人者也，不必疑虑。"竟倾壶饮之。自是使人通问，常相往来。一日，抗遣人候祜，祜问:"陆将军安否?"来人曰:"主帅卧病数日未出。"祜曰:"料彼之病，与我相同。吾已合成熟药在此，可送与服之。"来人持药回见抗。众将曰:"羊祜乃是吾敌也，此药必非良药。"抗曰:"岂有鸩人羊叔子哉! 汝众人勿疑。"遂服之。次日病愈，众将皆拜贺。抗曰:"彼专以德，我专以暴，是彼将不战而服我也。今宜各保疆界而已，无求细利。"众将领命。

忽报吴主遣使来到，抗接入问之。使曰:"天子传谕将军作急进兵，勿使晋人先入。"抗曰:"汝先回，吾随有疏章上奏。"使人辞去，抗即草疏遣人赍到建业。近臣呈上，皓拆观其疏，疏中备言晋未可伐之状，且劝吴主修德慎罚，以安内为念，不当以黩武为事。吴主览毕大怒曰:"朕闻抗在边境与敌人相通，今果然矣!"遂遣使罢其兵权，降为司马⑧，却令左将军孙冀代领其军。群臣皆不敢谏。吴主皓自改元建衡，至凤凰元年，恣意妄为，穷兵屯戍，上下无不嗟怨。丞相万彧、将军留平、大司农楼玄三人见皓无道，直言苦谏，皆被所杀。前后十余年，杀忠臣四十余人。皓出入常带铁骑五万。群臣恐怖，莫敢奈何。

却说羊祜闻陆抗罢兵，孙皓失德，见有可乘之机，乃作表遣人往洛阳请伐吴。其略曰:

夫期运虽天所授，而功业必因人而成。今江、淮之险，不如剑阁；孙皓之暴，过于刘禅。吴人之困，甚于巴蜀；而大晋兵力，盛于往时。不于此际平一四海，而更阻兵相守，使天下困于征戍，经历盛衰，不可长久也。

司马炎观表大喜，便令兴师。贾充、荀勖、冯纯三人，力言不可，炎因此不行。祜闻上不允其请，叹曰："天下不如意事，十常八九。今天与不取，岂不大可惜哉！"至咸宁四年，羊祜入朝，奏辞归乡养病。炎问曰："卿有何安邦之策，以教寡人？"祜曰："孙皓暴虐已甚，于今可不战而克。若皓不幸而殁，更立贤君，则吴非陛下所能得也。"炎大悟曰："卿今便提兵往伐，若何？"祜曰："臣年老多病⑨，不堪当此任。陛下另选智勇之士，可也。"遂辞炎而归。是年十一月，羊祜病危，司马炎车驾亲临其家问安。炎至卧榻前，祜下泪曰："臣万死不能报陛下也！"炎亦泣曰："朕深恨不能用卿伐吴之策。今日谁可继卿之志？"祜含泪而言曰："臣死矣，不敢不尽愚诚，右将军杜预可任。若伐吴须当用之。"炎曰："举善荐贤，乃美事也。卿何荐人于朝，即自焚奏稿，不令人知耶？"祜曰："拜官公朝，谢恩私门，臣所不取也。"言讫而亡。炎大哭回宫，敕赠太傅、巨平侯。南州百姓闻羊祜死，罢市而哭。江南守边将士，亦皆哭泣。襄阳人思祜存日，常游于岘山，遂建庙立碑，四时祭之。往来人见其碑文者，无不流涕，故名为"堕泪碑"。后人有诗叹曰：

晓日登临感晋臣，古碑零落岘山春。

松间残露频频滴，疑是当年堕泪人。

晋主以羊祜之言，拜杜预为镇南大将军，都督荆州事。杜预⑩为人，老成练达，好学不倦，最喜读左丘明《春秋传》，坐卧常自携，每出入必使人持《左传》于马前，时人谓之"《左传》癖"。及奉晋主之命，在襄阳抚民养兵，准备伐吴。

此时吴国丁奉⑪、陆抗皆死，吴主皓每宴群臣，皆令沉醉；又置黄门郎十人为纠弹官。宴罢之后，各奏过失，有犯者或剥其面，或凿其眼。由是国人大惧。晋益州刺史王濬⑫上疏请伐吴。其疏曰：

孙皓荒淫凶逆，宜速征伐。若一旦皓死，更立贤主，则强敌也；臣造船七年，日有朽败；臣年七十，死亡无日。三者一乖，则难图矣。愿陛下无失事机。

晋主览疏，遂与群臣议曰："王公之论，与羊都督暗合。朕

才，于经济、政治、军事、历法、律令、算术、二程诸方面均有著述和研究，被称为"杜武库"。尤好《左氏春秋》，自称《左传》癖。有《春秋左氏经传集解》三十卷，为现存最早《左传》注本。

⑪ **丁奉墓**

丁奉死于吴建衡三年(271)，据史传称，他曾隶甘宁为小将事，卒年至少在七十五岁上下。丁奉墓葬，旧作在华亭(上海松江)，"吴大将军丁奉墓在新桥镇东市，据府志云，嘉庆八年，农人垦田，见一石携扫，石上有'大将军丁奉墓'六字，余皆漫灭。今墓尚存，高三尺余"(光绪《华亭县志》)。1937年文物调查时，该墓门口有丁将军墓道匾额，落款为"丁卯之夏午月壬鸿熹"。墓前位一石碣，铭曰："吴大将军丁奉公墓，民国十一年十月十日新桥乡自治办事处立"。(林晓明《松江文物志》，上海人民美术出版社2001年11月版，118页)郑逸梅《三国闲话》也称丁奉墓"在松江县莘庄镇西，犹有空碑一道，矗立坟头"。实均误。据确证："丁奉墓在安徽省庐江县西门外龙子口。1953年4月，有农民张某，因发掘白土粉墙而发现。墓占地四分之一亩，高1.6丈，墓室建筑为券形，高约1丈，宽约0.7丈，长为1.5丈，全系为古钱和几何图案的青砖砌制，砖质坚硬，每块重27—28市斤"(《文物参考资料》1954年第2期)。

⑫ **王濬积蓄人力伐吴**

时王濬已七十三岁。王在巴郡太守、益州刺史任上先后十五年，《晋书·王濬传》称，"郡边吴境，兵士苦役，生男多不养。濬乃严其科条，宽其徭课，其产育者皆与休复，所全活者数千人。""濬于是统兵。先在巴郡之所全育者，皆堪徭役供军，其父母戒之曰：'王府君生尔，尔必勉之，无爱死也！'"王濬又努力造船建设水军。咸宁五年(279)率水军溯长江东下，势如砍竹。

据《资治通鉴》称:王濬命别驾何攀典造舟舰器仗,"于是作大舰,长百二十步,受二千余人,以木为城,起楼橹,开四出门,其上皆得驰马往来。"(卷七十九)

⑬ **岑昏非宦官,铁锁铁锥亦非其建议**

岑昏乃孙皓近臣,非宦官。《通鉴》称:王濬军至建业,"吴主之嬖臣岑昏,以倾险谀佞,至位九列,好兴功役,为众患。"(卷八十一)盖岑昏以吹牛拍马,位至九卿之卫尉,而常作劳民伤财事,为多人怨恨。此处所改作,实乃《演义》作者深恨明时宦官,乃影射之,而作为亡国之源。

⑭ **吾彦设铁锁铁锥**

当时王濬水军溯江东下行势疾猛,远非吴人从容防范,建业与建平等地相隔千里,也属远水近火。据《晋书·吾彦传》:早自晋咸宁四年(278)前,吾彦为吴建平太守时王濬将伐吴,造船于蜀。"彦觉之,请增兵为备,皓不从。彦乃朝人为铁锁,横断江路。"《晋书·王濬传》又称:早自羊祜与陆抗相拒时,"吴人于江险碛要害之处,并以铁锁横截之,又作铁锥长丈余,暗置江中以逆距船。先见羊祜获吴间谍,具知情状。"于是王濬水军出川前,即装备有大筏、火炬等事宜。

⑮ **孙歆被俘**

孙歆为都督,杜预陈兵江陵,以牙门将周旨、伍巢率奇兵,泛舟夜袭乐乡。"旨、巢等伏兵乐乡城外,歆遣军出距王濬,大败而还,旨等发伏兵随歆军而入,歆不觉,直至帐下,虏教而还。故军中为之谣曰:以计代战一当万"(《晋书·杜预传》)。孙歆未被杀,王濬冒功,称是于乱军中杀获孙歆,"王濬先列上得孙歆头,预后生送歆,洛中以为大笑"(同上)。唐李商隐《隋师东》有"军令未闻诛马谡,捷书唯是报孙歆",即指此。

意决矣。"侍中王浑奏曰:"臣闻孙皓欲北上,军伍已皆整备,声势正盛,难与争锋。更迟一年以待其疲,方可成功。"晋主依其奏,乃降诏止兵莫动。退入后宫,与秘书丞张华围棋消遣。近臣奏边庭有表到。晋主开视之,乃杜预表也。表略云:

> 往者,羊祜不博谋于朝臣,而密与陛下计,故令朝臣多异同之议。凡事当以利害相较。度此举之利,十有八九,而其害止于无功耳。自秋以来,讨贼之形颇露,今若中止,孙皓恐怖,徙都武昌,完修江南诸城,迁其居民,城不可攻,野无所掠,则明年之计亦无及矣。

晋主览表才罢,张华突然而起,推却棋枰,敛手奏曰:"陛下圣武,国富民强;吴主淫虐,民忧国敝。今若讨之,可不劳而定。愿勿以为疑。"晋主曰:"卿言洞见利害,朕复何疑?"即出升殿,命镇南大将军杜预为大都督,引兵十万,出江陵;镇东大将军、琅琊王司马伷,出涂中;安东大将军王浑,出横江;建威将军王戎,出武昌;平南将军胡奋,出夏口。各引兵五万,皆听预调用。又遣龙骧将军王濬、广武将军唐彬,浮江东下,水陆兵二十余万,战船数万艘。又令冠军将军杨济,出屯襄阳,节制诸路人马。

早有消息报入东吴。吴主皓大惊,急召丞相张悌、司徒何植、司空滕循,计议退兵之策。悌奏曰:"可令车骑将军伍延为都督,进兵江陵,迎敌杜预;骠骑将军孙歆进兵拒夏口等处军马。臣敢为军师,领左将军沈莹、右将军诸葛靓,引兵十万,出兵牛渚,接应诸路军马。"皓从之,遂令张悌引兵去了。皓退入后宫,不安忧色。幸臣中常侍岑昏⑬问其故。皓曰:"晋兵大至,诸路已有兵迎之。争奈王濬率兵数万,战船齐备,顺流而下,其锋甚锐,朕因此忧也。"昏曰:"臣有一计,令王濬之舟,皆为齑粉矣。"皓大喜,遂问其计。岑昏奏曰:"江南多铁,可打连环索百余条,长数百丈,每环重二三十斤,于沿江紧要去处横截之。再造铁锥数万,长丈余,置于水中。若晋船乘风而来,逢锥则破,岂能渡江也?"皓大喜,传令拨匠工于江边连夜造成铁索⑭、铁锥,设立停当。

却说晋都督杜预兵出江陵，令牙将周旨引水手八百人，乘小舟暗渡长江，夜袭乐乡，多立旌旗于山林之处，日则放炮擂鼓，夜则各处举火。旨领命，引众渡江伏于巴山。次日，杜预领大军水陆并进。前哨报道："吴主遣伍延出陆路，陆景出水路，孙歆为先锋：三路来迎。"杜预引兵前进，孙歆船早到。两兵初交，杜预便退。歆引兵上岸，迤逦追时，不到二十里，一声炮响，四面晋兵大至，吴兵急回。杜预乘势掩杀，吴兵死者不计其数。孙歆奔到城边，周旨八百军混杂其中，就城上举火。歆大惊曰："北来诸军乃飞渡江也！"急欲退时，被周旨大喝一声，斩于马下[15]。陆景[16]在船上，望见江南岸上一片火起，巴山上风飘出一面大旗，上书"晋镇南大将军杜预"。陆景大惊，欲上岸逃命，被晋将张尚马到斩之。伍延见各军皆败，乃弃城走，被伏兵捉住，缚见杜预。预曰："留之无用。"叱令武士斩之。遂得江陵。于是沅、湘一带，直抵广州诸郡，守令皆望风赍印而降。预令人持节安抚，秋毫无犯。遂进兵攻武昌，武昌亦降。

杜预军威大振，遂大会诸将，共议取建业之策。胡奋曰："百年之寇，未可尽服。方今春水泛涨，难以久住。可俟来春，更为大举。"预曰："昔乐毅济西一战而并强齐，今兵威大振，如破竹之势，数节之后，皆迎刃而解，无复有着手处也。"遂驰檄约会诸将，一齐进兵，攻取建业。时龙骧将军王濬率水兵顺流而下。前哨报说："吴人造铁索，沿江横截；又以铁锥置于水中为准备。"濬大笑，遂造大筏数十方，上缚草为人，披甲执杖，立于周围[17]，顺水放下。吴兵见之，以为活人，望风先走。暗锥着筏，尽提而去。又于筏上作大炬，长十余丈，大十余围，以麻油灌之。但遇铁索，燃炬烧之，须臾皆断[18]。两路从大江而来，所到之处，无不克胜。

却说东吴丞相张悌，令左将军沈莹[19]、右将军诸葛靓，来迎晋兵。莹谓靓曰："上流诸军不作提防，吾料晋军必至此，宜尽力以敌之。若幸得胜，江南自安。今渡江与战，不幸而败，则大事去矣。"靓曰："公言是也。"言未毕，人报晋兵顺流而下，势不可当。二人大惊，慌来见张悌商议。靓谓悌曰："东吴危矣，何

⑯ **陆抗五子下落**

此处仅称陆抗二子陆景。按：陆抗五子，时均领兵驻守自西陵至江陵一线，晋水军出川东下，偏将军、中夏督陆景在乐乡(湖北松滋)战死，长子夷道监陆晏在夷道战死，三子陆玄亦战死了。四子陆机、五子陆云相偕逃回华亭谷(上海松江西北)，闭户读书。

⑰ **王濬——把稻草人运用于战斗的发明者**

《演义》说有诸葛亮、徐盛等束草为人，用于战斗事，无史据。见于史载的，三国时期唯一运用草人于战斗的是西晋王濬。晋太康元年(280)王濬溯长江东下，当得悉东吴建平太守吾彦以铁锁横截，又作铁锥长丈余，暗置江中，以阻拦行船，于是乃作大筏数十，方百余步，筏上缚草为人，披甲持杖，顺流而下，吴兵以为真人，不战而走。

⑱ **西塞山铁柱遗迹**

吴建平(四川巫县)太守吾彦为阻王濬水军自长江顺流东下，募铁匠打造横江大铁索，并制作5米长的铁锥置放江中，打算上拦阻敌船下扎漏敌船底，沿江各处皆仿照以行之，但多为王濬所破。现今西塞山下(湖北黄石附近)一矶头石上，仍遗留有系横江铁索的铁柱，长10厘米，粗如茶杯口径。

⑲ **沈莹《临海水土志》和台湾**

沈莹曾写有《临海水土志》，今存辑佚本。临海，东吴太平二年(257)春二月，以会稽东部为临海郡，即浙江台州。它详细记述了夷洲(台湾)风土人情。"夷洲在临海东南，去郡二千里，土地无霜雪，草木不死，四面是山，众山夷所居"；"土地饶沃，既生五谷，又多鱼肉(《太平御览》卷七八〇引)"；"地有铜铁，唯以鹿角为矛以战斗，磨砺青石以作弓矢。"《后汉书·东夷传》卷八十五所记自然条件和民风与今台湾北部和高山族相近。沈莹有否少年时代赴台湾，语焉不详。他所记述很

可能是吴黄龙二年(230)将军卫温、诸葛直等赴夷洲的那次。他们从台州湾(浙江临海东南),沿海岸航行到福州、泉州,然后横渡台湾海峡,在今天的台南、嘉义一带登陆,"军行经岁,士众疾疫死者十有八九"(《三国志·吴书·全琮传》),"但得夷洲数千人还。"当时东吴海运发达,与南海各国亦有交往。吴黄武五年(226),孙权派朱应、康泰出使南海诸国。他们返国后,分别写有《扶南异物志》和《外国传》。赤乌六年(243),扶南(柬埔寨)国王遣使来吴,带来乐人和土产;林邑(越南中部)国王也遣使来吴聘问。据《梁书·诸夷传》,东吴和大秦(罗马帝国)也有交往。

⑳ 诸葛靓下落
诸葛靓在东吴亡国后,隐居琅玡乡里。《晋书·诸葛恢传》:"靓奔吴,为大司马,吴平,逃窜不出,武帝(司马炎)与靓有旧,姐又为琅玡王妃。帝知靓在姐间,因就见焉。靓逃于厕,帝又逼见之,谓曰:不图今日复得相见。靓流涕曰:不能漆身皮面,复睹圣颜。诏以为侍中,固辞不拜。归于乡里,终身不向朝廷而坐。"

㉑ 陶濬军自武昌来援
晋军水陆大举伐吴前夕,孙皓因郭马等部叛乱,据广州等地,先后派出两支人马:一以滕修为广州牧率万人由西道讨伐;二以徐陵督陶濬率七千人,与交州牧陶璜由东道讨伐,陶濬军由徐陵(江苏镇江)至武昌(湖北鄂城),闻晋军南下,遂东还至建业。

㉒ 孙皓降书有三份
孙皓闻王濬水军顺流而至,司马伷、王浑两军也已分别逼近建业,用光禄勋薛莹等计,写了三份降书,分别送与三将,以图挑起他们间争功而爆发的内讧。但王濬水急船快,先至石头城,"于是受皓之降,解缚焚榇,延请相见"(《三国志·吴书·孙皓传》)。

不遁去?"悌垂泣曰:"吴之将亡,贤愚共知;今若君臣皆降,无一人死于国难,不亦辱乎!"诸葛靓亦垂泣而去⑳。张悌与沈莹挥兵抵敌,晋兵一齐围之。周旨首先杀入吴营。张悌独奋力搏战,死于乱军之中。沈莹被周旨所杀。吴兵四散败走。后人有诗赞张悌曰:

> 杜预巴山见大旗,江东张悌死忠时。
> 已拚王气南中尽,不忍偷生负所知。

却说晋兵克了牛渚,深入吴境。王濬遣人驰报捷音,晋主炎闻知大喜。贾充奏曰:"吾兵久劳于外,不服水土,必生疾病。宜召军还,再作后图。"张华曰:"今大兵已入其巢,吴人胆落,不出一月,孙皓必擒矣。若轻召还,前功尽弃,诚可惜也。"晋主未及应,贾充叱华曰:"汝不省天时地利,欲妄邀功勋,困弊士卒,虽斩汝不足以谢天下!"炎曰:"此是朕意,华但与朕同耳,何必争辩!"忽报杜预驰表到。晋主视表,亦言宜急进兵之意。晋主遂不复疑,竟下征进之命。

王濬等奉了晋主之命,水陆并进,风雷鼓动,吴人望旗而降。吴主皓闻之,大惊失色。诸臣告曰:"北兵日近,江南军民不战而降,将如之何?"皓曰:"何故不战?"众对曰:"今日之祸,皆岑昏之罪,请陛下诛之。臣等出城决一死战。"皓曰:"量一中贵,何能误国?"众大叫曰:"陛下岂不见蜀之黄皓乎!"遂不待吴主之命,一齐拥入宫中,碎割岑昏,生啖其肉。陶濬㉑奏曰:"臣领战船皆小,愿得二万兵乘大船以战,自足破之。"皓从其言,遂拨御林诸军与陶濬上流迎敌。前将军张象,率水兵下江迎敌。二人部兵正行,不想西北风大起,吴兵旗帜,皆不能立,尽倒竖于舟中;兵卒不肯下船,四散奔走,只有张象数十军待敌。

却说晋将王濬,扬帆而行,过三山,舟师曰:"风波甚急,船不能行;且待风势少息行之。"濬大怒,拔剑叱之曰:"吾目下欲取石头城,何言住耶!"遂擂鼓大进。吴将张象引从军请降。濬曰:"若是真降,便为前部立功。"象回本船,直到石头城下,叫开城门,接入晋兵。孙皓闻晋兵入城,欲自刎。中书令胡冲、光禄勋薛莹奏曰:"陛下何不效安乐公刘禅乎?"皓从之,亦舆榇自

缚,率诸文武,诣王濬军前归降㉒。濬释其缚,焚其榇,以王礼待之。唐人有诗叹曰㉓:

> 西晋楼船下益州,金陵王气黯然收。
>
> 千寻铁锁沉江底,一片降旗出石头。
>
> 人世几回伤往事,山形依旧枕寒流。
>
> 今逢四海为家日,故垒萧萧芦荻秋。

于是东吴四州八十三郡,三百一十三县,户口五十二万三千,官吏三万二千,兵二十三万,男女老幼二百三十万㉔,米谷二百八十万斛,舟船五千余艘,后宫五千余人㉕,皆归大晋。大事已定,出榜安民,尽封府库仓廪。次日,陶濬兵不战自溃。琅琊王司马伷并王戎大兵皆至,见王濬成了大功,心中忻喜。次日,杜预亦至,大犒三军,开仓赈济吴民。于是吴民安堵。惟有建平太守吾彦,拒城不下。闻吴亡,乃降㉖。王濬上表报捷。朝廷闻吴已平,君臣皆贺,上寿。晋主执杯流涕曰:"此羊太傅之功也,惜其不亲见之耳!"骠骑将军孙秀㉗退朝,向南而哭曰:"昔讨逆壮年,以一校尉创立基业;今孙皓举江南而弃之!'悠悠苍天,此何人哉?'"

却说王濬班师,迁吴主孙皓赴洛阳面君。皓登殿稽首以见晋帝。帝赐坐曰:"朕设此座以待卿久矣。"皓对曰:"臣于南方,亦设此座以待陛下。"帝大笑。贾充问皓曰:"闻君在南方,每凿人眼目,剥人面皮,此何等刑耶?"皓曰:"人臣弑君及奸回不忠者,则加此刑耳㉘。"充默然甚愧。帝封皓为归命侯,子孙封中郎,随降宰辅皆封列侯。丞相张悌阵亡,封其子孙。封王濬为辅国大将军。其余各加封赏。

自此三国归于晋帝司马炎,为一统之基矣。此所谓"天下大势,合久必分,分久必合"者也。后来后汉皇帝刘禅亡于晋泰始七年,魏主曹奂亡于太安元年,吴主孙皓亡于太康四年,皆善终。后人有古风一篇,以叙其事曰:

> 高祖提剑入咸阳,炎炎红日升扶桑。光武龙兴成大统,金乌飞上天中央。哀哉献帝绍海宇,红轮西坠咸池傍!何进无谋中贵乱,凉州董卓居朝堂;王允定计诛逆党,李傕

㉓ **刘禹锡诗**
此唐刘禹锡之《西塞山怀古》。惟原诗第一句"王濬"被改为"西晋";第四句"一片降幡"被改为"一片降旗",余同。

㉔ **三国时期人口1000万**
东汉初刘秀建国时,因长年战乱,全国人口为2100万,至安帝、顺帝年间,增至约5000万,建安年间,天下大乱,军阀混战,到三国时期,全国人口为1000万(其中蜀汉110万,吴260万)西晋统一,至太康初年(280),人口增至1600万。

㉕ **孙皓皇宫有少女五千**
孙皓登位后不久,就派黄门巡行各州郡,挑选将吏家青年妙女。他规定,凡是二千石大臣(太守)子女,都得每年呈报,到了十五六岁就得送上供皇宫挑选,挑选不中,方能由父母出嫁。由此,"后宫数千,而采择无已"(《江表传》)。至建衡元年(270),"后宫万余女谒数行,其中隆宠佩皇后玺绶者又多矣"(《晋书·五行志上》)。此后当有日增,新选少女递加,如仅按万人计,到他亡国出降时,送呈花名册里后宫有五千余人被送到洛阳司马炎皇宫,所谓"收吴姬五千,纳之后宫",其余所留者半数以上者,似当为将士封赏之战利品也。当时,吴国图籍所记,全国户五十二万三千,男女人口二百三十万。五千余人是一个很大的数字。这种对人口资源的践踏,由此产生与民间的男女婚龄者的大失调,制造了男女性比例的失衡和倒位,它是社会不安定的因素之一。这也是封建社会大公害。

㉖ **吾彦守建平未降**
吾彦为陆抗部将,超格提擢为建平太守。"时王濬将伐吴,造船于蜀,彦觉之,请增兵为备,皓不从,彦乃辄为铁锁,横断江路。及师临境,缘江诸城皆望风降附,或见攻而拔,唯彦坚守,大众攻之不能克,乃退舍礼之。"(《晋书》卷五十七《吾彦传》)按此处有铁锁,当为王

濡水军出川第一道防线，故首被毁坏，王濬急于东下，故不须苦恋边陲一城得失，而弃攻也。按，王濬东征攻建平不下，乃绕过建平，直至丹扬(湖北枝江)，克之；又西回，攻取西陵(湖北宜昌)，又东进攻陷夷道、荆门(均在枝江东)和乐乡(湖北松滋)，来回冲突，歼灭东吴西陲诸重镇兵力，于是穿赵夏口、武昌，直抵三山(南京附近)。东吴军在于作战略防御，兵力分散，为王濬分头击破。

㉗ 孙秀其人

孙秀为孙权小弟孙匡之孙。守夏口。闻孙皓妒恨派何定前来捉拿，引妻子家族几百人奔晋。晋破格封为骠骑将军、开府仪同三司。据本传引干宝《晋纪》："秀在晋朝，初闻皓降，群臣毕贺。秀称疾不与，南向流涕曰：'昔讨逆弱冠以一校尉创业，今后主举江南而弃之宗庙、山陵于此为墟。悠悠苍天，此何人哉!'朝廷美之。"

㉘ 孙皓剥人皮

《语林》说，"贾充问孙皓何以好剥人面皮。皓曰：'憎其颜之厚。'又曰，王武子与武帝围棋，孙皓看。王曰：'孙归命何以好剥人面皮。'皓曰：'见无礼于其君者，则剥其皮。'乃举棋局，武子伸脚在局下，故讥之。"王武子，即王浑子侍中王济。此故事亦见自《晋书·王浑传》。

㉙ 三国时期是中国史上人口最为递减时期

三国一百年(184—280)是中国历史上人口最为递减时期之一。原因是频繁战争，政祸株连和随意杀戮；帝王任意征掠少女，肇成民间性别失衡，等因。据史学家钱穆《国史大纲》："蜀亡时，户，280 000，口，940 000。内带甲将士 102 000，占全数九之一。吴亡时，户，530 000，口，2 300 000。内兵230 000，占全数十之一，吏 32 000，后宫 5 000。魏，平蜀时，户，663 423，口，4 432 881。三国合计约得，户，1 473 423，口，7 672 881。"钱穆说："就全史(指中国全部历史)而言，户口莫少于是时。大体当盛汉南阳、汝南两郡之数，三国晚季如此，其大乱方炽时可想。"

郭汜兴刀枪。四方盗贼如蚁聚，六合奸雄皆鹰扬；孙坚孙策起江左，袁绍袁术兴河梁；刘焉父子据巴蜀，刘表军旅屯荆襄；张燕张鲁霸南郑，马腾韩遂守西凉；陶谦张绣公孙瓒，各逞雄才占一方。曹操专权居相府，牢笼英俊用文武；威挟天子令诸侯，总领貔貅镇中土。楼桑玄德本皇孙，义结关张愿扶主，东西奔走恨无家，将寡兵微作羁旅；南阳三顾情何深，卧龙一见分寰宇；先取荆州后取川，霸业王图在天府；呜呼三载逝升遐，白帝托孤堪痛楚！孔明六出祁山前，愿以只手将天补；何期历数到此终，长星半夜落山坞！姜维独凭气力高，九伐中原空劬劳；钟会邓艾分兵进，汉室江山尽属曹。丕睿芳髦才及奂，司马又将天下交；受禅台前云雾起，石头城下无波涛；陈留归命与安乐，王侯公爵从根苗。纷纷世事无穷尽，天数茫茫不可逃。鼎足三分已成梦，后人凭吊空牢骚。㉙

三国时期纪年

公元184年　东汉灵帝中平元年

　　张角兄弟组织的黄巾农民起事在全国爆发。汉王朝以卢植、皇甫嵩、朱儁率军镇压。张修以五斗米道在巴郡(四川东部)起事。张角等率领的黄巾被镇压。北地先零羌等拥戴边章、韩遂起事。朱儁率孙坚等破黄巾于宛(河南南阳)。

　　乔玄(109年生)死。

公元185年　东汉中平二年

　　张牛角、张飞燕等起事,众至百万,据黑山(河北浚县附近)。边章等攻三辅(陕西长安地区),前锋入河东。

公元186年　东汉中平三年

　　江夏兵变。武陵(湖南西北)蛮起事。鲜卑南侵并、幽两州。

公元187年　东汉中平四年

　　韩遂杀边章,拥兵十余万据陇西,与马腾合。渔阳(河北密云)张纯、张举和乌桓等劫掠蓟中,刘备随邹靖讨伐,以功授安喜尉。以孙坚讨伐长沙区星。皇帝卖关内侯,假金印紫绶,值五百万钱。曹操称疾归谯郡(安徽亳州)乡里,曹丕生。

公元188年　东汉中平五年

　　黄巾余部郭太等起事于西河白波谷(山西侯马市北)。设西园八校尉,以小黄门蹇硕和袁绍、曹操等为校尉,改刺史为州牧。刘焉为益州牧。

公元189年　东汉灵帝中平六年、少帝光熹元年、昭宁元年、献帝永汉元年

　　灵帝死,少帝刘辩继位,何太后听政,蹇硕谋立陈留王刘协,被何进杀死。张让等杀何进,袁绍等尽诛宦官。董卓入洛阳,废少帝,立刘协为帝,自为相国。丁原部将吕布杀丁原,投归董卓。袁绍、袁术等分别出奔渤海、南阳;曹操也东走陈留。刘焉以张鲁为督义司马,住汉中。

公元190年　东汉初平元年

　　关东诸州郡起兵讨董卓,推袁绍为盟主。董卓弑少帝。因白波军逼河东,董卓迁都长安。董卓表刘表为荆州刺史,公孙度为辽东太守。曹操军至荥阳,为徐荣所破。黄巾入青州。

　　马谡、何晏生。

公元 191 年　东汉初平二年

　　孙坚破董卓军入洛阳。关东诸侯兼并加剧,袁绍胁韩馥据冀州,公孙瓒败青州黄巾,与袁绍大战于盘河。袁绍表曹操为东郡太守。荀彧、郭嘉等弃袁绍归曹操。刘焉入川。刘备为平原相。

　　刘焉使张鲁断斜谷道。

公元 192 年　东汉初平三年

　　孙坚(155 年生)攻荆州,被射杀,余部归袁术。王允、吕布杀董卓。李傕、郭汜攻陷长安,杀王允(137 年生),逐吕布。马腾、韩遂攻长安,败退。曹操收降青州黄巾三十余万,自领兖州牧。

　　蔡邕(132 年生)、卢植死。曹植生。

公元 193 年　东汉初平四年

　　袁术占淮南。袁绍、曹操分别击败黑山军。曹操因父为徐州陶谦部所杀,起兵复仇。刘繇据曲阿。

公元 194 年　东汉兴平元年

　　曹操屠徐州所属州县,刘备援徐州。张邈、陈宫叛曹拥吕布据兖州。曹操在濮阳为吕布所败。刘焉死,子刘璋继为益州牧。张鲁据汉中。陶谦(132 年生)死,刘备代领徐州牧。孙策率旧部渡江至江东。

公元 195 年　东汉兴平二年

　　曹操败吕布于定陶(山东定陶)。李傕、郭汜互斗攻杀。曹操占雍丘,杀张邈,吕布奔徐州。李傕、郭汜连和,献帝东归。李傕、郭汜谋再劫帝,杨奉、董承引白波军和南匈奴拒之。孙策破刘繇,据江东。

　　朱儁、张邈死。

公元 196 年　东汉建安元年

　　曹操击破汝南、颍川黄巾何仪等。刘备东讨袁术,吕布结连袁术据徐州,以刘备驻小沛(江苏沛县)。曹操至洛阳,领司隶校尉录尚书事,从董昭等建议迎献帝都许(河南许昌),为司空。曹操采纳枣祗、韩浩建议屯田。张济入荆州界战死,侄张绣据宛(河南南阳),依附刘表。孙策据会稽。

公元 197 年　东汉建安二年

　　曹操攻宛,张绣降,寻叛。袁术称帝于寿春(安徽寿县),国号仲家。袁绍占有冀、青、并三州。袁术攻吕布,败还。孙策占吴郡。曹操破袁术,袁术走淮南。曹操二攻张绣,取湖阳、舞阴。

　　典韦、曹昂死。

公元 198 年　东汉建安三年

　　曹操再攻张绣。关中兵杀李傕、郭汜。以钟繇镇长安。吕布逐刘备,刘备奔曹操。曹操会合刘备围攻下邳(江苏睢宁附近)吕布,吕布降,被杀。刘备至许,封豫州牧、左将军。孙策据有江东六郡。

公元 199 年　东汉建安四年

　　袁绍攻杀公孙瓒,取幽州。董承与刘备等谋诛曹操,未发,刘备奉命征袁术,遂据徐州。袁术死。

袁绍谋攻许,曹操扼于黎阳(河南浚县东北)。张绣归附曹操。关中马超等诸将听从钟繇。孙策至豫章(江西南昌),华歆迎降。

张杨死。何曾(278年死)生。

公元200年　东汉建安五年

董承等诛曹操事泄,被杀。曹操破徐州,刘备奔袁绍,关羽被俘降。曹操与袁绍相持于黎阳,关羽斩颜良;破延津袁军,杀文丑。关羽回归刘备。孙策攻匡琦城(江苏射阳附近),为陈登拒退,又谋袭许,未发,被刺客所杀(175年生)。张昭、周瑜拥孙权继位,孙权分部诸将镇抚山越。汝南黄巾刘辟附袁绍,袁绍使刘备相助,为曹操所败。曹操以许攸计烧乌巢粮,在官渡大败袁军主力。张鲁据汉中。

郑玄死(127年生)。

公元201年　东汉建安六年

刘备至汝南,龚都等响应。曹操破袁绍军于仓亭(山东范县东北)。刘备投奔刘表,屯新野。

姜维生。

公元202年　东汉建安七年

袁绍死,子袁尚继位,与兄袁谭不和。曹操率军屡败袁尚、袁谭。曹操击降南匈奴。曹操命孙权质子,遭拒绝。

公元203年　东汉建安八年

曹操败袁谭、袁尚于黎阳。袁谭、袁尚为争冀州(河北中南部),兄弟内讧。袁谭降曹操。刘备设伏博望(河南方城西南),败曹军夏侯惇。孙权伐黄祖,大规模讨伐山越。

诸葛恪生。

公元204年　东汉建安九年

黑山军张燕归顺曹操,曹操据冀州州城邺城(河北磁县南)。袁尚走幽州(河北北部),依袁熙。并州刺史高干降曹操。孙权弟丹杨太守孙翊为部属所杀。

公元205年　东汉建安十年

曹操破杀袁谭。袁熙、袁尚奔辽西乌桓。张燕率众十万来降。高干复叛。

山涛生。

公元206年　东汉建安十一年

曹操自击并州,高干败死。东海管承起事,旋为曹操所破。袁熙、袁尚结连辽西乌桓骚扰边地。

太史慈(166年生)死。王濬生(286年死)。

公元207年　东汉建安十二年

曹操北征乌桓于白狼山,收降二十余万。袁熙、袁尚奔辽东,为太守公孙康所杀。曹操尽有幽、冀、青、并四州地,北方统一。孙权复征黄祖。刘备三顾茅庐,诸葛亮提出《隆中对》。

张绣、郭嘉(170年生)死。刘禅生(271年死)。

公元 208 年　东汉建安十三年

汉罢三公,置丞相、御史大夫。曹操为丞相。曹操杀孔融(153 年生)。孙权坐镇柴桑,歼灭刘表部黄祖主力。刘表(142 年生)死,刘琮继位。曹操南征,刘琮降。刘备败于当阳(湖北当阳北),走夏口(今湖北汉口),遣诸葛亮使吴。张松见曹操于江陵。周瑜与刘备联军火攻曹军于赤壁、乌林。曹操北还,留曹仁等守江陵、襄阳。孙权攻合肥(今安徽合肥),刘备攻据武陵、桂阳、零陵和长沙等江南四郡。

华佗、刘馥、司马徽死。司马师生。

公元 209 年　东汉建安十四年

曹操在谯(安徽亳州)训练水军。曹操命张辽等击杀与孙权相通的陈兰于潜、六(安徽潜山、六安地区)。周瑜经一年围攻占领南郡(湖北江陵)。刘备表孙权行车骑将军,领徐州牧,自领荆州牧,驻屯公安(湖北公安)。孙权送妹至石首与刘备为妻。

刘琦、李典(174 年生)、李通(168 年生)、张纮(149 年生)、段煨死。管辂、夏侯玄、傅嘏生。

公元 210 年　东汉建安十五年

刘备至京口(江苏镇江)见孙权,商借南郡(湖北江陵)。孙权向岭南开拓,以步骘为交州刺史。周瑜(175 年生)至京口与孙权谋取益州,返途病死。鲁肃领周瑜兵,任汉昌太守,屯陆口(湖北蒲圻陆溪口)。孙权借南郡与刘备。曹操建铜雀台。

孙登、阮籍生。

公元 211 年　东汉建安十六年

曹操遣将拟击汉中张鲁。关中马超、韩遂等部拒曹操于潼关(河南潼关),曹操自率军征讨,定关中,马超等走凉州。张松劝刘璋迎刘备,刘璋使法正、孟达迎刘备入川,诸葛亮、关羽等留守。

司马昭生。

公元 212 年　东汉建安十七年

春,邺城铜雀台筑成,曹操命诸子和大臣登台各为赋。孙权迁都秣陵(江苏南京),作石头城,改名建业。孙权从吕蒙议作濡须坞(安徽无为东)。孙权迎妹归吴。曹操杀马腾。曹操征孙权。刘备回军涪城,攻刘璋。

荀彧(163 年生)、阮瑀死。

公元 213 年　东汉建安十八年

孙权在濡须口拒曹操,相距月余,曹操还。并十四州回归为禹贡九州。曹操为魏公,以魏郡(邺城)等十城为领地。马超杀凉州刺史,杨阜等攻破马超。刘备攻占绵竹等地,围雒城。

董袭死。

公元 214 年　东汉建安十九年

夏侯渊击败马超、韩遂,马超投奔汉中张鲁。孙权攻占皖城(安徽潜山),皖城系曹操在合肥以南唯一的据点。庞统(179 年生)在雒城战死。诸葛亮、张飞、赵云分路率军入川,与刘备相会于成都城下。马超降刘备。刘备据成都。夏侯渊灭宋建枹罕国(甘肃临夏东北)。曹操杀伏皇后,灭其家族。汉立曹节(260年死)为皇后。

荀攸(157年生)、田畴(169年生)、孙乾死。

公元215年　东汉建安二十年

孙权命诸葛瑾索还荆州诸郡,未果,乃自居陆口,遣吕蒙取三郡,鲁肃屯巴丘(湖南岳阳),御关羽。鲁肃与关羽多次会商。刘备出川与孙权争荆州,因曹操进取汉中,刘备遂与孙权以湘水为界二分荆州。张鲁降。孙权率军围合肥,为张辽败。曹操命张郃攻巴西(四川嘉陵江上游),为张飞败。

韩遂、孙瑜(177年生)、黄盖、程普、陈武(178年生)、李典(179年生)死。

公元216年　东汉建安二十一年

曹操进位为魏王。南单于来许都朝贡。曹操南征至居巢。

崔琰、张鲁死。

公元217年　东汉建安二十二年

曹操至濡须口与孙权相持,孙权请降,以大疫,曹军还。刘备遣张飞、马超、吴兰等屯下辩(甘肃成县西),攻汉中。张飞败张郃于瓦口。孙权以吕蒙为汉昌太守,领鲁肃兵,屯陆口。

司马朗(171年生)、陈琳、王粲(177年生)、徐干、应玚、刘桢、鲁肃(172年生)、霍峻(178年生)死。贾充(282年死)生。

公元218年　东汉建安二十三年

耿纪、吉本等在许都起事反曹,失败。曹彰大破乌桓。刘备进军汉中,与夏侯渊等相拒阳平关。

乐进、凌统(189年生)死。

公元219年　东汉建安二十四年

宛守将侯音起事为曹仁平定。刘备军在定军山杀夏侯渊,与曹操相持,两月后,曹军退,刘备据汉中,并攻取房陵(湖北房县)、上庸(湖北竹山南)。刘备称汉中王。关羽北上围樊城,陆浑民孙狼等起兵响应,许都震恐。曹操遣于禁、庞德分率军来救,均为关羽击败。曹操屯洛阳,徐晃败关羽军。孙权以吕蒙、陆逊袭取南郡,关羽败亡。孙权上表称臣。

仲长统、孙皎、关羽、蒋钦、吕蒙(178年生)、杨修(175年生)死。孙峻生。

公元220年　东汉建安二十五年、延康元年

魏文帝黄初元年

曹操死(155年生)曹丕继位,旋逼汉帝禅让,称帝。陈群奏设立九品官人法,州郡皆设中正,主持选拔人才事。刘备将孟达降,上庸等地即为魏地。

黄忠、法正(176年生)、刘封、甘宁、夏侯惇死。卫瓘生。

公元221年　魏黄初二年　蜀汉昭烈帝章武元年

刘备称帝,国号汉,以诸葛亮为丞相。孙权自公安(油江口)迁都鄂,改名武昌(湖北鄂城)。刘备率军八万攻孙权,与陆逊相持于夷陵。孙权降魏,封为吴王。

甄后(182年生)、张飞、于禁、刘璋死。羊祜生。

公元222年　魏黄初三年　蜀汉章武二年　吴王黄武元年

陆逊大败刘备于夷陵,刘备退居白帝城(四川奉节)。孙权遣使向刘备请和。刘备允和。曹丕分军三路南下攻吴,明年春被击退。

张辽(167年生)、许靖、马良(187年生)、马超(176年生)死。杜预(284年死)生。

公元223年　魏黄初四年　蜀汉后主建兴元年　吴黄武二年

刘备病死(161年生),子刘禅继位。南中耆帅雍闿煽动孟获等起兵造反。诸葛亮使邓芝赴吴,恢复旧好,吴遂与魏断交。

贾诩、曹仁(168年生)、曹彰、孙桓死。王浑(297年死)生。

公元224年　魏黄初五年　蜀汉建兴二年　吴黄武三年

吴使张温赴蜀汉通好。蜀汉再使邓芝回报,自后往来不绝。曹丕攻吴,至广陵,徐盛等隔江拒之,无功而还。务农殖谷,闭关息民。

朱治(156年生)、周泰死。孙和、裴秀生。

公元225年　魏黄初六年　蜀汉建兴三年　吴黄武四年

诸葛亮南征,历时八月,杀雍闿,七擒七纵孟获。孟达潜通诸葛亮,多有信使往还。曹丕第三次大举伐吴,临江退回。

杨彪(142年生)、孙邵、徐盛、夏侯尚死。钟会生。

公元226年　魏黄初七年　蜀汉建兴四年　吴黄武五年

曹丕死(187年生)。曹叡继位。孙权自攻江夏(湖北云梦南),为文聘败;诸葛瑾攻襄阳,为司马懿败。交趾太守士燮死,子士徽等叛,被击败,吴合交州、广州为一。

秦宓、韩当死。陆抗、李密生。

公元227年　魏明帝太和元年　蜀汉建兴五年　吴黄武六年

诸葛亮进驻汉中,初上《出师表》。孟达派使者交往诸葛亮谋归事泄。韩综(韩当子)率家属部曲几千余人北降曹休。

徐晃死。诸葛瞻、司马伷(283年死)生。

公元228年　魏太和二年　蜀汉建兴六年　吴黄武七年

司马懿取上庸(湖北竹山南)等地,杀孟达。诸葛亮初出祁山,魏遣曹真、张郃等相拒,曹真等破赵云、邓芝于箕谷(陕西襄城北箕山),张郃破马谡于街亭(甘肃庄浪东南)。陆逊破曹休于石亭(安徽潜山北)。诸葛亮出散关,再次伐魏,围陈仓(陕西宝鸡东),因粮尽而还。

杨洪、骆统(193年生)、曹休、吕范、王朗死。

公元229年　魏太和三年　蜀汉建兴七年　吴大帝黄龙元年

诸葛亮第三次北伐,命陈式攻占武都、阴平。于汉中筑汉、乐二城。孙权建国、称帝。蜀汉遣使祝贺,双方会盟平分天下。孙权又由武昌迁都建业。

赵云死。

公元 230 年　魏太和四年　蜀汉建兴八年　吴黄龙二年

吴使将军卫温、诸葛直等浮海求夷洲、亶洲。魏遣曹真、司马懿率军攻汉中,为大雨所阻未战。以曹丕《典论》刻石,立于宫廷外。诸葛亮第四次伐汉,命魏延西入阳溪破郭淮等。

张裔、钟繇(151 年生)曹操卜夫人(160 年生)、周邵(周泰子)死。

公元 231 年　魏太和五年　蜀汉建兴九年　吴黄龙三年

诸葛亮第五次伐魏(二出祁山)。以木牛运粮,在上邽大败司马懿,以粮尽退军,张郃追赶,被伏杀。蜀汉以中都护李严诬告乱制,废为民。

曹真、华歆(157 年生)、李恢死。曹芳、孙綝生。

公元 232 年　魏太和六年　蜀汉建兴十年　吴嘉禾元年

吴遣周贺等出使辽东,为魏田豫截杀。诸葛亮休养生息,教兵讲武。曹植、曹洪死。孙虑死,年二十。张华生。

公元 233 年　魏太和七年、青龙元年　蜀汉建兴十一年　吴嘉禾二年

吴遣使册封辽东公孙渊为燕王,公孙渊杀吴使,回报于魏。孙权攻魏合肥新城,别部全琮征六安,均败。汉庲降都督张翼激变夷帅,诸葛亮以马忠代张翼。诸葛亮以木牛运粮集斜谷口(陕西郿县西南),谋攻魏。

虞翻(164 年生)死。

公元 234 年　魏青龙二年　蜀汉建兴十二年　吴嘉禾三年

诸葛亮第六次攻魏,以流马运粮,屯五丈原(陕西岐山南)。与司马懿对峙于渭滨。吴三路伐魏,孙权围合肥新城,陆逊、诸葛瑾向襄阳,孙韶、张承向广陵、淮阳,曹叡自率军亲征。吴军全撤走。蜀汉兵因诸葛亮死,退军,吴以诸葛恪镇压山越;潘濬、吕岱镇压武陵蛮。

刘琰、刘协(汉献帝)、潘璋、孙奂(194 年生)刘晔、魏延死。

公元 235 年　魏青龙三年　蜀汉建兴十三年　吴嘉禾四年

蜀汉以蒋琬为大将军录尚书事,总理国政。马钧作司南车和水转百戏。魏在洛阳大修宫殿。

陈震、杨仪、郭女王(曹丕后)死。孙休生。

公元 236 年　魏青龙四年　蜀汉建兴十四年　吴嘉禾五年

武都氐帅苻健降于蜀汉。高句丽王杀吴使者献首于魏。

董昭(156 年生)、张昭(156 年生)、陈群死。司马炎生。

公元 237 年　魏青龙五年、景初元年　蜀汉建兴十五年　吴嘉禾六年

吴朱然围攻江夏。魏幽州刺史毌丘俭讨伐辽东,军失利,公孙渊即自称燕王。吴诸葛恪大举讨伐山越。魏徙长安承露盘等于洛阳。

吴懿、陈矫、刘禅张皇后(张飞长女)死。

公元 238 年　魏景初二年　蜀汉延熙元年　吴嘉禾七年、赤乌元年

魏遣司马懿讨伐辽东,斩公孙渊。倭女王卑弥呼遣使来洛阳,魏回赐铜镜等。蒋琬出屯汉中。

朱桓(177年生)、韩暨死。

公元239年　魏景初三年　蜀汉延熙二年　吴赤乌二年

曹叡死,曹芳继位,曹爽、司马懿等辅政。吴都督廖式叛,岭南动摇,命吕岱等讨伐。

潘濬、周鲂死。

公元240年　魏齐王曹芳正始元年　蜀汉延熙三年　吴赤乌三年

魏自辽东移民山东。蜀汉以张嶷为越隽太守。

向宠、黄权死。

公元241年　魏正始二年　蜀汉延熙四年　吴赤乌四年

吴军四路攻魏:全琮攻淮南,诸葛恪攻六安,朱然围樊城,诸葛瑾取柤中(湖北襄阳南),旋退。魏于淮南北屯田,大兴水利。

管宁(158年生)、诸葛瑾(174年生)、孙登、孙韶、姚仙死。曹髦生。

公元242年　魏正始三年　蜀汉延熙五年　吴赤乌五年

吴遣将军聂友、校尉陆凯率军至珠崖、儋耳(海南)。姜维由汉中还屯涪城。

满宠死。孙皓生(283年死)。

公元243年　魏正始四年　蜀汉延熙六年　吴赤乌六年

倭国女王遣使奉献。吴诸葛恪攻六安。蒋琬由汉中还涪养病,以费祎为大将军录尚书事。

阚泽、顾雍(168年生)、吴班、薛综、胡综死。

公元244年　魏正始五年　蜀汉延熙七年　吴赤乌七年

魏曹爽督司马昭、夏侯霸等大举入汉中,为王平拒之于兴势,费祎督军由成都来援,魏军败归。

崔林、刘理、张承(178年生)死。

公元245年　魏正始六年　蜀汉延熙八年　吴赤乌八年

吴遣校尉陈勋主持开凿句容中道(运河)。费祎至汉中,行围守。

陆逊(183年生)、赵俨、刘备吴皇后死。

公元246年　魏正始七年　蜀汉延熙九年　吴赤乌九年

魏幽州刺史毌丘俭讨伐高句丽。蜀汉以姜维与费祎并录尚书令。蒋琬死,刘禅乃自摄国事。

董允、朱据死。曹奂生(302年死)。

公元247年　魏正始八年　蜀汉延熙十年　吴赤乌十年

吴将诸葛壹伪降诱诸葛诞,未成。雍、凉羌胡归蜀汉,姜维出陇右以应之,与魏军战于洮西。曹爽专权,司马懿装病。

向朗(168年生)、步骘、全琮、张春华(司马懿妻)死。

公元248年　魏正始九年　蜀汉延熙十一年　吴赤乌十一年

汉费祎出屯汉中。吴陆胤讨定交趾、九真。

王平死。

公元249年　魏正始十年、嘉平元年　蜀汉延熙十二年　吴赤乌十二年

司马懿杀曹爽、何晏等。夏侯霸奔蜀汉，姜维出攻雍州，不克而还，将军句安、李韶降魏。

朱然(182年生)、马忠、蒋济死。

公元250年　魏嘉平二年　蜀汉延熙十三年　吴赤乌十三年

魏将王昶围南郡，王基攻西陵(湖北宜昌)，旋退。姜维攻西平(青海西宁)，不克。孙权废太子和。

杜琼、孙霸(孙权子)死。

公元251年　魏嘉平三年　蜀汉延熙十四年　吴赤乌十四年、太元元年

魏王凌谋立楚王彪，事泄，自杀。司马懿死(179年生)，以司马师为抚军大将军、录尚书事。吴以诸葛恪为大将军，领太子太傅，总理国政。

吕乂、邓芝死。

公元252年　魏嘉平四年　蜀汉延熙十五年　吴太元二年、神凤元年、会稽王孙亮建兴元年

孙权死(182年生)，孙亮继位。诸葛恪筑东兴大堤(安徽巢县东南)。魏三路征吴，东路主力败于东兴，其余两路亦无功退回。

公元253年　魏嘉平五年　蜀汉延熙十六年　吴建兴二年

诸葛恪大举伐魏，围合肥新城，兵卒因疫死亡大半，退还。姜维围魏南安，粮尽退还。吴孙峻等杀诸葛恪。

费祎死。

公元254年　魏嘉平六年、高贵乡公曹髦正元元年　蜀汉延熙十七年　吴五凤元年

魏司马师杀中书令李丰，皇后父张缉、夏侯玄等下狱死。姜维攻陇西获胜。司马师废魏帝为齐王，立高贵乡公曹髦为帝。

张嶷死。

公元255年　魏正元二年　蜀汉延熙十八年　吴五凤二年

魏毋丘俭、文钦起兵寿春(安徽寿县)，讨伐司马师，兵败，毋丘俭被杀，文钦奔吴。司马师(208年生)死，司马昭为大将军录尚书事，主持朝政。吴孙峻攻寿春败，将军留赞等被俘杀。姜维大败魏军于洮西，进围狄道(甘肃临洮)。

郭淮死。

公元256年　魏正元三年、甘露元年　蜀汉延熙十九年　吴五凤三年、太平元年

蜀汉以姜维为大将军，姜维出祁山，趋上邽(甘肃天水)，为魏邓艾败于段谷。孙峻死，弟綝主政。骠骑将军吕据讨孙綝失败，被杀。

吕岱(161年生)、王肃(195年生)、管辂死(209年生)死。

公元257年　魏甘露二年　蜀汉延熙二十年　吴太平二年

魏诸葛诞据寿春，声讨司马昭。吴遣兵援诸葛诞。姜维出骆谷(陕西周至西南)攻魏。魏围寿

春，吴援军败归，全端等降魏。

公元 258 年　魏甘露三年　蜀汉景耀元年　吴太平三年、景帝永安元年

　　　　诸葛诞杀文钦，司马昭陷寿春，诸葛诞战死。孙綝废吴帝为会稽王，立琅琊王孙休。孙休杀孙綝。蜀汉宦官黄皓操弄威柄、控制朝政。

　　　　陈祗、夏侯霸死。

公元 259 年　魏甘露四年　蜀汉景耀二年　吴永安二年

　　　　吴以租税过重，吏民及诸营兵多从事商贾，下诏议兴农桑。

公元 260 年　魏甘露五年，魏元帝曹奂景元元年　蜀汉景耀三年　吴永安三年

　　　　封司马昭为晋公加九锡，不受。魏帝曹髦讨伐司马昭，死。常道乡公曹奂被立为帝。

　　　　孙亮(243 年生)、陈泰、曹节(汉献帝后)死。

公元 261 年　魏景元二年　蜀汉景耀四年　吴永安四年

　　　　吴遣光禄大夫周奕等考察民间疾苦。

公元 262 年　魏景元三年　蜀汉景耀五年　吴永安五年

　　　　姜维攻洮阳(甘肃临潭)，为邓艾败于侯和(临潭西北)，退屯沓中(甘肃舟曲西)。魏以钟会都督关中诸军事。

　　　　嵇康死。

公元 263 年　魏景元四年　蜀汉景耀六年、炎兴元年　吴永安六年

　　　　魏钟会、诸葛绪和邓艾三道攻蜀汉。蜀汉遣使向吴告急。司马昭为相国、晋公。邓艾渡阴平于绵竹破诸葛瞻军，至成都，蜀汉帝刘禅降，命姜维等军放下武器。

　　　　高柔(174 年生)、阮籍死。

公元 264 年　魏景元五年、咸熙元年　吴永安七年、乌程侯孙皓元兴元年

　　　　钟会诬邓艾谋反，诏槛车征艾。钟会矫诏司马昭，兵乱，杀钟会、姜维等，邓艾也在途中被杀。魏迁移蜀汉吏民三万余家于河东。司马昭为晋王，封刘禅为安乐公。吴主孙休死，乌程侯孙皓接位。

　　　　张翼、廖化、宗预、濮阳兴死。

公元 265 年　魏咸熙二年、晋司马炎泰始元年　吴元兴二年、甘露元年

　　　　司马昭(211 年生)死，司马炎继位，逼魏帝禅让。建立晋朝。吴迁都武昌。晋大封宗室，并授与实权。

公元 266 年　晋泰始二年　吴宝鼎元年

　　　　吴遣张俨、丁忠赴洛阳吊祭司马昭。晋解除汉宗室禁锢。吴还都建业。

公元 267 年　晋泰始三年　吴宝鼎二年

　　　　吴大作宫殿，郡守以下皆入山伐木。

公元 268 年　晋泰始四年　吴宝鼎三年

　　　　吴攻晋江夏、襄阳、芍陂，均败还，命修则、刘俊入击交趾，为晋将毛灵所破。

公元 269 年　晋泰始五年　吴宝鼎四年、建衡元年

晋羊祜都督荆州。吴遣虞汜、薛珝、陶璜和李勖等水陆两道击交趾。

辛宪英(190 年生)、陆凯死(198 年生)。

公元 270 年　晋泰始六年　吴建衡二年

吴以陆抗都督西方诸军以备晋。晋秦州刺史胡烈与鲜卑树机能在陇右作战战死。吴夏口督孙秀降晋。

谯周(201 年生)、施绩死。

公元 271 年　晋泰始七年　吴建衡三年

吴虞汜、陶璜破交趾,杀毛灵,九真、日南皆还属吴。鲜卑树机能攻金城(甘肃兰州),斩凉州刺史牵弘。

裴秀、刘禅、丁奉死。

公元 272 年　晋泰始八年　吴凤凰元年

吴西陵督步阐降晋,为陆抗击败,死。

万彧死。

公元 273 年　晋泰始九年　吴凤凰二年

吴围晋弋阳(河南潢川西),败还。

韦昭死。

公元 274 年　晋泰始十年　吴凤凰三年

吴将孟泰等降晋。晋攻据吴枳里城。吴攻晋江夏,败还。

曹芳、陆抗死。

公元 275 年　晋咸宁元年　吴天册元年

鲜卑树机能请降。吴攻晋江夏。

公元 276 年　晋咸宁二年　吴天册二年、天玺元年

吴京下督孙楷降晋。吴封禅国山。晋征南大将军羊祜表请伐吴。

公元 277 年　晋咸宁三年　吴天纪元年

吴将邵颙等七千余人降晋。吴攻晋江夏、汝南。

公元 278 年　晋咸宁四年　吴天纪二年

晋凉州刺史杨顾击鲜卑于武威,败死。晋遣将攻吴皖城,杀五千人,焚积谷百八十余万斛,践稻田四千余顷。羊祜病重,举杜预代督荆州。

公元 279 年　晋咸宁五年　吴天纪三年

吴将郭马反,攻杀广州督,声势浩大。以滕循、陶濬和交州牧陶璜,三道夹击。晋大发兵,水陆六路攻吴。

公元 280 年　晋咸宁六年、太康元年　吴天纪四年

晋王濬水军下建业,孙皓降,吴亡。晋改元太康。

《三国演义》虚构文化人物表

《三国演义》录有姓名者为1 178人,其中见自《后汉书》、《三国志》和裴注、《晋书》所引各书有姓名者为1 039人。

章 回	姓 名	行 事	备 注
第一回	南华老仙		即庄子,道教神化称南华真人
	邓 茂	黄巾头目,为张飞所杀	
	程远志	黄巾头目,为关羽所杀	
第二回	高 升	黄巾头目,为张飞所杀	
	严 政	黄巾头目,刺杀张宝降	
	孙 仲	黄巾余党,为刘备射死	
第三回	崔 毅	崔烈之弟	
第四回	丁 管	为阻董卓废帝,被杀	《三国志·董卓传》引《献帝起居注》作"丁官",且为支持董卓废帝者
	卫 弘	陈留人,资助曹操起义兵	史传作"卫兹"
第五回	鲍 忠	济北相鲍信弟,为华雄所斩	
	俞 涉	袁术部将,为华雄所斩	
	潘 凤	韩馥部将,为华雄所斩	
	华 雄	董卓部将	史传作"叶雄"
	方 悦	王匡部将,为吕布所杀	
	穆 顺	河内太守张扬部将,为吕布所杀	
	武安国	孔融部将,为吕布杀伤	
第六回	赵 岑	董卓部将,献汜水关降	
第七回	关 纯		应作闵纯
	张 虎	黄祖部将,为韩当所斩	
	陈 生	黄祖部将,为孙策射杀	
第八回	貂 蝉		

章　回	姓　名	行　　事	备　注
第九回	李　别	李傕侄	
第十回	宗　宝	孔融部将,为黄巾管亥斩	
第十二回	王　昌	李傕部虎贲,奉命追杀皇甫郦	
第十三回	李　暹	李傕侄	
第十四回	崔　勇	李傕部将,为徐晃斩	双峰堂刻本为"程昱,为东平相,屯兵范城,董昭为洛阳令",今刻本误刻
	范　成	曹操任命为洛阳令	
	苟　正	袁术部纪灵麾下,为关羽斩	
第十五回	杨大将		袁术长史杨弘误称
第十六回	邹　氏	张济妻,有其人,无姓氏	
第十七回	王　垕	曹操管粮官所属仓官	
第十九回	刘　安	猎户,为刘备杀妻	
第二十回	吴　硕	汉议郎,参与董承衣带诏	
	王子服	侍郎,参与董承衣带诏	应作王服
第二十三回	雷　叙	张绣部将	
	张　先	张绣部将	
	秦庆童	董承家僮向曹操告密	
	云　英	董承侍妾	
第二十七回	杜　远	与廖化同落草	
	胡　华	胡班之父	
	孔　秀	东岭关守将,为关羽杀	
	韩　福	洛阳太守,为关羽杀	
	孟　坦	韩福部,为关羽杀	
	卞　喜	汜水关守将,为关羽杀	
	普　净	关羽同乡人,出家为僧	第七十七回作"普静",刻本必有一误
	王　植	荥阳太守,为关羽杀	
	胡　班	王植部,救关羽出险	
	秦　琪	夏侯惇部,守黄河渡口,为关羽所杀	
第二十八回	关　定	庄院主,关平之父	
	关　宁	关平之兄,关定长子	
	郭　常	庄院主,其子劫赤兔马	
	裴元绍	原黄巾头目、落草,为赵云误杀	
	周　仓	原黄巾头目,归顺关羽	

章　回	姓　名	行　　事	备注
第三十回	辛　明	袁绍部将	
第三十二回	岑　璧	袁谭部将	
	张　颙	袁尚部将,降曹	
	汪　昭	袁谭部将,为徐晃斩	
第三十三回	彭　安	袁尚部将,为徐晃斩	
	乌桓触	袁绍幽州刺史,降曹	为焦触之误
第三十六回	刘　泌	樊城县令	
第三十八回	徐　康	徐庶弟	
	邓　龙		
	陈　就		
第四十一回	夏侯恩	曹操背剑将,为赵云所杀	
	淳于导	曹仁部将,长坂坡为赵云挑死	
	晏　明	曹洪部将,长坂坡为赵云挑倒	
	钟　缙	夏侯惇部将,为赵云杀	
	钟　绅	夏侯惇部将,为赵云杀	
第四十二回	夏侯杰	曹操部将,为张飞吓死	
	吴　臣		《三国志》作"吴巨"
第四十五回	蔡　壎	蔡瑁弟,为甘宁射杀	
	蔡　中	蔡瑁弟,诈降周瑜	
	蔡　和	蔡瑁弟,诈降周瑜	
第四十八回	吕　通	曹操部将	
第五十二回	刘　贤	零陵太守刘度之子	
	邢道荣	刘度部将	
	鲍　龙	桂阳太守赵范部将	
第五十三回	巩　志	武陵太守金旋部从事,献城	
	杨　龄	长沙太守韩玄部将,为关羽斩	
	贾　华	孙权部将	
	戈　定	太史慈乡人,在合肥内应	
第五十四回	乔国老	二乔之父	非桥玄
	吴国太	孙坚次妻,孙夫人之母	

三国演义

章　回	姓　名	行　　事	备　注
第五十七回	李春香	黄奎妾	
	黄　奎	汉门下侍郎,与马腾内应反曹	
	苗　泽	黄奎妻弟,与李春香私通	
第五十八回	钟　进	潼关守将钟繇弟	
	曹　永	曹仁部将,被庞德杀死	
第六十一回	周　善	孙权派来迎妹者,为张飞杀死	
第六十二回	紫虚上人	刘璝等出征求祸福者	
	高　沛	与杨怀守白水关	
第六十六回	穆　顺	奉伏后命送书与伏完	
第六十七回	昌　奇	张鲁部杨昂部将	
	杨　柏	张鲁部将	为杨白之误
	杨　松	张鲁谋士	
第六十九回	吉　邈		太医吉本(吉平)之子
	吉　穆		
第七十回	夏侯德	夏侯渊部将,守天荡山	
第七十一回	焦　炳	在汉中为赵云杀死	
第七十三回	翟　元	曹仁部将	
	夏侯存	曹仁部将	
第八十回	祖　弼	汉符宝郎,因拒交玉玺被杀	
第八十二回	谭　雄	孙权部将,为关兴俘斩	
	崔　禹	朱然部将,为张苞所杀	
	史　迹	潘璋部将,为黄忠斩	
第八十三回	夏　恂	韩当部将,为张苞俘斩	
	周　平	周泰弟,为关兴所杀	
第八十四回	淳于丹	陆逊部将	为鲜于丹误称
第八十七回	关　索	关羽三子	元杂剧人物,或为关兴误称
	鄂　焕	赵隽太守高定部将	
	金环三结	孟获部,为赵云所杀	
	董荼那	孟获部,被俘后释归	
	阿会喃	孟获部,被俘后释归	
	忙牙长	孟获部将	

章　回	姓　名	行　　事	备注
第八十八回	孟　优	孟获弟	
第八十九回	朵思大王	秃龙洞主	
	孟　节	孟获兄	
	杨　锋	洞主,擒孟获者	
第九十回	带来洞主	孟获妻弟	
	木鹿大王	八纳洞主,拥有虎豹豺狼	
	祝融夫人	孟获妻	
	乌弋国主兀突骨	带有藤甲军	
第九十一回	张　韬	郭贵妃宠臣	
第九十二回	韩　德	夏侯楙部西凉大将,为赵云所杀	
	韩　瑛	韩德子,为赵云杀	
	韩　瑶	韩德子,为赵云俘捉	
	韩　琼	韩德子、为赵云杀	
	韩　琪	韩德子,为赵云杀	
	潘　遂	夏侯楙部将	
	董　禧	夏侯楙部将	
	薛　则	夏侯楙部将	
	裴　绪	无名下将,为蜀汉冒名夏侯楙心腹	
	崔　谅	魏安定太守	
	杨　陵	魏南安太守	
第九十四回	彻里吉	西羌国王	
	雅丹丞相	奉彻里吉命援曹真	
	越吉元帅	奉彻里吉命援曹真	
	韩　祯	蜀汉西宁关守将	
第九十五回	苏　颙	郭淮部将	
	万　政	郭淮部将	
	陈　造	曹真部将,为马岱斩	
第九十六回	张　普	曹休部将	
	薛　乔	曹休部将	
	靳　祥	诸葛亮部曲,说郝昭降	
	费　耀	曹真部将	当为费曜之误

章　回	姓　名	行　　事	备注
第九十七回	谢雄	诸葛亮裨将，为王双斩	
	龚起	诸葛部裨将，为王双斩	
第一百回	秦良	司马懿部将	
第一百二回	岑威	司马懿部，管木牛流马	
	郑文	司马懿部	
第一百三回	张球	满宠部将	
第一百六回	裴景	随司马懿赴辽东	
	仇连	随司马懿赴辽东	
	陈群	司马懿幕僚	据《晋书·宣帝纪》应作陈珪
第一百七回	潘举	曹爽守门将	
第一百九回	王韬	司马昭主簿	
第一百十回	葛雍	毌丘俭部将	
	宋白	慎县县令	
	朱芳	魏王经部将，在洮水与姜维作战	
	张明	魏王经部将	
	花永	魏王经部将	
	刘达	魏王经部将	
第一百十一回	鲍索	姜维部将，守祁山	
第一百十二回	陈俊	司马昭部将	
	王真	长城司马望部将	
	李鹏	长城司马望部将	
	曾宣	诸葛诞部将，开寿春门投降	
第一百十三回	郑伦	邓艾部将，为廖化斩	
	党均	邓艾部幕僚，赵成都作间	
第一百十五回	王瓘	邓艾部将	
第一百十六回	卢逊	蜀汉南郑关守将	
第一百十七回	马邈妻李氏	江油关守将之妻，自杀	
第一百十八回	崔夫人	北地王之妻，自杀	
第一百二十回	张节	魏黄门侍郎，阻禅让，被杀	

主要参考书目

史记　中华书局 1982 年第二版

前汉书　中华书局 1982 年第二版

三国志　中华书局 1982 年第二版

后汉书　中华书局 1982 年第二版

晋书　中华书局 1982 年第二版

汉纪　四部丛刊本

后汉纪(袁宏)　四部丛刊本

三国志集解(卢弼)　古籍出版社 1957 年排印,中华书局 1982 年影印本

稿本三国志注补(赵一清)　书目文献出版社影印本

三国志旁注(梁章钜)　丛书集成本　商务印书馆 1937 年版

三国志辨误(陈景云)　守山阁丛书

三国志补注(杭世骏)　丛书集成本　商务印书馆 1937 年版

三国志补注续(侯康)　丛书集成本　商务印书馆 1937 年版

资治通鉴　四部丛刊本,中华书局标点本

世说新语　四部丛刊本　余嘉锡校点

华阳国志　校补图注　任乃强注　上海古籍出版社

全上古秦汉三国文

太平寰宇记(乐史)

元和郡县图志

太平御览

读史方舆纪要

水经注　四部备要本

元曲选(臧晋叔编)

孤本元明杂剧(涵芬楼辑)　中国戏剧出版社版

三国志平话(元刊全相平话五种校注)　巴蜀书社 1990 年版

廿二史札记(赵翼)

校补三国疆域志(金兆丰)　商务印书馆 1932 年版

三国食货志(陶元珍)　商务印书馆 1932 年版

王粲集(俞绍初校点)　中华书局 1980 年版

后汉书三国志补表三十种(刘祜仁点校)　中华书局 1984 年版

三国志校诂(吴金华)　江苏古籍出版社 1990 年版

三国会要(钱仪吉编撰,刘修明、杨善群等标点)　上海古籍出版社 1991 年版

三国志人名索引(高秀芳、杨济安编)　中华书局 1980 年版

三国演义辞典(沈伯俊、谭良啸主编)　巴蜀书社 1989 年版

中国历史名人胜迹大辞典(彭卿云主编)　上海文艺出版社　三联书店(香港)有限公司 1995 年 2 月版

魏晋南北朝史(王仲荦)　上海人民出版社 2003 年版

魏晋南北朝史论稿(万绳楠)　安徽教育出版社 1983 年版

读史集(何兹全)　上海人民出版社 1982 年版

三国人物散论(方诗铭)　上海古籍出版社 2006 年版

袁绍、曹操、黄巾(方诗铭)　上海社会科学院出版社 1995 年版

三国史研究(张大可)　甘肃人民出版社 1988 年版

中国经济史资料·秦汉三国编(傅筑夫、王毓瑚编)　中国社会科学出版社 1982 年版

三国史(马植杰)　人民出版社 2004 年版

三国史(张大可)　华文出版社 2003 年版

诸葛亮新传(章映阁)　上海人民出版社 1984 年版

孙权新传(章映阁)　上海人民出版社 1991 年版

曹操新传(章映阁)　上海人民出版社 1989 年版

细说三国(黎东方)　上海人民出版社 2000 年版

河北、河南、江苏、湖北、安徽、江苏、浙江、四川等省有关明清和民国地方志

后　　记

经过几个月的日日夜夜，终于完成了这部补正。

说是补正，其意自明。所谓补，是增加若干《三国演义》未尽处；所谓"正"，乃是纠其误植嫁接处。其实是补中有正，正中含补，两者并用，相得益彰。

《三国演义》是农耕社会智慧的百科全书，它萃集伦理和行为于一体，因而其内涵颇意蕴各阶层的思维定势和价值法则、文化选择。致使章章回回里呈现的主要角色和次要角色，几多包含有二重文化性格，如诸葛亮、刘备、关羽、张飞、赵云；孙权、周瑜、鲁肃；曹操父子、司马懿，等等。他们在史书的字里行间，都分别留下自己的声誉和轨迹，但为了迎合农耕社会的正负潮流，表抒社会百态，他们被嬗递了，被改造了，从外表的行为方式，包括服饰、道具，到历史角色所具有的心态和意向，都分别由政治人格嬗变为道德人格，成为人们所创造的理想模式。

这是《三国演义》的创造，是它得以几百年盛而不衰的一大基因。今天的人们更上层楼、再上层楼，还让它衍生为多元文化艺术模式，并从中国走向世界，造福于人类，成为世界华人圈最为走红的本本。

百花齐放。因而，《三国演义》的研究亟须继续开拓。

我写这部补正，并非仅是以历史考证小说，从中求趣，寻得它的坐标值，用史料延长小说文字。文化现象的魅力，哪能是历史可以纠正的。况且，历史本身就是一种文化现象。如《三国志》中的曹冲称象、华佗医术和管辂神算，大抵也是属这种范畴。一部《三国演义》，前人界定是"七实三虚"，也不尽然，它应该认为是总框架。整条历史长河的弯弯曲曲，是分久必合、合久必分的周期性演进，东汉分裂，三国鼎立，而又归于西晋的暂时一统。但由于演义、小说，是文化和历史的融合，此中虚中有实，实中有虚，从而糅合为一部悲壮激昂、动人心弦的传世之作。此也正如法国福楼拜说，"人类越前进，艺术将越是科学的，同样科学将变成艺术的。二者在底面分手，又在顶点结合"（《给高莱夫人信》）。由此所见于历史和文学的趋同、合而为一，使很多的读者把文化充当历史，迷惘、沉淀于艺术的圈子里，这就需要辨清真伪是非，由此继续开拓求知者的兴味和嗜好。

这部书可以说是站在罗贯中、毛宗岗等肩脊上写的。在写作过程中，曾参考和汲取前辈和同侪的多家著述。

见于《三国演义》的纵横捭阖,汪洋恣肆,虚实之处,遍地可拾。我虽广采博收,也是挂一漏万。弱水三千,只取一瓢,就此而已。

本书承孙林桥先生、朱林兴教授提携和关切,复旦大学中国语言文学研究所所长黄霖教授为之作序,中国秦汉史学会副会长、上海社会科学院历史所刘修明研究员审阅了全稿,上海画报出版社张锡昌等先生也为此付出了辛勤的劳动。

出书难,难出书。如果没有师友们的青睐,鼎力相助,予以鼓励和支持,这部近百万字的本本仍是很难问世、走进文化学术圈的。筚路蓝缕,以启山林,因此本书如说是让学术走向大众能取得一些成绩的话,那也是师友们勉励的产物。

路漫漫其修远兮。这也算是当人类走向二十一世纪的时候,我为二十世纪留下的贡品。是邪? 非邪? 只有听凭同行学者和广大读者评说了。是为记。

盛巽昌

1995 年 3 月于上海社会科学院

补　记

倏忽十年春秋。

早在去年"三国热"前的若干年月，上海人民出版社立项重新推出这部书。当时李伟国先生还建议，书名可更改为《三国演义补证本》，虽是一字之改，我觉得很好，盖用"证"字替代"正"字，似更贴切；也多有学术气、书卷气；当然文字体例、格式仍是原来的，只是在十年之间又陆续增补了二百四十余条，为原书三分之一有强。此次付梓，并经资深编辑许仲毅、杨柏伟诸先生审读，提出了不少好意见，也改正了旧版的错字别字，使得本书具有更广泛的阅读和文化价值。

要说明的，此次新补充的条目，仍多属于知识性补证，有些是在此期间所写的论文浓缩，如"陆逊火烧连营七百里"；也有的是读他史时提出的浅见，有如演义据《后汉书·董卓传》写的伍孚刺董后，又编造了丁管佩匕首刺董故事，就很像是移植明初建文旧臣景清刺燕王朱棣；赤壁江面火烧，又像煞是参照朱元璋鄱阳湖破陈友谅水军和王守仁、伍文定于樵舍破宁王战事。当然更多是演义故事的补证。

《三国演义》是部风行几百年，今后还得走红的重磅级古典小说，拥有一代又一代的万千读者。它是以三国史事为枝干，加以很多形象思维和文化现象，前辈学者说它是七实三虚，大致可为定论；所以基本史实，包括若干人物行事，某些事件展开，也与《三国志》和裴注诸事合拍，如就没有《品三国》(上)说的当曹操首倡义兵反董时，曹休、曹真是他手下的得力战将，以及高览是张邰部下云云。当然也因为《三国演义》写得太好了，它大量移植、嫁接包括二十二史在内的正史、野史和笔记、戏剧平话，使原先人物形象丰满、饱和，行事也就生动、可采，以至乱真，误将小说充历史，现今那部红得发紫的《品三国》(上)(该书发行量竟达一百四十五万册)，说的是写史，却也有被《三国演义》牵着走处，如说曹操赤壁败后，在华容道上，幸得张辽、许褚等人的接应方才脱险；刘备镇压黄巾获得安喜尉；以及在还未有枪为兵器的三国时期，竟有孙坚单枪匹马的文字。以作者对三国故事之娴熟，尚有此瑕瑜，也可佐证《三国演义》的艺术魅力，永褒青春的活力。

生有涯而知无涯。自问读书无多，不知和因知识结构有限处肇成误解处甚多，这些只有请行家和读者教正了。

盛巽昌

2007年1月

三　记

　　《三国演义补证本》(第三版)推出了。取名《三国演义补证本(增订本)》。

　　增订本补充了二百三十多条,也修订了前两版中的若干内容、文字错误。上海书店出版社许仲毅先生和责编为之作了很多工作,庶其更趋于切题、充实,使之又上层楼、再上层楼。

　　《三国演义》是部名垂千古、传诸世人的中华文化经典之作。但他毕竟带有时代文化精神痕迹,有非历史唯物观遗留的价值观。文为时而作,比如他为执持的"尊刘贬曹"创作宗旨,于是各个章回必须是为高举刘备和蜀汉大旗,修正人物、修改史事,古为今用。

　　人物修正。如以《三国志》和裴松之注等史书考信,多处有失实处,因为关羽受害愤懑不已,即以道家宣扬的现世报,遂使逼关羽走麦城的东吴将帅吕蒙、潘璋、朱然和马忠之流都不得善终,即使如朱然,也得超前二十七年,为赵云在夷陵战役时一枪刺死;为了塑造诸葛亮是军事家、谋略家高大形象,把他具有的缺点、错误尽力抹去。《三国演义》塑造了他多次与曹操、司马懿斗智斗力,其实诸葛亮与曹操从未对阵,所谓赤壁鏖战时,他只是个联络员和幕僚,争取汉中时,却是坐镇成都,南征乃是以石击卵,一场夸大了的"七擒七纵""六出祁山"败多胜少。有如失街亭,又制造了是马谡主动讨令,而不是违众,出格地提拔马谡这位从未上过战场的参军独当一面。这是诸葛亮咎由自取,但《演义》却全推在马谡处了。凡此等等。

　　修改史事,古为今用。作者显然是对身处的明朝中叶的宦官专制、乱政,行尸走肉,嫉恶如仇,深感痛恨。所以特在开篇,浓墨彩笔勾划了东汉晚期"十常侍"误国乱政,引起全国黄巾起事、外戚争权和董卓、袁绍等军头、豪门之争议;继后又为蜀汉和东吴亡国,特写了权宦黄皓和岑昏,且编造九卿的岑昏为宦官,如此用意,良有以也。

　　所以,凡属历史演义,包括《三国演义》,只能视为文学作品,书中所情所事,包括形形式式的各路人马,也只能作文化伦理人物视之,如作为信史依据,传播大众,那就要闹大笑话了。

　　此处"补证本"推出,也有此种目的。

　　是为记。

盛巽昌　2018年4月

图书在版编目(CIP)数据

三国演义补证本/(明)罗贯中著;盛巽昌补证
.—增订本.—上海:上海书店出版社,2019.7
ISBN 978-7-5458-1825-3

Ⅰ.①三… Ⅱ.①罗…②盛… Ⅲ.①章回小说-中
国-明代 Ⅳ.①I242.4

中国版本图书馆CIP数据核字(2019)第132491号

责任编辑 曹勇庆
装帧设计 汪 昊

三国演义补证本(增订本)

(明)罗贯中 著 盛巽昌 补证

出 版 上海书店出版社
    (200001 上海福建中路193号)
发 行 上海人民出版社发行中心
印 刷 上海叶大印务发展有限公司
开 本 710×1000 1/16
印 张 48.75
版 次 2019年7月第1版
印 次 2019年7月第1次印刷
ISBN 978-7-5458-1825-3/I·483
定 价 180.00元